Das Buch

In einem Vergnügungspark in Balitmore werden zwei Männer zu einem Schießstand gelockt. Als sie einander erkennen, ist es schon zu spät - die Falle hat zugeschnappt, ihre Deckung ist aufgeflogen. Die beiden Männer sind der Schlüssel zu David Webb, der glaubte, seine Vergangenheit als der legendäre Killer Jason Bourne hinter sich gelassen zu haben. Doch gnadenlos bricht sie nun erneut in sein beschauliches Leben ein. Sein alter Todfeind Carlos, der Schakal, hat ihn uns seine Familie nach Jahren der Ruhe ausfindig gemacht. Wieder muss Webb die verhasste Rolle des Jason Bourne annehmen. Im Netz einer internationalen Verschwörung kämpft er in Washington, in der Karibik, in Paris und in der Sowjetunion für eine fast aussichtslose Sache - immer im Wettlauf mit dem Schakal, auf eine Konfrontation zu, die nur einer von beiden überleben kann.

Der Autor

Robert Ludlum erreichte mit seinen Romanen, die in mehr als 30 Sprachen übersetzt wurden, weltweit eine Auflage von über 300 Millionen Exemplaren. Robert Ludlum verstarb im März 2001. Die Romane aus seinem Nachlass erscheinen bei Heyne.

Im Anhang des Buches findet sich ein Werkverzeichnis aller lieferbaren Titel der BOURNE-Reihe.

ROBERT LUDLUM

DAS BOURNE ULTIMATUM

THRILLER

Aus dem amerikanischen Englisch von
Einar Schlereth und Jörn Ingwersen

WILHELM HEYNE VERLAG
MÜNCHEN

Die Originalausgabe *The Bourne Ultimatum* erschien bei
Random House, New York

MIX
Papier aus verantwortungsvollen Quellen
FSC® C014496
FSC
www.fsc.org

Verlagsgruppe Random House FSC®N001967

Vollständige deutsche Taschenbuchausgabe 08/2016

Printed in Germany
Umschlaggestaltung: Nele Schütz Design unter Verwendung eines Motivs
von shutterstock/ostill
Druck und Bindung: GGP Media GmbH, Pößneck
ISBN: 978-3-453-43860-6

www.heyne.de

Für Bobbi und Leonard Raichert,
zwei der liebenswürdigsten Menschen,
die unser Leben bereichert haben.

Danke

Prolog

Dunkelheit hatte sich über Manassas in Virginia gesenkt. Überall um ihn herum schien die Nacht mit Leben erfüllt, als Bourne durch den Wald kroch, der an das Anwesen von General Norman Swayne grenzte. Erschrockene Vögel flatterten auf aus ihren dunklen Verstecken, Krähen erwachten in den Bäumen, schlugen Alarm und schwiegen wieder, als wären sie von ihrem Mitverschwörer beruhigt worden.

Manassas! Hier war der Schlüssel zu finden. Der Schlüssel für die unterirdische Tür, die zum Schakal führen würde, dem Mörder, der David Webb und seine Familie unbedingt zerstören wollte … Webb! Aus dem Weg, David!, schrie Jason Bourne innerlich. Lass mich der Killer sein, der du nicht sein kannst!

Mit jedem Schnitt in den massiven, hohen Drahtzaun sah er das Unausweichliche klarer vor sich, und sein schwerer Atem und der Schweiß, der ihm aus seinem Haaransatz rann, bestätigten nur die harte Realität: Wie sehr er auch versuchte, seinen Körper in guter Form zu halten, er war mittlerweile fünfzig. Das, was er noch vor dreizehn Jahren in Paris getan hatte, als er den Schakal jagte, gelang ihm heute nicht mehr so spielend. Das war eine Tatsache, die er nicht vergessen, von der er sich aber auch nicht gefangen nehmen lassen durfte. Da waren Marie und die Kinder – Davids Frau, Davids Kinder –, und es gab nichts, was er nicht tun konnte, solange er es nur wollte! David Webb verschwand allmählich aus seiner Psyche, nur der Jäger Jason Bourne blieb in ihr zurück.

Er war durch. Er kroch durch die Maschen und stand auf. Instinktiv kontrollierte er seine Ausrüstung: Waffen – eine Automatic und eine CO_2-Pfeilpistole, ein Zeiss-Ikon-Fernstecher, ein Jagdmesser. Das alles brauchte der Jäger, denn jetzt befand er sich hinter den Linien, in Feindesland, im Land jenes Feindes, der ihn zu Carlos, dem Schakal, führen würde.

Medusa. Das Bataillon der Bastarde von Vietnam, diese rohe, offiziell gar nicht existierende Ansammlung von Killern und Banditen, die unter Führung von Kommando Saigon durch die Dschungel von Südostasien streiften, die Todesschwadronen, die Saigon mehr geheime Nachrichten übermittelten als alle Such-und-Vernichtungstrupps zusammen. Jason Bourne hatte Medusa überlebt, den Namen David Webb nur noch in vager Erinnerung gehabt – den Namen eines Gelehrten, der einmal eine Frau und Kinder besessen hatte, alle ermordet.

General Norman Swayne hatte zur Elite von Kommando Saigon gehört, hatte als Verbindungs- und Versorgungsstelle von Medusa fungiert. Und jetzt gab es eine neue Medusa, eine andere, mächtige, die Verkörperung des Bösen, getarnt hinter Respektabilität. Ganze Bereiche des internationalen Wirtschaftsgeflechts nahm sie ins Visier und zerstörte und zerstörte – alles zum Wohle einiger weniger, alles finanziert mit den Profiten jenes Bataillons der Bastarde, roh, nicht sanktioniert. Diese moderne Medusa war die Brücke zu Carlos, dem Schakal. Der Mörder würde dem Angebot ihrer Schöpfer nicht widerstehen können, und beide Lager würden gemeinsam den Tod von Jason Bourne verlangen. So musste es einfach kommen! Und damit es so kommen konnte, musste Bourne erfahren, welche Geheimnisse sich hier auf diesem Grundstück, das General Swayne gehörte, verbargen. Swayne war der Kopf für die Versorgung im Pentagon, ein gehetzter Charakter mit einer kleinen Tätowierung am Unterarm. Ein Medusa-Mann.

Ohne Geräusch oder Vorwarnung jagte ein schwarzer Dobermann mit ungezügelter Kraft durchs Unterholz auf ihn los. Jason riss die CO_2-Pistole aus dem Gürtel, und als der geifernde Kampfhund mit gefletschten Zähnen in ihn hineinschnellte, feuerte er auf seinen Kopf, und in Sekundenschnelle zeigte der Pfeil seine Wirkung. Bewusstlos fiel der Hund zu Boden.

Schneide ihm die Kehle durch!, brüllte es in Jason Bourne. Nein, entgegnete sein zweites Ich, David Webb. Der Mensch trägt die Schuld, nicht das Tier. *Aus dem Weg, David!*

1.

Das lärmende Durcheinander schien außer Kontrolle zu geraten, als die Menschenmenge sich durch den Vergnügungspark in der Randzone von Baltimore drängte. Die Sommernacht war heiß, und beinahe alle Menschen hatten schweißgebadete Gesichter, außer denen, die schreiend auf der Berg- und Talbahn in die Tiefe sausten, oder denen, die kreischend in Torpedoschlitten die schmalen, gewundenen Wasserläufe hinabjagten.

Die grellen, hektisch blinkenden Leuchtreklamen entlang des Mittelweges wurden von krächzenden Lauten emphatischer Musik begleitet, die aus zahllosen Lautsprechern dröhnte – Getragenes in presto und Märsche prestissimo. Budenverkäufer überschrien den Lärm und priesen in immer wiederkehrenden Sprüchen ihre Waren an. Vereinzelte Explosionen erhellten die Dunkelheit, wobei die Feuerwerkskörper in Millionen Funken auf einen nahe gelegenen See herabregneten. Leuchtkugeln zerbarsten in weiten Bögen von blendendem Licht.

Eine Reihe von Haut-den-Lukas-Geräten zog die Männer an, die mit verzerrtem Gesicht und heraustretenden Halsadern wütend immer wieder ihre Männlichkeit beweisen wollten, indem sie mit schweren Holzhämmern auf einen Bolzen schlugen; doch oft genug erreichten die roten Klöppel nicht den Gong. Gegenüber rammten die Leute auf dem Autoscooter unter drohendem Gebrüll ihre Nachbarfahrzeuge, wobei jede gelungene Attacke ein Triumph der Aggression war, und jeder Teilnehmer sich wie ein Kinostar fühlte, der allein gegen den Rest der Welt kämpft: *Revolverkampf im O. K. Corral*, um 21.27 Uhr, ein Kampf ohne Sinn und Verstand.

Ein Stück weiter stand ein Monument für den gewaltsamen

Tod, eine Schießgalerie, die nur wenig Ähnlichkeit mit den Schießbuden auf Jahrmärkten und ländlichen Volksfesten hatte. Es war viel mehr ein Mikrokosmos des tödlichsten Arsenals an modernen Waffen.

Da gab es Imitationen der MAC-10 und Uzi-MPs, stahlblitzende Raketenwerfer und Antipanzer-Bazookas und schließlich noch die furchteinflößende Replik eines Flammenwerfers, der harte, gerade Lichtstrahlen durch wogende Schwaden dunklen Rauchs schickte. Und auch dort fanden sich wieder die schwitzenden Gesichter mit den besessenen Blicken und den angespannten Hälsen – Männer, Frauen und Kinder mit grotesken, völlig entgleisten Gesichtszügen, als ob jeder seine verhassten Feinde – Frauen, Ehemänner, Eltern und Kinder – vernichten wollte. Alle waren sie an jenem Abend in einen Krieg ohne Ende verwickelt, um 21.29 Uhr, in einem Vergnügungspark, dessen Hauptthema die Gewalt war. Der Mensch unverblümt und grundlos im Kampf gegen sich und alle seine Feinde, von denen der schlimmste die Furcht war.

Eine schlanke Figur hinkte mit einem Stock in der rechten Hand an einer Bude vorbei, wo wütende, erregte Kunden mit spitzen Pfeilen auf Ballons warfen, auf denen die Gesichter von Politikern zu sehen waren. Wenn die Gummiköpfe knallten, gab das Anlass zu heftigen Argumenten für oder gegen die schlaffen Überreste der politischen Abbilder und die pfeilschleudernden Henker. Der humpelnde Mann ging auf dem Mittelweg weiter und versuchte über die dahinschlendernde Menge hinwegzuschauen, als suche er in einem hektischen, überfüllten und unbekannten Stadtteil einen bestimmten Ort.

Er war zwanglos, aber adrett in ein Sporthemd und Jackett gekleidet, als ob die drückende Hitze auf ihn keine Wirkung hätte und das Jackett irgendwie dazugehörte. Er hatte das angenehme Gesicht eines Mannes in mittleren Jahren, war aber verhärmt durch vorzeitige Falten und starke Schatten unter den Lidern, was eher auf seine Art zu leben zurückzuführen war als auf sein Alter. Sein Name war Alexander Conklin, ehemaliger Offizier für Geheimoperationen bei der Central Intelligence Agency und jetzt im Ruhestand. Er hatte nicht den Wunsch gehabt, zu dieser Stunde an diesem Ort zu sein, und er hatte keine Ahnung, welches katastrophale Ereignis ihn hierher gebracht hatte.

Er näherte sich dem Pandämonium der Schießgalerie, als er plötzlich die Luft anhielt und regungslos stehen blieb. Seine Augen fixierten einen großen, kahlköpfigen Mann etwa in seinem Alter, der ein gestreiftes Leinenjackett über der Schulter trug. Morris Panov! Er näherte sich der Schießgalerie von der entgegengesetzten Richtung! Warum? Was war geschehen? Conklin drehte blitzartig den Kopf in alle Richtungen, ließ seine Augen über Gesichter und Körper hinweggleiten. Instinktiv wusste er, dass er und der Psychiater beobachtet wurden. Es war zu spät, um Panov zu hindern, den inneren Bereich des Treffpunktes zu betreten, aber vielleicht nicht zu spät, sie beide hier herauszubekommen!

Der CIA-Agent im Ruhestand griff nach seiner kleinen automatischen Beretta unter der Jacke und drängte rasch vorwärts. Mit seinem Stock hieb er links und rechts in die Menge, gegen vorstehende Kniescheiben, Bäuche und Brüste und Hintern, bis die verblüfften Bummler schockierte Schreie ausstießen, und es beinahe zu einem Tumult gekommen wäre. Er hechtete förmlich vorwärts, rammte mit seinem zarten Körper den verblüfften Doktor und schrie, das Geschrei der Menge übertönend, Panov ins Gesicht: »Was, zum Teufel, machst du denn hier?«

»Wahrscheinlich dasselbe, was du machst, David, oder sollte ich Jason sagen? So stand es im Telegramm.«

»Das ist eine Falle!«

Ein durchdringender Schrei übertönte den allgemeinen Lärm. Sowohl Conklin als auch Panov sahen zu der nur wenige Meter entfernten Schießgalerie hinüber. Eine beleibte Frau mit einem ausgemergelten Gesicht war in die Kehle geschossen worden. Die Menge drehte durch. Conklin wirbelte blitzschnell herum, um zu sehen, woher der Schuss gekommen war, aber die Panik war schon da. Er sah nur noch davonstürmende Menschen. Er packte Panov und schob ihn durch die schreiende, rasende Menge über den Mittelweg hinweg bis zu dem massiven Gerüst des Autoscooters am Ende des Parks, wo sich die Leute aufgeregt drängten.

»Mein Gott!«, schrie Panov. »War das für einen von uns beiden gedacht?«

»Vielleicht ... vielleicht auch nicht«, antwortete der ehemalige CIA-Agent atemlos, als Sirenen und Trillerpfeifen in der Ferne ertönten.

»Du sagtest, es wäre eine Falle!«

»Weil wir beide ein verrücktes Telegramm von David bekommen haben, in dem er einen Namen benutzt, den er fünf Jahre lang nicht benutzt hat – Jason Bourne! Und wenn ich mich nicht irre, dann stand in deinem auch, dass wir ihn unter keinen Umständen zu Hause anrufen sollten.«

»Richtig.«

»Es ist eine Falle. Du kannst besser laufen als ich, Mo, also setz dich in Bewegung. Nichts wie raus hier, wie der Teufel, und find ein Telefon. Eine Telefonzelle, um keine Spuren zu hinterlassen!«

»Was?«

»Ruf ihn zu Hause an! Sag David, dass er Marie und die Kinder schnappen und verschwinden soll!«

»Und?«

»Jemand hat uns gefunden, Mo! Jemand, der hinter Jason Bourne her ist, jemand, der jahrelang nach ihm gesucht hat und nicht eher Ruhe gibt, bevor er ihn nicht im Visier seiner Flinte hat. Du warst für Davids verdammten Schädel verantwortlich, und ich habe in Washington Himmel und Hölle in Bewegung gesetzt, um ihn und Marie lebend aus Hongkong herauszubekommen ... Die Spielregeln sind verletzt worden, und man hat uns gefunden, Mo. Dich und mich! Die einzige offiziell registrierte Verbindung zu Jason Bourne, Adresse und Beschäftigung unbekannt!«

»Weißt du, was du da sagst, Alex?«

»Da kannst du Gift drauf nehmen ... Es ist Carlos. Carlos, der Schakal. Verschwinde hier, Mo. Sieh zu, dass du deinen ehemaligen Patienten erwischst, und sag ihm, er soll abhauen!«

»Wohin soll er denn?«

»Ich habe nicht viele Freunde, schon gar keine, denen ich trauen kann. Aber du hast Freunde. Gib ihm den Namen von irgendjemanden, vielleicht von einem von deinen Ärztekumpeln, die dringende Anrufe von ihren Patienten bekommen, so wie ich dich immer angerufen habe. Sag David, er soll sich melden, wenn er in Sicherheit ist. Gib ihm einen Kode.«

»Einen Kode?«

»Jesses, Mo, benutze deinen Kopf! Einen Alias, einen Müller oder Meier …«

»Das sind ziemlich gewöhnliche Namen …«

»Dann Schickelhuber oder Moskowitz! Was du willst! Sag ihm nur, dass er uns wissen lässt, wo er ist.«

»Ich verstehe.«

»Und jetzt hau schnellstens ab, aber geh nicht nach Hause! Nimm ein Zimmer im Brookshire in Baltimore unter dem Namen … Morris, Phillip Morris. Ich treffe dich dann später dort.«

»Was wirst du tun?«

»Etwas, was ich hasse … Ich werde mir ein Ticket für einen der verfluchten Autoscooter kaufen. Niemand wird einen Krüppel in so einer Kiste beachten. Sie jagen mir zwar höllische Angst ein, aber es ist ein Ausweg, selbst wenn ich die ganze Nacht in dem verdammten Ding sitzen bleiben muss … Und jetzt verschwinde! Beeil dich!«

Der Wagen raste nach Süden über die Hügel von New Hampshire in Richtung Grenze von Massachusetts. Der Fahrer war von großer Gestalt mit einem scharf geschnittenen Gesicht. Seine Kinnbacken arbeiteten, und seine klaren, hellblauen Augen waren wütend. Neben ihm saß seine außergewöhnlich attraktive Frau. Ihre kastanienbraunen Haare leuchteten im Schein des Armaturenbretts rötlich. In ihren Armen hatte sie ein Kind, ein kleines Mädchen von acht Monaten; auf dem Rücksitz saß noch ein Kind, angeschnallt in einem tragbaren Kindersitz, ein blonder Junge von fünf Jahren, und schlief unter einer Decke.

Der Vater war David Webb, Professor für Orientalistik, aber früher einmal am berüchtigten Medusa-Projekt beteiligt, einer noch größeren Legende als Jason Bourne.

»Wir wussten, dass es mal passieren wird«, sagte Marie

St. Jacques-Webb, Kanadierin von Geburt, von Beruf Ökonomin und durch Zufall Retterin von David Webb. »Es war nur eine Frage der Zeit.«

»Es ist wahnsinnig!«, flüsterte David, um die Kinder nicht aufzuwecken. »Alles ist streng geheim, im Archiv mit der höchsten Sicherheitsstufe und dem ganzen Zinnober! Wie nur konnte irgendjemand Alex und Mo finden?«

»Wir wissen es nicht, aber Alex wird sich auf die Suche machen. Es gibt keinen Besseren als Alex. Hast du selbst gesagt ...«

»Jetzt ist er gezeichnet – er ist ein toter Mann«, unterbrach Webb sie grimmig.

»Das ist voreilig, David. ›Er ist der Beste, den es je gab‹, das waren deine Worte.«

»Das einzige Mal, wo er es nicht war, das war vor dreizehn Jahren in Paris.«

»Weil du besser warst ...«

»Nein! Weil ich meine Rolle nicht kannte, und er operierte mit älteren Daten, von denen ich keinen blassen Schimmer hatte. Er nahm an, ich wäre da draußen, aber ich hatte keine Ahnung, also konnte ich nicht nach seinen Vorstellungen handeln ... Er ist immer noch der Beste. In Hongkong hat er uns beiden das Leben gerettet.«

»Dann sagst du dasselbe, was ich auch sage, oder nicht? Wir sind in guten Händen.«

»In denen von Alex, ja. Nicht in denen von Mo. Der arme, nette Kerl ist praktisch schon tot. Sie werden ihn schnappen und knacken!«

»Er wird eher sterben, als dass er irgendjemanden Informationen über uns gibt.«

»Trotzdem haben wir keine Chance. Mit Amytal bringen sie ihn zum Sprechen, sein ganzes Leben werden sie auf Band haben. Dann killen sie ihn und nehmen meine Spur auf ... das heißt unsere, und deshalb müssen du und die Kinder in den Süden, ganz in den Süden. Die Karibik.«

»Wir schicken die Kinder, Liebling. Ich bleibe.«

»Hör auf! Das haben wir abgesprochen, als Jamie geboren wurde. Deshalb haben wir uns den Platz dort unten besorgt, deshalb haben wir deinem jüngeren Bruder die Hölle heiß gemacht, dass er uns was besorgt. Und er hat es verdammt gut gemacht. Wir besitzen die Hälfte eines florierenden Hotels an einer Schlammstraße auf einer Insel, von der nie irgendjemand was gehört hat, bevor dieser kanadische Hansdampf mit seinem Wasserflugzeug dort gelandet ist.«

»Johnny war immer der aggressive Typ. Vater hat einmal gesagt, dass er ein verkrüppeltes Kalb als erstklassigen Stier verkaufen könnte, ohne dass der Käufer es merkt.«

»Die Sache ist, dass er dich liebt ... und die Kinder. Ich zähle auch auf seine ... egal, ich vertraue ihm.«

»Wenn du meinem Bruder auch noch sosehr vertraust, was ist mit deiner Orientierung? Du hast gerade die Abzweigung zur Hütte verpasst.«

»Verdammt!«, schrie Webb, bremste und wendete. »Morgen! Du und Jamie und Alison, ihr nehmt einen Flieger vom Flughafen Logan. In Richtung Insel!«

»Darüber sprechen wir noch, David.«

»Da gibt es nichts zu diskutieren.« Webb atmete tief und gleichmäßig durch, er hatte sich ganz merkwürdig unter Kontrolle. »Hier bin ich schon mal gewesen«, sagte er ruhig.

Marie sah ihren Mann an. Sein plötzlich passives Gesicht zeichnete sich im Licht des Armaturenbretts ab. Was sie sah, erschreckte sie mehr als das Gespenst des Schakals. Sie sah nicht David Webb, den leise sprechenden Gelehrten. Sie starrte auf einen Mann, von dem sie beide gedacht hatten, dass er für immer aus ihrem Leben verschwunden wäre.

2.

Alexander Conklin fasste seinen Stock fester, als er in den Konferenzraum der Central Intelligence Agency in Langley, Virginia, hinkte. Er stand vor einem langen, beeindruckenden Tisch, groß genug, um dreißig Personen Platz zu bieten, aber stattdessen saßen nur drei Personen um ihn herum. Der Mann am Kopfende war der grauhaarige DCI, Direktor der Central Intelligence. Weder er noch seine beiden höchstrangigen Stellvertreter schienen erfreut, Conklin zu sehen. Die Begrüßung verlief förmlich, und statt den offenbar für ihn vorgesehenen Platz neben dem CIA-Beamten zur Linken des DCI einzunehmen, zog Conklin einen der Stühle am unteren Ende des Tisches hervor, setzte sich und lehnte seinen Stock mit einem Knall gegen die Tischkante.

»Nun, wo wir uns begrüßt haben, können wir ja zur Sache kommen, meine Herren.«

»Das ist kein sehr höflicher oder freundlicher Einstieg, Mr. Conklin«, bemerkte der Direktor.

»Ich habe im Moment weder Höflichkeit noch Freundlichkeit im Sinn, Sir. Ich möchte einfach nur wissen, wieso wasserdichte Four-Zero-Regeln nicht beachtet und äußerst geheime Informationen herausgegeben werden und man so das Leben einiger Leute gefährdet, unter anderen meines!«

»Das ist unerhört, Alex!«, unterbrach einer der beiden Stellvertreter.

»Völlig unwahr!«, fügte der Zweite hinzu. »Völlig unmöglich, und das weißt du auch.«

»Ich weiß es nicht, und es ist geschehen, und ich werde euch sagen, was unerhört wahr ist«, sagte Conklin wütend. »Da draußen irgendwo ist ein Mann mit einer Frau und zwei Kindern, ein Mann, dem dieses Land und ein großer Teil der Welt mehr verdanken, als irgendjemand je gutmachen könnte, und er ist auf der Flucht, er muss sich verstecken, steht Todesängste aus, weil er und seine Familie zu Zielscheiben geworden sind. Wir haben ihm unser Wort gegeben, wir alle, dass kein Teil dieser Berichte jemals ans Licht kommen würde, bevor nicht zweifelsfrei feststände, dass Ilich Ramirez Sanchez, auch als Carlos, der Schakal, bekannt, tot sein würde … Gut, ich habe dieselben Gerüchte wie Sie gehört, wahrscheinlich aus denselben oder sogar aus besseren Quellen, dass der Schakal hier gekillt oder dort hingerichtet worden sei, aber niemand, ich wiederhole, niemand hat eindeutige Beweise vorgelegt … Dennoch sind Informationen durchgesickert, ein sehr wichtiger Teil, und das betrifft mich direkt, weil mein Name dabei ist … meiner und der von Dr. Morris Panov. Wir waren die einzigen, ich wiederhole, die einzigen bekannten Personen, die engstens mit dem unbekannten Mann zusammengearbeitet haben, der den Namen Jason Bourne annahm, der in mehr Bereichen, als wir sie zählen können, als Rivale von Carlos im Tötungsgeschäft galt. Diese Informationen sind hier in Langley unter Verschluss. Wie sind sie herausgekommen? Gemäß den Vereinbarungen sollte jeder, der Zugang zu den Informationen haben wollte – egal, ob das Weiße Haus, das Auswärtige Amt oder der Heilige Generalstab –, sich an das Büro des Direktors und seines Chefanalytikers hier in Langley wenden. Jede Einzelheit eines Gesuchs muss bis ins Detail untersucht werden, und selbst wenn man hinsichtlich der Legitimation zufriedengestellt ist, gibt es eine letzte Hürde: mich. Bevor wer auch immer Zugang erhält, muss mit mir Verbindung aufgenommen werden, und im Fall meines Todes muss Dr. Panov kontaktiert werden. Und jeder von uns beiden ist berechtigt, alles glattweg abzulehnen. So liegen die Dinge nun mal, meine Herren, niemand kennt die Regeln besser als ich, schließlich habe ich sie selbst geschrieben. Und zwar hier in Langley, weil es der Platz war, den ich am besten kannte. Nach achtundzwanzig Jahren in diesem verdammten Geschäft war das meine letzte Handlung – mit der vollen Unterstützung des Präsidenten der Vereinigten Staaten und der Zustimmung des Kongresses, des Parlaments und des Senats durch ihre Sonderausschüsse zu Geheimdienstfragen.«

»Das ist schweres Geschütz, Mr. Conklin«, kommentierte der grauhaarige Direktor bewegungslos mit klangloser, neutraler Stimme.

»Es gibt schwerwiegende Gründe, die Kanonen aufzufahren.«

»Das nehme ich an. Eine der Kugeln hat mich getroffen.«

»Das sollte sie auch. Und jetzt zur Frage der Verantwortung: Ich möchte wissen, wie die Information hier rausgekommen ist, und noch wichtiger, wer sie erhalten hat.«

Die beiden stellvertretenden Direktoren begannen gleichzeitig zu sprechen, ebenso wütend wie Alex, wurden aber vom DCI unterbrochen, der ihre Arme berührte, in der einen Hand eine Pfeife, in der anderen ein Feuerzeug. »Immer mit der Ruhe. Sagen Sie, Mr. Conklin«, meinte der Direktor und zündete seine Pfeife an, »Sie kennen offenbar meine beiden Vertreter, aber Sie und ich, wir sind uns noch nie begegnet, oder?«

»Nein. Ich habe vor viereinhalb Jahren den Abschied genommen, und Sie wurden ein Jahr danach ernannt.«

»Wie viele andere – ganz zu Recht, wie ich glaube – hielten Sie es für eine Ernennung auf Grund von Beziehungen.«

»Das war es ja wohl auch, aber ich habe damit keine Schwierigkeiten gehabt. Sie schienen mir immer qualifiziert zu sein. Meiner Information nach waren Sie ein unpolitischer Admiral in Annapolis mit Geheimdienstaufgaben, der im Vietnamkrieg zufällig mit einem FMF-Marineoberst zusammenarbeitete, der später Präsident wurde. Andere wurden dabei übergangen, aber so etwas passiert. Keine Probleme.«

»Danke. Aber Sie haben Probleme mit meinen stellvertretenden Direktoren?«

»Das ist Vergangenheit, doch ich könnte sowieso nicht sagen, dass einer von ihnen je ein wirklicher Freund eines CIA-Agenten draußen bei der Truppe gewesen wäre. Sie sind Analytiker, Strategen, keine Praktiker.«

»Ist das nicht eine natürliche Aversion, die übliche Feindschaft?«

»Natürlich. Sie ziehen ihre Schlüsse Tausende von Kilometern vom Einsatzort entfernt, mit Computern, von denen keiner weiß, wer sie programmiert hat, und mit Daten, die den Agenten draußen ebenfalls unbekannt sind. Sie haben verdammt Recht, dass es eine natürliche Aversion ist. Draußen geht es um die Wirklichkeit. Die hier haben mit kleinen grünen Buchstaben auf Computerbildschirmen zu tun und treffen Entscheidungen, die sie oft besser nicht treffen sollten.«

»Weil Leute wie du kontrolliert werden müssen«, warf der Stellvertreter zur Rechten des Direktors ein. »Wie oft, selbst heute, fehlt Männern und Frauen wie euch das Gesamtbild? Die gesamte Strategie ist wichtig und nicht nur ein Teil davon.«

»Dann müsste eben ein besseres Bild übermittelt werden, oder zumindest ein Überblick, damit wir selbst herausfinden können, was sinnvoll ist und was nicht.«

»Und wo endet der Überblick, Alex?«, fragte der Stellvertreter zur Linken des DCI. »An welchem Punkt müssen wir sagen: ›Das können wir nicht freigeben … zum Besten aller Beteiligten‹?«

»Ich weiß nicht. Ihr seid die Strategen, nicht ich. Von Fall zu Fall, denke ich, aber auf jeden Fall müsste die Kommunikation besser sein, als ich sie jemals draußen bekommen habe … Doch Moment mal. Nicht ich stehe hier zur Debatte, sondern Sie.« Alex sah den Direktor an. »Sehr geschickt, Sir, aber ich gehe auf den Themawechsel nicht ein. Ich bin hier, um herauszufinden, wer was bekam und wie. Wenn Sie es lieber haben, gehe ich direkt zum Weißen Haus oder zum Kapitol und schaue zu, wie ein paar Köpfe rollen. Ich erwarte Antworten.«

»Ich wollte nicht ablenken, Mr. Conklin, sondern nur für einen Moment das Thema wechseln, um auf einen bestimmten Punkt zu kommen. Sie hatten offenbar Einwände gegen die Methoden und die Kompromisse, die in der Vergangenheit von meinen Kollegen angewandt worden sind, aber hat Sie jemals einer von ihnen in die Irre geführt oder angelogen?«

Alex warf einen kurzen Blick auf die beiden Stellvertreter. »Nur wenn sie mich anlügen mussten und wenn es nichts mit meinem Außendienst zu tun hatte.«

»Das ist ein merkwürdiges Argument.«

»Wenn sie es Ihnen nicht gesagt haben, dann hätten sie es tun sollen. Ich war Alkoholiker, vor fünf Jahren – und ich bin es noch, aber ich trinke nicht mehr. Ich habe nur noch die Zeit bis zu meiner Pensionierung abgesessen, weshalb mir niemand etwas sagte, und sie hätten es auch nicht wagen dürfen.«

»Zu Ihrem besseren Verständnis: Meine Kollegen haben mir lediglich gesagt, Sie seien krank gewesen und dass Sie nicht bis zum Ende auf der Höhe Ihrer gewohnten Leistungsfähigkeit waren.«

Wieder sah Conklin die beiden Stellvertreter an und nickte beiden zu. »Danke, Casset, und dir auch, Valentino, aber das hättet ihr nicht tun sollen. Ich war ein Trunkenbold, und so was sollte kein Geheimnis sein, das hat mit meiner Person nichts zu tun.«

»Aus dem, was wir über Hongkong gehört haben, hast du dort einen Teufelsjob geleistet«, sagte der mit Casset Angesprochene. »Davon wollten wir nicht ablenken.«

»Du hast uns Zahnschmerzen bereitet, solange ich denken kann«, fügte Valentino hinzu. »Aber trotzdem konnten wir dich nicht als einen einfachen Alkoholiker erscheinen lassen.«

»Schwamm drüber. Kommen wir zurück auf Jason Bourne. Deswegen bin ich hier, deshalb mussten Sie mich empfangen.«

»Und allein deswegen bin ich einen Moment ausgewichen, Mr. Conklin. Sie hatten professionelle Meinungsverschiedenheiten mit meinen Stellvertretern, aber ich nehme an, dass Sie nicht an ihrer Integrität zweifeln.«

»Bei anderen schon, aber nicht bei Casset oder Val. Was mich angeht, so haben sie ihren Job gemacht und ich meinen. Es lag am System. Aber jetzt und hier liegt der Fall anders. Die Regeln sind eindeutig und absolut. Und da ich nicht kontaktiert worden bin, müssen sie gebrochen worden sein, ich wurde hinters Licht geführt, man hat mich angelogen. Ich wiederhole also meine Frage: Wie ist es geschehen, und wer hat die Information erhalten?«

»Das ist alles, was ich hören wollte«, sagte der Direktor und griff zum Telefon auf dem Tisch. »Rufen Sie bitte Mr. DeSole an und bitten Sie ihn, in den Konferenzraum zu kommen.« Der DCI legte auf und wandte sich an Conklin. »Ich nehme an, Sie kennen Steven DeSole.«

»DeSole, stumm wie ein Grab.« Alex nickte.

»Wie bitte?«

»Es ist ein alter Spruch hier«, erklärte Casset dem Direktor. »Steve weiß, wo die Leichen liegen, aber wenn die Zeit kommt, dann wird er nicht einmal dem lieben Gott was verraten, wenn der ihm nicht die Four-Zero-Bestätigung vorlegt.«

»Ich glaube, das bedeutet, dass Sie alle drei und insbesondere Mr. Conklin, Mr. DeSole für einen echten Profi halten?«

»Ich werde darauf antworten«, sagte Alex. »Er wird Ihnen alles sagen, was Sie wissen müssen, aber nicht mehr. Und er wird Sie auch nicht anlügen. Er wird seinen Mund halten oder sagen, dass er nichts sagen kann, aber er wird niemanden anlügen.«

»Auch das wollte ich hören.« Es gab ein kurzes Klopfen an der Tür, und der Direktor rief: »Herein.« Ein Mann mittlerer Größe, etwas übergewichtig, betrat den Raum und schloss die Tür hinter sich. Seine Augen wurden durch seine Stahlrahmenbrille stark vergrößert. Ein beiläufiger zweiter Blick zeigte ihm auch Alexander Conklin, dessen Anblick ihn offensichtlich erschrecken ließ. Doch sekundenschnell ging sein Schreck in freudige Überraschung über. Er lief mit ausgestreckter Hand zu Conklins Stuhl.

»Schön, dich zu sehen, alter Junge. Muss ja jetzt schon zwei oder drei Jahre her sein, oder?«

»Wohl eher vier, Steve«, antwortete Alex und schüttelte ihm die Hand. »Wie geht es dem Oberstrategen und -analytiker, dem Hüter der Schlüssel?«

»Heutzutage gibt es nicht viel zu analysieren oder wegzuschließen. Das Weiße Haus ist ein Sieb, und der Kongress ist nicht viel besser. So gesehen, dürfte ich nur noch die Hälfte verdienen, aber sag's nicht weiter.«

»Trotzdem behalten wir immer noch ein paar Dinge für uns, nicht wahr?«, unterbrach der DCI lächelnd. »Zumindest von früheren Operationen. Vielleicht hätten Sie damals das Doppelte bekommen müssen.«

»So wird es wohl sein.« DeSole schüttelte humorvoll seinen Kopf, als er die Hand von Conklin losließ. »Die Tage der Archivhüter und der bewaffneten Transporte in unterirdische Lager sind vorüber. Heute ist alles computerisiert und wird von hoch oben gesteuert. Ich brauche nicht mehr auf diese wunderbaren Reisen zu gehen, unter militärischer Beobachtung, in der Hoffnung, vielleicht von der wunderbaren Mata Hari überfallen zu werden. Seit ewigen Zeiten ist mir kein Koffer mehr ans Handgelenk geschlossen worden.«

»So lebt sich's viel sicherer«, sagte Alex.

»Aber es passiert nichts, worüber ich mit meinen Enkeln sprechen könnte, alter Junge. ›Was hast du denn gemacht als großer Spion, Opa?‹ – ›Hauptsächlich Kreuzworträtsel gelöst in den letzten Jahren.‹«

»Seien Sie vorsichtig, Mr. DeSole«, sagte der DCI lächelnd. »Vielleicht sollte ich doch eine Empfehlung schreiben, Ihnen den Lohn zu kürzen. Aber natürlich glaube ich Ihnen nicht einen Moment lang.«

»Ich auch nicht.« Conklin sprach ruhig und wütend. »Dies hier ist eine Untersuchung«, fügte er hinzu und fixierte den übergewichtigen Analytiker.

»Was soll das heißen?«, fragte DeSole.

»Du weißt, weshalb ich hier bin. Oder?«

»Ich wusste nicht, dass du hier bist.«

»Oh, ich verstehe. Es hat sich einfach so ergeben, dass du zufällig da warst und auch gerade bereit, zu uns zu kommen.«

»Mein Büro ist unten in der Halle. Ziemlich weit unten, möchte ich hinzufügen.«

Conklin sah den DCI an. »Wiederum sehr geschickt, Sir. Sie holen drei Leute her, von denen Sie annehmen, dass ich mit ihnen, vom ganz Normalen mal abgesehen, keinen größeren

Ärger hatte, drei Leute, von denen Sie glauben, dass ich ihnen von Grund auf vertraue. So werde ich schon glauben, was hier gesagt wird.«

»Im Grunde ist das richtig, Mr. Conklin, weil das, was Sie hören werden, die Wahrheit ist. Setzen Sie sich, Mr. DeSole. Vielleicht zu uns herüber, damit der ehemalige Kollege uns besser beobachten kann, wenn wir ihm die Sache erklären.«

»Ich habe verdammt noch mal nichts zu erklären«, sagte der Analytiker, als er zum Stuhl neben Casset ging. »Aber im Lichte der etwas groben Äußerungen unseres ehemaligen Kollegen würde ich ihn ganz gerne studieren. Bist du okay, Alex?«

»Er ist okay«, antwortete Valentino. »Zwar schlägt er auf die Falschen ein, aber er ist okay.«

»Die fragliche Information hätte nicht nach außen dringen können ohne das Einverständnis und die Kooperation der Leute in diesem Raum.«

»Welche Information?«, fragte DeSole, indem er den DCI anschaute, wobei sich plötzlich seine Augen hinter den Brillengläsern noch mehr weiteten. »Oh, die Sache mit höchster Geheimhaltungsstufe, nach der Sie mich heute früh gefragt haben?«

Der Direktor nickte und sah wieder zu Conklin hinüber. »Beginnen wir mit heute früh. Vor sieben Stunden, kurz nach neun Uhr, erhielt ich einen Anruf von Edward McAllister, früher im Außenministerium und jetzt Vorsitzender des Bundesgeheimdienstes. Mir wurde gesagt, dass McAllister mit Ihnen, Mr. Conklin, in Hongkong gewesen ist, stimmt das?«

»Mr. McAllister war dabei«, antwortete Alex kurz. »Er flog inkognito mit Jason Bourne nach Macao, wo er so schwer angeschossen wurde, dass es ihn beinahe erwischt hätte. Er ist ein intellektueller Sonderling, aber trotzdem einer der tapfersten Männer, die ich je getroffen habe.«

»Er sagte nichts Genaueres, sondern nur, dass er da sei und dass ich notfalls meinen Terminkalender ändern müsse, weil unser Treffen mit Ihnen von höchster Dringlichkeit sei … Schweres Geschütz, Mr. Conklin.«

»Ich wiederhole, es gibt schwerwiegende Gründe.«

»Offensichtlich. Mr. McAllister gab mir die exakten, streng geheimen Kodes, mit denen man an die Akte kommt, von der Sie sprechen – die Unterlagen über die Hongkong-Operation. Ich meinerseits gab die Information an Mr. DeSole weiter. Lassen Sie uns hören, was er zu sagen hat.«

»Nichts ist angerührt worden, Alex«, sagte DeSole ruhig und sah Conklin an. »Bis heute früh, neun Uhr dreißig, lag alles vier Jahre, fünf Monate, einundzwanzig Tage, elf Stunden und dreiundvierzig Minuten ohne Unterbrechung in der schwarzen Kassette, ob du es glaubst oder nicht.«

»Was diese Akte angeht, bin ich auf alles gefasst.«

»Wie auch immer«, sagte DeSole sanft. »Man wusste von dir, dass du Probleme hattest, und Panov ist nicht so erfahren, was Sicherheitsprobleme angeht.«

»Worauf, zum Teufel, willst du hinaus?«

»Ein dritter Name wurde den Zugriffsformalitäten für die Hongkong-Akte hinzugefügt ... Edward Newington McAllister, auf seine eigene Veranlassung hin und mit dem Einverständnis sowohl des Präsidenten als auch des Kongresses. Dafür hat er gesorgt.«

»O mein Gott«, sagte Conklin leise, zögernd. »Als ich ihn vergangene Nacht von Baltimore aus anrief, sagte er, es sei unmöglich. Dann sagte er, ich müsse mir selbst ein Bild machen und er werde diese Konferenz hier ansetzen ... Jesus, was ist geschehen?«

»Ich würde sagen, dass wir in anderer Richtung suchen müssen«, sagte der DCI. »Aber bevor wir das tun, Mr. Conklin, müssen Sie eine Entscheidung treffen. Sie sehen, dass keiner von uns hier am Tisch etwas über den Inhalt dieser höchst geheimen Akte weiß. Wir haben uns natürlich darüber ausgetauscht, wobei klar wurde, dass wir alle nicht mehr wissen, als dass Sie in Hongkong einen Teufelsjob geleistet haben. Worum es aber genau ging, ist uns allen unbekannt. Wir kennen Gerüchte aus unserer Fernostabteilung, die die meisten von uns allerdings, offen gesagt, für übertrieben halten, doch es taucht immer wieder Ihr Name und der von Jason Bourne auf. Weiter heißt es, dass Sie für die Verhaftung und Hinrichtung des Killers, den wir als Bourne kennen, oder besser: kannten, verantwortlich waren. Aber vor wenigen Minuten haben Sie gesagt: ›Der Mann, der den Namen Jason Bourne annahm‹, womit Sie sagen, dass er lebt und sich irgendwo versteckt hält. Was also die Details angeht, wissen wir nichts, zumindest ich nicht.«

»Sie haben die Akte nicht eingesehen?«

»Nein«, antwortete DeSole. »Das war meine Entscheidung. Wie du vielleicht weißt oder auch nicht, wird jedes Öffnen einer Akte von höchster Geheimhaltung automatisch mit Datum und Stunde vermerkt. Da ich wusste, dass es bei einem illegalen Zugriff mächtige Aufregung geben würde, habe ich mich gehütet, mir das Ding anzusehen. Die Akte wurde also beinahe fünf Jahre lang nicht angerührt, folglich auch nicht gelesen, nicht einmal ihre Existenz war bekannt, und so kann sie auch nicht in die Hände der falschen Leute geraten sein, um wen immer es sich da handeln mag.«

»Du hast dich ja gründlich abgesichert.«

»Aber natürlich, Alex. Diese Akte trägt das Siegel des Weißen Hauses. Im Moment ist hier alles einigermaßen ruhig, und niemandem ist damit gedient, sich mit dem Oval Office anzulegen. Zwar sitzt da mittlerweile ein neuer Mann am Tisch, aber der frühere Präsident ist noch sehr lebendig und sehr eigensinnig. Er müsste konsultiert werden. Warum soll man sich Ärger aufhalsen?«

Conklin sah sich jedes Gesicht genau an und sagte ruhig: »Dann kennen Sie die Geschichte also wirklich nicht?«

»Das ist die Wahrheit, Alex«, sagte Casset.

»Mein Wort«, fügte Steven DeSole hinzu.

»Da Sie unsere Hilfe brauchen, könnten wir vielleicht das eine oder andere über die widersprüchlichen Gerüchte hinaus erfahren«, sagte der Direktor. »Ich weiß nicht, ob wir helfen können, aber ich weiß, dass wir manches absolut geheim machen können.«

Alex schaute sich nochmals jeden einzelnen an, wobei sich die Falten in seinem Gesicht deutlicher als sonst abzeichneten – als würde ihm die Entscheidung im Moment äußerst schwer fallen. »Seinen Namen werde ich Ihnen nicht sagen, weil ich ihm mein Wort gegeben habe … vielleicht später, nicht jetzt. Und er ist auch nicht in den Akten zu finden. Nur als Kode, aber auch darauf habe ich mein Wort gegeben. Das Übrige erzähle ich Ihnen, weil ich Ihre Hilfe brauche. Wo soll ich anfangen?«

»Vielleicht bei diesem Treffen?«, schlug der Direktor vor. »Wodurch ist es zustande gekommen?«

»In Ordnung, das geht schnell.« Conklin schaute nachdenklich auf die Tischplatte, griff abwesend nach seinem Stock und hob dann den Blick. »Vergangene Nacht wurde eine Frau in einem Vergnügungspark außerhalb von Baltimore getötet …«

»Ich habe heute früh darüber in der *Post* gelesen«, unterbrach ihn DeSole. »Mein Gott, warst du …«

»Ich hab's auch gelesen«, flocht Casset ein und sah Alex an. »Vor einer Schießgalerie. Sie haben sie geschlossen.«

»Ich habe gedacht, es sei irgendwie ein schrecklicher Unfall gewesen.« Valentino schüttelte leicht den Kopf. »Ich habe den Artikel allerdings nicht gelesen.«

»Ich habe den üblichen Packen Zeitungsausschnitte bekommen, was genug Journalismus am frühen Morgen ist«, sagte der Direktor. »Ich erinnere mich nicht an solch einen Artikel.«

»Bist du da drin verwickelt, alter Junge?«

»Nur um den Preis eines ziemlichen Opfers bin ich es nicht … ich sollte sagen, sind wir es nicht.«

»Wir?« Casset legte alarmiert die Stirn in Falten.

»Morris Panov und ich haben identische Telegramme von Jason Bourne erhalten, worin er uns bat, um 21.30 Uhr vergangene Nacht im Vergnügungspark zu sein. Es sei dringend, und wir sollten ihn vor der Schießgalerie treffen, aber unter keinen Umständen zu Hause anrufen. Wir nahmen beide unabhängig voneinander an, dass er seine Frau nicht beunruhigen wollte, dass er uns persönlich etwas sagen musste, was sie nicht wissen sollte … Wir kamen zur selben Zeit an, ich sah Panov zuerst und hatte das Gefühl, dass die Umgebung nicht gut sei. In aller Interesse, vor allem Bournes, hätten wir vorher miteinander reden müssen. Das roch ziemlich nach einer Falle, und ich tat mein Bestes, uns da schnell rauszubekommen. Die einzige Möglichkeit schien mir ein Ablenkungsmanöver zu sein.«

»Du hast einen mittleren Tumult ausgelöst«, sagte Casset nüchtern. »Es war das Einzige, was ich tun konnte, und das Einzige, wozu dieser verdammte Stock gut ist, außer dass er mich aufrecht hält. Ich schlug gegen jedes Schienbein, jede Kniescheibe in Reichweite, ein paar Bäuche und Titten haben auch was abgekriegt. Wir kamen aus dem Kreis heraus, aber die arme Frau wurde getötet.«

»Was stellst du dir vor ... hast du eine Ahnung?«, fragte Valentino. »Ich weiß es nicht, Val. Es war eine Falle, das ist keine Frage, aber was für eine Falle? Wenn das, was ich in dem Moment dachte und was ich jetzt denke, stimmt, wie konnte ein gekaufter Pistolenschütze auf diese Entfernung danebenschießen? Der Schuss kam von weiter oben links – nicht, dass ich ihn gehört hätte –, die Stellung der Frau und das Blut überall an ihrem Hals deuteten darauf hin, dass sie sich umgedreht und bei der Drehung die Kugel abbekommen hatte. Sie konnte nicht von der Galerie gekommen sein, die Gewehre dort sind angekettet, und die Fleischfetzen in ihrem Genick wurden von einem stärkeren Kaliber als dem der Spielzeuge dort verursacht. Wenn der Killer entweder Mo Panov oder mich erwischen wollte, hätte er nicht so weit danebenliegen dürfen. Nicht, wenn das, was ich denke, richtig ist.«

»Richtig, Mr. Conklin«, warf der DCI ein, »wenn der Killer Carlos, der Schakal, hieß.«

»Carlos?«, rief DeSole aus. »Was hat in Himmels Namen der Schakal mit einem Mord in Baltimore zu tun?«

»Jason Bourne«, antwortete Casset.

»Bourne war irgendein Abenteurer aus Asien, der nach Europa kam, um Carlos herauszufordern, und verlor. Wie der Direktor gerade gesagt hat, fuhr er zurück in den Fernen Osten und wurde vor vier oder fünf Jahren getötet. Aber laut Alex ist er noch am Leben, da er und jemand mit Namen Panov Telegramme von ihm erhalten haben. Was haben in Gottes Namen ein toter Wirrkopf und der berüchtigtste Mörder der Welt mit vergangener Nacht zu tun?«

»Du warst die ersten Minuten nicht hier, Steve«, sagte

Casset. »Offenbar haben sie eine Menge mit vergangener Nacht zu tun.«

»Wie bitte?«

»Ich denke, Sie sollten ganz von vorne beginnen, Mr. Conklin«, sagte der Direktor. »Wer ist Jason Bourne?«

»Nach allem, was man sagt, ist er ein Mann, der nie existiert hat«, antwortete der ehemalige CIA-Agent.

3.

»Der eigentliche Jason Bourne war eine Null, ein paranoider Herumtreiber aus Tasmanien, der irgendwie als Teil einer Operation nach Vietnam kam, an die sich heute kein Mensch mehr erinnern möchte. Er gehörte zu einer Ansammlung von Killern, Taugenichtsen, Schmugglern und Dieben, die meisten entwichene Kriminelle, viele mit einem Todesurteil in der Tasche, aber sie kannten jeden Quadratzentimeter von Südostasien, und sie operierten hinter den feindlichen Linien – von uns bezahlt.«

»Medusa«, murmelte Steven DeSole. »Alles begraben. Sie waren Tiere, die willkürlich, ohne jeden Sinn und ohne Erlaubnis töteten und Millionenwerte haben mitgehen lassen. Wilde.«

»Die meisten, nicht alle«, sagte Conklin. »Aber der eigentliche Bourne passte tatsächlich in jedes nur denkbare Schurkenklischee, er verriet sogar die eigenen Leute. Der Anführer einer besonders gefährlichen Aufgabe – was sage ich, zum Teufel, sie war selbstmörderisch – erwischte Bourne, wie er ihre Position per Funk an die Nordvietnamesen durchgab. Er hat ihn auf der Stelle erschossen und seinen Körper im Dschungel von Tam Quan in einen Sumpf geworfen. Jason Bourne verschwand vom Antlitz der Erde.«

»Offenbar ist er wieder auferstanden, Mr. Conklin«, bemerkte der Direktor und lehnte sich über den Tisch.

»In einem anderen Körper«, gab Alex nickend zu. »Für eine andere Aufgabe. Der Mann, der Bourne in Tam Quan hinrichtete, nahm seinen Namen an und war einverstanden, für eine Operation ausgebildet zu werden, die wir Treadstone Seventy-one nannten, nach einem Gebäude in New York in der 71. Straße, wo er ein brutales Indoktrinierungsprogramm durchmachte. Auf dem Papier war es eine brillante Strategie, die am Ende schiefging wegen etwas, was niemand voraussagen, nicht einmal in Betracht ziehen konnte. Nach beinahe drei Jahren, während derer er in der Rolle des zweitgrößten Mörders der Welt gelebt und nach Europa gegangen war, um – wie Steve schon ganz richtig gesagt hat – den Schakal auf seinem eigenen Territorium herauszufordern, wurde unser Mann verwundet und verlor sein Bewusstsein. Er wurde halbtot im Mittelmeer gefunden und von einem Fischer nach Port Noir gebracht. Er hatte keine Ahnung, wer er war oder was er war. Allerdings war er ein Meister in verschiedenen Kriegstechniken, sprach mehrere orientalische Sprachen, und er war offenbar ein sehr gebildeter Mensch. Mithilfe eines britischen Arztes, eines nach Port Noir strafversetzten Alkoholikers, begann unser Mann sein Leben, seine Identität zu rekonstruieren, aus psychischen und physischen Fragmenten. Es war eine Reise durch die Hölle – und wir, die das Ganze in Szene gesetzt hatten, die den Mythos erfunden hatten, waren keine Hilfe für ihn. Wir wussten nicht, was passiert war. Wir dachten, er sei durchgedreht, er sei wirklich zu dem mythischen Mörder geworden, den wir geschaffen hatten, um Carlos in die Falle zu locken. Ich selbst habe versucht, ihn in Paris zu töten, und als er mir das Gehirn hätte wegblasen können, hat er es nicht getan, er konnte es nicht. Am Ende fand er den Weg zu uns zurück, durch die außerordentlichen Talente einer kanadischen Frau, die er in Zürich getroffen hatte und die heute mit ihm verheiratet ist. Diese Frau hat mehr Verstand als irgendeine Frau, der ich jemals begegnet bin. Und heute sind sie und ihr Mann und ihre beiden Kinder wieder in einen Albtraum geraten und rennen um ihr Leben.«

Den aristokratischen Mund offen, die Pfeife vor seiner Brust, sagte der Direktor: »Sie sitzen hier und wollen uns erzählen, dass der Killer, den wir als Jason Bourne kennen, eine Erfindung war? Dass er nicht der war, für den wir ihn alle gehalten haben?«

»Er tötete, wenn er töten musste – um zu überleben, aber er war kein Killer. Wir schufen diesen Mythos, um Carlos, den Schakal, aus der Reserve zu locken.«

»Gütiger Gott!«, rief Casset aus. »Wie denn das?«

»Massive Desinformation im gesamten Fernen Osten. Wann immer ein wichtiger Mord geschah, ob in Tokio oder Hongkong, Macao oder Korea, egal, wo, Bourne wurde eingeflogen und nahm die Geschichte auf seine Kappe, hinterließ Spuren, verspottete die Behörden, bis er zur Legende wurde. Drei Jahre lang lebte unser Mann in einer Welt des Verbrechens – Drogen, Warlords, Schwerstverbrecher. Er wühlte sich mit einem einzigen Ziel da hinein: Nach Europa zu kommen und Carlos zu ködern, sein Revier zu bedrohen, um den Schakal ins Freie zu locken, wenn auch nur für einen Augenblick, aber lange genug, um ihm eine Kugel in den Kopf zu jagen.«

Um den Tisch herum herrschte spannungsvolles Schweigen. DeSole brach es, wobei seine Stimme nur ein Flüstern war: »Was für eine Art Mensch kann eine solche Aufgabe übernehmen?«

Conklin sah ihn an und antwortete monoton: »Ein Mann, der das Gefühl hatte, dass es nicht viel gab, wofür zu leben es sich lohnte, jemand, der eine Todessehnsucht hatte, vielleicht ein anständiger junger Mensch, der sich aus Hass und Frustration Medusa anschloss.« Der ehemalige CIA-Agent schwieg. Sein Schmerz war offensichtlich. »Komm schon, Alex«, sagte Valentino. »Du kannst uns jetzt nicht so dasitzen lassen.«

»Nein, natürlich nicht.« Conklin blinzelte mehrmals und holte sich in die Gegenwart zurück. »Ich dachte daran, wie schrecklich das alles jetzt für ihn sein muss – die Erinnerungen, das, an was er sich erinnern kann. Da könnte sich etwas wiederholen. Die Frau, die Kinder.«

»Was meinst du?«, fragte Casset und beugte sich vor.

»Vor vielen Jahren, während des Vietnamkrieges, war unser Mann ein junger in Phnom Penh stationierter ausländischer Offizier, ein Student, verheiratet mit einer Thai-Frau, die er auf der Uni getroffen hatte. Sie hatten zwei Kinder und lebten am Ufer eines Flusses. Eines Morgens, als die Frau mit den Kindern beim Schwimmen war, überflog ein Jet aus Hanoi das Gebiet und tötete alle drei. Unser Mann drehte durch. Er ließ alles im Stich, kam nach Saigon und trat Medusa bei.

Er wollte nichts anderes als töten. Er wurde Delta one – Namen gab es nicht –, und er wurde als einer der effektivsten Guerillaführer im Krieg angesehen, der genauso oft mit dem Oberkommando in Saigon im Clinch lag wie mit dem Feind.«

»Aber er war offensichtlich auf unserer Seite«, warf Valentino ein.

»Er hat Saigon wohl nur benutzt. Er führte seinen eigenen Privatkrieg, immer möglichst weit hinter den feindlichen Linien, je näher an Hanoi, umso lieber war es ihm. Ich glaube, dass er im Innersten ständig Ausschau nach dem Piloten hielt, der seine Familie getötet hatte … Vor vielen Jahren gab es eine Frau und zwei Kinder, die vor seinen Augen getötet wurden. Jetzt gibt es eine andere Frau und zwei Kinder, und der Schakal kreist sie ein und kommt immer näher. Das muss ihn doch verrückt machen. Verdammt noch mal!«

Die vier Männer am anderen Ende des Tisches schauten sich kurz an und ließen Conklins plötzliche Gefühlsaufwallung vorübergehen. Dann sprach wieder der Direktor:

»Wenn man die Zeitspanne bedenkt, dann liegt die Operation gegen Carlos gute zehn Jahre zurück, aber die Ereignisse von Hongkong sind viel jüngeren Datums. Gab es da eine Verbindung? Ohne uns Namen zu geben, was können Sie uns zu Hongkong sagen?«

Alex ergriff seinen Stock so fest, dass die Knöchel weiß hervortraten, und antwortete: »Hongkong war sowohl die lausigste Operation, die jemals in dieser Stadt konzipiert worden ist, als auch zweifellos die außergewöhnlichste, von der ich je gehört habe. Zu meiner tiefen Beruhigung hatten wir hier in Langley zu Anfang nichts mit der Planung zu tun. Ich kam später dazu, und was ich vorfand, drehte mir den Magen um. Auch McAllister machte es krank, denn er war seit Beginn dabei. Und deshalb hat er sein Leben riskiert und ist beinahe als Leiche an der chinesischen Grenze zu Macao geendet. Sein intellektgesteuertes Moralbewusstsein konnte nicht zulassen, dass ein anständiger Mensch der Strategie geopfert wird.«

»Das ist eine teuflische Beschuldigung«, meinte Casset. »Was ist denn geschehen?«

»Unsere eigenen Leute sorgten dafür, dass Bournes Frau gekidnappt wurde, jene Frau, die uns den Mann ohne Gedächtnis wiedergeschenkt hatte. Sie legten eine Spur, die ihn zwang, ihr nachzureisen – nach Hongkong.«

»Herr im Himmel, warum das?«, rief Valentino.

»Die Strategie! Sie war perfekt, und sie war absolut scheußlich. Ich habe bereits gesagt, dass der ›Killer‹ mit Namen Jason Bourne in Asien zu einer Legende geworden war. Er verschwand in Europa, blieb aber nach wie vor in Asien eine Legende. Dann plötzlich, aus dem Nichts, hat ein neuer unternehmungslustiger Killer, der von Macao aus operierte, die Legende wiederbelebt. Er nahm Jason Bournes Namen an, und die bezahlten Morde gingen von vorne los. Kaum eine Woche verging, manchmal nur Tage, ohne dass ein neuer Fund gemacht wurde, mit denselben Indizien, dasselbe Verhöhnen der Polizei. Ein falscher Bourne war ins Geschäft eingestiegen, und er hatte jeden Trick des Originals genau studiert.«

»Wer also war besser geeignet, ihn zu überführen, als derjenige, der die Tricks erfunden hatte? Das Original, euer Original«, warf der Direktor ein. »Und welche Methode eignete sich besser, den echten Bourne dazu zu zwingen, als ihm seine Frau wegzunehmen. Aber warum? Warum war Washington daran so interessiert? Es gab doch keine Verbindungen mehr zu uns?«

»Da war etwas viel Schlimmeres. Unter den Kunden des neuen Jason Bourne war ein Verrückter in Peking, ein Kuomintang-Verräter in der Regierung, der den Fernen Osten in ein Inferno verwandeln wollte. Er war entschlossen, die sinobritischen Verträge zunichte zu machen, die Kolonie einzunehmen und das ganze Gebiet ins Chaos zu stürzen.«

»Krieg«, sagte Casset ruhig. »Peking wäre in Hongkong einmarschiert. Da hätten wir alle Farbe bekennen müssen … Krieg.«

»Und das im nuklearen Zeitalter«, fügte der Direktor hinzu. »Wie weit war denn das alles gediehen, Mr. Conklin?«

»Ein Vize-Premier der Volksrepublik China war bei einem privaten Gemetzel in Kowloon getötet worden. Der Hochstapler hinterließ seine Visitenkarte: Jason Bourne.«

»Guter Gott, er musste einfach ausgeschaltet werden!«, empörte sich der DCI und griff nach seiner Pfeife.

»Wurde er auch«, sagte Alex und ließ seinen Stock los. »Aber von dem einzigen Menschen, der ihn wirklich erwischen konnte. Dem echten Jason Bourne. Das ist alles, was ich Ihnen jetzt sagen kann, außer nochmals zu wiederholen, dass dieser Mann wieder mit seiner Frau und seinen Kindern auf der Flucht ist und Carlos sich an seine Fersen geheftet hat. Der Schakal wird nicht eher Ruhe geben, bevor er nicht sicher ist, dass der einzige lebende Mensch, der ihn identifizieren kann, tot ist. Es müssen alle mobilisiert werden, die uns irgendwie verpflichtet sind, in Paris, London, Rom, Madrid – insbesondere Paris. Irgendjemand muss irgendetwas wissen. Wo ist Carlos jetzt? Wo sind seine Stützpunkte? Er hat Augen hier in Washington, und wer immer sie sind, sie haben Panov und mich gefunden!« Der ehemalige CIA-Agent starrte zum Fenster hinaus. »Versteht ihr nicht?«, fügte er hinzu, als ob er zu sich selbst spräche. »Wir dürfen es nicht geschehen lassen. O mein Gott, wir dürfen es nicht geschehen lassen!«

Wieder ließ man den emotionalen Anfall stillschweigend vorübergehen, und die Leute vom Geheimdienst tauschten Blicke aus. Es war, als ob zwischen ihnen ein Einverständnis ohne Worte erreicht worden wäre: Drei Augenpaare fielen auf Casset. Er nickte. Er akzeptierte seine Wahl als derjenige, der Conklin am nächsten stand. Er sprach. »Alex, ich stimme dir zu, dass alles auf Carlos deutet, aber bevor wir anfangen, unser Getriebe in Europa anzuwerfen, müssen wir sicher gehen. Falschen Alarm können wir uns nicht leisten, weil wir dem Schakal damit zeigen würden, wie empfindlich wir sind, was ihn betrifft. Nach dem, was du uns gesagt hast, hat Carlos an eine seit langem ruhende Operation, bekannt unter dem Namen Treadstone Seventy-one, angeknüpft, möglicherweise nur deshalb, weil keiner unserer Agenten oder Unteragenten seit über zehn Jahren in seiner unmittelbaren Nähe gewesen ist.«

Conklin sah aufmerksam in Charles Cassets nachdenkliches Gesicht. »Du willst also sagen, dass für den Fall, dass ich Unrecht habe und es nicht der Schakal ist, wir eine dreizehn

Jahre alte Wunde aufreißen und ihm ein Opfer anbieten könnten, das er einfach töten müsste.«

»So in etwa.«

»Ich glaube, dass das alles gut durchdacht ist, Charlie ... Ich halte mich rein an äußere Fakten, oder? Sie regen meine Instinkte an, aber es sind dennoch klare Fakten.«

»Ich würde mich eher auf diese Instinkte verlassen als auf irgendwelche umfangreichen Analysen ...«

»Ich auch«, unterbrach Valentino. »Sie haben uns aus fünf oder sechs schwierigen Fällen gerettet, als alle Indikatoren darauf hindeuteten, dass du falsch lagst. Allerdings hat Charlie eine legitime Frage gestellt. Angenommen, es ist nicht Carlos? Dann schicken wir nicht nur eine falsche Botschaft nach Europa, sondern, was noch wichtiger ist, wir verschwenden kostbare Zeit.«

»Also lasst Europa draußen«, sagte Alex nachdenklich, wie zu sich selbst. »Wenigstens im Augenblick ... Stellt den Bastarden hier nach. Zerrt sie heraus. Herauslocken und knacken. Ich bin das Ziel, also setzt sie auf mich an.«

»Das würde aber eine weit geringere Bewachung für Sie und Panov bedeuten, als ich es im Auge hatte, Mr. Conklin«, sagte der Direktor entschieden.

»Dann ändern Sie Ihre Vorstellungen, Sir.« Alex sah abwechselnd Casset und Valentino an und sagte plötzlich laut: »Wir können es schaffen, wenn ihr beide nur auf mich hört und mich machen lasst!«

»Wir befinden uns in einer Grauzone«, konstatierte Casset. »Diese Angelegenheit mag zwar mit dem Ausland zu tun haben, aber wir befinden uns auf heimischem Boden. Das Büro müsste eingeschaltet werden ...«

»Keinesfalls«, rief Conklin aus. »Niemand außerhalb dieses Raums wird eingeweiht!«

»Alex«, sagte Valentino kopfschüttelnd, »du bist im Ruhestand und kannst hier keine Befehle mehr erteilen.«

»Gut, in Ordnung!«, schrie Conklin, sich unbeholfen erhebend und auf den Stock stützend. »Die nächste Station ist das Weiße Haus, ein gewisser Vorsitzender der NASA mit Namen McAllister!«

»Setzen Sie sich«, sagte der DCI bestimmt.

»Ich bin im Ruhestand! Sie können mir keine Befehle erteilen.«

»Ich würde nicht im Traum daran denken, ich bin nur um Ihr Leben besorgt. Wie ich das Szenario, das Sie vorschlagen, verstehe, basiert es auf der zweifelhaften Annahme, dass, wer auch immer in der vergangenen Nacht den Schuss abgegeben hat, Sie gar nicht treffen wollte, sondern Sie im entstehenden Chaos lebendig haben wollte.«

»Da gibt es eine Reihe von Sprüngen ...«

»Die auf ein paar Dutzend Operationen basieren, an denen ich mitgewirkt habe, sowohl hier als auch bei der Navy und an Orten, deren Namen Sie nicht einmal aussprechen können, von denen Sie nichts, aber auch gar nichts wissen.« Die Ellbogen des Direktors waren auf die Stuhllehnen gestützt, und seine Stimme hatte plötzlich einen rauen, befehlenden Ton angenommen. »Zu Ihrer Information, Conklin, ich bin nicht von ungefähr als lamettabehangener Admiral beim Geheimdienst der Kriegsmarine aufgetaucht. Ich war ein paar Jahre bei der SEAL und habe Aktionen von U-Booten aus in Kaesong und später in Haiphong geleitet. Ich kannte einige dieser Medusa-Vögel, und da ist nicht einer, dem ich nicht gerne eine Kugel in den Kopf jagen würde! Jetzt erzählen Sie mir, dass es da einen gegeben hat, der sich in Ihren Jason Bourne verwandelte, und Sie möchten Ihren Kopf dafür geben, dass er am Leben bleibt und nicht ins Visier der Knarre des Schakals kommt. Kommen wir also zur Sache, Alex. Wollen Sie mit mir arbeiten oder nicht?«

Conklin sank langsam wieder auf seinen Stuhl, und um seinen Mund erschien ein Lächeln. »Ich habe Ihnen gesagt, dass ich keine Probleme mit Ihrer Ernennung hatte, Sir. Es war nur eine Intuition, aber jetzt weiß ich, warum. Sie waren im Außendienst. Ich werde mit Ihnen zusammenarbeiten.«

»Sehr gut«, sagte der Direktor. »Wir werden einen genauen Überwachungsplan entwickeln und zu Gott beten, dass Ihre Theorie, dass er Sie lebendig haben will, stimmt. Denn es gibt keine Möglichkeit, jedes Fenster oder jedes Dach im Auge zu behalten. Damit Sie sich über das Risiko im Klaren sind.«

»Das bin ich. Und da zwei Köder in einem Bassin mit Piranhas besser sind als einer, möchte ich mit Mo Panov sprechen.«

»Du kannst ihn nicht bitten, bei dieser Sache mitzumachen«, warf Casset ein. »Er gehört nicht zu uns, Alex. Weshalb sollte er?«

»Weil er einer von uns ist und ich ihn besser fragen sollte. Wenn ich es nicht tue, gibt er mir eine Spritze gegen Schnupfen, gefüllt mit Strychnin. Versteh doch. Er war auch in Hongkong, aus Gründen, die von den meinen nicht sosehr verschieden waren. Vor Jahren hab ich versucht, meinen besten Freund in Paris zu töten, weil ich einen fürchterlichen Fehler gemacht hatte und glaubte, er sei umgedreht worden, dabei hatte er sein Gedächtnis verloren. Nur wenige Tage später wurde Morris Panov, einer der führenden Psychiater des Landes, ein Arzt, der das übliche Psychogequatsche heutzutage nicht ausstehen kann, mit einem ›hypothetischen‹ psychiatrischen Fall konfrontiert, der sofortiges Handeln verlangte. Der Fall war ein schurkischer Superagent, eine Zeitbombe auf zwei Beinen mit tausend Geheimnissen im Kopf, der umgedreht worden war ... Auf Basis von Mos spontaner Einschätzung dieses hypothetischen Falles – von dem er wenige Stunden später den Verdacht hatte, dass er so wenig hypothetisch war wie Maggibrühe – wurde ein unschuldiger Mensch ohne Gedächtnis beinahe bei einem offiziellen Hinterhalt in der 71. Straße in New York ausgelöscht. Als dann das, was von dem Mann übrig war, überlebte, verlangte Panov, zu seinem einzigen Arzt gemacht zu werden. Er hat sich seine erste falsche Analyse Bournes niemals verziehen. Wenn jemand von Ihnen er wäre, was würden Sie tun, wenn ich Ihnen nicht erzählen würde, worüber wir gerade gesprochen haben?«

»Dir sagen, es sei Schnupfen, und Strychnin in die Spritze geben, alter Junge«, schloss DeSole.

»Wo ist Panov jetzt?«, fragte Casset.

»Im Brookshire-Hotel in Baltimore unter dem Namen Morris, Phillip Morris. Er hat sämtliche Verabredungen für heute abgesagt, er hat Schnupfen.«

»Dann lasst uns an die Arbeit gehen«, sagte der DCI und zog einen Block mit offiziellem Papier zu sich heran. »Es ist ja so, Alex, dass ein kompetenter CIA-Agent nichts von Rangabzeichen hält und niemandem traut, der ihn nicht unbefangen beim Vornamen nennen kann. Wie du sicher weißt, heiße ich Holland, und mein Vorname ist Peter. Von jetzt an sind wir Alex und Peter, verstanden?«

»Verstanden … Peter. Du musst ein Teufelskerl bei der SEAL gewesen sein.«

»Insofern ich überhaupt hier bin – geographisch, nicht auf diesem Stuhl –, kann man davon ausgehen, dass ich kompetent war.«

»Außendienst«, murmelte Conklin beifällig.

»Und da wir damit den diplomatischen Quatsch hinter uns haben, der von einem Mann in diesem Job erwartet wird, kannst du annehmen, dass ich wirklich ein Teufelskerl war. Ich will hier harten Input haben, keinen emotionalen Output. Ist das klar?«

»Ich arbeite niemals anders, Peter. Eine Aufgabe kann auf Emotionen basieren, und das ist auch nicht verkehrt, aber die Ausführung einer Strategie muss eiskalt sein. Ich war niemals bei der SEAL, du verdammter Hurensohn, aber auch ich bin hier, mit allen Körperteilen, und das setzt voraus, dass ich ebenfalls kompetent bin.«

Holland grinste. Es war ein jugendliches Lächeln, das von seinen grauen Haaren Lügen gestraft wurde, das Grinsen eines Profis, der, für einen Augenblick seiner Pflichten ledig, in die Welt zurückkehrte, die er am besten kannte. »Wir könnten miteinander klarkommen«, sagte der DCI. Und dann, als ob er das Gehabe eines Doktors völlig abstreifen wollte, legte er die Pfeife auf den Tisch und zog eine Schachtel Zigaretten aus der Tasche, steckte sich eine in den Mund und griff nach dem Feuerzeug, als er auf dem offiziellen Papierblock zu schreiben begann. »Zum Teufel mit dem Büro«, fuhr er fort. »Wir werden nur unsere Leute einsetzen, und wir werden jeden einzelnen im Schnellverfahren unter die Lupe nehmen.«

Charles Casset, der hagere, gescheite Anwärter auf den

Direktorposten, lehnte sich auf den Stuhl zurück und seufzte. »Warum habe ich nur das Gefühl, dass ich für die beiden Herren den Hirten spielen muss?«

»Weil du durch und durch Analytiker bist, Charlie«, antwortete Holland.

Das Ziel einer kontrollierten Überwachung ist es, Leute zu exponieren, die andere beschatten, um ihre Identität festzustellen oder sie in Gewahrsam zu nehmen, je nach Strategie. Die Absicht im gegenwärtigen Fall war es, die Agenten des Schakals in die Falle zu locken, die Conklin und Panov in den Vergnügungspark von Baltimore gelockt hatten. Die Männer vom Geheimdienst arbeiteten die ganze Nacht und fast den ganzen folgenden Tag, um eine Gruppe von acht erfahrenen CIA-Agenten zusammenzustellen. Sie sprachen genau die Routen durch, immer wieder, die Conklin und Panov jeder für sich und auch gemeinsam in den nächsten vierundzwanzig Stunden zurücklegen sollten – wobei diese Routen von bewaffneten Profis kontrolliert werden würden –, und am Ende legten sie ein unausweichliches Rendezvous fest, einmalig nach Art des Zeitpunktes und der Lokalität. Die frühen Morgenstunden im Smithsonian Institute. Bei der *Dionaea muscipula,* der Venusfliegenfalle.

Conklin stand in der schmalen, schwach erleuchteten Lobby seines Appartementhauses und schaute auf die Uhr. Er musste scharf hinsehen, um die Zeiger erkennen zu können. Es war genau 2.35 Uhr am Morgen, er öffnete die schwere Tür und hinkte hinaus auf die dunkle Straße, auf der es nicht die geringsten Lebenszeichen gab. Ihrem Plan entsprechend, wandte er sich nach links und hielt das verabredete Tempo ein. Er sollte so genau wie möglich um 2.38 Uhr an der Ecke eintreffen.

Plötzlich war er alarmiert; in einem schattigen Torweg zu seiner Rechten war die Figur eines Mannes zu sehen. Unwillkürlich langte Alex unter seine Jacke nach seiner Beretta Automatic. Für diesen Straßenabschnitt war niemand in einem Torweg vorgesehen. Dann, so plötzlich wie er in Aufregung versetzt worden war, entspannte er sich, wobei er sich gleichermaßen schuldig und erleichtert vorkam bei dem, was er sah. Die Figur im Schatten war ein Bettler, ein alter Mann in abgerissenen Kleidern, einer der Obdachlosen in einem Land mit solchem Überfluss. Alex lief weiter, kam an die Ecke und hörte das leise, einmalige Fingerschnalzen. Er überquerte die Straße und ging auf dem Pflaster weiter, an einem Gassendurchgang vorbei. Die Gasse. Noch eine Figur … noch ein alter Mann in schäbigen Klamotten, der langsam die Straße betrat und wieder in der Gasse verschwand. Ein weiteres Wrack, das seinen Betonkeller verteidigte. Zu jeder anderen Zeit wäre Conklin zu dem Unglücklichen hingegangen und hätte ihm ein paar Dollar gegeben, aber nicht jetzt. Er hatte einen weiten Weg zu gehen, und er musste seinen Zeitplan einhalten.

Morris Panov näherte sich der Kreuzung und war immer noch beunruhigt durch das merkwürdige Telefongespräch, das er zehn Minuten zuvor geführt hatte. Gleichzeitig versuchte er, sich jeden zu befolgenden Abschnitt des Plans ins Gedächtnis zu rufen, wobei er Angst hatte, auf die Uhr zu sehen, um zu überprüfen, ob er im Zeitplan lag. Ihm war gesagt worden, auf der Straße nicht auf die Uhr zu schauen. Warum konnten sie nicht sagen, ›annähernd um die und die Zeit‹, statt den etwas entnervenden Begriff ›Zeitspanne‹ zu benutzen? Als ob eine militärische Invasion Washingtons unmittelbar bevorstünde. Egal, er ging weiter, überquerte die Straßen, die ihm genannt worden waren, und hoffte, dass ihn irgendein unsichtbares Uhrwerk ungefähr im Takt mit den verdammten ›Zeitspannen‹ halten würde, die festgelegt worden waren, während er zwischen zwei Pflöcken auf irgendeinem Rasen hinter einem Gartenhaus in Vienna, Virginia, hin und her spazierte … Er würde alles für David Webb tun – wahrlich alles –, aber das hier war idiotisch … Natürlich war es das nicht. Sie würden ihn nicht bitten zu tun, was er tat, wenn es das wäre.

Was war das? Ein Gesicht im Schatten spähte nach ihm, genau wie die anderen zwei! Der eine krümmte sich über einen Bordstein und hob seine weingetränkten Augen zu ihm hoch. Alte Männer, wettergegerbt, sehr alte Männer, die sich kaum bewegen konnten und die ihn anstarrten. Er ließ seine Gedanken abschweifen – die Städte waren voll von diesen Obdachlosen, völlig harmlosen Leuten, deren Psyche sie auf die Straßen trieb oder die Armut. Wie sehr er es auch wollte, so konnte er nichts anderes tun, als auf dem Amtsweg das taube Washington mit Eingaben zu nerven … Da war noch einer! In einer Lücke zwischen zwei Geschäften mit einem Eisengitter davor beobachtete er ihn. Hör auf! Du bist irrational. War er es wirklich? Natürlich war er es. Geh weiter, halt deinen Zeitplan ein, das ist es, was von dir erwartet wird … Gütiger Gott! Da ist noch einer. Über die Straße … weitergehen!

Das weite, vom Mondschein erhellte Gelände des Smithsonian Institutes ließ die beiden Figuren winzig erscheinen, die aus verschiedenen Richtungen aufeinander zusteuerten, und miteinander weiter zu einer Bank gingen. Conklin setzte sich mithilfe seines Stocks, während Mo Panov sich nervös umschaute, horchte, als ob er das Unerwartete erwartete. Es war 3.28 Uhr im Morgengrauen. Die einzigen Geräusche waren das gedämpfte Zirpen der Grillen und die milde Sommerbrise in den Bäumen. Wachsam setzte sich Panov nieder.

»Ist auf dem Weg hierher etwas passiert?«, fragte Conklin.

»Ich bin mir nicht sicher«, antwortete der Psychiater. »Ich fühle mich genauso verloren wie in Hongkong, außer, dass wir dort wussten, wohin wir gingen und wen wir treffen würden. Ihr seid wirklich verrückt.«

»Du widersprichst dir selbst, Mo«, sagte Alex lächelnd. »Du hast mir gesagt, ich sei geheilt.«

»Ach, das! Das war nur eine obsessive manische Depression, die an eine *Dementia praecox* grenzte. Dies hier ist Irrsinn! Es ist beinahe vier Uhr morgens. Vernünftige Leute treiben um vier Uhr früh keine Spielchen.«

Alex beobachtete Panov im schwachen Licht einer Außenbeleuchtung vom Smithsonian-Gebäude, die die massiven Steinmauern erhellte. »Du sagtest, dass du nicht sicher wärest. Was heißt das?«

»Beinahe fürchte ich, es auszusprechen … ich habe zu vielen Patienten erzählt, dass sie unangenehme Bilder erfinden, um ihre Panik zu rationalisieren, ihre Ängste zu rechtfertigen.«

»Was, zum Teufel, hat das zu bedeuten?«

»Es ist eine Form der Übertragung …«

»Komm schon, Mo!«, unterbrach Conklin. »Was hat dich beunruhigt? Was hast du gesehen?«

»Figuren, vornübergebeugt, langsamen Schrittes, mühsam – nicht wie du, Alex, nicht behindert durch Verletzungen, sondern durch ihr Alter. Ausgemergelt und alt, in dunklen Straßenecken und Nebeneingängen. Vier oder fünf auf dem Weg hierher. Zweimal hätte ich beinahe nach deinen Leuten geschrien, und dann dachte ich mir, mein Gott, Doktor, du hast eine Überreaktion und hältst ein paar erbarmungswürdige Obdachlose für etwas, was sie nicht sind, siehst Dinge, die es gar nicht gibt.«

»Weiter!«, flüsterte Conklin eindringlich. »Du hast genau gesehen, was tatsächlich da war, Mo. Weil ich dasselbe gesehen habe, dieselbe Art von Leuten, die du gesehen hast, und sie waren erbarmungswürdig, die meisten in heruntergekommenen Kleidern, und sie bewegten sich langsamer als ich … Was bedeutet das alles?«

Schritte. Langsam, zögernd. Im Schatten eines verlassenen Weges sah man zwei kleine Männer – alte Männer. Auf den ersten Blick schienen sie wirklich Teil der zunehmenden Armee von Obdachlosen zu sein, aber etwas stimmte nicht mit ihnen, vielleicht eine bestimmte Absicht, die sie im Schilde führten. Keine zehn Meter von der Bank entfernt blieben sie stehen, ihre Gesichter im Dunklen. Der auf der linken Seite sagte mit dünner Stimme und fremdem Akzent: »Eine ungewöhnliche Zeit und ein ungewöhnlicher Platz für zwei so gut gekleidete Männer. Ist es rechtens, einen Ruheplatz zu besetzen, der für andere, nicht so begünstigte Menschen da sein sollte?«

»Es gibt noch genügend freie Bänke«, sagte Alex freundlich. »Ist diese hier etwa reserviert?«

»Das sind sie nie«, antwortete der andere alte Mann in klarem Englisch, das aber eindeutig nicht seine Muttersprache war. »Was machen Sie hier?«

»Was geht Sie das an?«, fragte Conklin.

»Zu dieser Stunde und an diesem Ort?«, sagte der erste Eindringling und sah sich um.

»Ich wiederhole«, sagte Alex. »Das geht Sie nichts an, und ich denke wirklich, Sie sollten uns allein lassen.«

»Geschäft ist Geschäft«, fing der zweite alte Mann wieder an.

»Wovon, zum Teufel, redet er?«, flüsterte Panov verwirrt Conklin zu.

»Keine Ahnung«, sagte Alex, »sei ruhig.« Der ehemalige CIA-Agent wandte sich den beiden alten Männern zu.

»Okay, Jungs, warum wollt ihr nicht weitergehen?«

»Geschäft ist Geschäft«, sagte der zweite, zittrige Alte erneut, wobei er zu seinem Kollegen hinüberblinzelte.

»Was für Geschäfte könntet ihr mit uns …?«

»Sind Sie da so sicher?«, unterbrach der erste alte Mann. »Nehmen Sie mal an, ich würde Ihnen sagen, dass ich Ihnen eine Botschaft aus Macao bringe?«

»Was?«, rief Panov.

»Sei ruhig!«, flüsterte Conklin und fragte dann lässig: »Was hat Macao zu bedeuten?«

»Ein großer Taipan möchte Sie gerne treffen. Der größte Taipan in Hongkong.«

»Warum?«

»Er wird Ihnen viel Geld bezahlen. Für Ihre Dienste.«

»Ich sage es noch mal. Warum?«

»Wir sollen Ihnen sagen, dass ein Killer zurückgekommen ist. Er möchte, dass Sie ihn finden.«

»Die Geschichte hab ich doch schon mal gehört. Die zieht nicht.«

»Das ist eine Angelegenheit zwischen dem großen Taipan und Ihnen. Nichts für uns. Er wartet auf Sie.«

»Wo ist er?«

»In einem Hotel, Sir.«

»In welchem?«

»Wir sollen Ihnen sagen, dass es eine sehr große Lobby hat,

wo ständig viele Leute sind, und der Name des Hotels hat mit der Vergangenheit dieses Landes zu tun.«

»Dann kann es nur das Mayflower sein.« Conklin sprach in Richtung des Mikrofons, das in Kragennähe in ein Knopfloch genäht war.

»Wie Sie wollen.«

»Nach wem sollen wir fragen?«

»Nach niemandem, Sir. Sein Sekretär wird Sie ansprechen.«

»Hat derselbe Sekretär sich auch an Sie gewandt?«

»Sir?«

»Wer hat Sie angeheuert, uns zu folgen?«

»Darüber dürfen wir nicht sprechen.«

»Das reicht!«, schrie Alexander Conklin hinter sich ins Dunkel, und unvermittelt erleuchteten Flutlichter das Smithsonian-Gelände und den verlassenen Pfad mit den beiden Alten, die jetzt klar als Orientalen zu erkennen waren. Neun Geheimdienstmänner rannten aus verschiedenen Richtungen in den Lichtkegel, die Waffen noch unter den Jacken, da sie offensichtlich nicht gebraucht wurden.

Und dann war es zu spät. Zwei großkalibrige Gewehrschüsse explodierten und zerrissen die Kehlen der beiden Orientalen. Die CIA-Leute warfen sich zu Boden und rollten in Deckung. Conklin hatte Panov zum Schutz unter die Bank gezerrt.

Doch schon kamen die Leute aus Langley taumelnd wieder auf die Füße, schwärmten aus und näherten sich im Zickzack der Quelle des Gewehrfeuers. Nach wenigen Minuten wurde die Stille von einem Schrei durchbrochen.

»Gottverdammt!«, schrie Holland und richtete den Schein seiner Taschenlampe zwischen die Bäume. »Sie sind entwischt!«

»Wie kannst du das sagen?«

»Das Gras, Junge, die Fußabdrücke. Diese Hunde waren eiskalte Profis – haben sich hier eingenistet, jeder ein Schuss und weg! Sieh dir die Spuren an. Diese Füße sind gerannt. Vergiss es! Hat keinen Zweck jetzt. Sollten sie hier noch irgendwo sein, hätten sie uns längst ins Smithsonian Institute geblasen.«

»Ein Mann mit praktischer Erfahrung«, sagte Alex und richtete sich mit seinem Stock auf, der erschrockene und verwirrte Panov neben ihm. Dann lief der Arzt zu den beiden Orientalen.

»Sie sind tot«, rief er, kniete neben den beiden Leichen, den Blick auf ihre auseinander gerissenen Kehlen geheftet.

»Himmel! Wie im Vergnügungspark! Genauso!«

»Eine Botschaft«, stimmte Conklin zu und nickte. »Streu Steinsalz auf die Spuren«, fügte er rätselhaft hinzu.

»Was meinst du?«, fragte der Psychiater und sah Alex an.

»Wir waren nicht sorgfältig genug.«

»Alex!«, röhrte der grauhaarige Holland und kam zur Bank gelaufen. »Hiermit fällt das Hotel flach«, sagte er außer Atem. »Da kannst du jetzt nicht hin. Das würde ich nicht zulassen.«

»Das vermasselt uns noch mehr als nur das Hotel. Das ist nicht der Schakal! Es ist Hongkong! Die äußeren Fakten stimmen, aber mein Instinkt hat sich geirrt!«

»Was jetzt?«, fragte Holland.

»Ich weiß nicht«, antwortete Conklin. Seine Stimme klang kläglich. »Ich hab falsch gelegen ... Kontaktiert unseren Mann, na klar, so schnell wie möglich!«

»Ich habe mit David gesprochen – vor etwa einer Stunde«, fügte Panov schnell hinzu.

»Du hast mit ihm gesprochen?«, schrie Alex. »Es ist spät, und du warst zu Hause. Wie denn?«

»Du weißt, ich habe einen Anrufbeantworter«, sagte der Doktor. »Wenn ich jeden verrückten Anruf noch nach Mitternacht selbst beantworten würde, käme ich am Morgen niemals ins Büro. Weil ich heute schon früh fertig war, um dich zu treffen, ließ ich es klingeln. Alles, was er sagte, war: ›Ruf mich an.‹ Und ehe ich mich einschalten konnte, hatte er schon aufgehängt. Also rief ich zurück.«

»Du hast ihn zurückgerufen? Von deinem Telefon aus?«

»Nun ... ja«, antwortete Panov zögernd. »Er war in Eile, sehr zurückhaltend, er wollte uns nur mitteilen, dass ›M‹ – er nannte sie ›M‹ –, und die Kinder mit der ersten Kiste am frühen Morgen verschwinden. Das war's. Er legte gleich auf.«

»Und sie haben seinen Namen und seine Adresse«, sagte Holland. »Wahrscheinlich auch die Botschaft.«

»Den Ort, okay, die Botschaft, vielleicht«, unterbrach Conklin. Er sprach ruhig, aber schnell. »Aber nicht die genaue Adresse, nicht den Namen.«

»Bis morgen haben sie ihn …«

»Bis morgen wird er auf dem Weg nach Feuerland sein, wenn es sein muss.«

»Mein Gott, was habe ich getan?«, rief der Psychiater aus.

»Nichts, was nicht jeder andere an deiner Stelle auch getan hätte«, antwortete Alex. »Du bekommst um zwei Uhr früh eine Botschaft von jemandem, den du schätzt und der in Not ist, und du rufst zurück, ohne Zeit zu verlieren. Wir müssen jetzt so schnell wie möglich an ihn ran. Es ist nicht Carlos, sondern jemand mit verdammt viel Feuerkraft, der dicht auf seinen Fersen ist, und auch dort entkommt, wo es unmöglich scheint.«

»Nimm das Telefon in meinem Wagen«, sagte Holland. »Da hört keiner mit.«

»Gehen wir!« Conklin humpelte, so schnell es ging, über den Rasen zu Hollands Wagen.

»David, hier ist Alex.«

»Dein Timing ist geradezu Furcht einflößend, alter Freund. Wir sind im Moment auf dem Weg zur Tür. Wenn Jamie nicht noch auf den Topf gemusst hätte, säßen wir jetzt schon im Auto.«

»Zu dieser Stunde?«

»Hat Mo dir nichts gesagt? Du gingst nicht ran, also habe ich ihn angerufen.«

»Mo ist etwas durcheinander. Was ist los?«

»Ist das Telefon sicher? Ich wusste nicht, ob seines sicher war.«

»Ganz sicher.«

»Ich schicke Marie und die Kinder Richtung Süden – weit nach Süden. Sie macht mir zwar die Hölle heiß, aber ich habe am Flughafen Logan einen Rockwell-Jet gechartert. Ging alles glatt, Dank deiner Vorsorge vor vier Jahren. Die

Computer brummten, und alle waren kooperativ. Sie heben um sechs Uhr ab, bevor es hell wird – ich möchte sie hier weg haben.«

»Und du, David? Was ist mit dir?«

»Offen gesagt, ich denke, ich komme zu euch nach Washington. Wenn der Schakal all die Jahre hinter mir her ist, dann will ich jetzt auch dabei sein. Ich helfe euch … Ich komme abends an.«

»Nein, David. Gehe mit Marie und den Kindern. Verlass das Land. Bleibe bei deiner Familie und Johnny St. Jacques auf der Insel.«

»Das kann ich nicht, Alex, und wenn du ich wärst, könntest du es auch nicht. Meine Familie wird nicht frei sein – wirklich frei –, bevor nicht Carlos aus unserem Leben verschwindet.«

»Es ist nicht Carlos«, sagte Conklin.

»Was? Gestern hast du mir gesagt …«

»Vergiss, was ich sagte. Es war falsch. Es ist Hongkong, Macao.«

»Aber das gibt doch keinen Sinn, Alex! Hongkong ist erledigt, Macao ist erledigt. Sie sind tot und vergessen. Niemand ist mehr am Leben, der einen Grund hätte, hinter mir her zu sein.«

»Es gibt jemanden. Einen großen Taipan, ›den größten Taipan in Hongkong‹, laut der neuesten Quelle, die jetzt aber auch nichts mehr hergibt.«

»Das ist doch vorbei. Das ganze Kuomintang-Kartenhaus ist zusammengefallen. Da ist niemand übrig!«

»Ich wiederhole, da ist jemand. Irgendwo.«

David Webb schwieg, dann sagte Jason Bourne mit kalter Stimme: »Sag mir, was du weißt, jedes Detail. Heute Nacht ist etwas passiert. Was war es?«

»Na gut.« Der CIA-Agent im Ruhestand beschrieb die vom Geheimdienst ausgearbeitete, kontrollierte Überwachung. Er erklärte, wie er und Morris Panov die alten Männer entdeckt hatten, die ihnen gefolgt waren, als sie auf getrennten Wegen zum Smithsonian Institute gingen. Schließlich beschrieb Conklin die krachenden Gewehrschüsse, die die beiden Orientalen zum Schweigen gebracht hatten. »Es kommt aus Hongkong, David. Die Anspielung auf Macao bestätigt es. Es war die Basis von deinem Betrüger.«

Wieder herrschte Stille in der Leitung, bis auf den gleichmäßigen Atem von Bourne. »Du hast Unrecht, Alex«, sagte er schließlich mit nachdenklicher Stimme. »Es ist der Schakal – über Hongkong und Macao zwar, aber dennoch der Schakal.«

»David, jetzt redest du Unsinn. Carlos hat nichts mit irgendwelchen Taipans zu tun oder mit Hongkong oder Botschaften aus Macao. Die beiden Alten waren Chinesen, keine Franzosen oder Italiener oder Deutsche oder was immer. Das kommt aus Asien, nicht Europa.«

»Die Alten waren die einzigen, denen er traute«, fuhr David Webb fort, seine Stimme immer noch leise und kalt, die Stimme von Jason Bourne. »›Die alten Männer von Paris‹, so wurden sie genannt. Sie waren sein Netzwerk, seine Kuriere in ganz Europa. Wer verdächtigt hinfällige Alte, Bettler, die sich gerade noch fortbewegen können? Wer würde daran denken, sie zu verhören, oder gar, sie in die Zange zu nehmen? Und selbst dann hätten sie nichts gesagt. Sie konnten sich unbehelligt bewegen. Für Carlos.«

Einen Augenblick lang starrte der erschrockene Conklin auf das Armaturenbrett und wusste nicht, was er sagen sollte. »David, ich verstehe dich nicht. Ich weiß, dass du aufgeregt bist – wir alle sind aufgeregt –, aber drücke dich deutlicher aus.«

»Was? ... Tut mir Leid, Alex, ich dachte an Vergangenes. Einfach ausgedrückt, Carlos hat damals Paris durchforstet und nach alten Männern gesucht, die entweder todkrank waren oder wussten, dass sie auf Grund ihres Alters nicht mehr lange zu leben hatten. Vorbestrafte, die fertig waren mit ihrem Leben und die von ihren Verbrechen nichts übrig behalten hatten. Die meisten von uns vergessen, dass auch solche Männer irgendwo Menschen haben, die sie lieben, und Kinder, legitime oder nicht, für die sie sorgen. Der Schakal findet diese Alten und schwört ihnen, dass er für ihre Schützlinge sorgen wird, wenn sie für ihn einen letzten Job übernehmen. Mit keiner anderen Hinterlassenschaft als Argwohn und Armut ist es nur zu verständlich, dass sie sich darauf einlassen.«

»Sie glauben ihm?«

»Sie haben gute Gründe dafür. Überall in Europa werden monatlich zahllose Bankschecks von Schweizer Konten an solche *Erben* ausbezahlt. Es ist unmöglich, diese Zahlungen zu verfolgen, aber die Leute, die sie erhalten, wissen, wer sie möglich macht und warum … Vergiss deine vergrabene Akte, Alex. Carlos hat in Hongkong gegraben, und dort hat er dich und Mo gefunden.«

»Dann werden wir eben auch ein bisschen graben müssen. Wir werden die gesamte orientalische Gemeinde infiltrieren, jeden chinesischen Buchmacherladen, jedes Restaurant im Umkreis von hundert Kilometern rund um die Hauptstadt.«

»Unternehmt nichts, bevor ich nicht da bin. Der Schakal weiß nicht, woran ich mich nicht erinnern kann, und doch nimmt er einfach an, dass ich die alten Männer von Paris vergessen hätte.«

»Vielleicht nicht, David. Vielleicht rechnet er ja damit, dass du dich daran erinnerst. Vielleicht ist diese ganze Scharade das Vorspiel für die eigentliche Falle, die er dir stellen will.«

»Dann würde er noch einen Fehler machen.«

»Wie?«

»Weil ich besser bin. Jason Bourne ist einfach besser.«

4.

David Webb lief durch den Terminal des National Airport, durch die automatischen Türen des Ausgangs und auf den Vorplatz voller Menschen. Er studierte die Wegweiser und eilte weiter zu dem Fußweg, der zum Parkplatz führte. Laut Plan sollte er zur äußersten Reihe rechts gehen, dann links die Wagen entlang, bis zu einem metallgrauen Pontiac LeMans, Modell 1986, mit einem Kruzifix am Rückspiegel. Am Steuer, das Fenster geöffnet, sollte ein Fahrer mit einer weißen Mütze sitzen. Webb sollte ihn ansprechen und sagen: »Der Flug war sehr angenehm.« Wenn der Mann dann die Mütze zog und den Motor startete, sollte Webb auf dem Rücksitz Platz nehmen. Kein weiteres Wort sollte gewechselt werden.

Der Fahrer jedoch langte unter das Armaturenbrett, nahm ein Mikro und sprach langsam und deutlich: »Unsere Fracht ist an Bord. Die Sache kann losgehen.«

David kam das alles so exotisch wie lachhaft vor. Aber da Alex Conklin ihn in der Rockwell-Jet-Halle aufgespürt und ihn außerdem vom privaten Direktapparat von Peter Holland angerufen hatte, wussten sie wohl, was sie taten. Ihm schoss durch den Kopf, dass es vielleicht etwas mit Mo Panovs Anruf vor rund neun Stunden zu tun haben könnte. Das wäre auch die Erklärung dafür, dass Holland noch persönlich an den Apparat gekommen war und darauf bestanden hatte, dass er nach Hartford fuhr und dort von Bradley aus einen regulären Flug nach Washington nahm. Bedeutungsvoll hatte er noch hinzugefügt, dass er keine weiteren Telefonate wünsche und auf keinen Fall die Benutzung von privaten oder Regierungsflugzeugen.

Der Fahrer verlor keine Zeit, den National Airport zu verlassen. Minuten später schon rasten sie über Land und mit nur wenig verringerter Geschwindigkeit durch die Vororte von Virginia. Sie fuhren durch das Tor eines teuren Villenkomplexes etwas außerhalb der Stadt. Die Einfahrt trug ein Schild mit der Aufschrift *Vienna Villas.* Der Wächter kannte den Fahrer offenbar und winkte ihn durch, nachdem er den schweren Schlagbaum geöffnet hatte. Jetzt sprach der Fahrer Webb an.

»Dieser Ort hat fünf verschiedene Sektoren auf ebenso vielen Hektar, Sir. Vier von ihnen sind reguläre Grundstücke mit normalen Besitzern, aber der fünfte, der vom Tor am weitesten entfernte, ist Besitz des Geheimdienstes mit eigener Straße und eigenem Sicherheitssystem. Es gibt keinen *gesünderen* Ort für Sie, Sir.«

»Ich fühle mich eigentlich nicht krank.«

»Das ist auch gut so. Sie stehen im Schutz des DCI, und Ihre Gesundheit ist ihm sehr wichtig.«

»Schön, aber woher wissen Sie das alles?«

»Ich bin Teil des Teams, Sir.«

»Und wie heißen Sie?«

Der Fahrer schwieg einen Moment, und als er schließlich antwortete, hatte David das unangenehme Gefühl, in die Vergangenheit zurückgeworfen zu werden. »Wir haben keine Namen, Sir. Sie nicht und auch ich nicht.«

Medusa. »Ich verstehe«, sagte Webb.

»Wir sind da.« Der Fahrer lenkte den Wagen in eine kreisrunde Auffahrt und hielt vor einem zweistöckigen Gebäude im Kolonialstil, das mit weißen Säulen aus Carrara-Marmor geschmückt war. »Entschuldigen Sie, Sir, ich bemerke es jetzt erst. Sie haben gar kein Gepäck.«

»Nein, habe ich nicht«, sagte David und öffnete die Wagentür.

»Wie gefällt dir meine Bude hier?«, fragte Alex und machte eine vage Geste.

»Zu hübsch und zu sauber für einen mürrischen alten Junggesellen«, entgegnete David. »Und seit wann liebst du Vorhänge mit rosa und gelben Blümchen?«

»Warte nur, bis du die Tapete in meinem Schlafzimmer siehst. Mit Röschen.«

»Ich weiß nicht, ob ich das will.«

»Bei dir sind es Hyazinthen … Hätte ich natürlich nicht als Hyazinthen erkannt, aber das Mädchen hat es gesagt.«

»Das Mädchen?«

»Ende Vierzig, schwarz und gebaut wie ein Sumo-Ringer. Sie hat zwei mächtige Ballermänner unter der Bluse, und es geht das Gerücht, dass sie mit scharfen Rasierklingen versehen sind.«

»Nettes Mädchen.«

»Eine hoch qualifizierte Wache. Sie lässt kein Stück Seife und keine Rolle Klopapier hier herein, die nicht aus Langley kommt. Weißt du, dass sie Gehaltsstufe zehn hat? Und manche von den Clowns hier geben ihr auch noch ein Trinkgeld.«

»Brauchen sie keine Kellner?«

»Das ist gut. Unser Gelehrter, Webb, der Kellner.«

»Jason Bourne war einer.«

Conklin hielt inne und sagte dann ernst: »Also kommen wir zu Bourne.« Er hinkte zu einem Sessel. »Nebenbei, du hast einen anstrengenden Tag gehabt, und es ist noch nicht Mittag. Wenn du einen Drink möchtest, da gibt es eine volle Bar hinter den beigefarbenen Klappen neben dem Fenster … Schau mich nicht so an, unsere schwarze Brunhilde hat gesagt, sie sind beige.«

Webb lachte. Es war ein leises, gutmütiges Lachen, als er seinen Freund ansah. »Es macht dir wirklich nichts aus, Alex?«

»Zum Teufel, nein, und das weißt du. Habt ihr jemals den Schnaps versteckt, wenn ich dich und Marie besucht habe?«

»Da gab es keinen Stress …«

»Stress spielt keine Rolle«, unterbrach Conklin. »Ich habe eine Entscheidung getroffen, und es gibt keine andere. Nimm dir einen Drink, David. Wir haben zu reden, und ich möchte, dass du dich entspannst. Ich sehe deine Augen, und sie sagen mir, dass du ziemlich unter Druck stehst.«

»Du hast mir mal gesagt, dass es immer in den Augen zu sehen ist«, sagte Webb. Er öffnete eine der Klappen und holte eine Flasche heraus. »Du kannst es also immer noch sehen?«

»Ich habe es dir doch gesagt … Wie geht es Marie und den Kindern? Ich hoffe, sie sind gut weggekommen?«

»Ja, danke. Ich bin die Sache mit dem Piloten bis zum Überdruss durchgegangen, bis er mich am Ende bat, entweder seine Kiste zu verlassen oder selbst zu fliegen.« Webb schüttete sich ein Glas voll und setzte sich Conklin gegenüber. »Wie weit sind wir, Alex?«

»Dort, wo wir letzte Nacht auch schon waren. Es hat sich nichts bewegt und nichts verändert, außer dass Mo sich weigert, seine Patienten im Stich zu lassen. Er wurde heute früh von seinem Appartement, das mittlerweile sicher wie Fort Knox ist, abgeholt und unter Bewachung in sein Büro gefahren. Später am Nachmittag wollen sie ihn herbringen, wobei das Auto viermal gewechselt wird, immer in unterirdischen Parkhäusern.«

»Also offene Bewachung. Keiner versteckt sich mehr?«

»Das wäre witzlos. Wir sind auf dem Smithsonian-Gelände in eine Falle gelaufen, und unsere Leute waren sehr sichtbar.«

»Vielleicht könnte es gerade deswegen funktionieren? Das Unerwartete? Substitute außerhalb des eigentlichen Bewachungsteams, die bewusst Fehler machen.«

»Das Unerwartete funktioniert, David, aber Blödheit nicht.« Conklin schüttelte heftig den Kopf. »Das letzte nehme ich zurück. Bourne vermochte Dummköpfe in smarte Jungs zu verwandeln, aber ein offiziell festgelegtes Überwachungsdetail lässt sich nicht ändern. Da gibt es zu viele Komplikationen.«

»Verstehe ich nicht.«

»So gut, wie diese Leute sind, so sind sie in erster Linie auf den Schutz von Leben bedacht, das sie vielleicht retten können. Sie müssen Rapporte schreiben. Es sind Karriere-Leute, nicht im Voraus bezahlte Desperados, die, wenn sie versagen, mit einem Messer im Rücken rechnen.«

»Das hört sich ziemlich melodramatisch an«, sagte Webb, lehnte sich in den Stuhl zurück und nahm einen Schluck. »Ich denke, dass zumindest ich damals so vorgegangen bin.«

»Es war eher dein Image als die Realität, aber für die Leute, die du benutzt hast, war es tatsächlich die Wirklichkeit.«

»Dann werde ich wieder diese Leute finden und sie wieder benutzen.« David beugte sich vor und griff nach seinem Glas. »Er zwingt mich ans Licht, Alex! Der Schakal verlangt meine Karten, und ich muss sie ihm zeigen.«

»Ach, sei ruhig«, sagte Conklin irritiert. »Jetzt bist du derjenige, der melodramatisch ist. Das hört sich wie der allerletzte Western an. Wenn du dich zeigst, ist Marie eine Witwe, und die Kinder haben keinen Vater mehr. *Das* ist die Wirklichkeit, David.«

»Falsch.« Webb schüttelte den Kopf und starrte in sein Glas. »Er ist hinter mir her, also muss ich ihn jagen. Er versucht, *mich* hervorzulocken, also muss ich *ihn* hervorlocken. Nur so kann es laufen, das ist die einzige Möglichkeit, ihn aus unserem Leben verschwinden zu lassen. Letzten Endes geht es um Carlos gegen Bourne. Wir sind wieder da, wo wir vor dreizehn Jahren gewesen sind. ›Alpha, Bravo, Cain, Delta … Cain steht für Carlos, und Delta steht für Cain.‹«

»Das war ein idiotischer Kode in Paris vor dreizehn Jahren!«, unterbrach Alex ihn scharf. »Medusas Delta und die großartige Herausforderung des Schakals. Aber das hier ist nicht Paris, und es ist dreizehn Jahre später!«

»Und in fünf Jahren werden es achtzehn Jahre sein, und in zehn Jahren dreiundzwanzig. Was, zum Teufel, soll ich denn tun? Mit diesem Gespenst, das mir und meiner Familie droht, weiterleben? Jedes Mal in Angst, wenn meine Frau oder meine Kinder das Haus verlassen, den Rest meines Lebens auf der Flucht? … Nein! Du weißt es besser: Die Analytiker können mit einem Dutzend Strategien antanzen, und wir werden die und die Vorkehrungen treffen und dankbar sein, aber im entscheidenden Augenblick, da passiert's zwischen dem Schakal und mir … Aber ich bin im Vorteil. Ich habe dich an meiner Seite.«

Conklin schluckte und blinzelte. »Das ist sehr schmeichelhaft, David, vielleicht zu schmeichelhaft. Ein paar tausend Kilometer von Washington entfernt fühle ich mich wohler. Hier bin ich immer ein bisschen steif.«

»Aber nicht, als du mich vor fünf Jahren zum Flugzeug

nach Hongkong gebracht hast. Damals hattest du schon die Hälfte der Rechnung gelöst.«

»Das war auch einfacher – eine verdammt miese Operation, die nach verfaultem Heilbutt stank, so faul, dass es einem die Nase beleidigte. Das hier ist was anderes. Hier geht es um Carlos.«

»Das sage ich doch, Alex. Es ist Carlos, nicht eine Stimme am Telefon, die keiner von uns kennt. Wir haben es mit einer bekannten Größe zu tun, mit etwas Vorhersehbarem …«

»Vorhersehbar?«, unterbrach Conklin stirnrunzelnd. »Das ist verrückt.«

»Er ist ein Jäger. Er wird einer Spur folgen.«

»Er wird sie erst mit einer sehr erfahrenen Nase untersuchen, und dann wird er jedes Detail noch einmal unters Mikroskop legen.«

»Dann müssen wir echt sein, nicht wahr?«

»Ich habe es am liebsten idiotensicher. Was hast du vor?«

»Im Katechismus vom heiligen Alex steht, dass an einem Köder für eine Falle ein gehöriges Stück Wahrheit sein muss, sogar ein gefährliches Stück.«

»Das Kapitel und der Absatz beziehen sich auf die mikroskopische Echtheit eines Ziels. Davon habe ich gerade schon gesprochen. Welche Relevanz hat das hier?«

»Medusa«, sagte Webb ruhig. »Ich will Medusa einsetzen.«

»Jetzt haben dich alle guten Geister verlassen«, antwortete Conklin ebenso ruhig. »Dieser Name ist ebenso off limits wie du – ehrlich gesagt, noch viel mehr.«

»Es gab Gerüchte, Alex, Geschichten, in ganz Südostasien, die ins Chinesische Meer und bis nach Kowloon und Hongkong gespült wurden, wo all diese Bastarde mit ihrem Geld rumrannten. Medusa war nicht unbedingt das teuflische Übel, als das du es zu sehen scheinst.«

»Gerüchte, ja, und Geschichten, natürlich«, unterbrach der Agent a. D. »Welches von diesen Schweinen hat nicht auf einer einzigen ›Tour‹ ein Dutzend oder zwei Dutzend oder zweihundert Menschen umgelegt? Neunzig Prozent waren Killer und Diebe. Todesschwadronen. Peter Holland hat gesagt, dass er, während er als SEAL-Mann an den Operationen im Norden beteiligt war, keinen getroffen hätte, den er nicht gerne über den Jordan hätte gehen lassen.«

»Und ohne sie hätte es statt der 58 000 Toten gut 60 000 Tote und noch mehr gegeben. Du musst den Schweinen gerecht werden, Alex. Sie kannten jeden Quadratzentimeter des Landes, jeden Fußbreit des Dschungels im Dreieck. Sie – wir – haben mehr brauchbare Nachrichten gesammelt als alles sonst, was jemals aus Saigon gekommen ist.«

»Ich meine, David, dass es niemals irgendeine Verbindung zwischen Medusa und der Regierung der Vereinigten Staaten geben darf. Unsere Verwicklung wurde nirgends registriert, noch weniger zur Kenntnis genommen. Selbst der Name wurde so weit wie möglich verheimlicht. Es gibt eine Konvention gegen Kriegsverbrechen, und deswegen war Medusa nach offizieller Terminologie eine private Organisation, eine Ansammlung von Gewalttätern, die das korrupte Südostasien so zurückhaben wollten, wie sie es kannten und wie es ihnen dienlich war. Wenn jemals nachgewiesen werden könnte, dass Washington hinter Medusa steckte, dann wäre der Ruf von einigen sehr bedeutenden Leuten im Weißen Haus und im Außenministerium ruiniert. Jetzt haben sie die Weltmacht in Händen, aber vor zwanzig Jahren waren es junge Hitzköpfe im Kommando Saigon … Wir können in Kriegszeiten mit fragwürdigen Taktiken leben, aber niemand wird akzeptieren, dass wir Komplizen beim Abschlachten von Zivilisten waren, dass dazu heimlich Steuergelder verwendet wurden, die in die Millionen gehen. Das ist wie mit den versiegelten Archiven, die Aufschluss geben könnten, wie manche unserer fetten Bankiers die Nazis geschmiert haben. Es gibt Dinge, die wir unter keinen Umständen aus ihren schwarzen Kassetten herausholen können, und eine davon ist Medusa.«

Webb lehnte sich wieder in seinen Stuhl zurück, angespannt, den Blick fest auf seinen alten Freund gerichtet, der einmal für einen Moment lang sein tödlicher Feind gewesen war. »Wenn das, was ich an Erinnerung habe, richtig ist, wurde Bourne als Mann identifiziert, der von Medusa kam.«

»Eine durchaus glaubhafte Erklärung und eine perfekte Tarnung«, stimmte Conklin zu und erwiderte Davids Blick. »Wir verfolgten die Spur zurück bis Tam Quan und *entdeckten,* dass Bourne ein paranoider Abenteurer aus Tasmanien war, der in den Dschungeln von Nordvietnam Zuflucht gefunden hatte. Nirgends in diesem aufschlussreichen Dossier gab es den leisesten Hinweis auf eine Verbindung mit Washington.«

»Aber das ist doch alles gelogen, Alex. Es gab und gibt eine Verbindung zu Washington, und der Schakal weiß es. Er begriff es, als er dich und Mo Panov in Hongkong fand – eure Namen in den Ruinen jenes sterilen Hauses in der Victoria Peak fand, wo Jason Bourne angeblich in die Luft gesprengt worden war. Den letzten Beweis erhielt er vergangene Nacht, als seine Boten euch auf dem Smithsonian-Gelände ansprachen und – wie du dich ausgedrückt hast – ›unsere Leute sehr sichtbar waren‹. Endlich wusste er, dass alles, was er dreizehn Jahre lang vermutet hatte, wahr ist. Das Mitglied von Medusa, das man Delta nannte, war Jason Bourne, und Jason Bourne war eine Schöpfung des amerikanischen Geheimdienstes – und er ist noch am Leben. Am Leben und in einem Versteck, wo er von der amerikanischen Regierung geschützt wird.«

Conklin schlug mit der Faust auf seine Stuhllehne. »Wie hat er uns gefunden? Mich gefunden? Alles, alles lag unter einer schwarzen Decke. McAllister und ich hatten dafür gesorgt.«

»Ich könnte mir mehrere Möglichkeiten vorstellen, aber diese Frage können wir aufschieben. Dafür haben wir jetzt keine Zeit. Wir müssen uns dem zuwenden, was wir wissen, was Carlos weiß … Medusa, Alex.«

»Was? Wie zuwenden?«

»Wenn Bourne aus Medusa hervorging, folgt daraus, dass unsere Geheimagenten mit Medusa zusammenarbeiteten. Wie hätte sonst die Bourne-Geschichte gedreht werden sollen? Was der Schakal nicht weiß oder noch nicht herausgefunden hat, ist, wie weit diese Regierung zu gehen bereit ist, um Medusa unter Verschluss zu halten. Wie du schon gesagt hast, könnten sich ein paar sehr wichtige Leute im Weißen

Haus und im Außenministerium die Finger verbrennen. Eine Menge Leute, die mit der Weltmacht spielen, könnten hässliche Flecken auf ihre weißen Westen bekommen.«

»Und plötzlich hätten auch wir ein paar Waldheims.« Conklin nickte mit gefurchter Stirn. Er sah zu Boden, wobei seine Gedanken sich offenbar mit rasender Geschwindigkeit durch sein Hirn bewegten.

»Shù Fu Nu«, sagte Webb im Flüsterton. Beim Klang der fernöstlichen Laute blickte Alex zu David auf. »Das ist der Schlüssel oder nicht?«, fuhr Webb fort. *»Shù Fu Nu …* Schlangenlady.«

»Es ist dir eingefallen.«

»Erst heute früh«, entgegnete Jason Bourne mit kalten Augen. »Als Marie und die Kinder bereits in der Luft waren. Das Flugzeug verschwand im Nebel über dem Hafen von Boston, und da war ich plötzlich wieder dort. In einem anderen Flugzeug, in einer anderen Zeit, und die Worte krächzten aus einem Radio über den Äther. ›Schlangenlady, Schlangenlady! Abbrechen … Schlangenlady, verstehen Sie mich? Abbrechen!‹ Ich antwortete, indem ich das verdammte Ding ausdrehte und mir die Männer in der Kabine ansah, die bei den Turbulenzen auseinander zu brechen drohte. Ich studierte jeden einzelnen und fragte mich, ob dieser oder jener überleben würde, ob ich es überleben würde, und wenn nicht, wie wir sterben würden. Dann sah ich zwei der Männer ihre Ärmel hochkrempeln und ihre kleinen hässlichen Tätowierungen auf den Unterarmen miteinander vergleichen, diese lausigen kleinen Embleme, von denen sie so fasziniert waren …«

»Shù Fu Nu«, sagte Conklin klanglos. »Der Kopf einer Frau mit Schlangen als Haar. Das Haupt der Medusa. Die Schlangenlady. Du hast dich geweigert, tätowiert zu werden …«

»Ich betrachtete es nie als eine Auszeichnung«, unterbrach Webb Bourne blinzelnd. »Eher im Gegenteil.«

»Ursprünglich war es zur Identifizierung gedacht, nicht als Zeichen einer irgendwie gearteten Auszeichnung. Eine verschlungene Tätowierung auf der Unterseite des Unterarms. Das Muster und die Farben konnten nur von einem Künstler in Saigon hergestellt werden. Niemand konnte es kopieren.«

»Der alte Mann hat damals einen Haufen Geld damit gemacht.«

»Jeder Offizier im Hauptquartier, der Mitglied von Medusa war, trug diese Tätowierung. Sie waren verrückt danach wie Kinder auf die Zeichen einer Geheimschrift in einer Cornflakespackung.«

»Sie waren keine Kinder, Alex. Verrückt, ja, darauf kannst du deinen Arsch verwetten, aber keine Kinder. Sie waren von einem üblen Virus infiziert, genannt Unverantwortlichkeit, und im allgegenwärtigen Kommando Saigon ist mehr als eine Million gemacht worden. Die wirklichen Kinder wurden in den Dschungeln verstümmelt oder getötet, während im Süden eine Menge Leute in gebügelter Khakiuniform ihre persönlichen Kuriere zu den Banken in der Schweiz schickte.«

»Vorsicht, David. Du könntest von einigen sehr wichtigen Leuten in unserer Regierung reden.«

»Von wem zum Beispiel?«, fragte Webb ruhig, mit dem Glas balancierend.

»Die, die ich kannte, die bis zum Hals im Dreck steckten, da habe ich, verdammt noch mal, dafür gesorgt, dass sie aus dem Verkehr gezogen wurden, als Saigon fiel. Aber meine Agentenzeit lag schon einige Jahre zurück, als das passierte. Und heute spricht niemand mehr viel über jene Monate und schon gar nicht über die Schlangenlady.«

»Aber du musst doch ein paar Anhaltspunkte haben.«

»Sicher, aber nichts Konkretes, nichts, was sich auch nur annähernd beweisen ließe. Es gibt Indizien – einen bestimmten Lebensstil, Grundbesitz, den einige Leute nicht haben dürften, Orte, an denen zu verkehren sie sich normalerweise nicht leisten könnten, Positionen in Unternehmen, Gehälter mit Aktienoptionen, die durch nichts gerechtfertigt sind.«

»Das klingt nach einem ganzen Netzwerk«, sagte David mit angespannter Stimme, der Stimme von Jason Bourne.

»Wenn es eins ist, dann ist es sehr dicht. Sehr exklusiv.«

»Mach doch mal eine Liste, Alex.«

»Sie hätte viele Lücken.«

»Dann zuerst nur von den wichtigen Leuten, von denen, die direkt im Kommando Saigon saßen. Vielleicht auch noch von denen mit Grundbesitz, den sie nicht haben sollten, oder denen mit unverständlich hoch dotierten Posten im Privatsektor.«

»Ich wiederhole, jede derartige Liste könnte wertlos sein.«

»Nicht bei deinem Instinkt.«

»David, was hat das mit Carlos zu tun?«

»Einen Teil der Wahrheit, Alex. Einen gefährlichen Teil, das schwöre ich dir, aber idiotensicher und unwiderstehlich für den Schakal.«

Der CIA-Agent a. D. starrte seinen Freund verblüfft an. »In welcher Hinsicht?«

»Sei doch kreativ. Angenommen, du hast fünfzehn oder zwanzig Namen, dann müssten drei oder vier Treffer dabei sein, die wir auf die eine oder andere Weise identifizieren können müssten. Und wenn wir erst einmal herausgefunden haben, wer sie sind, werden wir Druck ausüben, sie auf verschiedene Weise ausquetschen, indem wir immer wieder dieselbe Botschaft übermitteln: Ein ehemaliger Medusa-Mann ist durchgedreht, ein Mann, der jahrelang gut aufgehoben war, und er ist dabei, die Schlangenlady zu erledigen, und er hat genügend Munition – Namen, Verbrechen, Orte, geheime Schweizer Konten –, den ganzen Mist. Dann – und das wird der Test für die Talente des heiligen Alex, wie wir ihn alle kennen und schätzen –, lassen wir verlauten, dass es jemanden gibt, der diesen gefährlichen, bösartigen Abtrünnigen noch lieber als sie erwischen würde.«

»Ilich Ramirez Sanchez«, ergänzte Conklin leise. »Carlos, der Schakal. Und was folgt, ist ebenso unmöglich: Irgendwie – nur Gott weiß, wie – lassen wir verlauten, dass ein Treffen der beiden interessierten Parteien möglich wäre. Das heißt also, interessiert an einer gemeinsamen Ermordung, wobei die eine Seite sich nicht aktiv daran beteiligen kann, dank der verletzlichen Natur der hohen öffentlichen Stellungen bestimmter Leute. Das meinst du doch, oder?«

»In etwa, außer dass dieselben mächtigen Männer in Washington etwas erfahren könnten über die Identität und den Aufenthaltsort der sosehr herbeigewünschten zukünftigen Leiche.«

»Na klar«, stimmte Alex zu und nickte zweifelnd. »Sie wedeln einfach mit einem Zauberstab, und alle Schranken bezüglich der hochgeheimen Akten werden aufgehoben, und sie erhalten alle gewünschten Informationen.«

»Genau«, sagte David entschieden. »Weil wer auch immer die Mittelsmänner von Carlos trifft, so hoch angesiedelt sein muss, so authentisch sein muss, dass der Schakal gar keine Wahl hat, ihn oder sie zu akzeptieren. Er wird keine Zweifel haben, alle Gedanken an eine Falle verschwinden durch ihr Auftreten.«

»Und möchtest du vielleicht noch, dass ich bei einem Januargewitter im Gebirge ein paar Veilchen blühen lassen soll?«

»So ungefähr. All dies muss innerhalb der nächsten ein oder zwei Tage passieren, solange Carlos sich noch damit plagt, was auf dem Smithsonian-Gelände passiert ist.«

»Unmöglich …! Aber, verdammt, ich versuche es. Ich werde hier mein Büro einrichten, und Langley soll mir schicken, was ich brauche. Four-Zero-Geheimhaltung natürlich … Ich habe nur Bedenken, die verdammte Spur im Mayflower zu verlieren, worum auch immer es sich dabei handelt.«

»Das glaube ich kaum«, sagte Webb. »Wer es auch sein mag, er wird nicht so schnell aufgeben. Das ist nicht die Art des Schakals, ein derartiges Loch zu hinterlassen.«

»Der Schakal? Du meinst, es ist Carlos persönlich?«

»Nicht er natürlich. Aber jemand von seiner Gehaltsliste, ein völlig irrwitziger Typ, der ein Schild mit dem Namen Schakal auf dem Rücken tragen könnte und niemand würde ihm glauben.«

»Ein Chinese?«

»Vielleicht. Was immer er tut, es ist logisch, auch wenn seine Logik unlogisch erscheint.«

»Ich höre einen Mann aus der Vergangenheit, einen Mann, den es nie gegeben hat.«

»Oh, es gab ihn, Alex. Es gab ihn tatsächlich, und jetzt ist er wieder da.«

Conklin sah zur Tür des Appartements, weil Davids Worte ihn auf einen anderen Gedanken gebracht hatten. »Wo ist dein Koffer?«, fragte er. »Hast du was zum Anziehen mitgebracht?«

»Nichts. Und diese Sachen hier werden, sobald ich andere habe, in einem Gulli verschwinden. Aber zuerst muss ich noch einen alten Freund besuchen, noch ein Genie, das im falschen Viertel der Stadt wohnt.«

»Lass mich raten«, sagte der Agent a. D. »Einen älteren schwarzen Mann mit dem unwahrscheinlichen Namen Kaktus, ein Genie, wenn es um falsche Papiere, Pässe, Führerscheine und Kreditkarten geht.«

»Genau.«

»Das könnte auch die CIA machen.«

»Nicht so gut und zu bürokratisch. Ich will keine Spuren hinterlassen, nicht einmal unter Four-Zero-Geheimhaltung. Dies ist eine Solo-Partie.«

»Okay. Und was nun?«

»Du gehst an die Arbeit. Bis morgen früh müssen eine Reihe von Leuten in dieser Stadt das Zittern gelernt haben.«

»Morgen früh? ... Das ist unmöglich!«

»Nicht für dich. Nicht für den heiligen Alex, den König der dunklen Operationen.«

»Du kannst sagen, was du willst, aber ich bin nicht mehr in Übung.«

»Das kommt schnell wieder. Wie Sex und Fahrradfahren.«

»Und was ist mit dir? Was machst du?«

»Nach dem Rendezvous mit Kaktus werde ich mir ein Zimmer im Mayflower nehmen«, antwortete Bourne.

Culver Parnell, Hotelmagnat aus Atlanta, der es auf Grund seiner achtundzwanzigjährigen Erfahrung im Hotelgeschäft bis zum Protokollchef des Weißen Hauses gebracht hatte, legte verärgert den Hörer auf, während er eine weitere Obszönität auf seinen Notizblock gekritzelt hatte. Durch die Wahlen und den daraus resultierenden Austausch des Personals im Weißen Haus war er an die Stelle der hochwohlgeborenen Dame der vorangegangenen Administration getreten, die keine Ahnung von den politischen Verästelungen der tausendsechshundert Geladenen auf der Liste gehabt hatte. Dann lag er zu seiner tiefsten Irritation auch noch im Clinch mit seiner ersten Assistentin, ebenfalls einer Dame mittleren Alters, von einem der scheißeleganten Colleges im Osten und obendrein eine Washingtoner Prominente, die ihr Gehalt irgendeiner Pipifax-Tanzgruppe spendete, deren Mitglieder in Unterwäsche herumhampelten, wenn sie überhaupt etwas anhatten.

»Scheiße!«, sagte Culver wütend und fuhr sich mit der Hand durch sein schütteres Haar. Erneut griff er zum Telefon und drückte vier Tasten. »Gib mir den Rotkopf, du süßes Ding«, säuselte er, wobei er seinen ohnehin starken Georgia-Akzent noch betonte.

»Ja, Sir«, sagte die geschmeichelte Sekretärin. »Er ist auf der anderen Leitung. Eine Sekunde bitte, Mr. Parnell.«

»Du bist der allersüßeste Pfirsich, geliebtes Kind.«

»O Mannomann, danke! Bleiben Sie dran.«

Es verfehlt nie seine Wirkung, dachte Culver. Mit ein bisschen Öl läuft alles wie geschmiert. Diesem Hurenstück von einer Assistentin würde er schon zeigen, mit wem sie es bei ihrem Vorgesetzten aus dem Süden zu tun hatte, sie sprach, als hätte ihr ein Zahnarzt alle ihre verdammten Zähne einzementiert.

»Bist du's, Cull?«, kam die Stimme des Rotkopfs über die Leitung und unterbrach Parnells Gedanken.

»Ganz genau, alter Junge, wir haben ein Problem! Diese alte Ziege wieder mal. Ich habe unsere Wall-Street-Leute fest für einen Tisch beim Empfang am fünfundzwanzigsten eingeplant, dem für den neuen französischen Botschafter. Und sie sagt, wir müssten sie rausschmeißen wegen irgendwelcher Ballett-Schwulen, und sie sagt, dass sie und die First Lady es unbedingt so wollen. Scheiße! Diese Dollarboys haben verdammt viele französische Interessen, die durch die verdammte Party gefördert werden könnten, sagt sie. Jeder Sack an der Börse wird denken, dass denen Washington zu Füßen liegt!«

»Vergiss es, Cull«, unterbrach der Rotkopf besorgt. »Wir haben ein ganz anderes Problem, und ich weiß nicht, was es bedeutet.«

»Was denn?«

»Als wir damals in Saigon waren, hast du da jemals etwas von einer Schlangenlady gehört?«

»Ich hab verdammt viel über Schlangenaugen, den doppelten Einser beim Würfeln, gehört«, kicherte Parnell, »aber nichts über eine Schlangenlady. Wieso?«

»Der Bursche, mit dem ich gerade geredet habe – er ruft in fünf Minuten noch mal durch –, hörte sich an, als wollte er mir drohen. Ich meine wirklich drohen, Cull! Er erwähnte Saigon und deutete an, dass da was Schreckliches passiert sei, und wiederholte den Namen ›Schlangenlady‹ mehrmals, als ob ich mich sofort in Deckung begeben müsste.«

»Überlass diesen Hurensohn nur mir!«, röhrte Parnell. »Ich weiß genau, wovon dieser Bastard spricht! Es ist die verdammte Schlampe von Assistentin – das ist die Schlangenlady! Ich werde dem Kerl schon die passenden Worte zu sagen wissen.«

»Was meint der bloß, Cull?«

»Aber, zum Teufel, du warst doch auch dabei, Rotkopf ... Wir hatten doch so ein paar Spielchen in Gang gebracht, ein paar Mini-Casinos, und ein paar Clowns haben da ein paar Hemden verloren, aber schließlich gibt es nichts, was Soldaten nicht getan hätten, seit sie um die Kleider von Christus gewürfelt haben! Wir haben das Ganze dann auf eine etwas höhere Ebene verlagert und haben vielleicht auch noch ein paar Bräute da reingeschubst, die sowieso irgendwann auf den Strich gegangen wären. Nein, Rotkopf, diese scheißelegante so genannte Assistentin meint, sie hätte was gegen mich in der Hand – und nun versucht sie es eben über dich, weil jeder weiß, dass wir Kumpels sind. Sag diesem Schleimer, er soll mich anrufen, und ich werde dieser Schlampe seine Eier in die Fotze hauen! Meine Wall-Street-Leute sind jedenfalls drin und ihre Homos draußen!«

»Okay, Cull, ich werd ihn einfach an dich weiterreichen«, sagte der Rotkopf, bekannt als Vizepräsident der Vereinigten Staaten.

Vier Minuten später klingelte das Telefon, und Parnell

sprangen die Worte ins Gesicht: »Schlangenlady, Culver, wir sind alle dran!«

»Nun hör mal gut zu, du Idiot, und ich werde dir sagen, wer dran ist! Sie ist keine Lady, sie ist eine Hure! Einer ihrer dreißig oder vierzig Eunuchen-Gatten hat vielleicht in Saigon mal ein paar Schlangenaugen geworfen und etwas von dem Tuntenlohn verspielt, aber da hat sich weder damals noch heute wer drum gekümmert. Insbesondere ein gewisser Marineoberst, der ab und zu ein scharfes Spielchen schätzte und in diesem Augenblick im Oval Office sitzt. Und außerdem, du Arschloch, wenn er erfährt, dass sie weiterhin versucht, die tapferen Jungs zu verunglimpfen, die nur ein bisschen Entspannung suchten, als sie in einem undankbaren Krieg kämpften …«

Alexander Conklin in Vienna, Virginia, legte den Hörer auf. *Fehlschuss Nummer eins und Fehlschuss Nummer zwei* … Von Culver Parnell hatte er nie etwas gehört.

Der Vorsitzende der Bundeshandelskommission, Albert Armbruster, fluchte laut und stellte die Dusche ab, als er die schrille Stimme seiner Frau im dampfenden Badezimmer hörte.

»Was ist denn los, Mamie? Ich kann nicht mal duschen, ohne dein Gejammer zu hören!«

»Es ist vielleicht das Weiße Haus, Al! Du weißt, sie sprechen immer so leise und ruhig, und immer sagen sie, dass es dringend ist.«

»Scheiße!«, schrie der Vorsitzende, öffnete die Glastür und lief nackt zum Telefon. »Hier Armbruster. Was ist los?«

»Es gibt da eine ernste Situation, die Ihre sofortige Aufmerksamkeit erfordert.«

»Betrifft es die sechzehnhundert?«

»Nein, und wir hoffen, dass es niemals so viele werden.«

»Wer, zum Teufel, sind Sie?«

»Jemand, der genauso betroffen ist, wie Sie es gleich sind. Nach all diesen Jahren – o Gott!«

»Betroffen wovon? Worüber reden Sie?«

»Die Schlangenlady, Herr Vorsitzender.«

»O mein Gott!« Armbrusters flüsternde Stimme war ein plötzlicher unfreiwilliger Angstschrei. Schon hatte er sich wieder in der Gewalt, aber es war zu spät. Treffer Nummer eins. »Ich weiß überhaupt nicht, wovon Sie reden … Was für eine Schlange? Niemals gehört!«

»Gut, dann hören Sie es jetzt, Mr. Medusa. Jemand hat alles rausgefunden, alles. Daten, Materialunterschlagungen, Banken in Genf und Zürich – sogar die Namen von einem halben Dutzend Kurieren, die von Saigon abgingen. Und schlimmer noch – von Agenten der Armee, die nie an Kämpfen teilgenommen haben, acht Untersuchungsleute vom Büro des Generalinspekteurs. Alles!«

»Das ist doch unsinnig! Sie reden Quatsch!«

»Und Sie stehen auf der Liste, Mr. Armbruster. Der Typ muss fünfzehn Jahre seines Lebens geopfert haben, um alles zusammenzusetzen, und jetzt will er Kohle für all die Arbeit, oder er bringt die Geschichte an die Öffentlichkeit – alles und jeden.«

»Wer? Wer ist es, in Gottes Namen?«

»Wir kreisen ihn ein. Alles, was wir wissen, ist, dass er zehn Jahre lang an Sicherungsprogrammen gearbeitet hat, und so wird natürlich niemand reich. Er muss aus Saigon abgeschoben worden sein und will jetzt die verlorene Zeit wettmachen. Halten Sie die Ohren steif. Wir hören voneinander.« Es gab ein Klicken, und die Leitung war tot.

Trotz der Hitze im Badezimmer zitterte der nackte Albert Armbruster, Vorsitzender der Bundeshandelskommission, während ihm der Schweiß vom Gesicht tropfte. Als er den Hörer auflegte, waren seine Augen flüchtig über die kleine hässliche Tätowierung auf seinem Unterarm geglitten. Drüben in Vienna, Virginia, betrachtete Alex Conklin das Telefon. *Treffer Nummer eins.*

General Norman Swayne, Chef der Versorgung im Pentagon, trat nach einem gelungen langen Drive zufrieden einen Schritt von der Abschlagstelle auf dem penibel gepflegten Golfrasen zurück.

»Das müsste es sein«, sagte er und drehte sich zu seinem Partner um.

»Ganz sicher, Norm«, sagte der noch jugendliche Vizepräsident von Calco Technologies. »Heute fährst du Schlitten mit mir. Ich werde bei dir mit dreihundert Miesen in der Kreide stehen. Zu zwanzig das Loch. Ich habe bis jetzt nur vier.«

»Du bist dran, junger Freund. Du solltest mehr üben.«

»Das ist wahr, Norm«, pflichtete ihm der Calco-Marketing-Chef bei, als er sich dem Abschlagplatz näherte. Plötzlich hörten sie das kreischende Gehupe eines Golfwagens, der mit voller Geschwindigkeit über dem Hügel vom sechzehnten Loch auftauchte.

»Dein Fahrer, General«, sagte der Waffenverkäufer und wünschte sogleich, dass er nicht den ehemaligen Titel seines Partners benutzt hätte.

»Stimmt. Komisch, ist gar nicht seine Art.« Swayne lief dem sich rasch nähernden Fahrzeug entgegen. »Was ist denn los?«, fragte er den ordengeschmückten Hauptfeldwebel, der seit fünfzehn Jahren sein Fahrer war.

»Schätze, eine üble Sache«, antwortete der und hielt das Steuer fest in der Hand.

»Das ist sehr grob …«

»Das war der Scheißkerl am Telefon auch. Ich musste das Gespräch an einem Münztelefon entgegennehmen. Ich sagte ihm, dass ich dein Spiel nicht unterbrechen könne, und er sagte, dass ich das verdammt noch mal tun würde, wenn ich wüsste, was gut für mich ist. Natürlich fragte ich ihn, wer er sei, welcher Rang und all den Quatsch, aber er hörte gar nicht zu. ›Sag einfach dem General, ich rufe wegen Saigon an und wegen einiger Reptilien, die in der Stadt herumkriechen, in ziemlicher Nähe von dem, was vor zwanzig Jahren war.‹ Das genau waren seine Worte …«

»Jesus Maria!«, schrie Swayne und unterbrach ihn. »Schlangen?«

»Er hat gesagt, er ruft in einer halben Stunde wieder an – also in achtzehn Minuten. Steig ein, Norman. Ich gehöre doch auch dazu, weißt du noch?«

Verwirrt und erschrocken murmelte der General. »Ich … ich muss mich noch kurz entschuldigen. Ich kann nicht so einfach hier weglaufen, fahr ein Stück weiter.«

»Mach schnell. He, Norman, du hast ein kurzärmeliges Hemd an, du verdammter Idiot!«

Swayne starrte mit aufgerissenen Augen auf die kleine Tätowierung auf seinem Fleisch und winkelte seinen Arm vor der Brust nach Art britischer Stabsoffiziere, als er unsicher und mit gekünstelter Lässigkeit zum Abschlagplatz zurückkehrte.

»Verdammt, junger Freund, die Armee ruft.«

»Schade, Norm, aber ich muss zahlen. Darauf bestehe ich, Norm.«

Der General, halb betäubt, nahm das Geld seines Partners, ohne es zu zählen, und merkte nicht, dass es ein paar hundert Dollar mehr waren. Er bedankte sich verwirrt, lief eilig zum Golfwagen zurück und setzte sich neben den Hauptfeldwebel.

»Gut eingefädelt, kleiner Soldat«, sagte der Waffenproduzent zu sich selbst, ging zum Abschlagplatz, schwang den Schläger und schickte den kleinen Ball gerade hinunter, weit an dem des Generals vorbei, in eine viel bessere Position.

»Vierhundert Millionen Dollar, du lamettabehängter Bastard.«

Treffer Nummer zwei.

»Wovon reden Sie, um Himmels willen?«, fragte der Senator und lachte dabei ins Telefon. »Oder sollte ich fragen, worauf will Al Armbruster hinaus? Er braucht meine Unterstützung für das neue Gesetz nicht, und er würde sie nicht bekommen, wenn er sie bräuchte. Er war ein Esel in Saigon, und er ist immer noch einer, aber er hat die Mehrheit.«

»Wir sprechen nicht über Stimmen, Herr Senator. Wir sprechen über die Schlangenlady!«

»Die einzigen Schlangen, die ich in Saigon kannte, waren Schwachköpfe wie Alby, die in der Stadt rumkrochen und behaupteten, alle Antworten zu kennen, wo es keine gab. Wer sind Sie …?«

In Vienna, Virginia, legte Alex Conklin den Hörer auf. *Fehlschuss Nummer drei.*

Phillip Atkinson, Botschafter am Hof von St. James, griff in London in der Meinung zum Hörer, dass der ungenannte Anrufer unter dem Kode ›Courier D. C.‹ eine besonders vertrauliche Anweisung vom Außenministerium für ihn habe, und schaltete automatisch, entsprechend seiner Weisungen, die selten benutzte Verwürfelungsvorrichtung ein. Das würde am Abfanggerät des britischen Geheimdienstes reichlich Verwirrung stiften, und später würde er seine guten Freunde in der Connaught Bar wohlwollend angrinsen, wenn sie ihn fragten, was es Neues aus Washington gebe, weil er wusste, dass der eine oder andere ›Verwandte‹ im Geheimdienst hatte.

»Ja, Kurier-Abteilung?«

»Herr Botschafter, ich hoffe, wir können nicht abgehört werden«, sagte die leise, angespannte Stimme aus Washington.

»Das ist richtig, es sei denn, die hätten ein paar technische Fortschritte gemacht.«

»Gut ... Ich möchte Sie an die Zeit in Saigon erinnern, an eine bestimmte Operation, über die kein Mensch mehr spricht.«

»Wer ist dort?«, unterbrach Atkinson und kippte mit seinem Stuhl nach vorne.

»Die Leute damals benutzten niemals Namen, Herr Botschafter, und wir haben unsere Taten ja auch nicht gerade in die Welt hinausposaunt, oder?«

»Verdammt! Sie, wer sind Sie? Ich kenne Sie?«

»Unmöglich, Phil, obwohl ich überrascht bin, dass du meine Stimme nicht erkennst.«

Atkinsons Augen weiteten sich, als sie sprunghaft sein Büro absuchten, aber nichts sahen, nur versuchten, sich zu erinnern, verzweifelt versuchten, eine Stimme mit einem Gesicht zusammenzubringen. »Bist du es, Jack?«

»Nahe dran, Phil ...«

»Die Sechste Flotte, Jack. Ein einfaches umgekehrtes Morsezeichen. Dann größere Sachen, viel größere. Du bist es doch, oder?«

»Sagen wir, es ist möglich, aber es ist auch irrelevant. Die Sache ist die, dass wir uns in schwerer See befinden, in sehr schwerer ...«

»Du bist es!«

»Sei ruhig. Hör zu. Eine verdammte Fregatte hat sich aus ihrer Vertäuung gelöst, treibt irgendwo da draußen herum und stößt auf viel zu viele Klippen.«

»Jack, ich war beim Heer, nicht bei der Marine. Ich kann dich nicht verstehen.«

»Irgendein Jockey von der Handelsmarine ist wohl bei der Aktion in Saigon zu kurz gekommen, und nach dem, was ich herausgekriegt habe, wurde er wegen irgendwas ruhiggestellt, und jetzt hat er alles zusammengepuzzelt. Er hat alles, Phil. Alles.«

»Gütiger Gott!«

»Er ist bereit, alles öffentlich zu machen …«

»Stopp ihn!«

»Das ist das Problem. Wir sind nicht sicher, wer es ist. Die Sache wird genau untersucht, drüben in Langley.«

»Großer Gott, Mann, in deiner Position kannst du ihnen doch befehlen, sich da rauszuhalten! Sag, dass es eine DOD-Akte ist, eine tote Akte, die nie vollendet wurde, dass sie dazu dienen sollte, Fehlinformationen zu verbreiten! Dass alles daran falsch ist!«

»Das könnte ein Rohrkrepierer werden …«

»Hast du Jimmy T. drüben in Brüssel angerufen?«, unterbrach der Botschafter. »Er hat einen direkten Draht zu Dingen mit höchster Geheimhaltung in Langley.«

»Im Augenblick will ich nicht, dass es weitere Kreise zieht. Ich muss erst etwas Missionsarbeit leisten.«

»Wie du meinst, Jack. Du machst das schon.«

»Halte deine Fallleinen stramm, Phil.«

»Wenn das heißen soll, dass ich meinen Mund halten soll, brauchst du dir darüber keine Gedanken zu machen!«, sagte Atkinson. Er beugte seinen Arm und fragte sich, wer wohl in London die hässliche Tätowierung von seinem Unterarm entfernen könnte.

Jenseits des Atlantik in Vienna, Virginia, legte Alex Conklin den Hörer auf und lehnte sich in seinem Stuhl zurück, völlig erschüttert. Er war seinem Instinkt gefolgt, wie er es draußen zwanzig Jahre lang gemacht hatte. Worte führten zu weiteren

Worten, Sätze zu Sätzen, aus der Luft gegriffene Anspielungen konnten Vermutungen, selbst Schlussfolgerungen untermauern. Es war ein Schachspiel mit blitzschnellen Einfällen, und er wusste, dass er ein fähiger Profi war – manchmal etwas zu fähig. Es gab Dinge, die besser in ihren schwarzen Kästen blieben, unentdeckte Krebsgeschwüre, die von der Geschichte verschüttet wurden, und was er gerade erfahren hatte, konnte dazugehören.

Treffer drei, vier und fünf.

Phillip Atkinson, Botschafter in Großbritannien. James Teagarten, Oberkommandierender der NATO. Jonathan ›Jack‹ Burton, ehemaliger Admiral der Sechsten Flotte, gegenwärtig Chef des Vereinigten Generalstabs.

Schlangenlady. Medusa.

Ein Netzwerk.

5.

Es ist, als hätte sich nichts verändert, dachte Jason Bourne und merkte, wie sein anderes Ich, das David Webb genannt wurde, aus ihm entschwand. Das Taxi hatte ihn in das ursprünglich elegante, jetzt aber ziemlich heruntergekommene Viertel im Nordosten Washingtons gefahren, und der Fahrer hatte sich, genau wie vor fünf Jahren, geweigert zu warten. Er lief durch den überwucherten Vorgarten zu dem alten Haus und dachte, genau wie beim ersten Mal, dass es zu alt war und zu baufällig und sehr dringend repariert werden musste. Er klingelte und fragte sich, ob Kaktus überhaupt noch lebte. Er lebte. Der alte, hagere schwarze Mann mit seinem sanften Gesicht und den warmen Augen stand vor ihm im Türrahmen, ganz genauso wie vor fünf Jahren, und blinzelte unter einem grünen Sonnenschutz hervor. Sogar seine ersten Worte waren nur eine geringfügige Variation derjenigen von vor fünf Jahren.

»Hast du Radkappen am Auto, Jason?«

»Kein Auto und kein Taxi, es wollte nicht warten.«

»Muss die merkwürdigen Gerüchte gehört haben, die von der faschistischen Presse verbreitet werden. Ich habe Haubitzen hinter den Fenstern installiert, um die freundlichen Nachbarn von meinen friedlichen Absichten zu überzeugen. Komm rein, hab oft an dich gedacht. Warum hast du Opa nicht mal angerufen?«

»Deine Nummer steht nicht im Telefonbuch, Kaktus.«

»Muss ein Versehen sein.«

Jason Bourne trat in den Vorraum, während Kaktus die Tür verschloss.

»Du hast ein paar graue Haare bekommen, Bruder Hase«, fügte Kaktus hinzu und betrachtete seinen Freund aufmerksam. »Ansonsten hast du dich nicht sehr verändert. Vielleicht ein oder zwei Falten, aber das zeigt Charakter.«

»Ich habe inzwischen auch eine Frau und zwei Kinder, Onkel Remus. Einen Jungen und ein Mädchen.«

»Ich weiß. Mo Panov hält mich auf dem Laufenden, auch wenn er mir nicht sagen kann, wo du bist – was ich auch gar nicht unbedingt wissen will, Jason.«

Bourne blinzelte und schüttelte seinen Kopf. »Ich vergesse immer noch manche Dinge, Kaktus; zum Beispiel, dass du und Mo Freunde seid.«

»Oh, der gute Doktor ruft mich wenigstens einmal im Monat an und sagt: ›Kaktus, du Aas, zieh deinen Pierre-Cardin-Anzug und deine Gucci-Schuhe an und lass uns essen gehen.‹ Und ich sage: ›Wo soll ein alter Nigger solche Klamotten herbekommen?‹, und er sagt zu mir: ›Du hast doch bestimmt einen Supermarkt im besten Viertel der Stadt.‹ Na, das ist jedenfalls eine Übertreibung, so wahr mir Gott helfe. Ich hab zwar hier und da ein Stückchen weißen Grundbesitz, aber da gehe ich nicht mal in die Nähe.«

Beide Männer lachten, und dann sah Jason in das dunkle Gesicht und die warmen, schwarzen Augen vor ihm. »Was mir gerade einfällt. Vor dreizehn Jahren im Krankenhaus in Virginia ... da hast du mich besucht. Außer Maria und den Regierungskötern bist du der Einzige gewesen.«

»Panov hatte verstanden, Bruder Hase. Als ich in meiner wenig offiziellen Stellung für dich in Europa arbeitete, sagte ich Morris einmal, dass man nicht das Gesicht eines Mannes unter einer Linse studiert, ohne etwas über ihn zu lernen. Ich wollte mit dir über die Dinge sprechen, die ich unter der Linse vermisst hatte, und Morris hielt es für eine gute Idee ... Doch jetzt Schluss mit den Vertraulichkeiten, nur noch so viel, dass es wirklich schön ist, dich zu sehen, Jason. Andererseits, um dir die Wahrheit zu sagen, bin ich nicht glücklich, dich zu sehen, wenn du verstehst, was ich damit meine.«

»Ich brauche deine Hilfe, Kaktus.«

»Genau das macht mich unglücklich. Du hast schon genug mitgemacht, und du wärst nicht hier, wenn es dich nicht nach mehr gelüstete.«

»Du musst mir helfen.«

»Dann musst du einen verdammt guten Grund angeben,

der beim Onkel Doktor auch zieht. Ich will nichts mehr anrühren, was dich noch tiefer in den Schlamassel bringt ... Ich habe deine nette Frau mit dem dunkelroten Haar ein paarmal im Krankenhaus getroffen – sie ist was Besonderes, Bruder, und deine Kinder müssen es auch sein, du verstehst also, dass ich nicht die geringste Lust habe, etwas zu tun, was ihnen schaden könnte. Verzeih mir, aber ihr alle seid für mich wie liebe Verwandte aus einer Zeit, über die wir nicht sprechen. So sehe ich das.«

»Aber ihretwegen brauche ich deine Hilfe.«

»Drück dich deutlicher aus.«

»Der Schakal ist mir auf den Fersen. Er hat uns über Hongkong ausfindig gemacht, und er hat mich und meine Familie, meine Frau und die Kinder, gefunden. Bitte, hilf mir.«

Die Augen des alten Mannes weiteten sich. »Weiß das der Doktor?«

»Er ist auch betroffen. Vielleicht billigt er nicht, was ich tue, aber wenn er ehrlich zu sich selbst ist, dann weiß er, dass es im Grunde um den Schakal und mich geht. Hilf mir, Kaktus.«

Der alte Schwarze sah sich seinen Klienten genau an. »Bist du in guter Verfassung, Bruder?«, fragte er. »Hast du noch genug Saft in den Knochen?«

»Ich laufe jeden Morgen zehn Kilometer und stemme mindestens einmal in der Woche in der Uni meine Gewichte ...«

»Das habe ich nicht gehört. Über Colleges und Universitäten will ich nichts hören.«

»Dann hast du es nicht gehört.«

»Natürlich nicht. Es scheint, du bist in guter Verfassung, würde ich sagen.«

»Es ist gut durchdacht, Kaktus«, sagte Jason ruhig. »Manchmal ist es nur ein Telefon, das plötzlich klingelt, oder Marie, wenn sie zu lange mit den Kindern wegbleibt und ich sie nicht erreichen kann ... oder jemand, den ich nicht kenne, hält mich auf der Straße an, um mich nach dem Weg zu fragen. Der Schakal. Solange die Möglichkeit besteht, dass er lebt, muss ich auf ihn gefasst sein, weil er nicht aufhören wird, nach mir zu suchen. Die Ironie dabei ist, dass seine Jagd womöglich auf einer Annahme beruht, die gar nicht stimmt. Aber das ist noch nicht richtig klar.«

»Hast du daran gedacht, ihn das wissen zu lassen?«

»Soll ich vielleicht eine Anzeige im Wall Street Journal aufgeben? ›Lieber alter Kumpel Carlos: Ich muss dir unbedingt was mitteilen.‹«

»Mach keine Witze, Jason, es ist nicht unmöglich. Dein Freund Alex könnte einen Weg finden.«

»Wenn es einen gäbe, er hätte ihn bereits ausfindig gemacht.«

»Ich glaube, ich kann da nicht mitreden … Also lass uns an die Arbeit gehen, Bruder Hase. Was hast du dir gedacht?« Kaktus ging voran durch einen geräumigen Kreuzgang zu einer Tür am Ende eines heruntergekommenen Wohnzimmers voller alter Möbel und verblichener Sofaschoner. »Mein Studio ist nicht mehr so elegant, wie es einmal war, wegen all dieses Krempels. Du siehst, dass ich fast schon pensioniert bin. Meine Finanzstrategen haben ein riesiges Pensionierungsprogramm mit großen steuerlichen Erleichterungen ausgearbeitet.«

»Du bist wirklich unglaublich«, sagte Bourne.

»Ich glaube, dass einige Leute das sagen würden, diejenigen, die sich keine Zeit nehmen. Was hast du vor?«

»Eine ganze Menge. Weder Europa noch Hongkong natürlich. Nur einfach Papiere.«

»Das Chamäleon nimmt wieder eine andere Tarnung an.«

Jason hielt inne, als sie an die Tür kamen. »Das war auch etwas, das ich bereits vergessen hatte. So wurde ich immer genannt, oder?«

»Chamäleon? Ja, sicher, und nicht ohne Grund. Sechs Leute hätten von Angesicht zu Angesicht mit unserem jungen Bourne zusammentreffen können, und sechs unterschiedliche Beschreibungen wären dabei rausgekommen. Ohne das geringste Make-up natürlich.«

»Es kommt alles wieder, Kaktus.«

»Ich bete zum Allmächtigen Gott, dass das nicht nötig ist, aber wenn schon, dann sieh zu, dass wirklich *alles* wiederkommt.«

Drei Stunden und zwanzig Minuten später war es geschafft. David Webb, Professor für Orientalistik und drei Jahre lang Jason Bourne, ein Killer, hatte zwei neue Identitäten. Und da keine Taxis zur Hütte von Kaktus kommen würden, fuhr ein arbeitsloser Nachbar, der mehrere schwere Goldketten um den Hals und die Handgelenke trug, den Klienten von Kaktus in seinem neuen Cadillac zurück ins Zentrum von Washington. Jason fand eine Telefonzelle in einem Kaufhaus und rief Alex in Virginia an. Er gab ihm seine neuen Personalien durch und wählte einen seiner Namen für das Hotel Mayflower. Conklin wollte offiziell über das Management ein Zimmer bestellen, für den Fall, dass alles ausgebucht war. Außerdem würde Langley eine Four-Zero aktivieren und das Äußerste tun, um Bourne alles, was er brauchte, schnellstmöglich auf sein Zimmer zu liefern. Schätzungsweise würde man dafür drei Stunden benötigen, ohne Garantie. Egal, dachte Jason, als Alex sich diese Information auf einer zweiten Leitung von der CIA bestätigen ließ, er brauchte mindestens zwei dieser drei Stunden, bevor er ins Hotel kommen würde. Er musste sich eine kleine Garderobe zusammenstellen. Das Chamäleon musste sich in einen neuen Typ verwandeln.

»Steve DeSole sagt mir, dass er die PCs heißlaufen lässt, um unsere Daten mit denen der Armee und des Marinegeheimdienstes zu vergleichen«, sagte Conklin, als er ans Telefon zurückkam. »Peter Holland macht es möglich. Er ist ein Kumpel vom Präsidenten.«

»Kumpel? Das hört sich aus deinem Mund komisch an. Wie geht es sonst? Fortschritte?«

Conklin machte eine Pause, und als er mit leiser Stimme antwortete, verbarg er seine Befürchtungen. »Sagen wir mal so … Ich bin auf das, was ich erfahren habe, nicht vorbereitet. Ich war zu lange draußen. Ich fürchte, Jason … entschuldige … David.«

»Das erste Mal war's richtig. Habt ihr diskutiert …«

»*Keine* Namen«, unterbrach der CIA-Agent a. D. entschieden.

»Ich verstehe.«

»Du konntest es nicht«, widersprach Alex. »Ich konnte es

nicht. Wir hören voneinander.« Mit diesen rätselhaften Worten legte Conklin abrupt auf.

Langsam tat Bourne dasselbe und runzelte besorgt die Stirn. Das sah Alex überhaupt nicht ähnlich. Kontrolle war sein Motto und Understatement sein Element. Was immer er erfahren hatte, es hatte ihn zutiefst verwirrt … sosehr, dass es Bourne schien, er könnte sein Vertrauen verloren haben, zu allem, was er selbst entworfen hatte, zu den Personen, mit denen er arbeitete. Normalerweise drückte er sich klarer aus, ergiebiger. Stattdessen, aus Gründen, die Jason nicht ahnen konnte, wollte Alexander Conklin nicht über Medusa sprechen oder über das, was er sonst über zwanzig Jahre Betrug und Verrat erfahren hatte …

War das möglich?

Keine Zeit! Es hat keinen Zweck, nicht jetzt, dachte Bourne und schaute sich in dem riesigen Kaufhaus um. Alex war nicht nur genauso viel wert wie sein Wort, er lebte auch entsprechend – solange man nicht sein Feind war. Wehmütig, ein kurzes, kehliges Lachen unterdrückend, erinnerte sich Jason an Paris vor dreizehn Jahren. Diese Seite von Alex kannte er auch. Wären nicht die Grabsteine auf einem Friedhof in Rambouillet, einem Vorort von Paris, gewesen, hätte ihn sein engster Freund getötet. Aber das war lange vorbei. Conklin hatte gesagt, er werde von ihm hören. Und das würde er. Bis dahin musste sich das Chamäleon mehrere Schutzschichten zulegen, von der Unterhose bis zum Jackett völlig neutral, ohne irgendein Abzeichen einer Wäscherei oder Reinigung, ohne den kleinsten Hinweis auf den Träger. Er hatte schon zu viel bezahlt! Wenn er für Davids Familie töten müsste –, mein Gott! Für *meine* Familie! –, so weigerte er sich, mit den Konsequenzen eines oder mehrerer Morde zu leben. Wo er sich bewegen würde, gab es keine Regeln. David Webb würde sich dem heftig widersetzen, aber Jason Bourne pfiff darauf. Marie, ich werde ihn stoppen! Ich verspreche dir, ihn aus unserem Leben herauszureißen. Ich werde mir den Schakal vorknöpfen und einen toten Mann zurücklassen. Er wird niemals wieder in der Lage sein, dich anzurühren. Du wirst frei sein.

O Jesus, wer bin ich? Mo, hilf mir! Nein, Mo, lieber nicht! Ich bin, was ich sein muss. Ich bin kalt und werde immer kälter. Bald werde ich Eis sein … klares, durchsichtiges Eis, Eis, so kalt und klar, dass es sich überall bewegen kann, ohne gesehen zu werden. Kannst du nicht verstehen, Mo und du auch, Marie –, ich muss! David muss abtreten. Ich kann ihn nicht gebrauchen.

Vergib mir, Marie, und vergib mir Doktor, aber ich denke an die Wahrheit. Eine Wahrheit, der ich jetzt ins Angesicht sehen muss. Ich bin kein Idiot, und ich betrüge mich auch nicht selbst. Ihr beide wollt, dass ich Jason Bourne aus meinem Leben vertreibe, ihn für immer ins Jenseits entlasse, aber ich muss jetzt das Gegenteil tun.

Als er seine Einkäufe erledigt und alles bar und bei möglichst verschiedenen Angestellten bezahlt hatte, suchte er sich eine Toilette, in der er sich umziehen konnte. Danach würde er durch die Straßen Washingtons gehen, bis er einen versteckten Kanaldeckel gefunden hatte. Das Chamäleon war wieder da.

Es war 7.35 Uhr am Abend, als Bourne die Rasierklinge hinlegte. Er hatte alle Etiketten von seinen neuen Kleidern entfernt. Er hängte alles in den Schrank außer den Hemden, die er im Bad unter Dampf setzte, um ihnen den nagelneuen Geruch zu nehmen. Er ging zum Tisch, wo der Zimmerservice eine Flasche Whisky, Sodawasser und Eiswürfel hingestellt hatte.

Als er am Telefon vorbeiging, hielt er inne. So gerne hätte er Marie angerufen, wusste aber, dass er es nicht konnte, nicht vom Hotelzimmer. Dass sie und die Kinder sicher angekommen waren, war alles, was zählte; und das waren sie. Er hatte John St. Jacques vom Kaufhaus aus erreicht.

»He, David, sie sind in Sicherheit! Sie mussten beinahe vier Stunden lang über der Insel kreisen, bevor das Wetter aufklarte. Ich wecke Marie, wenn du willst, aber nachdem sie Alison gefüttert hatte, war sie todmüde.«

»Lass mal, ich rufe später an. Sag ihr, dass es mir gut geht, und sorge für sie, Johnny.«

»Machen wir, Junge. Nun sag mir: Bist du okay?«

»Ich sagte schon, es geht mir gut.«

»Schon, du kannst es sagen, und sie kann es sagen, aber Marie ist nicht nur meine einzige Schwester, sie ist auch meine Lieblingsschwester, und ich weiß, wann sie beunruhigt ist.«

»Deshalb sollst du dich gut um sie kümmern.«

»Ich werde mit ihr sprechen müssen.«

»Behutsam, Johnny.«

Einige Augenblicke lang war er wieder David Webb gewesen, überlegte Jason jetzt, als er sich einen Drink eingoss. Das gefiel ihm nicht. Eine Stunde später jedoch war Jason Bourne wieder da und hatte im Mayflower mit einem Angestellten über seine Reservierung gesprochen, und der Nachtportier wurde geholt.

»O ja, Mr. Simon«, hatte ihn der Mann enthusiastisch begrüßt. »Wir haben mitbekommen, dass Sie hier sind, um gegen diese schrecklichen Steuerrestriktionen bezüglich Geschäftsreisen und Vergnügen zu wettern. Die Politiker werden uns noch allesamt ruinieren! Es gab keine Doppelzimmer mehr, deshalb haben wir uns die Freiheit genommen, Ihnen eine Suite zur Verfügung zu stellen, ohne zusätzliche Kosten natürlich.«

Das war vor über zwei Stunden gewesen, und seitdem hatte er Etiketten entfernt, die Hemden gedämpft und die gummibesohlten Schuhe auf der Fensterbank des Hotels abgerieben. Mit dem Drink in der Hand saß Bourne im Stuhl und stierte gegen die Wand. Es gab nichts zu tun, als zu warten und nachzudenken.

Ein leises Klopfen an der Tür beendete sein Warten. Jason durchquerte schnellen Schrittes den Raum, öffnete die Tür und ließ den Fahrer herein, der ihn am Flughafen abgeholt hatte. Er trug einen Diplomatenkoffer, den er Bourne überreichte.

»Ist alles drin, einschließlich einer Waffe und Munition.«

»Danke.«

»Wollen Sie es überprüfen?«

»Werde ich heute Nacht machen.«

»Es ist kurz vor acht«, sagte der Agent. »Ihr Kontrollmann

wird gegen elf da sein. Das wird Ihnen Zeit lassen, sich vorzubereiten.«

Der Mann ging, und Bourne trat zum Tisch, auf dem der Aktenkoffer lag. Er öffnete ihn, nahm zuerst die Automatic und die Munitionsschachtel heraus und griff dann nach einigen hundert Computerausdrucken, die in Ordner geheftet waren. Irgendwo auf diesen zahllosen Seiten stand ein Name, der einen Mann oder eine Frau mit Carlos, dem Schakal, in Verbindung brachte. Es waren Informationen über jeden der gegenwärtigen Gäste, einschließlich derjenigen, die das Hotel in den vergangenen vierundzwanzig Stunden verlassen hatten. Die Namen waren durch jedwede Information ergänzt worden, die man in den Datenbanken der CIA, der G-2 der Armee und des Marinegeheimdienstes gefunden hatte. Es konnte zahlreiche Gründe geben, weshalb das alles vollkommen nutzlos war, aber der Anfang war gemacht.

Sechshundert Kilometer weiter nördlich, in einer anderen Hotelsuite, und zwar im dritten Stock des Ritz-Carlton in Boston, klopfte es ebenfalls leise an einer Tür. Ein außerordentlich großer Mann, dessen gut geschneiderter, gestreifter Anzug ihn noch größer als die ohnehin knapp zwei Meter erscheinen ließ, kam daraufhin aus dem Schlafzimmer gelaufen. Sein fast kahler Kopf – das wenige Haar war silberfarben und perfekt geschnitten – erinnerte an die gesalbte graue Eminenz eines Königshofes. Sein Adlerblick, die erhabene Prophetenstimme und sein entschiedenes Auftreten unterstützten noch den Eindruck eines mächtigen Mannes. Obwohl seine Hast in diesem Moment eine gewisse Ängstlichkeit und Verwundbarkeit verriet, wurde das Bild seiner Dominanz dadurch nicht gemindert. Er war bedeutend und mächtig, und er wusste es. All das stand im Gegensatz zu dem älteren Mann, den er jetzt ins Zimmer eintreten ließ. Kaum etwas war an diesem kleinen, mageren, ältlichen Besucher hervorstechend – er war das Abbild eines Verlierers.

»Komm rein. Schnell! Hast du die Information?«

»O ja, ja, wirklich«, antwortete der Mann mit dem grauen Gesicht, dessen zerknitterter Anzug und schlecht sitzender

Kragen auch schon bessere Tage gesehen hatten. »Du siehst großartig aus, Randolph«, fuhr er mit dünner Stimme fort und schaute sich seinen Gastgeber und die opulente Suite genauer an. »Und wie großartig du hier wohnst!«

»Bitte, was hast du erfahren?« Dr. Randolph Gates von der Harvard-Universität, Experte für Antitrust-Gesetze und hoch bezahlter Berater zahlreicher Unternehmen, war ungeduldig.

»Lass mir doch einen Augenblick Zeit, alter Freund. Es ist schon so lange her, dass ich auch nur in der Nähe einer solchen Hotelsuite war, geschweige denn drin ... Ach, wie sich die Dinge für uns geändert haben mit den Jahren. Ich habe häufig von dir gelesen oder dich im Fernsehen gesehen. Du bist so gelehrt, Randolph, das ist das Wort, aber es ist nicht ausreichend. Viel mehr, was ich vorher sagte, ›großartig‹, das bist du, großartig und gelehrt. So elegant und gebieterisch.«

»Du hättest in derselben Position sein können, das weißt du«, unterbrach ihn Gates. »Dummerweise hast du nach Abkürzungen gesucht, wo es keine gab.«

»Oh, es gab eine Menge. Leider nur die verkehrten.«

»Ich nehme an, dass es dir nicht besonders gut geht ...«

»Du nimmst es nicht an, du weißt es, Randy. Sieh mich an, wenn dich deine Spione nicht schon informiert haben.«

»Ich habe einfach versucht, dich zu finden.«

»Ja, das hast du auch am Telefon gesagt. Und das haben mir verschiedene andere Leute gesagt, Leute, die Dinge gefragt wurden, die nichts mit meinem Wohnort zu tun hatten.«

»Ich musste wissen, ob du befähigt bist. Das kannst du mir nicht verübeln.«

»Um Himmels willen, nein. Nicht in Anbetracht dessen, was ich tun sollte. Oder besser: was ich dachte, dass ich tun sollte.«

»Nur als ein vertraulicher Bote agieren, das ist alles. Du hast doch gewiss nichts gegen das Geld?«

»Dagegen?«, sagte der Besucher mit einem hellen, wohltönenden Lachen. »Ich will dir was sagen, Randy. Du kannst mit dreißig oder fünfunddreißig aus dem Anwaltsstand ausgeschlossen werden und mit einem blauen Auge davonkommen, aber wenn du mit fünfzig ausgeschlossen wirst und dein Prozess landesweite Publizität bekommt und mit einer Gefängnisstrafe endet, dann würdest du staunen, wie schnell deine Chancen sinken – selbst für einen Gelehrten. Du wirst zu einem Unberührbaren, und ich war niemals besonders gut darin, etwas anderes als meinen Verstand zu verkaufen.«

»Ich habe keine Zeit für Erinnerungen. Die Information bitte.«

»O ja, natürlich … Gut. Zuerst wurde mir das Geld an der Ecke Commonwealth und Dartmouth ausgehändigt, und natürlich habe ich die Namen und besonderen Kennzeichen aufgeschrieben, die du mir telefonisch mitgeteilt hast …«

»Aufgeschrieben?«, fragte Gates scharf.

»Und verbrannt, sobald ich sie im Kopf hatte – ein paar Sachen habe ich aus meinen Schwierigkeiten gelernt. Ich habe den Ingenieur in der Telefongesellschaft erreicht, der höchst erfreut war über deine Freigebigkeit, entschuldige, meine, und dann brachte ich seine Information zu dem widerstrebenden Privatdetektiv, ein fixer Bursche, wirklich, Randy, und – in Anbetracht seiner Methoden – jemand, der meine Talente sehr gut gebrauchen könnte.«

»Bitte«, unterbrach der bekannte Rechtsprofessor, »die Fakten, nicht deine Einschätzungen.«

»Einschätzungen enthalten oft dazugehörige Fakten, Professor. Das verstehst du doch.«

»Wenn ich einen Prozess vorbereite, dann frage ich nach Meinungen. Nicht jetzt. Was fand der Mann heraus?«

»Zunächst ist da eine alleinstehende Frau mit Kindern – wie viele, ist nicht sicher. Das zweite ist der Wohnort. Den fand er heraus auf Grund der Daten, die ihm von einem unterbezahlten Mechaniker der Telefongesellschaft geliefert wurden: Die ersten Zahlen der Rufnummer sind ein Kode für das Land und den Ort. Der Bursche machte sich ohne Skrupel und mit unglaublichem Tempo an die Arbeit. Er war wirklich erstaunlich produktiv. Tatsächlich könnten wir, wenn ich es mit dem Rest meines Rechtsverständnisses betrachte, eine stillschweigende Partnerschaft eingehen.«

»Verdammt, was hat er erfahren?«

»Ja, wie ich sage, sein Tempo war so unglaublich, dass ich wirklich der Meinung bin, wir müssten ein bisschen über die Justierung meines wohlverdienten Honorars diskutieren.«

»Für wen, zum Teufel, hältst du dich eigentlich? Ich habe dir dreitausend Dollar geschickt! Fünfhundert für den Telefonmann und fünfzehnhundert für den elenden Schlüssellochgucker, der sich Privatdetektiv nennt …«

»Nur weil er nicht mehr auf der Gehaltsliste der Polizei steht, Randolph. Wie ich ist er in Ungnade gefallen, aber er leistet offenbar sehr gute Arbeit. Sollen wir verhandeln, oder soll ich gehen?«

Wütend starrte der glatzköpfige, gebieterische Rechtsprofessor den graugesichtigen, alten und entehrten Juristen an. »Wie kannst du es wagen?«

»Mein lieber Randy, glaubst du denn wirklich deiner Presse? Nun gut, ich werde dir sagen, warum ich es wage, mein arroganter alter Freund. Ich habe gelesen, habe gesehen, wie du deine esoterischen Interpretationen komplexer Gesetzestexte geäußert hast, wie du gegen jedes vernünftige Gesetz angegangen bist, das die Gerichtshöfe in diesem Land in den vergangenen dreißig Jahren erlassen haben. Dabei hast du nicht die leiseste Idee davon, was es heißt, arm oder hungrig zu sein oder ein Kind im Bauch zu haben, das man weder gewünscht hat, noch jemals versorgen kann. Du bist der Darling der Royalisten, mein nicht sehr tiefschürfender Freund, und du zwingst die Normalbürger, in einem Land zu leben, in dem wirkliche Individualität unerwünscht ist, in dem freies Denken durch Zensur eingeschränkt wird, in dem die Reichen immer reicher werden und in dem die Ärmsten unter uns sich von einem anständigen Leben von vornherein verabschieden können, sofern sie überleben wollen. Und du entwickelst diese wenig originellen, mittelalterlichen Konzepte nur, um dich selbst als brillanter Außenseiter der Katastrophe darzustellen. Willst du, dass ich fortfahre, Doktor Gates? Ich glaube wirklich, du hast dir den falschen Verlierer für deine dreckigen Geschäfte ausgesucht.«

»Wie kannst du es wagen?«, wiederholte der Professor

perplex und undeutlich. Er trat ans Fenster. »Das muss ich mir nicht anhören!«

»Nein, gewiss nicht, Randy. Aber als ich noch der juristischen Fakultät angehörte und du mein Schüler warst – einer der besten, aber nicht der glänzendste –, musstest du, verdammt noch mal, auch schon zuhören!«

»Also was?«, schrie Gates und wandte sich vom Fenster ab.

»Es betrifft das, was du willst. Die Information, für die du mich unterbezahlt hast. Sie ist doch sehr wichtig für dich, nicht?«

»Ich muss sie haben. Ich habe bezahlt! Ich verlange …«

»Dann muss ich mehr Geld verlangen. Wer immer dich bezahlt, kann das verkraften.«

»Nicht einen Dollar!«

»Dann gehe ich.«

»Halt! … Fünfhundert mehr, und dabei bleibt's.«

»Fünftausend. Oder ich gehe.«

»Lächerlich!«

»Dann sehen wir uns in zwanzig Jahren wieder.«

»Gut … gut, fünftausend.«

»O Randy, du bist so durchsichtig. Deshalb bist du auch nicht wirklich glänzend, sondern nur einer, der sich in ein glänzendes Licht zu rücken versteht … Zehntausend, Dr. Gates, oder ich gehe in meine verräucherte Lieblingsbar.«

»Das kannst du nicht tun.«

»Natürlich kann ich. Ich bin jetzt ein vertraulicher Rechtsbeistand. Zehntausend Dollar. Wie möchtest du es bezahlen? Ich kann mir nicht vorstellen, dass du es bei dir hast …«

»Mein Ehrenwort …«

»Vergiss es, Randy.«

»Also gut. Ich werde es morgen früh zur Boston Five schicken. Auf deinen Namen. Einen Bankscheck.«

»Das ist sehr liebenswürdig von dir. Aber für den Fall, dass deine Vorgesetzten verhindern möchten, dass ich es abhole, sag ihnen doch bitte, dass eine unbekannte Person, ein alter Freund von mir, einen Brief bei sich hat, in dem jedes Detail dessen steht, was zwischen uns vor sich gegangen ist. Und der Brief ist an den Generalstaatsanwalt von Massachusetts gerichtet, als Einschreiben, nur für den Fall, dass ich einen Unfall habe.«

»Das ist absurd. Die Information bitte.«

»Na gut. Du wirst ja wohl wissen, dass du dich auf etwas eingelassen hast, was eine sehr empfindliche Regierungsangelegenheit zu sein scheint. Das ist der Ausgangspunkt … In der Annahme, dass jemand in einem dringenden Fall von einem Platz zum anderen das schnellste Transportmittel benutzt, fuhr unser gewievter Detektiv zum Flughafen Logan. In welcher Verkleidung, weiß ich nicht. Nichtsdestoweniger hat er die Unterlagen über jedes von Boston abgeflogene Flugzeug von gestern früh um 6.30 Uhr bis 22.00 Uhr abends erhalten. Wie du dich erinnerst, entspricht das deinen Angaben an mich – ›Abfahrt mit der ersten Kiste am Morgen‹.«

»Und?«

»Geduld, Randolph. Du hast gesagt, ich solle nichts aufschreiben, also muss ich Schritt für Schritt vorgehen. Wo war ich stehen geblieben?«

»Die Unterlagen.«

»Ach ja. Also, laut Detektiv Sleaze gab es elf unbegleitete Kinder, die für verschiedene Flüge gebucht waren, und acht Frauen, zwei von ihnen Nonnen, die Reservierungen mit Minderjährigen hatten. Von diesen acht, einschließlich der beiden Nonnen, die Waisenkinder nach Kalifornien brachten, wurden die restlichen sechs wie folgt identifiziert.« Der alte Mann griff in seine Tasche und zog ein maschinenbeschriebenes Stück Papier hervor. »Klar, dass ich das nicht geschrieben habe. Ich habe keine Schreibmaschine, weil ich nicht tippen kann. Es kommt von Sleaze.«

»Gib es mir!«, befahl Gates und stürzte mit ausgestreckter Hand auf ihn zu.

»Gewiss«, sagte der Siebzigjährige und reichte das Papier seinem ehemaligen Schüler. »Es wird dir jedoch nichts nützen«, fügte er hinzu. »Unser Sleaze hat sie überprüft, mehr, um Stunden zu schinden, als für sonst etwas. Nicht nur sind sie vollständig sauber, sondern er hat diesen überflüssigen Service auch noch geleistet, als er die eigentliche Information schon herausgefunden hatte.«

»Was?«, fragte Gates, wobei er vom Papier aufschaute. »Welche Information?«

»Die Information, die weder Sleaze noch ich irgendwo niederschreiben würden. Der erste Hinweis kam am frühen Morgen vom Setup-Beamten bei den Pan American Airlines. Er erwähnte unserem Detektiv gegenüber, dass er am Tag zuvor das Problem gehabt hätte, einem hochrangigen Politiker, oder so jemandem in der Preislage, Windeln zu besorgen, und das, als er um 5.45 Uhr gerade seinen Dienst begonnen hatte. Wusstest du, dass da Windeln in verschiedenen Größen vorhanden sind und in einem speziellen Flugbedarfsladen verkauft werden?«

»Was willst du mir eigentlich sagen?«

»Alle Läden am Flughafen waren geschlossen. Sie öffnen erst um sieben Uhr.«

»So?«

»Also hat irgendjemand in der Eile etwas vergessen. Eine Frau mit einem fünfjährigen Kind und einem Baby verließen Boston in einem Privatjet, der auf der Runway für den Pan-Am-Pendelverkehr abhob. Der Beamte besorgte die Windeln, und die Mutter bedankte sich persönlich. Verstehst du, es war ein junger Vater, er verstand etwas von Windelgrößen. Er brachte drei verschiedene Größen …«

»In Gottes Namen, wirst du endlich zum Punkt kommen, Richter?«

»Richter?« Die Augen des Mannes mit dem grauen Gesicht weiteten sich. »Dank dir, Randy. Außer von meinen Freunden in verschiedenen Gin-Mühlen bin ich seit Jahren nicht mehr so genannt worden. Es muss meine Aura sein.«

»Es war eine Erinnerung an die langweiligen Ausführungen, die du sowohl im Gerichtssaal als auch an der Uni machtest!«

»Ungeduld war immer deine schwache Seite. Ich schrieb es deinem Gelangweiltsein zu, dich mit Gesichtspunkten anderer Leute auseinander zu setzten, die mit deinen Schlussfolgerungen nicht übereinstimmten … Egal, unser Sleaze hat dem Hasen sofort Salz auf den Schwanz gestreut und eilte zum Kontrolltower, wo er einen bestechlichen Fluglotsen fand, der gerade seinen Dienst beendete und der die Flüge am Tag zuvor gecheckt hatte. Der infrage kommende Jet hatte einen Computerausdruck mit Vier-Null, was, wie unser Kapitän Sleaze zu seinem Erstaunen erfuhr, höchste Geheimhaltungsstufe und Regierungssache bedeutet. Kein Schriftstück, kein Name von irgendjemandem an Bord, nur eine Routenangabe, um kommerziellen Flugzeugen auszuweichen, und ein Zielflughafen.«

»Welcher hieß?«

»Blackburne, Montserrat.«

»Was, zum Teufel, ist das?«

»Der Flughafen von Blackburne auf der karibischen Insel Montserrat.«

»Dahin flogen sie? Ist es das?«

»Nicht unbedingt. Wie Feldwebel Sleaze sagt, der, wie ich sagen muss, sich wirklich kundig gemacht hat, gibt es von dort Flugverbindungen zu einem Dutzend kleinerer Inseln.«

»Das war's?«

»Das war's, Professor. Und in Anbetracht der Tatsache, dass das fragliche Flugzeug eine Vier-Null-Regierungsklassifizierung hatte, was ich nebenbei in meinem Brief an den Generalstaatsanwalt vermerkt habe, denke ich, dass ich meine zehntausend Dollar wohl verdient habe.«

»Du betrunkener Abschaum.«

»Wieder liegst du falsch, Randy«, unterbrach der Richter. »Alkoholiker, gewiss, aber kaum jemals betrunken. Ich bleibe immer am Rand zur Nüchternheit. Ist einer der Gründe für mein Überleben. Und es ist auch ein Grund, dass ich mich immer amüsiere – über Männer wie dich zum Beispiel.«

»Mach, dass du rauskommst«, sagte der Professor drohend.

»Du bietest mir nicht einmal einen Drink an, um meine schlechte Angewohnheit zu unterstützen? Lieber Himmel, da drüben muss es mindestes ein halbes Dutzend ungeöffneter Flaschen geben.«

»Nimm dir eine und verschwinde.«

»Danke, ich glaube, das tu ich.« Der alte Richter ging zu dem Kirschholztisch an der Wand, wo auf zwei Tabletts verschiedene Whisky- und eine Brandyflasche standen. »Mal sehen«, fuhr er fort, nahm ein paar Leinenservietten und wickelte sie um zwei Flaschen und um eine dritte. »Wenn ich die unter den Arm klemme, sieht das wie ein Wäschebündel für den Schnelldienst aus.«

»Nun hau endlich ab!«

»Machst du mir bitte die Tür auf? Ich würde es verdammt bereuen, wenn ich eine fallen ließe.«

»Raus jetzt«, wiederholte Gates und öffnete dem Alten die Tür.

»Dank dir, Randy«, sagte der Richter, als er auf den Flur trat. »Und vergiss nicht den Bankscheck an die Boston Five morgen früh. Fünfzehntausend.«

»Fünfzehn …?«

»Ehrenwort, kannst du dir vorstellen, was der Generalstaatsanwalt sagen würde, wüsste er, dass du mich überhaupt empfangen hast? Wiedersehen, Herr Rechtsberater.«

Randolph Gates schlug die Tür zu und rannte ins Schlafzimmer zum Telefon neben dem Bett. Der kleinere Raum schien ihm irgendwie sicherer, persönlicher. Der Anruf, den er tätigen musste, entnervte ihn derart, dass er die Instruktionen für Überseetelefonate nicht begriff. Er rief die Zentrale an.

»Ich möchte eine Verbindung nach Paris«, sagte er.

6.

Bournes Augen waren müde, und er hatte leichte Kopfschmerzen, als er die auf dem Couchtisch verstreuten Computerausdrucke studierte. Nach vorne gebeugt, hatte er sie beinahe vier Stunden lang analysiert, wobei er die Zeit vergaß und ebenfalls, dass seine ›Kontrolle‹ schon hätte da sein müssen. Er war nur mit dem Verbindungsmann des Schakals im Hotel Mayflower beschäftigt.

Die erste Gruppe, die er zeitweise erst einmal zur Seite gelegt hatte, bestand aus Nationalitäten wie Briten, Italienern, Schweden, Westdeutschen, Japanern und Taiwanesen. Jeder von ihnen war sorgfältig untersucht worden hinsichtlich der Papiere und der geschäftlichen oder persönlichen Gründe seines Aufenthalts im Land. Das Außenministerium und die CIA hatten ihre Hausaufgaben gemacht. Für jede Person wurde beruflich oder persönlich von mindestens fünf unbescholtenen Personen oder Unternehmen gebürgt. Alle hatten weit zurückreichende Beziehungen mit diesen Leuten und Firmen im Gebiet von Washington. Wenn der Mann des Schakals unter ihnen war – und das konnte durchaus sein –, waren weit mehr Informationen nötig, um ihn zu identifizieren. Es konnte notwendig sein, auf diese Gruppe zurückzukommen, aber für den Moment hatte Jason genug andere Lektüre.

Er hatte so wenig Zeit!

Von den etwa fünfhundert amerikanischen Gästen im Hotel hatten zweihundertundzwölf Eintragungen in mindestens einer der CIA-Datenbanken, die Mehrzahl deshalb, weil sie Geschäfte mit der Regierung tätigten. Achtundsiebzig jedoch hatten negative Bemerkungen. Einunddreißig davon bezogen sich auf Steuerangelegenheiten, was bedeutete, dass diese Personen verdächtigt wurden, finanzielle Unterlagen zu zerstören oder zu fälschen und/oder schwarze Gelder auf Bankkonten in der Schweiz oder auf den Cayman-Inseln zu haben. Sie zählten nicht, es waren reiche und nicht besonders geschickte Diebe: eine Sorte Mensch, die Carlos wie die Pest meiden würde.

Blieben siebenundvierzig Möglichkeiten. Männer und Frauen – in elf Fällen offenbar Ehepaare – mit ausgedehnten Beziehungen zu Europa, hauptsächlich zu technologischen Firmen, Atom- und Luftfahrtunternehmen, die alle unter sehr intensiver Geheimdienstüberwachung wegen möglicher Verkäufe von geschützten Informationen an Händler im Ostblock standen. Von diesen siebenundvierzig Möglichkeiten, darunter zwei der sieben Ehepaare, hatte ein gutes Dutzend kürzlich Besuche in der Sowjetunion gemacht. Konnten alle gestrichen werden. Der KGB hatte für den Schakal weniger Verwendung als der Papst. Ilich Ramirez Sanchez, später Carlos, der Killer, war zwar in der amerikanischen Sektion von Nowgorod ausgebildet worden, wo die Straßen mit amerikanischen Tankstellen, Kneipen, Burger Kings und Geschäften gesäumt waren und wo es von verschiedenen Dialekten nur so wimmelte – Russisch war verboten –, und Sanchez hatte diese Stufe der Ausbildung auch erfolgreich abgeschlossen, aber als der KGB entdeckte, dass die Lösung aller unangenehmen Dinge für den jungen venezolanischen Revolutionär und Spion in spe immer in ihrer gewaltsamen Beseitigung bestand, wurde es selbst den Erben der brutalen GPU zu viel. Sanchez wurde ausgestoßen und wurde zu Carlos, dem Schakal. Die zwölf Leute, die in die Sowjetunion gereist waren, konnte man demgemäß vergessen. Der Mörder würde sie nicht anrühren, denn es gab einen ständigen Befehl in allen Abteilungen des russischen Geheimdienstes, Carlos zu erschießen, falls er aufgespürt würde. Nowgorod musste mit allen Mitteln geschützt werden.

Die Möglichkeiten waren also auf fünfunddreißig eingegrenzt. Im Hotelregister waren sie als neun Ehepaare, vier einzelne Frauen und dreizehn einzelne Männer, verzeichnet. Detailliert waren die Fakten und Vermutungen aufgeführt, die zu ihrer jeweils negativen Einschätzung geführt hatten. Dabei überwogen die Vermutungen die Fakten bei weitem, die zudem oft auf missgünstigen Angaben von Feinden oder Konkurrenten beruhten, aber alles musste untersucht werden – schon ein Wort oder ein Satz, ein Ort, irgendetwas konnte eine Verbindung zu Carlos herstellen.

Das Telefon klingelte und unterbrach Jasons Konzentration.

»Ja?«

»Hier Alex. Ich rufe dich unten von der Straße aus an.«

»Kommst du hoch?«

»Nicht durch diese Lobby, bestimmt nicht. Ich habe Vorkehrungen für den Dienstboteneingang getroffen, wo seit heute Nachmittag ein Wächter auf Zeit Dienst hat.«

»Du lässt alles überwachen, nicht wahr?«

»Nicht so viel, wie ich gerne würde«, antwortete Conklin. »Das hier ist nicht das normale Ballspiel. Wir sehen uns in wenigen Minuten. Ich klopfe einmal.«

Bourne legte auf und kehrte zum Sofa und den Ausdrucken zurück. Er legte drei zur Seite, die seine Aufmerksamkeit erregt hatten, obwohl keiner etwas enthielt, das direkt an den Schakal denken ließ. Es waren scheinbar nebensächliche Daten, die die drei Personen miteinander verknüpfen konnten, obwohl keine klare direkte Verbindung zwischen ihnen bestand. Laut ihren Pässen waren diese drei Amerikaner alle auf dem Internationalen Flughafen von Philadelphia gelandet, vor acht Monaten und innerhalb einer Woche. Zwei Frauen und ein Mann, die Frauen aus Marrakesch und Lissabon, der Mann aus West-Berlin. Die erste Frau war Innenarchitektin, die von einer Sammlerreise nach Marrakesch zurückgekehrt war, die zweite eine Angestellte der Chase Bank, Auslandsabteilung, und der Mann Flugzeugingenieur von McDonnell-Douglas, der leihweise bei der Luftwaffe arbeitete. Warum kreuzten sich die Wege von drei so unterschiedlichen Leuten, mit so unterschiedlichen Berufen in derselben Stadt innerhalb einer Woche? Zufall? Durchaus möglich, aber in Anbetracht der großen Zahl internationaler Flughäfen im Land, einschließlich der frequentiertesten – New York, Chicago, Los Angeles, Miami –, schien Philadelphla als Zufall unwahrscheinlich. Seltsamer jedoch, und noch viel unwahrscheinlicher, war die Tatsache, dass dieselben drei Leute acht Monate später im selben Hotel zur selben Zeit in Washington wohnten. Jason fragte sich, was wohl Alex Conklin dazu sagen würde.

»Ich bekomme das Buch über jeden von ihnen«, sagte Alex wenig später und ließ sich in einen Sessel sinken.

»Du wusstest es?«

»Es war nicht schwer, das rauszukriegen. Natürlich wäre es mit einem Computer verteufelt einfacher gewesen.«

»Du hättest einen Zettel beifügen können! Seit acht Uhr sitze ich an diesem Zeug.«

»Ich habe es – sie – erst so gegen neun Uhr gefunden, und ich wollte dich nicht von Virginia aus anrufen.«

»Da ist noch etwas anderes, oder?«, sagte Bourne und setzte sich auf das Sofa. Sorgenvoll beugte er sich vor.

»Ja, das stimmt. Und es ist schrecklich.«

»Medusa?«

»Es ist schlimmer, als ich dachte. Ich habe nicht geglaubt, dass es das geben könnte.«

»Das ist etwas viel auf einmal.«

»Zu viel«, entgegnete der CIA-Agent a. D. »Wo soll ich anfangen? ... Beim Pentagon? Der Bundeshandelskommission? Unserem Botschafter in London? Oder ziehst du den Oberbefehlshaber der NATO vor?«

»Mein Gott!«

»Oh, ich kann's noch besser. Wie wär's mit dem Vorsitzenden des Vereinigten Generalstabs?«

»Mein Gott, was ist das? Eine Art Geheimbund?«

»Das ist zu akademisch, du Gelehrter. Versuch's mal mit geheimem Einverständnis. Ein tiefes, schwer fassbares Einverständnis. Und nach all diesen Jahren atmen sie immer noch, sind immer noch am Leben. Sie halten Kontakt untereinander. Und?«

»Was ist die Absicht? Das Operationsziel?«

»Das habe ich mich auch gefragt, wirklich.«

»Es muss doch einen Grund geben!«

»Wie wär's mit einem Motiv? Es könnte einfach sein, dass sie vergangene Sünden verbergen wollen. Ist es nicht das, wonach wir suchen? Eine Sammlung ehemaliger Medusa-Leute, die durchdrehen beim bloßen Gedanken, dass die Vergangenheit ans Licht kommen könnte.«

»Also ist es das.«

»Nein, ist es nicht. Aber das sage ich eher aus Instinkt. Ihre Reaktionen waren zu unmittelbar, zu gefühlsmäßig, zu sehr geladen mit dem Heute als mit der Zeit vor zwanzig Jahren.«

»Da komme ich nicht mit.«

»Ich selber auch nicht. Irgendetwas ist anders, als wir erwartet hatten, und ich habe eine verdammte Angst, Fehler zu machen … Du hast heute früh gesagt, dass es ein Netzwerk sein könnte, und ich dachte, dass du nun wirklich abhebst. Ich dachte, dass wir vielleicht ein paar hohe Tiere finden könnten, die nicht wollen, dass sie an die Öffentlichkeit kommen und gevierteilt werden für Dinge, die sie vor zwanzig Jahren gemacht haben. Oder die legitimerweise nicht die Regierung kompromittieren wollen und die wir benutzen könnten, in ihrer kollektiven Angst zwingen könnten, Dinge zu tun und zu sagen, die wir ihnen vorsagen. Aber das hier ist was anderes. Und doch kriege ich es nicht zusammen. Es ist mehr als Furcht, es ist Panik. Sie sind irrsinnig vor Angst … Wir sind da in etwas hineingestolpert, Mr. Bourne, und im Zentrum dieser Sache könnte es heißer sein als in der Hölle.«

»Meiner aufrichtigen Meinung nach ist nichts heißer als der Schakal! Nicht für mich. Der Rest kann von mir aus zur Hölle fahren!«

»Ich stehe auf deiner Seite, und das sage ich jedem, der es hören will. Ich wollte dir nur meine Gedanken mitteilen … Von einem kurzen und ziemlich schlimmen Moment abgesehen, haben wir niemals etwas voreinander verheimlicht, David.«

»In diesen Tagen ziehe ich Jason vor.«

»Ja, ich weiß«, unterbrach Conklin. »Ich hasse es, aber ich verstehe es.«

»Wirklich?«

»Ja«, sagte Alex leise und nickte mit geschlossenen Augen. »Ich würde alles tun, um es zu ändern, aber ich kann es nicht.«

»Dann hör mir zu. Denk dir in den Schlangenwindungen

deines Gehirns – übrigens der Ausdruck von Kaktus – das allerschlimmste Szenario aus, und stell diese Bastarde gegen eine Wand, vor der sie nicht ungeschoren wegrennen können, bevor sie deine Instruktionen nicht bis auf den letzten Buchstaben erfüllt haben. Dieser Befehl wird lauten, ruhig zu bleiben und auf deinen Anruf zu warten, um ihnen zu sagen, wen sie erreichen und was sie sagen müssen.«

Conklin sah seinen angeschlagenen Freund schuldbewusst und mit Sorge an. »Es könnte ein Szenario entstehen, mit dem ich nicht fertig werde«, entgegnete er ruhig. »Ich möchte nicht noch einen Fehler begehen, nicht in diesem Bereich. Ich muss erst mehr wissen als das, was mir bisher bekannt ist.«

Bourne presste seine Hände zusammen, und die Frustration war ihm anzusehen. Er starrte auf die verstreuten Ausdrucke vor sich, runzelte die Stirn, zuckend und mit pulsierenden Kiefern. Für Sekunden kam eine plötzliche Passivität über ihn. Dann lehnte er sich zurück und sprach genauso ruhig wie Conklin. »In Ordnung, du bekommst alles. Und zwar schnell.«

»Wie?«

»Durch mich. Lass mich nur machen. Ich brauche Namen, Wohnorte, Pläne und Methoden der Überwachung, bevorzugte Restaurants und schlechte Gewohnheiten, wenn welche bekannt sind. Sag deinen Jungs, sie sollen an die Arbeit gehen. Heute Nacht. Die ganze Nacht, wenn notwendig.«

»Was, zum Teufel, hast du vor?«, schrie Conklin gepresst und rutschte mit seinem zerbrechlichen Körper im Sessel vor. »Ihre Häuser stürmen? Ihnen zwischen dem Aperitif und dem Entree Nadeln in den Arsch stecken?«

»An diese Möglichkeit hatte ich gar nicht gedacht«, entgegnete Jason und lachte grimmig. »Du hast wirklich eine schlimme Fantasie.«

»Und du bist ein Irrsinniger! Tut mir Leid, das meinte ich nicht so …«

»Warum nicht?«, flocht Bourne freundlich ein. »Ich halte keine Vorlesungen über den Aufstieg der Manchu- und der Ching-Dynastie. In Anbetracht des Zustands meines Geistes und meines Gedächtnisses ist das Urteil über mich nicht unangemessen.« Jason machte eine Pause. Er beugte sich vor und sprach weiter. »Aber ich will dir was sagen, Alex. Die Erinnerungen sind vielleicht nicht alle da, aber der Teil, den du und Treadstone geformt haben, ist vollständig da. Ich habe es in Hongkong, in Peking und Macao bewiesen, und ich werde es wieder beweisen. Ich muss es. Es bleibt mir nichts mehr, wenn ich es nicht tue … Nun, bring mir die Informationen. Du hast mehrere Leute erwähnt, die hier in Washington sein müssen. Pentagon-Ausrüster oder -Zulieferer …«

»Heeresbeschaffung«, verbesserte Conklin. »Das ist umfangreicher und teurer. Es ist ein General mit Namen Swayne. Dann ist da noch ein Armbruster, Kopf der Bundeshandelskommission, und Burton, der …«

»Vorsitzende des Vereinigten Generalstabs«, vervollständigte Jason. »Admiral ›Joltin‹ Jack Burton, Kommandeur der Sechsten Flotte.«

»Genau der. Früher die Geißel des Südchinesischen Meeres und jetzt das größte der großen Tiere.«

»Ich wiederhole«, sagte Jason. »Sag deinen Jungs, sie sollen an die Arbeit gehen. Peter Holland wird dir jede Hilfe geben, die du brauchst. Finde alles heraus, was es über jeden von ihnen zu melden gibt.«

»Kann ich nicht.«

»Was?«

»Ich kann uns erstens nicht die Unterlagen über unsere drei Philadelphier besorgen, weil sie Teil des unmittelbaren Mayflower-Projektes sind, und dabei geht's um den Schakal. Und ich kann nicht an unsere fünf – bislang fünf – Medusa-Leute herankommen.«

»Um Gottes willen, warum denn nicht? Du musst. Wir dürfen keine Zeit verschwenden.«

»Zeit wird nicht mehr viel bedeuten, wenn wir beide tot sind. Außerdem würde es weder Marie noch den Kindern helfen.«

»Worüber sprichst du?«

»Darüber, dass ich mich verspätet habe, dass ich dich nicht aus Virginia angerufen habe, dass ich Charlie Casset bat, mich von diesem Grundstück in Vienna abzuholen, und darüber, dass ich nicht sicher war, ob ich hier jemals lebend ankommen würde.«

»Spuck's aus, Alter.«

»Also gut ... Ich habe niemandem erzählt, dass wir hinter früherem Medusa-Personal her sind – das ist rein unsere Sache.«

»Ich hab mich schon gewundert. Als ich heute Nachmittag mit dir redete, bist zu ziemlich weit gegangen. Zu weit, wenn man bedenkt, wo du warst und welches Gerät du benutzt hast.«

»Das Zimmer und das Gerät waren sicher. Casset sagte mir später, dass die CIA keine nachweisbaren Spuren von dem, was dort drüben geschieht, haben will, und das ist die beste Garantie, die man haben kann. Keine Wanzen, keine Fangschaltungen, nichts. Glaub mir, mir war viel leichter ums Herz, als ich das hörte.«

»Was ist also das Problem? Warum zögerst du?«

»Weil ich mir über einen anderen Admiral Gedanken machen muss, bevor ich mich weiter auf Medusa-Terrain vorwage ... Atkinson, unser einwandfreier Botschafter am Hof von St. James in London, war sehr deutlich. In seiner Panik hat er die Maske von Burton und Teagarten in Brüssel heruntergerissen.«

»So?«

»Er sagte, Teagarten könne die CIA herumkriegen, wenn irgendetwas über Saigon herauskäme – weil er sehr eng mit dem Ober-Mac in Langley befreundet sei.«

»Und?«

»Ober-Mac ist in Washington eine harmlose Umschreibung für die oberste Geheim- und Sicherheitsebene, und wenn es um Langley geht, ist das der Direktor der CIA ... und das ist Peter Holland.«

»Du hast heute Morgen gesagt, dass er keine Probleme hätte, irgendein Mitglied von Medusa über die Klinge springen zu lassen.«

»Jeder kann alles sagen. Aber ob er es tun würde?«

Jenseits des Atlantik, im alten Pariser Vorort Neuilly-sur-Seine, trottete ein alter Mann in einem alten, abgeschabten Anzug den Zementweg zum Eingang einer Kathedrale aus dem 16. Jahrhundert entlang. Die Glocken oben im Turm läuteten das erste Angelus, und der Mann hielt in der morgenfrühen Sonne inne, machte das Kreuzzeichen und flüsterte zum Himmel.

»*Angelus domini nuntiavit Mariam.*« Mit seiner rechten Hand warf er dem gemeißelten Kruzifix über dem steinernen Portal eine Kusshand zu, ging weiter die Treppen hinauf und durch das riesige Tor in die Kathedrale und bemerkte, dass ihn zwei Priester in Roben mit Abscheu betrachteten. Ich entschuldige mich, dass ich eure reiche Kirche besudle, ihr verkniffenen Ärsche, aber Christus hat es deutlich gesagt, dass er mich euch vorzieht. ›Den Demütigen soll die Erde gehören‹ – oder zumindest das, was ihr noch nicht gestohlen habt.

Der alte Mann ging vorsichtig das Hauptschiff entlang, wobei seine Rechte nach den aufeinander folgenden Banklehnen griff, um die Balance zu halten, seine Linke fingerte an seinem zu großen Kragen herum und glitt über seinen Schlips, um sicher zu sein, dass sich der Knoten nicht irgendwie gelöst hatte. Seine Frau war so schwach geworden, dass sie das verdammte Ding kaum noch knüpfen konnte, aber, genau wie früher, bestand sie darauf, letzte Hand an sein Aussehen zu legen, bevor er zur Arbeit ging. Sie war immer noch eine gute Frau. Beide hatten sie gelacht, als sie sich an die Zeit vor vierzig Jahren erinnerten, als sie über die Manschettenknöpfe fluchte, weil sie zu viel Stärke für die Hemden verwendet hatte. An jenem Abend vor so langer Zeit hatte sie gewollt, dass er wie ein richtiger Bürokrat aussah, als er zum Hauptquartier des Hurenbocks von *Gauleiter* in der Rue St. Lazare ging – mit seiner Aktentasche, die, zurückgelassen, das halbe Viertel in die Luft jagen würde. Und zwanzig Jahre später hatte sie Schwierigkeiten, ihm den teuren gestohlenen Mantel richtig um die Schultern zu legen, bevor er losging, um die Grande Banque Louis IX an der Madeleine auszurauben, die von einem gebildeten, aber nicht geschätzten ehemaligen Mitglied der Resistance geleitet wurde, das ihm ein Darlehen verweigert hatte. Das waren die guten alten Zeiten, denen schlechte Zeiten und schlechte Gesundheit gefolgt waren, die zu noch schlimmeren Zeiten geführt hatten – elenden Zeiten. Bis ein Mann daherkam, ein merkwürdiger Mann mit einem komischen Namen und einem noch komischeren vorgefertigten Vertrag. Danach kam die Achtung wieder, in Form von ausreichend Geld für anständiges Essen und annehmbaren Wein, für Kleider, die passten, die seine Frau wieder hübsch aussehen ließen, und, am allerwichtigsten, für die Ärzte, damit sie sich besser fühlte. In vielerlei Hinsicht waren er und seine Frau wie Schauspieler eines fahrenden Provinztheaters. Sie hatten Kostüme für ihre verschiedenen Rollen. Es war ihr Geschäft ... So wie heute. Dieser Morgen mit dem Läuten des Angelus, das war Geschäft.

Der alte Mann beugte unbeholfen und nur teilweise sein Knie vor dem Heiligen Kreuz und kniete dann vor dem ersten Sitz in der sechsten Reihe nieder, mit Blick auf seine Uhr. Zweieinhalb Minuten später hob er so unauffällig wie möglich den Kopf und sah sich um. Seine schwachen Augen hatten sich an das dämmrige Licht der Kirche gewöhnt. Er konnte sehen, nicht gut, aber gut genug. Es waren nicht mehr als zwanzig verstreute Gläubige in der Kirche, die meisten im Gebet, während andere in Versenkung das riesige goldene Kreuz über dem Altar anstarrten. Und dann sah er, wonach er suchte, und wusste, dass alles planmäßig lief. Ein Priester in einem schwarzen Gewand lief das linke Kirchenschiff hinunter und verschwand hinter den roten Vorhängen der Apsis. Der alte Mann sah wieder auf seine Uhr, denn alles hing jetzt vom Timing ab – das war die Methode des Monseigneur, das war die Methode des Schakals. Noch zwei Minuten verstrichen, und der ältliche Kurier stand schwankend auf, ging in das Seitenschiff, beugte das Knie, so gut sein Körper es ihm erlaubte, und lief mit kleinen Schritten zum zweiten Beichtstuhl zur Linken. Er zog den Vorhang zur Seite und ging hinein.

»Angelus Domini«, flüsterte er, kniete nieder und wiederholte die Worte, die er in den vergangenen fünfzehn Jahren mehrere hundertmal ausgesprochen hatte.

»Angelus Domini, Kind Gottes«, antwortete die verborgene Figur hinter dem schwarzen Gitter. Die Segnung war begleitet von einem leisen, rasselnden Husten. »Sind deine Tage angenehm?«

»Angenehmer gemacht durch einen Freund … mein Freund.«

»Was sagt der Doktor über deine Frau?«

»Er sagt zu mir, was er zu ihr nicht sagt, dank der Gnade von Jesus Christus. Es scheint, dass ich sie trotz allem überleben werde. Die verheerende Krankheit breitet sich aus.«

»Tut mir Leid. Wie viel Zeit hat sie noch?«

»Einen Monat, nicht mehr als zwei. Bald wird sie im Bett bleiben müssen. Bald wird der Vertrag zwischen uns ungültig.«

»Warum das?«

»Sie werden mir gegenüber keine Verpflichtungen mehr haben, und ich akzeptiere das. Sie sind gut zu uns gewesen, und ich habe etwas gespart, und meine Bedürfnisse sind gering. Ehrlich gesagt, seit ich weiß, was mich erwartet, fühle ich mich entsetzlich müde.«

»Du unerträglicher, undankbarer Mensch!«, flüsterte die Stimme hinter dem Beichtgitter. »Nach allem, was ich getan habe, nach allem, was ich dir versprochen habe!«

»Wie bitte?«

»Würdest du sterben für mich?«

»Natürlich, das ist unser Vertrag.«

»Dann, umgekehrt, wirst du auch leben für mich!«

»Wenn es das ist, was Sie wollen, werde ich es natürlich tun. Ich wollte Sie nur einfach wissen lassen, dass ich bald keine Last mehr für Sie sein werde. Ich kann leicht ersetzt werden.«

»Keine Frechheiten, nicht mit mir!« Der Zorn entlud sich in einem Husten, einem Husten, der das Gerücht, das sich in den Straßen von Paris ausbreitete, zu bestätigen schien. Der Schakal selbst war krank, vielleicht todkrank.

»Sie sind unser Leben, unsere Verehrung. Warum sollte ich?«

»Du hast es gerade getan … Nichtsdestoweniger, ich habe einen Auftrag für dich, der euch beiden den Weggang deiner

Frau erleichtern wird. Du wirst in einem bezaubernden Teil der Welt Ferien machen, ihr beide zusammen. Du wirst dir das Geld und die Papiere am üblichen Ort abholen.«

»Wohin sollen wir gehen, wenn ich fragen darf?«

»Auf die karibische Insel Montserrat. Die Anweisungen werden dir dort auf dem Flughafen von Blackburne ausgehändigt. Befolge sie genau.«

»Natürlich ... Noch mal, wenn ich fragen darf, was ist meine Aufgabe?«

»Eine Mutter und zwei Kinder zu finden und dich mit ihnen anzufreunden.«

»Und dann?«

»Sie zu töten.«

Brendan Prefontaine, ehemaliger Bundesrichter am Obersten Bezirksgericht in Massachusetts, kam aus der Boston Five Bank mit fünfzehntausend Dollar in der Tasche. Es war eine berauschende Erfahrung für einen Mann, der in den vergangenen dreißig Jahren in knappen Umständen gelebt hatte. Seit seiner Entlassung aus dem Gefängnis hatte er kaum jemals mehr als fünfzig Dollar bei sich gehabt. Dies war ein besonderer Tag.

Aber es war noch mehr als das. Es war auch ein verwirrender Tag, weil er niemals nur einen Moment daran geglaubt hatte, dass Randolph Gates ihm eine nur annähernd so hohe Summe, wie er sie verlangt hatte, tatsächlich zahlen würde. Gates hatte einen großen Fehler gemacht. Denn indem er seiner Forderung nachgab, enthüllte er die Gewichtigkeit seines Unternehmens. Er hatte sich von einem rücksichtslosen, allerdings bislang nicht unbedingt verhängnisvoll machtgierigen Mann zu einem potenziell tödlich machtgierigen Menschen entwickelt. Prefontaine hatte keine Ahnung, wer die Frau und die Kinder waren, noch wie ihre Beziehung zu Lord Randolph of Gates waren, aber wer immer sie waren, Dandy Randy hatte nichts Gutes mit ihnen vor.

Ein untadeliger, zeusähnlicher Mann aus der Welt der Gesetze zahlt einem ausgeschlossenen, diskreditierten, unzumutbaren Alkoholiker und Gauner wie Brendan Patrick

Pierre Prefontaine nicht eine so außergewöhnliche Geldsumme, weil seine Seele etwa von den himmlischen Erzengeln angehaucht worden wäre. Diese Seele war eher mit den Schülern des Luzifer. Und da dies offenbar der Fall war, könnte es für den »Gauner« profitabel sein, seine Kenntnisse zu vervollkommnen, denn wie das Sprichwort sagt, ist ein wenig Wissen eine gefährliche Sache – auch wenn meistens eher der Betroffene dieser Meinung ist als der, der sich im Besitz von ein paar leckeren Informationen befindet, die man geschickt aufblasen könnte. Fünfzehntausend heute könnten sich leicht in fünfzigtausend morgen verwandeln, wenn – wenn etwa der Gauner zur Insel Montserrat fliegen und ein paar Fragen stellen würde.

Außerdem, dachte der Richter, wobei der Ire in ihm kicherte, hatte er jahrelang keine Ferien gemacht. Guter Gott, man hatte genug zu tun, Körper und Geist beisammen zu halten, wer konnte da an eine überflüssige Einschränkung der Geschäftstätigkeit denken?

Also hielt Brendan Patrick Pierre Prefontaine ein Taxi an, was er in den vergangenen zehn Jahren nicht mehr getan hatte, und gab dem skeptischen Taxifahrer Louis Men Store in Faneuil Hall als Adresse an.

»Hast du im Lotto gewonnen, Alter?«

»Mehr als genug, um dir einen neuen Haarschnitt zu verpassen und die Akne in deinem pubertären Gesicht zu kurieren, junger Freund. Fahr zu, Ben Hur. Ich hab's eilig.«

Die Kleidung war von der Stange, aber sie war teuer, und erst als er einen Packen Hundertdollarnoten vorgewiesen hatte, wurde der Angestellte mit den violetten Lippen kooperativ. Ein Koffer mittlerer Größe aus poliertem Leder enthielt bald die unerwartete neue Garnitur, und Prefontaine tauschte seine abgetragenen Klamotten gegen neue Schuhe, Hemd und Anzug. In einer Stunde sah er einem Mann nicht unähnlich, den er vor vielen Jahren gekannt hatte, dem Honorable Brendan P. Prefontaine. Das zweite P. für Pierre hatte er schon länger aus nur ihm bekannten Gründen weggelassen.

Ein anderes Taxi fuhr ihn in seine Pension in Jamaica Plains, wo er ein paar wichtige Dinge einsammelte, darunter seinen

Pass, den er immer für schnelle Abgänge bereit- und gültig hielt, und brachte ihn dann zum Flughafen, wobei dieser Fahrer keine Bedenken in Bezug auf seine Zahlungsfähigkeit äußerte. Kleider machen niemals Leute, dachte Brendan, aber sie tragen dazu bei, zweifelnde Untergebene zu überzeugen. Von Boston aus flogen drei Fluggesellschaften Montserrat an. Er fragte nach dem nächstgelegenen Schalter und kaufte dort ein Ticket für den nächsten Flug.

Brendan Patrick Pierre Prefontaine flog natürlich erster Klasse.

Der Air France Steward schob den Rollstuhl langsam und vorsichtig über die Rampe in die 747 auf dem Pariser Flughafen Orly. Die gebrechliche Frau war ältlich und hatte zu viel Rouge aufgetragen. Sie trug einen übergroßen Hut mit australischen Kakadufedern. Sie hätte ihre eigene Karikatur sein können, wären da unter den grauen, unvollständig rot gefärbten Haarbüscheln nicht die großen Augen gewesen – lebendige und wissende Augen voller Humor. Es war, als wollten sie allen, die sie beobachteten, sagen: Vergesst es, *mes amis*, er mag mich auf diese Weise und das allein zählt für mich. Ich gebe einen Haufen *merde* auf euch und eure Meinungen. Der, auf den sie sich bezog, ging vorsichtig an ihrer Seite, berührte ab und zu ihre Schulter, und in der Berührung lag sehr viel Poesie, die nur ihnen allein gehörte. Bei näherem Hinsehen konnte man hin und wieder Tränen in seinen Augen sehen, die er sogleich wegwischte, damit sie es nicht merkte.

»Sie sind da, *mon capitaine*«, verkündete der Steward dem Chefpiloten, der seine beiden vorab einsteigenden Passagiere am Eingang des Flugzeuges begrüßte. Der Pilot ergriff die linke Hand der Frau und berührte sie mit seinen Lippen, straffte sich und grüßte den glatzköpfigen alten Mann mit dem kleinen Abzeichen der Légion d'Honneur auf seinem Revers.

»Es ist mir eine Ehre, Monsieur«, sagte der Kapitän. »Dieses Flugzeug steht unter meinem Kommando, aber Sie sind mein Kommandeur.« Sie schüttelten einander die Hände, und der Pilot fuhr fort: »Wenn es irgendetwas gibt, was die

Besatzung und ich tun können, um den Flug für Sie so angenehm wie möglich zu machen, zögern Sie nicht, darum zu bitten, Monsieur.«

»Sie sind sehr freundlich.«

»Wir sind alle dankbar – alle, ganz Frankreich.«

»Es war nichts, wirklich …«

»Vom großen Charles persönlich ausgewählt zu werden als echter Held der Resistance, ist schwerlich ›nichts‹. Alter kann solchem Ruhm nichts anhaben.« Der Kapitän schnalzte mit den Fingern in Richtung der drei Stewardessen in der immer noch leeren Erste-Klasse-Kabine. »Schnell, meine Damen! Richten Sie alles aufs Beste für einen tapferen Krieger Frankreichs und seine Dame.«

So wurde der Killer mit seinen vielen Identitäten zur Trennwand auf der linken Seite geführt, wo die Frau sanft aus dem Rollstuhl in den Sessel am Gang befördert wurde, während er den Fenstersitz einnahm. Ihre Tischchen wurden aufgeklappt und eine eisgekühlte Flasche Champagner zu ihren Ehren geöffnet. Der Kapitän hob das erste Glas und toastete dem Ehepaar zu. Als er in die Flugkanzel zurückging, machte die alte Frau ihrem Mann ein Zeichen, verrucht und humorvoll. Innerhalb weniger Augenblicke begannen die übrigen Passagiere einzusteigen, von denen einige wohlwollend die alten Herrschaften in der ersten Reihe betrachteten. Denn in der Lounge der Air France hatte sich schon das Gerücht verbreitet. Ein großer Held … Der große Charles persönlich … In den Alpen hat er sechshundert Boches aufgehalten – oder waren es tausend?

Als der Jet die Runway hinunterjagte und sich dann mit einem leichten Ruck vom Boden in die Lüfte erhob, langte der alte ›Held von Frankreich‹ – dessen einzige Heldentaten, an die er sich erinnern konnte, Diebstahl, Überlebenskampf, Beschimpfungen seiner Frau und das Sich fernhalten von jeder Armee und jeder Art Arbeitsdienst waren – in seine Tasche nach den Papieren. Der Pass trug sein Foto, und das war auch das einzige, was er daran wieder erkannte. Der Rest – Name, Datum und Ort der Geburt, Beruf – war ihm unbekannt, und die beigefügte Liste der Auszeichnungen, nun, das war einfach *formidable.* Ihm war versichert worden, dass das Individuum, zu dem ursprünglich Name und Taten gehörten, keine Verwandten mehr hatte und nur wenige Freunde und dass er aus seinem Appartement in Marseille verschwunden war, wahrscheinlich zu einer Weltreise aufgebrochen, von der er wohl nicht mehr zurückkehren würde.

Der Kurier des Schakals sah sich den Namen an – an den musste er sich erinnern und richtig antworten, wann immer er darauf angesprochen wurde.

Jean Pierre Fontaine, Jean Pierre Fontaine, Jean Pierre …

Ein Laut! Scharf und kratzend. Da stimmte etwas nicht, das war nicht normal, gehörte nicht zu den normalen Routinegeräuschen, dem hohlen Dröhnen eines Hotels. Bourne griff nach der Waffe neben seinem Kissen, rollte sich in seinen Shorts aus dem Bett und schob sich zur Wand hin. Da war es wieder! Ein einziges, lautes Klopfen an der Schlafzimmertür der Suite. Er schüttelte den Kopf und versuchte sich zu erinnern … Alex? »Ich werde einmal klopfen.« Jason kroch, noch halb im Schlaf, zur Tür. Mit dem Ohr am Holz sagte er: »Ja?«

»Öffne das verdammte Ding, bevor mich jemand sieht!«, kam Conklins gedämpfte Stimme aus dem Korridor. Bourne öffnete, und der CIA-Agent a. D. hinkte schnell ins Zimmer, wobei er den Stock benutzte, als würde er ihn hassen. »Junge, bist du aus der Übung!«, rief er aus, als er sich ans Fußende vom Bett setzte. »Ich habe etliche Minuten draußen gestanden und mehrmals geklopft.«

»Ich hab dich nicht gehört.«

»Delta hätte es gehört, Jason Bourne auch. David Webb nicht.«

»Gib mir noch einen Tag, und du findest keinen David Webb mehr.«

»Gerede! Ich will mehr als Gerede!«

»Dann hör du auf zu reden und erzähle mir, warum du hier bist – um welche Uhrzeit auch immer.«

»Als ich zuletzt auf die Uhr gesehen hab, war es drei Uhr zwanzig, und ich hab Casset auf der Straße getroffen. Ich musste mich durch Gehölz schlagen und über einen verdammten Zaun klettern ...«

»Was?«

»Hast du doch gehört. Einen Zaun. Versuch es mal mit einem Fuß in Zement ... Du weißt, als ich noch zur Uni ging, hab ich mal den Hundert-Meter-Lauf gewonnen.«

»Keine Abschweifungen. Was ist passiert?«

»Oh, ich höre schon wieder Webb.«

»Was ist passiert? Und wenn du schon dabei bist, wer, zum Teufel, ist dieser Casset, von dem du redest?«

»Der einzige Mann in Virginia, dem ich traue. Ihm und Valentino.«

»Wer?«

»Es sind Analytiker, aber in Ordnung.«

»Was?«

»Egal, Mensch, es gibt Augenblicke, wo mich alles ankotzt ...«

»Alex, warum bist du hier?«

Conklin sah vom Bett hoch und griff wütend nach seinem Stock. »Ich habe die Unterlagen über unsere Philadelphier.«

»Deshalb? Wer sind sie?«

»Nein, nicht deshalb. Ich meine, es ist interessant, aber deswegen bin ich nicht hier.«

»Warum also?«, fragte Jason und ging zu einem Stuhl am Fenster. »Mein gelehrter Freund aus Kambodscha klettert mit seinem Zementfuß um drei Uhr morgens nicht über Zäune, wenn er nicht meint, dass es absolut notwendig ist.« Er setzte sich.

»Ich musste.«

»Was nichts erklärt.«

»Es ist DeSole.«

»Was ist mit Soul?«

»Nicht Soul, sondern DeSole.«

»Komm ich nicht mit.«

»Er ist der Schlüsselbewahrer in Langley. Nichts geschieht, worüber er nichts weiß, und nichts wird im Untersuchungsbereich getan, was er nicht kontrolliert.«

»Komm immer noch nicht mit.«

»Wir stecken tief in der Scheiße.«

»Das hilft mir auch nicht weiter.«

»Wieder Webb.«

»Ich glaube, ich muss dir erst einen Nerv ziehen.«

»Schon gut, schon gut. Lass mich erst zu Atem kommen.« Conklin ließ seinen Stock auf den Teppich fallen. »Ich habe nicht einmal dem Lastenaufzug getraut. Hab ihn zwei Stockwerke tiefer gestoppt und bin gelaufen.«

»Weil wir tief in der Scheiße stecken?«

»Ja.«

»Warum? Wegen DeSole?«

»Genau, Mr. Bourne. Steven DeSole. Der Mann, der den Finger auf jedem Computer in Langley hat. Die Person, die alle Disketten zum Tanzen bringt und der deine alte jungfräuliche Tante Gracia als Prostituierte ins Gefängnis bringen kann, wenn er sie dort haben will.«

»Worauf willst du hinaus?«

»Er ist die Verbindung zu Brüssel, zu Teagarten bei der NATO. Casset hat unten in den Gewölben erfahren, dass er die einzige Verbindung ist – sie haben sogar einen besonderen Kode, mit dem sie alles andere überspringen können.«

»Was bedeutet das?«

»Casset weiß es nicht, aber er ist verdammt wütend.«

»Wie viel hast du ihm erzählt?«

»Das Minimum. Dass ich an einigen Möglichkeiten arbeite und dass Teagartens Name in merkwürdigem Zusammenhang aufgetaucht ist – wahrscheinlich als Ablenkungsmanöver oder von jemandem benutzt, um jemand anderem damit imponieren zu wollen. Ich wollte wissen, mit wem er bei der CIA sprechen würde, wobei ich an Peter Holland dachte. Ich bat Charlie, die Karten heimlich auszuspielen.«

»Was wohl vertraulich heißen soll.«

»Zehnmal mehr. Casset ist der effektivste Mann in Langley. Ich brauchte ihm nicht mehr zu sagen, und schon hatte er kapiert. Nun hat auch er ein Problem, das er gestern noch nicht hatte.«

»Was wird er unternehmen?«

»Ich bat ihn, ein paar Tage lang gar nichts zu tun, und das

hat er mir zugesagt. Achtundvierzig Stunden, um genau zu sein. Und dann wird er DeSole damit konfrontieren.«

»Das kann er nicht tun«, sagte Bourne entschlossen. »Was immer diese Leute verbergen, wir können es nutzen, um den Schakal hervorzulocken. Sie benutzen, um ihn hervorzulocken, wie andere vom selben Schlage mich vor dreizehn Jahren benutzt haben.«

Conklin starrte zuerst auf den Fußboden, dann auf Jason Bourne. »Es läuft also auf das allmächtige Ego hinaus, nicht wahr?«, sagte er. »Je größer das Ego, umso größer die Furcht ...«

»Je größer der Köder, umso größer der Fisch«, vervollständigte Jason.

»Vor sehr langer Zeit einmal hast du mir erzählt, der ›Stachel‹ von Carlos sei so groß wie sein Kopf, der schon über alle Maßen angeschwollen gewesen sein muss für das Geschäft, in dem er ist. Das war damals wahr und ist es auch heute noch. Wenn wir irgendeins von diesen hohen Regierungstieren dazu bringen können, ihm eine Botschaft zu schicken – etwa, mich zu jagen, zu töten –, wird er anbeißen. Weißt du, warum?«

»Habe ich ja gerade gesagt. Das Ego.«

»Sicher, teilweise, aber da ist noch etwas. Es ist der Respekt, der Carlos mehr als zwanzig Jahre lang versagt geblieben ist, angefangen damit, dass Moskau ihn hinausgeworfen hat. Er hat Millionen gemacht, aber seine Klienten sind und waren immer der Abschaum der Erde. Trotz aller Angst, die er verbreitet, ist und bleibt er ein im Grunde dummer Psychopath. Keine Legenden haben sich um ihn gebildet, nur Verachtung, und das muss ihn an den Rand des Wahnsinns gebracht haben. Die Tatsache, dass er mir hinterher jagt, um eine dreizehn Jahre alte Rechnung zu begleichen, unterstreicht das, was ich sage ... Ich bin für ihn lebenswichtig. Mich zu töten, ist für ihn lebenswichtig – weil ich das Produkt unserer geheimen Operationen gewesen bin. Da möchte er seine Fähigkeiten aufblitzen lassen, zeigen, dass er besser ist als wir alle zusammen.«

»Es könnte auch sein, weil er immer noch meint, dass du ihn identifizieren könntest.«

»Das dachte ich zuerst auch, aber das ist jetzt dreizehn Jahre her – nein, da musste etwas anderes dahinterstecken.«

»Also hast du dich auf das Feld von Mr. Panov begeben und eine psychologische Erklärung entwickelt.«

»Dies ist ein freies Land.«

»Verglichen mit den meisten anderen, ja, aber was soll uns das alles nützen?«

»Ich weiß, dass ich Recht habe.«

»Das ist keine Antwort.«

»Nichts darf falsch sein oder gestellt«, beharrte Bourne und beugte sich vor, die Ellbogen auf seinen nackten Knien, die Hände verschränkt. »Carlos würde die List bemerken. Das ist das erste, wonach er sucht. Unsere Medusa-Leute müssen echt sein, und sie müssen echt in ihrer Panik sein.«

»Sind sie beides, ich habe es dir schon gesagt.«

»Bis zu dem Punkt, wo sie tatsächlich bereit sind, sogar Kontakt mit jemandem wie dem Schakal aufzunehmen?«

»Das weiß ich nicht.«

»Das werden wir niemals wissen, solange wir nicht herausfinden, was sie zu verbergen haben.«

»Aber wenn wir in Langley alle Computer in Schwung bringen, dann wird DeSole dahinterkommen. Und wenn er ein Teil von was weiß der Teufel auch immer ist, dann wird er die anderen alarmieren.«

»Dann werden wir eben nicht in Langley nachforschen. Ich habe ausreichend Material, um auch so weiterzumachen. Du brauchst mir nur die Adressen und Telefonnummern zu geben. Das kannst du doch, oder?«

»Gewiss. Das ist das mindeste. Was willst du denn tun?«

Bourne lächelte und sprach ruhig, geradezu sanft: »Wie wäre es damit, ihre Häuser zu stürmen und ihnen Nadeln in den Arsch zu jagen, zwischen dem Aperitif und dem Entree?«

»Jetzt höre ich wieder Jason Bourne.«

»So muss es sein.«

7.

Marie St. Jacques-Webb begrüßte den karibischen Morgen, indem sie sich im Bett streckte und zur Wiege hinüberschaute. Alison schlief tief und fest, im Gegensatz zu vier oder fünf Stunden zuvor. Ihr kleiner Liebling war schwierig gewesen, sosehr, dass Maries Bruder Johnny an die Tür geklopft hatte, zaghaft hereingekommen war und gefragt hatte, ob er irgendetwas tun könne, auch wenn er eigentlich überzeugt war, dass er es nicht konnte.

»Wie wäre es, wenn du ihr die Windel wechseln würdest?«

»Das dann doch lieber nicht«, lachte Johnny und verschwand wieder. Jetzt jedoch hörte sie seine Stimme von draußen durch die Jalousien. Es war verführerisch, wie er ihren Sohn Jamie in den Swimmingpool lockte und dabei so laut sprach, dass er auf der ganzen Insel gehört werden konnte. Marie kroch aus dem Bett, ging ins Badezimmer, und nachdem sie geduscht und ihr kastanienbraunes Haar gebürstet hatte, trat sie im Badeanzug hinaus in den Patio, von wo sie den Pool überblicken konnte.

»Oh, Marie, hallo«, schrie ihr braungebrannter, dunkelhaariger jüngerer Bruder neben ihrem Sohn im Wasser. »Ich hoffe, wir haben dich nicht aufgeweckt. Wir wollten nur unbedingt schwimmen.«

»Hallo, Mami. Onkel John hat mir gezeigt, wie man Haifische mit einem Stock vertreiben kann.«

»Dein Onkel weiß lauter so schreckliche Sachen, die du hoffentlich nie, nie zu wissen brauchst.«

»Auf dem Tisch steht eine Kanne mit Kaffee, Marie. Und Mrs. Cooper wird dir alles machen, was du zum Frühstück möchtest.«

»Kaffee ist prima, Johnny. Das Telefon hat in der Nacht geläutet – war es David?«

»Er«, antwortete der Bruder, »und du und ich, wir müssen miteinander reden ... Komm, Jamie, raus mit dir. Fass die Leiter an.«

»Was ist denn mit den Haifischen?«

»Die bekommst du noch alle. Hol dir was zu trinken.«

»Johnny!«

»Orangensaft, in der Küche steht ein Krug voll.« John St. Jacques ging um den Pool herum und die Stufen zum Schlafzimmerpatio hinauf, während sein Neffe ins Haus rannte.

Marie sah ihren Bruder näher kommen, wobei sie die Ähnlichkeit zwischen ihm und ihrem Mann bemerkte. Beide waren groß und muskulös; beide hatten einen Mangel an Kompromissbereitschaft in ihrem Gang, während jedoch David gewöhnlich gewann, verlor Johnny meistens, ohne dass sie wusste, warum. Oder warum David solch ein Vertrauen in den jüngsten Schwager setzte, wo doch die beiden älteren St. Jacques' viel verantwortungsbewusster schienen. David – oder war es Jason Bourne? – diskutierte diese Frage niemals ausführlich. Er ging einfach mit einem Lachen darüber hinweg und sagte, dass Johnny etwas habe, was ihm – oder war es Bourne? –, gefalle.

»Nun mal raus mit der Sprache«, sagte der jüngste St. Jacques und setzte sich, während das Wasser von seinem Körper tropfte. »Was für eine Art Ärger hat David? Am Telefon konnte er nicht sprechen, und du warst vergangene Nacht ja nicht in der Lage zu einem längeren Gespräch. Was ist geschehen?«

»Der Schakal ... der Schakal, das ist geschehen.«

»O Gott!«, brach es aus Johnny heraus. »Nach all den Jahren?«

»Nach all den Jahren«, wiederholte Marie mit schwacher Stimme. »Wie weit ist der Bastard gekommen?«

»David versucht, es in Washington herauszufinden. Alles, was wir mit Sicherheit wissen, ist, dass er Alex Conklin und Mo Panov im Zusammenhang mit den schrecklichen Ereignissen in Hongkong und Kowloon ausgegraben hat.« Sie erzählte ihm von den falschen Telegrammen und der Falle im Vergnügungspark in Baltimore.

»Ich denke, dass Alex alle unter seinen Schutz genommen hat, oder wie sie es nennen.«

»Rund um die Uhr, da bin ich sicher. Außer uns und McAllister sind Alex und Mo die einzigen noch lebenden Leute, die wissen, dass David – mein Gott, ich kann nicht einmal den Namen aussprechen!« Marie setzte die Kaffeetasse heftig auf den Tisch.

»Ruhig, Schwesterchen.« Johnny ergriff ihre Hand und legte seine auf die ihre. »Conklin weiß schon, was er tut. David hat mir gesagt, dass Alex der Beste war – der beste Mann im Außendienst, so nannte er ihn –, der je für die Amerikaner gearbeitet hat.«

»Du verstehst nicht, Johnny!«, schrie Marie. Sie versuchte, ihre Stimme und ihre Emotionen unter Kontrolle zu bekommen, aber ihre weit aufgerissenen Augen straften ihren Versuch Lügen. »David hat das nie gesagt, David wusste es nicht einmal! Jason Bourne hat das gesagt, und er ist auch wieder da! … Dieses eiskalt berechnende Monster, das sie geschaffen haben, ist wieder in Davids Kopf. Du weißt gar nicht, wie das ist. Ein Blick in diese in die Ferne gerichteten Augen, die Dinge sehen, die ich nicht sehe, oder der Ton in der Stimme, eine plötzlich ruhige, eisige Stimme, die ich nicht kenne, und plötzlich bin ich mit einem Fremden zusammen.«

St. Jacques hob seine freie Hand und bedeutete ihr aufzuhören. »Komm schon«, sagte er sanft.

»Die Kinder? Jamie …?« Sie sah sich gehetzt um.

»He, du. Was denkst du, wird David machen? In eine Vase der Wing- oder Ming-Dynastie klettern und so tun, als ob seine Frau und seine Kinder nicht in Gefahr seien, sondern nur er? Ob ihr Ladies es mögt oder nicht, wir Männer glauben immer noch, dass es unsere Aufgabe ist, die wilden Tiere von der Höhle fern zu halten. Wir sind wirklich der Meinung, dass wir dafür besser gerüstet sind.«

»Seit wann ist mein kleiner Bruder so philosophisch?«, fragte Marie.

»Das ist keine Philosophie, Mädchen, das weiß ich einfach. Die meisten Männer wissen es – die feministische Menge möge es verzeihen.«

»Du brauchst dich nicht zu entschuldigen. Die meisten von uns wollen es auch gar nicht anders. Würdest du glauben, dass deine große, gebildete Schwester, die eine Menge Meriten in Wirtschaftswissenschaft in Ottawa errungen hat, immer noch schreit, wenn sie eine Maus in der Küche unseres Landhauses sieht und in Panik ausbricht, wenn es eine Ratte ist?«

»Sicherlich sind intelligente Frauen ehrlicher diesbezüglich.«

»Ich akzeptiere, was du sagst, Johnny, aber du verstehst nicht, was ich meine. David ist es so gut gegangen in den vergangenen fünf Jahren, jeden Monat ein bisschen besser als zuvor. Er wird niemals vollständig geheilt werden, das wissen wir alle, dazu war der Schaden zu groß, aber die Furien, seine persönlichen Furien, waren fast verschwunden. Die einsamen Spaziergänge im Wald, von denen er mit blutenden Händen nach Hause kam, weil er gegen Bäume angegangen war, die stillen, unterdrückten Tränen abends, wenn er sich nicht entsinnen konnte, was er einmal war oder was er getan hatte, wobei er von sich selbst das Schlimmste annahm – das war vorbei, Johnny! Es gab wirklich Hoffnung, verstehst du, was ich meine?«

»Ja, sicher«, sagte der Bruder.

»Was jetzt passiert, das könnte alles wieder zurückkommen lassen, und das macht mir solche Angst!«

»Dann lass uns hoffen, dass es schnell vorbei ist.«

Marie hielt inne und sah wieder ihren Bruder an. »Halt meine Hand, kleiner Bruder, ich kenne dich zu gut. Du ziehst dich zurück.«

»Kein bisschen.«

»Doch, du tust es … Du und David, ich hab das nie verstanden. Unsere beiden älteren Brüder sind so solide, haben alles so gut im Griff, vielleicht nicht intellektuell, aber pragmatisch. Dennoch hat er sich dir zugewandt. Warum, Johnny?«

»Lass das doch«, sagte St. Jacques und entzog seiner Schwester die Hand.

»Aber ich muss es wissen. Dies ist mein Leben, er ist mein

Leben! Es darf keine Geheimnisse geben, was ihn auch betrifft. Ich kann das nicht mehr ertragen! Warum du?«

St. Jacques lehnte sich in seinem Stuhl zurück und bedeckte mit seinen gestreckten Fingern die Stirn. Er hob den Blick, der eine unausgesprochene Bitte ausdrückte. »Erinnerst du dich, als ich vor sechs oder sieben Jahren die Farm verließ, weil ich meinen eigenen Weg gehen wollte?«

»Natürlich. Ich glaube, das hat damals unseren guten Eltern das Herz gebrochen. Es war nicht zu ändern, du warst immer eine Art Liebling …«

»Ich war immer das Kind!«, unterbrach der jüngste St. Jacques. »Der immer seine schwachsinnige Bonanza-Rolle spielte, während meine dreißigjährigen Brüder ergeben Befehle vom allwissenden, bigotten französisch-kanadischen Vater entgegennahmen, dessen einzig angenehme Seite sein Geld und sein Land war.«

»Er hatte noch andere Seiten, aber ich will die Eindrücke eines ›Kindes‹ nicht bestreiten.«

»Könntest du auch nicht, Marie. Du hast es genauso gemacht wie ich, und manchmal bist du ein Jahr lang nicht nach Hause gekommen.«

»Ich war beschäftigt.«

»Ich auch.«

»Was hast du gemacht?«

»Ich habe zwei Männer getötet. Zwei Schweine, die meine Freundin umgebracht hatten – vergewaltigt und umgebracht.«

»Was?«

»Sprich leise …«

»Mein Gott, was war passiert?«

»Ich wollte nicht zu Hause anrufen, also rief ich deinen Mann an … meinen Freund, der mich nicht wie ein Kind mit einem Hirnschaden behandelte. Damals schien es mir nur logisch zu sein, und es war die beste Entscheidung, die ich treffen konnte. Die Regierung schuldete ihm Dank, und ein ausgezeichnetes Team flog von Washington und Ottawa nach James Bay, und ich wurde freigesprochen. Notwehr, und das war's.«

»Er hat niemals nur ein Wort davon zu mir gesagt …«
»Darum habe ich ihn gebeten.«
»Also deswegen – aber ich verstehe es immer noch nicht.«
»Es ist nicht schwer, Marie. Ein Teil von ihm weiß, dass ich töten kann, töten werde, wenn ich glaube, dass es notwendig ist.«

Drinnen im Haus ging das Telefon. Marie starrte ihren Bruder an. Bevor sie ihre Stimme wiedergefunden hatte, kam eine ältere schwarze Frau durch die Tür von der Küche.

»Es ist für Sie, Mr. John. Es ist der Pilot von der großen Insel drüben. Er sagt, es sei sehr wichtig.«

»Danke, Mrs. Cooper«, sagte St. Jacques, stand auf und lief schnell zum Nebentelefon am Pool. Er sprach einige Augenblicke, sah dann Marie an, warf den Hörer auf die Gabel und kam zu seiner Schwester gerannt. »Pack ein, du musst schnell weg!«

»Warum? War es der Mann, der uns geflogen hat?«

»Er ist aus Martinique zurück und hat erfahren, dass jemand in der vergangenen Nacht am Flughafen Fragen über eine Frau und zwei Kinder gestellt hat. Niemand von der Crew hat etwas gesagt, aber wer weiß, wie lange … Schnell.«

»Mein Gott, wo soll ich hin?«

»Rüber ins Hotel, bis wir uns etwas ausgedacht haben. Es gibt nur eine Straße dorthin, und meine eigenen ›Tontons Macoutes‹ bewachen sie. Da kommt niemand rein oder raus. Mrs. Cooper wird dir mit Alison helfen. Beeil dich!«

Das Telefon klingelte schon wieder, und Marie rannte durch die Schlafzimmertür. St. Jacques stürzte die Treppe zum Nebentelefon am Pool hinunter, als Mrs. Cooper nochmals aus der Küche kam. »Es ist die Regierung drüben in Serrat, Mr. John.«

»Was, zum Teufel, wollen die denn?«

»Soll ich sie fragen?«

»Nein, nein, ich geh ran. Hilf meiner Schwester mit den Kindern, und pack alles, was sie mitgebracht haben, in den Rover. Sie fahren sofort ab!«

»O wie furchtbar. Ich habe mich so über das kleine Baby gefreut.«

»Furchtbar, das stimmt«, murmelte St. Jacques, als er nach dem Hörer griff. »Ja?«

»Hallo, John?«, sagte der erste Assistent des Gouverneurs der Kronkolonie, ein Mann, der sich mit dem kanadischen Entwicklungshelfer angefreundet hatte und ihm behilflich gewesen war, sich durch den Paragraphendschungel der Kolonie hindurchzufinden.

»Kann ich dich zurückrufen, Henry? Ich bin im Moment ziemlich in Eile.«

»Ich fürchte, dafür ist keine Zeit, alter Junge. Das ist direkt vom Außenministerium. Sie wollen unsere sofortige Kooperation, und das wird dir bestimmt nicht schaden.«

»Oh?«

»Es scheint, dass da ein alter Bursche mit seiner Frau mit dem Ausschlussflug aus Antigua um zehn Uhr dreißig ankommt, und Whitehall wünscht einen Roten-Teppich-Empfang. Offenbar hat der alte Bursche tapfer im zweiten Weltkrieg gefochten und mit vielen unserer Jungs jenseits des Teiches zusammengearbeitet. Er hat jede Menge Auszeichnungen.«

»Henry, ich bin wirklich in Eile. Was hat das alles denn mit mir zu tun?«

»Na ja, ich habe halt gedacht, dass du darüber vielleicht besser Bescheid weißt als wir. Wahrscheinlich einer deiner reichen kanadischen Gäste, vielleicht ein Frenchie aus Montreal, der aus der Resistance kommt und an dich gedacht hat …«

»Beleidigungen werden dir nur eine Flasche Superieur eines französisch-kanadischen Weins einbringen. Was willst du?«

»Unseren Held und seine Dame in der schönsten Wohnung unterbringen, die du hast, mit einem Zimmer für die französisch sprechende Krankenschwester, die wir ihnen zur Verfügung gestellt haben.«

»Innerhalb einer Stunde?«

»Alter Junge, wir sitzen in einem Boot, wenn du weißt, was ich meine, und das für dich so wichtige, wenn auch unzuverlässige Telefon hängt gewissermaßen von der Zustimmung der Krone ab – wenn du weißt, was ich meine.«

»Henry, du verstehst es wirklich. Und außerdem bist du so nett, einen genau da zu treffen, wo es weh tut. Wie heißt dein Held? Schnell bitte.«

»Unsere Namen sind Jean Pierre und Regine Fontaine, *Monsieur le directeur,* und hier sind unsere Pässe«, sagte der alte Mann mit der sanften Stimme im gläsernen Büro des Grenzoffiziers, neben dem der Adjutant des Gouverneurs saß. »Meine Frau ist dort drüben«, fügte er hinzu und deutete durch das Fenster. »Sie spricht mit der Mademoiselle in der weißen Uniform.«

»Ich bitte Sie, Monsieur Fontaine«, protestierte der schwarze Beamte mit betont britischem Akzent. »Dies ist nur eine Formalität, eine Stempelprozedur. Auch um sie von der Belästigung Ihrer vielen Bewunderer fernzuhalten. Das Gerücht hat sich schon auf dem ganzen Flughafen verbreitet, dass da ein großer Mann angekommen ist.«

»Wirklich?« Fontaine lächelte. Es war ein entzücktes Lächeln.

»Oh, machen Sie sich deswegen keine Sorgen, Sir. Die Presse hat keinen Zugang. Wir wissen, dass Sie vollständig zurückgezogen leben möchten, und das werden Sie können.«

»Wirklich?« Das Lächeln des alten Mannes verschwand. »Ich müsste jemanden hier treffen, einen Freund gewissermaßen, mit dem ich vertraulich zu reden habe. Ich hoffe, Ihre wohlüberlegten Vorbereitungen stehen dem nicht im Wege.«

»Eine kleine, ausgewählte Gruppe von ehrbaren und gutbeleumundeten Bürgern wird Sie in der Ehrenhalle von Blackburne begrüßen, Monsieur Fontaine«, sagte der Chefadjutant der Krone. »Können wir gehen? Der Empfang wird kurz sein, ich versichere es Ihnen.«

»Wirklich? So schnell?«

Es dauerte tatsächlich weniger als fünf Minuten, obwohl fünf Sekunden auch gereicht hätten. Die erste Person, der der Killer des Schakals begegnete, war der ordengeschmückte Gouverneur persönlich. Als der erste Repräsentant der Königin den Helden auf französische Weise umarmte, flüsterte er in das Ohr von Jean Pierre Fontaine: »Wir haben erfahren, wo sich die Frau und die Kinder aufhalten. Wir schicken Sie dorthin. Die Krankenschwester hat ihre Instruktionen.« Das Übrige war für den alten Mann etwas enttäuschend, besonders die Abwesenheit der Presse. Noch niemals war von ihm ein Bild in der Zeitung gewesen, es sei denn als Verbrecher.

Morris Panov, Doktor der Medizin, war sehr erregt, aber er versuchte immer, solche Momente zu kontrollieren, denn sie halfen weder ihm noch seinen Patienten. In diesem Augenblick jedoch, als er an seinem Schreibtisch saß, hatte er Schwierigkeiten, seine Emotionen in den Griff zu bekommen. Er hatte nichts von David Webb gehört. Er musste etwas von ihm hören, er musste mit ihm sprechen. Was jetzt passierte, das konnte dreizehn Jahre Therapie zunichte machen, konnten die das nicht begreifen? Nein, natürlich konnten sie das nicht. Es gehörte nicht zu dem, was sie interessierte, sie hatten andere Prioritäten und wollten nicht mit Problemen jenseits ihres Horizontes belastet werden. Aber er musste sich darum kümmern. Das geschädigte Gehirn war so fragil, so anfällig für Rückschläge, dass die Schrecken der Vergangenheit jederzeit wiederkehren konnten. David konnte nichts passieren! Er war so normal, wie er nur sein konnte, er konnte als Lehrer ausgezeichnet funktionieren, er hatte eine fast perfekte Erinnerung, wenn es um seine wissenschaftliche Arbeit ging, und er erinnerte sich immer mehr, je mehr Jahre ins Land gingen. Aber es konnte alles durch eine einzige Gewalthandlung zerstört werden, denn Gewalt war der Lebensinhalt von Jason Bourne. Verdammt! Es war schon schlimm genug, dass sie David erlaubten, sich hier aufzuhalten. Er hatte versucht, Alex die potenzielle Gefahr zu erklären, aber Conklin hatte eine unwiderlegbare Antwort: »Wir können ihn nicht stoppen. Aber auf diese Weise können wir ihn wenigstens beobachten und beschützen.« Vielleicht. ›Sie‹ knauserten nicht, wenn es um Schutz ging – die Wachen unten in der Halle seines Büros und auf dem Dach des Gebäudes, ganz zu schweigen von der bewaffneten Empfangsdame und dem merkwürdigen Computer … Dennoch wäre es für David sehr viel besser, wenn er abgeschoben würde, einfach auf seine Zufluchtsinsel geflogen würde und man die Jagd auf den Schakal den Profis überließe … Panov ertappte sich allerdings selbst bei dem Gedanken, dass es keinen besseren Profi als Jason Bourne gab.

Die Gedanken des Doktors wurden durch einen Telefonanruf unterbrochen, aber er konnte das Telefon nicht aufnehmen, bevor nicht alle Sicherheitsmaßnahmen aktiviert worden waren. Eine Fangschaltung untersuchte, ob die Leitung abgehört wurde, und die Identität des Anrufers musste erst von Panov persönlich bestätigt werden. Die Gegensprechanlage summte. Er drückte den Knopf.

»Ja?«

»Alle Systeme sind klar, Sir«, verkündete die Empfangsdame, die als einzige Person im Büro Bescheid wusste. »Der Mann sagt, sein Name sei Treadstone, Mr. D. Treadstone.«

»Ich nehme es an«, sagte Mo Panov entschlossen. »Und Sie können alle Systeme, die Sie da draußen eingeschaltet haben, ausschalten. Dies fällt unter das Arztgeheimnis.«

»Ja, Sir. Der Monitor ist abgeschaltet.«

»Was? … Schon gut.« Der Psychiater griff zum Hörer und konnte sich nicht enthalten zu schreien: »Warum hast du mich nicht schon früher angerufen, du Hundesohn?«

»Damit du keinen Herzkollaps bekommst, genügt das?«

»Wo bist du, und was macht du?«

»Im Augenblick?«

»Ja, das reicht.«

»Mal sehen. Ich habe ein Auto gemietet und bin gerade einen halben Block von einem Haus in Georgetown entfernt, das dem Vorsitzenden der Bundeshandelskommission gehört. Und ich spreche zu dir von einem Münzgerät aus.«

»Um Himmels willen, warum?«

»Alex wird dich aufklären, aber ich möchte, dass du Marie auf der Insel anrufst. Ich habe es schon mehrmals versucht, seit ich das Hotel verlassen habe, aber ich komme nicht durch. Sag ihr, dass es mir gut geht, sehr gut sogar, und dass sie sich keine Sorgen machen soll. Hast du begriffen?«

»Ich habe verstanden, aber ich nehme es dir nicht ab. Du klingst nicht einmal wie du selbst.«

»Das kannst du ihr nicht sagen, Doktor. Wenn du mein Freund bist, dann kannst du ihr nichts dergleichen sagen.«

»Hör auf, David. Dieses Versteckspiel bringt nichts mehr.«

»Sag ihr das nicht – nicht, wenn du mein Freund bist.«

»Du windest dich, David. Lass es nicht geschehen. Komm zu mir und sprich mit mir.«

»Keine Zeit, Mo. Die Limousine der fetten Katze parkt vor seinem Haus, und ich muss an die Arbeit.«

»Jason!«

Die Leitung war tot.

Brendan Patrick Pierre Prefontaine ging die Stufen der Metalltreppe des Jets hinunter in die heiße karibische Sonne von Montserrat. Es war kurz nach drei Uhr nachmittags, und er wäre sich verloren vorgekommen, hätte er nicht die vielen tausend Dollar bei sich gehabt. Es war bemerkenswert, wie leicht ein Vorrat an Hundert-Dollar-Noten in verschiedenen Taschen ein sicheres Gefühl vermitteln konnte. Er musste sich sogar daran erinnern, dass das Wechselgeld – Fünfziger, Zwanziger und Zehner – in der rechten Hosentasche steckte, um nicht den Fehler zu begehen, das große Bündel herauszuziehen und angeberisch zu erscheinen oder einem prinzipienlosen Dieb aufzufallen. Es war vor allem wichtig, möglichst unauffällig zu bleiben, bis an den Rand der Bedeutungslosigkeit. Unauffällig musste er wichtige Fragen stellen, betreffs einer Frau und zweier kleiner Kinder, die in einem Privatflugzeug am vergangenen Nachmittag hier eingetroffen waren. Umso erstaunter und alarmierter war er, als er die wirklich wunderbare schwarze Grenzbeamtin, nachdem sie das Telefon aufgelegt hatte, zu ihm sagen hörte: »Würden Sie so freundlich sein, Sir, und bitte mit mir kommen?«

Ihr hübsches Gesicht, ihre fröhliche Stimme und ihr perfektes Lächeln konnten die Befürchtungen des Richters auch nicht zerstreuen. Viel zu viele richtige Verbrecher verfügten ebenfalls über solche Kennzeichen.

»Stimmt etwas nicht mit meinem Pass, junge Dame?«

»Nicht, dass ich wüsste, Sir.«

»Warum also der Aufschub? Warum können Sie ihn nicht einfach stempeln und mich durchlassen?«

»Oh, er ist gestempelt, und die Einreiseerlaubnis haben Sie. Das ist kein Problem.«

»Warum dann also ...?«

»Kommen Sie bitte mit mir, Sir.«

Sie näherten sich einem großen gläsernen Bürowürfel mit der Aufschrift ›Stellvertretender Direktor für den Grenzverkehr‹ auf dem linken Fenster. Die attraktive Angestellte öffnete die Tür und machte dem älteren Herrn lächelnd ein Zeichen einzutreten. Prefontaine tat, wie ihm geheißen, wobei er maßlose Angst bekam, dass er untersucht werden könnte, dass man das Geld finden und alle möglichen Anklagen gegen ihn erheben würde. Er wusste nicht, welche Inseln am Drogenhandel beteiligt waren, aber wenn diese dazugehörte, dann wären mehrere tausend Dollar natürlich gleich suspekt. Erklärungen rasten durch sein Gehirn, während die Angestellte zu einem Tisch ging und dem kurzen, untersetzten stellvertretenden Direktor seinen Pass überreichte. Die Frau lächelte Brendan nochmals gewinnend an, ging zur Tür hinaus und schloss sie hinter sich.

»Mr. Brendan Patrick Pierre Prefontaine«, begann der Beamte, während er im Pass las.

»Nicht, dass es darauf ankäme«, sagte Brendan freundlich mit aller Autorität. »Das ›Mr.‹ wird jedoch gewöhnlich durch ›Richter‹ ersetzt wie ich schon sagte, ich glaube nicht, dass es unter diesen Umständen von Wichtigkeit wäre, oder vielleicht doch, ich weiß es nicht. Hat einer meiner Angestellten einen Fehler gemacht? Sollte das der Fall sein, fliege ich das ganze Büro ein, um sich zu entschuldigen.«

»Keineswegs, Sir – Richter«, antwortete der uniformierte, weißgegürtete schwarze Mann, als er sich vom Stuhl erhob und seine Hand über den Tisch ausstreckte. »Vielleicht habe ich sogar einen Fehler gemacht.«

»Und wenn schon, Oberst, das tun wir alle mal.« Brendan ergriff die Hand des Beamten. »Dann kann ich vielleicht gehen? Es gibt jemanden, den ich treffen muss.«

»Das hat er auch gesagt.«

Brendan ließ die Hand los. »Verzeihung?«

»Vielleicht muss ich Sie darum bitten ... Die Vertraulichkeit natürlich.«

»Die was? Können wir vielleicht auf den Punkt kommen? Bitte?«

»Ich bin mir der Geheimhaltung bewusst«, fuhr der Beamte fort, »sie ist von äußerster Wichtigkeit – so ist es uns erklärt worden –, aber wann immer wir behilflich sein können, versuchen wir, uns der Krone erkenntlich zu zeigen.«

»Außerordentlich löblich, Brigadegeneral, aber ich fürchte, ich verstehe nicht.«

Der Beamte senkte unnötigerweise die Stimme. »Ein großer Mann ist heute früh hier angekommen, wussten Sie das?«

»Ich bin sicher, dass viele bedeutende Männer auf Ihre wunderschöne Insel kommen. Auch mir ist sie aufs Wärmste empfohlen worden.«

»Ah, ja, die Abgeschiedenheit und Geheimhaltung.«

»Natürlich die Geheimhaltung«, stimmte der Richter zu und fragte sich, ob der Beamte wohl alle Tassen im Schrank hatte. »Könnten Sie sich deutlicher ausdrücken?«

»Nun gut, er sagte, dass er hier jemanden treffen wolle, einen Geschäftsfreund, mit dem er konferieren müsse, aber nach dem sehr bescheidenen Empfang, ohne Presse, versteht sich, wurde er direkt zu einem Charterflugzeug gebracht, das ihn auf eine der äußeren Inseln geflogen hat, sodass er die Person offenbar nicht treffen konnte, wie er wollte. Ist das jetzt klar genug?«

»Wie der Hafen von Boston im Nebel, General.«

»Sehr gut, ich verstehe. Geheimhaltung. Deshalb wurde unser ganzes Personal darüber informiert, dass der Freund des großen Mannes ihn hier auf dem Flughafen suchen könnte – vertraulich natürlich.«

»Natürlich.« Nicht eine Tasse, dachte Brendan.

»Dann habe ich an eine andere Möglichkeit gedacht«, sagte der Beamte und kostete seinen Triumph aus. »Angenommen, der Freund des großen Mannes fliegt auch hierher auf die Insel zu einem Rendezvous mit ihm.«

»Brillant.«

»Nicht ohne Logik. Dann hatte ich die Idee, die Passagierlisten aller ankommenden Flüge durchzugehen, wobei ich mich natürlich auf die der ersten Klasse konzentriert habe, wo die Freunde eines großen Mannes zu vermuten sind.«

»Hellsichtig«, murmelte der ehemalige Richter. »Und da haben Sie mich ausgesucht?«

»Der Name, Sir! Pierre Prefontaine!«

»Meine fromme verstorbene Mutter wäre sicher beleidigt, weil Sie ›Brendan Patrick‹ weggelassen haben. Wie die Franzosen sind auch die Iren in diesen Dingen sehr empfindlich.«

»Aber es war eine Familie. Das hatte ich sofort begriffen!«

»Haben Sie?«

»Pierre Prefontaine! Jean Pierre Fontaine. Ich bin Experte in Grenzformalitäten und habe die Methoden in vielen Ländern studiert. Ihr eigener Name ist ein faszinierendes Beispiel, sehr verehrter Richter. Welle auf Welle von Einwanderern flutete in die Vereinigten Staaten, den Schmelztiegel der Nationen, Rassen und Sprachen. Bei diesem Prozess haben die Namen sich verändert, wurden zusammengezogen oder einfach missverstanden von zahllosen unbedarften und überarbeiteten Schreibern. Aber die Wurzeln haben häufig überlebt, und so war es auch bei Ihnen. Die Familie Fontaine wurde zu Prefontaine in Amerika, und der Freund des großen Mannes war in Wirklichkeit ein geschätztes Mitglied des amerikanischen Zweiges!«

»Gewiss beeindruckend«, murmelte Brendan und schaute den Beamten an, als befürchtete er, dass gleich eine Horde Pfleger mit Zwangsjacken hereinstürmen würde. »Aber ist es nicht möglich, dass es sich um einen bloßen Zufall handelt? Fontaine ist in Frankreich ein häufiger Name, und so weit ich herausgefunden habe, waren die Prefontaines besonders in Elsaß-Lothringen zu Hause.«

»Ja, natürlich«, sagte der Stellvertreter und senkte die Stimme, statt einfach zu flüstern. »Aber ohne vorherige Warnung ruft plötzlich der Quai d'Orsay aus Paris an, dann das Außenministerium von Großbritannien mit näheren Instruktionen, dass bald ein großer Mann vom Himmel herabgleiten werde. Beachtet ihn, ehrt ihn, bringt ihn auf eine entfernte Insel, die für ihre Zurückgezogenheit bekannt ist. Denn das sei wichtig – der große Mann wünsche totale Zurückgezogenheit … Aber gleichzeitig ist der große Krieger ängstlich und möchte sich vertraulich mit einem Freund treffen, den er nicht findet. Vielleicht hat der große Mann Geheimnisse. Das haben alle großen Männer, wissen Sie.«

Plötzlich fühlten sich die vielen Dollars in Prefontaines Taschen sehr schwer an. Washingtons Four-Zero-Abfertigung in Boston, der Quai d'Orsay in Paris, das Außenministerium in London – Randolph Gates, der ohne Grund aus reiner Panik eine große Summe Geldes rausrückte. Da gab es ein Muster seltsamer Übereinstimmungen, deren seltsamste der verschreckte skrupellose Staatsanwalt mit Namen Gates war. Gehörte er dazu, oder war es ein Irrtum? Was hatte das alles zu bedeuten?

»Sie sind ein außergewöhnlicher Mann«, sagte Brendan schnell und verdrängte seine Gedanken, indem er schnell sprach. »Ihre Beobachtungen sind geradezu brillant. Aber Sie verstehen doch, dass Geheimhaltung das allerwichtigste ist?«

»Ich will nichts weiter hören, verehrter Richter!«, rief der Beamte aus. »Nur hinzufügen, dass Ihre Einschätzung meiner Fähigkeiten hoffentlich nicht an meinen Vorgesetzten vorübergeht.«

»Das geht in Ordnung, das versichere ich Ihnen … wohin genau ist mein nicht allzu entfernter und verehrter Cousin geflogen?«

»Eine kleine äußere Insel, wo die Flugzeuge auf dem Wasser landen müssen. Sie heißt Tranquility Island, und das Hotel ist das Tranquility Inn.«

»Ihnen wird persönlich von Ihren Vorgesetzten gedankt werden, seien Sie dessen sicher.«

»Und ich werde Sie persönlich durch den Zoll bringen.«

Brendan Patrick Pierre Prefontaine, in der Hand seinen Koffer aus poliertem Leder, trat als verwirrter Mann auf das Gelände des Flughafens von Blackburne. Verwirrt? Zum Teufel, er war überwältigt! Er konnte sich nicht entscheiden, ob er den nächsten Flug zurück nach Boston nehmen sollte oder … Aber seine Füße nahmen ihm die Entscheidung ab. Er merkte, wie er zu einem Schalter unter einem großen dunkelblauen Schild mit der Aufschrift. *Inter-Island-Airways* schritt. Es konnte ja nicht schaden, ein bisschen nachzuforschen, dachte er, und anschließend würde er ein Ticket zurück nach Boston kaufen.

An der Wand hinter dem Schalter befand sich eine Liste der nahe gelegenen äußeren Inseln neben einer größeren Liste der bekannteren Inseln ›unter dem Winde‹ und ›über dem Winde‹, von St. Kitts und Nevis bis Grenada im Süden. Tranquility lag eingeklemmt zwischen Canada Cay und Turtle Rock. Zwei Angestellte, eine schwarze junge Frau und ein blonder junger Mann, sprachen in aller Ruhe miteinander. Die Frau kam zu ihm. »Kann ich Ihnen behilflich sein?«

»Ich bin mir nicht sicher«, sagte Brendan zögernd. »Mein Plan steht noch nicht richtig fest, aber es sieht so aus, als ob ich einen Freund auf Tranquility Island habe.«

»Im Hotel, Sir?«

»Ja, offenbar. Dauert es lange, dorthin zu fliegen?«

»Wenn das Wetter klar ist, nur fünfzehn Minuten. Mit einem Amphibien-Flugzeug. Aber ich glaube nicht, dass vor morgen früh noch eines abgehen wird.«

»Doch, meine Süße«, unterbrach der junge Mann, der auf seinem weißen Hemd kleine goldene Flügel trug. »Ich werde bald losfliegen und Johnny St. Jacques Proviant bringen«, fügte er hinzu.

»Das steht nicht im Flugplan.«

»Doch, seit einer Stunde.«

In diesem Augenblick und bei diesen Worten fiel Prefontaines erstaunter Blick auf zwei große Kartons, die sich langsam auf dem Inter-Island-Gepäcklaufband in Richtung Ladezone draußen bewegten. Obwohl er noch genug Zeit hatte, es sich zu überlegen, war seine Entscheidung schon gefallen.

»Ich würde gerne ein Ticket für diesen Flug haben. Wenn es geht«, fügte er hinzu und sah den Kartons von Gerbers Babynahrung und Pampers-Medium-Windeln nach.

Er hatte die unbekannte Frau mit dem kleinen Jungen und dem Baby gefunden.

8.

Routinenachforschungen in der Bundeshandelskommission bestätigten die Tatsache, dass ihr Vorsitzender Albert Armbruster sowohl Magengeschwüre als auch zu hohen Blutdruck hatte und auf Anraten des Arztes sein Büro verließ und nach Hause ging, wann immer es ihm nicht gut ging. Aus diesem Grund rief Alex Conklin ihn nach einem ziemlich üppigen Dinner an – von dem er erfahren hatte –, um die Schlangenlady-Krise weiterzuschüren. Wie schon beim ersten Anruf erwischte er Armbruster unter der Dusche und sagte dem zitternden Vorsitzenden, dass jemand später am Tag mit ihm Verbindung aufnehmen werde – entweder im Büro oder zu Hause. Der Kontakt würde sich einfach als Cobra identifizieren. (»Benutze immer die banalsten Reizworte, die dir einfallen«, war auch ein Bibelwort des heiligen Alex.) In der Zwischenzeit sollte Armbruster mit niemandem sprechen. »Das ist ein Befehl von der Sechsten Flotte.«

»O großer Gott!«

Also ließ Armbruster seinen Wagen bestellen und fuhr leidend nach Hause. Auf den Vorsitzenden kam aber noch mehr Ungemach zu, denn Jason Bourne wartete schon auf ihn.

»Guten Tag, Mr. Armbruster«, sagte der Fremde freundlich, als sich der Vorsitzende aus der Limousine wand, nachdem der Chauffeur ihm den Wagenschlag aufgerissen hatte.

»Ja, was?« Die Antwort Armbrusters kam sofort und unsicher.

»Ich sagte nur ›guten Tag‹. Mein Name ist Simon. Wir sind uns beim Empfang für den Generalstab im Weißen Haus vor einigen Jahren begegnet …«

»Ich war nicht dort«, unterbrach der Vorsitzende mit Nachdruck.

»Oh?« Der Fremde hob seine Brauen. Seine Stimme war immer noch angenehm, aber offensichtlich fragend.

»Mr. Armbruster?« Der Chauffeur hatte die Autotür geschlossen und wandte sich jetzt höflich an den Vorsitzenden. »Brauchen Sie mich …«

»Nein, nein«, sagte Armbruster, abermals unterbrechend. »Sie sind frei. Ich brauche Sie nicht mehr heute … Abend.«

»Zur selben Zeit morgen früh, Sir?«

»Ja, morgen, wenn Sie nichts anderes hören. Mir geht es nicht gut, fragen Sie im Büro nach.«

»Ja, Sir.« Der Chauffeur tippte an die Mütze und setzte sich wieder in den Wagen.

»Tut mit Leid, das zu hören«, sagte der Fremde, immer noch an derselben Stelle, als die Limousine startete und langsam davonrollte.

»Was? Ach, Sie. Ich war niemals im Weißen Haus auf diesem verdammten Empfang!«

»Vielleicht irre ich mich …«

»Ja, na ja, nett, Sie kennen gelernt zu haben«, sagte Armbruster ängstlich, ungeduldig und ging eilends zu den Stufen, die zu seinem Georgetown-Haus hochführten.

»Nochmals, ich bin ganz sicher, dass Admiral Burton uns vorgestellt hat …«

»Was?« Der Vorsitzende drehte sich blitzschnell um. »Was sagten Sie da gerade?«

»Schluss mit der Zeitverschwendung«, fuhr Jason Bourne fort, wobei das Angenehme aus seiner Stimme und seinem Gesicht verschwand. »Ich bin Cobra.«

»O Jesus! Mir geht es nicht gut.« Armbruster wiederholte diesen Satz mit heiserem Flüstern und richtete seinen Blick auf sein Haus, zu den Fenstern und der Tür.

»Ihnen wird es noch schlimmer gehen, wenn wir nicht miteinander sprechen«, fügte Jason hinzu und folgte Armbrusters Blick. »Soll es dort oben sein? In Ihrem Haus?«

»Nein!«, schrie Armbruster. »Sie kläfft ununterbrochen herum und will alles über alle wissen und tratscht es dann in der ganzen Stadt herum, wobei sie alles übertreibt.«

»Ich nehme an, Sie sprechen von Ihrer Frau?«

»Sie und alle anderen. Sie wissen nicht, wann sie ihr Maul halten sollen.«

»Hört sich an, als fehlte ihnen Gesprächsstoff.«

»Was?«

»Egal. Ich habe weiter unten meinen Wagen stehen. Ist Ihnen eine Fahrt recht?«

»Ist wohl besser. Wir werden unten am Drugstore kurz halten. Dort haben Sie meine Medizin auf Vorrat … Wer, zum Teufel, sind Sie?«

»Sagte ich doch«, antwortete Bourne. »Cobra. Eine Schlange.«

»O Jesus!«, flüsterte Albert Armbruster.

Der Apotheker bediente sie schnell, und Jason fuhr zu einer Bar in der Nähe, die er schon vor einer Stunde ausgesucht hatte. Sie war dunkel, die Sitzecken waren mit hohen Holzwänden voneinander getrennt, sodass Leute, die einander trafen, vor neugierigen Blicken geschützt waren. Das Ambiente war wichtig, denn es war notwendig, dass er dem Vorsitzenden in die Augen starren konnte – mit seinem eiskalten, fordernden und drohenden Blick. Delta war wieder da, Cain war zurückgekehrt, David Webb vergessen.

»Wir müssen uns bedeckt halten«, sagte Cobra ruhig, nachdem ihnen die Drinks gebracht worden waren. »In Bezug auf die Schadenskontrolle. Was bedeutet, wir müssen wissen, wie viel Schaden jeder von uns unter Amytal anrichten kann.«

»Was, zum Teufel, bedeutet das?«, fragte Armbruster und kippte den größten Teil seines Gin-Tonic hinunter, während er ächzte und sich den Bauch hielt.

»Drogen, Chemikalien, Wahrheitsserum.«

»Was?«

»Dies ist kein normales Ballspiel«, sagte Bourne und dachte an Conklins Worte. »Wir müssen alle unsere Ausgangsbasen bedeckt halten, weil es in dieser Angelegenheit keine konstitutionellen Rechte gibt.«

»Wer sind Sie?« Der Vorsitzende der Bundeshandelskommission rülpste und brachte mit zittriger Hand sein Glas kurz an die Lippen. »Eine Art Ein-Mann-Stoßtrupp? Johnny Soundso weiß etwas, also wird er in einer Gasse erschossen?«

»Seien Sie nicht albern. Dergleichen Dinge wären total kontraproduktiv. Das wäre nur Wasser auf die Mühlen derjenigen, die versuchen, uns zu finden, würde Spuren hinterlassen …«

»Worüber sprechen Sie eigentlich?«

»Unser Leben zu retten, einschließlich unseres Rufs und unseres Lebensstils.«

»Sie sind gut. Und wie sollen wir das erreichen?«

»Nehmen wir mal Ihren Fall … Sie sind gesundheitlich nicht auf der Höhe, wie Sie selbst sagen. Sie könnten auf Anraten eines Arztes zurücktreten, und wir sorgen für Sie – Medusa sorgt für Sie.« Jason ließ seine Fantasie spielen, verknüpfte Wirkliches und Unwirkliches und suchte nach den Worten, die dem Katechismus des heiligen Alex entsprechen würden. »Sie sind als vermögender Mann bekannt, also könnte in Ihrem Namen eine Villa gekauft werden oder vielleicht eine Insel in der Karibik, wo Sie vollständig sicher wären. Niemand könnte Sie erreichen, niemand könnte mit Ihnen sprechen, wenn Sie es nicht wollten, was hieße, nur abgesprochene Interviews, harmlose oder sogar günstige Ergebnisse garantiert. So etwas wäre nicht undenkbar.«

»Ganz schön sterile Existenz meiner Meinung nach«, sagte Armbruster. »Ich und der Kläffer ganz allein? Ich würde sie umbringen.«

»Keineswegs«, fuhr Cobra fort. »Es gäbe Abwechslungen. Gäste Ihrer Wahl könnten eingeflogen werden, wo immer Sie sich aufhalten. Auch andere Frauen – entweder von Ihnen ausgewählt oder von Leuten, die Ihren Geschmack kennen. Das Leben geht wie zuvor weiter, abgesehen von geringen Unbequemlichkeiten und Überraschungen. Das Wichtige wäre, dass Sie geschützt sind, unerreichbar. Und deshalb wären auch wir geschützt, alle übrigen … Aber, wie ich sagte, diese Option ist beim gegenwärtigen Stand bloß hypothetisch. In meinem Fall ist es, offen gesagt, bereits notwendig, weil es wenig gibt, was ich nicht weiß. Ich muss in wenigen Tagen gehen. Bis dahin entscheide ich, wer sonst noch gehen muss und wer bleibt … Wie viel wissen Sie, Mr. Armbruster?«

»Mit den täglichen Operationen habe ich nichts zu tun, natürlich. Ich beschäftige mich mit der Planung. Genau wie alle anderen bekomme ich monatlich ein kodiertes Telex von den Banken in Zürich, das die Bankkonten auflistet und die Firmen, die wir kontrollieren – das ist alles.«

»Bis jetzt bekommen Sie noch keine Villa.«

»Verdammt, wenn ich eine will, dann kaufe ich mir eine. Ich habe annähernd einhundert Millionen Dollar in Zürich.«

Bourne kontrollierte sein Erstaunen und starrte einfach den Vorsitzenden an. »Das würde ich nicht wiederholen«, sagte er.

»Wem sollte ich es denn erzählen? Dem Kläffer?«

»Wie viele von den anderen kennen Sie persönlich?«, fragte Cobra.

»Praktisch niemanden von der Spitze, aber sie kennen mich auch nicht. Zum Teufel, sie kennen niemanden … Nehmen wir Sie zum Beispiel. Ich habe nie von Ihnen gehört. Ich denke, dass Sie für den Vorstand arbeiten. Mir wurde gesagt, dass ich Sie erwarten soll, aber ich kenne Sie nicht.«

»Ich wurde auf einer ganz besonderen Grundlage angeheuert. Meine Spezialität sind ultrageheime Deckoperationen.«

»Wie ich sagte. Ich dachte mir …«

»Wie steht's mit der Sechsten Flotte?«, unterbrach Bourne, weil er von sich ablenken wollte.

»Ich sehe ihn ab und zu, aber ich glaube nicht, dass wir mehr als ein Dutzend Worte miteinander gewechselt haben. Er ist ein Militär, und ich bin Zivilist – sehr zivil.«

»Aber früher nicht. Als alles anfing.«

»Zum Teufel, nein! Eine Uniform macht noch keinen Soldaten, und bei mir schon gar nicht.«

»Was ist mit den verschiedenen Generälen, dem in Brüssel und dem anderen im Pentagon?«

»Sie waren Karrieristen, sie blieben dabei. Ich nicht.«

»Wir müssen uns auf Lecks, auf Gerüchte gefasst machen«, sagte Bourne beinahe beiläufig, wobei er seine Blicke wandern ließ. »Aber wir dürfen nicht den geringsten Verdacht einer militärischen Verbindung aufkommen lassen.«

»Sie meinen im Stil einer Junta?«

»Niemals«, entgegnete Bourne und starrte Armbruster wieder an. »Derlei Dinge rufen Wirbelstürme hervor …«

»Vergessen Sie's!«, unterbrach ihn der Vorsitzende der Bundeshandelskommission ärgerlich im Flüsterton. »Die Sechste Flotte, wie Sie ihn nennen, kontaktiert die hohen Tiere nur hier; weil es bequem ist. Er ist durch und durch Admiral mit einer hohen Abschussliste und einer Menge Vorlagen, wie wir sie brauchen. Aber nur in Washington und sonst nirgendwo.«

»Ich weiß das, und Sie wissen es«, sagte Jason mit Betonung, wobei die Betonung seine Verwirrung verdecken sollte, »aber da ist jemand, der hat fünfzehn Jahre lang an einem Sicherungsprogramm gearbeitet. Der hat sein eigenes Szenario zusammengestellt, und das kommt aus Saigon – Kommando Saigon.«

»Vielleicht ist es aus Saigon gekommen, aber es ist, zum Teufel, nicht dort geblieben. Die Kommissköppe konnten damit nicht umgehen – das wissen wir alle … Aber ich verstehe, was Sie meinen. Man wirft Pentagon-Generäle mit Leuten wie uns in einen Topf, und schon sind die Freaks auf den Straßen, und im Kongress gehen herzergreifende Märchen um. Und plötzlich werden ein Dutzend Untersuchungskomitees eingesetzt.«

»Was wir nicht zulassen dürfen«, fügte Bourne hinzu.

»Klar«, sagte Armbruster. »Weiß man schon Näheres, welcher Bastard das Szenario aufgestellt hat?«

»In etwa, aber nicht genau genug. Er hat Kontakt mit Langley gehabt, aber wir wissen nicht, auf welcher Ebene.«

»Langley? Um Himmels willen. Wir haben doch dort jemanden. Er kann es unterdrücken und herausfinden, wer der Hurensohn war.«

»DeSole?«, bot Bourne schlicht an.

»Genau.« Armbruster beugte sich vor. »Es gibt tatsächlich wenig, was Sie nicht wissen. Was sagt DeSole?«

»Nichts, wir können an ihn nicht ran«, antwortete Jason. Von plötzlicher Panik befallen, suchte er nach einer glaubwürdigen Antwort. Er war zu lange David Webb gewesen! Conklin hatte Recht, er dachte nicht schnell genug. Dann kamen die Worte … ein Teil der Wahrheit, ein gefährlicher Teil, aber glaubhaft, und die Glaubhaftigkeit durfte er nicht verlieren. »Er glaubt, dass er überwacht wird, und wir sollen ihm fern bleiben. Keinerlei Kontakte, bis er uns Gegenteiliges wissen lässt.«

»Was ist passiert?« Der Vorsitzende griff nach dem Glas, wobei seine Augen kalt hervortraten.

»Jemand im Keller hat festgestellt, dass Teagarten in Brüssel einen direkten Fax-Kode zu DeSole hat, womit er den routinemäßigen streng vertraulichen Verkehr umgehen kann.«

»Diese dämlichen gottverdammten Kommissköppe!«, fauchte Armbruster. »Du brauchst ihnen nur ein paar goldene Litzen zu geben, und schon stolzieren sie herum wie Debütanten, und wollen jedes neue Spielzeug in der Stadt haben! Fax, Zugriff, Kode! Ach du liebe Scheiße, wahrscheinlich hat er die falschen Nummern gedrückt und ist direkt beim NAACP gelandet.«

»DeSole sagt, er baut eine neue Deckung auf und dass er es in den Griff bekommt, aber dass er nicht herumlaufen und Fragen stellen kann, vor allem nicht in diesem Bereich. Er wird in Ruhe alles durchchecken, und wenn er etwas erfährt, dann kontaktiert er uns, aber wir sollen ihn nicht kontaktieren.«

»Hätten Sie gedacht, dass es ein lausiger Kommisskopp sein würde, der uns in eine so gefährliche Lage bringt? Wäre nicht dieses Rindvieh mit seinem Zugriffskode gewesen, hätte es keine Probleme gegeben. Alles wäre auf die Reihe gekommen.«

»Aber er existiert, und das Problem – die Krise – verschwindet nicht einfach«, sagte Bourne kühl. »Ich wiederhole, wir müssen in Deckung gehen. Einige von uns müssen das Land verlassen …«

Der Vorsitzende der Bundeshandelskommission lehnte sich zurück, wobei sein Gesicht nachdenklich Widerspruch ausdrückte. »Tja, lassen Sie mich Ihnen etwas sagen, Simon oder wie immer Sie heißen. Sie nehmen die falschen Leute unter die Lupe. Wir sind Geschäftsleute, einige von uns reich genug oder egoistisch genug oder aus sonstigen Gründen bereit, für die Regierung zu arbeiten, aber in erster Linie sind wir Geschäftsleute, die investieren. Auch werden wir ernannt und nicht gewählt, und das heißt, dass niemand eine volle finanzielle Offenlegung erwarten kann. Verstehen Sie, worauf ich hinaus will?«

»Ich bin mir nicht sicher«, sagte Jason, sofort besorgt, dass er die Kontrolle verlieren und die Bedrohung nachlassen könnte. Ich war zu lange weg vom Fenster ... und Albert Armbruster war kein Dummkopf. Er geriet erst einmal in Panik, aber dann wurde er kühl und sehr viel analytischer. »Worauf wollen Sie hinaus?«

»Uns unserer Kommissköppe entledigen. Kauft ihnen Villen oder ein paar Inseln in der Karibik und zieht sie aus dem Verkehr. Gebt ihnen ihre kleine Hofgesellschaft und lasst sie König spielen. Das ist alles, was sie wollen.«

»Ohne sie operieren?«, fragte Bourne und versuchte, sein Erstaunen zu verbergen.

»Sie haben es gesagt, und ich pflichte bei. Jede Verbindung mit einem hohen Militär bringt uns in größte Schwierigkeiten. Dann läuft es unter der Bezeichnung ›militärisch-industrieller Komplex‹, was frei übersetzt militärisch-industrielle Verschmelzung bedeutet.« Wieder beugte sich Armbruster über den Tisch. »Wir brauchen sie nicht mehr! Entledigt euch ihrer!«

»Es könnte sehr laute Einwände geben ...«

»Macht nichts. Wir haben sie am Sack!«

»Darüber werde ich nachdenken.«

»Da gibt es nichts nachzudenken. In sechs Monaten haben wir in Europa jede nur wünschenswerte Kontrolle.«

Jason Bourne starrte den Vorsitzenden der Bundeshandelskommission an. Welche Kontrolle?, dachte er bei sich. Aus welchem Grund? Wozu?

»Ich fahre Sie nach Hause«, sagte er.

»Ich habe mit Marie gesprochen«, sagte Conklin vom CIA-Appartement in Virginia aus. »Sie ist im Hotel, nicht mehr in deinem Haus.«

»Warum?«, fragte Jason an einer Tankstelle mit einem Münzfernsprecher in der Nähe von Manassas.

»Sie war nicht sehr deutlich ... Ich glaube, es war Essens- oder Schlafenszeit, einer der Zeitpunkte, zu denen Mütter niemals deutlich sind. Ich konnte deine Kinder im Hintergrund hören.«

»Was hat sie gesagt, Alex?«

»Es scheint, dass dein Schwager es so wollte. Sie hat das nicht näher erläutert, und abgesehen davon, dass sie ziemlich nach gestresster Mutter klang, hörte sie sich ganz nach der normalen Marie an, die ich kenne und liebe – was bedeutet, dass sie nur über dich etwas hören wollte.«

»Was heißt, dass du ihr gesagt hast, dass es mir ausgezeichnet geht, oder?«

»Himmel, ja. Ich habe ihr gesagt, dass du unter ständiger Bewachung stehst und wahre Berge von Computerausdrucken durchgehst. Eine Abwandlung der Wahrheit.«

»Johnny hat wohl mit ihr gesprochen. Sie hat ihm gesagt, was passiert ist, weshalb er sie alle in seinem exklusiven Bunker untergebracht hat.«

»Sein was?«

»Hast du Tranquility Inn niemals gesehen? Ich kann mich echt nicht entsinnen, ob du es gesehen hast oder nicht.«

»Panov und ich haben nur die Pläne und das Grundstück gesehen. Das ist vor vier Jahren gewesen. Seither waren wir nicht mehr dort, zumindest ich nicht. Niemand hat mich eingeladen.«

»Das will ich überhört haben. Schließlich hast du eine Dauereinladung; seit wir das Haus dort haben ... Egal, es liegt am Strand, und die einzige Möglichkeit, dorthin zu gelangen, außer übers Wasser, ist über eine Schlammstraße, so voller Steine, dass es kein normaler Wagen schafft. Alles wird per Flugzeug eingeflogen oder mit dem Schiff gebracht. Beinahe nichts aus der Stadt.«

»Und der Strand steht unter Bewachung«, unterbrach Conklin.

»Johnny geht kein Risiko ein.«

»Deswegen habe ich sie dorthin geschickt. Ich werde sie später anrufen.«

»Was ist mit Armbruster?«

»Sagen wir mal so«, antwortete Bourne, wobei seine Augen über die weiße Plastikwand der Telefonzelle irrten, »was bedeutet es, wenn ein Mann, der einhundert Millionen Dollar in Zürich liegen hat, mir sagt, dass Medusa – Ort der Entstehung Kommando Saigon, mit der Betonung auf Kommando, schwerlich eine zivile Einrichtung –, sich der Militärs entledigen sollte, weil die Schlangenlady sie nicht länger benötige?«

»Das glaube ich nicht«, sagte der CIA-Agent a. D. mit ruhiger, zweifelnder Stimme. »Das hat er nicht gesagt.«

»O ja, hat er. Er hat sie ständig nur Kommissköppe genannt und sie keineswegs gerühmt. Er hat die Admiräle und Generäle so ungefähr als Schmierenkomödianten bezeichnet, die am liebsten jedes neue Spielzeug in der Stadt haben möchten.«

»Manche Senatoren im Komitee der Bewaffneten Streitkräfte würden mit dieser Feststellung übereinstimmen«, pflichtete Alex bei.

»Aber es geht noch weiter. Als ich ihn daran erinnerte, dass die Schlangenlady aus Saigon kam – Kommando Saigon –, wurde er sehr deutlich. Er sagte, das mag so sein, aber es sei so sicher wie das Amen in der Kirche dort nicht geblieben, weil, und das ist ein Zitat, ›die Kommissköppe damit nicht umgehen konnten‹.«

»Das ist eine provozierende Feststellung. Hat er gesagt, warum sie damit nicht umgehen konnten?«

»Nein, und ich habe nicht gefragt. Er schien zu glauben, dass ich die Antwort wusste.«

»Ich wünschte, es wäre so. Ich mag immer weniger, was ich da höre. Es ist zu scheußlich ... Wie ist er auf die hundert Millionen zu sprechen gekommen?«

»Ich habe ihm erzählt, dass Medusa ihm eine Villa irgendwo außerhalb des Landes besorgen könnte, wo er unerreichbar wäre, wenn wir es für nötig hielten. Er war daran nicht sehr interessiert und sagte, wenn er eine wolle, würde er sie sich selbst kaufen. Er habe hundert Millionen in Zürich, eine Tatsache, von der er wohl annahm, dass ich sie auch kannte.«

»Das war alles? Nur ein paar lumpige hundert Millionen?«

»Nicht ganz. Er sagte mir, dass er, wie die anderen auch, monatlich ein Telex, kodiert, von den Züricher Banken bekomme. Mit den Kontoständen – die sicherlich wachsen.«

»Scheußlich und wachsend«, fügte Alex hinzu. »Sonst noch was? Nicht, dass ich es besonders gern hören möchte.«

»Noch zwei Punkte: Armbruster sagte, dass er zusammen mit der Liste der Konten eine Liste mit Firmen bekomme, die sie kontrollieren.«

»Welche Firmen? Wovon hat er gesprochen? … Gütiger Gott!«

»Wenn ich gefragt hätte, könnten meine Frau und meine Kinder eine private Gedächtnisfeier veranstalten, ohne Sarg, denn ich wäre verschwunden.«

»Du hast noch mehr zu erzählen. Sag schon.«

»Unser famoser Vorsitzender der Bundeshandelskommission sagte, dass das allgegenwärtige ›wir‹ sich der Militärs entledigen könne, weil innerhalb von sechs Monaten ›wir‹ in Europa all die Kontrolle hätten, die wir brauchen … Alex, welche Kontrolle? Womit haben wir es da zu tun?«

Es herrschte Stille. Jason Bourne störte sie nicht. David Webb wollte vor Abscheu und Verwirrung schreien, aber das war sinnlos, er war eine Nichtperson. Endlich sprach Conklin wieder.

»Ich glaube, wir haben es mit etwas zu tun, was wir nicht bewältigen.« Seine Worte waren kaum hörbar. »Das muss auf höherer Ebene behandelt werden. Wir können das selbst nicht machen.«

»Gottverdammt, du sprichst nicht zu David.« Bournes Ton genügte, um zu zeigen, wie zornig er war. »Dies geht nirgendwohin, bevor ich es nicht sage, und vielleicht sage ich es nie. Verstehst du mich, ich schulde niemandem das Geringste, und schon gar nicht den Geschäftemachern in dieser Stadt. Sie haben meine Frau und mich genug herumgestoßen wegen jeder Konzession, als unser Leben oder das Leben unserer Kinder auf dem Spiel stand! Ich beabsichtige, alles, was ich erfahre, für ein Ziel zu nutzen, und nur ein Ziel, und das ist, den Schakal hervorzulocken und ihn zu töten, damit wir aus unserer persönlichen Hölle herauskommen und normal leben können … Ich weiß jetzt, dass dies der Weg ist, es zu schaffen. Armbruster hat barsch geredet, und wahrscheinlich ist er barsch, aber darunter ist er voller Furcht. Sie sind alle voller Furcht – voller Panik, wie du gesagt hast. Präsentiere ihnen den Schakal, und er wird die Lösung sein, an der sie nicht vorbeikommen. Präsentiere Carlos einen Kunden, der so reich und so mächtig wie unser Medusa-Mann hier ist, und er wird für ihn unwiderstehlich sein – er hat dann endlich die Anerkennung der international großen Männer, nicht nur den des Abschaums der Welt, der Fanatiker von links und rechts … Stell dich mir bitte nicht in den Weg!«

»Das ist eine Drohung, nicht wahr?«

»Hör auf, Alex. Ich will nicht so sprechen.«

»Hast du aber. Es ist die Umkehrung von Paris von vor dreizehn Jahren, nicht wahr? Nur jetzt wirst du mich töten, weil ich derjenige bin, der keine Erinnerung hat, die Erinnerung an das, was wir dir und Marie angetan haben.«

»Das ist meine Familie da draußen!«, schrie David Webb mit gepresster Stimme. Schweißperlen bildeten sich an seinem Haaransatz, und seine Augen füllten sich mit Tränen. »Sie sind tausend Kilometer von mir entfernt und müssen sich verstecken. Es gibt keinen anderen Weg, weil ich kein Risiko eingehen will … weil sie sonst getötet werden, Alex, denn das ist es, was der Schakal tut, wenn er sie findet. Diese Woche sind sie auf der Insel, wo werden sie nächste Woche sein? Wie viele tausend Kilometer noch? Und danach? Wo werden sie hingehen, wohin? Jetzt, wo wir wissen, was wir wissen, können wir nicht einfach aufhören. Er ist hinter mir her. Dieser gottverdammte lausige Psychopath ist hinter mir her, und alles, was wir über ihn gelernt haben, ist, dass er einen maximalen Kill will. Sein Ego verlangt es, und dieser Kill meint meine Familie! Nein, mein Lieber, belaste mich nicht mit Dingen, die mich nicht interessieren, nicht, wenn sie mit Marie und den Kindern kollidieren – so viel bist du mir schuldig.«

»Ich höre dir zu«, sagte Conklin. »Ich weiß nicht, ob ich David Webb oder Jason Bourne höre, aber ich höre dir zu. Also gut, es ist nicht wie in Paris, aber wir müssen schnell handeln, und jetzt spreche ich zu Bourne. Was als Nächstes? Wo bist du?«

»Ich schätze, neun oder zehn Kilometer von General Swaynes Haus entfernt«, entgegnete Jason und atmete tief durch. Er unterdrückte die momentane Angst, und die Coolness kehrte zurück. »Hast du den Anruf erledigt?«

»Vor zwei Stunden.«

»Bin ich noch Cobra?«

»Warum nicht? Es ist eine Schlange.«

»Das habe ich Armbruster auch gesagt. Er war nicht glücklich.«

»Swayne wird es noch weniger sein, aber ich rieche etwas, ohne dass ich es richtig erklären könnte.«

»Was meinst du?«

»Ich bin nicht sicher, aber ich habe das Gefühl, dass er noch jemand anderem untersteht.«

»Im Pentagon? Burton?«

»Ich nehme es an, aber ich weiß es nicht. In seiner ersten Überraschung reagierte er wie gelähmt, beinahe wie ein Zuschauer, jemand, der zwar beteiligt ist, aber nicht mitten im Spiel steht. Er verplapperte sich ein paarmal und sagte Dinge wie: ›Darüber müssen wir nachdenken‹, oder ›Das müssen wir noch bereden.‹ Bereden mit wem? Seine Antwort war ein lahmes majestätisches ›wir‹, was wohl so viel bedeuten sollte, dass der berühmte General mit sich selbst konferiere. Aber das nehme ich ihm nicht ab.«

»Ich auch nicht«, stimmte Jason zu. »Ich werde die Kleider wechseln. Sie sind im Wagen.«

»Was?«

Bourne drehte sich in seiner Plastiktelefonzelle zur Seite und sah zur Herrentoilette an der Seite der Tankstelle hinüber. »Du hast gesagt, dass Swayne auf einer Farm westlich von Manassas lebt …«

»Korrektur«, unterbrach Alex. »Er nennt es eine Farm. Seine Nachbarn und das Grundsteuerbuch bezeichnen es als einen zwölf Hektar großen Landsitz. Nicht schlecht für einen Karrieresoldaten aus der unteren Mittelklasse aus Nebraska, der vor dreißig Jahren auf Hawaii eine Friseuse geheiratet hat.

Es heißt, er habe das Gut vor zehn Jahren mit einer beträchtlichen Erbschaft erstanden, die ihm ein unauffindbarer Wohltäter vermacht habe, ein obskurer reicher Onkel. Ich konnte ihn jedenfalls nicht finden. Das hat mich neugierig gemacht. Swayne war unter anderem Chef des Quartiermeister-Korps in Saigon und hat Medusa beliefert … Aber was hat sein Wohnort damit zu tun, dass du die Kleidung wechseln willst?«

»Ich will mich ein wenig umsehen, solange noch Licht ist. Später dann werde ich ihm einen Überraschungsbesuch abstatten.«

»Das wird effektiv sein, aber wonach willst du vorher Ausschau halten?«

»Ich habe Farmen gern. Sie sind so weit und groß, und ich verstehe nicht, warum ein Berufssoldat, der weiß, dass er von einer Minute zur anderen in irgendeinen Teil der Welt versetzt werden kann, sich mit so einer großen Investition belastet.«

»Sei vorsichtig. Vielleicht hat er Alarmanlagen oder Hunde – Dinge in der Art.«

»Ich bin vorbereitet«, sagte Bourne. »Ich habe ein paar Einkäufe gemacht, bevor ich Georgetown verlassen habe.«

Die Sommersonne stand bereits niedrig am Himmel, er verlangsamte die Fahrt des Leihwagens und klappte die Sonnenblende herunter, um nicht von dem gelben Feuerball geblendet zu werden, der schon bald hinter den Shenandoah-Bergen verschwinden und damit Zwielicht hereinbrechen lassen würde, das Vorspiel der Dunkelheit. Und die war es, die Jason erwartete. Sie war sein Freund und Verbündeter, die Schwärze, in der er sich schnell und sicheren Fußes bewegte, mit wachen Händen und Armen. Früher hatten ihn die Dschungelwälder willkommen geheißen, die nur den Eindringling respektieren, der auch sie respektiert und sich als Teil von ihnen betrachtet. Er fürchtete den Urwald nicht, er umarmte ihn, denn er wurde von ihm beschützt, und so konnte er erreichen, was immer sein Ziel war. Auch den Besitz von General Norman Swayne umgab ein dichtes Stück Wald.

Das Hauptgebäude war mindestens zwei Fußballfelder von der Landstraße zurückversetzt. Ein Palisadenzaun trennte die Einfahrt rechts von der Ausfahrt links, die beide mit Eisentoren versehen waren. Die Auffahrt hatte die Form eines verlängerten U. Direkt an die Tore grenzend, befand sich ein dichter Bewuchs von Bäumen und Sträuchern, die praktisch den Palisadenzaun rechts und links verstärkten. Es fehlten nur noch die Wachtürme an der Ein- und Ausfahrt.

Seine Gedanken gingen zurück nach China, nach Peking und in einen Vogelpark, wo er einen Killer gestellt hatte, der als Jason Bourne auftrat. In jenem Wald hatte es ein Wachgebäude und mehrere bewaffnete Patrouillen gegeben … und einen Verrückten, einen Schlächter, der eine Armee von Killern kontrollierte: Der wichtigste unter ihnen war einer, der unter dem falschen Namen Jason Bourne agierte. Er war in jenes gefährliche Gehege eingedrungen, hatte eine kleine Flotte von Lastwagen und Pkws fahruntüchtig gemacht, indem er mit dem Messer die Reifen aufgeschlitzt hatte, war dann darangegangen, jede einzelne Patrouille im Jing-Shan-Wald auszuschalten, bis er die von Taschenlampen beleuchtete Lichtung fand, wo sich der großmäulige Verrückte und seine Brigade von Fanatikern aufhielten. Könnte er das heute wieder tun?, fragte sich Bourne, als er zum dritten Mal langsam an Swaynes Besitz vorbeifuhr, wobei seine Augen jedes Detail registrierten. Fünf Jahre danach, dreizehn Jahre nach Paris? Er war nicht mehr der junge Mann, der er in Paris gewesen war, noch der etwas reifere Mann, der er in Hongkong, Macao oder Peking gewesen war. Er war fünfzig Jahre alt, und er spürte es, jedes einzelne Jahr. Aber genug davon, es gab zu viele andere Dinge, an die er jetzt denken musste, und die zwölf Hektar von General Norman Swayne waren nicht der Wald des Jing-Shan-Geheges.

Er fuhr, genau wie er es in den Vororten von Peking gemacht hatte, den Wagen von der Straße hinunter tief zwischen Gras und Gebüsch. Dann stieg er aus und bedeckte das Auto mit abgebrochenen Zweigen. Die schnell hereinfallende Dunkelheit würde das Versteck perfekt machen, und er konnte mit der Arbeit beginnen. Die Kleider hatte er schon auf der

Herrentoilette der Tankstelle gewechselt: schwarze Hosen und einen langärmeligen, hautengen schwarzen Pullover, schwarze Schuhe mit dicker Gummisohle – seine Arbeitskluft. In Georgetown hatte er sich darüber hinaus ein paar andere notwendige Dinge besorgt. Dazu gehörte ein Jagdmesser, das er in seinen Gürtel steckte, eine CO_2-Pistole mit zwei Kammern, die in einem Nylonhalfter steckte, mit der man geräuschlos lähmende Pfeile zum Beispiel auf angreifende Bluthunde schießen konnte, zwei Leuchtsignale, ein Zeiss-Ikon-8×10-Fernglas, das mit einem Klettband an seiner Hose befestigt war, eine Stablampe, Rohlederschnüre und eine kleine Drahtschere, falls er auf einen Zaun stoßen sollte. Die Automatic, die zur Ausrüstung jedes CIA-Agenten gehörte, war an seinem Gürtel befestigt. Die Dunkelheit kam, und Jason Bourne drang in das Gehölz ein.

Ein weißes Tuch aus Meeresschaum lag über dem Korallenriff, im Hintergrund schwebte das dunkelblaue Wasser der Karibischen See. Es war jene Stunde am frühen Abend kurz vor Sonnenuntergang, zu der Tranquility Island in heiße tropische Farben getaucht wurde, mit lang wachsenden Schatten beim Abtauchen der orangefarbenen Sonne. Der Erholungsbereich des Tranquility lnn war offenbar aus drei nahe beieinanderliegenden, mit Felsen bestreuten Hügeln herausgeschnitten worden, oberhalb einer langgezogenen Bucht, die von riesigen, natürlichen Quais aus Korallen eingefasst wurde. Zwei Reihen rosa Villen mit Balkons und hellroten Ziegeldächern erstreckten sich rechts und links des zentralen Gebäudes der Anlage, einem großen Rundbau aus Naturstein und Glas. Alle Gebäude hatten Blick auf das Wasser und waren untereinander durch Zementwege verbunden, die von niedrigen Hecken gerahmt und von Lampen gesäumt wurden. Kellner in gelben Jacketts schoben Speisewägelchen hin und her, brachten Flaschen, Eis und Häppchen zu den Gästen, von denen die meisten auf ihren Balkons saßen und das Ende des karibischen Tages genossen. Und als die Schatten bis zum Horizont reichten, erschienen unauffällig andere Leute am Strand und auf der langen Mole, die ins Meer hinausragte. Diese Leute waren weder Gäste, noch gehörten sie zum Hotelpersonal, es waren bewaffnete Wachen, in dunkelbraune Uniformen gekleidet und – ganz unauffällig – mit einer MAC-10-MP im Gürtel. Auf der anderen Seite jeder Jacke waren Feldstecher befestigt, mit denen sie immer wieder die Dunkelheit absuchten. Der Besitzer des Tranquility Inn war fest entschlossen, dem Namen des Hotels gerecht zu werden.

Auf dem großen, kreisrunden Balkon der Villa, die dem Hauptgebäude und dem angebauten gläsernen Speisesaal am nächsten lag, saß eine ältere, kranke Dame in einem Rollstuhl und süffelte ein Glas Château Carbonnieux, Jahrgang '78, während sie die Großartigkeit des Sonnenuntergangs genoss. Geistesabwesend berührte sie die Locken ihrer unvollständig rot gefärbten Haare und horchte hinter sich. Sie lauschte der Stimme ihres Mannes, der drinnen mit der Krankenschwester sprach, dann seinen Schritten, als er zu ihr heraustrat.

»Mein Gott«, sagte sie auf französisch. »Ich kann es immer noch nicht fassen.«

»Ich selbst kann es kaum glauben«, sagte der Kurier des Schakals.

»Willst du mir immer noch nicht sagen, warum Monseigneur dich – uns – hierher geschickt hat?«

»Ich hab's dir gesagt. Ich bin nur ein Bote.«

»Und ich glaube dir nicht.«

»Es ist wichtig für ihn und ohne Konsequenz für uns. Genieße es, mein Liebling.«

»So nennst du mich immer, wenn du nichts erklären willst.«

»Dann solltest du aus der Erfahrung lernen und nicht weiter nachfragen, oder?«

»Nein, mein Lieber. Ich werde sterben ...«

»Davon wollen wir nicht mehr sprechen!«

»Trotzdem ist es wahr. Das kannst du nicht vor mir verheimlichen. Ich mache mir keine Sorgen um mich selbst, sondern um dich, Michel ... nein, nein, du bist Jean Pierre. Ich darf das nicht vergessen ... Dennoch muss ich mir Sorgen machen. Dieser Ort, dieses wunderbare Hotel, diese Aufmerksamkeit. Ich glaube, du wirst einen furchtbaren Preis dafür bezahlen müssen, mein Lieber.«

»Warum sagst du das?«

»Es ist alles so großartig. Zu großartig. Irgendetwas stimmt nicht.«

»Du machst dir zu viele Sorgen.«

»Nein, nein, du betrügst dich selbst. Mein Bruder Claude hat immer gesagt, dass du zu viel von Monseigneur annimmst. Eines Tages wird er dir die Rechnung präsentieren.«

»Dein Bruder Claude ist ein lieber alter Mann mit Flausen im Kopf. Und deshalb gibt ihm der Monseigneur auch nur die unbedeutenden Aufträge. Schick ihn zum Montparnasse, um ein Papier zu holen, und er landet in Marseille, ohne zu wissen, wie er dahin gekommen ist.« Das Telefon klingelte und unterbrach das Gespräch der beiden. Der alte Mann drehte sich um. »Unsere neue Freundin nimmt schon ab«, sagte er.

»Sie ist merkwürdig«, sagte seine Frau. »Ich traue ihr nicht.«

»Sie arbeitet für Monseigneur.«

»Wirklich?«

»Ich hatte noch keine Zeit, es dir zu sagen. Sie gibt Instruktionen an mich weiter.«

Die uniformierte Schwester, das hellbraune Haar streng nach hinten zu einem Knoten gebunden, erschien in der Tür. »Monsieur, es ist Paris«, sagte sie, wobei ihre großen grauen Augen die Dringlichkeit ausstrahlten, die ihre Stimme vermissen ließ.

»Danke.« Der Kurier des Schakals ging hinein.

»Gesegnet seist du, Kind Gottes«, sagte die Stimme mehrere Tausend Kilometer entfernt. »Geht alles nach Wunsch?«

»Unbeschreiblich«, antwortete der alte Mann. »Es ist ... so großartig, mehr als wir verdienen.«

»Du wirst es verdienen.«

»Wie könnte ich das?«

»Du wirst es, indem du die Befehle, die dir die Schwester gibt, befolgst. Und zwar genau, ohne jede Abweichung, hast du verstanden?«

»Gewiss.«

»Gesegnet seist du.« Es gab ein Klicken in der Leitung, und die Stimme war weg.

Fontaine drehte sich zur Schwester um, die am anderen Ende des Zimmers stand, wo sie das Schubfach eines Tisches aufgeschlossen hatte. Er ging zu ihr hinüber, und seine Blicke wurden vom Inhalt der Schublade angezogen. Nebeneinander lagen ein Paar Operationshandschuhe, eine Pistole mit einem zylindrischen, bereits aufgeschraubten Schalldämpfer und ein Rasiermesser, dessen Klinge eingeklappt war.

»Ihre Instrumente«, sagte die Frau und überreichte ihm den Schlüssel, wobei sie ihre ausdruckslosen grauen Augen in seine bohrte. »Die Zielpersonen wohnen in der letzten Villa auf dieser Seite. Machen Sie sich mit der Gegend vertraut, machen Sie Spaziergänge, wie es alte Männer für den Kreislauf gerne tun. Sie müssen sie töten. Wenn Sie es tun, ziehen Sie vorher die Handschuhe an und feuern je eine Kugel in jeden Kopf. Es muss der Kopf sein. Dann müssen Sie die Kehlen durchschneiden …«

»Gütige Mutter Gottes, auch die der Kinder?«

»So lautet der Befehl.«

»Das ist barbarisch!«

»Möchten Sie, dass ich das weitergebe?«

Fontaine sah zur Balkontür hinüber zu seiner Frau im Rollstuhl. »Nein, nein, natürlich nicht.«

»Dachte ich mir … Es gibt noch eine weitere Anweisung. Mit dem Blut eines der Toten müssen Sie ›Jason Bourne, Bruder des Schakals‹ an die Wand schreiben.«

»O mein Gott … Sie werden mich fassen, natürlich.«

»Das hängt von Ihnen ab. Koordinieren Sie die Exekution mit mir, und ich werde schwören, dass der große Krieger Frankreichs zur fraglichen Zeit hier in dieser Villa war.«

»Wann muss es getan werden?«

»Innerhalb der nächsten sechsunddreißig Stunden.«

»Und dann was?«

»Dann können Sie hier bleiben, bis Ihre Frau stirbt.«

9.

Brendan Patrick Pierre Prefontaine war wieder erstaunt. Obwohl er keine Reservierung vorgenommen hatte, wurde er am Empfang des Tranquility Inn wie eine Berühmtheit behandelt. Nur Augenblicke, nachdem er eine Villa bestellt hatte, wurde ihm gesagt, dass bereits alles arrangiert sei, und man fragte ihn, ob der Flug von Paris angenehm gewesen sei. Minutenlang herrschte Konfusion, da der Besitzer des Tranquility Inn nicht erreicht werden konnte. Er war nicht zu Hause und auch sonst nirgends auffindbar. Schließlich gab man auf, und der frühere Richter aus Boston wurde in seine Unterkunft geführt, ein hübsches Häuschen mit Blick aufs Meer. Zufällig, nicht mit Absicht, hatte er in die falsche Tasche gegriffen und dem Manager für seine Freundlichkeit eine Fünfzig-Dollar-Note zukommen lassen. Prefontaine wurde sofort zu einem Mann, mit dem man rechnen musste. Finger schnippten und Glöckchen bimmelten. Nichts war gut genug für den erstaunten Fremden, der da mit dem Wasserflugzeug von Montserrat eingeflogen worden war … Es war der Name, der alle hinter dem Empfangstisch in Verwirrung gebracht hatte: Konnte es so einen Zufall geben? … Nochmals den Gouverneur anrufen – sicher gehen: »Gebt dem Mann eine Villa.«

Kaum hatte er sie betreten und sein spärliches Gepäck in Schrank und Schubladen verstaut, ging das Durcheinander weiter. Eine eisgekühlte Flasche Château Carbonnieux, Jahrgang '78, zusammen mit frischen Blumen und einer Schachtel belgischer Schokolade, kamen an, wurden aber gleich wieder von einem verwirrten Kellner abgeholt, der sich damit entschuldigte, dass sie für eine andere Villa weiter unten – oder weiter oben – bestimmt seien.

Der Richter zog seine Bermudas an, erschrak über seine

spindeldürren Beine und wählte ein wollenes Sporthemd in gedämpften Farben. Weiße Sportschuhe und eine weiße Stoffmütze vervollständigten seinen Tropendress. Bald würde es dunkel sein, und er wollte noch etwas spazieren gehen, aus verschiedenen Gründen.

»Natürlich weiß ich, wer Jean Pierre Fontaine ist«, sagte John St. Jacques, als er das Register am Empfangstisch las, »er ist derjenige, dessentwegen ich vom Büro des Gouverneurs angerufen wurde, aber wer, zum Teufel, ist B. P. Prefontaine?«

»Ein berühmter Richter aus den Vereinigten Staaten«, erklärte der große schwarze stellvertretende Manager mit betont britischem Akzent. »Mein Onkel, der stellvertretende Direktor der Grenzbehörde, rief mich vor zwei Stunden vom Flughafen aus an. Unglücklicherweise war ich gerade oben, aber unsere Leute haben genau richtig gehandelt.«

»Ein Richter?«, fragte der Besitzer des Tranquility Inn. Der Manager nahm ihn am Ellbogen und bedeutete ihm, sich vom Tisch und von den Angestellten etwas zu entfernen.

»Was hat dein Onkel gesagt?«

»Dass völlige Geheimhaltung geboten sei, was unsere beiden berühmten Gäste anbetreffe. Mein Onkel war sehr zurückhaltend, aber er erlaubte sich, den verehrten Richter zum Inter-Island-Schalter zu bringen. Der Richter und der französische Kriegsheld sind verwandt und wünschen sich vertraulich über Angelegenheiten von großer Wichtigkeit zu unterhalten.«

»Wenn das der Fall ist, warum hatte der Richter dann keine Reservierung?«

»Es scheint dafür zwei Erklärungen zu geben, Sir. Laut meinem Onkel sollten sie sich ursprünglich am Flughafen treffen, aber der Empfang durch den Gouverneur Ihrer Majestät hat das unmöglich gemacht.«

»Und die zweite Möglichkeit?«

»Vielleicht ist dem Büro des Richters in Boston ein Irrtum unterlaufen. Laut meinem Onkel gab es eine kurze Diskussion betreffs der Angestellten des Richters, wie oft die sich irren und falls etwas mit seinem Pass falsch laufe, er sie alle einfliegen lassen würde, damit sie sich entschuldigten.«

»Dann werden US-Richter sehr viel besser als ihre Kollegen in Kanada bezahlt. Er kann von Glück reden, dass wir überhaupt Platz hatten.«

»Um diese Zeit ist doch meist etwas frei.«

»Dann haben wir also zwei berühmte Verwandte, die sich privat treffen wollen, dabei aber sehr kompliziert vorgehen. Vielleicht sollten Sie den Richter anrufen und ihm sagen, in welcher Villa Fontaine wohnt … oder Prefontaine, zum Teufel, wer auch immer.«

»Ich habe diese Höflichkeit meinem Onkel vorgeschlagen, Sir, aber davon wollte er absolut nichts wissen. Er sagt, große Männer haben Geheimnisse, und er möchte nicht, dass seine brillanten Rückschlüsse anders ans Licht kommen als durch die betreffenden Herren selbst.«

»Wie bitte?«

»Wenn der Richter solch einen Anruf erhielte, würde er wissen, dass die Information von meinem Onkel käme, dem stellvertretenden Direktor der Grenzbehörde in Montserrat.«

»Mein Gott, tu, was du willst, ich habe anderes im Kopf. Nebenbei, ich habe die Wachen auf der Straße und am Strand verdoppelt.«

»Haben wir mit Unannehmlichkeiten zu rechnen, Sir?«

John St. Jacques schaute den stellvertretenden Manager an. »Jetzt nicht«, sagte er. »Ich bin bei meiner Schwester und ihren Kindern in Villa zwanzig.«

Der Widerstandsheld aus dem Zweiten Weltkrieg mit Namen Jean Pierre Fontaine ging langsam den Zementweg entlang, der zur letzten Villa führte. Wie die anderen hatte sie rosa verputzte Mauern und ein rotes Ziegeldach. Nur der Rasen drumherum war größer, die Umfassungshecke höher und dichter. Es war ein Ort für Premierminister und Präsidenten, Außenminister und Staatssekretäre, Männer und Frauen von internationaler Bedeutung, die den Frieden luxuriöser Abgeschiedenheit suchten.

Fontaine erreichte das Ende des Pfades, wo sich eine anderthalb Meter hohe, weiß gekalkte Mauer befand und dahinter der dicht bewachsene Hang, der bis zum Strand hinunter reichte. Die Mauer diente gleichzeitig zur Abgrenzung und zum Schutz. Den Eingang zu Villa zwanzig bildete eine rosa gestrichene, schmiedeeiserne, fest in der Mauer verankerte Pforte. Durch das Gitter konnte der alte Mann ein kleines Kind im Badeanzug herumrennen sehen. Kurz darauf erschien eine Frau in der Eingangstür.

»Komm herein, Jamie!«, rief sie. »Es ist Zeit zum Abendessen.«

»Hat Alison schon gegessen, Mama?«

»Gegessen und schläft schon, Liebling.«

»Ich mag unser Haus daheim lieber. Warum können wir nicht in unser Haus zurück, Mami?«

»Weil Onkel John uns hier haben möchte ... Er kann dich zum Fischen und Segeln mitnehmen wie im vergangenen April in den Osterferien.«

»Damals waren wir in unserem Haus.«

»Ja, damals war Papi auch bei uns ...«

»Und wir hatten so viel Spaß mit dem Lastwagen!«

»Essen, Jamie. Komm jetzt.«

Mutter und Kind gingen ins Haus, und Fontaine erschrak, als er an die Befehle des Schakals dachte, an die blutigen Hinrichtungen, die er auszuführen hatte. Und dann kamen ihm wieder die Worte des Kindes in den Sinn: »Warum können wir nicht in unser Haus zurück, Mama? ... Damals waren wir in unserem Haus.« Und die Antworten der Mutter: »Weil Onkel John möchte, dass wir bei ihm sind ... Ja, damals war Papi auch bei uns ...«

Es mochte eine Menge Erklärungen für den kurzen Dialog geben, den er gehört hatte, aber Fontaine vermochte Gefahren zu riechen, schneller als die meisten Menschen, denn sein Leben war voll davon gewesen. Auch jetzt spürte er eine Bedrohung. Er wandte sich von der Mauer ab und ging den Weg wieder zurück, so in Gedanken vertieft, dass er beinahe mit einem anderen Gast etwa in seinem eigenen Alter zusammengestoßen wäre, der eine idiotisch aussehende weiße Kappe und ebensolche Schuhe trug.

»Entschuldigen Sie«, sagte der Fremde und trat einen Schritt zur Seite.

»Pardon, monsieur!«, rief der verwirrte Held Frankreichs aus, wobei er unbewusst in seine Muttersprache verfiel. *»Je regrette* – ich meine, ich bin es, der sich entschuldigen muss.«

»Oh!« Bei diesen Worten weiteten sich die Augen des Fremden kurz, als hätte er etwas wieder erkannt. »Keineswegs.«

»Pardon, sind wir uns schon begegnet, Monsieur?«

»Ich glaube nicht«, entgegnete der alte Mann mit der verrückten weißen Kappe. »Aber ich habe all die Gerüchte gehört: Ein großer Held Frankreichs sei unter den Gästen.«

»Unsinn. Ereignisse des Krieges, als wir alle viel jünger waren. Mein Name ist Fontaine. Jean Pierre Fontaine.«

»Meiner ist … Patrick. Brendan Patrick …«

»Ein Vergnügen, Ihre Bekanntschaft zu machen, Monsieur.« Die Männer schüttelten sich die Hände. »Ein wunderbarer Ort, nicht wahr?«

»Einfach wunderschön.« Wieder schien ihn der Fremde genau zu studieren, dachte Fontaine, jedoch vermied er jeden längeren Augenkontakt.

»Ich muss weiter«, sagte der ältere Gast mit den brandneuen Schuhen schließlich. »Befehl des Doktors.«

»Moi aussi«, sagte Jean Pierre, wobei er absichtlich französisch sprach, was offenbar auf den Fremden Eindruck machte. *»Toujours les médecins, n'est-ce pas?«*

»Nur zu wahr«, erwiderte der alte Mann mit den dürren Beinen, nickte, machte eine ausholende Geste und ging schnell wieder den Weg zurück.

Fontaine stand bewegungslos da und sah ihm nach. Er wusste, dass es passieren würde, und dann passierte es. Der andere Mann hielt inne und drehte sich langsam um. Aus der Entfernung bohrten sich ihre Blicke ineinander. Das war genug. Jean Pierre lächelte, dann setzte er seinen Weg fort, zurück zu seiner Villa.

Das war eine weitere Warnung, dachte er, und zudem eine gefährliche. Drei Dinge waren offensichtlich: Erstens, der ältere Gast mit der verrückten weißen Kappe sprach französisch. Zweitens schien der andere zu wissen, dass Jean Pierre Fontaine in Wirklichkeit nicht Jean Pierre Fontaine war. Drittens ... hatte der andere die Kälte des Schakals in seinen Augen. *Mon Dieu*, genau wie Monseigneur! Den Mord sorgfältig planen, sicher gehen, dass er ausgeführt wurde, danach alle physischen Spuren, die Rückschlüsse auf das Geschehene boten, beseitigen. Die Armee der alten Männer. Kein Wunder, dass die Schwester gesagt hatte, sie könnten, nachdem die Befehle ausgeführt seien, in diesem Paradies bleiben, bis seine Frau sterben würde. Ein Datum, das bestenfalls ungenau war. Die Großzügigkeit des Schakals war nicht so großartig, wie es schien: Der Tod seiner Frau, genau wie sein eigener, war bereits geplant.

John St. Jacques nahm den Telefonhörer in seinem Büro auf. »Ja?«

»Sie haben sich getroffen, Sir!«, sagte der aufgeregte stellvertretende Manager am Empfangstisch.

»Wer hat sich getroffen?«

»Der große Mann und sein berühmter Verwandter aus Boston. Ich hätte Sie gleich gerufen, aber es gab hier ein Durcheinander wegen einer Schachtel belgischer Schokolade ...«

»Wovon reden Sie eigentlich?«

»Vor einigen Minuten habe ich sie durch das Fenster gesehen. Sie haben miteinander gesprochen. Mein verehrter Onkel hat in allen Punkten Recht behalten!«

»Wie schön.«

»Das Büro des Gouverneurs wird zufrieden sein, und ich bin sicher, dass wir gelobt werden, insbesondere mein brillanter Onkel.«

»Schön für uns alle«, sagte St. Jacques gelangweilt. »Jetzt brauchen wir uns nicht länger um sie zu kümmern, oder?«

»Aus der hohlen Hand würde ich sagen, nein, Sir ... Außer dass, wie ich gerade sehe, der alte verehrte Richter ziemlich hastig den Weg herunterläuft. Ich glaube, er will zu mir.«

»Wahrscheinlich wird er Ihnen danken wollen. Es kommt ein Sturm von Basse-Terre auf, und wir werden Nachrichten vom Büro des Gouverneurs brauchen, falls die Telefone ausfallen.«

»Ich werde mich selbst um alles kümmern, was er braucht, Sir!«

»Nun, die Zähne brauchen Sie ihm nicht zu putzen.«

Brendan Prefontaine hastete durch die Tür der Lobby. Er hatte gewartet, bis der Franzose zur ersten Villa abgebogen war, hatte dann die Richtung geändert und war direkt zum Hauptkomplex gelaufen. Wie so oft in den vergangenen dreißig Jahren musste er beim Laufen eilends nachdenken, um für bestimmte Details plausible Erklärungen zu finden. Er fand einige offensichtliche und einige weniger wahrscheinliche, aber dennoch nicht weniger mögliche Begründungen. Er hatte gerade einen unvermeidbaren, aber dummen Fehler begangen. Unvermeidbar, weil er nicht darauf vorbereitet gewesen war, beim Empfang im Tranquility Inn einen falschen Namen anzugeben, falls eine Identifikation erforderlich würde, und dumm, weil er dem Helden Frankreichs einen falschen Namen genannt hatte … Na ja, nicht so dumm. Die Ähnlichkeit ihrer Nachnamen hätte zu unerwünschten Komplikationen führen können. Er wollte ja nur erfahren, was Randolph Gates so erschreckte, dass er die fünfzehntausend Dollar herausgerückt hatte. Seine wirkliche Dummheit hatte darin bestanden, keinerlei Vorsichtsmaßnahmen für irgendwelche Eventualitäten vorbereitet zu haben. Er näherte sich dem Empfangstisch und dem großen, schlanken Angestellten dahinter.

»Guten Abend, Sir«, schrie der Angestellte förmlich, was den Richter veranlasste, sich umzuschauen, dankbar, dass sich nur so wenige Gäste in der Lobby aufhielten. »Wie immer ich Ihnen dienlich sein kann, seien Sie meiner größten Sorgfalt versichert!«

»Ich würde mich schon besser fühlen, wenn Sie Ihre Stimme etwas senken würden, junger Mann.«

»Ich werde flüstern«, sagte der Angestellte kaum hörbar.

»Was haben Sie gesagt?«

»Wie kann ich Ihnen helfen?«, setzte der Mann mit leiser Stimme erneut ein.

»Reden wir in Ruhe miteinander.«

»Gewiss. Ich fühle mich geehrt.«

»Sehr gut«, sagte Prefontaine. »Ich möchte Sie um einen Gefallen bitten.«

»Was immer Sie wünschen.«

»Pssst!«

»Gewiss.«

»Wie viele Leute in meinem Alter vergesse ich häufig etwas. Das verstehen Sie doch, nicht wahr?«

»Ein Mann von Ihrer Weisheit vergisst schwerlich etwas.«

»Was? Egal. Ich reise inkognito. Sie wissen, was ich meine.«

»Aber sicher, Sir.«

»Ich habe mich unter meinem Namen eingetragen, Prefontaine …«

»Das haben Sie«, unterbrach der Angestellte. »Ich weiß.«

»Das war ein Fehler. Mein Büro und die Leute, denen ich gesagt habe, mich anzurufen, werden es unter meinem mittleren Namen Patrick tun. Es ist eine harmlose Maßnahme, um mir meine verdiente Ruhe zu gönnen.«

»Ich verstehe«, sagte der Angestellte vertraulich.

»Wirklich?«

»Natürlich. Wenn man wüsste, dass so ein wichtiger Mann wie Sie unter unseren Gästen ist, würden Sie hier wenig Ruhe finden. Als jemand anders bleiben Sie völlig unbelästigt.«

»Ja, ja …«

»Ich werde die Liste höchstpersönlich korrigieren, Herr Richter.«

»Richter? Ich habe nichts von einem Richter gesagt.«

Auf dem Gesicht des Mannes spiegelte sich Verwirrung. »Ihr untertänigster Diener.«

»Und niemandem ein Wort!«

»Ehrenwort, niemand außer dem Besitzer weiß etwas von der vertraulichen Natur Ihres Besuches, Sir«, flüsterte der Angestellte und lehnte sich über den Tisch. »Alles ist völlig diskret!«

»Heilige Maria, dieses Arschloch am Flughafen.«

»Mein scharfsinniger Onkel«, fuhr der Angestellte fort, ohne Prefontaines leise, monotone Stimme gehört zu haben,

mal hatte er sie benutzt, und jetzt würde er es wieder tun. Er suchte die internationale Vorwahl heraus, griff zum Hörer und wählte. Nach gut zwei Minuten nahm jemand ab.

»*Le Cœur du Soldat*«, sagte eine klanglose, männliche Stimme, während im Hintergrund martialische Musik spielte.

»Ich muss eine Schwarzdrossel erreichen«, sagte Fontaine auf französisch. »Meine Identität ist Paris fünf.«

»Wenn eine solche Forderung möglich ist, wo kann ein solcher Vogel Sie erreichen?«

»In der Karibik.« Fontaine gab die Vor- und die Durchwahl von Villa elf an. Er legte den Hörer auf und saß verzagt auf der Bettkante. Im Innersten wusste er, dass dies ihre letzten Stunden sein konnten. Und wenn schon, dann würden er und seine Frau vor das Angesicht Gottes treten und die Wahrheit sagen: Er hatte getötet, das war keine Frage, aber niemals hatte er eine Person verwundet oder getötet, die nicht große Verbrechen gegen andere begangen hatte – mit ein paar kleineren Ausnahmen, die als unschuldige Zuschauer bezeichnet werden konnten, die in der Hitze des Gefechtes oder einer Explosion umgekommen waren. Das ganze Leben bestand aus Schmerzen, sagte das nicht schon die Schrift? … Andererseits, was für eine Art Gott erlaubte solche Brutalitäten? *Merde!* Denk nicht an solche Dinge!

Das Telefon klingelte, und Fontaine legte den Hörer an sein Ohr. »Hier ist Paris fünf«, sagte er.

»Kind Gottes, was kann so außerordentlich wichtig sein, dass du eine Nummer benutzt, die du bislang nur einmal gewählt hast?«

»Ihre Großzügigkeit, Monseigneur, ist grenzenlos gewesen, aber ich habe das Gefühl, dass wir unseren Vertrag neu definieren müssen.«

»In welcher Weise?«

»Mein Leben gehört Ihnen, und Sie können damit verfahren, wie es Ihnen beliebt, aber nicht mit dem meiner Frau.«

»Was?«

»Ein Mann ist hier, ein Gelehrter aus Boston, der mich mit neugierigen Augen beobachtet, Augen, die mir sagen, dass er andere Absichten im Kopf hat.«

»Dieser arrogante Idiot ist auf eigene Faust nach Montserrat geflogen? Er weiß nichts!«

»Offensichtlich doch, und ich bitte Sie, ich werde alles tun, was Sie befehlen, aber lassen Sie uns nach Paris zurückkehren ... Lassen Sie sie in Frieden sterben. Um mehr bitte ich Sie nicht.«

»Du bittest mich? Ich habe dir mein Wort gegeben!«

»Warum ist dann der Gelehrte aus Amerika hier und folgt mir mit undurchsichtigem Blick, Monseigneur?«

Das tiefe, hohle Rollen eines schweren Hustens erfüllte das Schweigen, bevor der Schakal wieder sprach. »Der große Rechtsgelehrte hat seine Kompetenzen überschritten, hat sich eingemischt, wo er nichts zu suchen hat. Er ist ein toter Mann.«

Edith Gates, Ehefrau des berühmten Rechtsanwalts und Professors, öffnete leise die Tür zu seinem Arbeitszimmer in ihrem eleganten Haus am Louisburg Square in Boston. Ihr Gatte saß bewegungslos in seinem schweren Ledersessel und starrte in das knisternde Feuer, ein Feuer, auf dem er bestand, trotz der warmen Nacht draußen und der Zentralheizung drinnen.

Wieder wurde Mrs. Gates von dem schmerzlichen Bewusstsein überwältigt, dass es ... Dinge ... an ihrem Mann gab, die sie niemals verstehen würde. Sie wusste nur, dass er von Zeit zu Zeit unter furchtbaren Schmerzen litt, sich aber nicht mitteilte, obwohl ihm, wenn er nur davon sprechen könnte, vielleicht leichter würde. Dreiunddreißig Jahre zuvor hatte eine einigermaßen attraktive junge Frau mit mittlerem Vermögen einen außerordentlich großen, schmächtigen, brillanten, aber verarmten Jurastudenten geheiratet, dessen Strebsamkeit und Eifer die großen Firmen in der damals noch verhaltenen Zeit leicht skeptisch gegenüberstanden. Weltklugheit und das Streben nach Sicherheit wurden mehr geschätzt als ein schwelender, unruhiger, hervorragender Geist, insbesondere ein Geist in einem Kopf mit ungekämmtem Haar, in einem Körper, der sich in billige Imitationen von J. Press und Brooks Brothers kleidete, die umso armseliger aussahen, da sein Bankkonto nur selten eine Neuanschaffung erlaubte und nur wenige Läden seine Größe überhaupt führten.

Die frisch gebackene Mrs. Gates jedoch hatte verschiedene Ideen gehabt, die die Aussichten ihres gemeinsamen Lebens verbessern konnten. Dazu gehörte, dass die juristische Karriere erst einmal beiseite gelegt wurde – besser gar keine als eine in einer unbekannten Firma oder Gott behüte, eine Privatpraxis mit jener Art von Klienten, die so eine Praxis nun einmal anziehen würde, Leute nämlich, die sich keine bekannteren Rechtsanwälte leisten konnten. Es war besser, seine natürlichen Begabungen zu nutzen, seine eindrucksvolle Größe und seine schnelle, aufnahmefähige Intelligenz, die, kombiniert mit seiner Energie, eine umfangreiche akademische Kapazität ausmachten. Edith schuf ihrem Mann mit ihren bescheidenen Mitteln ein neues Äußeres, indem sie ihn neu einkleidete und ihn Sprechunterricht nehmen ließ. Der nicht sehr aussichtsreiche Hochschulabsolvent bekam auf diese Weise bald Lincolnsche Qualitäten, mit einem Schuss John Brown. Und schon war er auf dem besten Weg, ein Rechtsexperte zu werden. Er blieb vorerst an der Universität, qualifizierte sich weiter und weiter, bis der schiere Umfang seines Expertenwissens auf bestimmten Gebieten so unbestreitbar war, dass er von ebenjenen Firmen um Rat gebeten wurde, die ihn früher zurückgewiesen hätten.

Diese Strategie kostete beinahe zehn Jahre, bevor sie konkrete Ergebnisse zeitigte. Juristische Zeitschriften, erst kleinere, dann bedeutendere, veröffentlichten seine Artikel sowohl wegen ihres Stils als auch wegen ihres Inhalts, denn der junge Außerordentliche Professor hatte eine verführerische Art zu schreiben, glatt und geheimnisvoll zugleich, zuweilen blumig und sarkastisch. Im Grunde aber waren es die Auffassungen, die sich allmählich in ihm herausbildeten, von denen die Finanzwelt angezogen wurde. Die Stimmung im Lande veränderte sich, der Firniss der barmherzigen *Great Society* begann abzuplatzen, die Wunden breiteten sich aus. Die von den Nixon-Boys geprägten Schlagworte der ›Schweigenden Mehrheit‹ und ›Wohlfahrtsempfänger‹ machten sich immer mehr breit und mit ihnen die Diskriminierung. Niederträchtigkeit schoss überall aus dem Boden, die nicht einmal der empfindsame, anständige Ford stoppen konnte, geschwächt, wie er war, durch Watergate. Auch Carter vermochte nicht mit ihr fertig zu werden, weil er vom Alltag seiner altruistischen Führung aufgefressen wurde. Der Satz: »Was du für dein Land tun kannst«, kam aus der Mode und wurde ersetzt durch: »Was ich für mich tun kann.«

Dr. Randolph Gates fand eine hohe Welle, auf der er reiten konnte. Er hatte eine einschmeichelnde Rednerstimme und ein allmählich immer herberes Vokabular, um der aufziehenden neuen Ära gerecht zu werden. Seiner nunmehr verfeinerten – wissenschaftlichen – Auffassung nach, war größer gleich besser und mehr besser als weniger – rechtlich, ökonomisch und sozial. Die Gesetze, die den Wettbewerb auf dem Markt stärkten, griff er als hinderlich für den weiteren Ausbau industriellen Wachstums an. Wachstum allein, so verkündete er, sei Wohltat für jedermann – na ja, praktisch für jedermann. Es war schließlich eine darwinistische Welt, und – ob man nun wollte oder nicht – es war immer nur der Tüchtigste, der überleben würde. Pauken und Trompeten ertönten, und die Finanzexperten fanden einen Genossen, einen Rechtsgelehrten, der ihren Träumen und Taten, ihren Kartellbildungen und profitablen Manipulationen offizielles Ansehen verlieh: aufkaufen, übernehmen, verkaufen, alles zum Wohle ›aller‹ – natürlich.

Randolph Gates wurde eingeladen, und eilfertig rannte er in ihre Arme. Einen Gerichtssaal nach dem anderen verblüffte er mit seinen eloquenten Gedankensprüngen. Er hatte es geschafft, aber Edith Gates war nicht sicher, was das letztlich zu bedeuten hatte. Sie hatte ein angenehmes, bequemes Leben für sie beide im Auge gehabt, natürlich, aber nicht Millionen, auch nicht die Privatjets, die in der ganzen Welt herumflogen, von Palm Springs bis in den Süden Frankreichs. Es war ihr unwohl dabei, wenn die Artikel und die Vorlesungen ihres Mannes benutzt wurden, um Dinge gleichzusetzen, die nicht zu vergleichen waren oder die ihr sogar unfair erschienen: Er wischte ihre Argumente jedoch stets beiseite und behauptete, dass die fraglichen Fälle legitime intellektuelle Parallelen enthielten. Obendrein hatten sie seit über sechs Jahren kein Bett mehr geteilt.

Sie kam in sein Arbeitszimmer und hielt abrupt inne, da er nach Luft rang. Er drehte den Kopf mit glasigen und alarmierten Augen zu ihr herum.

»Tut mir Leid, ich wollte dich nicht erschrecken.«

»Du klopfst doch sonst immer. Du weißt, wie es ist, wenn ich mich konzentriere.«

»Ich sagte, es tut mir Leid. Mir ist etwas im Kopf herumgegangen, und so habe ich nicht weiter nachgedacht.«

»Das ist ein Widerspruch.«

»Nicht an das Klopfen gedacht, meine ich.«

»Was geht dir durch den Kopf«, fragte der berühmte Rechtsanwalt, als bezweifle er, dass seine Frau überhaupt einen hatte.

»Nimm mich bitte nicht auf den Arm.«

»Was ist denn, Edith?«

»Wo warst du letzte Nacht?«

Gates zog seine Brauen in spöttischer Verwunderung hoch.

»Mein Gott, bist du argwöhnisch? Ich hab dir doch gesagt, wo ich war. Im Ritz. Zu einer Besprechung mit jemandem, den ich vor vielen Jahren einmal gekannt habe. Genauer gesagt, war es jemand, den ich nicht in meinem Haus haben wollte. Wenn du einen Beweis brauchst – in deinem Alter! –, dann ruf das Ritz an.«

Edith Gates schwieg für einen Moment. Sie sah einfach nur ihren Mann an. »Mein Liebster«, sagte sie, »ich scheiße drauf, ob du einen Treff mit der geilsten Nutte vom Nobelstrich hast. Allerdings müsste ihr jemand hinterher ein paar Drinks spendieren, um ihr Selbstvertrauen wiederherzustellen.«

»Nicht schlecht, alte Schlampe.«

»Schließlich bist du nicht gerade ein Hengst, du Bastard.«

»Hat dieses Gespräch einen besonderen Sinn?«

»Ich denke schon. Vor einer Stunde, kurz bevor du aus dem Büro nach Hause kamst, war ein Mann an der Tür. Denise putzte gerade das Silber, also ging ich öffnen. Ich muss sagen, er sah beeindruckend aus. Er war außerordentlich teuer gekleidet und fuhr einen schwarzen Porsche.

»Und?«, unterbrach Gates, sich in seinem Sessel vorbeugend und die Augen plötzlich weit geöffnet und hart.

»Er sagte, ich solle dir sagen, dass *le grand professeur* ihm zwanzigtausend Dollar schulde und nicht dort war, wo er vergangene Nacht hätte sein sollen … Ich nehme an, er meinte das Ritz.«

»Nein, nein … O verdammt, er versteht nicht. Was hast du ihm gesagt?«

»Mir gefiel weder seine Sprache noch seine Haltung. Ich sagte ihm, ich hätte nicht die leiseste Ahnung, wo du wärst. Er wusste, ich lüge, aber konnte ja wohl kaum was dagegen tun.«

»Gut. Lügen, das kennt er.«

»Ich kann mir nicht vorstellen, dass zwanzigtausend für dich so ein Problem sind …«

»Es ist nicht das Geld, es ist die Art der Bezahlung.«

»Wofür?«

»Für nichts.«

»Ich glaube, so was nennst du einen Widerspruch, Randy.«

»Halt's Maul!«

Das Telefon läutete. Gates sprang aus dem Sessel hoch und starrte zum Tisch hin. Er machte keine Anstalten, den Hörer aufzunehmen. Stattdessen sagte er mit kehliger Stimme: »Wer immer es ist, sag ihm, ich bin nicht hier … ich bin weg, nicht in der Stadt – du weißt nicht, wann ich zurück sein werde.«

Edith ging zum Telefon. »Das ist deine Privatnummer«, sagte sie, als sie den Hörer hochnahm. »Das Anwesen von Gates«, begann Edith – ein Spaß, den sie seit Jahren machte. Ihre Freunde wussten, dass sie sich so meldete, und die anderen zählten für sie sowieso nicht. »Ja … Ja? Tut mir Leid, er ist nicht da, und wir wissen nicht, wann er zurück sein wird.« Sie betrachtete kurz das Telefon und legte dann auf. Sie drehte sich zu ihrem Mann um. »Das war Paris … Seltsam. Jemand fragte nach dir, aber als ich sagte, du wärst nicht da, fragte er nicht einmal, wo man dich erreichen könnte. Einfach aufgelegt – ganz abrupt.«

»O mein Gott!«, schrie Gates, sichtlich erschüttert. »Es ist irgendetwas passiert ... irgendetwas ist schiefgegangen, irgendjemand hat gelogen!«

Mit diesen rätselhaften Worten drehte sich der Rechtsanwalt auf dem Absatz um, lief quer durch den Raum und wühlte in seiner Hosentasche. Er ging zu dem Teil der Bücherwand, wo etwa in Brusthöhe ein safeähnliches Schränkchen mit einer geschnitzten Holztür eingelassen war. Wie in Panik drehte er sich um und schrie seine Frau an: »Mach, dass du rauskommst. Raus hier, raus!«

Edith Gates ging langsam zur Tür, wo sie sich noch einmal zu ihrem Mann umdrehte und ruhig sagte: »Es geht alles auf Paris zurück, nicht wahr, Randy? Vor sieben Jahren in Paris. Dort ist etwas passiert, oder? Du kamst ziemlich verstört wieder zurück, mit einer tiefen Bedrückung, über die du nicht sprechen wolltest.«

»Raus hier!«

Edith ging hinaus und schloss die Tür hinter sich, ließ aber die Klinke nicht los, und Sekunden später öffnete sie die Tür nur einen Spalt breit und sah zu ihrem Mann hinüber. Der Schock übertraf alle ihre Vorstellungen. Der Mann, mit dem sie seit dreiunddreißig Jahren zusammenlebte, der Rechts-Gigant, der weder rauchte noch trank, stieß sich eine Nadel in den Unterarm.

10.

Dunkelheit war über Manassas hereingebrochen, und die Natur belebte sich mit geheimen Aktivitäten. Bourne kroch durch den Wald, der den Besitz des Generals Norman Swayne umgab. Erschrockene Vögel flatterten aus ihren Nachtverstecken auf, Krähen erwachten in den Bäumen, schlugen Alarm und verstummten wieder, als ob sie durch den beutesuchenden Mitverschwörer beruhigt worden seien.

Dann war er da und fragte sich, ob das wirklich wahr sein konnte. Ein Zaun, sehr hoch, aus dichtem Maschendraht in grünem Plastik. Der nach außen geneigte Überhang war mit Stacheldraht gesichert. Zutritt verboten. *Peking. Das Jing-Shan-Gehege.* Für einige streng geheime Dinge, um die die Regierung eine unüberwindbare Barriere errichtet hatte. Aber warum sollte ein Schreibtischgeneral in Amt und Würden solch eine Barrikade um seinen Grund errichten, ein Hindernis, das Tausende von Dollar kostete?

Wie in China waren keine elektrischen Alarmdrähte durch die Maschen gezogen, denn dann hätten Vögel und andere Tiere dauernd falschen Alarm ausgelöst. Aus demselben Grund würde es wahrscheinlich auch keine verborgenen Lichtfallen geben – wenn überhaupt, dann höchstens nahe beim Haus auf flachem Grund und in Brusthöhe. Bourne nahm seine kleine Drahtschere aus der Gesäßtasche und begann mit den Maschen in Bodennähe.

Bei jedem Schnitt begriff er deutlicher das Offensichtliche, das Unausweichliche, das von jedem seiner schweren Atemzüge und vom Schweiß, der sich auf seiner Stirn bildete, nur noch bestätigt wurde. Egal, wie sehr er sich bemühte – nicht fanatisch, aber beharrlich um sich in einigermaßen guter Verfassung zu halten, er war nun einmal fünfzig Jahre alt. Doch daran durfte er jetzt nicht denken, jetzt, wo er Stück für Stück

Fortschritte machte. Da waren Marie und die Kinder, seine Familie. Im Moment gab es nichts, was er nicht konnte, solange er es nur wollte – er, das Raubtier Jason Bourne.

Er war durch! Er packte den Zaun und zog ihn auf, dann kroch er in das seltsam befestigte Gelände hinein. Er horchte, und sein Blick schoss in alle Richtungen, durchbohrte die fahle Dunkelheit. Gefiltert durch die dichten Zweige der großen Pinien, die die Gartenanlagen umgaben, sah er Lichter aufflackern, die vom großen Haus kamen. Langsam arbeitete er sich nach dorthin durch, wo er die Auffahrt vermutete. Er erreichte den Asphaltrand und lag auf dem Bauch unter den niedrigen Zweigen einer Pinie. Er holte Atem und sammelte sich, während er die Umgebung genau beobachtete. Plötzlich war da ganz rechts ein Lichtstrahl, weit hinten am Ende eines Schotterweges, der von der Auffahrt abzweigte.

Eine Tür war geöffnet worden. Sie gehörte zu etwas, das wie ein kleines Haus oder eine große Hütte aussah, und sie blieb geöffnet Zwei Männer und eine Frau kamen heraus und redeten … nein, sie redeten nicht einfach, sie stritten heftig miteinander. Bourne nahm sein kleines, aber starkes Fernglas und sah hindurch. Schnell hatte er die drei eingefangen, deren Stimmen an Stärke zunahmen, wobei die einzelnen Worte unverständlich blieben, der Zorn war jedoch offensichtlich. Er studierte die drei Leute und wusste augenblicklich, dass der Mann mittlerer Größe, der sich stockgerade hielt und laut protestierte, der Pentagon-General Swayne war, die großbrüstige Frau mit den glatten dunklen Haaren seine Frau, aber was ihn verblüffte – und faszinierte –, das war die plumpe, massige Figur nahe der offenen Tür. Er kannte ihn! Jason konnte sich nicht erinnern, von wo oder wann, aber die Reaktion seiner Eingeweide bei seinem Anblick war nicht normal. Ihn ergriff ein sofortiger Abscheu, ohne dass er wusste, warum, da ihm nichts einfiel, womit er den Mann hätte in Beziehung bringen können. Nur Gefühle des Ekels und der Abneigung. Wo waren die Bilder, das kurze Aufblitzen, das so häufig seinen inneren Bildschirm erhellte? Vergeblich … er wusste nur, dass der Mann, den er da im Blickfeld seines Feldstechers hatte, sein Feind war.

Dann tat der riesige Kerl etwas Außergewöhnliches. Er griff nach Swaynes Frau und legte beschützend seinen linken Arm um ihre Schultern, während seine Rechte im Raum zwischen ihr und dem General wild hin und her stieß. Was immer er sagte – oder bellte, bewirkte bei Swayne eine Reaktion, die zwischen stoischer Ruhe und geheuchelter Gleichgültigkeit zu liegen schien. Er drehte sich um und schritt in militärischer Haltung über den Rasen zu einem rückwärtigen Eingang des Hauses. Bourne verlor ihn in der Dunkelheit aus dem Blick und richtete das Fernglas wieder auf das Paar im Licht der Tür. Der Mann ließ die Frau des Generals los und sprach mit ihr. Sie nickte, küsste ihn flüchtig und rannte ihrem Mann hinterher. Der andere, offensichtlich ihr Geliebter, ging in das kleine Haus zurück und warf die Tür ins Schloss. Danach wurde es dunkel.

Jason befestigte das Fernrohr wieder an seiner Hose und versuchte zu verstehen, was er gesehen hatte. Es war wie ein Stummfilm ohne Zwischentitel gewesen, allerdings mit realistischeren und weniger theatralischen Gesten. Dass es innerhalb dieses eingezäunten Areals eine *menage* à *trois* gab, war offensichtlich, aber das konnte schwerlich den Zaun erklären. Der musste einen anderen Grund haben, einen Grund, den Jason herausfinden wollte.

Sein Instinkt sagte ihm, dass der riesige, schwere Mann, der wütend in sein kleines Haus zurückgekehrt war, etwas damit zu tun hatte. Er musste zu dem kleinen Haus gelangen, er musste den Mann sehen, der ein Teil seiner vergessenen Vergangenheit war. Bourne stand langsam auf, lief geduckt von einer Pinie zur nächsten und kam bis ans Ende der Auffahrt. Dann lief er neben dem schmalen, von Bäumen gesäumten Schotterweg weiter.

Stopp. Ein Geräusch ließ ihn zu Boden hechten. Irgendwo fuhren Räder, Steine wurden zermalmt und herumgeschleudert. Vorsichtig rollte er sich durch die Dunkelheit der niedrig hängenden, weit ausladenden Pinienzweige, um die Quelle dieser Geräusche auszumachen.

Dann sah er etwas aus dem Schatten der runden Auffahrt und über den Schotter der Nebenstraße fahren. Es war ein seltsam geformtes Fahrzeug, wie ein dreirädriges Motorrad, ein sehr kleiner Golfwagen mit großen Profilreifen, die hohe Geschwindigkeiten mit ausreichender Bodenhaftung ermöglichten. Das Fahrzeug sah in gewisser Weise bedrohlich aus, weil es nicht nur eine flexible Antenne, sondern auch gebogene Plexiglasschilde ringsherum hatte, kugelsichere Fenster, die den Fahrer vor Schüssen schützten, während er über Funk die Hausbewohner vor Angriffen warnen konnte. Das war doch alles reichlich seltsam …

Ein zweites dreirädriges Gefährt kam aus dem Schatten hinter der Hütte hervorgeschossen – es war eine Hütte aus behauenen Steinblöcken – und hielt nur wenige Meter vor dem ersten Fahrzeug auf der Schotterstraße. Die Köpfe beider Fahrer richteten sich militärisch-straff auf das Haus, als wären sie Roboter bei einer öffentlichen Vorführung, und dann kamen die Worte aus einem unsichtbaren Lautsprecher.

»Die Tore sichern«, erklang es im Befehlston. »Die Hunde loslassen und die Runden beginnen.«

Einer rätselhaften Choreographie folgend, drehten beide Fahrzeuge gleichzeitig und fuhren in entgegengesetzter Richtung in die Dunkelheit. Automatisch hatte Bourne seine CO_2-Pistole gelockert. Dann kroch er, ohne Zeit zu verlieren, seitwärts durch das Gebüsch bis dicht an den Zaun. Kamen die Hunde im Rudel, blieb ihm keine andere Wahl, als an den Maschen hochzuklettern und über den Stacheldraht auf die andere Seite zu springen. Mit der Pistole, die über zwei Kammern verfügte, konnte er zwei Tiere eliminieren, nicht mehr. Zum Aufladen würde keine Zeit sein. Er bückte sich, wartete, bereit zum Sprung den Zaun hinauf. Er hatte eine relativ gute Sicht unter den Ästen hindurch.

Plötzlich raste ein schwarzer Dobermann den Schotterweg entlang, ohne zu zögern, ohne eine Spur aufzunehmen. Die Aufgabe des Tieres war es offenbar, einen bestimmten Platz zu erreichen. Dann erschien ein zweites Tier ein langhaariger Schäferhund. Er wurde langsamer, widerstrebend, aber instinktiv schien darauf programmiert, in einem bestimmten Gebiet stehen zu bleiben. Er hielt inne – eine unscharfe, sich bewegende Silhouette oben an der Straße. Bourne stand bewegungslos und verstand. Es waren abgerichtete Kampfrüden, von denen jeder sein eigenes, von seiner Duftmarke gekennzeichnetes Territorium hatte, sein Revier. Die Hunde waren auf eine Art und Weise abgerichtet, die von asiatischen Bauern bevorzugt wurde. Diese kleinen Grundbesitzer kannten sehr wohl den Preis, den es kostete, die Tiere zu füttern. Aber so schützten sie ihren winzigen, überlebensnotwendigen Besitz. Wenige abrichten, so wenige wie möglich, um die einzelnen Grundstücke vor Dieben zu schützen – und wenn es Alarm gab, kamen die anderen zu Hilfe. Asien. Vietnam … Medusa. Ihm fiel alles wieder ein! Vage, dunkle Linien – Bilder. Ein junger, beleibter Mann in Uniform, der aus einem Jeep stieg und Leute anbrüllte. Leute, die von einer Sturmtruppe übrig geblieben waren, zurückgekehrt von der Aufgabe, eine Versorgungsroute parallel zum Ho-Chi-Minh-Pfad auszuschalten. Denselben Mann, älter, breiter, hatte er vor wenigen Minuten mit dem Fernglas erblickt! Und vor Jahren hatte derselbe Mann Nachschub versprochen – Munition, Mörser, Granaten, Funkgeräte. Doch nichts war angekommen! Nur Beschwerden vom Oberkommando Saigon, dass ›ihr verdammten Illegalen uns Mist geliefert habt‹! Aber das stimmte nicht. Saigon hatte zu spät gehandelt, zu spät reagiert, und sechsundzwanzig Männer waren für nichts und wieder nichts getötet oder gefangen genommen worden.

Bourne erinnerte sich, als wäre alles vor einer Stunde, vor einer Minute geschehen. Er hatte seine 45er aus dem Halfter gerissen und dem Offizier ohne Vorwarnung den Lauf an die Stirn gedrückt.

»Noch ein Wort, und Sie sind tot, Sergeant.« Der Mann war Sergeant gewesen! »Sie bringen uns unsere Sachen bis morgen früh um fünf, oder ich komme nach Saigon und klatsche Sie an die Wand. In welchem Puff auch immer Sie gerade stecken. Habe ich mich klar ausgedrückt? Offen gesagt, würde ich Sie am liebsten jetzt gleich schon umbringen.«

»Ihr bekommt, was ihr braucht.«

»Très bien!«, hatte das älteste französische Mitglied von Medusa geschrien; der Mann, der ihm Jahre später in einem Wildgehege von Peking das Leben retten sollte. *»Tu es formi-*

dable, mon fils!« Wie Recht er hatte. Und auch er war tot, der legendäre d'Anjou.

Jasons Gedanken wurden abrupt unterbrochen. Der langhaarige Kampfhund begann laut zu knurren. Suchend drehte er sich um sich selbst. Er hatte die Fährte eines Menschen aufgenommen. Innerhalb von Sekunden hatte das Tier die Richtung ausgemacht, wurde wild und jagte mit gebleckten Zähnen durchs Gebüsch. Bourne sprang rückwärts zum Zaun und zog mit der rechten Hand die CO_2-Pistole aus ihrem Nylonhalfter. Den linken Arm leicht angewinkelt, war er bereit zum Gegenangriff. Das rasende, todeslüsterne Tier sprang auf ihn zu. Jason feuerte, erst eine Patrone und dann die zweite, und als die Pfeile ihr Ziel gefunden hatten, schlang er den linken Arm um den Hals des Kampfhundes, drehte den Kopf entgegen dem Uhrzeigersinn und rammte sein rechtes Knie in den Körper des Tieres, um sich vor den scharfen Klauen zu schützen. In wenigen Momenten war es vorbei – Momente eines wilden und dann allmählich nachlassenden Kampfes ohne Heulen oder Bellen, was die Wächter oder den General hätte alarmieren können. Der Langhaarschäfer lag schlaff, mit weit geöffneten, narkotisierten Augen in Bournes Armen. Er ließ ihn zu Boden gleiten und wartete bewegungslos, bis er sicher war, dass die anderen Tiere nicht aufmerksam geworden waren. Nichts. Nur das konstante Rauschen des Waldes jenseits des Zaunes. Jason brachte seine CO_2-Pistole wieder im Halfter unter und kroch vorwärts, in Richtung Schotterweg. Schweiß rann ihm übers Gesicht. Er war tatsächlich schon zu lange aus dem Geschäft. Vor Jahren wäre so eine Angelegenheit sofort vergessen gewesen – *un exercice ordinaire,* wie die Legende D'Anjou gesagt haben würde –, aber heute war es für ihn keine gewöhnliche Aufgabe mehr. Er war voller Angst, reiner, unverfälschter Angst. Wo war der Mann, der er einmal gewesen war? Aber nein, es half nichts! Marie und die Kinder waren auf der Flucht! Der Schakal musste gestellt werden!

Bourne machte das Fernglas los und sah hindurch. Das Mondlicht wurde hin und wieder von niedrigen Wolken verdeckt, aber es war hell genug. Er richtete das Glas auf das

Gebüsch entlang der Straße auf der anderen Seite des Palisadenzauns. Dort lief ein schwarzer Dobermann wie ein wütender Panther auf einem schmalen, staubigen Pfad hin und her, hielt ab und zu an, um das Bein zu heben, und schnüffelte mit seiner langen Schnauze auch schon wieder weiter in den Büschen. Das Tier war offensichtlich darauf abgerichtet, zwischen den beiden geschlossenen Eisentoren der Ein- und Ausfahrt hin- und herzulaufen. An jedem Checkpoint knurrte er, drehte sich mehrmals um die eigene Achse, als würde er den starken elektrischen Schock verfluchen, den er erhielt, verließ er unnötigerweise sein Revier. Bourne kannte das aus Vietnam. Soldaten dressierten Kampfhunde zur Bewachung von Munitions- und Materiallagern mit einer solchen ›Fernsteuerung‹. Jason schaute zur anderen Seite des Rasens, der sich vor dem Haus ausdehnte. Dort konnte er ein drittes Tier erkennen, einen riesigen Weimarer, der zwar freundlich aussah, aber tödlich war, wenn er angriff. Der hyperaktive Hund rannte hin und her, vielleicht von Kaninchen oder Eichhörnchen erregt, aber nicht durch den Geruch von Menschen.

Jason versuchte zu analysieren, was er sah, nur so konnte er sein weiteres Handeln bestimmen. Er musste annehmen, dass es einen vierten oder fünften oder sogar sechsten Hund gab, die irgendwo an den Grenzen von Swaynes Grundstück patrouillierten. Aber warum auf diese Weise? Warum nicht eine Meute, die frei herumlief, was viel einschüchternder ausgesehen hätte? Die Kosten dürften kein Thema sein … Dann kam er auf die Erklärung.

Er schwenkte sein Fernglas vom Weimarer zum Dobermann und zurück, wobei ihm das Bild des deutschen Langhaarschäfers noch deutlich vor Augen stand. Außer dass es trainierte Kampfhunde waren, waren sie noch etwas anderes. Sie waren die Besten ihrer Gattung, hervorragende Züchtungen. Preisträger bei Tag und bösartige Kampfhunde bei Nacht. Natürlich. General Norman Swaynes ›Farm‹ war keineswegs ein nicht eingetragener, versteckter Besitz, sondern lag offen und zugänglich da, wurde vielleicht neidisch von Freunden, Nachbarn und Kollegen besucht. Am hellen Tag konnten Gäste die gelehrigen Hunde in ihren gepflegten

Zwingern bewundern, ohne zu ahnen, was sie wirklich waren. Norman Swayne, Leiter der Heeresbeschaffung des Pentagon und Schüler von Medusa, war offiziell ein Liebhaber von Rassehunden. Vielleicht verdiente er sogar an ihnen – schließlich gab es im Kanon der militärischen Ethik nichts, was eine solche Praxis untersagt hätte.

Die vorgetäuschte Hundezucht war also ein Ablenkungsmanöver. Der ganze Besitz selbst war vermutlich ebenso falsch wie die Erbschaft, die den Kauf ermöglicht hatte. Medusa.

Eins der beiden merkwürdigen dreirädrigen Fahrzeuge tauchte drüben aus dem Schatten des Hauses auf und fuhr die Ausfahrtstraße hinunter. Bourne fing es mit seinem Glas ein und war nicht überrascht zu sehen, dass der Weimarer angerannt kam und spielerisch um das Gefährt sprang. Er bellte und wollte vom Fahrer belohnt werden. Der Fahrer! Die Fahrer waren die Hundepfleger! Der vertraute Geruch ihrer Körper beruhigte die Hunde. Diese Erkenntnis bestimmte seine Taktik. Jason musste sich auf dem Gelände des Generals bewegen können, zumindest freier als jetzt. Dazu brauchte er die Begleitung eines Tierpflegers! Er musste eine Patrouille in seine Gewalt bekommen. Er rannte zurück in den Schutz der dunklen Pinien, dorthin, wo er eingedrungen war.

Das kugelsichere Fahrzeug hielt auf dem schmalen Pfad etwa in der Mitte zwischen den beiden Toren. Es stand im Schatten der Büsche. Bourne stellte sein Fernglas ein. Der schwarze Dobermann war offenbar ein bevorzugter Hund. Der Fahrer öffnete die rechte Klappe, der Hund sprang hoch und legte die Pfoten auf den Sitz. Der Mann warf Kekse oder Fleischstücke in das weit geöffnete Maul und kraulte das Tier dann am Hals.

Bourne wusste, dass er nur Sekunden hatte, um seine noch ungenaue Strategie zu ordnen. Er musste den Wagen zum Halten bringen und den Fahrer herauszwingen, aber ohne ihn zu alarmieren, ohne ihm irgendeinen Grund zu liefern, sein Funkgerät zu benutzen und um Hilfe zu rufen. Der Hund? Wenn er auf der Straße lag? Nein, der Fahrer konnte annehmen, dass er von der anderen Seite des Zauns erschossen worden war, und womöglich das Haus alarmieren. Was konnte er tun? Er sah sich in der Dunkelheit um. Seine Angst nahm zu. Dann hatte er eine Idee.

Die große Ausdehnung des kurz geschnittenen Rasens, die exakt beschnittenen Büsche, die gepflegte Auffahrt – auf dem Grundstück des Generals herrschte Ordnung. Jason konnte beinahe hören, wie Swayne seine Leute zur Säuberung des Geländes abkommandierte. Bourne schielte zum Wagen hinüber. Der Fahrer schubste den Dobermann spielerisch zur Seite und wollte die Klappe wieder schließen. Nur noch Sekunden! Was? Wie?

Er sah den Umriss eines Astes auf dem Boden – ein halb verrottetes Stück von einer Pinie. Schnell schlich er hin und zerrte ihn zur Straße. Den Ast quer über die Straße zu legen, hätte zu sehr nach einer Falle ausgesehen, aber so am Rand, das würde nichts tun, als die Ordnung stören, das sauberkeitsgewohnte Auge beleidigen. Das war etwas, das man am besten gleich erledigte, bevor der General sich darüber aufregen konnte ... Die Männer auf Swaynes Besitz waren entweder Soldaten oder Ex-Soldaten, in jedem Fall Leute, die militärischer Disziplin unterlagen. Sie würden sicher vermeiden wollen, den General zu verärgern. Umso besser für Jason. Er packte den Ast an einem Ende und schob ihn etwa eineinhalb Meter auf die Fahrbahn. Er hörte, wie der Wagenverschlag geschlossen wurde und sich das Fahrzeug in Bewegung setzte. Es wurde schneller, und Bourne sprang zurück in den Schatten.

Jetzt bog der Fahrer unten in die Auffahrt ein. So schnell, wie er beschleunigt hatte, verringerte er plötzlich die Fahrt. Sein Strahler hatte das Hindernis erfasst, das auf die Straße ragte. Vorsichtig näherte er sich ihm, mit geringer Geschwindigkeit, als wäre er sich nicht sicher, was das sein könnte. Als er offensichtlich erkannt hatte, was es war, fuhr er wieder schneller. Angekommen, öffnete er, ohne zu zögern, die Tür. Der Plexiglasschild klappte nach vorn, der Fahrer stieg aus und ging um das Fahrzeug herum.

»Rex, du Kanaille«, sagte der Fahrer in halblautem Südstaatendialekt. »Was hast du schon wieder rangeschleppt, du blödes Vieh? Wenn unser hoch dekorierter Arsch sieht, dass du ihm sein Grundstück versaust, zieht er dir das Fell über die Ohren …. Rex? Rex, komm her, du verfluchter Köter!« Der Mann packte den Ast und zerrte ihn von der Straße. »Rex? Hörst du mich? Du geiles Mistvieh?«

»Bleib vollkommen ruhig und streck deine Arme nach vorne«, sagte Jason Bourne und trat ins Licht.

»Verdammte Scheiße! Wer bist du?«

»Jemand, dem es scheißegal ist, ob du lebst oder stirbst«, antwortete der Eindringling in aller Ruhe.

»Okay, okay, Sie haben 'ne Knarre.«

»Und die ist im Gegensatz zu deiner in meiner Hand und zielt auf deinen Kopf.«

»Der Hund! Wo, zum Teufel, ist der Hund?«

»Unpässlich.«

»Was?«

»Sieht so aus, als wäre er ein sehr guter Hund. Wie sich ihn ein Trainer nur wünschen kann. Mach dem Hund keinen Vorwurf.«

»Was reden Sie da?«

»Ich glaube, im Endeffekt lege ich lieber den Menschen um als das Tier, ist das klar?«

»Nichts ist klar! Ich weiß nur, dass der Mann, den Sie vor sich haben, nicht umgelegt werden will.«

»Dann lass uns miteinander reden, ja?«

»Worte habe ich genug, aber nur ein Leben, Mister.«

»Nimm deinen rechten Arm runter und hol deine Knarre aus dem Halfter.«

Der Wächter tat, wie ihm geheißen, und hielt die Waffe mit Daumen und Zeigefinger. »Wirf sie zu mir rüber.« Der Mann gehorchte, und Bourne fing sie auf.

»Was hat das alles zu bedeuten«, rief der Wächter.

»Ich brauche Informationen. Deswegen bin ich hier.«

»Ich sag alles, was ich weiß, wenn Sie mich hier nur wieder rauslassen. Ich will nichts mehr damit zu tun haben! Ich dachte mir schon, dass es eines Tages so kommen würde. Ich hab's Barbie Jo gesagt, fragen Sie sie nur! Ich hab ihr gesagt, dass eines Tages Leute kommen und Fragen stellen werden.

Aber nicht so, nicht auf diese Weise! Nicht mit einer Knarre, die mir auf den Kopf zielt.«

»Ich nehme an, Barbie Jo ist deine Frau?«

»Sozusagen.«

»Dann fangen wir doch gleich damit an, warum ›Leute‹ herkommen sollten. Meine Vorgesetzten wollen das wissen. Mach dir keine Sorgen, du wirst da nicht mit reingezogen. Kein Mensch ist an dir interessiert. Du bist nur ein Wächter.«

»Nichts anderes, Mister!«, sagte der erschrockene Mann.

»Warum hast du Barbie Jo das gesagt? Dass Leute eines Tages kommen und Fragen stellen würden?«

»Teufel, ich bin mir nicht sicher ... So viele verrückte Dinge, verstehen Sie?«

»Nein, keine Ahnung. Was zum Beispiel?«

»Nun ja, wie dieser litzenbehängte Schreihals, der General. Er ist doch ein hohes Tier, nicht? Er hat Pentagon-Autos und Fahrer, und sogar Helikopter kommen her, wann immer er will. Nicht wahr? Ihm gehört das alles hier doch, nicht wahr?«

»Und?«

»Und dann dieser dicke Mops von einem Sergeanten – ein lausiger Sergeant –, kommandiert herum, als wäre er nicht ganz dicht. Verstehn Sie, was ich meine? Und diese Frau vom General mit den dicken Titten, die treibt's mit dem Riesenmops und pfeift darauf, wer's erfährt. Es ist alles so verrückt, verstehn Sie, was ich meine?«

»Ich sehe da nur einen Sauladen, aber das geht niemanden was an. Warum sollten Leute kommen und Fragen stellen?«

»Warum sind Sie denn hier, Mann? Sie dachten, dass heute Abend ein Meeting stattfindet, oder?«

»Ein Meeting?«

»Mit riesigen Limousinen mit Chauffeur und reichlich hohen Tieren, nicht? Haben Sie leider die falsche Nacht erwischt. Die Hunde sind draußen, und sie werden nie herausgelassen, wenn ein Meeting stattfindet.«

Bourne ging auf den Wächter zu. »Wir sprechen im Wagen weiter«, befahl er. »Ich setze mich rein, und du tust exakt, was ich sage.«

»Sie haben versprochen, dass ich hier rauskomme!«

»Kannst du und wirst du auch. Du und der andere Bursche, der die Runden macht. Die Tore, haben die Alarmanlagen?«

»Nicht, wenn die Hunde frei herumlaufen. Wenn sie etwas auf der Straße sehen, was sie irritiert, springen sie dran hoch und schon würde der Alarm losgehen.«

»Wo ist der Schalter?«

»Es gibt zwei. Einen drüben beim Sergeanten und den anderen in der Eingangshalle des Hauses. Solange die Tore geschlossen sind, kann man sie einschalten.«

»Dann los.«

»Wohin fahren wir?«

»Ich will jeden einzelnen Hund auf dem Gelände sehen.« Einundzwanzig Minuten später waren die übrigen fünf Kampfhunde in ihre Zwinger gebracht und eingeschläfert. Bourne öffnete das Eingangstor und ließ die beiden Wächter hinaus. Jedem hatte er dreihundert Dollar gegeben.

»Das für euren Verdienstausfall«, sagte er.

»He, und was ist mit meinem Wagen?«, fragte der zweite Wächter. »Ist nicht viel wert, aber er fährt noch. Willie und ich sind damit hergekommen.«

»Hast du die Schlüssel?«

»Ja, in meiner Tasche. Er steht hinter den Zwingern.«

»Hol ihn morgen.«

»Warum kann ich ihn nicht jetzt holen?«

»Du würdest beim Rausfahren zu viel Krach machen, und meine Vorgesetzten können jeden Moment kommen. Es ist am besten für euch, wenn sie euch nicht zu Gesicht bekommen. Glaubt mir.«

»Verdammter Mist! Was hab ich dir gesagt, Jim-Bob? Was ich Barbie Jo gesagt habe. Dieser Ort ist unheimlich!«

»Dreihundert Möpse sind nicht unheimlich, Willie. Los, wir trampen. Es ist noch nicht spät, irgendjemand wird schon noch unterwegs sein … He, Mister, wer kümmert sich um die Hunde, wenn sie aufwachen? Sie müssen rausgelassen und gefüttert werden, bevor die Frühschicht eintrifft, und sie zerreißen jeden, der in ihre Nähe kommt.«

»Was ist mit Swaynes Sergeant? Er kann doch mit ihnen umgehen, oder nicht?«

»Sie mögen ihn nicht besonders«, sagte der Wächter namens Willie, »aber sie gehorchen ihm. Sie können's besser mit der Frau des Generals, die geilen Bastarde.«

»Und der General?«

»Der pisst sich ins Hemd, wenn er sie nur sieht«, sagte Jim-Bob.

»Danke für die Information. Geht jetzt, lauft erst ein Stück die Straße entlang, bevor ihr einen Wagen anhaltet. Meine Bosse kommen aus der anderen Richtung.«

»Wissen Sie«, sagte der zweite Wächter und blinzelte Jason im Mondlicht von der Seite an. »Dies ist die verrückteste Nacht, die ich je erlebt habe. Sie kommen hier rein, angezogen wie irgendein verdammter Terrorist, aber Sie reden und benehmen sich wie ein richtiger Offizier. Reden immer von Vorgesetzten und knallen die Köter um und geben uns dreihundert Möpse, um hier abzuhauen. Ich versteh das nicht!«

»Brauchst du auch nicht.«

»Er hat Recht, Jim-Bob. Lass uns abhauen!«

»Was, zum Teufel, sollen wir denn sagen?«

»Sagt jedem, der fragt, die Wahrheit. Erzählt ganz genau, was passiert ist. Und ihr könnt noch sagen, dass der Kode-Name Cobra ist.«

Bourne schloss das Tor hinter den beiden und ging zum Fahrzeug zurück. Er wusste, dass, was immer in den nächsten Stunden passieren würde, gewisse Medusa-Leute noch mehr Angst bekommen würden. Fieberhaft würden Fragen gestellt werden – Fragen, auf die es keine Antworten gab. Nichts. Ein Rätsel.

Er kletterte in das Fahrzeug, legte den Gang ein und fuhr zur Hütte. Sie lag am Ende des Schotterwegs, der von der sauber gefegten Auffahrt abzweigte.

Kurz darauf stand er neben dem Fenster und spähte durch die Scheibe. Der riesige, fettleibige Sergeant saß in einem breiten Ledersessel, die Füße auf einem Sofa, und sah fern. Aus den Geräuschen zu schließen, besonders aus der schnellen, nervösen Sprache, war der Adjutant des Generals in ein Baseballspiel vertieft. So weit er konnte, blickte Jason sich im Zimmer um. Es war typisch ländlich eingerichtet, von den dunklen Möbeln bis zu den karierten Vorhängen, in überwiegend braunen und roten Farben. Komfortabel und männlich. Die Hütte eines Mannes auf dem Lande. Allerdings waren keine Waffen zu sehen, nicht einmal das übliche antike Gewehr über dem Kamin, auch nicht die normale 45er Automatic, weder an seinem Körper noch auf dem Tisch neben dem Sessel. Der Sergeant hatte keine Befürchtungen in Bezug auf seine Sicherheit. Warum sollte er auch? Der Besitz des Generals Norman Swayne war völlig sicher – Zaun, Tore, Patrouillen, frei herumlaufende Kampfhunde … Bourne starrte in das kräftige Gesicht mit dem Doppelkinn. Welche Geheimnisse verbarg dieser Schädel? Er würde es herausfinden. Medusas Delta one würde es herausfinden, und wenn er ihm sein Gehirn herausschneiden musste. Jason glitt vom Fenster weg und ging um die Hütte herum zur Eingangstür. Mit den Knöcheln seiner linken Hand klopfte er zweimal kurz und trocken an, in seiner Rechten die nicht registrierte Automatic, die Conklin ihm gegeben hatte.

»Es ist offen, Rachel!«, schrie eine raue Stimme von drinnen. Bourne drehte den Griff und stieß die Tür auf. Langsam drehte sie sich in den Angeln und stieß an die Wand. Er ging hinein.

»Jesus Maria!«, brüllte der Sergeant, und seine schweren Beine fielen vom Sofa, als er seinen massigen Körper aus dem Sessel wälzte. »Du! … Du bist ein verdammter Geist! Du bist tot!«

»Versuch's doch noch mal«, sagte Delta. »Flannagan, nicht wahr? Jetzt fällt's mir wieder ein.«

»Du bist tot!«, wiederholte der Adjutant des Generals schreiend. Die Panik ließ seine Augen fast aus den Höhlen treten. »Dich hat's in Hongkong erwischt! Du wurdest in Hongkong umgebracht … vor vier, fünf Jahren!«

»Sie haben Aufzeichnungen …«

»Wir wissen … ich weiß!«

»Dann haben Sie die richtigen Beziehungen.«

»Du bist Bourne!«

»Offenbar neu geboren, könnte man sagen.«

»Ich glaub das nicht!«

»Doch, doch, Flannagan. Das ›wir‹, darüber wollen wir sprechen. Über die Schlangenlady, um genau zu sein.«

»Du bist derjenige – der, den Swayne ›Cobra‹ genannt hat!«

»Eine Schlange.«

»Ich verstehe nicht ...«

»Es *ist* verwirrend.«

»Du gehörst zu uns!«

»Das war einmal. Ich wurde ausgestoßen. Aber ich bin wieder da.«

Der Sergeant blickte fieberhaft zur Tür, dann zu den Fenstern. »Wie bist du hier reingekommen? Wo sind die Wachen, die Hunde? Mein Gott, wo sind sie?«

»Die Hunde schlafen in ihren Zwingern, und den Wachen hab ich für heute Nacht freigegeben.«

»Du hast ... Die Hunde sind frei!«

»Nicht mehr. Ich hab sie überredet auszuruhen.«

»Die Wachen, die verdammten Wachen!«

»Die sind auf dem Weg nach Hause.«

»Was hast du gemacht? Was, was hast du vor?«

»Ich dachte, ich hätte es gerade gesagt. Wir werden miteinander reden, Sergeant Flannagan. Ein kleiner Gedankenaustausch zwischen alten Kameraden.«

Der erschreckte Mann drückte sich unbeholfen vom Sessel weg. »Du bist der Verrückte, den sie Delta nannten, bevor du ausgestiegen und deinen eigenen Geschäften nachgegangen bist!«, rief er mit heiserer Stimme. »Es gab ein Bild, ein Foto – du lagst auf einer Bahre, das ganze Tuch voller Blut, aber dein Gesicht war nicht bedeckt; deine Augen waren weit offen, und die Einschusslöcher an der Stirn und der Kehle bluteten noch ... Sie fragten mich, wer du seist, und ich sagte: ›Er ist Delta – Delta one von den Illegalen‹, und sie sagten: ›Nein, ist er nicht, er ist Jason Bourne, der Killer, der Mörder‹, also sagte ich: ›Dann sind die beiden ein und dieselbe Person, weil dieser Mann Delta ist. Ich kannte ihn.‹ Sie bedankten sich bei mir und sagten, ich solle zurück zu den anderen gehen.«

»Wer waren ›sie‹?«

»Ein paar Leute drüben von Langley. Der, der das Gespräch führte, hinkte, er trug einen Stock.«

»Und die anderen?«

»Ungefähr fünfundzwanzig oder dreißig von der alten Saigon-Crew.«

»Kommando Saigon?«

»Ja.«

»Männer, die mit unserer Meute arbeiteten, den Illegalen?«

»Hauptsächlich, ja.«

»Wann war das?«

»Um Himmels willen, ich hab's doch gesagt!«, schrie der Adjutant in Panik. »Vor vier oder fünf Jahren! Ich sah das Foto … der Kugelhagel … du warst tot!«

»Nur ein einziges Foto«, unterbrach Bourne ruhig und fixierte den Sergeanten. »Sie haben ein sehr gutes Gedächtnis.«

»Du hast mir einmal den Revolver an den Kopf gelegt. Dreiunddreißig Jahre, zwei Kriege und zwölf Kampfaufträge, niemals hat das jemand mit mir gemacht … Niemand, außer dir … Ich habe ein gutes Gedächtnis.«

»Ich glaube, ich verstehe.«

»Ich nicht! Ich verstehe nichts, verdammt! Du warst tot!«

»Sie wiederholen sich. Bin doch ganz lebendig, oder? Vielleicht bin ich aber auch ein Schreckgespenst, das Sie nach zwanzig Jahren Verrat aufsucht.«

»Was für ein Quatsch ist das? Was, zum Teufel …«

»Keine Bewegung!«

»Jawohl!«

Plötzlich gab es in der Ferne einen lauten Knall. Einen Schuss. Jason drehte sich um … dann sagte ihm sein Instinkt, blitzschnell weiter herumzuschnellen! Der massige Adjutant des Generals hechtete von hinten auf ihn los. Seine gewaltigen Hände streiften Bournes Schultern wie Rammböcke. Jason duckte zur Seite. Dann hob Delta one den Fuß und trat dem Sergeanten mit aller Gewalt in die Nieren. Gleichzeitig schlug er ihm den Knauf seiner Automatic in den Nacken. Flannagan kippte nach vorne und lag flach auf dem Boden.

Jason hieb mit seinem linken Fuß gegen den fetten Schädel und brachte ihn zum Schweigen.

Ein Schweigen, das von den anhaltenden hysterischen Schreien einer Frau zerrissen wurde, die auf die offene Tür zugerannt kam. Wenige Sekunden später war die Frau des Generals in der Hütte, fuhr bei dem sich ihr bietenden Anblick zurück, griff nach der nächsten Stuhllehne, unfähig, ihre Panik zu kontrollieren.

»Er ist tot!«, keifte sie und brach zusammen. Sie fiel neben dem Stuhl zu Boden und griff nach ihrem Liebhaber. »Er hat sich erschossen, Eddie! O mein Gott, er hat sich getötet!«

Jason Bourne ging zur Tür. Ruhig schloss er sie, ohne seine beiden Gefangenen aus den Augen zu lassen. Die Frau weinte, nach Luft schnappend und zitternd, aber es waren keine Tränen des Kummers, sondern der Angst. Der Sergeant blinzelte und hob den schweren Kopf. Wenn in seinem Ausdruck irgendwelche Emotionen abzulesen waren, dann eine Mischung aus Wut und Verwirrung.

11.

»Nichts anfassen«, befahl Bourne, als Flannagan und Rachel Swayne zögernd in das mit Fotografien geschmückte Arbeitszimmer vorausgingen. Zusammengesackt lag die Leiche des alten Soldaten im Sessel hinter dem Schreibtisch, den Revolver noch in der ausgestreckten Hand. Beim Anblick des zur Hälfte weggerissenen Schädels verfiel die Frau in Zuckungen und sank in die Knie, als wollte sie sich übergeben. Der Sergeant ergriff ihren Arm, damit sie nicht umfiel, den Blick verstört auf die verstümmelten Überreste von General Norman Swayne gerichtet.

»Verrückter Hurensohn«, flüsterte Flannagan mit angestrengter, kaum hörbarer Stimme. Er stand regungslos da. Seine Kiefernmuskeln arbeiteten, und dann schrie er los. »Du blöder verdammter Hurensohn! Warum hast du das gemacht? Warum? Was sollen wir jetzt machen?«

»Sie rufen die Polizei, Sergeant«, antwortete Jason.

»Was?«, bellte der Adjutant und drehte sich um.

»Nein!«, schrie Mrs. Swayne und schnellte hoch. »Das können wir nicht tun!«

»Ich glaube nicht, dass Sie eine andere Wahl haben. Sie haben ihn nicht umgebracht. Vielleicht haben Sie ihn dazu getrieben, sich zu töten, aber es ist kein Mord.«

»Wovon sprecht ihr, zum Teufel?«, fragte Flannagan barsch.

»Besser eine einfache, beschissene, häusliche Tragödie als eine umfassende Untersuchung, meinen Sie nicht? Ich denke, es ist kein Geheimnis, dass ihr beide eine Beziehung miteinander habt.«

»Er hat sich einen Scheiß um unsere *Beziehung* gekümmert, und ein Geheimnis war es wirklich nicht.«

»Er ermutigte uns sogar bei jeder sich bietenden Gelegenheit«, fügte Rachel Swayne hinzu, strich zögernd und unbeholfen ihr Kleid glatt und gewann allmählich ihre Fassung wieder. Sie sprach zu Bourne, aber ihre Augen glitten zu ihrem Liebhaber. »Er trieb uns ständig einander in die Arme; es war eine Obsession von ihm … Müssen wir hier drinnen bleiben? Mein Gott, ich war mit diesem Mann sechsundzwanzig Jahre lang verheiratet! Ich bin sicher, dass Sie das verstehen … Es ist furchtbar für mich!«

»Wir müssen verschiedenes besprechen«, sagte Bourne.

»Nicht hier drinnen, bitte. Im Wohnzimmer, gegenüber. Wir sprechen dort.« Mrs. Swayne, die sich plötzlich wieder unter Kontrolle hatte, verließ das Arbeitszimmer, Flannagan warf noch einen Blick auf die blutüberströmte Leiche, zog eine Grimasse und folgte der Frau.

Jason beobachtete sie. »Bleiben Sie in der Diele stehen, damit ich Sie sehen kann, und bewegen Sie sich nicht!«, rief er, ging zum Tisch, und seine Augen schossen von einem Gegenstand zum andern, um zu erfassen, was Norman Swayne gesehen hatte, bevor er sich die Automatic in den Mund steckte. Irgendetwas stimmte nicht. Auf der rechten Seite der großen grünen Schreibtischunterlage lag Pentagon-Briefpapier, auf dem unter den Insignien der US-Armee Swaynes Rang und Name aufgedruckt waren. Links neben der Unterlage lag ein goldener Kugelschreiber, dessen Silberspitze hervorstand, als wäre er gerade benutzt worden und der Schreiber hätte vergessen, ihn zurückzuschrauben. Bourne beugte sich über den Tisch, wenige Zentimeter neben dem Toten, den scharfen Geruch der Patrone und des verbrannten Fleisches in der Nase, und studierte den Notizblock. Er war unbeschrieben, aber Jason trennte vorsichtig die oberen Blätter ab, faltete sie und steckte sie in seine Hosentasche. Er tat einen Schritt zurück, immer noch unsicher … Was war es nur? Er sah im Zimmer umher, und als er seine Augen über die Möbel streifen ließ, trat Sergeant Flannagan in die Tür.

»Was machen Sie?«, fragte Flannagan. »Wir warten auf Sie.«

»Ihre Freundin kann es hier drinnen vielleicht nicht aushalten, ich schon. Es geht nicht anders.«

»Ich dachte, man sollte nichts anfassen.«

»Sich umsehen bedeutet nicht, etwas anzufassen, Sergeant. Außer man entfernt etwas, dann weiß niemand, ob es angefasst wurde, weil es nicht mehr da ist.« Bourne lief plötzlich zu einem Tischchen aus gehämmertem Messing, wie man sie im Orient auf jedem Bazar findet. Es stand zwischen zwei Sesseln vor dem kleinen Kamin, darauf ein gläserner Aschenbecher, der zur Hälfte mit Kippen halb gerauchter Zigaretten gefüllt war. Jason nahm ihn in die Hand und drehte sich zu Flannagan um.

»Zum Beispiel dieser Aschenbecher, Sergeant. Ich habe ihn berührt, meine Fingerabdrücke sind darauf, aber niemand wird es wissen, weil ich ihn nämlich mitnehme.«

»Wozu?«

»Weil ich etwas gerochen habe – ich meine, wirklich gerochen, mit meiner Nase.«

»Wovon reden Sie, verflucht?«

»Zigarettenrauch, davon spreche ich. Er bleibt viel länger in der Luft hängen, als Sie annehmen. Fragen Sie jemanden, der schon öfter versucht hat, das Rauchen aufzugeben.«

»Und?«

»Und jetzt sprechen wir mit der Frau des Generals. Sprechen wir alle miteinander. Los, Flannagan, jetzt geht's ans Erzählen.«

»Die Waffe macht Sie verdammt mutig, wie?«

»Bewegung, Sergeant!«

Rachel Swayne schwenkte ihren Kopf nach links und warf ihr langes, schwarzes, glattes Haar nach hinten über die Schultern, Ihre Haltung im Stuhl wurde ganz steif.

»Das ist über die Maßen beleidigend«, sagte sie nachdrücklich und starrte Bourne mit weit aufgerissenen Augen an.

»Das ist es gewiss«, stimmt Jason zu und nickte. »Zufälligerweise ist es aber auch wahr. Es liegen fünf Kippen im Aschenbecher, jede mit Lippenstift.« Bourne setzte sich ihr gegenüber und stellte den Aschenbecher auf einen kleinen Tisch neben ihrem Stuhl. »Sie waren dabei, als er es tat, als er sich den Revolver in den Mund steckte und den Hahn abzog. Vielleicht dachten Sie nicht, dass er es wirklich tun würde, vielleicht dachten Sie, dass es nur wieder eine seiner üblichen hysterischen Drohungen wäre – wie auch immer, Sie haben ihn nicht daran gehindert. Warum sollten Sie auch? Für Sie und Eddie ist es eine logische und vernünftige Lösung.«

»Lächerlich!«

»Wissen Sie, Mrs. Swayne, offen gesagt, ist das kein Wort, das Sie in den Mund nehmen sollten. Das trägt nicht, genauso wenig, wie dieses ›über die Maßen beleidigend‹. Das passt nicht zu Ihnen, Rachel. Sie machen andere Leute nach – wahrscheinlich reiche, gelangweilte Kunden, von denen die junge Friseuse, die Sie vor vielen Jahren in Honolulu waren, das eine oder andere aufgeschnappt hat.«

»Wie können Sie es wagen …?«

»Ach, kommen Sie, Rachel. Versuchen Sie nicht das ›Wie können Sie es wagen‹-Stück, das funktioniert nicht. Wollen Sie mit Ihrem näselnden Akzent vielleicht auf königlichen Befehl meinen Kopf abhacken lassen?«

»Lassen Sie sie in Ruhe!«, schrie Flannagan, der neben Mrs. Swayne stand. »Sie haben zwar das Eisen, aber das ist nicht notwendig … Sie ist eine gute Frau, eine verdammt gute Frau, und sie wurde von jedem miesen Spieler in dieser Stadt angemacht.«

»Wieso denn das? Sie war die Frau des Generals, die Herrin dieses Landgutes, oder nicht? Ist es nicht so?«

»Sie wurde benutzt …«

»Benutzt und ausgelacht. Ich wurde immer ausgelacht, Mr. Delta!«, weinte Rachel Swayne und griff nach den Stuhllehnen. »Wenn sie mich nicht angeilten oder freche Sprüche machten! Wie würde es Ihnen gefallen, besonderen Gästen, sehr besonderen Gästen, wie ein Stück Fleisch zum Dessert gereicht zu werden, wenn das Dinner vorbei ist?«

»Ich glaube nicht, dass mir das gefiele. Ich würde mich weigern.«

»Ich konnte nicht! Er zwang mich dazu!«

»Niemand kann irgendjemanden zu so etwas zwingen.«

»Natürlich kann man, Mr. Delta«, sagte die Frau des Generals und beugte sich vor, und ihre großen Brüste sprengten fast ihre dünne Bluse. Ihr langes Haar verdunkelte teilweise die weichen Züge ihres alternden, aber immer noch sinnlichen Gesichts. »Man kann alles machen mit einem Gör ohne Schulabschluss aus dem Kohlenrevier von West-Virginia, wo eine Mine nach der anderen dichtgemacht wurde und niemand mehr was zu fressen hatte – Entschuldigung, zu essen, meine ich. Du schnappst deine Sachen und haust ab, und genau das habe ich getan. Ich vögelte mich von Aliquippa bis Hawaii durch, aber wenigstens kam ich an. Und ich lernte einen Beruf. Dort traf ich dann Big Boy, und ich heiratete ihn, aber vom ersten Tag an wusste ich, dass ich mir keine Illusionen zu machen brauchte. Besonders, als er aus Vietnam zurückkam, verstehen Sie, was ich meine?«

»Ich bin mir nicht sicher, Rachel.«

»Du musst ihm überhaupt nichts erklären, Kind!«, brüllte Flannagan.

»Ich will aber, Eddie! Ich hab's satt, die ganze Scheiße, klar?«

»Nimm dich in Acht.«

»Es ist ja so, dass ich nichts weiß, Mr. Delta. Aber ich kann mir was zusammenreimen, verstehen Sie?«

»Hör auf, Rachel!«, schrie Flannagan.

»Leck mich, Eddie! So toll bist du nun auch wieder nicht. Dieser Mr. Delta könnte der Ausweg sein … Also, wo war ich stehen geblieben? Die Insel, richtig?«

»Ganz richtig, Mrs. Swayne.«

»Sie wissen, was das hier ist?«

»Schnauze!«, bellte Flannagan und stürzte unbeholfen vor. Doch ein ohrenbetäubendes Krachen aus Bournes Revolver hielt ihn auf. Die Kugel ging in den Boden, zwischen die Füße des Sergeanten.

Die Frau schrie. Als sie wieder aufgehört hatte, fuhr Jason fort: »Also, was ist das hier, Mrs. Swayne?«

»Sei still«, unterbrach der Sergeant, diesmal aber eher flehend. Er sah die Frau an und dann wieder Jason. »Hören Sie, Bourne, oder Delta oder wer immer Sie sind, Rachel hat Recht. Sie könnten unser Ausweg sein – uns bleibt hier nichts mehr – was haben Sie also zu bieten?«

»Wofür?«

»Sagen wir mal, für ein paar Informationen über diesen Ort. Ich erzähl, was ich weiß ... auch, wo es noch mehr zu erfahren gibt. Dafür helfen Sie uns, hier rauszukommen, auf irgendeine Insel im Pazifik, ohne dass wir uns rumschlagen müssen, mit unseren Namen und Fotos in allen Zeitungen.«

»Das ist eine dicke Bestellung, Sergeant.«

»Verdammt, sie hat ihn nicht getötet – wir haben ihn nicht getötet, Sie haben es selbst gesagt!«

»Richtig, aber es ist mir auch egal, ob Sie es gemacht haben, ob Sie verantwortlich sind oder nicht. Ich habe andere Prioritäten.«

»Etwa ›mit alten Kameraden ein Wörtchen zu reden‹, oder was das war?«

»Das stimmt, das ist meine Aufgabe.«

»Ich kann Sie immer noch nicht einordnen ...«

»Müssen Sie auch nicht.«

»Sie waren tot!«, brach es aus Flannagan wieder hervor. »Delta one von den Illegalen war Bourne, und Bourne war tot, und Langley hat es uns bewiesen! Aber Sie sind nicht tot ...«

»Ich wurde benutzt, Sergeant! Das ist alles, was Sie wissen müssen – das und die Tatsache, dass ich allein arbeite. Ich habe ein paar Außenstände, die ich einfordern will, aber ich bin allein. Ich brauche Informationen, und ich brauche sie schnell!«

Flannagan schüttelte verwirrt den Kopf. »Gut ... vielleicht kann ich da helfen«, sagte er ruhig, zögernd, »besser vielleicht als jemand anders. Ich hatte einen Spezialauftrag, wodurch ich einiges erfahren habe, Dinge, die jemand wie ich normalerweise nicht erfährt.«

»Das hört sich an wie die Eröffnung zu einem Schwindelmärchen, Sergeant. Was war Ihr Spezialauftrag?«

»Krankenschwester. Vor zwei Jahren fing Norman an, abzubauen. Ich kontrollierte ihn, und bei zu großen Schwierigkeiten sollte ich eine Nummer in New York anrufen.«

»Die besagte Nummer ist Teil der Hilfe, die Sie mir geben können.«

»Und dann habe ich da noch ein paar Nummernschilder aufgeschrieben für den Fall, dass …«

» … dass eines Tages entschieden würde, dass Ihre Dienste als Krankenschwester nicht mehr gefragt wären«, ergänzte Bourne.

»In der Art. Diese Typen mochten uns nie – Norman merkte es nicht, aber ich schon.«

»Wer ist ›wir‹? Sie, Rachel und Swayne?«

»Wir, die in einer Uniform stecken. Die reichen Zivilistennasen sehen auf uns herab, als wären wir nichts als ein notwendiges Übel, und mit dem ›notwendig‹ haben sie Recht. Sie brauchten Norman. Innerlich bespuckten sie ihn, aber sie brauchten ihn.«

Die Kommissköppe kommen damit nicht klar. Albert Armbruster, Vorsitzender der Bundeshandelskommission. Medusa – die zivilen Erben.

»Wenn Sie sagen, dass Sie die Nummernschilder aufgeschrieben haben, nehme ich an, dass Sie an den Meetings, die hier in regelmäßigen Abständen stattfanden, nicht teilgenommen haben. Sie haben nicht dazugehört.«

»Sind Sie verrückt?«, kreischte Rachel Swayne dazwischen. »Wann immer es ein richtiges Meeting gab und nicht ein lumpiges Sauf- und Fressgelage, sagte Norm zu mir, ich solle nach oben gehen. Oder wenn ich wollte, könnte ich ja zu Eddie rüber. Eddie durfte die Hütte nicht verlassen. Wir waren nicht gut genug für seine sauberen Freunde, diese Ärsche! So war es jahrelang … Wie ich gesagt habe, er trieb uns zusammen.«

»Ich beginne zu verstehen – glaub ich zumindest. Aber Sie haben die Nummernschilder, Sergeant. Wie haben Sie das gemacht? Ich denke, Sie mussten in Ihren Zimmern bleiben?«

»Ich hab sie von den Wächtern. Ich nannte es eine vertrauliche Geheimdienstsache. Keiner hat gemeckert.«

»Ich kapiere. Sie sagten, Swayne hätte vor ein paar Jahren angefangen abzubauen. Wie? In welcher Weise?«

»Wie heute Nacht. Wann immer irgendetwas außer der Reihe passierte, war er wie gelähmt, wollte er keine Entscheidungen mehr treffen. Wenn es nur nach Schlangenlady roch, wollte er am liebsten den Kopf in den Sand stecken und warten, bis alles vorüber war.«

»Und was war heute Abend? Ich habe gesehen, dass Sie gestritten haben. Es sah aus, als ob der Sergeant seinem General die Marschorder gab.«

»Da haben Sie verdammt Recht. Norman war in Panik – wegen Ihnen, wegen dem Mann, den sie Cobra nennen, der diese üble Sache aus Saigon wieder hoch bringt. Er wollte, dass ich bei ihm bliebe, wenn Sie auftauchten. Und ich sagte ihm, das käme nicht infrage. Ich sagte, ich sei doch nicht blöde.«

»Warum? Warum wäre es blöde für einen Adjutanten, bei seinem Vorgesetzten zu sein?«

»Aus demselben Grund, weshalb Unteroffiziere nicht dabei sind, wenn die hohen Tiere ihre Strategien planen. Das sind verschiedene Ebenen, ganz einfach.«

»Was mit anderen Worten heißt, dass es Grenzen gab. Dass Sie bestimmte Sachen wissen durften und andere nicht.«

»Genauso ist es.«

»Aber damals, vor zwanzig Jahren, waren Sie in Saigon doch auch dabei, gehörten auch zur Schlangenlady, zum Teufel, Sergeant, Sie waren Medusa, Sie sind Medusa.«

»Dafür kann ich mir was kaufen, Delta! Ich wische den Dreck auf, und sie sorgen für mich, aber ich bin nur ein Handlanger in Uniform. Wenn meine Zeit gekommen ist, die Uniform abzulegen, gehe ich schön ruhig und weit weg in Pension und halt mein Maul – oder ein Sarg steht für mich bereit. Alles ganz klar. Ich bin entbehrlich.«

Bourne studierte den Sergeanten genau, als er sprach, wobei er dessen kurze Blicke zur Frau des Generals bemerkte, als ob er ihre Zustimmung erwartete oder, im Gegenteil, einen Wink zu schweigen. Entweder erzählte der dicke Kerl die Wahrheit, oder aber er war ein wirklich überzeugender Schauspieler.

»Da fällt mir ein«, sagte Jason schließlich, »dass jetzt kein schlechter Zeitpunkt wäre, in Pension zu gehen. Ich kann das arrangieren, Sergeant. Sie können in Ruhe verschwinden, ohne den Mund aufzumachen, und mit allen Auszeichnungen, die Sie für das Aufwischen bekommen haben. Es erscheint doch logisch, dass sich der ergebene Adjutant eines Generals mit über dreißig Dienstjahren zurückziehen möchte, wenn sein Freund und Vorgesetzter so tragisch ums Leben gekommen ist. Niemand wird Fragen stellen … Das ist mein Angebot.«

Flannagan blickte wieder zu Rachel; sie nickte entschieden und sah Bourne an. »Dann können wir packen und verschwinden?«, fragte sie.

»Wenn es sonst nichts mehr wegen Sergeant Flannagans Entlassung und seiner Pension zu erledigen gibt …«

»Ich hab Norman die Papiere schon vor achtzehn Monaten unterschreiben lassen«, unterbrach der Adjutant. »Ich war für sein Büro im Pentagon eingeteilt und an seinem Wohnort einquartiert. Ich muss nur noch das Datum eintragen, unterschreiben und eine Adresse für die Überweisungen angeben, die Rachel und ich uns schon ausgedacht haben.«

»Das ist alles?«

»Vielleicht noch drei oder vier Anrufe. Normans Anwalt, der hier alles abwickelt, jemanden wegen der Hundezwinger, den Fahrdienstleiter für die Pentagon-Fahrzeuge – und zuletzt ein Anruf nach New York. Dann der Flughafen.«

»Daran müssen Sie schon jahrelang gedacht haben …«

»Nur an das, Mr. Delta«, bestätigte die Frau des Generals. »Wie gesagt, wir haben dafür bezahlt.«

»Aber bevor ich diese Papiere unterschreiben oder die Anrufe erledigen kann«, warf Flannagan ein, »muss ich wissen, dass wir quitt sind – jetzt.«

»Das heißt, keine Polizei, keine Zeitungen, keine Verwicklungen wegen heute Nacht … Sie waren einfach nicht hier.«

»Sie haben vorhin gesagt, das sei eine dicke Bestellung. Wie groß sind die Schulden, die Sie dafür eintreiben können?«

»Sie waren einfach nicht hier«, wiederholte Bourne bedächtig und sah auf den Aschenbecher mit den lippenstiftrot gefärbten Kippen. Dann richtete er den Blick wieder auf den Adjutanten.

»Sie haben da drin nichts angefasst, da gibt es nichts, was Sie mit dem Selbstmord in Verbindung bringen könnte …

Sind Sie wirklich bereit, abzuhauen? Sagen wir, in ein paar Stunden?«

»Sagen wir, in dreißig Minuten, Mr. Delta«, antwortete Rachel.

»Mein Gott, Sie haben hier ein Leben gehabt, beide ...«

»Wir wollen nichts von diesem Leben mitnehmen, nichts, was uns nicht gehört«, sagte Flannagan entschlossen.

»Der Besitz hier gehört Ihnen, Mrs. Swayne ...«

»Von wegen. Er hat alles einer Stiftung überschrieben, fragen Sie den Anwalt. Was ich bekomme, wenn ich es bekomme, wird er mir schicken. Ich will nur raus hier – *wir* wollen raus.«

Jason betrachtete nachdenklich dieses seltsame Paar, das sich unter so seltsamen Umständen zusammengetan hatte. »Dann gibt es nichts, was Sie halten kann?«

»Wie können wir das wissen?«, presste Flannagan hervor und machte einen Schritt vorwärts.

»Sie werden ein gewisses Maß an Vertrauen haben müssen, aber, glauben Sie mir, ich kann alles arrangieren. Andererseits, was wäre die Alternative? Angenommen, Sie bleiben. Egal, was Sie mit ihm machen, er wird morgen nicht in Arlington auftauchen, übermorgen auch nicht und nicht in drei Tagen. Früher oder später wird jemand kommen, um nach ihm zu sehen. Es wird Fragen geben, eine Untersuchung, und so sicher wie das Amen in der Kirche werden die Medien mit jeder erdenklichen Spekulation aufwarten. Binnen kurzem wird Ihre Beziehung ans Licht kommen – sogar die Wachen haben davon gesprochen. Die Zeitungen, die Magazine und das Fernsehen werden ein gefundenes Fressen vermuten ... Wollen Sie das? Sie hätten vermutlich gute Chancen, bald schon in die Kiste zu springen, wie Sie vorhin so richtig gesagt haben ...«

Die beiden starrten einander an. »Er hat Recht«, sagte die Frau. »Mit ihm haben wir eine Chance, ohne ihn nicht.«

»Es hört sich zu einfach an«, sagte Flannagan. Sein Atem ging schneller, als er zur Tür hinüber sah. »Wie wollen Sie das alles hier in den Griff kriegen?«

»Das ist meine Angelegenheit«, antwortete Bourne. »Geben

Sie mir die Telefonnummern, alle, und dann brauchen Sie nur noch New York anzurufen. Und wenn ich Sie wäre, dann würde ich das von irgendeiner Pazifikinsel aus machen.«

»Sie sind verrückt! In dem Augenblick, wo das rauskommt, hat mich Medusa im Visier – und Rachel auch! Dann wollen die wissen, was passiert ist.«

»Sagen Sie die Wahrheit, vielleicht mit einer kleinen Variation, und ich glaube, Sie bekommen sogar einen Bonus.«

»Sie sind ein verdammter Witzbold!«

»Ich war in Vietnam kein Witzbold, Sergeant. Nicht in Hongkong und bin es ganz gewiss auch jetzt nicht ... Sie und Rachel, Sie sind nach Hause gekommen, haben gesehen, was passiert ist, haben gepackt und sind abgehauen – weil Sie keine Fragen wollten, und Tote können nicht reden und sich auch nicht verplappern. Datieren Sie die Papiere einen Tag vor, geben Sie sie auf, und überlassen Sie den Rest mir.«

»Ich werde ...«

»Sie haben keine andere Wahl, Sergeant!«, gab Jason zurück und erhob sich vom Stuhl. »Und ich will nicht noch mehr Zeit verlieren! Wenn Sie wollen, dass ich gehe, gehe ich – sehen Sie zu, wie Sie alleine klarkommen.« Bourne ging verärgert auf die Tür zu.

»Nein, Eddie, halt ihn auf! Wir müssen tun, was er sagt, wir müssen die Chance nutzen! Sonst sind wir so gut wie tot ...«

»Okay, okay! ... Also gut, Delta. Wir tun, was Sie sagen.«

Jason hielt inne. »*Alles,* was ich sage, Sergeant, bis zum letzten Buchstaben.«

»In Ordnung.«

»Zuerst gehen wir zwei hinüber zu Ihrer Hütte. Sie übergeben mir alles, was Sie haben – Telefon- und Autonummern, jeden Namen, an den Sie sich erinnern können, alles. Einverstanden?«

»Ja.«

»Gehen wir. Und, Mrs. Swayne, ich verstehe, dass es wahrscheinlich eine ganze Menge kleiner Dinge gibt, die Sie gern mitnehmen würden, aber ...«

»Keine Sorge, Mr. Delta. Erinnerungsstücke habe ich nicht. Die Sachen, die mir wichtig sind, habe ich seit langem aus dieser Hölle weggeschafft. Das liegt alles in einem Lager zehntausend Kilometer weit weg.«

»Nun, Sie waren ja gut vorbereitet.«

»Allerdings. Sehen Sie, es musste irgendwann so kommen, auf die eine oder andere Weise, wenn Sie wissen, was ich meine.« Rachel ging schnell an den beiden Männern vorbei in die Diele. Sie machte noch einmal Halt und kam zurück zu Sergeant Flannagan. Ein Lächeln lag auf ihren Lippen. Mit leuchtenden Augen legte sie ihre Hand an seine Wange. »He, Eddie«, sagte sie leise. »Es wird Wirklichkeit. Wir werden leben können, Eddie. Weißt du, was ich meine?«

»Ja, Baby, ich weiß.«

Als sie in die Dunkelheit hinaustraten und in Richtung Hütte gingen, sagte Bourne: »Ich meinte es ernst, als ich vorhin sagte, es gibt keine Zeit zu verlieren. Fangen Sie an. Was können Sie mir über Swaynes Besitz sagen?«

»Sind Sie bereit?«

»Was soll das heißen? Natürlich bin ich bereit.« War er aber nicht. Bei Flannagans ersten Worten blieb er abrupt stehen: »Zur Einleitung: Das hier ist ein Friedhof.«

Alex Conklin lehnte sich mit gerunzelter Stirn in seinen Sessel zurück, den Telefonhörer in der Hand. Er war verblüfft, unfähig, eine vernünftige Antwort auf Jasons erstaunliche Information zu geben. Alles, was er sagen konnte, war: »Ich glaube es nicht!«

»Was denn?«

»Ich weiß nicht. Alles. Ich meine … das mit dem Friedhof. Aber ich muss es wohl glauben, oder?«

»Du wolltest auch das mit London und Brüssel nicht glauben oder das mit dem Befehlshaber der Sechsten Flotte oder die Sache, dass in Langley jemand außer uns zu bestimmten Geheimsachen Zugang hat. Ich liste nur auf … Der Punkt ist, wenn man erst einmal herausfindet, wer alles dazu gehört, kann man agieren.«

»Du musst noch einmal von vorn anfangen. In meinem Kopf geht's noch drunter und drüber … Die Telefonnummer in New York, die Autonummern …«

»Die Leiche, Alex! Flannagan und die Frau des Generals! Sie sind auf dem Weg. Das war die Abmachung, und du musst sie decken.«

»Einfach so? Swayne tötet sich, und den einzigen beiden Leuten, denen wir Fragen stellen könnten, sagen wir *ciao* und lassen sie verschwinden? Das ist fast noch verrückter als alles, was du mir erzählt hast!«

»Wir haben keine Zeit für solche Spielchen – und außerdem, Flannagan kann keine weiteren Fragen beantworten. Die gehörten einfach nicht derselben Ebene an.«

»O Junge, das ist schon klar.«

»Mach es. Lass sie laufen. Wir brauchen sie vielleicht noch, aber erst später.«

Conklin seufzte; er konnte sich offenbar nicht entscheiden. »Bist du sicher? Es ist sehr kompliziert.«

»Mach es, um Himmels willen, Alex! Ich scheiß auf sämtliche Komplikationen oder Übertretungen oder Manipulationen, die du dir vorstellen kannst! Ich will Carlos! Wir bauen ein Netz auf, und wir können ihn darin fangen – ich kann ihn fangen!«

»Schon gut, schon gut. Es gibt einen Doktor in Falls Church, den wir schon früher für besondere Zwecke benutzt haben. Ich werde ihn anrufen, und er weiß, was zu tun ist.«

»Gut«, sagte Bourne. Sein Hirn arbeitete fieberhaft. »Jetzt nimm alles auf. Ich sage dir, was Flannagan mir erzählt hat. Mach schnell, ich hab reichlich zu tun.«

»Aufnahme läuft, Delta one.«

Jason las von der Liste ab, die er in Flannagans Hütte angefertigt hatte. Er sprach schnell, aber deutlich, damit auf dem Band keine Zweifel entstanden. Da waren die Namen von sieben Gästen, die häufig auf den Dinner-Parties des Generals gewesen waren, wobei es noch keine Gewissheit hinsichtlich der Schreibweise ihrer Namen gab, dafür grobe Personenbeschreibungen. Dann kamen die Autonummern von den Wagen, die zu den sehr viel ernsteren zweimonatigen Meetings angerollt waren. Außerdem die Telefonnummer des Rechtsanwalts, die der Wachleute und der Hundezüchter, auch die der Firma für die Pentagon-Spezialfahrzeuge. Und schließlich gab es noch ein Telefon in New York ohne Namen, das in keinem Telefonbuch auftauchte und das lediglich Botschaften entgegennahm. »Das hier ist das Wichtigste, Alex.«

»Wir knacken es«, sagte Conklin, ebenfalls auf Band. »Ich rufe die Hundezüchter an und werde pentagonesisch sprechen – der General ist zu einer supergeheimen Mission geflogen, und wir zahlen doppelt, wenn die Tiere morgen als Erstes wegkommen. Lassen Sie die Tore zufällig offen … Die Autonummern sind kein Problem. Ich lasse sie Casset hinter dem Rücken von DeSole in den Computer eingeben.«

»Was ist mit Swayne? Wir müssen den Selbstmord für eine Weile vertuschen.«

»Wie lange?«

»Wie kann ich das wissen?«, antwortete Jason gereizt. »Zumindest, bis wir herausgefunden haben, wer sich hinter den Nummern verbirgt, und ich sie erreicht habe – oder du – und wir gemeinsam die Panikmache begonnen haben. Und dann bieten wir die Carlos-Lösung an.«

»Das sind schöne Worte«, sagte Conklin, nicht gerade in schmeichelhaftem Ton. »An was denkst du – ein, zwei Tage, eine Woche, oder noch länger?«

»Was weiß ich!?«

»Dann würden wir besser Peter Holland einweihen, verdammt noch mal.«

»Nein, noch nicht. Wir wissen nicht, wie er reagiert, und ich will ihm nicht die Chance geben, sich mir in den Weg zu stellen.«

»Du musst außer mir noch jemandem Vertrauen schenken, Jason. Ich kann Holland vielleicht vierundzwanzig oder achtundvierzig Stunden lang an der Nase herumführen – vielleicht –, aber ich bezweifle, dass es noch länger geht. Er wird eine Bestätigung von oben haben wollen. Und vergiss nicht, dass Casset mir wegen DeSole die Hölle heiß macht …«

»Gib mir zwei Tage, verschaff mir zwei Tage!«

»Während ich all diesen Informationen nachgehen und Charlie hinhalten muss, während ich Peter Lügenmärchen erzähle, dass wir Fortschritte machen bei der Verfolgung der Kuriere des Schakals aus dem Mayflower Hotel – *denken wir nach* … Natürlich machen wir diese Fortschritte nicht, weil wir uns bis an den Kragen in irgendeine geheimnisvolle, zwanzig Jahre alte Saigon-Verschwörung reingewühlt haben … Verdammt, wir wissen überhaupt nichts darüber, außer dass die Namen, die dahinterstecken, außerordentlich beeindruckend sind. Ohne dass wir bis jetzt überhaupt wissen, was gespielt wird, bringen wir raus, dass sie ihren eigenen, privaten Friedhof auf dem Grundstück des Generalquartiermeisters des Pentagon haben, der sich mal eben den Kopf weggeschossen hat, ein kleineres Problem, mit dem wir zu tun haben … Herrgott, Delta, *stop it!* Die Raketen kollidieren!«

Obwohl er vor Swaynes Schreibtisch stand, mit der Leiche des Generals neben sich, musste Bourne lächeln. »Aber damit rechnen wir doch, oder? Das ist ein Szenario, wie es von unserem geliebten heiligen Alex geschrieben sein könnte.«

»Ich bin nur Beifahrer, nicht der Steuermann …«

»Was ist mit dem Doktor?«, unterbrach Jason. »Du warst schon fünf Jahre lang nicht mehr aktiv. Woher weißt du, dass er noch im Geschäft ist?«

»Ab und zu treffe ich ihn. Wir gehen beide gern in Ausstellungen. Vor ein paar Monaten traf ich ihn in der Corcoran-Galerie, und da beschwerte er sich, dass man ihm nicht genügend zu tun gäbe.«

»Das kannst du heute Nacht ändern.«

»Ich versuche es. Was wirst du tun?«

»Vorsichtig alles hier auseinander nehmen.«

»Handschuhe?«

»Operationshandschuhe natürlich.«

»Fass die Leiche nicht an.«

»Nur die Taschen – ganz vorsichtig … Swaynes Frau kommt die Treppe herunter. Ich ruf dich wieder an, wenn sie gegangen sind. Krieg den Doktor zu fassen!«

Ivan Jax, Doktordiplom der Yale-Universität, chirurgischer Facharzt am Allgemeinen Krankenhaus von Massachusetts, Lehramt an der Medizinischen Fakultät, gebürtiger Jamaikaner und vormaliger Berater der CIA Dank eines schwarzen Bekannten mit dem unwahrscheinlichen Namen Kaktus, fuhr durch das Tor von General Swaynes Anwesen in Manassas, Virginia. Es gab Zeiten, dachte Ivan, da wünschte er, niemals den alten Kaktus getroffen zu haben. Heute Abend war wieder so ein Moment, obwohl er es ansonsten überhaupt nicht bedauerte, Kaktus' Bekanntschaft gemacht zu haben. Dank der ›magischen Papiere‹ des alten Mannes hatte Jax seinen Bruder und seine Schwester aus Jamaika herausholen können, damals, während der Diktatur Manleys, als es Fachkräften verboten war, zu emigrieren, und schon gar nicht, wenn sie persönliche Gelder mitnehmen wollten.

Kaktus jedoch hatte mithilfe von vollständigen Falsifikaten amtlicher Erlaubnisbescheinigungen beide jungen Leute aus dem Land bekommen, zusammen mit Banküberweisungen, die in Lissabon eingelöst wurden. Alles, was der alte Fälscher dazu benötigt hatte, waren gestohlene leere Formulare aus verschiedenen Ämtern, einschließlich Papieren für den Import/Export, sowie den Pässen der beiden jungen Leute, ferner einzelnen Fotos und Kopien verschiedener Unterschriften von gewissen Leuten in Amt und Würden, welche man leicht kopieren konnte aus den zahllosen bürokratischen Verordnungen, die in der von der Regierung kontrollierten Presse abgedruckt wurden. Ivans Bruder war jetzt ein wohlhabender Rechtsanwalt in London und seine Schwester Wissenschaftlerin in Cambridge.

Ja, er war Kaktus Dank schuldig, dachte Dr. Jax, als er seinen Wagen in die Kurve zur Auffahrt lenkte. Und als der alte Mann ihn vor sieben Jahren gebeten hatte, mit ein paar ›Freunden drüben in Langley‹ zu ›beratschlagen‹, hatte er zugesagt. Ein bisschen Beratung! Aber Ivans heimliche Verbindung zur CIA hatte noch weitere gute Seiten. Als seine Inselheimat Diktator Manley hinauswarf und Seaga an die Macht kam, war eins der ersten enteigneten Besitztümer, die ihren rechtmäßigen Besitzern zurückgegeben wurden, das der Familie Jax in Montego Bay und Port Antonio. Das war Alex Conklin zu verdanken, und ohne Kaktus hätte es keinen Conklin gegeben, nicht im Kreis von Ivans Freunden ... Aber warum musste Alex heute Nacht anrufen? Heute war sein zwölfter Hochzeitstag, und er hatte die Kinder zum Schlafen zu Nachbarn geschickt, damit er und seine Frau allein sein konnten, allein mit gegrillten Jamaika-Rippchen im Patio – zubereitet von dem einzigen Menschen, der das konnte, nämlich Küchenchef Ivan –, mit viel dunklem Overton-Rum und mit erotischen Wasserspielchen im Pool. Verfluchter Alex! Doppelt verflucht dieser Hurensohn von einem Junggesellen, der auf das Ereignis eines Hochzeitstages nur reagieren konnte, indem er sagte: »Was, zum Teufel? Du hast das ganze Jahr, was zählt da ein Tag? Morgen könnt ihr euren Spaß haben. Ich brauche dich heute!«

Also hatte er seine Frau, die frühere Oberschwester im Allgemeinen Krankenhaus von Massachusetts, angelogen. Er hatte ihr gesagt, dass das Leben eines Patienten in Gefahr sei – war es ja auch gewesen, nur dass er jetzt schon tot war. Sie hatte geantwortet, dass ihr nächster Mann sich vielleicht mehr um *ihr* Leben kümmern werde, aber ihr trauriges Lächeln und ihr verständnisvoller Blick sagten ihm, dass es okay war. Sie kannte den Tod. *Mach schnell, Liebling!*

Jax stellte den Motor ab, griff nach seinem Arztkoffer und sprang aus dem Wagen. Er ging um den Kühler herum, als sich auch schon die Eingangstür öffnete und die Silhouette eines großen Mannes in einem hautengen Anzug im Türrahmen erschien. »Ich bin Ihr Doktor«, sagte Ivan und ging die Stufen hoch. »Unser gemeinsamer Freund hat mir nicht Ihren Namen verraten, aber ich glaube, ich sollte ihn auch gar nicht wissen.«

»Das glaube ich auch«, stimmte Bourne zu und streckte Jax eine Hand entgegen, die in einem Operationshandschuh steckte.

»Wir haben wohl beide Recht«, sagte Jax und schüttelte die Hand des Fremden. »Was Sie da anhaben, ist mir jedenfalls sehr vertraut.«

»Unser gemeinsamer Freund hat mir nicht gesagt, dass Sie schwarz sind.«

»Ist das ein Problem für Sie?«

»Lieber Gott, nein. Mir gefällt mein Freund nur noch mehr. Er ist wohl gar nicht darauf gekommen, es zu erwähnen.«

»Ich denke, wir werden miteinander auskommen. Gehen wir, *No-Name.*«

Bourne stand drei Meter rechts neben dem Tisch, als Jax die Leiche schnell und fachgerecht behandelte und den Kopf gnädig in Gaze wickelte. Ohne Erklärung hatte er Teile der Kleidung des Generals weggeschnitten und den darunter liegenden Körper untersucht. Schließlich rollte er den Toten mit dem Kapuzenverband vorsichtig vom Stuhl auf den Boden. »Sind Sie hier drinnen fertig?«, fragte er und sah Jason an.

»Sauber gemacht ist, wenn Sie das meinen.«

»Normalerweise schon … Ich möchte diesen Raum versiegelt haben. Niemand darf ihn nach unserem Verlassen betreten, bevor unser gemeinsamer Freund es zulässt.«

»Das kann ich gewiss nicht garantieren«, sagte Bourne.

»Dann wird *er* es müssen.«

»Warum?«

»Ihr General hat nicht Selbstmord begangen, *No-Name.* Er ist ermordet worden.«

12.

»Die Frau«, sagte Alex Conklin am Telefon. »Nach allem, was du mir erzählt hast, muss es Swaynes Frau gewesen sein. Großer Gott!«

»Es nutzt alles nichts, aber es sieht so aus«, stimmte Bourne kleinlaut zu. »Sie hatte, weiß Gott, genug Gründe – obwohl, wenn sie es war, dann hat sie es Flannagan nicht erzählt, und das ergibt keinen Sinn.«

»Nein, tut es nicht …« Conklin machte eine Pause und sprach dann schnell weiter: »Lass mich mit Ivan sprechen.«

»Ivan? Dein Doktor? Er heißt Ivan?«

»Und?«

»Nichts. Er ist draußen … ›seine Waren zusammenpacken‹, wie er es nannte.«

»In seinem Wagen?«

»Richtig. Wir haben die Leiche …«

»Was macht ihn so sicher, dass es kein Selbstmord war?«, unterbrach Alex.

»Swayne stand unter Drogen. Er sagte, er würde dich später anrufen und es dir erklären. Er möchte von hier verschwinden, und niemand soll nach uns das Zimmer betreten, bis du der Polizei Bescheid gibst.«

»Du liebe Güte, das muss aussehen da drinnen.«

»Hübsch ist es nicht. Was soll ich machen?«

»Zieh die Vorhänge vor, wenn es welche gibt, prüfe die Fenster und schließ die Tür ab. Wenn es keine Möglichkeit gibt, sie abzuschließen, sieh nach, ob …«

»Ich habe einen Schlüsselbund in Swaynes Tasche gefunden«, unterbrach Jason. »Einer passt.«

»Gut. Wenn du gehst, wisch die Tür sauber. Nimm ein Möbelpolish oder so was.«

»Das wird aber niemanden abhalten, der hineinwill.«

»Nein, aber wenn es jemand tut, hätten wir eine Spur.«

»Wirst du ...?«

»Natürlich«, sagte der ehemalige CIA-Agent. »Ich muss mir was ausdenken, wie ich das ganze Anwesen wasserdicht mache, ohne auf jemanden aus Langley zurückzugreifen, und nebenbei muss ich das Pentagon in Schach halten, falls jemand von den etwa zwanzigtausend Leuten Swayne sprechen möchte, einschließlich seines Büros und wahrscheinlich ein paar hundert Käufern und Verkäufern täglich ... Mein Gott, das ist unmöglich!«

»Es ist perfekt«, widersprach Bourne, als Dr. Ivan Jax plötzlich in der Tür erschien. »Unser kleines Spiel zur Destabilisierung wird direkt hier beginnen. Hast du die Nummer von Kaktus?«

»Nicht bei mir. Ich glaube, sie ist wohl in einem Schuhkarton bei mir zu Hause.«

»Ruf Mo Panov an, er hat sie. Dann setzt du dich mit Kaktus in Verbindung und sagst ihm, er soll in eine Telefonzelle gehen und mich hier anrufen.«

»Was, zum Teufel, hast du vor? Wenn ich den Namen des alten Mannes höre, werde ich nervös.«

»Du hast mir gesagt, ich solle außer dir jemanden finden, dem ich vertraue. Hab ich gerade getan. Ruf ihn an, Alex.« Jason hängte auf. »Tut mir Leid, Doktor ... oder vielleicht kann ich unter diesen Umständen Ihren Namen benutzen. Hallo, Ivan.«

»Hallo, *No-Name.* Ich hätte es lieber weiter ohne. Besonders, weil ich Sie gerade einen anderen Namen sagen hörte.«

»Alex? ... Nein, natürlich meinen Sie nicht Alex, unseren gemeinsamen Freund.« Bourne lachte leise und wissend, als er hinter dem Schreibtisch vorkam. »Kaktus, oder nicht?«

»Ich kam nur herein, um zu fragen, ob ich die Tore schließen soll.« Jax überging die Frage.

»Wären Sie beleidigt, wenn ich sage, dass ich erst an ihn dachte, als Sie reinkamen?«

»Manche Assoziationen sind recht vordergründig. Was ist mit den Toren?«

»Verdanken Sie Kaktus ebenso viel wie ich, Doktor?« Jason stand immer noch und schaute den Jamaikaner an.

»Ich verdanke ihm so viel, dass ich mir nicht vorstellen könnte, ihn in eine Sache wie die hier hineinzuziehen. Um Himmels willen, er ist ein alter Mann, und egal, welche Ablenkungsmanöver Langley machen wird, es gab heute Abend einen Mord, einen besonders brutalen Mord. Nein, ich würde ihn hier nicht reinziehen.«

»Sie sind nicht ich. Verstehen Sie, ich muss. Er würde es mir nie verzeihen, wenn ich es nicht täte.«

»Sie halten nicht viel von sich, oder?«

»Schließen Sie bitte die Tore, Doktor. In der Diele ist eine Alarmanlage, die ich einschalte, wenn sie geschlossen sind.«

Jax blieb stehen, als wüsste er nicht recht, was er sagen sollte. »Die meisten gesunden Leute haben Gründe«, begann er zögernd, »gewisse Dinge zu sagen – gewisse Dinge zu tun. Meine Vermutung ist, dass Sie gesund sind. Rufen Sie Alex an, wenn Sie mich brauchen – wenn der alte Kaktus mich braucht.« Der Doktor ging schnell zur Tür hinaus. Bourne sah sich das Zimmer an. Seit Flannagan und Rachel Swayne sich vor beinahe drei Stunden davongemacht hatten, hatte er jeden Quadratzentimeter hier untersucht, auch das Schlafzimmer des Generals im ersten Stock. Die Gegenstände, die er mitnehmen wollte, hatte er auf das Messingtischchen gelegt. Da waren drei braune, ledergebundene Mappen, in denen Spiralblöcke steckten, die zu einem Schreibtischset gehörten. Das erste war ein Terminkalender, das zweite ein persönliches Telefonbuch, in das Namen und Telefonnummern mit Tinte eingetragen waren, und das dritte ein kaum benutztes Ausgabenbuch. Daneben gab es elf Zettel von einem Telefonblock mit Nachrichten aus dem Büro. Die hatte Jason in Swaynes Taschen gefunden. Außerdem eine Golfklubkarte und mehrere im Pentagon geschriebene Memoranden. Und schließlich war da noch die Brieftasche des Generals mit einer Fülle von eindrucksvollen Kreditkarten und sehr wenig Geld. Bourne wollte alles an Alex weitergeben und hoffte, noch weitere Hinweise zu finden. So weit er die Sache überblickte, hatte er nichts Erschütterndes entdeckt, nichts wesentlich Wichtiges hinsichtlich Medusa. Und das störte ihn: Da musste etwas sein. Dies war das Heim des alten Haudegens, sein Allerheiligstes – da musste etwas sein! Er wusste es, er fühlte es, aber er konnte es nicht finden. Also begann er von vorne, nicht quadratzentimeterweise, sondern Millimeter um Millimeter. Vierzehn Minuten später, als er die Fotografien an der Wand hinter dem Schreibtisch abnahm und umdrehte, auch an der Wand rechts neben dem gepolsterten Erkerfenster, von dem man den Rasen draußen überblicken konnte, dachte er an Conklins Worte, er solle die Fenster überprüfen und die Vorhänge zuziehen, damit niemand reinkommen oder reinschauen könne.

Lieber Gott, das muss aussehen da drinnen.

Es ist nicht sehr hübsch.

War es nicht. Die Scheiben des Erkerfensters waren mit Blut und Gehirnteilen bespritzt. Und der … der schmale Messingriegel? Er war nicht nur nicht eingehakt, das Fenster selbst war offen – kaum geöffnet, aber nichtsdestoweniger offen. Bourne betrachtete den glänzenden Messingriegel und die Scheibe genauer. Die Blutspritzer waren verschmiert, grobe Abdrücke waren auf den Flecken zu sehen, deren Ränder ebenfalls unregelmäßig verwischt waren. Unten am Fensterbrett sah er dann, warum das Fenster nicht zu war. Das Ende des linken Vorhangs war hinausgezogen worden, und ein Stückchen von der Vorhangquaste war am unteren Fensterrahmen hängen geblieben. Verblüfft, aber nicht wirklich überrascht, trat Jason einen Schritt zurück. Das war es, wonach er gesucht hatte, das fehlende Teil in dem komplizierten Puzzle, das den Tod von Norman Swayne erklären würde. Jemand war aus diesem Fenster geklettert, nach dem Schuss, der den Schädel des Generals zerschmettert hatte. Jemand, der nicht gesehen werden wollte. Jemand, der das Haus und das Anwesen kannte … und die Hunde. Ein brutaler Killer von Medusa. Verdammt noch mal! Wer? Wer ist hier gewesen? Flannagan … Swaynes Frau! Sie würden es wissen, sie mussten es wissen! Bourne lief zum Telefon. Im selben Moment klingelte es.

»Alex?«

»Nein, Bruder Rabbit, hier ist nur ein alter Freund. Und ich wusste gar nicht, dass wir mit Namen so offen sind.«

»Sind wir nicht, sollten wir nicht«, sagte Jason schnell und zwang sich zu einer Kontrolle, die er kaum durchhalten konnte. »Es ist gerade etwas passiert – ich habe etwas gefunden.«

»Immer mit der Ruhe, Junge. Was kann ich für dich tun?«

»Ich brauche dich – hier, wo ich bin. Hast du Zeit?«

»Lass mal sehen.« Kaktus kicherte, als er sagte: »Na ja, außer ein paar Vorstandsrunden, wo ich dabei sein müsste, und das Weiße Haus hat mich zum Frühstück eingeladen … Wann und wo, Bruder Rabbit?«

»Nicht allein, alter Freund. Ich möchte, dass noch drei oder vier mit dir kommen. Ist das möglich?«

»Ich weiß nicht. An wen hast du gedacht?«

»An den Burschen, der mich in die Stadt gefahren hat, als ich bei dir war. Und gibt es nicht noch ein paar gleichgesinnte Bürger in der Nachbarschaft?«

»Die meisten sitzen, offen gesagt, im Knast, aber wenn ich ein wenig im Müll herumstochere, finde ich vielleicht was. Wofür?«

»Wachposten. Ziemlich einfach. Du wirst am Telefon sein, und sie werden allen sagen, dass Besucher auf dem Privatgrundstück nicht willkommen sind. Insbesondere etlichen hohen Tieren in dicken Limousinen.«

»Na, das könnte den Brüdern gefallen.«

»Ruf mich zurück, und ich gebe dir weitere Informationen.« Bourne legte auf und wählte dann Conklins Nummer in Vienna.

»Ja?«, antwortete Alex.

»Der Doktor hat Recht, und ich habe unsere Henker der Schlangenlady laufen lassen!«

»Swaynes Frau meinst du?«

»Nein, aber sie und ihr eifrig plappernder Sergeant wissen, wer es war – sie mussten wissen, wer hier war! Greife sie auf und halte sie fest. Sie haben mich angelogen, also gilt das Abkommen nicht mehr. Wer immer diesen Selbstmord inszeniert hat, er hatte Befehle von sehr weit oben in Medusa. Ihn brauche ich. Er ist unsere Abkürzung.«

»Aber er ist außer Reichweite.«

»Was, zum Teufel, sagst du da?«

»Weil der Sergeant und seine Geliebte außer unserer Reichweite sind. Sie sind verschwunden.«

»Ist das ein Witz? Wie ich unseren heiligen Alex kenne, und ich kenne ihn, hast du sie beschattet, seit sie hier weg sind.«

»Elektronisch, nicht physisch. Denke daran, du wolltest, dass wir Langley und Peter Holland von Medusa fern halten.«

»Was hast du gemacht?«

»Ich habe ein ausführliches Suchprogramm an die zentralen Reservierungscomputer aller internationalen Flughäfen geschickt. Bis zwanzig Uhr zwanzig heute Abend hatten unsere Vögel Sitze im Zweiundzwanzig-Uhr-Pan-Am-Flug nach London …«

»London?«, warf Jason ein. »Sie wollten doch in die andere Richtung, in den Pazifik. Nach Hawaii!«

»Dort werden sie wahrscheinlich auch hinfliegen, weil sie sich bei der Pan Am nicht gemeldet haben. Wer weiß?«

»Verdammt! Du müsstest es wissen!«

»Wie denn? Zwei Bürger der Vereinigten Staaten, die nach Hawaii fliegen, müssen ihre Pässe nicht vorzeigen, um unser fünfzigstes Bundesland zu besuchen. Ein Führerschein oder eine Wahlkarte genügen. Du hast mir gesagt, dass sie das schon seit langem vorgehabt hätten. Wäre es wirklich schwierig für einen Sergeanten mit dreißig Jahren Berufserfahrung, ein paar Führerscheine mit anderen Namen zu bekommen?«

»Aber warum?«

»Um Leute abzuschütteln, die sie beobachten – uns, oder vielleicht auch von Medusa, von sehr weit oben.«

»Scheiße!«

»Könnten Sie sich etwas weniger vulgär ausdrücken, Herr Professor? Man sagt doch vulgär, oder?«

»Halt's Maul. Ich muss nachdenken.«

»Dann denk mal drüber nach, dass wir mit nacktem Arsch

ohne Heizgerät in der Arktis sitzen. Es ist Zeit für Peter Holland. Wir brauchen ihn. Wir brauchen Langley.«

»Nein, noch nicht! Du vergisst etwas. Holland hat den Eid geschworen, und so weit wir ihn kennen, scheint er ihn ernst zu nehmen. Vielleicht verstößt er hin und wieder gegen eine Regel, aber wenn er mit Medusa konfrontiert wird, mit Hunderten von Millionen aus Genf, die in Europa aufkaufen, was sie nur aufkaufen können, dann sagt er vielleicht: ›Halt, bis hierher und nicht weiter!‹«

»Das Risiko müssen wir eingehen. Wir brauchen ihn, David.«

»Nicht David, verflucht! Ich bin Bourne, Jason Bourne, dein Geschöpf, und ich habe Pflichten meiner Familie gegenüber.«

»Und du bringst mich um, wenn ich mich gegen dich stelle.«

Schweigen. Keiner sagte ein Wort, bis Delta one von Medusa Saigon die Pause beendete. »Ja, Alex, ich töte dich. Nicht, weil du versucht hast, mich in Paris zu töten, sondern aus derselben blinden Annahme heraus, die du damals gemacht hast. Kannst du das verstehen?«

»Ja«, antwortete Conklin mit so leiser Stimme, dass sie kaum zu hören war. »Die Arroganz der Ignoranz, das ist dein beliebtestes Washingtoner Thema. Bei dir klingt es immer so orientalisch. Aber irgendwann auf deinem Weg wirst du selbst auch ein bisschen weniger arrogant sein müssen. Es gibt Grenzen für das, was wir allein tun können.«

»Andererseits gibt es sehr viel, was vermasselt werden kann, wenn wir nicht allein sind. Schau dir an, was wir schon erreicht haben. Von Null auf zweistellige Zahlen in welcher Zeit? Achtundvierzig, zweiundsiebzig Stunden? Gib mir die zwei Tage, Alex, bitte. Wir sind schon ganz nah dran an dem, was es mit Medusa auf sich hat. Ein Durchbruch, und wir präsentieren ihnen die perfekte Lösung, um mich loszuwerden: den Schakal.«

»Ich tue mein Bestes. Hat Kaktus dich erreicht?«

»Ja. Er ruft mich zurück und kommt dann hierher. Ich erkläre es später.«

»Ich hätte dir sagen sollen, dass er und der Doktor Freunde sind.«

»Ich weiß. Ivan sagte es mir … Alex, ich möchte dir einige Dinge zukommen lassen – Swaynes Telefonbuch, seine Brieftasche, Terminkalender, derlei Zeug. Ich packe es ein und lass es durch einen der Jungs von Kaktus zu dir bringen, bis ans Sicherheitstor. Steck alles in deinen Computer und sieh, was du rausfinden kannst.«

»Die Jungs von Kaktus? Was machst du?«

»Dir einen Termin abnehmen. Ich riegele das hier ab. Niemand wird hier hereinkommen, aber wir werden sehen, wer es versucht.«

»Das könnte interessant sein. Die Zwingerleute kommen morgen früh gegen sieben. Mach die Absperrung also nicht zu dicht.«

»Da fällt mir ein«, unterbrach Jason, »sei wieder Beamter und bestell die anderen Wachen ab. Ihre Dienste werden nicht mehr benötigt, aber jeder erhält einen Monatslohn.«

»Wer soll das bezahlen? Langley gibt es nicht, denkst du daran? Keinen Peter Holland, und ich bin nicht unermesslich reich.«

»Ich aber. Ich werde meine Bank in Maine anrufen, einen Barscheck für dich ausschreiben lassen. Bitte deinen Freund Casset, ihn morgen in deinem Appartement abzuholen.«

»Komisch, nicht?«, sagte Conklin langsam und nachdenklich. »Ich vergesse, dass du Geld hast. Ich denke tatsächlich nie daran. Ich glaube, ich habe es aus meinem Kopf verdrängt.«

»Das ist möglich«, Bournes Stimme klang erleichtert, und er fügte hinzu: »Der Beamte in dir hat vielleicht die Vision, es käme irgendein Bürokrat zu Marie und sagte: ›Übrigens, Mrs. Webb oder Bourne oder wer immer Sie sind, als Sie bei der kanadischen Regierung angestellt waren, sind Sie mit fünf Millionen Dollar abgehauen, die mir gehören.‹«

»Sie war nur klug, David, Jason. Jeder Dollar steht dir zu.«

»Lassen wir das lieber, Alex. Sie hat das Doppelte rausgeholt.«

»Sie hatte Recht. Deshalb sind auch alle still gewesen … Was wirst du jetzt tun?«

»Auf den Anruf von Kaktus warten und dann einen eigenen machen.«

»He?«

»Meine Frau.«

Marie saß auf dem Balkon ihrer Villa im Tranquility Inn und sah auf das vom Mond erhellte Meer hinaus. Sie versuchte, all ihre Kontrollinstinkte zu aktivieren, um nicht vor Angst verrückt zu werden. Seltsamerweise, und vielleicht war es sogar dumm oder gefährlich, war es keine Angst vor physischer Gewalt, die an ihr zehrte. Sie hatte in Europa wie auch im Fernen Osten mit der Killer-Maschine Jason Bourne gelebt. Sie wusste, wozu dieser Fremde fähig war und wie effektiv er war. Nein, es war nicht Bourne, es war David. Was machte Jason Bourne mit David Webb! Sie musste es beenden! … Sie konnten weggehen, weit weg, an einen fernen Zufluchtsort und ein neues Leben beginnen, unter neuem Namen; sie könnten sich ihre eigene Welt schaffen, fern von Carlos. Sie hatten so viel Geld, wie sie niemals brauchen würden, sie konnten es sich leisten! Es wurde doch dauernd gemacht – Hunderte, Tausende Männer, Frauen und Kinder, deren Leben bedroht war, wurden von ihren Regierungen beschützt, und wenn je eine Regierung Grund gehabt hatte, einen Mann zu schützen, dann diesen Mann, David Webb! Gedanken, die von der Angst kommen, von panischer Angst, dachte Marie, als sie von ihrem Stuhl aufstand und ans Geländer trat. Dieser Traum würde nie Wirklichkeit werden, weil David ihn nicht akzeptieren würde. Wo der Schakal im Spiel war, wurde David Webb zu Jason Bourne, und Bourne war fähig, Davids Körper zu zerstören. O du lieber Gott, was geschieht mit uns?

Das Telefon klingelte. Marie wurde steif, rannte dann ins Schlafzimmer und nahm den Hörer ab.

»Ja?«

»Hallo, Schwester, hier ist Johnny.«

»Ohh …«

»Was heißt, dass du noch nichts von David gehört hast.«

»Nein, und ich werde schon halb verrückt.«

»Er wird anrufen, wenn er kann, das weißt du.«

»Aber du rufst doch nicht an, um mir das zu sagen.«

»Nein. Ich wollte nur mal hören, wie's dir geht. Ich stecke hier auf der großen Insel fest, und es sieht so aus, als ob es noch eine Weile dauern könnte. Ich bin mit Henry im Regierungsgebäude und warte auf den Gouverneur, der sich persönlich bedanken möchte, dass ich dem Außenministerium behilflich gewesen bin.«

»Ich verstehe überhaupt nicht, von was du redest …«

»Tut mir Leid. Henry Sykes, der Adjutant des Gouverneurs, hatte mich gebeten, mich um den alten französischen Kriegshelden zu kümmern … Und wenn der Gouverneur dir danken möchte, musst du warten, bis er dir gedankt hat. Du weißt ja, wenn das Telefon mal wieder nicht funktioniert, sind Cowboys wie ich auf das Wohlwollen der Regierung angewiesen.«

»Ich kapiere rein gar nichts, Johnny.«

»In wenigen Stunden wird ein Sturm von Basse-Terre aufziehen.«

»Von wem?«

»Egal. Ich werde vorher zurücksein. Lass das Mädchen die Couch für mich herrichten.«

»John, es ist nicht nötig, dass du hier schläfst. Gott sei Dank stehen draußen vor der Hecke und unten am Strand und was weiß ich, wo sonst noch, Männer mit Gewehren.«

»Da sollen sie auch stehen. Bis später. Gib den Kindern einen Kuss von mir.«

»Sie schlafen schon«, sagte Marie, als ihr jüngerer Bruder auflegte. Sie sah auf das Telefon, als sie den Hörer aus der Hand legte und sagte, unbewusst laut: »Wie wenig weiß ich über dich, kleiner Bruder … unseren Liebling, unseren unverbesserlichen Bruder. Und wie viel mehr weiß mein Mann über dich – ihr verdammten Kerle!«

Das Telefon klingelte schon wieder, was sie verblüffte.

»Hallo?«

»Ich bin's.«

»*Gott* sei Dank!«

»*Der* ist grade nicht da, aber sonst ist alles in Ordnung. Mir geht's gut, und wir machen Fortschritte.«

»Du *musst* das alles nicht machen! *Wir* müssen es nicht!«

»Doch, wir müssen«, sagte Jason Bourne – keine Spur von David. »Du sollst nur wissen, wie sehr ich dich liebe, er dich liebt …«

»Hör auf! Sonst passiert …«

»Tut mir Leid, entschuldige – vergib mir.«

»Du bist David!«

»Natürlich bin ich David. Ich hab nur einen Spaß …«

»Nein, hast du nicht!«

»Ich sprach gerade mit Alex, das ist alles. Wir haben gestritten, das ist alles!«

»Nein, das ist nicht alles! Ich möchte dich zurückhaben, ich möchte dich hier haben!«

»Dann kann ich nicht länger mit dir sprechen. Ich liebe dich.« Die Leitung war tot. Marie St. Jacques fiel aufs Bett. Verzweifelt über ihre Ohnmacht, weinte sie in die Laken.

Alexander Conklin schrieb mit vor Anstrengung geröteten Augen auf der Tastatur seines Computers. Er sah immer wieder in die Bücher, die ihm Bourne von General Norman Swaynes Landsitz geschickt hatte. Zwei schrille Pieptöne durchbrachen plötzlich die Stille des Zimmers. Es war das seelenlose Robotersignal dafür, dass wieder einmal ein Name doppelt aufgetaucht war. Er überprüfte die Eingabe.

R. G. Was bedeutete das? Er blätterte zurück und fand nichts. Er drückte die Vorwärtsknöpfe wie ein geistloser Automat. Drei Pieptöne. Er drückte wieder und wieder, schneller, immer schneller. Vier Pieptöne … fünf … sechs. Zurück – stopp – vorwärts. R. G. R. G. R. G. Was, zum Teufel, war R. G.?

Er verglich verschiedene Eingaben aus den drei ledergebundenen Mappen. Eine gemeinsame Nummer erschien in grünen Buchstaben auf dem Monitor. 617-202-0011. Eine Telefonnummer. Conklin griff zum Langley-Telefon, rief den Nachtdienst an und bat den CIA-Mann, die Nummer zu überprüfen.

»Steht nicht im Telefonbuch, Sir. Es ist eine von drei Nummern für ein und dieselbe Wohnung in Boston, Massachusetts.«

»Den Namen, bitte.«

»Gates, Randolph. Die Wohnung liegt in …«

»Schon gut«, unterbrach Alex. Er wusste, er hatte die entscheidende Information. Randolph Gates, Jurist, Anwalt für die Privilegierten, Verteidiger der Je-größer-je-besser-, der Am-Größten-am-Besten-Fanatiker. Eigentlich logisch, dass dieser Gates seine Finger da drin hat, bei den Milliarden von Dollar, die in Europa von amerikanischen Interessen kontrolliert werden … Nein, warte einen Moment. Es war überhaupt nicht richtig, es war falsch! Es war eigentlich undenkbar für einen Anwalt mit Lehrauftrag, irgendwelche wie auch immer gearteten Beziehungen zu einer höchst fragwürdigen, sogar illegalen Organisation wie Medusa zu unterhalten. Das machte keinen Sinn! Auch wenn er den gefeierten, mächtigen Rechtsverdreher alles andere als bewunderte, musste er ihm doch zugestehen, dass keiner in der gesamten Anwaltskammer eine reinere Weste hatte. Er war ein berüchtigter Pedant, der oft kleinste juristische Details ausnutzte, um seine Ziele zu erreichen. Aber niemals hatte jemand gewagt, seine Integrität infrage zu stellen. Seine rechtlichen und philosophischen Auffassungen waren derart unpopulär bei den glänzendsten Anwälten des liberalen Establishment, dass er beim leisesten Hinweis auf Unregelmäßigkeiten mit Wonne diskreditiert worden wäre.

Dennoch tauchte hier sein Name gleich sechsmal im Terminkalender eines Medusa-Mannes auf, der die Verantwortung für unzählige Millionen Dollar aus dem Verteidigungshaushalt getragen hatte. Ein Mann, dessen angeblicher Selbstmord in Wirklichkeit Mord war.

Conklin blickte auf den Bildschirm, auf das Datum von Swaynes letzter Eintragung bezüglich R. G. Der zweite August, das war vor knapp einer Woche gewesen. Er nahm den ledergebundenen Kalender zur Hand und schlug den Tag auf. Er hatte sich auf die Namen konzentriert, nicht auf die Kommentare, es sei denn, die Informationen erschienen ihm relevant – er vertraute da auf seinen Instinkt.

Wenn er von vornherein gewusst hätte, wer R. G. war, wäre ihm die abgekürzte, handgeschriebene Notiz neben der letzten Eintragung gleich ins Auge gefallen.

R. G. ist geg. Erng. v. Maj. Crft. Brauchen Crft. in s. Stab. Schl. Paris – vor 7 Jhr. 2 Akte raus und in Gewhrs.

Das *Paris* hätte ihn stutzig machen sollen, dachte Alex, aber alle Notizen Swaynes waren voll mit fremdländischen und exotischen Namen und Orten, als ob der General versucht hätte, dem Leser seiner persönlichen Notizen, wer immer das auch sein mochte, zu imponieren. Conklin war, wie er mit Bedauern feststellte, furchtbar müde. Wäre sein Computer nicht gewesen, wäre er sicher nie auf Dr. Randolph Gates, den Olympier des Rechts, gestoßen.

Paris – vor 7 Jhr. 2 Akte raus und in Gewhrs.

Der erste Teil war klar, der zweite dunkel, aber nicht allzu sehr. Die ›2‹ bezog sich auf den Geheimdienst der Armee, G-2, und die ›Akte‹ war eben dies, ein Ereignis oder eine Enthüllung, die von Geheimdienstlern in *Paris vor 7 Jhr.* entdeckt und aus der Datenbank entfernt worden war. Es war der Versuch eines Amateurs, das Kauderwelsch des Geheimdienstes zu gebrauchen … ›Schl.‹ bedeutete ›Schlüssel‹ – Jesusmaria, war Swayne ein Idiot! Alex schrieb die Notiz, wie sie richtig lauten sollte, in sein Notizbuch:

›Randolph Gates zieht die Ernennung von einem Major Craft oder Croft oder sogar Christopher nicht in Betracht, denn das f könnte auch ein s sein. (Aber) wir brauchen Croft in seinem Stab. Der Schlüssel ist, die Informationen in unserer G-2-Akte über Gates in Paris vor sieben Jahren zu benutzen; besagte Akte ist entfernt und in unserem Besitz.‹

Wenn dies auch nicht die exakte Übersetzung von Swaynes Eintrag ist, so ist sie sicher so dicht am eigentlichen Inhalt, dass man damit operieren kann, dachte Conklin. Er drehte seinen Arm und sah auf die Uhr. Es war zwanzig nach drei Uhr früh, eine Zeit, zu der selbst die disziplinierteste Person durch schrilles Telefonklingeln ins Schlottern käme. Warum nicht? David – Jason – hatte Recht. Jede Stunde zählte jetzt. Alex griff zum Hörer und wählte die Nummer von Boston, Massachusetts.

Dauernd klingelt das Telefon, und die Schlampe nimmt nicht ab! Dann sah Gates auf das erleuchtete Display, und das Blut gefror in seinen Adern. Jemand hatte die Geheimnummer angewählt, eine Nummer, die nur sehr wenigen vorbehalten war. Mit weit aufgerissenen Augen warf er sich wild im Bett herum. Der seltsame Anruf regte ihn auf, je mehr er daran dachte. Das betraf Montserrat, das wusste er. Die Information, die er weitergegeben hatte, war falsch … Prefontaine hatte ihn angelogen, und jetzt forderte Paris Rechenschaft! Mein Gott, sie würden ihn verfolgen, ihn bloßstellen! … Nein, es gab einen Ausweg, eine vollständig akzeptable Erklärung: die Wahrheit. Er würde Paris die Lügner ausliefern, dem Pariser Mann hier in Boston. Er würde den versoffenen Prefontaine in die Falle locken und diesen blöden Detektiv und würde sie zwingen, ihre Lügen der einzigen Person zu erzählen, die ihn freisprechen konnte … Das Telefon! Er musste antworten. Er durfte auf keinen Fall den Anschein erwecken, er habe etwas zu verbergen! Er griff nach dem pausenlos läutenden Gerät und zog es zu sich heran.

»Ja?«

»Vor sieben Jahren, Herr Rechtsanwalt«, begann die ruhige Stimme in der Leitung. »Muss ich Sie daran erinnern, dass wir Ihre komplette Akte haben? Das Deuxième Bureau war sehr kooperativ, weit mehr, als Sie es waren.«

»Um Himmels willen, ich wurde angelogen!«, schrie Gates. Er schwang seine Beine aus dem Bett, und seine Stimme war rau. »Sie dürfen nicht glauben, dass ich wissentlich falsche Informationen liefern würde. Ich wäre ja verrückt!«

»Wir wissen, dass Sie renitent sein können. Wir haben eine einfache Forderung gestellt …«

»Ich habe sie erfüllt, ich schwöre es! Guter Gott, ich habe fünfzehntausend Dollar bezahlt, um sicher zu gehen, dass alles verschwiegen, absolut unbeweisbar bleibt – nicht, dass das Geld zählt, natürlich …«

»Sie bezahlten …?«, unterbrach die ruhige Stimme.

»Ich kann Ihnen die Bankauszüge zeigen!«

»Wofür?«

»Die Information natürlich. Ich habe einen ehemaligen Richter angeheuert, der Kontakte hat ...«

»Für die Information über Croft?«

»Was?«

»Craft ... Christopher.«

»Wer?«

»Unser Major, Herr Rechtsanwalt. Der Major.«

»Wenn das ihr Kodename ist, dann ja, ja, habe ich!«

»Ein Kodename?«

»Von der Frau. Die Frau. Die beiden Kinder. Sie sind nach Montserrat geflogen. Ich schwöre, dass mir das gesagt wurde!«

Da war plötzlich ein Klicken, und die Leitung war tot.

13.

Conklin brach in Schweiß aus, während seine Hand noch auf dem Apparat lag. Er ließ das Telefon los und stand vom Stuhl auf, humpelte weg vom Computer, schaute ihn wieder an, auf ihn hinunter, als wäre es ein monströses Ding, das ihn in ein verbotenes Land entführt hatte, wo nichts so war, wie es schien oder sein sollte. Was war geschehen? Wie konnte Randolph Gates irgendetwas über Montserrat wissen, über Marie und die Kinder? Warum?

Alex ließ sich langsam in den Sessel sinken, sein Puls raste, seine Gedanken waren in Aufruhr. Er war unfähig, sich ein Urteil zu bilden – sein Kopf war ein einziges Chaos. Er packte sein rechtes Handgelenk mit der Linken, und die Nägel gruben sich ins Fleisch. Er musste sich beruhigen, er musste denken – er musste handeln. Für Davids Frau und die Kinder.

Assoziationen. Was war denkbar? Es war schwierig genug, sich Gates als unwissentliches Mitglied von Medusa vorzustellen, und völlig undenkbar, dass er mit Carlos, dem Schakal, in Verbindung stand. Unmöglich … Und doch schien es so zu sein. Die Verbindungen bestanden. War Carlos auch ein Teil von Swaynes Medusa? Alles, was sie über den Schakal wussten, würde dem entschieden widersprechen. Die Stärke des Mörders lag in seiner völligen Ungebundenheit von jeder strukturierten Einheit. Das hatte Jason Bourne vor dreizehn Jahren in Paris bewiesen. Niemand konnte ihn jemals erreichen. Sie konnten nur eine Botschaft hinausschicken, und er war es, der den Kontakt aufnahm. Die einzige Organisation, die der internationale Auftragsmörder zuließ, war seine Armee alter Männer, vom Mittelmeer bis zum Baltikum, verlorene Versager, arme Kriminelle, deren letzte Tage durch die Großzügigkeit des Killers aufgebessert wurden. Eine Treue bis in den Tod. Wie und wo passte da ein Mann wie Randolph Gates hinein?

Er passte nicht hinein, schloss Alex, der mit äußerster Vorstellungskraft ein ehemals bekanntes Territorium zu erforschen suchte. *Sei skeptisch in scheinbar sicheren Fällen.* Der gefeierte Rechtsanwalt passte genauso wenig zu Carlos wie zu Medusa. Er war eine Abweichung, der Splitter im Auge, ein ansonsten ehrenwerter Mann mit einem einzigen Schwachpunkt, der von zwei völlig verschiedenen Parteien, die beide über außergewöhnliche Hilfsmittel verfügten, aufgedeckt worden war. Es war ein offenes Geheimnis, dass der Schakal seine Leute im französischen Geheimdienst und bei Interpol hatte. Und man brauchte auch nicht besonders hellsichtig zu sein, um anzunehmen, dass Medusa die G-2 der US-Armee infiltrieren konnte. Das war die einzig mögliche Erklärung. Gates war zu umstritten, zu lange zu mächtig. Wenn seine Verwundbarkeit leicht hätte entdeckt werden können, hätte er keine so spektakulären Erfolge feiern können. Nein, es waren Leute wie der Schakal und die Männer von Medusa nötig, um sein Geheimnis auszugraben, ein verheerendes Geheimnis, das ihnen Randolph Gates in die Hände gespielt hatte. Sicher war Carlos derjenige gewesen, der zuerst auf Gates gestoßen war.

Conklin dachte über eine Wahrheit nach, die sich immer wieder bestätigte: Die Welt der korrupten Leute war in Wirklichkeit eine kleine, wenn auch vielschichtige Gemeinde mit geometrischen Beziehungsmustern, wie eine Ansammlung auf den ersten Blick verwirrender Linien, die dann doch alle eine Struktur aufwiesen. Wie konnte es anders sein? Die Bewohner dieser tödlichen Gemeinde hatten Dienste anzubieten, und sie hatten Kunden einer ganz bestimmten Sorte – Desperados, den Abschaum der Menschheit. Ausquetschen, erpressen, killen. Der Schakal und die Leute von Medusa gehörten zum selben brüderlichen Orden. Die Bruderschaft des Was-ich-will-das-krieg-ich.

Der Durchbruch. Aber es war ein Durchbruch, den Jason Bourne nutzen musste, nicht David Webb – und Webb war immer noch zu sehr Teil von Bourne. Die Schwierigkeit war, dass beide Teile desselben Mannes einige tausend Kilometer von Montserrat entfernt waren, den Koordinaten des Todes, die von Carlos bestimmt worden waren. Montserrat? … Johnny St. Jacques! Der ›kleine Bruder‹, der sich in einer kleinen Stadt in Nordkanada bewährt hatte, der dem Verständnis und der Begriffswelt seiner Familie, insbesondere seiner geliebten Schwester, entwachsen war, an den David aber glaubte – an den Jason Bourne glaubte, was viel wichtiger war.

Alex blickte zum Telefon hinüber und schnellte aus seinem Stuhl hoch. Er rannte zum Tisch und spulte das Band zurück. Er wollte eine bestimmte Stelle nochmals hören. Vor und zurück, bis er Gates' panische Stimme hörte.

»*Guter Gott, ich habe fünfzehntausend bezahlt …*«

Nein, nicht das, dachte Conklin. Danach.

» … *Ich kann Ihnen die Bankauszüge zeigen …*«

Danach.

»*Ich habe einen ehemaligen Richter angeheuert, der Kontakte hat …*«

Das ist es. Ein Richter.

»*Sie sind nach Montserrat geflogen …*«

Alex öffnete eine Schublade, in der ein Zettel mit allen Nummern lag, die er in den vergangenen drei Tagen angerufen hatte. Er hatte sie griffbereit, weil er annahm, dass er die eine oder andere schnell wieder brauchen könnte. Er wählte die Nummer vom Tranquility Inn. Nach endlosem Läuten hörte er eine schläfrige Stimme.

»Tranquility …«

»Es ist dringend«, unterbrach Conklin. »Ich muss sofort mit John St. Jacques sprechen. Schnell, bitte.«

»Tut mir Leid, Sir, Mr. St. Jacques ist nicht hier.«

»Ich muss ihn finden. Ich wiederhole, es ist dringend. Wo ist er?«

»Auf der großen Insel …«

»Montserrat?«

»Ja …«

»Wo? … Mein Name ist Conklin. Er möchte mit mir sprechen – er muss mit mir sprechen. Bitte!«

»Ein starker Wind kam von Basse-Terre auf, deshalb wurden alle Flüge bis morgen eingestellt.«

»Ein was?«

»Ein tropischer Tiefdruck …«

»Oh, ein Sturm.«

»Wir sagen TT, Sir. Mr. St. Jacques hat aber eine Telefonnummer in Plymouth hinterlassen.«

»Wie ist Ihr Name?«, unterbrach Alex plötzlich. Der Angestellte antwortete: »Pritchard«, und Conklin fuhr fort: »Ich werde Ihnen eine sehr heikle Frage stellen, Mr. Pritchard. Es ist wichtig, dass Sie die richtige Antwort haben … wenn sie falsch ist, dann müssen Sie tun, was ich Ihnen sage. Mr. St. Jacques wird alles bestätigen, was ich sage, sobald ich ihn erreiche. Ich kann jedoch jetzt keine Zeit verschwenden. Verstehen Sie mich?«

»Was ist Ihre Frage?«, sagte der Angestellte würdevoll. »Ich bin kein Kind, Sir.«

»Tut mir Leid, ich wollte Sie nicht …«

»Die Frage, Mr. Conklin. Sie sind in Eile.«

»Ja, natürlich … Die Schwester von Mr. St. Jacques und ihre Kinder, sind sie an einem sicheren Ort? Hat Mr. St. Jacques gewisse Vorsichtsmaßregeln ergriffen?«

»Meinen Sie die bewaffneten Wachen rund um die Villa und unsere Leute unten am Strand?«, sagte der Angestellte. »Dann lautet die Antwort: Ja.«

»Es ist die richtige Antwort.« Alex atmete tief durch, aber sein Atem ging immer noch unregelmäßig. »Nun, wie ist die Nummer, unter der ich Mr. St. Jacques erreichen kann?«

Der Angestellte gab sie ihm und fügte hinzu: »Viele Telefone sind außer Betrieb, Sir. Es wäre gut, wenn Sie eine Nummer hinterließen. Der Wind ist immer noch stark, aber Mr. St. Jacques wird, wenn es geht, zweifellos beim ersten Licht losfliegen.«

»Gewiss.« Alex rasselte die Nummer seines Appartements in Vienna herunter und ließ sie von dem Mann in Montserrat wiederholen. »So ist es«, sagte Conklin. »Jetzt werde ich Plymouth probieren.«

»Ihr Name wird geschrieben C-o-n-c-h …«

»C-o-n-k«, unterbrach Alex, legte auf und wählte sofort die Nummer in Plymouth, der Hauptstadt von Montserrat. Wieder antwortete eine erschrockene, träge Stimme. Ein kaum verständlicher Gruß. »Wer ist da?«, fragte Conklin ungeduldig.

»Wer, zum Teufel, ist dort – wer sind Sie?«, antwortete ein erboster Engländer.

»Ich versuche, John St. Jacques zu erreichen. Es ist äußerst dringend, und vom Empfang des Tranquility Inn wurde mir diese Nummer gegeben.«

»Allmächtiger, ihre Telefone sind intakt …?«

»Offensichtlich. Bitte, ist John da?«

»Ja, ja, natürlich. Er ist drüben in der Lobby. Ich hole ihn. Wen soll ich melden?«

»Alex, das reicht.«

»Einfach Alex?«

»Schnell, bitte!« Sekunden später war John zu hören.

»Conklin. Bist du's?«

»Hör zu. Sie wissen, dass Marie und die Kinder nach Montserrat geflogen sind.«

»Wir hörten, dass jemand drüben am Flughafen Fragen über eine Frau mit zwei Kindern gestellt hat.«

»Deshalb hast du sie also aus ihrem Haus in das Hotel umquartiert?«

»Richtig.«

»Wer hat die Fragen gestellt?«

»Wissen wir nicht. Es geschah telefonisch … Ich wollte sie nicht verlassen, nicht einmal für ein paar Stunden, aber ich wurde zum Gouverneur befohlen, und bis sich dieser verfluchte Knabe zeigte, hatte der Sturm schon begonnen.«

»Ich weiß. Ich hab mit dem Empfang gesprochen.«

»Das ist ein Trost. Die Telefone funktionieren noch. Bei diesem Wetter tun sie es gewöhnlich nicht, deshalb sind wir so abhängig vom Gouverneur.«

»Ich hörte, dass du Wachen hast …«

»Da hast du verdammt Recht!«, sagte St. Jacques. »Das Dumme ist nur, dass ich nicht weiß, wonach ich Ausschau halten soll. Außer nach Booten und Fremden am Strand. Wenn sie nicht stehen bleiben und sich ausreichend identifizieren, lautet mein Befehl zu schießen!«

»Vielleicht kann ich helfen.«

»Na los!«

»Wir haben einen Hinweis, frag nicht, wie, außerirdisch, aber das spielt keine Rolle. Der Mann, der Maries Spuren nach Montserrat verfolgt hat, benutzte einen Richter, der Kontakte hatte, wahrscheinlich zu den Inseln.«

»Einen Richter?«, explodierte Johnny. »Mein Gott, er ist dort! Verdammt, er ist dort! Ich kille diesen dreckigen Bastard.«

»Stopp, Johnny. Fass dich – wer ist dort?«

»Ein Richter, und er bestand darauf, einen anderen Namen zu benutzen! Ich habe mir nichts dabei gedacht – ein paar abgehalfterte alte Männer mit ähnlichen Namen.«

»Alte Männer? … Halt, Johnny, das ist wichtig. Welche alten Männer?«

»Der eine, von dem du sprichst, ist aus Boston.«

»Ja«, bestätigte Conklin betont.

»Der andere ist aus Paris gekommen …«

»Paris? Um Gottes willen! Die alten Männer aus Paris!«

»Was …?«

»Der Schakal! Carlos hat seine alten Männer vor Ort!«

»Nun mach mal langsam, Alex«, sagte St. Jacques und atmete hörbar. »Jetzt werde mal deutlicher.«

»Es gibt keine Zeit zu verlieren, Johnny. Carlos hat eine ganze Armee von alten Männern, die für ihn sterben, für ihn töten. Es werden keine Fremden am Strand sein, sie sind bereits im Hotel! Kannst du zurück auf die Insel kommen?«

»Ja, irgendwie! Ich werde sofort meine Leute drüben anrufen. Diese beiden Dreckskerle werden in die Zisterne geworfen!«

»Beeil dich, John!«

St. Jacques drückte den schmalen Hebel des alten Telefons herunter, ließ los und hörte das Freizeichen. Er wählte die Nummer des Hotels auf Tranquility Island.

»Tut uns Leid«, sagte eine Stimme auf Band. »Wegen der Wetterbedingungen sind die angewählten Leitungen nicht in Betrieb. Die Regierung bemüht sich, die Kommunikation wiederherzustellen. Versuchen Sie es später wieder. Guten Tag.«

John St. Jacques warf den Hörer mit solcher Gewalt auf die Gabel, dass er auseinander brach. »Ein Boot!«, schrie er. »Gebt mir ein Patrouillenboot.«

»Du bist verrückt«, warf der Adjutant des Gouverneurs quer durch den Raum ein. »Bei diesem Wetter?«

»Einen Flitzer, Henry!«, sagte der zu allem bereite Bruder, fasste in seinen Gürtel und zog langsam seine Automatic heraus. »Oder ich bin gezwungen, etwas zu tun, woran ich nicht einmal denken möchte. Aber ich brauche ein Boot!«

»Das kann ich einfach nicht glauben, Kumpel.«

»Ich auch nicht, Henry … Aber es ist mir ernst.«

Die Krankenschwester von Jean Pierre Fontaine saß an ihrem Schminktisch vor dem Spiegel und steckte ihr fest geknotetes, blondes Haar unter die schwarze Regenkappe. Sie sah auf ihre Uhr und dachte an den ungewöhnlichen Telefonanruf, den sie vor einigen Stunden aus Argenteuil in Frankreich erhalten hatte, von dem großen Mann, der alle Dinge möglich machte.

»Es gibt da einen amerikanischen Rechtsanwalt, der sich selbst Richter nennt, in eurer Nähe.«

»Eine solche Person kenne ich nicht, Monseigneur.«

»Aber er ist da. Unser Held beschwert sich zu Recht über seine Gegenwart, und ein Anruf in Boston hat mir bestätigt, dass er tatsächlich dort ist.«

»Seine Anwesenheit hier ist also nicht erwünscht?«

»Seine Anwesenheit dort ist für mich abscheulich. Er behauptet, in meiner Schuld zu stehen – eine enorme Schuld, ein Ereignis, das ihn vernichten könnte, aber seine Aktionen sagen mir, dass er undankbar ist, dass er beabsichtigt, seine Schulden zu streichen, indem er mich betrügt, und indem er mich betrügt, betrügt er dich.«

»Er ist tot.«

»Genau. In der Vergangenheit war er mir sehr wertvoll, aber das ist vorbei. Finde ihn, töte ihn. Lass seinen Tod als tragischen Unfall erscheinen … Noch etwas: Da wir uns nicht mehr sprechen werden, bevor du nicht nach Martinique zurückgekehrt bist – sind die Vorbereitungen für deine letzte Tat für mich abgeschlossen?«

»Sind sie, Monseigneur. Die beiden Spritzen wurden von dem Chirurgen im Krankenhaus von Fort-de-France vorbereitet. Er lässt Ihnen seine Ergebenheit übermitteln.«

»Sollte er auch. Er lebt, im Gegensatz zu mehreren seiner Patienten.«

»Ja, sie wissen nichts von seinem neuen Leben in Martinique.«

»Das ist mir bewusst ... Verabreiche die Dosen in achtundvierzig Stunden, wenn das Chaos anfängt. Wenn sie erfahren, dass der Held meine Erfindung ist – und dafür werde ich sorgen –, werden sie abwechselnd rot und blass werden.«

»Alles wird geregelt. Werden Sie bald hier sein?«

»Rechtzeitig zum Totentanz. Ich werde sehr bald abfahren und in Antigua sein, bevor es in Montserrat Mittag ist. Alles läuft planmäßig. Ich werde da sein, um zu sehen, wie Bourne sich vor Angst windet, bevor ich mein Zeichen hinterlasse, eine Kugel durch seine Kehle. Die Amerikaner werden dann wissen, wer gewonnen hat. *Adieu.*«

Die Krankenschwester senkte vor dem Spiegel ihren Kopf wie eine demütige Bittstellerin, als sie an die mystischen Worte ihres allwissenden Meisters dachte. Es ist bald Zeit, dachte sie, zog die Schublade heraus und holte zwischen ihren Halsketten eine Drahtschlinge mit diamantenbesetzten Griffen heraus, die ihr von ihrem Mentor geschenkt worden war. Es würde ganz einfach sein. Sie hatte leicht herausgefunden, wer der Richter war und wo er wohnte – der alte, schrecklich dünne Mann. Jetzt kam es auf Präzision an. Der ›tragische Unfall‹ würde jedoch nur das Vorspiel für die schrecklichen Dinge sein, die sich in weniger als einer Stunde in Villa zwanzig abspielen würden. Alle Villen auf Tranquility hatten Kerosinlampen für den Fall, dass der Strom ausfiel oder die Generatoren nicht funktionierten. Ein alter Mann, der entweder zur Toilette musste oder einfach Angst hatte vor einem Sturm, wie er im Moment tobte, konnte sehr wohl versuchen, in Panik die Lampe anzuzünden. Tragisch, wenn er dabei in ausfließendes Kerosin fiel und sein Oberkörper zu schwarzer Kohle verbrannte – ebenso sein Genick, das zuvor garottiert worden war. *Tu es,* drängte ihre innere Stimme, *du musst gehorchen. Ohne Carlos wärst du eine Leiche in Algerien.*

Sie würde es tun – sie würde es jetzt tun.

Das heftige Rauschen des Regens auf dem Dach und an den Fenstern und der pfeifende, heulende Wind draußen wurden von einem grellen Blitz unterbrochen, dem ein ohrenbetäubender Donnerschlag folgte.

Jean Pierre Fontaine weinte leise, als er neben dem Bett seiner Frau kniete, nur wenige Zentimeter von ihrem Gesicht entfernt, und seine Tränen fielen auf das kalte Fleisch ihres Armes. Sie war tot, und der Zettel neben ihrer steifen rechten Hand sagte alles: *Maintenant nous deux sommes libres, mon amour.*

Sie beide waren frei. Sie von dem furchtbaren Schmerz, er von dem Preis, den Monseigneur verlangte. Auch wenn sie nie erfahren hatte, welches der Preis für ein paar Jahre Glück gewesen war, hatte sie doch gewusst, dass es zu furchtbar gewesen wäre, ihn zu zahlen. Seit Monaten wusste er, dass seine Frau Pillen besaß, mit denen sie ihr Leben beenden konnte, sollte es unerträglich werden. Er hatte sie oft, manchmal wie ein Besessener, gesucht, hatte sie aber nie finden können. Jetzt wusste er, warum, als er die kleine Schachtel mit ihren Lieblingspastillen entdeckte, harmloses Lakritz, die sie sich vor Jahren oft lachend in den Mund geschoben hatte.

»Du hast Glück, *mon cher,* dass ich nicht auf Kaviar oder teure Drogen versessen bin!« Nein, kein Kaviar, aber Drogen, tödliche Drogen.

Schritte. Die Schwester! Sie durfte seine Frau nicht sehen! Fontaine erhob sich vom Bett, wischte sich rasch über die Augen und eilte zur Zimmertür. Er öffnete und war beim Anblick der Frau verblüfft. Sie stand direkt vor ihm, mit erhobenem Arm und wollte eben anklopfen.

»Monsieur! … Haben Sie mich erschreckt!«

»Ich glaube, wir haben uns gegenseitig erschreckt.« Jean Pierre schlüpfte hinaus und schloss rasch die Tür hinter sich.

»Regine ist endlich eingeschlafen«, flüsterte er und legte seinen Zeigefinger an die Lippen. »Dieser furchtbare Sturm hat sie die ganze Nacht wach gehalten.«

»Aber er wurde uns vom Himmel gesandt – für Sie –, nicht wahr? Manchmal denke ich, dass Monseigneur solche Dinge bestellen kann.«

»Dann bezweifle ich, dass sie vom Himmel kommen. Dort liegt nicht die Quelle seines Einflusses.«

»An die Arbeit«, unterbrach die Schwester ihn ziemlich barsch. »Sind Sie bereit?«

»Gleich, in wenigen Minuten«, antwortete Fontaine und lief zum Tisch hinüber, in dessen verschlossenem Schuhfach seine Killer-Ausrüstung lag. Er griff in die Tasche und holte den Schlüssel heraus.

»Möchten Sie noch mal die Prozedur mit mir durchgehen?«, fragte sie und drehte sich um.

»Meinetwegen, natürlich. In meinem Alter vergisst man leicht die Details.«

»Ja, gut, auch weil es eine kleine Veränderung gibt.«

»Ach ja?«, fragte der alte Franzose mit hochgezogenen Brauen. »In meinem Alter sind plötzliche Veränderungen nicht mehr sehr willkommen.«

»Es ist nur eine Frage des Timings, nicht mehr als eine Viertelstunde, vielleicht weniger.«

»Eine Ewigkeit bei diesem Geschäft«, sagte Fontaine, als ein weiterer Donnerschlag, nur Millisekunden vom Blitz getrennt, das Prasseln des Regens auf Scheiben und Dach unterbrach. »Es ist gefährlich genug, draußen zu sein. Der Schlag war gefährlich nahe.«

»Wenn Sie das meinen – stellen Sie sich vor, wie sich die Wachen fühlen mögen.«

»Die kleine Veränderung? Könnten Sie das erklären?«

»Ich gebe Ihnen keine Erklärung, außer dass es ein Befehl aus Argenteuil ist und Sie schuld daran sind.«

»Der Richter!«

»Ziehen Sie Ihre eigenen Schlussfolgerungen.«

»Dann wurde er also nicht geschickt, um …«

»Ich sage nicht mehr. Die Änderung ist folgende. Statt von

hier den Weg hoch zu rennen zu den Wachen vor Villa zwanzig und dringende Hilfe für Ihre Frau zu verlangen, werde ich sagen, dass ich vom Empfang komme, wo ich mich über das Telefon beschweren wollte, und dass ich ein Feuer in der Villa vierzehn gesehen hätte. Dann wird zweifellos ein ziemliches Tohuwabohu entstehen: der Sturm, der Feueralarm, Schreie … Das wird Ihr Signal sein. Nutzen Sie die Konfusion. Sie schlängeln sich durch und erledigen jeden, der sich noch vor der Villa der Frau befindet – achten Sie auf Ihren Schalldämpfer. Dann gehen Sie hinein und machen die Arbeit, zu der Sie sich verpflichtet haben.«

»Ich warte also auf das Feuer, auf das Geschrei der Wachen und auf Ihre Rückkehr zur Nummer elf.«

»Genau. Bleiben Sie unter dem Vordach stehen, bei geschlossener Tür natürlich.«

»Natürlich.«

»Es kann fünf Minuten dauern, vielleicht auch zwanzig.«

»Natürlich … Darf ich fragen, Madame – oder vielleicht Mademoiselle, obwohl ich keinen Grund sehe …«

»Was denn?«

»Sie werden fünf oder zwanzig Minuten brauchen, um was zu tun?«

»Sie sind ein Rindvieh, Alter. Zu tun, was getan werden muss.«

»Natürlich.«

Die Schwester hüllte sich fester in den Regenmantel, zog den Gürtel stramm und verließ die Villa.

»Packen Sie Ihre Ausrüstung zusammen und seien Sie in drei Minuten draußen«, befahl sie.

»Natürlich.« Der Wind riss ihr die Haustür aus der Hand, sie ging hinaus in den strömenden Regen und zog die Tür wieder hinter sich zu. Erstaunt und verwirrt blieb der alte Mann regungslos stehen. Er versuchte einen Sinn in das Unerklärliche zu bringen. Die Dinge ereigneten sich zu schnell für ihn und wurden durch den Tod seiner Frau noch unschärfer. Es blieb keine Zeit zu trauern, keine Zeit zu fühlen … Nur denken, schnell denken musste er. Eine Enthüllung folgte auf die andere und hinterließ unbeantwortete Fragen, die aber beantwortet werden mussten, damit das Ganze verständlich würde – damit Montserrat einen Sinn machte!

Die Schwester war mehr als nur eine Überbringerin der Befehle aus Argenteuil. Der Engel des Erbarmens war ein Engel des Todes, sie war selbst eine Mörderin. Warum also wurde er Tausende Kilometer weit geschickt, um eine Arbeit zu tun, die ein anderer genausogut tun konnte? Ohne eine so ausgeklügelte Inszenierung? Ein alter Held Frankreichs, wahrlich ... es war alles so überflüssig. Und wo er an sein Alter dachte, da war noch ein anderer alter Mann, der keineswegs ein Killer war. Vielleicht, dachte der falsche Jean Pierre Fontaine, habe ich einen furchtbaren Fehler gemacht. Vielleicht ist der andere nicht gekommen, um mich zu töten, sondern um mich zu warnen!

»Mon Dieu«, flüsterte der Franzose. »Die alten Männer von Paris, die Armee des Schakals! Zu viele Fragen!« Fontaine lief schnell zur Tür des Zimmers, in dem die Schwester untergebracht war, und öffnete sie. Mit einer Geschwindigkeit, die er in lebenslanger Praxis erworben hatte, begann er, den Raum methodisch auseinander zu nehmen – Koffer, Schrank, Kleider, Kissen, Matratze, Sekretär, Toilettentisch, Schreibtisch ... der Tisch! Ein verschlossenes Schubfach – ein verschlossenes Schubfach im Nebenzimmer. Die Ausrüstung. Jetzt kam es darauf nicht mehr an! Seine Frau war tot, und es gab zu viele Fragen! Eine schwere Lampe auf dem Tisch mit einem massiven Messingständer, er nahm sie und schleuderte sie gegen das Schubfach. Wieder und wieder und immer wieder, bis das Holz splitterte und das Schloss zerbrach. Er zerrte das Fach auf und starrte gleichermaßen mit Entsetzen und Verstehen auf das, was er sah.

In einer gepolsterten Plastikschachtel lagen zwei Spritzen nebeneinander, deren Ampullen mit einer identischen gelblichen Flüssigkeit gefüllt waren. Die chemische Zusammensetzung brauchte er nicht zu wissen. Es gab zu viele, die er nicht kannte, die aber effektiv waren, flüssiger Tod in die Venen.

Ihm musste nicht gesagt werden, für wen sie vorgesehen waren. *Côté* à *côte dans le lit.* Zwei Körper nebeneinander im

Bett. Er und seine Frau in endgültiger Hingabe vereint. Wie sorgfältig hatte Monseigneur alles ausgeklügelt! Er selbst tot! Ein toter alter Mann aus der Armee der alten Männer des Schakals, der alle Sicherheitsvorkehrungen überlistet und die liebsten Angehörigen von Carlos' letztem Feind, Jason Bourne, getötet und verstümmelt hatte. Und hinter all diesen brillanten Manipulationen stand natürlich der Schakal. Persönlich! *Ce n'est le contrat!* Ich, ja, aber nicht meine Frau! Das hast du mir versprochen!

Die Schwester. Kein Engel des Erbarmens, sondern des Todes! Der Mann, der im Tranquility Inn als Jean Pierre Fontaine bekannt war, ging, so schnell er konnte, in das andere Zimmer. Zu seiner Ausrüstung.

Das gewaltige silberne Rennboot mit seinen beiden enormen Maschinen krachte durch die Brecher und war ebenso häufig über den Wellen wie mittendrin. Auf der kurzen niedrigen Brücke manövrierte John St. Jacques das Patrouillenboot der Drogenpolizei durch die gefährlichen Riffe, die er aus langer Erfahrung kannte, wobei ihm der starke Suchscheinwerfer half, der die turbulenten Wasser bis zu dreißig Meter vor dem Bug erhellte. Er schrie pausenlos in sein Funkgerät, das Mikro vor seinem völlig nassen Gesicht; gegen alle Vernunft hoffte er, jemanden im Tranquility Inn wach zu bekommen. Er war noch vier Kilometer von der Insel entfernt. Diese buschbestandene, vulkanische Erhebung über dem Wasser war seine Landmarke. Die Insel Tranquility lag, in Kilometern gerechnet, viel näher bei Plymouth als am Flughafen Blackburne, und wenn man die Untiefen kannte, war sie fast genauso schnell mit einem Patrouillenboot zu erreichen wie mit einem Wasserflugzeug, das östlich von Blackburne einen Bogen fliegen musste, um die vorherrschenden Westwinde ausnutzen und auf dem Wasser landen zu können. Johnny wusste nicht, warum er sich von diesen Berechnungen ablenken ließ. Er wusste nur, dass er sich irgendwie besser fühlte, wenn er sein Möglichstes gab. Verdammt! Warum immer nur sein Möglichstes, warum konnte es nie *das Beste* sein? Er durfte nichts mehr falsch machen, nicht jetzt, nicht heute Nacht! Großer

Gott, er verdankte Marie und David alles! Vielleicht dem verrückten Bastard von einem Schwager sogar mehr als seiner eigenen Schwester. David, der wilde, verrückte David, ein Mann, bei dem er sich manchmal fragte, ob Marie sich je sicher war, dass es ihn gab.

»Du hältst dich raus, kleiner Bruder, ich mache das.«

»Kannst du nicht, David. Ich habe es getan. Ich habe sie getötet!«

»Ich sagte: Halt dich da raus.«

»Ich bat dich um Hilfe, nicht, meinen Platz einzunehmen!«

»Aber versteh doch, ich bin du. Ich hätte dasselbe getan, und deshalb bin ich – in meinen Augen – du.«

»Das ist verrückt!«

»Das gehört dazu. Eines Tages werde ich dir zeigen, wie man sauber tötet, im Dunklen. Unterdessen hör besser auf die Rechtsanwälte.«

»Und wenn sie verlieren?«

»Ich bring dich da raus. Ich bring dich weg.«

»Wie?«

»Ich werde wieder töten.«

»Ich kann dir nicht glauben! Ein Lehrer, ein Professor – ich glaube dir nicht, ich will dir nicht glauben. Du bist der Mann meiner Schwester.«

»Dann glaube mir eben nicht, Johnny. Und vergiss alles, was ich gesagt habe, und sage deiner Schwester nie etwas darüber.«

»Das ist jene andere Person in dir, nicht wahr?«

»Marie liebt dich sehr.«

»Das ist keine Antwort! Hier, jetzt, bist du Bourne, nicht wahr? Jason Bourne!«

»Wir werden niemals, unter keinen Umständen, über diese Unterhaltung sprechen, Johnny. Hast du mich verstanden?«

Nein, er hatte niemals verstanden, dachte St. Jacques, als Wirbelwinde und Blitze das Boot einhüllten. Selbst als Marie und David an sein schnell sich auflösendes Ego appellierten und ihm vorschlugen, dass er auf den Inseln ein neues Leben beginnen könne. Du musst Geld anlegen, hatten sie gesagt. Bau uns ein Haus und sieh zu, wohin du von dort aus gehen willst. In gewissen Grenzen werden wir dich unterstützen. Warum sollte er das tun? Warum tat er es?

Johnny St. Jacques hatte es erst an dem Morgen verstanden, als er das Telefon am Swimmingpool abgehoben hatte und ihm gesagt wurde, dass jemand am Flughafen Fragen über eine Frau mit zwei Kindern gestellt hatte.

Eines Tages werde ich dir zeigen, wie man sauber tötet, im Dunklen. Jason Bourne.

Lichter! Er sah die Lichter am Strand von Tranquility. Er war nur noch gut eine Seemeile von der Küste entfernt!

Es goss in Strömen, und die Windstöße brachten den alten Mann fast aus dem Gleichgewicht, als er den Weg zur Villa vierzehn entlanglief. Er beugte sich den tobenden Elementen entgegen, kniff die Augen zusammen und wischte sich mit der Linken übers Gesicht, während er mit der Rechten die Waffe hielt, eine durch einen zylinderförmigen Schalldämpfer verlängerte Pistole. Er hielt sie schützend auf dem Rücken, wie er es vor vielen Jahren gemacht hatte, als er die Eisenbahnschienen entlanggerannt war, Dynamitstangen in der einen Hand und eine deutsche Luger in der anderen, bereit, beides fallen zu lassen, falls Nazi-Patrouillen auftauchen sollten.

Er hatte lang genug vor anderen gebuckelt! Seine Frau war tot, und jetzt würde er sein eigener Herr sein. Jetzt gab es nur noch seine eigenen Entscheidungen, seine eigenen Gefühle, seinen eigenen ganz privaten Sinn für das, was Recht und was Unrecht war … Und der Schakal war im Unrecht! Der Apostel von Carlos konnte das Töten der Frau verstehen, das war eine alte Rechnung, das konnte er unter Umständen noch verstehen. Aber nicht die Kinder. Und dann die Verstümmelungen. Solche Handlungen waren gegen Gott, und er und seine Frau würden bald vor Seinem Angesicht stehen. Und dann wird es ein paar mildernde Umstände geben. Den Engel des Todes stoppen! Was hatte sie vor? Was bedeutete das Feuer, von dem sie gesprochen hatte? … Dann sah er es – eine gewaltige Stichflamme aus Villa vierzehn. Aus einem Fenster! Dem Fenster, das zum Schlafzimmer der luxuriösen Villa gehören musste.

Fontaine erreichte den Weg, der zur Eingangstür führte. Ein ungeheurer Blitz schlug so nahe ein, dass die Erde unter ihm bebte. Er fiel zu Boden, rappelte sich wieder hoch und kroch auf den Knien zum Eingang, der durch ein flackerndes Licht erhellt wurde. Er kam auf die Füße. Aber wie er auch drehte, zog und drückte, das Schloss ging nicht auf. Er griff nach der Pistole, drückte zweimal ab und schoss das Schloss weg. Dann ging er hinein.

Dort. Die Schreie kamen aus dem Schlafzimmer. Der alte Franzose eilte halb taumelnd vorwärts, die Waffe in der rechten Hand schwenkend. Mit all seiner Kraft stieß er die Tür auf und sah eine Szene vor sich, die, so wusste er, nur eine Ausgeburt der Hölle sein konnte.

Die Schwester, den Kopf des alten Richters in einer Metallschlinge, versuchte mit aller Gewalt, ihr Opfer in das lodernde Kerosinfeuer auf dem Boden zu drücken.

»Arrêtez!«, schrie der alte Franzose. *»Assez, maintenant!«* Durch die auflodernden, sich ausbreitenden Flammen krachten Schüsse, und Körper polterten zu Boden.

Die Lichter der Bucht von Tranquility kamen näher. John St. Jacques brüllte ins Mikrofon: »Ich bin es! Es ist St. Jacques, der kommt! Nicht schießen!«

Aber das schlanke, silberne Patrouillenboot wurde von Staccato-Gewehrfeuer aus automatischen Waffen begrüßt. St. Jacques warf sich auf Deck und schrie weiter. »Ich komme rein – ich lande. Hört mit dem verdammten Feuer auf!«

»Bist du es, John?«, kam eine panische Stimme über Funk.

»Willst du nächste Woche auch noch Lohn bekommen?«

»Na klar, Mister!« Die Strandlautsprecher bellten durch den Sturm und den Donner von Basse-Terre her. »Alle Leute unten am Strand, aufhören mit dem Schießen! Das Boot ist okay! Es ist unser Boss, Mr. St. Jacques!«

Das Patrouillenboot schoss aus dem Wasser und auf den weißen Sand. Die Maschinen heulten auf, der Propeller grub sich ein, und der spitze Bug zerbrach durch den Aufprall. St. Jacques sprang aus seiner Schutzstellung und hechtete über Bord.

»Villa zwanzig!«, brüllte er und rannte durch den Wolkenbruch zu den steinernen Stufen, die zum Weg hochführten. »Alle Leute, dorthin!« Als er die harten, regenfeuchten Treppen hinaufjagte, schnappte er plötzlich nach Luft. Gewehrschüsse! Einer und noch einer. Auf der Ostseite! Seine Beine sprangen noch schneller, nahmen zwei, drei Stufen auf einmal. Er erreichte den Weg und rannte wie ein Besessener zur Villa zwanzig, während er sich in wilder Konfusion umschaute. Leute – Männer und Frauen von seinem Stab – drängten sich um den Eingang zur Villa vierzehn! … Wer war dort? … Mein Gott, der Richter!

Seine Lungen drohten zu bersten, jeder Muskel, jede Sehne zum Zerreißen gespannt, so erreichte er das Haus seiner Schwester. Er brach durch das Tor, rannte zur Eingangstür, warf sich dagegen und flog krachend nach drinnen. Zuerst traten ihm die Augen vor Schreck aus dem Kopf, dann fühlte er einen unsagbaren Schmerz, und er sank auf die Knie, schreiend. Auf der weißen Wand sah er mit furchtbarer Klarheit in dunkelroter Farbe die Worte:

Jason Bourne, Bruder des Schakals.

14.

»Johnny! Johnny! Hör auf!« Die Stimme seiner Schwester dröhnte in seinem Ohr. Mit der einen Hand stützte Marie seinen Kopf, mit der anderen fuhr sie ihm so heftig durchs Haar, dass er fast meinte, sie wolle es ihm ausreißen.

»Kannst du mich hören? Wir sind in Ordnung! Die Kinder sind in einer anderen Villa – uns geht es gut!«

Allmählich erkannte er die Gesichter über sich und um sich herum. Und da waren auch die beiden alten Männer, der eine aus Boston, der andere aus Paris. »Das sind sie!«, schrie St. Jacques und richtete sich auf, wurde aber von Marie festgehalten, die sich auf ihn warf. »Ich bring die Bastarde um!«

»Nein!«, schrie seine Schwester. Ein Wächter half ihr, seine starken schwarzen Hände packten John an den Schultern.

»Im Moment gehören sie zu den besten Freunden, die wir haben.«

»Du weißt nicht, wer sie sind!«, schrie St. Jacques und versuchte, sich zu befreien.

»Doch, wissen wir«, unterbrach ihn Marie in leiserem Ton, mit den Lippen dicht an seinem Ohr. »Wir wissen so viel, dass sie uns zum Schakal führen können …«

»Sie arbeiten für den Schakal!«

»Der eine hat es getan, aber das ist vorbei«, sagte seine Schwester. »Der andere hat nie von Carlos gehört.«

»Du verstehst nicht!«, flüsterte St. Jacques. »Sie sind ›die alten Männer von Paris‹, die Armee des Schakals! Conklin hat mich in Plymouth angerufen, hat es mir erklärt … sie sind Killer!«

»Noch mal, der eine war einer. Aber jetzt nicht mehr. Er wird niemanden mehr töten. Der andere … nun, das ist ein Versehen, ein dummes, verdammtes Versehen, aber das ist alles, Gott sei Dank – und ihm sei Dank, dass er da war!«

»Das ist alles verrückt!«

»Es ist verrückt«, pflichtete ihm Marie bei und nickte dem Wächter zu, damit er ihrem Bruder hoch half.

»Komm schon, Johnny, wir müssen über verschiedene Dinge reden.«

Der Sturm war vorübergegangen wie ein gewalttätiger, unerwünschter Eindringling, der durch die Nacht gejagt und eine Schneise der Verwüstung hinter sich gelassen hatte. Das frühe Morgenlicht kam am östlichen Horizont hoch und enthüllte langsam durch den Nebel das Blaugrün der ein paar Seemeilen entfernten Insel Montserrat. Die ersten Boote tuckerten langsam und schwerfällig zu ihren Fischgründen, um ihren Tagesfang zu machen, der ihnen wieder einen Tag des Überlebens sichern würde. Marie, ihr Bruder und die beiden alten Männer tranken auf dem Balkon einer unbewohnten Villa Kaffee. Fast eine Stunde hatten sie jeden Punkt des schrecklichen Geschehens kühl beredet und die Fakten analysiert.

Dem alten falschen Helden Frankreichs war versichert worden, dass die erforderlichen Maßnahmen für seine Frau getroffen werden würden, sobald die Telefonleitung zur großen Insel wieder funktionierte. Wenn möglich, wollte er sie auf Tranquility begraben lassen. Sie hätte es so gewollt. In Frankreich war ihnen nichts geblieben als die Schande eines billigen Grabes. Wenn es möglich wäre …

»Es ist möglich«, sagte St. Jacques. »Ihretwegen ist meine Schwester noch am Leben.«

»Durch mich, junger Mann, hätte sie sterben können.«

»Hätten Sie mich getötet?«, fragte Marie und schaute den alten Franzosen prüfend an.

»Sicherlich nicht, nachdem ich sah, was Carlos mit mir und meiner Frau vorhatte. Er hat den Vertrag gebrochen, nicht ich.«

»Und davor?«

»Wenn ich die Nadeln nicht gesehen hätte, nicht verstanden hätte, was allzu offensichtlich war?«

»Ja.«

»Das ist schwierig zu beantworten. Ein Vertrag ist ein Vertrag. Dennoch, meine Frau war tot, und zum Teil starb sie deshalb, weil sie spürte, dass von mir etwas Furchtbares verlangt worden war. Dieser Forderung nachzukommen, hätte bedeutet, diesen Aspekt ihres Todes nicht anzuerkennen, verstehen Sie? Und dennoch, obwohl sie tot war konnte der Monseigneur nicht völlig übergangen werden – er hat uns Jahre relativen Glücks ermöglicht, die ohne ihn unmöglich gewesen wären … Ich weiß es einfach nicht. Ich hätte vielleicht argumentiert, dass ich ihm Ihr Leben schulde – Ihren Tod, aber gewiss nicht den der Kinder … und auf keinen Fall den Rest.«

»Den Rest?«, fragte St. Jacques.

»Es ist besser, nicht nachzufragen.«

»Ich glaube, Sie hätten mich getötet«, sagte Marie.

»Ich sage Ihnen, ich weiß es einfach nicht. Das war ja nicht persönlich. Sie waren für mich keine Person, Sie waren einfach eine rechnerische Größe, Teil eines Geschäftsabkommens … Dennoch, wie ich sagte, meine Frau war tot, und ich bin ein alter Mann, der nur noch eine begrenzte Zeit vor sich hat. Vielleicht ein Blick in Ihre Augen oder um Ihrer Kinder willen – wer weiß, vielleicht hätte ich die Pistole auf mich gerichtet. Vielleicht auch nicht.«

»Mein Gott, Sie sind ein Killer.«

»Ich bin vieles, Monsieur. Ich verlange keine Vergebung – nicht in dieser Welt; und danach, das ist eine andere Frage. Es gab immer bestimmte Umstände …«

»Französische Logik«, bemerkte Brendan Patrick Pierre Prefontaine, ehemaliger Richter am Obersten Gerichtshof von Boston, und berührte dabei geistesabwesend die aufgescheuerte Haut seines Nackens unter seinem versengten weißen Haar.

»Gott sei Dank musste ich niemals vor ein französisches Gericht. Eine Seite hat auf jeden Fall immer Unrecht.« Der entlassene Richter kicherte. »Sie sehen vor sich einen Gauner rechtmäßig angeklagt und rechtmäßig verurteilt. Der einzige entlastende Aspekt meiner Vergehen ist, dass ich erwischt wurde und so viele andere nicht, weder früher noch heute.«

»Vielleicht sind wir sogar verwandt, *Monsieur le juge*.«

»Im Vergleich mit ihnen ähnelt mein Leben ja eher dem des Thomas von Aquin …«

»Erpressung«, unterbrach Marie.

»Nein, die Anklage lautete auf Annahme von Vergütungen für günstige Urteile, derlei Dinge … Mein Gott, in Boston sind wir so pingelig! In New York ist das gängige Praxis: Übergib das Geld dem Gerichtsdiener, aber genug für jeden.«

»Ich beziehe mich nicht auf Boston, ich spreche darüber, warum Sie hier sind. Das ist Erpressung.«

»Das ist eine übermäßige Vereinfachung, aber im Wesentlichen korrekt. Wie ich Ihnen sagte, der Mann, der mich bezahlte, machte eine zusätzliche große Summe locker, damit ich die Information für mich behielt. Unter diesen Umständen und da ich nicht gerade einen vollen Terminkalender habe, hielt ich es für angebracht, meine Nachforschungen weiterzutreiben. Schließlich, wenn das Wenige, was ich wusste, so viel einbrachte, wie viel mehr konnte da hereinkommen, wenn ich etwas mehr wusste.«

»Und Sie sprechen von französischer Logik, Monsieur?«, warf der Franzose ein.

»Es war einfach eine Art ›weiterführender Befragung‹«, antwortete der ehemalige Richter. Er warf kurz einen Blick auf St. Jacques, bevor er sich wieder Marie zuwandte. »Aber, Verehrteste, ich habe da noch etwas ausgelassen, was bei den Verhandlungen mit meinem Klienten außerordentlich hilfreich war. Um es deutlicher zu sagen: Ihre Identität wurde von der Regierung geheim gehalten und geschützt. Das war ein wichtiger Punkt, und er jagte einem sehr mächtigen und einflussreichen Mann Angst ein.«

»Ich möchte seinen Namen«, sagte Marie.

»Dann brauche auch ich Schutz«, meinte Prefontaine.

»Bekommen Sie …«

»Und vielleicht etwas mehr«, fuhr der alte, abgehalfterte Richter fort. »Mein Klient hat keine Ahnung, dass ich hergekommen bin, keine Ahnung von dem, was hier geschehen ist. Das alles könnte seine Großzügigkeit mächtig anfeuern, wenn ich ihm beschriebe, was ich erfahren und beobachtet habe. Er würde vor Angst den Verstand verlieren, in solche

Dinge verwickelt zu sein. Denn in Anbetracht der Tatsache, dass ich beinahe von dieser hünenhaften Amazone getötet worden wäre, verdiene ich wirklich etwas mehr.«

»Werde ich dann auch belohnt, weil ich Ihr Leben gerettet habe, Monsieur?«

»Wenn ich irgendetwas von Wert besäße – außer meinen Rechtskenntnissen, die Ihnen zur Verfügung stehen –, würde ich es mit Vergnügen teilen. Das gilt für alles, was ich bekomme.«

»*Merci bien, cousin.*«

»*D'accord, mon ami,* aber lass das nicht die irischen Nonnen hören.«

»Sie sehen nicht wie ein armer Mann aus, Richter«, sagte St. Jacques.

»Dann täuscht die Erscheinung ebenso wie ein längst vergessener Titel, den Sie so großzügig benutzen ... Vielleicht sollte ich hinzufügen, dass ich keine extravaganten Wünsche habe, weil ich allein lebe, und mein Dasein erfordert keinen Luxus.«

»Sie haben also auch Ihre Frau verloren?«

»Zwar geht Sie das eigentlich nichts an, aber meine Frau hat mich vor neunundzwanzig Jahren verlassen, und mein achtunddreißigjähriger Sohn, jetzt ein erfolgreicher Anwalt an der Wall Street, benutzt ihren Namen, und wenn er von neugierigen Leuten gefragt wird, sagt er, dass er mich niemals gekannt hat. Ich habe ihn nicht mehr gesehen, seit er zehn Jahre alt war.«

»*Quelle tristesse.*«

»*Quelle* Scheiße, Cousin. Der Bursche hat *meinen* Verstand geerbt, nicht den der hohlköpfigen Frau, die ihn geboren hat ... Wir kommen jedoch vom Thema ab. Mein reinblütiger Franzose hier hat seine Gründe – die offenbar auf Verrat beruhen –, mit Ihnen zusammenzuarbeiten. Ich habe ebenfalls starke Gründe, Ihnen zu helfen, aber ich muss auch an mich denken. Mein alter Freund kann nach Paris zurück und dort sein Leben beenden, während ich nirgends anders hin kann als nach Boston und zurück zu den dürftigen Chancen, die sich mir dort für meinen Lebensunterhalt bieten. Daher müssen meine tieferen Motive, Ihnen zu helfen, leider zurückstehen. Mit dem, was ich jetzt weiß, würde ich keine fünf Minuten in den Straßen von Boston überleben.«

»Der Durchbruch«, sagte John St. Jacques und starrte Prefontaine an. »Tut mir Leid, Richter wir brauchen Sie nicht.«

»Was?« Marie beugte sich in ihrem Sitz vor. »Bitte, Bruder, wir brauchen jede Hilfe, die wir bekommen können!«

»Nicht in diesem Fall. Wir wissen, wer ihn angeheuert hat.«

»Wirklich?«

»Conklin weiß es. Er nannte es den Durchbruch. Er sagte mir, dass der Mann, der dich und die Kinder aufgespürt hat, einen Richter benutzte, um dich zu finden.« Der Bruder nickte dem Bostoner über den Tisch zu. »Ihn. Deswegen habe ich ein Hunderttausend-Dollar-Boot zu Schrott gefahren, um herzukommen. Conklin weiß, wer sein Auftraggeber ist.«

Prefontaine schaute wieder zu dem alten Franzosen. »Jetzt ist die Zeit für *quelle tristesse* gekommen, alter Held. Mir ist nichts geblieben. Meine Beharrlichkeit hat mir nur einen wunden Nacken und einen versengten Skalp eingebracht.«

»Nicht unbedingt«, unterbrach Marie. »Sie sind Anwalt, also müsste ich es Ihnen nicht erst sagen: Zeuge zu sein ist Kooperation. Wir brauchen Sie vielleicht, um alles, was Sie wissen, bestimmten Leuten in Washington zu erzählen.«

»Eine Zeugenaussage kann nur unter Strafandrohung erzwungen werden, meine Werte. Unter Eid in einem Gerichtssaal, da gebe ich Ihnen sowohl mein persönliches als auch mein professionelles Wort drauf.«

»Wir gehen nicht vor Gericht. Niemals.«

»Oh? … Ich verstehe.«

»Das ginge schwerlich, Richter, nicht zu diesem Zeitpunkt. Wenn Sie jedoch einverstanden sind, uns zu helfen, werden Sie gut bezahlt. Vor einem Augenblick sagten Sie noch, dass es gute Gründe gäbe, uns zu helfen, Gründe, die Ihrem eigenen Wohlergehen zuliebe hintangestellt werden müssten …«

»Sind Sie zufällig Rechtsanwältin, meine Liebe?«

»Nein, Volkswirtin.«

»Jesus Maria, das ist noch schlimmer … Meine Gründe?«

»Betreffen sie Ihren Klienten, den Mann, der Sie angeheuert hat, um uns aufzuspüren?«

»Tun sie. Diese *persona augusta* – wie in Caesar Augustus – müsste vernichtet werden. Von seiner schleimigen Intellektualität mal ganz abgesehen, ist er eine Hure. Er war einmal jung und vielversprechend, mehr, als ich es ihn jemals wissen ließ, aber aus persönlicher Gier hat er alles zum Teufel gehen lassen.«

»Wovon spricht er eigentlich, Marie?«

»Von einem Mann mit einer Menge Einfluss und Macht. Und keines von beiden sollte er haben. Unser verurteilter Gauner hat die persönliche Moral entdeckt.«

»Spricht so ein Volkswirt?«, fragte Prefontaine und berührte wieder tastend seine Wunde. »Ein Ökonom, der über einen etwas danebengegangenen Coup nachdenkt, welcher überstürzte Aufkäufe oder Verkäufe an der Börse verursachte, aus denen wiederum Verluste resultierten, die viele Leute verkraften konnten, aber sehr viel mehr Menschen nicht?«

»Ich war niemals so wichtig, aber ich gebe zu, dass es eine Menge Leute gibt, die nie ein Risiko eingegangen sind, weil sich ihre Coups immer am Schreibtisch abgespielt haben. Das ist eine sichere Position … Ihre nicht, Richter. Sie brauchen vielleicht den Schutz, den wir Ihnen geben können. Was ist ihre Antwort?«

»Sie sind sehr kalt …«

»Ich muss es sein«, sagte Marie und ließ ihren Blick auf dem Mann aus Boston ruhen. »Ich möchte Sie auf unserer Seite haben, aber bitten tue ich nicht darum. Ich würde Sie einfach ohne etwas laufen lassen, zurück in die Straßen von Boston.«

»Sie sind sicher, dass Sie kein Anwalt sind – oder vielleicht sogar ein Scharfrichter?«

»Wählen Sie. Ich erwarte Ihre Antwort.«

»Wird mir vielleicht mal jemand sagen, was hier, zum Teufel, vor sich geht?«, rief John St. Jacques.

»Ihre Schwester«, antwortete Prefontaine mit einem lächelnden Blick zu Marie, »hat einen Rekruten angeheuert. Sie hat deutlich die Optionen herausgearbeitet, was jeder Anwalt versteht, und die Brillanz ihrer Logik in Verbindung mit ihrem hübschen Gesicht und dem dunkelroten Haar macht meine Antwort unvermeidlich.«

»Was …?«

»Er hat sich für uns entschieden, Johnny.«

»Wozu brauchen wir ihn?«

»Auch ohne Gerichtssaal aus ein Dutzend verschiedenen Gründen, junger Mann«, antwortete der Richter. »In gewissen Situationen ist Freiwilligkeit nicht der beste Weg, es sei denn, man wird auch außerhalb des Gerichtssaals gut geschützt.«

»Stimmt das, Schwester?«

»Es ist nicht falsch, Bruder, aber es liegt an Jason – verdammt, David!«

»Nein, Marie«, sagte John St. Jacques und bohrte seine Augen in die seiner Schwester. »Es liegt an Jason.«

»Sollte ich mir diese Namen merken?«, fragte Prefontaine.

»Der Name ›Jason Bourne‹ war an die Wand Ihrer Villa gesprüht.«

»Meine Instruktionen, Cousin«, sagte der falsche und doch nicht so falsche Held von Frankreich. »Es war notwendig.«

»Ich verstehe nicht … genauso wenig wie ich den anderen Namen verstanden habe, ›Schakal‹ oder ›Carlos‹, nach dem Sie mich ziemlich brutal ausgefragt haben, als ich noch nicht sicher war, ob ich lebendig oder tot war. Ich dachte, der ›Schakal‹ sei irgendeine Erfindung.« Der alte Richter blickte fragend in die Runde.

Der Mann, der sich Jean Pierre Fontaine nannte, schaute Marie an. Sie nickte, worauf er erklärte: »Carlos, der Schakal, ist eine Legende, aber er ist keine Fiktion. Er ist ein professioneller Killer, jetzt etwa sechzig Jahre alt, von dem das Gerücht sagt, er sei krank, der aber immer noch von furchtbarem Hass besessen ist. Er ist ein Mann mit vielen Gesichtern, vielen Seiten, geliebt von denen, die Gründe haben, ihn zu lieben, verabscheut von anderen, die ihn als den Inbegriff des Bösen ansehen – je nach Gesichtspunkt. Alle haben ihre Gründe, und beide Seiten existieren. Ich zum Beispiel bin einer, der beides erfahren hat, aber deshalb, weil meine Welt nicht die Ihre ist, wie Sie richtig bemerkt haben, heiliger Thomas von Aquin.«

»*Merci bien.*«

»Der Hass, von dem Carlos besessen ist, wächst in seinem alternden Hirn wie ein Krebsgeschwür. Ein Mann zerrte ihn hervor, ein Mann trickste ihn aus, usurpierte seine Fähigkeiten, riss die Arbeit des Schakals an sich, einen Mord nach dem anderen. Und trieb Carlos in den Wahnsinn, als er versuchte, das Bild zu korrigieren und seine Oberhoheit als bester Mörder zu behalten. Ebenjener Mann war auch verantwortlich für den Tod seiner Geliebten. Sie war mehr als eine Geliebte, sie war sein Ruhepunkt, sein ein und alles seit der Kindheit in Venezuela, seine Vertraute in allem. Dieser eine Mann – einer von Hunderten, vielleicht Tausenden, die von allen möglichen Regierungen ausgesandt wurden – war der einzige Mensch, der je sein Gesicht sah, sein Gesicht als Schakal. Der Mann, der all das leistete, war ein Produkt des amerikanischen Geheimdienstes, ein seltsamer Mann, der tagtäglich eine tödliche Lüge lebte, jahrelang. Und Carlos wird nicht eher ruhen, bevor dieser Mann nicht gestraft ist ... und getötet. Dieser Mann ist Jason Bourne.«

Prefontaine, erschüttert von der Geschichte des Franzosen, beugte sich über den Tisch. »Wer ist Jason Bourne?«, fragte er.

»Mein Mann, David Webb«, antwortete Marie.

»O mein Gott«, flüsterte der Richter. »Kann ich einen Drink haben, bitte?«

John St. Jacques rief: »Ronald!«

»Ja, Boss!«, schrie einer von den Wachen.

»Bring uns bitte Whisky und Brandy. Es müsste noch was in der Bar sein.«

»Ich komme, Sir.«

Die orangefarbene Sonne im Osten erglühte plötzlich und durchdrang die restlichen Morgennebel über dem Meer. Das Schweigen am Tisch wurde von den weichen, deutlich betonten Worten des alten Franzosen gebrochen. »Ich bin an solchen Service nicht gewöhnt«, sagte er und schaute ziellos über das Balkongitter auf das immer heller erstrahlende Meer. »Wenn etwas verlangt wird, denke ich immer, *ich* müsste es erledigen.«

»Nicht mehr«, sagte Marie ruhig und fügte nach einem Moment hinzu: »Jean Pierre …?«

»Ich denke, man könnte mit dem Namen leben.«

»Warum nicht hier?«

»Was sagen Sie, Madame?«

»Denken Sie darüber nach. Paris ist für Sie vielleicht nicht weniger gefährlich als die Straßen von Boston für unseren Richter.«

Der Richter hing seinen eigenen Träumen nach, als verschiedene Flaschen, Gläser und ein Behälter mit Eiswürfeln auf den Tisch gestellt wurden. Ohne Zögern griff Prefontaine nach der nächsten Flasche und schenkte sich einen kräftigen Drink ein. »Ich muss ein oder zwei Fragen stellen«, sagte er. »Darf ich?«

»Nur zu«, antwortete Marie. »Ich bin nicht sicher, ob ich sie beantworten kann oder will, aber versuchen Sie es.«

»Die Schüsse, die Worte an der Wand – mein Cousin hier sagt, dass die rote Schrift und die Worte auf seine Anweisung hin …«

»Waren sie, *mon ami.* Das Abfeuern der Schüsse ebenfalls.«

»Warum?«

»Alles muss so sein, wie man es erwartet. Die Schüsse waren ein zusätzliches Element, um die Aufmerksamkeit auf das Ereignis zu lenken, das stattfinden sollte.«

»Warum?«

»Eine Lektion, die wir in der Resistance gelernt haben – nicht, dass ich je ein Jean Pierre Fontaine gewesen wäre, aber ich habe mein Teil dazu beigetragen. Man nannte es *accentuation,* ein positives Statement, das deutlich machen sollte, dass der Untergrund für die Aktion verantwortlich war. Alle in der Nachbarschaft wussten es.«

»Und warum hier?«

»Die Krankenschwester des Schakals ist tot. Es gibt niemanden, der ihm sagen könnte, dass seine Instruktionen durchgeführt wurden.«

»Französische Logik. Unverständlich.«

»Französischer gesunder Menschenverstand. Unbestreitbar.«

»Warum?«

»Carlos wird morgen Mittag hier sein.«

»Herr im Himmel!«

Drinnen in der Villa klingelte das Telefon. John St. Jacques sprang aus seinem Stuhl hoch, wurde aber von seiner Schwester zurückgehalten. Sie lief durch die Tür ins Wohnzimmer und griff zum Hörer.

»David?«

»Hier Alex«, sagte die atemlose Stimme in der Leitung. »Mein Gott, drei Stunden lang hab ich es immer wieder probiert, zu euch durchzukommen. Geht es euch gut?«

»Wir leben, auch wenn wir es eigentlich nicht mehr dürften.«

»Die alten Männer! Die alten Männer von Paris! Ist Johnny …«

»Johnny ist da, aber sie sind auf unserer Seite!«

»Wer?«

»Die alten Männer.«

»Verdammt, das ist dummes Zeug!«

»Nein! Wir haben alles unter Kontrolle. Was ist mit David?«

»Weiß ich nicht! Die Telefonleitungen waren unterbrochen. Alles ist durcheinander! Ich hab die Polizei geschickt …«

»Scheiß auf die Polizei, Alex!«, schrie Marie. »Hol die Armee, die Marine, die lausige CIA! Wir sind dazu verpflichtet!«

»Das würde Jason nicht erlauben. Ich kann mich jetzt nicht an ihn wenden.«

»Dann denk über folgendes nach: Morgen wird der Schakal hier sein!«

»Großer Gott! Ich muss David irgendwie einen Jet besorgen.«

»Du musst etwas tun!«

»Du verstehst nicht, Marie. Die alte Medusa ist aufgetaucht.«

»Sage meinem Mann, dass Medusa der Geschichte angehört! Der Schakal nicht, er wird morgen mit dem Flugzeug hier eintreffen!«

»David wird dort sein, das weißt du.«

»Ja, weiß ich … weil er Bourne ist.«

»Bruder Rabbit, es ist nicht mehr wie vor dreizehn Jahren. Du bist nun einmal dreizehn Jahre älter. Du wirst nicht nur nutzlos sein, sondern sogar ein Risikofaktor, wenn du nicht etwas Ruhe bekommst, am besten Schlaf. Mach das Licht aus und schlaf dich auf dem großen Sofa drinnen im Wohnzimmer erst einmal aus. Ich bleibe am Telefon, was sowieso nicht klingeln wird, weil hier niemand um vier Uhr früh anruft.«

Nach diesen Worten von Kaktus ging Jason mit schweren Beinen und bleiernen Lidern in das dunkle Wohnzimmer. Er sank auf das Sofa und hob seine Beine, eins nach dem anderen, auf die Kissen. Er starrte an die Decke. *Ruhe ist eine Waffe. Schlachten, gewonnen und verloren …* Philippe D'Anjou. Medusa. Sein innerer Bildschirm erlosch, und Schlaf übermannte ihn.

Eine gellende Sirene heulte auf, ohrenbetäubend, unaufhörlich, und hallte durch das höhlenartige Haus wie ein Lärmtornado. Bourne schnellte herum und sprang vom Sofa auf, ohne Orientierung zuerst, unsicher, wo er war und – einen furchtbaren Augenblick lang – wer er war.

»Kaktus!«, brüllte er und rannte aus dem Wohnzimmer in die Diele. »Kaktus!«, schrie er wieder und merkte, wie seine Stimme in dem wahnsinnigen, rhythmischen Crescendo der Alarmsirene unterging. »Wo bist du?«

Nichts. Er rannte zur Tür des Arbeitszimmers und packte die Klinke. Verschlossen! Er tat einen Schritt zurück und warf sich gegen das Holz, einmal, zweimal, ein drittes Mal mit all der Kraft, die er aufbringen konnte. Die Tür splitterte, gab nach, und Jason trat mit den Füßen dagegen, bis sie aufsprang. Er ging hinein, und was er fand, das ließ die Tötungsmaschine, das Produkt von Medusa, in eiskalter Wut erstarren. Kaktus war auf den Tisch gesunken, unter dem Licht der einzigen Lampe, in demselben Stuhl, in dem auch der General ermordet worden war, und sein Blut bildete eine rote Pfütze auf der Löschunterlage – eine Leiche, nein, keine Leiche! Die rechte Hand bewegte sich, Kaktus lebte!

Bourne rannte zum Schreibtisch und hob vorsichtig den Kopf des alten Mannes an. Die schrille, betäubende, alles durchdringende Alarmmaschine machte jede Kommunikation unmöglich. Kaktus öffnete seine dunklen Augen, und seine zitternde Rechte bewegte sich über die Löschunterlage, wobei sein gekrümmter Zeigefinger auf den Tisch klopfte.

»Was ist es?«, schrie Jason. Die Hand glitt zur Kante der Unterlage und klopfte schneller. »Darunter? Unten?« Mit einer kaum wahrnehmbaren Bewegung seines Kopfes nickte Kaktus bestätigend. »Unter dem Tisch!«, schrie Bourne und verstand. Er kniete rechts von Kaktus nieder und tastete unter der schmalen Schublade, dann an der Seite. Ein Knopf. Er schob den Stuhl vorsichtig beiseite und sah sich den Knopf an. Darunter, in weißen Buchstaben auf einem schwarzen Plastikstreifen, stand die Antwort: »Alarm.«

Jason drückte den Knopf. Sofort hörte der brüllende Höllenlärm auf. Die folgende Stille war ebenso betäubend, die Gewöhnung daran ebenso erschreckend.

»Wie wurdest du getroffen?«, fragte Bourne. »Wie lange ist es her? … Wenn du nicht reden kannst, flüstere, keinen Energieaufwand, verstehst du?«

»O Bruder, du bist unmöglich«, flüsterte Kaktus. »Ich war ein schwarzer Taxifahrer in Washington, Mann. Hab ich schon mal erlebt. Nicht gefährlich, Junge, nur ein Schuss in die Brust.«

»Ich hole sofort einen Doktor, unseren Freund Ivan, aber wenn du kannst, sage mir, was geschehen ist, während ich dich auf den Boden lege und mir die Wunde anschaue.«

Jason hob langsam und vorsichtig den alten Mann vom Stuhl auf den kleinen Teppich. Er riss das Hemd auf. Die Kugel war durch das Fleisch der linken Schulter gegangen. Mit kurzen, schnellen Bewegungen riss er das Hemd in Streifen und legte einen strammen, primitiven Verband um die Brust seines Freundes.

»Nicht besonders gut«, sagte Jason, »aber es wird eine Weile halten. Nun sag schon.«

»Er ist dort draußen, Bruder!« Kaktus hustete leicht und legte sich zurecht. »Er hatte eine 357er Magnum mit einem Schalldämpfer. Er hat mich durch das Fenster erwischt. Dann zerschlug er es und kletterte herein … Er, er …«

»Ruhig! Sprich nicht, egal …«

»Ich muss. Die Brüder draußen, sie wissen nichts. Er wird sie umlegen! … Ich spielte den Toten, und er hatte es eilig, und wie! Schau, dort drüben!« Jason blickte in die Richtung, in die Kaktus zeigte. Etwa ein Dutzend Bücher war aus dem Wandregal herausgerissen und über den Boden verstreut worden. Der alte Mann fuhr mit schwächerer Stimme fort: »Er rannte panisch zu dem Bücherregal, bis er fand, was er suchte … dann zur Tür, die 357er schussbereit, wenn du verstehst … Ich dachte mir, dass er hinter dir her ist, dass er dich durch das Fenster in das andere Zimmer hatte gehen sehen, und ich sage dir, ich suchte mit meinem Knie wie verrückt, denn ich hatte den Alarmknopf vor einer Stunde gefunden, und wusste, dass ich ihn stoppen musste.«

»Langsam!«

»Ich muss es dir sagen … Ich konnte meine Hände nicht rühren, sonst hätte er es gesehen, aber mein Knie fand den Knopf, und die Sirene hat mich beinahe aus dem Stuhl gehauen … Der verdammte Bastard kippte fast um. Er knallte die Tür zu, schloss sie ab und zog sich durch das Fenster wieder zurück.« Kaktus' Kopf sank nach hinten. Der Schmerz und die Erschöpfung übermannten ihn.

»Das reicht!«, befahl Bourne. Er langte vorsichtig nach oben und schaltete die Lampe aus. Als einzige Lichtquelle blieb ein schwacher Schein von der Diele her. »Ich rufe Alex an. Er soll den Doktor schicken …«

Plötzlich war von draußen ein sehr hoher Schrei zu hören, ein schreckliches Angstbrüllen, das Jason nur zu gut kannte. Kaktus auch, der mit geschlossenen Augen flüsterte: »Er hat einen erwischt. Dieser Hund hat einen Bruder erwischt!«

»Ich rufe Conklin an«, sagte Jason und zog das Telefon vom Tisch. »Dann geh ich raus und hol ihn mir … O Gott, die Leitung ist tot – durchschnitten!«

»Dieser Hundesohn kennt sich hier aus!«

»Ich auch. Bleib so ruhig, wie du kannst. Ich bin gleich wieder da.« Es gab wieder einen Schrei, nicht so laut, abrupt, eher ein Luftausstoßen als ein Schrei.

»Möge Gott mir verzeihen«, murmelte der alte Mann unter Schmerzen. »Es ist nur noch ein Bruder übrig.«

»Wenn jemand um Verzeihung bitten müsste, dann ich«, rief Bourne mit halb erstickter Stimme. »Verdammt noch mal! Ich schwöre dir, Kaktus, ich dachte niemals, nicht einmal im Traum daran, dass so etwas passieren könnte.«

»Natürlich nicht. Ich kenne dich seit langem, Bruder, und ich habe niemals gehört, dass jemand für dich ein Risiko eingehen sollte ... Es ist immer andersherum gewesen.«

»Ich ziehe dich dort hinüber«, unterbrach Jason. Er zog den Teppich rechts neben den Tisch, damit Kaktus mit der linken Hand den Alarmknopf erreichen konnte. »Wenn du etwas hörst oder siehst oder fühlst, drück drauf.«

»Wo gehst du hin? Ich meine, wie ...?«

Bourne kroch über den Boden zu der zerschmetterten Tür, hechtete hindurch und rannte ins Wohnzimmer. Am Ende war eine Glastür, die in einen Patio führte. Er erinnerte sich, weiße, schmiedeeiserne Gartenstühle am Südende des Hauses gesehen zu haben, als er bei den Wächtern war. Er drückte den Türgriff und schlüpfte hinaus. Er schloss die Tür wieder und griff nach seiner Automatic. Am Rande des Rasens kroch er durchs Gebüsch. Er musste sich beeilen. Nicht nur war ein drittes Leben in Gefahr, ein Mensch, der nichts mit dem allem zu tun hatte, sondern da war auch ein Killer, ein direkter Draht zu den Verbrechern der neuen Medusa, und diese Verbrecher waren ein Köder für den Schakal! Er brauchte eine Ablenkung, einen Magneten, eine Falle ... die Leuchtkugeln, Teil der Ausrüstung, die er in Manassas eingekauft hatte. Die beiden ›Nothilfe-Kerzen‹ steckten in seiner linken Gesäßtasche, jede zwanzig Zentimeter lang und hell genug, um kilometerweit gesehen zu werden. Gleichzeitig angezündet, aber getrennt geworfen, würden sie den ganzen Landsitz von Swayne in Flutlicht tauchen. Eine auf die südliche Ausfahrt, die andere in den Zwinger, wodurch die betäubten Hunde wahrscheinlich aufwachen und in Rage versetzt werden würden. Los! Beeil dich!

Jason kroch über den Rasen, wobei seine Augen überall hin schossen. Er fragte sich, wo der herumschleichende Killer sein könnte und wie der unschuldige Kerl, den Kaktus angeheuert hatte, ihm entkommen wollte. Der eine war erfahren, der andere nicht, und Bourne konnte nicht zulassen, dass sein Leben auch noch draufging.

Da passierte es! Er war entdeckt worden! Zwei Einschläge auf beiden Seiten, Kugeln aus einer gedämpften Pistole, die durch die Luft zischten. Er erreichte den südlichen Arm der asphaltierten Straße, raste hinüber und hechtete ins Gebüsch. Er riss eine Rakete aus seiner Tasche legte die Waffe hin, entzündete sein Feuerzeug und hielt es an die Zündschnur. Er warf die zischende Rakete nach rechts. Sie landete auf der Straße. In wenigen Sekunden würde sie ein blendendes Licht ausspucken. Er rannte im Schutz der Pinien nach links hinter das Haus, das Feuerzeug und die Leuchtrakete in der einen, die Automatic in der anderen Hand. Er war neben dem Zwinger, als die erste Rakete mit bläulichweißem Licht explodierte. Er entzündete die zweite und warf sie fünfzehn Meter weit vor die Zwinger. Und wartete. Die Rakete explodierte, und zwei Bälle blendenden Lichts erhellten das Haus und das Gelände an der Südseite. Drei der Hunde begannen zu winseln, machten dann schwache Versuche zu bellen, bald würde man ihre Wut nicht mehr überhören können. Ein Schatten! An der Westwand des weißen Hauses – die Figur sauste Schutz suchend ins Gebüsch, kroch hinein und war dann ein unbeweglicher, aber leicht sich abhebender Teil des Blätterschattens. War es der Killer oder das Ziel des Killers, der Letzte von Kaktus rekrutierten Brüdern? Es gab eine Möglichkeit, das herauszufinden, und wenn es ersterer war und ein guter Schütze, dann war es nicht die beste Taktik, aber die schnellste.

Bourne sprang mit einem Schrei aus dem Unterholz hoch, voll ins Licht, und warf sich gleichzeitig nach rechts, berührte eine Sekunde mit seinem Fuß den weichen Boden, machte eine Drehung und tauchte nach links weg. »Renn zur Hütte!«, schrie er. Doch er bekam eine Antwort. Zwei weitere Schüsse, zweimal ein Zischen in der Luft, und die Kugeln gruben sich in die Erde zu seiner Rechten. Der Killer war gut, vielleicht kein Experte, aber gut. Eine 357er hatte sechs Schuss; fünf hatte er abgefeuert, aber er hatte genügend Zeit gehabt, das Magazin nachzuladen. Eine andere Strategie – schnell!

Plötzlich tauchte eine andere Figur auf, ein Mann, der die Straße entlang zur Rückseite von Flannagans Hütte rannte. Er war völlig ungeschützt!

»Hier, du Bastard«, schrie Jason, sprang hoch und feuerte seine Automatic blind in das Gebüsch neben dem Haus. Und dann bekam er eine zweite Antwort, eine willkommene. Ein einziger Schuss, ein Zischen in der Luft und dann nichts mehr. Der Killer hatte nicht nachgeladen! Vielleicht besaß er keine Kugeln mehr – was auch immer, jetzt hatte er ihn.

Bourne stürmte im Licht der Leuchtrakete über den Rasen; die Hunde waren jetzt wach, ihr Bellen und Kampfgeheul wurden immer lauter. Der Killer floh aus dem Gebüsch auf die Straße, rannte im Schatten der Bäume zu den Eingangstoren. Jason hatte den Bastard, er wusste es. Die Tore waren geschlossen, der Medusa-Mann war in der Falle. Bourne schrie: »Es gibt keinen Ausweg, Schlangenlady! Gib auf!«

Ein Schuss, ein Zischen. Der Mann hatte beim Rennen erneut geladen! Jason feuerte, der Mann fiel auf die Straße. Die einsetzende Stille der Nacht wurde fast gleichzeitig wieder durch den Lärm eines starken Automotors unterbrochen. Das Fahrzeug raste draußen auf der Straße entlang, und seine aufblitzenden roten und blauen Lichter bedeuteten Polizei. Die Polizei! Die Alarmanlage musste direkt mit dem Hauptquartier der Polizei in Manassas verbunden gewesen sein.

Er hatte angenommen, dass solch eine Maßnahme unmöglich sei, wo Medusa im Spiel war. Es war nicht logisch, die Sicherheit war eine interne Angelegenheit, für die Schlangenlady durfte es keine äußeren Faktoren geben. Da stand zu viel auf dem Spiel, zu viel, das geheimgehalten werden musste – ein Friedhof!

Der Killer krümmte sich auf der Straße und rollte sich zu den Pinien am Straßenrand. Seine Hand hielt krampfhaft etwas fest. Jason näherte sich ihm, als zwei Polizeioffiziere vor dem Tor aus dem Polizeiwagen stiegen. Er schnellte mit dem Fuß vor und traf den Körper des Mannes. Der ließ den Gegenstand los, und Jason hob ihn auf. Es war ein ledergebundenes Buch, wie ein Band von Dickens oder Thackeray, mit bossierten Goldbuchstaben. Verrückt! Dann schlug er eine Seite auf und verstand, dass es gar nicht verrückt war. Innen waren keine bedruckten Seiten, nur das Gekritzel handgeschriebener Notizen. Es war ein Tagebuch, ein Hauptbuch!

Es durfte keine Polizei geben! Besonders jetzt nicht.

Er durfte ihnen nicht erlauben, von seinem und Conklins Eindringen in Medusa zu erfahren. Das ledergebundene Buch in seiner Hand durfte nicht das Licht des Tages erblicken! Der Schakal war alles. Er musste sie loswerden! »Wir bekamen einen Anruf, Mister«, begann ein Polizist mittleren Alters und kam auf das Torgitter zu, und der jüngere Kollege gesellte sich zu ihm. »Das Hauptquartier sagte, der Anrufer war furchtbar aufgeregt. Aber ich habe ihm gesagt, dass es hier in letzter Zeit einige ziemlich wilde Parties gegeben hat, was keine Kritik bedeuten soll, Sir. Wir alle möchten's manchmal lustig haben, nicht wahr?«

»Ganz richtig, Officer«, antwortete Jason und versuchte angestrengt, das schmerzhafte Stechen in der Brust zu unterdrücken. Er warf einen Blick auf den verwundeten Killer – er war verschwunden! »Es gab eine kurze Stromunterbrechung, die irgendwie die Leitungen durcheinander gebracht hat.«

»Das passiert oft«, bestätigte der jüngere Beamte. »Plötzliche Regengüsse und sommerliche Hitzegewitter. Eines Tages werden alle Kabel unter die Erde gelegt. Meine Leute haben ein Haus …«

»Alles ist wieder normal«, unterbrach ihn Bourne. »Wie Sie sehen, sind im Haus einige Lichter schon wieder an.«

»Ich kann nichts sehen wegen der Leuchtraketen«, sagte der jüngere Polizist.

»Der General trifft immer alle Vorsichtsmaßnahmen«, erklärte Jason. »Er meint wohl, dass er das tun muss«, fügte er etwas lahm hinzu. »Egal, alles ist, wie ich schon sagte, wieder normal. Okay?«

»Für mich schon«, antwortete der Ältere, »aber ich habe eine Botschaft für jemanden mit Namen Webb. Ist er drinnen?«

»Ich bin Webb«, sagte Bourne alarmiert.

»Das macht es leichter. Sie sollen sofort einen Mr. Conk anrufen. Es ist dringend.«

»Dringend?«

»Ein Notfall, wurde uns gesagt. Es kam über Funk.« Jason hörte ein Rasseln am Zaun. Der Killer war am Entkommen! »Gut, Officer, die Telefone gehen noch nicht ... Haben Sie eins im Wagen?«

»Nicht für den persönlichen Bedarf, Sir. Tut mir Leid.«

»Aber Sie sagten doch gerade, es sei ein Notfall.«

»Gut, ich denke, da Sie ein Gast des Generals sind, kann ich es erlauben. Wenn es ein Ferngespräch ist, wäre es gut, wenn Sie eine Kreditkarte hätten.«

»O mein Gott.« Bourne schloss das Tor auf und rannte zum Polizeiwagen, als die Alarmsirene im Haus aktiviert wurde – aktiviert und sofort wieder abgestellt. Der überlebende Bruder hatte offenbar Kaktus gefunden.

»Was war das?«, bellte der jüngere Polizist. »Vergessen Sie's!«, schrie Jason, sprang in den Wagen und riss das ihm allzu vertraute Polizeitelefon von der Gabel. Er gab die Nummer von Alex in Virginia ein und wiederholte ständig den Satz: *»Es ist ein Notfall, es ist ein Notfall!«*

»Ja?«, antwortete Conklin.

»Ich bin's.«

»Was ist passiert?«

»Zu verwickelt, um es zu erklären. Was ist mit dem Notfall?«

»Ich habe für dich einen Privatjet ab Flughafen Reston.«

»Reston? Das liegt nördlich von hier ...«

»Der Flughafen von Manassas hat nicht die Ausrüstung. Ich schicke dir einen Wagen.«

»Warum?«

»Tranquility. Marie und die Kinder sind okay. Sie sind okay. Sie hat das Kommando.«

»Was bedeutet das, verflucht?«

»Komm zum Flughafen Reston, und ich erzähle es dir.«

»Ich will mehr wissen!«

»Der Schakal kommt heute mit dem Flugzeug.«

»Jesus Maria!«

»Wickle dort alles ab und warte auf den Wagen.«

»Ich nehme diesen hier!«

»Nein! Nicht, wenn du nicht alles auffliegen lassen willst. Wir haben Zeit. Bring dort erst alles in Ordnung.«

»Kaktus – er ist verletzt, angeschossen.«

»Ich rufe Ivan an. Er wird sofort kommen.«

»Da ist nur noch ein Bruder übrig – nur einer, Alex. Ich habe die beiden anderen getötet – ich war verantwortlich.«

»Lass das. Hör auf. Tu, was du tun musst.«

»Verflucht, das kann ich nicht. Irgendjemand muss hier bleiben, und ich kann es nicht!«

»Du hast Recht. Da gibt es zu viel, was unter dem Teppich bleiben muss, und du musst nach Montserrat. Ich fahre den Wagen raus und nehme deinen Platz ein.«

»Alex, sag mir, was auf Tranquility passiert ist!«

»Die alten Männer ... deine alten Männer von Paris, das ist passiert.«

»Sie sind tot«, sagte Bourne ruhig und schlicht.

»Nein, sie wurden umgedreht – zumindest nach dem, was ich mitbekommen habe. Sie sind jetzt auf unserer Seite.«

»Sie sind niemals auf Seiten von irgendjemandem außer der des Schakals. Du kennst sie nicht.«

»Du auch nicht. Höre auf deine Frau. Aber geh jetzt ins Haus zurück und schreibe alles auf, was ich wissen muss ... Und Jason, ich muss dir etwas sagen: Ich bete zu Gott, dass du deine Lösung – unsere Lösung – auf Tranquility findest. Denn alles in allem kann ich diese Medusa-Sache nicht viel länger in unserer Hand behalten. Ich denke, dass du das weißt.«

»Du hast versprochen ...!«

»Sechsunddreißig Stunden, Delta.«

Im Wald hinter dem Zaun kroch ein verwundeter Mann und drückte sein angstvolles Gesicht an den Maschendraht. Im hellen Licht der Scheinwerfer sah er den großen Mann, der in den Polizeiwagen gestiegen war und jetzt wieder ausstieg und den Polizisten dankte. Webb. Der Killer hatte den Namen ›Webb‹ gehört.

Das ist alles, was sie wissen müssen. Alles, was die Schlangenlady wissen musste.

15.

»Marie, ich liebe dich!«, sagte David Webb, an den Telefonautomaten in der Wartehalle des privaten Flughafens von Reston in Virginia gelehnt. »Das Warten war das Schlimmste, das Warten auf ein Gespräch mit dir. Von dir zu hören, dass es euch allen gut geht, dass nichts passiert ist.«

»Wie glaubst du, habe ich mich gefühlt? Alex sagte, die Telefonleitungen wären durchschnitten gewesen. Ich hätte am liebsten die ganze verdammte Armee geschickt.«

»Wir können nicht einmal die Polizei zulassen. Nichts Offizielles im Augenblick. Conklin hat mir zumindest weitere sechsunddreißig Stunden versprochen ... Vielleicht brauchen wir die jetzt aber gar nicht mehr. Nicht, wenn der Schakal in Montserrat ist.«

»David, was ist geschehen? Alex hat Medusa erwähnt ...«

»Es ist ein Mist, und er hat Recht, er muss damit höher hinaufgehen. Er, nicht wir. Wir halten uns raus. Weit weg.«

»Was ist denn passiert?«, wiederholte Marie. »Was hat denn die alte Medusa mit dem hier zu tun?«

»Es gibt eine neue Medusa, eine Erweiterung der alten – und sie ist groß und scheußlich, und mordet und mordet. Ich habe es heute Nacht gesehen; einer ihrer Schützen hat versucht, mich umzulegen, nachdem er glaubte, Kaktus getötet zu haben, und nachdem er zwei Unschuldige gekillt hatte.«

»Gütiger Gott! Alex hat mir das über Kaktus gesagt, als er zurückgerufen hat, aber mehr nicht. Wie geht es ihm?«

»Onkel Remus wird es überstehen. Der Doktor von der CIA kam heraus und nahm ihn und den letzten Bruder mit.«

»Bruder?«

»Erklär ich dir, wenn ich dich sehe ... Conklin ist jetzt dort. Er wird sich um alles kümmern und das Telefon in Ordnung bringen. Ich werde ihn von Tranquility aus anrufen.«

»Du bist erschöpft.«

»Ich bin müde, aber ich weiß nicht, warum. Kaktus bestand darauf, dass ich mich etwas ausruhe, und ich muss mindestens zwölf Minuten geschlafen haben.«

»Ärmster.«

»Ich liebe den Klang deiner Stimme«, sagte David. »Deine Worte noch mehr, außer, dass ich nicht arm bin. Du hast dir wegen der Pariser Geschichte von vor dreizehn Jahren Sorgen gemacht?«

Plötzlich schwieg seine Frau, und Webb war alarmiert. »Was ist denn? Geht es dir gut?«

»Ich weiß nicht«, antwortete Marie sanft, aber mit einer Willensstärke, die mehr der Vernunft als dem Gefühl entsprang. »Du sagst, dass diese neue Medusa groß ist und scheußlich und dass sie versucht haben, dich zu töten.«

»Haben sie aber nicht.«

»Aber sie wollten dich tot. Warum?«

»Weil ich dort war.«

»Man tötet niemanden, weil er gerade im Haus von jemandem ist ...«

»In dem Haus passierte heute Nacht eine Menge. Alex und ich sind in ihren Kreis von Geheimnissen eingedrungen, und ich wurde gesehen. Die Idee war, den Schakal mit ein paar reichen und allzu berühmten Banditen aus dem alten Saigon zu ködern, die ihn anheuern würden, mich zu jagen. Es war eine Teufelsstrategie, und sie geriet außer Kontrolle.«

»Mein Gott, David, verstehst du nichts? Jetzt bist du gezeichnet! Jetzt werden sie dich jagen!«

»Wie können sie? Der Mann von Medusa, der dort war, hat mein Gesicht nicht gesehen, und sie haben keine Ahnung, wer ich bin. Ich bin eine Nicht-Person, die einfach wieder verschwindet ... Nein, Marie, wenn sich Carlos zeigt und wenn ich das erledigen kann, von dem ich weiß, dass es in Montserrat möglich ist, dann werden wir frei sein. Endlich frei!«

»Deine Stimme verändert sich?«

»Meine was wie?«

»Ich höre es.«

»Ich weiß nicht, wovon du sprichst«, sagte Jason Bourne. »Man macht mir Zeichen. Das Flugzeug ist da. Sag Johnny, dass er die beiden alten Männer bewachen soll.«

Das Geraune breitete sich über Montserrat aus wie Dunst. Irgendetwas Schreckliches war auf Tranquility passiert ... »Schlechte Zeiten, Herr« ... »Der böse Obeah kommt von Jamaika über die Antillen und bringt Tod und Verderben« ... »Und Blut an den Wänden des Todes, Herr, ein Fluch über der Familie eines Tieres« ... »Psst, da waren eine Mutterkatze und zwei Junge!«

Und es gab andere Stimmen ... »Lieber Gott, das muss aufhören! Es könnte das bisschen Tourismus, das wir aufgebaut haben, zerstören!« ... »Niemals zuvor gab es so etwas – ein isolierter Vorfall, wahrscheinlich im Zusammenhang mit Drogen, von den anderen Inseln eingeschleppt!« ... »Nur zu wahr, Herr! Ich hörte, ein Verrückter, sein Körper vollgepumpt mit Dope!« ... »Mir wurde gesagt, dass ihn ein Boot, so schnell wie der Hurrikan, aufs Meer hinausgetragen hat und er verschollen ist!« ... »Das muss aufhören, sage ich! Weißt du noch die Virgin-Inseln? Das Fountain-Massaker? Sie haben zehn Jahre gebraucht, um sich davon zu erholen. Ruhig!«

Und eine Stimme. »Es ist ein Trick, Sir, und wenn es den Erfolg hat, wie wir glauben, dann werden wir zum Gespräch der Inseln – die Helden der Karibik. Es wird für unser Image wunderbar sein. Gesetz und Ordnung und all das.«

»Gott sei Dank! Wurde jemand getötet?«

»Eine Frau, und sie war dabei, jemand anderen umzubringen.«

»Eine Frau? Gütiger Gott, ich möchte davon nichts mehr hören, bis alles vorbei ist.«

»Es ist besser, wenn Sie für die Presse im Moment nicht zur Verfügung stehen.«

»Verdammt gute Idee. Ich werde mit dem Boot hinausfahren. Die Fische beißen gut nach dem Sturm.«

»Ausgezeichnet, Sir. Und ich werde mich per Funk über die Entwicklungen auf dem Laufenden halten.«

»Vielleicht lieber nicht. Dort drüben kann man alles auffangen.«

»Ich meinte nur, um Sie beraten zu können, wenn Sie zurückkommen – im geeigneten Moment, für einen vorteilhaften Auftritt. Ich vertrete Sie solange.«

»Ja, natürlich. Sie sind großartig, Henry.«

»Danke, Mr. Gouverneur.«

Es war zehn Uhr früh, und sie hielten sich fest umschlungen. Aber es gab keine Zeit zu sprechen, nur kurz das gute Gefühl, beieinander zu sein, in der Gewissheit, dass sie Dinge wussten, die der Schakal nicht wusste, und diese Kenntnis gab ihnen einen enormen Vorteil. Es war dennoch nur ein Vorteil, keine Garantie, nicht, wo Carlos im Spiel war. Und sowohl Jason als auch John St. Jacques waren unerbittlich: Marie und die Kinder sollten nach Süden nach Basse-Terre geflogen werden. Zusammen mit Mrs. Cooper, dem verlässlichen Kindermädchen, und gut bewacht, würden sie solange dort bleiben, bis sie nach Montserrat zurückgerufen wurden. Marie war dagegen, aber ihre Einwände wurden schweigend übergangen. Die Befehle ihres Mannes waren eiskalt.

»Du musst gehen, weil ich etwas zu erledigen habe. Wir werden das nicht weiter diskutieren.«

»Es ist wieder die Schweiz, wieder Zürich, nicht wahr?«

»Was immer du willst«, antwortete Bourne, in Gedanken versunken, als sie am Quai standen, wo zwei Wasserflugzeuge auf dem Meer dümpelten. Eines hatte Jason direkt von Antigua nach Tranquility gebracht. Das andere war bereits aufgetankt für den Flug nach Guadeloupe, und Mrs. Cooper saß mit den Kindern schon drin.

»Beeil dich, Marie«, sagte Bourne. »Ich will noch mit Johnny verschiedene Dinge durchgehen und dann die beiden alten Dreckspatzen in die Zange nehmen.«

»Sie sind keine Dreckspatzen, David. Ihretwegen sind wir noch am Leben.«

»Warum? Weil sie keine Erfolgsmöglichkeit sahen und rechtzeitig kehrtgemacht haben, um ihre Ärsche zu retten?«

»Das ist nicht fair.«

»Es ist fair, bis ich das Gegenteil sage, und sie sind Dreckspatzen, bis sie mich überzeugt haben, dass sie es nicht sind. Du kennst die alten Männer des Schakals nicht – ich ja. Sie sagen alles, tun alles, lügen und schleimen sich zur Hölle und zurück, und wenn du dich rumdrehst, stechen sie dir ein Messer in den Rücken. Er besitzt sie – Körper, Geist und was von ihren Seelen übriggeblieben ist … Steig jetzt ins Flugzeug, es wartet.«

»Willst du nicht die Kinder sehen? Sag Jamie, dass …«

»Nein, es ist keine Zeit! Bring sie weg, Johnny und ich möchten den Strand untersuchen.«

»Es gibt nichts, was ich nicht schon untersucht hätte«, sagte St. Jacques mit leicht gereizter Stimme.

»Ich werde dir sagen, ob das stimmt oder nicht«, schoss Bourne zurück, mit wütendem Blick. Er lief schon über den Sand und fügte, ohne sich umzudrehen, mit lauter Stimme hinzu: »Ich habe ein Dutzend Fragen an dich, und ich bete zu Gott, dass du sie beantworten kannst.«

St. Jacques straffte sich und machte einen Schritt vorwärts, wurde aber von seiner Schwester aufgehalten. »Lass ihn«, sagte Marie mit der Hand auf seinem Arm. »Er hat einfach Angst.«

»Was? Er ist ein verdammter Hurensohn, das ist er.«

»Ja, ich weiß.«

Der Bruder sah die Schwester an. »Der Fremde, von dem du gestern gesprochen hast?«

»Ja, nur jetzt ist es noch schlimmer. Und deshalb hat er Angst.«

»Ich verstehe nicht.«

»Er ist älter geworden. Er ist jetzt fünfzig, und er fragt sich, ob er noch die Dinge tun kann, die er früher konnte, vor vielen Jahren, im Krieg, in Paris, in Hongkong. Das nagt an ihm, frisst ihn auf, weil er weiß, dass er besser sein muss, als er je war.«

»Ich denke, dass er es kann.«

»Ich weiß, dass er es kann, weil er außergewöhnliche Gründe dafür hat. Schon einmal wurden ihm eine Frau und zwei Kinder genommen. Er kann sich kaum an sie erinnern, aber was damals geschah, war der Beginn seiner Qualen. Mo Panov glaubt das und ich auch … Jetzt, Jahre später, ist eine andere Frau, sind zwei andere Kinder in Gefahr, und jede Faser seiner Nerven muss zum Zerreißen gespannt sein.«

Aus hundert Metern Entfernung schrie Bourne: »Beeilt euch, verdammt! … Und Johnny, du Experte, ist dir aufgefallen, dass dort draußen vor dem Riff eine Sandbank ist?«

»Antworte ihm nicht erst, Johnny.«

»Eine Sandbank? Wovon redet er nur, zum Teufel? … O mein Gott, ich verstehe!«

»Ich nicht«, sagte Marie, während sie die Pier entlangliefen.

»Die Insel ist zu achtzig Prozent von Riffen umgeben, diese Bucht etwa zu fünfundneunzig Prozent. An ihnen brechen sich die Wellen, deshalb heißt sie Tranquility Island. Es gibt am Ufer keine hohen Wellen.«

»Und?«

»Wenn jemand also einen Unterwassertank benutzen würde, könnte er auf der Sandbank vor dem Riff landen, durch die Einfahrt in die Bucht kommen, wenn die Luft rein ist, und dann solange im ruhigen Wasser liegen, bis er sich einen Wächter schnappen kann. Ist mir nie in den Sinn gekommen.«

»Aber er hat dran gedacht, Bruderherz.«

Bourne saß auf der Tischkante und fixierte die beiden alten Männer vor ihm auf der Couch. Johnny starrte durchs Fenster auf die Bucht. »Warum sollten wir Sie anlügen, Monsieur?«, fragte der Held Frankreichs.

»Weil sich das Ganze anhört wie eine klassische französische Farce. Ähnliche Namen, einer tritt durch die eine Tür auf, der andere geht durch die andere Tür ab, Doppelgänger, die verschwinden und wieder auftauchen. Das riecht nach Theater, meine Herren.«

»Haben Sie sich mit Molière oder Racine beschäftigt …?«

»Nein, aber mit unheimlichen Zufällen; insbesondere, wenn der Schakal im Spiel ist.«

»Ich glaube nicht, dass wir uns besonders ähnlich sehen«, meinte der Richter aus Boston. »Höchstens in Bezug auf unser Alter.«

Das Telefon läutete. Jason hob ab. »Ja?«

»Alles durchgecheckt in Boston«, sagte Conklin. »Sein Name ist Prefontaine, Brendan Prefontaine. Er war Bundesrichter am Obersten Gericht und wurde wegen unlauterer Machenschaften verurteilt – das heißt, er war dick im Schmiergeldgeschäft. Er wurde zu einundzwanzig Jahren verurteilt und hat zehn davon abgesessen, genug, um seine Karriere endgültig zu zerstören. Seitdem ist er, könnte man sagen, nur noch Alkoholiker, aber harmlos. Wenn er klar im Kopf ist, gibt er den Anwälten seiner Gaunerfreunde clevere Ratschläge, die schon manchen Freispruch und manche Strafminderung bewirkt haben sollen. Sein ›Anwaltsbüro‹ sind Kneipen und Spielhallen. Ich kenne das Milieu … ich glaube, er ist sauber.«

»Du bist trocken.«

»Wenn ich mich in dieser zwielichtigen Gesellschaft so gut zurechtgefunden hätte wie er, wäre ich vielleicht noch dabei. Wein hat auch sein Gutes.«

»Was ist mit seinem Auftraggeber?«

»Schreckenerregend. Unser ehemaliger Richter war mal Außerordentlicher Professor an der Juristischen Fakultät von Harvard, und Gates war eine Zeit lang sein Schüler. Keine Frage, dass Prefontaine den Mann kennt … Vertraue ihm, Jason. Es gibt keinen Grund für ihn zu lügen. Er wollte einfach einen Volltreffer landen.«

»Verfolgst du Gates weiter?«

»Mit allen Mitteln, die mir zur Verfügung stehen. Er ist unsere Verbindung zu Carlos … Die Gates-Medusa-Connection war eine falsche Spur: ein dämlicher Versuch eines dämlichen Pentagon-Generals, einen Medusa-Mann in den Kreis des einflussreichen Juristen zu pflanzen.«

»Bist du sicher?«

»Jetzt ja. Gates ist der hoch bezahlte Berater einer Kanzlei, die einen mächtigen Waffenproduzenten vertritt, gegen den wegen Verstoßes gegen die Antitrust-Gesetze ermittelt wird.

Gates hätte nicht mal die Anrufe von Swayne beantwortet, und wenn doch, wäre er dämlicher als Swayne, was er nicht ist.«

»Das ist jetzt dein Problem, mein Freund, nicht meins. Wenn alles läuft wie geplant, habe ich mit der Schlangenlady nichts mehr zu tun.«

»Danke für den Schwarzen Peter. Übrigens, das Notizbuch, das du dem Pistolenschützen in Manassas abgenommen hast, enthält einige interessante Dinge.«

»Ja?«

»Erinnerst du dich an die drei Fluggäste aus dem Mayflower, die acht Monate, nachdem sie ungefähr gleichzeitig nach Philadelphia geflogen waren, auch noch im selben Hotel abgestiegen sind?«

»Sicher.«

»Ihre Namen stehen in Swaynes Notizbuch. Sie hatten nichts mit Carlos zu tun, sie gehören zu Medusa.«

»Das interessiert mich jetzt nicht mehr. Macht das Beste draus.«

»Werde ich auch, und zwar in aller Stille. Das Notizbuch wird in ein paar Tagen sehr gefragt sein!«

»Freut mich für dich, aber ich habe zu tun.«

»Und du willst mir nicht helfen?«

»Tut mir Leid. Aber auf das hier habe ich dreizehn Jahre gewartet. Das ist es, was ich von Anfang an wollte. Mann gegen Mann.«

»*High Noon,* du verdammter Idiot?«

»Nein, nur die logische Fortsetzung eines äußerst komplizierten Schachspiels. Wer die beste Falle stellt, gewinnt. Und ich habe die beste, weil ich seine benutze. Er würde jede Abweichung riechen.«

»Wir haben dich einfach zu gut ausgebildet, Mann.«

»Danke.«

»Weidmannsheil, Delta.«

»Good bye.« Bourne legte auf. Neugierig blickten die beiden Alten ihn an. »Unsere Kontrollen sind gut, Richter, und Sie haben's geschafft. Ich glaube Ihnen. Und Sie, Jean Pierre, was soll ich sagen? Obwohl Sie ohne Probleme hätten töten können, sagt mir meine eigene Frau, dass ich Ihnen trauen soll. Das alles macht keinen rechten Sinn, oder?«

»Ich bin, was ich bin, und ich tat, was ich tat«, sagte der in Ungnade gefallene Richter mit Würde. »Aber Gates ist zu weit gegangen. Er muss vernichtet werden.«

»Ich kann mich zwar nicht so gut ausdrücken wie mein gelehrter neuer Verwandter«, warf der alte Held Frankreichs ein. »Aber ich weiß, dass das Töten aufhören muss – diese Art Töten. Das ist es, was meine Frau versuchte, mir beizubringen. Hier geht's nicht mehr um Geschäfte, oder besser: harte Geschäftspraktiken, die ich – zugegeben – gut kenne. Hier geht's um die Rache eines Verrückten, um einen sinnlosen Mord an einer Mutter und ihren beiden Kindern. Wo liegt da ein Profit? ... Nein, der Schakal ist zu weit gegangen. Er muss gestoppt werden.«

»Das sind verdammt die kaltblütigsten Überlegungen, die ich je gehört habe!«, schrie John St. Jacques am Fenster.

»Ich finde, Sie haben völlig Recht«, sagte der Richter zu dem Mann aus Paris. *»Tres bien.«*

»Ich muss wahnsinnig sein, dass ich mich mit den beiden abgebe«, pflichtete Jason seinem Schwager bei. »Aber ich habe keine andere Wahl ... Es ist elf Uhr fünfunddreißig, meine Herren. Die Uhr läuft.«

»Was?«, fragte Prefontaine.

»Was auch immer passiert – es wird bald passieren, in den nächsten zwei, fünf, zehn oder vierundzwanzig Stunden. Ich fliege zum Flughafen Blackburne zurück und veranstalte dort eine kleine Szene: der arme Gatte, dem Frau und Kinder ermordet wurden und der schier verzweifelt. Das wird mir nicht schwer fallen, da könnt ihr sicher sein. Das gibt ein schönes Spektakel ... In Blackburne verlange ich lauthals einen sofortigen Flug nach Tranquility, wo dann drei Piniensärge auf der Pier stehen ...«

»Alles, wie es sein muss«, unterbrach der Franzose. *»Bien.«*

»Tres bien«, stimmte Bourne zu. »Ich werde darauf bestehen, dass einer der Särge geöffnet wird, dann werde ich schreien oder zusammenbrechen oder beides. Johnny wird versuchen, mich zu beruhigen – du musst grob sein, Johnny, überzeugend –, und dann wird er mich in eine Villa bringen, am besten in die gleich am Strand. Und dann beginnt das Warten.«

»Auf den Schakal?«, fragte Prefontaine. »Wird er wissen, wo Sie sind?«

»Natürlich wird er. Eine Menge Leute wird wissen, wohin ich gebracht wurde. Er wird es herausfinden, das ist für ihn ein Kinderspiel.«

»Sie wollen also auf ihn warten, Monsieur? Sie glauben, dass Monseigneur in eine solche Falle gehen wird? *Ridicule!*«

»Keineswegs«, entgegnete Bourne ruhig. »Denn ich werde *nicht* dort sein, und bis er das herausgefunden hat, habe ich ihn aufgespürt.«

»Um Himmels willen, wie denn?«, rief St. Jacques.

»Weil ich besser bin als er. Das war ich schon immer.«

Alles ging wie geplant über die Bühne. Das Flughafenpersonal von Montserrat war immer noch wütend über die Beschimpfungen, die ihnen der große Amerikaner an den Kopf geworfen hatte – »ihr seid alle Mörder! Ihr habt zugelassen, dass meine Frau und meine Kinder von Terroristen ermordet wurden! Nigger seid ihr – Gehilfen von lausigen Killern!« Jeder Inselbewohner, der davon hörte, war einerseits traurig, andererseits beleidigt. Traurig, weil Bournes Hass verständlich war, und beleidigt, weil er ungerecht war, weil er sie beschimpfte. War das der Mann, den sie seit langem kannten, der reiche Bruder des geselligen John St. Jacques, ihr Freund, der so viel Geld auf Tranquility Island investiert hatte? Nein, er war kein Freund, sondern ein weißes Arschloch, das sie beschimpfte, nur weil ihre Haut schwarz war, obwohl sie nichts mit diesen schrecklichen Dingen zu tun hatten. *Ein böses Spiel, Mann.* Es war Teil des Wahnsinns, des Obeah, der übers Wasser aus den Bergen von Jamaika gekommen war, der die Insel mit einem Fluch belegt hatte. *Beobachtet ihn, Brüder. Beobachtet jede seiner Bewegungen.* Vielleicht war er ein Sturm, ein Wirbelsturm, zerstörerischer als die, die übers Wasser kommen. *Beobachtet ihn.*

Also wurde er beobachtet. Von vielen, von Zivilisten und

Uniformierten gleichermaßen, wie der nervöse Henry Sykes dem Gouverneur versprochen hatte. Diese Aufgabe, die ihm von höchster Seite anvertraut wurde, erledigte der Zollbeamte unaufdringlich und gründlich. An der Pier von Tranquility tobte Bourne noch schlimmer, er schlug auf seinen Schwager ein, bis der jüngere Mann ihn gebändigt und die Stufen hinauf in die nächste Villa gebracht hatte. In die Vorhalle kamen und gingen Angestellte und brachten zu essen und zu trinken. Ausgewählte Besucher durften ihr Beileid überbringen, so auch der Chefadjutant des Gouverneurs, der in vollem militärischem Wichs erschien, einem Symbol für die Anteilnahme der Krone. Auch ein alter Mann, der davon sprach, dass er zwei Weltkriege mitgemacht habe und den Tod kenne, bestand darauf, den Hinterbliebenen zu sehen. Er kam in Begleitung einer schwarzen Krankenschwester, und beide trugen, dem Anlass angemessen, Hut und Trauerflor. Ferner kamen noch zwei kanadische Hotelgäste, enge Freunde des Besitzers, die den Unglücklichen kennen gelernt hatten, als das Tranquility Inn vor Jahren mit einem großen Feuerwerk eröffnet worden war. Sie alle wollten ihm ihr Beileid aussprechen und boten jedwede Unterstützung an. John St. Jacques war einverstanden, bat aber darum, sich kurz zu fassen und dass er als Schwager, in der Nähe bleiben könne.

»Es ist alles so schrecklich, so sinnlos!«, sagte der Besucher aus Toronto leise zu dem Mann, der im Schatten einer Zimmerecke zusammengesunken auf seinem Stuhl saß. »Ich hoffe, Sie sind ein frommer Mann, David. Der Glaube hilft uns in solchen Zeiten. Ihre geliebten Angehörigen sind jetzt in den Armen Gottes.«

»Danke.« Eine kurze Brise von der See her hob leicht die Vorhänge, und ein Sonnenstrahl drang ins Zimmer, der das Gesicht des Mannes erhellte. Das reichte.

»Moment«, sagte der zweite Kanadier. »Sie sind doch gar nicht … guter Gott, Sie sind nicht Dave Webb! Dave hat …«

»Seien Sie still«, befahl St. Jacques, der hinter den Besuchern an der Tür stand.

»Johnny, ich habe sieben Stunden in einem Fischerboot mit

Dave verbracht. Ich würde ihn doch erkennen, verdammt noch mal!«

»Beruhigen Sie sich«, sagte der Besitzer von Tranquility Inn. »Hören Sie zu, Sie beide!« St. Jacques stellte sich rasch zwischen die Kanadier und den Mann auf dem Stuhl. »Ich wünschte, ich hätte Sie nie hier reingelassen, aber das lässt sich jetzt nicht mehr ändern … Ich dachte, Sie könnten der Sache mehr Gewicht geben, zwei weitere Beobachter, falls irgendjemand Fragen stellt, was bestimmt passiert. Sie haben mit David Webb gesprochen, haben David Webb getröstet. Verstehen Sie das?«

»Ich verstehe verdammt noch mal überhaupt nichts«, widersprach der verwirrte Besucher, der vom Trost des Glaubens gesprochen hatte. »Wer ist das?«

»Der Adjutant des Gouverneurs«, antwortete St. Jacques. »Ich werde es Ihnen erklären.«

»Sie meinen den Armee-Heini, der hier in voller Uniform mit einer Abteilung schwarzer Soldaten anmarschiert ist? Aber wir haben ihn doch wieder herauskommen sehen! Wir alle haben ihn doch herauskommen sehen! Er war mit dem alten Franzosen und der Krankenschwester …«

»Sie haben jemand anderen gesehen, der eine Sonnenbrille trug.«

»Webb …?«

»Meine Herren!« Der Adjutant des Gouverneurs erhob sich. Er trug die Jacke von Jason Bourne, die ihm allerdings schlecht passte. »Sie sind Gäste auf unserer Insel, und als Gäste werden Sie sich an die Entscheidungen der Krone halten. Entweder Sie sind kooperativ, oder wir müssen Sie in Schutzhaft nehmen.«

»Langsam, Henry, das sind Freunde …«

»Aber Freunde nennen einen Stabsoffizier nicht ›Armee-Heini‹ …«

»Mein Kamerad hier meinte das nicht so«, entschuldigte sich der zweite Kanadier. »Er war ein armes Infanterie-Schwein in Korea.«

»Lasst uns zur Sache kommen«, sagte der andere schnell. »Wir haben hier also mit Dave gesprochen, richtig?«

»Richtig. Und das ist alles, was ich Ihnen sagen kann.«

»Das reicht, Johnny. Dave hat Probleme. Was können wir tun?«

»Nichts, absolut nichts. Tun Sie, was alle hier tun.«

»Und das wäre?«, fragte der religiöse Kanadier. »Was wird den Leuten hier denn geboten?«

»Das Hotel liefert ein kostenloses Spezialitäten-Buffet, und ein Meteorologe vom Wetteramt der Inseln vor dem Winde hält einen Vortrag über den Sturm der vergangenen Nacht.«

»Über den Sturm?«, fragte der ehemalige Koreakämpfer und jetzige Besitzer von Kanadas größter Maschinenbaufirma. »Ein Sturm ist ein Sturm. Was gibt es da zu erklären?«

»Oh, zum Beispiel, warum sie entstehen und warum sie so schnell vorübergehen. Wie man sich verhalten soll, um Panik zu vermeiden.«

»Wir sollen also alle kommen?«

»Ja.«

»Kann das Dave hilfreich sein?«

»Ja, bestimmt.«

»Dann wird der Saal voll sein. Dafür garantiere ich.«

»Wäre mir lieb, aber wie wollen Sie das anstellen?«

»Ich werde noch ein Programm in Umlauf bringen, mit der Notiz, dass Angus MacPherson McLeod, Vorsitzender der All Canada Engineering, zehntausend Dollar als Preis für die intelligenteste Frage des Abends ausschreibt. Wie wär's damit, Johnny? Reiche Leute sind geldgierig, das ist ihre grundlegende Schwäche.«

»Ich nehme Sie beim Wort«, murmelte Johnny.

»Gehn wir«, sagte McLeod. »Wir werden zuerst ein Weilchen mit Tränen in den Augen herumlaufen. Und dann, du Idiot von einem Oberst – das bist du nämlich, du Bastard –, werden wir einen Zahn zulegen und nur noch von den zehntausend und dem kostenlosen Dinner reden … Das wird eine Bombenparty heute Abend, Johnny.« McLeod machte kehrt und ging zur Tür.

»Scotty«, schrie der Mann des Glaubens und stürzte hinter ihm her. »Du handelst wieder mal völlig überstürzt! Ich glaube nicht, dass das alles so einfach ist.«

»Du wirst schon sehen. Ich weiß, wie die Leute sind … Deswegen bin ich reich geworden. Und jetzt werde ich gleich echte Tränen vergießen. Eine weitere Fähigkeit, die zu meinem Wohlstand beigetragen hat.«

In einem dunklen Lagerraum im dritten Stock des Hauptgebäudes vom Tranquility Inn saßen Bourne und der alte Franzose auf zwei Stühlen vor einem Fenster. Die Villen unten erstreckten sich rechts und links der Steintreppe, die zum Strand und zum Anlegeplatz hinunterführte. Durch zwei starke Ferngläser beobachteten sie jeden, der auf den Wegen entlangging oder die Treppe hinauf- und hinunterlief. Ein kleines tragbares Funkgerät, eingestellt auf die hoteleigene Frequenz, stand auf der Fensterbank.

»Er ist in unserer Nähe«, sagte Fontaine leise.

»Was?«, brach es aus Bourne heraus. Er riss das Fernglas herunter und drehte sich zu dem alten Mann um. »Wo? Sagen Sie mir, wo!«

»Wir haben ihn noch nicht im Blickfeld, aber er ist in der Nähe.«

»Wie meinen Sie das?«

»Ich kann es spüren, wie ein Tier, das bereits ein Gewitter herannahen fühlt, wenn der Himmel noch blau ist. Es ist in einem drin. Es ist die Angst.«

»Das ist nicht sehr klar.«

»Für mich schon. Vielleicht verstehen Sie das nicht. Wie man mir sagte, kennt der Herausforderer des Schakals, das Chamäleon, dieser Killer namens Jason Bourne, absolut keine Furcht. Man sagte uns, er ist so tollkühn, weil er so stark ist.«

Jason lächelte grimmig, ablehnend. »Dann hat man euch eine Lüge aufgetischt«, sagte er leise. »Ein Teil dieses Mannes lebt mit einer solchen Angst, wie sie nur wenige Menschen jemals erfahren haben.«

»Das kann ich nur schwer glauben, Monsieur …«

»Glauben Sie's nur.«

»Wirklich, Mr. Webb? Zwingen Sie sich, ein anderes Ich anzunehmen, weil Sie Angst haben?«

David Webb starrte den alten Mann an. »Was habe ich denn für eine Wahl?«

»Sie könnten für eine Weile verschwinden, Sie und Ihre Familie. Sie könnten in Frieden leben, in Sicherheit. Ihre Regierung würde schon dafür sorgen.«

»Er würde mich verfolgen – uns –,wo immer wir wären.«

»Wie lange denn noch? Ein Jahr? Achtzehn Monate? Gewiss weniger als zwei Jahre. Er ist ein kranker Mann. Ganz Paris – mein Paris – weiß das. Außerdem, dieser ganze verdammte komplizierte Plan, um Sie in die Falle zu locken, verschlingt sehr viel Geld. Ich wette, dass es Carlos' letzter Versuch ist. Gehen Sie fort, Monsieur. Treffen Sie Ihre Frau in Basse-Terre und fliegen Sie weit weg, solange Sie es noch können. Lassen Sie ihn nach Paris zurückkehren und frustriert sterben. Ist das nicht genug?«

»Nein. Er würde mich verfolgen, uns! Es muss *hier* ausgetragen werden! *Jetzt!*«

»Ich werde wohl bald *meiner* Frau folgen, und deshalb kann ich es mir leisten, Leuten zu widersprechen – Männern wie Ihnen zum Beispiel, *Monsieur le caméléon* –, denen ich früher automatisch zugestimmt hätte. Ich denke, Sie könnten weggehen. Ich glaube auch, dass Sie den Schakal wirklich vergessen und Ihr eigenes Leben leben könnten, aber Sie wollen es nicht. Irgendetwas in Ihnen wehrt sich dagegen. Dabei wäre ein strategischer Rückzug durchaus ehrenhaft. Doch Ihnen ist egal, wie viel Blut noch vergossen werden wird. Ihre Familie ist in Sicherheit, und Sie wollen den Sieg.«

»Ich denke, das reicht«, unterbrach ihn Bourne, hob das Fernglas und konzentrierte sich auf die Szene vor dem Fenster.

»Aber es ist doch so, oder etwa nicht?«, fragte der Franzose und studierte Bournes Gesicht. »Die CIA hat Sie zu gut trainiert, hat die Person, die Sie zu werden hatten, zu tief in Ihnen verankert. Jason Bourne gegen Carlos, den Schakal. Und Bourne muss gewinnen! ... Zwei alte, ineinander verbissene Löwen, beide mit einem brennenden Hass, der ihnen von fernen Strategen eingepflanzt wurde, die keine Ahnung hatten von den Konsequenzen. Wie viele Menschen haben schon ihr

Leben verloren, weil sie euch beiden in die Quere kamen? Wie viele unbekannte Männer und Frauen sind getötet worden …«

»Halt's Maul!«, schrie Jason, als ihm die Bilder aus Paris, aus Hongkong, Macao und Peking – und seine letzte Nacht in Manassas – durchs Hirn schossen.

Plötzlich ging die Tür auf, und Brendan Prefontaine kam atemlos herein.

»Er ist hier. Eine der Patrouillen von St. Jacques, eine Einheit aus drei Leuten, konnte mit einem Mal nicht mehr über Funk erreicht werden. St. Jacques schickte einen Mann, um zu sehen, warum, und der ist gerade zurückgekehrt – und anschließend auf und davon. Alle drei sind umgebracht worden, jeder mit einem Schuss in die Kehle.«

»Der Schakal!«, rief der Franzose. »Es ist sein Zeichen. Er kommt!«

16.

Die Nachmittagssonne hing unbeweglich am Himmel und versengte das Land. Obwohl mehrere Wasserflugzeuge landeten, um ein paar verschreckte Gäste auszufliegen, betrachteten die meisten das mörderische Ereignis der Nacht zuvor eher als ein abenteuerliches Intermezzo. Aufgeregt tuschelte man von einem Racheakt: Ein Mann war in eine Vendetta gegen alte Feinde verstrickt, ein Killer, der vor langer Zeit von der Insel geflohen war. Mit der Entfernung der hässlichen Särge und des gestrandeten Rennbootes kehrte der gewohnte Zustand wieder ein – nicht völlig natürlich, denn es gab einen trauernden Menschen unter ihnen, aber der war außer Sichtweite und würde, so sagte man, bald verschwinden. Nicht sie selbst. Das Leben musste schließlich weitergehen. Die beruhigenden offiziellen Nachrichten des Inselradios und die diskreten bewaffneten Wachen taten ein übriges. Sieben Ehepaare blieben im Hotel.

»Mein Gott, wir bezahlen sechshundert Dollar am Tag …«

»Uns verfolgt niemand …«

»Scheiße, Mann, nächste Woche geht die Alltagsmühle sowieso wieder los …«

»Keine Aufregung, Shirley, es werden keine Namen genannt werden, das haben sie versprochen …«

Unter dem glühenden Feuerball der Nachmittagssonne kehrte auf dem kleinen Eiland inmitten des riesigen karibischen Meeres wieder Normalität ein. Mit jeder neuen Schicht Sonnenöl, mit jedem Glas Planters Punch geriet der Tod mehr und mehr in Vergessenheit. Kleine Wellen schlugen in vertrauter Weise auf den weißen Strand, und das blaugrüne Wasser umspülte die Badenden.

»Dort!«, schrie der Held Frankreichs.

»Wo?«

»Die vier Priester. Die in einer Linie den Weg herunterkommen.

»Aber es sind Schwarze!«

»Die Hautfarbe sagt gar nichts.«

»Er selbst war ein Priester, als ich ihn damals in Neuilly-sur-Seine gesehen habe«, gab Jason zu.

Fontaine senkte das Fernglas. »In der Kirche des Heiligen Sakraments?«, fragte er leise.

»Ich entsinne mich nicht … Was meinen Sie: Welcher ist es?«

»Sie sahen ihn als Priester?«

»Und der Hurensohn sah mich. Er wusste, dass ich wusste, dass er es war. Welcher mag es sein?«

»Er ist nicht dabei, Monsieur«, sagte Jean Pierre und senkte langsam wieder das Fernglas. »Das ist ein weiteres Zeichen. Er ist ein Meister der Geometrie. Für ihn gibt es keine gerade Linie, nur endlos viele Verzweigungen und Ebenen.«

»Das hört sich verdammt orientalisch an.«

»Dann verstehen Sie. Er hat die Idee, dass Sie vielleicht doch nicht in der Villa sind, und er will Ihnen zeigen, dass er es weiß.«

»In Neuilly-sur-Seine …«

»Nein, hier ist es anders. Im Moment kann er noch nicht sicher sein. In der Kirche des Heiligen Sakraments war er sicher.«

»Wie geht das Spiel weiter?«

»Was meint das Chamäleon, wie es weitergehen müsste?«

»Das einfachste wäre, nichts zu tun«, antwortete Bourne, die Augen auf die Szene vor ihnen gerichtet.

»Ich glaube, Sie haben Recht.«

Jason langte nach dem Funkgerät auf dem Fensterbrett. »Johnny?«

»Ja?«

»Die vier schwarzen Priester auf dem Weg, siehst du sie?«

»Ja.«

»Lass sie von einer Wache anhalten und in die Lobby führen. Lass ihnen ausrichten, der Besitzer wolle sie sprechen.«

»Mensch, die wollen nicht in die Villa, die gehen nur vorbei und lesen Gebete für die Toten. Der Vikar aus der Stadt hat mich angerufen, und ich hab sie reingelassen. Sie sind okay, David.«

»Zum Teufel«, sagte Bourne. »Tu bitte, was ich sage.« Das Chamäleon drehte sich auf seinem Stuhl um und ließ seinen Blick durch den Raum schweifen. Dann ging er zu einer Kommode mit Spiegelaufsatz, riss die Automatic aus seinem Gürtel, zerschlug das Glas, nahm eine Scherbe und brachte sie Fontaine. »Geben Sie mir damit von Zeit zu Zeit ein Zeichen, dass alles okay ist.«

»Was wollen Sie tun?«

»Genau was er jetzt auch macht. Ein Inseltourist sein, ein bummelnder Gast des Tranquility Inn.« Bourne nahm wieder das Funkgerät. »Geh bitte ins Herrengeschäft in der Lobby und kauf mir eine Guayabera-Jacke, ein Paar Sandalen, einen breitrandigen Strohhut und ein Paar Shorts. Und schick jemanden in den Seglerladen, um mir eine Leine zu besorgen, fünfzig Kilo Zugkraft, ein Schuppmesser – und zwei Seenotraketen. Ich treffe dich oben an der Treppe. Beeil dich bitte.«

»Sie wollen also nicht auf mich hören«, sagte Fontaine bedauernd und sah Jason an. »*Monsieur le caméléon* geht an die Arbeit.«

»Ja«, sagte Bourne und stellte das Funkgerät wieder aufs Fensterbord.

»Vielleicht werden Sie oder der Schakal oder Sie beide getötet, und vielleicht sterben auch noch andere …«

»Das ist nicht meine Schuld.«

»Spielt das eine Rolle? Spielt das eine Rolle für die Opfer und ihre Familien, wer tatsächlich verantwortlich ist?«

»Ich habe mir die Umstände nicht ausgesucht.«

»Sie könnten sie ändern.«

»Er auch.«

»Er hat kein Gewissen …«

»Ausgerechnet Sie kommen mir mit meinem Gewissen!«

»Da haben Sie Recht. Aber ich habe etwas verloren, was mir sehr wichtig war. Vielleicht kann ich deshalb ein Gewissen in Ihnen wecken – in einem Teil von Ihnen.«

»Hören Sie endlich auf mit dem scheinheiligen Mist.«

Jason ging zur Tür, wo die Militärjacke und die Offiziersmütze auf einem alten Kleiderständer hingen. »Sie langweilen mich!«

»Wollen Sie nicht beobachten, wie die Priester reagieren? Es wird sowieso noch etwas dauern, bis St. Jacques die Sachen besorgt hat.«

Bourne drehte sich um; kalt richtete er seinen Blick auf den Franzosen. Er wollte weg, weg von dem alten Mann, der zu viel redete, zu viel sagte! Aber Fontaine hatte Recht. Es wäre dumm, nicht zu verfolgen, was da unten passierte. Eine unbeholfene, untypische Reaktion, ein abrupter, erschrockener Blick in eine unerwartete Richtung – es waren die kleinen, unfreiwilligen Dinge, die ungenauen kleinen Bewegungen, die so oft den verborgenen Faden verrieten, die Zündschnur, die zur Bombe führte. Schweigend ging Jason zurück zum Fenster, nahm das Fernglas und sah hindurch. Ein Polizeioffizier näherte sich etwas gehemmt der Prozession der vier Priester. Er nickte, als die vier stehen blieben, um ihn anzuhören, und machte eine höfliche Geste in Richtung der Glastür, die zur Lobby führte. Bournes Augen suchten das Bild, das sich ihm bot, genau ab, studierten die Züge jedes einzelnen der vier Priester.

»Sehen Sie, was ich sehe?«

»Der vierte, der ganz hinten«, antwortete Fontaine. »Er ist alarmiert, die anderen nicht. Er hat Angst.«

»Er wurde gekauft.«

»Dreißig Silberlinge«, stimmte der Franzose zu. »Gehen Sie hinunter und greifen Sie sich ihn.«

»Natürlich nicht«, korrigierte Jason. »Er ist genau da, wo ich ihn haben will.« Jason griff erneut nach dem Funkgerät. »Johnny?«

»Ja? … Ich bin noch im Laden. Ich komme gleich rauf.«

»Diese Priester, kennst du sie?«

»Nur einen von ihnen, den Vikar. Er kommt oft her, um Geld zu sammeln. Das sind keine richtigen Priester, David, es sind Prediger, sie gehören zu einem Orden hier von der Insel. Sehr religiös.«

»Welcher ist der Vikar?«

»Er geht immer vorweg.«

»Gut … Eine kleine Änderung der Pläne. Bring die Kleider in dein Büro und geh dann zu den Priestern. Sage ihnen, dass ein Regierungsbeamter sie sehen möchte, um ihnen für ihre Gebete einen Betrag zu überreichen.«

»Was?«

»Erklär ich dir später. Jetzt beeile dich. Ich treffe dich in der Lobby.«

»Du meinst mein Büro, oder? Ich hab übrigens alles besorgt.«

»Das kommt später, wenn ich die Uniform wieder ausziehe. Hast du eine Kamera in deinem Büro?«

»Drei oder vier. Du glaubst nicht, was die Leute hier alles vergessen.«

»Dann leg sie zu den Kleidern«, unterbrach Jason. »Mach schon!«

Bourne gab Fontaine das Funkgerät. »Hier, nehmen Sie. Ich besorge mir noch eins, und wir bleiben in Verbindung … Was passiert unten?«

»Sie gehen zur Glastür. Unser Mann sieht sich dauernd um. Er scheint wirklich Angst zu haben.«

»Wohin schaut er?«, fragte Bourne und griff selbst wieder zum Fernglas.

»Das hilft nichts. In alle Richtungen.«

»Verdammt!«

»Jetzt sind sie am Eingang.«

»Ich mach mich fertig …«

»Ich helfe Ihnen.« Der alte Franzose stand auf und ging zum Kleiderständer. »Zeigen Sie ihnen nur nicht Ihren Rücken. Der Adjutant des Gouverneurs ist dicker als Sie, wir müssen die Jacke hinten etwas zusammenstecken.«

»Mit so was haben Sie wohl Erfahrung, wie?«, fragte Jason und streckte die Arme aus, um sich in die Jacke helfen zu lassen.

»Die deutschen Soldaten waren immer viel fetter als wir, besonders die Unteroffiziere und die Feldwebel – das ganze Pack, Sie wissen schon. Da hatten wir unsere Tricks.« Plötzlich, als hätte er einen Herzschlag, schnappte Fontaine nach

Luft und begann zu taumeln. »*Mon Dieu! … C'est terrible!* Der Gouverneur …«

»Was?«

»Der Gouverneur der Krone!«

»Was ist mit ihm?«

»Am Flughafen, es ging alles so überstürzt, so schnell!«, schrie der alte Franzose. »Und alles, was geschah – meine Frau, das Töten … nein, das ist unverzeihlich von mir!«

»Wovon reden Sie?«

»Der Mann in der Villa, der Offizier, dessen Uniform Sie anhaben. Er ist sein Adjutant!«

»Das wissen wir.«

»Aber was Sie nicht wissen, Monsieur, ist, dass ich meine ersten Instruktionen vom Gouverneur erhielt.«

»Instruktionen?«

»Vom Schakal! Er ist der Kontakt.«

»O mein Gott«, flüsterte Bourne und lief zum Funkgerät. Er holte tief Luft, als er danach griff, seine Gedanken rasten, Kontrolle war geboten.

»Johnny?«

»Um Gottes willen, ich habe alle Hände voll zu tun, ich bin auf dem Weg ins Büro, und diese gottverdammten Mönche warten in der Lobby! Was ist nun schon wieder?«

»Immer mit der Ruhe und hör mir genau zu. Wie gut kennst du Henry?«

»Sykes? Den Mann des Gouverneurs?«

»Ja. Ich hab ihn zwar selbst ein paarmal getroffen, aber ich kenne ihn nicht wirklich, Johnny.«

»Ich kenne ihn sehr gut. Du hättest kein Haus hier und ich nicht Tranquility Inn, wenn es ihn nicht gäbe.«

»Steht er mit dem Gouverneur in Verbindung? Ich meine, jetzt. Hält er den Gouverneur auf dem Laufenden über das, was hier passiert? Denk nach, Johnny. Es ist wichtig. Es gibt doch ein Telefon in der Villa. Er könnte mit ihm in Kontakt stehen, nicht wahr?«

»Du meinst mit dem Gouverneur persönlich?«

»Oder mit irgendjemand anderem dort drüben.«

»Glaube ich nicht. Alles wird so geheim behandelt, dass

nicht einmal die Polizei weiß, was los ist. Und was den Gouverneur angeht, so haben wir ihn nur vage informiert; keine Namen, nichts. Er ist mit seinem Boot rausgefahren und will von der verdammten Sache nichts hören, bis alles vorüber ist … Das waren seine Befehle.«

»Darauf wette ich!«

»Was?«

»Erklär ich dir später. Beeil dich!«

»Kannst du mal aufhören, mir zu sagen, dass ich mich beeilen soll?«

Jason stellte das Funkgerät hin und drehte sich zu Fontaine um. »Alles klar. Der Gouverneur gehört nicht zur Armee der alten Männer. Er ist eine andere Sorte Rekrut. Wahrscheinlich ähnlich wie Gates in Boston – gekauft oder eingeschüchtert, aber nicht mit der Seele dabei.«

»Sind Sie sicher? Ist Ihr Schwager sicher?«

»Der Mann ist mit seinem Boot draußen. Er will von der Sache nichts hören, bevor nicht alles vorbei ist.«

Der Franzose seufzte. »Schade, dass mein Verstand schon so eingetrocknet ist. Wenn es mir früher eingefallen wäre, hätten wir ihn benutzen können. Kommen Sie, die Jacke.«

»Wie hätten wir ihn benutzen können?«, fragte Bourne

»Er hat sich selbst zu den *gradins* gesellt – wie sagt man?«

»Den Zuschauern. Er ist aus dem Spiel, nur ein Beobachter.«

»Hab viele wie ihn gekannt. Sie wollen, dass Carlos verliert. Er will, dass Carlos verliert. Das ist der einzige Ausweg, aber selbst hat er viel zu viel Angst, deshalb unternimmt er nichts.«

»Wie könnten wir ihn denn umdrehen?« Jason knöpfte die Jacke zu, während Fontaine sich an seinem Rücken zu schaffen machte.

»*Le caméléon* stellt solch eine Frage?«

»Ich bin aus der Übung.«

»Ach so«, sagte der Franzose und zog den Gürtel stramm, »jetzt spricht David Webb aus Ihnen …«

»Halten Sie die Klappe … Wie also?«

»*Très simple, monsieur.* Wir sagen ihm, der Schakal glaube, dass er jetzt auf unserer Seite stehe.«

»Nicht schlecht.« Bourne zog den Bauch ein, als Fontaine ihn herumdrehte, um die Rockaufschläge und Litzen zurechtzurücken.

»Ich bin ein Überlebenskünstler, weder besser noch schlechter als andere. Aber gemeinsam mit meiner Frau war ich besser als die meisten.«

»Sie haben sie sehr geliebt, stimmt's?«

»Liebe? Ja, ich denke, man könnte es so nennen. Vielleicht auch nur das Gefühl, vertraut miteinander zu sein, gar nicht mal unbedingt die große Leidenschaft. Man versteht sich ohne viele Worte, man tauscht einen Blick und muss lächeln ... Das kommt mit den Jahren, nehme ich an.«

Jason stand einen Augenblick bewegungslos da und betrachtete den Franzosen. »Ich beneide Sie um diese Jahre. Wirklich. Die Jahre, die ich mit meiner ... Frau ... bisher verbracht habe, waren voller Wunden. Wunden, die nicht heilen wollen, nicht heilen können, bevor sich nicht etwas geändert hat ... in mir oder gereinigt wurde oder von selbst verschwindet. So ist es nun mal.«

»Dann sind Sie zu stark oder zu halsstarrig! Sehen Sie mich nicht so an. Ich sagte Ihnen, dass ich keine Angst mehr vor Ihnen habe oder vor sonst jemandem. Aber wenn es so ist, wie Sie sagen, dann schlage ich vor, Sie schieben vorübergehend alle Gedanken an Liebe und dergleichen beiseite und konzentrieren sich auf den Hass. Da ich mit David Webb nicht diskutieren kann, muss ich Jason Bourne anstacheln. Ein Schakal voller Hass muss sterben, und nur Bourne kann ihn töten ... Hier sind Ihre Mütze und die Sonnenbrille. Stellen Sie sich vor eine Wand, von hinten sehen Sie aus wie ein Pfau, der den khakifarbenen Schwanz aufstellt.«

Ohne ein Wort setzte Bourne Mütze und Sonnenbrille auf und ging hinaus. Als er die Holztreppe hinunterstieg, stieß er beinahe mit einem schwarzen Kellner zusammen, der mit einem Tablett aus einem Zimmer im zweiten Stock kam. Er nickte dem jungen Mann zu, der einen Schritt zurücktrat, um Jason den Vortritt zu lassen, als Bourne ein leises, pfeifendes Geräusch hörte. Blitzschnell drehte er sich um. Der Kellner zog gerade einen elektronischen Pieper aus der Tasche! Jason riss dem Jungen das Gerät aus der Hand. Das Tablett fiel krachend auf den Treppenansatz. Rittlings auf dem Kellner sitzend, mit der einen Hand an seiner Kehle, in der anderen den Pieper, fragte er atemlos. »Wer hat dir das befohlen? Sag schon!«

»He, Mann, ich hau dich zu Klump!«, schrie der junge Mann, wand sich, befreite seine rechte Hand und schlug sie Bourne ins Gesicht. »Ich schmeiß dich raus, Mann. Ich bring dich zu meinen Boss, Mann, und der macht dich fertig! Mir machst du keine Angst!« Der Kellner rammte sein Knie in Jasons Rippen.

»Du kleiner Hurensohn!«, zischte das Chamäleon, schlug dem Kerl rechts und links ins Gesicht und packte ihm zwischen die Beine. »Ich bin sein Freund, sein Bruder! Hör auf! … Johnny St. Jacques ist mein Bruder! Mein Schwager, wenn das einen Unterschied macht.«

»Oh?«, sagte der Kellner, und Bedauern trat in seine großen, braunen Augen. »Sie sind der Mann von der Schwester vom Boss?«

»Ja. Und wer, zum Teufel, bist du?«

»Ich bin der Oberkellner vom zweiten Stock, Sir! Bald werde ich's vom ersten Stock, weil ich gut bin. Ich kann auch gut kämpfen – hat mir mein Vater beigebracht, obwohl er bestimmt so alt ist wie Sie. Wie wär's mit einem kleinen Trainingskampf? Ich glaube, ich kann Sie schlagen! Sie haben ja schon graue Haare …«

»Halt's Maul! … Wozu der Pieper?«, fragte Jason und studierte das kleine, braune Plastikgerät. Er stand auf.

»Das weiß ich nicht, Mann – Sir! Schlimme Dinge sind passiert. Uns wurde gesagt, wenn wir Leute im Treppenhaus sehen, sollten wir den Knopf drücken.«

»Warum?«

»Die Fahrstühle, Sir. Unsere schnellen Fahrstühle. Warum sollten die Gäste die Treppen benutzen?«

»Wie heißt du?«, fragte Bourne und setzte Mütze und Sonnenbrille wieder auf.

»Ishmael, Sir.«

»Wie in *Moby Dick*?«

»Den Typ kenn ich nicht, Sir.«
»Vielleicht lernst du ihn noch kennen.«
»Warum?«
»Ich bin nicht sicher. Du kämpfst sehr gut.«
»Ich sehe da keinen Zusammenhang, Mann – Sir.«
»Ich auch nicht. Ich möchte, dass du mir hilfst, Ishmael. Willst du?«
»Nur, wenn es Ihr Bruder erlaubt.«
»Wird er.«
»Das muss ich von ihm selbst hören, Sir.«
»Sehr gut. Du traust mir nicht.«
»Nein, Sir«, sagte Ishmael, kniete nieder und sammelte das zerbrochene Geschirr auf. »Würden Sie einem Mann trauen, der graue Haare hat, die Treppen runtergerannt kommt und Sie angreift und Dinge behauptet, die jeder behaupten kann? … Wie steht's mit unserm kleinen Fight?«
»Nein, ich will nicht. Und besser du bestehst nicht drauf. Ich bin nicht so alt und du nicht so gut, wie du denkst, junger Mann. Lass das Tablett hier und komm mit. Ich werde es St. Jacques erklären.«
»Was soll ich denn tun, Sir?«, fragte der Kellner. Er stand auf und folgte Jason.
»Hör zu«, sagte Bourne. »Geh vor mir her in die Lobby, zum Vordereingang. Leer die Aschenbecher aus oder tu sonst was, aber sieh dich um. Ich komme in ein paar Minuten nach und geh zu St. Jacques, der da unten mit vier Priestern spricht …«
»Priester?«, unterbrach der erstaunte Ishmael. »Gleich vier? Was wollen die denn hier, Monsieur? Werden noch mehr schlimme Dinge passieren? Der Obeah?«
»Sie sind hier, um zu beten, damit die schlimmen Dinge aufhören – nicht noch mehr Obeah. Aber für mich ist wichtig, dass ich mit einem von ihnen allein sprechen kann. Wenn sie die Lobby verlassen, wird der, den ich sprechen muss, versuchen, sich von den anderen zu trennen, um allein zu sein … oder auch nach jemand Ausschau zu halten. Glaubst du, dass du ihm folgen kannst, ohne dass er dich sieht?«
»Findet mein Boss das richtig?«

»Ich werde ihm sagen, er soll zu dir rüberschauen und dir zunicken.«

»Dann kann ich es machen. Ich bin schneller als die Mondgans und kenne jeden Pfad auf der Insel. Er geht den einen Weg, und ich weiß schon, wohin er will, und werde lange vor ihm da sein … Aber wie weiß ich denn, welcher Priester es ist? Vielleicht ist er nicht der einzige, der allein weggeht.«

»Ich werde mit jedem von ihnen sprechen. Mit ihm zuletzt.«

»Dann weiß ich Bescheid.«

»Du bist ganz schön fix«, sagte Bourne.

»Ich kann denken, Monsieur. Ich bin der Fünftbeste in meiner Klasse, in der Technical Academy von Montserrat. Die vier vor mir sind Mädchen, die müssen aber auch nicht nebenher arbeiten. In fünf oder sechs Jahren hab ich das Geld zusammen, dann geh ich auf die Universität von Barbados!«

»Vielleicht schon früher. Mach jetzt. Geh runter in die Lobby und bleib in der Nähe der Tür. Und du verfolgst ihn. Später komme ich dann auch raus und sehe nach dir, allerdings nicht mehr in Uniform. Wenn ich dich nicht finden kann, treffen wir uns in einer Stunde. Nur wo? Kennst du einen ruhigen Ort?«

»Die Kapelle, Sir. Oben im Wald, östlich der Bucht. Niemand geht jemals da hin, nicht mal an Sonntagen.«

»Gute Idee.«

»Da ist noch eine Sache, Sir …«

»Hier sind fünfzig Dollar, amerikanische.«

»Danke, Sir!«

Jason wartete etwa neunzig Sekunden an der Tür zur Lobby und öffnete sie dann einen Spalt. Ishmael war an seinem Platz, und er konnte Johnny rechts neben dem Empfang mit den vier Priestern reden sehen. Bourne zupfte an seiner Jacke, nahm eine militärische Haltung an und ging auf die Priester und seinen Schwager zu. »Es ist mir eine Ehre und ein Vergnügen«, sagte er zu den Predigern. John schien etwas überrascht und betrachtete ihn neugierig. »Ich bin neu hier auf der Insel, und ich muss sagen, dass ich beeindruckt bin. Die Regierung ist außerordentlich zufrieden, dass Sie dazu beitragen, die beunruhigten Gemüter zu besänftigen«, fuhr Jason fort, seine Hände fest hinter dem Rücken verschränkt. »Für Ihr Bemühen hat der Gouverneur den verehrten Mr. St. Jacques beauftragt, einen Scheck in Höhe von hundert Pfund für Ihre Kirche auszuschreiben – der natürlich von uns erstattet wird.«

»Das ist eine sehr großzügige Geste, ich weiß gar nicht, was ich sagen soll«, meinte der Vikar aufrichtig und mit hoher Stimme.

»Sagen Sie mir doch, wer diese glänzende Idee hatte«, fuhr das Chamäleon fort. »Rührend, wirklich rührend.«

»Oh, das ist nicht mein Verdienst, Sir«, antwortete der Vikar und deutete auf den vierten Mann. »Es war Samuels Idee. Ein guter, anständiger Hirte seiner Herde.«

»Perfekt, Samuel.« Bourne sah den vierten Mann kurz und durchdringend an. »Aber ich möchte jedem von Ihnen einzeln danken und Ihre Namen erfahren.« Jason ging die Reihe entlang, schüttelte Hände und tauschte Höflichkeiten aus. Er kam zum letzten der Prediger, der seinem Blick auswich.

»Natürlich, ich weiß schon Ihren Namen, Samuel«, sagte er mit leiser, kaum hörbarer Stimme. »Und ich wüsste gern, wessen Idee es war, bevor *Sie* die Ehre hatten.«

»Ich verstehe nicht«, flüsterte Samuel.

»Sicher verstehen Sie – so ein guter und anständiger Mensch –, Sie müssen schon eine andere, auch sehr großzügige Spende erhalten haben.«

»Sie müssen mich verwechseln, Sir«, murmelte der Priester, und in seinen dunklen Augen flackerte die Angst.

»Ich mache keine Fehler, Ihr Freund weiß das. Ich kriege Sie, Samuel. Vielleicht nicht heute, aber sicher morgen oder übermorgen.« Bourne hob seine Stimme, als er die Hand des Priesters losließ. »Nochmals, herzlichen Dank. Die Regierung ist Ihnen sehr verbunden. Und jetzt muss ich gehen. Einige dringende Telefonate … Ihr Büro, St. Jacques?«

»Ja, natürlich, General.«

Im Büro riss sich Jason die Uniform herunter, holte die

Automatic heraus und griff zu den Kleidern, die Maries Bruder für ihn gekauft hatte. Graue Bermudashorts, ein rotweiß-gestreiftes Guayabera-Hemd und einen Strohhut mit breitem Rand. Er zog Socken und Schuhe aus, schlüpfte in die Sandalen, stand auf und fluchte. »Verdammt!« Er schleuderte die Sandalen fort und zog sich wieder seine Schuhe mit den Gummisohlen an. Er untersuchte die verschiedenen Kameras und ihr Zubehör, wählte die leichteste, aber komplizierteste und hängte sie sich vor die Brust. John St. Jacques kam ins Zimmer. Er trug ein kleines Funkgerät.

»Wo kommst du her, aus Miami Beach?«

»Etwas weiter nördlich, sagen wir Pompano. Ganz so geschmacklos bin ich nicht. Das würde ich nicht aushalten.«

»Da hast du Recht. Man könnte schwören, dass du ein verkalkter Daddy aus Key West bist. Hier ist das Funkgerät.«

»Danke.« Jason steckte das kleine Gerät in die Brusttasche.

»Wohin jetzt?«

»Hinter Ishmael her. Der Junge, dem du zugenickt hast.«

»Ishmael? Ich habe Ishmael nicht zugenickt, du hast nur gesagt, ich solle in Richtung Eingang nicken.«

»Ist dasselbe.« Bourne steckte sich die Automatic unters Hemd in den Gürtel und schaute sich die Sachen aus dem Seglerladen an. Die Schnur und das Schuppmesser steckte er ein, öffnete dann eine leere Kameratasche und verstaute darin zwei Notsignalraketen. Er hätte noch ein paar andere Dinge gebrauchen können, aber was er hatte, war nicht schlecht. Vor dreizehn Jahren … und selbst damals war er schon nicht mehr ganz jung gewesen. Sein Verstand musste besser und schneller sein als sein Körper …

»Dieser Ishmael ist ein guter Junge«, sagte Maries Bruder. »Er ist intelligent – und stark wie ein preisgekrönter Stier aus Saskatschewan. Ich denke, ich könnte ihn in etwa einem Jahr zum Wächter machen. Mit besserem Lohn.«

»Schick ihn lieber nach Harvard oder Princeton, wenn er seinen Job heute Nachmittag gut macht.«

»Hallo, das ist ein guter Tipp. Sein Vater war übrigens Preisringer.«

»Ich muss los«, sagte Jason und stürzte zur Tür. »Du bist

auch nicht mehr gerade achtzehn«, fügte er noch hinzu, bevor er die Tür öffnete.

»Hab ich nicht behauptet. Was hast du für Probleme?«

»Vielleicht die Sandbank, die du nie bemerkt hast, Mr. Security.«

Bourne ließ die Tür hinter sich ins Schloss fallen.

»Empfindlich, empfindlich.« St. Jacques schüttelte langsam den Kopf und betrachtete seine Faust. Die Faust eines Fünfunddreißigjährigen.

Beinahe zwei Stunden waren bereits vergangen, und Ishmael war noch nicht wieder aufgetaucht. Mit steifem Bein, als wäre er ein Krüppel, humpelte Jason überzeugend von einem Ende vom Tranquility Inn zum anderen, sah durch die Spiegellinse seiner Kamera, sah alles, aber keine Spur vom jungen Ishmael. Zweimal war er den Weg in den Wald hinauf zu der einsamen, grasgedeckten und mit bunten Glasfenstern geschmückten Kapelle gegangen. Das Sanktuarium des Ferienortes schien weniger als Ort der Meditation, denn wegen seiner verrückten Bauweise berühmt zu sein. Doch wie Ishmael gesagt hatte, wurde die Kapelle kaum besucht, auch wenn sie in allen Broschüren von Tranquility abgebildet war.

Die karibische Sonne färbte sich orangerot und näherte sich langsam dem Wasserspiegel am Horizont. Bald würden die Schatten der Dämmerung Montserrat und die äußeren Inseln erreichen. Und kurz darauf würde es völlig dunkel sein. Der Schakal schätzte die Nacht – wie das Chamäleon.

»Gibt es irgendetwas?«, fragte Bourne über Funk.

»*Rien, monsieur.*«

»Johnny?«

»Ich bin oben auf dem Dach mit sechs Scouts an allen Ecken. Nichts.«

»Was ist mit dem Dinner, der Party heute Abend?«

»Unser Meteorologe ist vor zehn Minuten mit dem Schiff von Plymouth angekommen. Er hat Angst vorm Fliegen … Und Angus hat einen Scheck über zehntausend Dollar ans Schwarze Brett genagelt, auf dem nur noch Name und Unterschrift fehlen. Scotty hatte Recht, alle sieben Pärchen werden da sein. Nach der gebotenen Schweigeminute wird niemand mehr an das Geschehene denken.«

»Ich gehe noch mal rauf zur Kapelle. Ende.«

»Schön zu hören … Ein Reiseunternehmen aus New York hat mal gesagt, die Kapelle sei eine Sehenswürdigkeit. Hab dann aber nie mehr was von ihnen gehört. Melde dich, David.«

»Tu ich, Johnny.«

Der Pfad durch den Wald wurde immer dunkler, die hohen Palmen und das dichte Gebüsch unterstützten die hereinbrechende Nacht. Jason wollte gerade schon umdrehen, um sich noch eine Taschenlampe zu besorgen, als plötzlich, wohl fotoelektrisch ausgelöst, blaue und rote Lichtkegel vom Boden aus die Palmen beleuchteten. Bourne stand wie in einem hellen Tunnel, in Technicolor-Farben aus dem Dschungel geschnitten. Für einen Moment war er völlig perplex – ein bewegliches, beleuchtetes Ziel.

Schnell flüchtete er ins Unterholz am Rande des Flutlichts. Die Stacheln der wilden Büsche malträtierten seine nackten Beine. Dennoch drang er noch tiefer ins Gebüsch ein und nahm dann die Richtung zur Kapelle wieder auf. Er kam nur mühsam voran, aber sein Instinkt sagte ihm, dass er das Licht meiden müsse.

Da! Ein dumpfes Geräusch! Wie ein Aufprall. Das gehörte nicht zu den gewohnten Geräuschen des Waldes. Dann ein Stöhnen, das lauter wurde, dann wieder aufhörte. Abgewürgt … unterdrückt? Jason kroch weiter durch das hinderliche Buschwerk, Meter um Meter, bis er die dicke Holztür der Kapelle sehen konnte. Sie stand einen Spalt offen. Er sah weiches, flackerndes Licht elektrischer Kerzen und etwas weiter weg die blauen und roten Flutlichter.

Nachdenken. Sich erinnern! Nur einmal war er schon früher in der Kapelle gewesen. Er hatte John im Spaß beschimpft, dass er Geld für eine so nutzlose Sache ausgegeben hatte.

»Zumindest ist es kurios«, hatte St. Jacques gesagt.

»Ist es nicht, Bruder«, hatte Marie geantwortet. »Passt nicht her. Du hast doch kein Kloster hier.«

»Nimm an, jemand bekommt schlechte Nachrichten …«

»Dann gib ihm besser einen Drink«, hatte David vorgeschlagen.

»Kommt herein. Die bunten Glasfenster zeigen die Symbole von fünf verschiedenen Religionen, einschließlich Shinto.«

»Verrate deiner Schwester lieber nicht, was das gekostet hat«, hatte Webb geflüstert.

Hatte die Kapelle einen zweiten Ausgang? … Nein. Es gab nur fünf oder sechs Bankreihen, ein Geländer vor einer Art Kanzel und naive, von einheimischen Künstlern gefertigte Fenster.

Jemand war dort drin! Ishmael? Ein Hotelgast? Jason griff in seine Brusttasche nach dem Miniaturfunkgerät, hielt es an die Lippen und sprach leise.

»Johnny?«

»Hier auf dem Dach.«

»Ich bin bei der Kapelle. Ich gehe jetzt rein.«

»Ist Ishmael dort?«

»Ich weiß nicht. Irgendjemand scheint aber drin zu sein.«

»Stimmt was nicht, Dave? Du klingst …«

»Alles in Ordnung«, unterbrach Bourne. »Ich wollte nur eine Kontrolle … Was ist hinter der Kapelle? Östlich davon.«

»Nur Wald.«

»Irgendein Pfad?«

»Es gab einen, vor ein paar Jahren. Er ist völlig überwuchert. Die Bauarbeiter haben ihn benutzt, um zum Wasser zu kommen … Warte noch, ich werde ein paar Wachen rüberschicken.«

»Nein! Wenn ich dich brauche, ruf ich dich. Ende.« Jason steckte das Gerät wieder ein, kroch näher an die Kapelle heran und beobachtete den Eingang.

Stille. Kein Geräusch, keine Bewegung, nichts als das flackernde Kerzenlicht. Bourne kroch noch näher, legte die Kamera und den Strohhut beiseite und öffnete die Tasche mit den Leuchtraketen. Er nahm eine heraus, steckte sie in den Gürtel und nahm die Automatic zur Hand. Aus der linken Brusttasche seines Guayabera-Hemdes holte er das Feuerzeug. Dann stand er auf und huschte zur Ecke des merkwürdigen Bauwerks. Leuchtraketen hatte er schon früher, lange vor Manassas, benutzt. Er erinnerte sich, als er sich zentimeterweise um die Ecke in Richtung Eingang vorschob. Schon in Paris … vor dreizehn Jahren, auf dem Friedhof Rambouillet. Und Carlos … Er erreichte die angelehnte Tür und sah langsam, vorsichtig hinein.

Er schnappte nach Luft, sein Herz setzte aus. Das war nicht möglich! Es war zu scheußlich! Dann stieg Wut in ihm auf. Über einem Pult vor den Stuhlreihen hing kopfüber der junge Ishmael. Sein dunkles Gesicht blutig zerfetzt. Ein Schuldgefühl überwältigte Jason, plötzlich und niederschmetternd. Die Worte des alten Franzosen dröhnten in seinen Ohren: *Andere werden sterben, unschuldige Menschen werden abgeschlachtet werden.*

Abgeschlachtet! Ein Kind ist *abgeschlachtet* worden! Ein viel versprechendes Leben wurde einfach ausgelöscht! O Gott, was habe ich getan? … Was kann ich tun?

Schweiß strömte über sein Gesicht, er konnte kaum noch etwas sehen. Bourne riss die Leuchtrakete aus der Tasche, griff nach dem Feuerzeug und hielt es zitternd an den roten Faden. Ein weißer Feuerstrahl zischte heraus, wie hundert Schlangen. Jason warf die Rakete weit in die Kapelle, sprang hinterher, drehte sich einmal um die eigene Achse und donnerte die Tür hinter sich zu. Er hechtete hinter die letzte Stuhlreihe, duckte sich, zog das Funkgerät aus der Tasche und drückte auf den Knopf.

»Johnny, die Kapelle. Lass sie umstellen!« Die Automatic in der Hand, kroch er auf die andere Seite, während die zischende Rakete immer noch Lichtbündel zu den farbigen Fenstern hochschoss. Bournes Augen suchten fieberhaft alles ab. Nur einen Teil konnte er nicht einsehen. Da war das Pult mit dem Körper des Jungen, den er in den Tod geschickt hatte … Es stand auf einer erhöhten Plattform, rechts und links der Plattform waren schmale, verhängte Bogengänge, wie kleine Bühneneingänge, die in die winzigen Flügel der Kapelle führten. Trotz seiner Angst spürte Jason Bourne, wie ein tiefes Gefühl der Befriedigung in ihm aufstieg, eine beinahe todessüchtige lustvolle Erregung. Er würde das tödliche Spiel gewinnen. Carlos hatte eine ausgeklügelte Falle gestellt, und das Chamäleon, Medusas Delta, hatte sie umgedreht. In einem dieser verhängten Bogengänge lauerte der Schakal.

Bourne kam auf die Füße. Den Rücken an die Wand gepresst, hob er die Waffe. Er feuerte zweimal in den linken Bogengang. Der Vorhang flatterte bei jedem Schuss. Dann sprang er wieder hinter die letzte Stuhlreihe und kroch auf die andere Seite. Er kniete und feuerte zweimal auch in den rechten Bogengang.

Ein Mensch stürzte durch den Vorhang und hielt sich im Fallen daran fest. Der dunkelrote Stoff riss ab und wickelte sich um seine Schultern.

Bourne stürzte nach vorne, schrie »Carlos!«, feuerte wieder und wieder, bis das Magazin seiner Automatic leer war. Plötzlich zerriss eine grässliche Detonation die Luft, und eines der farbigen Fenster zerbarst. Die bunten Glasscherben fielen splitternd zu Boden, und ein Mann stand im Zentrum der Öffnung über dem zischenden, blendenden Licht.

»Du hast keine Kugel mehr«, sagte Carlos zu dem vor Entsetzen gelähmten Mann unter ihm. »Dreizehn Jahre, Delta, dreizehn widerliche Jahre. Aber jetzt werden sie wissen, wer gewonnen hat.«

Der Schakal hob die Waffe und feuerte.

17.

Eine brennende, eisige Hitze schoss durch seinen Nacken, als Bourne über die Betstühle hechtete und zwischen die zweite und dritte Reihe krachte. Er klebte am Boden, krallte sich irgendwo fest. Sein Bewusstsein tauchte in eine dunkle Wolke. In der Ferne, weit, weit weg, hörte er Stimmen, die hysterisch schrien. Dann war alles schwarz.

»David.«

Das Schreien hatte aufgehört. Die einzelne Stimme war leise und drängend und benutzte einen Namen, den er nicht kennen wollte. »David, kannst du mich hören?«

Bourne öffnete die Augen: Er trug einen massiven Verband um den Hals, und er lag angezogen auf einem Bett. Dann erkannte er das verängstigte Gesicht von John St. Jacques. Daneben stand ein Mann in mittleren Jahren, den er nicht kannte.

»Carlos«, konnte Jason nur sagen. »Der Schakal!«

»Dann ist er immer noch auf der Insel«, stieß St. Jacques hervor. »Seit einer Stunde haben die Männer von Henry Sykes Tranquility abgeriegelt. Patrouillen fahren vor der Küste auf und ab und halten untereinander Kontakt. Er nennt es eine Drogenübung, sehr unauffällig und sehr offiziell. Ein paar Boote sind gekommen, aber nicht eins ist abgefahren. Es wird niemand mehr durchgelassen.«

»Und wer ist das?«, fragte Bourne.

»Ein Arzt«, antwortete John. »Er wohnt im Hotel. Er ist mein Freund. Ich war sein Patient in …«

»Ich denke, wir sollten diesbezüglich vorsichtig sein«, unterbrach der Arzt entschieden. »Du hast mich um meine Hilfe und mein Vertrauen gebeten, John, und das ist okay. Aber in Anbetracht der Ereignisse bleibe ich lieber anonym.«

»Sie haben völlig Recht, Doktor«, ächzte Jason. Dann plötzlich schoss sein Kopf hoch, und mit weit aufgerissenen Augen rief er, fast flehend: »Ishmael! Er ist tot – ich habe ihn umgebracht!«

»Ist er nicht und hast du nicht«, sagte St. Jacques ruhig. »Es sieht verdammt schlimm aus, aber er ist nicht tot. Er ist ein zäher Bursche, wie sein Vater, und er wird überleben. Wir fliegen ihn ins Krankenhaus von Martinique.«

»O mein Gott!«

»Er wurde fürchterlich zusammengeschlagen«, erklärte der Doktor. »Beide Arme sind gebrochen, außerdem hat er zahlreiche Fleischwunden und Quetschungen und, wie ich fürchte, auch innere Verletzungen und eine ernste Gehirnerschütterung. Er ist aber, wie John schon ganz richtig sagte, ein zäher Bursche.«

»Ich hoffe sehr, dass er überlebt.«

»Wir tun unser Bestes!«

»Gut.« Bourne sah den Doktor an. »Wie schwer bin ich verletzt?«

»Ohne Röntgenaufnahmen, und bevor ich nicht gesehen habe, ob Sie sich überhaupt noch bewegen können, kann ich Ihnen nur eine vorläufige Diagnose liefern.«

»Tun Sie das.«

»Abgesehen von Ihrer Wunde, würde ich sagen, haben Sie einen traumatischen Schock erlitten.«

»Vergessen Sie's. Das zählt nicht.«

»Wer sagt das?«, fragte der Doktor mit einem Lächeln.

»Ich … und ich will damit keinen Witz machen. Es geht um meinen Körper, nicht den Kopf. Den kann ich selbst beurteilen.«

»Ist er ein Einheimischer?«, fragte der Doktor mit Blick zum Besitzer des Tranquility Inn. »Ein Ishmael? Nur weiß und älter? Arzt ist er nicht.«

»Antworte ihm bitte.«

»Also gut. Die Kugel hat die linke Genickseite durchschlagen und nur um Millimeter mehrere lebenswichtige Stellen verfehlt. Andernfalls wären Sie ohne Stimme und wahrscheinlich tot. Ich habe die Wunde gereinigt und genäht. Eine

Weile werden Sie Ihren Kopf nur mit Schwierigkeiten bewegen können.«

»Kurz gesagt, ich habe einen etwas steifen Nacken, aber ich kann gehen …?«

»Ja, kurz gesagt.«

»Es war die Leuchtrakete, der ich es letzten Endes zu verdanken habe«, sagte Jason leise und bewegte vorsichtig den Hals. »Sie hat ihn geblendet.«

»Was?« St. Jacques beugte sich über das Bett.

»Egal … Wollen mal sehen, wie gut ich laufen kann …« Bourne rutschte vom Bett und stellte vorsichtig seine Beine auf den Boden. Als sein Schwager ihm helfen wollte, sagte er: »Nein, danke. Das muss ich allein schaffen.« Er stand auf. Die Bandage um den Hals behinderte ihn. Er machte ein paar Schritte. Die Hüfte schmerzte, er musste damit gegen eine der Stuhlreihen geschlagen sein. Aber das war das Wenigste. Ein heißes Bad würde die Schmerzen lindern, ein paar Medikamente und Salben würden ihm schon wieder auf die Sprünge helfen. Nur diese verdammte Bandage am Hals! Er meinte, fast daran zu ersticken. Außerdem zwang sie ihn, seinen Oberkörper zu drehen, wenn er in eine andere Richtung blicken wollte.

Dennoch, so dachte er, war er weit weniger behindert, als er es hätte sein können – für einen Menschen seines Alters. Verdammt. »Doktor, kann man diesen Verband nicht ein bisschen lockern? Er stranguliert mich.«

»Ein bisschen, nicht viel. Sie werden nicht riskieren wollen, dass die Nähte aufreißen.«

»Wie wäre es mit einer starken elastischen Binde?«

»Bei einer Halswunde? Eine falsche, unbedachte Bewegung …«

»Ich werd nicht aufhören, daran zu denken.«

»Sie sind ein Spaßvogel.«

»Aber gar nicht zum Spaßen aufgelegt.«

»Das liegt an der Wunde.«

»Sicherlich. Kannst du mir bitte so eine Binde besorgen, Johnny?«

»Doktor?« St. Jacques sah den Arzt an.

»Ich glaube, wir können ihn nicht daran hindern.«
»Ich werde jemanden ins Sportgeschäft schicken.«
»Entschuldigen Sie, Doktor«, sagte Bourne, als Johnny zum Telefon ging. »Ich möchte meinem Schwager einige Fragen stellen, und ich weiß nicht, ob Sie das hören möchten.«
»Ich habe schon mehr gehört, als mir lieb ist. Ich werde im Nebenzimmer warten.« Der Arzt ging hinaus.
Während St. Jacques telefonierte, lief Jason im Zimmer herum, hob und senkte seine Arme und schüttelte seine Hände, um seine Motorik zu kontrollieren. Er legte sich auf den Boden, kroch herum, stand wieder auf, mehrmals, und war jedes Mal ein bisschen beweglicher. Er musste bereit sein – er musste!
»Es wird nur ein paar Minuten dauern«, sagte Johnny und legte den Hörer auf. »Pritchard wird verschiedene Größen bringen.«
»Danke.« Bourne hörte mit seinen Übungen auf. »Wer war der Mann, den ich erschossen habe, Johnny? Er fiel durch den Vorhang, aber ich konnte sein Gesicht nicht sehen.«
»Niemand, den ich kenne. Und eigentlich kenne ich jeden weißen Mann auf diesen Inseln, der sich einen teuren Anzug leisten kann. Muss ein Tourist gewesen sein – ein Tourist im Auftrag des Schakals. Natürlich hatte er keinen Ausweis bei sich. Henry hat ihn rüber nach Montserrat bringen lassen.«
»Wie viele Leute hier wissen, was los ist?«
»Außer den Angestellten und unseren Leuten nur noch die vierzehn Gäste, und niemand hat eine Ahnung. Ich habe die Kapelle abriegeln lassen. ›Sturmschäden.‹ Und selbst die, die was wissen – wie der Doktor und die beiden Burschen aus Toronto kennen nicht die ganze Geschichte; und außerdem sind sie Freunde. Ich vertraue ihnen. Die anderen sind vom Rum benebelt.«
»Was ist mit den Schüssen?«
»Und was ist mit dem lautesten und schlechtesten Blasorchester der Insel? Außerdem warst du dreihundert Meter weit weg im Wald … Schau, David, viele sind ja schon abgefahren, außer ein paar Unentwegten, die auch in Teheran Ur-

laub machen würden. Was kann ich dir mehr sagen, als dass die Bar ein Bombengeschäft macht.«

»Es ist wie eine geheimnisvolle Scharade, wie ein Schattenspiel«, murmelte Bourne und bog wieder vorsichtig seinen Hals. Er starrte an die Decke. »Schattenfiguren, zusammenhangslos, gewalttätige Ereignisse hinter weißen Vorhängen, und nichts macht einen Sinn; man erkennt nur das, was man erkennen möchte …«

»Das ist zu hoch für mich, Professor. Was meinst du damit?«

»Terroristen werden nicht geboren, Johnny, sie werden gemacht. Sie werden ausgebildet. Sie werden Meister ihres Fachs. Es gibt viele Gründe, warum sie sind, was sie sind – die eine gerechte Sache oder die psychopathische Großmannssucht eines Schakals sein können. Doch unabhängig davon läuft das Spiel immer weiter, weil sie sich selber spielen.«

»So?« St. Jacques runzelte verwirrt die Stirn.

»Du kontrollierst deine Figuren, sagst ihnen, was sie tun sollen, aber nicht, warum.«

»Das ist es, was wir hier tun und was Henry draußen rund um die Insel tut.«

»Tut er? Tun wir?«

»Zum Teufel, ja.«

»Ich dachte auch, es wäre so einfach. Aber das war ein Fehler. Ich habe ein großes, kluges Kind überschätzt, das einen einfachen, harmlosen Job machen sollte und jetzt in Lebensgefahr schwebt, und einen schlichten, verängstigten Priester, der dreißig Silberlinge entgegennahm, habe ich unterschätzt.«

»Wovon redest du eigentlich?«

»Samuel muss Zeuge der Folterung gewesen sein.«

»Was?«

»Das Entscheidende ist, dass wir die Spieler eigentlich nicht richtig kennen. Die Wachen zum Beispiel, mit denen du zur Kapelle gekommen bist …«

»Ich bin kein Idiot, David«, protestierte St. Jacques. »Als du uns gerufen hast, nahm ich nur zwei Leute mit, die einzigen, denen ich total vertraue. Sie sind meine wichtigsten Männer, und die ganze Sicherheit hier liegt in ihren Händen.«

»Und Henry, ist er ein guter Mann?«

»Manchmal geht er einem auf die Nerven, aber er ist der beste Mann auf den Inseln.«

»Und der Gouverneur?«

»Ist ein Arsch.«

»Weiß Henry das?«

»Sicher weiß er es. Er ist bestimmt nicht Stabsoffizier geworden, weil er so gut aussieht. Er ist nicht nur ein guter Soldat, sondern auch ein guter Verwaltungsbeamter. Ich verdanke ihm viel.«

»Und du bist sicher, dass er nicht mit dem Gouverneur in Verbindung gestanden hat?«

»Er hat mir gesagt, er würde mich kontaktieren, bevor er den aufgeblasenen Idioten anruft. Und ich glaube ihm.«

»Ich hoffe, du hast Recht – weil dieser aufgeblasene Idiot der Kontaktmann des Schakals in Montserrat ist.«

»Was? Das glaube ich nicht!«

»Glaub's nur. Es stimmt.«

»Das ist nicht wahr!«

»Doch. Das ist die Methode, nach der der Schakal arbeitet. Er findet eine wunde Stelle, und er kauft sich die Leute. Es gibt viele Grauzonen, und es gibt wenige, die man nicht kaufen könnte.«

Verblüfft lief St. Jacques zur Balkontür. »Ich glaube, das erklärt einiges. Der Gouverneur gehört zum konservativen Landadel. Sein Bruder ist ein hohes Tier im Außenministerium und steht dem Ministerpräsidenten nahe. Die Frage war, warum er in seinem Alter und bei seinen Beziehungen hierher geschickt wurde, warum er es akzeptiert hat. Man sollte denken, dass er wenigstens die Bermudas oder die Virgin-Inseln hätte haben wollen. Plymouth kann ein Sprungbrett sein, aber nicht die Endstation.«

»Er wurde verbannt, Johnny. Carlos fand wahrscheinlich vor langer Zeit heraus, warum. Und hatte ihn damit auch schon auf seiner Liste. Die meisten Leute lesen Zeitungen und Bücher und Zeitschriften zur Ablenkung. Der Schakal verschlingt Geheimreports aus jeder nur denkbaren Ouelle, die er anzapfen kann, und er hat mehr angezapft, als die CIA, der

KGB, MI-Five und Six, Interpol und ein Dutzend anderer Geheimdienste es sich überhaupt vorstellen können … Die vier oder fünf Wasserflugzeuge, die gelandet sind, seitdem ich von Blackburne zurück bin, wer ist mit ihnen gekommen?«

»Piloten«, antwortete St. Jacques und drehte sich um. »Sie brachten Leute weg, nicht her. Das habe ich doch schon gesagt.«

»Ja. Aber hast du es auch genau beobachtet?«

»Beobachtet, was?«

»Jedes Flugzeug, als es landete?«

»Mann! Du hast mich mit einem Dutzend verschiedener Jobs in Trab gehalten.«

»Was ist mit den beiden Schwarzen, die, denen du sosehr traust?«

»Sie kontrollierten und postierten die anderen Wachen, um Himmels willen.«

»Dann wissen wir also nicht sicher, wer mit den Flugzeugen gekommen ist. Vielleicht wurde jemand ins Wasser runtergelassen über die Schwimmer, in der Einfahrt zwischen den Riffen, vielleicht vor der Sandbank.«

»Aber ich sage dir doch, David, ich kenne diese Burschen seit vielen Jahren. Sie würden so etwas niemals zulassen. Kommt überhaupt nicht infrage!«

»Du meinst also, es sei völlig ausgeschlossen?«

»Dafür lege ich meine Hand ins Feuer.«

»Wie für den Kontaktmann des Schakals in Montserrat, den Gouverneur.«

Der Besitzer des Tranquility Inn starrte seinen Schwager an. »In welcher Welt lebst du eigentlich?«

»In einer Welt, die ich sehr gut kenne. Und ich bedaure sehr, dass du jemals da reingeraten bist. Aber so ist es nun einmal, und du wirst die Regeln beachten, meine Regeln.« Ein Licht, ein Blitz, ein winziger Streifen tiefroten Lichts in der Dunkelheit draußen! Mit ausgebreiteten Armen hechtete Bourne auf St. Jacques, riss ihn aus dem Gleichgewicht, weg von der Balkontür. »Weg da!«, brüllte er, dann krachten sie zu Boden. Dreimal kurz hintereinander hörten sie es über sich zischen, und die Kugeln bohrten sich in die hintere Wand.

»Was, zum Teufel …«

»Er ist da draußen und will, dass ich es weiß!«, keuchte Bourne, schob seinen Schwager in Deckung und kroch neben ihn. Er griff in die Tasche seines Hemdes. »Er weiß, wer du bist, also sollst du die erste Leiche sein. Er weiß, dass mich das wahnsinnig machen würde, weil du Maries Bruder bist – du gehörst zur Familie, und das lässt er wie ein Damoklesschwert über meinem Kopf schweben. Meine Familie!«

»Was sollen wir tun?«

»*Ich* tu was!«, erwiderte Jason und zog die zweite Leuchtrakete aus der Tasche. »Ich schicke ihm eine Botschaft. Eine Botschaft, die ihm sagen wird, warum ich am Leben bin und warum ich es noch sein werde, wenn er schon tot ist. Bleib, wo du bist!« Bourne zündete die Leuchtrakete an. Geduckt machte er zwei Schritte zur Balkontür und schleuderte die zischende, blendende Lichtgarbe in die Dunkelheit. Zwei Blitze. Zwei Kugeln zischten. Eine ging in die Decke und die andere in den Spiegel auf dem Toilettentisch. »Er hat eine MAC-10 mit einem Schalldämpfer«, sagte Delta, rollte sich an die Wand und griff nach seinem verwundeten Hals. »Ich muss hier raus!«

»David, du bist verletzt!«

»Gut beobachtet.« Bourne kam auf die Beine, rannte zur Tür und stürzte ins nächste Zimmer, wo ihm der stirnrunzelnde kanadische Arzt gegenüberstand.

»Ist alles in Ordnung?«

»Ich muss weg hier. Auf den Boden!«

»Aber sehen Sie nur! Blut auf Ihrer Bandage, die Nähte …«

»Mit dem Arsch auf den Boden!«

»Sie sind keine einundzwanzig mehr, Mr. Webb …«

»Das ist mein Leben!«, schrie Bourne. Er rannte zum Eingang, stürzte hinaus, schoss über den erleuchteten Weg zum Eingang des Hauptgebäudes und bemerkte jetzt erst die betäubende Blasmusik, die über mehrere Lautsprecher, die in den Bäumen hingen, über das ganze Grundstück dröhnte.

Die rhythmische Kakophonie war überwältigend. Keineswegs ein Nachteil, dachte Jason. Angus McLeod hatte sein Wort gehalten. In dem riesigen, gläsernen Speisesaal saßen die noch verbliebenen Gäste, um die sich einige Angestellte kümmerten. Das bedeutete, dass das Chamäleon seine Farbe wechseln musste. Er kannte den Schakal so gut wie sich selbst, und er wusste, dass sein Gegner genau das tun würde, was auch er unter diesen Umständen täte. Der hungrige, geifernde Schakal würde direkt in die Höhle seiner verwirrten, angeschlagenen Beute schleichen und sich das beste Stück Fleisch herausholen. Aber auch er, Bourne, würde zu einem Raubtier werden, zu einem noch gefährlicheren – sagen wir, zu einem bengalischen Tiger –, der einen Schakal mit seinen Zähnen zerreißen konnte … Warum dachte er in solchen Bildern? Warum waren sie wichtig? Warum? Er wusste, warum, und es erfüllte ihn mit einem Gefühl der Leere, einer Sehnsucht nach dem, was er hinter sich gelassen hatte – er war nicht mehr Delta, der gefürchtete Guerillero der Medusa. Er war auch nicht mehr der Jason Bourne, der er in Paris und im Fernen Osten gewesen war. Der ältere, viel ältere David Webb drängte sich in ihm vor und versuchte, inmitten von Irrsinn und Gewalt einen Sinn zu finden.

Nein! Weg mit dir! Du bist nichts, und ich bin alles!

Lass mich, David, um Himmels willen, lass mich …

Bourne verließ den Weg und rannte über das harte tropische Gras zum Seiteneingang des großen Hauses. Blitzartig, außer Atem verlangsamte er sein Tempo zu einem Spazierengehen, als er jemanden durch die Tür herauskommen sah. Dann, als er den Mann erkannte, rannte er auf ihn zu. Er war einer der wenigen Leute unter den Angestellten, an die er sich entsann, und einer der wenigen, die er zu vergessen wünschte. Es war der unerträgliche Snob von einem stellvertretenden Manager mit Namen Pritchard, ein geschwätziger Langweiler, der zwar hart arbeitete, aber dabei niemanden die Wichtigkeit seiner Familie in Montserrat vergessen ließ – sein Onkel war der stellvertretende Direktor der Einwanderungsbehörde, für Tranquility Inn nicht ganz unwichtig.

»Pritchard!«, schrie Bourne. »Haben Sie die Bandagen?«

»Wie bitte, Sir?«, schrie der Vizemanager verwirrt. »Sie sind hier? Uns wurde gesagt, dass Sie heute Nachmittag abgefahren sind …«

»O Scheiße!«

»Sir? … Ich möchte Ihnen mein Beileid …«

»Seien Sie bitte still, Pritchard. Verstehen Sie mich?«

»Natürlich, Sir, ich war heute morgen nicht hier, um Sie zu begrüßen, oder heute Nachmittag, um Ihnen Lebewohl zu sagen und meine tiefen Gefühle zum Ausdruck zu bringen, denn Mr. St. Jacques bat mich, heute Abend zu arbeiten, obwohl …«

»Pritchard, ich bin in Eile. Geben Sie mir die Bandagen und sagen Sie niemandem, wirklich niemandem, dass Sie mich gesehen haben. Haben Sie verstanden?«

»Oh, das ist deutlich, Sir«, sagte Pritchard und gab ihm drei Rollen elastische Binden. »Derartig privilegierte Informationen sind bei mir gut aufgehoben, so sicher wie das Wissen, dass Ihre Frau und Ihre Kinder hier waren – oh, lieber Gott, vergib mir. Vergeben Sie mir, Sir!«

»Ich werde Ihnen vergeben und er auch, wenn Sie von nun an Ihren Mund halten.«

»Versiegelt. Er ist versiegelt. Ich fühle mich geehrt.«

»Sie werden erschossen, wenn Sie die Ehre missbrauchen. Ist das klar?«

»Sir?«

»Verstellen Sie sich nicht, Pritchard. Gehen Sie dort in die Villa und sagen Sie Mr. St. Jacques, dass ich mit ihm in Verbindung bleibe und dass er dort bleiben soll … Sie übrigens auch.«

»Vielleicht könnte ich …«

»Na los! Gehen Sie schon!«

Der beredte Manager rannte über den Rasen, und Bourne eilte durch die Tür nach drinnen. Er nahm zwei Stufen auf einmal – noch vor ein paar Jahren wären es drei gewesen – und langte außer Atem im Büro seines Schwagers an. Er ging sofort zum Schrank, wo St. Jacques, wie er wusste, verschiedene Anzüge zum Wechseln aufbewahrte. Beide Männer hatten etwa die gleiche Größe – Übergröße, wie Marie behauptete –, und Johnny hatte sich schon oft Jacken und Hemden von David ausgeliehen, wenn er auf Besuch war. Jason wählte leichte graue Hosen und einen dunkelblauen Blazer aus

Baumwolle. Das einzige Hemd, ebenfalls aus Baumwolle, war kurzärmelig und glücklicherweise braun. Dunkle Sachen, die kein Licht reflektierten.

Er begann sich auszuziehen, als er einen scharfen, heißen Stich im Nacken spürte. Er sah in den Schrankspiegel. Das, was er sah, beunruhigte ihn, machte ihn aber auch wütend. Die Bandage um seinen Hals war dunkelrot, und das Blut breitete sich immer weiter aus. Er griff zur breitesten der Binden. Es war zu spät, den Verband zu wechseln, er konnte ihn nur verstärken und hoffen, das Blut zum Stillstand zu bringen. Er wickelte sich die Binde um seinen Hals und befestigte das Ende mit den Klammern, die in sie eingerollt gewesen waren. Seine Bewegungsfreiheit war damit noch weiter als zuvor eingeschränkt, aber er wollte einfach nicht daran denken.

Er wechselte die Kleidung, zog den Kragen des Hemds am Hals weit hoch, steckte die Automatic in den Gürtel und die Fischerleine in die Tasche … Schritte! Die Tür ging auf. Er hatte sich an die Wand gedrückt, die Hand an der Waffe. Der alte Fontaine kam herein. Er stand einen Moment reglos, starrte Bourne an und schloss dann die Tür.

»Ich habe versucht, Sie zu finden, und wusste ehrlich nicht, ob Sie noch leben.«

»Wir benutzen die Funkgeräte nur, wenn wir müssen.« Jason löste sich von der Wand. »Ich dachte, man hätte es Ihnen gesagt.«

»Man hat es mir gesagt, aber Carlos wird inzwischen wohl auch ein Funkgerät haben. Er ist nicht allein, wissen Sie. Deswegen bin ich rumgelaufen und habe Sie gesucht. Dann fiel mir ein, dass Sie und Ihr Schwager vielleicht hier oben, im Hauptquartier, sein könnten.«

»Nicht sehr klug von Ihnen, draußen herumzulaufen.«

»Ich bin kein Idiot, Monsieur. Dann wäre ich schon viel früher zugrunde gegangen. Ich war sehr vorsichtig …«

»Was ist denn? Sie und der Richter sollten eigentlich irgendwo in einer leeren Villa sein, anstatt herumzulaufen.«

»Sind wir, waren wir. Sehen Sie, ich habe einen Plan, und ich denke, dass er Sie interessieren könnte. Ich habe ihn mit Brendan diskutiert …«

»Brendan?«

»Mit dem Richter, Monsieur. Er findet ihn brillant, sehr *sagace* …«

»Scharfsinnig? Kann ich mir vorstellen. Aber Brendan ist nicht in unserem Geschäft.«

»Er ist auch ein Überlebenskünstler. In dem Sinn sind wir alle gleich. Er meint, da gäbe es ein gewisses Risiko, aber welcher Plan ist unter diesen Umständen ohne Risiko?«

»Schießen Sie los.«

»Es geht darum, dem Schakal eine Falle zu stellen und dabei die anderen Leute hier möglichst wenig zu gefährden.«

»Das macht Ihnen wirklich Sorgen, wie?«

»Ich habe Ihnen bereits gesagt, warum. Ich brauche es, glaube ich, nicht zu wiederholen …«

»Machen Sie schon«, unterbrach Bourne ihn irritiert. »Was für eine Strategie haben Sie? Und ich hoffe, Sie haben begriffen, dass ich den Schakal ausschalten werde, und wenn ich die ganze Insel als Geisel nehmen muss. Ich bin nicht in Geberlaune. Ich habe schon zu viel gegeben.«

»Sie und Carlos umschleichen sich also? Zwei verrückte alte Jäger, besessen, den anderen zu töten, egal, wer sonst noch umgebracht oder verwundet oder zum Krüppel wird bei dem Handel?«

»Sie wollen Mitleid – dann gehen Sie in die Kirche und beten zu Gott. Er muss einen verschrobenen Sinn für Humor haben … Reden Sie vernünftig, oder ich haue ab.«

»Ich habe mir gedacht …«

»Reden Sie!«

»Ich kenne den Monseigneur, weiß, wie er denkt. Er plante meinen Tod und den meiner Frau. Doch sollten unser Tod und Ihrer zunächst in keinem unmittelbar erkennbaren Zusammenhang stehen. Nichts sollte von seinem Triumph über Sie ablenken. Die Enthüllung, dass ich, der so genannte Held von Frankreich, in Wirklichkeit das Instrument des Schakals war, sein Geschöpf, sollte später kommen und wäre noch ein zusätzlicher, abschließender Beweis für seinen Triumph gewesen. Verstehen Sie?«

Jason schwieg und studierte den alten Mann. »Ja, ich verstehe«, antwortete er ruhig. »Er ist größenwahnsinnig. Davon gehe ich aus. In seinem Hirn ist er der König der Hölle und möchte, dass die Welt ihn und seinen Thron anerkennt. Er denkt, er sei ein verkanntes Genie und sei böswillig auf das Niveau von Punk-Killern und Mafiamördern reduziert worden. Er möchte Pauken und Trompeten, aber alles, was er kriegt, sind Polizeisirenen und schlappe Razzien.«

»*C'est vrai.* Er hat sich einmal bei mir beklagt, dass beinahe niemand in Amerika ihn kennen würde.«

»Stimmt, sie glauben, er sei eine Figur aus einem Roman oder einem Film, wenn sie ihn überhaupt kennen. Vor dreizehn Jahren versuchte er das wettzumachen. Er kam nach New York, um mich zu töten.«

»Korrektur, Monsieur. Sie haben ihn gezwungen, Sie zu verfolgen.«

»Das ist Geschichte. Was hat das alles mit heute Nacht zu tun? Ihr Plan …«

»Ich kann den Schakal zwingen, mich zu verfolgen, sich mit mir zu treffen. Jetzt. Heute Nacht.«

»Wie?«

»Wenn ich ganz offen auf dem Gelände herumlaufe, wo er oder einer seiner Leute mich sehen kann …«

»Warum sollte ihn das zwingen, Ihnen nachzugehen?«

»Weil die Krankenschwester nicht bei mir ist, die er mir zugewiesen hatte!«

Wieder sah Bourne den alten Franzosen schweigend an. »Ein Köder«, sagte er schließlich.

»Ein so schöner Lockvogel, dass er nicht eher ruhen wird, als bis er ihn hat, bis er mich befragen kann … Verstehen Sie, ich bin wichtig für ihn – genauer gesagt, mein Tod ist wichtig –, Präzision ist seine … seine *diction,* wie sagt man?«

»Seine Operationsmethode, nehme ich an.«

»So hat er überlebt, so hat er die meisten seiner Kills durchgeführt, das hat ihm über die Jahre seinen Ruf als *assassin suprême* eingebracht. Bis ein Mann mit dem Namen Jason Bourne aus dem Fernen Osten kam … Aber das wissen Sie alles …«

»Das ist mir egal«, unterbrach Jason. »Weiter.«

»Erst, wenn ich nicht mehr da bin, kann er enthüllen, wer Jean Pierre Fontaine, der Held von Frankreich, wirklich war. Ein Hochstapler, sein Hochstapler, seine Schöpfung, das Instrument des Todes, seine Schlinge für Jason Bourne. Welch ein Triumph für ihn! ... Aber erst, wenn ich tot bin! Außerdem weiß ich zu viel, kannte zu viele von denen, die in den Gullys von Paris verschwanden. Nein, ich muss tot sein, erst dann kann er siegen!«

»Dann wird er Sie töten, wenn er Sie sieht.«

»Nicht bevor ich ihm nicht ein paar Fragen beantwortet habe, Monsieur. Wo ist die Krankenschwester? Was ist mit ihr passiert? Hat *le caméléon* sie gefunden, umgedreht, sie beiseite geschafft? Haben die britischen Behörden sie? Ist sie auf dem Weg nach London zum MI-6 mit all ihren Chemikalien, um für Interpol zu arbeiten? So viele Fragen ... Nein, er wird mich nicht töten, bevor er nicht weiß, was er wissen muss. Und vorher, hoffe ich, werden Sie dasein.«

»Die Schwester!«

»Ja. Wenn mich die Leute des Schakals aufgegabelt haben, sage ich, dass ich meine neue, teure Freundin, die sich so gut um meine Frau gekümmert hat, schon den ganzen Tag nicht gesehen hätte, frage, was mit ihr geschehen sei, wohin sie gegangen sei ... Über ein verstecktes Funkgerät werden Sie alles mitbekommen. Wo immer ich hingeführt werde, werde ich, ein schwacher, alter Mann, Fragen stellen. Warum gehe ich hier? Warum sind wir hier? ... Und Sie werden folgen, gut ausgerüstet, hoffe ich. Dann werden Sie den Schakal haben.«

Mit steifem Hals setzte sich Bourne auf die Tischkante. »Ihr Freund Brendan oder wie er heißt, hat ganz Recht ...«

»Brendan Prefontaine. Obwohl Fontaine nicht mein richtiger Name ist, haben wir beschlossen, dass wir zur selben Familie gehören. Als die ersten Elsässer mit Lafayette im achtzehnten Jahrhundert nach Amerika gingen, fügten sie das ›Pre‹ hinzu, um sich von den Fontaines zu unterscheiden, die sich über ganz Frankreich verbreiteten.«

»Hat er Ihnen das erzählt?«

»Er ist ein brillanter Kopf, der ehemalige Richter.«

»Und er hat Recht. Ihr Plan ist gut, aber es gibt ein beträchtliches Risiko. Und um ehrlich zu sein, Fontaine, ich schere mich einen Dreck um das Risiko, das Sie eingehen, oder wer auch immer. Ich will den Schakal, nur das zählt für mich. Ich möchte, dass Ihnen das klar ist.« Der alte Franzose starrte Jason mit amüsiertem Gesichtsausdruck an und lachte leise in sich hinein. »Sie sind so ein durchsichtiger Widerspruch. Bourne würde das niemals gesagt haben. Er hätte den Mund gehalten, hätte den Vorschlag ohne Kommentar angenommen. Der Gatte von Mrs. Webb jedoch muss sich erklären. Innerlich hat er Einwände, die muss er laut aus dem Weg räumen.« Und plötzlich wurde sein Ton schneidend kalt. »Werden Sie ihn los, Bourne. Webb hilft mir nicht, und den Schakal tötet er auch nicht. Machen Sie sich frei von ihm.«

»Er ist weg. Ich verspreche es, er ist weg.« Das Chamäleon sprang vom Tisch. »Und jetzt los!«

Das Blasorchester machte immer noch ohrenbetäubenden Lärm, allerdings waren die Außenlautsprecher ausgeschaltet worden. Der Besitzer des Tranquility Inn, der kanadische Arzt und der unaufhörlich schwatzende Mr. Pritchard traten aus der leerstehenden Villa heraus, eskortiert von zwei schwarzen Wachen mit ihren Uzi-MPs. Sie gingen hinüber zum Büro. Der Vizemanager sollte zum Empfang zurückkehren und zu niemandem irgendetwas über das sagen, was er in den vergangenen Stunden gesehen hatte.

»Absolut nichts, Sir. Wenn ich gefragt werde, dann war ich am Telefon, um mit den Behörden in Montserrat zu sprechen.«

»Worüber?«, warf St. Jacques ein.

»Na ja, ich dachte …«

»Du sollst nicht denken. Du hast den Service der Zimmermädchen überprüft, das ist alles.«

»Ja, Sir«, sagte Pritchard geknickt. St. Jacques und der Arzt traten ins Büro, wo sie auf Jason und Fontaine trafen.

»Ich bezweifle, ob es einen Unterschied macht, was er sagt«, meinte der Arzt. »Die Leute sind sowieso völlig durch den Wind. Die Ereignisse der vergangenen Nacht, die wahnsinnige Sonne heute und der Alkohol heute Abend.«

»Ich gehe besser mal rüber. Wir könnten das Fest auch in einen kleinen *carnivale* verwandeln. Scotty wird die zehntausend Dollar sparen, und je mehr Ablenkung wir haben, umso besser. Ich spreche mit der Kapelle und der Bar. Bin gleich wieder da.«

»Wir sind dann wahrscheinlich nicht mehr hier«, sagte Bourne.

Im nächsten Moment trat eine stramme, junge schwarze Frau in Schwesternuniform aus dem Privatbadezimmer von John St. Jacques ins Büro. Der alte Fontaine ging auf sie zu.

»Sehr gut, mein Kind, Sie sehen ausgezeichnet aus«, sagte der Franzose. »Denken Sie daran. Ich werde Ihren Arm halten, während wir gehen und reden, und wenn ich Sie kneife und meine Stimme erhebe, dann verhalten Sie sich wie besprochen.«

»Ja, Sir. Ich werde von Ihnen erbost weglaufen, weil Sie so unhöflich sind.«

»Genau. Sie brauchen keine Angst zu haben, es ist nur ein Spiel. Wir möchten mit jemandem sprechen, der sehr schüchtern ist.«

»Wie geht's dem Hals?«, fragte der Doktor. Er konnte den Verband unter dem Hemd nicht sehen.

»Gut«, antwortete Bourne.

»Lassen Sie mich mal sehen.« Der Kanadier kam auf ihn zu.

»Danke, nicht jetzt, Doktor. Ich schlage vor, Sie gehen hinunter und gesellen sich zu Ihrer Frau.«

»Schon gut, aber kann ich noch schnell etwas sagen?«

»Wenn Sie's kurz machen.«

»Ich bin Arzt, und ich musste schon eine Menge Dinge tun, die mir nicht gefielen. Aber wenn ich an jenen jungen Mann denke und was mit ihm geschehen ist …«

»Bitte«, unterbrach Jason.

»Ja, ja, ich verstehe. Trotzdem bin ich hier, wenn Sie mich brauchen, ich wollte nur, dass Sie das wissen … Ich bin nicht besonders stolz auf das, was ich vorhin gesagt habe. Ich sah, was ich sah, und ich habe einen Namen, und ich bin auch durchaus bereit, vor Gericht auszusagen.«

»Es wird keinen Prozess geben, Doktor, keine Zeugenaussage.«

»Wirklich? Aber was hier passiert, das sind Verbrechen!«

»Wir wissen, dass Sie ein Freund sind«, sagte Bourne. »Ihre Hilfe wird sehr geschätzt, aber alles andere geht Sie nichts an.«

»Ich verstehe«, sagte der Doktor. »Ich gehe also.« An der Tür drehte er sich nochmals um. »Lassen Sie mich besser später den Hals noch einmal untersuchen. Wenn Sie dann noch einen haben.« Der Doktor ging, und Bourne wandte sich Fontaine zu.

»Sind wir so weit?«

»Wir sind so weit«, antwortete der Franzose und lächelte der beeindruckenden jungen schwarzen Frau zu. »Was werden Sie mit all dem Geld tun, was Sie heute Nacht verdienen werden, meine Liebe?«

Das Mädchen kicherte schüchtern, und ihr breites Lächeln enthüllte leuchtend weiße Zähne. »Ich habe einen guten Freund, und ich werde ihm ein schönes Geschenk kaufen.«

»Wie schön. Wie heißt Ihr Freund?«

»Ishmael, Sir.«

»Gehen wir«, sagte Jason entschlossen.

Der Plan war einfach, wie die meisten guten Strategien. Der Spaziergang des alten Fontaine durch das Gelände von Tranquility war präzise geplant. Es begann damit, dass Fontaine und die schöne Schwarze zu seiner Villa zurückkehrten, als wollten sie nach seiner kranken Frau sehen, bevor er seinen ärztlich verordneten Abendspaziergang begann. Ab und zu blieben sie auf dem beleuchteten Hauptweg stehen, spazierten ein wenig über den von Flutlichtern erhellten Rasen, immer sichtbar, ein gebrechlicher alter Mann, der herumspazierte, wie es ihm gerade einfiel, zum Unmut seiner Begleiterin.

Die beiden schwarzen Wachen, denen St. Jacques am meisten vertraute – der eine ziemlich klein, der andere recht groß – hatten eine Reihe von Stationen festgelegt, zwischen denen der Franzose und seine ›Krankenschwester‹ kehrtmachen und in eine andere Richtung gehen sollten. Von jedem dieser Punkte aus konnte die jeweils nächste Wegstrecke überwacht werden, und sobald einer der beiden Bewacher einen Kontrollpunkt erreicht hatte, ging der andere zum nächsten, auf dunklen, geheimen, unzugänglichen Trampelpfaden. Die Wachen bewegten sich wie riesige Spinnen im Dschungel scheinbar mühelos, über Steine, Wurzeln und Ranken, wobei sie immer mit ihren Schützlingen Schritt hielten. Bourne folgte dem zweiten Mann, sein Funkgerät auf Empfang gestellt, aus dem Fontaines Worte klangen: »Wo ist die Schwester, die sich um meine Frau gekümmert hat? Wo ist sie? Ich habe sie den ganzen Tag nicht gesehen?«

Plötzlich rutschte Jason aus. Er saß fest! Er befand sich hinter der Mauer, die das Gelände umschloss, und sein linker Fuß war in Ranken verheddert. Verdammt! Er machte eine ungestüme Bewegung und spürte sofort wieder im Nacken die heißen Pfeile des Schmerzes. Er reißt, etwas reißt! … Seine Lungen zerplatzten fast, das Blut durchdrang jetzt sein Hemd, aber er befreite sich und kroch weiter. Plötzlich Lichter, farbige Lichter. Fontaine hatte die Kapelle erreicht, und das rote und blaue Flutlicht drangen bis dorthin, wo Jason kauerte, hinter der Mauer, die in der Nähe der Kapelle verlief. Hier war der Wendepunkt, an dem Fontaine zu seiner Villa zurückkehren sollte. Der alte Mann sollte ein wenig Atem schöpfen. St. Jacques hatte eine Wache an der Kapelle aufgestellt, damit niemand das beschädigte Gebäude betrat. Dort würde also kein Kontakt stattfinden … Doch dann hörte Bourne über Funk das Zeichen, dass der Verbindungsmann des Schakals aufgetaucht sei: »Lassen Sie mich in Ruhe!«, rief Fontaine. »Ich will Sie nicht! Wo ist die andere Schwester?«

Die beiden Schwarzen hatten sich, Seite an Seite, an der Mauer niedergeduckt. Jetzt drehten sie sich um und sahen zu Jason hinüber. Ihr Ausdruck in dem geisterhaften Licht sagte ihm, was er nur zu gut wusste. Von diesem Augenblick an lagen alle Entscheidungen bei ihm. Sie hatten ihn geführt, ihn zu seinem Feind eskortiert. Der Rest war seine Sache.

Unerwartetes verwirrte Bourne selten; jetzt aber doch. Hatte Fontaine einen Fehler gemacht? Hatte er den Wächter des

Hotels vergessen und irrtümlich angenommen, dass er der Mann des Schakals sei? Vielleicht hatte der Alte eine überraschte Reaktion des Wächters missinterpretiert.

Alles war denkbar, aber bei seiner Erfahrung, bei seinem Verstand! Ein solcher Fehler war wenig wahrscheinlich.

Dann dachte Bourne an eine andere Möglichkeit, und die war Ekel erregend. War der Wächter getötet oder bestochen oder durch einen anderen ersetzt worden? Carlos war ein Meister darin, Leute umzudrehen. Es wurde erzählt, dass er seinen Vertrag zur Ermordung von Anwar El Sadat erfüllt habe, ohne einen Schuss abzufeuern, indem er lediglich die Sicherheitsbeamten des ägyptischen Präsidenten durch unerfahrene Rekruten ersetzt hatte. Das in Kairo dafür ausgegebene Geld kam hundertfach von den verschiedenen antiisraelischen Bruderschaften wieder herein. Wenn das stimmte, musste das hier auf Tranquility ein Kinderspiel für ihn sein.

Jason sprang auf, griff nach der Mauerkrone und zog sich langsam und unter Schmerzen nach oben, langte erst mit einem, dann mit dem anderen Arm hinüber zur nächsten Kante, bis er Halt fand. Was er sah, verblüffte ihn.

Die junge Schwarze war weg, Fontaine stand unbeweglich da, mit ungläubig aufgerissenen Augen, als ein anderer alter Mann in einem braunen Gabardine-Anzug auf ihn zukam und die Arme um den alten Helden von Frankreich schlang. Fontaine stieß den Mann verwirrt zurück. Die Worte kamen per Funk aus Bournes Tasche.

»*Claude! Quelle secousse! Vous êtes ici!*«

Der alte Freund antwortete mit melodischer Stimme auf französisch: »Ja, ich bin hier. Dank Monseigneur kann ich meine Schwester ein letztes Mal sehen und dich, meinen Freund, ihren armen Mann. Ich bin hier und bleibe bei dir!«

»Er hat dich hergebracht? Aber natürlich er!«

»Ich werde dich zu ihm bringen. Der große Mann wünscht dich zu sprechen.«

»Weißt du, was du tust? Was du getan hast?«

»Ich bin bei dir, bei ihr. Etwas anderes zählt nicht.«

»Sie ist tot! Sie hat sich in der vergangenen Nacht das Leben genommen! Er wollte uns beide umbringen.«

Stell das Funkgerät ab! schrie Bourne in Gedanken. Stell es ab! Es war zu spät. Der linke Türflügel der Kapelle öffnete sich, und der Umriss eines Menschen trat in den Flutlichtkorridor vor der Kirche. Er war jung, muskulös und blond, mit einem dummen Gesicht und steifer Haltung. Hatte der Schakal sich einen jugendlichen Nachfolger gewählt?

»Komm mit mir, bitte«, sagte der blonde Mann. Sein Französisch war fließend, aber von eisiger Höflichkeit. »Du«, fügte er hinzu und meinte den alten Mann im braunen Gabardine-Anzug. »Du bleibst, wo du bist. Beim leisesten Geräusch schießt du … Nimm die Pistole heraus. Behalte sie in der Hand.«

»Oui, monsieur.«

Jason beobachtete hilflos, wie Fontaine in die Kapelle eskortiert wurde. Aus seiner Tasche kam ein Durcheinander von Geräuschen, dann ein Knall. Sie hatten das Funkgerät gefunden und zerstört. Dennoch stimmte irgendetwas nicht; etwas war nicht im Gleichgewicht – oder vielleicht zu symmetrisch. Es machte keinen Sinn, den Ort einer fehlgeschlagenen Falle ein zweites Mal zu benutzen, keinerlei Sinn! Das Erscheinen von Fontaines Schwager war ein außerordentlicher Schachzug, dem Schakal angemessen, ein wirklich unerwarteter Trick in diesem verwirrenden Spiel, aber der Schauplatz war falsch, nicht noch einmal die Kapelle. Es sah zu sehr nach Ordnung, nach Wiederholung aus, es war zu offensichtlich. Falsch.

Und deshalb richtig?, erwog Bourne. War es die unlogische Logik des Mörders, der hundert Sonderabteilungen internationaler Geheimdienste beinahe dreißig Jahre lang hinters Licht geführt hatte? »Das würde er nicht tun – es ist verrückt!« – »O ja, er könnte, weil er weiß, wir denken, dass es verrückt wäre.« War der Schakal in der Kapelle? Wenn nicht, wo war er? Wo hat er seine Falle gestellt? Das tödliche Schachspiel war außerordentlich verwickelt. Tod dem Verkäufer des Todes oder Tod dem Herausforderer. Der eine wollte die Schaffung und Festigung einer Legende, der andere die Erhaltung seiner Familie und seiner selbst. Carlos war im Vorteil. Letztlich würde er alles riskieren, denn, wie Fontaine bestätigt hatte, war er ein sterbender Mann. Bourne hatte alles, wofür zu leben sich lohnte. Doch auch sein Leben war unauslöschlich gezeichnet, in zwei geteilt durch den Tod einer vage erinnerten Frau und zweier Kinder vor langer Zeit im weit entfernten Kambodscha. Nein. Es konnte nicht, durfte nicht noch einmal passieren!

Jason rutschte die Mauer wieder hinunter, kroch zu den beiden Wachen und flüsterte: »Sie haben Fontaine reingeholt.«

»Wo ist der Posten?«, fragte der eine, mit Verwirrung in der Stimme. »Ich habe ihn selbst dort postiert, mit genauen Instruktionen. Niemand durfte hinein. Er sollte funken, sobald er jemanden sah.«

»Dann fürchte ich, hat er ihn nicht gesehen.«

»Wen?«

»Einen blonden Mann, der französisch spricht.« Die beiden Schwarzen sahen sich an. Dann wandte sich einer von ihnen an Jason und sagte ruhig: »Beschreiben Sie ihn, bitte.«

»Mittlere Größe, breite Brust und Schultern …«

»Das reicht«, unterbrach der eine. »Unser Mann hat ihn gesehen, Sir. Er ist dritter Offizier der Regierungspolizei, ein Mann, der mehrere Sprachen spricht. Der Chef der Drogenfahndung.«

»Aber warum ist er hier, Mann?«, fragte der andere seinen Kollegen. »Mr. St. Jacques sagte, die Polizei würde nicht eingeschaltet. Sie gehören nicht zu uns.«

»Sir Henry, Mann. Er hat sechs oder sieben Boote, die hin- und herpatrouillieren und Befehl haben, jeden aufzuhalten, der Tranquility verlässt. Es sind Drogenboote. Sir Henry nennt es eine Drogenübung, also muss natürlich der Chef der Drogenfahndung …« Das singende Geflüster des Inselbewohners erstarb mitten im Satz, als er seinen Kameraden ansah. »Warum ist er denn nicht draußen auf dem Wasser? Auf seinem Boot?«

»Mögt ihr ihn?«, fragte Bourne instinktiv, von seiner eigenen Frage überrascht. »Ich meine, respektiert ihr ihn? Ich könnte mich irren, aber mir scheint, ich rieche etwas …«

»Sie irren sich nicht, Sir«, antwortete einer der Wächter. »Dieser Offizier ist ein grausamer Mensch, und er mag uns ›Punjabis‹, wie er uns nennt, nicht. Er ist immer schnell dabei, jemanden fertig zu machen, und viele haben wegen ihm ihren Job verloren.«

»Warum beschwert ihr euch nicht, um ihn loszuwerden? Die Briten werden auf euch hören.«

»Der Gouverneur nicht, Sir«, erklärte der andere. »Er ist parteiisch. Sie sind gute Freunde und fahren oft zusammen angeln.«

»Oh, ich verstehe.« Jason war alarmiert, sehr alarmiert. »St. Jacques sagte mir, dass es hinter der Kapelle einen Pfad gibt. Er sagte, möglicherweise sei er zugewachsen, aber er glaubte, dass es ihn noch gibt.«

»Doch«, bestätigte der erste Wächter. »Das Personal benutzt ihn immer noch, um in der Freizeit zum Strand zu gehen.«

»Wie lang ist er?«

»Fünfunddreißig, vierzig Meter. Dann kommt eine Steilwand, in die Stufen hineingehauen sind, über die man zum Strand kommt.«

»Wer von euch ist schneller?«, fragte Bourne, griff in seine Tasche und holte die Leine heraus.

»Ich.«

»Ich!«

»Du gehst«, sagte Jason und nickte dem kleineren Wächter zu. Er gab ihm die Leine. »Wo immer es möglich ist, spannst du die Leine quer über den Pfad. Befestige sie an Wurzeln oder starken Ästen. Du darfst nicht gesehen werden, also pass auf. Es ist dunkel.«

»Kein Problem.«

»Hast du ein Messer?«

»Habe ich Augen?«

»Gut. Gib mir deine Uzi. Beeil dich!«

Der Wächter kroch an der rankenüberwucherten Böschung entlang und verschwand im dichten Gebüsch. Der Schwarze, der bei Bourne geblieben war, sagte: »In Wahrheit bin ich schneller, weil meine Beine länger sind.«

»Deshalb habe ich ihn geschickt. Lange Beine sind hier kein Vorteil, nur ein Hindernis, das kenne ich von mir. Und weil er kleiner ist, kann man ihn auch weniger leicht entdecken.«

»Die Kleinen bekommen immer die besseren Aufträge. Uns lassen sie zu Paraden aufmarschieren, aber die Kleinen bekommen die *plumbies.*«

»Die besseren Jobs?«

»Ja, Sir.«

»Die gefährlichsten Jobs?«

»Ja, Mann.«

»Damit musst du leben, Big Boy.«

»Was machen wir jetzt, Sir?«

Bourne sah hinüber zur Mauer, zum farbigen Licht. »Warten – auf das Rendezvous warten, aber ohne Blumenstrauß, nur voller Hass. Denn du willst leben, aber andere wollen dich töten. Warten und nichts tun. Das einzige, was man tun kann, ist zu überlegen, was der Feind tun oder nicht tun könnte. Und ob er an etwas gedacht hat, was du nicht erwogen hast. Wie jemand einmal gesagt hat: … ich wär lieber in Philadelphia.«

»Wo, Sir?«

»Nichts. Ist schon okay.«

Plötzlich wurde die Luft von einem schrillen, durchdringenden Schreien erfüllt. Worte, unter Schmerzen hervorgestoßen. *»Non, non! Vous êtes monstrueux! … Arrêtez, arrêtez, je vous supplie!«*

»Jetzt! « schrie Jason, warf sich die Uzi über die Schulter, sprang zur Mauer und zog sich an der Kante hoch, während das Blut wieder aus seinem Hals drang. Er kam nicht hoch! Er kam nicht hinüber! Dann wurde er von starken Händen gezogen und fiel auf die andere Seite.

»Die Lichter!«, schrie er. »Schieß sie aus!«

Die Uzi des großen Wächters ratterte, die Lampen auf beiden Seiten des Wegs zur Kapelle explodierten. Wieder wurde er von starken Händen gezogen und auf die Beine gestellt. Und dann blitzte ein einziger gelber Lichtstrahl auf, der in alle Richtungen drang. Es war eine starke Halogenlampe in der linken Hand des Soldaten. Der alte Mann in dem braunen Gabardine-Anzug lag blutdurchtränkt, mit durchschnittener Kehle, auf dem Weg.

»Stopp! Im Namen des Allmächtigen, bleibt, wo ihr seid!«, kam die Stimme Fontaines aus der Kapelle. Sie näherten sich dem Eingang mit ihren schussbereiten automatischen Waffen. Doch auf das, was sie durch die halboffene Tür sahen, waren sie nicht vorbereitet. Bourne schloss die Augen, der Anblick war zu schmerzhaft. Der alte Fontaine lag, genau wie der junge Ishmael, über dem Pult unter dem hinausgesprengten bunten Fenster. Sein Gesicht war von Peitschenhieben gezeichnet, blutüberströmt, und an seinem Körper waren mehrere dünne Kabel befestigt, die zu schwarzen Kästen führten.

»Geht zurück!«, schrie Fontaine. »Rennt, ihr Idioten! Ich bin an Zündschnüre angeschlossen …«

»O mein Gott!«

»Seien Sie nicht traurig, *Monsieur le caméléon.* Mit Freuden gehe ich zu meiner Frau! Diese Welt ist zu scheußlich, selbst für mich. Rennt! Die Ladung geht hoch – sie beobachten euch!«

»He, Mann! Jetzt!«, schrie der Wächter, packte Jason am Arm, raste mit ihm zur Mauer und hielt Bourne immer noch fest, als sie auf der anderen Seite in das dichte Gebüsch plumpsten.

Die Explosion war ungeheuer, blendend und betäubend. Es war, als ob ein Teil der kleinen Insel von einer Rakete weggeblasen würde. Flammen schossen in den nächtlichen Himmel, aber das Feuer sank schnell zu glühender Asche zusammen.

»Der Pfad«, stieß Bourne heiser hervor, als er wieder auf die Füße gekommen war. »Zum Pfad!«

»Sie sind in schlechter Verfassung, Mann.«

»Ich sorge für mich und du für dich!«

»Ich glaube, ich habe für uns beide gesorgt.«

»Und du kriegst 'ne verdammte Medaille und einen Haufen Geld, wenn du uns beide zum Pfad bringst.«

Keuchend und schwitzend kämpften sich die beiden Männer durchs Unterholz bis an den Rand des Pfades, zehn Meter hinter den rauchenden Trümmern der Kapelle. Sie verkrochen sich im Gras, und innerhalb weniger Sekunden war der zweite Wächter bei ihnen. »Sie sind dort drüben, bei den Palmen«, sagte er atemlos. »Sie warten, bis sich der Rauch verzogen hat, um zu sehen, ob jemand überlebt hat, aber lange können sie nicht bleiben.«

»Du warst dort?«, fragte Jason. »Mit ihnen?«

»Kein Problem, Mann. Ich habe es Ihnen gesagt, Sir.«

»Was ist passiert? Wie viele sind es?«

»Es waren vier, Sir. Ich habe einen getötet und seinen Platz eingenommen. Er war schwarz, so machte es in der Dunkelheit keinen Unterschied. Es ging schnell und leise. Die Kehle.«

»Wer ist übrig?«

»Der Drogenchef von Montserrat und zwei andere …«

»Wie sehen sie aus?«

»Ich konnte sie nicht deutlich sehen, aber noch einer von ihnen war – glaub ich – ein Schwarzer, groß und mit wenig Haaren. Den anderen konnte ich gar nicht sehen, denn er – oder sie – hatte seltsame Kleider an, mit einem Tuch über dem Kopf wie ein Sonnenhut mit einem Moskitonetz oder wie ein Damenhut mit Schleier.«

»Eine Frau?«

»Möglich, Sir.«

»Eine Frau …? Sie müssen von dort wegkommen – er muss von dort irgendwie wegkommen.«

»Sie werden diesen Pfad zum Strand benutzen und sich versteckt halten, bis ein Boot kommt und sie abholt. Sie haben keine andere Wahl. Sie können nicht ins Hotel zurück, weil sicher alle die Explosion gehört haben, auch wenn das Orchester sehr laut ist.«

»Hört zu«, Bournes Stimme klang rau. »Einer von den drei Leuten ist der Mann, den ich suche, und ich will ihn für mich! Ihr werdet also nicht schießen, weil ich ihn erkenne, sobald ich ihn sehe. Ich scheiße auf die anderen, die können wir uns später schnappen.«

Eine Gewehrsalve krachte durch den Tropenwald, und Schreie gellten durch die Nacht. Dann hetzten drei Gestalten durchs Gebüsch. Der Erste, den es erwischte, war der blonde

Polizeioffizier. Die unsichtbare Schnur brachte ihn zu Fall, wobei sie zerriss. Der zweite Mann, schlank, groß, mit dunkler Gesichtshaut, kam dicht nach dem ersten. Er half dem anderen auf die Beine. Instinktiv, oder weil er etwas gesehen hatte, durchtrennte er, sein Messer wie eine Machete vor sich hin- und herschwingend, die hinderlichen Schnüre über dem Weg. Die dritte Figur erschien. Es war keine Frau. Es war ein Mann, in einer Mönchskutte. Ein Priester. Er war es. Der Schakal!

Bourne kroch aus dem Gebüsch auf den Pfad, die Uzi in der Hand. Ihm gehörten der Sieg, die Freiheit und seine Familie. Als die Figur in der Robe an der primitiven in den Stein gehauenen Treppe ankam, drückte Jason ab. Ein Feuerstoß kam explosionsartig aus der Mündung seiner Waffe.

Die Silhouette des Mönchs stürzte kopfüber in den Steilhang, prallte weiter unten dumpf auf den Felsen, überschlug sich, rollte weiter und blieb im Sand liegen. Bourne kletterte so schnell er konnte die unregelmäßige Treppe hinunter, gefolgt von den beiden Wachen. Er kam zum Strand, stürzte zu der Leiche hin und zog das blutgetränkte Tuch weg. Voller Entsetzen blickte er in die schwarzen Gesichtszüge von Samuel, dem Prediger, dem Judas, der seine Seele dem Schakal verkauft hatte.

Plötzlich war weiter weg das Aufheulen eines starken Doppelmotors zu hören. Ein großes Rennboot schlüpfte aus einer schattigen Ecke der Bucht und raste auf einen schmalen Durchlass im Riff zu. Ein starker Scheinwerfer suchte die Barriere ab, die aus dem schwarzen Wasser ragte. In seinem Licht konnte man auch den flatternden Wimpel der Drogenflotte der Regierung erkennen … Carlos! … Der Schakal war zwar kein Chamäleon, aber er hatte sich verändert! Er war älter, dünner und kahlköpfig geworden – er war nicht mehr der Mann mit dem scharf geschnittenen, breiten Gesicht und der muskulösen Figur wie Jason ihn in Erinnerung hatte – nur die Gesichtszüge waren geblieben, der kahle Schädel von der Sonne gebräunt. Er entkam.

Unisono heulten die Motoren auf, als das Boot durch die gefährliche Öffnung im Riff jagte und das offene Wasser erreichte. Dann spuckte der ferne Lautsprecher metallische Worte aus, die in der tropischen Bucht ihr Echo fanden. »Paris, Jason Bourne! Paris, wenn du es wagst! Oder lieber eine gewisse kleine Universität in Maine, Dr. Webb?«

Bourne brach zusammen, und aus der offenen Halswunde lief sein Blut ins Meer.

18.

Steven DeSole, Hüter der größten Geheimnisse der CIA, zwängte sein Übergewicht aus dem Wagen. Er stand auf dem verlassenen Parkplatz eines kleinen Einkaufszentrums in Annapolis in Maryland. Die einzige Lichtquelle waren die Neonleuchten vor der geschlossenen Tankstelle, in deren Fenster ein großer deutscher Schäferhund schlief. DeSole rückte seine Stahlbrille zurecht und äugte auf seine Armbanduhr, von der er nur die Leuchtzeiger erkennen konnte. Es war zwischen 3.15 Uhr und 3.20 Uhr morgens. Er war zeitig, und das war gut so. Er musste seine Gedanken ordnen. Beim Fahren war er dazu nicht in der Lage gewesen, da er stark nachtblind war und sich voll auf die Straße konzentrieren musste. Und es war natürlich unmöglich für ihn gewesen, ein Taxi oder einen Fahrer zu nehmen.

Die Information lautete ... ja, eigentlich bloß ein Name ... ein ziemlich gewöhnlicher Name. Der Name sei Webb, hatte der Anrufer gesagt. Danke, hatte er geantwortet. Dann eine flüchtige Beschreibung, wie sie auf mehrere Millionen Männer passte. Er hatte dem Anrufer nochmals gedankt und den Hörer aufgelegt. Aber dann hatte in seinem analytischen Hirn ein Warnlicht aufgeleuchtet. Webb, Webb ... Amnesie? ... Eine Klinik in Virginia vor vielen Jahren ... ein Mann, mehr tot als lebendig, aus einem Krankenhaus in New York eingeflogen ... die Krankheitsakte mit der höchsten Geheimhaltungsstufe belegt, nicht einmal das Weiße Haus durfte sie sehen ... Aber Untersuchungsspezialisten können oft den Mund nicht halten, weil sie ihre Frustrationen loswerden oder einen Zuhörer beeindrucken wollen. Und so hatte DeSole von einem dickköpfigen, unbequemen Patienten mit Amnesie erfahren, der ›Davey‹ und manchmal knapp und feindselig einfach ›Webb‹ genannt wurde. Er sei ein ehemaliges Mitglied von Saigons schrecklicher Medusa, ein Mann, den man verdächtigte, seinen Gedächtnisverlust nur vorzutäuschen … Gedächtnisverlust? Alex Conklin hatte ihnen gesagt, dass der Medusa-Mann, den sie auf Carlos, den Schakal, angesetzt hatten, Jason Bourne genannt wurde und sein Gedächtnis verloren hatte! Sein Gedächtnis und beinahe auch sein Leben, weil seine Kontrollmänner die Sache mit der Amnesie nicht geglaubt hatten! Das war ›Davey‹ … David. David Webb war Conklins Jason Bourne. Wie konnte es anders sein?

David Webb. Und er war in Norman Swaynes Haus in jener Nacht, als der CIA gemeldet wurde, dass der gehörnte Swayne sich das Leben genommen hatte. Ein Selbstmord, der nicht in den Papieren auftauchte, aus Gründen, die DeSole nicht richtig verstanden hatte. David Webb. Die alte Medusa. Jason Bourne. Conklin. Warum?

Zwei Scheinwerfer durchbrachen die Dunkelheit am anderen Ende des Parkplatzes, schwenkten in einem Halbkreis auf DeSole zu. Sie blendeten ihn, und er schloss die Augen. Er musste diesen Männern klarmachen, was er herausgefunden hatte. Sie waren der Schlüssel zu einem Leben, von dem er und seine Frau immer geträumt hatten. Geld. Nicht ein Beamtengehalt, sondern wirkliches Geld. Die besten Universitäten für die Enkelkinder – nicht die lausigen staatlichen und nicht mit erbettelten Stipendien. Er fand, er hatte es verdient, denn er war besser als all die anderen um ihn herum. Sein Beamtengehalt war eine Schande. DeSole, stumm wie ein Grab. So sagte man. Aber zahlen wollten sie nicht für seine Zuverlässigkeit, für seine Erfahrung. Eines Tages würde Washington lernen, aber den Tag würde er nicht mehr erleben. Und deshalb hatten die sechs Enkelkinder ihm die Entscheidung abgenommen. Er hatte sich aus Bitterkeit der neuen Medusa angeschlossen, und sie hatte ihm großzügig unter die Arme gegriffen.

Er rechtfertigte sich damit, dass er nicht unmoralischer sei als all die Pentagon-Leute, die Arlington verließen, um sich in die korporativen Arme der Waffenindustrie zu werfen. Ein Oberst der Armee hatte das ihm gegenüber einmal so ausgedrückt: »Jetzt arbeitet man, und bezahlt wird man später.« Und Gott wusste, dass Steven DeSole verdammt hart für sein Land gearbeitet hatte. Und doch hasste er den Namen Medusa und benutzte ihn, wenn überhaupt, nur selten. Die großen Erdölgesellschaften und Eisenbahnen gingen zwar auf die Machenschaften und die Korruption einiger Räuber-Barone zurück, aber heute war ihnen ihre Herkunft nicht mehr anzusehen. Medusa mochte im kriegsgezeichneten Saigon entstanden sein, die ersten Gelder mochten aus schmutzigen Quellen geflossen sein, aber diese Medusa existierte nicht mehr. An ihre Stelle waren Dutzende verschiedener Namen und Gesellschaften getreten.

»Wir sind keine Engel, Mr. DeSole, aber das sind die amerikanisch kontrollierten multinationalen Konzerne doch alle nicht«, sagte sein Werber. »Und es stimmt, dass wir das suchen, was man einen wirtschaftlichen Vorteil durch privilegierte Informationen nennen könnte. Geheimnisse, wenn Sie so wollen. Manche sagen, das sei unfair. Aber wir müssen es einfach tun, weil unsere Konkurrenten in Europa und dem Fernen Osten mit denselben Methoden arbeiten. Der Unterschied ist nur, dass die Regierungen dort solche Anstrengungen unterstützen – unsere tut das nicht … Handel, Mr. DeSole, Handel und Profit. Das sind die gesündesten Beschäftigungen auf Erden. Chrysler mag vielleicht Toyota nicht, aber der kluge Mr. Iacocca ruft nicht nach einem Luftangriff gegen Toyota. Zumindest noch nicht. Er findet Mittel und Wege, mit den Japanern gemeinsame Sache zu machen.«

Ja, dachte DeSole, als die Limousine drei Meter vor ihm zum Halten kam. Was er für die ›Korporation‹ leistete, wie er sie gerne nannte, konnte man sogar wohltätig nennen, im Gegensatz zu dem, was er für die CIA tat. Profite sind schließlich wünschenswerter als Bomben … und seine Enkelkinder konnten auf die besten Schulen und Universitäten des Landes gehen. Zwei Männer stiegen aus der Limousine und kamen auf ihn zu.

»Wie sieht denn dieser Webb aus?«, fragte Albert Armbruster, Vorsitzender der Bundeshandelskommission, als sie am Rand des Parkplatzes entlanggingen.

»Ich habe nur eine Beschreibung vom Gärtner, der sich hinter einem zehn Meter entfernten Zaun versteckt hielt.«

»Was hat er Ihnen gesagt?« Der Begleiter des Vorsitzenden, der sich nicht vorgestellt hatte, sah DeSole an. Er war klein und stämmig, mit durchdringenden dunklen Augen, dichten Augenbrauen und schwarzen Haaren. »Seien Sie bitte präzise«, fügte er hinzu.

»Nun mal halblang«, protestierte DeSole defensiv, aber bestimmt. »Ich bin präzise in allem, was ich tue, und offen gesagt, wer immer Sie sind, ich mag Ihren Ton nicht im Geringsten.«

»Er ist einfach aufgeregt«, sagte Armbruster als wäre sein Begleiter Luft. »Er ist ein Spaghetti-König aus New York und traut niemandem.«

»Wem kann man in New York denn trauen?«, fragte der kleine, dunkle Mann, lachte und stieß Albert Armbruster seinen Ellbogen in den dicken Bauch. »Ihr seid doch die schlimmsten, ihr habt die Banken, *amico*!«

»Dabei soll es auch bleiben … die Beschreibung bitte.« Der Vorsitzende blickte DeSole an.

»Sie ist unvollständig, aber es gibt eine weit zurückliegende Verbindung zu Medusa, die ich Ihnen erklären werde – präzise.«

»Machen Sie schon, *amico*«, sagte der Mann aus New York.

»Er ist ziemlich groß, Ende Vierzig, Anfang Fünfzig und …«

»Hat er graue Schläfen?«, fragte Armbruster.

»Ja, ich glaube, der Gärtner sagte so was.«

»Das ist Simon«, sagte Armbruster und sah den New Yorker an. »Wer?« DeSole blieb stehen, die beiden anderen ebenfalls.

»Er nannte sich Simon, und er wusste alles über Sie, Mr. CIA«, sagte der Vorsitzende. »Über Sie und Brüssel und die ganze Geschichte.«

»Wovon reden Sie eigentlich?«

»Über die gottverdammte Fax-Verbindung zwischen Ihnen und diesem Knallkopf in Brüssel.«

»Aber die ist top-geheim! Sie steht unter Verschluss!«

»Jemand hat den Schlüssel gefunden, Mr. Präzise«, sagte der New Yorker, ohne zu lächeln.

»O mein Gott, das ist furchtbar! Was soll ich tun?«

»Das ist eine Geschichte zwischen Ihnen und Teagarten, aber rufen Sie ihn möglichst aus einer verdammten Telefonzelle an«, fuhr der Mafioso fort, »einer von euch muss sich was einfallen lassen.«

»Wissen Sie über … Brüssel Bescheid?«

»Es gibt wenig, was ich nicht weiß.« Diesmal lächelte er.

Armbruster lief wütend am Rand des Parkplatzes weiter. »Dieser verdammte Hurensohn ließ mich glauben, er sei einer von uns, und schon hatte er mich am Sack!« Die beiden anderen holten ihn ein, DeSole nur zögernd und ängstlich. »Er schien alles zu wissen, aber wenn ich es mir überlege, warf er mir nur Teile und Brocken zu, ziemlich große Teile und Brocken allerdings: Burton, Sie, Brüssel – und ich habe ihm wie ein Idiot den Rest erzählt. Scheiße!«

»Moment mal!«, schrie der CIA-Analytiker und zwang die anderen beiden, wieder stehen zu bleiben. »Ich verstehe das nicht, ich bin Stratege, aber das verstehe ich nicht. Was hatte David Webb – oder Jason Bourne – eigentlich letzte Nacht in Swaynes Haus zu suchen?«

»Wer, zum Teufel, ist Jason Bourne?«, brüllte Armbruster.

»Der alte Verbindungsmann zu Medusa, den ich gerade erwähnte. Vor dreizehn Jahren hat die CIA David Webb den Namen Jason Bourne gegeben, der ursprüngliche Bourne war damals schon tot. Er wurde auf eine Vier-Null getarnte Mission geschickt. Die ging schief, aber er überlebte.«

»Lieber Gott, was für ein Salat!«

»Was können Sie uns über diesen Webb erzählen … oder Bourne oder Simon oder Cobra? Hört sich ja an wie die reinste Varieté-Nummer?«

»Er hat offenbar schon vorher mit verschiedenen Namen und verschiedenen Erscheinungen gearbeitet. Als Bourne wurde er auf einen Mörder angesetzt, den sie Schakal nannten. Er sollte ihn provozieren, ihn hervorlocken und ausschalten.«

»Den Schakal?«, fragte der *capo supremo* der Cosa Nostra erstaunt. »Wie im Film?«

»Nein, nicht im Film, Sie Idiot ...«, bellte DeSole ihn an.

»He, langsam, *amico.*«

»Ilich Ramirez Sanchez, auch als Carlos oder der Schakal bekannt, ein professioneller Killer, der seit einem Vierteljahrhundert von den internationalen Behörden gejagt wird. Es geht sogar das Gerücht, dass er der wirkliche Killer von John F. Kennedy war.«

»Na ja ...«, Armbruster war skeptisch.

»Wie auch immer, aus allergeheimster Quelle habe ich jedenfalls erfahren, dass Carlos nach all den Jahren den einzigen lebenden Menschen aufgespürt hat, der ihn identifizieren könnte: Jason Bourne, das heißt David Webb.«

»Woher wissen Sie das?«, explodierte Armbruster.

»O ja. Es kam alles ziemlich plötzlich. Es war verwirrend ... Ich weiß es von einem pensionierten CIA-Agenten mit einem verkrüppelten Bein – Conklin, Alexander Conklin. Er und ein Psychiater – Panov, Morris Panov – sind enge Freunde von Webb ... oder Bourne.«

»Wo sind sie?«, fragte der Capo grimmig.

»Sie könnten keinen von ihnen erreichen. Sie stehen beide unter *maximum security.*«

»Ich habe nicht nach den Verlobungsregeln gefragt, sondern danach, wo sie sind.«

»Gut, Conklin befindet sich auf einer Enklave in Vienna, einem Grundstück, das uns gehört, wo niemand hinkommt. Und Panovs Appartement und Büro werden rund um die Uhr bewacht.«

»Sie geben mir die Adressen, ja?«

»Sicher, aber sie werden garantiert nicht mit Ihnen sprechen.«

»Oh, das wäre aber schade.«

»Aber warum, verdammt«, schrie Armbruster senkte aber sofort seine Stimme, »warum war dieser Webb oder Bourne oder wie auch immer in Swaynes Haus?«

»Das ist eine Lücke, die ich nicht füllen kann«, sagte DeSole.

»'ne was?«

»Das ist ein CIA-Ausdruck für ›Weiß ich nicht!‹«

»Kein Wunder, dass dieses Land in der Scheiße steckt!«, spottete der Mafioso.

»Das ist nicht wahr …«

Der Mann aus New York winkte bloß ab, griff in seine Tasche und zog einen kleinen Notizblock mit einem Kugelschreiber hervor. »Schreiben Sie die Adressen von diesem pensionierten Gespenst und dem Schrumpfkopf auf. Jetzt gleich.«

»Man kann hier schlecht sehen«, sagte DeSole und wandte sich zum Neonlicht. »Hier. Die Nummer des Appartements könnte falsch sein, aber sein Name steht an der Tür. Aber, wie gesagt, er wird nicht mit Ihnen sprechen.«

»Na, dann entschuldigen wir uns, dass wir ihn gestört haben.«

»Wahrscheinlich! Ich glaube, er ist sehr eigen, wenn es um seine Patienten geht.«

»Oh, so wie Sie mit Ihrer Fax-Leitung?«

»Nein, ich bin nicht eigen. Aber präzise.«

»Das sind Sie immer, nicht wahr?«

»Und Sie sind sehr gereizt …«

»Wir müssen gehen«, unterbrach Armbruster. Er sah zu, wie der New Yorker Notizblock und Kugelschreiber zurücknahm. »Nur die Ruhe, DeSole«, fügte er hinzu und lief schon zum Wagen zurück. »Es gibt nichts, was wir nicht in den Griff bekommen. Wenn Sie mit Jimmy T. in Brüssel sprechen, sehen Sie zu, dass Sie eine vernünftige Erklärung für die Faxgeschichte finden, okay? Wenn nicht, dann brauchen Sie sich auch nicht ins Hemd zu machen. Dann werden wir uns höheren Orts was ausdenken.«

»Natürlich, Mr. Armbruster. Aber, wenn ich fragen darf, kann ich auf mein Konto in Bern zurückgreifen? Falls … nun, Sie verstehen … falls …«

»Natürlich, Steven. Alles, was Sie tun müssen, ist lediglich, nach Bern zu fliegen und Ihr Konto mit Ihrer eigenen Handschrift zu unterschreiben. Ihre Unterschrift, die Nummer eins auf der Liste, Sie erinnern sich?«

»Ja, ja, na klar.«

»Es müssen jetzt über zwei Millionen sein.«

»Danke. Danke … Sir.«

»Sie haben es verdient, Steven. Gute Nacht.«

Die beiden Männer setzten sich auf den Rücksitz der Limousine. Die Stimmung war gespannt. Armbruster schielte zum Mafioso hinüber und fragte, als der Chauffeur den Motor angelassen hatte: »Wo ist der zweite Wagen?«

Der Italiener schaltete die Leselampe ein und sah auf seine Uhr.

»Jetzt parkt er an der Straße gut einen Kilometer unterhalb der Tankstelle. DeSole wird dort vorbeifahren, und der Wagen wird ihm folgen, bis die Umstände günstig sind.«

»Ihr Mann weiß genau, was zu tun ist?«

»Er ist kein Anfänger. Er hat ein Suchlicht auf dem Dach, das so stark ist, dass man es in Miami sehen kann. Er fährt neben DeSole her, schaltet es ein, und Ihr Zwei-Millionen-Heini ist geblendet, die Straße ist nicht ungefährlich … Und wir verlangen für den Job nur ein Viertel von dem, was er Ihnen wert ist. Das ist Ihr Glückstag, Alby.«

Der Vorsitzende der Bundeshandelskommission lehnte sich zurück und starrte in die Dunkelheit hinaus. Hinter dem getönten Glas huschten Schatten vorbei. »Wissen Sie«, sagte er ruhig, »wenn mir vor zwanzig Jahren irgendjemand gesagt hätte, dass ich heute in diesem Wagen sitzen würde, mit jemandem wie Ihnen, und dass ich sagen würde, was ich gesagt habe, dann hätte ich ihn für verrückt erklärt.«

»Oh, das ist genau das, was wir an euch feinen Herren so mögen. Ihr rümpft die Nase und rotzt uns an, bis ihr uns braucht. Dann sind wir plötzlich Verbündete. Genießen Sie Ihr Leben, Alby! Wir erledigen das kleine Problem für Sie. Gehen Sie in Ihre Handelskommission zurück und entscheiden Sie, welche Firma sauber ist und welche nicht – und auch dort wäscht eine saubere Hand die andere, nicht wahr?«

»Halt's Maul!«, schrie Armbruster und schlug mit der Faust auf die Lehne. »Dieser Simon, dieser Webb! Wo kommt der her? Was hat er mit unserer Sache zu tun? Was will er?«

»Vielleicht liegt der Schlüssel beim Schakal?«

»Das ergibt keinen Sinn. Wir haben überhaupt nichts mit dem Schakal zu tun.«

»Warum sollten Sie auch?«, fragte der Mafioso grinsend. »Sie haben ja uns.«

»Das ist eine sehr lose Verbindung, vergessen Sie das nicht ... Aber Webb, Simon, oder wer immer das ist, wir müssen ihn finden, verdammt! Er weiß zu viel. Er könnte uns verdammt gefährlich werden.«

»Es ist ernst, hm?«

»Ja.« Der Vorsitzende trommelte nervös auf die Armlehne.

»Wollen Sie ein Angebot hören?«

»Was?«, fauchte Armbruster und starrte in das ruhige sizilianische Gesicht.

»Sie haben mich schon verstanden. Aber wir lassen nicht mit uns handeln. Entweder Sie nehmen an, oder Sie lehnen ab.«

»Ein ... Vertrag? Über Webb?«

»Nein«, antwortete der Mafioso und schüttelte leicht den Kopf. »Über eine Person namens Jason Bourne. Es ist sauberer, jemanden zu töten, der bereits tot ist, nicht wahr? ... Da Sie gerade anderthalb Millionen gespart haben, kostet es Sie diesmal fünf Millionen.«

»Fünf Millionen!?«

»Die Kosten zur Beseitigung von ernsten Problemen sind hoch. Fünf Millionen, Alby, die Hälfte innerhalb von vierundzwanzig Stunden nach Vertragsabschluss.«

»Das ist unverschämt!«

»Sie können es ablehnen. Wenn Sie aber wieder kommen, sind es schon siebeneinhalb. Und danach schlicht das Doppelte, nämlich fünfzehn Millionen.«

»Welche Garantie haben wir, dass Ihre Leute ihn überhaupt finden können? Sie haben DeSole gehört. Er ist Vier-Null, das bedeutet, außer Reichweite vergraben.«

»Oh, wir graben ihn schon aus. Und dann buddeln wir ihn wieder ein.«

»Wie? Zweieinhalb Millionen sind eine Menge Geld – für nichts als Ihr Wort ...«

Der Mafioso holte lächelnd das kleine Notizbuch hervor.

»Enge Freunde sind die besten Quellen, Alby. Fragen Sie die Schlampen, die die Klatschspalten schreiben. Ich habe zwei Adressen.«

»Sie kommen nicht in ihre Nähe.«

»Von wegen. Wir sind nicht mehr im alten Chicago; wir haben andere Methoden als Capone, der tollwütige Hund, oder Nitti, der nervöse Finger. Wir haben gebildete Leute auf unseren Gehaltslisten, Genies, Wissenschaftler, Elektronenzauberkünstler, Doktoren. Wenn wir mit dem Gespenst und dem Schrumpfkopf fertig sind, wissen die nicht einmal, was eigentlich geschehen ist. Aber wir werden Jason Bourne haben, den Typen, der nicht existiert, weil er bereits tot ist.«

Albert Armbruster nickte kurz und blickte wieder aus dem Fenster. Er schwieg.

»Ich mache sechs Monate dicht, ändere den Namen, starte dann eine Werbekampagne und mache wieder auf«, sagte John St. Jacques, der am Fenster stand, während der Doktor sich um Jason kümmerte. »Alle sind abgereist?«, fragte Bourne. Er saß im Bademantel auf einem Stuhl, der Doktor nähte ihn gerade wieder zusammen, und Jason zuckte ab und zu zusammen.

»Nein, nicht alle. Ein paar verrückte kanadische Ehepaare sind noch da, einschließlich meines alten Freundes, der in diesem Augenblick deinen Hals rettet. Stell dir vor, sie wollten sogar eine Brigade aufstellen, um das Böse zu verfolgen.«

»Das war Scottys Idee«, unterbrach der Doktor, auf die Wunde konzentriert. »Mich kannst du nicht dazuzählen, ich bin zu alt.«

»Er auch, er weiß es nur nicht. Dann wollte er eine Anzeige aufgeben mit einer Belohnung, hunderttausend Dollar. Ich konnte ihn schließlich davon überzeugen, dass es umso besser ist, je weniger darüber geredet wird.«

»Am besten gar nichts sagen«, fügte Jason hinzu.

»Etwas müssen wir schon verlauten lassen, David«, widersprach St. Jacques. »Wir befriedigen die Neugier mit einer Story von einer gewaltigen Propangasexplosion. Die meisten werden es allerdings nicht glauben. Der Außenwelt wäre natürlich selbst ein Erdbeben höchstens sechs Zeilen wert, aber hier auf den Inseln fliegen die Gerüchte nur so herum.«

»Hast du irgendetwas gehört?«

»Ja, und nicht nur Gerüchte, aber das betrifft weniger uns hier, sondern eher Montserrat, und die Nachrichten darüber werden eine ganze Spalte in der London Times bekommen …«

»Hör auf, so geheimnisvoll zu reden.«

»Sag, was du sagen willst, John«, unterbrach der Doktor, »ich höre einfach nicht zu.«

»Also gut«, sagte St. Jacques. »Es geht um den Gouverneur. Du hast Recht gehabt. Zumindest gehe ich davon aus, dass du Recht hattest.«

»Warum?«

»Die Nachricht kam vorhin. Das Boot des Gouverneurs wurde auf einem Riff in der Nähe von Antigua zerschmettert aufgefunden, auf halbem Weg nach Barbuda. Keine Anzeichen von Überlebenden. Plymouth nimmt an, dass es eine dieser Peitschenwellen war, die manchmal von Nevis herüberkommen, aber das glaube ich nicht. Es gibt zwar solche Wellen, aber da ist noch etwas anderes …«

»Und das wäre?«

»Die beiden Bootsleute, die er sonst immer mitnimmt, waren nicht bei ihm. Im Yachtclub hat er erzählt, dass er allein hinausfahren werde, aber zu Henry hatte er gesagt, er wollte auf große Fische gehen …«

»Was bedeutet, dass er eine Crew hätte haben müssen«, unterbrach der kanadische Arzt. »Oh, tut mir Leid.«

»Ja, natürlich«, pflichtete St. Jacques bei. »Man kann keine großen Fische angeln und gleichzeitig ein Boot steuern – zumindest der Gouverneur konnte das nicht. Er hatte Angst, die Augen von der Karte zu nehmen.«

»Aber lesen konnte er sie, oder?«, fragte Jason. »Die Karte?«

»Sagen wir, gut genug, um überall hinzukommen …«

»Irgendwas hat ihn veranlasst, allein rauszufahren«, sagte Bourne. »Vielleicht hat ihn jemand zu einem Rendezvous eingeladen, zu einem Treffen in Gewässern, die ihn wirklich zwangen, die Augen nicht von der Karte zu nehmen.« Jason merkte plötzlich, dass die flinken Finger des Doktors nicht mehr an seinem Nacken beschäftigt waren. Stattdessen war sein Hals wieder bandagiert. Der Arzt stand neben ihm und sah auf ihn herab.

»Sind Sie zufrieden?«, fragte Bourne, und ein anerkennendes Lächeln kräuselte seine Lippen.

»Wir sind fertig«, sagte der Kanadier.

»Gut … dann glaube ich, dass wir uns besser später noch mal treffen, auf einen Drink, in Ordnung?«

»Schade. Wo es gerade spannend wird.«

»Es ist nicht spannend, Doktor, gar nicht, und ich wäre ein sehr undankbarer Patient, wenn ich Sie gleichsam aus Versehen Dinge hören ließe, die Sie nicht hören sollten …«

Der Kanadier sah Jason ernst an. »Sie machen sich also wirklich Sorgen und wollen mich, trotz allem, was passiert ist, tatsächlich nicht einweihen. Und dabei geht es offensichtlich nicht um melodramatische Geheimniskrämerei – ein alter Trick von weniger guten Ärzten übrigens –, sondern um etwas sehr Ernstes, oder?«

»Ja.«

»In Anbetracht dessen, was Ihnen zugestoßen ist – und ich meine nicht nur die vergangenen paar Stunden, die ich miterlebt habe, sondern das, was mir die Narben auf Ihrem Körper erzählen –, ist es bemerkenswert, dass Sie sich überhaupt noch um einen anderen Menschen Sorgen machen können. Sie sind seltsam, Mr. Webb. Manchmal scheint mir, Sie haben zwei Seelen in ihrer Brust.«

»Ich bin nicht seltsam, Doktor.« Jason presste kurz und heftig seine Augen zu, als er antwortete. »Ich möchte nicht seltsam oder anders oder irgendwie exotisch sein. Ich möchte genauso normal und gewöhnlich sein wie jeder andere. Keine Spiele, nein. Ich bin Dozent an einer Hochschule, und das ist alles, was ich sein möchte. Aber unter den gegenwärtigen Umständen muss ich ein paar Dinge erledigen, auf meine Weise.«

»Wollen Sie damit sagen, es ist nur zu meinem Besten, wenn ich jetzt gehe?«

»Genau.«

»Sie sind nicht nur seltsam, Sie sind auch noch ein guter Pädagoge.«

»Das zweite hoffe ich.«

»Ich wette, dass Sie ein verdammt guter Lehrer sind, Mr. Webb.«

»Dr. Webb«, warf St. Jacques spontan ein, als wäre diese Klärung notwendig. »Er ist auch ein Doktor. Er spricht mehrere orientalische Sprachen und ist ordentlicher Professor. Unis wie Harvard, McGill und Yale wollen ihn seit Jahren haben, aber er rührt sich nicht …«

»Sei still«, sagte Bourne freundlich und mit dem Anflug eines Lächelns. »Mein junger Unternehmerfreund ist von allen Buchstaben vor einem Namen beeindruckt, ungeachtet der Tatsache, dass ich, wäre ich auf mich allein gestellt, mir eine von diesen Villen nur ein paar Tage leisten könnte.«

»Blödsinn.«

»Ich sagte, allein auf mich gestellt.«

»Na ja, gut.«

»Ich habe eine reiche Frau … Verzeihen Sie, Doktor, das ist ein alter Familienstreit.«

»Nicht nur ein guter Lehrer«, wiederholte der Arzt, »sondern auch noch sehr engagiert.« An der Tür drehte er sich noch einmal um und fügte hinzu: »Ich komme später auf den Drink zurück, würde mir wirklich Spaß machen.«

»Danke«, sagte Jason. »Danke für alles.« Der Doktor nickte und verließ den Raum. Bourne wandte sich an seinen Schwager. »Er ist ein guter Freund, Johnny.«

»Eigentlich ist er ein kalter Fisch, aber ein verteufelt guter Arzt. So menschlich habe ich ihn noch nie erlebt. Du meinst also, dass der Schakal den Gouverneur zu einem Treffen bestellt hat und dass er ihn, als er meine Informationen hatte, umgebracht und den Haifischen vorgeworfen hat?«

»Bootsunfälle sind ja nicht selten in Riffgewässern«, vervollständigte Jason. »Eine Tragödie auf See und einer weniger, der eine Spur zu Carlos sein könnte. Das ist nicht unwichtig für ihn.«

»Da ist noch etwas, womit ich meine Schwierigkeiten habe«, sagte St. Jacques. »Ich war noch nicht dort, aber das

Riffgebiet nördlich von Falmouth, wo es ihn erwischt hat, nennt man Teufelsmaul, und es ist nicht gerade ein Gebiet, für das Werbung gemacht wird. Die Fischerboote und die Charterschiffe bleiben ihm fern. Denn keiner kennt die Zahl der Boote und Menschenleben, die es schon gefordert hat.«

»Und?«

»Also angenommen, es war der Schakal, der dem Gouverneur den Treffpunkt angegeben hat, woher, verdammt, wusste er, dass es dort so gefährlich ist?«

»Haben die beiden Wächter es dir nicht erzählt?«

»Was erzählt? Ich habe sie gleich zu Henry rübergeschickt, um ihm Nachricht zu geben, während ich mich um dich kümmerte. Es war keine Zeit, sich hinzusetzen und zu reden. Ich dachte, jeder Augenblick zählt.«

»Dann weiß es Henry jetzt. Das wird ein Schock für ihn sein. Erst verliert er innerhalb von zwei Tagen zwei Patrouillenboote, wovon ihm wohl nur eines bezahlt wird, und dann stirbt auch noch sein Boss, der ehrenwerte Gouverneur der Krone, der Lakai des Schakals, der das Außenministerium auf den Arm genommen hat, indem er einen Pariser Amateurkiller als Held von Frankreich empfing. Die Telefone zwischen dem Regierungsgebäude und Whitehall werden heute Nacht heißlaufen.«

»Noch ein Boot? Was erzählst du da? Was weiß Henry jetzt? Was konnten ihm meine Wachen erzählen?«

»Deine Frage vor einer Minute war, woher der Schakal über das Teufelsmaul vor der Küste von Antigua Bescheid wusste.«

»Glaube mir, Dr. Webb, ich kann mich an meine Frage erinnern. Und, woher wusste er davon?«

»Weil er einen dritten Mann hier hatte, und das werden deine Wachen Henry jetzt erzählt haben. Einen blondgelockten Hurensohn, Chef der Drogenfahndung von Montserrat.«

»Er? Rickman? Der britische Ein-Mann-Ku-Klux-Klan? Paragraphenreiter-Rickman? Der Schrecken für jeden, der es nicht wagte, zurückzubellen? Heilige Maria, Henry wird es nicht glauben!«

»Warum nicht? Du hast gerade den idealen Schüler des Schakals beschrieben.«

»Ja, wahrscheinlich. Aber es scheint so unwirklich. Er ist bigotter als ein Pfaffe: Gebet vor der Arbeit, am Morgen, damit Gott ihm beisteht in seiner Schlacht gegen den Satan. Kein Alkohol, keine Frauen …«

»Ich würde sagen, ein erstklassiges Opfer für den Schakal. Und Henry wird es glauben, wenn das Boot nicht nach Plymouth zurückkehrt und wenn die Leichen der restlichen Besatzung an die Küste gespült werden.«

»So ist Carlos davongekommen?«

»Ja.« Bourne nickte und machte eine Geste in Richtung Couch, vor der ein Tisch mit Gläsern stand. »Setz dich, Johnny, wir müssen reden.«

»Über das, was passiert ist?«

»Nein. Sondern darüber, was jetzt zu geschehen hat.«

»Und was ist das?«, fragte St. Jacques und setzte sich. »Ich reise ab.«

»Nein!«, schrie der Jüngere. »Du kannst nicht!«

»Ich muss. Er kennt unsere Namen, weiß, wo wir leben. Alles.«

»Wohin gehst du?«

»Nach Paris.«

»Verdammt, nein! Das kannst du Marie nicht antun! Auch nicht den Kindern, um Himmels willen. Ich lass dich nicht.«

»Du kannst mich nicht aufhalten.«

»Um Gottes willen, David, hör auf mich! Wenn Washington so knauserig ist oder auf deine Probleme scheißt, Ottawa ist da besser. Meine Schwester hat für die Regierung gearbeitet, und unsere Regierung lässt ihre Leute nicht fallen, weil es unbequem oder zu teuer ist. Ich kenne Leute – wie Scotty, den Doktor und andere. Ein paar Worte von ihnen, und sie setzen dich in Calgary in eine Festung. Niemand könnte dir dort etwas anhaben!«

»Du denkst, die US-Regierung würde nicht dasselbe tun? Ich will dir mal was erzählen, Bruder. Es gibt Leute in Washington, die ihr Leben aufs Spiel gesetzt haben, um Marie, die Kinder und mich zu retten. Selbstlos, ohne Nutzen für sich selbst oder die Regierung. Wenn ich ein sicheres Haus wollte, wo niemand an mich herankäme, würde ich wahrscheinlich einen Landsitz in Virginia bekommen, mit Pferden und Dienern und einem Zug Infanterie, der uns rund um die Uhr beschützen würde.«

»Das ist die Antwort. Tu es!«

»Wozu, Johnny? Um in einem privaten Gefängnis zu leben? Wo die Kinder ihre Freunde nicht besuchen können, wo sie mit Wächtern zur Schule gehen müssen, niemals allein sein dürfen, nie bei Freunden übernachten und Kissenschlachten machen können? Und Marie und ich starren uns nur an, vor den Fenstern Flutlichter, wir horchen auf die Schritte der Wachen, ihr gelegentliches Schneuzen oder Husten und – um Himmels willen – auf das Klicken eines Gewehres, weil ein Kaninchen in den Garten gehoppelt ist. Das ist kein Leben, das ist lebenslängliche Haft. Deine Schwester und ich würden damit nicht fertig werden.«

»Ich auch nicht, so, wie du es beschreibst. Aber was ist Paris für eine Lösung?«

»Ich kann ihn finden. Ich kann ihn schnappen.«

»Er hat genug Leute drüben.«

»Ich habe Jason Bourne«, sagte David Webb.

»Ich bin misstrauisch.«

»Ich auch, aber ich glaube, es funktioniert … Ich fordere jetzt deine Schulden ein, Johnny. Du musst mich decken. Sage Marie, dass es mir gut geht, dass ich nicht verwundet bin und dass ich eine Spur zum Schakal habe, die der alte Fontaine mir gegeben hat – was tatsächlich stimmt. Ein Café in Argenteuil, das *Le Cœur du Soldat* heißt. Sage ihr, dass ich Alex Conklin mobilisiere und alle Hilfe, die Washington mir geben kann.«

»Das machst du aber nicht, oder?«

»Nein. Der Schakal würde es erfahren. Er hat Ohren an allen Ecken des Quai d'Orsay. Die einzige Möglichkeit ist eine Solonummer.«

»Glaubst du nicht, dass sie das weiß?«

»Sie wird es vermuten, aber sicher kann sie nicht sein. Alex wird sie anrufen und ihr sagen, dass er die gesamte getarnte

Kampftruppe in Paris mobilisiert hat. Aber zuerst musst du es ihr sagen.«

»Warum die Lügen?«

»Sie hat wegen mir schon mehr als genug ausgestanden!«

»Gut, ich sage es ihr, aber sie wird es mir nicht glauben. Sie hat mich immer durchschaut. Seit ich klein war. Ihre großen, braunen Augen blicken mich an, meistens zornig, aber nicht wie die meiner Brüder, nein. Ich weiß nicht – sie hatte nie diese Verachtung im Ausdruck, weil das Kind ein Taugenichts war. Kannst du das verstehen?«

»Zuneigung. Sie hat dich immer gemocht – selbst wenn du ein Taugenichts warst.«

»Ja, Marie ist okay.«

»Und ein bisschen mehr noch, denke ich. Ruf sie in ein paar Stunden an und hole sie hierher zurück. Es ist für sie der sicherste Ort.«

»Was ist mir dir? Wie wirst du nach Paris kommen? Die Verbindungen von Antigua und Martinique sind mehr als mies, meist schon Tage im voraus ausgebucht.«

»Ich kann diese Fluglinien sowieso nicht benutzen. Ich muss irgendwie anders hinkommen. Getarnt. Ein Mann in Washington soll sich was ausdenken. Irgend etwas!«

Alexander Conklin hinkte mit klitschnassem Gesicht und tropfenden Haaren aus der kleinen Küche des CIA-Appartements in Vienna. In früheren Zeiten, noch bevor die früheren Zeiten in ein Schnapsfass gefallen waren, hatte er – wenn die Dinge zu schwierig und zu hektisch wurden –, in aller Ruhe sein Büro verlassen, wo immer es war, und hatte sich einem festen Ritual hingegeben. Er suchte sich das beste Steakhouse der Umgebung, bestellte zwei trockene Martinis und ein dickes, halbrohes Stück Fleisch mit Kartoffeln. Das Alleinsein, der mäßige Alkoholgenuss, das halbrohe Rindfleisch, die im Fett schwimmenden Bratkartoffeln, all das übte einen derart beruhigenden Einfluss auf ihn aus, dass alle sich überstürzenden, widersprüchlichen und komplexen Ereignisse eines hektischen Tages von ihm abfielen und das klare Denken wieder in ihn zurückkehrte. Wieder in seinem Büro – ob in dem hübschen Appartement am Belgravia Square in London oder im Hinterzimmer des Bordells in Katmandu –, hatte er dann immer eine ganze Palette von Lösungen für alle Probleme parat. Das hatte ihm den Spitznamen ›heiliger Alex‹ eingetragen. Einmal hatte er Mo Panov von diesem ›gastronomischen‹ Phänomen erzählt. Aber der hatte nur lakonisch erwidert: »Wenn dich dein verrückter Kopf nicht umbringt, dann wird es der Magen sein.«

Seit längerer Zeit jedoch, seit das postalkoholische Vakuum angebrochen war, seit verschiedene, mehr oder weniger harmlose Beschwerden ihn plagten, wie ein zu hoher Cholesterinspiegel und dumme kleine Triglyceriden, was immer das war, musste er auf eine andere Lösung ausweichen. Er fand sie ganz zufällig. Eines Morgens, während der Anhörungen zur Iran-Contra-Affäre, die er genüsslich wie ein Lustspiel im Fernsehen verfolgte, setzte sein Fernseher aus. Er war wütend und drehte sein tragbares Radio an, ein Instrument, das er seit Monaten oder Jahren nicht mehr benutzt hatte. Doch die Batterien seines Koffergerätes lagen in ihrer eigenen Soße. Sein künstlicher Fuß schmerzte, als er zum Telefon in der Küche ging. Glücklicherweise würde ein Anruf genügen, um seinen Fernsehhändler, dem er schon mehrmals gute Dienste geleistet hatte, sofort auf Trab zu bringen. Leider provozierte der Anruf nur eine Schimpfkanonade der Händlersgattin, die schrie, dass ihr Mann, der ›Kundenficker‹, mit einer ›geilen, reichen, schwarzen Nutte aus der Embassy Row‹ abgehauen sei ... (Aus Zaire, wie später in der Puerta-Vallarta-Zeitung stand.) Conklin, einem Schlaganfall nahe, rannte zum Waschbecken in der Küche, wo die Pillen gegen Stress und zu hohen Blutdruck auf dem Fenstersims standen, und drehte den Kaltwasserhahn auf. Der Hahn explodierte, knallte an die Decke, und ein kräftiger Wasserstrahl ergoss sich über Conklin vom Scheitel bis zur Sohle. *Caramba!* Der Schock beruhigte ihn, und dann erinnerte er sich, dass die Kabelprogramme die ›Hearings‹ in voller Länge am Abend übertragen würden. Glücklich rief er den Klempner an, ging in die Stadt und kaufte einen neuen Fernseher. Seit jenem Morgen, wann immer ihn die Wut packte oder die Ereignisse der Welt – zumindest der Welt, die er kannte – ihn verwirrten, hielt er den Kopf unter den Wasserhahn in der Küche. So auch heute. An diesem verdammten, beschissenen Morgen!

DeSole! Um 4.30 Uhr heute früh getötet, durch einen Unfall auf einer einsamen Landstraße in Maryland. Was hatte Steven DeSole, ein Mann, dessen Führerschein eindeutig vermerkte, dass er unter Nachtblindheit litt, um 4.30 Uhr früh auf einer abgelegenen Straße außerhalb von Annapolis zu suchen?

Und dann Charlie Casset, ein verdammt verärgerter Casset, der ihn um 6.00 Uhr anrief, ihn anbellte – er, Casset, der sonst so kühle Kopf! –, der ihm also sagte, dass er den NATO-Oberbefehlshaber auf einen verdammten Spieß stecken und eine Erklärung verlangen würde für die geheime Fax-Verbindung zwischen dem General in Brüssel und dem toten CIA-Mann; dem Chef für geheime Reports, der nicht Opfer eines Unfalls, sondern eines Mordes sei! Außerdem solle ein gewisser CIA-Agent a. D. mit Namen Conklin am besten auspacken und alles erzählen, was er über DeSole und Brüssel und ähnliches wisse, ansonsten wären alle Vereinbarungen, die besagten CIA-Agenten a. D. und seinen undefinierbaren Freund Jason Bourne beträfen, null und nichtig. Bis spätestens zwölf Uhr!

Und dann Ivan Jax. Der brillante schwarze Arzt aus Jamaika rief an und sagte ihm, dass er Norman Swaynes Leiche dorthin zurückbringen wolle, wo sie herkomme, weil er nicht in ein weiteres Fiasko der CIA mit hineingezogen werden wolle. Aber es war doch nicht die CIA! schrie Conklin still in sich hinein und konnte Ivan Jax nicht den wahren Grund sagen, warum er um seine Hilfe gebeten hatte. Medusa. Und Jax konnte nicht einfach die Leiche zurück nach Manassas fahren, weil die Polizei auf Bundesbeschluss – das war in diesem Fall der Beschluss eines CIA-Agenten a. D., der unerlaubt die entsprechenden Kodes verwandt hatte – und ohne Erklärung das Landgut von General Norman Swayne versiegelt hatte.

»Was soll ich mit der Leiche tun?«, bellte Jax.

»Halten Sie sie eine Weile frisch, Kaktus will es so.«

»Kaktus? Ich war die ganze Nacht bei ihm im Krankenhaus. Er wird bald wieder okay sein, aber er weiß genauso wenig wie ich, was, zum Teufel, eigentlich vorgeht.«

»Ich kann auch nicht immer alles erklären! Sonst wäre ich nicht beim Geheimdienst«, sagte Alex. »Ich rufe zurück.«

Danach war er in die Küche gegangen und hatte den Kopf unter den Wasserhahn gehalten. Was konnte sonst noch schief gehen? Und natürlich klingelte das Telefon.

»Himmel, Arsch«, sagte Conklin und nahm den Hörer ab.

»Hol mich hier raus«, sagte Jason Bourne ohne eine Spur von David Webb in der Stimme. »Ich muss nach Paris!«

»Was ist passiert?«

»Er ist entkommen, das ist passiert, und ich muss getarnt nach Paris, ohne Pass und Zoll. Er hat sie alle in der Tasche, und ich darf ihm keine Chance geben, mich aufzuspüren … Alex, hörst du mir zu?«

»DeSole wurde heute Nacht gekillt, bei einem Unfall, der kein Unfall war, um vier Uhr früh. Medusa ist im Anmarsch.«

»Ich scheiße auf Medusa! Das ist Geschichte für mich. Wir haben es falsch angepackt. Ich will den Schakal, und ich habe einen Anhaltspunkt. Ich kann ihn finden – und schnappen!«

»Und du lässt mich mit Medusa allein …«

»Du hast gesagt, du willst hoch in die Chefetage gehen – du hast gesagt, dass du mir nur achtundvierzig Stunden bis dahin gibst. Du kannst die Uhr vorstellen und hochgehen, bring mich nur hier raus und nach Paris.«

»Sie wollen mit dir reden.«

»Wer?«

»Peter Holland, Casset und wen sie sonst noch anschleppen … den Generalstaatsanwalt, tja, und den Präsidenten.«

»Worüber?«

»Du warst es doch, der sich mit Armbruster, mit Swaynes Frau und Sergeant Flannagan unterhalten hat. Nicht ich. Ich habe nur ein paar Stichworte hingeworfen, die bei Armbruster und bei Atkinson, dem Botschafter in London, Antworten ausgelöst haben. Ich weiß nichts Wesentliches. Du hast den Überblick. Ich kann zu leicht widerlegt werden. Sie müssen mit dir sprechen.«

»Und den Schakal soll ich mir solange warmhalten?«

»Nur für einen Tag, höchstens zwei.«

»Verdammt, nein! Weil es so nicht funktioniert, und das

weißt du! Wenn ich erst einmal dort bin, dann bin ich ihr einziger wichtiger Zeuge und werde von einem geschlossenen Verhör zum anderen geschleppt. Und wenn ich mich weigere, mit ihnen zusammenzuarbeiten, dann werde ich verhaftet. Nichts da, Alex. Ich habe nur eine Priorität: Paris!«

»Hör mal«, sagte Conklin. »Es gibt ein paar Sachen, die kann ich kontrollieren, andere nicht. Wir haben Charlie Casset gebraucht, und er hat uns geholfen. Aber er ist nicht jemand, den man betrügen kann, und das will ich auch nicht. Er weiß, dass DeSoles Tod kein Unfall war, und er weiß auch, dass wir eine Menge mehr über DeSole und Brüssel wissen, als wir ihm erzählen. Wenn wir alle Hilfe der CIA wollen, und wir brauchen sie, zum Beispiel, um dich auf einem Militär- oder Diplomatenflug nach Frankreich zu bringen, dann können wir Casset nicht ignorieren. Dann würde er uns einen Tritt in den Arsch geben und, aus seiner Sicht, mit Recht.«

Bourne schwieg. Nur sein Atem war zu hören. »In Ordnung«, sagte er dann. »Wie geht's weiter? Du sagst Casset, wenn er uns jetzt alles gibt, was wir wollen, dann geben wir ihm, nein, dann gebe ich ihm alles, was er will. Du musst dich da möglichst raushalten. Ich liefere dem Justizminister genug Informationen, um die dicksten Fische in der Regierung anzuklagen. Allerdings unter der Voraussetzung, dass das Justizministerium nicht bereits Teil der Schlangenlady ist ... Du kannst noch sagen, dass ich ihnen einen Friedhof verraten werde, der sehr aufschlussreich sein dürfte.«

Nun war Conklin an der Reihe, einen Moment zu schweigen. »Er wird mehr als das wollen, er wird wissen wollen, was mit dir und dem Schakal ist.«

»Ich verstehe. Für den Fall, dass ich verliere. Okay, dann sag ihm noch, dass ich, sobald ich in Paris bin, alles, was ich weiß, diktiere und abschreiben lasse und dass ich es an dich schicke. Vielleicht jeweils ein oder zwei Seiten, damit sie kooperativ bleiben.«

»In Ordnung ... Jetzt zu Paris. Wenn ich mich recht erinnere, liegt Montserrat in der Nähe von Dominica und Martinique, oder?«

»Jeweils weniger als eine Stunde entfernt, und Johnny kennt jeden Piloten auf den großen Inseln.«

»Martinique ist französisch, nehmen wir die. Ich kenne Leute im Deuxième Bureau. Fliege also nach Martinique und ruf mich vom Flughafen aus an. Bis dahin habe ich alles fertig.«

»Wird gemacht … Da ist noch eine letzte Sache, Alex: Marie. Sie und die Kinder werden heute Nachmittag wieder hier sein. Rufe sie an, bitte, und sage ihr, dass ich in Paris alle CIA-Unterstützung habe.«

»Du verdammter, verlogener Hurensohn.«

»Bitte!«

»Also gut, ist gemacht. Apropos lügen – wenn ich den Tag überlebe, bin ich heute Abend bei Mo Panov zum Essen eingeladen. Er ist allerdings ein schrecklicher Koch, auch wenn er glaubt, er sei der größte. Und ich würde ihm gern von den jüngsten Ereignissen berichten. Er flippt aus, wenn ich mich weigere!«

»Dann tu's. Ohne ihn würden wir schließlich beide in einer Gummizelle sitzen und auf rohem Leder kauen.«

»Bis später. Viel Glück.«

Am nächsten Tag um 10.25 Uhr morgens, Ortszeit. Washington, kam Dr. Morris Panov in Begleitung eines Wächters aus dem Walter-Reed-Hospital. Er hatte eine therapeutische Sitzung mit einem ausgeschiedenen Armeeoffizier hinter sich, der unter einem traumatischen Erlebnis litt. Bei einer Übung, acht Wochen zuvor, waren mehr als zwanzig Rekruten, die unter seinem Kommando standen, ums Leben gekommen. Der Mann hatte sich schuldig gemacht, weil er seine Leute eindeutig überfordert hatte, nur um sie zu drillen. Nun musste er lernen, mit seiner Schuld fertig zu werden. Panov murmelte versunken ein paar Gedanken vor sich hin, als er plötzlich erschrocken den Wächter ansah. »Sie sind neu, nicht wahr? Ich dachte, ich kenne euch alle.«

»Ja, Sir. Wir werden oft kurzfristig versetzt, das hält alle auf Zack.«

»Richtig, Gewohnheit lullt ein.« Der Psychiater ging weiter

bis zu dem Platz, wo normalerweise sein gepanzerter Wagen auf ihn wartete. Heute stand dort ein anderes Fahrzeug. »Das ist nicht mein Wagen«, sagte er verwirrt.

»Steigen Sie ein«, befahl der Wächter und öffnete den Wagenschlag. »Was?« Ein paar Hände griffen nach ihm, ein uniformierter Mann zog ihn auf den Rücksitz. Der Wächter stieg ebenfalls ein. Sie hielten den Psychiater fest; der eine, der im Wagen gesessen hatte, riss Mos Leinenjackett herunter, schob den kurzen Ärmel seines Hemdes zurück und jagte ihm eine Spritze in den Oberarm.

»Gute Nacht, Doktor«, flötete der Soldat mit den Abzeichen des Medizinerkorps auf seinen Epauletten. »Ruf New York an«, war das Letzte, was Mo Panov hörte.

19.

Die Air France 747 aus Martinique kreiste im abendlichen Dunst von Paris über dem Hughafen Orly. Der Flug hatte fünf Stunden und zweiundzwanzig Minuten Verspätung wegen schlechten Wetters in der Karibik. Der Pilot bereitete den Landeanflug vor, und der Kopilot machte dem Tower davon Meldung. Dann schaltete er auf die geheime Frequenz und schickte eine letzte Botschaft an einen gesonderten Empfänger im Tower. »Deuxième, Spezialladung. Teilen Sie bitte Ihrem Mann mit, er kann jetzt seine Position einnehmen. Danke. Ende.«

»Instruktion erhalten und weitergegeben«, war die kurze Antwort. »Ende«.

Die fragliche Spezialladung saß auf einem Sitz links hinten in der ersten Klasse. Der Sitz neben ihm war weisungsgemäß nicht besetzt. Bourne langweilte sich. Er war ungeduldig und konnte trotz seiner Erschöpfung nicht schlafen. Die beengende Bandage um seinen Hals war sehr lästig. So dachte er über die Ereignisse der vergangenen neunzehn Stunden nach. Um es milde auszudrücken, waren sie nicht so glatt verlaufen, wie Conklin sich das gedacht hatte. Das Deuxième Bureau hatte sich sechs Stunden lang quergelegt, während zwischen Washington, Paris und am Ende auch Vienna, Virginia, hektisch hin- und hertelefoniert wurde. Der Stolperstein war einfach der gewesen, dass die CIA gar nicht in der Lage war, die geheime Operation eines Jason Bourne durchzugeben, weil nur Alexander Conklin den Namen freigeben konnte. Und der hatte sich geweigert, weil er wusste, dass die Fühler des Schakals überall waren, außer vielleicht in der Küche des *Tour d'Argent*. Am Ende griff Alex aus Verzweiflung und weil er wusste, dass in Paris Mittagszeit, Essenszeit, war, zu einem gewöhnlichen, völlig ungesicherten Telefon und rief einige Restaurants auf der Rive Gauche an. In einem Café der Rue Vaugirard schließlich stöberte er tatsächlich einen alten Bekannten vom Deuxième Bureau auf.

»Erinnerst du dich an Tinamou und an einen Amerikaner, der dir dort geholfen hat?«

»Ah, der Tinamou, der Vogel mit den versteckten Flügeln und den furchtbaren Klauen. Das war noch in der guten alten Zeit. Und den Amerikaner, der sicher auch älter geworden ist und dem wir damals den Status eines Heiligen verliehen haben, den werde ich bestimmt nie vergessen.«

»Na hoffentlich, ich brauche dich.«

»Du bist es, Alexander?«

»Ja. Und ich habe ein Problem mit dem Deuxième.«

»Schon gelöst.«

Und es war gelöst, blieb nur noch das Wetter. Der Sturm, der zwei Nächte zuvor die Inseln über dem Winde heimgesucht hatte, war nur das Vorspiel gewesen für einen noch schlimmeren Sturm, gefolgt von sintflutartigen Wolkenbrüchen, die von Grenada herüberkamen. Auf den Inseln brach die Hurrikan-Saison an. Das heißt, Unwetter waren eigentlich normal. Sie brachten nur ab und zu Verzögerungen mit sich. Als die Maschine dann endlich starten sollte, stellte sich heraus, dass ein Steuerbordtriebwerk nicht richtig funktionierte. Niemand regte sich auf. Das Problem wurde erkannt, gefunden und repariert. Aber auf diese Weise vergingen weitere drei Stunden.

Nur Jasons Gedanken waren aufgewühlt, ansonsten verlief der Flug ruhig, ohne Vorkommnisse. Er dachte an das, was vor ihm lag – Paris, Argenteuil und ein Café mit dem provozierenden Namen Le Cœur du Soldat – Das Herz des Soldaten. Nur sein Schuldgefühl lenkte ihn manchmal davon ab, und auf dem kurzen Flug zwischen Montserrat und Martinique, als sie über Guadeloupe und Basse-Terre flogen, war es geradezu schmerzhaft, quälend. Er wusste, dass Marie und die Kinder nur ein paar tausend Meter unter ihm waren und sich auf den Rückflug nach Tranquility vorbereiteten – zum Ehemann und Vater, der nicht da sein würde. Seine kleine Tochter Alison würde natürlich noch nicht viel davon mitbekommen, aber Jamie schon. Er würde begeistert vom Angeln und Schwimmen erzählen, aber seine Augen würden immer größer und dunkler werden ... Und Marie – er durfte gar nicht an sie denken! Es tat zu weh!

Sie dachte bestimmt, er würde sie betrügen, er würde weglaufen, um eine gewalttätige Konfrontation mit einem Feind aus einem längst vergangenen Leben zu suchen, einem Leben, das nicht ihr Leben war. Sie dachte wie der alte Fontaine, der versucht hatte, ihn zu überreden, seine Familie irgendwohin zu bringen, wo sie vor dem Schakal sicher sein würden. Aber keiner von ihnen verstand, worum es ging. Der alte, kranke Carlos mochte sterben, aber an seinem Totenbett würde er ein Vermächtnis hinterlassen: Sein letzter Wunsch würde sein, dass Jason Bourne starb, dass David Webb und seine Familie starben! Ich habe Recht, Marie! Versuche, mich zu verstehen. Ich muss ihn finden, ich muss ihn töten! Wir können nicht den Rest unseres Lebens in einem Gefängnis verbringen!

»Monsieur Simon?« Der stämmige Franzose mit dem kurz geschnittenen, weißen Kinnbart sprach den Namen wie ›Seemohn‹ aus.

»Richtig«, antwortete Bourne und schüttelte ihm die Hand.

»Ich bin Bernardine, François Bernardine, ein alter Kollege des heiligen Alex, unseres gemeinsamen Freundes.«

»Alex hat von Ihnen gesprochen«, sagte Jason und versuchte zu lächeln. »Nicht namentlich, natürlich.«

»Wie geht es ihm? Wir hören Geschichten.« Bernardine zuckte mit den Schultern. »Banales Geschwätz. Verwundet in Vietnam, Alkohol, in Ungnade gefallen, als Held von der CIA zurückgeholt. So viele widersprüchliche Dinge.«

»Das meiste stimmt wohl. Er ist ein Krüppel, er ist trocken, und er ist ein Held.«

»Ich verstehe. Und es gibt noch mehr Gerüchte. Peking, Hongkong – tollkühne Geschichten zusammen mit einem Mann namens Jason Bourne.«

»Von denen habe ich auch gehört.«

»Ja, natürlich ... Aber jetzt Paris. Unser Heiliger sagte, Sie brauchen eine Unterkunft und Kleider und so weiter.«

»Eine kleine französische Garderobe für verschiedene Gelegenheiten«, stimmte Jason zu. »Aber ich weiß, wo ich was kaufen kann, und ich habe genügend Geld.«

»Dann kümmern wir uns um die Unterkunft. Welches Hotel? La Trémoille? George Cinq? Plaza?«

»Kleiner, viel kleiner und nicht so teuer. Unauffällig! Ich kenne Montmartre. Dort suche ich mir selbst etwas. Was ich brauche, das ist ein Wagen – auf einen anderen Namen, am liebsten eine Sackgasse!«

»Auf den Namen eines Toten. Ist schon erledigt. Er steht in der Kellergarage Capucines, in der Nähe von der Place Vendome.« Bernardine holte verschiedene Schlüssel aus seiner Tasche. »Ein älterer Peugeot der Klasse E. Davon gibt es Tausende in Paris.«

»Hat Alex ihnen gesagt, dass der Name absolut sicher sein muss?«

»Das musste er nicht erst sagen. Allerdings«, fügte Bernardine lachend hinzu, »hat Alex einmal einen Namen gewählt, damals, als er in Paris war, der die Sûreté fast verrückt gemacht hat! Er hatte ihn von einem Grabstein, und der gehörte einem Mörder, den die Behörden monatelang gejagt hatten!«

»Ein guter Witz«, lachte Jason.

»Ja, von einem Grab in Rambouillet.«

Rambouillet! Der Friedhof, auf dem Alex vor dreizehn Jahren versucht hatte, ihn zu töten. Jede Spur eines Lächelns verschwand von Jasons Lippen, und er sah den Mann vom Deuxième Bureau an. »Sie wissen, wer ich bin, nicht wahr?«, fragte er leise.

»Ja«, antwortete Bernardine. »Es war nicht so schwer herauszufinden, schließlich war es Paris, wo Sie Ihren ersten europäischen Auftritt hatten, Mr. Bourne.«

»Weiß es sonst noch jemand?«

»*Mon Dieu, non!* Wird auch niemand erfahren. Ich muss dazu sagen, dass ich Alexander Conklin mein Leben verdanke, unserem bescheidenen Heiligen der *opérations noires.* Außerdem bin ich über siebzig. Da respektiert man alte Freunde …«

»*D'accord*. Ich glaube Ihnen. Wirklich.«

»*Bien.* Wie wird Alex eigentlich mit seinem Alter fertig? Er ist zwar noch einige Jahre jünger als ich …«

»Genau wie Sie. Schlecht.«

»Es gab einen englischen Dichter – einen Waliser Dichter, um genau zu sein –, der schrieb: Geh nicht ruhig in die gute Nacht. Erinnern Sie sich daran?«

»Dylan Thomas. Er war Mitte dreißig, als er starb. Ja, man muss kämpfen, darf nicht locker lassen.«

»Ich bin dabei.« Bernardine langte wieder in die Tasche und zog eine Karte heraus. »Hier ist mein Büro – Berater, verstehen Sie – und auf der Rückseite meine Privatnummer. Ein Spezialtelefon, sozusagen einzigartig. Rufen Sie mich an, und was immer Sie brauchen, wird geliefert. Denken Sie dran, ich bin der einzige Freund, den Sie in Paris haben. Sonst kennt Sie hier niemand.«

»Darf ich Sie etwas fragen?«

»*Mais certainement.*«

»Warum tun Sie all das für mich?«

»Ach«, rief der Berater des Deuxième Bureau aus. »Erstens habe ich wenig zu befürchten. Ich bin schon ein paar Jährchen dabei, das heißt, mein Gedächtnis ist meine beste Kreditkarte. Ich kenne die Geheimnisse. Und Alex auch.«

»Sie könnten ausgeschaltet, neutralisiert werden – einen Unfall haben.«

»Das wäre dumm, junger Mann. Was in unseren beiden Köpfen steckt, das ist aufgeschrieben, weggeschlossen, und wenn uns etwas Seltsames zustößt, wird es veröffentlicht … Natürlich alles Quatsch. Denn was wissen wir schon, was im Ernstfall nicht geleugnet und als Hirngespinst alter Männer abgetan werden könnte. Aber daran denken die nicht. Denn sie haben Angst, Monsieur. Die stärkste Waffe in unserem Beruf. Die zweitstärkste ist die Verwirrung. Der KGB zum Beispiel fürchtet Verwirrung mehr als alle Staatsfeinde zusammen.« Er lachte.

»Sie und Conklin sind aus demselben Holz, nicht wahr?«

»Bestimmt. Und das ist der andere Grund, warum ich Ihnen helfe. Weder ich noch Alex haben je eine Frau oder eine Familie gehabt, nur sporadische Affären und lauter langweilige Neffen und Nichten, keine wirklichen Freunde, nur hin und wieder einen Feind, den wir respektierten. Wir leben allein, verstehen Sie, wir sind Profis. Wir haben nichts mit der normalen Welt zu tun, die benutzen wir nur als *couverture*. Wir schleichen herum und operieren mit Geheimnissen, die letztlich unbedeutend sind, wenn es um Gipfelkonferenzen geht.«

»Warum tun Sie es dann? Warum hören Sie nicht auf, wenn Sie das alles für so sinnlos halten?«

»Es liegt im Blut. Wir sind dafür ausgebildet worden, für das tödliche Spiel gegen einen Feind – entweder schnappt er dich oder du ihn, und es ist besser, wenn du ihn schnappst.«

»Das ist dumm.«

»Aber natürlich. Es ist alles dumm. Warum jagt Jason Bourne den Schakal? Warum hört er nicht auf und sagt: Genug! Vollständiger Schutz wäre Ihnen sicher.«

»Wie im Gefängnis … Können Sie mich in die Stadt bringen?«

»Bevor Sie mit mir wieder Verbindung aufnehmen, rufen Sie Alex an.«

»Was?«

»Alex möchte es. Es ist etwas passiert.«

»Wo ist ein Telefon?«

»Nicht jetzt. Um zwei Uhr, Washingtoner Zeit. In gut einer Stunde. Vorher ist er nicht zurück.«

»Sagte er, was …?«

»Ich glaube, er versucht es gerade herauszufinden. Er war sehr aufgeregt.«

Das Zimmer am Pont-Royal in der Rue Montalembert war klein und befand sich im obersten Stock am Ende eines langen, schmalen Flurs. Man erreichte es über einen so langsamen wie lauten Fahrstuhl. Bourne war sehr zufrieden. Es erinnerte ihn an eine abgelegene, sichere Höhle.

Noch vor dem Telefonat mit Alex ging er den nahe gelegenen Boulevard Saint-Germain entlang und erledigte ein paar Einkäufe. Verschiedene Toilettenartikel, sportliche Baumwollhosen, Sommerhemden und eine leichte Safari-Jacke, dunkle Socken und Tennisschuhe, die er gleich noch ›abnutzen‹ musste. Auf der Fahrt von Orly in die Stadt hatte ihm der alte Bernardine bereits schweigend eine verschlossene braune Schachtel überreicht: Drinnen lag eine Automatic mit zwei Päckchen Munition und darunter, säuberlich geordnet, dreißigtausend Francs in größeren und kleinen Scheinen, etwa fünftausend amerikanische Dollar.

»Morgen werde ich etwas für Sie arrangieren, damit Sie an Geld kommen, wann immer Sie es brauchen. In Grenzen natürlich.«

»Ohne Grenzen«, widersprach Bourne. »Ich werde Ihnen von Conklin hunderttausend anweisen lassen und nochmals hunderttausend, wenn es notwendig wird. Sie sagen ihm einfach, wohin.«

»Aus dem Bereitschaftsfonds?«

»Nein, aus meinem. Danke für die Pistole.«

In beiden Händen Einkaufstüten, ging er zum Hotel zurück. In wenigen Minuten war es in Washington zwei Uhr nachmittags, acht Uhr abends in Paris. Er versuchte, nicht an Alex zu denken – vergeblich. Wenn Marie oder den Kindern etwas geschehen war! Er würde verrückt werden! Aber sie waren bereits wieder auf Tranquility. Es gab keinen sichereren Platz für sie! Als er den alten Fahrstuhl bestieg und die Taschen abstellte, durchfuhr ihn ein stechender Schmerz. Der Hals. Er schnappte nach Luft. Er hatte sich zu schnell bewegt, vielleicht war ein Faden gerissen. Er fühlte zwar kein Blut, doch er war gewarnt. Er rannte den schmalen Korridor hinunter zu seinem Zimmer, schloss die Tür auf, warf die Einkaufstüten aufs Bett und stürzte zum Telefon. Conklin hatte Wort gehalten: In Vienna, Virginia, wurde beim ersten Klingeln abgenommen.

»Alex, ich bin's. Was ist geschehen? Marie …?«

»Nein«, unterbrach Conklin. »Ich habe gegen Mittag mit ihr telefoniert. Sie und die Kinder sind wieder im Hotel, und sie will mich umbringen. Sie glaubt kein Wort von dem, was ich ihr gesagt habe, aber ich streiche das aus meinem Gedächtnis. Solche Ausdrücke habe ich seit Indochina nicht mehr gehört.«

»Sie ist aufgeregt …«

»Ich auch«, würgte Alex Jasons Beschwichtigungsversuch ab. »Mo ist verschwunden.«

»Was?«

»Du hast richtig gehört. Panov ist weg. Verschwunden.«

»Mein Gott, wie? Er wurde jede Minute bewacht.«

»Wir versuchen, es herauszubekommen. Ich war gerade im Krankenhaus.«

»Krankenhaus?«

»Walter-Reed-Hospital. Er war bei einer therapeutischen Sitzung dort, und als die vorbei war, kam er nicht wieder zurück in seine Abteilung. Sie warteten zwanzig Minuten oder so und gingen dann ihn und seine Eskorte suchen, weil er wichtige Termine hatte. Und da sagte man ihnen, dass er weggegangen sei.«

»Das ist verrückt!«

»Es wird noch verrückter und schrecklicher. Die diensthabende Schwester erzählte, ein Armeearzt, ein Chirurg, sei an ihren Tisch gekommen, habe seinen Ausweis gezeigt und sie gebeten, Dr. Panov zu informieren, dass für ihn eine andere Route festgelegt worden sei, dass er den Ausgang am Ostflügel benutzen solle – wegen einer unerwarteten Demonstration vor dem Haupteingang. Die psychiatrische Abteilung liegt im Hauptgebäude. Und der Armeechirurg benutzte den Haupteingang.«

»Noch mal?«

»Er ging geradewegs an unserer Eskorte in der Eingangshalle vorbei.«

»Und offenbar auf demselben Weg hinaus und rüber zum Osteingang. Nichts Ungewöhnliches. Ein Arzt mit Passierschein kann sich frei im Sperrgebiet bewegen … Aber, lieber Gott, Alex, wer? Carlos ist auf dem Weg hierher nach Paris! Was er in Washington wollte, hat er bekommen. Er hat mich gefunden, uns gefunden. Mehr wollte er nicht!«

»DeSole«, sagte Conklin ruhig. »DeSole wusste von mir und Mo Panov. Ich drohte der CIA mit uns beiden, und DeSole saß im Konferenzzimmer.«

»Ich kapiere nicht. Was sagst du da?«

»DeSole, Brüssel … Medusa.«

»Ah, ja, ich bin langsam.«

»Aber nicht er, David. Sie! Medusa. DeSole wurde bereits ausgeschaltet.«

»Zum Teufel mit ihnen! Wir lassen die Finger davon!«

»Aber Medusa nicht von dir. Du hast die Nuss geknackt. Sie wollen dich.«

»Nichts könnte mir weniger Sorgen machen. Ich habe dir bereits gestern gesagt, dass mich nur eine Sache interessiert: Paris, Argenteuil.«

»Du hast es zu einem Idioten gesagt«, bekannte Alex mit schwacher, völlig niedergeschlagener Stimme. »Gestern Abend war ich bei Mo zum Essen. Ich habe ihm alles erzählt. Tranquility, deinen Flug nach Paris, Bernardine … alles!«

Brendan Patrick P. Prefontaine stand zwischen den wenigen Trauergästen auf dem Friedhof der Insel Tranquility, einem Plateau auf dem höchsten Hügel der Insel. Die zwei großartigen Särge, die der Besitzer des Tranquility Inn gestiftet hatte, wurden in ihr Grab hinuntergelassen, während die einheimischen Priester, die zweifellos einen toten Hühnerhals im Mund hatten, ihre unverständlichen Segnungen in der Voodoo-Sprache murmelten. ›Jean Pierre Fontaine‹ und seine Frau ruhten in Frieden.

Und Prefontaine, der kontrollierte Alkoholiker und Straßenanwalt vom Harvard-Square, hatte seinen Fall gefunden. Einen Fall, den er nicht bloß annahm, um überleben zu können – und das war an sich schon bemerkenswert. Randolph Gates, Lord Randolph of Gates, der Dandy Randy der Gerichtshöfe, Liebling der Eliten, war in Wirklichkeit ein Schurke, ein Todesengel. Die Zusammenhänge wurden allmählich immer deutlicher, unter anderem auch, weil Prefontaines Verstand zunehmend klarer wurde. Er hatte nämlich beschlossen, künftig auf die morgendlichen vier Wodkas zu verzichten. Gates hatte die entscheidende Information geliefert, die den Killern den Weg nach Tranquility Island gezeigt hatte.Warum? … Doch das war eigentlich, selbst juristisch, irrelevant. Die Tatsache, dass er den Ort verraten hatte und dass er wusste, was die Killer dort wollten, war es nicht. Das war Beihilfe zum Mord, zu mehrfachem Mord. Aber er hatte Dandy Randys Männlichkeit im Schraubstock, und den würde er zudrehen, solange, bis er die Information hatte, die den Webbs helfen würde, besonders der wunderbaren kastanienbraunen Frau, der er, bei Gott, gerne fünfzig Jahre früher begegnet wäre.

Prefontaine flog noch am selben Morgen zurück nach Boston, nicht ohne John St. Jacques vorher zu fragen, ob er eines Tages wiederkommen dürfte. Vielleicht auch ohne im Voraus bezahlte Reservierung …?

»Richter, mein Haus ist Ihr Haus«, war die Antwort. »Vielleicht kann ich mir Ihr Entgegenkommen sogar noch verdienen.«

Albert Armbruster, Vorsitzender der Bundeshandelskommission, stand vor der steilen Treppe zu seinem Haus in Georgetown. »Sprechen Sie morgen früh erst mit dem Büro«, sagte er zu seinem Chauffeur, der ihn gerade nach Hause gefahren hatte. »Wie Sie wissen, fühle ich mich zurzeit nicht gut.«

»Ja, Sir. Brauchen Sie Hilfe, Sir?«

»Verflucht, nein. Hauen Sie ab.«

»Ja, Sir.« Der Chauffeur setzte sich hinter sein Steuer. Er ließ den Motor aufheulen, als er die Straße hinunterjagte – was nicht als Höflichkeitsbeweis gedacht war.

Der übergewichtige Armbruster kletterte mühsam die Stufen hinauf. Er fluchte, als er die Silhouette seiner Frau hinter der Glastür des viktorianischen Eingangs sah. »Scheiß-Kläffer«, murmelte er, als er fast oben angelangt war. Gleich würde er seinem langjährigen Gegner wieder gegenüberstehen. Sie waren seit über dreißig Jahren verheiratet.

Da explodierte irgendwo in der Dunkelheit ein Schuss. Armbruster warf die Arme nach oben, seine Handgelenke gebogen, als wollten die Finger das Chaos im Körper lokalisieren. Es war zu spät. Der Vorsitzende der Bundeshandelskommission kollerte die Steinstufen hinunter und schlug mit seinem ganzen Gewicht auf das Pflaster.

Bourne zog sich die französische Leinenhose an, schlüpfte in ein kurzärmeliges Hemd und in die Safari-Jacke, steckte Geld, Waffe und alle seine Ausweise – echte und falsche – in seine Taschen, stopfte sein Bett mit Kissen aus und hängte seine Reisekleidung deutlich sichtbar über den Stuhl. Dann verließ er seinen Stützpunkt. Er schlenderte lässig am Empfangstisch vorbei, aber sobald er auf der Straße war, rannte er zum nächsten Telefonhäuschen. Er wählte die Nummer von Bernardines Wohnung.

»Hier ist Simon«, sagte er.

»Dachte ich mir«, antwortete der Franzose. »Besser gesagt, ich habe es gehofft. Ich habe gerade mit Alex gesprochen und ihm gesagt, er soll mir nicht verraten, wo Sie sind. Was ich nicht weiß, kann auch keiner von mir erfahren … Trotzdem würde ich, wenn ich Sie wäre, woanders hingehen, zumindest für die Nacht. Sie könnten am Flughafen gesehen worden sein.«

»Und Sie?«

»Ich bin ein *canard*.«

»Eine Ente?«

»Von der sitzenden Art. Meine Wohnung wird beschattet. Vielleicht bekomme ich Besuch. Das würde passen, *n'est-ce pas*?«

»Sie haben Ihrem Büro nichts gesagt über …«

»Über Sie?«, unterbrach Bernardine. »Wie könnte ich, Monsieur?! Wir kennen uns überhaupt nicht. Meine Schutzengel vom Bureau glauben, ich hätte einen Drohanruf von einem alten psychopathischen Gegner bekommen … Ich habe ihn allerdings schon vor Jahren nach Übersee verfrachtet und nur die Akte niemals geschlossen.«

»Können Sie mir das über Ihr Telefon sagen?«

»Ich dachte, ich hätte gesagt, dass es ein einmaliges Instrument ist.«

»Haben Sie.«

»Es kann nicht angezapft werden … Sie brauchen Ruhe, Monsieur. Dringend. Suchen Sie sich ein Bett, dabei kann ich Ihnen nicht helfen.«

»Ruhe ist eine Waffe«, zitierte Jason eine lebenswichtige

Wahrheit in einer Welt, die er verabscheute, sogar eine überlebenswichtige.

»Wie bitte?«

»Nichts. Ich suche mir also ein Bett und rufe Sie morgen an.«

»Dann bis morgen. *Bonne chance, mon ami.* Für uns beide.«

Er fand ein Zimmer im Avenir, einem billigen Hotel in der Rue Gay-Lussac. Er trug sich unter einem falschen Namen ein, den er sofort wieder vergaß, stieg zu seinem Zimmer hoch, zog sich aus und fiel ins Bett. »Ruhe ist eine Waffe«, sagte er laut zu sich selbst und starrte auf die flackernden Reflexe der Straße an der Decke. Ob man in einer Höhle im Gebirge oder in einem Reisfeld im Mekong-Delta Schlaf fand, das spielte keine Rolle. Ruhe war eine Waffe, manchmal mächtiger als eine großkalibrige Kanone. Das war eine Lektion, die ihm D'Anjou eingetrichtert hatte, der Mann, der in einem Wald bei Peking sein Leben gelassen hatte, um Jason Bourne zu retten. Ruhe ist eine Waffe. Er berührte die Bandage um seinen Hals, ohne sie wirklich zu fühlen, dann kam der Schlaf.

Er wachte langsam auf, vorsichtig. Das Geräusch des Straßenverkehrs drang durchs Fenster, metallisches Hupen, unregelmäßiges Aufheulen wütender Motoren … Ein normaler Morgen in den engen Straßen von Paris. Mit steifem Hals schwang er die Beine aus dem viel zu weichen Bett und sah auf die Uhr. Er erschrak. Es war 10.07 Uhr – Pariser Zeit. Er hatte beinahe elf Stunden geschlafen. Sein Magen knurrte vor Hunger.

Das Essen musste allerdings warten. Er wollte vorher Bernardine anrufen und dann das Hotel Pont-Royal daraufhin untersuchen, ob es sicher genug war. Er stand vollends auf. Einen Moment lang fühlten sich Beine und Füße taub an. Er brauchte eine heiße Dusche, die er im Avenir nicht bekommen konnte. Und ein paar Gymnastikübungen – noch vor ein paar Jahren hätte er die nicht nötig gehabt. Er zog Bernardines Karte aus seiner Hose und ging zum Telefon neben dem Bett. Dann wählte er die Nummer.

»*Le canard* hatte keinen Besuch«, sagte der Veteran. »Nicht den Hauch eines Jägers, was, wie ich annehme, gute Nachrichten sind.«

»Nicht, solange wir Panov nicht gefunden haben. Diese Bastarde!«

»Ja, damit müssen wir immer rechnen. Das ist der schlimmste Aspekt unserer Arbeit.«

»Verdammt, ich kann über einen Mann wie Panov nicht mit einem ›Damit muss man immer rechnen‹ hinweggehen!«

»Das verlange ich auch nicht von Ihnen. Ich habe nur gesagt, wie es ist. Ihre Gefühle in Ehren, aber sie ändern nicht die Realität. Ich wollte Sie nicht verletzen.«

»Und ich wollte Ihnen nicht über den Mund fahren. Tut mir Leid. Es ist nur, er ist ein ganz besonderer Mensch.«

»Ich verstehe ... Was sind Ihre Pläne? Was brauchen Sie?«

»Das weiß ich noch nicht«, antwortete Bourne. »Ich hole den Wagen, und eine Stunde später oder so weiß ich mehr. Werden Sie zu Hause oder im Bureau sein?«

»Bis ich von Ihnen höre, werde ich in meiner Wohnung bleiben, an meinem einmaligen Telefon. Unter diesen Umständen ziehe ich es vor, dass Sie mich nicht im Bureau anrufen.«

»Ah, ja?«

»Ich kenne nicht mehr alle im Deuxième, und Vorsicht ist die Mutter der Porzellankiste ... Bis später, *mon ami*.«

Jason legte auf und war versucht, gleich anschließend im Pont-Royal anzurufen. Aber er war in Paris, der Stadt der Diskretion, wo Hotelangestellte über Telefon nur ungern Auskünfte erteilten, und schon gar nicht Gästen, die sie nicht kannten. Er zog sich schnell an, ging hinunter, bezahlte und trat auf die Rue Gay-Lussac hinaus. An der Ecke war ein Taxistand. Acht Minuten später sagte er in reinstem Französisch zum Portier des Pont Royal: »Ich bin Monsieur Simon, und ich wohne hier.« Er gab seine Zimmernummer an. »Ich traf eine alte Freundin und bin heute Nacht außer Haus geblieben. Wissen Sie vielleicht, ob jemand nach mir gefragt hat?« Bourne holte mehrere größere Francscheine heraus.

»*Merci bien, monsieur* ... Ich verstehe. Ich kann den Nachtportier noch mal fragen; aber ich bin sicher, dass er mir eine

Notiz hinterlassen hätte, wenn jemand persönlich nach Ihnen gefragt hätte. Allerdings ist hier tatsächlich eine Nachricht für Sie.«

»Was steht auf dem Zettel?«, fragte Bourne und hielt den Atem an.

»Sie sollen Ihren Freund in Amerika anrufen. Er hat die ganze Nacht versucht, Sie zu erreichen. Ich kann das nur bestätigen, Monsieur. Der letzte Anruf liegt keine dreißig Minuten zurück.«

»Dreißig Minuten?«, sagte Jason, starrte erst den Portier an und dann auf seine Uhr. »Es ist jetzt fünf Uhr früh drüben ... die ganze Nacht?« Der Angestellte nickte. Bourne ging zum Fahrstuhl.

»Alex, was ist los? Sie haben mir gesagt, dass du ...«

»Bist du im Hotel?«, unterbrach Conklin schnell.

»Ja.«

»Geh in eine Telefonzelle und rufe mich wieder an. Beeil dich.«

Wieder der klappernde, schwerfällige Fahrstuhl, das verblichene Dekor der Lobby, in der eine Hand voll parlierender Gäste herumstand, auf halbem Weg in die Bar, wo sie ihren morgendlichen Aperitif zu sich nehmen würden. Und wieder die strahlende Sommersonne, die stinkende Luft und der stockende Verkehr. Wo war ein Telefon? Er lief die Straße Richtung Seine hinunter. Wo war ein Telefon? Dort! Auf der anderen Straßenseite, ein rotgiebeliges Häuschen, mit Plakaten zugeklebt.

Er stürzte sich zwischen die Autos und kleinen Transporter, achtete nicht auf die wütend hupenden Fahrer und erreichte die Zelle. Er warf eine Münze ein, wartete, erklärte der Telefonistin, dass er nicht Österreich anrufen wolle und dass sie doch deshalb bitte seine AT&T-Kreditkartennummer akzeptieren könne ... Sie stellte das Gespräch nach Vienna, Virginia, durch.

»Warum, zum Teufel, konnte ich dich nicht vom Hotel aus anrufen?« Bourne war genervt. »Ich hab dich doch heute Nacht auch von dort angerufen.«

»Das war heute Nacht.«

»Irgendwelche Nachrichten von Mo?«

»Noch nicht, aber sie haben einen Fehler gemacht. Vielleicht haben wir damit eine Spur zu dem Armeearzt.«

»Brecht ihm den Hals.«

»Mit Vergnügen. Aber vorher nehme ich meinen Fuß ab und hau ihm damit solange in die Fresse, bis er sich kooperativ zeigt. Wenn die Spur was taugt.«

»Aber deswegen hast du mich doch nicht die ganze Nacht angerufen, oder?«

»Nein. Ich war gestern fünf Stunden bei Peter Holland. Ich bin zu ihm, kurz nachdem ich mit dir gesprochen hatte. Und seine Reaktion war genauso, wie ich es mir vorgestellt hatte, mit ein paar großzügigen Breitseiten als Dreingabe.«

»Medusa?«

»Ja. Er besteht darauf, dass du sofort zurückkommst. Du bist der Einzige, der wirklich etwas weiß. Es ist ein Befehl.«

»Scheiße! Er kann überhaupt nichts von mir verlangen und mir noch weniger Befehle erteilen.«

»Er kann dich austrocknen, und ich kann nichts machen.«

»Bernardine hat seine Hilfe angeboten. Was immer Sie brauchen, das waren seine Worte.«

»Bernardine hat begrenzte Möglichkeiten. Wie ich auch. Er kann Leute einspannen, die ihm Dank schuldig sind, aber ohne Zugang zur ganzen Maschinerie …«

»Hast du Holland gesagt, dass ich alles, was ich weiß, aufschreiben werde, jede Antwort auf jede Frage, die ich gestellt habe?«

»Wirst du?«

»Ja, verdammt.«

»Er nimmt es dir nicht ab. Er will dich befragen. Papier kann er nicht befragen.«

»Ich bin dem Schakal zu dicht auf der Spur! Ich werde es nicht tun. Warum kann er das nicht einsehen?!«

»Ich glaube, er wollte es einsehen«, sagte Conklin. »Er weiß schließlich, was du durchgemacht hast und was du jetzt durchmachst. Aber nach sieben hat er doch dichtgemacht.«

»Nach sieben? Warum das?«

»Armbruster wurde vor seinem Haus erschossen. Angeblich ein Raubüberfall, was natürlich nicht stimmt.«

»O mein Gott!«

»Es gibt noch ein paar Dinge, die du wissen musst. Erstens geben wir den Selbstmord von Swayne bekannt.«

»Um Himmels willen, warum?«

»Um den Mörder glauben zu lassen, dass er aus dem Schneider ist, und, noch wichtiger, um zu sehen, wer sich in der nächsten Woche oder so blicken lässt.«

»Bei der Beerdigung?«

»Nein, das ist eine geschlossene Familienfeier, keine Gäste, keine formelle Angelegenheit.«

»Wer soll sich dann wo blicken lassen?«

»Auf dem Grundstück, wie auch immer. Auf alle Fälle haben wir Swaynes Anwalt kontaktiert, sehr offiziell natürlich, und er hat bestätigt, dass Swayne sein ganzes Grundstück einer Stiftung vermacht hat.«

»Welcher?«, fragte Bourne.

»Nie gehört. Vor ein paar Jahren von wohlhabenden Freunden des berühmten wohlhabenden Generals ins Leben gerufen. So rührend wie nur möglich. Sie läuft unter dem Namen Seniorenheim für Soldaten, Seeleute und Matrosen und hat sogar einen Vorstand.«

»Medusa-Leute.«

»Oder ihre Vertreter. Wir werden sehen.«

»Alex, was ist mit den Namen, die ich dir gegeben habe? Die sechs oder sieben Namen, die ich von Flannagan hatte. Und die Liste mit den Nummernschildern von den Meetings?«

»Hübsch, sehr hübsch«, sagte Conklin rätselhaft.

»Hübsch?«

»Die Namen. Die Leute sind der Bodensatz der Schickimicki-Gesellschaft, keine Verbindung zur Oberschicht von Georgetown. Aus dem National Enquirer, nicht der Washington Post.«

»Aber die Nummernschilder, die Meetings! Das muss doch ein Schlüssel sein.«

»Noch hübscher«, bemerkte Alex. »Nichts als Scheiße … Jede dieser Nummern ist auf eine Autofirma eingetragen. Ich brauche dir wohl nicht zu sagen, wie authentisch die Namen wären, selbst wenn wir sie hätten.«

»Und der Friedhof da draußen?«

»Wo ist er? Wie groß, wie klein ist er? Es sind zwölf Hektar …«

»Schaut ihn euch doch mal an …«

»Und dann geben wir bekannt, was wir wissen?«

»Du hast Recht. Du machst das schon richtig … Alex, sag Holland, dass du mich nicht erreicht hast.«

»Machst du Witze?«

»Nein, wirklich. Gib Holland das Hotel und den Namen und sage ihm, er soll selbst anrufen oder jemanden von der Botschaft schicken, um nachzusehen. Der Portier wird schwören, dass ich gestern gebucht habe und dass er mich seitdem nicht mehr gesehen hat. Kauf mir ein paar Tage, bitte.«

»Holland kann trotzdem alle Drähte ziehen, und wahrscheinlich wird er das auch tun.«

»Wird er nicht, wenn er glaubt, dass ich zurückkomme, sobald du mich gefunden hast. Ich möchte, dass er sich um Mo kümmert. Und du, halte meinen Namen von Paris fern. Im Guten oder Schlechten, kein Webb, kein Simon, kein Bourne!«

»Ich werd's versuchen.«

»War sonst noch was? Ich hab viel zu tun.«

»Ja. Casset fliegt heute nach Brüssel. Er wird Teagarten festnageln. Auf den brauchen wir keine Rücksicht zu nehmen, und dich berührt das nicht.«

»In Ordnung.«

In einer Nebenstraße in Anderlecht, vier Kilometer südlich von Brüssel, parkte eine Limousine mit der Standarte eines Vier-Sterne-Generals vor einem Straßencafé. General James Teagarten, NATO-Oberbefehlshaber, stieg schneidig aus dem Wagen in das strahlende Licht der Nachmittagssonne. An seiner Brust glänzten die Orden in vier Reihen. Er drehte sich um und bot seine Hand einem umwerfenden weiblichen Major, der sich lächelnd aus dem Wagen helfen ließ. Galant, aber mit militärischer Autorität, ließ Teagarten nun ihre Hand los und führte sie zu ein paar Tischen mit Sonnenschirmen, die im Garten standen. Bis auf einen waren alle besetzt. Das Summen der Gespräche, das Klirren der Weingläser, das Klappern des Bestecks auf den Tellern brach plötzlich ab. Die Blicke richteten sich auf den General, der wohlwollend lächelte und seine Dame an den leeren Tisch führte, auf dem eine kleine Karte stand: *Réservé*.

Der Besitzer, die beiden Kellner wie verängstigte Pinguine im Schlepptau, flog praktisch zwischen den Tischen hindurch, um seine erlesenen Gäste zu begrüßen. Nachdem eine eisgekühlte Flasche Corton-Charlemagne serviert worden war, diskutierte man das Menü. Ein kleiner belgischer Junge von fünf oder sechs Jahren kam schüchtern zum Tisch des Generals und salutierte. Dann lächelte er. Teagarten stand auf, nahm seinerseits Haltung an und grüßte das Kind zurück.

»*Vous êtes un soldat distingué, mon camarade*«, sagte der General. Seine Kasernenstimme hallte durch den Garten, sein breites Lächeln gewann die Gäste, die beifällig applaudierten. Das Kind zog sich zurück, und die Vorspeisen wurden aufgetragen.

Eine gute Stunde später trat der Chauffeur an den Tisch, ein Feldwebel, dessen Gesichtsausdruck Angst verriet. Ein dringender Anruf über das Sicherheitstelefon. Er reichte Teagarten einen Zettel.

Der General stand auf. Sein gebräuntes Gesicht war blass geworden. Er sah sich im mittlerweile halbleeren Restaurantgarten um. Seine Augen waren schmal, wütend und ängstlich. Er griff in seine Tasche, holte einen gefalteten Packen belgischer Banknoten heraus und legte einige große Scheine auf den Tisch. »Komm«, sagte er zu seiner weiblichen Begleitung, »lass uns gehen ... Fahren Sie«, wandte er sich an den Chauffeur, »fahren Sie den Wagen vor.«

»Was ist denn?«, fragte die Dame.

»London. Über Funk. Armbruster und DeSole sind tot.«

»O mein Gott! Wie?«

»Spielt keine Rolle. Was immer sie sagen, es ist gelogen.«

»Was ist denn passiert?«

»Ich weiß nicht. Ich weiß nur, dass wir hier weg müssen. Komm!«

Der General und sein ›Major‹ eilten davon, durch den Garteneingang – es war ein Gitterbogen mit roten Buschrosen – und zum Wagen. Zu beiden Seiten des Kühlers fehlte etwas. Der Feldwebel hatte die beiden rotgoldenen Flaggen entfernt, die den beeindruckenden Rang seines Vorgesetzten anzeigten. Oberkommandierender der NATO. Der Wagen schoss davon, und keine fünfzig Meter weiter passierte es.

Eine gewaltige Explosion blies das Fahrzeug in den Himmel. Glassplitter, Blechteile, Fleischfetzen und Blutspritzer verteilten sich über die schmale Straße in Anderlecht.

»Monsieur!«, schrie der versteinerte Kellner, als Horden von Polizisten, Feuerwehrleuten und Sanitätern mit ihrer scheußlichen Arbeit auf der Straße begannen.

»Was ist los?«, antwortete der Besitzer des Straßencafés. Er zitterte immer noch. Das barsche Verhör der Polizei und die aufdringlichen Fragen der Journalisten hatten ihm den Rest gegeben. »Ich bin ruiniert. Wir werden als Café de la Mort bekannt werden – das Café des Todes.«

»Monsieur, sehen Sie nur!« Der Kellner zeigte auf den Tisch, wo der General mit seiner Begleiterin gesessen hatte.

»Die Polizei hat schon alles untersucht.«

»Nein, Monsieur. Jetzt!«

Quer über die Marmorplatte des Tisches stand mit rotem Lippenstift in Großbuchstaben ein Name geschrieben: JASON BOURNE.

20.

Wie betäubt starrte Marie auf den Fernseher; sie sah die von Miami per Satellit ausgestrahlten Nachrichten. Als die Kamera auf einen Gartentisch schwenkte, auf einen rot geschriebenen Namen, schrie sie auf. »Johnny!«, schluchzte Marie.

St. Jacques kam hereingestürzt. »Mein Gott, was ist?«

Mit tränenüberströmtem Gesicht zeigte Marie entsetzt auf den Fernseher. Ein Sprecher las mit typisch monotoner Nachrichtenstimme: »… Der international bekannte Auftragsmörder Jason Bourne hat die Verantwortung für die Explosion übernommen, die das Leben von General James Teagarten und seiner Begleiter gefordert hat. Geheimdienst- und Polizeikreise in Washington und London sind offenbar unterschiedlicher Ansicht, was die Person Bournes betrifft. Quellen in Washington behaupten, dass der Mann in einer gemeinsamen britisch-amerikanischen Operation in Hongkong vor fünf Jahren gestellt und erschossen worden sei. Sprecher des britischen Außenministeriums und des britischen Geheimdienstes jedoch bestreiten jede Kenntnis von solch einer Operation. Aus dem Hauptquartier von Interpol in Paris war zu hören, dass das Interpol-Büro in Hongkong vom angeblichen Tod des Jason Bourne Kenntnis habe. Die vorhandenen Berichte und Fotos seien aber derart ungenau und verschwommen, dass man nicht mit Sicherheit davon ausgehen könne, dass Bourne tatsächlich tot sei. Anderen Annahmen zufolge wurde Jason Bourne bei einem Auftrag in der Volksrepublik China getötet. Was bislang einzig feststeht ist, dass in dem malerischen Städtchen Anderlecht in Belgien General James Teagarten, Oberkommandierender der NATO, ermordet wurde und jemand, der sich Jason Bourne nennt, die Verantwortung für die Ermordung des großen und populären Soldaten übernommen hat … Wir zeigen Ihnen jetzt ein Phantom-Foto des mutmaßlichen Killers aus den Archiven von Interpol.«

Auf dem Bildschirm erschien das Gesicht eines Mannes, ungleichmäßig und unbestimmt.

»Das ist nicht David!«, sagte John St. Jacques.

»Er könnte es sein!«

»Und nun zu unseren weiteren Nachrichten. Die Dürre, die seit langem weite Teile von Äthiopien heimsucht …«

»Mach das verdammte Ding aus!«, schrie Marie, schoss aus dem Stuhl und rannte zum Telefon, während ihr Bruder das Gerät ausstellte. »Wo ist die Nummer von Conklin? Ich habe sie irgendwo aufgeschrieben … Hier steht sie, auf dem Block. Der heilige Alex wird mir verdammt viel erklären müssen, dieser Mistkerl!« Sie wählte wütend, aber exakt. Sie trommelte mit der Faust auf den Tisch. Immer noch rollten Tränen über ihre Wangen. Tränen der Wut und Sorge. »Ich bin es … Du bringst ihn um! Du hast ihn gehen lassen, hast ihm geholfen zu gehen … und du bringst ihn um.«

»Ich kann jetzt nicht mit dir reden, Marie«, sagte die kalte, kontrollierte Stimme Conklins. »Ich habe Paris auf der anderen Leitung.«

»Scheiß auf Paris! Wo ist er? Hol ihn raus!«

»Glaube mir, wir versuchen, ihn zu finden. Da ist die Hölle los. Die Briten wollen Peter Hollands Arsch, weil er eine bloße Andeutung von der Fernost-Connection gemacht hat, und die Franzosen sind in Aufruhr wegen einer Sache, die sie zwar nicht wissen, aber vermuten, nämlich der Spezialladung in einem Flugzeug aus Martinique, die ursprünglich vom Deuxième Bureau abgelehnt worden war. Ich rufe dich zurück, ich schwöre es!«

Die Leitung wurde unterbrochen, und Marie warf den Hörer auf die Gabel. »Ich fliege nach Paris, Johnny«, sagte sie. Sie holte tief Atem und wischte sich die Tränen vom Gesicht.

»Was willst du?«

»Du hast mich gehört. Bring Mrs. Cooper her, Jamie liebt sie, und sie sorgt wundervoll für Alison. Sie hat schließlich selbst sieben Kinder gehabt, alle erwachsen, die immer noch jeden Sonntag zu ihr kommen.«

»Du bist verrückt! Ich lasse dich nicht gehen!«

»Wahrscheinlich hast du zu David etwas Ähnliches gesagt, als er dir erzählt hat, dass er nach Paris geht. Ihn hast du nicht aufhalten können, und mich kannst du auch nicht aufhalten.«

»Aber warum willst du dorthin?«

»Weil ich jeden Ort in Paris kenne, den er kennt, jedes Café, jede Straße, jede Gasse, von Sacré-Cœur bis zum Eiffelturm. Ich werde ihn vor dem Deuxième oder der Sûreté finden.« Das Telefon klingelte. Marie nahm ab.

»Ich sagte dir ja, dass ich dich sofort zurückrufe.« Es war Alex Conklin. »Bernardine hat eine Idee, wie wir ihn finden könnten.«

»Wer ist Bernardine?«

»Ein alter Kollege vom Deuxième Bureau. Ein guter Freund, der David hilft.«

»Was für eine Idee?«

»Er hat Jason – David – einen Mietwagen besorgt und kennt natürlich das Nummernschild. Er könnte es an alle Polizeifahrzeuge durchgeben … Wer ihn sieht, folgt ihm unauffällig und benachrichtigt Bernardine.«

»Und du denkst, David – Jason – würde so etwas nicht merken? Du hast ein schlechtes Gedächtnis.«

»Es ist nur eine Möglichkeit. Es gibt mehrere.«

»Zum Beispiel?«

»Nun … nun ja, er muss mich anrufen. Wenn er die Nachrichten über Teagarten hört, dann muss er mich anrufen.«

»Warum?«

»Wie du sagst: um rauszukommen.«

»Mit Carlos in Sichtweite? Gute Chance! Ich habe eine bessere Idee. Ich fliege nach Paris.«

»Das kannst du nicht!«

»Ich will das nicht mehr hören! Wirst du mir helfen, oder muss ich alles selber machen?«

»Ich könnte in Frankreich nicht mal 'ne Briefmarke kaufen, und Holland weiß gerade, wie man Eiffelturm schreibt.«

»Also allein. Offen gesagt, fühle ich mich in Anbetracht der Umstände allein sogar sicherer.«

»Was willst du tun, Marie?«

»Ich will dir das nicht alles aufzählen, aber ich werde überall dort hingehen, wo wir damals hingegangen sind, als David und ich auf der Flucht waren. Er wird die bekannten Orte wieder benutzen, irgendwie. Er muss, weil sie in eurem idiotischen Jargon sicher waren, und mit seinem idiotischen Gehirn wird er sie deswegen wieder aufsuchen.«

»Gott steh dir bei.«

»Er hat uns verlassen, Alex. Es gibt keinen Gott.«

Prefontaine verließ den Bostoner Flughafen durch den Haupteingang und winkte ein Taxi heran. Aber dann sah er sich um, senkte den Arm und stellte sich in die Warteschlange. Überall, selbst auf den Flughäfen, ging es mittlerweile zu wie in einer Caféteria. Immerzu musste man sich anstellen.

»Zum Ritz-Carlton«, sagte der Richter wenig später zum Fahrer. »Kein Gepäck?«, fragte der Mann. »Nur diese kleine Tasche?«

»Nein, habe ich nicht«, antwortete Prefontaine. »Ich habe in jeder Stadt einen Koffer.«

»Tutti-frutti«, sagte der Fahrer, fuhr sich mit einem großen, weißen Kamm durch's Haar und bog in den fließenden Verkehr ein.

»Haben Sie eine Reservierung, Sir?«, fragte der befrackte Angestellte am Empfang im Ritz.

»Ich denke, dass es einer meiner Kanzleiangestellten für mich getan hat. Der Name ist Scofield, Richter William Scofield vom Obersten Gerichtshof. Es wäre mir sehr unangenehm, wenn das Ritz die Reservierung verlegt hätte, besonders jetzt, wo …«

»Richter Scofield …? Ich bin sicher, sie ist hier irgendwo, Sir.« Der Angestellte ließ den Gast vor lauter Beflissenheit nicht mal ausreden. »Die Suite Drei-C, ich bin sicher, dass es im Computer ist.«

»Drei-C… ist belegt.«

»Was?«

»Nein, nein, ich habe mich geirrt, Herr Richter. Sie sind noch nicht da … Ich meine, es ist ein Fehler … Diese Gäste sind in einer anderen Suite.« Er klingelte heftig mit der Glocke. »Hallo, Boy!«

»Ja, Sir.«

»Ich denke, Sie haben ein paar anständige Flaschen oben, wie gewöhnlich?«

»Sollten keine oben sein, werden gleich welche gebracht, Herr Richter. Bestimmte Marken?«

»Guter Bourbon und guter Brandy. Das weiße Zeug ist für Damen, richtig?«

»Richtig, Sir. Absolut richtig, Sir!«

Zwanzig Minuten später, das Gesicht gewaschen und einen Drink in der Hand, griff Prefontaine zum Telefon und wählte die Nummer von Dr. Randolph Gates.

»Hier bei Gates«, sagte die Frau am Telefon.

»Komm schon, Edie, ich würde deine Stimme auch unter Wasser wiedererkennen, obwohl es dreißig Jahre her ist.«

»Ich kenne Ihre auch, aber ich kann sie nicht einordnen.«

»Versuch mal, an einen großen Professor zu denken, der versucht hat, deinem Mann den Teufel auszutreiben, was aber keinen Eindruck auf ihn machte. Und dann war ich es, der im Gefängnis landete – und zu Recht – nicht er.«

»Brendan? Lieber Gott, du bist's! Ich habe niemals all die Dinge geglaubt, die man über dich erzählt hat.«

»Glaub mir, meine Süße, sie stimmen. Aber jetzt muss ich mit dem Lord of Gates sprechen. Ist er da?«

»Ich glaube schon, ich weiß es aber nicht. Er spricht mit mir nicht mehr besonders viel.«

»Geht es dir nicht gut, meine Liebe?«

»Ich würde gerne mit dir reden, Brendan. Er hat ein Problem, ein Problem, von dem ich nie was wusste.«

»Ich fürchte, das hat er, Edie, und natürlich werden wir miteinander reden. Aber im Augenblick muss ich mit ihm sprechen. Sofort.«

»Ich werde ihn über das Haustelefon anrufen.«

»Sag ihm nicht, dass ich es bin, Edie. Sag ihm, es sei ein Mann aus Blackburne, von der Karibikinsel Montserrat.«

»Was?«

»Tu, was ich dir sage, liebe Edie. Es ist zu seinem Besten, aber auch zu deinem – vielleicht mehr zu deinem, ehrlich gesagt.«

»Er ist krank, Brendan.«

»Ja, das ist er. Lass uns versuchen, ihn gesund zu machen. Hol ihn mir ans Telefon.«

»Warte einen Augenblick.«

Das Schweigen war endlos, bis die verlegene Stimme von Randolph Gates zu hören war.

»Wer sind Sie?«, flüsterte der berühmte Anwalt.

»Ruhig, Randy, es ist Brendan. Edith hat meine Stimme nicht gleich erkannt, aber ich die ihre. Du bist ein glücklicher Knabe.«

»Was willst du? Was ist mit Montserrat?«

»Ja, ich komme gerade von dort ...«

»Was?«

»Ich dachte, ich brauchte mal Urlaub.«

»Du hast doch nicht ...?!« Gates' Flüstern wurde panisch.

»O doch, ich habe. Und weil ich habe, wird sich dein ganzes Leben ändern. Verstehst du, ich traf die Frau und ihre beiden Kinder, an denen du so interessiert warst. Du erinnerst dich? Es ist eine lange Geschichte, und ich möchte sie dir in all ihren faszinierenden Details schildern ... Du hast sie an den Teufel verkauft, Dandy Randy, und so was sollte man nicht tun. Nein, das sollte man nicht«, flötete Prefontaine.

»Ich weiß nicht, wovon du überhaupt redest! Ich habe nie etwas von Montserrat gehört oder von einer Frau mit zwei Kindern. Du bist ein verdammter, rotznäsiger Saufbold, und ich werde deine schwachsinnigen Unterstellungen zurückweisen als Ausgeburten eines delirierenden Alkoholikers, der dazu noch ein vorbestrafter Krimineller ist!«

»Gut gesprochen, Herr Berater. Natürlich kannst du deine Beihilfe leugnen. Aber das ist nicht dein eigentliches Problem. Nein, das liegt in Paris.«

»Paris ...«

»Dein Problem ist ein gewisser Mann in Paris, jemand, von dem ich nicht dachte, dass es ihn tatsächlich gibt – aber das tut es. Es ist ein bisschen düster zugegangen in Montserrat. Man hielt mich für dich.«

»Man hielt … was?« Gates war kaum noch hörbar, seine Stimme zitterte.

»Ja. Komisch, nicht? Ich kann mir denken, dass dieser Mann in Paris dich hier in Boston erreichen wollte und dass ihm jemand sagte, dass Seine Königliche Hoheit nicht im Hause sei – und so begann die Verwechslung. Zwei brillante juristische Köpfe, beide mit einer verschwommenen Beziehung zu einer Frau mit zwei Kindern. Und unser Mann dachte, ich sei du.«

»Was ist auf der Insel passiert?«

»Lass mich ausreden, Randy. Im Moment glaubt er wahrscheinlich, du seist tot.«

»Was?«

»Er hat versucht, mich umzubringen – dich umzubringen. Wegen Ungehorsams.«

»O mein Gott!«

»Und wenn er herausfindet, dass du ganz lebendig bist und in Boston, wird er einen zweiten Versuch nicht fehlschlagen lassen.«

»Herr im Himmel …!«

»Aber es gibt vielleicht einen Ausweg, Randy-Boy, und deshalb musst du mich besuchen. Zufällig bin ich in derselben Suite im Ritz, wo du warst, als ich dich besuchte: Drei-C, nimm einfach den Fahrstuhl. Sei in dreißig Minuten hier und denk dran, dass ich wenig Geduld mit Klienten habe, die sich verspäten, denn ich bin sehr beschäftigt. Nebenbei bemerkt, mein Honorar beträgt zwanzigtausend Dollar die Stunde. Bring also Geld mit, Randy. Viel Geld, in bar.«

Ich bin so weit, dachte Bourne, als er sich im Spiegel studierte. Er war zufrieden mit dem, was er sah. Die vergangenen drei Stunden hatte er damit zugebracht, sich auf seine Fahrt nach Argenteuil vorzubereiten, zum Le Cœur du Soldat, dem Übermittlungszentrum für eine ›Amsel‹, für Carlos, den Schakal. Das Chamäleon hatte sich dem Milieu angeglichen, das er zu betreten im Begriff stand. Mit der Kleidung war es einfach gewesen, mit Gesicht und Körper weniger. Als Erstes war er in einige Secondhandshops am Montmartre gegangen, wo er abgetragene Hosen und ein altes französisches Armeehemd und das ebenfalls verschlissene Ordensband eines verstorbenen Veteranen gefunden hatte. Als Nächstes hatte er sich die Haare färben und den Bart einen Tag wachsen lassen, darüber hinaus hatte er einen zweiten Verband angelegt, und zwar um das rechte Knie, das er so fest umwickelt hatte, dass er das Hinken nicht vergaß, was er schnell perfektioniert hatte. Haare und Augenbrauen waren jetzt mattrot, schmutzig und ungekämmt der neuen Umgebung angepasst, das Hotel billig und in Montparnasse, wo man am Empfangstisch so wenig Kontakt wie möglich mit der Kundschaft suchte.

Sein Nacken war kein wirklich hinderlicher Faktor mehr – zum Teil hatte er sich an die steifen, begrenzten Bewegungen gewöhnt, darüber hinaus war der Heilungsprozess ein gutes Stück weiter fortgeschritten. Bezüglich seiner gegenwärtigen Erscheinung war die leichte Steifheit eher ein Vorteil: Ein verbitterter, verwundeter Veteran, ein vergessener Sohn Frankreichs musste heftig bedrängt werden, um seine doppelte Unbeweglichkeit zu vergessen. Jason steckte Bernardines Automatic in seine Hosentasche, überprüfte sein Geld, die Autoschlüssel und sein Jagdmesser mit Scheide, das er in einem Sportgeschäft gekauft hatte und in sein Hemd steckte. Er hinkte zur Tür des kleinen, schmutzigen, bedrückenden Zimmers. Sein nächstes Ziel war der Capucines und ein nicht klassifizierbarer Peugeot in einer Tiefgarage. Er war so weit.

Er wusste, dass er ein paar Blocks gehen musste, bevor er einen Taxistand finden würde. Taxis wurden in diesem Viertel kaum gebraucht. Umso merkwürdiger war das Gedränge an einem Kiosk an der nächsten Straßenecke. Leute schrien, viele fuchtelten mit Papieren in den Händen herum, schrien mit wütender Stimme. Instinktiv beschleunigte er den Schritt, erreichte den Stand, warf eine Münze hin und griff sich eine Zeitung.

Ihm stockte der Atem, als er versuchte, den Schock zu unterdrücken: Teagarten ermordet! – Der Mörder Jason

Bourne! Jason Bourne! Wahnsinn! Was war geschehen? War es ein Wiederauferstehen von Hongkong und Macao? Entschwand ihm auch das, was von seinem Gedächtnis übrig geblieben war? Befand er sich in einem Albtraum, der Wirklichkeit wurde, reale Dimensionen annahm? Wandelten sich die Schrecken eines furchtbaren Schlafs, einer Terrorfantasie in schreckliche Wirklichkeit? Er löste sich aus der Menge, taumelte über das Pflaster und lehnte sich gegen die Steinmauer eines Gebäudes, schnappte nach Luft und versuchte verzweifelt, einen vernünftigen Gedanken zu fassen. Alex! Ein Telefon!

»Was ist geschehen?«, schrie er in den Hörer.

»Komm schon, bleib ruhig!«, sagte Conklin mit monotoner Stimme. »Hör mir zu. Ich muss genau wissen, wo du bist. Bernardine wird dich abholen und wegbringen. Er wird alle Vorbereitungen treffen und dich in eine Concorde nach New York setzen.«

»Warte einen Moment, nur einen Moment! Es war der Schakal, nicht wahr?«

»Nach allem, was uns gesagt wurde, war es ein Vertrag mit einer verrückten Jihad-Fraktion aus Beirut. Sie beanspruchen diesen Kill für sich. Der eigentliche Täter ist unwichtig. Das kann stimmen oder auch nicht. Zuerst habe ich es nicht geglaubt. Nicht nach DeSole und Armbruster, aber es gibt Indizien. Teagarten hat immer getönt, er wolle NATO-Truppen in den Libanon schicken und alle verdächtigen palästinensischen Enklaven dem Erdboden gleichmachen. Er ist schon öfter bedroht worden. Nur fällt es für mich zu auffallend mit der Medusa-Connection zusammen. Doch um deine Frage zu beantworten: Natürlich war es der Schakal.«

»Aber er hat es mir zugeschoben, Carlos hat es mir zugeschoben!«

»Er ist ein einfallsreiches Arschloch, das muss ich sagen. Du jagst ihn, und er benutzt einen Auftrag, um dich in Paris auf Eis zu legen.«

»Dann drehen wir den Spieß um!«

»Wovon sprichst du? Du musst raus da!«

»Kommt nicht infrage. Während er denkt, ich renne davon,

verstecke ich mich und weiche aus. Ich steuere direkt in seine Höhle.«

»Du spinnst! Du kommst raus da, solange es noch geht!«

»Nein, ich bleibe. Er glaubt, dass ich nach all den Jahren in Panik gerate und dumme Züge mache – und davon habe ich, weiß Gott, schon auf Tranquility genug gemacht. So dumme, dass seine Armee alter Männer mich finden wird, wenn sie nur an den richtigen Orten sucht und weiß, wonach sie suchen muss. Mein Gott, er ist gut! Ich muss den Bastard aus der Ruhe bringen, damit er einen Fehler begeht. Ich kenne ihn, Alex, ich weiß, wie er denkt, und ich werde ihn ausstechen. Ich bleibe auf meinem Kurs, auch wenn es keine sichere Höhle mehr für mich gibt.«

»Höhle? Was für eine Höhle?«

»Nur so eine Redensart, vergiss es. Zumindest war ich schon vor den Nachrichten über Teagarten hier. Das ist gut.«

»Das ist nicht gut. Du bist eine Pflaume! Komm raus da!«

»Tut mir Leid, heiliger Alex, genau hier werde ich bleiben. Ich verfolge den Schakal.«

»Gut, vielleicht wirst du vernünftig, wenn du Folgendes hörst: Vor ein paar Stunden hab ich mit Marie gesprochen. Rate mal, was sie tut, du alternder Neandertaler? Sie fliegt nach Paris. Um dich zu finden.«

»Das kann sie nicht!«

»Das habe ich auch gesagt, aber sie hat nicht hören wollen. Sie sagte, sie kennt alle Orte, die du und sie benutzt haben, als ihr vor uns geflohen seid vor dreizehn Jahren. Und dass du sie wieder benutzen würdest.«

»Habe ich auch. Einige. Aber sie darf nicht herkommen!«

»Sag das ihr, nicht mir.«

»Gib mir die Nummer von Tranquility. Ich hatte Angst, sie anzurufen – um ehrlich zu sein, ich habe verteufelt versucht, sie und die Kinder aus meinem Denken zu verdrängen.«

Conklin nannte ihm die 809-Vorwahl, und schon warf Bourne den Hörer auf die Gabel.

Wie auf Kohlen durchlief Jason den Prozess des Durchgebens von Bestimmungsort und Kreditkartennummer und das Piepen und Geklacker des Leitungsaufbaus nach Übersee. Dann endlich, nachdem er irgendeinem Idioten am Empfang von Tranquility die Meinung gesagt hatte, bekam er seinen Schwager an die Strippe.

»Hol Marie ans Telefon!«, befahl er.

»David?«

»Ja … David. Hol Marie.«

»Kann ich nicht. Sie ist vor einer Stunde weg.«

»Wohin?«

»Hat sie mir nicht gesagt. Sie hat in Blackburne ein Flugzeug gechartert, aber sie hat mir nicht gesagt, zu welchem Flughafen sie wollte. Hier in der Nähe gibt es nur Antigua oder Martinique, aber sie könnte auch nach Saint Martin oder Puerto Rico geflogen sein. Sie ist auf dem Weg nach Paris.«

»Hättest du sie nicht aufhalten können?«

»Himmel, glaubst du, ich hätte es nicht versucht, David?!«

»Hast du nicht daran gedacht, sie einzusperren?«

»Marie?«

»Ich verstehe, was du meinst … Sie kann nicht vor morgen früh hier sein, allerfrühestens.«

»Hast du die Nachrichten gehört?«, schrie St. Jacques. »General Teagarten wurde ermordet, und sie sagen, es war Jason …«

»Oh, halt die Schnauze«, sagte Bourne, legte auf und verließ die Telefonzelle. Er ging die Straße hinunter und versuchte, seine Gedanken zu ordnen.

Peter Holland, Direktor der CIA, erhob sich hinter seinem Schreibtisch und schrie den Mann an, der vor ihm auf dem Stuhl saß. »Nichts tun? Hast du deinen Verstand verloren?«

»Und du deinen, als du das Statement über die britisch-amerikanische Operation in Hongkong herausgegeben hast?«

»Es war die verdammte Wahrheit!«

»Es gibt auch andere Wahrheiten, wie etwa die Wahrheit zu leugnen, wenn es dem Geheimdienst nichts nutzt.«

»Scheiße! Die blöden Politiker!«

»Das würde ich nicht sagen, Dschingis-Khan. Ich habe von Männern gehört, die sich lieber an die Wand stellen lassen und ihre Hinrichtung akzeptierten, als der Wahrheit, der sie sich verpflichtet fühlten, abzuschwören ... Du hebst ab, Peter.«

Erschöpft sank Peter Holland zurück in seinen Sessel. »Vielleicht gehöre ich wirklich nicht hierher.«

»Vielleicht nicht, aber gib dir noch ein wenig Zeit. Vielleicht wirst du dir genauso schmutzige Hände holen wie wir anderen auch. Das kann passieren, du weißt es.«

Der Direktor lehnte sich zurück. Er sprach mit Unterbrechungen. »Da draußen habe ich mir die Hände schmutziger gemacht als irgendeiner von euch, Alex. Ich wache immer noch manchmal in der Nacht auf und sehe die Gesichter junger Männer vor mir, wie sie mich anstarren, während ich ihnen mein Messer in die Brust stoße und weiß, dass sie keine Ahnung haben ...«

»Entweder sie oder du. Sie hätten dir eine Kugel in den Kopf gejagt, wenn sie gekonnt hätten.«

»Ja, das nehme ich an.« Der DCI beugte sich vor, und seine Augen bohrten sich in die Conklins. »Aber darüber reden wir nicht, oder?«

»Du könntest sagen, es sei eine Variation des Themas.«

»Lass den Scheiß.«

»Es ist ein Musikerausdruck. Ich liebe Musik.«

»Dann komm auf das Hauptthema unserer Symphonie zurück, Alex.«

»Na gut. Bourne ist verschwunden. Er sagte mir, dass er glaubt, eine Höhle gefunden zu haben – seine Worte, nicht meine –, wo er überzeugt ist, den Schakal stellen zu können. Nähere Erläuterungen hat er nicht gegeben. Und nur Gott weiß, wann er mich wieder anruft.«

»Ich habe unseren Mann von der Botschaft zum Pont-Royal geschickt und ihn nach Simon fragen lassen. Was du mir gesagt hast, stimmt. Simon hat ein Zimmer genommen, ist weggegangen und nicht zurückgekommen. Wo ist er?«

»Außer Sichtweite. Bernardine hatte eine Idee: Er dachte, er könnte Bourne über das Nummernschild des Mietwagens auf die Spur kommen. Aber der Wagen wurde nicht abgeholt, und wir sind beide der Meinung, dass das auch nicht mehr geschehen wird. Jason traut niemandem, nicht einmal mir, und in Anbetracht seiner Geschichte hat er auch allen Grund dazu.«

Hollands Augen waren kalt und wütend. »Du lügst mich doch nicht an, Conklin?«

»Warum sollte ich in so einem Moment lügen, über einen Freund wie ihn?«

»Das ist keine Antwort, sondern eine Frage.«

»Nein, ich lüge nicht. Ich weiß nicht, wo er ist.« Alex wusste es wirklich nicht.

»Deine Idee ist also, nichts zu tun.«

»Es gibt nichts, was wir tun könnten. Früher oder später wird er mich anrufen.«

»Kannst du dir vorstellen, was ein Untersuchungskomitee des Senats in ein paar Wochen oder Monaten, wenn alles hochgeht – und es wird hochgehen –, sagen wird? Wir schicken einen Mann, bekannt als Jason Bourne, nach Paris, das von Brüssel genauso weit entfernt ist wie New York von Chicago ...«

»Ich glaube näher.«

»Danke, das hilft mir unglaublich ... Der Oberbefehlshaber der NATO wird ermordet, wofür besagter Jason Bourne die Verantwortung übernimmt, und wir sagen: Verdammt noch mal! Nicht ein Wort zu irgendjemandem! Mein Gott, auf irgendeinem Schleppkahn werde ich Latrinen scheuern!«

»Aber er hat ihn nicht umgebracht.«

»Du weißt das, und ich weiß das, aber da gibt es die kleine Geschichte seiner Geistesverwirrung – was unweigerlich herauskommen wird in dem Augenblick, wo die Akten dem Gericht vorgelegt werden müssen.«

»Es handelt sich um eine Amnesie. Das hat mit Gewalt nichts zu tun.«

»Zum Teufel, es ist viel schlimmer. Er kann sich nicht erinnern, was er getan hat.«

Conklin packte seinen Stock, sein unruhiger Blick wurde angespannt. »Ich scheiße drauf, welchen Anschein das alles erweckt! Mein verbliebener Instinkt sagt mir, dass Teagartens Ermordung mit Medusa zusammenhängt. Irgendwie, irgendwo haben sich die Drähte gekreuzt. Eine Botschaft wurde abgefangen, und ein gewaltiges Ablenkungsmanöver wurde in Szene gesetzt.«

»Ich glaube, ich verstehe unsere Sprache genauso gut wie du«, sagte Holland, »aber jetzt kann ich dir nicht folgen.«

»Da gibt es auch noch keine Logik, keine Arithmetik, keine aufsteigende Linie. Ich weiß einfach noch nicht … Aber Medusa ist es.«

»Mit dem, was du weißt, könnte ich immerhin Burton vom Vereinigten Generalstab und ganz sicher auch Atkinson in London aus dem Verkehr ziehen.«

»Nein, lass sie in Ruhe. Beobachte sie, aber versenke ihre Schiffe noch nicht, Admiral.«

»Was schlägst du also vor?«

»Was ich von Anfang an gesagt habe: Nichts tun. Es ist die Zeit des Wartens.« Alex schlug plötzlich mit dem Stock auf den Tisch. »Verdammte Scheiße, es ist Medusa. Es kann nicht anders sein.«

Ein glatzköpfiger alter Mann mit verrunzeltem Gesicht stand mühsam von einer Kirchenbank in der Kirche zum Heiligen Sakrament in Neuilly-sur-Seine auf, einem Vorort von Paris. Mühsam ging er Schritt um Schritt zum zweiten Beichtstuhl auf der linken Seite. Er zog den Vorhang zurück und kniete vor dem Gitter nieder, das mit einem schwarzen Tuch verhängt war, wobei ihn seine Beine schmerzten.

»*Angelus domini,* Kind Gottes«, sagte die Stimme hinter dem Gitter. »Geht es dir gut?«

»Viel besser durch Eure Großzügigkeit, Monseigneur.«

»Das freut mich, aber zu meiner Freude fehlt noch etwas, wie du weißt … Was ist in Anderlecht geschehen? Was hat mir meine geliebte und gut ausgerüstete Armee zu berichten? Wer hat es gewagt?«

»Wir haben uns überall verteilt und den vergangenen acht Stunden aufmerksam alles beobachtet, Monseigneur. So weit wir bis jetzt wissen, sind zwei Leute aus den Vereinigten Staaten eingeflogen – sie sprachen amerikanisches Englisch – und nahmen ein Zimmer in einer Familienpension gegenüber dem Restaurant. Sie verließen es nur wenige Minuten nach dem Anschlag.«

»Eine ferngezündete Explosion!«

»Offensichtlich, Monseigneur. Mehr haben wir nicht erfahren.«

»Aber warum? Warum?«

»Wir können noch nicht in die Köpfe der Menschen schauen, Monseigneur.«

Jenseits des Atlantik, in einem teuren Appartement in Brooklyn Heights, mit den Lichtern des East River und der Brooklyn Bridge vor dem Fenster, rekelte sich ein *capo supremo* auf einer üppig gepolsterten Couch mit einem Glas Perrier in der Hand. Er sprach mit seinem Freund, der ihm gegenüber in einem Sessel saß und einen Gin-Tonic trank. Der junge Mann war schlank, dunkelhaarig und eindrucksvoll. »Du weißt, Frankie, ich bin nicht nur gut, ich bin brillant. Verstehst du, was ich meine? Ich lege Wert auf Nuancen – unterscheiden, was wichtig ist und was nicht –, und ich habe ein untrügliches Gespür. Ich höre einen armen Clown über etwas reden, und ich zähle vier und vier zusammen, und statt acht gibt es zwölf. Bingo! Das ist die Antwort. Da ist diese Katze, die sich Bourne nennt, ein Wurm, der tut, als sei er ein großer Killer, ist er aber nicht – er ist ein lausiger *ésca*, ein Köder, um jemand anderes einzufangen, aber trotzdem ist er der, den wir wollen, verstehst du? Dann dieser miese Psychiater, sobald er Wind und Wetter ausgesetzt wird, spuckt er alles aus, was ich brauche. Unser Mann hat nur ein halbes Hirn, eine *testa balzana.* Die meiste Zeit weiß er gar nicht, wer er ist oder was er tut, stimmt's?«

»Richtig, Lou.«

»Und dann ist Bourne in Paris, Frankreich, ein paar Ecken entfernt von einem wirklichen Hindernis, einem spinnerten General, den unsere Freunde auf der anderen Seite vom Fluss aus dem Verkehr haben wollen, genau wie die beiden Fettsäcke, die's schon erwischt hat. Capisci?«

»Ich verstehe, Lou«, sagte der gutfrisierte junge Mann in seinem Sessel. »Du bist wirklich intelligent.«

»Du hast keinen blassen Dunst, wovon ich rede, du *zabaglione.* Ich könnte auch mit mir selbst reden, warum auch nicht? … Also habe ich meine zwölf, und ich denke mir, jetzt wirfst du den gepfefferten Würfel auf den Filz, klar?«

»Klar, Lou.«

»Wir müssen dieses Arschloch von General eliminieren, weil er ein Hindernis für die verrückte Sippschaft ist, die uns braucht. Richtig?«

»Genau, Lou. Ein Hind … ein Hinter …«

»Lass nur, *zabaglione.* Ich sage mir also, wir pusten ihn weg und sagen, der liebe Bourne hat es gemacht, kapiert?«

»O jaa, Lou. Du bist wirklich intelligent.«

»So werden wir unser Hindernis los und machen diesen Jason Bourne, der gar nicht da war, zur Zielscheibe für alle, richtig? Wenn wir ihn nicht kriegen und der Schakal ihn auch nicht kriegt, dann kriegen ihn die FBIler, richtig?«

»He, das ist wahnsinnig, Lou. Ich muss schon sagen, ich bewundere dich richtig.«

»Vergiss die Bewunderung, *bello ragazzo.* In diesem Haus herrschen andere Regeln. Komm jetzt her und besorg's mir richtig.«

Marie saß hinten im Flugzeug und trank Kaffee. Sie versuchte verzweifelt, sich an alles zu erinnern – an alle Verstecke und Zufluchtsorte für Ruhepausen, die sie und David vor dreizehn Jahren benutzt hatten. Da waren die Kellercafés am Montparnasse, die billigen Hotels und ein Motel – wo nur genau war es gewesen? – rund zwölf Kilometer außerhalb von Paris und ein Gasthaus mit einem Balkon in Argenteuil, wo David – Jason – zum ersten Mal zu ihr gesagt hatte, dass er sie liebe, aber nicht bei ihr bleiben könne, weil er sie liebe … Und da war Sacré-Cœur, ganz oben auf der Treppe, wo Jason – David – den Mann in einer dunklen Gasse traf, der ihnen die Information gab, die sie brauchten …

»Mesdames et messieurs«, kam die Stimme über den Lautsprecher an der Decke. *»Je suis votre capitaine. Bienvenu.«* Der Kapitän sprach Französisch, ein Besatzungsmitglied wiederholte die Meldung dann auf englisch, deutsch und italienisch,

und eine weibliche Stimme brachte schließlich auch noch die japanische Übersetzung. »Wir hoffen auf einen angenehmen Flug nach Marseilles. Die geschätzte Flugdauer beträgt sieben Stunden und vierzehn Minuten, und die voraussichtliche Landezeit wird sechs Uhr früh sein, Pariser Zeit. Angenehmen Flug.«

Als Marie St. Jacques zum Fenster hinausschaute, war der Ozean in Mondlicht getaucht. Sie war nach San Juan in Puerto Rico geflogen, um dort den Nachtflug nach Marseilles zu nehmen, wo die Kontrollformalitäten ein heilloses Durcheinander oder absichtlich lax waren. So war es zumindest vor dreizehn Jahren gewesen – eine Zeit, in die sie nun zurückkehrte. Dann wollte sie nach Paris fliegen, und sie würde ihn finden. Wie schon vor dreizehn Jahren, so würde sie ihn auch jetzt wieder finden. Sie musste es ganz einfach! Sonst würde der Mann, den sie liebte, ein toter Mann sein.

21.

Morris Panov saß teilnahmslos in einem Stuhl an einem Fenster, das auf die Weide einer Farm hinausging, die, wie er annahm, in Maryland lag. Er befand sich in einem kleinen Schlafzimmer im zweiten Stock, in ein Krankenhausnachthemd gekleidet, und sein nackter rechter Arm bestätigte die Story, die er nur zu gut kannte. Er war wiederholt unter Drogen gesetzt worden, hatte unkontrolliert in einer Sprache gesprochen, wie sie normalerweise von denen benutzt wird, die solche Narkotika verabreichen. Er war geistig vergewaltigt worden, man war in sein Hirn eingedrungen, seine Innersten Gedanken und Geheimnisse waren chemisch an die Oberfläche geholt und entwickelt worden.

Der Schaden, den er angerichtet hatte, war nicht abzusehen, das begriff er. Was er aber nicht begriff, war, warum er noch lebte. Und was noch verwirrender war, warum er so rücksichtsvoll behandelt wurde. Warum war sein Wächter mit der schwarzen Gesichtsmaske so höflich, die Nahrung so ausreichend und anständig? Es war, als wollte man ihn wieder zu Kräften kommen lassen und es ihm unter den außerordentlich schwierigen Umständen so angenehm wie möglich machen. Warum? Die Tür ging auf, und sein maskierter Wächter kam herein, ein kleiner, untersetzter Mann mit einer rauen Stimme, die Panov irgendwo im Nordosten ansiedelte, möglicherweise Chicago. In einer anderen Situation wäre er komisch erschienen mit seinem großen Kopf, aber so, wie die Dinge standen, wirkte selbst seine Unterwürfigkeit schon bedrohlich. Über seinem linken Arm trug er die Kleider des Psychiaters.

»Okay, Doktor. Ziehen Sie sich an. Ich habe dafür gesorgt, dass alles gereinigt und gebügelt ist, sogar die Unterhosen.«

»Sie meinen, dass Sie hier eine eigene Wäscherei und Reinigung haben?«

»Quatsch, wir bringen sie rüber nach … O nein, so bekommen Sie mich nicht dran, Doktor!« Der Wächter grinste und bleckte dabei seine leicht gelben Zähne. »Ganz clever, wie? Sie denken, ich sage Ihnen, wo wir sind, wie?«

»Ich war nur neugierig.«

»Ja, klar. Wie mein Neffe, das Kind meiner Schwester, das immer neugierig ist und mir Fragen stellt, die ich nicht beantworten möchte. He, Onkel, wie hast du mich nur durch die Uni gebracht? Ja! Er ist ein Doktor wie Sie. Wie gefällt Ihnen das?«

»Ich würde sagen, der Bruder seiner Mutter ist eine sehr großzügige Person.«

»Ja, na ja, was soll man denn machen? Kommen Sie schon, ziehen Sie die Klamotten an, Doktor, wir machen eine kleine Reise.«

»Ich nehme an, es wäre dumm zu fragen, wohin«, sagte Panov. Er stand vom Stuhl auf, zog sein Krankenhausnachthemd aus und stieg in die Unterhose.

»Sehr dumm.«

»Ich denke aber, nicht so dumm wie Ihr Neffe, der Ihnen nichts über ein Symptom sagt, dass ich, wäre ich Sie, beunruhigend finden würde.« Mo zog lässig die Hosen hoch.

»Wovon reden Sie?«

»Vielleicht von nichts«, antwortete Panov, streifte sein Hemd über und setzte sich, um sich die Socken anzuziehen. »Wann haben Sie Ihren Neffen zuletzt gesehen?«

»Vor ein paar Wochen. Ich habe ihm ein bisschen Kohle gebracht, damit er seine Versicherung bezahlen kann. Mann, diese Mütter sind Blutegel …! Was meinen Sie damit, wann ich ihn gesehen habe?«

»Ich fragte mich nur, ob er Ihnen etwas gesagt hat.«

»Worüber?«

»Über Ihren Mund.« Mo schnürte seine Schuhe und schüttelte den Kopf. »Dort über der Kommode hängt ein Spiegel, sehen Sie mal rein.«

»Wieso?«

»Lächeln Sie.«
»Warum?«
»Lächeln Sie ... Sehen Sie das Gelbe auf Ihren Zähnen, das blasse Rot Ihres Zahnfleisches und wie es immer höher dringt?«
»So? Das ist schon immer so ...«
»Vielleicht ist es nichts, aber er hätte es sehen müssen.«
»Was sehen, um Himmels willen?«
»Orale Arneloblastomie. Wahrscheinlich.«
»Was ist das? Ich putze mir nicht gut die Zähne, und ich mag keine Zahnärzte. Das sind Metzger.«
»Sie wollen also sagen, dass Sie ziemlich lange keinen Zahnarzt oder Hals-Nasen-Ohrenarzt aufgesucht haben?«
»Und?« Der Capo bleckte wieder die Zähne vor dem Spiegel.
»Das könnte erklären, weshalb Ihr Neffe nichts sagt.«
»Warum?«
»Er denkt sicher, dass Sie regelmäßig zum Zahnarzt gehen, und will dem die Sache überlassen.« Panov stand auf.
»Ich verstehe nicht.«
»Na ja, er ist dankbar für alles, was Sie für ihn getan haben, er schätzt Ihre Großzügigkeit. Ich kann verstehen, dass er Hemmungen hat, es Ihnen zu sagen.«
»Was zu sagen?« Der Wächter kam vom Spiegel zurück.
»Vielleicht habe ich Unrecht, aber Sie sollten wirklich mal zu einem Periodontisten gehen.« Mo zog die Jacke an. »Ich bin fertig«, sagte er. »Was soll ich jetzt tun?«
Der *capo subordinato,* dem die Augen hervortraten und dessen Stirn sich unter Argwohn und Unwissenheit zerfurchte, griff in die Tasche und holte ein großes, schwarzes Taschentuch hervor. »Tut mir Leid, Doktor, ich muss Ihnen die Augen verbinden.«
»Damit ihr mir eine Kugel in den Kopf jagen könnt und ich gnädigerweise nichts davon merke?«
»Nein, Doktor. Sie sind zu wertvoll.«

»Wertvoll?«, fragte der *capo supremo* rhetorisch in seinem üppigen Wohnzimmer in Brooklyn Heights. »Er ist eine Goldmine, die einfach aus dem Boden geschossen und in deiner *minestrone* gelandet ist. Dieser Knabe hat die Köpfe einiger der größten Wichser in Washington bearbeitet. Seine Akten sind mehr wert als ganz Detroit.«

»Aber unerreichbar, Louis«, sagte der Mann mittleren Alters in einem teuren Kammgarnanzug, der seinem Gastgeber gegenübersaß. »Die sind versiegelt und außerhalb deiner Reichweite.«

»Na ja, wir arbeiten daran, Mr. Park Avenue. Sagen wir mal – nur so zum Spaß –, wir bekamen sie. Was sind sie Ihnen wert?« Der Gast erlaubte sich ein dünnes, aristokratisches Lächeln. »Detroit?«, antwortete er.

»*Va bene!* Ich mag Sie, Sie haben Sinn für Humor.« Abrupt wurde der Mafioso ernst – seine im Grunde hässlichen Gesichtszüge traten nun klar zutage. »Die fünf Millionen für den Bourne-Webb-Typen stehen doch noch, oder?«

»Unter einer Bedingung.«

»Ich mag keine Bedingungen, Herr Rechtsgelehrter. Mag ich überhaupt nicht.«

»Wir können uns auch an jemand anderen wenden. Sie sind hier in der Stadt nicht allein im Spiel.«

»Lassen Sie mich Ihnen etwas erklären, *signor avvocato.* In vielerlei Hinsicht, sind wir – wir alle – das einzige Spiel in der Stadt. Es gibt keine Streitereien mehr zwischen den Familien. Unser Rat hat beschlossen, dass das nur böses Blut macht.«

»Wollen Sie sich die Bedingung anhören? Ich glaube nicht, dass Sie beleidigt sein werden.«

»Schießen Sie los.«

»Wäre mir lieb, wenn Sie ein anderes Wort benutzten.«

»Legen Sie los.«

»Es wird einen Zwei-Millionen-Dollar-Bonus geben, weil wir wollen, dass Sie Webbs Frau und seinen Regierungsfreund Conklin mit auf die Liste setzen.«

»Gemacht, Mr. Park Avenue.«

»Gut. Und nun zum Rest unseres Geschäftes.«

»Ich möchte über unseren Psychiater sprechen.«

»Wir kommen noch auf ihn …«

»Jetzt.«

»Geben Sie mir bitte keine Befehle«, sagte der Anwalt einer der angesehensten Firmen in der Wall Street. »Sie sind wirklich nicht in der Position, das zu tun, Itaker.«

»He, *farabutto!* So redet niemand mit mir.«

»Ich rede so mit Ihnen, wie es mir gefällt … Äußerlich und in Ihren Verhandlungen sind Sie ein sehr maskuliner Bursche, ein typischer Macho.« Der Anwalt kreuzte ruhig seine Beine. »Aber in Ihnen drin sieht es ganz anders aus, nicht wahr? Sie haben ein weiches Herz, oder sollte ich sagen, harte Lenden für hübsche, junge Männer?«

»Silenzio!« Der Italiener schoss von seinem Sofa hoch.

»Ich habe nicht die Absicht, diese Information auszunutzen. Andererseits glaube ich nicht, dass die Schwulenrechte bei der Cosa Nostra hoch im Kurs stehen, stimmt's?«

»Du Hurensohn!«

»Als ich ein junger Anwalt der Armee in Saigon war, verteidigte ich einen Karriereleutnant, der *in flagrante* mit einem vietnamesischen Jungen, einem männlichen Prostituierten offenbar, erwischt worden war. Durch rechtliche Manöver, indem ich doppeldeutige Sätze aus dem Militärkode betreffs Zivilisten benutzte, konnte ich ihn vor unehrenhafter Entlassung bewahren, aber es war klar, dass er seinen Dienst quittieren musste. Unglücklicherweise ist er nie ins normale Leben zurückgekehrt. Zwei Stunden nach dem Urteil hat er sich erschossen. Verstehen Sie, er war zum Paria geworden, zu einer Schande für seine Vorgesetzten, und damit wurde er nicht fertig.«

»Kommen Sie zum Geschäft«, sagte der Capo namens Louis mit leiser, tonloser Stimme, die voller Hass war.

»Danke Ihnen … Erstens habe ich einen Umschlag auf dem Tisch im Foyer hinterlassen. Er enthält die Zahlungen für Armbrusters tragisches Ende in Georgetown und Teagartens ebenso tragische Ermordung in Brüssel.«

»Nach dem, was der Hirndoktor sagt«, unterbrach der Mafioso, »gibt es noch zwei, von denen sie wissen. Einen Botschafter in London und den Admiral im Vereinigten Generalstab. Wollen Sie noch einen Bonus austeilen?«

»Vielleicht später, nicht jetzt. Die beiden wissen nicht viel und schon gar nichts über die finanziellen Operationen. Burton meint, dass wir im Wesentlichen ein ultrakonservativer Verein einer Veteranenlobby sind, der aus Vietnam entstanden ist. Das ist alles, und außerdem hat er starke patriotische Gefühle. Atkinson ist ein reicher Dilettant. Er tut, was man ihm sagt, aber er weiß nicht, warum. Er würde alles tun, um am Hof von St. James bleiben zu können. Seine einzige Verbindung war Teagarten … Conklin hat bei Swayne und Armbruster, Teagarten und natürlich DeSole ins Schwarze getroffen, aber die beiden anderen sind nur Dekoration, wenn auch ganz anständige Dekoration. Ich frage mich, wie das passieren konnte.«

»Wenn ich es herausfinde, und ich werde es herausfinden, werde ich es Sie wissen lassen. Gratis.«

»Oh?« Der Anwalt hob die Augenbrauen. »Wie?«

»Wir kommen da ran. Was haben Sie sonst noch?«

»Zweierlei, beides sehr wichtig, und das erste bekommen Sie gratis. Schaffen Sie sich Ihren gegenwärtigen Freund vom Hals. Er geht an Orte, an die er nicht gehen sollte, und wirft mit Geld um sich wie ein billiger Zuhälter. Uns wurde gesagt, dass er sich seiner Beziehungen rühmt. Wir wissen nicht, was er sonst noch redet oder was er weiß oder sich zusammengereimt hat, aber er passt uns nicht. Und ich glaube, Ihnen auch nicht.«

»Il prostituto!«, brüllte Louis und schlug mit der Faust auf die Lehne des Sofas. *»Il pinguino!* Er ist schon tot.«

»Ich akzeptiere Ihren Dank. Die zweite Sache ist weit wichtiger, auf jeden Fall für uns: Swaynes Haus in Manassas. Ein Buch ist weggekommen, ein Geschäftsbuch, welches Swaynes Anwalt in Manassas – unser Anwalt in Manassas – nicht finden konnte. Es stand in einem Bücherregal, der Einband identisch mit dem aller anderen Bücher in der Reihe. Irgendjemand muss genau gewusst haben, dass es da stand.«

»Was wollen Sie also von mir?«

»Der Gärtner war euer Mann. Er wurde eingestellt, um seinen Job zu machen, und er bekam die einzige Nummer, von der wir wussten, dass sie absolut sicher war, nämlich die von DeSole.«

»Und?«

»Um den Selbstmord authentisch zu inszenieren, musste er jede Bewegung Swaynes studieren. Sie selbst haben es mir *ad nauseam* erklärt, als Sie Ihr ungeheures Honorar verlangten. Es ist nicht schwer, sich vorzustellen, wie er durch das Fenster von Swaynes Arbeitszimmer äugt, des Orts, wo Swayne sich das Leben nehmen soll. Allmählich merkt Ihr Mann, dass der General ein bestimmtes Buch aus dem Regal nimmt, etwas hineinschreibt und es wieder an seinen Platz zurückstellt. Das muss ihn interessieren. Dieses bestimmte Buch muss wertvoll sein. Warum sollte er es nicht mitnehmen? Ich würde es tun. Sie würden es tun. Wo ist es also?«

Der Mafioso stand langsam, drohend auf. »Hören Sie mir zu, *avvocato,* Sie haben eine Menge hübsche Worte gebraucht, die wie logische Schlüsse aussehen sollen, aber wir haben kein solches Buch, und ich sage Ihnen, wie ich es beweisen kann! Wenn ich irgendetwas Geschriebenes hätte, womit ich Ihnen Feuer unterm Arsch machen könnte, würde ich es Ihnen in die Fresse hauen, und zwar hier und in genau diesem Moment, *capisce*?«

»Das entbehrt nicht der Logik«, sagte der Anwalt und wechselte die gekreuzte Beinstellung, während der wütende Capo finster zu seiner Couch zurückging. »Flannagan«, fügte der Anwalt der Wall Street hinzu. »Natürlich … klar, Flannagan. Er und seine Friseusennutte brauchten eine Versicherung … Aber sie würden sich damit bloßstellen. Ich bin wirklich erleichtert. Nehmen Sie meine Entschuldigung entgegen, Louis.«

»Sind Sie am Ende mit Ihren Geschäften?«

»Doch, glaube ich.«

»Damit also zu unserem Idiotendoktor.«

»Was ist mit ihm?«

»Wie ich sagte, eine Goldmine.«

»Ohne die Akten seiner Patienten keine zwanzig Karat, denke ich.«

»Dann denken Sie falsch«, konterte Louis. »Wie ich es Armbruster schon erzählt habe, bevor er für euch zum Risikofaktor wurde: Auch wir haben Ärzte. Spezialisten für alle möglichen medizinischen Dinge – motorische Aufnahmen und diesen mentalen Abruf im Zustand äußerer Kontrolle. Daran speziell kann ich mich erinnern. Das ist etwas ganz anderes als eine Knarre am Kopf, geht ganz ohne Blutvergießen.«

»Ich nehme an, da könnte was dran sein.«

»Da können Sie Ihren Country Club gegen verwetten. Wir bringen den Mann jetzt an einen Ort in Pennsylvania, eine Art Pflegeheim, wo die Reichsten der Reichen hingehen, um sich trockenlegen zu lassen oder geradegebogen zu werden, wenn Sie verstehen, was ich meine.«

»Ich glaube schon. Fortgeschrittene medizinische Ausrüstung, erstklassiges Personal – gut bewachtes Gelände.«

»Jaja, genau. Eine Menge Ihrer Leute gehen dadurch ...«

»Weiter«, unterbrach der Anwalt und sah auf seine goldene Rolex. »Ich habe nicht viel Zeit.«

»Nehmen Sie sich die Zeit. Laut meinem Spezialisten – und ich habe absichtlich das Wort mein benutzt, wenn Sie verstehen – wird der neue Patient nach einem genau festgelegten Schema jeden vierten oder fünften Tag zum Mond geschossen – den Ausdruck benutzt er, nicht ich. In den Zwischenzeiten wird er richtig gut behandelt. Er wird mit den richtigen Neuterminen, oder wie das heißt, gefüttert, kann ausreichend Gymnastik machen und schlafen und all den Scheiß ... Wir alle sollten unsere Körper pflegen, nicht wahr, *avvocato*?«

»Manche spielen halt jeden zweiten Tag Squash.«

»Verzeihen Sie mir, Mr. Park Avenue, aber Squash sind für mich Zucchini, und die esse ich.«

»Linguistische und kulturelle Unterschiede zeigen sich, nicht wahr?«

»Ja, das kann ich Ihnen nicht zum Vorwurf machen, *consigliere*.«

»Kaum. Und mein Titel ist Anwalt.«

»Mit etwas Geduld bringen Sie es auch noch zum *consigliere*.«

»Unser Leben ist zu kurz, Louis. Machen Sie jetzt weiter, oder soll ich gehen?«

»Ich mache weiter, Mr. Anwalt … Jedes Mal also, wenn unser Schrumpfkopf zum Mond geschossen wird, ist er in guter Verfassung, klar?«

»Ich verstehe, dass er periodisch normal ist, aber im Übrigen bin ich kein Arzt.«

»Und ich verstehe nicht, wovon Sie reden, jedenfalls bin ich auch kein Arzt, deswegen beziehe ich mich auf die Worte meines Spezialisten. Jedes Mal, wenn der *dottore* zum Mond geschossen wird, dann ist sein Verstand vollkommen klar, und dann wird ihm ein Name nach dem anderen eingegeben. Viele, vielleicht die meisten, sind willkürlich, aber ab und zu hat einer was zu bedeuten und dann noch einer und noch einer. Und immer beginnen sie mit dem, was sie eine Periode nennen. Sie versuchen Teile und Teilchen von Informationen herauszufinden, genug, um sich eine Vorstellung von der fraglichen Person machen zu können – genug, um sie sich in die Hose scheißen zu lassen, die Leute von Bedeutung. Denken Sie daran, wir leben in schwierigen Zeiten, und dieser Schrumpeldoktor behandelt einige der fettesten Brocken in Washington, inner- und außerhalb der Regierung. Wie schmeckt Ihnen das, Mr. Anwalt?«

»Sicher einmalig«, antwortete der Gast langsam und studierte den *capo supremo.* »Seine Akten wären natürlich noch unendlich viel wertvoller.«

»Ja, gut, wie ich sage, wir arbeiten daran, doch es wird Zeit brauchen. Aber das hier gibt es schon jetzt, *immediato.* In wenigen Stunden wird er in Pennsylvania sein. Wollen wir einen Deal machen? Sie und ich?«

»Worüber? Über etwas, was Sie nicht haben und vielleicht nie bekommen?«

»He, für was halten Sie mich eigentlich?«

»Ich bin sicher, dass Sie das nicht hören wollen …«

»Lassen Sie den Unsinn. Sagen wir, in ein oder zwei Tagen, vielleicht einer Woche, treffen wir uns, und ich gebe Ihnen eine Liste mit Namen, von denen ich denke, dass sie Sie interessieren. Leute, von denen wir Informationen haben – sagen wir, Informationen, die nicht leicht zugänglich sind. Sie suchen sich einen oder zwei oder gar keinen heraus, was können Sie verlieren? Es ist alles offen, und es wäre ein Deal nur zwischen uns beiden. Niemand sonst ist da mit drin, außer meinem Spezialisten und seinem Assistenten, die Sie aber nicht kennen und die Sie nicht kennen.«

»Eine Art Nebenarrangement?«

»Je nach der Information werde ich den Preis machen. Vielleicht sind es nur tausend Dollar oder zwei oder vielleicht auch zwanzig, oder auch gratis, wer weiß? Ich werde fair sein, weil ich Sie brauche, *capisce*?«

»Das ist sehr interessant.«

»Wissen Sie, was mein Spezialist sagt? Er meint, wir könnten damit einen neuen Geschäftszweig aufbauen, in Heimarbeit, wie er es nennt. Man schnappt sich ein Dutzend von diesen Schrumpfköpfen, alle mit besten Beziehungen zur Regierung, zum Senat oder selbst zum Weißen Haus ...«

»Ich verstehe vollkommen«, unterbrach der Anwalt und stand auf, »aber ich muss jetzt weg ... Bringen Sie mir eine Liste, Louis.« Der Gast ging in das kleine Marmorfoyer.

»Haben Sie keinen hübschen Diplomatenkoffer, *signor avvocato*?«, sagte der Capo und erhob sich vom Sofa.

»Damit ich den nicht sehr delikaten Mechanismus vor Ihrer Tür in Aufruhr bringe?«

»Tja, die Welt draußen ist so gewalttätig.«

»Darüber möchte ich gar nichts wissen.«

Der Anwalt der Wall Street verließ das Haus, und beim Klang der sich schließenden Tür rannte Louis quer durch den Raum zu dem Queen-Anne-Schreibtisch und griff nach dem französischen Elfenbeintelefon. Wie immer warf er das große, schmale Instrument erst zweimal um, bevor er mit einer Hand die Gabel festhielt und mit der anderen wählte. »Verdammter Wirrkopf!«, murmelte er. »Gottverdammter Dekorateur! ... Mario?«

»Hallo, Lou«, sagte eine angenehme Stimme in New Rochelle. »Ich wette, du rufst an, um Anthony zum Geburtstag zu gratulieren, he?«

»Was?«

»Mein Sohn, Anthony. Er wird heute fünfzehn, hast du das vergessen? Die ganze Familie sitzt draußen im Garten, und wir vermissen dich, Cousin. Und Lou, der Garten dieses Jahr! Ich bin ein wirklicher Künstler.«

»Vielleicht bist du noch was anderes.«

»Was?«

»Kauf Anthony ein Geschenk und schick mir die Rechnung. Vielleicht auch 'ne Braut. Reif dafür wär er.«

»Lou, du bist unmöglich. Es gibt da noch ein paar Dinge …«

»Jetzt gibt es nur ein Ding, Mario, und ich will von dir die Wahrheit wissen, oder ich lass dir die Zunge rausreißen!«

Es gab eine kurze Pause in New Rochelle, bevor der angenehm klingende Henker wieder sprach. »Ich verdiene es nicht, dass man so mit mir spricht, *cugino*.«

»Vielleicht nicht … Aus der Wohnung des Generals in Manassas wurde ein Buch geklaut, ein sehr wertvolles Buch.«

»Haben sie herausgefunden, dass es fehlt, wie?«

»Heilige Scheiße, hast du es?«

»Ich hatte es, Lou. Es sollte ein Geschenk für dich werden, aber ich habe es verloren.«

»Du hast es verloren? Was, zum Teufel, hast du gemacht, es in einem Taxi liegen lassen?«

»Nein. Ich rannte um mein Leben, als dieser Verrückte mit den Leuchtraketen, wie heißt er, Webb, in der Auffahrt auf mich schoss. Er erwischte mich, ich fiel hin, und das lausige Buch fiel mir aus der Hand – gerade als der Polizeiwagen ankam. Er hob's auf, und ich bin wie der Teufel zum Zaun gerannt.«

»Webb hat es also.«

»Nehme ich an.«

»Christus auf dem Trampolin …!«

»Sonst noch was, Lou? Wir sind gerade dabei, die Kerzen auf der Torte anzuzünden.«

»Ja, Mario, ich brauche dich möglicherweise in Washington.

»Nee, einen Moment mal, *cugino*, du kennst meine Regeln. Immer etwas Pause zwischen den Geschäftsreisen. Wie lange dauerte Manassas? Sechs Wochen? Und im vergangenen Mai in Key West, drei, beinahe vier Wochen. Ich kann nicht anrufen, keine Postkarte schreiben – nein, Lou, ich habe Verantwortung Angie und den Kindern gegenüber. Ich will keine Schlüsselkinder großziehen. Sie sollen ein Vorbild haben, verstehst du, was ich meine?«

»Was habe ich nur für einen verdammten Cousin!« Louis warf den Hörer hin und griff sofort wieder danach, als er über die Tischplatte flog und sich im Elfenbein ein Riss zeigte. »Der beste Killer auf dem Markt und gleichzeitig eine Flasche«, murmelte der *capo supremo,* während er wie besessen wählte. Als abgenommen wurde, verschwand der Zorn aus seiner Stimme, das heißt, er war nicht mehr zu hören: »Hallo, Frankie-Boy, wie geht es meinem besten Freund?«

»Oh, hi, Lou«, kam zögernd eine schmachtende Stimme aus einem teuren Appartement in Greenwich Village. »Kann ich dich in zwei Minuten zurückrufen? Ich bringe gerade meine Mutter in ein Taxi, mit dem sie zurück nach Jersey will. Okay?«

»Sicher, mein Kind. Zwei Minuten.« Mutter? Verdammter Hurensohn! *Il pinguino!* Louis ging zu seiner Spiegelmarmorbar, wo rosa Engel über den Whiskyflaschen schwebten. Er schenkte sich einen Drink ein und nahm ein paar beruhigende Schlucke. Das Bartelefon klingelte.

»Ja?«, sagte er, als er vorsichtig das zerbrechliche Kristallinstrument aufnahm.

»Ich bin es, Lou. Frankie. Ich habe Mama auf Wiedersehen gesagt.«

»Ein guter Junge, Frankie. Man soll nie die Mama vergessen.«

»Hast du mir beigebracht, Lou. Du hast mir erzählt, dass du deiner Mutter die größte Beerdigung ausgerichtet hast, die man je in East Hartford gesehen hat.«

»Ja, ich hab die ganze verdammte Kirche gekauft, Junge.«

»Wie schön, sehr schön.«

»Nun lass uns zu was anderem Schönen kommen, ja? Es ist mal wieder einer dieser Tage gewesen, Frankie, viel Ärger, du weißt, was ich meine.«

»Gewiss, Lou.«

»Ich brauche etwas Erleichterung. Komm her, Frankie.«

»So schnell, wie es mit einem Taxi geht, Lou.« *Prostituto!* Es würde sein letzter Job sein. Frankie, das Großmaul.

Der gut gekleidete Anwalt lief zwei Blöcke in Richtung Süden und einen Block in Richtung Osten zu seinem wartenden Wagen unter dem Baldachin eines imposanten Wohngebäudes, immer noch in Brooklyn Heights. Sein untersetzter Chauffeur unterhielt sich mit dem uniformierten Portier, dem er ein großzügiges Trinkgeld gegeben hatte. Als er seinen Chef sah, ging er rasch zur rückwärtigen Tür und hielt sie auf. Wenige Minuten später steckten sie mitten im Verkehr in Richtung Brücke.

In der Stille des Fonds öffnete der Anwalt seinen Gürtel aus Krokodilleder, drückte auf die Schnalle, und eine kleine Hülse fiel zwischen seine Beine. Er hob sie auf und legte den Gürtel wieder an. Er hielt die Hülse gegen das gedämpfte Licht am Fenster und besah sich das Miniaturaufnahmegerät, das durch Stimmen aktiviert wird. Es war ein außerordentliches Gerät, winzig und mit einem Acryl-Mechanismus, der es erlaubte, es auch durch die ausgeklügeltsten Sicherheitsschleusen zu bringen. Der Anwalt beugte sich in seinem Sitz vor und sagte zu dem Fahrer: »William?«

»Ja, Sir.« Der Chauffeur sah in den Rückspiegel und sah die ausgestreckte Hand seines Chefs. Er griff danach.

»Bring das ins Haus und überspiele es bitte auf eine Kassette, ja?«

»Jawohl, Major.«

Der Manhattan-Anwalt lehnte sich im Sitz zurück und lächelte vor sich hin. Von jetzt an würde ihm Louis alles liefern, was er wollte. Ein Capo durfte keine Nebenabsprachen treffen, wenn es um die Familie ging. Ganz zu schweigen vom Eingeständnis gewisser sexueller Präferenzen.

Morris Panov saß mit einer Augenbinde neben seinem Wächter auf dem Vordersitz des Wagens. Seine Hände waren locker, beinahe höflich gebunden, als sei der Capo der Meinung, er würde überflüssige Befehle befolgen. Sie waren etwa dreißig Minuten schweigend gefahren. Dann sagte der Wächter.

»Was ist ein Perio-oh-Zahnarzt?«, fragte er.

»Ein Kieferorthopäde, ein Arzt, der auf Kieferoperationen spezialisiert ist, bei Problemen, die mit den Zähnen oder dem Zahnfleisch zusammenhängen.«

Schweigen.

Sieben Minuten später: »Welche Art von Problemen?«

»Beliebig. Von Infektionen und dem Ausschaben der Wurzeln bis hin zu komplizierteren Maßnahmen, gewöhnlich zusammen mit einem Onkologisten.«

Schweigen.

Vier Minuten später: »Was war das zuletzt? Dieser Onkelwas?«

»Mundkrebs. Wenn es rechtzeitig gemacht wird, brauchen nur kleinere Knochenteile herausgenommen zu werden ... Wenn nicht, dann muss der ganze Kiefer entfernt werden.« Panov spürte, wie der Wagen ins Schlingern geriet, als der Fahrer für einen Moment die Kontrolle verlor.

Schweigen.

Anderthalb Minuten später: »Den ganzen verdammten Kiefer?«

»Nur so ist der Patient noch zu retten.« Dreißig Sekunden später: »Sie glauben, dass ich so was haben könnte?«

»Ich bin Arzt und will niemanden beunruhigen. Mir ist lediglich ein Symptom aufgefallen, ich habe keine Diagnose gestellt.«

»Scheiße auch! Dann machen Sie doch eine Diagnose!«

»Dazu bin ich nicht qualifiziert.«

»Verdammt! Sie sind doch Doktor oder nicht? Ich meine, ein richtiger Doktor, kein *fasullo*, der nur so tut, aber nicht mal ein Schild hat.«

»Doktor bin ich.«

»Dann sehen Sie mich an!«

»Ich kann nicht. Ich habe eine Binde vor den Augen.« Panov fühlte plötzlich die dicke, starke Hand des Wächters an seinem Kopf, wie er das Tuch herunterriss. Das dunklere Innere des Wagens beantwortete Mos Frage: Wie konnte man mit einem Passagier, dem die Augen verbunden waren, so mir nichts, dir nichts durch die Gegend fahren? In diesem Wagen war es kein Problem. Außer der Windschutzscheibe waren die Fenster nicht nur gefärbt, sondern beinahe undurchsichtig. »Machen Sie schon, sehn Sie her!« Der Capo, den Blick auf die Straße gerichtet, verdrehte seinen Kopf grotesk in Richtung Panov. Seine dicken Lippen waren hochgezogen und seine Zähne gebleckt wie bei einem Kind, das vor einem Spiegel Monster spielt.

»Sagen Sie mir, was Sie sehen.«

»Es ist zu dunkel hier drinnen«, erwiderte Mo. Aber das Wichtigste, was er sehen wollte, konnte er durch die Windschutzscheibe erkennen. Sie befanden sich auf einer Landstraße, so schmal und so ländlich, dass es schon einen Schritt daneben nichts als Schlamm gab. Wohin immer er gefahren wurde, es geschah auf extremen Umwegen.

»Öffnen Sie das verdammte Fenster!«, bellte der Wächter, den Kopf immer noch verdreht, wobei sein offenstehender Mund einer Karikatur von Orca glich, einem Wal, der sich übergeben wollte. »Verheimlichen Sie mir nichts. Ich werde diesem Sack jeden Finger brechen! Er kann dann seine verdammten Operationen mit den Ellbogen machen! Ich habe meiner Schwester gesagt, dass er nicht gut ist, dieser Windhund. Liest immer Bücher, keine *action*, wenn Sie wissen, was ich meine?«

»Wenn Sie mal für ein paar Sekunden zu schreien aufhören, dann kann ich mehr erkennen«, sagte Panov, nachdem er das Fenster auf seiner Seite runtergedreht hatte und nichts als Bäume sah und gewöhnliches Gebüsch auf einer entschieden abgelegenen Straße, die bestimmt nicht auf vielen Karten eingezeichnet war. »Da haben wir es«, fuhr Mo fort und hob seine locker gebundenen Hände zu dem Mund des Capo, ohne jedoch die Straße aus dem Auge zu lassen. »O mein Gott!«, schrie Panov.

»Was?«, schrie der Wächter.

»Eiter. Eitertaschen überall. Oben und unten. Das schlimmste Anzeichen.«

»Oh, Jesses!« Der Wagen schlingerte wie wild, aber damit nicht genug – ein großer Baum, direkt vor ihnen, auf der linken Seite der verlassenen Straße! Morris Panov ließ seine

Arme auf das Steuer fallen und schob sich aus seinem Sitz hoch, als er es nach links drehte. Dann, in letzter Sekunde, bevor der Wagen den Baum traf, warf er sich nach rechts in eine fötale Position, um sich zu schützen.

Der Aufprall war enorm. Zerbrochenes Glas und zerschmettertes Metall, begleitet vom lauten Zischen – überall Dampf, Qualm aus zerbrochenen Zylindern und unter dem Wagen Flammen, die sich im ausgelaufenen Öl ausbreiteten und bald den Tank erreichen würden. Der Wächter stöhnte, halb bei Bewusstsein, mit blutendem Gesicht. Panov zog ihn aus dem Wrack und so weit weg, wie er konnte, bevor die Erschöpfung ihn übermannte. Und dann explodierte der Wagen. Im feuchten Gras ging sein Atem allmählich wieder ruhiger, aber seine Angst war immer noch da. Er entledigte sich der lose gebundenen Fesseln und entfernte die Glassplitter aus dem Gesicht des Chauffeurs, sah nach gebrochenen Knochen, ja, der rechte Arm und das linke Bein, und auf Briefpapier von einem Hotel, von dem Panov nie gehört hatte, das er in der Tasche des Capos gefunden hatte, schrieb er seine Diagnose auf. Unter den Dingen, die er mitnahm, war auch eine Pistole – welche Marke, das wusste er nicht –, aber sie war schwer und zu groß für seine Tasche, weshalb er sie in den Gürtel steckte.

Genug. Hippokrates hatte seine Grenzen. Panov durchsuchte die Kleider des Wächters, erstaunt, wie viel Geld er fand – an die sechstausend Dollar –, und über die verschiedenen Führerscheine – fünf aus fünf verschiedenen Staaten. Er nahm das Geld und die Führerscheine, um sie Alex Conklin zu übergeben, doch ansonsten ließ er die Taschen des Capo unberührt. Es gab Fotos von seiner Familie und seinen Kindern, Großenkeln und verschiedenen Verwandten und darunter auch das Foto eines jungen Chirurgen, den er auf die Uni geschickt hatte. *Ciao, amico,* dachte Mo, als er sich aufrappelte, seine Kleidung glattstrich, zur Straße hinüberging und versuchte, so respektierlich wie möglich auszusehen.

Als er auf dem glatten Asphalt stand, sagte ihm sein gesunder Menschenverstand, dass er Richtung Norden gehen müsse, in die Richtung, in die der Wagen gefahren war, weil nach Süden zu gehen nicht nur witzlos, sondern vielleicht sogar gefährlich sein konnte. Plötzlich brach es über ihn herein.

Gütiger Gott! Habe ich getan, was ich gerade tat?

Er begann zu zittern, und seine psychiatrisch geschulte Hälfte sagte ihm, dass es sich um einen posttraumatischen Stress handelte.

Scheiße, du warst es nicht!

Er begann zu laufen, und er lief immer weiter und lief und lief. Die Straße war nicht nur abgelegen, sie schien durchs Nirgendwo zu verlaufen. Es gab keine Anzeichen von Zivilisation, nicht einen Wagen, nicht ein Haus – nicht einmal die Ruinen eines alten Bauernhauses oder eines primitiven Steinwalls, der zumindest darauf hingedeutet hätte, dass irgendwann mal menschliche Wesen in der Gegend gewesen waren. Kilometer um Kilometer brachte er hinter sich, und Mo hatte gegen den Effekt der durch die Drogen bewirkten Erschöpfung zu kämpfen. Wie lange ist es schon her? Er hatte keine Ahnung, weder von der Stunde noch von der Zeit, die seit seiner Gefangennahme vor dem Walter-Reed-Krankenhaus vergangen war. Er musste ein Telefon finden. Er musste Alex Conklin erreichen! Irgendetwas musste passieren. Bald.

Tat es auch.

Er hörte das Herannahen eines Motors und drehte sich um. Ein roter Wagen kam von Süden herangerast – der Fahrer musste einen Bleifuß haben. Er begann wild mit den Armen zu winken, Gesten der Hilflosigkeit und des Appells. Nutzlos. Der Wagen donnerte an ihm vorbei, nur undeutlich zu erkennen … Dann war zu seiner freudigen Überraschung die Luft von quietschenden Bremsen und Staub erfüllt. Der Wagen hielt! Er lief los, als der Wagen mit aufheulenden Reifen zurücksetzte. Komischerweise erinnerte er sich in diesem Moment an die Worte, die ihm seine Mutter unablässig wiederholt hatte, als er noch ein Junge in der Bronx gewesen war: »Sage immer die Wahrheit, Morris. Es ist der Schild, den Gott uns gab, um uns auf dem rechten Weg zu halten.«

Panov hielt sich nicht immer an diese Ermahnung, aber zu Zeiten hatte er das Gefühl, dass sie einen sozial interaktiven Wert hatte. Außer Atem kam er an dem geöffneten Fenster des roten Wagens an. Er sah die weibliche Fahrerin, eine Platinblonde Mitte dreißig mit stark geschminktem Gesicht und großen Brüsten, die ein Dekollete sehen ließ, das mehr zu einem drittklassigen Film als zu einer abgelegenen Landstraße in Maryland passte. Die Worte seiner Mutter im Ohr, sagte er: »Ich bin mir darüber im klaren, dass ich ziemlich schäbig aussehe, Madame, aber ich versichere Ihnen, dass es nur der äußerliche Eindruck ist. Ich bin Arzt und hatte einen Unfall.«

»Steigen Sie ein, um Himmels willen!«

»Ich danke Ihnen sehr.« Mo hatte kaum die Wagentür geschlossen, als die Frau schon den Gang einlegte und die Maschine aufs Äußerste hochjagte. »Sie sind offenbar sehr in Eile«, begann Panov.

»Das wären Sie auch, mein Freund, wenn Sie an meiner Stelle wären. Ich habe dort hinten einen Mann, der versucht, seine Karre in Gang zu bringen, und hinter meinem Arsch her ist!«

»Wirklich?«

»So ein verdammter Kerl! Drei Wochen im Monat fährt er über Land und vögelt, was ihm unterkommt, und macht dann einen Zirkus, wenn er herausfindet, dass auch ich ein bisschen Spaß hatte.«

»Tut mir Leid.«

»Es wird Ihnen noch viel mehr Leid tun, wenn er uns einholt.«

»Wie bitte?«

»Sind Sie wirklich Arzt?«

»Ja, bin ich.«

»Vielleicht können wir ein Geschäft miteinander machen.«

»Wie meinen Sie?«

»Können Sie eine Abtreibung machen?«

Morris Panov schloss die Augen.

22.

Bourne lief beinahe eine Stunde lang durch Paris und versuchte, seine Gedanken zu ordnen. Schließlich stand er an der Seine an der Pont de Solferino, die zum Quai des Tuileries und den Gärten führt. Warum, warum, warum? Was dachte sich Marie nur bei der Sache? Nach Paris zu fliegen! Es war nicht einfach dumm, es war völlig idiotisch – aber seine Frau war weder ein Dummkopf noch ein Idiot. Sie war eine großartige Frau mit einem schnellen, analytischen Verstand. Und gerade deswegen war ihre Entscheidung so unverständlich. Was mochte sie denn glauben, ausrichten zu können? Sie musste doch wissen, dass er viel sicherer war, wenn er allein arbeitete. Das Risiko würde für sie beide doppelt so groß sein, und das musste sie doch begreifen. Zahlen und Projektionen waren ihr Beruf. Warum also?

Es gab nur eine denkbare Antwort, und die machte ihn wütend. Sie glaubte, dass er wieder halb durchdrehen könnte wie damals in Hongkong, wo sie allein ihn wieder zu sich gebracht hatte, zurück in die Realität, seine so einmalige Realität aus erschreckenden halben Wahrheiten und nur vereinzelten Erinnerungsstücken, episodischen Augenblicken, mit denen sie jeden Tag ihres gemeinsamen Lebens zurechtkommen musste. Gott, wie er sie anbetete, wie er sie liebte! Und die Tatsache, dass sie diese dumme, unhaltbare Entscheidung getroffen hatte, machte seine Liebe zu ihr noch stärker, weil sie so aufopfernd, so wahnsinnig selbstlos war. Im Fernen Osten hatte es Momente gegeben, wo er seinen eigenen Tod wünschte, nur um das Schuldgefühl auszulöschen, das er fühlte, weil er sie in so gefährliche – unhaltbare? – Situationen brachte. Diese Schuld bestand inmer noch, aber da war mittlerweile weit mehr – die Kinder. Dieses Krebsgeschwür, der Schakal, musste aus ihrer aller Leben beseitigt werden. Konnte sie das nicht begreifen und ihn tun lassen, was er tun musste? Nein. Sie flog nicht nach Paris, um sein Leben zu retten – dazu hatte sie zu viel Vertrauen in Jason Bourne. Sie kam, um seinen Geist zu retten. Ich werde damit fertig, Marie. Ich kann es und werde es!

Bernardine. Er könnte es machen. Das Deuxième könnte sie in Orly oder de Gaulle abfangen. Sie abfangen und unter Bewachung in ein Hotel stecken und behaupten, niemand wisse, wo er sei. Jason lief von der Pont de Solferino zum Quai des Tuileries und zum ersten Telefon, das er finden konnte.

»Können Sie das machen?«, fragte Bourne. »Sie hat nur einen gültigen Pass, und der ist amerikanisch, nicht kanadisch.«

»Ich kann es selbst versuchen«, antwortete Bernardine, »aber nicht mithilfe vom Deuxième. Ich weiß nicht, wie viel Alex erzählt hat, aber im Augenblick häng ich ziemlich in der Luft, und ich glaube, dass sie meinen Schreibtisch zum Fenster hinausgeworfen haben.«

»Scheiße!«

»*Merde* hoch drei, *mon ami*. Der Quai d'Orsay will mir die Unterhosen verbrennen, ohne sie mir auszuziehen, und hätte ich nicht verschiedene Informationen über verschiedene Mitglieder der Nationalversammlung, hätten sie ohne Zweifel schon längst die Guillotine wieder ausgepackt – persönlich für mich.«

»Lässt sich bei den Passkontrollen nicht etwas Geld verteilen?«

»Es ist besser, wenn ich in meiner früheren offiziellen Eigenschaft auftrete, in der Annahme, dass das Deuxième nicht so schnell seine Verlegenheit hinausposaunt hat. Wie ist ihr voller Name?«

»Marie Elise St. Jacques-Webb …«

»Ach ja, jetzt erinnere ich mich, zumindest an St. Jacques«, unterbrach Bernardine. »Die berühmte kanadische Betriebswirtin. Die Zeitungen waren voll mit ihren Fotos. *La belle mademoiselle.*«

»Sie hätte auf diese Reklame verzichten können.«

»Das glaube ich.«

»Hat Alex etwas über Mo Panov gesagt?«

»Den alten Psychiater?«

»Ja.«

»Ich glaube nein.«

»Verdammt!«

»Ich würde vorschlagen, dass Sie jetzt erst mal an sich denken.«

»Ich verstehe.«

»Werden Sie den Wagen abholen?«

»Sollte ich?«

»Offen gesagt, ich würde es nicht tun. Er ist zwar nicht registriert, aber es gibt immer ein Risiko.«

»Das hab ich mir auch gedacht. Wann kann ich Sie anrufen?«

»Ich brauche vier, vielleicht fünf Stunden Zeit, bis ich wieder hier bin. Wie Ihr Heiliger erklärt hat, kann Ihre Frau von verschiedenen Flughäfen aus geflogen sein. All die Passagierlisten zu bekommen, das dauert seine Zeit.«

»Konzentrieren Sie sich auf die Flüge, die am frühen Morgen ankommen. Einen Pass kann sie nicht fälschen, sie wüsste nicht, wie man das macht.«

»Alex sagt, man sollte sie nicht unterschätzen. Er sprach sogar französisch und sagte, sie sei *formidable.*«

»Sie kann einen schwer auf dem falschen Fuß erwischen, das sage ich Ihnen.«

»Qu 'est-ce que cest?«

»Sie ist ein Original, lassen wir's dabei.«

»Und Sie?«

»Ich nehme die Metro. Es wird dunkel. Ich rufe Sie nach Mitternacht wieder an.«

»Bonne chance.«

»Merci.«

Bourne verließ das Telefonhäuschen und wusste genau, was er als Nächstes tun wollte, als er zum Quai hinunterhinkte. Die Bandage um sein Knie zwang ihn zu einer Art behindertem Gang. Es gab eine Metrostation bei den Tuilerien, wo er den Zug nach Havre-Caumartin nehmen und dann in den Vorortzug über St.-Denis-Basilique nach Argenteuil umsteigen würde. Argenteuil, eine Stadt aus finsteren Zeiten, von Karl dem Großen gegründet zu Ehren eines Nonnenklosters vor vierzehn Jahrhunderten, war jetzt, fünfzehn Jahrhunderte später, eine Stadt, die das Kommunikationszentrum eines Killers beherbergte, der so brutal war wie irgendein Mann, der wie zu den barbarischen Zeiten Karls des Großen mit einem breiten Schwert über die Schlachtfelder zog, wobei damals wie heute die Brutalität unter dem Deckmantel von Religiosität gefeiert und geheiligt wurde. Das Le Cœur du Soldat lag an keinem Boulevard oder einer bekannten Avenue, sondern in einer Sackgasse gegenüber einer seit langem geschlossenen Fabrik, deren abgeblätterte Schilder auf eine einst blühende Metallschmelze in einem der hässlichsten Stadtteile hinwiesen. Das Le Cœur du Soldat stand in keinem Telefonbuch. Der unschuldig fragende Fremde fand aber schließlich sein Ziel. Je verfallener die Gebäude und je übler die Straßen, umso genauer wurden die Angaben.

Bourne stand in der dunklen, engen Gasse und lehnte sich gegen die alte, rohe Backsteinmauer gegenüber vom Eingang eines Bistros. Über der dicken, massiven Tür befand sich ein Schild mit eckigen Blockbuchstaben, von denen einige fehlten: *L C eur d Soldat*. Wenn von Zeit zu Zeit die Tür aufging, schallte martialische Marschmusik auf die Gasse hinaus. Die Gäste waren keine Kandidaten für die feine Gesellschaft. Meine äußere Erscheinung ist perfekt, dachte Jason, als er ein Streichholz an der Mauer anriss, sich eine dünne schwarze Zigarre anzündete und über die Straße zum Eingang humpelte.

Von der Sprache und der ohrenbetäubenden Musik abgesehen, könnte es sich auch um eine Hafenkneipe in Palermo handeln, dachte Bourne, als er durch das Gewühl ins Innere der Bar vordrang. Seine blinzelnden Augen schweiften umher und versuchten, alles einzufangen, was er sah. Wann war er bloß auf Sizilien, in Palermo gewesen?

Ein untersetzter Mann im Hemd eines Panzerfahrers stieg von seinem Hocker, den Jason, ohne zu zögern, einnahm. Eine Eisenfaust packte ihn bei der Schulter. Bourne schlug mit der Rechten aufwärts, packte das Gelenk und drehte es im

Uhrzeigersinn, wobei er den Barhocker zur Seite stieß und aufstand.

»Was ist dein Problem?«, fragte er ruhig auf französisch und laut genug, um gehört zu werden.

»Das ist mein Platz, du Schwein! Ich muss nur pissen!«

»Wenn du fertig bist, dann muss ich vielleicht wieder gehen«, sagte Jason, und sein Blick bohrte sich in den Mann, wobei die Stärke seines Griffs unmissverständlich war – noch erhöht durch den Druck des Daumens auf einen Nerv, was nichts mit Stärke zu tun hatte.

»Oh, du bist ein verdammter Krüppel ...!«, schrie der Mann und versuchte, nicht mit der Wimper zu zucken. »Mit Invaliden leg ich mich nicht an.«

»Ich sage dir was«, sagte Bourne und lockerte seinen Griff. »Wenn du zurückkommst, wechseln wir uns ab, und ich bezahl dir ein Glas, sooft du mich mit meinem blöden Bein sitzen lässt. In Ordnung?«

Der Mann begann zu grinsen. »He, du bist in Ordnung.«

»Ich bin nicht unbedingt in Ordnung, aber ich will bestimmt keinen Krach. Scheiße, du würdest mich in den Boden hämmern.«

Bourne ließ den Arm des muskulösen Mannes los.

»Da bin ich gar nicht so sicher«, sagte der Mann und hielt lachend sein Handgelenk. »Setz dich, setz dich! Ich geh pissen, und dann geb ich erst mal einen aus. Du siehst nicht aus, als hättest du allzu viele Francs in der Tasche.«

»Na ja, wie man sagt, der Schein kann trügen«, antwortete Jason und setzte sich. »Ich habe auch andere, bessere Klamotten. Ein alter Freund wollte sich mit mir hier treffen und meinte, ich sollte was Schlichtes tragen ... Hab grade ganz gutes Geld in Afrika gemacht. Du weißt schon, die Wilden drillen ...«

Die Zymbeln rasselten in der metallischen, betäubenden Militärmusik, als sich die Augen des Panzerhemdes weiteten. »Afrika? Wusste ich's doch! Der Griff – LPN.«

Die Erinnerungsfetzen des Chamäleons verdichteten sich zu einem Kode: *LPN – Légion Patria Nostra.* Frankreichs Fremdenlegion, die Söldnertruppen der Welt. Es war nicht gerade das, worauf er trainiert war, aber es würde ausreichen. »Lieber Gott, du auch?«, fragte er rau, aber unschuldig.

»Die Légion ist unser Vaterland!«

»Das ist verrückt!«

»Wir hauen damit nicht groß auf die Pauke. Natürlich nicht. Es gibt viel Eifersucht, natürlich, weil wir die Besten waren und dafür bezahlt wurden, aber dennoch sind das hier unsere Leute. Soldaten!«

»Wann hast du die Legion verlassen?«, fragte Bourne. Er musste aufpassen, dass er sich nicht auf Glatteis begab.

»Vor neun Jahren! Haben mich vor der zweiten Verlängerung wegen Übergewicht hinausgeworfen. Sie hatten Recht und haben dadurch wahrscheinlich mein Leben gerettet. Ich bin aus Belgien, Corporal.«

»Ich wurde vor einem Monat entlassen, bevor meine erste Zeit herum war. Verwundung in Angola und weil sie meinten, ich sei älter, als es in meinen Papieren steht. Sie bezahlen nicht für längere Heilungsprozesse.« Wie leicht die Worte flossen.

»Angola? Das waren wir? Was hat sich der Quai d'Orsay dabei gedacht?«

»Weiß ich nicht. Ich bin Soldat, ich folge Befehlen und frage nicht nach allem, was ich nicht verstehe.«

»Setz dich! Meine Blase platzt. Ich bin gleich zurück. Hab nie von einer Angola-Operation gehört.«

Jason lehnte sich über die erhöhte Bar und bestellte *»une bière«*, dankbar, dass der Barmann zu beschäftigt war und die Musik zu laut, als dass er die Unterhaltung mitbekommen hätte. Er war jedoch dem heiligen Alex von Conklin unendlich dankbar, dessen erster Rat an einen Agenten immer war, ›bei einem Opfer zuerst einen schlechten Einstieg machen, dann im Guten weiter‹, eine Theorie, die besagte, dass die Verwandlung von Feindseligkeit in Freundschaft viel besser war als umgekehrt. Bourne trank sein Bier, er war erleichtert. Er hatte einen Freund im Cœur du Soldat gewonnen. Das war ein kleiner Sieg, vielleicht war er aber auch gar nicht so klein.

Das Panzerhemd kam zurück, seinen dicken Arm um die Schultern eines jüngeren Mannes Anfang zwanzig gelegt, der von mittlerer Größe war und vom Bau eines Panzerschranks. Er trug eine amerikanische Armeejacke. Jason wollte sich von seinem Stuhl erheben.

»Sitz! Sitz!«, schrie sein neuer Freund und beugte sich vor, damit er den Lärm der Menge und der Musik übertönte. »Ich hab uns eine Jungfrau gebracht.«

»Was?«

»Hast du so schnell vergessen? Er ist dabei, ein Rekrut der Legion zu werden.«

»Ach so«, lachte Bourne. »Ich dachte, an einem Ort wie hier ...«

»An einem Ort wie hier?«, unterbrach ihn das Panzerhemd. »Das mögen sie, wenn's rau zugeht. Ich dachte, er sollte mal mit dir reden. Er ist Amerikaner, und sein Französisch ist *grotesque,* aber wenn du langsam sprichst, versteht er es.«

»Brauch ich nicht«, sagte Jason auf englisch mit französischem Akzent. »Ich bin in Neufchâtel aufgewachsen und war ein paar Jahre in den Staaten.«

»Schön zu hören.« Die Aussprache des Amerikaners hörte sich nach tiefem Süden an. Sein Lachen war echt, seine Augen aufmerksam, furchtlos.

»Dann lass uns noch mal anfangen«, sagte der Belgier in stark fremdländischem Englisch. »Mein Name ist ... Maurice, so gut wie jeder andere. Mein junger Freund hier heißt Ralph, zumindest sagt er das. Und wie heißt du, verwundeter Held?«

»François«, antwortete Jason, wobei er kurz an Bernardine dachte, und wie es wohl am Flughafen lief. »Und ein Held bin ich nicht. Die sterben zu schnell ... Bestellt was zu trinken, ich bezahle.« Bourne versuchte fieberhaft, das Wenige, das er über die Legion wusste, in seinem Hirn zusammenzukratzen. »In neun Jahren hat sich viel verändert, Maurice.« Wie leicht die Worte dahinflossen, dachte das Chamäleon. »Warum hast du dich einschreiben lassen, Ralph?«

»Denke, dass es das Schlaueste war was ich tun konnte – 'n paar Jahre verschwinden, und so weit ich es blicke, mindestens fünf Jahre.«

»Wenn du das erste überlebst, *mon ami*«, warf der Belgier ein.

»Maurice hat Recht. Hör auf ihn. Die Offiziere sind hart ...«

»Alles Franzosen!«, fügte der Belgier hinzu. »Neunzig Prozent wenigstens. Nur ein Ausländer auf vielleicht dreihundert wird Offizier. Mach dir keine Illusionen.«

»Aber ich bin vom College, bin Ingenieur.«

»Dann wirst du hübsche Latrinen in den Lagern bauen und schöne Scheißlöcher im Feld zeichnen«, lachte Maurice. »Erzähl's ihm, François. Erklär ihm, wie die Gebildeten behandelt werden.«

»Sie müssen zuerst lernen zu kämpfen«, sagte Jason und hoffte, dass es stimmte.

»Eine gute Ausbildung ist verdächtig«, rief der Belgier aus. »Haben sie etwa Zweifel? Denken sie daran, wenn sie bezahlt werden, allein den Befehlen zu gehorchen? ... Ich würde deine Ausbildung nicht zu sehr raushängen lassen.«

»Lass es sie erst allmählich wissen«, fügte Bourne hinzu. »Wenn Not am Mann ist, wenn du helfen kannst.«

»Bien!«, rief Maurice. »Er weiß, wovon er redet. Ein echter légionnaire!«

»Kannst du kämpfen?«, fragte Jason. »Könntest du jemanden jagen, um ihn zu töten?«

»Ich hab meine Verlobte umgebracht, und ihre beiden Brüder und einen Cousin, alle mit einem Messer und meinen bloßen Händen. Sie ließ sich von einem Bankier aus Nashville ficken, und sie alle wussten Bescheid – er hat 'ne Menge Kohle springen lassen. Jaa, ich kann töten, Mr. François.«

Jagd auf wahnsinnigen Mörder in Nashville.

Junger Ingenieur mit vielversprechender Zukunft dem Netz entgangen.

Bourne erinnerte sich an die Überschriften in den Zeitungen vor ein paar Wochen, als er in das Gesicht des jungen Amerikaners starrte. »Geh zur Légion«, sagte er.

»Wenn's drauf ankommt, Mr. François, kann ich mich auf Sie berufen?«

»Das würde dir nicht helfen, ganz im Gegenteil. Wenn

du unter Druck stehst, sag einfach die Wahrheit. Das ist das beste.«

»*Aussi bien!* Er kennt die Légion. Sie nehmen keine Verrückten, wenn es irgend geht, aber sie – wie sagt man, François?«

»Sehen nicht immer so genau hin, denke ich.«

»*Oui.* Vor allem, wenn es … François?«

» … wenn es mildernde Umstände gibt.«

»Siehst du? Mein Freund François hat auch Verstand. Ich frage mich, wie er überlebt hat.«

»Indem ich es nicht gezeigt habe, Maurice.«

Ein Kellner mit der dreckigsten Schürze, die Jason je gesehen hatte, klopfte dem Belgier auf die Schulter. *»Votre table, Rene.«*

»So?« Panzerhemd zuckte mit den Schultern. »Noch ein Name. Was macht das schon? Wir essen jetzt was, und wenn wir Glück haben, werden wir nicht vergiftet.«

Zwei Stunden später, nach vier Flaschen herbem Wein, die Maurice und Ralph zu ihrem äußerst verdächtigen Fisch getrunken hatten, bereitete sich das Le Cœur du Soldat auf das allnächtliche Durchhalteritual vor: Keilereien, die immer wieder ausbrachen, wurden von muskulösen Kellnern beendet. Die lärmende Musik lieferte Erinnerungen an gewonnene und verlorene Schlachten, die Diskussionen auslösten, besonders unter denen, die immer nur zum Kanonenfutter gehört hatten. Es war das kollektive Gebrüll des unterprivilegierten Fußvolks, das es schon zu Zeiten der Pharaonen gegeben hatte, das man von Korea- und Vietnamveteranen hören konnte. Die sauber gekleideten Offiziere gaben ihre Befehle weit hinter den Linien, und das Fußvolk starb, um die Weisheit seiner Vorgesetzten zu bewahrheiten. Bourne dachte an Saigon und machte der Existenz des Cœur du Soldat keinen Vorwurf.

Der Chefbarkeeper, ein massiger, kahlköpfiger Mann mit Stahlrandbrille, griff nach dem Telefon, das am anderen Ende unter der Theke verborgen war, und hob den Hörer an sein Ohr. Jason beobachtete ihn zwischen den hin- und herwogenden Gestalten. Die Augen des Mannes sahen sich im

Raum um – was er hörte, schien wichtig zu sein, nicht, was er sah. Er sprach kurz, langte mit der Hand unter die Theke und behielt sie dort für einige Augenblicke. Er hatte eine neue Nummer gewählt. Wieder sprach er schnell und stellte dann ruhig das Telefon außer Sichtweite. Es war genau, wie es ihm der alte Fontaine auf Tranquility Island beschrieben hatte: Botschaft erhalten, Botschaft weitergegeben. Und am Ende der Empfängerleitung saß der Schakal.

Das war alles, was er an diesem Abend sehen wollte. Er musste verschiedenes erwägen, vielleicht Leute anmieten, wie er es schon in der Vergangenheit getan hatte. Entbehrliche Leute, die ihm nichts bedeuteten, Leute, die man bezahlte oder bestach, erpresste oder zwang, das zu tun, was man von ihnen wollte, ohne jede Erklärung. »Ich habe gerade den Typ gesehen, den ich hier treffen wollte«, sagte er zu den fast abwesenden Maurice und Ralph. »Er will, dass ich rauskomme.«

»Du verlässt uns?«, jaulte der Belgier.

»He, Mann, das solltest du nicht«, fügte der junge Amerikaner aus dem Süden hinzu.

»Nur für heute Nacht.« Bourne lehnte sich über den Tisch. »Ich arbeite mit einem anderen *légionnaire,* jemandem, der an was dreht, wo 'ne Menge Kohle auf dem Spiel steht. Ich kenne euch nicht, aber ihr scheint mir anständige Kerle zu sein.« Bourne zog eine Rolle Geldscheine raus und nahm tausend Francs, fünfhundert für jeden der beiden.

»Nehmt, beide, steckt es in die Taschen, schnell.«

»Heilige Scheiße!«

»Merde!«

»Das ist keine Garantie, aber vielleicht können wir euch brauchen. Haltet euren Mund und geht zehn oder fünfzehn Minuten nach mir raus. Also, keinen Wein mehr. Ich will euch morgen nüchtern ... Wann macht dieser Laden auf, Maurice?«

»Ich bin nicht sicher, ob er überhaupt zumacht. Ich bin hier schon um acht Uhr früh gewesen. Dann ist er natürlich nicht so voll ...«

»Seid gegen Mittag hier. Aber mit klaren Köpfen, in Ordnung?«

»Soll ich meine Uniform anziehen?«

»Zum Teufel, nein.«

»Ich ziehe Anzug und Krawatte an. Ich habe einen Anzug und eine Krawatte, ehrlich!« Der Amerikaner hatte einen Schluckauf.

»Nein. Ihr beide kommt so, wie ihr jetzt seid, aber mit klarem Kopf. Versteht ihr mich?«

»Du klingst *très américain, mon ami.*«

»Das ist wahr.«

»Bin ich nicht, außerdem kommt es hier auf Wahrheit nicht an, oder?«

»Ich weiß schon, was er meint. Das habe ich schon gelernt. Mit einer Krawatte sieht man wie ein Witz aus.«

»Keine Krawatte, Ralph. Bis morgen.« Bourne schlängelte sich aus der Sitzecke und hatte plötzlich eine Idee. Statt zum Ausgang zu gehen, drängte er sich vorsichtig zum Ende der Bar und dem riesigen kahlen Barkeeper durch. Es war kein Platz frei, weshalb er sich vorsichtig, höflich an zwei Kunden vorbeidrängte und einen Pernod bestellte. Er bat um eine Serviette, auf die er eine Botschaft schreiben könne, persönlich, die niemand im Laden etwas angehe. Auf die Rückseite der Serviette, auf der ein grobes Wappen prangte, schrieb er mit dem Kugelschreiber auf französisch:

›Das Nest der Amsel ist eine Million Francs wert. Objekt: vertraulicher geschäftlicher Rat. Wenn interessiert, dann an der Ecke der alten Fabrik in dreißig Minuten. Was kann es schaden? Zusätzliche fünftausend Francs, wenn alleine.‹

Bourne wickelte die Serviette mit einem Hundert-Francs-Schein zusammen und machte dem Barkeeper ein Zeichen, der sich seine Stahlbrille zurechtrückte. Langsam setzte er seinen massigen Körper in Bewegung und stützte seine dicken tätowierten Arme auf den Tresen.

»Was ist?«, fragte er grob.

»Ich habe eine Botschaft für Sie«, antwortete das Chamäleon und sah mit festem Blick auf die Brille des Barkeepers. »Ich bin allein und hoffe, Sie werden meine Bitte in Erwägung ziehen. Ich bin ein Mann, der verwundet ist, aber ich bin kein armer Mann.«

Bourne ergriff schnell, aber höflich – sehr höflich die Hand des Barkeepers und drückte die Serviette mit dem Schein hinein. Mit einem bittenden Blick auf den verblüfften Mann drehte sich Jason um und ging zur Tür, wobei er sein Hinken noch betonte.

Draußen eilte er über das brüchige Pflaster zum Eingang der Gasse. Er schätzte, dass sein Zwischenspiel an der Bar acht bis zwölf Minuten gedauert hatte. Da er wusste, dass ihn der Barkeeper beobachtete, hatte er beim Rausgehen absichtlich nicht zum Tisch seiner zwei neuen Bekannten geblickt, nahm aber an, dass sie noch dort waren. Panzerhemd und Armeejacke hatten nicht mehr den richtigen Durchblick, und in ihrer Verfassung zählten Minuten nicht. Er konnte nur hoffen, dass die fünfhundert Francs für jeden ein bestimmtes Maß an Verantwortung erzeugen würden und dass sie bald gingen, wie er es ihnen gesagt hatte. Komischerweise hatte er mehr Vertrauen in Maurice-René als in den jungen Amerikaner, der sich Ralph nannte. Ein ehemaliger Corporal der Fremdenlegion besaß einen automatischen Reflex, was Befehle anging. Er befolgte sie blind, ob betrunken oder nüchtern. Jason hoffte es. Es war nicht unbedingt notwendig, aber er konnte ihre Hilfe brauchen, wenn – wenn der Barkeeper vom Le Cœur du Soldat von der Summe gereizt würde – und von der vertraulichen Konversation mit einem Krüppel, den er offensichtlich mit einem seiner tätowierten Arme erledigen konnte.

Bourne wartete. Der Schein der Laternen in der Gasse war sehr schwach. Immer weniger Leute gingen ins Le Cœur hinein oder kamen heraus, alle gingen ohne einen Blick auf Jason vorbei, der an die verfallene Ziegelmauer gelehnt dastand.

Sein Instinkt wurde wach. Panzerhemd zog die viel jüngere Armeejacke auf die Straße, und als die Tür hinter ihnen zugefallen war, schlug er dem Amerikaner quer über das Gesicht und erklärte ihm mit undeutlichen Worten, dass sie reich seien und noch reicher werden könnten.

»Das ist besser, als in Angola erschossen zu werden!«, schrie er, laut genug, dass Bourne es hören konnte. »Warum sind sie da bloß hin?« Jason stoppte sie am Eingang zur Gasse und zog die beiden Männer um die Ecke des Ziegelgebäudes.

»Ich bin es«, sagte er mit befehlender Stimme.

»*Sacrebleu …!*«

»Was, zum Teufel …!«

»Seid leise! Ihr könnt heute Nacht noch fünfhundert machen, wenn ihr wollt. Wenn nicht, gibt es zwanzig andere, die wollen.«

»Wir sind Kameraden!«, protestierte Maurice-René.

»Ich könnte dir in den Arsch treten, wie du uns erschreckt hast … Aber mein Kumpel hat Recht, wir sind Kameraden – keine Kommunisten, nicht, Maurice?«

»*Ta gueule.*«

»Das heißt, halt's Maul«, erklärte Bourne.

»Das hör ich oft …«

»Hört zu. In den nächsten Minuten kommt möglicherweise der Barkeeper da raus, um nach mir zu sehen. Vielleicht auch nicht, ich weiß es nicht. Der große, glatzköpfige Kerl mit der Brille. Kennt ihn einer von euch?«

Der Amerikaner zuckte die Schultern, aber der Belgier nickte mit seinem beduselten Kopf und sagte: »Sein Name ist Santos. Er ist Spanier.«

»Spanier?«

»Oder Lateinamerikaner. Niemand weiß es.«

Ilich Ramirez Sanchez, dachte Jason. Carlos, der Schakal, Venezulaner von Geburt, Terrorist, mit dem die Sowjets nicht fertig wurden. Natürlich würde er sich an seine Leute halten.

»Wie gut kennst du ihn?«

Jetzt zuckte der Belgier mit den Schultern. »Er hat im Le Cœur die absolute Autorität. Er hat Leuten schon den Schädel zertrümmert, wenn sie sich zu schlecht benommen haben. Er nimmt erst immer seine Brille ab, das ist das erste Anzeichen dafür, dass was passieren wird, was selbst erfahrene Soldaten nicht gerne mit ansehen … Wenn er rauskommt, dann würde ich dir raten zu verschwinden.«

»Er kommt vielleicht, weil er mit mir reden will, nicht, um mir ans Leder zu gehen.«

»Das wäre nicht Santos …«

»Die Einzelheiten braucht ihr nicht zu kennen, die gehen euch nichts an. Aber wenn er aus der Tür kommt, möchte ich, dass ihr ihn in eine Unterhaltung verwickelt, könnt ihr das machen?«

»Aber sicher. Hab schon oft auf seiner Couch oben gepennt. Hat mich persönlich nach oben getragen.«

»Oben?«

»Er wohnt im ersten Stock über der Kneipe. Man sagt, dass er nie rausgeht, nie auf die Straße raus, nicht mal zum Markt. Er schickt andere, oder die Sachen werden geliefert.«

»Verstehe.« Jason zog sein Geld aus der Tasche und gab jedem noch mal fünfhundert Francs. »Geht in die Gasse zurück, und wenn Santos rauskommt, haltet ihn an und benehmt euch, als hättet ihr zu viel getrunken. Bittet ihn um Geld, um eine Flasche, was auch immer.«

Wie Kinder griffen Maurice-René und Ralph nach den Geldscheinen und sahen einander wie siegreiche Verschwörer an. François, der verrückte *légionnaire,* schmiss mit dem Geld um sich, als würde er es selber drucken! Ihr Enthusiasmus nahm zu.

»Wie lange sollen wir diesen Truthahn beschäftigen?«, fragte der Amerikaner.

»Ich werde ihm die Ohren von seinem kahlen Schädel reißen!«

»Nein, nur lange genug, damit ich sehen kann, ob er allein ist«, sagte Bourne, »dass niemand bei ihm ist oder ihm folgt.«

»Kein Problem, Mann.«

»Wir werden nicht nur unser Geld verdienen, sondern deinen Respekt. Du hast das Wort eines Corporals der Légion.«

»Ich bin gerührt. Geht jetzt.« Die beiden betrunkenen Männer schlurften die Gasse hinunter, wobei die Armeejacke dem Panzerhemd triumphierend auf die Schulter klopfte. Jason drückte sich mit dem Rücken gegen die Ziegelsteinmauer, nur wenige Zentimeter von der Straßenecke entfernt, und wartete. Sechs Minuten vergingen, und dann hörte er die Worte, auf die er so gewartet hatte.

»Santos! Mein großer, guter Freund Santos!«

»Was machst du denn hier, René?«

»Mein junger amerikanischer Freund hat sich nicht gut gefühlt, aber es ist vorbei – er hat gekotzt.«

»Amerikaner?«

»Lass mich ihn dir vorstellen, Santos. Er wird ein großer Krieger werden.«

»Gibt es irgendwo einen Kinderkreuzzug?«

Bourne schielte um die Ecke, als der Barkeeper Ralph ansah.

»Viel Glück, Babygesicht. Such dir einen Krieg auf einem Spielplatz.«

»Sie sprechen so schnell französisch, Mister, aber ein bisschen was hab ich verstanden. Sie sind eine gute Mutter, aber ich kann ein gemeiner Hurensohn sein!«

Der Barkeeper lachte und sprach jetzt mühelos englisch: »Such dir dafür aber 'ne andere Bar, Babygesicht. Wir lassen ins Le Cœur nur friedliche Leute rein … Ich muss jetzt gehen.«

»Santos!«, schrie Maurice-René. »Leih mir zehn Francs. Ich habe mein Portemonnaie zu Hause vergessen.«

»Wenn du je ein Portemonnaie gehabt hast, dann hast du es in Nordafrika vergessen. Du kennst meine Politik, keinen Sou für einen von euch.«

»Das Geld, das ich hatte, hab ich für deinen lausigen Fisch ausgegeben! Davon musste mein Freund kotzen!«

»Zum nächsten Essen fahrt ihr nach Paris und geht ins Ritz … Richtig. Ihr habt gegessen! Aber ihr habt noch nicht dafür bezahlt.«

Jason zog schnell seinen Kopf zurück, als der Barkeeper sich umdrehte und die Gasse hochsah.

»Gute Nacht, René. Und du auch, Babykrieger. Ich habe zu tun.«

Bourne rannte über das Pflaster hinunter zum Tor der alten Fabrik. Santos kam, um ihn zu treffen. Allein. Er überquerte die Straße, lief in den Schatten des geschlossenen alten Stahlwerks und verhielt sich ruhig. Er fühlte nur mit der Hand nach dem harten Stahl und der Sicherheit seiner Automatic. Mit jedem Schritt, den Santos machte, kam der Schakal näher! Augenblicke später tauchte die riesige Figur aus der Gasse auf, überquerte die schwach erleuchtete Straße und näherte sich dem verrosteten Tor.

»Ich bin hier, Monsieur«, sagte Santos.

»Ich danke Ihnen.«

»Mir wäre lieber, Sie würden zuerst Ihr Wort halten. Ich glaube, Sie erwähnten fünftausend Francs auf Ihrem Zettel.«

»Hier sind sie.« Jason langte in seine Tasche, holte das Geld heraus und hielt es ihm hin.

»Danke«, sagte Santos, kam näher und nahm die Scheine in Empfang. »Greift ihn!«, fügte er hinzu.

Plötzlich wurde hinter Bourne das alte Tor aufgerissen. Zwei Männer stürzten heraus, und bevor Jason zur Waffe greifen konnte, krachte ein schweres, dumpfes Instrument auf seinen Schädel.

23.

»Wir sind allein«, sagte die Stimme, als Bourne die Augen öffnete. Die riesige Gestalt von Santos ließ den großen Sessel, in dem er saß, klein erscheinen, und die schwache Birne der einzigen Deckenlampe erhöhte die Blässe seines riesigen kahlen Schädels. Jason schmerzte der Hals, und er spürte die starke Schwellung auf seinem Kopf. Er war in die Ecke des Sofas gelehnt.

»Kein Bruch, kein Blut, ich schätze nur eine etwas schmerzhafte Beule«, gab der Mann des Schakals zum Besten.

»Ihre Diagnose ist genau, insbesondere der zweite Teil.«

»Es war umwickeltes Hartgummi. Das Ergebnis ist vorhersehbar, es sei denn, es handelt sich um eine Gehirnerschütterung. Neben Ihnen, auf dem Tablett, liegt ein Eisbeutel. Könnte nützlich sein.« Bourne ergriff in dem schwachen Licht den großen, kalten Beutel und legte ihn sich auf den Kopf. »Sie sind sehr rücksichtsvoll«, sagte er tonlos.

»Warum nicht? Wir haben mehrere Dinge zu besprechen … eine Million …«

»Sie gehört Ihnen unter den genannten Bedingungen.«

»Wer sind Sie?«, fragte Santos scharf. »Das ist keine der Bedingungen.«

»Sie sind kein junger Mann mehr.«

»Nicht, dass es wichtig wäre, aber Sie sind es auch nicht.«

»Sie hatten eine Pistole und ein Messer bei sich. Letzteres taugt eher für junge Heißsporne.«

»Wer hat das gesagt?«

»Unsere Reflexe … Was wissen Sie über die Amsel?«

»Sie könnten mich ebenso fragen, woher ich Le Cœur kenne.«

»Woher?«

»Hat mir jemand gesagt.«

»Wer?«

»Tut mir Leid, gehört nicht zu den Bedingungen. Ich bin ein Vermittler, und das ist meine Arbeitsweise. Das erwarten meine Kunden.«

»Erwarten sie auch, dass Sie sich das Knie verbinden, um eine Verwundung vorzutäuschen? Als Sie die Augen öffneten, habe ich draufgedrückt. Keine Anzeichen von Schmerz, keine Verstauchung, kein Bruch. Sie haben auch keinen Ausweis bei sich, nur einen Haufen Geld.«

»Sind nun mal meine Methoden … Ich habe Ihnen doch meine Botschaft überbracht, oder? Ich bezweifle, dass ich es ebenso erfolgreich hätte tun können, wenn ich in Ihrem Laden im Anzug und mit Aktentasche erschienen wäre.«

Santos lachte. »Da wären Sie gar nicht reingekommen. Sie wären schon in der Gasse ausgezogen worden.«

»Den Gedanken hatte ich auch … Machen wir ein Geschäft. Sagen wir eine Million?«

Der Mann des Schakals zuckte die Schultern. »Mir scheint, dass ein Käufer, wenn er auf Anhieb eine solche Summe nennt, noch höher geht. Sagen wir anderthalb Millionen. Vielleicht auch zwei.«

»Aber ich bin nicht der Käufer, ich bin der Vermittler. Ich bin autorisiert, eine Million zu zahlen, was meiner Meinung nach schon viel zu viel ist. Aber Zeit ist Geld. Nehmen Sie's oder lassen Sie's. Ich habe noch andere Möglichkeiten.«

»Haben Sie wirklich?«

»Gewiss.«

»Nicht, wenn Sie eine Leiche sind, die ohne Ausweis in der Seine schwimmt.«

»Ich verstehe.« Jason sah sich in der dunklen Wohnung um; sie hatte wenig Ähnlichkeit mit der schäbigen Kneipe darunter. Die Möbel waren groß, aber geschmackvoll ausgewählt, nicht elegant, doch gewiss auch nicht billig. Was einigermaßen erstaunlich war, das waren die Bücherregale, die zwischen den beiden Vorderfenstern die ganze Wand bedeckten. Der Akademiker in Bourne wünschte, er könnte die Buchtitel lesen. Sie könnten ihm ein klareres Bild von diesem seltsamen Riesen verschaffen, der sprach, als wäre er an der Sorbonne gewesen – äußerlich ein Rohling und innerlich … wer weiß. Seine Augen kehrten zu Santos zurück. »Dann kann ich hier also nicht ganz einfach wieder rausspazieren?«

»Nein«, antwortete der Verbindungsmann des Schakals. »Es wäre möglich gewesen, wenn Sie meine einfachen Fragen beantwortet hätten, aber Sie sagen mir, dass Ihre Konditionen – oder sollte ich sagen, Ihre Restriktionen? – Ihnen das verbieten … Nun gut, auch ich habe meine Konditionen, und Sie werden mit ihnen leben oder sterben.«

»Das ist keine große Auswahl.«

»Kein Grund, weshalb es anders sein sollte.«

»Natürlich: Sie verscherzen sich jede Chance, eine Million zu kassieren – oder, wie Sie vorgeschlagen haben, eine Menge mehr.«

»Man möchte meinen«, sagte Santos und kreuzte seine dicken Arme über der Brust, wobei er abwesend seine großen Tätowierungen betrachtete, »dass ein Mann mit derartigen Mitteln bereitwillig Auskünfte geben wird, um unnötige und quälende Schmerzen zu vermeiden.« Der Mann des Schakals schlug plötzlich mit der rechten Faust auf die Stuhllehne und brüllte: »Was wissen Sie über eine Amsel? Wer hat Ihnen vom Cœur du Soldat erzählt? Wo kommen Sie her, und wer sind Sie, und wer ist Ihr Kunde?«

Bourne lief es kalt über den Rücken, aber sein Hirn arbeitete rasend schnell. Er musste hier rauskommen! Er musste Bernardine erreichen – wie viele Stunden war sein Anruf schon überfällig? Wo war Marie? Doch an dem Riesen ihm gegenüber war kein Vorbeikommen. Santos war weder ein Lügner noch ein Idiot. Er würde und konnte seinen Gefangenen spielend und ohne Zögern ermorden … und er würde sich nicht durch irgendwelche falschen oder zusammengeflickten Informationen düpieren lassen. Der Mann des Schakals hatte zwei Besitztümer zu verteidigen – sein eigenes und das seines Mentors. Dem Chamäleon blieb nur ein Ausweg: einen gefährlich großen Teil der Wahrheit zu enthüllen, so groß, dass es glaubhaft war, die Authentizität so plausibel, dass das Risiko der Ablehnung für Santos unannehmbar war.

Jason legte den Eisbeutel auf das Tablett zurück und sprach langsam aus dem Schatten der Couch heraus.

»Es ist klar, dass ich keine Lust habe, für einen Kunden zu sterben oder gefoltert zu werden, um seine Information zu schützen, also sage ich Ihnen, was ich weiß, was nicht so viel ist, wie ich unter diesen Umständen gerne wissen würde. Ich werde Ihre Punkte der Reihe nach durchgehen, es sei denn, ich bringe vor lauter Angst die Abfolge durcheinander. Als Erstes: Über das Geld kann ich nicht persönlich verfügen. Ich treffe mich mit einem Mann in London, dem ich die Information übergebe, und er überweist es von einem Konto in Bern – auf das Konto und den Inhaber, den ich ihm nenne, wer auch immer es ist … Wir übergehen meinen Tod und die quälenden Schmerzen, das habe ich beides beantwortet. Mal sehen, was ich über die Amsel weiß … Das Cœur du Soldat ist zufällig ein Teil der Frage. Mir wurde gesagt, dass ein alter Mann – Name und Nationalität unbekannt, zumindest mir, aber ich nehme an, ein Franzose – an eine bekannte Person des öffentlichen Lebens herangetreten sei und ihm gesagt habe, er sei das Ziel eines geplanten Mordanschlags. Wer glaubt schon einem alten Trunkenbold, besonders, wenn er ein langes Polizeiregister hat und auf eine Belohnung aus ist? Unglücklicherweise fand der Mord statt, aber glücklicherweise war ein Berater des Verstorbenen dabei, als der alte Mann ihn gewarnt hatte. Noch günstiger, dass der Berater ein sehr enger Freund meines Kunden ist und die Ermordung für beide ein sehr erfreuliches Ereignis war. Der Berater gab heimlich die Information weiter. Einer Amsel wird eine Botschaft durch eine Kneipe mit Namen Le Cœur du Soldat in Argenteuil geschickt. Diese Amsel muss ein außergewöhnlicher Mann sein, und jetzt will mein Kunde ihn kontaktieren … Was mich angeht, meine Büros sind Hotelzimmer in verschiedenen Städten. Gegenwärtig bin ich unter dem Namen Simon im Pont-Royal eingetragen, wo ich meinen Pass und meine anderen Papiere habe.« Bourne machte eine Pause und öffnete seine Hände. »Ich habe Ihnen die ganze Wahrheit gesagt, alles, was ich weiß.«

»Nicht die ganze Wahrheit«, korrigierte Santos mit leiser, gutturaler Stimme. »Wer ist Ihr Kunde?«

»Ich werde umgebracht, wenn ich es Ihnen sage.«

»Ich bringe Sie sofort um, wenn Sie es nicht tun«, sagte der Mittelsmann des Schakals und zog Jasons Jagdmesser aus seiner Scheide. Das Blatt glitzerte im Schein der Lampe.

»Warum geben Sie mir nicht die Information, die mein Kunde möchte, zusammen mit einem Namen und einer Nummer – irgendein Name, irgendeine Nummer –, und ich garantiere Ihnen zwei Millionen Francs. Alles, worum mein Kunde gebeten hat, ist, dass ich der einzige Mittelsmann bin. Was schadet es? Die Amsel kann ablehnen und mir sagen, mich zum Teufel zu scheren … Drei Millionen!«

Santos' Augen flackerten, als wäre die Versuchung beinahe zu viel für seine Vorstellung. »Vielleicht machen wir das Geschäft später …«

»Jetzt.«

»Nein!« Der Mann des Schakals ließ seinen riesigen Körper aus dem Sessel schnellen und kam auf die Couch zu, wobei er das Messer drohend vor sich hielt. »Ihr Kunde.«

»Mehrere«, antwortete Bourne. »Eine Gruppe von mächtigen Männern in den Vereinigten Staaten.«

»Wer?«

»Sie hüten ihre Namen wie atomare Geheimnisse, ich kenne nur einen, aber der sollte Ihnen reichen.«

»Wer?«

»Sie müssen es selbst herausfinden – versuchen Sie doch mindestens das Enorme dessen zu begreifen, was ich Ihnen sage. Schützen Sie die Amsel in jeder Hinsicht! Vergewissern Sie sich, dass ich die Wahrheit sage, und dabei können Sie sich so reich machen, dass Sie tun können, was Sie wollen, alles, für den Rest Ihres Lebens. Sie können reisen, verschwinden, vielleicht Zeit gewinnen für Ihre Bücher, statt sich um diesen Abschaum da unten zu kümmern. Wie Sie sagten, wir sind beide nicht mehr jung. Ich mache ein großzügiges Vermittlungsangebot, und Sie sind ein reicher Mann, frei von Sorgen, von unangenehmer Schinderei … Was kann es denn schaden? Man kann es mir abschlagen, meinem Kunden abschlagen.

Da ist keine Falle. Mein Kunde will ihn nicht einmal sehen. Sie wollen ihn anheuern.«

»Wie ließe sich das anstellen? Wie könnte ich zufriedengestellt werden?«

»Erfinden Sie sich selbst eine hohe Stellung, und rufen Sie den amerikanischen Botschafter in London an – sein Name ist Atkinson. Sagen Sie ihm, dass sie eine vertrauliche Botschaft von der Schlangenlady erhalten haben. Fragen Sie ihn, ob sie ausgeführt werden soll.«

»Schlangenlady? Was ist das?«

»Medusa. Sie nennen sich selbst Medusa.«

Mo Panov entschuldigte sich und rutschte aus der Sitzecke. Er lief durch das Gedränge zur Herrentoilette des Autobahnrestaurants und suchte verzweifelt nach einem Münztelefon. Es gab keines! Das einzige verdammte Telefon war nur ein paar Schritte von ihrem Platz entfernt und lag genau im Blickfeld der Platinblonden mit den wilden Augen, deren Paranoia ebenso tief saß wie ihre dunkelroten Haaransätze auf der Kopfhaut. Er hatte nebenbei bemerkt, dass er sein Büro anrufen und seinen Leuten über den Unfall und seinen Aufenthaltsort berichten müsse, wurde aber sofort mit Beleidigungen überhäuft.

»Und ein Schwarm von Bullen, die losziehen, um dich aufzulesen! Nicht ums Verrecken, Medizinmann. Dein Büro ruft die Fuzzis an, die rufen meinen verehrten Häuptling an, und mein Arsch bleibt an jedem Stacheldrahtzaun in der Gegend hängen. Er steht mit jedem Bullen hier in der Gegend auf du und du. Ich glaube, er steckt ihnen, wo es die besten Ficks zu holen gibt.«

»Es gäbe keinen Grund für mich, Sie zu erwähnen, und das würde ich auch nicht tun. Erinnern Sie sich, dass Sie sagten, er könnte möglicherweise nicht gut auf mich zu sprechen sein.«

»Nicht gut zu sprechen? Er würde dir deine kleine Nase abschneiden. Ich will kein Risiko eingehen, und du siehst auch nicht so aus. Du würdest das mit deinem Unfall ausplappern – und als Nächstes die Bullen.«

»Sie wissen, dass das nicht sinnvoll ist.«

»Gut, dann werde ich sinnvoll sein: Ich schreie Vergewaltigung! und sag diesen nicht so zimperlichen Lastwagenfahrern hier, dass ich dich vor zwei Tagen mitgenommen habe und seither deine Sex-Sklavin gewesen bin. Wie schmeckt dir das?«

»Nicht gut. Kann ich wenigstens mal zur Toilette gehen? Es ist dringend.«

»Aber bitte. Da hängen sie keine Telefone auf.«

»Wirklich? Und warum nicht? Lastwagenfahrer verdienen gutes Geld. Die wollen doch keine Münzfernsprecher knacken.«

»Junge, du kommst wohl von hinterm Mond. Auf den Autobahnen passiert einiges – Sachen werden umgeleitet oder geklaut, kapiert? Wenn Leute Telefongespräche führen, gibt es andere, die wissen wollen, wer sie macht.«

»Wirklich ...?«

»O Himmel. Beeil dich. Wir haben nur Zeit für ein paar Bissen. Ich bestell schon mal. Er wird die Siebzig hochdonnern, nicht die Siebenundneunzig. Kann er sich nicht vorstellen.«

»Vorstellen, was? Was ist Siebzig und Siebenundneunzig?«

»Straßen, um Himmels willen! Es gibt Straßen und Straßen. Du bist ein blöder Medizinmann. Geh pinkeln. Später könnten wir dann vielleicht in einem Motel halten, um unsere geschäftliche Diskussion weiterzuführen können, mit 'nem ersten Vorschuss für dich.«

»Wie bitte?«

»Ich bin erste Wahl. Oder ist das gegen deine Religion?«

»Guter Gott, nein. Ich bin ganz dafür.«

»Gut. Beeil dich!«

Panov ging also zur Toilette, und die Frau hatte tatsächlich Recht. Es gab keine Telefone, und das Fenster nach draußen war zu klein, um durchzukriechen ... Aber er hatte Geld, viel Geld und fünf Führerscheine aus fünf verschiedenen Staaten. Laut Jason Bournes Lexikon waren das Waffen, insbesondere das Geld. Mo ging zuerst zum Urinbecken, was längst fällig war, und dann zur Tür. Er zog sie ein Stückchen auf, um die Blonde zu beobachten. Mit einem Schlag wurde die Tür gewaltsam aufgestoßen, und Panov krachte gegen die Wand.

»Oh, tut mir Leid, Kumpel!«, rief ein kleiner, untersetzter Mann, und packte Mo an den Schultern. »Ist alles okay, Junge?«

»O ja, gewiss doch. Natürlich.«

»Gar nicht. Du hast Nasenbluten! Komm her zu den Handtüchern«, befahl der Lkw-Fahrer mit dem T-Shirt, an dem ein Ärmel aufgekrempelt war für eine Packung Zigaretten. »Komm, halt den Kopf nach hinten, und ich geb dir 'n bisschen kaltes Wasser auf den Rüssel … Ganz locker, lehn dich an die Wand. So, so isses besser. Das geht gleich vorüber.« Der kleine Mann langte hoch und presste vorsichtig die feuchten Papiertücher auf Panovs Nase, während er ihn im Nacken stützte. Dauernd prüfte er, ob noch Blut floss. »Schon gut, Kumpel. Fast vorbei. Musst nur durch den Mund atmen, tief einatmen und den Kopf schräg halten, verstehst du mich?«

»Danke«, sagte Panov. Er hielt das Tuch fest und war erstaunt, dass die Blutung so schnell gestoppt werden konnte. »Vielen Dank.«

»Nichts zu danken«, sagte der Fahrer und erleichterte sich. »Fühlst du dich jetzt besser?«

»Ja, doch.« Und entgegen dem Rat seiner verstorbenen Mutter entschloss sich Mo, die Gelegenheit beim Schopf zu ergreifen und die Aufrichtigkeit beiseite zu lassen. »Aber ich müsste erklären, dass es mein Fehler war, nicht Ihrer.«

»Was?«, fragte der Fahrer und wusch sich die Hände. »Ehrlich gesagt, ich habe mich hinter der Tür versteckt und eine Frau beobachtet, die ich los werden will – wenn Sie das verstehen.« Panovs persönlicher Arzt lachte, als er sich die Hände trocknete. »Ist nicht schwer zu verstehen. Das ist die Geschichte der Menschheit, Kumpel. Sie bekommen dich in ihre Klauen, und sie jammern, und du weißt nicht, was du machen sollst, sie heulen, und du wirfst dich ihnen zu Füßen. Also ich, ich hab's da besser, ich habe eine richtige Europäerin geheiratet, verstehst du? Sie spricht nicht so gut englisch, aber sie ist dankbar … Großartig zu den Kindern, großartig zu mir, und ich bin immer noch aufgeregt, wenn ich sie sehe. Sie ist nicht wie eine dieser verdammten Prinzessinnen hier.«

»Das ist eine sehr interessante, sogar tiefsinnige Feststellung«, sagte der Psychiater.

»Was?«

»Nichts. Ich möchte einfach hier raus, ohne dass sie mich sieht. Ich habe etwas Geld ...«

»Behalt das Geld, wer ist es?« Beide Männer gingen zur Tür, und Panov öffnete sie einen Spalt. »Es ist die da drüben, die Blonde, die immer hierher und zum Eingang schaut. Sie ist ziemlich aufgeregt ...«

»Heilige Maria«, unterbrach der kleine Lkw-Fahrer. »Das ist Bronks Frau! Die ist vom Kurs abgekommen.«

»Vom Kurs? Bronk?«

»Er fährt auf der östlichen Linie, nicht hier. Was, zum Teufel, macht sie hier?«

»Ich glaube, sie versucht, ihm aus dem Weg zu gehen.«

»Ja«, meinte Mos Kumpel. »Ich hab schon gehört, dass sie sich rumtreibt und nicht mal Geld dafür verlangt.«

»Sie kennen sie?«

»Teufel, ja. Ich bin öfters bei ihren Barbecues gewesen. Sie macht eine verteufelt gute Soße.«

»Ich muss hier raus. Wie gesagt, ich hab ein bisschen Geld ...«

»Schon gut. Das können wir später diskutieren.«

»Wo?«

»In meinem Lkw. Der rote mit den weißen Streifen, wie unsere Flagge. Steht vor dem Gebäude rechts. Geh um das Führerhaus herum und halt dich versteckt.«

»Sie wird mich herauskommen sehen.«

»Nein, wird sie nicht. Ich geh zu ihr hin und – welch eine Überraschung! Ich werde ihr das Blaue vom Himmel heruntererzählen und dass Bronk Richtung Süden nach Carolinas fährt – zumindest hab ich das gehört.«

»Wie kann ich das je wiedergutmachen?«

»Wahrscheinlich mit etwas von dem Geld, von dem du dauernd quatschst. Nicht zu viel. Der Bronk ist ein Tier, und ich bin wiedergeborener Christ.«

Der kleine Fahrer riss die Tür auf, wobei er Panov beinahe noch einmal an die Wand stieß. Mo sah zu, wie sich sein Mitverschwörer der Sitzecke näherte, seine Arme ausbreitete und die Platinblonde als alte Bekannte begrüßte und schnell zu sprechen begann. Die Augen der Frau waren abgelenkt, sie war hypnotisiert. Panov sauste aus der Toilette, zum Eingang hinaus und hinter den rot-weiß-gestreiften Lkw. Außer Atem versteckte er sich hinter dem Führerhaus und wartete.

Plötzlich kam Bronks Frau aus dem Speiseraum gerannt, mit fliegenden blonden Haaren, und rannte zu ihrem Fahrzeug. Sie stieg ein, in Sekundenschnelle heulte der Motor auf, und sie fuhr weiter in Richtung Norden, wie Mo erstaunt bemerkte.

»Na, wie geht's, Kumpel? Wo steckst du denn?«, rief der kleine Mann, der nicht nur in kürzester Zeit seinem Nasenbluten Einhalt geboten hatte, sondern ihn jetzt auch vor einer verrückten Frau mit Paranoia, die gleichermaßen auf Schuldbewusstsein und Rache basierte, gerettet hatte.

»Hier bin ich!«

Fünfunddreißig Minuten später erreichten sie die Vororte einer Stadt, und der Lkw-Fahrer hielt vor einer Reihe von Geschäften am Rande der Autobahn. »Hier gibt's sicher ein Telefon, Kumpel. Viel Glück.«

»Sind Sie sicher?«, fragte Mo. »Wegen des Geldes, meine ich.«

»Klar, ist schon gut«, antwortete der kleine Mann. »Zweihundert Dollar sind prima – die hab ich vielleicht sogar verdient. Mehr verdirbt den Charakter. Mir ist schon das Fünfzigfache angeboten worden, um Sachen zu transportieren, die ich nicht transportieren wollte, und was habe ich wohl gesagt?«

»Was?«

»Ich hab gesagt, sie sollten in den Wind pissen mit ihrem Gift.«

»Sie sind ein guter Mensch«, sagte Panov und kletterte aus dem Wagen.

»Ich muss ein paar Dinge wiedergutmachen.« Die Wagentür knallte zu, und der Truck fuhr los, als Mo sich umdrehte und nach einem Telefon Ausschau hielt.

»Wo steckst du?«, schrie Alexander Conklin in Virginia.

»Ich weiß nicht!«, antwortete Panov. »Wenn ich mein Patient wäre, würde ich jetzt umständlich erklären, dass es die Fortsetzung einer Freudschen Traumfolge sein müsse, weil so was in der Realität nie passiert. Sie haben mich hochgeschossen, Alex!«

»Bleib ruhig. Wir haben das vermutet. Wir müssen wissen, wo du bist. Sei dir im Klaren, dass andere auch nach dir suchen.«

»Ja, ja … Warte eine Minute! Hier gegenüber ist ein Laden für Lebensmittel. Das Schild heißt Battle Ford's Best, reicht das?«

Ein Seufzen am anderen Ende der Leitung in Virginia war die Antwort. »Ja, tut es. Wenn du ein sozial produktiver Sammler von Militaria aus dem Bürgerkrieg wärst und nicht ein unbedeutender Holzkopf.«

»Was soll das heißen?«

»Geh rüber zum alten Schlachtfeld von Ford's Bluff. Das ist ein nationales Heiligtum. Da stehen überall Schilder. Ein Hubschrauber wird in dreißig Minuten dort sein.«

»Weißt du, wie dramatisch du dich anhörst? Dabei war ich das Objekt von Feindseligkeiten …«

»Das reicht, *Coach*.«

Bourne ging in das Pont-Royal und direkt zum Nachtportier, entnahm seinem Geldbeutel eine Note von fünfhundert Francs und schob sie ihm ruhig in die Hand.

»Mein Name ist Simon«, sagte er lächelnd. »Ich bin weg gewesen. Irgendwelche Nachrichten?«

»Keine Nachrichten, Monsieur Simon«, war die ruhige Antwort, »aber zwei Männer stehen draußen, der eine in der Rue Montalembert und der andere in der Rue de Bac.«

Jason holte eine Tausend-Francs-Note heraus und drückte sie dem Mann in die Hand. »Ich zahle für so einen Blick, und ich zahle gut. Weiter so.«

»Natürlich, Monsieur.«

Bourne ging zu dem alten Fahrstuhl. Auf seinem Stock ging er die sich kreuzenden Korridore entlang zu seinem Zimmer. Nichts war verändert, alles war so, wie er es zurückgelassen hatte, außer dass das Bett gemacht war. Das Bett. O Gott, er brauchte Ruhe, Schlaf. Er konnte so nicht weitermachen. Irgendetwas war mit ihm – weniger Energie, weniger Luft. Und doch brauchte er beides mehr denn je zuvor. Wie gerne würde er sich hinlegen … Nein. Da war Marie. Da war Bernardine. Er ging zum Telefon und wählte die Nummer, die er im Gedächtnis hatte.

»Tut mir Leid, dass es so spät geworden ist«, sagte er.

»Vier Stunden zu spät, *mon ami.* Was ist passiert?«

»Keine Zeit. Was ist mit Marie?«

»Nichts. Absolut nichts. Sie ist mit keinem internationalen Flug gelandet, ist auch nicht für einen der kommenden Flüge eingetragen. Ich selbst habe die Anschlüsse von London, Lissabon, Stockholm und Amsterdam gecheckt – nichts. Es gibt keine Marie Elise St. Jacques auf dem Weg nach Paris.«

»Muss aber. Sie würde niemals ihren Entschluss umstoßen, das sieht ihr nicht ähnlich. Und sie weiß nicht, wie man an den Kontrollen vorbeikommt.«

»Ich wiederhole. Sie steht auf keiner Flugliste irgendeines Fluges von wo auch immer nach Paris.«

»Verdammt!«

»Ich werde es weiterprobieren, mein Freund. Die Worte vom heiligen Alex habe ich noch im Ohr. Unterschätze nicht *la belle mademoiselle*.«

»Sie ist keine verdammte Mademoiselle, sie ist meine Frau … Sie gehört nicht zu uns, Bernardine. Sie ist keine Agentin, die Haken schlagen kann, Doppelhaken, Dreifachhaken. Das ist sie nicht. Aber sie ist auf dem Weg nach Paris. Ich weiß es.«

»Die Fluggesellschaften wissen es nicht. Was kann ich mehr sagen?«

»Was Sie schon gesagt haben«, sagte Jason, wobei seine Lungen kaum noch Luft holen konnten und seine Augenlider immer schwerer wurden. »Weiter versuchen.«

»Was ist heute Nacht passiert?«

»Morgen«, antwortete David Webb, kaum hörbar. »Morgen … Ich bin so müde, und ich muss jemand anders sein.«

»Wovon reden Sie? Sie hören sich an wie …«

»Nichts. Morgen. Ich muss nachdenken … Oder vielleicht sollte ich an gar nichts denken.«

Marie stand in Marseilles in der Schlange vor der Passkontrolle, die glücklicherweise zu dieser frühen Stunde nicht lang war. Sie nahm einen gelangweilten Gesichtsausdruck an, obwohl sie sich keineswegs so fühlte. Sie war an der Reihe.

»*Américaine*«, sagte der verschlafene Beamte. »Sind Sie zum Vergnügen oder geschäftlich hier, Madame?«

»*Je parle français, monsieur.* Ich bin Kanadierin aus Quebec. Separatistin.«

»*Ah, bien!*« Die verschlafenen Augen des Beamten öffneten sich ein bisschen weiter, als er auf französisch fortfuhr: »Sind Sie geschäftlich hier?«

»Nein. Meine Eltern sind aus Marseilles, und beide sind kürzlich verstorben. Ich möchte mir ansehen, woher sie stammen, wo sie gelebt haben – das, was mir vielleicht gefehlt hat.«

»Wie rührend, meine Dame«, sagte der Passbeamte zu der ansprechenden Reisenden. »Vielleicht brauchen Sie auch einen Führer? Es gibt keinen Teil dieser Stadt, der nicht unauslöschlich in meinem Gedächtnis eingeprägt wäre.«

»Sie sind sehr freundlich. Ich werde im Sofitel Vieux Port absteigen. Wie heißen Sie? Meinen Namen haben Sie ja.«

»Lafontaine, Madame. Zu Ihren Diensten!«

»Lafontaine? Sagen Sie nur!«

»Doch wirklich.«

»Wie interessant.«

»Ich bin sehr interessant«, sagte der Beamte mit halb geschlossenen Augenlidern, jetzt aber nicht aus Schläfrigkeit, während er die Stempelprozedur erledigte.

»Ich stehe Ihnen immer zu Diensten, Madame!«

Muss ich doch schon wieder auf diesen Clan stoßen, dachte Marie, als sie zum Gepäckband ging. Dann wollte sie einen Inlandflug unter irgendeinem Namen nach Paris buchen.

François Bernardine wachte auf, stützte sich auf die Ellbogen, stirnrunzelnd, verwirrt. ›Sie ist auf dem Weg nach Paris. Ich weiß es!‹ Die Worte ihres Mannes, der sie am besten kannte. ›Sie steht auf keiner Flugliste irgendeines Fluges von wo auch immer nach Paris.‹ Seine eigenen Worte.

Paris. Das Schlüsselwort war Paris! Aber angenommen, es war nicht Paris?

Der Veteran vom Deuxième kroch aus dem Bett. Das Licht des frühen Morgens schimmerte schon durch die hohen, schmalen Fenster seiner Wohnung. Er rasierte sich schneller, als es seinem Gesicht gut tat, wusch sich, zog sich an und ging auf die Straße hinunter zu seinem Peugeot, an dessen Windschutzscheibe der unvermeidbare Zettel hing. Leider waren sie nicht mehr auf offiziellem Weg mit einem Telefongespräch zu erledigen. Er seufzte, nahm ihn von der Scheibe und stieg in seinen Wagen.

Achtundfünfzig Minuten später schwenkte er auf den kleinen Parkplatz eines kleinen Ziegelsteingebäudes ein, der zum riesigen Cargo-Komplex des Flughafens Orly gehörte. Das Gebäude beherbergte eine Abteilung der Grenzbehörde, eine wichtige Abteilung, die einfach als Büro für Lufteinreise bekannt war, wo ausgeklügelte Computersysteme für die genaueste minütliche Kontrolle jedes Fluggastes nach Frankreich von allen internationalen Flughäfen sorgten. Eine wichtige Institution für die Einreisebehörde, die aber vom Deuxième nicht häufig konsultiert wurde, denn für die Leute, an denen das Deuxième in aller Regel interessiert war, gab es viel zu viel andere Einreisemöglichkeiten. Nichtsdestoweniger hatte Bernardine im Laufe der Jahre Informationen aus diesem Büro geholt, auf die Theorie bauend, dass das Sichtbare oft nicht wahrgenommen wurde. Ab und zu hatte er damit Erfolg gehabt. Er fragte sich, ob das auch an diesem Morgen der Fall sein würde.

Neunzehn Minuten später hatte er die Antwort. Aber der Erfolg kam zu spät. Es gab ein Münztelefon im Vorraum des Büros. Bernardine warf eine Münze hinein und wählte das Pont-Royal an.

»Ja?«, hustete die Stimme von Jason Bourne.

»Entschuldigung, dass ich Sie geweckt habe.«

»François?«

»Ja.«

»Ich war gerade beim Aufstehen. Unten auf der Straße stehen zwei Männer, die noch müder als ich sind. Wenn sie noch nicht abgelöst worden sind.«

»Gestern Abend oder die ganze Nacht?«

»Ich werd's Ihnen erzählen, wenn wir uns sehen. Was gibt's?«

»Ich bin in Orly, und ich fürchte, ich habe schlechte Nachrichten. Informationen, die zeigen, was für ein Idiot ich bin. Ich hätte daran denken müssen ... Ihre Frau ist über Marseille gekommen, vor gut zwei Stunden. Nicht Paris. Marseille.«

»Warum sind das schlechte Nachrichten?«, rief Jason. »Wir wissen, wo sie ist! Wir können ... O mein Gott, ich verstehe.« Bournes Stimme wurde gedämpft. »Sie kann einen Zug nehmen, einen Wagen mieten ...«

»Sie könnte auch unter irgendeinem falschen Namen nach Paris fliegen«, meinte Bernardine. »Doch ich habe da eine Idee. Wahrscheinlich ist sie genauso wertlos wie mein Verstand, aber trotzdem ... Haben Sie spezielle – wie nennen Sie es? – Spitznamen füreinander? Kosenamen vielleicht?«

»Ehrlich gesagt, halten wir nicht viel von solchen Sachen ... Moment mal. Vor ein paar Jahren hatte Jamie, das ist unser Sohn, Schwierigkeiten mit dem Aussprechen von *Mommy.* Er drehte es um und sagte *Miemom.* Wir machten unseren Spaß damit und nannten sie ein paar Monate lang auch so, bis der Junge es richtig konnte.«

»Liest sie die Zeitungen?«

»Andächtig, zumindest den Wirtschaftsteil. Ich bin nicht sicher, ob sie ernsthaft darüber hinauskommt. Es ist ihr morgendliches Ritual.«

»Auch in einer Krise?«

»Besonders in einer Krise. Sie behauptet, das beruhige sie.«

»Dann schicken wir ihr eine Botschaft – im Wirtschaftsteil.«

Botschafter Atkinson machte sich in der amerikanischen Botschaft in London auf einen Vormittag mit trübseliger Schreibarbeit gefasst. Die Trübseligkeit wurde von einem Pochen in den Schläfen und einem schlechten Geschmack im Mund begleitet. Es war kein typischer Kater, weil er nur selten Whisky trank und seit über fünfundzwanzig Jahren nicht mehr wirklich betrunken gewesen war. Vor sehr langer Zeit, etwa zweieinhalb Jahre nach dem Fall von Saigon, hatte er die Grenzen seiner Talente und vor allem seiner finanziellen Möglichkeiten erkannt. Als er mit den normalen, nicht außergewöhnlichen Auszeichnungen aus dem Krieg zurückgekehrt war, hatte ihm seine Familie einen freigewordenen Sitz an der New Yorker Börse verschafft, wo er in den folgenden dreißig Monaten etwas über drei Millionen Dollar verloren hatte.

»Hast du denn überhaupt nichts Vernünftiges gelernt in Andover und Yale?«, hatte sein Vater gebrüllt. »Wenigstens ein paar Verbindungen in der Wall Street herzustellen?«

»Dad, sie waren alle eifersüchtig auf mich, du weißt das. Mein Aussehen, meine Mädchen – ich sehe wie du aus, Dad –, sie haben sich alle gegen mich verschworen. Manchmal denke ich, dass sie durch mich dir eins auswischen wollen! Du weißt, wie sie reden. Senior und Junior, glänzende Gesellschaften und all der Quatsch ... Denk an die Kolumne in den Daily News, wo sie uns mit den Fairbanks verglichen haben.«

»Ich kenne Doug seit vierzig Jahren!«, bellte der Vater. »Er ist aufgestiegen, weil er einer der Besten ist.«

»Und er war nicht in Andover oder Yale, Dad.«

»Er brauchte es nicht, zum Teufel! Warte mal. Der diplomatische Dienst ...? Was, zum Kuckuck, war das für ein Diplom, das du in Yale gemacht hast?«

»Ein Examen der philosophischen Fakultät.«

»Scheiß drauf! Da war doch noch etwas. Die Kurse in ... was?«

»Hauptfach: englische Literatur, Nebenfach: politische Wissenschaften.«

»Das ist es! Das andere kannst du vergessen. Da warst du hervorragend – in dem politischen Scheiß.«

»Das war nun wirklich nicht meine Stärke, Dad.«

»Du bist durchgekommen?«

»Ja ... so eben.«

»Nicht so eben, mit Auszeichnung! Das ist es!«

Und so begann Philip Atkinson III. seine Karriere im diplomatischen Dienst durch die wertvolle politische Unterstützung seines Vaters, und obwohl der schon vor acht Jahren verstorben war, vergaß er nie die letzte Ermahnung dieses alten Schlachtrosses: »Versau dir nicht diesen Job, Sohn. Wenn du saufen und huren willst, dann mach es in deinen eigenen vier Wänden oder in irgendeiner verdammten Wüste, ist das klar? Und behandle deine Frau, wie immer sie heißen mag, mit echter Zuneigung, solange jemand zusieht, kapiert?«

»Ja, Dad.«

Und genau deswegen fühlte sich Philip Atkinson an ebendiesem Vormittag so beschissen. Er hatte den vergangenen Abend auf einer Dinnerparty mit unwichtigen Mitgliedern der Königsfamilie verbracht, die tranken, bis es ihnen zu den Ohren herauslief, und mit seiner Frau, die deren Verhalten damit entschuldigte, dass sie königlich waren, und er hatte das alles nur mit reichlich Chablis ertragen können. Es gab Momente, in denen er sich in die unbekümmerten Zeiten von Saigon zurücksehnte, wo man saufen konnte, wie man wollte.

Das Telefon klingelte, wodurch Atkinson seine Unterschrift auf einem Dokument, das er nicht verstand, verzog. »Ja?«

»Der Hochkommissar vom Ungarischen Zentralkomitee, Sir.«

»Oh, wer ist das – wer sind die? Haben wir diplomatische Beziehungen mit denen – mit ihm?«

»Weiß ich nicht, Herr Botschafter. Ich kann seinen Namen wirklich nicht aussprechen.«

»Na gut, stellen Sie ihn durch.«

»Herr Botschafter?«, sagte die tiefe, nicht akzentfreie Stimme am Telefon. »Mr. Atkinson?«

»Ja, hier ist Atkinson. Verzeihen Sie, aber ich kann mich weder an Ihren Namen noch an eine andere Verbindung mit Ihrem Zentralkomitee erinnern.«

»Spielt keine Rolle. Ich spreche für die Schlangenlady …«

»Stopp!«, schrie der Botschafter am Hof von St. James.

»Bleiben Sie dran, und wir sprechen in zwanzig Sekunden weiter.« Atkinson griff unter den Tisch, stellte den Zerwürfler an und wartete, bis er einsatzbereit war. »In Ordnung, reden Sie weiter.«

»Ich habe von der Schlangenlady Instruktionen erhalten und mir wurde gesagt, dass ich mir die Sache von Ihnen bestätigen lassen soll.«

»Bestätigt!«

»Und ich werde sie also ausführen?«

»Guter Gott, ja! Was immer sie sagen. Mein Gott, schauen Sie, was mit Teagarten in Brüssel geschehen ist, mit Armbruster in Washington! Schützen Sie mich! Tun Sie, was sie sagt!«

»Danke, Herr Botschafter.«

Bourne nahm zuerst ein Bad, so heiß, wie er es gerade noch ertragen konnte. Dann wechselte er den Verband um seinen Hals und ging in sein kleines Zimmer zurück. Er warf sich aufs Bett … So hatte Marie also einen ganz einfachen Weg gefunden, unbemerkt nach Paris zu kommen. Verdammt! Wie konnte er sie finden, sie schützen? Konnte sie sich überhaupt vorstellen, was sie da tat? David würde den Verstand verlieren. Er würde in Panik geraten und tausend Fehler begehen … O mein Gott, ich bin David!

Hör auf. Kontrolliere dich.

Das Telefon klingelte. Er griff nach dem Apparat neben dem Bett. »Ja?«

»Santos möchte Sie sehen. Mit Frieden im Herzen.«

24.

Der ärztliche Rettungshubschrauber ging vor dem Eingang nieder, der Rotor wurde abgestellt, und die Blätter schwangen langsam aus. Entsprechend der Regeln für das Ausladen von Patienten, ging anschließend erst die Ausgangstür auf, und die Metalltreppe wurde ausgefahren. Ein uniformierter Assistenzarzt ging Panov voraus, drehte sich um und half dem Doktor nach unten, wo ein zweiter Mann in Zivil ihn zu einem wartenden Wagen begleitete. Drinnen warteten Peter Holland, Direktor der CIA, und Alex Conklin. Der Psychiater setzte sich neben Holland; er atmete mehrmals tief durch, seufzte vernehmlich und ließ sich in die Polsterung sinken.

»Ich bin ein Verrückter«, stellte er fest und betonte jedes Wort. »Nachweisbar schwachsinnig, und ich werde selbst meine Einlieferungspapiere unterschreiben.«

»Sie sind in Sicherheit, das ist das Wichtigste, Doktor«, sagte Holland.

»Schön, dich zu sehen, verrückter Mo«, fügte Conklin hinzu.

»Habt ihr eine Ahnung, was ich gemacht habe? … Ich habe einen Wagen gegen einen Baum gesetzt, gezielt und mit mir drinnen. Nachdem ich dann endlose Straßen gelaufen bin, wurde ich von der einzigen mir bekannten Person mitgenommen, die mehr lockere Schrauben im Kopf hat als ich. Ihre Libido ist zerrüttet, und sie ist ihrem Mann, einem Lkw-Fahrer davongelaufen – der ihr hart auf den Fersen war und der, wie ich dann erfuhr, den süßen Namen Bronk trägt. Meine verrückte Chauffeuse hielt mich als Geisel, indem sie drohte, mich in einem überfüllten Trucker-Restaurant als ihren Vergewaltiger anzuprangern. Einer von denen war allerdings okay und hat mich da rausgeholt.« Panov hielt abrupt inne und griff in die Tasche. »Hier«, fuhr er fort und drückte Conklin die fünf Führerscheine und beinahe sechstausend Dollar in die Hand.

»Was ist das?«, fragte Alex verwundert.

»Ich habe eine Bank ausgeraubt und mich entschlossen, ein professioneller Fahrer zu werden .... Was denkst du denn, was das ist? Ich hab das dem Kerl abgenommen, der mich bewacht hat. Ich habe der Crew des Hubschraubers, so gut es ging, beschrieben, wo der Unfall stattgefunden hat. Sie fliegen zurück, um ihn zu finden. Werden sie auch. Der läuft nirgendwohin.«

Peter Holland griff nach dem Telefon im Wagen und drückte drei Knöpfe. Nach zwei Sekunden sagte er: »Sagt der EMS-Arlington, Besatzung siebenundfünfzig, dass der Mann, den sie einsammeln, direkt nach Langley gebracht wird. In die Krankenabteilung. Und haltet mich über die Geschehnisse auf dem laufenden ... Entschuldigung, Doktor, machen Sie weiter.«

»Weiter? Wieso weiter? Ich wurde gekidnappt, in einem Bauernhaus gefangen gehalten und bekam, wenn ich nicht irre, genug Sodium Pentothal gespritzt, um mich zu einem Bewohner von Fantasia zu machen, wessen mich auch besagte Madame Scylla Charybdis beschuldigte.«

»Wovon reden Sie?«, fragte Holland.

»Nichts, Admiral oder Mr. Direktor oder ...«

»Peter reicht, Mo«, vervollständigte Holland. »Ich hab Sie einfach nicht verstanden.«

»Es gibt nichts zu verstehen außer den Tatsachen. Meine Andeutungen sind zwanghafte Versuche falscher Gelehrsamkeit. Wird Posttraumatischer Stress genannt.«

»Gut, jetzt sind Sie vollkommen verständlich.«

Panov wandte sich mit einem nervösen Lächeln an den DCI. »Jetzt muss ich mich entschuldigen, Peter. Ich bin immer noch aufgedreht. Dieser heutige Tag passt nicht gerade zu meinem gewöhnlichen Lebensstil.«

»Ich glaube auch nicht, dass es der alltägliche Lebensstil von sonst irgendjemandem ist«, ergänzte Holland.

»Es eilt ja nicht, Mo«, fügte Conklin hinzu. »Setz dich nicht unter Druck. Du bist gestraft genug. Wenn du willst, verschieben wir das Gespräch um ein paar Stunden, und du ruhst dich erst mal aus.«

»Sei kein verdammter Idiot, Alex!«, protestierte der Psychiater scharf. »Zum zweiten Mal habe ich Davids Leben aufs Spiel gesetzt. Das zu wissen, ist die größte Strafe. Wir dürfen keine Minute verlieren … Vergessen Sie Langley, Peter. Bringen Sie mich in eine Ihrer Kliniken. Ich will hemmungslos versuchen, mich an alles zu erinnern, egal, wie tief im Unbewussten es bei mir sitzt. Schnell. Ich sage den Ärzten, was sie tun müssen.«

»Sie machen wohl Witze«, sagte Holland und starrte Panov an.

»Ich scherze keinen Augenblick. Ihr beide müsst wissen, was ich weiß – ob ich mir dessen bewusst bin, dass ich es weiß, oder nicht. Könnt ihr das nicht verstehen?«

Der Direktor griff wieder zum Telefon und drückte einen Knopf. Auf dem Fahrersitz hinter der gläsernen Trennwand nahm der Chauffeur den Hörer neben seinem Sitz auf.

»Es gibt eine Änderung«, sagte Holland. »Fahren Sie zur Sterilabteilung Nummer fünf.«

Der Wagen wurde langsamer und bog an der nächsten Abzweigung nach rechts, Richtung der gewellten Hügel und grünenden Felder Virginias. Morris Panov schloss die Augen, als wäre er in Trance oder sähe einem schrecklichen Ereignis entgegen – seiner eigenen Hinrichtung vielleicht. Alex sah Peter Holland an. Beide äugten zu Mo hinüber und sahen dann wieder einander an. Was immer Panov tat, es gab einen Grund dafür. Bis sie ihr neues Ziel erreicht hatten, sprachen sie kein Wort.

»DCI und Begleitung«, verkündete der Fahrer dem Wächter in der Uniform einer privaten Wachfirma, die aber in Wirklichkeit der CIA gehörte. Der Wagen fuhr die lange, mit Bäumen bestandene Einfahrt hinunter.

»Danke«, sagte Mo, als er die Augen öffnete und blinzelte. »Ich bin sicher, ihr habt verstanden, dass ich einen klaren Kopf gewinnen und meinen Blutdruck senken musste.«

»Das muss doch nicht hier sein«, insistierte Holland.

»Doch, doch«, sagte Panov. »Vielleicht könnte ich nach

und nach die Dinge auch so einigermaßen klar auf die Reihe bringen, aber das würde dauern, und wir haben keine Zeit.« Mo wandte sich an Conklin. »Was kannst du mir sagen?«

»Peter weiß alles. Um deines Blutdrucks willen möchte ich dich jetzt nicht mit Details belasten, aber das Wesentliche ist, dass es David gutgeht. Zumindest haben wir nichts Gegenteiliges gehört.«

»Marie? Die Kinder?«

»Auf der Insel«, antwortete Alex, ohne Holland in die Augen zu sehen.

»Wie steht's mit dieser Anstalt?«, fragte Panov und sah Peter Holland an. »Ich nehme an, dass es da einen oder mehrere Spezialisten gibt, wie ich sie brauche.«

»Im Schichtwechsel rund um die Uhr. Wahrscheinlich kennen Sie sogar einige von ihnen.«

»Lieber nicht.«

Das lange, schwarze Fahrzeug bog in die runde Auffahrt und hielt vor den Steinstufen einer georgianischen Villa mit Säulenentree, die das Zentrum der Anlage bildete.

»Gehen wir«, sagte Mo ruhig und stieg aus.

Die geschnitzten weißen Türen, der rosige Marmorboden und das elegante Treppenhaus in der geräumigen Eingangshalle lieferten eine wunderbare Tarnung für die in dieser Abteilung geleistete Arbeit. Überläufer, Doppel- und Dreifachagenten, CIA-Agenten, die von komplizierten Aufträgen zurückkehrten, wurden hier einquartiert, um Ruhe zu finden oder den nächsten Einsatz zu besprechen. Das Personal, das insgesamt der Vier-Null-Geheimhaltung unterlag, bestand in den verschiedenen Abteilungen aus jeweils zwei Ärzten und drei Schwestern. Die Köche und Hausangestellten wurden aus dem Personal im Auslandsdienst – hauptsächlich Botschaften in Übersee – rekrutiert, und die Wächter hatten alle eine Rangerausbildung. Sie bewegten sich unauffällig durch Haus und Gelände, mit ständig wachem Blick, jeder entweder mit einer versteckten oder offen getragenen Waffe, außer den Ärzten natürlich. Besuchern wurden ausnahmslos von ihrem Begleiter im dunklen Anzug kleine Namensschilder angeheftet, auf denen Zweck und Ziel ihrer Besuche vermerkt waren.

Ihr Begleiter heute war ein grauhaariger früherer Dolmetscher der CIA, aber er machte sich so gut in seiner neuen Aufgabe, dass er auch von einer der großen Rundfunkanstalten hätte kommen können. Der Anblick von Peter Holland erstaunte ihn. Er rühmte sich, das gesamte Programm der Abteilung im Kopf zu haben.

»Ein Überraschungsbesuch, Sir?«

»Schön, Sie zu sehen, Frank.« Der DCI schüttelte dem ehemaligen Dolmetscher die Hand. »Sie erinnern sich vielleicht an Alexander Conklin …«

»Guter Gott, bist du es, Alex? Es muss Jahre her sein!« Wieder Händeschütteln. »Wann war das letzte Mal? … Diese verrückte Frau aus Warschau, oder?«

»Der KGB lacht immer noch drüber«, sagte Conklin. »Das einzige Geheimnis, das sie kannte, war das Rezept für die schlimmste *golumpki,* die ich jemals gegessen habe … Immer noch dabei, Frank?«

»Hin und wieder«, antwortete der Begleiter und machte eine scherzhafte Grimasse. »Diese jungen Übersetzer können doch keine *quiche* von einer *kluski* unterscheiden.«

»Ich auch nicht«, sagte Holland, »aber kann ich trotzdem vielleicht kurz mit Ihnen reden, Frank?« Die beiden Männer gingen auf die Seite, um leise miteinander zu sprechen, während Mo Panov und Alex warteten. Mo runzelte die Stirn und atmete sporadisch tief durch. Der Direktor kam mit zwei Ansteckschildchen zurück und gab sie seinen Kollegen.

»Ich weiß, wo wir hinmüssen«, sagte er. »Frank wird schon anrufen.« Die drei gingen eine gewundene Treppe hinauf und dann einen Flur mit einer reich verzierten Tapete hinunter zum rückwärtigen Teil des riesigen Gebäudes. In der rechten Wand war eine Tür, ganz verschieden von den anderen, an denen sie bis dahin vorübergekommen waren. Sie war aus massiver, gefirnisster Eiche mit vier kleinen Fenstern, die oben in sie eingelassen waren, und zwei schwarzen Knöpfen in einem Kästchen neben dem Griff. Holland steckte einen Schlüssel hinein, drehte ihn und drückte den unteren Knopf.

Ein rotes Licht an der kleinen Deckenkamera leuchtete auf. Zwanzig Sekunden später war das vertraute metallische Klirren eines Aufzugs zu hören, der zum Halten kam.

»Hinein, meine Herren«, befahl der DCI. Die Tür schloss sich, und der Fahrstuhl fuhr nach unten.

»Wir sind hoch, um dann wieder runterzufahren?«, fragte Conklin.

»Sicherheit«, antwortete der Direktor. »Es ist die einzige Möglichkeit, dorthin zu gelangen, wohin wir wollen. Unten und im ersten Stock gibt es keinen Fahrstuhl.«

»Und warum nicht, wenn man fragen darf?«, sagte Alex.

»Alle Zugänge zu den Kellergewölben sind versiegelt«, sagte der DCI, »außer zwei Fahrstühlen, die am Parterre und am ersten Stock vorüberfahren und für die man einen Schlüssel braucht. Dieser hier bringt uns dorthin, wohin wir wollen, und der andere führt in die Heizungsräume, die Küchen, Belüftungsanlagen und was es da sonst noch gibt. Nebenbei bemerkt, wenn der Schlüssel nicht zu einer bestimmten Zeit in sein Schloss zurückkehrt, dann gibt es Alarm.«

»Das kommt mir alles unnötig kompliziert vor«, sagte Panov. »Teures Spielzeug.«

»Nicht unbedingt, Mo«, unterbrach ihn Conklin. »Bomben können leicht in Heizröhren versteckt werden. Und hast du etwa gewusst, dass in Hitlers letzten Tagen in seinem Bunker einige seiner vernünftigeren Adjutanten versuchten, Giftgas in die Luftfilteranlage zu leiten? Das alles sind einfach Vorsichtsmaßnahmen.«

Der Fahrstuhl hielt, und die Tür öffnete sich.

»Nach links, Doktor«, sagte Holland. Der Flur war in hellem, einfachem Weiß gehalten, antiseptisch. Dieser unterirdische Komplex beherbergte ein außerordentliches medizinisches Zentrum, das nicht nur den Zweck hatte, kranken Frauen und Männern zu helfen, sondern auch, sie zu zerbrechen, ihren Widerstand zu zerstören, um Informationen zu enthüllen, Wahrheiten zu gewinnen – was nicht selten etliche Leben retten half.

Sie betraten ein Zimmer, das in starkem Widerspruch zu dem antiseptischen Flur stand. Da gab es schwere Sessel und indirektes Licht und eine Kaffeemaschine auf einem Tisch mit Tassen und Löffeln. Auf anderen Tischen lagen säuberlich geordnet Zeitungen und Zeitschriften bereit, alle Bequemlichkeiten einer Lounge für Leute, die auf etwas oder jemanden warteten. In einer Tür erschien ein Mann in weißem Arztkittel. Er runzelte die Stirn.

»Direktor Holland?«, fragte er und ging mit ausgestreckter Hand auf Peter zu. »Ich bin Dr. Walsh, zweite Schicht. Ich brauche nicht zu sagen, dass wir Sie nicht erwartet haben.«

»Ich fürchte, es handelt sich um einen Notfall und nicht um einen, den ich mir ausgesucht habe. Darf ich Ihnen Dr. Morris Panov vorstellen – falls Sie ihn nicht kennen.«

»Ja, natürlich.« Walsh streckte erneut seine Hand aus. »Ein Vergnügen, Doktor, und eine Ehre.«

»Vielleicht nehmen Sie beides wieder zurück, bevor wir die Geschichte hinter uns gebracht haben, Doktor. Kann ich Sie privat sprechen?«

»Gewiss, mein Büro ist da drinnen.« Die beiden Männer verschwanden durch die Tür.

»Solltest du nicht mit hineingehen?«, fragte Conklin.

»Warum du nicht?«

»Verdammt, du bist der Direktor. Du solltest darauf bestehen!«

»Du bist sein engster Freund. Du hättest es tun sollen.«

»Hier habe ich keinen rechten Mumm.«

»Und meiner ist verschwunden, als Mo uns beiseite schob. Trinken wir einen Kaffee. An diesem Ort bekomme ich die sprichwörtliche Gänsehaut.« Holland ging zum Kaffeetisch und schenkte zwei Tassen ein. »Wie willst du ihn?«

»Mit mehr Milch und Zucker, als ich eigentlich haben dürfte. Ich mach's schon.«

»Ich nehme ihn immer noch schwarz«, sagte der Direktor, kam vom Tisch zurück und holte eine Schachtel Zigaretten hervor. »Meine Frau sagte, die Säure wird mich eines Tages umbringen.«

»Andere wieder sagen, es sei der Tabak.«

»Was?«

»Sieh mal.« Alex zeigte auf ein Schild an der Wand gegenüber: »Danke, dass Sie nicht rauchen.«

»Dafür habe ich noch den Mumm«, meinte Holland ruhig und zündete sich seine Zigarette an.

Es vergingen beinahe zwanzig Minuten. Hin und wieder griff einer von ihnen nach einer Zeitung oder einem Magazin, nur um es ein paar Augenblicke später wieder hinzulegen und auf die Tür zu starren. Schließlich, achtundzwanzig Minuten, nachdem er mit Panov verschwunden war, kam der Arzt mit Namen Walsh zurück.

»Er sagt, Sie wissen, was er verlangt, und dass Sie keine Einwände haben, Direktor Holland.«

»Ich habe reichlich Einwände, aber es scheint, dass er sich darüber hinwegsetzen möchte … Oh, entschuldigen Sie, Doktor, dies ist Alex Conklin. Er ist einer von uns und ein enger Freund von Panov.«

»Wie denken Sie, Mr. Conklin?«, fragte Walsh, nachdem er den Gruß von Alex erwidert hatte.

»Ich hasse das, was er vorhat, doch er meint, dass es etwas bringen wird. Und wenn es so ist, dann ist es gut für ihn, und ich verstehe, warum er darauf besteht. Hat es einen Sinn, Doktor? Und wie groß ist das Risiko eines Schadens?«

»Ein Risiko ist immer gegeben, wenn Drogen im Spiel sind, besonders wenn es auf die chemische Balance ankommt, aber das weiß er. Deshalb hat er eine intravenöse Spritze angeordnet, was den eigenen psychologischen Schmerz verlängert, aber das Risiko in gewisser Weise vermindert.«

»In gewisser Weise?«, schrie Alex. »Ich bin aufrichtig. Er ist es auch.«

»Das Fazit, Doktor«, sagte Holland.

»Wenn es schiefläuft, zwei oder drei Monate Therapie, nicht auf Dauer.«

»Und der Sinn?«, insistierte Conklin. »Ist es sinnvoll?«

»Ja«, antwortete Walsh. »Was ihm widerfahren ist, ist nicht nur ganz frisch, sondern es frisst ihn auch auf. Sein Bewusstsein ist förmlich davon besessen, was nur bedeuten kann, dass sein Unterbewusstsein in völligem Aufruhr ist. Er hat ohne Frage Recht … er besteht darauf, dass wir anfangen, und nach allem, was er mir sagte, werde ich es tun – das würde jeder von uns hier.«

»Wie ist es mit der Sicherheit?«, fragte Alex.

»Die Schwester wird vor der Tür warten. Es wird nur ein batteriegetriebenes Aufnahmegerät geben und mich … und einer von Ihnen oder Sie beide.« Der Doktor ging wieder zur Tür. »Wenn es so weit ist, werde ich nach Ihnen schicken.«

Conklin und Peter Holland sahen sich an. Die zweite Warteperiode begann.

Zu ihrem Erstaunen dauerte sie nur zehn Minuten. Eine Schwester kam in das Wartezimmer und bat sie, ihr zu folgen. Sie liefen durch einen wahren Irrgarten von antiseptischen weißen Wänden, und nur einmal auf ihrem Weg begegneten sie einem anderen menschlichen Wesen. Es war ein Mann in einem weißen Kittel und mit einer weißen Operationsmaske, der aus einer der weißen Türen kam, und sie mit einem scharfen, intensiven Blick musterte, der irgendwie anklagend wirkte. Sie fühlten sich wie Fremde aus einer anderen Welt.

Die Schwester öffnete eine Tür, über der eine rote Lampe blinkte. Sie legte ihren Zeigefinger auf die Lippen. Holland und Conklin traten leise in einen dunklen Raum mit einem Vorhang, hinter dem sich ein Bett oder ein Untersuchungstisch verbarg. Ein kleiner Kreis intensiven Lichts schien durch den Stoff. Sie hörten die sanften Worte von Dr. Walsh.

»Sie gehen zurück, Doktor, nicht weit zurück, nur einen Tag oder so, als dieser dumpfe, ständige Schmerz in Ihrem Arm begann … Ihrem Arm, Doktor. Warum fügten die Ihrem Arm Schmerzen zu, Doktor? Sie waren in einem Bauernhaus, einem kleinen Bauernhaus mit Feldern vor dem Fenster, und dann verband man Ihnen die Augen und tat Ihnen am Arm weh. Ihrem Arm, Doktor.«

Plötzlich das gedämpfte Aufleuchten eines grünen Lichtes, das von der Decke reflektiert wurde. Der Vorhang wurde elektronisch einige Handbreit geöffnet, wodurch das Bett, der Patient und der Arzt zu sehen waren. Walsh nahm den Finger von einem Knopf an der Bettkante und machte langsame Bewegungen mit der Hand, um damit zu fragen, ob niemand sonst im Raum sei. Richtig?

Beide Zeugen nickten. Sie waren wie hypnotisiert und wurden dann abgestoßen von Panovs grimassierendem blassen Gesicht und den Tränen, die langsam aus seinen weit geöffneten Augen zu fließen begannen. Dann sahen sie die Bänder, die unter dem Laken hervorkamen, um Mo festzuhalten. Sicher auf seine Anordnung hin.

»Der Arm, Doktor. Wir müssen mit der physisch in Sie dringenden Prozedur beginnen, nicht wahr? Weil wir wissen, was sie bewirkt, nicht wahr, Doktor? Sie führt zu einer anderen Prozedur, die ebenfalls in Sie dringen will, die Sie aber nicht zulassen dürfen. Sie müssen ihr Vordringen verhindern.«

Ein ohrenbetäubender Schrei wurde zu einem lang gezogenen Ton des Schreckens und des Sträubens. »Nein, nein! Ich werde euch nichts sagen. Ich habe ihn einmal getötet, ich will ihn nicht noch mal töten! Lasst mich in Ruuuuuuhe …«

Alex klappte zusammen. Peter Holland packte ihn, und sanft brachte der starke, breitschultrige Veteran Conklin durch die Tür zur Schwester. »Bringen Sie ihn bitte weg von hier.«

»Ja, Sir.«

»Peter«, keuchte Alex und versuchte zu stehen, musste sich aber von der Schwester helfen lassen. »Tut mir Leid, tut mir so Leid!«

»Warum denn?«, flüsterte Holland.

»Ich wollte zuschauen, aber ich kann es nicht.«

»Ich verstehe. Er steht dir zu nahe. Wenn ich du wäre, könnte ich es wahrscheinlich auch nicht.«

»Nein, du verstehst nicht! Mo sagte, er hat David getötet, aber das hat er natürlich nicht getan. Ich! Ich hatte die Absicht, ich wollte ihn töten! Ich war im Unrecht, aber ich versuchte mit all den Möglichkeiten, die mir zur Verfügung standen, ihn zu töten! Und jetzt habe ich es wieder getan. Indem ich ihn nach Paris gelassen habe … Nicht Mo, ich!«

»Setzen Sie ihn gegen die Wand, Schwester, und lassen Sie uns bitte allein.«

»Ja, Sir!« Die Schwester tat, wie ihr geheißen, und verschwand durch die nächste Tür.

»Jetzt höre mir mal gut zu, mein alter Agent«, flüsterte der grauhaarige Direktor der CIA und kniete vor Conklin nieder, »dieser dämliche Ringelreigen von wegen Schuld und so, das hört jetzt auf, das muss aufhören, sonst wird niemand für irgendjemanden von Nutzen sein. Ich scheiß darauf, was du oder Panov vor dreizehn Jahren getan habt oder vor fünf Jahren oder jetzt! Wir sind vernünftige, gutmeinende Menschen, und wir haben getan, was jeder von uns getan hätte, weil wir zu dem Zeitpunkt dachten, das es das Richtige wäre … Stell dir mal vor, heiliger Alex! Ja, den Ausdruck habe ich schon gehört. Wir machen Fehler. Verdammt komisch, nicht? Vielleicht sind wir am Ende gar nicht so großartig? Vielleicht ist Panov gar nicht der größte Verhaltensforscher oder was er auch immer ist. Vielleicht bist du eben auch nicht der gewitzteste Hurensohn draußen vor Ort, und vielleicht tauge ich nicht zur grauen Eminenz der Strategie, zu der sie mich gemacht haben. Und was heißt das? Wir schnüren unser Bündel und ziehen dorthin, wohin wir müssen.«

»Um Himmels willen, halt die Klappe!«, bellte Conklin.

»Psst!«

»Ach, Scheiße! Das letzte, was mir jetzt gerade fehlt, ist so ein Sermon von dir! Wenn ich meinen Fuß noch hätte, würde ich ihn jetzt benutzen!«

»Sollen wir handgreiflich werden?«

»Ich hatte den Schwarzen Gürtel. Erster Klasse, Admiral.«

»Donnerwetter! Ich kann nicht einmal ringen.«

Sie sahen sich an, und Alex war der Erste, der leise zu lachen begann. »Du bist unmöglich, Peter. Aber ich habe verstanden. Hilf mir auf die Beine, ja? Ich gehe zurück ins Wartezimmer und warte auf dich. Komm schon, hilf mir.«

»Den Teufel werde ich tun«, sagte Holland. »Hilf dir selbst. Man hat mir erzählt, dass der heilige Alex sich über zweihundert Kilometer durch feindliches Gebiet geschlagen hat, durch Flüsse, Ströme und Dschungel, und im Basislager Foxtrot angekommen ist und als Erstes gefragt hat, ob jemand eine Flasche Bourbon habe.«

»Tja, richtig, aber da war ich ein ganzes Stück jünger, und ich hatte noch einen Fuß mehr.«

»Stell dir vor, du hast ihn immer noch.« Holland winkte ihm zu. »Ich gehe wieder hinein. Einer von uns muss dabei sein.«

»Bastard!«

Eine Stunde und siebenundvierzig Minuten saß Conklin im Wartezimmer. Sein Bein mit der Fußprothese pochte. Oh, wie er sich gewünscht hatte, die Welt zu verändern, als er noch jung war und beide Füße hatte. Und wie gut er sich gefühlt hatte, der jüngste Student in der Geschichte der Schule geworden zu sein, der die Abschiedsrede hielt, der jüngste, der je in Georgetown angenommen worden war, ein helles, helles Licht, das am Ende des akademischen Tunnels leuchtete. Sein Abstieg hatte begonnen, als jemand irgendwo herausfand, dass sein Geburtsname nicht Alexander Conklin, sondern Aleksej Nikolaj Konsolikow war. Beiläufig war ihm eine Frage gestellt worden, und die Antwort darauf hatte Conklins Leben verändert.

»Sprechen Sie zufällig Russisch?«

»Natürlich«, hatte er geantwortet, amüsiert, dass sein Besucher überhaupt etwas anderes annehmen konnte. »Wie Sie offensichtlich wissen, waren meine Eltern Einwanderer. Ich bin nicht nur in einem russischen Elternhaus aufgewachsen, sondern auch in einem russischen Viertel – zumindest in den ersten Jahren. Ohne Russisch konnte man da nicht mal einen Laib Brot kaufen. Und in der Schulkirche hielten die älteren Priester und Nonnen eisern, genau wie die Polen, an der Sprache fest … Ich bin sicher, dass das dazu beigetragen hat, dass ich den Glauben verloren habe.«

»Das war also in den ersten Jahren, so haben Sie sich doch ausgedrückt.«

»Ja.«

»Was also hatte sich geändert?«

»Ich bin sicher, dass es irgendwo in Ihren Regierungsberichten steht und Ihren bösartigen Senator McCarthy kaum befriedigen wird.«

Mit der Erinnerung an diese Worte sah er auch das Gesicht

wieder vor sich. Es war das Gesicht eines Mannes in mittleren Jahren, das plötzlich ausdruckslos wurde, in dem sich die Augen vor unterdrücktem Ärger verfinsterten. »Ich versichere Ihnen, Mr. Conklin, dass ich in keiner Weise mit dem Senator verbunden bin. Sie nennen ihn bösartig, ich würde es anders ausdrücken, aber das würde sich hier nicht schicken … Was hatte sich verändert?«

»Ziemlich spät in seinem Leben wurde mein Vater das, was er schon in Russland gewesen ist: ein sehr erfolgreicher Händler, ein Kapitalist. Er besitzt sieben Supermärkte in großen Ladenpassagen. Sie werden Conklin's Corners genannt. Er ist jetzt über achtzig, und obwohl ich ihn sehr liebe, bedaure ich, sagen zu müssen, dass er ein eifriger Anhänger des Senators ist. Ich denke einfach an sein Alter, seine Kämpfe, seinen Hass auf die Sowjets und vermeide das Thema.«

»Sie sind sehr diplomatisch.«

»Diplomatisch«, hatte Alex zugestimmt.

»Ich habe des Öfteren in Conklin's Corners eingekauft. Ziemlich teuer.«

»O ja.«

»Woher stammt das Conklin?«

»Von meinem Vater. Meine Mutter erzählt, er hätte es auf einer Reklametafel gesehen, auf der Motorenöl angepriesen wurde, vier oder fünf Jahre nachdem sie hier waren. Und natürlich musste Konsolikow abtreten. Wie mein sehr bigotter Vater einmal sagte: Nur die Juden mit russischen Namen können hier Geschäfte machen. Auch dieses Thema vermeide ich.«

»Sehr diplomatisch.«

»Es ist nicht schwierig. Er hat auch seine guten Seiten.«

»Selbst wenn er sie nicht hätte, bin ich sicher, dass Sie in Ihrer Diplomatie überzeugend wären – es würde Ihnen nichts von Ihrer Fähigkeit nehmen, Ihre wahren Gefühle zu verbergen.«

»Wie komme ich eigentlich darauf, dass dies hier ein wichtiges Gespräch ist?«

»Weil es tatsächlich so ist, Mr. Conklin. Ich vertrete eine Abteilung der Regierung, die an Ihnen äußerst interessiert ist, eine, in der Ihre Zukunft ebenso unbegrenzt wäre wie die jedes Kandidaten, mit dem ich in den vergangenen zehn Jahren gesprochen habe …«

Diese Unterhaltung liegt beinahe dreißig Jahre zurück, dachte Alex, während seine Augen wieder zur Tür des Wartezimmers hinüberwanderten. Und wie verrückt die dazwischenliegenden Jahre gewesen sind. Ohne Rücksicht auf sich selbst hatte sein Vater sich zu einer unrealistischen Expansion entschlossen und sich übernommen. Er jonglierte mit ungeheuren Geldsummen, die nur in seiner Fantasie existierten – und in den Köpfen geiziger Bankiers. So verlor er sechs seiner sieben Supermärkte, und der letzte ihm verbliebene ermöglichte ihm lediglich einen Lebensstil, den er unerträglich fand. Folglich bekam er einen Schlaganfall. Er starb an einem Schlaganfall, als das erwachsene Leben von Alex gerade begann.

Berlin, Ost und West, Moskau, Leningrad, Taschkent und Kamtschatka. Wien, Paris, Lissabon und Istanbul. Dann auf der anderen Seite der Welt in Tokio, Hongkong, Seoul, Kambodscha, Laos und schließlich Saigon und die Tragödie, die Vietnam war. Über die Jahre, durch sein Sprachgenie und seine Erfahrung, war er der Spitzenmann der CIA für verdeckte Operationen geworden und oft der Ad-hoc-Stratege für spezielle, meist schnelle getarnte Aktivitäten. Dann eines Morgens, als der Nebel noch über dem Mekongdelta hing, erschütterte eine Tretmine sein Leben, und er verlor seinen Fuß. Für einen Mann der Praxis, der bei seiner Arbeit vor allem mobil sein musste, war das praktisch das Ende. Dann schied er aus dem Außendienst aus, und es ging bergab. Sein übermäßiges Trinken akzeptierte er und erklärte es als genetisch bedingt. Der russische Winter der Depression ging in Frühling, Sommer und Herbst über. Das zum Skelett abgemagerte, zitternde Wrack eines Mannes, der dabei war unterzugehen, erhielt eine Galgenfrist. David Webb – Jason Bourne – kam zurück in sein Leben.

Die Tür ging auf und unterbrach gnädig seine Träumereien. Peter Holland kam langsam herein. Sein Gesicht war blass und verzerrt, sein Blick glasig, und in seiner Linken hielt er zwei Plastikhüllen, wahrscheinlich Kassetten.

»Solange ich lebe«, sagte Peter mit leiser und hohler Stimme, fast ein Flüstern, »hoffe ich, so etwas niemals mehr miterleben zu müssen, niemals mehr Zeuge einer solchen Sache werden zu müssen.«

»Wie geht es Mo?«

»Ich hab nicht geglaubt, dass er es überleben würde … Ich dachte, er würde sich umbringen. Walsh war immer wieder nahe daran, es abzubrechen. Ich kann dir sagen, ihm saß die Angst im Nacken.«

»Und warum hat er es nicht getan, in Gottes Namen?«

»Er sagte, Panovs Anweisungen seien nicht nur sehr detailliert, sondern dass er sie zudem niedergeschrieben und unterzeichnet habe und erwarte, dass sie wörtlich eingehalten würden. Vielleicht gibt es so etwas wie einen ungeschriebenen Kodex zwischen Ärzten, ich weiß es nicht. Aber ich weiß, dass Walsh ihn an ein EKG anschloss, was er nicht aus den Augen ließ. Ich auch nicht. Das war leichter, als Mo anzuschauen. Lass uns hier weggehen!«

»Einen Moment noch. Was ist mit Panov?«

»Er ist noch nicht so weit, um eine Party zur Feier seiner Rückkehr zu veranstalten. Er wird für ein paar Tage unter Beobachtung bleiben. Walsh wird mich morgen früh anrufen.«

»Ich würde ihn gerne sehen. Ich will ihn sehen.«

»Es gibt nichts zu sehen. Glaube mir, du würdest es nicht wollen und er auch nicht. Lass uns gehen.«

»Wohin?«

»Zu dir nach Vienna – zu uns nach Vienna. Ich nehme an, du hast ein Kassettendeck.«

»Ich habe alles außer einer Mondrakete. Das meiste kann ich nicht bedienen.«

»Ich möchte eine Pause und eine Flasche Whisky.«

»Es gibt alles, was du willst, im Appartement.«

»Stört es dich nicht?«, fragte Holland und sah Alex an.

»Würde es was machen, wenn es das täte?«

»Nicht im Geringsten … Wenn ich mich recht erinnere, gibt es da auch noch ein extra Schlafzimmer.«

»Ja.«

»Gut. Wahrscheinlich sind wir die halbe Nacht auf, um uns

das anzuhören.« Der Direktor hielt die Kassetten hoch. »Die ersten Male bringen nichts. Weil wir da nur seine Schmerzen mitbekommen, nicht die Informationen.«

Es war kurz nach fünf Uhr nachmittags, als sie das Gelände verließen. Die Tage wurden kürzer, der September stand vor der Tür, und die untergehende Sonne kündete die bevorstehende Veränderung mit einer Farbintensität an, die nur den Tod der einen Jahreszeit und die Geburt der nächsten bedeuten konnte. »Das Licht ist immer am hellsten, wenn wir sterben müssen«, sagte Conklin und lehnte sich im Wagen neben Holland zurück, wobei er zum Fenster hinausblickte.

»Ich finde das äußerst unpassend«, erklärte Peter ärgerlich. »Wer hat das gesagt?«

»Jesus, glaube ich.«

»Die Schrift wurde niemals ordentlich herausgegeben. Zu viele Lagerfeuer und zu wenig Bestätigung durch Augenzeugen.«

Alex lachte leise und nachdenklich. »Hast du sie jemals gelesen? Die Schrift, meine ich.«

»Das meiste, ja.«

»Weil du musstest?«

»Zum Teufel, nein. Mein Vater und meine Mutter waren so agnostisch, wie es zwei Leute nur sein konnten. Sie schickten mich und meine beiden Schwestern in der einen Woche in einen protestantischen Gottesdienst, in der nächsten in einen katholischen und dann in eine Synagoge. Nicht so regelmäßig. Ich glaube, sie wollten, dass wir alles kennen lernten. Das bringt Kinder zum Lesen. Natürliche Neugier, in Mystizismus gehüllt.«

»Unwiderstehlich«, pflichtete Conklin bei. »Ich habe meinen Glauben verloren, und jetzt, nach all den Jahren, durch die ich meine geistige Unabhängigkeit behauptet habe, frage ich mich, ob mir nicht was fehlt.«

»Was denn?«

»Trost, Peter. Ich habe keinen Trost.«

»Wozu?«

»Ich weiß nicht. Dinge, die ich nicht kontrollieren kann, vielleicht.«

»Du meinst, dir fehlt der Trost einer metaphysischen Entschuldigung. Tut mir Leid, Alex, aber da kann ich dir nicht folgen. Wir sind verantwortlich für das, was wir tun. Und daran kann keine Absolution etwas ändern.«

Conklin wandte sich Holland zu und sah ihn mit weit geöffneten Augen an.

»Danke«, sagte er.

»Wofür?«

»Dass du genauso sprichst wie ich, vielleicht mit etwas anderen Worten ... Ich kam vor fünf Jahren aus Hongkong zurück, mit dem Banner der Verantwortlichkeit an meiner Lanze.«

»Da komme ich nicht mit.«

»Vergiss es. Es geht schon wieder ... Hüte dich vor den Fallgruben ekklesiastischer Mutmaßungen und selbstverzehrender Gedanken.«

»Wer hat das wieder gesagt?«

»Entweder Savonarola oder Salvador Dali, ich weiß nicht mehr, wer.«

»Lass uns damit aufhören«, lachte Peter.

»Warum denn? Wir können wenigstens wieder lachen. Und was ist mit deinen beiden Schwestern? Was ist aus denen geworden?«

»Das ist ein noch besserer Witz«, antwortete Peter. Er legte das Kinn auf die Brust, und seine Lippen umspielte ein boshaftes Lächeln. »Eine ist Nonne in Neu-Delhi und die andere Präsidentin ihrer eigenen Werbefirma in New York, und sie kann besser jiddisch als ihre meisten Kollegen in der Branche. Vor ein paar Jahren erzählte sie mir, dass sie aufgehört haben, sie ein Schickse zu nennen. Sie liebt ihr Leben, genau wie meine Schwester in Indien.«

»Trotzdem bist du zum Militär.«

»Nicht trotzdem, Alex ... Und ich habe es ganz bewusst getan. Ich war ein zorniger junger Mann, der glaubte, dieses Land verwahrlose vollkommen. Ich stamme aus einer privilegierten Familie – Geld, Einfluss, eine teure Privatschule –, das garantierte mir – mir, nicht dem schwarzen Kind in den Straßen von Philadelphia oder Harlem – automatisch den Zugang zur Uni in Annapolis. Ich dachte einfach, dass ich diese Privilegien auch verdienen müsse. Ich musste zeigen, dass Leute wie ich nicht einfach nur ihre Vorteile ausnutzten, ihren Verantwortungen aber aus dem Weg zu gehen.«

»*Noblesse oblige* – Adel verpflichtet.«

»Das ist ungerecht«, protestierte Holland.

»Doch ist es so, in einem ganz realen Sinn. Auf griechisch heißt *aristo* der Beste, und *kratia* ist das Wort für Herrschaft. Im alten Athen führten solche jungen Männer ihre Armeen mit hoch erhobenen Schwertern an, standen nicht hinten, sondern in erster Reihe, um ihren Truppen zu beweisen, dass sie sich zusammen mit den Niedrigsten unter ihnen opfern würden, denn die Niedrigsten standen unter ihrem Befehl, dem Befehl der Edelsten.«

Peter Holland lehnte den Kopf nach hinten und schloss halb die Augen. »Vielleicht gehörte das auch dazu, ich bin mir nicht sicher – gar nicht sicher. Wir stellten so viele Fragen: Wofür? Pork Chop Hill? Irgendein unbekanntes, nutzloses Gelände im Mekongdelta? Warum? Um Himmels willen, warum? Männer wurden erschossen, ihre Bäuche und Köpfe weggeblasen von einem Feind zwei Schritt vor ihnen, einem, der den Dschungel kannte, wie sie ihn nicht kannten. Was für eine Art Krieg war das? … Wenn nicht Männer wie ich zu den Jungs hingegangen wären und gesagt hätten, ›Schaut her, hier bin ich, ich bin bei euch‹, wie lange glaubst du wohl, hätte das Ganze gedauert? Es hätte Massenrevolten gegeben, und vielleicht hätte es welche geben sollen. Diese Jungs waren das, was manche Leute Nigger und Puertos und Schwachköpfe nennen. Die Privilegierten hatten Druckposten, bei denen sie sich nicht die Hände schmutzig machen mussten – oder Jobs, die gewährleisteten, dass sie nicht in irgendwelche Kämpfe verwickelt wurden. Das hatten die anderen nicht. Und wenn mein Mit-ihnen-Sein etwas bedeutete, dann das, dass es das Gescheiteste war, was ich je getan habe.«

»Tut mir Leid, Peter, ich wollte keine alten Geschichten aufrühren, wirklich nicht. Es ist schon verrückt, wie alles sich ineinander fügt und das eine das andere gebiert, nicht wahr?

Wie hast du es genannt? Den Ringelreigen der Schuld. Wo hört er auf?«

»Hier und jetzt«, sagte Holland und richtete sich in seinem Sitz auf, Rücken und Schultern gestreckt. Er griff zum Autotelefon, gab zwei Nummern ein und sagte: »Lassen Sie uns bitte in Vienna heraus. Und danach fahren Sie ins nächste China-Restaurant und bringen uns das Beste, was sie haben …«

Hollands Prophezeiung erwies sich zumindest zur Hälfte als richtig. Das erste Anhören von Panovs Sitzung war quälend, seine Stimme niederschmetternd, wobei der emotionale Gehalt die Informationen überlagerte, besonders für denjenigen, der den Psychiater kannte. Das zweite Anhören rief eine unmittelbare Konzentration hervor, die zweifelsfrei durch den Schmerz, den sie mit anhörten, gefördert wurde. Es gab keine Zeit, persönlichen Gefühlen nachzugeben, die Information wurde plötzlich alles. Beide Männer machten sich auf ihren Blöcken ausführliche Notizen, wobei sie das Band oft anhielten und einzelne Passagen wiederholten. Nach dem vierten Mal hatten Alex und Peter Holland jeder seine dreißig bis vierzig Seiten Notizen. Sie verbrachten noch eine Stunde schweigend, in der jeder seine Analyse durchging.

»Bist du fertig?«, fragte der CIA-Direktor von der Couch her mit dem Bleistift in der Hand.

»Sicher«, sagte Conklin, der am Tisch saß, neben sich die Schreibmaschine.

»Irgendwelche einleitenden Bemerkungen?«

»Ja«, meinte Alex. »Neunundneunzig Komma vierundvierzig Prozent von dem, was wir gehört haben, sind unergiebig, außer, dass sie uns zeigen, was für ein außerordentlicher Mann dieser Walsh ist.«

»Stimmt«, sagte Holland. »Walsh ist gut.«

»Mehr als das, aber darum geht es uns hier nicht, sondern nur darum, was er aus Mo rausgeholt hat … Und dabei ist es nicht so wichtig, was Panov enthüllt hat, weil wir davon ausgehen müssen, dass er fast alles enthüllt hat, was ich ihm gesagt habe, sondern wichtig ist, was er gehört hat.« Conklin zog einige Seiten heraus. »Hier ist ein Beispiel: ›Die Familie wird erfreut sein … Unser *supremo* wird uns segnen‹. Da wiederholt er die Worte von jemand anderem, nicht seine eigenen. Nimm das Wort *supremo – capo supremo,* wahrlich kein himmlisches höheres Wesen. Plötzlich ist die Familie Lichtjahre von Norman Rockwell entfernt, und der Segen ist eine Art Bonus oder Belohnung.«

»Mafia«, sagte Peter mit festem und klarem Blick, obwohl er schon etliche Drinks zu sich genommen hatte. »Ich habe das noch nicht richtig durchdacht gehabt, aber ich habe es instinktiv angekreuzt … Okay, hier ist noch etwas in derselben Richtung. Auch mir sind Sätze aufgefallen, die nicht zu Panov passen.« Holland ging seinen Block durch. »Hier: ›New York will alles.‹« Peter blätterte weiter. »Oder hier: ›Die Wall Street ist schon was.‹« Noch einmal blätterte der DCI. »Und dies hier. ›Blondie Früchtchen …‹ – der Rest ist unverständlich.«

»Ist mir entgangen, machte für mich wohl keinen Sinn.«

»Wie könnte es auch, Mr. Aleksej Konsolikow?« Holland lächelte. »Unter Ihrem angelsächsischen Äußeren schlägt das Herz eines Russen. Du hast einfach nicht das Gespür für das, was einige von uns erleiden müssen.«

»He?«

»Ich bin Angelsachse, und ›Blondie Früchtchen‹ ist eine der pejorativen Beschreibungen, die uns von, das muss ich zugeben, ebenfalls getretenen Minoritäten verpasst wurden. Denk mal nach. Armbruster, Swayne, Atkinson, Burton, Teagarten – alles Blondies. Und die Wall Street passt da auf jeden Fall auch rein.«

»Medusa«, sagte Alex und nickte. »Medusa und die Mafia … Du lieber Gott.«

»Wir haben eine Telefonnummer!« Peter beugte sich vor. »Sie war in dem Heft, das Bourne aus dem Haus von Swayne mitgebracht hat.«

»Ich hab sie schon probiert, erinnerst du dich nicht? Es ist ein Anrufbeantworter, das ist alles.«

»Und das reicht. Wir können ihn lokalisieren.«

»Wozu? Wer immer sich die Botschaften holt, wird sie von weit weg abrufen. Und wenn er oder sie nur einigermaßen sauber im Kopf ist, werden er oder sie es von einem Münztelefon aus machen. So ist er/sie nicht nur nicht aufzuspüren, sondern auch in der Lage, alle anderen Botschaften zu löschen und damit Platz für neue zu schaffen.«

»In der Technik bist du nicht besonders gut bewandert, wie?«

»Sagen wir mal so«, antwortete Conklin. »Ich habe mir schon vor ziemlich langer Zeit ein Videogerät gekauft, um mir die alten Filme ansehen zu können, aber ich habe bis heute nicht herausgefunden, wie man diese verdammte blinkende Uhr abstellt. Ich hab den Händler angerufen, und der sagte nur: ›Lesen Sie die Anweisung auf der Innenklappe‹. Aber jetzt finde mir mal die Innenklappe.«

»Dann will ich dir erklären, was man mit einem Telefonbeantworter machen kann … wir können ihn extern blockieren.«

»Papperlappapp. Wozu soll das gut sein, verflucht? Außer die Quelle zu zerstören?«

»Du vergisst etwas. Wir wissen, wo die Nummer ist.«

»Oh.«

»Dann muss jemand kommen und das Ding reparieren.«

»Oh.«

»Wir greifen ihn uns und fragen, wer ihn geschickt hat.«

»Na ja, Peter, du hast einfach Möglichkeiten. Ein Neophyt in einer solchen Position, die er in keiner Weise verdient.«

»Schade, dass ich dir keinen Drink anbieten kann.«

Bryce Ogilvie von der Anwaltsfirma Ogilvie, Spofford, Crawford und Cohen diktierte gerade eine sehr komplexe Antwort an die Antitrust-Abteilung des Justizministeriums, als sein geheimes Privattelefon klingelte. Er nahm den Hörer ab und drückte den grünen Knopf.

»Bleiben Sie dran«, befahl er und sah zu seiner Sekretärin hinüber. »Würden Sie mich bitte einen Moment entschuldigen?«

»Gewiss, Sir.« Die Sekretärin stand auf, lief durch das große, beeindruckende Büro und verschwand durch die Tür.

»Ja, was gibt's?«, fragte Ogilvie.

»Die Maschine arbeitet nicht«, sagte die Stimme auf der geheiligten Leitung.

»Was ist passiert?«

»Weiß ich nicht. Ist ständig besetzt.«

»Es ist ein Top-Gerät. Wie oft haben Sie es probiert?«

»Ich habe es die ganzen vergangenen zwei Stunden über versucht. Da stimmt was nicht. Selbst die besten Geräte gehen mal kaputt.«

»Schicken Sie jemanden, um es zu prüfen, einen von den Niggern.«

»Na klar. Ein Weißer würde da nicht hingehen.«

25.

Es war kurz nach Mitternacht, als Bourne aus der Metro in Argenteuil stieg. Er hatte sich die Zeit für die Vorbereitungen, die er treffen musste, und die Suche nach Marie genau eingeteilt. Er war von einem Arrondissement zum anderen gefahren, hatte sie in Cafés gesucht, in jedem Laden, jedem Hotel, an das er sich erinnern konnte. Mehr als einmal hatte ihm der Atem gestockt, weil er ein Profil, einen dunkelroten Haarschopf im schummrigen Licht eines Cafés oder aus der Ferne für Marie gehalten hatte. Aber jedes Mal hatte sich seine Vermutung als falsch herausgestellt.

Alex! Wo, zum Teufel, steckte Conklin? Er konnte ihn nicht erreichen! Er hatte auf Conklin gezählt, dass er sich um die Details kümmerte, in erster Linie die zügige Überweisung von Geld. Der Geschäftstag an der Ostküste der Vereinigten Staaten begann um vier Uhr Pariser Zeit. Da blieb nur eine Stunde, um eine Million amerikanische Dollar abzuheben und an einen Herrn Simon auf eine Bank seiner Wahl in Paris zu überweisen. Und das bedeutete, dass Mr. Simon sich bei eben dieser Bank vorstellen musste. Bernardine war hilfreich gewesen. Hilfreich? Er hatte die Sache überhaupt erst möglich gemacht.

»Es gibt da eine Bank in der Rue de Grenelle, die häufig vom Deuxième benutzt wird und wo man entgegenkommend ist, was Öffnungszeiten oder die eine oder andere fehlende Unterschrift angeht. Ist natürlich nicht umsonst, und darüber hinaus trauen sie niemandem, insbesondere dann nicht, wenn jemand mit unserer wohlwollenden sozialistischen Regierung zu tun hat.«

»Sie meinen, nur auf ein Telex oder ein Fax hin machen sie keinen Franc locker?«

»Nicht einen. Der Präsident persönlich könnte anrufen,

und sie würden ihm sagen, er solle es sich lieber direkt aus Moskau holen, wo er, wie sie fest glauben, eindeutig hingehört.«

»Da ich Alex nicht erreichen kann, habe ich unseren Mann auf den Cayman-Inseln angerufen, wo Marie den größten Teil des Geldes angelegt hat. Er ist Kanadier, und auch die Bank ist kanadisch. Er wartet auf Anweisungen.«

»Ich werde anrufen. Sind Sie im Pont-Royal?«

»Nein. Ich rufe Sie zurück.«

»Wo sind Sie?«

»Ich denke, man könnte sagen, dass ich ein ängstlicher, konfuser Schmetterling bin, der von einem vage erinnerten Platz zum nächsten flattert.«

»Sie suchen nach ihr.«

»Ja.«

»In gewisser Weise hoffe ich, dass Sie sie nicht finden.«

»Danke. Ich rufe in zwanzig Minuten zurück.«

Er war dann zum Trocadéro und dem Palais de Chaillot gegangen. Auf einer der Terrassen war damals auf ihn geschossen worden. Es hatte Gewehrschüsse gegeben und Menschen, die die endlosen Stufen hinabgerannt kamen, zwischendurch verdeckt durch die großen goldenen Skulpturen und die hohen Wasserfontänen, bis sie in den Gärten verschwanden und schließlich außer Sicht- und Reichweite waren. Was war geschehen? Warum erinnerte er sich an den Trocadéro …? Marie war dort gewesen – irgendwo. Wo in diesem enormen Komplex war sie gewesen? Wo? Eine Terrasse! Sie war auf einer Terrasse gewesen. In der Nähe einer Statue … Welcher Statue? Descartes? Racine? Talleyrand? Die Statue von Descartes fiel ihm zuerst ein.

Er fand sie, aber Marie war nicht dort. Er sah auf seine Uhr; es waren beinahe fünfundvierzig Minuten vergangen, seitdem er mit Bernardine gesprochen hatte. Er suchte eine Telefonzelle.

»Gehen Sie zur Banque Normandie, und fragen Sie nach einem Herrn Tabouri. Er weiß Bescheid und wird glücklich sein, wenn Sie sein Telefon benutzen – natürlich gegen Erstattung der Kosten.«

»Danke, François.«
»Wo sind Sie jetzt?«
»Am Trocadéro. Es ist verrückt. Ich habe verdammt noch mal so ein unbestimmtes Gefühl, wie Vibrationen, aber sie ist nicht da.«
»Gehen Sie zur Bank.«
Das hatte er getan, und innerhalb von fünfunddreißig Minuten nach dem Anruf auf den Cayman-Inseln hatte der olivenhäutige, ständig lächelnde Monsieur Tabouri ihm bestätigt, seine Gelder seien da. Er verlangte siebenhundertfünfzigtausend Francs in so großen Scheinen wie möglich. Sie wurden ihm ausgehändigt. Und der grinsende, willfährige Banker nahm ihn vertraulich auf die Seite, weg vom Schreibtisch, was leicht idiotisch war, da sich niemand im Büro befand, und sprach am Fenster leise auf ihn ein.
»In Beirut gibt es einige ausgezeichnete Möglichkeiten, Grundstücke zu kaufen. Glauben Sie mir, ich weiß es. Ich bin Experte für den Vorderen Orient, und diese blödsinnigen Kämpfe können nicht mehr lange dauern. *Mon Dieu,* sonst wird niemand mehr am Leben sein. Es wird sich wieder zum Paris des Mittelmeers mausern. Grundstücke für den Bruchteil ihres Werts, Hotels zu einem lächerlichen Preis!«
»Klingt interessant Lassen Sie uns in Kontakt bleiben.«
Er war aus der Banque Normandie geflohen, als gäbe es dort Bazillen einer tödlichen Krankheit, war zum Pont Royal zurückgekehrt, wo er nochmals versuchte, Alex Conklin zu erreichen. Es war beinahe ein Uhr nachmittags in Vienna. Aber alles, was er zu hören bekam, war der Anrufbeantworter mit der irgendwie körperlosen Stimme von Alex, die dem Anrufer mitteilte, eine Nachricht zu hinterlassen. Aus einer Reihe von Gründen hatte Jason das nicht gemacht.
Und jetzt war er in Argenteuil und ging die Stufen der Metro hinauf zur Straße, wo er sich langsam und vorsichtig auf den Weg in die Nachbarschaft des Le Cœur du Soldat machte. Die Anweisungen waren eindeutig gewesen. Er solle nicht als der Mann der vergangenen Nacht kommen, kein Hinken, kein zerlumpter, abgelegter Armeeanzug, nichts, was irgendjemand wiedererkennen könnte. Gekleidet wie ein einfacher

Arbeiter solle er zum Tor der alten, geschlossenen Schmelzfabrik gehen, Zigaretten rauchen und sich an eine Mauer lehnen – und zwar zwischen 0.30 Uhr und 1.00 Uhr. Nicht früher, nicht später. Warum all die Vorsichtsmaßnahmen? Die Boten von Santos nahmen bereitwillig mehrere Hundert Francs von ihm an, und der weniger Schüchterne von den beiden sagte: »Santos verlässt niemals das Le Cœur du Soldat.«

»Hat er gestern Abend aber getan.«

»Nur für Minuten.«

»Ich verstehe.« Bourne nickte, aber er hatte nicht verstanden, er konnte nur spekulieren. War Santos ein Gefangener des Schakals, Tag und Nacht an die schäbige Kneipe gebunden? Das war eine faszinierende Frage – vor allem angesichts seiner außerordentlichen Qualitäten.

Es war erst 0.37 Uhr, als Jason mit Bluejeans, Kappe und einem dunklen Pullover mit V-Ausschnitt am Tor der alten Fabrik anlangte. Er holte eine Packung Gauloises aus der Tasche, lehnte sich an die Mauer und zündete sich eine Zigarette an, wobei er das Feuerzeug länger als notwendig brennen ließ. Seine Gedanken kehrten zu dem rätselhaften Santos zurück, dem wichtigsten Kontaktmann in Carlos' Armee, dem vertrauenswürdigsten Satelliten im Dunstkreis des Schakals, einem gebildeten Mann, einem Südamerikaner – Venezolaner, wenn Bourne seinen Instinkten vertrauen konnte. Faszinierend. Und Santos wünschte ihn »mit Frieden im Herzen« zu sehen. Bravo, *amigo,* dachte Jason. Santos hatte in London einen zu Tode erschrockenen Botschafter erreicht, und Atkinson hatte keine andere Wahl gehabt, als nachhaltig zu bestätigen, dass jedwede Anweisung der Schlangenlady ausgeführt werden musste. Die Macht der Schlangenlady war der einzige Schutz des Botschafters, seine einzige Zuflucht.

Folglich konnte Santos nachgeben. Der Kontaktmann wollte aus seinem Gully herauskriechen, und mit den ihm gebotenen drei Millionen Francs könnte er … zumindest zuhören und ein paar Dinge erwägen. Es gab Alternativen im Leben, und eine war Santos angeboten worden, dem Vasallen von Carlos, dessen Treue seinem Herrn gegenüber sich möglicherweise erschöpft hatte. Diese instinktive Ahnung war es, die Bourne in seine Bitte – ruhig, aber fest – Worte wie ›reisen‹, ›verschwinden‹, ›reicher Mann‹, ›frei von Sorgen und unangenehmer Schufterei‹ einflechten ließ. Die Schlüsselworte waren ›frei‹ und ›verschwinden‹, und die Augen von Santos hatten geantwortet. Er war bereit, den Drei-Millionen-Köder zu schnappen, und Bourne würde glücklich sein, ihn die Schnur zerreißen und schwimmen zu lassen.

Jason sah auf die Uhr. Fünfzehn Minuten waren vergangen. Zweifellos prüften die Günstlinge von Santos die Straßen, eine abschließende Inspektion, bevor der Hohepriester der Kontakte erscheinen würde. Bourne dachte kurz an Marie, an die Gefühle, die er am Trocadéro gehabt hatte, und er erinnerte sich an die Worte des alten Fontaine, als sie die Wege von Tranquility beobachtet und auf Carlos gewartet hatten. »Er ist in der Nähe. Ich fühle es. Wie das Nahen eines fernen Gewitters.«

Jasons Uhr zeigte eins, und die beiden Boten kamen aus der Gasse und überquerten die Straße zum Tor der alten Fabrik.

»Santos will Sie jetzt sehen«, sagte der eifrigere der beiden.

»Ich sehe ihn nicht.«

»Sie sollen mit uns kommen. Er wird das Cœur du Soldat nicht verlassen.«

»Warum finde ich das nicht nach meinem Geschmack?«

»Ohne jeden Grund: Er hat Frieden im Herzen.«

»Und was ist mit seinem Messer?«

»Er trägt nie eine Waffe bei sich.«

»Das ist schön zu hören. Gehen wir.«

»Er braucht keine Waffen«, fügte einer der Boten beunruhigenderweise hinzu.

Er wurde die Gasse hinunter, am neonbeleuchteten Eingang vorbei zu einem kaum wahrnehmbaren Spalt zwischen den Häusern eskortiert. Einer nach dem anderen gingen sie zur rückwärtigen Seite der Kneipe, wo Jason etwas sah, was er hier in dieser verkommenen Gegend zuallerletzt erwartet hätte – einen englischen Garten. Es war ein Grundstück, vielleicht zehn Meter breit und zwanzig tief, mit Spalieren, die verschiedene, blühende Kletterpflanzen stützten – prächtige Farben im Mondlicht.

»Das ist ein Anblick«, kommentierte Jason. »Das erfordert viel Mühe.«

»Eine Leidenschaft von Santos! Niemand versteht es, aber niemand berührt auch nur eine Blume.«

Faszinierend.

Bourne wurde zu einem kleinen Außenfahrstuhl geführt, dessen Stahlrahmen an der Steinmauer des Gebäudes befestigt war. Ein anderer Zugang war nicht in Sicht. Der Fahrstuhl fasste gerade sie drei, und als die eiserne Tür geschlossen war, drückte der schweigsame Bote in der Dunkelheit einen Knopf und sagte: »Wir sind hier, Santos. Kamelie. Hol uns hoch.«

»Kamelie?«, fragte Jason.

»So weiß er, dass alles in Ordnung ist. Wenn nicht, hätte mein Freund Lilie oder Rose gesagt.«

»Was wäre dann passiert?«

»Daran möchten Sie bestimmt nicht einmal denken. Ich jedenfalls nicht.«

Der Fahrstuhl hielt mit einem doppelten Hopser, und der schweigsame Bote öffnete eine dicke Eisentür, was zu tun sein volles Gewicht erforderte. Bourne wurde in das ihm schon vertraute Zimmer geführt. Santos saß in einem übergroßen Lehnstuhl.

»Ihr könnt gehen, meine Freunde«, sagte er. »Holt euch das Geld vom Kellner und sagt ihm, dass er Rene und diesem Amerikaner, diesem Ralph, jedem fünfzig Francs geben soll und sie nach draußen befördert. Sie pissen in die Ecken … Sag ihnen, das Geld sei von ihrem Freund von neulich, der sie vergessen hat.«

»O Scheiße!«, kam es aus Jason heraus.

»Haben Sie doch, oder?« Santos grinste.

»Ich habe an andere Dinge denken müssen.«

»Ja, Sir!« Die beiden Boten, statt nach hinten zum Fahrstuhl zu gehen, öffneten eine Tür in der linken Wand und verschwanden. Bourne sah ihnen verwirrt hinterher.

»Da ist eine Treppe, die in die Küche führt«, sagte Santos und beantwortete Jasons unausgesprochene Frage. »Die Tür kann von dieser Seite geöffnet werden, nicht unten von den

Stufen her, außer von mir … Setzen Sie sich, Monsieur Simon. Wie geht es Ihrem Kopf?«

»Die Schwellung ist zurückgegangen, danke.« Bourne setzte sich auf die Couch und versank in den Kissen.

»Wie ich höre, haben Sie Frieden im Herzen.«

»Und den Wunsch nach drei Millionen Francs.«

»Dann waren Sie also mit dem Anruf in London zufrieden?«

»Niemand kann den Mann so programmiert haben, derartig zu reagieren. Es gibt eine Schlangenlady, und sie flößt eine außerordentliche Zuneigung und Furcht ein, auch höheren Orts – was bedeutet, dass sie nicht ohne Macht sein kann.«

»Das hatte ich Ihnen zu erklären versucht.«

»Ihr Wort ist akzeptiert. Jetzt lassen Sie mich Ihre Forderung rekapitulieren … Sie, und nur Sie allein, müssen die Amsel treffen, richtig?«

»Das ist ein Muss.«

»Ich darf noch einmal fragen, warum?«

»Offen gesagt, wissen Sie bereits so schon zu viel, mehr als meine Kunden ahnen – aber schließlich hat auch keiner von ihnen im zweiten Stock einer Kneipe in Argenteuil beinahe sein Leben verloren. Sie wollen nichts mit Ihnen zu tun haben, sie wollen keine Spuren, keine Verwundbarkeit.«

»Wie haben Sie mich gefunden?« Santos schlug mit der Faust auf die Stuhllehne.

»Ein alter Mann in Paris, mit einem einschlägigen Vorstrafenregister, der versuchte, ein Parlamentsmitglied zu warnen, dass es ermordet werden sollte. Er war derjenige, der die Amsel erwähnte. Er war derjenige, der vom Le Cœur du Soldat sprach. Glücklicherweise hörte ihn unser Mann und gab insgeheim meinen Klienten die Nachricht weiter … Aber das hilft Ihnen nicht, so kommen Sie an meine Auftraggeber nicht heran. Wie viele alte Männer in Paris könnten in ihrer senilen Desillusionierung das Le Cœur du Soldat erwähnt haben – und Sie? … Hier, ich habe Ihnen etwas mitgebracht.« Bourne rutschte auf der Couch vor und langte in seine Gesäßtasche. Er holte eine Rolle eng gebundener Francsnoten heraus, die von einem schwarzen Gummi zusammengehalten wurden. Er warf sie Santos zu, der sie mühelos fing. »Zweihunderttausend Vorschuss – ich wurde bevollmächtigt, Ihnen das zu geben. Auf Basis der größtmöglichen Anstrengungen. Sie geben mir die Informationen, die ich brauche, ich liefere sie nach London, und ob die Amsel das Angebot meiner Klienten akzeptiert oder nicht, Sie erhalten den Rest der drei Millionen.«

»Aber Sie könnten vorher verschwinden, oder nicht?«

»Sie können mich beobachten lassen wie bisher, mich nach London und zurück beschatten lassen. Ich werde Ihnen sogar die Fluggesellschaft und die Flugnummer geben. Was könnte fairer sein?«

»Nur etwas, Monsieur Simon«, antwortete Santos, schob seinen gewaltigen Körper aus dem Sessel und schritt majestätisch zu einem Kartentisch. »Kommen Sie bitte her.«

Jason erhob sich von der Couch und ging zum Kartentisch hinüber, augenblicklich erstaunt. »Sie sind wirklich gründlich.«

»Ich versuche es zu sein … Oh, geben Sie nicht den Portiers die Schuld, die gehören Ihnen. Ich setze viel tiefer an. Zimmermädchen und Kellner sind mehr nach meinem Geschmack. Sie sind nicht so verdorben, und niemand vermisst sie, wenn sie eines Tages nicht mehr da sind.«

Auf dem Tisch lagen Bournes drei Pässe sowie die Pistole und das Messer, das ihm in der vergangenen Nacht abgenommen worden war.

»Sehr überzeugend, aber was ändert es an der Sache?«

»Wir werden sehen«, antwortete Santos. »Ich akzeptiere Ihr Geld – für meine größtmöglichen Anstrengungen –, aber anstatt dass Sie nach London fliegen, lassen Sie London nach Paris fliegen. Morgen früh. Wenn er im Pont-Royal ankommt, rufen Sie mich an. Ich gebe Ihnen meine private Nummer – und wir spielen das sowjetische Spiel. Zwei Agenten, die sich auf der Mitte der Brücke treffen und die gegeneinander ausgetauscht werden – Geld gegen Information.«

»Sie sind verrückt, Santos. Meine Kunden werden sich niemals in dieser Weise exponieren. So verlieren Sie den Rest der drei Millionen.«

»Warum soll man es nicht versuchen? Sie könnten sich doch einen Blinden mieten, nicht wahr? Einen unschuldigen Touristen – einen Mann, eine Frau – mit einem doppelten Boden in seinem oder ihrem Koffer. Auf diese Weise sparen wir uns etliche Unannehmlichkeiten. Denken Sie darüber nach. Es ist der einzige Weg, um zu bekommen, was sie wollen, Monsieur.«

»Ich werde tun, was ich kann«, sagte Bourne.

»Hier ist meine Nummer. Rufen Sie mich an, wenn London kommt. In der Zwischenzeit werden Sie beobachtet.«

Es war dunkel im Zimmer. Marie saß im Bett, schlürfte heißen Tee und horchte auf die Geräusche der Stadt draußen vor dem Fenster.

Schlaf war unmöglich, unzulässig, da jede Stunde zählte. Sie hatte den ersten Flug von Marseilles nach Paris genommen und war direkt in das Meurice in der Rue de Rivoli gefahren, dasselbe Hotel, in dem sie vor dreizehn Jahren gewartet hatte, auf einen Mann gewartet, der auf die Vernunft hören oder sein Leben verlieren würde, wobei er auch sie verloren hätte. Auch damals hatte sie eine Kanne Tee bestellt, und er war zu ihr zurückgekehrt.

O mein Gott, sie hatte ihn gesehen. Es war keine Illusion, keine Täuschung, es war David gewesen! Sie hatte das Hotel am Vormittag verlassen und ihre Wanderung begonnen, nach einer Liste, die sie im Flugzeug angefertigt hatte. Von einem Ort war sie zum nächsten gelaufen, ohne logische Abfolge, sondern einfach, indem sie dem Nacheinander der Örtlichkeiten folgte, so wie sie ihr eingefallen waren. Diese Lektion hatte sie von Jason Bourne dreizehn Jahre zuvor gelernt: ›Auf der Flucht oder bei der Jagd soll man seine Einfälle analysieren, aber den ersten im Kopf behalten. Gewöhnlich ist es der sauberste und beste. Meist greift man zum ersten Einfall.‹ Also war sie ihrer Liste gefolgt, von der Anlegestelle des Bateau Mouche am Fuße der Avenue George V bis zur Bank an der Madeleine … und zum Trocadéro. Dort war sie ziellos auf den Terrassen herumgewandert, um nach einer Statue Ausschau zu halten, an die sie sich nicht richtig erinnern konnte.

Die Standbilder fingen an, alle gleich auszusehen. Sie fühlte sich wunderlich leicht im Kopf. Die späte Augustsonne blendete, und gerade wollte sie sich, in Erinnerung eines weiteren Leitsatzes Jason Bournes: »Ruhe ist eine Waffe«, auf eine Bank setzen, da sah sie plötzlich, weit vorne, einen Mann mit einer Kappe und einem dunklen Sweater mit V-Ausschnitt. Er drehte sich um und lief sehr schnell zu den großartigen Steintreppen, die zur Avenue Gustave V führten. Sie kannte dieses Laufen, diesen Schritt, kannte ihn besser als sonst jemand! Wie oft hatte sie ihn beobachtet – häufig unbemerkt von der Tribüne aus –, wenn er auf der Aschenbahn seine Runden drehte, um sich von den Furien zu befreien, die ihn gepackt hatten. Es war David! Sie war von der Bank aufgesprungen und ihm hinterher gerannt.

»David, David, ich bin es! … Jason!«

Sie war mit einem Fremdenführer zusammengestoßen, der eine Gruppe von Japanern im Schlepp hatte. Der Mann war erregt, sie wütend, und wütend bahnte sie sich ihren Weg durch die erstaunten Asiaten, fast alle kleiner als sie, aber ihr Mann war verschwunden. Wohin? In die Gärten? In die Straßen mit ihren Menschenmengen und dem nie enden wollenden Verkehr? Wohin nur?

»Jason!«, hatte sie, so laut sie konnte, geschrien. »Jason, komm zurück!« Die Leute hatten sich nach ihr umgedreht. Sie war die Stufen zur Straße hinuntergerannt und hatte endlos lange überall nach ihm Ausschau gehalten – wie lange, das konnte sie hinterher nicht mehr sagen. Schließlich hatte sie erschöpft ein Taxi zurück ins Meurice genommen. Benommen kam sie in ihr Zimmer und fiel auf ihr Bett, gestattete sich aber keine Tränen. Es war nicht die Zeit für Tränen – eine kurze Pause, etwas essen, um die Energie wiederherzustellen. Auch eine Lektion von Bourne. Dann wieder auf die Straße, um die Suche fortzusetzen. Und wie sie so dalag und an die Wand starrte, fühlte sie ein Schwellen in der Brust, dort, wo ihre Lungen arbeiteten, begleitet von einem Gefühl passiver Erregung. Wie sie nach David suchte, so suchte er nach ihr. Bestimmt! Ihr Mann war nicht vor ihr davongelaufen, auch Jason Bourne nicht. Er konnte sie nicht gesehen haben, es musste einen anderen Grund für sein plötzliches, eiliges Verschwinden vom Trocadéro gegeben haben, aber nur einen Grund dafür, dass er dort gewesen war. Auch er war auf der Suche nach Erinnerungen, auch er hatte begriffen, dass er ihr irgendwo, an irgendeinem Ort dieser Erinnerungen begegnen würde.

Sie hatte sich ausgeruht, dem Zimmerdienst Bescheid gegeben und war zwei Stunden später wieder auf der Straße gewesen. Jetzt, in dem Augenblick, wo sie ihren Tee trank, konnte sie das Tageslicht nicht mehr erwarten.

»Bernardine!«

»*Mon Dieu*, es ist vier Uhr früh. Ich nehme an, Sie haben einem Siebzigjährigen etwas Wichtiges zu sagen.«

»Ich habe ein Problem.«

»Ich glaube, es sind eine ganze Reihe Probleme, aber das macht wohl keinen großen Unterschied. Also, was gibt's?«

»Ich bin so nahe dran, wie es nur möglich ist, aber ich brauche einen *end-man*.«

»Das muss ein amerikanischer Ausdruck sein. Esoterik steht bei der CIA hoch im Kurs. Ich bin sicher, da sitzt einer in Langley und denkt sich das alles extra aus.«

»Mein Gott, ich habe keine Zeit für derartige *bons mots*.«

»Selber mein Gott, lieber Freund. Ich versuche nicht, besonders schlau zu sein, sondern nur aufzuwachen ... Also gut, meine Füße stehen auf dem Boden, und ich habe eine Zigarette im Mund. Was ist los?«

»Mein Kontaktmann zum Schakal erwartet einen Engländer, der heute morgen von London herfliegt, mit zwei Millionen achthunderttausend Francs in der Tasche ...«

»Viel weniger, als Sie zur Verfügung haben, nehme ich an«, unterbrach Bernardine. »Die Banque Normandie war Ihnen behilflich?«

»Sehr, das Geld ist nicht das Problem. Ihr Tabouri ist ein Prachtexemplar. Er wollte mir Grundstücke in Beirut verkaufen.«

»Dieser Tabouri ist ein Dieb – aber Beirut ist interessant.«

»Bitte.«

»Entschuldigen Sie. Machen Sie weiter.«

»Ich werde beschattet, also kann ich nicht zur Bank, und ich habe keinen Engländer, der mir das, was ich nicht holen kann, ins Pont-Royal bringt.«

»Das ist Ihr Problem?«

»Ja.«

»Sind Sie bereit, sagen wir, fünfzigtausend gut anzulegen?«

»Wofür?«

»Tabouri.«

»Ich denke schon.«

»Sie haben doch sicher einige Papiere unterschrieben.«

»Natürlich.«

»Unterschreiben Sie noch ein Papier, handgeschrieben … um das Geld auszuhändigen an … einen Augenblick, ich muss an meinen Schreibtisch.« Schweigen in der Leitung, während Bernardine offenbar in einen anderen Raum seiner Wohnung ging. »Hallo?«

»Ich bin noch dran.«

»Oh, das ist hübsch«, meinte der ehemalige Spezialist des Deuxième Bureau. »Hab ihn schon mal mitsamt seinem Segelboot vor der Costa Brava versenkt. Sein Name ist Antonio Scarzi, ein Mann aus Sardinien.«

Bourne wiederholte den Namen und buchstabierte ihn.

»Genau. Verschließen Sie den Briefumschlag, reiben Sie Ihren Daumen mit Bleistift oder Tinte ein und drücken Sie ihn auf die Klebestelle. Geben Sie ihn dann dem Portier für ebenjenen Mr. Scarzi.«

»Verstanden. Und was ist mit dem Engländer? Heute früh? Es sind nur noch ein paar Stunden Zeit.«

»Der Engländer ist kein Problem. Der frühe Morgen ist eins, und die wenigen Stunden. Es ist einfach, Gelder von einer Bank auf eine andere zu überweisen – Knöpfe werden gedrückt, Computer vergleichen sekundenschnell die Daten, und schon stehen die Zahlen auf dem Papier. Aber es ist etwas ganz anderes, irgendwo beinahe drei Millionen Francs in bar abzuholen, und Ihr Kontaktmann wird sicher keine Pfund oder Dollar akzeptieren, aus Angst, beim Deponieren oder

Wechseln erwischt zu werden. Dazu müssen die Noten vor dem Zoll versteckt werden können … Ihr Kontaktmann, *mon ami* ist sich sicher dieser Schwierigkeiten bewusst.«

Jason überdachte Bernardines Worte. »Sie meinen, er will mich testen?«

»Muss er.«

»Das Geld könnte von verschiedenen Banken stammen. Ein kleines Privatflugzeug könnte über den Kanal hüpfen und auf einer einsamen Wiese landen, wo ein Wagen wartet, um den Mann nach Paris zu bringen.«

»*Bien.* Natürlich. Die Logistik dafür erfordert jedoch Zeit, selbst für einflussreiche Leute. Lassen Sie es nicht allzu einfach erscheinen, das wirkt verdächtig. Informieren Sie Ihren Kontaktmann über den Fortgang, betonen Sie die Geheimhaltung, sprechen Sie von Risikovermeidung, bauen Sie ein paar Verzögerungen ein – wenn es keine gäbe, könnte er denken, es ist eine Falle.«

»Ich verstehe.«

»Da ist noch etwas, *mon ami.* Ein Chamäleon kann zwar am Tage vielerlei Gestalt annehmen, sicherer aber ist die Nacht.«

»Sie haben etwas vergessen«, sagte Bourne. »Wie steht es mit dem Engländer?«

»Sie sagen es, alter Knabe«, sagte Bernardine.

Die Operation verlief so geschmeidig wie nur irgendeine, die Jason je ausgeheckt oder miterlebt hatte, vielleicht dank des so alten wie erfahrenen Mannes, der zu früh geweckt worden war. Während Bourne Santos über die verschiedenen Fortschritte informierte, ließ Bernardine die versiegelte Anweisung beim Portier abholen, woraufhin er eine Verabredung mit Monsieur Tabouri traf. Kurz nach 4.30 Uhr nachmittags kam der Veteran vom Deuxième ins Pont-Royal, in einem dunklen, gestreiften Anzug, der so offensichtlich britisch war, dass er geradezu nach Savile Row schrie. Er ging zum Fahrstuhl und kam schließlich, nachdem er sich zweimal verlaufen hatte, in Bournes Zimmer.

»Hier ist das Geld«, sagte er und stellte den Diplomatenkoffer auf den Boden. Er ging sofort zu Jasons Minibar, entnahm ihr zwei kleine Fläschchen Tanqueray Gin, öffnete sie und schüttete den Inhalt in ein Glas von zweifelhafter Sauberkeit. »*A votre santé*«, sagte er, leerte das halbe Glas, atmete tief durch, um dann die zweite Hälfte hinunterzuschütten. »Seit Jahren habe ich so was nicht mehr gemacht.«

»Nein?«

»So was habe ich schon lange immer erledigen lassen. Viel zu gefährlich … Nichtsdestoweniger, Sie sind Tabouri zu ewigem Dank verpflichtet, und außerdem hat er mich tatsächlich davon überzeugt, die Beirut-Sache noch mal zu überlegen.«

»Was?«

»Natürlich verfüge ich nicht über Mittel wie Sie, aber ein gewisser Prozentsatz von vierzig Jahren aus den *fonds de contingence* hat seinen Weg nach Genf und auf mein Konto gefunden. Ich bin kein armer Mann.«

»Vielleicht aber ein toter Mann, wenn man Sie beim Hinausgehen erwischt.«

»Ich bleibe hier«, sagte Bernardine und suchte nochmals den kleinen Kühlschrank auf. »Ich werde in diesem Zimmer bleiben, bis Sie Ihr Geschäft abgeschlossen haben.« François öffnete erneut zwei Fläschchen und kippte sie in sein Glas.

»Das wird mein altes Herz beruhigen«, fügte er hinzu, als er zu dem kleinen Tisch ging, sein Getränk auf das Löschpapier stellte und sich daranmachte, aus seinen Taschen zwei Automatic-Pistolen und drei Granaten zu ziehen und alles in eine Reihe legte. »Ich werde mich jetzt ein wenig entspannen.«

»Was ist das, zum Teufel?«

»Ihr Amerikaner nennt das Abschreckung, denke ich«, antwortete Bernardine. »Obwohl ich glaube, dass ihr genau wie die Sowjets dabei lediglich mit dem eigenen Leben spielt. Nun, ich komme aus einer anderen Zeit … Lassen Sie die Tür offen, wenn Sie hinausgehen. Wenn jemand den schmalen Korridor entlangkommt, wird er mich mit einer Granate in der Hand hier sitzen sehen. Das ist keine nukleare Abstraktion, das ist reale Abschreckung.«

»Wenn Sie meinen«, sagte Bourne und ging zur Tür. »Ich möchte das hinter mich bringen.«

Draußen in der Rue Montalembert ging Jason zur Ecke, lehnte sich an die Wand, zündete eine Zigarette an, genau wie er es draußen in Argenteuil bei der alten Fabrik gemacht hatte. Er wartete in lässiger Haltung, aber seine Gedanken rasten. Ein Mann kam über die Rue du Bac auf ihn zu. Es war der gesprächige Bote der vergangenen Nacht. Er näherte sich mit einer Hand in der Tasche.

»Wo ist das Geld?«, fragte er.

»Wo ist die Information?«, antwortete Bourne.

»Zuerst das Geld.«

»Das wäre gegen die Abmachung.« Ohne Warnung packte Jason den Mann aus Argenteuil am Kragen und riss ihn von den Füßen. Mit der freien Hand umfasste er seine Kehle, wobei sich seine Finger ins Fleisch des Mannes krallten.

»Geh zurück zu Santos und sag ihm, dass er eine einfache Fahrkarte zur Hölle bekommt, wenn er sich nicht an die Abmachungen hält.«

»Genug!«, sagte eine leise Stimme, deren Besitzer hinter Jason um die Ecke bog. Santos kam näher. »Lassen Sie ihn, Simon. Es geht hier nur um uns.«

»Ich dachte, Sie verlassen das Le Cœur niemals?«

»Die Dinge ändern sich, oder?«

»Offenbar.« Bourne ließ den Boten los, der Santos ansah und auf sein Zeichen hin verschwand.

»Ihr Engländer ist angekommen«, sagte Santos. »Mit einem Koffer, wie ich selbst gesehen habe.«

»Mit einem Koffer«, bestätigte Jason.

»Also hat London kapituliert? London ist sehr ängstlich.«

»Die Einsätze sind hoch. Das ist alles, was ich dazu sagen kann. Die Information bitte.«

»Lassen Sie uns zuerst noch einmal genau die Prozedur festlegen, ja?«

»Wir haben sie schon mehrmals definiert ... Sie geben mir die Information, und wenn ein befriedigender Kontakt hergestellt ist, dann bringe ich Ihnen den Rest der drei Millionen Francs.«

»Sie sagen befriedigender Kontakt. Was wird Sie befriedigen? Wie wollen Sie wissen, dass der Kontakt eindeutig ist? Wie soll ich wissen, dass Sie nicht behaupten, er sei unbefriedigend, während Sie in Wirklichkeit die Verbindung bereits hergestellt haben, für die Ihre Kunden bezahlt haben?«

»Sie sind ein misstrauischer Bursche, nicht wahr?«

»Oh, sehr misstrauisch. Unsere Welt, Mr. Simon, ist nicht mit Heiligen bevölkert, oder?«

»Vielleicht gibt es mehr davon, als Sie glauben.«

»Das würde mich erstaunen. Beantworten Sie meine Fragen.«

»Okay, ich versuche es. Wie ich wissen will, dass der Kontakt funktioniert? Das ist leicht, ich weiß es, weil es mein Geschäft ist, es zu wissen. Dafür werde ich bezahlt, und ein Mann in meiner Position macht da keine Fehler und lebt dann, um zu bereuen. Ich habe ein paar Untersuchungen angestellt, ich werde zwei oder drei Fragen stellen. Dann werde ich es wissen ...«

»Das ist eine ausweichende Antwort.«

»So ist unsere Welt, Mr. Santos. Was Ihre Sorge angeht, dass ich Sie anlügen und Ihr Geld nehmen könnte, so möchte ich Ihnen versichern, dass ich mir keine Feinde Ihres Kalibers schaffen oder gar das Netzwerk der Amsel gegen mich bringen möchte – ganz zu schweigen davon, dass ich auch weiterhin mit meinen Kunden zusammenarbeiten möchte. Alles andere wäre Wahnsinn.«

»Ich bewundere Ihre Scharfsichtigkeit ebenso wie Ihre Vorsicht«, sagte der Mittelsmann des Schakals.

»Ihre Bücherregale haben nicht getrogen; Sie sind ein kluger Mann.«

»Darauf kommt es nicht an. Aber ich habe gewisse Vorzüge ... Was ich Ihnen sagen werde, Mr. Simon, wissen nur vier Menschen auf dieser Welt, die alle fließend französisch sprechen. Wie Sie die Information nutzen, liegt an Ihnen. Wenn Sie jedoch nur eine Andeutung bezüglich Argenteuil machen, werde ich es augenblicklich wissen, und dann werden Sie das Pont-Royal nicht lebend verlassen.«

»Kann der Kontakt so schnell hergestellt werden?«

»Mit einer Telefonnummer. Aber Sie warten mit dem Anruf

mindestens eine Stunde, vom Moment an, in dem wir uns trennen. Sonst sind Sie ein toter Mann.«

»Eine Stunde. Einverstanden … Nur drei andere Menschen haben diese Nummer? Warum geben Sie mir nicht einen kleinen Hinweis auf jemanden, den Sie nicht besonders mögen. Dann könnte ich wenigstens eine vage Andeutung machen – falls es notwendig ist.« Santos gestattete sich ein kleines, leises Lächeln. »Moskau«, sagte er. »Hoch oben am Dserschinskij-Platz.«

»Der KGB?«

»Die Amsel baut einen Kader in Moskau auf. Moskau ist eine Obsession von ihm.«

Ilich Ramirez Sanchez, dachte Bourne. Ausgebildet in Nowgorod. Der Schakal! »Ich werde daran denken … Die Nummer?«

Santos nannte sie zweimal – zusammen mit den Worten, die Bourne sagen sollte. Er sprach langsam und war offenbar beeindruckt, dass sich Bourne keine Notizen machte. »Ist alles klar?«

»Unauslöschlich … Wie möchten Sie das Geld bekommen?«

»Rufen Sie mich an, Sie haben meine Nummer. Ich werde Argenteuil verlassen, zu Ihnen kommen und niemals ins Le Cœur zurückkehren.«

»Viel Glück, Santos. Irgendetwas sagt mir, dass Sie es verdienen.«

»Niemand mehr als ich. Ich habe zu oft vom Schierlingsbecher trinken müssen.«

»Sokrates«, sagte Bourne.

»Nicht direkt. Platons Gespräche, um genau zu sein. *Au revoir*.«

Santos marschierte los, und Bourne ging zurück zum Pont-Royal. Er versuchte verzweifelt, seinen Wunsch zu rennen zu unterdrücken.

Ein rennender Mensch ist ein Objekt der Neugierde, eine Zielscheibe. Eine Lektion aus dem Lehrbuch von Jason Bourne.

»Bernardine!«, bellte er, als er den schmalen, verlassenen

Flur zu seinem Zimmer entlanglief – und den alten Mann am Tisch sitzen sah, eine Granate in der einen Hand, eine Pistole in der anderen. »Legen Sie die Hardware beiseite, wir haben ins Schwarze getroffen!«

»Und wer muss dafür zahlen?«, fragte der Veteran vom Deuxième, als Jason die Tür schloss.

»Ich«, antwortete Bourne. »Wenn alles läuft, wie ich denke, dass es laufen wird, dann wird sich Ihr Konto in Genf freuen.«

»Ich tue das, was ich tue, nicht deswegen, mein Freund.«

»Ich weiß, aber solange wir die Francs verteilen, als würden wir sie selbst in der Garage drucken, warum sollten Sie dann nicht auch was abbekommen?«

»Dagegen lässt sich nichts sagen.«

»Eine Stunde«, verkündete Jason. »Dreiundvierzig Minuten noch, um genau zu sein.«

»Wofür?«

»Um herauszufinden, ob es wirklich stimmt.« Bourne fiel aufs Bett und verschränkte die Arme hinter dem Kopf. Seine Augen leuchteten. »Schreiben Sie sich etwas auf, François.« Jason nannte die Telefonnummer, die ihm von Santos gegeben worden war. »Kaufen Sie, bestechen Sie oder drohen Sie jedem besseren Kontakt, den Sie jemals bei der Pariser Post hatten, aber finden Sie heraus, wo der zugehörige Apparat steht.«

»Das ist keine so teure Forderung …«

»Doch, ist es«, hielt Bourne dagegen. »Sie ist geschützt, unverletzbar gemacht. Etwas anderes käme für ihn nicht infrage. Nur vier Leute aus seinem gesamten Netzwerk haben diese Nummer.«

»Dann sollten wir vielleicht nicht so hoch hinaufgehen, sondern lieber tief hinunter, unter die Erde, in den Untergrund. In die Tiefen des Telefonnetzes unter den Straßen.«

Jason schnellte herum. »Daran habe ich gar nicht gedacht.«

»Wie könnten Sie? Sie sind kein Mann vom Deuxième. Der Schlüssel liegt in der Technik … Ich kenne da einige Fachleute. Lassen Sie mich am Abend telefonieren …«

»Heute Abend?«, unterbrach Bourne und erhob sich vom Bett.

»Es wird so etwa tausend Francs kosten.«

»Ich kann nicht bis heute Abend warten.«

»Das bedeutet ein Risiko. Diese Leute werden bei ihrer Arbeit mit Monitor überwacht. Das ist das sozialistische Paradox: den Arbeitskräften Verantwortung geben, aber keine individuelle Autorität.«

»Sie haben also ihre Privatnummer?«

»Sie stehen im Buch, ja. Diese Leute haben keine Geheimanschlüsse.«

»Dann lassen Sie die Frau von jemandem anrufen. Ein dringender Fall. Der Mann muss nach Hause kommen.«

Bernardine nickte. »Nicht schlecht, mein Freund.«

Die Minuten dehnten sich zu Viertelstunden, als der ehemalige Agent des Deuxième sich an die Arbeit machte. Rührselig machte er den Frauen Versprechungen, wenn sie tun würden, was er verlangte. Zwei hängten sofort auf, drei wiesen ihn wortgewaltig ab, aber die sechste erklärte inmitten von etlichen Obszönitäten: »Warum nicht?« Wenn nur der Schlappschwanz, den sie geheiratet hatte, auch begriff, dass das dann ihr Geld war.

Die Stunde war vorbei, und Jason verließ das Hotel. Er lief langsam, lässig das Trottoir hinunter, überquerte vier Straßen bis zu einer Telefonzelle am Quai Voltaire an der Seine. Ein Schleier von Dunkelheit senkte sich langsam über Paris. Die Boote auf dem Fluss und die Brücken waren mit Lichtern geschmückt. Als er die rote Zelle betrat, atmete er gleichmäßig, in tiefen Zügen. Er kontrollierte sich in einer Weise, wie er es nie für möglich gehalten hätte. Er war dabei, den wichtigsten Telefonanruf seines Lebens zu machen, aber das durfte er den Schakal nicht wissen lassen – wenn es wirklich der Schakal war. Er ging hinein, warf eine Münze ein und wählte.

»Ja?« Es war die Stimme einer Frau – scharf und barsch. Eine Pariserin. »Amseln kreisen am Himmel«, sagte Bourne, Santos' Worte auf französisch wiederholend. »Sie machen viel Lärm, außer einer. Die schweigt.«

»Von wo rufen Sie an?«

»Aus Paris, aber ich bin nicht aus Paris.«

»Von wo dann?«

»Wo die Winter sehr viel kälter sind«, antwortete Jason und

spürte, wie seine Stirn feucht wurde. Kontrolle. Kontrolle! »Es ist dringend, dass ich eine Amsel erreiche.«

Die Leitung war plötzlich voller Stille, einer tönenden Leere, die Bourne den Atem anhalten ließ. Dann, leise, unbewegt und so hohl wie die vorhergehende Stille: »Wir sprechen mit einem Moskowiter?«

Der Schakal! Es war der Schakal! Sein weiches, geläufiges Französisch konnte seinen lateinamerikanischen Ursprung nicht verbergen. »Das habe ich nicht gesagt«, antwortete Bourne. Sein eigener französischer Dialekt, den er häufig benutzte, hatte den gutturalen Klang der Gascogne. »Ich sagte nur, bei uns seien die Winter kälter als in Paris.«

»Mit wem spreche ich?«

»Jemand, der auf jemanden, der Sie gut kennt, Eindruck gemacht und so diese Nummer erhalten hat. Ich kann Ihnen das Angebot Ihres Lebens machen. Das Honorar ist unwichtig, Sie können es selbst bestimmen – die, die bezahlen, gehören zu den mächtigsten Männern der Vereinigten Staaten. Sie kontrollieren einen großen Teil der amerikanischen Industrie und Finanzwelt, und sie haben direkten Zugang zu den Nervenzentren etlicher Regierungen.«

»Dies ist ein merkwürdiger Anruf. Sehr unorthodox.«

»Wenn Sie nicht interessiert sind, werde ich diese Nummer vergessen und mich an jemand anderes wenden. Ich bin nur der Mittler. Ein einfaches Ja oder Nein wird genügen.«

»Ich lege mich nicht auf Dinge oder Leute fest, von denen ich nie gehört habe.«

»Sie würden meine Auftraggeber sehr wohl kennen, wenn ich sie Ihnen nennen könnte. Ich will jedoch an diesem Punkt nur Ihr Interesse. Wenn es vorhanden ist, kann ich mehr sagen. Wenn nicht, gut, dann hab ich es versucht und werde gezwungen sein, mir einen anderen zu suchen. Die Zeitungen sagen, er sei erst gestern in Brüssel gewesen. Ich werde ihn finden.« Die Erwähnung von Brüssel ließ seinen Gesprächspartner scharf und kurz Luft holen.

»Ja oder nein, Amsel?«

Schweigen. Schließlich sprach der Schakal. »Rufen Sie mich in zwei Stunden wieder an«, befahl er und legte auf.

Es war geschafft! Jason lehnte sich gegen die Wand der Telefonzelle, der Schweiß rann ihm über Gesicht und Nacken. Er musste zurück zu Bernardine!

»Es war Carlos!«, verkündete er, als er die Tür hinter sich schloss und direkt zum Telefon ging, während er die Karte von Santos aus der Tasche holte. Er wählte und hatte ihn in Sekunden am Apparat.

»Der Vogel ist bestätigt«, sagte er. »Geben Sie mir einen Namen, irgendeinen Namen.« Die Pause war kurz. »In Ordnung. Die Ware wird verschlossen und versiegelt beim Portier hinterlegt. Prüfen Sie sie und schicken Sie mir die Pässe zurück. Lassen Sie Ihren besten Mann alles abholen und rufen Sie die Hunde zurück. Sie könnten die Amsel zu Ihnen führen.« Jason legte auf und wandte sich an Bernardine.

»Das Telefon steht wahrscheinlich im fünfzehnten Arrondissement«, sagte der Veteran vom Deuxième. »Wie unser Mann sagte, als ich sie ihm gab.«

»Was macht er als Nächstes?«

»In den Tunnel steigen, um es genau herauszubekommen.«

»Wird er uns hier anrufen?«

»Glücklicherweise hat er ein Motorrad. Er sagte, er würde in zehn Minuten wieder an der Arbeit sein und uns dann innerhalb einer Stunde unter dieser Nummer anrufen.«

»Perfekt!«

»Nicht ganz. Er möchte fünftausend Francs.«

»Er hätte das Zehnfache verlangen können ... Was heißt innerhalb einer Stunde? Wie lang wird es dauern?«

»Sie waren vielleicht dreißig oder fünfunddreißig Minuten weg, als er anrief. Ich würde sagen, innerhalb der nächsten halben Stunde.«

Das Telefon klingelte. Zwanzig Sekunden später hatten sie eine Adresse am Boulevard Lefèbvre.

»Ich gehe jetzt«, sagte Bourne. Er nahm Bernardines Automatic vom Tisch und steckte die beiden Granaten in seine Tasche. »Sie haben doch nichts dagegen?«

»Bitte, bedienen Sie sich«, antwortete Bernardine, griff unter die Jacke und holte eine zweite Waffe hervor. »Es gibt so viele Taschendiebe in Paris. Es ist immer gut, wenn man eine Reserve hat … Aber wofür?«

»Ich habe noch etwas Zeit, und ich möchte mich mal umsehen.«

Der ehemalige Richter vom Obersten Gericht in Boston, der frühere Honorable Brendan Patrick Prefontaine, beobachtete den weinenden, untröstlichen Randolph Gates, wie er, nach vorn gebeugt, auf der Couch im Ritz-Carlton saß, das Gesicht in den Händen verborgen.

»O du gütiger Gott, wie schnell es doch bergab mit einem gehen kann«, bemerkte Brendan und schenkte sich einen Whisky on the rocks ein. »Haben sie dich also in einen Hinterhalt gelockt, auf französische Weise, Randy. Dein wendiger Verstand und dein königliches Auftreten haben wohl nicht viel geholfen, wie? Du hättest von Anfang an lieber bei deinen Leisten bleiben sollen.«

»Mein Gott, Prefontaine, du weißt nicht, was das für ein Gefühl ist! Ich hatte ein ganzes Kartell eingerichtet – Paris, Bonn, London, New York, mit den Arbeitsmärkten des Fernen Ostens –, ein Unternehmen, das Milliarden wert war, und dann wurde ich entführt, in ein Auto gesteckt, wo man mir die Augen verband. In ein Flugzeug hat man mich verfrachtet und nach Marseilles geflogen, wo mir die schrecklichsten Dinge passierten. Ich wurde in ein Zimmer eingesperrt, und alle paar Stunden bekam ich eine Spritze – über sechs Wochen! Man brachte Frauen herein und machte Filme. Ich war nicht ich selbst!«

»Vielleicht warst du das Selbst, das du niemals anerkennen wolltest, Dandy Boy. Dasselbe Selbst, das gelernt hat, profitable Gratifikationen vorauszuahnen, wenn ich das Wort so richtig benutze. Deinen Kunden außerordentliche Profite zu verschaffen, die sie an den Börsen einsetzen konnten, wodurch Tausende von Jobs draufgingen. O ja, mein teurer Royalist, das gibt Gratifikationen.«

»So war es nicht, Richter …«

»Wie schön, diese Anrede wieder zu hören. Dank dir, Randy.«

»Die Gewerkschaften wurden zu stark. Die Industrie verkümmerte. Viele Unternehmen mussten nach Übersee gehen, um zu überleben!«

»Wir kommen vom Thema ab ... Du bist aus deinem Gefängnis in Marseilles also als Drogenabhängiger herausgekommen – und dann gab es diese Filme, die den bedeutenden Anwalt in kompromittierenden Situationen zeigten.«

»Was konnte ich tun?«, schrie Gates. »Ich war ruiniert!«

»Wir wissen, was du getan hast. Du wurdest zum Vertrauensmann des Schakals in der Welt der Hochfinanz, einer Welt, in der Wettbewerb unerwünschtes Gepäck ist, das man besser unterwegs verliert.«

»So hat er mich überhaupt erst gefunden. Das Kartell, das wir bildeten, wurde von japanischen und taiwanesischen Interessen bekämpft. Sie haben ihn angeheuert ... O mein Gott, er wird mich umbringen!«

»Noch mal?«, fragte der Richter.

»Was?«

»Er glaubt, dass du bereits tot bist – dank meiner Person.«

»Ich habe wichtige Fälle vor mir, zum Beispiel ein Kongress-Hearing in der nächsten Woche. Er wird erfahren, dass ich lebe!«

»Nicht, wenn du einfach wegbleibst.«

»Ich muss! Meine Kunden erwarten ...«

»Also«, unterbrach ihn Prefontaine, »wird er dich umbringen. Tut mir ja Leid, Randy.«

»Was soll ich denn nur machen?«

»Es gibt einen Ausweg, nicht nur für den Moment, sondern auch für die Zukunft – allerdings nicht ganz ohne Opfer. Da ist erst einmal eine lange Genesungszeit in einem privaten Rehabilitationszentrum und davor noch deine vollständige Kooperation, ab sofort. Du verschwindest von der Bildfläche, und wir eliminieren Carlos, den Schakal. Dann bist du frei, Randy.«

»Ich bin mit allem einverstanden.«

»Wie erreichst du ihn?«

»Ich habe eine Telefonnummer!« Gates fummelte nach seiner Brieftasche, riss sie aus seiner Jacke und holte mit zittrigen Fingen einen Zettel hervor. »Nur vier Leute haben sie!«

Prefontaine nahm seinen ersten Zwanzigtausend-Dollar-Scheck entgegen, befahl Randy, nach Hause zu gehen, Edith um Verzeihung zu bitten und sich darauf vorzubereiten, Boston am nächsten Tag zu verlassen. Brendan hatte von einem Sanatorium in Minneapolis gehört, wo reiche Leute inkognito Hilfe bekamen. Er würde die Details am Vormittag ausarbeiten und ihn anrufen und natürlich eine zweite Zahlung für seine Dienste erwarten. Kaum dass ein niedergeschlagener Gates das Zimmer verlassen hatte, ging Prefontaine zum Telefon und rief John St. Jacques auf Tranquility an.

»John, hier ist der Richter. Stellen Sie keine Fragen. Ich habe eine wichtige Information, die für den Mann Ihrer Schwester von unschätzbarem Wert sein kann. Ich kann ihn nicht erreichen, aber ich weiß, dass er mit jemandem in Washington zu tun hat …«

»Alexander Conklin«, unterbrach St. Jacques. »Warten Sie eine Minute, Richter, Marie hat die Nummer irgendwo aufgeschrieben.« Das Geräusch eines Hörers, der auf eine harte Unterlage gelegt wurde, war zu vernehmen. »Hier ist sie.«

»Ich werde später alles erklären. Danke Ihnen, John.«

Prefontaine wählte die Nummer und erhielt ein kurzes, barsches »Ja?«, zur Antwort.

»Mr. Conklin, mein Name ist Prefontaine, und mir wurde diese Nummer von John St. Jacques gegeben. Was ich Ihnen zu sagen habe, ist von sehr dringlicher Natur.«

»Sie sind der Richter«, unterbrach Alex.

»Vergangenheit, wie ich fürchte. Weit vergangen.«

»Was gibt's?«

»Ich weiß, wie man den Mann erreichen kann, den ihr den Schakal nennt.«

»Was?«

»Hören Sie zu.«

Bernardine starrte auf das klingelnde Telefon und überlegte, ob er abnehmen sollte oder nicht. Keine Frage, er musste. »Ja?«

»Jason? Du bist es doch? … Habe ich das falsche Zimmer?«

»Alex? Bist du's?«

»François? Was machst du denn da? Wo ist Jason?«

»Die Dinge überstürzen sich. Ich weiß, dass er dich zu erreichen versucht hat.«

»Es ist ein harter Tag gewesen. Wir haben Panov zurück.«

»Gute Nachrichten.«

»Ich habe noch mehr gute Nachrichten. Eine Telefonnummer, wo der Schakal erreicht werden kann.«

»Haben wir auch! Und den Ort. Unser Mann ist vor einer Stunde weg.«

»Um Himmels willen, wie habt ihr sie bekommen?«

»Ein verwickelter Prozess, von dem ich aufrichtig glaube, dass nur dein Mann ihn in Gang bringen konnte. Er ist außerordentlich einfallsreich, ein echtes *caméléon.*«

»Lass sie uns vergleichen«, sagte Conklin. »Wie ist deine?« Bernardine sagte ihm die Nummer, die er auf Bournes Befehl aufgeschrieben hatte. Das Schweigen am Telefon war ein stummer Schrei. »Sie sind verschieden«, sagte Alex schließlich. »Sie sind verschieden!«

»Eine Falle«, sagte der Veteran vom Deuxième. »Herr im Himmel, es ist eine Falle!«

26.

Zweimal schon war Bourne an der dunklen, ruhigen Häuserzeile am Boulevard Lefèbvre in der dichtbebauten Ödnis des fünfzehnten Arrondissements vorbeigegangen. Er machte nochmals kehrt bis zur Rue d'Alésia und fand ein Straßencafé. Die Tische draußen, mit Kerzen, die unter Glas flackerten, waren in der Hauptsache von gestikulierenden und diskutierenden Studenten von der nahe gelegenen Sorbonne und dem Montparnasse besetzt. Es ging auf zehn Uhr zu, und die Kellner mit ihren Schürzen wurden langsam ungeduldig. Jason wollte eigentlich nur einen starken Espresso, aber der finstere Blick des sich ihm nähernden *garçon* überzeugte ihn, dass es besser war, auch noch um einen teuren Cognac zu bitten.

Als der Kellner wieder hineingegangen war, zog Jason ein kleines Notizbuch und einen Kugelschreiber heraus, schloss seine Augen für einen Augenblick, öffnete sie wieder und begann eine Skizze von der Häuserzeile anzufertigen. Da waren drei Blocks von jeweils zwei miteinander verbundenen Häusern, die durch zwei schmale Gassen voneinander getrennt wurden. Jeder der Doppelkomplexe war drei Stockwerke hoch, die Vordereingänge über steile Backsteintreppen zu erreichen, und zu Beginn und am Ende der Reihe lagen freie Grundstücke voller Schutt, den Überresten von abgerissenen Häusern. Das Telefon stand im letzten Block auf der rechten Seite, und es bedurfte keiner besonderen Vorstellungsgabe, um zu wissen, dass Carlos das ganze Haus, wenn nicht die ganze Reihe bewohnte. Sein Pariser Kommandoposten musste eine Festung sein, mit allen erdenklichen menschlichen und elektronischen Sicherheitsanlagen – Ergebenheit und High-Tech. Und das scheinbar isolierte, aber keineswegs verlassene Viertel des äußeren fünfzehnten Arrondissements diente seinen Zwecken weit besser als jeder noch so betriebsame Teil der Stadt. Bourne hatte für seinen ersten Erkundungsgang einem betrunkenen Tramp Geld gegeben, um mit ihm an den Häusern vorbeizugehen, wobei er selbst an seiner Seite heftig schwankte. Für seine zweite Besichtigung, ohne zu hinken oder zu stolpern, hatte er eine Hure mittleren Alters zur Tarnung benutzt. Er kannte jetzt das Gelände, und das beruhigte ihn: Das hier würde der Anfang vom Ende sein. Das schwor er sich.

Der Kellner kam mit dem Espresso und dem Cognac, und erst als Jason eine Hundert-Francs-Note auf den Tisch legte, begleitet von einem Winken der Hand, veränderte sich die feindliche Haltung des Mannes in eine neutralere Richtung.

»*Merci.*«

»Gibt es hier eine Telefonzelle in der Nähe?«, fragte Bourne und legte noch zehn Francs dazu.

»Die Straße hinunter, fünfzig, sechzig Meter«, antwortete der Kellner mit den Augen auf dem Geld.

»Näher nicht?« Jason nahm noch eine Zwanzig-Francs-Note heraus. »Nur ein Ortsgespräch.«

»Kommen Sie mit mir«, sagte der Mann mit der Schürze, sammelte schnell das Geld ein und führte Bourne ins Café zur Kassiererin, die am anderen Ende des Lokals auf einem kleinen Podest saß. Die hagere Frau mit dem blassen Gesicht schaute gelangweilt. Sie nahm offenbar an, dass Bourne sich beschweren wollte.

»Lass ihn mal dein Telefon benutzen«, sagte der Kellner.

»Warum?«, fauchte die alte Vettel. »Damit er in China anrufen kann?«

»Ein Ortsgespräch. Er bezahlt.«

Jason hielt ihr zehn Francs hin, wobei seine unschuldigen Augen die argwöhnische Frau offen anblickten.

»Nehmen Sie«, sagte sie und holte das Telefon unter der Kasse hervor. Sie nahm das Geld. »Es hat eine Verlängerungsschnur, Sie können bis rüber zur Wand gehen. Männer! Geld und Ficken, das ist alles, woran ihr denkt!«

Er rief das Pont-Royal an und bat um seinen Apparat. Er nahm an, Bernardine würde beim ersten oder zweiten Läuten den Hörer abnehmen. Beim vierten Klingeln war er beunruhigt, beim achten zutiefst verwirrt. Bernardine war weg! Hatte Santos ...? Nein, der Veteran vom Deuxième war bewaffnet und wusste, wie er seine ›Abschreckung‹ einzusetzen hatte. Bernardine hatte das Zimmer aus freien Stücken verlassen! Warum?

Es kann etliches bedeuten, dachte Bourne und gab das Telefon zurück. Dann ging er wieder zu seinem Tisch. Vielleicht Nachricht von Marie. Das musste es sein, Jason war sich sicher ... Doch jetzt musste er sich auf etwas anderes konzentrieren, andere Erwägungen anstellen, die dringendsten in seinem ganzen Leben. Er wandte sich wieder seinem starken Kaffee und seinem Notizbuch zu; jedes Detail musste stimmen.

Eine Stunde später verließ er das Café und die Rue d'Alésia, wandte sich nach rechts und lief langsam, wie ein viel älterer Mann gehen würde, in Richtung Boulevard Lefèbvre. Je näher er der Ecke kam, umso mehr wurde er sich der auf- und abschwellenden, ziellosen Klänge bewusst, die aus verschiedenen Richtungen herüberschallten. Sirenen! Die Zwei-Ton-Sirenen der Pariser Polizei. Was ist geschehen? Was ist los? Jason gab seine Gangart auf und rannte zur Ecke des Gebäudes gegenüber vom Boulevard Lefèbvre und der Reihe der alten Steinhäuser. Was hatte das alles zu bedeuten. Wut und Erstaunen erfüllten ihn.

Fünf Polizeiautos trafen sich genau vor der Häuserreihe und kamen nacheinander mit quietschenden Reifen zum Stehen. Dann erschien ein großes, schwarzes Polizeifahrzeug, machte einen Schwenk und stand den beiden Gebäudeeingängen genau gegenüber. Suchlichter wurden angeschaltet, eine Einheit schwarzuniformierter Männer mit Automatic-Waffen sprang auf die Straße und nahm eine geduckte Angriffsstellung ein, nur teilweise von Polizeiwagen verborgen – ein Sturmangriff stand bevor!

Idioten. Verdammte Idioten! Carlos so gegenüberzutreten bedeutete, ihn zu verlieren! Töten war sein Beruf, Entkommen seine Leidenschaft. Vor dreizehn Jahren hatte Bourne erfahren müssen, dass der Schlupfwinkel von Carlos im hügeligen Vitry-sur-Seine außerhalb von Paris mehr falsche Wände und versteckte Treppen besaß als das Loire-Schloss eines Edelmannes zurzeit von Ludwig XIV. Und bei drei scheinbar getrennten Gebäuden auf dem Boulevard Lefèbvre konnte man sich nur zu gut vorstellen, dass es reichlich versteckte unterirdische Tunnel gab, die sie miteinander verbanden und ausgeklügelte Fluchtwege boten.

Wer hatte das nur veranlasst? Hatten das Deuxième oder Peter Hollands Pariser Büro der CIA sein Telefon im Pont-Royal angezapft? Doch es war beinahe unmöglich, kurzfristig ein Telefon in einem relativ kleinen Hotel anzuzapfen, ohne entdeckt zu werden. Santos? Wanzen, die vom Zimmermädchen oder einem Kellner im Zimmer angebracht worden waren? Unwahrscheinlich. Santos würde den Schakal nicht bloßstellen. Wer? Wie? Die Fragen brannten ihm auf den Lippen, als er mit Schrecken und Entsetzen die Szene beobachtete, die sich vor ihm auf dem Boulevard Lefèbvre abspielte.

»Achtung, hier spricht die Polizei. Alle Bewohner haben das Gebäude zu räumen.« Ein metallisches Echo klang die Straße hinunter. »Sie haben eine Minute Zeit, bevor wir zu aggressiven Maßnahmen greifen.«

Was für aggressive Maßnahmen? schrie es in Bourne. Ihr habt ihn verloren. Ich habe ihn verloren. Wahnsinn! Wer? Warum?

Oben an der Treppe auf der linken Seite des Gebäudes ging eine Tür auf. Ein verschüchterter Mann, klein, beleibt, in Unterhemd und Hosen, die von Hosenträgern gehalten wurden, kam vorsichtig in das Flutlicht heraus, schützte seine Augen mit dem Unterarm vor dem Gesicht. »Was ist los, Messieurs?«, schrie er mit zitternder Stimme. »Ich bin nur ein Bäcker, ein guter Bäcker, und ich weiß nichts über diese Straße, als dass die Mieten hier günstig sind! Ist das ein Verbrechen?«

»Wir sind nicht Ihretwegen hier, Monsieur«, fuhr die Lautsprecherstimme fort.

»Nicht meinetwegen, sagen Sie? Sie kommen hier an wie eine Armee, erschrecken meine Frau und die Kinder zu Tode, und dann sagen Sie, Sie kommen nicht wegen mir?«

Beeil dich! dachte Jason. Um Himmels willen, beeil dich.

Jede Sekunde ist eine Minute Fluchtzeit, eine Stunde für den Schakal!

Oben auf der Treppe auf der linken Seite des Gebäudes öffnete sich eine Tür, und eine Nonne erschien im wallenden schwarzen Gewand ihres Ordens. Sie stand trotzig im Türrahmen und zeigte keinerlei Furcht. Mit beinahe befehlender Stimme rief sie: »Wie können Sie es wagen, sich hier zu dieser Stunde so aufzuführen? Beten Sie lieber um Vergebung für Ihre Sünden, als jene zu unterbrechen, die ihre gerade im Gebet an Gott richten.«

»Hübsch gesagt, Schwester«, tönte es unbeeindruckt über den Lautsprecher. »Aber wir haben andere Informationen, und mit allem Respekt bestehen wird darauf, Ihr Haus zu durchsuchen, notfalls mit Gewalt.«

»Dies ist ein geheiligter Ort Christus geweihter Frauen!«, rief die Nonne.

»Wir respektieren Sie, Schwester, aber wir werden dennoch hineinkommen. Wir haben keine Wahl.«

Ihr verschwendet Zeit! schrie Bourne für sich. Er entkommt!

»Dann mögen eure Seelen verdammt sein ... Kommt und entweiht diesen heiligen Boden!«

»Wirklich, Schwester?«, fragte eine andere Stimme ebenfalls über Lautsprecher. »Ans Werk, Messieurs. Unter der Kutte trägt sie wahrscheinlich Wäsche, die eher zum Faubourg gehört.«

Er kannte diese Stimme! Es war Bernardine! Was war geschehen? War Bernardine nicht auf seiner Seite? War er ein Verräter? Wenn das stimmte, dann würde es noch in dieser Nacht einen Toten geben!

Die schwarzuniformierte Antiterroreinheit rannte mit ihren Automatic-Waffen im Anschlag zu den beiden Treppen, während Gendarmen den Boulevard im Norden und Süden absperrten. Die rotblauen Lichter der Polizeiwagen, die unaufhörlich blinkten, waren eine Warnung an alle außerhalb des Gebietes: Wegbleiben!

»Kann ich wieder hinein?«, rief der Bäcker. Niemand antwortete. Der dicke Mann machte kehrt und hielt sich dabei an seinen Hosenträgern fest. Ein Beamter in Zivil, offenbar der Leiter des Sturmangriffs, gesellte sich zu seiner Truppe am Fuß der Treppe. Mit einem Kopfnicken stürmten er und seine Leute die steilen Stufen hinauf durch die Tür, die von der trotzigen Nonne aufgehalten wurde.

Jason blieb an seinem Platz an der Ecke des Gebäudes, den Körper an die Wand gepresst. Ungläubig und gebannt zugleich beobachtete er die unverständliche Szene, die sich vor ihm abspielte. Stimmte es wirklich? War der Mann, dem Alex Conklin und er am meisten vertraut hatten, in Wirklichkeit nur ein weiteres Paar Augen und Ohren des Schakals? Gott, er wollte es nicht glauben!

Zwölf Minuten vergingen, und die schwarze Truppe tauchte mitsamt ihrem Leiter wieder aus dem Haus auf, wobei mehrere Mitglieder sich über die Hand der Äbtissin beugten und sie küssten. Da begriff Bourne, dass Conklin und er sich nicht getäuscht hatten.

»Bernardine!«, schrie der Beamte und näherte sich dem ersten Polizeiwagen. »Du bist erledigt! Out! Du wirst bei uns nicht mal mehr die Toiletten putzen dürfen. Das war's, ein für allemal. Für Leute wie dich gehört die Guillotine neu erfunden … Ein internationaler Mörder am Boulevard Lefèbvre! Ein Freund des Büros! Ein Agent, den wir schützen müssen! … Ein verdammtes Kloster, du elender Hurensohn! Scheiße! Raus aus meinem Wagen, raus, bevor sich hier aus Versehen ein Schuss löst!«

Bernardine kroch aus dem Einsatzwagen. Seine alten, schwankenden Beine konnten kaum das Gleichgewicht halten. Jason wartete, obwohl er zu ihm hinwollte, doch er wusste, dass er warten musste. Die Polizeiautos und der Mannschaftswagen rasten davon. Immer noch musste Bourne warten, während seine Augen sowohl Bernardine als auch den Vordereingang zum Haus des Schakals beobachteten. Es war das Haus des Schakals, die Nonne bewies es! Carlos konnte niemals von seinem verlorenen Glauben lassen.

Bernardine stolperte in den Schatten eines lange aufgegebenen Ladens gegenüber von Carlos' Stützpunkt. Jason verließ seine Ecke, lief die Straße hinunter und packte den Veteran des Deuxième, der dort schwer atmend gegen das Fenster gelehnt stand.

»Um Gottes willen, was ist geschehen?«, fragte Bourne und stützte Bernardine an den Schultern.

»Ruhig, *mon ami*«, sagte Bernardine halb erstickt. »Das Schwein eben neben mir im Wagen – ein Politiker zweifelsohne, der ein Resultat sehen wollte – hat mir einen üblen Schlag versetzt, bevor er mich aus dem Wagen warf … Ich hab ja gesagt, ich kenne all die neuen Leute nicht mehr, die heute mit dem Büro zu tun haben. Ihr habt dieselben Probleme in Amerika. Also keine Lektion, bitte.«

»Das wäre das letzte, was ich tun wollte … Es ist das Haus, Bernardine. Genau hier, genau uns gegenüber!«

»Und eine Falle.«

»Was?«

»Alex und ich haben es herausgefunden. Mit der Telefonnummer stimmt was nicht. Ich nehme an, Sie haben nicht mehr mit Carlos telefoniert.«

»Nein. Ich hatte die Adresse, und ich wollte ihn zur Strecke bringen. Was ist der Unterschied? Das da ist das Haus!«

»Nein, nein. Das ist der Ort, wo ein Mr. Simon hingehen sollte, und dann wäre er zu einem weiteren Rendezvous gebracht worden. Aber wäre es nicht der richtige Mr. Simon gewesen, sondern jemand anders, dann wäre er erschossen worden – baff! –, eine weitere Leiche auf der Suche nach dem Schakal.«

»Falsch!«, bestand Jason, schüttelte den Kopf und sagte ganz leise: »Es mag ein Umweg sein, aber Carlos ist noch am Drücker. Er wird es nicht zulassen, dass mich sonst jemand erwischt.«

»Genau wie Jason Bourne den Schakal niemand anderem überlassen wird.«

»Ja. Er ist so weit gegangen, wie es für ihn möglich war. Der einzige Weg, auf dem er noch weiterkommt, ist der, der auf mein Territorium führt – auf David Webbs Territorium –, um Jason Bourne zu eliminieren.«

»Webb? David Webb? Wer in Gottes Namen ist das?«

»Ich«, antwortete Bourne mit einem verlorenen Lächeln

und lehnte sich gegen das Fenster neben Bernardine. »So ein Quatsch, wie?«

»Quatsch?«, rief der ehemalige Agent des Deuxième. »Es ist völlig verrückt! Wahnsinnig, unglaublich!«

»Aber es ist so.«

»Ein Familienvater mit Kindern macht diese Arbeit?«

»Alex hat Ihnen nichts erzählt?«

»Wenn er es getan hätte, hätte ich es nicht geglaubt, für eine Tarnung gehalten … Sie haben wirklich eine Familie?«

»Zu der ich so schnell wie möglich zurückwill. Es sind die einzigen Menschen auf Erden, die ich wirklich liebe.«

»Aber Sie sind Jason Bourne, das Killer-Chamäleon! Die abgebrühtesten Elemente der Unterwelt zittern vor Ihrem Namen! Bourne, nur vom Schakal übertroffen …«

»Nein! Er ist kein Problem für mich! Ich greife ihn mir! Ich töte ihn!«

»Schon gut, schon gut, *mon ami*«, sagte Bernardine ruhig und begütigend. Er starrte den Mann an, den er nicht verstehen konnte. »Was soll ich tun?«

Jason Bourne drehte sich um, und gegen die Scheibe gestützt, atmete er einige Augenblicke lang tief durch. Aus dem Nebel der Unentschlossenheit bildete sich eine Strategie heraus. Er schnellte herum und studierte die Gebäude auf der anderen Seite der dunklen Straße. »Die Polizei ist weg«, sagte er ruhig.

»Gut bemerkt.«

»Haben Sie auch bemerkt, dass niemand aus den beiden anderen Häusern herausgekommen ist? Obwohl in einer ganzen Anzahl von Fenstern Licht brennt?«

Bernardine hob die Augenbrauen, plötzlich konzentriert. »Aber es gab Gesichter an den Fenstern, mehrere Gesichter, ich habe sie gesehen.«

»Dennoch ist niemand herausgekommen.«

»Sehr verständlich. Die Polizei … Männer mit Waffen, die herumrennen. Am besten, sich zu verbarrikadieren. Nicht?«

»Selbst nachdem die Polizei und die Waffen und Wagen weg sind? Sie setzen sich alle ganz einfach wieder vor ihren Fernseher, als wäre nichts passiert? Niemand kommt heraus, um sich mit seinen Nachbarn zu besprechen? Das kann nicht sein, François. Das ist gesteuert worden.«

»Und wie?«

»Ein Mann kommt heraus und brüllt in das Flutlicht. Die Aufmerksamkeit wird auf ihn gelenkt, und wertvolle Sekunden vergehen. Dann erscheint eine Nonne auf der anderen Seite, gehüllt in heilige Entrüstung – noch mehr Zeit geht verloren, mehr Zeit für Carlos. Der Sturm findet statt, und das Deuxième hat null in der Hand ... Und dann ist alles vorbei, alles wieder normal ... Das war ein Job nach einem genau festgelegten Plan. Kein Grund für aufgeregte Gespräche, kein Versammeln in der Straße, nicht einmal eine gemeinsame Empörung im Nachhinein. Einfach Leute drinnen, ganz ruhig, die ihre Erfahrungen austauschen. Was kann das heißen?«

»Eine von Profis durchdachte Strategie«, sagte der alte Agent.

»Das ist es, was auch ich denke, und Carlos wird seinen Laden hier dichtmachen, und er wird es schnell tun. Er hat keine andere Wahl. Irgendjemand in seiner Prätorianergarde hat den Ort seines Pariser Hauptquartiers verraten, und Sie können Ihre Rente verwetten – wenn Sie jetzt noch eine bekommen –, dass er die Wände hochgehen und mit allen Mitteln versuchen wird herausfinden, wer ihn betrogen hat ...«

»Zurück!«, schrie Bernardine und schnappte Jason an seiner schwarzen Jacke und stieß ihn in die dunkelste Ecke des Ladeneingangs. »Aus der Sicht! Flach auf den Boden!«

Beide Männer warfen sich auf den bröckligen Zement. Bournes Gesicht lag an der niedrigen Mauer unter der Schaufensterscheibe, und er verrenkte den Kopf, um auf die Straße zuschauen. Ein zweiter dunkler Mannschaftswagen erschien von rechts, aber es war kein Polizeiwagen. Er war glänzender, kleiner, etwas breiter, mit geringerer Bodenfreiheit und mit stärkerem Motor. Nur etwas hatte er mit dem Polizeifahrzeug gemein, das war das Suchlicht ... Nein, nicht eins, sondern zwei Suchlichter, eins auf jeder Seite der Windschutzscheibe. Beide leuchteten hin und her, um die Flanken des Fahrzeugs zu kontrollieren. Jason langte nach der Waffe in seinem Gürtel – die Pistole, die er von Bernardine geliehen hatte –, als er merkte, dass sein Genosse ebenfalls bereits seine Automatic gezogen hatte. Der Strahl des Suchlichts glitt über ihre Körper hinweg.

»Einen Moment lang habe ich schon geglaubt, mein ehemaliger Kollege sei zurückgekehrt, um mich tatsächlich ins Jenseits zu befördern«, flüsterte François. »Mein Gott, sehen Sie nur.«

Das Fahrzeug fuhr an den ersten beiden Gebäuden vorbei, machte dann plötzlich einen Bogen und hielt vor dem letzten Haus, etwa siebzig Meter von ihrem Versteck entfernt. Es war das Haus, das am weitesten vom Telefon des Schakals entfernt lag. Kaum war das Fahrzeug zum Stehen gekommen, öffnete sich die hintere Tür, und vier Männer sprangen mit automatischen Feuerwaffen in den Händen heraus. Zwei rannten jeweils zu den Ecken des Hauses, einer zum Eingang, und der vierte stand drohend mit seiner schussbereiten MAC-10 an der geöffneten Wagentür. Ein gelber Lichtschein wurde oben auf der Treppe sichtbar, die Tür ging auf, und ein Mann in einem schwarzen Regenmantel trat heraus. Er sah kurz den Boulevard Lefèbvre hinauf und hinunter.

»Ist er das?«, flüsterte François.

»Nein, es sei denn, er trägt hohe Schuhe und eine Perücke«, antwortete Jason und griff in seine Jackentasche. »Ich erkenne ihn, sobald ich ihn sehe – weil ich ihn jeden Tag in meinem Leben sehe!« Bourne nahm eine der Granaten heraus, die er von Bernardine hatte. Er überprüfte den Abzug, legte seine Pistole hin, packte mit der einen Hand das pockennarbige Stahloval und zog mit der anderen am Griff, um sicherzugehen, dass sie nicht korrodiert war.

»Was, zum Teufel, soll das werden?«, fragte der alte Veteran vom Deuxième.

»Der Mann dort oben ist ein Lockvogel«, antwortete Jason, und seine Stimme wurde kalt und monoton. »In wenigen Sekunden wird ein anderer seinen Platz einnehmen, die Stufen hinunterrennen und in den Wagen springen, entweder auf den Vordersitz oder durch die Hintertür – ich hoffe auf Letzteres, obwohl es keinen großen Unterschied macht.«

»Sie sind verrückt! Man wird Sie töten! Was nützt Ihrer Familie eine Leiche?«

»Denken Sie nach, François. Die Wächter werden zurück nach hinten rennen, weil vorne kein Platz ist. Und es ist ein großer Unterschied, ob man in einen Lastwagen hineinklettert oder herausspringt. Das geht viel langsamer. Und wenn der letzte Mann drinnen ist und die Tür hinter sich schließt, wird meine gezündete Granate im Wagen liegen … Ich habe überhaupt nicht die Absicht, eine Leiche zu werden. Sie bleiben hier.«

Bevor Bernardine irgendwelche Einwände machen konnte, kroch Delta one auf den dunklen Boulevard; die grellen Lichtkegel der Suchscheinwerfer beleuchteten Seiten des Fahrzeugs und erhöhten so Bournes Schutz. Das grelle weiße Licht um den Wagen herum machte die alles umgebende Finsternis noch dunkler. Das einzig wirkliche Risiko bildete die Wache an der rückwärtigen Tür. Indem er die Schatten der aufeinander folgenden Geschäfte nutzte, als würde er im Mekongdelta durch hohes Gras zu einem in Flutlicht getauchten Gefangenenlager robben, kroch Jason bei jedem abschweifenden Blick der Wache langsam weiter, wobei er gleichzeitig auch den Mann oben an der Tür auf der Treppe im Blick behielt.

Plötzlich tauchte eine weitere Figur auf, eine Frau, die einen kleinen Koffer in der einen Hand hielt, eine große Geldbörse in der anderen. Sie sprach mit dem Mann in dem schwarzen Regenmantel und lenkte so die Aufmerksamkeit der Wachen auf sich. Bourne schob sich auf Ellbogen und Knien weiter über das Pflaster vor, bis er jenen dem Wagen am nächsten gelegenen Punkt erreichte, der ihm noch ausreichend Schutz bot. Seine Position konnte unter den gegebenen Umständen nicht günstiger sein. Jetzt kam alles auf sein Timing an, auf Präzision und auf die Erfahrungen, die er in den Zeiten hatte sammeln können, die zum Teil nur bruchstückhaft in seiner Erinnerung existierten. Er musste sich erinnern! Sein Instinkt musste ihn durch den Nebel führen. Jetzt. Das Ende des Albtraums war in Sicht.

Da passierte es! Plötzlich gab es eine heftige Aktivität an

der Tür, als eine dritte Figur herausgelaufen kam und sich zu den beiden anderen gesellte. Der Mann war kleiner, trug eine Baskenmütze und eine Aktentasche. Offenbar erteilte er Befehle, die auch die rückwärtige Wache angingen, die nach vorne zum Bürgersteig rannte. Der neu Angekommene schleuderte ihm die Aktentasche entgegen. Instinktiv klemmte die Wache ihre Waffe unter den linken Arm und fing die Tasche auf.

»*Allez, allez! Novs partons! Vite!*«, schrie der zweite Mann und machte den anderen beiden ein Zeichen. Er ging neben der Frau, während der Mann im Regenmantel ihnen mit dem Wächter von der Tür her folgte … Der Schakal? War es Carlos? Wirklich?

Bourne wünschte verzweifelt, dass er es war – deshalb war er es! Auf das Geräusch vom Zuschlagen der Seitentür folgte das Starten des starken Motors – das Signal für die drei anderen Wächter, von ihren Posten zur rückwärtigen Tür des Wagens zu rennen. Einer nach dem anderen kletterten sie hinter dem Mann im Regenmantel her, indem sie zunächst die Waffen hineinwarfen, sich auf die Zehenspitzen stellten, mit ausgestreckten Armen den Türrahmen ergriffen, um sich daran in den Wagen zu schwingen. Dann griffen zwei Hände nach dem inneren Türgriff …

Jetzt! Bourne packte den Griff der Granate und schnellte auf die Füße, rannte, wie er nie in seinem Leben gerannt war, zu der zuschwingenden rückwärtigen Tür. Er hechtete vorwärts, machte im Flug eine Drehung, landete auf dem Rücken, ergriff die linke Türfüllung und warf die Granate hinein, den Abzug der Bombe in seiner Hand. Sechs Sekunden, dann würde sie explodieren. Jason kam mit ausgestreckten Armen auf die Knie und donnerte die Tür zu. Ein Feuerstoß war die Antwort. Aber welch ein unbeabsichtigter Umstand! Der Wagen des Schakals war kugelsicher, und das galt natürlich auch für Schüsse von drinnen! Der Stahl drang nicht nach draußen. Es gab nur die dumpfen Aufschläge und das Pfeifen der Querschläger … und die Schreie der Verwundeten drinnen.

Das glitzernde Fahrzeug schoss auf dem Boulevard Lefèbvre vorwärts. Bourne sprang geduckt hoch und raste zu den verlassenen Geschäften auf der Ostseite der Straße. Er hatte die Straße fast überquert, als das Unmögliche geschah. Das Unmögliche!

Der Wagen des Schakals flog in die Luft, und die Explosion erhellte den dunklen Himmel von Paris. Im selben Moment kam eine braune Limousine um die nächste Ecke gerast, mit quietschenden Reifen, geöffneten Fenstern, Gesichtern in den schwarzen Vierecken und Waffen in den Fäusten, die das ganze Gebiet mit krachenden, ungezielten Schüssen bedeckten. Jason hechtete in den nächsten Eingang und nahm eine Fötusposition ein. Dies konnten die letzten Sekunden seines Lebens sein! Er hatte versagt. Versagt vor Marie und den Kindern! … Aber nicht auf diese Weise! Er schnellte vom Zement hoch, die Waffe in der Hand. Er würde töten! Töten! Wie es sich für Jason Bourne ziemte.

Dann geschah es, das Unglaubliche. Das Unglaubliche! Eine Sirene? Die Polizei? Die braune Limousine raste davon, umfuhr die Flammen des zerstörten Fahrzeugs und verschwand im Dunkel der Straße, als ein Polizeiwagen aus der gegenüberliegenden Dunkelheit mit heulender Sirene und ebenfalls quietschenden Reifen auftauchte und nur wenige Meter vor den Flammen des brennenden Wracks stehen blieb. Das macht alles keinen Sinn! dachte Jason. Wo vorher fünf Polizeifahrzeuge gewesen waren, kehrte nur einer zurück. Warum? Aber auch diese Frage war überflüssig. Carlos arbeitete nicht nur mit einem Lockvogel, sondern mit sieben, womöglich acht Männern, die alle verzichtbar waren, alle von dem vollendeten Selbstprotektor in einen furchtbaren Tod geschickt wurden. Der Schakal war aus der Falle gesprungen, die er für seinen verhassten Gegner aufgestellt hatte, für Delta, das Produkt von Medusa, eine Schöpfung des amerikanischen Geheimdienstes. Wieder einmal hatte der Mörder ihn ausgetrickst, aber ohne ihn töten zu können. Es würde einen anderen Tag geben, eine andere Nacht.

»Bernardine!«, schrie der Beamte vom Deuxième, der vor weniger als dreißig Minuten seinen Kollegen offiziell entlassen hatte. Er sprang aus dem Polizeiwagen und schrie nochmals: »Bernardine! Wo bist du … Mein Gott, wo bist du? Ich bin zurückgekommen, alter Freund. Mein Gott, du hast Recht gehabt, jetzt kann ich es selbst sehen! Sag mir, dass du lebst! Antworte mir!«

»Mich hat's noch nicht erwischt«, kam die Antwort von Bernardine, als seine hagere Gestalt langsam und unter Mühen aus dem Eingang eines Geschäfts sechzig Meter weiter nördlich von Bourne herauskam.

»Ich hab versucht, euch das zu erklären, aber ihr wolltet ja nicht auf mich hören …«

»Ich war vielleicht zu überstürzt!«, rief der Beamte, rannte auf den alten Mann zu und umarmte ihn, während die anderen Polizisten aus dem Wagen das brennende Fahrzeug in beträchtlicher Entfernung umstanden, die Arme zum Schutz vor ihre Gesichter gehoben.

»Ich hab den Leuten über Funk befohlen, zurückzukehren!«, fügte der Beamte hinzu. »Du musst mir glauben, alter Freund, ich bin wieder hergekommen, weil ich dich nicht im Zorn zurücklassen wollte, nicht meinen alten Kameraden … Ich hatte keine Ahnung, dass dieses Politikerschwein dich geschlagen hat. Er hat's mir erzählt, und ich hab ihn rausgeworfen … Ich bin zu dir zurückgekommen, siehst du das? Aber, mein Gott, ich habe nicht erwartet, so was zu sehen!«

»Es ist entsetzlich«, sagte der alte François, während er wachsam den Boulevard hinauf- und hinunterblickte und alles genau beobachtete. Er legte besonderes Augenmerk auf die vielen erschrockenen Gesichter in den Fenstern der drei verdächtigen Gebäude. Mit der Explosion des Fahrzeugs und dem Verschwinden der braunen Limousine hatte sich das Szenario verändert. Die Günstlinge waren ohne ihren Führer und voller Angst.

»Es ist nicht allein dein Fehler – mein alter Kamerad«, fuhr er mit einem leichten Bedauern in der Stimme fort. »Ich hatte das falsche Gebäude erwischt.«

»Aha«, rief der Kollege vom Deuxième, erfreut über den kleinen Triumph. »Das falsche Gebäude? Das ist in der Tat ein Fehler mit Konsequenzen, nicht wahr, François?«

»Die Konsequenzen wären weit weniger tragisch gewesen, hättest du nicht so überstürzt alles abgeblasen. Statt auf einen alten Mann mit Erfahrung zu hören, hast du dich, ohne nachzudenken, aus dem Staub gemacht.«

»Wir haben getan, was du verlangt hast, und das Gebäude – das falsche Gebäude – durchsucht!«

»Wärst du geblieben, und wenn auch nur für eine kurze Besprechung, hätte das alles vermieden werden können. Ich werde das in meinem Bericht erwähnen müssen …«

»Bitte, alter Freund«, unterbrach sein Kollege. »Lass uns gemeinsam zum Besten des Büros überlegen …« Er wurde durch das Auftauchen eines Löschzuges unterbrochen. Bernardine hielt seine Hand hoch und führte seinen protestierenden Kollegen über den Boulevard, offensichtlich, um den Feuerwehrleuten Platz zu machen, in Wirklichkeit aber, um in Hörweite von Jason Bourne zu gelangen.

»Wenn unsere Leute kommen«, fuhr der Beamte vom Deuxième fort, seine Stimme gebieterisch erhebend, »werden wir die Gebäude leeren und jeden Bewohner gründlichst verhören!«

»Mein Gott«, rief Bernardine aus, »füge deiner Inkompetenz nicht noch eine weitere Eselei hinzu!«

»Was?«

»Die Limousine, die braune Limousine – sicher hast du sie gesehen.«

»Ja, natürlich. Der Fahrer sagte, sie raste davon.«

»Das ist alles, was er sagte?«

»Nun, der Lastwagen in Flammen und die ganze Verwirrung mit dem Herbeifunken der Leute …«

»Schau dir das zerbrochene Glas überall an!«, befahl François und deutete auf die Schaufensterscheiben, weg vom Versteck von Jason Bourne.

»Schau dir die Einschusslöcher auf dem Bürgersteig und der Straße an. Gewehrfeuer, mein Freund. Diejenigen, die das gemacht haben, sind auf und davon und glauben, sie hätten mich erwischt! … Sag nichts, tu nichts. Lass die Leute in Ruhe.«

»Warum das?«

»Du bist ein Idiot! Wenn es aus irgendeinem Grund nur die leiseste Möglichkeit gibt, dass einer der Mörder hierher zurückkehrt, dann darf das nicht verhindert werden.«

»Das verstehe, wer will.«

»Großer Gott«, protestierte Bernardine, während die Feuerwehr die Schläuche auf das Feuer richtete. »Schick deine Leute in das Haus, lass fragen, ob alles in Ordnung ist, und erklären, die Krise sei überwunden, es gebe keinen Grund mehr zur Beunruhigung.«

»Aber stimmt denn das?«

»Das wollen wir sie glauben machen.« Eine Ambulanz kam in die Straße gerast, gefolgt von zwei weiteren Polizeiwagen mit voll aufgedrehten Sirenen. Überall standen Schaulustige, viele mit hastig übergeworfenen Straßenkleidern, andere in ihren Schlafanzügen, abgewetzten Bademänteln und Unterhosen. Bernardine sah, dass der Lieferwagen des Schakals nur noch eine rauchende Masse aus verbogenem Stahl und geborstenem Glas war. Zu seinem Kollegen sagte er: »Gib der Menge Zeit, ihre morbide Neugierde zu befriedigen, dann schick sie nach Hause. Wenn alles unter Kontrolle ist und die Leichen abtransportiert sind, wirst du deinen Leuten lauthals erklären, der Einsatz sei vorüber, und dann befiehlst du alle bis auf einen in ihre Stationen zurück. Der Mann soll hier aufpassen, bis die Trümmer vom Boulevard beseitigt sind. Er soll auch den Befehl erhalten, niemanden, der aus den Häusern kommt oder hinein will, aufzuhalten. Ist das klar?«

»In keiner Weise. Du hast gesagt, dass sich hier vielleicht noch jemand versteckt ...«

»Ich weiß, was ich gesagt habe«, drängte der ehemalige Berater des Deuxième. »Doch das ändert nichts.«

»Du wirst also hierbleiben?«

»Ja. Ich werde mich gemütlich und unverdächtig hier herumtreiben.«

»Ich verstehe ... Was ist mit deinem Report? Und meinem?«

»Du hast einen Hinweis erhalten – der Informant wird nicht genannt –, dass im Zusammenhang mit einer Rauschgiftgeschichte Gewalttätigkeiten zu genau dieser Zeit auf dem Boulevard Lefèbvre stattfinden würden. Du hast ein Polizeiaufgebot herbeordert und nichts gefunden. Aber kurz danach hat dich dein enorm professioneller Instinkt noch einmal hergeführt, unglücklicherweise zu spät, um die Schlachterei zu verhindern.«

»Ich könnte sogar ausgezeichnet werden«, sagte der Kollege und runzelte bedrückt die Stirn. »Und dein Bericht?«

»Wir werden sehen, ob der überhaupt notwendig ist, nicht wahr?«, antwortete der neu eingesetzte Berater des Deuxième.

Die Krankenwärter wickelten die Körper der Opfer in Decken ein und legten sie in die Ambulanz. Ein Räumfahrzeug lud die Überreste des Fahrzeugs in einen riesigen Container. Die Leute fegten die Straße, wobei einer anmerkte, dass sie nicht zu gründlich fegen sollten, weil man den Boulevard sonst nicht wiedererkennen würde. Eine Viertelstunde später war der Job erledigt. Das Räumfahrzeug fuhr weg und nahm auch den letzten Polizisten mit, um ihn am nächsten Polizeifunk, ein paar Blocks weiter, abzusetzen. Es war gut vier Uhr früh, und bald würde das Licht der Dämmerung den Himmel von Paris überziehen. Die einzigen Lebenszeichen am Boulevard Lefèbvre bestanden aus fünf erleuchteten Fenstern in der Häuserreihe, die von Carlos, dem Schakal, kontrolliert wurde. In jenen Zimmern saßen Männer und Frauen, denen es nicht erlaubt war zu schlafen. Sie hatten für ihren Monseigneur Arbeiten zu erledigen.

Bourne saß mit ausgestreckten Beinen auf dem Bürgersteig, den Rücken an die Wand eines Geschäftseingangs gelehnt, der dem Gebäude gegenüberlag, wo der erschrockene, aber beredte Bäcker und die äußerst indignierte Nonne der Polizei entgegengetreten waren. Bernardine saß in einem ähnlichen Eingang etwa hundert Meter weit entfernt, gegenüber dem ersten Haus, wo der Lieferwagen des Schakals mit seiner zum Tode verurteilten Ladung gehalten hatte. Ihre Verabredung war eindeutig: Jason würde dem ersten Menschen, der eines der Häuser verließ, folgen und ihn mit Gewalt ergreifen. Der alte Veteran des Deuxième würde der zweiten Person folgen, aber keinen Kontakt herstellen, sondern nur seinen oder ihren Bestimmungsort feststellen. Nach Bournes Urteil würde entweder der Bäcker oder die Nonne der Bote des Mörders sein, weswegen er das Nordende der steinernen Häuser gewählt hatte.

Er sollte zumindest teilweise Recht behalten, hatte aber die Situation dennoch unterschätzt. Um 5.17 Uhr kamen zwei Nonnen in vollem Habit und weißen Hauben mit zwei Fahrrädern die Straße vom Südende her hochgefahren und klingelten mit ihren Fahrradglocken, als sie vor dem Haus hielten, das angeblich der Sitz der Barmherzigen Schwestern war. Die Tür ging auf, und weitere drei Nonnen, von denen jede ein Fahrrad trug, kamen heraus und gingen die Stufen hinunter, um sich zu ihren Barmherzigen Schwestern zu gesellen. Gemeinsam fuhren sie die Straße wieder hinauf. Der einzige Trost für Jason war, dass die indignierte Nonne am Ende der Prozession fuhr. Ohne zu wissen, wie es anzufangen war, nur, dass er es irgendwie schaffen musste, sprang er aus seinem Versteck und rannte über die dunkle Straße. Als er den Schatten des Trümmergrundstücks neben dem Haus des Schakals erreicht hatte, öffnete sich eine weitere Tür. Er hockte sich hin und beobachtete den dicken Bäcker, wie er schnell die Stufen hinunterwatschelte und Richtung Süden ging. Bernardine hat also auch eine Aufgabe zu erledigen, dachte Jason, sprang wieder hoch und rannte der Prozession der radelnden Nonnen hinterher.

Der Pariser Verkehr ist ein endloses Rätsel, unabhängig von der Tageszeit. Er liefert Entschuldigungen für jeden, der zu früh oder zu spät kommen möchte oder der am richtigen oder verkehrten Ziel angekommen ist. Und so erging es auch den Barmherzigen Schwestern, besonders der offiziellen Oberhenne, die allein am Ende radelte. An einer Kreuzung der Rue Lecourbe am Montparnasse hinderte sie eine Verstopfung mit Lastwagen daran, ihren frommen Kolleginnen zu folgen. Sie winkte ihnen gnädig zu und bog abrupt in eine enge Seitenstraße ein, wo sie schneller als zuvor radelte. Bourne, dessen Wunde im Nacken plötzlich einen stechenden Schmerz verursachte, beschleunigte sein Tempo nicht, das brauchte er nicht. Auf dem blauen Schild mit den weißen Buchstaben am Eingang der Straße stand *IMPASSE*, Sackgasse.

Er fand das Fahrrad an eine erloschene Straßenlaterne gekettet und wartete in der Dunkelheit eines Torwegs nur fünf Meter weiter. Mit der Hand tastete er die feuchte Bandage an seinem Hals ab. Es war nur ein leichtes Bluten. Mein Gott, wie müde seine Beine waren! Sie schmerzten vor Anstrengung. Er lehnte sich gegen die Wand, sein Atem ging schwer, und er beobachtete das Fahrrad, wobei er versuchte, seinen Gedanken zu unterdrücken, der mit scheußlicher Regelmäßigkeit immer wiederkehrte: Vor wenigen Jahren nur hätte er die Ermüdung seiner Beine nicht gespürt – falsch: Es hätte sie gar nicht gegeben.

Das Geräusch vom Öffnen eines Schlosses unterbrach die Stille in der dämmrigen, engen Gasse, gefolgt vom Knarren einer schweren Tür. Es war der Eingang zur Wohnung gegenüber dem angeketteten Fahrrad. Mit dem Rücken an der Wand löste Jason die Pistole aus seinem Gürtel und beobachtete die Nonne, die über die Gasse zu ihrem Fahrrad lief. Sie fummelte mit dem Schlüssel im dämmrigen Licht herum und versuchte ungeschickt, ihn ins Schloss zu stecken. Bourne trat auf den Bürgersteig und machte ein paar schnelle, leise Schritte.

»Sie werden zu spät zur Frühmesse kommen«, sagte er. Die Frau schnellte herum, die Schlüssel flogen zu Boden, und blitzschnell griff sie zwischen die Falten ihres Nonnenrocks. Doch Jason kam ihr zuvor, packte ihren Arm mit der Linken und riss ihr die große, weite Haube herunter. Beim Anblick ihres Gesichts schnappte er nach Luft.

»Mein Gott«, flüsterte er. »Sie!«

27.

»Ich kenne Sie!«, rief Bourne. »Paris … vor Jahren … Lavier … Jacqueline Lavier. Sie hatten einen dieser Modeshops … Les Classiques, St. Honore – Carlos' Anlaufstelle in Faubourg! Ich hab Sie in einem Beichtstuhl in Neuilly-sur-Seine gefunden. Ich dachte, Sie wären tot.« Das scharf geschnittene Gesicht der Frau war vor Wut gezerrt. Sie versuchte, sich aus seinem Griff zu befreien, aber Jason machte einen Schritt zur Seite, als sie sich um ihre Achse drehte. Mit einer schnellen Bewegung stieß er sie gegen die Wand, wo er sie, den linken Unterarm an ihrer Kehle, festhielt.

»Aber Sie waren nicht tot. Sie gehörten zu der Falle, die am Louvre endete, am Louvre aufflog! … Bei Gott, Sie kommen mit mir. So viele Männer mussten sterben – Franzosen –, und ich konnte nicht bleiben, um ihnen zu erzählen, wie es passiert und wer dafür verantwortlich war … Wenn man einen Polizisten tötet, wird das nie aus den Büchern gestrichen. Oh, sie werden sich an den Louvre erinnern, sie werden sich an ihre Leute erinnern!«

»Das ist falsch!«, gurgelte die Frau, und ihre weit geöffneten grünen Augen traten aus ihren Höhlen hervor. »Ich bin nicht, wer Sie denken …«

»Sie sind die Lavier! Die Königin von Faubourg, der einzige Kontakt zur Frau des Schakals, der Gattin des Generals. Sagen Sie bloß nicht, ich hab Unrecht … Ich habe Sie beide bis nach Neuilly verfolgt, zu der Kirche, wo die Glocken bimmelten und überall Priester herumrannten – einer von ihnen war Carlos! Minuten später kam seine Hure wieder heraus, Sie aber nicht. Sie ging eilends davon, ich lief hinein und beschrieb Sie einem alten Priester – wenn er ein Priester war –, und er sagte mir, Sie wären im zweiten Beichtstuhl von links. Ich ging hinüber, zog den Vorhang zur Seite, und da waren

Sie: tot. Ich dachte, Sie wären gerade getötet worden, und alles ging so schnell. Carlos musste dasein! Er war in meiner Reichweite, in Reichweite meiner Waffe – oder vielleicht war ich in seiner Reichweite. Ich rannte wie ein Idiot herum, und plötzlich sah ich ihn! Draußen auf der Straße, wie ein Priester gekleidet. Ich sah ihn, ich wusste, dass er es war, weil er mich sah und sofort durch den Verkehr davonrannte. Und dann habe ich ihn verloren. Ich verlor ihn! … Aber ich hatte noch eine Karte. Sie. Ich ließ verlauten, die Lavier ist tot … Es war genau das, was ich tun sollte, nicht wahr? Nicht wahr?«

»Ich sage Ihnen noch einmal, dass Sie Unrecht haben!« Die Frau wehrte sich nicht mehr; es war sinnlos. Stattdessen machte sie sich ganz steif, ohne die geringste Bewegung, als bekäme sie nur so die Erlaubnis zu sprechen. »Werden Sie mir endlich zuhören?«, fragte sie unter Schmerzen, weil Jasons Unterarm sie noch immer an die Wand drückte.

»Vergessen Sie's, Lady«, antwortete Bourne. »Sie fühlen sich nicht gut – eine Barmherzige Schwester, der von einem Fremden geholfen wird. Sie hatten einen Ohnmachtsanfall. In Ihrem Alter passiert das doch häufiger, oder?«

»Warten Sie.«

»Zu spät.«

»Wir müssen reden!«

»Werden wir.« Jason nahm seinen Arm weg, und gleichzeitig schlug er mit beiden Händen auf die Schulterblätter der Frau, dorthin, wo die Sehnen in die Nackenmuskeln übergingen. Sie klappte zusammen. Im Fallen fing er sie auf und trug sie aus der engen Gasse, wie es ein demütiger Bittsteller mit einem frommen Sozialarbeiter tun würde. Die Morgendämmerung breitete sich immer weiter aus, und mehrere Frühaufsteher, darunter ein junger Jogger, kreuzten den Weg des Mannes, der die Nonne trug. »Sie ist zwei Tage lang bei meiner Frau und den kranken Kindern gewesen, ohne zu schlafen!«, flehte das Chamäleon auf französisch. »Kann mir jemand bitte ein Taxi rufen, damit ich sie zurück in ihr Kloster bringen kann?«

»Mach ich!«, rief der junge Jogger. »Es gibt einen Stand in der Rue de Sèvres.«

»Wirklich sehr freundlich«, sagte Jason dankbar, aber gleichzeitig missfiel ihm der so vertrauliche junge Mann.

Sechs Minuten später kam das Taxi mit dem Jugendlichen drinnen. »Ich hab dem Fahrer gesagt, Sie hätten Geld«, sagte er beim Aussteigen. »Ich hoffe es jedenfalls.«

»Natürlich. Danke.«

»Sagen Sie der Schwester, was ich getan habe«, fügte der junge Mann hinzu, als er Bourne half, die bewusstlose Frau sanft auf den Rücksitz des Taxis zu legen. »Ich brauche jede nur mögliche Hilfe, wenn meine Zeit gekommen ist.«

»Ich denke, das dauert noch etwas«, sagte Jason und versuchte, das Grinsen des Jungen zu erwidern.

»Ich vertrete meine Firma beim Marathonlauf.« Der junge Mann begann auf der Stelle zu treten.

»Nochmals vielen Dank. Ich drücke die Daumen.«

»Sagen Sie der Schwester, sie soll für mich beten!«, rief der Sportler und rannte los.

»Zum Bois de Boulogne«, sagte Bourne zum Fahrer, als er die Tür schloss.

»Zum *Bois*? Dieser Windmacher sagte mir, es sei ein dringender Fall! Dass Sie die Nonne in ein Krankenhaus bringen wollten.«

»Sie hat zu viel Wein getrunken. Was soll ich sagen?«

»Der Bois de Boulogne«, sagte der Fahrer kopfnickend. »Lassen Sie sie ein bisschen spazieren gehen. Ich habe eine Cousine im Kloster von Lyon. Wenn sie eine Woche draußen ist, dann ist sie voll bis zu den Ohren. Soll man ihr einen Vorwurf daraus machen?«

Die Bank an dem Kiesweg im Bois bekam allmählich die ersten Sonnenstrahlen ab. Die Frau in ihrer Klostertracht begann den Kopf zu bewegen.

»Wie geht es, Schwester?«, fragte Jason, der neben seiner Gefangenen saß.

»Ich glaube, mich hat ein Panzer gerammt«, antwortete sie blinzelnd und öffnete den Mund, um tief durchzuatmen. »Mindestens ein Panzer.«

»Ich fürchte, darüber wissen Sie besser Bescheid als über die Wohlfahrtsküche der Barmherzigen Schwestern.«

»Richtig.«

»Sie brauchen gar nicht nach Ihrer Waffe zu suchen«, sagte Bourne. »Ich habe sie aus Ihrem sehr teuren Gürtel genommen.«

»Freut mich, dass Sie seinen Wert erkannt haben. Das gehört zu dem, worüber wir sprechen müssen … Da ich nicht auf einer Polizeistation bin, nehme ich an, dass Sie mir zuhören werden.«

»Nur, wenn es meinen Zielen dient. Ich denke, das wird nicht zu schwer zu verstehen sein.«

»Muss ja. Ihren Zielen dienen, wie Sie sagen. Ich habe versagt. Ich bin geschnappt worden. Ich bin nicht dort, wo ich sein müsste, und egal, welche Uhrzeit es ist, das Licht sagt mir, dass es für Entschuldigungen zu spät ist. Im übrigen ist mein Fahrrad …«

»Ich habe es nicht genommen.«

»Ich bin schon gestorben. Ob es nun weg ist oder nicht.«

»Weil Sie verschwunden sind? Nicht dort sind, wo Sie sein sollten?«

»Natürlich.«

»Sie sind die Lavier!«

»Richtig. Ich heiße Lavier, aber ich bin nicht die Frau, die Sie kannten. Das war meine Schwester Jacqueline – ich heiße Dominique. Wir waren beinahe gleichaltrig, und von Kindesbeinen an waren wir uns sehr ähnlich. Sie haben ganz Recht mit Neuilly-sur-Seine und dem, was Sie dort gesehen haben. Meine Schwester wurde getötet, weil sie eine eherne Regel gebrochen, eine tödliche Sünde begangen hatte. Sie geriet in Panik und führte Sie zu seiner Frau, seinem am meisten verehrten und nützlichsten Geheimnis.«

»Ich? … Sie wissen, wer ich bin?«

»Ganz Paris – das Paris des Schakals – weiß, wer Sie sind, Monsieur Bourne. Nicht von Angesicht, das versichere ich Ihnen, aber man weiß, dass Sie hier sind, und man weiß, dass Sie hinter Carlos her sind.«

»Und Sie sind Teil von diesem Paris?«

»Bin ich.«

»Gütiger Gott, er hat Ihre Schwester getötet!«

»Dessen bin ich mir bewusst.«

»Und dennoch arbeiten Sie für ihn?«

»Es gibt Zeiten, da hat man keine große Auswahl. Da geht es um Leben oder Tod. Bis vor sechs Jahren, als das Les Classiques in andere Hände überging, war es für den Monseigneur lebenswichtig. Ich nahm den Platz von Jacqui ein …«

»Einfach so?«

»Es war nicht schwer. Ich sah nur etwas jünger aus als sie.« Über das Gesicht der Frau huschte ein kurzes, nachdenkliches Lächeln. »Auf jeden Fall sind Schönheitsoperationen in der Welt der Haute Couture gang und gäbe. Jacqui war angeblich in die Schweiz zu einem Facelifting gefahren … und ich kehrte nach acht Wochen Vorbereitung nach Paris zurück.«

»Wie konnten Sie? Mit dem Wissen … Unglaublich.«

»Ich wusste es zu Anfang noch nicht. Erst später hab ich es erfahren, aber da war es irrelevant, weil ich schon keine Wahl mehr hatte.«

»Ist Ihnen niemals die Idee gekommen, zur Polizei oder zur Sûreté zu gehen?«

»Wegen Carlos?« Die Frau schaute Bourne an, als müsse sie ein ungehorsames Kind zurechtweisen. »Wie die Briten auf Cap Ferrat sagen: Sie belieben zu scherzen.«

»Also stiegen Sie vergnügt ins Killer-Geschäft ein?«

»Ich wurde erst allmählich eingeweiht, meine Erziehung ging langsam, stückchenweise vonstatten … Zu Anfang wurde mir gesagt, dass Jacqueline mit ihrem damaligen Liebhaber bei einem Bootsunfall umgekommen sei und dass man mir einen enormen Lohn zahlen würde, wenn ich nur ihren Platz einnähme. Les Classiques war weit mehr als nur ein erlesener Salon …«

»Weit mehr«, stimmte Jason zu. »Von dort sickerten Frankreichs allergeheimsten militärischen und geheimdienstlichen Angelegenheiten zum Schakal durch – über eine Frau, die Gattin eines berühmten Generals.«

»Ich habe das erst viel später durchschaut – nachdem der General sie umgebracht hatte. Villiers hieß er, glaube ich.«

»Richtig.« Jason schaute auf das stille, dunkle Wasser des Teichs auf der anderen Wegseite, auf dem zahllose Wasserlilien schwammen. Alte Bilder überfluteten ihn. »Ich bin derjenige, der ihn fand, sie fand. Villiers saß in einem Stuhl mit hoher Rückenlehne, eine Pistole in der Hand; seine Frau lag auf dem Bett, nackt, blutend, tot. Er wollte sich selbst töten. Es sei die angemessene Exekution für einen Verräter, sagte er, denn seine Verehrung für seine Frau habe sein Urteilsvermögen erblinden lassen, und in dieser Blindheit habe er sein geliebtes Frankreich verraten … Ich überzeugte ihn davon, dass es noch eine Möglichkeit gab. Beinahe hätte es funktioniert – vor dreizehn Jahren. In einem seltsamen Haus auf der 71. Straße in New York.«

»Ich weiß nicht, was in New York geschah, aber General Villiers hinterließ Anweisungen, dass nach seinem Tod das, was in Paris geschehen war, veröffentlicht werden sollte. Als er starb und die Wahrheit herauskam, wurde Carlos verrückt vor Wut und tötete mehrere hochrangige Militärs, nur weil sie Generäle waren …«

»Aber das ist eine alte Geschichte«, unterbrach Bourne sie. »Heute ist heute. Was geschieht jetzt?«

»Ich weiß es nicht, Monsieur. Meine Chancen sind gleich null, oder? Vermutlich werden entweder Sie oder er mich umbringen.«

»Vielleicht auch nicht. Helfen Sie mir, ihn zu fangen, und Sie sind uns beide los, können ans Mittelmeer ziehen und dort in Frieden leben. Ohne untertauchen zu müssen – nach ein paar profitablen Jahren in Paris.«

»Untertauchen?«, fragte die Lavier und studierte das verhärmte Gesicht ihres Überwinders. »Sie meinen verschwinden?«

»Das wird unnötig sein. Carlos wird Sie nicht mehr verfolgen können, weil er tot sein wird.«

»Ich verstehe schon. Es ist das Verschwinden, was mich interessiert, und die profitablen Jahre. Soll der Profit von ihnen kommen?«

»Ja.«

»Ich verstehe … Das, was Sie Santos geboten haben? Ein profitables Verschwinden?«

Die Worte trafen ihn wie ein Schlag ins Gesicht.

»Also war es Santos am Ende«, sagte er leise. »Das Lefèbvre war eine Falle.«

»Er ist tot, das Le Cœur wurde geräumt und geschlossen.«

»Was?« Verblüfft starrte Bourne wieder die Frau an. »Das war der Lohn dafür, dass er mich in die Zange genommen hat?«

»Nein, weil er Carlos verraten hat.«

»Verstehe ich nicht.«

»Der Monseigneur hat überall Augen, das wird Sie sicher nicht überraschen. Santos, der absolute Einsiedler, wurde dabei beobachtet, wie er mehrere schwere Kisten mit dem Lieferwagen wegbringen ließ. Und gestern früh hat er versäumt, seinen geschätzten Garten zu beschneiden und zu gießen … Ein Mann wurde zum Lagerhaus des Lebensmittellieferanten geschickt und öffnete die Kisten …«

»Bücher«, unterbrach Jason ruhig.

»Eingelagert bis auf weiteres«, ergänzte Dominique Lavier. »Der Abgang von Santos sollte schnell und diskret vor sich gehen.«

»Und Carlos wusste, dass es niemanden in Moskau gab, der eine Telefonnummer weitergeben würde.«

»Wie bitte?«

»Nichts … Was war Santos für ein Mensch?«

»Ich habe ihn nie kennen gelernt, nie gesehen. Ich habe nur von ihm gehört – was nicht viel war.«

»Für viel habe ich auch gar keine Zeit. Was also?«

»Äußerlich ein sehr großer Mann …«

»Das weiß ich«, unterbrach Jason ungeduldig. »Und durch die Bücher wissen wir beide, dass er sehr belesen gewesen sein muss. Woher kam er, und warum arbeitete er für den Schakal?«

»Man sagt, dass er Kubaner war und für Castro gekämpft hat, dass er ein tiefer Denker war und zusammen mit dem Commandante Recht studiert hat und dass er ein großer Athlet war. Dann, wie in allen Revolutionen, werden die Siege durch innere Kämpfe zunichte gemacht – das zumindest haben mir meine alten Freunde aus den Tagen der Mai-Barrikaden erzählt.«

»Übersetzt heißt das?«

»Fidel war eifersüchtig auf die Führer bestimmter Gruppen, besonders auf Che Guevara und den Mann, den Sie als Santos kannten. Wo Castro größer als das Leben war, waren diese beiden größer als er, und Fidel konnte diese Konkurrenz nicht ertragen. Che wurde auf eine Mission geschickt, die sein Leben beendete, und gegen Santos wurden zusammengebastelte konterrevolutionäre Anklagen erhoben. Er stand kurz vor der Exekution, als Carlos und seine Leute in das Gefängnis eindrangen und ihn wegzauberten.«

»Zauberten? Als Priester verkleidet, zweifellos.«

»So wird es wohl gewesen sein. Die Kirche mit ihren mittelalterlichen Geistesstörungen hatte Kuba einmal fest im Griff.«

»Das klingt bitter.«

»Ich bin eine Frau, der Papst ist es nicht.«

»Ein abschließendes Urteil ... Santos hat sich also Carlos angeschlossen, zwei desillusionierte Marxisten auf der Suche nach ihrer persönlichen Sache – oder vielleicht ihrem persönlichen Hollywood.«

»Das verstehe ich nicht, Monsieur. Aber wenn ich Sie in etwa richtig verstehe, dann hat Carlos die brillante Fantasie, und das Schicksal von Santos war die bittere Desillusion. Er schuldete dem Schakal sein Leben, warum sollte er es ihm nicht geben? Was war für ihn noch geblieben? ... Bis Sie kamen.«

»Mehr muss ich nicht wissen. Danke. Ich wollte nur ein paar Lücken geschlossen haben.«

»Lücken?«

»Dinge, die ich nicht wusste.«

»Was wissen wir denn, Monsieur Bourne? War das nicht Ihre ursprüngliche Frage?«

»Was wollen Sie tun, Madame Lavier?«

»Ich weiß nur, dass ich nicht sterben will. Jahrelang war ich ein teures Callgirl in Monte Carlo, Nizza und Cap Ferrat. Und einige alte Freunde sind mir aus den alten Tagen geblieben, gelegentliche Liebhaber, die um der alten Zeiten willen zu mir kommen. Die meisten sind allerdings schon tot, ein Jammer, wirklich.«

»Ich dachte, Sie sagten, Sie seien enorm gut dafür bezahlt worden, die Identität Ihrer Schwester anzunehmen.«

»O ja, wurde ich, und bis zu einem gewissen Grad werde ich es noch. Ich bewege mich in der Oberschicht von Paris, wo der Klatsch blüht, und das ist oft hilfreich. Ich habe eine wunderschöne Wohnung in der Avenue Montaigne. Antiquitäten, wertvolle Bilder, Bedienstete, diverse Konten – alles, was eine Frau der eleganten Mode haben muss, was von den Kreisen, in denen sie sich bewegt, erwartet wird. Und Geld. Jeden Monat werden mir aus Genf achtzigtausend Francs überwiesen – weit mehr, als ich brauche, um die Rechnungen zu bezahlen. Denn, Sie verstehen, ich muss sie bezahlen, niemand sonst.«

»Dann haben Sie also Geld.«

»Nein, Monsieur. Ich habe einen Lebensstil, kein Geld. Das ist die Methode des Schakals. Außer bei den alten Männern zahlt er nur, wenn er eine unmittelbare Dienstleistung erhält. Und wenn das Geld aus Genf nicht am Zehnten jedes Monats auf meiner Bank ist, werde ich innerhalb von dreißig Tagen aus meiner Wohnung geworfen. Allerdings, wenn Carlos sich entschließt, mich loszuwerden, kann er es einfacher haben. Ich werde schlicht und einfach umgelegt. Wenn ich heute Morgen in meine Wohnung in der Avenue Montaigne zurückgehe, werde ich da nie mehr herauskommen … wie meine Schwester nie mehr aus jener Kirche in Neuilly-sur-Seine herausgekommen ist. Zumindest nicht lebendig.«

»Davon sind Sie überzeugt?«

»Natürlich. An der Stelle, wo ich mein Fahrrad angekettet hatte, sollte ich Anweisungen von einem der alten Männer erhalten. Die Befehle waren präzise und sollten präzise befolgt werden. Ich sollte eine Frau, die ich kenne, in zwanzig Minuten bei einer Bäckerei in Saint-Germain treffen, wo wir die Kleidung getauscht hätten. Sie sollte zurück in die Mission fahren, und ich sollte in einem Zimmer des Hotel Tremoille einen Kurier aus Athen treffen.«

»Die Mission? Sie wollen sagen, dass die Frauen auf Rädern wirklich Nonnen waren?«

»Ja, mit dem Gelübde der Keuschheit und der Armut,

Monsieur. Ich bin eine Oberin aus dem Kloster von Saint Malo, die häufig zu Besuch kommt.«

»Und die Frau in der Bäckerei. Ist sie ...?«

»Sie fällt ab und zu in Ungnade, aber sie ist eine perfekte Verwalterin.«

»Großer Gott!«

»Sehen Sie endlich die Hoffnungslosigkeit meiner Position?«

»Ich bin mir nicht sicher.«

»Dann sehe ich mich gezwungen, mich zu fragen, ob Sie wirklich das Chamäleon sind. Ich war nicht in der Bäckerei. Das Treffen mit dem griechischen Kurier fand niemals statt. Wo war ich?«

»Sie wurden verhindert. Die Fahrradkette ist gerissen, Sie wurden von einem LKW gestreift. Oder Sie wurden überfallen, zum Teufel. Was ist der Unterschied? Sie haben sich verspätet.«

»Wie lange ist es her, seit Sie mich bewusstlos geschlagen haben?«

Jason sah auf seine Uhr. »Etwas über eine Stunde, denke ich, vielleicht eine Stunde und dreißig Minuten. In Anbetracht Ihres Standes fuhr der Taxifahrer eine ganze Weile herum, um einen Platz zum Parken zu finden, wo wir Ihnen zu einer Bank helfen konnten. Er wurde für seine Hilfe gut bezahlt.«

»Eineinhalb Stunden?«, fragte die Lavier, scharf nachdenkend.

»Und?«

»Warum rufe ich also nicht die Bäckerei oder das Hotel Tremoille an?«

»Nein, das ist zu gefährlich«, fügte Bourne hinzu und schüttelte den Kopf.

»Was denn?« Die Lavier bohrte ihre grünen Augen in seine. »Was denn, Monsieur?«

»Der Boulevard Lefèbvre«, antwortete Jason langsam und leise. »Die Falle. Wie ich seine für mich umdrehte, drehte er drei Stunden später meine für sich um. Dann habe ich die Strategie durchquert und Sie erwischt.«

»Genau.« Das ehemalige Callgirl aus Monte Carlo nickte. »Und er kann nicht wissen, was zwischen uns vorgefallen ist … daher bin ich zum Tode verurteilt. Ein Pfand wird beseitigt, denn ich bin nur ein Pfand. Ich kann den Behörden nichts Wesentliches erzählen. Ich habe den Schakal niemals gesehen. Ich kann nur das Geschwätz seiner Untergebenen wiederholen.«

»Sie haben ihn niemals gesehen?«

»Vielleicht, aber niemals wissentlich. Es gibt so viele Gerüchte in Paris. Dieser da mit der dunklen südländischen Haut oder der dort mit den schwarzen Augen und einem dunklen Schnurrbart, das ist Carlos, weißt du – wie oft habe ich diesen Satz gehört! Nein. Niemals ist ein Mann zu mir gekommen und hat gesagt: Ich bin es, und ich mache dein Leben angenehm, mein elegantes ehemaliges Callgirl. Ich habe nur mit alten Männern zu tun, die mir ab und zu Informationen überbringen, die ich weitergeben muss – wie heute am Boulevard Lefèbvre.«

»Ich verstehe.« Bourne stand auf, streckte sich und betrachtete seine Gefangene auf der Bank. »Ich kann Sie da rausholen«, sagte er. »Raus aus Paris, raus aus Europa. Aus der Reichweite von Carlos. Möchten Sie das?«

»So wie Santos?«, antwortete die Lavier mit bittenden Augen. »Ich übertrage bereitwillig meine Ergebenheit von ihm auf Sie.«

»Warum?«

»Weil er alt ist und grau und kein Gegner für Sie. Sie bieten mir Leben, er den Tod.«

»Das ist eine vernünftige Entscheidung«, sagte Jason mit einem verhaltenen, aber warmen Lächeln. »Haben Sie Geld bei sich?«

»Nonnen müssen ein Armutsgelübde ablegen, Monsieur«, antwortete Dominique Lavier und gab sein Lächeln zurück. »Aber ich habe ein paar hundert Francs bei mir. Warum?«

»Das reicht nicht«, fuhr Bourne fort. Er griff in seine Tasche und holte seine beeindruckende Rolle mit Scheinen heraus. »Hier sind dreitausend«, sagte er und reichte ihr das Geld. »Kaufen Sie sich was zum Anziehen – ich bin sicher, Sie wissen, wo –, und nehmen Sie ein Zimmer im … Meurice in der Rue de Rivoli.«

»Unter welchem Namen?«

»Haben Sie eine Idee?«

»Wie wär's mit Brielle? Ein hübscher Ort an der See.«

»Warum nicht? … Geben Sie mir zehn Minuten Zeit, um hier zu verschwinden, und dann gehen Sie. Ich werde Sie um die Mittagszeit im Meurice treffen.«

»Mit ganzem Herzen, Jason Bourne!«

»Vergessen wir diesen Namen.«

Das Chamäleon verließ den Bois de Boulogne und ging zum nächsten Taxistand. In wenigen Minuten akzeptierte ein begeisterter Taxifahrer Jasons Hundert-Francs-Schein und wartete am Ende der Reihe mit drei Fahrzeugen.

»Die Nonne kommt, Monsieur«, rief der Fahrer. »Sie steigt ins erste Taxi!«

»Folgen Sie ihm«, sagte Jason und setzte sich auf.

Auf der Avenue Victor Hugo verlangsamte Laviers Taxi die Fahrt und hielt vor einer Telefon-Plastikkuppel, einer seltenen Abkehr von der Pariser Tradition.

»Halten Sie hier«, befahl Bourne, der im selben Augenblick ausstieg, als der Fahrer einbog. Hinkend lief das Chamäleon schnell und leise zum Telefon hinüber und stellte sich unbemerkt direkt hinter die eifrige Nonne.

»Das Meurice!«, rief sie in das Telefon. »Der Name ist Brielle. Er wird um die Mittagszeit kommen … Ja, ja, ich gehe in meine Wohnung, ziehe mich um und werde in einer Stunde dort sein.« Die Lavier legte auf, drehte sich um und schnappte bei seinem Anblick nach Luft.

»Nein!«, schrie sie.

»Ich fürchte doch«, sagte Bourne. »Sollen wir mein Taxi nehmen? Er ist alt und grau – das waren Ihre Worte, Dominique. Gut getroffen für jemanden, der Carlos nie gesehen hat.«

Wütend kam Bernardine mit dem Portier, der ihn herbeizitiert hatte, aus dem Pont-Royal.

»Das ist geradezu lachhaft!«, rief er, als er sich dem Taxi näherte.

»Nein, ist es nicht«, verbesserte er sich, als er hineinsah. »Es ist bloß wahnsinnig.«

»Steigen Sie ein«, sagte Jason auf der anderen Seite der Frau, die wie eine Nonne gekleidet war. François stieg ein und starrte auf die schwarze Kleidung und das blasse Gesicht der frommen Frau zwischen ihnen. »Eine der talentierteren Schauspielerinnen des Schakals«, ergänzte Bourne.

»Ich bin nicht besonders religiös eingestellt, aber ich hoffe, Sie haben keinen Fehler gemacht, ich – oder sollte ich wir sagen – habe einen mit diesem Schwein von einem Bäcker gemacht.«

»Warum?«

»Er ist ein Bäcker, und das ist alles! Ich habe ihm, verdammt noch mal, beinahe eine Granate in seinen Ofen geschmissen. Niemand anders als ein französischer Bäcker kann so jammern, wie er es tat.«

»Es passt«, sagte Jason. »Die unlogische Logik von Carlos – ich weiß nicht mehr, wer das gesagt hat, ich wahrscheinlich.« Das Taxi machte eine Kehrtwendung und fuhr in die Rue de Bac. »Wir fahren ins Meurice«, fügte Bourne hinzu.

»Ich bin sicher, dass es dafür einen Grund gibt«, meinte Bernardine, wobei er immer noch in das rätselhaft passive Gesicht von Dominique Lavier schaute. »Ich meine, diese süße, fromme alte Dame sagt gar nichts.«

»Ich bin nicht alt!«, schrie die Frau energisch.

»Natürlich nicht, meine Liebe«, gab der Veteran zu. »Nur begehrenswerter in Ihren reifen Jahren.«

»Das ist es!«

»Warum ins Meurice?«, fragte Bernardine.

»Es ist die endgültige Falle des Schakals für mich«, antwortete Bourne. »Dank der Hilfsbereitschaft unserer überzeugenden Barmherzigen Schwester hier. Er erwartet, dass ich dort auftauche, und genau das werde ich tun.«

»Ich rufe das Deuxième an. Dank eines eingeschüchterten Bürokraten werden sie alles tun, was ich verlange. Bringen Sie sich nicht in Gefahr, mein Freund.«

»Ich möchte Sie ja nicht beleidigen, François, aber Sie selbst haben mir gesagt, dass Sie nicht mehr alle Leute im Büro kennen. Das Risiko wäre zu groß.«

»Lasst mich helfen.« Dominique Lavier unterbrach das Brummen des Verkehrs draußen mit leiser, sanfter Stimme. »Ich kann Ihnen helfen.«

»Ich habe schon einmal auf Ihre Hilfe gehört, Lady, und die hätte mich zu meiner eigenen Hinrichtung gebracht. Nein, danke.«

»Das war vorhin, nicht jetzt. Es ist doch offensichtlich, dass meine Lage jetzt wirklich hoffnungslos ist.«

»Habe ich diese Worte nicht erst kürzlich gehört?«

»Nein, haben Sie nicht. Ich habe gerade das Wörtchen jetzt hinzugefügt … Ich kann nicht behaupten, alles zu verstehen, aber der alte Boulevardschlenderer neben mir erwähnte beiläufig, dass er das Deuxième dazurufen will – das Deuxième, Monsieur Bourne! Für einige Leute ist das nichts anderes als Frankreichs Gestapo! Auch wenn ich die Geschichte hier überlebe, werde ich von denen sicher in irgendeine furchtbare Strafkolonie am Ende der Welt geschickt werden – oh, ich habe Geschichten über das Deuxième gehört!«

»Wirklich?«, sagte Bernardine. »Ich nicht. Klingt wirklich wunderbar. Wie wunderschön.«

»Außerdem«, fuhr die Lavier fort, wobei sie Jason scharf ansah und sich ihre weiße Haube vom Kopf riss, eine Geste, die den Fahrer, der die Szene im Rückspiegel beobachtete, die Augenbrauen heben ließ, »ohne mich, ohne meine Anwesenheit im Meurice in einer völlig anderen Aufmachung wird Carlos nicht mal in die Nähe der Rue de Rivoli kommen.« Bernardine tippte der Frau auf die Schulter und legte den Zeigefinger an die Lippen, wobei er in Richtung Fahrer nickte. Dominique fügte rasch hinzu: »Der Mann, mit dem Sie zu konferieren wünschen, wird nicht dort sein.«

»Das hat etwas für sich«, sagte Bourne, beugte sich vor und sah den Veteranen des Deuxième an. »Sie hat auch ein Appartement in der Avenue Montaigne, wo sie die Kleider wechseln will, und keiner von uns kann mit ihr da hineingehen.«

»Das stellt ein Dilemma dar, nicht wahr?«, antwortete Bernardine. »Es gibt keine Möglichkeit, das Telefon von der Straße aus zu kontrollieren, oder?«

»Ihr Idioten! … Ich habe keine andere Wahl, als mit euch zu kooperieren, und wenn ihr das nicht sehen könnt, solltet ihr Blindenhunde dabeihaben! Dieser alte, alte Mann hier wird tatsächlich meinen Namen bei der erstbesten Gelegenheit in die Akten des Deuxième bringen, und wie der berüchtigte Jason Bourne weiß, wenn er das Deuxième auch nur flüchtig kennt, so werden sich dann gleich mehrere grundlegende Fragen stellen – die übrigens meine Schwester Jacqueline schon gestellt hat: Wer ist dieser Bourne? Gibt es ihn wirklich? Ist er der Mörder aus Asien oder nur eine List, eine Falle? Sie hat mich selbst eines Nachts in Nizza nach viel zu vielen Brandys angerufen – eine Nacht, an die Sie sich sicherlich erinnern, *Monsieur le caméléon* – ein furchtbar teures Restaurant außerhalb von Paris. Sie bedrohten sie … im Namen mächtiger, namenloser Leute drohten Sie ihr! Sie verlangten, dass sie ausplaudern sollte, was sie über eine bestimmte Person aus ihrer Bekanntschaft wüsste – wer es damals war, das weiß ich nicht mehr –, aber Sie jagten ihr gehörig Angst ein. Sie sagte, dass Sie verrückt schienen, dass Ihre Augen glasig wurden und Sie Worte in einer Sprache gebrauchten, die sie nicht verstand.«

»Ich erinnere mich«, unterbrach Bourne eisig. »Wir aßen gemeinsam, und ich bedrohte sie, und sie hatte Angst. Sie ging auf die Damentoilette, bezahlte jemanden, um einen Anruf für sie zu erledigen, und ich musste verschwinden.«

»Und jetzt ist das Deuxième mit jenen mächtigen namenlosen Leuten verbündet?« Dominique Lavier schüttelte wiederholt den Kopf und sprach noch leiser. »Nein, Messieurs, ich habe zu überleben gelernt, und dagegen kämpfe ich nicht an. Man muss wissen, wann man den Schwarzen Peter weiterreicht.«

Nach einer kurzen Pause des Schweigens sagte Bernardine: »Wie ist Ihre Adresse in der Avenue Montaigne? Ich werde sie dem Fahrer geben, aber bevor ich es tue, sollen Sie eines verstehen, Madame. Wenn sich Ihre Worte als falsch erweisen, dann wird der wirkliche Horror des Deuxième über Sie kommen.«

Marie saß am Tisch in ihrem Hotelzimmer und las die Zeitung. Mit ihren Gedanken war sie ständig woanders, sie konnte sich nicht konzentrieren. Die Angst hatte sie wach gehalten, nachdem sie kurz nach Mitternacht zurückgekehrt war. Sie war in fünf verschiedenen Cafés gewesen, die sie und David häufig besucht hatten. Endlich, gegen vier Uhr früh, nach vielem Husten und Sich-Herumwälzen, hatte die Erschöpfung sie übermannt. Bei brennender Nachttischlampe war sie eingeschlafen, und sechs Stunden später wurde sie durch eben dieses Licht geweckt. So lange hatte sie seit der ersten Nacht auf Tranquility nicht mehr geschlafen, was jedoch schon ferne Vergangenheit für sie war. Nur nicht an die Kinder denken! Das tut zu weh! Denke an David … Nein, denke an Jason Bourne! Wo? Konzentrier dich!

Sie legte die Pariser Ausgabe der Herald Tribune hin und schenkte sich eine dritte Tasse Kaffee ein. Sie sah zur Flügeltür, die auf einen kleinen Balkon mit Blick auf die Rue de Rivoli führte. Es beunruhigte sie, dass sich der strahlende Morgen in einen so trüben, grauen Tag verwandelt hatte. Bald würde es Regen geben, was ihre Suche in den Straßen noch schwieriger machen würde. Resigniert schlürfte sie ihren Kaffee, stellte die Tasse wieder auf die Untertasse und bedauerte, dass es nicht ein einfacher Becher war, wie David und sie ihn in ihrem Landhaus in Maine bevorzugten. O Gott, würden sie jemals wieder dort sein können? Denk nicht an solche Dinge! Konzentrier dich!

Sie nahm die Tribune wieder hoch und blätterte ziellos die Seiten durch, sah aber nur isolierte Worte, keine Sätze oder Abschnitte, konnte keinen durchgehenden Gedanken oder Sinn ausmachen, nur Worte. Dann sprang ihr ein Wort am Ende einer sinnlosen Kolumne ins Auge, eine einzige sinnlose Zeile am Ende einer sinnlosen Seite. Das Wort war ›Miemom‹ und danach eine Telefonnummer, und sie wollte gerade schon weiterblättern, als ein Signal aus einem anderen Teil ihres Hirns ›Stopp!‹ schrie.

Miemom … *mommy* – umgedreht von einem Kind, das seine ersten sprachlichen Versuche machte. *Miemom!* Jamie – ihr Jamie! Der lustige umgedrehte Name, mit dem er sie mehrere Wochen lang gerufen hatte! David hatte seinen Spaß daran gehabt, während sie fürchtete, dass ihr Sohn unter Sprachstörungen leiden könnte.

»Vielleicht ist er einfach durcheinander, *miemom*«, hatte David lachend gesagt.

David! Sie schlug die Seite wieder auf; es war der Wirtschaftsteil der Zeitung, der Teil, über dem sie instinktiv jeden Morgen beim Kaffee brütete. David schickte ihr eine Botschaft! Sie stieß den Stuhl zurück, der krachend umfiel, schnappte die Zeitung und rannte zum Telefon. Mit zitternden Fingern wählte sie die Nummer. Keine Antwort. Weil sie dachte, sie habe womöglich im Eifer einen Fehler gemacht, wählte sie nochmals, langsam und sorgfältig.

Keine Antwort. Aber es war David, sie fühlte es, sie wusste es! Er hatte am Trocadéro nach ihr gesucht, und jetzt verwendete er einen kurz benutzten Spitznamen, den nur sie beide kennen konnten! Meine Liebe, meine Liebe, ich habe dich gefunden … Sie wusste auch, dass sie nicht in der Enge des Zimmers bleiben konnte, hin- und hergehend und alle paar Minuten die Nummer wählend, um bei jedem unbeantworteten Klingelzeichen verrückt zu werden. Wenn du gestresst bist und sich alles dreht, bis du glaubst, dass du explodierst, finde einen Ort, wo du dich bewegen kannst, ohne beobachtet zu werden. Bewege dich! Das ist wichtig. Du darfst deinen Kopf nicht explodieren lassen. Eine der Lektionen von Jason Bourne. In ihrem Kopf drehte sich alles. Sie zog sich schneller an als jemals zuvor in ihrem Leben. Sie riss die Botschaft aus der Zeitung heraus und verließ das bedrückende Zimmer. Sie zwang sich, nicht zum Fahrstuhl zu rennen. Sie brauchte die Menschenmenge auf den Straßen von Paris, wo sie sich bewegen konnte, ohne bemerkt zu werden. Von einem Telefonhäuschen zum nächsten.

Die Fahrt hinunter in die Lobby war endlos und unerträglich, vor allem wegen eines amerikanischen Ehepaars – er mit Kameraausrüstung, sie mit violetten Augenlidern und Wasserstofffrisur, die in Zement gegossen schien –, das sich darüber beklagte, dass nicht genügend Leute in Paris englisch sprächen. Endlich öffnete sich die Fahrstuhltür, und Marie trat rasch hinaus in die überfüllte Lobby des Meurice.

Als sie den Marmorboden zur großen Glastür des schmuckreichen Eingangs überquerte, hielt sie plötzlich unfreiwillig inne, als ein älterer Mann in einem dunklen Nadelstreifenanzug den Mund aufsperrte und sich aus einem tiefen Ledersessel rechts von ihr vorbeugte. Der alte Mann starrte sie an, seine schmalen Lippen erstaunt geöffnet, mit entsetztem Blick.

»Marie St. Jacques!«, flüsterte er. »Mein Gott, verschwinden Sie hier!«

»Ich bitte Sie … was?«

Der ältere Franzose erhob sich schnell, aber mühevoll aus dem Sesel, wobei er mit unauffälligen Blicken die Lobby absuchte. »Sie dürfen hier nicht gesehen werden, Mrs. Webb«, sagte er mit immer noch flüsternder Stimme, aber in nicht weniger barschem und befehlendem Ton. »Sehen Sie mich nicht an! Sehen … Sie auf Ihre Uhr. Senken Sie Ihren Kopf.« Der Veteran vom Deuxième schaute weg, nickte wahllos einigen Leuten in den nächststehenden Sesseln zu und fuhr mit kaum geöffnetem Mund fort: »Gehen Sie zur Tür ganz links hinaus, zum Gepäckeingang. Beeilen Sie sich!«

»Nein!«, antwortete Marie mit gesenktem Kopf und dem Blick auf der Uhr. »Sie kennen mich, aber ich kenne Sie nicht! Wer sind Sie?«

»Ein Freund Ihres Mannes.«

»Mein Gott, ist er hier?«

»Die Frage ist, warum Sie hier sind?«

»Ich war schon einmal in diesem Hotel. Ich dachte, er würde sich daran erinnern.«

»Hat er, aber im falschen Zusammenhang, wie ich fürchte. *Mon Dieu,* sonst hätte er es niemals gewählt. Jetzt gehen Sie.«

»Ich will nicht! Ich muss ihn finden. Wo ist er?«

»Sie müssen gehen, oder Sie finden nur noch seine Leiche. In der Pariser Tribune steht eine Botschaft für Sie …«

»Ja, sie ist in meiner Tasche. Auf der Wirtschaftsseite.«

»Rufen Sie in ein paar Stunden an.«

»Das können Sie mir nicht antun.«

»Das können Sie ihm nicht antun. Sie werden ihn töten! Verschwinden Sie von hier. Sofort!«

Ihre Augen halb blind vor Wut und Angst und Tränen, lief Marie in Richtung des Seiteneingangs. Verzweifelt wünschte sie, sich umzudrehen, aber ebenso verzweifelt sicher war sie, dass sie das nicht durfte. Sie erreichte die schmale Glasflügeltür und stieß mit einem Kofferträger zusammen.

»Pardon, madame!«

Sie stammelte ein paar Worte, umrundete das Gepäck und trat auf den Bürgersteig. Was konnte sie tun? David war irgendwo im Hotel – im Hotel! Und ein fremder Mann hatte sie erkannt und sie gewarnt und ihr gesagt hinauszugehen – zu verschwinden! Was geschah da? ... Mein Gott, irgendjemand versucht, David umzubringen! So viel hatte der alte Franzose gesagt – wer war es ... wer waren sie? Wo waren sie? Hilf mir! Um Himmels willen, Jason, sag mir, was ich tun soll. Jason? ... Ja, Jason ... hilf mir! Sie stand wie erstarrt da, während Taxis und Limousinen aus dem Mittagsverkehr ausscherten und in die Auffahrt des Meurice einbogen, wo ein Portier mit goldenen Litzen unter dem großen Baldachin Neuankömmlinge und alte Bekannte begrüßte und die Boys in alle Himmelsrichtungen scheuchte. Eine große, schwarze Limousine mit einem kleinen, diskreten religiösen Emblem an der Seite und dem kreuzförmigen Ständer eines hohen kirchlichen Amtes schob sich zentimeterweise zum Baldachin vor. Marie starrte auf das kleine Emblem. Es war kreisförmig, nicht größer als zwölf Zentimeter im Durchmesser, eine Kugel aus königlichem Purpur, die ein lang gezogenes Kreuz umgab. Sie fuhr zusammen und hielt die Luft an. Ihre Panik bekam eine neue Dimension. Sie hatte dieses Emblem schon einmal gesehen, und alles, woran sie sich erinnern konnte, war, dass es sie mit Schrecken erfüllt hatte.

Die Limousine hielt an. Beide Seitentüren wurden von dem lächelnden, sich verbeugenden Portier geöffnet, und fünf Priester stiegen aus, einer vom Vordersitz und vier aus dem geräumigen Fond. Die von hinten drängten sich sofort finster durch die mittägliche Menge der Passanten auf dem Gehweg, wobei zwei vorne um den Wagen herumgingen und zwei hinten herum. Einer der Priester eilte an Marie vorbei, wobei seine Soutane sie berührte und sein Gesicht ihr so nah kam, dass sie die glühenden, unpriesterlichen Augen eines Mannes sehen konnte, der keinem religiösen Orden angehörte … Dann tauchte die Assoziation mit dem Emblem, dem religiösen Abzeichen, wieder vor ihr auf!

Vor vielen Jahren, als David – als Jason – von Panov intensiv therapiert wurde, ließ Mo ihn zeichnen, skizzieren, kritzeln, was immer ihm in den Sinn kam. Immer wieder tauchte der furchtbare Kreis mit dem schmalen Kruzifix auf … und wurde regelmäßig von der Bleistiftspitze zerrissen und zerstochen. Der Schakal!

Plötzlich wurden Maries Augen von einem Menschen angezogen, der die Rue de Rivoli überquerte. Es war ein großer Mann in dunkler Kleidung – ein dunkler Sweater und schwarze Hosen –, und er hinkte, schlängelte sich durch den Verkehr, wobei er sich mit der Hand vor dem Nieseln schützte, das bald in Regen übergehen würde. Das Hinken war falsch! Das Bein streckte sich, wenn auch nur für den Bruchteil einer Sekunde, und das Schwingen der Schultern war eine Gebärde, die sie nur zu gut kannte. Es war David!

Jemand anders, keine drei Meter von ihr entfernt, sah das, was sie sah, ebenfalls. Sofort hob er ein Miniaturfunkgerät an die Lippen. Marie stürzte los, die Hände wie die Klauen einer Tigerin ausgestreckt, und warf sich auf den Killer im Gewand eines Priesters.

»David!«, schrie sie und hinterließ im Gesicht des Mannes eine Blutspur.

Schüsse knallten durch die Rue de Rivoli. Die Menge geriet in Panik, viele rannten ins Hotel, alle schrien, keiften, suchten Schutz vor dem mörderischen Wahnsinn, der plötzlich in dieser zivilisierten Straße entstanden war. Bei dem heftigen Kampf mit dem Kerl, der ihren Mann töten wollte, riss das kanadische Bauernmädchen ihm die Automatic aus dem Gürtel und feuerte sie ihm in den Kopf; Blut und Hirn spritzte in die Gegend.

»Jason!«, schrie sie wieder, als der Killer umfiel, weil sie sich sofort bewusst wurde, dass sie allein mit der Leiche zu ihren Füßen dastand ... wie eine Zielscheibe! Der alte aristokratische Franzose, der sie in der Lobby erkannt hatte, kam blitzschnell durch den Haupteingang, seine Automatic auf Dauerfeuer gestellt, und deckte die Limousine mit Schüssen ein. Für eine Sekunde hörte er auf und zielte neu. Er zerschmetterte die Beine eines der ›Priester‹, der auf ihn gezielt hatte.

»Mon ami!«, brüllte Bernardine.

»Hier!«, schrie Bourne. »Wo ist sie?«

»A votre droite! Auprès de ...« Ein einzelner Gewehrschuss explodierte bei der gläsernen Doppeltür des Meurice. Als er fiel, schrie der Veteran vom Deuxième: *»Les Capucines, mon ami, les Capucines!«*

Bernardine fiel auf den Gehweg, und ein zweiter Gewehrschuss beendete sein Leben.

Marie war wie paralysiert, sie konnte sich nicht bewegen! Alles war wie ein Blizzard, ein Hurrikan aus eisigen Teilchen, die ihr mit solcher Wucht ins Gesicht schlugen, dass sie weder denken noch irgendeinen Sinn erkennen konnte. Haltlos weinend, fiel sie auf die Knie und brach mitten auf der Straße zusammen. Verzweifelt schrie sie: »Meine Kinder ... O Gott, meine Kinder!« Da stand plötzlich ein Mann über ihr.

»Unsere Kinder«, sagte Jason Bourne. Seine Stimme war nicht die Stimme von David Webb. »Wir verschwinden von hier. Kannst du mich verstehen?«

»Ja ... ja!« Marie drehte sich unbeholfen herum und kam auf die Füße. »David?«

»Natürlich bin ich David. Komm schon!«

»Du hast mich erschreckt ...«

»Ich erschrecke mich selber. Machen wir uns davon! Bernardine hat uns den Ausweg freigeschossen. Halte meine Hand!«

Sie rannten die Rue de Rivoli hinunter, dann nach rechts auf den Boulevard St. Michel, bis ihnen die Pariser Spaziergänger mit ihrer *nonchalance du jour* klarmachten, dass sie dem Schrecken des Meurice entronnen wären. In einer Gasse hielten sie an und umarmten sich. »Warum hast du das getan?«, fragte Marie und nahm sein Gesicht in ihre Hände. »Warum bist du von uns fortgelaufen?«

»Weil ich ohne dich besser bin, du weißt es.«

»Warst du früher nicht, David. Oder sollte ich Jason sagen?«

»Namen spielen keine Rolle, wir müssen weiter!«

»Wohin?«

»Ich bin mir nicht sicher. Aber wir können uns bewegen, das ist wichtig. Es gibt einen Ausweg. Bernardine hat ihn uns gewiesen.«

»War er der alte Franzose?«

»Lass uns nicht über ihn sprechen, okay? Zumindest nicht für eine Weile. Ich bin mitgenommen genug.«

»In Ordnung, wir werden nicht über ihn reden. Dennoch, er hat Les Capucines erwähnt was meinte er damit?«

»Das ist unser Ausweg. Dort wartet ein Auto auf mich. Das hat er mir sagen wollen. Gehen wir!«

Sie rasten mit dem Peugeot in Richtung Süden aus Paris nach Villeneuve-St.-Georges. Marie saß dicht neben ihrem Mann. Ihre Körper berührten sich, und ihre Hand hielt seinen Arm umklammert. Es machte sie jedoch ganz krank, als sie merkte, dass die Wärme, die sie ihm geben wollte, nicht in gleichem Maße erwidert wurde. Nur ein Teil des Mannes hinter dem Steuer war ihr David, der Rest von ihm war Jason Bourne, und der hatte jetzt das Kommando.

»Um Gottes willen, rede mit mir!«, rief sie.

»Ich denke … Warum bist du nach Paris gekommen?«

»Guter Gott!«, explodierte Marie. »Um dich zu finden, dir zu helfen!«

»Ich bin sicher, du dachtest, es wäre richtig … War es aber nicht.«

»Wieder diese Stimme«, protestierte Marie. »Dieser verdammte körperlose Ton in deiner Stimme! Wer, zum Teufel, glaubst du, dass du bist, um so ein Urteil zu fällen? Gott? Um es klar zu sagen – nein, nicht klar, sondern brutal –, es gibt Dinge, an die du dich nicht erinnerst, Liebling.«

»Nicht bezüglich Paris«, widersprach Jason. »Ich erinnere mich an alles in Paris. Alles.«

»Da war dein Freund Bernardine anderer Meinung! Er sagte mir, dass du niemals das Meurice gewählt hättest, wenn es so wäre.«

»Was?« Bourne warf seiner Frau einen kurzen, strengen Blick zu. »Denke nach. Wie bist du auf das Meurice gekommen …?«

»Ich weiß nicht … Ich bin nicht sicher. Es ist ein Hotel. Mir fiel der Name gerade ein.«

»Denke nach. Was geschah vor Jahren im Meurice – direkt vor dem Meurice?«

»Ich – ich weiß, dass was passierte … Du?«

»Ja, mein Lieber, ich. Ich stand dort unter falschem Namen, und du kamst, um mich zu treffen, und wir gingen zu dem Zeitungskiosk an der Ecke, wo wir beide in einem schrecklichen Augenblick wussten, dass mein Leben niemals mehr dasselbe sein würde – mit dir oder ohne dich.«

»O Gott! Die Zeitungen – dein Foto auf allen Titelblättern. Du warst die Beamtin der kanadischen Regierung, die …«

»Die entkommene kanadische Betriebswirtin«, unterbrach Marie, »wegen mehrerer Morde in Zürich im Zusammenhang mit dem Diebstahl mehrerer Millionen von Schweizer Banken von den Behörden in ganz Europa gejagt! Solche Schlagzeilen verlassen einen niemals, oder? Sie können widerlegt werden, eindeutig widerlegt werden, aber dennoch gibt es leise Zweifel. Wo Rauch ist, ist auch Feuer, so heißt es doch, glaube ich. Meine eigenen Kollegen in Ottawa … teure, sehr teure Freunde, mit denen ich jahrelang zusammen gearbeitet hatte … hatten Angst, mit mir zu reden!«

»Warte einen Moment!«, rief Bourne, und sein Blick streift erneut Davids Frau. »Sie waren falsch – es war der Treadstone-Trick, um mich hereinzuziehen, du hattest das begriffen, ich nicht!«

»Natürlich hatte ich es begriffen, weil du so angespannt warst, dass du es nicht sehen konntest. Mir machte das damals nichts aus, weil ich mich dazu entschlossen hatte – mit einem sehr präzisen, analytischen Verstand, einem Verstand, der es jederzeit mit deinem aufnimmt, mein lieber Schüler.«

»Was?«

»Pass auf die Straße auf! Du hast die Abzweigung verfehlt, genau wie du die zu unserer Hütte verfehlt hast, vor ein paar Tagen – oder vor ein paar Jahren?«

»Wovon, zum Teufel, sprichst du?«

»Von dem kleinen Restaurant außerhalb von Barbizon. Du hast sie höflich gebeten, das Feuer im Speisezimmer anzuzünden – wir waren die einzigen Leute dort. Es war das dritte Mal, dass ich durch die Maske von Jason Bourne jemand anders sah, jemanden, in den ich mich furchtbar verliebt hatte.«

»Tu mir das nicht an.«

»Ich muss, David. Und wenn nur für mich allein. Ich muss wissen, dass du da bist.«

Schweigen. Eine Kehrtwendung auf der Landstraße, und der Fahrer trat das Gaspedal bis zum äußersten durch. »Ich bin hier«, flüsterte der Ehemann, hob den rechten Arm und zog sie an sich. »Ich weiß nicht, für wie lange, aber ich bin hier.«

»Beeil dich, Liebling.«

»Tue ich. Ich will dich nur in meinen Armen halten.«

»Und ich will die Kinder anrufen.«

»Jetzt weiß ich, dass ich hier bin.«

28.

»Du wirst uns alle sagen, was wir wissen wollen, freiwillig, oder wir schicken dich auf eine chemische Umlaufbahn, gegen die Panovs Ausflug ein Spaziergang war«, sagte Peter Holland, Direktor der CIA. Seine ruhige, monotone Stimme war so hart und glatt wie polierter Granit. »Außerdem will ich dir den Extremfall erläutern, bis zu dem ich bereit bin zu gehen, weil ich aus der alten Schule bin. Ich scheiße auf Regeln, die nichts taugen. Wenn du mich verarscht, dann werde ich dich lebendig begraben, hundert Kilometer vor der Küste von Kap Hatteras in einer Torpedohülle. Drücke ich mich deutlich aus?«

Der *capo subordinato* mit dickem Gipsverband um den linken Arm und das rechte Bein lag in einem Bett des ansonsten leeren Krankenzimmers von Langley. Der DCI hatte das Personal zu seinem eigenen Besten außer Hörweite geschickt. Das bereits von Natur aus breite Gesicht des Mafioso war durch Schwellungen an beiden Augen und seinen breiten Lippen noch vergrößert worden, das Ergebnis der Bekanntschaft seines Kopfes mit dem Armaturenbrett, als Mo Panov den Wagen gegen eine Eiche in Maryland gesteuert hatte. Er sah zu Holland auf, und sein Blick unter den schweren Lidern glitt zu Alexander Conklin hinüber, der in einem Stuhl saß und seinen ewigen Stock zwischen seinen unruhigen Händen hatte.

»Sie haben kein Recht, Mr. Großkopf«, sagte der Capo mürrisch. »Weil ich Rechte habe, Sie verstehen, was ich meine?«

»Die hatte der Doktor auch, und ihr habt sie missachtet – Himmel, und wie ihr sie missachtet habt!«

»Ohne meinen Anwalt brauche ich kein Wort zu sagen.«

»Wo war Panovs Anwalt, verflucht?«, schrie Alex und stieß mit dem Stock auf den Boden.

»So geht's nicht«, protestierte der Patient und versuchte, seine Augenbrauen indigniert zu heben. »Außerdem war ich gut zum Doktor, und er hat meine Güte ausgenutzt, so wahr mir Gott helfe!«

»Du bist ein Witz«, sagte Holland. »Der Entwurf für einen Witz, aber in keiner Weise amüsant. Es gibt keine Anwälte hier, nur uns drei, und eine Torpedohülle scheint für deine Zukunft bereit zu sein.«

»Was wollen Sie von mir?«, schrie der Mafioso. »Was weiß ich schon? Ich tue nur, was mir gesagt wird, wie es mein Bruder getan hat – möge er in Frieden ruhen –, und mein Vater – möge er auch in Frieden ruhen –, und wahrscheinlich dessen Vater, über den ich nichts weiß.«

»Es ist wie mit den aufeinander folgenden Generationen bei der Wohlfahrt, nicht wahr?«, bemerkte Conklin. »Die Parasiten verzichten niemals auf die Stütze.«

»He, Sie sprechen über meine Familie – was immer Sie da reden.«

»Meine Entschuldigung an Ihre Heraldik«, fügte Alex hinzu.

»Und genau an dieser deiner Familie sind wir interessiert, Augie«, flocht der DCI ein. »Du heißt doch Augie, oder? Stand auf einem der fünf Führerscheine, und wir dachten, er sähe am echtesten aus.«

»Sie sind doch nicht so großartig, Mr. Großkopf!«, spuckte der bewegungsunfähige Patient zwischen den schmerzhaft geschwollenen Lippen hervor. »Die waren alle falsch.«

»Aber irgendwie müssen wir dich nennen«, sagte Holland. »Und wenn nur, um es in die Torpedohülle einzubrennen, die wir vor Hatteras versenken werden, damit dir irgendein kahlköpfiger Archäologe in ein paar tausend Jahren eine Identität geben kann, wenn er dir die Zähne vermessen wird.«

»Wie wär's mit Chauncy?«, fragte Conklin.

»Zu menschlich«, antwortete Peter. »Mir gefällt Arschloch, denn das ist er. Er wird in eine Röhre gesteckt und über dem Kontinentalschelf ins Meer geworfen, wo es siebentausend Meter tief ist – für Verbrechen, die andere begangen haben. Ich denke, so einer ist ein Arschloch.«

»Vergiss es!«, röhrte das Arschloch. »Also gut, mein Name ist Nicolo … Nicholas Dellacroce, und schon dafür müsst ihr mir Schutz geben! Wie dem Valachi, das gehört zum Deal.«

»Wirklich?« Holland runzelte die Stirn. »Ich kann mich nicht erinnern, dergleichen gesagt zu haben.«

»Dann bekommen Sie nichts …!«

»Falsch, Nicky«, unterbrach ihn Alex vom anderen Ende des Zimmers. »Wir werden alles bekommen, was wir wollen, der einzige Nachteil dabei ist, dass es ein einmaliger Schuss ist, den wir dir verpassen. Wir werden dich dann nicht mehr ins Kreuzverhör nehmen oder vor Gericht bringen können, und du wirst auch keine eidesstattliche Erklärung mehr unterschreiben können.«

»He?«

»Du kommst als Gemüse raus, mit frisch gebackenem Hirn. Ich kann mir natürlich denken, dass es in gewisser Weise von Vorteil wäre. Du wirst kaum etwas merken, wenn du in die Röhre gepackt wirst.«

»He, wovon redet ihr?«

»Einfache Logik«, antwortete der ehemalige Marinekommandant und gegenwärtige Chef der CIA. »Wenn unser Ärzteteam mit dir fertig ist, kannst du ja nicht von uns erwarten, dich hier rumliegen zu lassen, oder? Eine Autopsie würde uns für dreißig Jahre in die Wüste schicken, und ehrlich gesagt, habe ich dafür keine Zeit … Was denn nun, Nicky? Willst du mit uns sprechen, oder willst du einen Priester?«

»Ich hab gedacht …«

»Gehen wir, Alex«, sagte Holland kurz und ging vom Bett in Richtung Tür. »Ich schicke ihm einen Priester. Dieser Hurensohn wird jeden nur möglichen Trost brauchen können.«

»In solchen Momenten«, fügte Conklin hinzu, als er seinen Stock auf den Boden stemmte und aufstand, »denke ich ernsthaft über die Unmenschlichkeit des Menschen gegenüber dem Menschen nach. Dann rationalisiere ich: Es ist nicht die Brutalität, denn das ist nur eine beschreibende Abstraktion, es ist das Alltägliche in dem Geschäft, in dem wir alle stecken. Und dennoch ist da das Individuum – sein Verstand und sein Fleisch und seine furchtbar empfindlichen Nervenenden. Es ist der unerträgliche Schmerz. Dem Himmel sei Dank, dass ich immer im Hintergrund geblieben bin, außer Reichweite – wie die Genossen von Nicky. Sie speisen in eleganten Restaurants, und er fliegt in einer Röhre über dem Kontinentalschelf sieben Kilometer tief ins Meer, und sein Körper fällt in sich zusammen.«

»Es reicht, es reicht!«, schrie Nicolo Dellacroce. Er wand sich im Bett, und sein fetter Körper verwickelte sich in die Laken. »Stellen Sie schon Ihre verdammten Fragen, aber Sie geben mir Schutz, *capiscono*?«

»Das hängt vom Wahrheitsgehalt deiner Antworten ab«, sagte Holland und kam zurück zum Bett.

»Ich würde mich tatsächlich sehr an die Wahrheit halten, Nicky«, bemerkte Alex, als er wieder zu seinem Stuhl humpelte. »Eine falsche Aussage, und du schläfst bei den Fischen …«

»Ich brauch keine Nachhilfe, ich weiß, worauf es ankommt.«

»Lass uns anfangen, Mr. Dellacroce«, sagte der CIA-Chef. Er nahm ein kleines Aufnahmegerät aus der Tasche, prüfte die Batterie und stellte es auf den hohen, weißen Tisch neben dem Bett des Patienten. Er zog einen Stuhl heran und sprach weiter, wobei er die einleitenden Bemerkungen zum Mikro hin formulierte.

»Mein Name ist Admiral Peter Holland, gegenwärtig Direktor der CIA, wenn notwendig, Überpüfung der Stimme. Dies ist ein Interview mit einem Informanten, den wir John Smith nennen wollen, Stimmenverzerrung für das Interagentur-Originalband einspielen, Identifizierung für die geheimen Akten des DCI … Gut, Mr. Smith, wir lassen den ganzen Scheiß beiseite und kommen gleich zur wichtigsten Frage. Ich werde sie zu Ihrem Schutz so allgemein wie möglich halten, aber Sie werden genau wissen, worauf ich mich beziehe, und ich erwarte präzise Antworten … Für wen arbeiten Sie?«

»Atlas Coin Vending Machines, Long Island City«, antwortete Dellacroce undeutlich und mürrisch.

»Wem gehört die Firma?«

»Mir jedenfalls nicht. Die meisten von uns arbeiten von zu Hause aus – so etwa fünfzehn, vielleicht zwanzig Jungs, verstehen Sie, was ich meine? Wir pflegen die Maschinen und schicken unsere Berichte ein.«

Holland äugte zu Conklin hinüber. Mit seiner Antwort hat sich der Mafioso in einen großen Kreis potenzieller Informanten gestellt. Nicolo war kein Neuling.

»Wer unterschreibt Ihre Gehaltsschecks, Mr. Smith?«

»Ein Mr. Louis DeFazio, ein sehr ehrenwerter Geschäftsmann, so weit ich weiß. Er gibt uns unsere Aufträge.«

»Wissen Sie, wo er wohnt?«

»Brooklyn Heights. Am Fluss, glaube ich, hat mal jemand gesagt.«

»Was war Ihr Ziel, als Sie von unseren Leuten abgefangen wurden?« Dellacroce zuckte zusammen und schloss kurz die Augen, bevor er antwortete. »Einer dieser Suff-und-Drogen-Tanks irgendwo im Süden von Philly – was Sie schon wissen, Mr. Großkopf, weil Sie die Karte im Auto gefunden haben.«

Holland griff ärgerlich nach dem Aufnahmegerät und stellte es ab. »Du bist auf dem Weg nach Hatteras, du Hurensohn!«

»He, Sie bekommen Ihre Informationen auf Ihre Weise, und ich gebe sie auf meine Weise, okay? Da war eine Karte – es gibt immer Karten –, und jeder von uns muss diese Scheißlandstraßen zum Zielort nehmen, als würde man den Präsidenten oder einen *don superiore* zu einem Treffen in den Apalachen fahren … Geben Sie mir den Block mal rüber und einen Bleistift, und ich gebe Ihnen den Ort genau, mitsamt dem Messingschild an der steinernen Pforte.« Der Mafioso hob den Arm ohne Gips und richtete den Zeigefinger auf den DCI. »Ich werde richtig aussagen, Mr. Großkopf, weil ich nicht mit den Fischen schlafen will, *capisce*?«

»Aber du willst es nicht auf Band sprechen«, sagte Holland mit irritierter Veränderung des Tons. »Warum nicht?«

»Band, Scheiße! Wie haben Sie es genannt? Interagentur-

Originalscheiß? Was glauben Sie eigentlich ... dass unsere Hacker hier nicht reinkommen? Haha! Euer verdammter Doktor könnte einer von uns sein!«

»Ist er aber nicht, aber wir kommen noch auf einen Armeearzt, der es ist.« Peter Holland griff zu dem Block und dem Stift auf dem Tisch neben dem Bett und reichte beides Dellacroce. Er widersprach nicht, als er den Recorder wieder einstellte. Das Geplänkel war vorbei, es wurde ernst.

In New York City, in der 138. Straße zwischen Broadway und Amsterdam Avenue, dem Zentrum von Harlem, schwankte ein großer, ungepflegter Schwarzer, etwa Mitte Dreißig, den Bürgersteig entlang. Er torkelte gegen die abbröckelnde Ziegelsteinmauer eines heruntergekommenen Wohnblocks und schlug auf das Pflaster, mit ausgestreckten Beinen, das unrasierte Gesicht an den rechten Kragen seines abgewetzten Armeehemdes gewinkelt.

»Bei dem Anblick, der sich mir bietet«, sagte er ruhig in das Minimicro unter dem Kragen, »könnte man denken, ich sei ins Einkaufszentrum der weißen Geldsäcke von Palm Springs geraten.«

»Du machst es wunderbar«, kam eine metallische Stimme über den winzigen Lautsprecher am hinteren Kragen des Agenten.

»Wir haben das Gelände gesichert. Wir werden dich gut im Auge behalten. Der Anrufbeantworter hier ist so voll, dass er schon dampft.«

»Wie seid ihr beiden Süßen in das Loch da drüben gekommen?«

»Sehr früh am Morgen, so früh, dass uns niemand angesehen hat.«

»Schade, dass ich nicht warten kann, um euch wieder rauskommen zu sehen. Ist ja 'n richtiggehendes Nadelöhr, wie ich das sehe. Übrigens, sind die Bullen in diesem Abschnitt auf dem Laufenden? Ich hätte es gar nicht gerne, wenn sie mich mit der Borste im Gesicht einkassieren würden. Es juckt wie verrückt, und meine frischgebackene Ehefrau kann das gar nicht leiden.«

»Wärst du mal bei deiner ersten geblieben, Kumpel.«

»Du komischer kleiner Weißer. Sie mochte weder meine Arbeitszeiten noch die ganze Reiserei. Wenn ich zum Beispiel gleich für'n paar Wochen zwei, drei Spielchen in Simbabwe machen musste. Antworte mir.«

»Die Blauröcke haben deine Beschreibung und das Szenario. Du unterstehst der Bundesregierung. Sie werden dich also in Ruhe lassen … Bleib dran! Gespräch beendet. Da kommt er. Das muss unser Mann sein … Er hat eine Telefontasche an seinem Gürtel … Er ist es. Er geht auf den Eingang zu. Jetzt liegt's an dir, Kaiser Jones.«

»Du komischer kleiner Weißer … Ich seh ihn jetzt auch und kann euch sagen, dass er weich wie *mousse au chocolat* ist. Der scheißt sich in die Hosen, ehe er in den Palast da reingeht.«

»Was heißt, dass er echt ist«, sagte die metallische Stimme. »Das ist gut.«

»Das ist schlecht, Junior«, entgegnete der Schwarze sofort. »Wenn du Recht hast, dann weiß er gar nichts, und die Schichten zwischen ihm und der Quelle sind so dick wie Grönlandeis.«

»Und wie willst du's dann rausbekommen?«

»Ich muss die Nummern sehen, wenn er sie in sein Sorgenkind eingibt.«

»Was heißt das, verflucht?«

»Er mag echt sein, aber er hat auch eine höllische Angst und nicht wegen des Gebäudes.«

»Was soll das heißen?«

»Man sieht es ihm an. Er könnte falsche Nummern eingeben, wenn er meint, dass man ihm folgt, und er sich beobachtet glaubt.«

»Kapier ich nicht, Kumpel.«

»Er muss die Zahlen eingeben, die mit der Datenzentrale übereinstimmen, damit die Relais aktiviert werden können …«

»Oh, vergiss es«, sagte die Stimme in seinem Kragen. »Das kapier ich doch nicht. Übrigens haben wir einen Mann in der Company, Reco sowieso. Er wartet auf dich.«

»Dann habe ich wohl Arbeit. Aus, aber ihr behaltet mich

dran.« Der Agent erhob sich vom Pflaster und ging heftig wankend in das zerfallene Gebäude. Der Telefonfachmann hatte bereits den zweiten Stock erreicht, wo er nach rechts in einen schmalen, schmutzigen Korridor einbog. Er war offenbar schon früher hier gewesen, denn er lief, ohne zu zögern und ohne auf die kaum lesbaren Namensschilder an den Türen zu achten. Die Dinge würden doch nicht so schwierig sein, dachte der CIA-Mann, dankbar, dass sein Auftrag nicht in seinen Bereich gehörte. Bereich? Scheiße, die Sache war illegal.

Der Agent nahm drei Stufen auf einmal, wobei seine Schuhe mit den dicken Gummisohlen das Geräusch auf das unvermeidliche Knarren einer alten Treppe reduzierten. Mit dem Rücken an der Wand schielte er um die Ecke des Treppenhauses, das mit Abfall übersät war, und beobachtete den Telefonmann, wie er drei verschiedene Schlüssel in drei waagerechte Schlüssellöcher steckte, alle nacheinander umdrehte und in die letzte Tür zur Linken ging. In dem Augenblick, wo er die Tür hinter sich geschlossen hatte, lief er leise den Korridor entlang und blieb bewegungslos horchend stehen. Nicht großartig, aber auch nicht schlimm, dachte er bei dem Geräusch nur eines Schlüssels, der gedreht wurde. Der Reparateur war in Eile. Er drückte sein Ohr an die abblätternde Farbe der Tür und hielt den Atem an, damit das Echo seiner Lungen nicht das Hören störte. Dreißig Sekunden später drehte er den Kopf zur Seite, ließ die Luft aus seinen Lungen entweichen und atmete erneut tief ein, bevor er den Kopf wieder an die Tür drückte. Obwohl gedämpft, hörte er die Worte doch deutlich genug, um sich einen Reim machen zu können.

»Zentrale, hier ist Mike oben in der 138. Straße, Sektion zwölf, Maschine sechzehn. Da muss noch eine Einheit in diesem Haus sein, was ich allerdings nicht glauben kann, selbst wenn ihr's mir sagen würdet.« Das folgende Schweigen dauerte vielleicht weitere zwanzig Sekunden … »Haben wir nicht, was? Tja, da ist eine Interferenz, und das verstehe ich nicht … Was? Fernsehkabel? Glaub nicht, dass hier jemand dafür die Kohle hat … Oh, ich verstehe, Bruder. Das Bezirkskabel. Die

Drogenjungs wohnen oben, nicht wahr? Ihre Adresse mag nicht nobel sein, aber wenn du in ihre Wohnungen kommst, dann haben sie die tollsten Sachen dastehen … Geh also raus aus der Leitung und leite sie um. Ich warte solange, bis ich das Klarzeichen bekomme. Okay, Bruder?«

Der Agent wandte erneut den Kopf zur Seite und atmete wieder aus, diesmal erleichtert. Er konnte sich davonmachen, ohne Konfrontation. Er hatte alles, was er brauchte. 138. Straße, Sektion zwölf, Maschine sechzehn, und sie kannten die Firma, die das Zeug geliefert hatte. Die Reco-Metropolitan Company, Sheridan Square, New York. Er ging zurück zu der verrotteten Treppe und hob den Kragen seines Armeehemdes.

»Falls ich von einem LKW überfahren werde, hier die Information. Hört ihr?«

»Laut und deutlich, Kaiser Jones.«

»Es ist Maschine sechzehn in Sektion zwölf, wie sie es nennen.«

»Erhalten! Du hast deine Mark verdient heute!«

»Ihr könntet wenigstens sagen: Hervorragend, alter Knabe.«

»Na, du bist der Kerl, der studiert hat, nicht ich.«

»Manche von uns sind überqualifiziert … Warte mal. Ich hab Gesellschaft bekommen!«

Unten am Fuß der Treppe erschien ein kleiner, stämmiger schwarzer Mann, mit hervortretenden Augen, der mit einer Knarre in der Hand nach oben sah. Der CIA-Mann warf sich hinter die Ecke, als vier Schüsse durch den Korridor pfiffen. Der Agent machte einen Sprung über den offenen Zwischenraum. Er hatte seinen Revolver herausgerissen und feuerte zweimal, aber einer hätte schon gereicht. Sein Gegner stürzte auf den Boden des schmutzigen Eingangs.

»Ich habe einen Querschläger ins Bein gekriegt!«, schrie der Agent. »Aber er liegt flach – mausetot oder nicht, das kann ich nicht sagen. Bestellt den Wagen und holt uns beide ab. *Pronto.*«

»Auf dem Weg. Bleib dran.«

Es war kurz nach acht. Uhr am nächsten Morgen, als Alex Conklin ins Büro von Peter Holland gehinkt kam. Die Wächter am CIA-Tor waren beeindruckt, dass er sofortigen Zutritt beim Direktor erhielt.

»Was Neues?«, fragte der DCI und sah von seinen Papieren auf dem Tisch hoch.

»Nichts«, antwortete der ehemalige CIA-Agent verärgert. Statt einen Stuhl zu nehmen, ging er zum Sofa. »Nicht das Allergeringste. Himmel, was für ein beschissener Tag, und er hat noch nicht einmal richtig begonnen! Casset und Valentino sitzen im Keller und schicken Fragen an alle nur denkbaren Pariser Kanäle, aber nichts bisher … Sieh dir doch nur mal das Szenario an und nenn mir einen roten Faden! Swayne, Armbruster, DeSole – unser stummer Saukerl. Dann, um Himmels willen, Teagarten mit Bournes Visitenkarte, wo wir verdammt genau wissen, dass es eine vom Schakal für Jason gestellte Falle ist. Aber nirgends eine Logik, die Carlos an Teagarten und darüber an Medusa bindet. Nichts ergibt einen Sinn, Peter. Wir haben keinerlei Anhaltspunkte – ist alles den Bach runter!«

»Beruhige dich«, sagte Peter sanft.

»Wie denn? Bourne ist verschwunden – ich meine, wirklich verschwunden, wenn er nicht tot ist. Und es gibt keine Spur von Marie, kein Wort von ihr, und dann hören wir, dass Bernardine vor ein paar Stunden bei einem Schusswechsel in der Rivoli getötet worden ist – mein Gott, am helllichten Tag. Und das heißt, dass Jason dort war – er muss dort gewesen sein!«

»Da aber keiner von den Toten oder Verwundeten seiner Beschreibung entspricht, können wir davon ausgehen, dass er davongekommen ist, oder?«

»Wir können es hoffen, ja.«

»Du hast nach dem roten Faden gefragt«, überlegte der DCI. »Ich bin nicht sicher, ob ich dir den liefern kann, aber so was ähnliches …«

»New York?« Conklin beugte sich auf der Couch vor. »Der Anrufbeantworter? Dieser DeFazio in Brooklyn Heights?«

»Wir kommen noch zu New York … Aber jetzt wollen wir

uns erst mal auf deinen Faden konzentrieren, auf einen Anhaltspunkt, wie du gesagt hast.«

»Ich bin ja nicht gerade der Langsamste, aber wo ist er?«

Holland lehnte sich in seinen Stuhl zurück, sah zuerst auf seine Papiere auf dem Tisch und dann zu Alex hinüber. »Vor zweiundsiebzig Stunden, als du dich entschlossen hattest, mir alles auf den Tisch zu legen, sagtest du, dass die Idee hinter Bournes Strategie die wäre, den Schakal und Medusa dahin zu treiben, dass sie gemeinsame Sache machen, mit ihm als Zielscheibe. War das nicht im Grunde die Prämisse? Beide Seiten wollen ihn tot. Carlos hat zwei Gründe – Rache und die Tatsache, dass er glaubt, Bourne könnte ihn identifizieren. Die Medusa-Leute, weil er etliches über sie zusammengetragen hat.«

»Das war die Überlegung, ja«, stimmte Conklin zu und nickte. »Deshalb habe ich ein bisschen gegraben und ein paar Anrufe gemacht, wobei ich nie geglaubt hätte, zu finden, was ich gefunden habe. Mein Gott, ein internationales Kartell, vor zwanzig Jahren in Saigon entstanden und bestückt mit den höchsten Tieren aus Regierung und Militär. Das kam vollkommen unerwartet. Ich dachte, ich würde vielleicht zehn oder zwölf neureiche Millionäre finden, mit Bankkonten noch aus der Nach-Saigon-Zeit, die einer genaueren Nachforschung nicht standgehalten hätten, aber nicht das, keine neue Medusa.«

»Um es so einfach wie möglich auszudrücken«, fuhr Holland mit gerunzelter Stirn fort, wobei seine Augen abermals über seine Papiere glitten und dann zu Alex. »Sobald der Kontakt zwischen Medusa und Carlos hergestellt worden wäre, würde dem Schakal die Botschaft übermittelt, dass es da einen Mann gebe, den Medusa eliminiert haben möchte, koste es, was es wolle. So weit, so gut?«

»Der Schlüssel dabei waren Kaliber und Status desjenigen, der Carlos kontaktieren sollte«, erklärte Alex. »Es sollte einem bona fide Olympier so nahe wie möglich kommen, eine Art Kunde, wie ihn der Schakal sonst niemals bekommt und er ihn noch niemals hatte.«

»Dann wird der Name des Opfers enthüllt – sagen wir etwa

John Smith, vor Jahren bekannt unter dem Namen Jason Bourne –, und der Schakal ist am Haken. Bourne, der Mann, den er mehr als irgendjemanden sonst tot sehen will.«

»Ja. Deshalb müssen die Medusa-Leute, die Carlos kontaktieren, so solide sein, so über jeden Verdacht erhaben, dass Carlos sie akzeptieren kann, ohne irgendeine Falle in Betracht ziehen zu können.«

»Weil«, fügte der CIA-Direktor hinzu, »Jason Bourne aus der Saigon-Medusa hervorgegangen ist – eine Carlos bekannte Tatsache –, aber niemals am Reichtum der späteren, der Nachkriegs-Medusa teilhatte. Das sollte der Hintergrund des Szenarios sein, richtig?«

»Die Logik ist so einleuchtend wie nur möglich. Drei Jahre lang wurde er missbraucht und beinahe in einer dunklen Operation umgebracht, und so allmählich bekam er wahrscheinlich heraus, dass mehr als einer der Saigon-Vögel, die sich aber auch durch gar nichts ausgezeichnet hatten, in Jaguars herumfuhren und Yachten besaßen und sechsstellige Honorare kassierten, während er eine schmale Regierungsrente bezog. Das könnte die Geduld eines Heiligen auf die Probe stellen, von Barabbas ganz zu schweigen.«

»Ein wahnsinniges Libretto«, gab Holland zu und erlaubte sich den Anflug eines Lächelns. »Ich kann hören, wie die Tenöre zum Triumphgesang anheben und die machiavellistischen Bässe zerschmettert von der Bühne kippen … Du brauchst mich gar nicht so missbilligend anzuschauen, Alex, ich meine das ehrlich! Wirklich einfallsreich. Es ist derart zwingend, dass aus der Prophezeiung unversehens Wirklichkeit wurde.«

»Wovon sprichst du?«

»Dein Bourne hatte von Anfang an Recht. Alles lief genauso, wie er es vorausgesehen hat, aber nicht auch auf die Art und Weise, wie er es sich ausgemalt hat. Weil die Sache derartig zwingend war, muss es irgendwo so etwas wie eine Überkreuz-Befruchtung gegeben haben.«

»Steig bitte vom Mars herunter und erkläre dich einem Irdischen, Peter.«

»Medusa benutzt den Schakal! Jetzt. Teagartens Ermordung beweist das, es sei denn, du würdest behaupten wollen, dass Bourne den Wagen außerhalb von Brüssel in die Luft gejagt hat.«

»Natürlich nicht.«

»Also muss Carlos' Name einem Medusa-Mann untergekommen sein, der über Jason Bourne Bescheid weiß. Nur so kann es zusammenhängen. Du hast ihn doch weder Armbruster noch Swayne oder Atkinson in London gegeben, oder?«

»Natürlich nicht. Die Zeit war noch nicht reif. Wir waren noch nicht so weit, diese Drähte zu ziehen.«

»Wer bleibt also übrig?«, fragte Holland.

Alex starrte den DCI an. »Gütiger Gott«, sagte er leise. »DeSole?«

»Ja, DeSole, der arme unterbezahlte Spezialist, der sich, wenn auch scherzend, unaufhörlich darüber beklagte, dass es für einen Mann wie ihn keine Möglichkeit gebe, seine Kinder und Enkelkinder mit einem Regierungsgehalt anständig zu erziehen. Er wurde immer hinzugezogen, bei allem, was wir diskutierten, angefangen mit deinem Überfall auf uns im Konferenzzimmer.«

»Sicher, aber das blieb auf Bourne und den Schakal beschränkt. Es wurden weder Armbruster noch Swayne, weder Teagarten noch Atkinson erwähnt – die neue Medusa war damals noch gar nicht im Gespräch. Zum Teufel, Peter, auch du hast doch erst vor zweiundsiebzig Stunden davon erfahren.«

»Ja, aber DeSole wusste Bescheid, weil er sich verkauft hatte. Er war Teil davon. Er muss gewarnt worden sein. ›Pass auf. Wir sind unterwandert worden. Irgendein Verrückter sagt, er wird uns ans Licht zerren, uns auffliegen lassen.‹ … Du selbst hast mir gesagt, dass in der Panik Knöpfe gedrückt wurden, von der Handelskommission zur Wehrbeschaffung und zur Botschaft in London.«

»Sie wurden gedrückt«, stimmte Conklin zu. »So sehr, dass zwei davon abmontiert werden mussten, zusammen mit Teagarten und unserem unzufriedenen DeSole. Der Ältestenrat der Schlangenlady hat schnell herausbekommen, wo seine wunden Punkte lagen. Aber wo passen da Carlos und Bourne hinein? Da gibt es keinen Zusammenhang.«

»Ich denke, wir waren uns schon darüber einig?«

»DeSole?« Conklin schüttelte den Kopf. »Das ist ein anziehender Gedanke, aber er hält nicht. Er konnte nicht annehmen, dass ich über Medusas Unterwanderung Bescheid wusste, weil wir noch gar nicht damit begonnen hatten.«

»Aber als du es tatest, hätte ihn die schnelle Abfolge beunruhigen müssen, und wenn nur in dem Sinne, dass, obwohl die Dinge weit auseinander lagen, die Sache sich derartig beschleunigte. Was war es denn? Eine Sache von Stunden?«

»Weniger als vierundzwanzig Stunden … Dennoch hatte das eine nichts mit dem anderen zu tun.«

»Für den Analytiker der Analytiker vielleicht doch«, entgegnete Holland. »Wenn was wie eine alte Ente läuft und sich wie eine alte Ente anhört, muss du nach einer alten Ente Ausschau halten. Ich vermute einfach mal, dass DeSole irgendwann im Verlauf der Angelegenheit die Verbindung zwischen Jason Bourne und dem Verrückten gezogen hat, der Medusa infiltriert hatte – die neue Medusa.«

»Wie, um Himmels willen?«

»Ich weiß es nicht Vielleicht, weil du uns erzählt hast, dass Bourne aus der alten Medusa in Saigon hervorgegangen ist – das ist doch eine verteufelt gute Verbindung.«

»Mein Gott, vielleicht hast du Recht«, sagte Alex und ließ sich in die Couch zurückfallen. »Die Triebfeder, die wir unserem namenlosen Verrückten gaben, war, dass er von der neuen Medusa ferngehalten worden war. Ich hab es selbst bei jedem Telefonanruf gesagt: Er hat Jahre damit zugebracht, alles zusammenzupuzzeln … Er hat die Namen und die Rangbezeichnungen und die Banken in Zürich … Himmel, ich bin blind! Ich habe diese Dinge zu total fremden Leuten gesagt, bei einer telefonischen Angelexpedition, und habe nie auch nur daran gedacht, dass ich Bournes Verbindung zu Medusa erwähnt habe, als DeSole dabei war.«

»Warum hättest du daran denken sollen? Du und dein Mann, ihr hattet euch entschlossen, ein eigenes Spiel ganz für euch allein zu spielen.«

»Die Gründe waren ziemlich solide«, unterbrach Conklin. »Und ich dachte, dass auch du ein Medusa-Mann wärst.«

»Danke tausendmal.«

»Komm schon, hör auf damit. ›Wir haben einen Topmann draußen in Langley‹ ... das waren die Worte, die ich von London hörte. Was würdest du gedacht haben, was würdest du getan haben?«

»Genau das, was du getan hast«, antwortete Holland, ein dünnes Lächeln auf den Lippen. »Aber von dir wird angenommen, dass du so viel glänzender bist, so viel cleverer, als man es von mir annimmt.«

»Danke tausendmal.«

»Sei nicht zu hart mit dir selbst. Du hast getan, was jeder von uns an deiner Stelle auch getan hätte.«

»Dafür danke ich dir wirklich. Und du hast natürlich Recht. Es muss DeSole gewesen sein. Wie er es gemacht hat, weiß ich nicht, aber er muss es gewesen sein. Er hat niemals wirklich irgendetwas vergessen. Das weißt du. Sein Verstand war ein Schwamm, der alles absorbierte und niemals wieder etwas abgab. Er konnte sich an Worte und Sätze erinnern, selbst an ein spontanes Grunzen der Zustimmung oder Ablehnung, was alle anderen längst vergessen hatten ... Und ihm habe ich die ganze Bourne-Schakal-Geschichte geliefert – und dann hat es jemand von Medusa in Brüssel verwendet.«

»Sie haben noch mehr als das getan, Alex«, sagte Holland. Er beugte sich in seinem Stuhl vor und nahm mehrere Papiere von seinem Tisch. »Sie haben euer Szenario geklaut, eure Strategie gestohlen. Sie haben Jason Bourne und Carlos, den Schakal, aufeinander gehetzt. Aber statt dass ihr die Zügel in der Hand habt, steuert Medusa die Geschichte. Bourne ist wieder genau da, wo er schon vor dreizehn Jahren war, vielleicht mit seiner Frau, vielleicht auch nicht. Der einzige Unterschied ist der, dass er außer dem Schakal und Interpol und jeder anderen Polizeibehörde auf dem Kontinent, die alle bereit sind, ihn über den Jordan gehen zu lassen, diesmal noch einen tödlichen Affen im Genick hat.«

»Das ist das, was du da auf deinen Seiten stehen hast, nicht wahr? Die Information aus New York?«

»Ich kann es nicht garantieren, aber ich denke es. Es ist der Überkreuz-Befruchter, von dem ich vorhin sprach. Die Biene, die von einer verrotteten Blume zur nächsten fliegt und Gift mit sich trägt.«

»Etwas genauer, bitte.«

»Nicolo Dellacroce und seine Höhergestellten.«

»Die Mafia?«

»Es ist folgerichtig, wenn auch sozial nicht akzeptabel. Medusa ging aus dem Offizierskorps in Saigon hervor, und das delegiert immer noch seine schmutzige Arbeit an hungrige Schweine und korrupte Freischaffende. Sieh dir die Leute an wie Nicky D. und Männer wie Sergeant Flannagan. Wenn's ums Killen oder Kidnappen geht oder um die Anwendung von Drogen bei Gefangenen, dann bleiben die Jungs mit den steifen Hemdkragen hübsch im Hintergrund. Dann sind sie nirgends zu finden.«

»Aber ich nehme an, dass du sie gefunden hast«, sagte der ungeduldige Conklin.

»Nochmals, ich *glaube es* – unsere Leute stehen in engem, geheimem Kontakt mit der New Yorker Antiverbrechensabteilung, insbesondere einer Einheit, die US-Platoon genannt wird.«

»Nie gehört.«

»Sind hauptsächlich italienische Amerikaner, haben sich selbst die ›Unberührbaren Sizilianer‹ genannt. Auf diese Weise haben die Initialen US eine doppelte Bedeutung.«

»Hübsche Sache.«

»Aber keine hübsche Arbeit … Laut der Rechnungslisten der Reco-Metropolitan …«

»Der was?«

»Der Gesellschaft, die den Anrufbeantworter in der 138. Straße in Manhattan installiert hat.«

»Ach so. Und?«

»Laut jener Listen wurde die Maschine von einer kleinen Importfirma in der 11. Avenue geleast, ein paar Blocks von den Anlegestellen entfernt. Vor einer Stunde bekamen wir die Aufzeichnung der Telefonate der vergangenen zwei Monate, und rate mal, was wir gefunden haben?«

»Spann mich nicht auf die Folter«, sagte Alex mit Betonung.

»Neun Anrufe für eine vernünftige, akzeptable Nummer in Brooklyn Heights und drei im Verlauf einer Stunde mit einer extrem unwahrscheinlichen Nummer an der Wall Street.«

»Jemand war aufgeregt ...«

»Das haben wir uns auch gedacht. Also baten wir die Sizilianer, uns das zu geben, was sie über Brooklyn Heights hatten.«

»DeFazio?«

»Sagen wir mal so: Er lebt dort, aber das Telefon ist auf die Firma Atlas Coin Vending Machines Company in Long Island eingetragen.«

»Das passt. Dumm, aber es passt: Was ist mit DeFazio?«

»Ein mittlerer, aber ambitiöser Capo aus der Giancavallo-Familie. Sehr verschlossen, sehr getarnt, sehr boshaft ... und sehr schwul.«

»Lieber Gott!«

»Die Unberührbaren haben uns zu Stillschweigen verpflichtet. Sie beabsichtigen, die Sache selbst zu erledigen.«

»Scheiße«, sagte Conklin leise. »Eines der ersten Dinge, die wir in unserem Geschäft lernen, ist doch, alle und jeden anzulügen, besonders solche Leute, die dämlich genug sind, uns zu vertrauen. Was ist mit dem anderen Telefon, dem unwahrscheinlichen?«

»So in etwa die mächtigste Anwaltsfirma der Wall Street.«

»Medusa«, folgerte Conklin entschieden.

»So habe ich es auch verstanden. Sie haben sechsundsiebzig Anwälte auf zwei Stockwerken des Gebäudes. Wer ist es? Wer von ihnen gehört dazu?«

»Ich scheiß drauf! Wir stellen DeFazio nach und allem, was er nach Paris schickt. Nach Europa, um den Schakal zu füttern. Sie sind die auf Jason gerichteten Knarren, und das ist alles, was mich kümmert. Kümmer du dich um DeFazio. Er ist der Mann mit dem Vertrag!«

Peter Holland lehnte sich in seinem Stuhl zurück, steif und angespannt.

»Es musste dazu kommen, Alex, nicht wahr?«, fragte er ruhig. »Wir beide haben unsere Prioritäten ... Ich würde alles innerhalb meiner Fähigkeiten tun, das Leben von Jason Bourne und seiner Frau zu retten, aber niemals würde ich den Eid verletzen, in erster Linie mein Land zu verteidigen. Das kann ich nicht, und ich nehme an, du weißt das. Meine Priorität ist Medusa, nach deinen Worten ein weltweites Kartell, das beabsichtigt, hier ein Staat im Staate zu werden, die Regierung zu unterlaufen. Dem muss ich nachgehen. In erster Linie und sofort und ohne Rücksicht auf Verluste. Um es deutlich zu sagen, mein Freund – und ich hoffe, du bist mein Freund –, die Bournes oder wer immer es ist, sind entbehrlich. Tut mir Leid, Alex.«

»Das ist der eigentliche Grund, weshalb du mich heute Morgen hergebeten hast, nicht wahr?«, sagte Conklin und kam, gestützt auf seinen Stock, mühsam auf die Beine.

»So ist es.«

»Du hast deinen eigenen Plan gegen Medusa – und daran können wir nicht teilhaben.«

»Nein, könnt ihr nicht. Es ist ein grundlegender Interessenkonflikt.«

»Das gebe ich zu. Wir würden alles durcheinander bringen, wenn es nur Jason und seiner Frau hilft. Natürlich ist meine persönliche und professionelle Meinung die, dass, wenn die gesamten verdammten Vereinigten Staaten die Medusa nicht mit Stumpf und Stiel herausreißen können, ohne dabei einen Mann und eine Frau zu opfern, die so viel gegeben haben, ich nicht sicher bin, ob sie viel wert sind.«

»Der Meinung bin ich auch«, sagte Holland und stand hinter seinem Tisch auf. »Aber ich habe einen Eid geschworen, es zu versuchen …«

»Habe ich noch einen Wunsch frei?«

»Alles, was ich tun kann, ohne dass es die Bekämpfung der Medusa gefährdet.«

»Wie wäre es mit zwei Plätzen in einem Militärflugzeug nach Paris unter CIA-Schutz?«

»Zwei Plätze?«

»Panov und ich. Wir sind zusammen nach Hongkong gegangen, warum nicht auch nach Paris?«

»Alex, jetzt hast du wirklich den Verstand verloren!«

»Ich glaube nicht, dass du das verstehen kannst, Peter. Mos Frau starb zehn Jahre, nachdem sie heirateten, und ich hatte niemals den Mut, es auch nur zu versuchen. Du siehst also, Jason Bourne und Marie sind die einzige Familie, die uns geblieben ist. Sie macht einen verteufelt guten Hackbraten, kann ich dir sagen.«

»Zwei Tickets nach Paris«, sagte Holland mit grauem Gesicht.

29.

Marie beobachtete, wie ihr Mann hin- und herwanderte, die Schritte überlegt, voll Energie. Wütend stampfte er zwischen dem Schreibtisch und den sonnenbeschienenen Vorhängen der beiden Fenster herum, die auf den Rasen vor der Auberge des Artistes in Barbizon hinausgingen. Es war ein Landgasthaus, an das sich Marie erinnern konnte, das aber in David Webbs Erinnerung ganz einfach nicht vorhanden war und als er ihr das sagte, schloss seine Frau für einen Moment lang die Augen und hörte eine andere Stimme, die sich vor Jahren an sie gewandt hatte:

»Vor allem muss er extremen Stress vermeiden, jede Art von Anspannung unter lebensbedrohlichen Umständen. Wenn du siehst, dass er in einen derartigen Geisteszustand gerät – und du wirst es merken, wenn du es siehst –, halt ihn auf. Verführe ihn, schlage ihn, fang an zu weinen, werde wütend … ganz egal, aber lass ihn da nicht reinrutschen.« Morris Panov, guter Freund, Arzt und so hilfreicher Therapeut meines Mannes.

Gleich nachdem sie allein waren, hatte sie versucht, ihn zu verführen. Es war ein Fehler gewesen, sogar etwas absurd, unangenehm für beide. Beide waren nicht auch nur im mindesten erregt gewesen. Dennoch war die Situation nicht wirklich peinlich geworden. Sie hatten auf dem Bett gelegen, sich in den Armen gehalten und verstanden.

»Wir sind echte Sexbolzen, was?«, sagte Marie.

»Wir waren schon einmal hier«, erwiderte David Webb sanft, »und ich habe keinen Zweifel daran, dass wir noch ein weiteres Mal herkommen werden.« Dann rollte sich Jason Bourne zur Seite und stand auf. »Ich muss eine Liste machen«, sagte er drängend, als er zu dem malerischen Bauerntisch an der Wand hinüberging, der gleichzeitig als Schreib-

und Telefontisch diente. »Wir müssen wissen, wo wir sind und wohin wir fahren.«

»Und ich muss Johnny auf Tranquility anrufen«, fügte Marie hinzu, als sie auf die Füße kam und ihr Kleid glattstrich. »Wenn ich mit ihm gesprochen habe, rede ich mit Jamie. Ich werde ihn beruhigen und ihm sagen, dass wir bald zurück sind.« Auch sie ging zum Tisch hinüber und blieb dann stehen, weil ihr Mann ihr den Weg versperrte – ihr Mann und doch nicht ihr Mann.

»Nein«, sagte Bourne leise und schüttelte den Kopf.

»Das sagst du nicht zu mir«, protestierte die Mutter und in ihren Augen blitzte Wut auf. »Vor drei Stunden auf der Rue de Rivoli hat sich alles geändert. Nichts ist mehr, wie es vorher war. Verstehst du das nicht?«

»Natürlich, aber ich kann nicht zulassen, dass du jetzt dort anrufst«, antwortete Jason.

»Gehen Sie zum Teufel, Mr. Bourne!«

»Willst du mir nicht wenigstens zuhören. Du wirst mit Johnny und Jamie sprechen, wir werden beide mit ihnen sprechen, aber nicht von hier aus und nicht, solange sie auf der Insel sind.«

»Was …?«

»Ich rufe Alex an und sag ihm, dass er sie allesamt da rausholen soll, inklusive Mrs. Cooper natürlich.«

Marie hatte ihren Mann angestarrt und verstand plötzlich. »O mein Gott, *Carlos*!«

»Ja. Seit heute Mittag hat er nur noch einen Ort, auf den er sich einschießen kann: Tranquility. Wenn er es noch nicht weiß, dann wird er es sicher bald erfahren, dass Jamie und Alison bei Johnny sind. Ich vertraue deinem Bruder und seiner persönlichen Schutztruppe, aber ich möchte trotzdem, dass sie bis zum Einbruch der Dunkelheit die Insel verlassen haben. Und ich weiß nicht, ob Carlos die Fernleitungen der Insel angezapft hat und so jeden Anruf zwischen hier und da zurückverfolgen kann, aber ich weiß genau, dass das Telefon von Alex sauber ist. Das ist der Grund, warum du jetzt nicht auf der Insel anrufen kannst.«

»Dann sprich um Himmels willen mit Alex! Worauf, zum Teufel, wartest du?«

»Ich bin nicht sicher.« Einen Moment lang lag ein leerer, panischer Blick in den Augen ihres Mannes,und es waren die Augen von David Webb, nicht die von Jason Bourne. »Ich muss eine Entscheidung treffen. Wohin schicke ich die Kinder?«

»Alex wird es wissen, Jason«, sagte Marie, und ihre Augen hielten seinem Blick stand. »Jetzt.«

»Ja … ja, natürlich. Jetzt.« Der verschleierte, geistesabwesende Blick verschwand, und Bourne griff zum Telefon.

Alexander Conklin war nicht in Vienna. Stattdessen hörte man die monotone Stimme einer Telefonistin, die wie ein Donnerschlag wirkte: »Kein Anschluss unter dieser Nummer.«

Er hatte die Nummer noch zweimal gewählt, im verzweifelten Glauben, dass die französische Telefongesellschaft einen Fehler gemacht hatte. Dann flammten Blitze auf. »Kein Anschluss unter dieser Nummer.« Zum dritten Mal.

Das Umherwandern hatte begonnen, vom Tisch zu den Fenstern und zurück. Wieder und immer wieder, die Vorhänge wurden beiseite gezogen, ängstliche Augen spähten hinaus, Sekunden später brütete er über einer wachsenden Liste von Namen und Orten. Marie schlug vor, etwas zu essen. Er hörte sie nicht, also beobachtete sie ihn schweigend von der anderen Seite des Zimmer aus.

Die schnellen, kraftvollen Bewegungen ihres Mannes waren die einer großen, beunruhigten Katze, weich, wissend, auf der Hut vor dem Unerwarteten. Es waren die Bewegungen Jason Bournes, von Delta one, nicht die von David Webb. Sie erinnerte sich an die medizinischen Aufzeichnungen, die Mo Panov zu Beginn von Davids Therapie gesammelt hatte. Viele waren voll wild divergierender Beschreibungen von Leuten, die behaupteten, sie hätten den Mann gesehen, der als das Chamäleon bekannt war, und unter den verlässlichsten von ihnen fand sich der übereinstimmende Hinweis auf die katzenartigen Bewegungen des Killers. Panov hatte damals nach Hinweisen auf Jasons Identität gesucht, denn alles, was sie anfangs hatten, waren ein Vorname und bruchstückhafte Bilder eines qualvollen Todes in Kambodscha. Mo hatte sich oft laut gefragt, ob mehr als pure Sportlichkeit hinter der physischen Gewandtheit seines Patienten stand. Seltsam genug, dass es nicht so war.

Daran dachte Marie, und sie war gleichermaßen fasziniert und abgestoßen von den physischen Unterschieden zwischen den zwei Personen, die ihr Mann war. Beide waren muskulös und anmutig, beide in der Lage, schwierige Aufgaben zu übernehmen, die physische Konzentration und Koordination verlangten, aber während Davids Kraft und Beweglichkeit ihren Ursprung in seinem natürlichen Sinn für Vollendung hatten, waren sie bei Jason angefüllt mit innerer Bosheit, ohne Freude an der Vollendung, nur feindselige Absichten. Als sie Panov darauf hingewiesen hatte, war seine Antwort lakonisch ausgefallen: »David könnte nicht töten. Bourne kann es. Dazu ist er ausgebildet.«

Dennoch war Mo froh gewesen, dass sie den unterschiedlichen ›physischen Ausdruck‹, wie er ihre Beobachtung nannte, bemerkt hatte. »Das ist ein weiterer Wegweiser für dich. Wenn du Bourne siehst, hol, so schnell du kannst, David wieder zurück. Wenn du es nicht kannst, ruf mich an.«

Sie konnte David jetzt nicht rufen, dachte sie. Um der Kinder, ihrer selbst und Davids willen wagte sie nicht, es zu versuchen.

»Ich geh etwas nach draußen«, verkündete Jason am Fenster.

»Das kannst du nicht!«, rief Marie. »Ich bitte dich inständig, lass mich nicht allein.«

Bourne legte die Stirn in Falten, sprach mit leiser Stimme, irgendein unbestimmter Konflikt in seinem Inneren. »Ich fahr nur raus zur Autobahn, um ein Telefon zu suchen, das ist alles.«

»Nimm mich mit. Bitte. Ich kann nicht länger allein bleiben.«

»Also gut … Wir brauchen sowieso einiges. Wir suchen eins von diesen Einkaufszentren und kaufen uns ein paar Sachen zum Anziehen, Zahnbürsten, einen Rasierer … und was uns sonst noch einfällt.«

»Du meinst, wir können nicht nach Paris zurück.«

»Wir können und wir werden wahrscheinlich nach Paris zurückfahren, aber nicht zu unseren Hotels. Hast du deinen Pass?«

»Pass, Geld, Kreditkarten, alles. War alles in meiner Handtasche, von der ich gar nicht wusste, dass ich sie bei mir hatte, bis du sie mir im Wagen gegeben hast.«

»Ich fand, es wäre keine sehr gute Idee gewesen, sie im Meurice zurückzulassen. Komm. Erst ein Telefon.«

»Wen rufst du an?«

»Alex.«

»Das hast du gerade versucht.«

»In seinem Appartement. Er muss aus seinem Sicherheitsbereich in Virginia rausgeflogen sein. Mo Panov erreich ich auf jeden Fall. Gehen wir.«

Sie fuhren wieder nach Süden in die kleine Stadt Corbeil-Essonnes, wo es einige Kilometer westlich von der Autobahn ein großes, neues Einkaufszentrum gab – ein Fluch für die französische Landschaft, aber ein willkommener Anblick für die Flüchtenden. Jason parkte den Wagen, und wie alle Eheleute, die spätnachmittags zum Einkaufen gingen, spazierten sie durch die Haupthalle, wobei sie verzweifelt nach einem öffentlichen Telefon Ausschau hielten.

»Verflucht, an der Autobahn war schon keins!«, sagte Bourne durch zusammengebissene Zähne hindurch. »Was meinen die eigentlich, was die Leute tun sollen, wenn sie einen Unfall oder eine Panne haben?«

»Auf die Polizei warten«, antwortete Marie. »Und außerdem gab es ein Telefon, nur war es kaputt. Da, da ist eins.«

Wieder unterwarf sich Jason der ärgerlichen Prozedur mit der Telefonistin, die keine rechte Lust hatte, ihn nach Übersee durchzustellen. Wieder Fehlanzeige, auch unter Alex' alter Privatnummer.

»Hier spricht Alex«, sagte die aufgezeichnete Stimme in der Leitung. »Ich werde eine Weile weg sein und einen Ort aufsuchen, wo in Grabesstille ein schwerer Fehler begangen wurde. Ruf mich in fünf oder sechs Stunden an. Jetzt ist es neun Uhr dreißig morgens, Eastern Standard Time. Out, Juneau.«

Verblüfft, mit rasenden Gedanken im Kopf, legte Bourne den Hörer auf und starrte Marie an. »Irgendwas ist passiert, und ich muss rausfinden, was dahintersteckt. Seine letzten Worte sind: Out, Juneau.«

»Juneau?« Marie blinzelte, ihre Lider sperrten das Licht aus ihrem Kopf aus, dann öffnete sie die Augen und sah ihren Mann an. »Alpha, Bravo, Charlie«, begann sie leise und fügte hinzu: »Alternierende Militäralphabete?« Dann sagte sie eilig: »Foxtrott, Gold ... India, *Juneau*! Juneau steht für J, und J steht für Jason! ... Wie war der Rest?«

»Er ist irgendwohin gefahren ...«

»Komm, lass uns gehen«, unterbrach sie ihn, als sie die neugierigen Gesichter zweier Männer bemerkte, die darauf warteten, das Telefon benutzen zu können. Sie packte ihn beim Arm und zog ihn von der Zelle weg. »Nichts Deutlicheres?«, fragte sie, als sie sich in den Strom der Menge einfügten.

»Es war eine Aufzeichnung: ... wo in Grabesstille ein schwerer Fehler begangen wurde.«

»Was?«

»Er sagte, ich solle in fünf oder sechs Stunden wieder anrufen, er wolle einen Ort besuchen, wo in Grabesstille – Gräber? –, mein Gott, es ist *Rambouillet*!«

»Der Friedhof ...?«

»Wo er vor dreizehn Jahren versucht hat, mich umzubringen. Das ist es! Rambouillet!«

»Nicht in fünf oder sechs Stunden«, hielt Marie dagegen. »Egal, wann er die Botschaft hinterlassen hat: Er kann nicht in fünf Stunden nach Paris fliegen und dann nach Rambouillet fahren. Er war in Washington.«

»Natürlich kann er. Das haben wir beide schon gemacht. Von der Andrews Air Force Base aus, unter diplomatischem Schutz. Peter Holland hat ihn rausgeworfen, aber er hat ihm ein Abschiedsgeschenk gemacht. Sofortige Trennung, aber einen Bonus dafür, dass er ihm Medusa gebracht hat.« Plötzlich riss Bourne das Handgelenk hoch und sah auf seine Uhr.

»Auf den Inseln ist es gerade erst Mittag. Lass uns ein anderes Telefon suchen.«

»Johnny? Tranquility? Du denkst wirklich …«

»Ich kann nicht aufhören zu denken!«, unterbrach Jason sie, hetzte voran und hielt Marie an der Hand, während sie stolpernd mit ihm Schritt hielt. »Eis«, sagte er und warf einen Blick nach rechts.

»Eiskrem?«

»Da drinnen ist ein Telefon, da drüben«, antwortete er, wurde langsamer und näherte sich den riesigen Fenstern einer Pâtisserie, die eine große Fahne über der Tür hatte, die eine Eistheke mit mehreren Dutzend Geschmacksrichtungen versprach. »Bring mir Vanille mit«, sagte er, als er sie beide in den überfüllten Laden schob.

»Vanille womit?«

»Irgendwas.«

»Du wirst nichts hören können …«

»Er wird mich hören können, das ist alles, was zählt. Lass dir Zeit, gib mir Zeit.« Bourne ging zum Telefon hinüber und verstand im gleichen Augenblick, warum es nicht besetzt war. Der Lärm im Laden war fast unerträglich.

»Mademoiselle, s'il vous plît, c'est urgent!« Drei Minuten später, die Handfläche gegen sein linkes Ohr gepresst, hatte Jason das unerwartete Vergnügen, den lästigsten Angestellten des Tranquility Inn am Apparat zu haben.

»Hier spricht Mr. Pritchard, stellvertretender Manager des Tranquility Inn. Meine Telefonzentrale hat mich darüber in Kenntnis gesetzt, dass Sie einen Notfall haben, Sir. Darf ich mich nach dem Gegenstand Ihres …«

»Sie können den Mund halten!«, rief Jason aus dem lärmenden Eiscafé in Corbeil-Essonnes in Frankreich. »Holen Sie John St. Jacques ans Telefon, *sofort*. Hier ist sein Schwager.«

»Oh, was für eine Freude, von Ihnen zu hören, Sir! So viel ist passiert, seit Sie uns verlassen haben. Ihre lieben Kinder sind bei uns, und der hübsche Junge spielt am Strand – mit mir, Sir –, und alles ist …«

»Mr. St. Jacques, bitte. Sofort!«

»Natürlich, Sir. Er ist oben …«

»Johnny?«

»David, wo *bist* du?«

»Das ist jetzt egal. Verschwindet von da, wo ihr seid. Nimm die Kinder und Mrs. Cooper und hau ab!«

»Wir wissen Bescheid, Dave. Alex Conklin hat vor ein paar Stunden angerufen und gesagt, jemand namens Holland würde Kontakt aufnehmen … Ich schätze, er ist der Oberguru von eurem Nachrichtendienst.«

»Das ist er. Hat er?«

»Ja, ungefähr zwanzig Minuten nachdem ich mit Alex gesprochen hatte. Er sagte, wir würden gegen zwei Uhr heute Nachmittag mit einem Hubschrauber ausgeflogen. Er braucht die Zeit, um die Fluggenehmigung für eine Militärmaschine zu bekommen. Mrs. Cooper war meine Idee. Dein zurückgebliebener Sohn sagt, er weiß nicht, wie Windeln gewechselt werden, mein Lieber … David, was ist denn bloß los? Wo ist Marie?«

»Es geht ihr gut. Ich werde dir später alles erklären. Tu, was Holland sagt. Hat er gesagt, wohin ihr gebracht werdet?«

»Das wollte er absolut nicht. Aber kein Scheiß-Amerikaner kommandiert mich und deine Kinder rum – die kanadischen Kinder meiner Schwester –, und das hab ich ihm auch gesagt …«

»So ist's Recht, Johnny. Freunde dich ruhig mit dem Chef der CIA an.«

»Darauf kann ich scheißen. Bei uns glaubt man, die Abkürzung steht für Chaoten in Aktion. Hab ich ihm auch gesagt!«

»Das wird ja immer besser … Was hat er geantwortet?«

»Er hat gesagt, wir werden in ein sicheres Haus in Virginia gebracht, und ich hab gesagt, meins hier unten ist auch verdammt sicher, und wir haben ein Restaurant und Zimmerservice und einen Strand und zehn Wachen, die ihm auf zweihundert Meter die Eier abschießen können.«

»Du bist äußerst taktvoll. Und dann?«

»Ehrlich gesagt, er hat gelacht. Dann hat er erklärt, dass sein Laden zwanzig Wachen hat, die mir meinen Sack auf vierhundert Meter abschießen können, dazu gibt es eine Küche und sonst noch allerlei Dinge, mit denen ich wahrscheinlich nicht mithalten könne.«

»Das ist ziemlich überzeugend.«

»Und dann ist da etwas, womit ich *wirklich* nicht mithalten kann. Er hat gesagt, niemand habe Zutritt zu diesem Haus und dass es ein altes Anwesen in Fairfax ist, das ein reicher Botschafter der Regierung überschrieben hat, der mehr Geld besitzt als ganz Ottawa, mit eigener Flugzeuglandebahn und einer Zufahrt, die vier Meilen vom Highway bis zum Haus führt.«

»Ich kenne das Haus«, sagte Bourne. »Der Tannenbaum-Landsitz. Er hat Recht.«

»Ich hab dich eben schon gefragt, wo ist Marie?«

»Sie ist bei mir.«

»Sie hat dich gefunden!«

»Später, Johnny. Ich rufe dich in Fairfax an.« Jason legte auf, als sich seine Frau etwas unbeholfen ihren Weg durch die Menge bahnte und ihm einen rosafarbenen Plastikbecher mit einem blauen Plastiklöffel gab, der in einem dunkelbraunen Klumpen steckte.

»Was ist mit den Kindern?«, fragte sie mit erhobener Stimme.

»Alles in Ordnung, besser, als wir es erwarten konnten. Alex ist zum selben Schluss über den Schakal gekommen wie ich. Peter Holland fliegt sie allesamt zu einem sicheren Haus in Virginia, Mrs. Cooper eingeschlossen.«

»Gott sei Dank!«

»Alex sei Dank.« Bourne betrachtete den rosafarbenen Plastikbecher mit dem dünnen, blauen Löffel. »Was ist das denn bloß? Gab's kein Vanille?«

»Das ist ein Eisbecher mit Sirup, der eigentlich für den Mann neben mir gedacht war. Er hat seine Frau aber derart angeschrien, dass ich ihn genommen habe.«

»Ich mag keinen Sirup.«

»Dann schrei deine Frau doch auch an. Komm schon, wir müssen was zum Anziehen kaufen.«

Die frühe, karibische Nachmittagssonne brannte herab auf Tranquility Island, als John St. Jacques die Treppe zur Lobby hinunterging, in der rechten Hand eine Sporttasche. Er nickte Mr. Pritchard zu, mit dem er eben erst telefoniert und ihm erklärt hatte, dass er für einige Tage verreisen und sich wieder bei ihm melden würde, sobald er in Toronto sei. Die letzten verbliebenen Angestellten waren von seiner plötzlichen, äußerst dringenden Abreise unterrichtet worden, und er setzte volles Vertrauen in Mr. Pritchard. Faktisch wurde das Tranquility Inn vorübergehend geschlossen. Allerdings sollte man sich im Falle von Schwierigkeiten mit Sir Henry Sykes auf der großen Insel in Verbindung setzen.

»Es wird nichts geschehen, was meine Sachkenntnis überfordert!«, hatte Pritchard erwidert. »Die Reparatur- und Wartungsleute werden während ihrer Abwesenheit genauso hart arbeiten wie sonst.«

St. Jacques ging durch die Glastüren des Rundbaus zur ersten Villa auf der Rechten, die der Steintreppe zum Pier und den beiden Stränden am nächsten gelegen war. Drinnen warteten Mrs. Cooper und die zwei Kinder auf die Ankunft des seetüchtigen Langstreckenhelikopters der United States Navy, der sie nach Puerto Rico bringen sollte, wo sie einen Militärjet zur Andrews Air Force Base außerhalb von Washington besteigen würden.

Durch die großen Scheiben beobachtete Mr. Pritchard, wie sein Arbeitgeber hinter der Tür von Villa eins verschwand. Im gleichen Moment hörte er das anschwellende Donnern der Rotoren eines großen Hubschraubers. Minuten später würde er über dem Wasser hinter dem Pier kreisen, herunterkommen und auf seine Passagiere warten.

Offensichtlich hatten diese Passagiere gehört, was auch er gehört hatte, dachte Mr. Pritchard, als er sah, wie St. Jacques, der nach der Hand seines jungen Neffen griff, und die unerträglich arrogante Mrs. Cooper, die ein in Decken gewickeltes Kind in ihren Armen hielt, aus dem Haus gelaufen kamen, gefolgt von zwei ihrer bevorzugten Wachen, die das Gepäck trugen. Pritchard langte unter den Tresen nach dem Apparat, mit dem man die Telefonzentrale umgehen konnte. Er wählte.

»Hier ist das Büro des stellvertretenden Direktors der Einwanderungsbehörde, selbst am Apparat.«

»Hochgeschätzter Onkel …«

»Bist du es?«, unterbrach der Beamte des Flughafens von Blackburne, um dann mit gedämpfter Stimme zu fragen: »Was hast du herausgefunden?«

»Informationen von unschätzbarem Wert, das versichere ich dir. Ich habe alles mitgehört!«

»Man wird uns beide großzügig entlohnen, das weiß ich von höchster Stelle. Möglicherweise sind es Terroristen, weißt du, und St. Jacques selbst ist ihr Anführer. Könnte sein, dass sie sogar Washington zum Narren halten. Was kann ich melden, vortrefflicher Neffe?«

»Man bringt sie in ein, wie sie sagen, sicheres Haus in Virginia, bekannt als der Tannenbaum-Landsitz. Es hat seinen eigenen Flugplatz, kannst du so was glauben?«

»Ich glaube alles, was mit diesen Leuten zusammenhängt.«

»Denk daran, meinen Namen und meine Stellung zu erwähnen, hochgeschätzter Onkel.«

»Wie könnte ich das vergessen!? Wir werden die Helden von Montserrat sein! … Aber, mein intelligenter Neffe, alles muss äußerst geheim bleiben. Wir sind zum Schweigen verpflichtet, vergiss das nie. Denk nur! Wir sind erwählt, einer großen, internationalen Organisation zu Diensten zu sein. Auf der ganzen Welt werden große Männer von unserem Beitrag erfahren.«

»Mein Herz platzt vor Stolz … Darf ich fragen, wie diese erhabene Organisation heißt?«

»Ruhig! Sie hat keinen Namen, das ist Teil der Geheimhaltung. Das Geld wurde per Bankcomputer direkt aus der Schweiz überwiesen, das ist der Beweis.«

»Ein heiliges Kartell«, fügte Mr. Pritchard hinzu.

»Das außerdem gut bezahlt, getreuer Neffe, und das ist erst der Anfang. Ich selbst überwache sämtliche Flugzeuge, die hier eintreffen, und schicke die Passagierlisten weiter nach Martinique, an einen berühmten Chirurgen. Im Moment sind allerdings alle Flüge auf Eis gelegt, auf Befehl der Regierung.«

»Der amerikanische Militärhubschrauber?«, fragte der eingeschüchterte Pritchard.

»Ruhig! Auch das ist geheim, *alles* ist geheim.«

»Dann ist es ein ziemlich lautes und offensichtliches Geheimnis, mein hochgeschätzter Onkel. Die Leute stehen gerade am Strand und sehen es sich an.«

»Was?«

»Der Hubschrauber, er ist hier. Mr. St. Jacques und die Kinder steigen gerade ein. Außerdem diese entsetzliche Mrs. Cooper …«

»Ich muss sofort Paris anrufen«, ging der Beamte der Einwanderungsbehörde dazwischen und unterbrach die Leitung.

»Paris?«, wiederholte Mr. Pritchard. »Wie anregend! In was für Kreisen wir uns doch bewegen!«

»Ich habe ihm nicht alles erzählt«, sagte Peter Holland leise und schüttelte den Kopf, während er sprach. »Ich wollte es – ich hatte es vor –, aber da war etwas in seinen Augen, sogar in seinen Worten. Er sagte, er würde es uns im nächsten Augenblick versauen, wenn es Bourne und seiner Frau helfen könnte.«

»Das würde er tatsächlich.« Charles Casset nickte. Er saß im Sessel vor dem Direktorenschreibtisch, den Computerausdruck einer längst abgelegten Geheimakte in der Hand. »Wenn Sie das hier lesen, werden Sie es verstehen. Alex hat vor Jahren in Paris tatsächlich versucht, Bourne zu töten, seinen engsten Freund.«

»Conklin ist gerade auf dem Weg nach Paris. Er und Morris Panov.«

»Das geht auf Ihre Kappe, Peter. Ich hätte ihn nicht weg gelassen, nicht ohne ihn an der Leine zu haben.«

»Ich konnte es ihm nicht abschlagen.«

»Natürlich konnten Sie. Sie wollten es nicht.«

»Wir sind ihm etwas schuldig. Er hat uns auf die Spur von Medusa gebracht, und von jetzt an, Charlie, ist das alles, was uns interessiert.«

»Ich verstehe, Direktor Holland«, sagte Casset kalt. »Und

ich nehme an, dass wir uns aufgrund ausländischer Verwicklungen in die einheimische Verschwörung hineinarbeiten können, für die wir allerdings absolut wasserdichte Beweise in Händen halten sollten, bevor wir die Hüter unserer heimatlichen Harmonie, das Federal Bureau, alarmieren.«

»Drohen Sie mir etwa?«

»Allerdings, Peter.« Casset nahm den eisigen Ausdruck von seinem Gesicht, ersetzte ihn durch ein ruhiges, dünnes Lächeln. »Sie brechen das Gesetz, Herr Direktor …«

»Was wollen Sie von mir?«, rief Holland.

»Schützen Sie einen der Ihren, einen der Besten, die wir jemals hatten. Ich möchte das nicht nur, ich bestehe darauf.«

»Wenn Sie glauben, ich würde ihm alles geben, auch den Namen der Anwaltskanzlei an der Wall Street, dann sind Sie vollkommen übergeschnappt. Das ist unser Grundpfeiler!«

»Um Himmels willen, gehen Sie zurück zur Navy, Admiral«, sagte der stellvertretende Direktor, die Stimme ruhig, wieder kalt, ohne besondere Betonung. »Wenn Sie glauben, dass ich Ihnen das vorschlagen wollte, dann haben Sie in diesem Sessel nicht viel gelernt.«

»He, kommen Sie, Schlaumeier, ich bin immer noch Ihr Vorgesetzter.«

»Schon gut, aber wir sind hier nicht bei der Navy. Sie können mich nicht einfach kielholen lassen oder meine Rumration einbehalten. Sie können mich nur feuern, und wenn Sie das tun, werden sich eine Menge Leute fragen, warum – was unserer Behörde nicht gerade gut tun dürfte.«

»Wovon reden Sie, Charlie?«

»Nun, um einen Anfang zu machen: Ich rede *nicht* von dieser Anwaltskanzlei in New York, denn Sie haben Recht, das ist unser Grundpfeiler, und Alex würde mit seiner unendlichen Vorstellungsgabe alles in Gefahr bringen und bis zu dem Punkt untersuchen, wo der Reißwolf einsetzt …«

»Ganz meine Meinung …«

»Dann haben Sie Recht«, unterbrach Casset und nickte. »Also halten wir Alex von unserem Grundpfeiler fern, so weit wie möglich, aber wir geben ihm unser Zeichen. Irgendwas, wo er sich reinhängen kann, dessen Wert er erkennt.«

Schweigen. Dann sprach Holland. »Ich verstehe kein Wort von dem, was Sie sagen.«

»Das täten Sie, wenn Sie Conklin besser kennen würden. Er weiß, dass es eine Verbindung zwischen Medusa und dem Schakal gibt. Wie haben Sie das genannt? Eine Art Selbstläufer?«

»Ich habe gesagt, dass die Strategie so perfekt war, so unumgänglich, dass sie sich verselbstständigt hat. DeSole war der Katalysator, der alles vor der Zeit in Bewegung gebracht hat, sich selbst und alles, was da unten in Montserrat passiert sein mag. Was meinen Sie mit dem Zeichen, von dem Sie da reden?«

»Die Leine, Peter. Sie können Alex mit all seinem Wissen ebenso wenig wie eine wild gewordene Kanone in Europa rumspringen lassen, wie Sie ihm den Namen des Anwaltsbüros in New York geben können. Wir brauchen einen geheimen Draht zu ihm, damit wir eine Ahnung davon haben, was er vorhat – mehr als eine Ahnung, wenn möglich. Jemanden wie seinen Freund Bernardine, aber jemanden, der auch *unser* Freund sein kann.«

»Und wo und wie finden wir den?«

»Ich habe da einen Kandidaten … Ich hoffe, hier hört niemand mit?«

»Verlassen Sie sich drauf«, sagte Holland etwas ärgerlich. »Dieses Büro wird jeden Morgen abgesucht. Wer ist der Kandidat?«

»Ein Mann in der sowjetischen Botschaft in Paris«, erwiderte Casset ruhig. »Ich glaube, mit dem können wir arbeiten.«

»Ein Maulwurf?«

»Kein Gedanke. Ein KGB-Offizier, dessen erste Priorität sich niemals ändert. Finde Carlos. Töte Carlos. Schütze Nowgorod.«

»Nowgorod …? Wo der Schakal ursprünglich ausgebildet wurde?«

»Halb ausgebildet und dann geflüchtet, bevor man ihn als Wahnsinnigen erschießen konnte. Aber da ist nicht nur ein amerikanisches Lager – das sollten wir langsam wissen. Da gibt es auch ein britisches und französisches, ein israelisches, deutsches, spanisches und Gott weiß wie viele andere noch. Dutzende von Ouadratmeilen, die aus den Wäldern am Wolchow herausgeschlagen worden sind, voller Siedlungen, in denen man schwören könnte, man wäre in einem anderen Teil dieser Welt. Nowgorod ist eines der von Moskau bestgehüteten Geheimnisse. Die suchen den Schakal genauso dringend, wie Jason Bourne es tut.«

»Und Sie glauben, dieser Bursche vom KGB würde mit uns kooperieren und über Conklin informieren, wenn sie Kontakt mit ihm aufnehmen?«

»Ich kann es versuchen. Schließlich haben wir ein gemeinsames Ziel, und ich weiß, dass Alex ihn akzeptieren würde, weil ihm klar ist, wie sehr die Sowjets Carlos auf der Verlustliste führen möchten.«

Holland lehnte sich in seinem Sessel vor. »Ich habe Conklin gesagt, ich würde ihm in jeder Hinsicht weiterhelfen, solange unsere Jagd auf Medusa dadurch nicht gefährdet würde ... Innerhalb der nächsten Stunde wird er in Paris landen. Soll ich am Diplomatenschalter hinterlegen lassen, dass er sich mit Ihnen in Verbindung setzt?«

»Sagen Sie ihm, er soll Charlie Bravo Plus One anrufen«, sagte Casset im Aufstehen und ließ den Computerausdruck auf den Schreibtisch fallen. »Ich weiß nicht, wie viel ich ihm bereits in einer Stunde sagen kann, aber ich werde mich an die Arbeit machen. Ich habe einen abgesicherten Kanal zu unserem Russen, dank einer unserer außergewöhnlichen ›Beraterinnen‹ in Paris.«

»Geben Sie ihr einen Bonus.«

»Darum hat sie schon gebeten – mich damit belästigt, ist das passendere Wort. Sie betreibt die sauberste und exklusivste Hostessenagentur in der Stadt.«

»Warum engagieren Sie nicht alle?«, fragte der Direktor lächelnd.

»Ich glaube, sieben von ihnen stehen schon auf unserer Lohnliste, Sir«, antwortete der stellvertretende Direktor mit ernsthafter Miene, die im Gegensatz zu seinen hochgezogenen Augenbrauen stand.

Dr. Morris Panov war etwas wacklig auf den Beinen, und ein strammer Marinecorporal in gestärkten Sommerkhakis, der seinen Koffer trug, half ihm die Metallstufen des Diplomatenjets herunter.

»Wie schafft ihr es nur, nach so einem entsetzlichen Flug noch so gepflegt auszusehen?«, fragte der Psychiater.

»Nach zwei Stunden Paris sieht keiner von uns mehr so gepflegt aus, Sir.«

»Manche Dinge ändern sich nie, Corporal. Gott sei Dank … Wo ist dieser verkrüppelte Delinquent, der eben noch bei mir war?«

»Er ist unterwegs, um ein Diplograph in Empfang zu nehmen, Sir.«

»Bitte wie? Was ist das nun wieder?«

»So schwierig ist es nicht, Doktor«, lachte der Marinesoldat und führte Panov zu einem motorgetriebenen Karren, komplett mit uniformiertem Fahrer und einer aufgemalten amerikanischen Flagge an der Seite. »Während unseres Landeanflugs hat der Tower dem Piloten über Funk mitgeteilt, dass eine wichtige Nachricht für ihn hinterlegt worden sei.«

»Ich dachte, er müsste mal aus der Hose.«

»Ich glaube, das muss er außerdem, Sir.« Der Corporal legte den Koffer hinten auf einen Gepäckträger und half Mo in den Karren. »Langsam, Doktor, heben Sie Ihr Bein noch ein bisschen an.«

»Das bin nicht ich«, protestierte der Psychiater. »*Er* ist der Mann ohne Fuß.«

»Man hat uns gesagt, Sie seien krank gewesen, Sir.«

»Nicht an meinen gottverfluchten Beinen … Tut mir Leid, nichts für ungut. Ich mag einfach nicht in kleinen Röhren hundertzehn Meilen hoch am Himmel langfliegen. Aus der Tremont Avenue in den Bronx kommen nur sehr wenige Astronauten.«

»He, Sie machen Witze, Doc!«

»Was?«

»Ich bin aus der Garden Street, wissen Sie, gegenüber vom Zoo! Mein Name ist Fleishman, Morris Fleishman. Schön, mal wieder jemanden aus den Bronx zu treffen.«

»Morris?«, fragte Panov und gab ihm die Hand. »Morris von den Marines? Ich hätte mit Ihren Eltern ein paar Worte wechseln sollen … Alles Gute für Sie, Mo. Und danke für Ihre Anteilnahme.«

»Kommen Sie wieder richtig auf die Beine, Doc, und wenn Sie die Tremont Avenue wiedersehen, bestellen Sie ihr Grüße von mir, okay?«

»Das tu ich bestimmt, Morris«, erwiderte Morris und hob seine Hand, als der Diplomatenkarren sich in Gang setzte.

Vier Minuten später betrat Panov, eskortiert von seinem Fahrer, einen langen, grauen Korridor, den von Formalitäten befreiten Zugang nach Frankreich für Regierungsfunktionäre aus Staaten, die beim Quai d'Orsay akkreditiert waren. Sie kamen in eine große Wartehalle, in der Männer und Frauen in kleinen Gruppen zusammenstanden und sich leise unterhielten. Klänge verschiedener Sprachen erfüllten den Raum. Beunruhigt registrierte Mo, dass Conklin nirgends zu sehen war. Er wollte sich gerade seinem Fahrer zuwenden, als sich ihm eine junge Frau in neutraler Uniform näherte.

»Docteur?«, fragte sie mit Blick auf Panov.

»Ja«, erwiderte Mo überrascht. »Aber ich fürchte, mein Französisch ist, sofern überhaupt vorhanden, ziemlich schrecklich.«

»Das ist unerheblich, Sir. Ihr Begleiter lässt ausrichten, Sie möchten hier warten, bis er zurückkommt. Es wird nicht länger als ein paar Minuten dauern, dessen war er ziemlich sicher … Setzen Sie sich doch. Darf ich Ihnen einen Drink bringen?«

»Bourbon auf Eis, wenn Sie so nett wären«, antwortete Panov und ließ sich in einen Lehnsessel sinken.

»Natürlich, Sir.« Die Frau entfernte sich, als der Fahrer Mos Koffer neben ihm abstellte. »Ich muss zurück zu meinem Fahrzeug«, sagte er. »Ich denke, hier sind Sie versorgt.«

»Ich frage mich, wohin mein Freund gegangen ist«, sagte Panov mit einem nachdenklichen Blick auf seine Uhr.

»Wahrscheinlich zu einem Telefon, Doktor. Fast alle, die hier landen, bekommen irgendeine Nachricht an irgendeinem Schalter, und dann rennen sie wie verrückt, um ein öffentliches Telefon zu finden. Die Russen sind die schnellsten, die Araber die langsamsten.«

»Muss wohl am Klima liegen«, bemerkte der Psychiater lächelnd. »Verwetten Sie nicht Ihr Stethoskop darauf.« Der Fahrer lachte und hob seine Hand zu einem formlosen Gruß. »Passen Sie auf sich auf, Sir, und gönnen Sie sich ein bisschen Ruhe. Sie sehen müde aus.«

»Danke, junger Mann. Auf Wiedersehen.« Ich bin müde, dachte Panov, als der Begleitschutz im grauen Korridor verschwand. So müde, aber Alex hatte Recht. Wenn er allein hergeflogen wäre, hätte ich es ihm niemals verziehen … David! Wir müssen ihn finden! Der Schaden, der ihm zugefügt wurde, kann ungeahnte Folgen haben – das kann keiner verstehen. Durch eine einzige Tat könnte sich sein empfindlicher, angeschlagener Gemütszustand um Jahre zurückentwickeln – dreizehn Jahre –, zurück in Zeiten, in denen er ein funktionstüchtiger Killer war und nichts anderes! … Eine Stimme. Die Gestalt über ihm sprach ihn an.

»Es tut mir Leid, vergeben Sie mir … Ihr Drink, Doktor«, sagte die Frau freundlich. »Ich habe gezögert, Sie zu wecken, aber dann haben Sie sich bewegt, und es hörte sich an, als hätten Sie Schmerzen …?«

»Nein, ganz und gar nicht, meine Liebe. Ich bin nur müde.«

»Ich verstehe, Sir. Überstürzte Flüge können ermüdend sein, und umso mehr, wenn sie lang und unbequem sind.«

»Sie haben in allen drei Punkten ins Schwarze getroffen«, stimmte Panov zu und nahm seinen Drink. »Danke.«

»Sie sind Amerikaner?«

»Woher wissen Sie das? Ich trage weder Cowboystiefel noch ein Hawaiihemd.«

Die Frau lachte charmant. »Ich kenne den Fahrer, der Sie hergebracht hat. Er ist vom amerikanischen Sicherheitsdienst, sehr nett und sehr attraktiv. Oh, da kommt Ihre Begleitung. Darf ich schnell eine Frage stellen, Doktor? Benötigt er einen Rollstuhl?«

»Gütiger Himmel, nein. Er geht schon seit Jahren so.«

»Gut. Haben Sie einen angenehmen Aufenthalt in Paris, Sir.« Die Frau entfernte sich, als Alex sich hinkend um mehrere Gruppen von schwatzenden Europäern herum zum Sessel neben Panov schlängelte. Er nahm Platz und beugte sich im weichen Leder unbeholfen nach vorn. Er war offensichtlich beunruhigt.

»Was ist los?«, fragte Mo.

»Ich habe gerade mit Charlie Casset in Washington gesprochen.«

»Du magst ihn, du vertraust ihm, nicht?«

»Er ist der Beste, den es gibt, wenn er persönlichen Kontakt zu den Dingen oder Leuten aufnehmen kann – wenn er sehen und hören und etwas selbst in Augenschein nehmen kann und nicht einfach nur Worte auf Papier oder gar einem Computerbildschirm lesen muss.«

»Kommst du da eventuell wieder auf mein Territorium, *Doktor* Conklin?«

»Genau das habe ich David in der letzten Woche vorgeworfen, und ich werde dir erzählen, was er mir gesagt hat. Dies ist ein freies Land und ungeachtet deiner Ausbildung, hast du den gesunden Menschenverstand nicht für dich gepachtet.«

»Ich nehme an«, erwiderte Panov, »Casset hat etwas getan, was du nicht gutheißen kannst.«

»Er hat etwas getan, das *er* nicht gutheißen würde, wenn er mehr Informationen über denjenigen hätte, mit dem er es getan hat.«

»Das klingt absolut freudianisch.«

»Er hat einen verdeckten, inoffiziellen Außendeal mit einem Mann namens Dimitrij Krupkin von der russischen Botschaft hier in Paris gemacht. Wir werden mit dem örtlichen KGB zusammenarbeiten – du, ich, Bourne und Marie –, falls wir sie finden. Hoffentlich in etwa einer Stunde in Rambouillet.«

»Was sagst du da?«, fragte Mo erstaunt und kaum hörbar. »Lange Geschichte, wenig Zeit. Moskau will den Kopf des Schakals. Washington kann uns weder unterstützen noch schützen, also werden die Sowjets für einige Zeit als unser Paterfamilias fungieren, falls wir irgendwie in der Klemme sitzen.«

Panov runzelte die Stirn, dann schüttelte er den Kopf, als höre er eine äußerst seltsame Information.

»Ich nehme an, das ist nicht der übliche Lauf der Dinge, aber dennoch liegt eine gewisse Logik, sogar ein Trost darin.«

»Auf dem Papier, Mo«, sagte Conklin. »Nicht bei Dimitrij Krupkin. Ich kenne ihn, Charlie nicht.«

»Oh? Er ist ein übler Charakter?«

»Kruppie übel? Nein, eigentlich nicht …«

»Kruppie?«

»Wir kennen uns schon seit den späten Sechzigern, aus Istanbul und Athen, später dann Amsterdam … Krupkin ist nicht böswillig, und er arbeitet mit einem verdammt guten mittelmäßigen Verstand wie ein Berserker, er ist sicher besser als achtzig Prozent der Clowns in unserem Geschäft, aber er hat ein großes Problem: Er steht auf der falschen Seite. Seine Eltern hätten damals mit meinen rüberkommen sollen, als die Bolschewiken den Thron bestiegen haben.«

»Das habe ich vergessen. Du bist ein Russe.«

»Die Sprache zu sprechen hilft einem bei einem wie Kruppie. Ich kann seine Zwischentöne raushören. Er ist der Kapitalist in Reinkultur. Genau wie die Wirtschaftspopen in Peking ist er nicht nur ein Freund des Geldes, er ist besessen davon – und von allem, was dazugehört. Wenn man ihn nicht im Auge behält und wahnsinnig unter Druck setzt, ist er käuflich.«

»Du meinst vom Schakal?«

»Ich habe gesehen, wie er in Athen von griechischen Planern gekauft wurde, die Washington noch Gelände für zusätzliche Landebahnen verkaufen wollten, als sie schon wussten, dass die Kommunisten uns rauswerfen würden. Sie haben ihn bezahlt, damit er den Mund hält. Dann habe ich zugesehen, wie er in Amsterdam Diamantengeschäfte zwischen den Kaufleuten auf dem Nieuwmarkt und der Datscha-Elite in Moskau vermittelte. Eines Abends haben wir zusammen in der Kattengat einen getrunken, und ich hab ihn gefragt: ›Kruppie, was, zum Teufel, *machst* du eigentlich?‹ Weißt du, was er gesagt hat? In Kleidern, die ich mir niemals hätte leisten können, saß er da und sagte: ›Aleksej, ich werde alles tun, um der überragenden Sowjetunion zu helfen, die Weltherrschaft zu erlangen, aber wenn du in der Zwischenzeit Lust auf einen kleinen Urlaub hast: Ich habe da ein wunderschönes Haus am Genfer See.‹ Das hat er gesagt, Mo.«

»Das ist bemerkenswert. Natürlich hast du deinem Freund Casset das alles erzählt …«

»Natürlich habe ich das nicht getan«, ging Conklin dazwischen.

»Und warum nicht?«

»Weil Krupkin Charlie offensichtlich nie erzählt hat, dass er mich kennt. Casset hat den Handel zwar beschlossen, aber ich bin es, der ihn ausführt.«

»Womit? Wie?«

»David – Jason – hat über fünf Millionen auf den Cayman-Inseln. Mit nur einem Bruchteil davon werde ich Kruppie so umdrehen, dass er nur noch für uns arbeitet, falls wir ihn brauchen.«

»Was so viel bedeutet wie: Du traust Casset nicht.«

»Das nicht«, sagte Alex. »Ich würde mein Leben für ihn verpfänden. Ich bin mir nur einfach nicht sicher, ob ich es in seine Hand geben möchte. Er und Peter Holland haben ihre Prioritäten, und wir haben unsere. Ihre ist Medusa, unsere sind David und Marie.«

»Messieurs?« Die Frau war zurückgekehrt und sprach Conklin an. »Ihr Wagen ist eingetroffen, Sir. Er steht am südlichen Ausgang.«

»Sind Sie wirklich sicher, dass der für mich ist?«, fragte Alex.

»Ich bitte um Verzeihung, Monsieur, aber der Bote sagte, er sei für einen gewissen Mr. Smith mit einem problematischen Bein.«

»Damit hat er sicherlich Recht.«

»Ich habe einen Träger für Ihr Gepäck gerufen, Messieurs. Es ist ziemlich weit zu gehen. Er wird Sie am Ausgang treffen.«

»Vielen Dank.« Conklin erhob sich, griff in seine Tasche und zog Geld heraus. »Pardon, Monsieur«, unterbrach ihn die Frau. »Es ist uns nicht gestattet, Gratifikationen entgegenzunehmen.«

»Entschuldigen Sie, ich dachte … Mein Koffer steht hinter Ihrem Schalter, ist das richtig?«

»Da, wo Ihr Begleiter ihn abgestellt hat, Sir. Er wird mit dem Koffer des Doktors in wenigen Minuten am Ausgang sein.«

»Nochmals vielen Dank«, sagte Alex. »Tut mir Leid.«

»Wir werden sehr gut bezahlt, Sir, aber vielen Dank, dass Sie daran gedacht haben.« Als sie zur Tür gingen, die in den Hauptterminal des Flughafens führte, wandte sich Conklin Panov zu. »Woher wusste sie, dass du Arzt bist?«, fragte er. »Hast du neue Kundschaft für deine Couch gesucht?«

»Wohl kaum. Die Pendelei zwischen zu Hause und hier könnte ein bisschen anstrengend werden.«

»Wie dann? Ich habe kein Wort davon gesagt, dass du Arzt bist.«

»Sie kennt den Sicherheitsmann, der mich in die Lounge gebracht hat. Um ehrlich zu sein, scheint sie ihn ziemlich gut zu kennen. In ihrem köstlichen französischen Akzent sagte sie, er sei *sährr attraktiff.*«

Keiner von beiden bemerkte den vornehm wirkenden Mann mit der olivfarbenen Haut, dem gewellten, schwarzen Haar und den großen, schwarzen Augen, der eilig die Lounge verließ, den ruhigen Blick auf die beiden Amerikaner gerichtet. Er ging zur Wand hinüber, hastete an den Menschentrauben vorbei, um vor Conklin und Panov in der Nähe des Taxistands zu sein. Dann blinzelte er, als wäre er sich nicht sicher, nahm ein kleines Foto aus seiner Tasche und sah es immer wieder an, während sich sein Blick hob und er die abfahrenden Passagiere aus den Vereinigten Staaten studierte. Das Foto zeigte Dr. Morris Panov in einem weißen Krankenhauskittel, einen glasigen, unheimlichen Ausdruck auf seinem Gesicht.

Die Amerikaner gingen auf die Plattform hinaus. Der dunkelhaarige Mann tat das Gleiche. Die Amerikaner sahen sich nach einem Taxi um. Der dunkelhaarige Mann gab einem Privatwagen ein Zeichen. Ein Fahrer ging leise sprechend auf Conklin und Panov zu, als ein Träger mit ihrem Gepäck kam. Die beiden Amerikaner stiegen in das Taxi. Der Fremde ließ sich in das Privatauto gleiten, das zwei Wagen hinter ihnen parkte.

»*Pazzo!*«, sagte der dunkelhaarige Mann auf italienisch zu der modisch gekleideten Frau, die hinter dem Lenkrad saß. »Ich sage dir, es ist verrückt! Seit drei Tagen warten wir, haben alle amerikanischen Flugzeuge im Blick, und gerade wollen wir aufgeben, da stellt sich raus, dass dieser Idiot in New York Recht hat. Sie *sind es! …* Komm, lass mich fahren. Du steigst aus und versuchst, unsere Leute drüben zu erreichen. Sag ihnen, sie sollen DeFazio anrufen und ihn anweisen, in sein Lieblingsrestaurant zu gehen und dort auf meinen Anruf zu warten. Er soll den Laden auf keinen Fall verlassen, bevor wir geredet haben.«

»Sind Sie es, alter Mann?«, fragte die Frau in der Diplomatenlounge und sprach leise ins Telefon auf ihrem Schalter.

»Ich bin es«, erwiderte die zitternde Stimme am anderen Ende der Leitung. »Und der Angelus klingt bis in alle Ewigkeiten in meinen Ohren.«

»Okay.«

»Also machen Sie schon.«

»Auf der Liste, die wir in der letzten Woche bekommen haben, stand ein schlanker Amerikaner mittleren Alters mit einem steifen Bein, möglicherweise in Begleitung eines Arztes. Ist das richtig?«

»Ja. Und?«

»Sie sind durchgekommen. Ich habe den Begleiter des verkrüppelten Mannes mit Doktor angesprochen, und er hat darauf reagiert.«

»Wohin sind sie gefahren? Es ist von entscheidender Bedeutung für mich!«

»Das weiß ich noch nicht, aber der Träger, der ihr Gepäck zum Südausgang gebracht hat, wird mir die Beschreibung und das Kennzeichen des Wagens bringen, der sie abgeholt hat.«

»In Gottes Namen, rufen Sie mich zurück, wenn Sie die Information haben!«

Dreitausend Meilen von Paris entfernt saß Louis DeFazio allein an einem der hinteren Tische im Trafficante's Clam House an der Prospect Avenue in Brooklyn. Er beendete sein spätnachmittägliches Essen, nahm einen letzten Bissen von seinem *vitello tonnato,* betupfte seine Lippen mit der hellroten Serviette und bemühte sich, wie üblich jovial, wenn nicht sogar gönnerhaft zu wirken. *Maledetto!* Er saß schon seit zwei Stunden hier, *zwei* Stunden! Und er hatte nach dem Anruf eine Dreiviertelstunde gebraucht, überhaupt erst hinzukommen, sodass es eigentlich über zwei Stunden waren, fast drei, seitdem der Eierkopf in Paris zwei der Zielobjekte entdeckt hatte. Wie lange konnte es dauern, bis die beiden vom Flughafen zu ihrem Hotel in der Innenstadt gefahren waren? Drei Stunden?

Egal, er hatte Recht gehabt! So, wie der alte Nervenklempner unter dem Einfluss der Nadel geredet hatte, gab es keine andere Reiseroute, die er und der Ex-Spion hätten nehmen können, als über Paris und ihren alten Kumpel, den falschen Killer … Nicolo und der Psychiater waren verschwunden, scheißegal, oder? Nicky würde seine Zeit absitzen, aber er würde nicht reden. Er wusste, dass große Schwierigkeiten – zum Beispiel ein schönes scharfes Messer in seinen feisten Bauch – auf ihn warteten, wenn er es tat. Abgesehen davon, wusste Nicky auch nichts, was wesentlich genug wäre, dass es die Anwälte nicht als Pferdescheiße aus zweiter Hand von einem fünftklassigen Pferdearsch abtun würden. Und der Psychiater wusste nur, dass er auf irgendeiner Farm gewesen war, falls er sich überhaupt daran erinnern konnte. Er hatte nie jemand anderen als Nicolo gesehen.

Louis DeFazio wusste, dass er *Recht* hatte. Und weil er Recht hatte, warteten in Paris mehr als sieben Millionen Scheine auf ihn. Sieben Millionen! Großer Gott! Er konnte den Eierköpfen aus Palermo mehr geben, als sie jemals erwartet hatten, und immer noch mit einem ganzen Bündel davonkommen.

Ein alter Kellner aus der alten Heimat näherte sich dem Tisch, und Louis hielt den Atem an. »Da ist ein Anruf für Sie, Signor DeFazio.« Wie üblich ging der Capo zu einem öffentlichen Fernsprecher am Ende eines schmalen, dunklen Korridors vor der Herrentoilette. »Hier ist New York«, sagte DeFazio.

»Hier ist Paris, Signor New York. Außerdem ist hier alles *pazzo.*«

»Wo bist du gewesen? Ich warte schon seit drei Stunden!«

»Ich war auf einer ganzen Reihe von unbeleuchteten Landstraßen. Und wo ich jetzt bin, das ist verrückt, völlig *pazzo*!«

»Und wo?«

»Ich rufe von einem Pförtnertelefon aus an, wofür ich ungefähr hundert Dollar hinblättern musste, und der französische *buffone* starrt die ganze Zeit durchs Fenster, um zu sehen, ob ich auch nichts mitgehen lasse – vielleicht sein Pausenbrot, wer weiß?«

»Was für ein Pförtner? Wo? Wovon redest du?«

»Ich bin auf einem Friedhof ungefähr fünfundzwanzig Meilen von Paris. Ich sage dir …«

»Ein *cimitero*?«, unterbrach Louis. »Wozu, zum Teufel?«

»Weil deine beiden Bekannten vom Flughafen hierhergefahren sind, du *ignorante.* Im Moment läuft hier gerade eine Beerdigung – eine Nachtbestattung mit Kerzenprozession, die der Regen aber bald löschen wird –, und wenn deine beiden Bekannten hergeflogen sind, um an dieser völlig durchgebrannten Zeremonie teilzunehmen, dann muss die Luft bei euch drüben voller hirnschädigender Schadstoffe sein! Mit diesen *sciocchezze* hatte unser Handel nichts zu tun, New York: Wir haben genug Arbeit.«

»Sie sind rüber, um den großen Ballermann zu treffen«, sagte DeFazio leise wie zu sich selbst. »Was die Arbeit betrifft, Eierkopf: Wenn du jemals wieder mit uns oder Philadelphia oder Chicago oder Los Angeles Geschäfte machen willst, dann tust du, was ich dir sage. Dafür wirst du auch fantastisch bezahlt, *capisci*?«

»Das macht endlich Sinn.«

»Pass auf, dass sie dich nicht sehen, aber bleib bei ihnen. Finde raus, wohin sie gehen und wen sie treffen. Ich komme so schnell wie möglich rüber, aber ich muss über Kanada oder Mexiko fliegen, um sicherzugehen, dass mich niemand beobachtet. Ich werde morgen Abend spät oder am nächsten Morgen da sein.«

»*Ciao*«, sagte Paris.

»*Omertà*«, sagte Louis DeFazio.

30.

Die Kerzen flackerten im nächtlichen Nieselregen, als die Trauergäste in zwei Reihen feierlich hinter dem weißen Sarg hergingen, der auf den Schultern von sechs Männern lag. Die Prozession wurde flankiert von vier Trommlern, zwei auf jeder Seite, deren kleine Trommeln den langsamen Rhythmus des Totenmarsches ertönen ließen, ungleichmäßig im Zusammenspiel wegen der unerwarteten Steine, die im Weg lagen, und eines immer glitschiger werdenden Untergrunds. Langsam und verwirrt schüttelte Morris Panov seinen Kopf und betrachtete den seltsamen nächtlichen Trauerzug, erleichtert, Alex Conklin auf sich zuhinken zu sehen.

»Irgendein Zeichen von ihnen?«, fragte Alex.

»Keins«, erwiderte Panov. »Ich nehme an, bei dir auch nicht.«

»Schlimmer. Ich bin an einen völlig Irren geraten.«

»Wie das?«

»Im Pförtnerhaus war Licht, also bin ich rübergegangen, weil ich dachte, David oder Marie hätte uns vielleicht eine Nachricht hinterlassen. Draußen stand ein Clown, der unablässig in ein Fenster starrte und sagte, er sei der Nachtwächter und ob ich sein Telefon mieten wolle.«

»Sein Telefon?«

»Er sagte, nachts gibt es spezielle Gebühren, weil es bis zur nächsten Telefonzelle zehn Kilometer sind.«

»Ein Verrückter«, stimmte Panov zu.

»Ich hab ihm erklärt, dass ich einen Mann und eine Frau suche, die ich hier treffen wolle, und ob jemand vielleicht eine Nachricht hinterlassen hätte. Da war keine Nachricht, aber da war ein Telefon. Zweihundert Francs – verrückt.«

»Hat er zufällig ein Pärchen hier rumlaufen sehen?«

»Ich hab ihn gefragt, und er hat zustimmend genickt und

gesagt, da sind Dutzende. Dann hat er auf die Kerzenparade da drüben gedeutet, bevor er wieder zu seinem gottverfluchten Fenster gegangen ist.«

»Was für eine Art Prozession ist das überhaupt?«

»Das hab ich ihn auch gefragt. Es ist ein religiöser Kult. Sie begraben ihre Toten nur bei Nacht. Er meint, es könnten Zigeuner sein. Er hat sich bekreuzigt, als er das sagte.«

»Nasse Zigeuner«, bemerkte Panov und schlug seinen Kragen hoch. Das Nieseln wurde zu richtiggehendem Regen.

»Himmel, warum hab ich nicht daran gedacht?«, rief Conklin und blickte über seine Schulter.

»Der Regen?«, fragte der verwunderte Psychiater.

»Nein, das große Grabmal auf halbem Weg den Hügel hinter dem Pförtnerhaus rauf. Da ist es passiert!«

»Wo du versucht hast …?« Mo beendete die Frage nicht. Das musste er nicht.

»Wo er mich hätte umbringen können, es aber nicht getan hat«, ergänzte Alex. »Komm mit!«

Die beiden Amerikaner gingen über den Kiesweg zurück, vorbei am Pförtnerhaus und in die Dunkelheit des ansteigenden Grashügels, der von weißen Grabsteinen übersät war, die im Regen glitzerten. »Langsam«, rief Panov außer Atem. »Du hast dich an deinen nichtvorhandenen Fuß gewöhnt, aber ich hab meinen von Chemikalien vergewaltigten Körper noch nicht im Griff.«

»Tut mir Leid.«

»Mo!«, rief die Stimme einer Frau von einem marmornen Säulengang über ihnen. Die Gestalt stand mit wedelnden Armen unter dem überhängenden Dach eines Grabes, das so groß war, dass es fast wie ein kleines Mausoleum wirkte.

»Marie?«, rief Panov und lief voraus.

»Das ist ja nett!«, rief Alex und hinkte mit einigen Schwierigkeiten das nasse, rutschige Gras hinauf. »Du hörst den Ruf eines Weibchens, und plötzlich bist du wieder völlig okay. Du brauchst einen Psychiater, du Heuchler!«

Die Umarmungen waren ehrlich gemeint. Eine Familie war vereint. Während Panov und Marie leise miteinander sprachen, nahm Jason Bourne Conklin beiseite und führte ihn an den Rand des kurzen Marmordaches. Der Regen war scharf geworden. Die ehemalige Kerzenprozession hatte sich zerstreut, nur einige wenige hielten noch aus.

»Bei der Menschenmenge da unten fiel mir keine andere Stelle als diese ein«, sagte Jason. »Erinnerst du dich an das Pförtnerhaus und den breiten Weg zum Parkplatz? ... Du hattest gewonnen. Ich hatte keine Munition mehr, und du hättest mir den Kopf wegpusten können.«

»Das stimmt nicht, wie oft hab ich dir das schon gesagt? Ich hätte dich nicht töten können. Es lag an deinen Augen, auch wenn ich sie nicht richtig sehen konnte, wusste ich, was da war. Wut und Verwirrung, aber vor allem Verwirrung.«

»Das war noch nie ein Grund, einen Mann, der dich aus dem Weg schaffen will, nicht auszuschalten.«

»Als ob du dich nicht erinnern könntest ... Für mich sind es immer noch ... pulsierende Bilder. Rein und raus, rein und raus, aber da.« Conklin sah zu Bourne auf, ein trauriges Lächeln auf seinem Gesicht. »Das mit dem Pulsieren«, sagte er. »Das war Mos Ausdruck. Den hast du geklaut.«

»Wahrscheinlich«, sagte Jason, als sich beide Männer gemeinsam zu Marie und Panov umdrehten. »Sie reden über mich.«

»Warum auch nicht? Sie macht sich Sorgen, und er macht sich Sorgen.«

»Ich hasse den Gedanken daran, wie viel mehr Sorgen ich ihnen machen werde. Dir auch, nehme ich an.«

»Was versuchst du mir zu sagen, David?«

»Nur das: Vergiss David. David Webb existiert nicht, nicht hier, nicht jetzt. Er ist ein Schauspiel, das ich für seine Frau aufführe, und ich spiele es schlecht. Ich möchte, dass sie in die Staaten zurückfliegt, zu ihren Kindern.«

»*Ihren* Kindern? Das wird sie niemals tun. Sie ist rübergekommen, um dich zu finden, und sie hat dich gefunden. Sie wird dich hier nicht allein lassen. Ohne sie wärst du gar nicht mehr am Leben.«

»Sie behindert mich. Sie muss weg. Ich werde eine Möglichkeit finden.«

Alex sah in die kalten Augen jener Kreatur, die früher einmal als das Chamäleon bekannt gewesen war, und sagte mit so leiser wie eindringlicher Stimme: »Du bist ein fünfzig Jahre alter Mann, Jason. Das hier ist nicht das Paris von vor dreizehn Jahren oder das Saigon aus der Zeit davor. Das hier ist *jetzt*, und du brauchst alle Hilfe, die du kriegen kannst. Wenn sie glaubt, sie kann ihren Teil dazu beitragen, dann bin ich bereit, es ihr zu glauben.«

Bourne sah Conklin mit kaltem Blick an. »Ich bestimme, wer was glaubt.«

»Das geht ein bisschen zu weit, mein Lieber.«

»Du weißt, was ich meine«, sagte Jason und mäßigte seinen Ton. »Ich möchte nicht, dass hier passiert, was in Hongkong passiert ist. Das geht dir doch sicher genauso.«

»Vielleicht ... Pass auf, lass uns hier verschwinden. Unser Fahrer kennt ein kleines Landgasthaus in Epernon, ungefähr sechs Meilen von hier, wo wir reden können. Es gibt so einige Sachen, die wir durchgehen müssen.«

»Sag mal«, sagte Bourne. »Warum Panov? Warum hast du Mo mitgebracht?«

»Weil Strychnin in meiner nächsten Grippeimpfung gewesen wäre, wenn ich es nicht getan hätte.«

»Was heißt das?«

»Genau das, was es sagt. Er gehört dazu, und das weißt du besser als Marie und ich.«

»Irgendwas ist mit ihm passiert, oder? Irgendwas ist meinetwegen mit ihm passiert.«

»Es ist vorbei, und er ist wieder da, das ist alles, was du wissen musst.«

»Es war Medusa, oder?«

»Ja, aber ich wiederhole, er ist zurück, und abgesehen davon, dass er sich kleines bisschen müde fühlt, ist er okay.«

»Ein kleines bisschen ...? Ein kleines Landgasthaus sechs Meilen von hier, hat das euer Fahrer gesagt?«

»Ja, er kennt Paris und alles drumherum sehr gut.«

»Wer ist er?«

»Ein französischer Algerier, der schon seit Jahren für die Agentur arbeitet. Charlie Casset hat ihn für uns rekrutiert. Er ist hart und gut unterrichtet und wird für beides ausgezeichnet bezahlt. Vor allem kann man ihm vertrauen.«

»Ich schätze, das reicht.«

»Schätze nicht, akzeptiere es.«

Sie saßen in einer abgeteilten Sitzecke im hinteren Teil des kleinen Landgasthofs, komplett mit abgenutztem Vordach, gepolsterten Kiefernholzbänken und absolut akzeptablem Wein. Der Besitzer, ein mitteilsamer, ausufernd fetter Mann, verkündete, die Küche sei außerordentlich, da aber niemand Hunger hatte, zahlte Bourne vier Hauptgerichte, nur um ihn glücklich zu machen. Das tat es. Der Mann schickte zwei große Karaffen guten Landwein mit einer Flasche Mineralwasser herüber und hielt sich vom Tisch fern.

»Also gut, Mo«, sagte Jason. »Du willst mir nicht erzählen, was passiert ist oder wer dafür verantwortlich war, aber du bist immer noch der gleiche, gut funktionierende, anmaßende, wortreiche Medizinmann, den wir vor dreizehn Jahren gekannt haben, korrekt?«

»Korrekt, du schizophrener Ausbrecher. Und für den Fall, dass du glaubst, ich wollte mich irgendwie heldenhaft benehmen, lass mich absolut klarstellen, dass ich nur hier bin, um meine nichtmedizinischen Zivilrechte wahrzunehmen. Mein vordringliches Interesse gilt unserer anbetungswürdigen Marie, von der du ja sicher bemerkt hast, dass sie neben mir sitzt und nicht neben dir. Beim Gedanken an ihren Hackbraten läuft mir das Wasser im Mund zusammen.«

»Oh, wie sehr ich dich liebe, Mo«, sagte David Webbs Frau und drückte Panovs Arm.

»Lass mich sehen, wie sehr«, erwiderte der Doktor und küsste sie auf die Wange.

»Ich bin hier«, sagte Conklin. »Mein Name ist Alex, und ich habe ein paar Dinge, über die ich reden möchte, und der Hackbraten gehört nun mal leider nicht dazu ...«

»Was habt ihr nur mit meinem verdammten Hackbraten?«

»Es ist die rote Sauce«, schob Panov dazwischen.

»Könnten wir zu dem kommen, weswegen wir hier sind?«, sagte Jason Bourne mit monotoner Stimme.

»Tut mir Leid, Liebling.«

»Wir werden mit den Sowjets zusammenarbeiten.« Conklin sprach schnell, sein Sturm von Worten arbeitete der unmittelbaren Reaktion von Bourne und Marie entgegen. »Schon gut, ich kenne den Kontakt. Ich kenne ihn schon seit Jahren, aber Washington weiß nicht, dass ich ihn kenne. Sein Name ist Krupkin, Dimitrij Krupkin, und wie ich dir schon gesagt habe, Mo: Der Mann ist für fünf Silberlinge zu haben.«

»Gib ihm einunddreißig«, unterbrach Bourne. »Um sicherzugehen, dass er auf unserer Seite ist.«

»Ich habe mir schon gedacht, dass du das sagen würdest. Hast du ein Limit?«

»Keins.«

»Nicht so schnell«, sagte Marie. »Was ist ein vernünftiger Ausgangspunkt für den Handel?«

»Unsere Volkswirtschaftlerin spricht«, verkündete Panov und nahm einen Schluck Wein.

»Wenn man seine Stellung beim Pariser KGB bedenkt, würde ich sagen, etwa fünfzigtausend amerikanische Dollar.«

»Biete ihm fünfunddreißig und geh unter Druck bis auf fünfundsiebzig. Wenn nötig, bis auf hundert.«

»Um Gottes willen«, rief Jason und hielt seine Stimme unter Kontrolle. »Wir sprechen über uns, über den Schakal. Gib ihm alles, was er will!«

»Zu leicht käuflich, zu leicht umgedreht. Bei einem Gegenangebot.«

»Hat sie Recht?«, fragte Bourne und starrte Conklin an.

»Normalerweise natürlich schon, aber in diesem Falle müsste es der Gegenwert einer abbaufähigen Diamantenmine sein. Niemand will Carlos lieber in den Totenakten sehen als die Sowjets, und der Mann, der seine Leiche bringt, wird der Held im Kreml sein. Denk dran, er wurde in Nowgorod ausgebildet. Das vergisst Moskau nie.«

»Dann tu, was sie gesagt hat, kaufe ihn«, sagte Jason.

»Ich verstehe.« Conklin beugte sich vor, drehte sein Glas Wasser. »Ich werde ihn heute Abend noch anrufen, von Telefonzelle zu Telefonzelle, und die Sache perfekt machen. Dann arrangiere ich für morgen ein Treffen, vielleicht gegen

Mittag irgendwo draußen vor Paris, in einem abgelegenen Lokal.«

»Warum nicht hier?«, fragte Bourne. »Kann kaum abgelegener sein, und wir kennen den Weg.«

»Warum nicht?«, stimmte Alex zu. »Ich spreche mit dem Besitzer. Aber nicht alle vier, nur … Jason und ich.«

»Davon bin ich ausgegangen«, sagte Bourne kalt. »Marie darf da nicht reingezogen werden. Man darf von ihr nichts sehen und nichts hören, ist das klar?«

»David, wirklich …«

»Ja, wirklich.«

»Ich fahre rüber und bleibe bei ihr«, unterbrach Panov eilig. »Es gibt da ein nettes Restaurant mit einer hervorragenden Forelle.«

»Man muss Opfer bringen«, seufzte der Psychiater.

»Ich glaube, ihr solltet auf dem Zimmer essen.« Bournes Stimme war unnachgiebig.

»Ich lasse keine Gefangene aus mir machen«, sagte Marie leise, den Blick auf ihren Mann geheftet. »Niemand weiß, wer wir sind oder wo wir sind, und ich gebe zu bedenken, dass eine Frau, die sich einschließt und nie zu sehen ist, weit mehr Aufmerksamkeit auf sich zieht als eine völlig normale Französin, die ihren üblichen Geschäften nachgeht.«

»Da hat sie Recht«, bemerkte Alex. »Falls Carlos sein Netzwerk arbeiten lässt, könnte jemand, der sich unnatürlich verhält, auffallen. Abgesehen davon, rechnet keiner mit Panov – tu so, als wärst du ein Doktor oder irgendso was, Mo. Niemand wird es glauben, aber es wird dir etwas Klasse geben. Aus Gründen, die mir unverständlich sind, sind Ärzte gewöhnlich über jeden Verdacht erhaben.«

»Undankbarer Psychopath«, murmelte Panov.

»Können wir zum Geschäft zurückkommen?«, sagte Bourne schroff.

»Du bist sehr grob, David.«

»Ich bin sehr ungeduldig, wenn es dir nichts ausmacht.«

»Okay, ganz ruhig«, sagte Conklin. »Wir sind alle gereizt, aber wir müssen ein paar Dinge klären. Sobald Krupkin an Bord ist, wird sein erster Job darin bestehen, die Nummer zurückzuverfolgen, die Gates in Boston an Prefontaine weitergegeben hat.«

»Wer hat was wem wo gegeben?«, fragte der verstörte Psychiater.

»Das hast du nicht mitbekommen, Mo. Prefontaine ist ein Richter, den sie seines Amtes enthoben haben und der über einen Kontakt zum Schakal gestolpert ist. Um es kurz zu machen: Der Kontakt hat unserem Richter eine Nummer hier in Paris gegeben, um dort den Schakal zu erreichen, aber sie stimmt nicht mit der Nummer überein, die Jason gekauft hat. Doch es gibt keinen Zweifel daran, dass der Kontakt, ein Anwalt namens Gates, Carlos über sie erreicht hat.«

»Randolph Gates? Bostons Geschenk an die …«

»Genau der.«

»Gütiger Gott – tut mir Leid, ich sollte das nicht sagen. Ich bin kein gläubiger Christ. Zum Teufel, ich bin gar nichts, aber du musst zugeben, dass es ein Schock ist.«

»Ein großer, und wir müssen wissen, wem diese Nummer hier in Paris gehört. Krupkin kann das bestimmt für uns rausfinden.«

»Was ist Prefontaine denn für ein Name?«, fragte Panov. »Hört sich an wie ein schlechter junger Wein.«

»Er ist ein alter, sehr guter Jahrgang«, schob Marie ein. »Du würdest ihn mögen, Doc. Du könntest Monate damit verbringen, ihn zu beobachten, denn er ist intelligenter als die meisten von uns, und dieser großartige Verstand ist trotz Alkohol, Korruption, Gefängnis und des Verlusts seiner Familie immer noch intakt. Er ist ein Original, Mo, und während der Großteil von Schurken seiner Güteklasse allen anderen, nur nicht sich selbst, die Verantwortung gibt, tut er es nicht. Er hat sich einen herrlich ironischen Sinn für Humor erhalten. Wenn die amerikanische Richterschaft nur ein bisschen Verstand hätte, müsste sie ihn wieder einsetzen … Im Prinzip hat er die Leute des Schakals in erster Linie verfolgt, weil sie mich und meine Kinder umbringen wollten. Falls er dabei in der zweiten Runde einen Dollar macht, verdient er jeden Penny, und ich werde dafür sorgen, dass er ihn bekommt.«

»Könnten wir zu dem zurückkommen, weswegen wir hier

sind?«, sagte das Chamäleon barsch. »Die Vergangenheit interessiert mich nicht, nur die Zukunft.«

»Du bist nicht nur grob, du bist auch undankbar.«

»So sei es. Wo waren wir?«

»Im Augenblick bei Prefontaine«, erwiderte Alex scharf und sah Bourne an. »Aber vielleicht ist er nicht so wichtig, weil er Boston nicht überleben wird … Ich ruf dich morgen im Gasthof von Barbizon an und mach eine Zeit zum Mittagessen aus. Hier draußen. Achte auf der Rückfahrt darauf, wie lange du brauchst, damit wir hier morgen nicht wie partnerlose Schneegänse rumhängen. Außerdem, wenn dieser fette Bursche mit seiner *cuisine* Recht hat, wird Kruppie begeistert sein und jedem erzählen, er hätte es entdeckt.«

»Kruppie?«

»Ich habe dir gesagt, wir kennen uns seit Urzeiten.«

»Und bohr da bloß nicht weiter«, fügte Panov hinzu. »Du möchtest nichts von Istanbul und Amsterdam wissen. Er und Alex sind aus einem Holz – zwei kleine Ganoven.«

»Darüber sehen wir hinweg«, sagte Marie. »Weiter, Alex, was ist mit morgen?«

»Mo und ich werden uns ein Taxi zu eurem Hotel nehmen, und dein Mann und ich werden hierher zurückfahren. Wir rufen euch dann später an.«

»Was ist mit eurem Fahrer, den euch Casset besorgt hat?«, fragte das Chamäleon, die Augen kalt und fragend.

»Was soll mit ihm sein? Er bekommt für heute Abend doppelt so viel, wie er mit seinem Taxi sonst in einem Monat einfahren könnte, und nachdem er uns am Hotel abgesetzt hat, wird er verschwinden. Wir werden ihn nicht wiedersehen.«

»Wird er irgendjemand anderen sehen?«

»Nicht, wenn er leben und Geld an seine Verwandten in Algerien schicken möchte. Ich habe es dir gesagt: Casset hat ihn entlastet. Er ist eisern.«

»Dann also morgen«, sagte Bourne grimmig und sah Marie und Morris Panov über den Tisch hinweg an. »Während wir nach Paris fahren, bleibt ihr draußen in Barbizon, und ihr werdet den Gasthof nicht verlassen. Habt ihr beiden das verstanden?«

»Weißt du, David«, antwortete Marie wutschnaubend und unbeugsam. »Ich will dir was sagen: Mo und Alex gehören genauso zur Familie wie die Kinder, also werde ich es in ihrer Gegenwart sagen. Wir alle, *allesamt,* lassen dir deinen Willen und verhätscheln dich wegen der schrecklichen Dinge, die du durchmachen musstest. Aber du kannst und wirst uns nicht herumkommandieren, als wären wir in deiner erlauchten Gegenwart untergeordnete Geschöpfe. Verstehst du das?«

»Laut und deutlich, Lady. Dann solltest du vielleicht besser in die Staaten zurückfliegen, damit du dich nicht mit meiner erlauchten Gegenwart abfinden musst.« Jason Bourne erhob sich vom Tisch, schob den Stuhl zurück. »Morgen wird ein anstrengender Tag sein, ich werde also etwas Schlaf brauchen. Davon habe ich in letzter Zeit nicht viel gehabt – und ein besserer Mensch als irgendeiner von uns hat mir mal gesagt, dass die Ruhe eine Waffe ist. Ich glaube daran … Ich werde zwei Minuten im Wagen warten, überleg es dir. Ich bin sicher, Alex kann dich aus Frankreich rausbringen.«

»Mistkerl«, flüsterte Marie.

»Geh zu ihm«, sagte Panov. »Du weißt, was sonst passiert.«

»Ich kann nicht damit umgehen, Mo!«

»Geh nicht damit *um,* sei einfach bei ihm. Wir sind das einzige Halteseil, das er hat. Du musst nicht mal reden, sei einfach da. Bei ihm.«

»Er ist wieder der Killer geworden.«

»Er würde dir niemals etwas antun.«

»Natürlich nicht, das weiß ich.«

»Dann halte für ihn die Verbindung zu David Webb. Sie darf nicht völlig abreißen, Marie.«

»O Gott, ich liebe ihn so!«, rief die Frau, stand eilig auf und rannte hinter ihrem Mann her – der im Moment jemand anders war.

»War das der richtige Rat, Mo?«, fragte Conklin.

»Ich weiß nicht, Alex. Ich glaube einfach, er sollte mit seinen Albträumen nicht allein sein, niemand von uns sollte das. Das hat mit Psychiatrie nichts zu tun, das ist nichts als gesunder Menschenverstand.«

»Manchmal klingst du wie ein richtiger Arzt, weißt du das?«

Das algerische Viertel von Paris liegt zwischen dem zehnten und elften Arrondissement, kaum drei Blocks, in denen die niedrigen Gebäude pariserisch, die Klänge und Gerüche jedoch arabisch sind. Mit den Insignien der ehrwürdigen Kirche, die klein, aber goldverziert auf den Türen dargestellt waren, fuhr die lange, schwarze Limousine in diese ethnische Enklave. Sie hielt vor einem dreistöckigen Fachwerkhaus, ein alter Priester stieg aus dem Wagen und ging zur Tür. Er wählte einen Namen und drückte auf den zugehörigen Kopf, der eine Klingel im zweiten Stock in Gang setzte.

»Oui?«, sagte eine metallische Stimme aus der primitiven Gegensprechanlage.

»Ich bin ein Bote von amerikanische Botschaft«, antwortete der Besucher im religiösen Gewand, sein Französisch teilweise grammatikalisch falsch, wie man es von Amerikanern nur allzu gewohnt ist. »Ich kann meinen Wagen nicht allein lassen, aber wir haben eine dringende Nachricht für Sie.«

»Ich bin gleich unten«, sagte der französisch-algerische Fahrer, den Charles Casset rekrutiert hatte. Drei Minuten später kam der Mann aus dem Gebäude und trat auf den kurzen, schmalen Bürgersteig hinaus. »Wozu haben Sie sich so verkleidet?«, fragte er den Boten, der neben dem großen Wagen stand und die Insignien auf der Hintertür verdeckte.

»Ich bin der katholische Militärgeistliche, mein Sohn. Unser militärischer Diensthabender würde gern ein paar Worte mit Ihnen wechseln.« Er öffnete die Tür.

»Ich würde eine Menge für euch tun«, lachte der Fahrer, als er sich hinabbeugte, um in die Limousine zu sehen, »aber in eure Armee eingezogen zu werden, gehört nicht dazu … Ja, Sir, was kann ich für Sie tun?«

»Wohin haben Sie unsere Leute gebracht?«, fragte die schattenhafte Gestalt auf dem Rücksitz, ihre Gesichtszüge im Dunkel.

»Welche Leute?«, sagte der Algerier mit plötzlicher Besorgnis in der Stimme.

»Die beiden, die Sie vor ein paar Stunden am Flughafen abgeholt haben. Den Krüppel und seinen Freund.«

»Wenn Sie von der Botschaft sind und die wollen, dass Sie es wissen, dann werden sie anrufen und es Ihnen sagen, oder?«

»Sie werden es mir sagen!« Ein dritter, kräftig gebauter Mann in einer Chauffeursuniform tauchte hinter dem Kofferraum des Wagens auf. Er hob seinen Arm, schmetterte einen hässlichen, schwarzen Totschläger auf den Schädel des Algeriers und schob sein Opfer ins Wageninnere. Der Geistliche kletterte hinter ihm her und zog die Tür zu, während der Chauffeur um die Haube herum zum Vordersitz lief. Die Limousine raste die Straße hinunter und verschwand.

Eine Stunde später wurde die geschundene und immer noch blutende Leiche des Algeriers auf der verlassenen Rue Houdon, einen Block weit von der Place Pigalle entfernt, aus dem großen Automobil gestoßen. Drinnen sprach eine Gestalt mit ihrem alten, persönlich geweihten Priester.

»Hol deinen Wagen und warte vor dem Hotel von diesem Krüppel. Bleib wach! Am Morgen wird man dich ablösen, und du kannst den ganzen Tag über ausruhen. Berichte mir jede Bewegung und gehe, wohin er geht. Enttäusche mich nicht.«

»Niemals, Monseigneur.«

Dimitrij Krupkin war weder ein großer Mann – auch wenn er größer wirkte, als er war –, noch war er besonders schwer, und dennoch schien er eine sehr viel fülligere Figur zu haben, als sein Äußeres vermittelte. Er hatte ein freundliches, wenn auch etwas fleischiges Gesicht und einen stolzen Kopf, den er aufrecht auf seinen Schultern hielt. Die vollen Augenbrauen und das sorgfältig gekämmte, graumelierte Haar, der Kinnbart, die wachen, blauen Augen und ein anscheinend beständiges Lächeln machten ihn zu einem attraktiven Mann, der sein Leben und seine Arbeit genoss. Im Augenblick saß er an einem Tisch mit Blick auf die hintere Wand des ansonsten leeren Landgasthauses in Epernon, und über den Tisch hinweg betrachtete er Alex Conklin, der neben dem noch unerkannten Bourne saß und gerade erklärt hatte, dass er keinen Alkohol mehr trinke.

»Die Welt ist ihrem Ende nah!«, rief der Russe. »Siehst du, was mit einem guten Menschen im zügellosen Westen passiert? Schande über deine Eltern. Sie hätten bei uns bleiben sollen.«

»Ich glaube nicht, dass du die Alkoholismusrate in unseren beiden Ländern vergleichen möchtest.«

»Darauf würde ich kein Geld verwetten«, sagte Krupkin grinsend. »Da wir gerade von Geld sprechen, mein lieber, alter Feind, wie und wo soll ich gemäß unserer telefonischen Abmachung von gestern Abend bezahlt werden?«

»Wie und wo möchten Sie bezahlt werden?«, fragte Jason.

»Aha, Sie sind der Wohltäter, Sir?«

»Ich werde Sie bezahlen, ja.«

»Moment!«, flüsterte Conklin, dessen Aufmerksamkeit auf den Eingang des Restaurant gerichtet war. Er lehnte sich zur offenen Seite der Sitzgruppe, eine Hand an der Stirn, dann zog er sich schnell zurück, als ein Pärchen an einen Tisch in der Ecke links neben der Tür geführt wurde.

»Was ist?«, fragte Bourne.

»Ich weiß nicht … Ich bin nicht sicher.«

»Wer ist da reingekommen, Aleksej?«

»Das ist es gerade. Ich habe das Gefühl, ihn zu kennen, komme aber nicht drauf, woher.«

»Wo sitzt er?«

»An einem Tisch in der Ecke hinter der Bar. Er ist mit einer Frau da.« Krupkin rutschte an den Rand seines Sitzes, nahm seine Brieftasche heraus und holte einen kleinen Spiegel von der Größe und Dicke einer Kreditkarte hervor. Er legte beide Hände darum und suchte vorsichtig den richtigen Winkel.

»Du scheinst den Gesellschaftsseiten der Pariser Boulevardblätter verfallen zu sein«, sagte der Russe und lachte leise, als er den Spiegel zurücksteckte und die Brieftasche in seiner Jacke verschwinden ließ. »Er ist an der italienischen Botschaft, und das ist seine Frau. Paolo und Divina sonstwie, mit einem Hauch von Adel, glaube ich. Streng *corpo diploma-*

tico. Sie schmücken Parties ganz ungemein, und offenbar sind sie stinkreich.«

»Ich bewege mich nicht in solchen Kreisen, aber irgendwo habe ich ihn schon gesehen.«

»Natürlich hast du das. Er sieht aus wie jeder zweite italienische Leinwandstar mittleren Alters oder einer von diesen Weinbergbesitzern, die im Fernsehen die Vorzüge des Chianti Classico lobpreisen.«

»Vielleicht hast du Recht.«

»Hab ich.« Krupkin wandte sich wieder Bourne zu. »Ich werde Ihnen den Namen einer Bank samt Kontonummer in Genf aufschreiben.« Der Russe langte in seine Tasche, um einen Schreiber herauszuholen, während er vor sich nach einer Papierserviette griff. Plötzlich kam ein Mann, Anfang Dreißig und mit einem engen Anzug bekleidet, eilig an den Tisch gelaufen.

»Was ist los, Sergej?«, fragte Krupkin.

»Nicht Sie, Sir«, erwiderte der sowjetische Berater. »Er«, fügte er hinzu und deutete mit einem Kopfnicken auf Bourne.

»Was ist los?«, wiederholte Jason.

»Jemand ist Ihnen gefolgt. Zuerst waren wir uns nicht sicher, denn es ist ein alter Mann, der Probleme mit der Blase hat. Zweimal schon hat er hastig den Wagen verlassen, um sich zu erleichtern, aber als er wieder saß, hat er das Autotelefon benutzt und durch die Windschutzscheibe geblinzelt, um den Namen des Restaurants zu lesen. Das war erst vor wenigen Minuten.«

»Woher wissen Sie, dass er mir gefolgt ist?«

»Weil er kurz nach Ihnen angekommen ist und wir eine halbe Stunde vorher hier waren, um die Gegend zu sichern.«

»Die Gegend zu sichern!«, platzte Conklin heraus und sah Krupkin an. »Ich dachte, diese Besprechung sollte streng unter uns bleiben.«

»Lieber Aleksej, gütiger Aleksej, der mich vor mir selbst schützen würde. Glaubst du wirklich, ich würde mich mit dir treffen, ohne an meinen Schutz zu denken? Nicht du persönlich, alter Freund, aber deine Aggressoren in Washington. Kannst du es dir vorstellen? Ein stellvertretender Direktor der

CIA verhandelt mit mir über einen Mann, von dem er zu glauben scheint, ich würde ihn nicht kennen. Der widerwärtige Trick eines Amateurs.«

»Verdammt noch mal, ich habe es ihm nicht *gesagt*!«

»Du meine Güte, dann liegt der Irrtum auf meiner Seite. Ich bitte um Entschuldigung, Aleksej.«

»Tun Sie es nicht«, unterbrach Jason entschlossen. »Dieser alte Mann kommt vom Schakal ...«

»Carlos!«, rief Krupkin mit gerötetem Gesicht, die wachen, blauen Augen leidenschaftlich, wütend. »Der Schakal ist hinter dir her, Aleksej?«

»Nein, hinter ihm«, antwortete Conklin. »Deinem Wohltäter.«

»Gütiger Gott! So fügt sich alles zusammen. Ich habe also die große Ehre, den berüchtigten Jason Bourne kennen zu lernen. Welch ausgesprochenes Vergnügen, Sir! Wir haben dasselbe Ziel, was Carlos betrifft, nicht wahr?«

»Wenn Ihre Männer etwas wert sind, können wir dieses Ziel noch in der nächsten Stunde erreichen. Kommen Sie! Lassen Sie uns hier verschwinden und den Hinterausgang nehmen, durch die Küche, ein Fenster, irgendwas. Er hat mich gefunden, und Sie können Ihren Arsch darauf verwetten, dass er herkommt, um mich zu holen. Aber er weiß nicht, dass wir es wissen. Also los!«

Als die drei Männer sich vom Tisch erhoben, gab Krupkin seinem Mitarbeiter ein paar Anweisungen: »Lass den Wagen zur Rückseite bringen, zum Lieferanteneingang, falls es einen gibt, aber mach es unauffällig, Sergej. Kein Grund zur Eile, verstehst du mich?«

»Wir können eine halbe Meile die Straße runterfahren und auf eine Weide abbiegen, die uns zur Rückseite des Gebäudes führt. Der alte Mann in seinem Wagen wird uns nicht sehen.«

»Sehr gut, Sergej. Und lass unsere Rückendeckung, wo sie ist, aber sie soll sich bereithalten.«

»Natürlich, Genosse.«

»Eine Rückendeckung?«, explodierte Alex. »Ihr hattet eine Rückendeckung?«

»Bitte Aleksej, wozu die Wortklauberei? Schließlich ist es deine eigene Schuld. Selbst gestern Abend am Telefon hast du mir nicht von deiner Verschwörung gegen deinen eigenen, stellvertretenden Direktor erzählt.«

»Um Gottes willen, das ist keine Verschwörung!«

»Aber auch nicht gerade ein besonders persönliches Verhältnis zwischen Zentrale und Außendienst, oder? Nein, Aleksej Nikolajewitsch Konsolikow, du dachtest, du könntest mich – sagen wir mal – benutzen, und du hast es versucht. Vergiss nie, mein guter, alter Gegenspieler, du bist ein Russe.«

»Würdet ihr zwei den Mund halten und hier verschwinden?«

Sie warteten in Krupkins gepanzertem Citroën am Rande eines überwucherten Feldes dreißig Meter hinter dem Wagen des alten Mannes, die Vorderseite des Restaurants gut im Blick. Zu Bournes Ärger schwelgten Conklin und der KGB-Offizier wie zwei alternde Profis darin, die Strategien vergangener Geheimdienstoperationen zu analysieren, indem sie die Schwächen des jeweils anderen hervorhoben. Die sowjetische Rückendeckung war eine unauffällige Limousine am anderen Straßenrand, schräg gegenüber vom Restaurant. Zwei bewaffnete Männer warteten darauf, herauszuspringen, die automatischen Waffen schussbereit.

Plötzlich hielt ein Renault-Kombi vor dem Gasthof. Drei Pärchen saßen darin, und bis auf den Fahrer stiegen alle aus, lachten und umarmten sich. Wie außer sich liefen sie auf den Eingang zu, während ihr Fahrer den Wagen auf dem kleinen Parkplatz abstellte.

»Haltet sie auf«, sagte Jason. »Sie könnten getötet werden.«

»Ja, das könnten sie, Mr. Bourne, aber wenn wir sie aufhalten, verlieren wir den Schakal.«

Jason starrte den Russen an, unfähig zu sprechen, Wut und Verwirrung trübten seine Gedanken. Dann war es zu spät für Worte. Ein dunkelbrauner Transporter kam die Straße heraufgeschossen, und Bourne fand seine Stimme wieder.

»Das ist der vom Boulevard Lefèbvre, der entkommen ist!«

»Der von wo?«, fragte Conklin.

»Vor einigen Tagen gab es Ärger am Lefèbvre«, sagte Krupkin. »Ein Transporter wurde in die Luft gesprengt. Meinen Sie das?«

»Es war eine Falle … Ein Transporter, dann eine Limousine und ein Doppelgänger von Carlos – eine Falle. Er kam aus einer dunklen Seitenstraße gerast und versuchte, uns niederzuschießen.«

»Uns?« Alex beobachtete Jason. Er sah den unverhohlenen Zorn in den Augen des Chamäleons, den starren, zusammengepressten Mund, das langsame Strecken und Spannen seiner kraftvollen Hände.

»Bernardine und mich«, flüsterte Bourne und ließ seine Stimme plötzlich lauter werden. »Ich will eine Waffe«, rief er. »Die Kanone in meiner Tasche ist keine gottverdammte Waffe!«

Der Fahrer war Krupkins kräftig gebauter, sowjetischer Mitarbeiter Sergej. Er langte über den Sitz hinweg und hob eine russische AK-47 an. Er hielt sie über seine Schulter, als Jason danach griff.

Eine dunkelbraune Limousine kam kreischend vor dem alten, ausgeblichenen Vordach zum Stehen, und wie eine ausgebildete Kommandoeinheit sprangen zwei Männer aus der Seitentür, die Gesichter unter Strumpfmasken verborgen, automatische Waffen in den Händen. Sie rannten zum Eingang, ließen ihre Körper zu beiden Seiten der Doppeltüren herumwirbeln. Ein dritter kam aus dem quadratischen Fahrzeug: ein fast kahler Mann in einer schwarzen Priesterrobe. Nach einer Geste mit seiner Waffe näherten sich die beiden Männer des Stoßtrupps den Türen, die Hände auf den dicken Messinggriffen. Der Fahrer des Transporters ließ seinen Motor aufheulen. »Los!«, schrie Bourne. »Er ist es! Es ist Carlos!«

»Nein!«, brüllte Krupkin. »Warten Sie. Es ist jetzt unser Hinterhalt, und er muss erst in die Falle gehen – hinein.«

»Um Gottes willen, da drinnen sind Menschen!«, konterte Jason.

»Alle Kriege fordern Opfer, Mr. Bourne, und falls Sie es noch nicht bemerkt haben sollten: Das hier ist ein Krieg. Ihrer und meiner. Ihrer ist übrigens weit persönlicher als meiner.«

Plötzlich hörte man den markerschütternden Racheschrei des Schakals, krachend schlugen die Doppeltüren auf, und die Terroristen stürmten ins Innere, die Waffen. auf Dauerfeuer.

»Jetzt!«, rief Sergej, den Motor gestartet, das Gaspedal auf dem Boden. Der Citroën kam schlingernd auf die Straße und raste auf den Transporter zu, aber innerhalb des Bruchteils einer Sekunde wurde er aus der Bahn geworfen. Zu ihrer Rechten gab es eine gewaltige Explosion. Der alte Mann und der unauffällige, graue Wagen, in dem er saß, wurden in die Luft gesprengt und ließen den Citroën nach links in einen alten Lattenzaun schleudern, der den tiefer liegenden Parkplatz neben dem Gasthof begrenzte. Im gleichen Augenblick kam der dunkelbraune Transporter des Schakals ruckartig zum Stehen, und der Fahrer sprang heraus, um sich dahinter zu verstecken. Er hatte die sowjetische Rückendeckung gesehen. Als die beiden Russen zum Restaurant liefen, tötete der Fahrer des Schakals einen von ihnen mit einer Salve aus seiner Waffe. Der andere warf sich ins angrenzende, abfallende Gras und beobachtete hilflos, wie Carlos' Fahrer die Reifen und Scheiben des sowjetischen Wagens zerschoss.

»Raus hier!«, schrie Sergej und zerrte Bourne von seinem Sitz in den Dreck neben dem Zaun, während sein erstaunter Vorgesetzter und Alex Conklin hinter ihm herauskrochen.

»Los!«, rief Jason, packte die AK-47 und kam wieder auf die Beine. »Der Scheißkerl hat den Wagen über Funk in die Luft gesprengt.«

»Ich geh zuerst!«, sagte der Russe.

»Warum?«

»Ehrlich gesagt, bin ich jünger …«

»Halt's Maul!« Bourne rannte voraus, lief im Zickzack, während er schoss, ließ sich zu Boden fallen, als Carlos' Fahrer das Feuer erwiderte. Der Mann des Schakals hob sich aus dem Gras, sicher, dass seine Salve getroffen hatte. Sein Kopf tauchte auf, und Jason drückte ab.

Als der zweite Mann der russischen Rückendeckung den Todesschrei hinter dem Transporter hörte, erhob er sich aus dem abfallenden Gras und näherte sich dem Eingang des Restaurants. Von drinnen hörte man unregelmäßige Schüsse, plötzlich Salven, begleitet von panischen Schreien, gefolgt von weiteren Salven. Innerhalb der Mauern des idyllischen Landgasthauses entspann sich ein Albtraum von Entsetzen und Blut. Bourne kam auf die Füße, Sergej neben sich. Im Laufen schlossen sie sich dem vorausgelaufenen Russen an. Auf Jasons Nicken hin zogen die Russen die Türen auf, und sie stürmten wie ein Mann hinein.

Die nächsten sechzig Sekunden waren so entsetzlich wie die schreiende Hölle, dargestellt von Munch. Ein Kellner und zwei der Männer, die unter den drei Pärchen gewesen waren, waren tot – der Kellner und einer der Männer lagen am Boden, die Schädel zerschmettert, was von ihren Gesichtern übrig war, schwamm im Blut. Der dritte Mann lag rückwärts über die gepolsterte Bank gebreitet, die Augen weit aufgerissen und glasig tot, seine Kleider vollkommen durchlöchert, Rinnsale von Blut liefen über den Stoff. Die Frauen standen unter schwerem Schock, stöhnten und schrien abwechselnd, während sie versuchten, über die Kiefernholzwände der Sitzgruppe zu kriechen. Der gutgekleidete Mann und seine Frau von der italienischen Botschaft waren nirgends zu sehen.

Sergej machte plötzlich einen Satz nach vorn, die Waffe auf Dauerfeuer. In einer der hinteren Ecken des Raumes hatte er eine Gestalt entdeckt, die Bourne nicht gesehen hatte. Der Killer mit der Strumpfmaske sprang aus dem Schatten hervor, seine Maschinenpistole schwang in Position, aber bevor er sich seinen Vorteil zunutze machen konnte, schoss der Russe ihn nieder … Ein Mensch taumelte hinter den kurzen Tresen, der als Bar diente. War es der Schakal? Jason drehte sich um die eigene Achse gegen die schräge Wand, hockte sich hin, seine Augen durchbohrten jeden Winkel in der Nähe der Weinregale. Er machte einen Satz zum Fuß der Bar, als der zweite Russe die Situation abschätzte und zu den hysterischen Frauen hinüberlief, herumfuhr und seine Waffe hin und her schwenkte, um sie zu schützen. Der strumpfgesichtige Kopf schoss hinter dem Tresen hervor, die Waffe schwankte über dem Holz. Bourne sprang auf die Füße, packte den heißen Lauf mit der linken Hand, seine Rechte hatte die AK-47 im Griff. Er feuerte aus kürzester Entfernung in das hinter der Seide verzerrte Gesicht des Terroristen. Es war nicht Carlos. Wo war der Schakal?

»Da drinnen!«, rief Sergej, als hätte er Jasons wütende Frage gehört.

»Wo?«

»Die Türen!«

Es war die Küche des Landgasthofes. Die beiden Männer näherten sich den Schwingtüren. Wieder nickte Bourne, das Signal hineinzustürmen, aber bevor sie sich noch bewegen konnten, wurden beide von einer Explosion aus dem Inneren zurückgeworfen. Eine Granate war gezündet worden, Bruchstücke von Metall und Glas hatten sich in die Türen gebohrt. Rauch wogte auf, wehte in den Speisesaal hinaus. Der Geruch beißend, ekelhaft.

Stille.

Jason und Sergej näherten sich erneut dem Eingang zur Küche, und wieder wurden sie von einer zweiten, plötzlichen Explosion gebremst, der abgehacktes Gewehrfeuer folgte, dessen Kugeln die dünne, jalousienartige Verkleidung der Schwingtüren durchbohrten.

Stille.

Warten.

Stille.

Das war zu viel für das wütende, aufgebrachte Chamäleon. Er lud seine AK-47 durch, drückte den Wahlhebel und dann den Abzug für Dauerfeuer. Er ließ die Tür aufkrachen und warf sich auf den Boden.

Stille.

Die nächste Szene aus der nächsten Hölle. Ein Teil der Außenwand war weggesprengt worden, der fettleibige Besitzer und sein Koch, der immer noch seine Mütze trug, waren tot, die Leichen gegen die unteren Borde der Küche gedrückt, Blut strömte über das Holz und daran herunter.

Bourne erhob sich langsam, jeder Nerv in seinem Körper überreizt, der Rand der Hysterie nicht weit entfernt. Wie in Trance sah er sich im Rauch und in den Trümmern um, die

Augen blieben schließlich an einem großen, unheilvollen Stück braunem Schlachterpapier hängen, das mit einem schweren Hackmesser an die Wand genagelt war, lasen die Worte, die mit einem schwarzen Schlachterbleistift darauf geschrieben standen:

›Die Tannenbäume werden brennen, und Kinder werden zu Fackeln werden. Schlaf gut, Jason Bourne.‹ Der Spiegel seines Lebens zersprang in tausend Stücke. Ihm blieb nichts, als zu schreien.

31.

»Hör auf, David!«

»Mein Gott, er ist verrückt geworden, Aleksej. Sergej, schnapp ihn dir, halt ihn fest ... Du da, hilf Sergej! Legt ihn auf den Boden, damit ich mit ihm reden kann. Wir müssen schnell weg hier!«

Alles, was die beiden russischen Helfer tun konnten, war, den schreienden Bourne im Gras niederzuringen. Er war durch das herausgesprengte Loch in der Wand hinausgelaufen und in dem vergeblichen Versuch, den Schakal zu finden, ins hohe Gras hinausgerannt, hatte seine AK-47 ins Feld dahinter abgefeuert, bis das Magazin leer war. Sergej und der überlebende Russe aus der Rückendeckung waren ihm hinterher gerannt, einer hatte Jason die Waffe aus den Händen gerissen, und gemeinsam hatten sie den hysterischen Mann wieder zurück zum Gasthof geführt, wo Alex und Krupkin auf sie warteten. Bourne befand sich in schwitzender, unregelmäßig atmender Trance; die Männer gingen eilig zur Vorderseite des Restaurants. Und wieder hatte die unkontrollierbare Hysterie vom Chamäleon Besitz ergriffen.

Der Transporter des Schakals war verschwunden. Carlos war entkommen und Jason Bourne dem Wahnsinn nahe.

»Haltet ihn fest«, brüllte Krupkin, als er neben Bourne kniete und die beiden Helfer Jason an den Boden drückten. Der KGB-Offizier spreizte seine Hand über dem Gesicht des Amerikaners, stach ihm mit Daumen und Zeigefinger in die Wangen und zwang Treadstone Seventy-One, ihn anzusehen.

»Ich sage es nur einmal, Mr. Bourne, und wenn es dann nicht sitzt, können Sie hier bleiben und sehen, wie Sie aus der Sache rauskommen! Wir müssen weg hier. Wenn Sie sich zusammennehmen, haben wir innerhalb der nächsten Stunde von Paris aus Kontakt zu den entsprechenden Stellen Ihrer

Regierung. Ich habe die Warnung an Sie gesehen, und ich kann Ihnen versichern, dass Ihre Leute in der Lage sind, Ihre Familie zu schützen … Aber Sie, Sie *selbst*, müssen Teil dieser Kommunikation sein. Sie können sich zusammennehmen, Mr. Bourne, oder zum Teufel gehen. Was ist Ihnen lieber?«

Das Chamäleon atmete aus, als wolle es nie wieder Luft holen. Seine Augen waren klar, und er sagte: »Holt diese Scheißkerle von mir runter.«

»Einer von diesen Scheißkerlen hat dir das Leben gerettet«, sagte Conklin.

»Und ich hab einem von denen das Leben gerettet.«

Der gepanzerte Citroën raste die Landstraße zur Autobahn nach Paris hinunter. Über das tragbare Telefon, das mit einem Signalverwürfler ausgestattet war, bestellte Krupkin ein Team nach Epernon, das die Reste des Wagens der russischen Rückendeckung entfernen sollte. Die Leiche des erschossenen Mannes war vorsichtig im Kofferraum des Citroën verstaut worden, und der offizielle sowjetische Kommentar, falls danach gefragt wurde, beschränkte sich auf Nichteinmischung: Zwei untergeordnete Angestellte des diplomatischen Dienstes seien zu einem Mittagessen auf dem Land gewesen, als das Massaker passierte. Mehrere Killer hätten Strumpfmasken getragen, die anderen seien kaum zu erkennen gewesen. Die Botschaftsmitarbeiter seien durch eine Hintertür entkommen und um ihr Leben gelaufen. Als es vorbei war, seien sie zum Restaurant zurückgekehrt, hätten die Opfer zugedeckt und versucht, die hysterischen Frauen und den einzigen überlebenden Mann zu beruhigen. Sie hätten ihre Vorgesetzten angerufen, um den grässlichen Zwischenfall zu melden, und seien angewiesen worden, die örtliche Polizei zu informieren und umgehend in die Botschaft zurückzukehren. Die sowjetischen Interessen dürften durch Akte französischer Krimineller nicht gefährdet werden.

»Das klingt so russisch«, sagte Krupkin.

»Wird das irgendjemand glauben?«, fragte Alex.

»Das ist egal«, antwortete der Sowjetbürger. »Epernon riecht nach einer Vergeltungsmaßnahme des Schakals. Der zerfetzte, alte Mann, zwei untergeordnete Terroristen mit Strumpfmasken – die Sûreté kennt diese Indizien. Wenn wir darin verwickelt waren, dann auf der richtigen Seite, also werden sie nicht weiter nach unserer Anwesenheit fragen.«

Bourne saß schweigend am Fenster. Er brach sein wütendes Schweigen, nahm den Blick von der vorbeifliegenden Szenerie und schlug seine Faust gegen die Armlehne. »O Gott, die Kinder!«, rief er. »Wie nur hat dieser Scheißkerl überhaupt von ihrem neuen Aufenthaltsort erfahren können?«

»Verzeihen Sie, Mr. Bourne«, unterbrach ihn Krupkin sanft. »Ich bin mir darüber im Klaren, dass es viel leichter für mich zu sagen als für Sie zu akzeptieren ist, aber schon sehr bald werden Sie Kontakt mit Washington haben. Ich weiß ein bisschen über die Fähigkeiten der CIA, ihre eigenen Leute zu beschützen, und ich garantiere Ihnen, dass es zum Verrücktwerden wirkungsvoll ist.«

»Es kann nicht so gottverdammt weit damit her sein, wenn Carlos so gut informiert ist.«

»Kommt auf die Quelle an«, sagte der Russe.

Sie schossen in der blendenden Nachmittagssonne durch die Straßen von Paris. Schließlich erreichten sie die sowjetische Botschaft am Boulevard Lannes und rasten durch das Tor, da die Wachen sie durchwinkten, als sie Krupkins grauen Citroën erkannten. Sie wendeten auf dem Kopfsteinpflaster des Hofes und hielten vor der imposanten Marmortreppe und dem mit Skulpturen verzierten Rundbogen, der den Eingang umgab.

»Halte dich verfügbar, Sergej«, sagte der KGB-Offizier. »Falls die Sûreté direkte Nachfragen hat, übernimmst du das.« Und dann, als wäre es ihm gerade erst eingefallen, sagte er zu dem Russen, der neben Sergej saß: »Nichts für ungut, junger Mann, aber über die Jahre ist mein alter Freund und Fahrer in diesen Situationen äußerst einfallsreich geworden. Für Sie gibt es allerdings auch Arbeit. Bereiten Sie die Leiche unseres loyalen verstorbenen Kameraden für die Einäscherung vor. Die Abteilung für Interne Angelegenheiten wird Ihnen die entsprechenden Formulare aushändigen.« Mit einem Kopfnicken wies Dimitrij Krupkin Bourne und Alex Conklin an, auszusteigen.

Im Gebäude erklärte Dimitrij der Militärwache, dass ihm nicht daran gelegen sei, seine Gäste durch den Metalldetektor zu schicken, den die Gäste der sowjetischen Botschaft normalerweise zu passieren hatten. Zur Seite gewandt, flüsterte er seinen Gästen auf englisch zu: »Könnt ihr euch den Alarm vorstellen, der hier losgehen würde? Zwei bewaffnete Amerikaner von der brutalen CIA streunen durch die Hallen dieser Bastion des Proletariats? Gütiger Himmel, ich spüre schon den kalten Wind Sibiriens zwischen den Beinen.«

Sie gingen durch die geschmückte, reich verzierte Lobby aus dem neunzehnten Jahrhundert zu einem typischen messingvergitterten französischen Fahrstuhl. Sie traten ein und fuhren in den dritten Stock. Das Gitter öffnete sich, und Krupkin ging voraus.

»Wir werden einen hausinternen Konferenzraum benutzen«, sagte er. »Ihr werdet die einzigen Amerikaner sein, die ihn jemals gesehen haben oder sehen werden. Es ist eins der wenigen Büros ohne Abhöranlagen.«

»Du würdest diese Erklärung keinem Lügendetektor anvertrauen, oder?«, fragte Conklin leise lachend.

»Genau wie du, Aleksej, habe ich schon vor langer Zeit gelernt, wie man diese idiotischen Maschinen zum Narren halten kann, aber selbst wenn es nicht so wäre, in diesem Fall hätte ich keine Bedenken, denn es ist wahr. Es hilft uns, uns vor uns selbst zu schützen. Hier entlang.«

Der Konferenzraum hatte die Größe eines durchschnittlichen Esszimmers einer Stadtrandwohnung, war jedoch mit einem langen, schweren Tisch und dunklen, maskulinen Möbeln ausgestattet, die Sessel dick, sperrig und ziemlich bequem. Die Wände waren dunkelbraun getäfelt, das unumgängliche Portrait von Lenin demonstrativ in der Mitte hinter dem Sessel am Kopfende, neben dem ein niedriger Tisch stand, damit die Telefonkonsole in Griffnähe war.

»Ich weiß, dass es eilt«, sagte Krupkin, als er zur Konsole ging. »Also lasst uns gleich eine internationale Leitung schalten.« Er nahm den Hörer ab, drückte einen Knopf, sagte schnell etwas auf russisch, legte wieder auf und drehte sich zu den Amerikanern um. »Nummer sechsundzwanzig, der letzte Knopf rechts, zweite Reihe.«

»Danke.« Conklin nickte, langte in seine Tasche, holte einen Zettel heraus und reichte ihn dem KGB-Offizier. »Tu mir noch einen Gefallen, Kruppie. Das ist eine Telefonnummer hier in Paris. Es soll angeblich eine Direktleitung zum Schakal sein, aber sie stimmt nicht mit der Nummer überein, über die Bourne ihn tatsächlich schon erreicht hat. Wir wissen nicht, wo sie hingehört, aber egal, wo, sie hängt mit Carlos zusammen.«

»Und du willst sie nicht anrufen, weil du Angst hast, du könntest verraten, dass die Nummer in deinem Besitz ist – Initialienschlüssel, so was in der Art. Verstehe. Ich werde mich darum kümmern.« Krupkin sah Jason an, sein Ausdruck war der eines älteren, verständnisvollen Kollegen. »Seien Sie guten und festen Herzens, Mr. Bourne, wie die Zaristen sagen würden, auch wenn sie sich keiner erkennbaren Gefahr gegenübersähen. Trotz Ihrer Befürchtungen habe ich enormes Vertrauen in Langleys Fähigkeiten. Sie haben meine nicht eben unwichtigen Operationen stets in einer Weise gestört, dass ich ungern darüber spreche.«

»Danke, Kruppie«, sagte Alex. »Mit deinen eigenen Worten: Du bist ein guter, alter Feind.«

»Nochmals Schande über deine Eltern! Wären sie bei Mütterchen Russland geblieben, würden wir beide inzwischen das Komitet leiten.«

»Und hätten *zwei* Häuschen am See?«

»Bist du verrückt, Aleksej? Der ganze verdammte Genfer See würde uns gehören!« Krupkin drehte sich um, ging zur Tür und verließ den Raum mit einem leisen Lachen.

»Für euch ist das wohl alles ein hübsches Spielchen, was?«, sagte Bourne.

»Bis zu einem gewissen Punkt«, stimmte Alex zu. »Aber nicht, wenn es um Menschenleben geht – auf beiden Seiten. Dann werden die Waffen gezogen, und das Spiel ist vorbei.«

»Ruf Langley an«, sagte Jason abrupt und deutete mit

einem Kopfnicken auf die Konsole. »Holland wird einiges erklären müssen.«

»Langley anzurufen würde nichts nützen …«

»Was?«

»Es ist noch zu früh. Es ist kaum sieben in den Staaten, aber keine Sorge, ich habe einen Bypass.« Conklin langte in seine Tasche und zog ein kleines Notizbuch hervor.

»Bypass?«, rief Bourne. »Was soll das Gerede? Ich drehe gleich durch, Alex, das sind meine *Kinder* da drüben!«

»Ganz ruhig, es bedeutet nur, dass ich seine Geheimnummer habe.« Conklin setzte sich und nahm den Hörer auf. Er wählte.

»Peter? Hier ist Alex. Mach deine Augen auf und werde wach, Seemann. Wir haben Komplikationen.«

»Ich muss nicht aufwachen«, sagte die Stimme aus Fairfax, Virginia. »Ich komme gerade vom Joggen nach Hause.«

»Oh, ihr Leute mit zwei Füßen haltet euch wohl immer für besonders schlau.«

»Tut mir Leid, Alex … Ich wollte nicht …«

»Natürlich nicht, Fähnrich Holland, aber wir haben da ein Problem.«

»Was zumindest bedeutet, dass ihr Kontakt bekommen habt. Du hast Bourne erreicht.«

»Er beugt sich gerade über meine Schulter, und wir rufen aus der sowjetischen Botschaft in Paris an.«

»Was? Heilige Scheiße!«

»Nicht heilig, nur Casset, du erinnerst dich?«

»O ja, hatte ich fast vergessen … Was ist mit seiner Frau?«

»Mo Panov ist bei ihr.«

»Sonst irgendein Fortschritt?«

»Nichts, was du hören möchtest, aber du wirst es laut und deutlich hören.«

»Wovon redest du?«

»Der Schakal weiß über Tannenbaum Bescheid.«

»Du spinnst!«, rief der Direktor der Central Intelligence Agency so laut, dass es in der transozeanischen Verbindung klingelte. »Niemand weiß davon! Nur Charlie Casset und ich. Wir haben eine Chrono mit falschen Namen und zentralamerikanischen Bios aufgebaut, die so weit von Paris entfernt sind, dass niemand eine Verbindung herstellen kann. Außerdem wurde Tannenbaum in den Anweisungen gar nicht erwähnt! Glaub mir, Alex, wir haben da niemand anderen rangelassen.«

»Tatsachen sind Tatsachen. Peter. Jason hat eine Nachricht bekommen, die besagte, Tannenbaum würde in Flammen aufgehen und die Kinder ebenfalls.«

»Verdammte Scheiße!«, schrie Holland. »Bleib dran«, befahl er. »Ich rufe St. Jacques drüben an, dann höchste Sicherheitsstufe, und ich bring sie noch heute morgen weg. Bleib am Apparat!« Conklin sah auf zu Bourne, das Telefon zwischen ihnen. Beide Männer konnten die Worte hören.

»Wenn es eine undichte Stelle gibt, und es gibt eine undichte Stelle, dann kann sie nicht in Langley sein«, sagte Alex.

»Das muss sie! Er hat nicht richtig gesucht.«

»Wo soll er denn suchen?«

»Himmel, *ihr* seid die Experten. Der Helikopter, der sie ausgeflogen hat, die Mannschaft, die Leute, die ein amerikanisches Flugzeug freigegeben haben, das in britisches Gebiet geflogen ist. Mein Gott! Carlos hat den lausigen Gouverneur in Montserrat und seinen obersten Drogenfahnder gekauft. Was hindert ihn daran, sich in die Nachrichtenübertragung zwischen unserem Militär und Plymouth einzuschalten!«

»Aber du hast ihn gehört«, beharrte Conklin. »Die Namen waren falsch, die Chronologien nach Zentralamerika ausgerichtet, und vor allem wusste auf den Anschlussflügen niemand was von Tannenbaum. Niemand … Wir haben eine Lücke.«

»Bitte erspar mir diesen Geheimjargon.«

»Das ist überhaupt nicht geheimnisvoll. Eine Lücke ist ein Raum …«

»Alex?« Die wütende Stimme von Peter Holland war wieder in der Leitung.

»Ja, Peter?«

»Wir bringen sie weg, und ich werde nicht mal dir erzählen, wohin. St. Jacques ist stinkig, weil Mrs. Cooper und die Kinder sich gerade eingerichtet hatten. Ich habe ihm gesagt, er hat eine Stunde Zeit.«

»Ich möchte mit Johnny sprechen«, sagte Bourne, beugte sich vor und sprach laut genug, um gehört zu werden.

»Schön, Sie kennen zu lernen, wenn auch nur am Telefon«, antwortete Holland.

»Danke für alles, was Sie für uns tun«, brachte Jason leise und freundlich heraus.

»*Quid pro quo,* Bourne. Auf Ihrer Jagd nach dem Schakal haben Sie einen hässlichen Hasen aus einem schmutzigen Hut gezogen, von dem niemand wusste, dass es ihn gab.«

»Was?«

»Medusa, die neue.«

»Wie läuft es?«, unterbrach Conklin.

»Wir machen unsere eigene Kreuzbefruchtung zwischen den Sizilianern und einer Gruppe von europäischen Banken. Es zieht alles in den Dreck, was damit in Berührung kommt, aber jetzt haben wir mehr Drähte in der Hand, als bei einem NASA-Start an der Rampe hängen. Wir sind nah dran.«

»Weidmannsheil«, sagte Jason. »Kann ich die Nummer von Tannenbaum haben, damit ich John St. Jacques erreichen kann?« Holland gab sie ihm. »Die Muschel gehört dir«, sagte Conklin, erhob sich umständlich aus dem Sessel neben der Konsole und ging zu einem an der rechten Ecke des Tisches.

Bourne nahm Platz und konzentrierte sich auf die unzähligen Knöpfe unter ihm. Er nahm den Hörer auf und tippte, während er die Zahlen las, die Alex in seinem Notizbuch festgehalten hatte, die entsprechenden Ziffern auf der Konsole.

Die Begrüßung war knapp, Jasons Fragen barsch, seine Stimme fordernd. »Mit wem hast du über Tannenbaum gesprochen?«

»Langsam, David«, sagte St. Jacques instinktiv abwehrend. »Was meinst du damit, mit wem ich gesprochen habe?«

»Genau das, was ich sage. Von Tranquility aus mit Washington, mit wem hast du über Tannenbaum gesprochen?«

»Du meinst, nachdem Holland mir davon erzählt hat?«

»Du meine Güte, Johnny, davor kann es nicht gewesen sein, oder?«

»Nein, kann es nicht, Sherlock Holmes.«

»Also mit wem?«

»Mit dir. Nur mit dir, hochgeschätzter Schwager.«

»Was?«

»Du hast mich gehört. Alles ging so schnell, dass für irgendwelche anderen Gespräche überhaupt keine Zeit blieb.«

»Es gab aber eine undichte Stelle, und zwar nicht in Langley.«

»Auch nicht bei mir. Passen Sie mal auf, Herr Dr. Akademiker, vielleicht hab ich keine Buchstaben vor meinem Namen stehen, aber ich bin auch nicht gerade ein Idiot. Das sind meine Nichte und mein Neffe da nebenan im Zimmer, und ich gehe absolut davon aus, dass ich sehen werde, wie sie größer werden ... Die undichte Stelle ist der Grund, warum wir umziehen müssen, stimmt's?«

»Ja.«

»Wie schlimm ist es?«

»Das Maximum. Der Schakal.«

»Gott im Himmel!«, explodierte St. Jacques. »Wenn dieser Scheißkerl in der Nachbarschaft auftaucht, gehört er mir!«

»Langsam, Kanada«, sagte Jason, und seine Stimme war weicher, vermittelte eher Nachdenklichkeit als Wut. »Du sagst, dass du Tannenbaum nur mir gegenüber erwähnt hast?«

»Stimmt. Ich erinnere mich genau, weil ich Henry Sykes in Serrat auf der anderen Leitung hatte, als Pritchard mir sagte, du seist am Apparat. Erinnerst du dich an Henry, den Mitarbeiter vom Gouverneur?«

»Natürlich.«

»Ich hatte ihn gebeten, ein Auge auf Tranquility zu werfen, weil ich ein paar Tage verreisen müsste. Natürlich wusste er das, weil er die Fluggenehmigung für die US-Maschine geben musste, und ich erinnere mich genau, dass er mich gefragt hat, wohin ich wollte, und ich nur Washington gesagt habe. Es ist mir nie in den Sinn gekommen, etwas über unser wirkliches Ziel zu sagen, und Sykes hat mich nicht gedrängt, weil er sich offensichtlich gedacht hat, dass es etwas mit den schrecklichen Vorfällen zu tun hatte, die passiert waren. Ich nehme an, man könnte sagen, in diesen Dingen ist er ein Profi.« St. Jacques legte eine Pause ein, aber noch bevor Bourne sprechen konnte, stieß er heiser aus: »O mein Gott!«

»Pritchard«, ergänzte Jason. »Er ist in der Leitung geblieben.«

»*Warum*? Warum sollte er das tun?«

»Du vergisst etwas«, erklärte Bourne. »Carlos hat euren Gouverneur und seinen Häuptling gekauft. Die müssen ein Heidengeld gekostet haben. Pritchard war sicher sehr viel billiger.«

»Nein, du hast Unrecht, David. Pritchard mag ein hintertriebener, aufgeblasener Esel sein, aber er würde sich nicht für Geld gegen mich wenden. Es ist auf den Inseln einfach nicht so wichtig – Prestige ist wichtig, und das bekommt er von mir. Eigentlich macht er seinen Job verdammt gut.«

»Es gibt keinen anderen, Bruder.«

»Es gibt nur eine Möglichkeit, das rauszufinden. Ich bin leider nicht da, und ich habe auch nicht die Absicht hinzufahren.«

»Worauf willst du hinaus?«

»Ich möchte Henry Sykes mit einbeziehen. Hast du was dagegen einzuwenden?«

»Tu es.«

»Wie geht's Marie?«

»So gut, wie man es unter den gegebenen Umständen erwarten kann ... Und, Johnny, ich möchte nicht, dass sie irgendetwas davon erfährt, verstehst du mich? Wenn sie dich anruft, und das wird sie tun, sag ihr, du hast dich gut eingerichtet, und alles ist okay, nichts vom Umziehen oder Carlos.«

»Ich verstehe.«

»Es ist doch alles in Ordnung, oder? Wie geht es den Kindern – wie nimmt Jamie das alles auf?«

»Es wird dir vielleicht missfallen, aber er amüsiert sich großartig, und Mrs. Cooper lässt mich Alison nicht mal anfassen.«

»Missfällt mir beides nicht.«

»Danke. Was ist mit dir? Irgendein Fortschritt?«

»Wir bleiben in Kontakt«, sagte Bourne, legte auf und wandte sich Alex zu. »Es macht keinen Sinn, und dabei macht Carlos immer einen Sinn, wenn man nur genau genug hinsieht. Er hinterlässt mir eine Warnung, die mich vor Angst ganz verrückt macht, aber er hat keine Mittel, seine Drohung auszuführen. Wie reimst du dir das zusammen?«

»Der Sinn liegt darin, dich verrückt zu machen«, erwiderte Conklin. »Der Schakal wird sich auf die Entfernung nicht an eine Anlage wie Tannenbaum heranwagen. Die Nachricht war dazu gedacht, dich in Panik zu versetzen, und es hat funktioniert. Er will dich aus der Bahn werfen, damit du Fehler machst. *Er* will die Kontrolle haben.«

»Ein weiterer Grund für Marie, so bald wie möglich in die Staaten zurückzufliegen. Sie muss einfach. Ich will, dass sie in einer Festung sitzt, und nicht, dass sie in Barbizon im Freien zu Mittag isst.«

»Ich stimme dir heute eher zu als gestern Abend.« Alex wurde vom Geräusch der sich öffnenden Tür unterbrochen. Krupkin kam mit mehreren Computerausdrucken ins Zimmer.

»Die Nummer, die du mir gegeben hast, ist abgemeldet«, sagte er mit einem leichten Zögern in der Stimme.

»Und auf wen war sie registriert?«, fragte Jason.

»Es wird Ihnen genauso wenig gefallen wie mir, und ich müsste lügen, um eine glaubhafte Alternative anzubieten, aber das kann ich nicht, und zweifellos sollte ich es auch nicht … Vor fünf Tagen wurde sie auf den Namen Webb übertragen. David Webb.«

Conklin und Bourne starrten den sowjetischen Geheimdienstoffizier schweigend an, aber in diesem Schweigen lag ein unhörbares, statisches Knistern.

»Warum bist du so sicher, dass uns die Information nicht gefällt?«, fragte Alex.

»Mein guter, alter Feind«, begann Krupkin mit ebenso leiser Stimme wie Conklin. »Als Mr. Bourne mit dem braunen Papier in der Hand aus diesem Gasthof kam und völlig hysterisch war, hast du versucht, ihn zu beruhigen und ihn dabei David genannt ... Ich kenne jetzt einen Namen, von dem ich ehrlich wünschte, ich würde ihn nicht kennen.«

»Vergessen Sie ihn«, sagte Bourne.

»Ich werde mein Bestes tun, aber es gibt Möglichkeiten.«

»Das war nicht, was ich gemeint habe«, ging Jason dazwischen. »Ich werde mit dem Umstand leben müssen, dass Sie ihn kennen, und ich werde damit fertig werden. Wo war das Telefon angeschlossen, die Adresse?«

»Nach den Computern zu urteilen, in einer Mission, die von irgendwelchen Barmherzigen Schwestern geführt wird – offensichtlich ein falscher Name.«

»Offensichtlich nicht«, korrigerte Bourne. »Die gibt es. Sie existieren, bis zu ihren Schleiern, und die Mission ist außerdem eine passable Unterkunft. Oder war.«

»Faszinierend«, sinnierte Krupkin. »So viele der verschiedenen Fassaden des Schakals stehen in Verbindung mit der Kirche. Ein brillanter, wenn auch etwas übertriebener Modus operandi. Man sagt, er habe früher einmal studiert und Priester werden wollen.«

»Dann ist euch die Kirche einen Schritt voraus«, sagte Alex und neigte seinen Kopf zu einer freundlich spöttischen Rüge. »Sie haben ihn vor euch rausgeworfen.«

»Ich habe den Vatikan noch nie unterschätzt«, lachte Dimitrij. »Der beste Beweis dafür, dass unser verrückter Josef Stalin die Prioritäten missverstanden hatte, ist, dass er einmal fragte, wie viele Bataillone der Papst eigentlich habe. Seine Heiligkeit braucht keine Truppen. Er erreicht mehr, als Stalin jemals mit all seinen Säuberungsaktionen erreichen konnte. Die Macht ist bei denjenigen, die die größte Angst einflößen können, ist es nicht so, Aleksej? Alle Prinzen dieser Erde benutzen sie mit brutaler Wirksamkeit. Und alles dreht sich um den Tod und die Angst davor, vorher und nachher. Wann werden wir endlich erwachsen und schicken sie alle zum Teufel?«

»Tod«, flüsterte Jason und runzelte die Stirn. »Der Tod auf der Rivoli, im Meurice, die Schwestern ... mein Gott, das habe ich vollkommen vergessen! Dominique Lavier! Sie war im

Meurice – vielleicht ist sie immer noch da. Sie hat gesagt, sie wolle mit mir zusammenarbeiten.«

»Warum sollte sie?«, fragte Krupkin scharf.

»Weil Carlos ihre Schwester getötet hat, und sie keine andere Wahl hatte, als für ihn zu arbeiten oder selbst getötet zu werden.« Bourne wandte sich erneut der Konsole zu. »Ich brauche die Telefonnummer vom Meurice …«

»Vier zwei sechs null, drei acht sechs null«, brachte Krupkin hervor, als Jason nach einem Bleistift griff und die Zahlen auf Alex' Notizblock festhielt. »Ein wunderschönes Haus, früher bekannt als Hotel der Könige. Hat ein ausgezeichnetes Restaurant.«

Bourne drückte die Tasten und hob seine Hand, damit es still wurde. Er fragte nach Madame Brielles Zimmer, und als die Hoteltelefonistin *»mais oui«* sagte, nickte er Alex und Dimitrij Krupkin erleichtert zu. Die Lavier nahm ab.

»Ja?«

»Ich bin es, Madame«, sagte Jason in leicht anglisiertem Französisch. Das Chamäleon hatte die Führung übernommen. »Ihre Haushälterin sagte, wir würden Sie vielleicht hier erreichen. Madames Kleid ist fertig. Vergeben Sie uns die Verspätung.«

»Es sollte mir gestern gebracht werden – bis mittags –, Sie Versager! Ich hatte die Absicht, es gestern Abend im Le Grand Véfour zu tragen!«

»Ich entschuldige mich tausendmal. Wir können es sofort liefern.«

»Sie sind wirklich das Letzte! Ich bin sicher, mein Hausmädchen hat Ihnen außerdem gesagt, dass ich nur für zwei Tage hier bin. Bringen Sie es in meine Wohnung an der Montaigne. Entweder ist es bis vier da, oder Sie warten auf Ihr Geld, bis Sie schwarz werden!« Die Unterhaltung wurde von einem lauten Knacken am anderen Ende der Leitung beendet.

Bourne legte den Hörer auf. Schweiß hatte sich entlang seines leicht grauen Haaransatzes gebildet. »Ich bin schon zu lange raus«, sagte er tief atmend. »Sie hat eine Wohnung an der Montaigne, und sie wird irgendwann nach vier dort sein.«

»Wer zum Teufel ist Dominique – wie heißt sie gleich?«, schrie der einigermaßen frustrierte Conklin.

»Lavier«, antwortete Krupkin. »Nur, dass sie den Namen ihrer toten Schwester benutzt, Jacqueline. Sie gibt sich schon seit Jahren als ihre Schwester aus.«

»Sie wissen davon?«, fragte Jason beeindruckt.

»Ja, aber es hat uns nie viel genützt. Es war ein plumpes Manöver – Doppelgängerinnen, mehrmonatige Abwesenheit, ein geringfügiger, operativer Eingriff und Neuprogrammierung, alles ziemlich normal in der Welt der Haute Couture. Wer hört in diesem oberflächlichen Umfeld schon irgendjemandem zu? Wir beobachten sie, aber sie hat uns nie zum Schakal geführt. Sie hat keinen direkten Zugang. Alles, was sie Carlos meldet, wird gefiltert, steinerne Wände hinter jedem Relais. Das sind die Methoden des Schakals.«

»Das ist nicht immer so«, sagte Bourne. »Es gab einen Mann mit dem Namen Santos, der in Argenteuil ein runtergekommenes Café geleitet hat, das Le Cœur du Soldat. Er hatte den Zugang.«

»Hatte?« Krupkin hob seine Augenbrauen. »Sie benutzen die Vergangenheitsform?«

»Er ist tot.«

»Und das heruntergekommene Café in Argenteuil, das gibt es noch?«

»Es wurde gesäubert und geschlossen«, gab Jason ohne Bedauern in der Stimme zu.

»Der Zugang war also einmal, ja?«

»Sicher, aber ich glaube, was er mir gesagt hat, denn er wurde dafür getötet. Sehen Sie, er war dabei auszusteigen, genau wie diese Lavier aussteigen möchte – nur reichte *seine* Verbindung bis zum Anfang zurück. Nach Kuba, wo Carlos ihn vor der Hinrichtung rettete. Er wusste, er würde diesen Mann brauchen können. Santos hatte direkten Zugang. Er hat es bewiesen, weil er mir eine Nummer gegeben hatte, über die man den Schakal erreichen konnte. Nur sehr wenige Männer können das.«

»Faszinierend«, sagte Krupkin, die Augen fest auf Bourne gerichtet. »Aber, wie mein guter, alter Feind Aleksej, der Sie im Moment genau wie ich anstarrt, sagen würde: Worauf wollen Sie hinaus, Mr. Bourne?«

»Santos hat mir erzählt, dass es nur vier Menschen auf der Welt gibt, die direkten Zugang zum Schakal haben. Einer davon sitzt am Dserschinskij-Platz. Weit oben im Komitet, das waren Santos' Worte, und glauben Sie mir, er hielt keine großen Stücke auf Ihren Vorgesetzten.«

Es war, als wäre Dimitrij Krupkin während der Mai-Parade mitten auf dem Roten Platz von einem Mitglied des Politbüros ins Gesicht geschlagen worden. Sein Kopf war blutleer, seine Haut nahm die blasse Farbe von Asche an, die Augen wurden starr, zuckten mit keiner Wimper. »Was hat Ihnen dieser Santos noch erzählt? Ich muss es wissen!«

»Nur, dass Carlos eine Sache mit Moskau laufen hat, dass er Kontakte zu Leuten in hohen Positionen hat. Er ist besessen davon … Wenn Sie diesen Kontakt am Dserschinskij-Platz finden können, wäre das ein großer Schritt voran. In der Zwischenzeit haben wir nur diese Dominique Lavier …«

»Verdammt, *verdammt*!«, brüllte Krupkin und schnitt Jason das Wort ab. »Geisteskrank und dennoch vollkommen logisch! Sie haben verschiedene Fragen beantwortet, Mr. Bourne, und sie haben sich mir in meine Erinnerung eingebrannt. So oft bin ich schon so nahe dran gewesen, so oft, so nahe und immer nichts. Nun, lassen Sie mich Ihnen sagen, meine Herren, die Spiele des Teufels sind nicht auf die Hölle beschränkt. Auch andere können sie spielen. Mein Gott, ich war eine Perle, die von einer Auster in die nächste gespült wurde, immer der größere Dummkopf! … Machen Sie keine Anrufe mehr von diesem Telefon!«

Es war 3.30 Uhr nachmittags, Moskauer Zeit, und der ältere Mann in der Uniform eines Offiziers der sowjetischen Armee ging den Flur im fünften Stock des KGB-Hauptquartiers am Dserschinskij-Platz so schnell hinunter, wie es sein Alter erlaubte. Es war ein heißer Tag, und wie üblich funktionierte die Klimaanlage kaum, sodass General Grigorij Rodtschenko ein Privileg seines Ranges nutzte: Sein Kragen war geöffnet. Dieser Umstand hielt jedoch das Rinnsal von Schweiß auf seinem

Weg den Hals hinunter nicht auf, das aus den Furchen seines faltigen Gesichts trat, aber das Fehlen des engen, rotgeränderten Stoffbandes um seinen Hals war eine kleine Erleichterung.

Er erreichte die Reihe von Fahrstühlen, drückte auf den Knopf und wartete, wobei er einen Schlüssel fest in der Hand hielt. Die Türen zu seiner Rechten öffneten sich, und er freute sich zu sehen, dass die Kabine leer war. Es war einfacher, als allen zu befehlen, auszusteigen, zumindest weit weniger umständlich. Er trat ein, steckte den Schlüssel in das oberste Schloss über dem Schaltbrett und wartete, bis der Mechanismus seine Funktion erfüllte. Das tat er schnell, und der Fahrstuhl fuhr direkt in die untersten Kellergeschosse des Gebäudes.

Die Türen öffneten sich, der General trat heraus und spürte sofort die übermächtige Stille, die die Korridore links und rechts erfüllte. Das würde sich schon in wenigen Augenblicken ändern, dachte er. Er ging den Flur nach links hinunter, zu einer großen Stahltür mit einem angenieteten Metallschild in der Mitte: ›Eintritt verboten. Nur für autorisiertes Personal.‹

Es war eine dumme Warnung, dachte er, als er die dünne Plastikkarte aus seiner Tasche nahm und sie langsam und vorsichtig in einen Schlitz rechts neben der Tür steckte. Ohne diese Karte, und manchmal selbst mit ihr, wenn sie zu schnell eingeführt wurde, ließ sich die Tür nicht öffnen. Es klickte zweimal, und Rodtschenko steckte die Karte wieder ein, als sich die schwere, grifflose Tür aufschob und ein Fernsehmonitor aufzeichnete, wie er eintrat. Summende Geschäftigkeit zeigte sich in Dutzenden von erleuchteten Rechtecken innerhalb des riesigen, dunklen, niedrigen Komplexes von der Größe eines zaristischen Ballsaales, jedoch ohne das geringste Bemühen um Dekoration. Tausend Gerätschaften in Schwarz und Grau, mehrere Hundertschaften Personal in ehemals weißen Overalls in weißwandigen Kabinen. Und glücklicherweise war die Luft kühl, ja beinahe kalt. Die Maschinen verlangten es, denn hier war das Kommunikationszentrum des KGB. Vierundzwanzig Stunden am Tag kamen hier Nachrichten aus der ganzen Welt an.

Der alte Soldat ging den vertrauten Weg zu dem Gang hinüber, der am weitesten rechts lag, dann nach links zur letzten Kabine am gegenüberliegenden Ende des gewaltigen Raumes. Es war ein weiter Weg, und der General war kurzatmig, seine Beine müde. Er betrat den kleinen, abgeschlossenen Raum, nickte dem Operator mittleren Alters zu, der zu seinem Besucher aufblickte und den gepolsterten Kopfhörer von den Ohren nahm. Auf dem weißen Tresen vor ihm befand sich eine große elektronische Konsole mit unzähligen Schaltern, Skalen und Tasten. Rodtschenko setzte sich auf den Stahlstuhl neben den Mann. Er schnappte nach Luft und sprach.

»Sie haben Nachricht von Krupkin aus Paris?«

»Ich habe Nachrichten, die Colonel Krupkin betreffen. Entsprechend Ihrer Anweisungen, die Telefongespräche des Colonel aufzuzeichnen, einschließlich der internationalen Leitungen, die er genehmigt hat, habe ich vor einigen Minuten ein Band aus Paris bekommen, von dem ich glaube, dass Sie es sich anhören sollten.«

»Wie gewöhnlich sind Sie äußerst gründlich, und ich bin Ihnen sehr dankbar. Und wie immer bin ich sicher, dass uns Colonel Krupkin selbst über die Vorkommnisse in Kenntnis setzen wird, aber wie Sie wissen, ist er furchtbar beschäftigt.«

»Erklärungen sind nicht nötig, Sir. Die Gespräche, die Sie gleich hören werden, wurden innerhalb der letzten halben Stunde geführt. Nehmen Sie die Kopfhörer, bitte.«

Rodtschenko schob sie sich über und nickte. Der Operator legte einen Block und einen Behälter mit angespitzten Bleistiften vor den General. Er drückte eine Zahl auf der Tastatur und lehnte sich zurück, während der mächtige dritte Direktor sich nach vorn beugte und zuhörte. Manchmal machte er sich Notizen, Minuten später schrieb er wutentbrannt. Das Band endete, und Rodtschenko nahm den Kopfhörer ab. Finster sah er den Operator an, die engen slawischen Augen starr inmitten der faltigen Haut, die Furchen in seinem Gesicht härter als zuvor.

»Löschen Sie das Band, und dann zerstören Sie die ganze Spule«, befahl er, als er sich von dem Stuhl erhob. »Sie haben wie immer nichts gehört.«

»Wie immer, General.«

»Und wie immer werden Sie dafür belohnt.«

Es war 4.17 Uhr, als Rodtschenko in sein Büro zurückkehrte, sich an seinen Schreibtisch setzte und seine Notizen betrachtete. Es war unglaublich! Es war kaum fassbar, und dennoch war es da – er hatte die Worte und die Stimmen, die diese Worte sagten, selbst gehört! … Nicht die, die den Monseigneur in Paris betrafen. Der war jetzt zweitrangig, und man konnte ihn innerhalb von Minuten erreichen, wenn es nötig wurde. Das konnte warten, aber das andere konnte nicht länger warten, keinen Augenblick länger! Der General nahm den Telefonhörer und rief seine Sekretärin an.

»Ich möchte sofort eine Verbindung zu unserem Konsulat in New York. Sämtliche Maximalscrambler einsatzbreit.«

Wie konnte das passieren?

Medusa!

32.

Mit fragendem Gesichtsausdruck lauschte Marie der Stimme ihres Mannes am Telefon und nickte Mo Panov am anderen Ende des Hotelzimmers zu. »Wo bist du jetzt?«, fragte sie.

»In einer Telefonzelle im Plaza-Athénée«, antwortete Bourne: »In zwei Stunden bin ich zurück.«

»Was ist los?«

»Komplikationen, aber auch einige Fortschritte.«

»Das sagt mir überhaupt nichts.«

»Es gibt nicht so viel zu erzählen.«

»Wie ist dieser Krupkin?«

»Er ist ein Original. Er hat uns in die sowjetische Botschaft gebracht, und ich habe über einen von ihren Apparaten mit deinem Bruder gesprochen.«

»Was? … Wie geht es den Kindern?«

»Prima. Alles ist prima. Jamie amüsiert sich königlich, und Mrs. Cooper lässt nicht zu, dass Johnny Alison auch nur anfasst.«

»Wie ist die Nummer? Ich will sie anrufen.«

»Holland baut uns eine sichere Leitung auf. In einer Stunde etwa wissen wir Bescheid.«

»Was bedeutet, dass du lügst.«

»Es ist so und nicht anders. Du solltest eigentlich bei ihnen sein. Wenn ich mich verspäte, rufe ich dich an.«

»Warte einen Moment. Mo möchte mit dir sprechen …« Die Leitung wurde unterbrochen. Auf der anderen Seite des Zimmers schüttelte Panov langsam seinen Kopf, als er Maries Reaktion auf das plötzlich unterbrochene Gespräch beobachtete.

»Vergiss es«, sagte er. »Ich bin der Letzte, mit dem er reden möchte.«

»Er ist wieder ganz zurückgefallen, Mo. Er ist nicht mehr David.«

»Es geht jetzt um etwas«, fügte Panov sanft hinzu, »womit David nicht fertig werden würde.«

»Das ist das Erschreckendste, was ich jemals von dir gehört habe.«

Der Psychiater nickte. »Das kann gut sein.«

Der graue Citroën war mehr als hundert Meter weit schräg gegenüber des überdachten Eingangs von Dominique Laviers Appartementhaus in der vornehmen Avenue Montaigne geparkt. Krupkin, Alex und Bourne saßen im Fond, Conklin auf dem Notsitz, wegen seiner Größe und des steifen Beins war der Platz für ihn geeigneter. Die Unterhaltung war auf ein Minimum reduziert, während die drei Männer die Glastüren des Hauses beobachteten.

»Sind Sie sicher, dass es funktioniert?«, fragte Jason.

»Ich bin nur sicher, dass Sergej ein immens talentierter Profi ist«, erwiderte Krupkin. »Er wurde in Nowgorod ausgebildet und sein Französisch ist makellos. Außerdem hat er eine Anzahl von Ausweisen bei sich, die auch die Dokumentenabteilung des Deuxième Bureau täuschen würden.«

»Was ist mit den anderen beiden?«, wollte Bourne wissen.

»Stille Untergebene, kontrolliert und unterwürfig. Ebenfalls Experten ihres Fachs … Da kommt er!«

Man sah Sergej durch die Glastür herauskommen. Er wandte sich nach links, und Augenblicke später überquerte er den breiten Boulevard und lief zu dem Citroën. Er erreichte den Wagen, ging um die Motorhaube herum und kletterte hinter das Lenkrad.

»Alles in Ordnung«, sagte er, indem er seinen Kopf über den Vordersitz beugte. »Madame ist noch nicht zurückgekehrt. Die Wohnungsnummer ist einundzwanzig, zweiter Stock, rechte Vorderseite. Sie ist gründlich gesäubert, es gibt keine Abhörgeräte.«

»Sind Sie sicher?«, fragte Conklin. »Wir haben hier keinen Platz für Irrtümer, Sergej.«

»Unsere Geräte sind die besten, Sir«, antwortete der KGB-

Mitarbeiter lächelnd. »Es schmerzt mich, es zu sagen, Sir, aber sie wurden von der General Electronics Corporation im Auftrag von Langley entwickelt.«

»Zwei Punkte für unsere Seite«, sagte Alex.

»Minus zwölf, weil ihr euch die Pläne habt klauen lassen«, schloss Krupkin.

»Wo sind die anderen beiden Männer?«, fragte Bourne.

»In den Korridoren um die Lobby herum, Sir. Ich gehe nachher zu ihnen, und wir haben einen Wagen zur Unterstützung am anderen Ende der Straße … Ich fahre Sie jetzt hin.«

»Warten Sie einen Moment«, unterbrach Conklin. »Wie kommen wir rein? Was sagen wir?«

»Es ist schon alles geklärt, Sie brauchen nichts zu sagen. Sie sind autorisiertes Geheimpersonal des französischen SEDCE …«

»Des was?«

»Der Dienststelle für Außendokumentation und Gegenspionage«, antwortete Alex. »Das ist Langley hier am ähnlichsten.«

»Was ist mit dem Deuxième?«

»Spezialabteilung«, sagte Conklin nebenbei, in Gedanken woanders. »Manche sagen, es sei eine Eliteeinheit, andere wieder was anderes … Sergej, werden die das nicht überprüfen?«

»Das haben sie schon, Sir. Nachdem ich dem Portier und seinem Helfer meinen Ausweis gezeigt hatte, habe ich ihnen eine Geheimnummer gegeben, die die Dienststelle und meinen Status bestätigt hat. Anschließend habe ich Sie alle drei beschrieben, eine Unterhaltung abgelehnt und nur um Zugang zu Madame Laviers Wohnung gebeten … Ich fahre jetzt hinüber. Das macht einen besseren Eindruck auf den Portier.«

»Manchmal ist die Einfachheit, wenn sie von Amtsgewalt gestützt wird, die beste Täuschung«, bemerkte Krupkin, als der Citroën durch den spärlichen Verkehr über die breite Straße zum Eingang des Appartementkomplexes aus weißem Stein manövriert wurde. »Fahr den Wagen um die Ecke außer Sichtweite, Sergej«, befahl der KGB-Offizier und langte nach dem Türgriff. »Und mein Funkgerät, wenn ich bitten darf?«

»Ja, Sir«, erwiderte sein Mitarbeiter, als er Krupkin ein winziges elektronisches Gerät über den Sitz reichte. »Ich gebe Ihnen ein Zeichen, wenn ich in Stellung bin.«

»Ich kann mit diesem Ding alle erreichen?«

»Ja, Genosse. Nach hundertfünfzig Metern ist die Frequenz nicht mehr feststellbar.«

»Kommen Sie, Gentlemen.«

In der marmornen Lobby nickte Krupkin dem förmlich gekleideten Portier hinter dem Tresen zu, Jason und Alex zur Rechten des Russen. *»La porte est ouverte«*, sagte der Portier und vermied, den Blick zu Boden gewandt, den Blickkontakt. »Ich werde nicht in Erscheinung treten, wenn Madame eintrifft«, fuhr er auf französisch fort. »Wie Sie hineingekommen sind, ist mir nicht bekannt. Es gibt allerdings auf der Rückseite des Gebäudes einen Lieferanteneingang.«

»Wenn wir keine offizielle Genehmigung hätten, wären wir sicher durch ihn gekommen«, sagte Krupkin und sah geradeaus, als er und seine Begleiter zum Fahrstuhl gingen.

Die Wohnung der Lavier war ein Vermächtnis an die Welt des Chic der Haute Couture. Die Wände waren übersät von Fotos der Modeprominenz beim Besuch wichtiger Ausstellungen und Ereignisse, daneben hingen gerahmte Originalzeichnungen berühmter Designer. Die Möbel waren sachlich wie ein Mondrian, die Farben gewagt und überwiegend rot, schwarz und dunkelgrün. Die Sessel, Sofas und Tische waren Sesseln, Sofas und Tischen nur entfernt ähnlich – sie schienen eher für den Gebrauch in einem Raumschiff gedacht zu sein.

Mechanisch begannen Conklin und der Russe sofort damit, die Tische zu untersuchen, stöberten handgeschriebene Notizen hervor, von denen einige neben einem Telefon aus Perlmutt auf so etwas wie einem gebogenen, dicken, grünen Tisch lagen.

»Wenn das hier ein Schreibtisch ist«, sagte Alex, »wo, zum Teufel, sind die Schubladen?«

»Das ist das Neueste von Leconte«, erwiderte Krupkin.

»Dem Tennisspieler?«, unterbrach Conklin.

»Nein, Aleksej, dem Möbeldesigner. Du musst draufdrücken, dann fahren sie raus.«

»Du machst. Witze.«

»Versuch es.«

Conklin tat es, und eine kaum wahrnehmbare Schublade löste sich aus einem beinahe unsichtbaren Spalt. »Nicht zu glauben …« Krupkins Minifunkgerät in seiner Brusttasche stieß plötzlich zwei scharfe Pieptöne aus. »Das muss Sergej sein«, sagte Dimitrij und holte seinen Apparat hervor. »Bist du an deinem Posten, Genosse?«, fuhr er fort und sprach in das Unterteil des Funkgeräts.

»Mehr als das«, hörte man die leise Stimme des Mitarbeiters aus dem statischen Rauschen heraus. »Die Lavier hat gerade das Haus betreten.«

»Der Portier?«

»Nirgendwo zu sehen.«

»Gut. Ende … Aleksej, geh weg da. Die Lavier ist auf dem Weg nach oben.«

»Du willst dich verstecken?«, fragte Conklin spaßhaft und blätterte in den Seiten eines Notizbuches mit Telefonnummern.

»Ich würde lieber nicht sofort mit den Feindseligkeiten anfangen, was der Fall sein wird, wenn sie sieht, dass du in ihren persönlichen Sachen herumblätterst.«

»Schon gut, schon gut.« Alex legte das Notizbuch wieder zurück in die Schublade und schloss sie. »Aber wenn sie nicht kooperieren will, nehme ich das kleine, schwarze Buch an mich.«

»Sie wird kooperieren«, sagte Bourne. »Ich habe dir gesagt, sie will aussteigen, und das kann sie nur mit einem toten Schakal. Geld ist von zweitrangiger Bedeutung – nicht belanglos, aber zuerst kommt das Aussteigen.«

»Geld?«, fragte Krupkin. »Welches Geld?«

»Ich habe ihr angeboten, sie zu bezahlen, und das werde ich auch.«

»Und ich kann Ihnen versichern, dass Geld für Madame Lavier nicht zweitrangig ist«, fügte der Russe hinzu.

Das Geräusch eines Schlüssels, der in ein Schloss eingeführt wurde, hallte im ganzen Wohnzimmer nach. Die drei Männer wandten sich der Tür zu, als eine verwirrte Dominique Lavier hereinkam. Ihr Erstaunen war kurz, jedenfalls war sie nicht aus der Fassung gebracht. Die Augenbrauen angehoben, als wäre sie ein königliches Mannequin, gab sie den Schlüssel in ihre perlenverzierte Handtasche zurück, sah zu den Eindringlingen hinüber und sagte auf englisch: »Na, Kruppie, ich hätte wissen sollen, dass auch du irgendwo in dieser Bouillabaisse steckst.«

»Ah, die bezaubernde Jacqueline, oder können wir die Verstellung fallenlassen, Domie …?«

»Kruppie?«, rief Alex. »Domie …? … Ist das hier ein Heimattreffen?«

»Genosse Krupkin ist einer der bekannteren KGB-Offiziere in Paris«, sagte die Lavier, als sie zu dem langen, würfelförmigen, roten Tisch hinter dem weißen Seidensofa ging und ihre Handtasche ablegte. »Ihn zu kennen ist in manchen Kreisen *de rigeur.*«

»Es hat seine Vorteile, liebe Domie. Übrigens, wenn ich es recht verstanden habe, hast du unseren hochgewachsenen amerikanischen Freund bereits kennen gelernt und gewisse Abmachungen mit ihm getroffen, sodass ich glaube, es wäre nur angemessen, dir seinen Kollegen vorzustellen. Madame, Monsieur Aleksej Konsolikow.«

»Ich glaube dir nicht. Er ist kein Russe. Meine Nüstern haben mit der Zeit einen ungewaschenen Bären riechen gelernt.«

»Ah, du machst mich fertig, Domie! Aber du hast Recht, es war ein elterliches Fehlurteil. Daher darf er sich selbst vorstellen, wenn er möchte.«

»Mein Name ist Conklin, Alex Conklin, Miss Lavier, und ich bin Amerikaner. Allerdings hat unser flüchtiger Bekannter in einer Hinsicht Recht. Meine Eltern waren Russen, und ich spreche die Sprache fließend, sodass er in Verlegenheit kommt, wenn er mich in sowjetischer Gesellschaft in die Irre führen will.«

»Köstlich.«

»Nun, es ist zumindest reizvoll, wenn man Kruppie kennt.«

»Ich bin verletzt, tödlich verletzt!«, rief Krupkin aus. »Du willst mit uns zusammenarbeiten, Domie?«

»Das werde ich, Kruppie. Mein Gott, werde ich mit euch arbeiten! Ich möchte nur darum bitten, dass Mr. Bourne sein Angebot an mich noch etwas näher erläutert. Mit Carlos bin ich ein Tier im Käfig, aber ohne ihn bin ich eine nahezu mittellose, alternde Kurtisane. Ich will, dass er für den Tod meiner Schwester bezahlt und für alles, was er mir angetan hat, aber ich habe kein Bedürfnis danach, im Rinnstein zu enden.«

»Nennen Sie Ihren Preis«, sagte Jason.

»Schreiben Sie ihn auf«, stellte Conklin mit einem Blick auf Krupkin klar.

»Lassen Sie mich nachdenken«, sagte die Lavier, während sie um das Sofa herum zu dem Leconte-Tisch ging. »In einigen Jahren werde ich sechzig – auf die eine oder andere Art, das ist unerheblich –, und ohne den Schakal und bei Ausbleiben irgendeiner tödlichen Krankheit bleiben mir vielleicht fünfzehn bis zwanzig Jahre.« Sie beugte sich über den Schreibtisch und schrieb eine Zahl auf einen Notizblock, riss den Zettel ab, dann richtete sie sich auf und sah den großen Amerikaner an. »Für Sie, Mr. Bourne, und ich möchte nicht gerne handeln. Ich glaube, es ist eine faire Summe.«

Jason nahm das Papier und las den Betrag: eine Million amerikanische Dollar. »Sie haben Recht«, sagte Bourne und gab der Lavier den Zettel zurück. »Fügen Sie hinzu, wie und wo Sie es ausgezahlt haben möchten, und ich werde die notwendigen Vorkehrungen treffen. Das Geld wird schon morgen früh da sein.«

Die alternde Kurtisane sah Bourne in die Augen. »Ich glaube Ihnen«, sagte sie, beugte sich wiederum über den Tisch und schrieb ihre Anweisungen auf. Sie erhob sich und gab Jason das Blatt. »Der Handel ist perfekt, Monsieur, und mag uns Gott den Mord gewähren. Wenn nicht, sind wir tot.«

Bourne nickte. »Ich habe einige Fragen«, sagte er. »Wollen Sie sich setzen?«

»*Oui.* Mit einer Zigarette.« Die Lavier ging zum Sofa hinüber, versank in den Kissen und griff nach ihrer Handtasche auf dem roten Tisch. Sie holte eine Packung Zigaretten hervor, zog eine heraus und nahm ein goldenes Feuerzeug vom Kaffeetisch. »Was für eine scheußliche Angewohnheit, aber manchmal verdammt nötig«, sagte sie, schnippte die Flamme an und inhalierte tief. »Ihre Fragen, Monsieur?«

»Was ist am Meurice passiert? Wie ist es passiert?«

»Es war die Frau, ich nehme an, Ihre Frau – so weit ich es verstanden habe. Wie Sie wissen, standen Sie und Ihr Freund vom Deuxième so, dass Sie Carlos erledigen konnten, wenn er eintraf, um seinerseits Sie in die Falle zu locken. Aus Gründen, die ich mir nicht erklären kann, hat Ihre Frau geschrien, als Sie die Rivoli überquerten, den Rest haben Sie selbst gesehen … Wie konnten Sie mir nur sagen, ich solle mir ein Zimmer im Meurice nehmen, wenn Sie doch wussten, dass Ihre Frau da war?«

»Das ist leicht zu beantworten. Ich wusste nicht, dass sie da war. Wo stehen wir jetzt?«

»Carlos vertraut mir noch. Man hat mir gesagt, er gibt der Frau, Ihrer Frau, die ganze Schuld, und er hat keinen Grund, mich dafür verantwortlich zu machen. Schließlich waren Sie da, was meine Loyalität beweist. Wenn der Mann vom Deuxième nicht gewesen wäre, wären Sie jetzt tot.«

Wieder nickte Bourne. »Wie können Sie ihn erreichen?«

»Das kann ich nicht selbst. Das habe ich nie, und das wollte ich auch nie. Wie ich Ihnen schon sagte: Die Schecks kommen pünktlich.«

»Aber Sie schicken ihm Nachrichten«, drängte Jason. »Das haben Sie auch gesagt.«

»Ja, das tu ich, aber nie direkt. Ich rufe verschiedene alte Männer in billigen Cafés an – die Namen und Nummern ändern sich wöchentlich, und einige von ihnen haben keine Ahnung, wovon ich rede, aber die, die es verstehen, rufen sofort andere an, und die rufen wiederum andere an. Irgendwie kommen die Nachrichten durch. Sehr schnell, sollte ich vielleicht hinzufügen.«

»Was habe ich Ihnen gesagt?«, sagte Krupkin eindringlich. »Sämtliche Relais enden mit falschen Namen und in schäbigen Cafés. Steinerne Wände!«

»Trotzdem kommen die Nachrichten durch«, sagte Conklin und wiederholte die Worte der Lavier.

»Kruppie hat Recht.« Die alternde, immer noch eindrucksvolle Frau zog fest und nervös an ihrer Zigarette. »Die Wege sind so verschlungen, dass sie so gut wie nicht nachzuvollziehen sind.«

»Das ist mir egal«, sagte Alex und blinzelte etwas an, was die anderen nicht sehen konnten. »Sie erreichen ihn schnell, das haben Sie deutlich gemacht.«

»Stimmt.«

Conklin weitete die Augen und heftete seinen Blick auf die Lavier. »Ich möchte, dass Sie die dringendste Nachricht absenden, die Sie dem Schakal jemals geschickt haben. Sie müssen direkt mit ihm sprechen. Es ist ein Notfall, den Sie niemand anderem als Carlos selbst anvertrauen können.«

»Worüber?«, platzte Krupkin heraus. »Was könnte so dringend sein, dass der Schakal einwilligt? Genau wie unser Mr. Bourne ist er besessen von Fallen, und unter diesen Umständen riecht jede direkte Kommunikation danach!«

Alex schüttelte den Kopf und hinkte zu einem Seitenfenster, blinzelte erneut, tief in Gedanken versunken. Dann öffneten sich die Augen langsam, Stück für Stück. Er sah auf die Straße hinunter. »Mein Gott, es könnte funktionieren«, flüsterte er zu sich selbst.

»Was könnte funktionieren?«, fragte Bourne.

»Dimitrij, mach schnell! Ruf die Botschaft an und lass sie die größte, prunkvollste Diplomatenlimousine herschicken, die ihr Proletarier habt.«

»Was?«

»Tu einfach, was ich sage! Schnell!«

»Aleksej …?«

»Jetzt!«

Die Macht und die Dringlichkeit von Conklins Befehl taten ihre Wirkung. Der Russe ging eilig zum Telefon und wählte, seine fragenden Augen auf Alex gerichtet, der hinunter auf die Straße starrte. Die Lavier sah Jason an. Er schüttelte verblüfft den Kopf, während Krupkin ins Telefon sprach, sein Russisch eine kurze Reihe knapper Sätze. »Das war's«, sagte der KGB-Offizier, als er auflegte. »Und jetzt, glaube ich, solltest du mir einen wirklich überzeugenden Grund dafür nennen.«

»Moskau«, erwiderte Conklin und sah noch immer aus dem Fenster.

»Alex, um Himmels willen …«

»Was sagst du da?«, brüllte Krupkin.

»Wir müssen Carlos aus Paris herausholen«, sagte Conklin und drehte sich um. »Was wäre besser als Moskau?« Bevor die erstaunten Männer reagieren konnten, sah Alex die Lavier an. »Sie sagen, er vertraut Ihnen noch?«

»Er hat keinen Grund, es nicht zu tun.«

»Dann sollten zwei Worte genügen: Moskau. Notfall. Das ist im Grunde die Botschaft, die Sie ihm schicken. Sagen Sie es, wie Sie wollen, aber fügen Sie hinzu, dass die Krise so schwer ist, dass Sie nur mit ihm sprechen können.«

»Aber das habe ich noch nie. Ich kenne Männer, die mit ihm gesprochen haben, die in betrunkenen Momenten versucht haben, ihn zu beschreiben, aber für mich ist er ein vollkommen Fremder.«

»Umso mehr spricht dafür«, ging Conklin dazwischen und wandte sich Bourne und Krupkin zu. »In dieser Stadt hat er alle Karten in der Hand, alle. Er hat Waffen, ein undurchdringliches Netz von Revolverhelden und Kurieren, und Spalten, in die er kriechen und aus denen er hervorbrechen kann, stehen ihm Dutzende zur Verfügung. Paris ist sein Territorium – wir könnten Tage, Wochen, sogar Monate blind durch die ganze Stadt laufen und nichts erreichen, bis der Augenblick kommt, in dem er dich und Marie im Visier hat, und Mo und mich kannst du in das Szenario mit einbeziehen … London, Amsterdam, Brüssel, Rom – alles wäre besser für uns als Paris, aber am besten ist Moskau. Es ist der Ort auf dieser Welt, der eine hypnotische Anziehungskraft auf ihn hat – und außerdem derjenige, der ihm gegenüber am ungastlichsten ist.«

»Aleksej«, rief Dimitrij Krupkin. »Ich glaube wirklich, du solltest den Alkohol wieder in Erwägung ziehen, denn ganz offensichtlich hast du deinen Verstand verloren! Angenommen, Domie erreicht Carlos tatsächlich und erzählt ihm, was du gerade gesagt hast. Glaubst du wirklich, dass er wegen eines Notfalls in Moskau aufspringt und das nächste Flugzeug dorthin nimmt? Das wäre Wahnsinn!«

»Du kannst deinen letzten Schwarzmarktrubel darauf verwetten, dass ich das glaube«, erwiderte Conklin. »Diese Nachricht wird ihn dazu bringen, sich mit ihr in Verbindung zu setzen. Hat er das erst mal getan, lässt sie die Bombe hochgehen … Sie hat gerade eine außergewöhnliche Information erhalten, von der sie weiß, dass sie nur ihm direkt übermittelt werden darf.«

»Und was in Gottes Namen soll das wieder sein?«, fragte die Lavier, nahm eine weitere Zigarette und zündete sie gleich an.

»Der KGB in Moskau kreist den Mann des Schakals am Dserschinskij-Platz ein. Sie haben ihn auf, sagen wir, zehn oder fünfzehn Offiziere im höchsten Rang eingegrenzt. Wenn sie ihn finden, ist Carlos im Komitet neutralisiert – schlimmer noch, er steht kurz davor, einen Informanten zu verlieren, der für die Vernehmungsbeamten in Lubjanka erheblich zu viel über ihn weiß.«

»Aber woher soll *sie* das wissen?«, sagte Jason.

»Wer würde es *ihr* erzählen?«, fügte Krupkin hinzu.

»Es ist die Wahrheit, oder?«

»Das sind auch unsere äußerst geheimen Außenstellen in Peking, Kabul – und man vergebe mir meine Ungehörigkeit –, auf Kanadas Prince-Edward-lnseln, aber man hängt es nicht an die große Glocke«, sagte Krupkin.

»Das mit Prince Edward wusste ich nicht«, gab Alex zu. »Die Mittel sind wichtig, die Information ist glaubhaft zu überbringen. Vor ein paar Minuten noch fehlte mir dafür der passende Ansatz, aber das hat sich gerade geändert … Komm her, Kruppie, im Moment nur du, und bleib vom Fenster weg. Sieh zwischen den Vorhängen durch.« Der Russe tat, was Alex ihm gesagt hatte, stellte sich Conklin zur Seite und schob die Falte des spitzenbesetzten Stoffes von der Wand. »Was siehst du?«, fragte Alex und deutete auf einen schäbigen, unauffälligen braunen Wagen unten auf der Avenue

Montaigne. »Gehört nicht so richtig in diese Nachbarschaft, oder?«

Krupkin machte sich nicht die Mühe, etwas zu erwidern. Stattdessen riss er das Minifunkgerät aus seiner Tasche und drückte den Sendeknopf. »Sergej, da steht ein brauner Wagen etwa achtzig Meter vom Eingang des Gebäudes entfernt …«

»Wissen wir, Sir«, unterbrach sein Mitarbeitet. »Wir haben ihn im Blick, und wie Ihnen vielleicht auffallen wird, parkt unsere Rückendeckung genau ihm gegenüber. Es ist ein alter Mann, der sich nur bewegt, um aus dem Fenster zu sehen.«

»Hat er ein Telefon?«

»Nein, Genosse, und sollte er seinen Wagen verlassen, wird er beschattet, damit er keinen Anruf machen kann, es sei denn, Sie geben andere Anweisungen.«

»Keine anderen Anweisungen. Danke, Sergej. Ende.« Der Russe sah Conklin an. »Der alte Mann«, sagte er. »Du hast ihn gesehen.«

»Kahler Kopf und alles, was dazugehört«, bestätigte Alex. »Er ist kein Dummkopf, er hat das schon früher gemacht, und er weiß, dass er beobachtet wird. Er kann nicht weg, weil er fürchtet, er könnte etwas verpassen, und wenn er ein Telefon hätte, wären bald noch andere unten auf der Montaigne.«

»Der Schakal«, sagte Bourne, trat einen Schritt vor, blieb stehen, erinnerte sich an Conklins Anweisung, dem Fenster fernzubleiben. »Verstehst du jetzt?«, fragte Alex, an Krupkin gewandt.

»Natürlich«, räumte der KGB-Mann lächelnd ein. »Das ist der Grund, warum du eine protzige Limousine von unserer Botschaft haben wolltest. Wenn wir abgefahren sind, wird man Carlos melden, dass ein sowjetisches Diplomatenfahrzeug geschickt wurde, um uns abzuholen, und aus welchem anderen Grunde sollten wir wohl hiersein, als Madame Lavier zu verhören? Selbstverständlich befand sich in meiner Begleitung ein großer Mann, der vielleicht, vielleicht auch nicht, Jason Bourne war, und ein weiterer kleinerer Mann mit einem lahmen Bein – was bestätigt, *dass* es Jason Bourne war … Unsere unheilige Allianz steht daher fest und wird beobachtet, und wiederum selbstverständlich flammten während unseres barschen Verhörs von Madame Lavier die Gemüter auf, und es fielen Hinweise auf den Informanten des Schakals am Dserschinskij-Platz.«

»Wovon nur ich durch meine Verhandlungen mit Santos im Le Cœur du Soldat wissen konnte«, sagte Jason leise. »Also hat Dominique einen Beobachter – einen alten Mann aus Carlos' Armee –, um die Informationen, die sie bringt, zu decken ... Ich muss sagen, heiliger Alex, dieses verschlungene Hirn in deinem Kopf hat nichts von seiner Verschlagenheit eingebüßt.«

»Ich höre einen Professor, den ich einmal gekannt habe. Ich dachte schon, er sei von uns gegangen.«

»Ist er auch.«

»Nur für eine Weile, hoffe ich.«

»Gut gemacht, Aleksej. Du bist immer noch fit. Du darfst abstinent bleiben, sosehr es mich auch schmerzt ... Es sind immer die Nuancen, stimmt's?«

»Nicht immer«, widersprach Conklin schlicht und schüttelte den Kopf. »Meistens sind es dumme Fehler. Zum Beispiel hat man unserer neuen Kollegin hier, Domie, wie du sie liebevoll nennst, gesagt, man würde ihr vertrauen, aber das hat man nicht, nicht vollkommen. Also wurde jemand losgeschickt, ihr Appartement zu beobachten – keine große Sache, nur eine kleine Versicherung in einem Wagen, der dummerweise nicht zu den Jaguars und RollsRoyce in dieser Straße passt. Also zahlen wir die kleine Versicherungspolice, und mit Glück kassieren wir die große ab. Moskau.«

»Lass mich das auf den Punkt bringen«, sagte Krupkin. »Auch wenn du auf diesem Gebiet immer sehr viel besser warst als ich, Aleksej. Ich ziehe den besten Wein den scharfsinnigsten Gedanken vor, auch wenn letztere in unseren beiden Ländern unweigerlich zu ersterem führen.«

»*Merde!*«, rief Dominique Lavier und drückte ihre Zigarette aus. »Wovon redet ihr zwei Idioten überhaupt?«

»Sie werden es uns erzählen, glauben Sie mir«, antwortete Bourne. »Wie in verborgenen Kreisen schon allzu oft berichtet und wiederholt wurde«, fuhr der Russe fort, »haben wir vor Jahren in Nowgorod einen Wahnsinnigen ausgebildet, und schon vor Jahren hätten wir ihm eine Kugel in den Kopf geschossen, wäre er nicht entkommen. Seine Methoden würden, sollten sie von irgendeiner Regierung – besonders der beiden Supermächte – gebilligt werden, zu Konfrontationen führen, die keiner von uns jemals zulassen dürfte. Und obendrein war er ein wahrer Revolutionär, und wir, der Welt wahre Revolutionäre, haben ihn enterbt … Für sein Verständnis war es eine große Ungerechtigkeit, und das vergisst er nie. Er wird sich immer danach sehnen, an die Mutterbrust zurückzukehren, denn da wurde er geboren … Gott, all die Menschen, die von ihm ermordet wurden, womit er sich ein Vermögen verdient hat – das alles ist absolut widerlich!«

»Aber ihr habt ihn verstoßen«, sagte Jason tonlos, »und er will diesen Verstoß rückgängig machen. Er muss als der Meisterkiller anerkannt werden, zu dem er von euch ausgebildet werden sollte. Sein psychopathisches Ego ist die Basis für alles, was Alex und ich inszeniert haben … Santos sagte, er würde ununterbrochen mit dem Kader prahlen, den er in Moskau aufbaut. – Immer Moskau, er ist besessen davon, das waren Santos' Worte. Der einzige Mensch, von dem er wusste, wenn auch nicht namentlich, war Carlos' Maulwurf weit oben im KGB, aber er sagte, Carlos würde behaupten, er habe noch andere in Schlüsselstellungen verschiedener mächtiger Abteilungen und dass er ihnen seit Jahren Geld zukommen lasse.«

»Der Schakal glaubt also, er schafft sich einen Kern von Anhängern innerhalb unserer Regierung«, beobachtete Krupkin. »Trotz allem glaubt er immer noch, er könnte zurückkommen. Er ist tatsächlich ein Egomane, aber er hat die russische Seele niemals verstanden. Vielleicht kann er ein paar zynische Opportunisten zeitweise korrumpieren, aber auch die werden sich absichern und im Ernstfall gegen ihn wenden. Niemand freut sich auf einen Aufenthalt in Lubjanka oder einem sibirischen Gulag. Das Potemkinsche Dorf des Schakals wird bis auf die Grundmauern niederbrennen.«

»Umso mehr Grund für ihn, nach Moskau zu eilen und die Buschfeuer zu löschen«, sagte Alex.

»Was meist du damit?«, fragte Bourne.

»Der Brand wird mit der Enttarnung von Carlos' Mann am Dserschinskij-Platz beginnen, das weiß er. Seine einzige Möglichkeit, es zu verhindern, besteht für ihn darin, Moskau zu erreichen und einen Entschluss zu fassen. Entweder entgeht sein Informant dem Sicherheitsdienst, oder der Schakal wird ihn töten müssen.«

»Etwas habe ich vergessen«, unterbrach Bourne. »Etwas anderes, was Santos gesagt hat … Die meisten Russen auf Carlos' Lohnliste sprechen französisch. Suchen Sie nach einem Mann, der hoch oben im Komitet sitzt und Französisch spricht.«

Krupkins Funkgerät mischte sich wieder dazwischen, zwei schrille Pieptöne, die von seiner Jacke kaum gedämpft wurden.

»Ja?«

»Ich weiß nicht, wie und warum, Genosse«, sagte Sergejs angespannte Stimme, »aber die Limousine des Botschafters ist gerade vor dem Gebäude vorgefahren. Ich schwöre Ihnen, ich habe keine Ahnung, was passiert ist!«

»Aber ich. Ich habe sie bestellt.«

»Aber die Botschaftsstandarten werden von jedermann zu sehen sein!«

»Ich hoffe, auch für einen aufmerksamen alten Mann in einem braunen Wagen. Wir sind gleich unten. Ende.« Krupkin wandte sich den anderen zu. »Der Wagen ist da, Gentlemen. Wo wollen wir uns treffen, Domie. Und wann?«

»Heute Nacht«, erwiderte die Lavier. »Es gibt eine Ausstellung in der Galerie d'Or in der Rue de Paradis. Der Künstler ist ein junger Emporkömmling, der ein Rockstar oder so was sein möchte, aber er ist der letzte Schrei, und alle werden da sein.«

»Dann heute Abend … Kommen Sie, Gentlemen. Entgegen unseren Instinkten müssen wir draußen auf dem Gehsteig gut zu sehen sein.«

Die Massen schoben sich durch die Lichtstrahlen, die Musik kam von einer ohrenbetäubenden Rockband, die man barmherzigerweise in einen Nebenraum abseits der Ausstellungsräume platziert hatte. Hätten an den Wänden keine angestrahlten Gemälde gehangen, hätte man glauben können, in einer Diskothek und nicht in einer eleganten Pariser Kunstgalerie zu sein. Mit einigem Kopfnicken manövrierte Dominique Lavier Krupkin in eine Ecke des großen Raumes. Ihr würdevolles Lächeln, die hochgezogenen Augenbrauen und das zwischendurch gespielte Lachen verdeckten ihre Unterhaltung.

»Unter den alten Männern macht die Nachricht die Runde, dass der Monseigneur ein paar Tage fort sein wird. Allerdings sollen sie alle weiter nach dem großen Amerikaner und seinem verkrüppelten Freund Ausschau halten und melden, wo sie gesehen werden.«

»Du musst deinen Job gut gemacht haben.«

»Als ich die Information an ihn durchgab, war er vollkommen still. Allerdings hörte man in seinem Atmen abgrundtiefen Abscheu, der mir die Knochen gefrieren ließ.«

»Er ist auf dem Weg nach Moskau«, sagte der Russe. »Zweifellos über Prag.«

»Was willst du jetzt tun?«

Krupkin warf den Kopf in den Nacken und richtete die Augen mit einem falschen, stillen Lachen auf die Decke. Dann sah er sie wieder an und antwortete ihr lächelnd.

»Moskau.«

33.

Bryce Ogilvie, geschäftsführender Teilhaber von Ogilvie, Spofford, Crawford & Cohen, war stolz auf seine Selbstdisziplin. Damit meinte er nicht nur seine äußere Gelassenheit, sondern vor allem die kühle Ruhe, die er seinen tiefsten Ängsten in Krisenzeiten aufzuzwingen wusste. Als er jedoch vor kaum fünfzehn Minuten in sein Büro gekommen war und sein verstecktes Privattelefon geläutet hatte, hatte er den Stich einer bösen Vorahnung gespürt. Als er dann den schweren Akzent des sowjetischen Generalkonsuls von New York hörte, der umgehend eine Zusammenkunft verlangte, musste er sich das plötzliche leere Gefühl in seiner Brust eingestehen … und als der Russe ihn anwies – ihm *befahl* –, in einer Stunde im Carlyle Hotel, Suite Vier-C, zu sein, und nicht an ihrem üblichen Treffpunkt Ecke 32. Straße und Madison Avenue, spürte Bryce einen siedend heißen Schmerz, der diesen Leerraum in seiner Brust erfüllte. Und als er der Plötzlichkeit der bevorstehenden, außerplanmäßigen Besprechung vorsichtig widersprochen hatte, war der Schmerz in seiner Brust zu einem Feuer ausgebrochen, dessen Flammen bei der Erwiderung des Russen seine Kehle hinaufwanderten: »Was ich Ihnen zu zeigen habe, wird Sie inbrünstig wünschen lassen, dass wir uns niemals kennen gelernt hätten, geschweige denn einen Grund hätten, uns heute morgen zu treffen. *Seien* Sie da!«

Ogilvie lehnte sich in seiner Limousine zurück, so weit, wie die Polster sich zusammendrücken ließen, die Beine ausgestreckt, fest auf dem Teppichboden. Abstrakte, herumwirbelnde Gedanken an persönlichen Reichtum, Macht und Einfluss durchkreisten seinen Kopf. Er musste sich in den Griff bekommen! Schließlich war er Bryce Ogilvie, *der* Bryce Ogilvie, und auf der Überholspur der Körperschafts- und

Antitrustgesetze wahrscheinlich nur noch von Randolph Gates in Boston übertroffen.

Gates! Der bloße Gedanke an diesen Scheißkerl war eine willkommene Ablenkung. Medusa hatte den gefeierten Gates um einen kleinen Gefallen gebeten, einen irrelevanten, absolut akzeptablen Termin bei einer ad hoc einberufenen, regierungsorientierten Kommission, und er hatte ihre Anrufe nicht einmal beantwortet! Anrufe, die von einer weiteren, absolut akzeptablen Quelle weitergegeben wurden, dem angeblich untadeligen, unbefangenen Chef des Pentagon-Nachschubs, einem Arschloch namens General Norman Swayne, der nur die besten Informationen verlangte. Nun, vielleicht mehr als Informationen, aber davon konnte Gates nichts wissen … Gates? Am Morgen zuvor hatte in der Times etwas darüber gestanden, dass er sich aus einem aggressiven feindlichen Übernahmeverfahren zurückgezogen hatte. Worum mochte es sich dabei wieder handeln?

Die Limousine hielt vor dem Carlyle Hotel, früher einmal die bevorzugte Adresse der Familie Kennedy, jetzt die Lieblingszuflucht der Sowjets. Ogilvie wartete, bis der uniformierte Portier die linke hintere Tür des Wagens öffnete, bevor er auf den Gehsteig hinaustrat. Normalerweise hätte er nicht darauf gewartet, da er der Meinung war, dass diese Verzögerung eine unnötige Affektiertheit war, aber heute Morgen tat er es. Er musste sich in den Griff bekommen! Er musste der eiskalte Ogilvie sein, den seine Gegenspieler fürchteten. Die Fahrt des Fahrstuhls in den vierten Stock ging schnell, der Weg über den blauen Teppich des Korridors zur Suite Vier-C weitaus langsamer. *Der* Bryce Ogilvie atmete tief und ruhig durch und stand aufrecht, als er auf die Klingel drückte. Achtundzwanzig Sekunden später, nachdem er bis zum Überdruss leise »eintausend, zweitausend« gezählt hatte, wurde die Tür vom sowjetischen Generalkonsul geöffnet, einem schlanken, mittelgroßen Mann, dessen Adlergesicht straffe, weiße Haut und große, braune Augen hatte.

Wladimir Sulikow war ein drahtiger, dreiundsiebzigjähriger Mann voller nervöser Energie, ein Gelehrter und ehemaliger Geschichtsprofessor an der Moskauer Universität, ein überzeugter Marxist und dennoch – seltsam genug, wenn man seine Stellung bedachte – kein Mitglied der Kommunistischen Partei. Er zog die passive Rolle des unorthodoxen Individuums innerhalb eines kollektivistischen Systems vor. Dies und sein einzigartig scharfer Verstand hatten ihm gute Dienste erwiesen. Man gab ihm Posten, auf denen konformistischere Männer nicht halb so effektiv gewesen wären. Die Kombination dieser Eigenschaften – zusammen mit seiner Hingabe an körperliches Training – ließ Sulikow zehn bis fünfzehn Jahre jünger aussehen, als er war. Für jeden, der mit ihm verhandelte, war er auf beunruhigende Weise präsent, denn irgendwie strahlte er die Weisheit aus, die er sich über die Jahre angeeignet hatte, und ebenso die jugendliche Lebenskraft, sie zur Wirkung zu bringen.

Die Begrüßung war knapp. Sulikow bot nur einen steifen, kalten Händedruck und einen hart gepolsterten Lehnsessel an. Er stand vor der schmalen Kamineinfassung aus weißem Marmor, als wäre sie die Tafel eines Klassenzimmers, die Hände hinter dem Rücken verschränkt, ein erregter Professor, der im nächsten Augenblick einen lästigen, streitsüchtigen Studenten gleichzeitig befragen und belehren wollte.

»Zur Sache«, sagte der Russe kurz angebunden. »Sie kennen Admiral Peter Holland?«

»Hab von ihm gehört. Er ist der Direktor der Central Intelligence Agency. Warum fragen Sie?«

»Ist er einer von Ihnen?«

»Nein.«

»Sind Sie ganz sicher?«

»Natürlich bin ich das.«

»Ist es möglich, dass er ohne Ihr Wissen einer von Ihnen wurde?«

»Mit Sicherheit nicht, ich kenne den Mann gar nicht. Und wenn das hier eine Art Amateurverhör sowjetischer Art sein soll, dann üben Sie sich an jemand anderem.«

»Ohhh, der feine, teure amerikanische Anwalt hat Einwände, einfache Fragen zu beantworten?«

»Ich verwehre mich dagegen, beleidigt zu werden. Sie

haben mir am Telefon eine erstaunliche Mitteilung gemacht, die ich erklärt haben möchte, also kommen Sie bitte zur Sache.«

»Ich werde zur Sache kommen, Herr Rechtsanwalt, glauben Sie mir, aber auf meine eigene Weise. Wir Russen verteidigen unsere Flanken. Es ist eine Lektion, die wir aus der Tragödie und dem Triumph von Stalingrad gelernt haben – eine Erfahrung, die ihr Amerikaner niemals machen musstet.«

»Ich war in einem anderen Krieg, wie Sie sehr wohl wissen«, sagte Ogilvie kühl, »aber wenn Ihre Geschichtsbücher stimmen, dann musste Ihnen Ihr russischer Winter aus der Patsche helfen.«

»Das kann man Tausenden und Abertausenden russischer Leichen schwer erklären.«

»Zugegeben, und ihnen gehört mein Mitgefühl, aber das ist nicht die Erklärung, die ich haben wollte.«

»Wie man so sagt, junger Mann, es sind die schmerzlichen Lektionen der unerlebten Geschichte, die wir wiederholen werden … Sehen Sie, wir *schützen* unsere Flanken, und wenn wir den Verdacht haben, man hätte uns auf internationaler Ebene in Verlegenheit gebracht, dann stärken wir sie noch. Das sollte eine einfache Lektion sein für jemanden, der so gelehrt ist wie Sie, Herr Rechtsanwalt.«

»Und so offensichtlich wie trivial. Was ist mit Admiral Holland?«

»Einen Moment noch … Lassen Sie mich Sie erst nach einem Mann namens Alexander Conklin fragen.«

Bryce Ogilvie schoss verblüfft in seinem Sessel vor. »Woher haben Sie diesen Namen?«, fragte er kaum hörbar.

»Ich habe noch mehr … Jemand namens Panov, Mortimer oder Moishe Panov, ein jüdischer Arzt, glaube ich. Und schließlich, Herr Rechtsanwalt, ein Mann und eine Frau, von denen wir annehmen, dass es sich dabei um den ermordeten Jason Bourne und seine Frau handelt.«

»Mein Gott!«, rief Ogilvie aus, den Körper gekrümmt und angespannt, die Augen weit aufgerissen. »Was haben diese Leute mit *uns* zu tun?«

»Das ist es, was wir herausfinden müssen«, antwortete Sulikow und starrte den Anwalt an. »Offensichtlich kennen Sie jeden einzelnen von ihnen, nicht wahr?«

»Jaja. Aber *nein*!«, protestierte Ogilvie mit gerötetem Gesicht, und die Worte sprudelten aus ihm hervor. »Das ist eine vollkommen andere Situation. Das hat mit unserem Geschäft nichts zu tun – einem Geschäft, in das wir Millionen gesteckt haben, das wir seit zwanzig Jahren aufgebaut haben.«

»Und das im Gegenzug Millionen eingebracht hat, Mr. Rechtsanwalt, wenn es mir gestattet ist, Sie daran zu erinnern?«

»Risikokapital auf den internationalen Märkten!«, rief der Anwalt. »Das ist in diesem Land kein Verbrechen. Das Geld fließt per Computer über die Ozeane. Das ist kein Verbrechen!«

»Wirklich?« Der sowjetische Generalkonsul wölbte seine Augenbrauen. »Ich dachte, Sie wären ein besserer Anwalt, als es diese Aussage nahe legt. Sie haben in ganz Europa über Fusionen und Erwerb unter Verwendung von stellvertretenden, irreführenden und Briefkasten-Gesellschaften Firmen aufgekauft. Die Firmen, die Sie gekauft haben, bilden ein geheimes Kartell, und Sie bestimmen die Preise zwischen ehemaligen Konkurrenten. Ich glaube, das nennt man Absprache und Einschränkung des freien Wettbewerbs, Rechtsbegriffe, mit denen wir bei uns keine Probleme haben.«

»Es gibt absolut keine Beweise, die solche Anschuldigungen stützen könnten!«, verkündete Ogilvie.

»Natürlich nicht, solange es Lügner gibt und skrupellose Anwälte, die diese Lügner bestechen. Es ist ein labyrinthisches Unternehmen, brillant ausgeführt, und wir haben beide davon profitiert. Sie haben uns jahrelang alles verkauft, was wir wollten und brauchten, jeden größeren Posten unserer geheimen Regierungslisten, unter so vielen Namen, dass unsere Computer abgestürzt sind, als wir versuchten, den Überblick zu behalten.«

»Keine Beweise!«, beharrte der Wall-Street-Anwalt eindringlich.

»Ich bin an solchen Beweisen nicht interessiert, Mr. Rechtsanwalt. Ich bin nur an den Namen interessiert, die ich Ihnen genannt habe. Der Reihe nach sind es Admiral Holland, Alexander Conklin, Dr. Panov, Jason Bourne und seine Frau. Erzählen Sie mir von ihnen.«

»Warum?«, flehte Ogilvie. »Ich habe doch gerade erklärt, dass sie mit Ihnen und mir nichts zu tun haben, nichts mit unseren Abmachungen zu tun haben!«

»Wir glauben aber, das könnten sie sehr wohl. Warum fangen Sie also nicht mit Admiral Holland an?«

»Um Himmels willen ...!« Der aufgebrachte Anwalt schüttelte seinen Kopf vor und zurück, stotterte mehrmals und ließ dann die Worte heraussprudeln. »Holland ... also gut, Sie werden sehen ... Wir haben einen Mann bei der CIA rekrutiert, einen Analytiker namens DeSole, der in Panik geraten ist und seine Beziehungen zu uns lösen wollte. Natürlich konnten wir das nicht zulassen, also ließen wir ihn eliminieren. Wie wir es schon mit einigen anderen tun mussten, die wir für gefährlich instabil hielten. Holland mag einen Verdacht gehabt haben, aber er konnte nicht viel mehr tun als spekulieren – unsere Männer haben keine Spuren hinterlassen, das tun sie nie. Es sind Profis.«

»Gut«, sagte Sulikow, blieb am Kaminsims stehen und blickte auf den nervösen Ogilvie hinunter. »Der Nächste, Alexander Conklin.«

»Er ist ein ehemaliger CIA-Standortchef und steht in Verbindung mit Panov, einem Psychiater. Sie wiederum haben beide Kontakt zu dem Mann, den sie Jason Bourne nennen, und auch zu dessen Frau. Sie kennen sich seit Jahren, aus Saigon, um die Wahrheit zu sagen. Sehen Sie, jemand war bei uns eingedrungen, mehrere unserer Leute waren angesprochen und bedroht worden, und DeSole kam zu dem Schluss, dass dieser Bourne mit Conklins Hilfe für dieses Eindringen verantwortlich war.«

»Wie konnte er das?«

»Ich weiß es nicht. Ich weiß nur, dass er eliminiert werden muss, und unsere Profis haben den Auftrag angenommen – die Aufträge. Die müssen alle weg.«

»Sie haben Saigon erwähnt.«

»Bourne war Teil der alten Medusa«, gab Ogilvie leise

zu. »Und wie die meisten dieser Truppe draußen ein Außenseiter … Es könnte also sein, dass er jemanden von vor zwanzig Jahren wiedererkannt hat. Die Geschichte, die DeSole gehört hat, war, dass dieser Misthaufen Bourne – das ist übrigens nicht sein richtiger Name – von der Agentur ausgebildet wurde, um als internationaler Attentäter aufzutreten, um einen Killer auszuschalten, den man den Schakal nennt. Am Ende ist die Strategie fehlgeschlagen, und Bourne wurde in Pension geschickt – den goldenen Ruhestand. Aber damit war er offenbar nicht zufrieden, und also hat er sich über uns hergemacht … Können Sie es jetzt verstehen, ja? Die beiden Vorgänge sind vollkommen voneinander getrennt. Es gibt keine Verbindung. Das eine hat mit dem anderen nichts zu tun.«

Der Russe löste seine Hände und trat einen Schritt vor den Kamin. Sein Gesichtsausdruck war eher besorgt als alarmiert. »Können Sie wirklich so blind sein, oder ist Ihr Blickfeld so eingeschränkt, dass Sie nichts anderes als Ihre Unternehmen sehen?«

»Ich weise Ihre Beleidigung als unangemessen zurück. Wovon reden Sie?«

»Die Verbindung ist da, weil sie eingefädelt wurde, nur aus einem einzigen Grund. Sie waren nur ein Nebenprodukt, ein Nebenaspekt, der für die Behörden plötzlich immens wichtig wurde.«

»Ich … verstehe nicht«, flüsterte Ogilvie und wurde blass.

»Sie sagten gerade: … ein Killer, den sie den Schakal nennen, und vorher bezogen Sie sich auf Bourne als einen relativ unbedeutenden, schurkischen Agenten, der als Attentäter auftrat, eine Strategie, die fehlschlug, sodass man ihn in Pension schickte – goldener Ruhestand, sagten Sie.«

»So lauten meine Informationen.«

»Und was hat man Ihnen sonst über Carlos, den Schakal, gesagt? Was *wissen* Sie über die beiden?«

»Ehrlich gesagt, sehr wenig. Zwei alternde Killer, die sich seit Jahren gegenseitig jagen. Und wiederum ehrlich gesagt: Wen kümmert es? Meine einzige Sorge ist die gesicherte Vertraulichkeit unserer Organisation, die Sie infrage stellen.«

»Sie sehen es immer noch nicht, was?«

»Was denn sehen, Herr des Himmels?«

»Bourne könnte vielleicht gar nicht der unwichtige Schurke sein, für den Sie ihn halten, nicht, wenn man an seine Begleiter denkt.«

»Drücken Sie sich bitte klarer aus«, sagte Ogilvie.

»Er benutzt Medusa, um den Schakal zu jagen.«

»*Seine* Medusa wurde vor Jahren in Saigon zerstört!«

»Offensichtlich glaubt er etwas anderes. Würde es Ihnen etwas ausmachen, Ihr maßgeschneidertes Jackett auszuziehen, den Ärmel aufzukrempeln und mir die kleine Tätowierung auf Ihrem Unterarm zu zeigen?«

»Das ist unerheblich! Ein Ehrenzeichen aus einem Krieg, den niemand unterstützt hat, aber *wir* mussten kämpfen!«

»Oh, kommen Sie schon, Mr. Rechtsanwalt. Von den Piers und Versorgungsdepots in Saigon aus? Indem Sie Ihre Truppen bestahlen und Kuriere zu den Banken in der Schweiz schickten? Für solche Heldentaten werden keine Orden ausgegeben.«

»Reine Spekulation ohne jede Grundlage!«, rief Ogilvie aus.

»Erzählen Sie das Jason Bourne, einem Absolventen der ursprünglichen Schlangenlady … O ja, Herr Rechtsanwalt, er hat Sie gesucht und gefunden, und er benutzt Sie, um dem Schakal zu folgen.«

»Um Gottes willen, wie denn bloß?«

»Ich weiß es ehrlich nicht, aber Sie sollten das hier besser lesen.« Der Generalkonsul ging eilig zum Schreibtisch hinüber, hob einen Stapel maschinengeschriebener Blätter auf und gab sie Ogilvie. »Das hier sind dekodierte Telefongespräche, die vor vier Stunden aus unserer Botschaft in Paris geführt wurden. Die Identitäten sind bestätigt, ebenso die Zielorte. Lesen Sie sie sorgfältig, Mr. Rechtsanwalt, und dann geben Sie mir Ihre Einschätzung.«

Der berühmte Anwalt, der eiskalte Ogilvie, packte die Papiere und begann mit schnellen, geübten Augen zu lesen. Während er von einer Seite zur anderen blätterte, wich ihm das Blut aus dem Gesicht, bis es die Blässe des Todes hatte.

»Mein Gott, sie wissen alles. Meine Büros werden abgehört! Wie? Es ist verrückt! Wir sind undurchdringbar!«

»Ich schlage wiederum vor, dass Sie das Jason Bourne und seinem alten Freund und Stützpunkt-Chef aus Saigon, Alexander Conklin, sagen. Die haben Sie gefunden.«

»Das konnten sie nicht!«, brüllte Ogilvie. »Wir haben alle, die von der Schlangenlady wussten, ausgezahlt und eliminiert. Himmel, es gab nicht so viele und nur gottverdammt wenige da draußen im Feld! Ich habe es Ihnen gesagt, sie waren der Abschaum, und wir wussten es besser – sie waren die Diebe der Welt und wurden für Verbrechen in ganz Australien und dem Fernen Osten gesucht. Und wir haben sie alle *erreicht*.«

»Ein paar davon haben Sie aber offensichtlich ausgelassen«, bemerkte Sulikow.

Der Anwalt gab ihm die getippten Seiten zurück, Schweißperlen liefen ihm die Schläfen hinunter. »Gott im Himmel, ich bin ruiniert«, flüsterte er erstickt.

»Der Gedanke ist mir auch gekommen«, sagte der sowjetische Generalkonsul von New York, »aber andererseits gibt es immer noch Alternativen, oder? … Natürlich gibt es nur einen Weg, den wir gehen können. Wie der Großteil dieses Kontinents sind wir von gewissenlosen Privatiers reingelegt worden. Lämmer, die zum Schlachten auf die Altäre der Raffgier geführt wurden, als dieses amerikanische Kartell von Finanzplünderern die Märkte aufgekauft, minderwertige Waren und Dienstleistungen zu inflationierten Preisen angeboten und dabei mit gefälschten Dokumenten behauptet hat, Washingtons Zustimmung dafür zu haben, Tausende von untersagten Artikeln an uns und unsere Satelliten zu liefern.«

»Sie Schwein!«, explodierte Ogilvie. »Sie, Sie alle haben bei jedem Schritt kooperiert. Sie haben für uns Millionen aus den Blockstaaten vermittelt, umgeleitete, umbenannte – Himmel, *umgemalte* – Schiffe im ganzen Mittelmeerraum, der Ägäis, den Bosporus hinauf und ins Marmarameer bewegt, ganz zu schweigen von den Ostseehäfen!«

»Beweisen Sie es, Mr. Rechtsanwalt«, sagte Sulikow und

lachte leise. »Wenn Sie es wünschen, kann ich aus Ihrem Überlaufen einen lobenswerten Fall machen. Moskau wird Ihre Sachkenntnis willkommen heißen.«

»Was?«, rief der Anwalt, und auf seinem Gesicht machte sich Panik breit.

»Nun, Sie können sicher nicht länger als absolut nötig hierbleiben. Sie haben es gelesen, Mr. Ogilvie. Sie sind im letzten Stadium elektronischer Überwachung, bevor die Behörden Sie hochnehmen.«

»O mein Gott …«

»Sie könnten vielleicht versuchen, von Hongkong oder Macao aus zu operieren – die würden sich über Ihr Geld freuen, aber bei den Problemen, die sie in letzter Zeit mit dem Festlandsmarkt und dem Chinesisch-Britischen Vertrag haben, würden sie die Anklage gegen Sie sicher mit einiger Skepsis betrachten. Die Schweiz ist wohl ausgeschlossen. Die Auslieferungsgesetze sind zu eng gefasst, wie Vesco feststellen musste. Ahh, Vesco. Sie sollten ihn auf Kuba besuchen.«

»Hören Sie auf!«, schrie Ogilvie.

»Sie könnten sich auch der Beweislast entgegenstemmen, es gibt so viel aufzudecken. Vielleicht würden Ihnen sogar, sagen wir, zehn Ihrer dreißig Jahre erspart bleiben.«

»Gottverflucht, ich werde Sie umbringen!«

Plötzlich öffnete sich die Schlafzimmertür, und eine Konsulatswache erschien, eine Hand drohend unter der Jacke. Der Anwalt war taumelnd auf die Beine gekommen, hilflos zitternd fiel er wieder in den Sessel zurück und beugte sich nach vorn, den Kopf in den Händen.

»Ein solches Verhalten würde man keineswegs gutheißen«, sagte Sulikow. »Kommen Sie, Mr. Rechtsanwalt, es ist Zeit für kühle Köpfe, nicht für emotionale Ausbrüche.«

»Wie können Sie das sagen?«, fragte Ogilvie mit stockender Stimme, den Tränen nahe. »Ich bin fertig.«

»Das ist ein hartes Urteil für einen einfallsreichen Mann wie Sie. Ich meine es ernst. Es stimmt, dass Sie hier nicht bleiben können, aber dennoch sind Ihre Mittel immens. Handeln Sie aus einer Position der Stärke heraus. Erzwingen Sie Konzessionen, das ist die Kunst des Überlebens. Am Ende werden die Behörden den Wert Ihres Beitrags erkennen, wie sie es bei Boesky, Levine und mehreren Dutzend anderer getan haben, die ihre Minimalstrafen verbüßen, indem sie Tennis und Backgammon spielen und dabei immer noch ganze Vermögen besitzen. Versuchen Sie es.«

»Wie?«, sagte der Anwalt und sah zu dem Russen auf, flehend.

»Zuerst kommt das Wo«, erklärte Sulikow. »Finden Sie ein neutrales Land, das keinen Auslieferungsvertrag mit Washington hat, eins, wo es Beamte gibt, die man dazu überreden kann, Ihnen eine vorläufige Zuflucht zu sichern, damit Sie Ihren geschäftlichen Aktivitäten nachgehen können – der Ausdruck vorläufig ist natürlich extrem dehnbar. Bahrain, die Emirate, Marokko, die Türkei, Griechenland – es besteht kein Mangel an attraktiven Möglichkeiten. Alle mit reichen, englischsprachigen Niederlassungen … Wir könnten Ihnen vielleicht sogar helfen, in aller Stille.«

»Warum sollten Sie?«

»Ihre Blindheit kehrt zurück, Mr. Ogilvie. Für einen gewissen Preis natürlich … Sie haben in Europa ein außergewöhnliches Unternehmen. Es steht und funktioniert, und unter unserer Kontrolle könnten wir beträchtlichen Nutzen daraus ziehen.«

»Oh … mein … Gott«, sagte der Chef von Medusa, und seine Stimme erstarb, als er den Generalkonsul anstarrte.

»Haben Sie wirklich eine Wahl, Herr Rechtsanwalt? Kommen Sie, wir müssen uns beeilen. Wir müssen Vorkehrungen treffen. Glücklicherweise ist es noch früh am Tag.«

Es war 3.35 Uhr nachmittags, als Charles Casset in Peter Hollands Büro kam. »Der Durchbruch«, sagte der stellvertretende Direktor, dann fügte er weniger enthusiastisch hinzu: »Fast.«

»Ogilvie und Co.?«, fragte der DCI.

»Völlig unerwartet«, erwiderte Casset, nickte und legte mehrere Aktenfotos auf Hollands Schreibtisch. »Die sind vor einer Stunde vom Kennedy Airport rübergefaxt worden. Glauben Sie mir, es waren schwere sechzig Minuten.«

»Vom Kennedy?« Fragend betrachtete Peter die faksimilierten Duplikate. Sie umfassten eine Reihe von Fotos, die eine Menge Menschen zeigten, die durch die Metalldetektoren an einem der internationalen Flughafenterminals drängten. Der Kopf eines einzelnen Mannes war auf jedem Foto rot eingekreist. »Was ist das? Wer ist das?«

»Das sind Passagiere auf dem Weg zur Aeroflot-Lounge, auf dem Weg nach Moskau. Der Sicherheitsdienst fotografiert US-Bürger, die diese Flüge nehmen, routinemäßig.«

»So? Und wer ist dieser Mann?«

»Ogilvie selbst.«

»Was?«

»Er ist auf dem 14-Uhr-Non-Stop-Flug nach Moskau ... Nur soll er da gar nicht sein.«

»Bitte?«

»Drei verschiedene Anrufe in seinem Büro haben dieselbe Information ergeben. Er sei außer Landes, in London, im Dorchester, aber wir wissen, dass er es nicht ist. Allerdings hat die Rezeption im Dorchester bestätigt, dass er dort vorgemerkt ist, aber nicht eingetroffen ... Nachrichten können hinterlassen werden.«

»Ich verstehe nicht, Charlie.«

»Es ist ein Tarnmanöver, und zwar ziemlich hastig aufgebaut. Erstens, warum sollte sich jemand, der so reich ist wie Ogilvie mit der Aeroflot begnügen, wenn er an Bord der Concorde nach Paris und dann mit Air France weiter nach Moskau kommen könnte? Außerdem, warum sollte sein Büro freiwillig zum Besten geben, dass er entweder in oder auf dem Weg nach London ist, wenn er doch nach Moskau fliegt?«

»Der Flug mit Aeroflot leuchtet ein«, sagte Holland. »Es ist die staatliche Fluglinie, und er steht unter sowjetischem Schutz. Die Sache mit London und dem Dorchester ist auch nicht so schwer. Sie ist da, um etwaige Verfolger abzuhängen ... um *uns* abzuhängen!«

»Weiter so, Meister. Also hat Valentino ein bisschen mit diesen fantastischen Gerätschaften in den Kellern rumgespielt, und was sagen Sie dazu? ... Mrs. Ogilvie und ihre beiden Kinder sind auf einem Flug der Royal Air Maroc nach Casablanca, mit Anschluss nach Marrakesch.«

»Marrakesch? ... Air Maroc ... Marokko, *Marrakesch*? Warten Sie mal. In den Auswertungen, die wir für Conklin über das Mayflower Hotel angestellt haben, gab es eine Frau, eine von drei Personen, die er mit Medusa in Verbindung gebracht hat, die in Marrakesch gewesen war.«

»Ich bewundere Ihr Erinnerungsvermögen, Peter. Diese Frau und Mrs. Ogilvie waren Anfang der Siebziger Zimmergenossinnen in Bennington. Gute, alte Familien. Ihre Ahnentafeln bieten Gewähr für ein großes Maß an Zusammengehörigkeit.«

»Charlie, was geht da vor sich?«

»Die Ogilvies haben einen Tipp bekommen und sind ausgestiegen. Außerdem würden wir, falls ich mich nicht täusche und falls wir mehrere hundert Konten sichten könnten, feststellen, dass von New York aus Millionen nach wer weiß wohin jenseits unserer Küste überwiesen worden sind.«

»Medusa sitzt jetzt in Moskau, Herr Direktor.«

34.

Louis DeFazio schleppte seinen kleinen Körper aus dem Taxi auf den Boulevard Massena hinaus, gefolgt von seinem größeren, schwereren, weit muskulöseren Cousin Mario aus Larchmont im Staate New York. Sie standen auf dem Gehweg vor einem Restaurant, dessen Name in roter, rundlicher Schrift über die grüngetönte Scheibe geschrieben stand: Tetrazzini's.

»Das ist der Laden«, sagte Louis. »Sie wollten in einem privaten Hinterzimmer sein.«

»Es ist ziemlich spät.« Mario sah unter dem verwaschenen Schein einer Straßenlaterne auf seine Uhr. »Es ist fast Mitternacht.«

»Die werden warten.«

»Du hast mir immer noch nicht ihre Namen genannt, Lou. Was sagen wir ihnen?«

»Du gar nichts«, antwortete DeFazio und ging zum Eingang. »Keine Namen – die würden sowieso nichts bedeuten. Du brauchst nur respektvoll zu sein, wenn du weißt, was ich meine?«

»Das muss man mir nicht sagen, Lou, wirklich nicht«, antwortete Mario mit seiner sanften Stimme. »Aber zu meiner eigenen Information, wieso kommst du mir überhaupt damit?«

»Er ist ein *diplomatico* aus der High Society«, erklärte der Capo, blieb kurz auf dem Gehsteig stehen und sah zu dem Mann auf, der Jason Bourne in Manassas beinahe getötet hatte. »Er arbeitet von Rom aus und in feinen Regierungskreisen, aber er ist der direkte Kontakt mit den Dons auf Sizilien. Er und seine Frau sind sehr, sehr hoch angesehen, verstehst du, was ich sage?«

»Ja und nein«, gab der Cousin zu. »Wenn er so großartig ist, warum sollte er dann die Aufgabe annehmen, unseren Zielpersonen zu folgen?«

»Weil er es kann. Er hat Zugang zu Orten, in deren Nähe einige unserer *pagliacci* nicht mal kommen würden, verstehst du? Außerdem teile ich unseren Leuten in New York mit, wer unsere Klienten waren, besonders einer, *capisci*? Sämtliche Dons, von Manhattan bis zu den Gütern südlich von Palermo, haben eine Sprache, die sie ausschließlich untereinander benutzen, hast du das gewusst, *cugino*? ... Es läuft auf zwei Befehle hinaus: ›Tu es‹ und ›Tu es nicht‹.«

»Verstehe, Lou. Wir erweisen ihm unseren Respekt.«

»Respekt, ja, mein wunderbar respektierlicher Cousin, aber keine Schwäche, *capisci*? Keine Schwäche! Die Nachricht muss sich auf ganzer Linie verbreiten, dass dies eine Operation ist, die Louis DeFazio persönlich unter Kontrolle hat und ebenso persönlich von Anfang bis Ende durchführt.«

»Wenn das der Fall ist, kann ich ja nach Hause gehen, zu Angie und den Kindern«, sagte Mario grinsend.

»Was ... du hältst das Maul, *cugino*! Bei diesem Job verdienst du ganze Jahresraten für deinen kompletten Haufen Bambinos.«

»Kein Haufen, Lou, nur fünf.«

»Lass uns gehen. Denk dran, Respekt, aber wir lassen uns nichts erzählen.«

Das kleine, private Speisezimmer war eine Miniaturausgabe des Restaurants. Die Atmosphäre war in allem italienisch. Die Wände waren mit altmodischen, inzwischen verblichenen Wandgemälden von Venedig, Rom und Florenz behängt. Die leise eingespielte Musik bestand hauptsächlich aus Opernarien und Tarantellas, und die Beleuchtung war indirekt und warf große Schatten. Wenn ein Besucher nicht wusste, dass er in Paris war, hätte er glauben können, in der Via Frascati in Rom zu sein, in einem der vielen kommerzialisierten Familienrestaurants, die es dort entlang der alten Straße gibt.

In der Mitte stand ein großer, runder Tisch, auf dem eine dunkelrote Tischdecke lag, die großzügig überhing, dazu vier Stühle, in gleichem Abstand voneinander. An den Wänden standen zusätzlich Stühle, die eine erweiterte Konferenz von Prinzipalen oder eine angemessene Positionierung zweitrangiger Untergebener, für gewöhnlich bewaffnet, möglich machten. Am hinteren Ende des Tisches saß ein vornehm wirkender Mann mit olivfarbener Haut und welligem, dunklem Haar. Zu seiner Linken saß eine modisch gekleidete, wohlfrisierte Frau mittleren Alters. Eine Flasche Chianti stand zwischen ihnen, die plumpen, dickstieligen Weingläser waren nicht von der Sorte, die man allgemein mit derart aristokratischen Diners in Verbindung brachte. Auf einem Stuhl hinter dem *Diplomatico* lag ein schwarzer Lederkoffer.

»Ich bin DeFazio«, sagte der *capo supremo* aus New York, als er die Tür schloss. »Das ist mein Cousin Mario, von dem Sie vielleicht gehört haben, ein sehr talentierter junger Mann, der sich kostbare Zeit von seiner Familie genommen hat, um bei uns zu sein.«

»Ja, natürlich, der Henker«, sagte der aristokratische Mafioso. »Mario, *il boia, esecuzione garantito* – tödlich mit jeder Waffe. Setzen Sie sich, Gentlemen.«

»Ich finde solche Beschreibungen bedeutungslos«, antwortete Mario und ging zu einem Stuhl. »Ich beherrsche mein Handwerk, das ist alles.«

»Sie sprechen wie ein Profi, Signore«, fügte die Frau hinzu, als DeFazio und sein Cousin sich setzten. »Darf ich Ihnen etwas Wein anbieten, einen Drink?«, fuhr sie fort.

»Nein, noch nicht«, erwiderte Louis. »Vielleicht später, vielleicht ... Mein talentierter Verwandter mütterlicherseits – möge sie in den Armen des Heilands ruhen – hat mir, bevor wir hier hereingekommen sind, eine gute Frage gestellt. Wie nennen wir Sie? Mr. und Mrs. Paris? Womit ich sagen will, dass ich keine richtigen Namen brauche.«

»Man kennt uns als Conte und Contessa«, antwortete der Mann lächelnd, aber das schmale Lächeln passte besser zu einer Maske als zu einem menschlichen Gesicht.

»Verstehst du, was ich meine, *cugino*? Das sind hoch angesehene Leute ... Also, Herr Graf, bringen Sie uns auf den neuesten Stand, wie wär's?«

»Keine Frage, Signor DeFazio«, erwiderte der Römer, die

Stimme so angespannt wie zuvor sein Lächeln, das vollkommen verschwunden war. »Ich werde Sie auf den neuesten Stand bringen, und wenn es in meiner Macht stünde, würde ich Sie in meiner dunkelsten Vergangenheit hinter mir lassen.«

»He, was sind das denn für Scheißsprüche?«

»Lou, bitte!«, mischte sich Mario ein, leise, aber bestimmt. »Achte auf deine Worte.«

»Was ist mit seinen Worten? Was für Worte sind das? Will er mich im Dreck stehen lassen?«

»Sie haben mich gefragt, was passiert ist, Signor DeFazio, und ich erzähle es Ihnen«, sagte der Graf, die Stimme so angespannt wie vorher. »Gestern Mittag sind meine Frau und ich beinah getötet worden – *getötet*, Signor DeFazio. Das ist nicht die Art von Erfahrungen, die wir gewohnt sind oder tolerieren können. Haben Sie irgendeine Ahnung, in was Sie da hineingeraten sind?«

»Man hat Sie markiert?«

»Wenn Sie damit meinen, ob die gewusst haben, wer wir waren, glücklicherweise wussten sie es nicht. Wenn doch, möchte ich bezweifeln, dass wir an diesem Tisch sitzen würden!«

»Signor DeFazio«, unterbrach die Contessa mit einem Blick auf ihren Mann, der ihm sagte, er möge sich beruhigen. »Wir haben hier drüben die Nachricht erhalten, dass Sie einen Kontrakt für diesen Krüppel und seinen Freund, den Doktor, haben. Ist das wahr?«

»Ja«, bestätigte der Capo vorsichtig, »aber es geht noch weiter. Wissen Sie, was ich meine?«

»Ich habe nicht die leiseste Ahnung«, erwiderte der Graf eisig.

»Ich sage Ihnen das, weil es möglich ist, dass ich dabei Ihre Hilfe brauche, für die Sie, wie ich Ihnen gesagt habe, gut bezahlt werden, sehr gut sogar.«

»Was geht da noch ›weiter‹?«, fragte die Frau.

»Es gibt noch jemanden, den wir erwischen müssen. Einen Dritten, mit dem sich die beiden hier drüben getroffen haben.«

Der Graf und die Gräfin sahen sich unvermittelt an. »Einen

Dritten«, wiederholte der Mann aus Rom und hob sein Weinglas an die Lippen. »Ich verstehe ... Ein Kontrakt mit drei Zielpersonen ist normalerweise einigermaßen gewinnträchtig. Wie gewinnträchtig, Signor DeFazio?«

»He, kommen Sie, frage ich Sie, was Sie in einer Woche in Paris verdienen? Sagen wir einfach, es ist eine Menge, und Sie beide können sich persönlich auf sechs Ziffern verlassen, wenn alles nach Plan geht.«

»Sechs Ziffern umfassen ein breites Spektrum«, bemerkte die Gräfin. »Außerdem deuten sie darauf hin, dass der Kontrakt mehr als sieben Ziffern wert ist.«

»Sieben ...?« DeFazio sah die Frau an.

»Über eine Million Dollar«, schloss die Gräfin.

»Sehen Sie, für unsere Klienten ist es wichtig, dass diese Leute diese Welt verlassen«, sagte Louis und atmete wieder ruhiger, da sieben Ziffern nicht mit sieben Millionen gleichgesetzt worden waren. »Wir fragen nicht, warum, wir tun nur unseren Job. In Situationen wie dieser sind unsere Dons großzügig. Wir verdienen nicht schlecht, und der Ruf leidet auch nicht gerade darunter. Stimmt's, Mario?«

»Doch, sicher, Louis, aber ich kümmere mich nicht um solche Dinge.«

»Du lässt dich nur bezahlen, oder, *cugino*?«

»Ich wäre nicht hier, wenn es nicht so wäre, Lou.«

»Verstehen Sie, was ich meine?«, sagte DeFazio und sah den Conte und die Contessa an, die keinerlei Reaktion zeigten, außer dass sie den Capo anstarrten. »He, was ist los? ... Oh, diese schlimme Sache ist gestern passiert, hm? Was war denn? Man hat Sie gesehen, stimmt's? Die haben Sie entdeckt, und irgendso ein Gorilla hat ein paar Schüsse abgegeben, um Sie zu verscheuchen, so war's doch, oder? Ich meine, wie soll es sonst gewesen sein, oder? Die wussten nicht, wer Sie waren, aber Sie waren da, ein paarmal zu oft vielleicht, also haben die ein bisschen Druck ausgeübt, okay? Das ist eine alte Masche: Mach, dass sich Fremde, die du mehr als einmal siehst, vor Angst in die Hosen scheißen.«

»Lou, ich habe dich gebeten, deine Ausdrucksweise zu mäßigen.«

»Mäßigen? Ich verliere gleich das Maß. Ich will verhandeln!«

»Mit einfachen Worten«, sagte der Graf, indem er DeFazios Worte mit sanfter Stimme und hochgeschobenen Augenbrauen überging, »sagen Sie also, dass Sie diesen Krüppel und seinen Freund, den Doktor, töten müssen, und noch einen Dritten, ist das korrekt?«

»Mit einfachen Worten: Sie haben es richtig verstanden.«

»Wissen Sie, wer dieser Dritte ist – abgesehen von einem Foto oder einer detaillierten Beschreibung?«

»Sicher, es ist ein Dreckskerl von der Regierung, der vor Jahren losgeschickt wurde, um wie Mario hier eine *esecuzione* durchzuführen, können Sie das glauben? Aber diese drei Leute haben meine Klienten geschädigt, ich meine, wirklich geschädigt. Daher der Kontrakt, was soll ich Ihnen sonst sagen?«

»Wir sind nicht sicher«, sagte die Gräfin und nippte anmutig an ihrem Wein. »Vielleicht wissen Sie es ja gar nicht.«

»Was wissen?«

»Wissen, dass es jemanden gibt, der diesem Dritten weit dringender den Tod wünscht als Sie«, erklärte der Graf. »Gestern Mittag hat er mit einer mörderischen Schießerei ein kleines Gasthaus auf dem Land überfallen und etliche Menschen getötet, weil Ihr ›Dritter‹ da war. Und wir waren es auch ... Wir haben gesehen, wie sie, wie er von einer Wache gewarnt wurde und hinausgelaufen ist. Manche Notfälle vermitteln sich. Wir sind sofort gegangen, nur Minuten vor dem Massaker.«

»Wer ist dieser Scheißkerl, der ihn umbringen will?«, hustete DeFazio. »Sagen Sie es mir!«

»Wir haben gestern den ganzen Nachmittag und auch heute den ganzen Tag damit verbracht, es herauszufinden«, sagte die Frau, beugte sich vor und hielt das unfeine Glas vornehm mit den Fingern, als wäre es ein Affront für ihr Feingefühl. »Ihre Zielpersonen sind nie allein. Es sind immer Männer um sie herum, bewaffnete Wachen, und zuerst wussten wir nicht, woher sie kamen. Dann haben wir auf der Avenue Montaigne eine sowjetische Limousine gesehen, die sie abgeholt hat, und auch Ihren Dritten, in Begleitung eines bekannten KGB-Offiziers, und jetzt glauben wir es zu wissen.«

»Allerdings«, unterbrach der Graf, »können nur Sie es uns bestätigen. Wie ist der Name des dritten Mannes auf Ihrem Kontrakt? Wir haben sicher ein Recht, es zu erfahren.«

»Warum nicht? Es ist ein Verlierer namens Bourne, Jason Bourne, der unsere Klienten erpresst.«

»*Ecco*«, sagte der Ehemann leise.

»Exakt«, fügte die Frau hinzu. »Was wissen Sie von diesem Bourne?«, fragte sie.

»Was ich Ihnen gesagt habe. Er ist getarnt für die Regierung losgegangen und ist von den großen Nummern in Washington beschissen worden. Also wird er sauer und bescheißt unsere Klienten. Ein echter Dreckskerl.«

»Haben Sie nie von Carlos, dem Schakal, gehört?«, sagte der Graf, lehnte sich auf seinem Stuhl zurück und beobachtete den *capo supremo*.

»O ja, sicher, ich habe von ihm gehört, und ich verstehe, was Sie meinen. Man sagt, dieser Schakal habe es auf Bourne abgesehen und umgekehrt, aber das zieht bei mir nicht. Wissen Sie, ich dachte, diesen wilden Hund gibt es nur in Büchern, wissen Sie, was ich meine? Dann erzählen Sie mir, er ist ein echter Killer, was sagt man dazu?«

»Sehr echt«, stimmte die Gräfin zu.

»Aber wie gesagt, der ist mir völlig egal. Ich will diesen Nervenklempner, den Krüppel und diesen Penner Bourne, das ist alles. Und ich will sie wirklich.«

Der Conte und seine Frau sahen sich an. Mit leichtem Erstaunen zuckten sie die Schultern, dann nickte die Contessa und gab ihrem Mann nach.

»Ihr Sinn für Belletristik ist von der Realität eingeholt worden«, sagte der Graf.

»Bitte?«

»Es *gab* einen Robin Hood, wissen Sie, aber er war kein Edelmann aus Locksley. Er war ein barbarischer Sachsenhäuptling, der gegen die Normannen gekämpft hat, ein mörderischer, blutrünstiger Dieb, der nur in Legenden gerühmt wird. Und es *gab* einen Innozenz, den Dritten, einen Papst, der keineswegs unschuldig war und der grausamen politischen Linie eines Vorgängers, des heiligen Gregors, des Siebten, gefolgt ist, der ebenfalls keineswegs ein Heiliger war. Sie haben Europa gespalten, in Strömen von Blut, für die politische Macht und um die Schatzkammern des Heiligen Reiches zu bereichern. Jahrhunderte vorher *gab* es den sanftmütigen Quintus Cassius Longinus aus Rom, den geliebten Schutzpatron des Hispania Ulterior, dennoch hat er Hunderttausende von Spaniern gefoltert und verstümmelt.«

»Wovon reden Sie, verflucht?«

»All diese Männer wurden fiktionalisiert, Signor DeFazio, in viele verschiedene Schattierungen dessen, was sie vielleicht einmal gewesen sein mögen, aber ungeachtet der Verzerrungen, waren es reale Personen. Genau wie der Schakal real ist und dazu ein tödliches Problem für Sie. Wie er leider auch ein Problem für uns ist, da er eine Komplikation darstellt, die wir nicht akzeptieren können.«

»Bitte?« Der Capo starrte den italienischen Aristokraten mit offenem Mund an.

»Die Anwesenheit der Sowjets war sowohl alarmierend als auch rätselhaft«, fuhr der Graf fort. »Dann sind wir schließlich auf eine mögliche Verbindung gestoßen, die Sie gerade bestätigt haben … Moskau jagt Carlos seit Jahren, einzig aus dem Grund, ihn zu exekutieren, und sie haben für ihre Bemühungen nur einen toten Jäger nach dem anderen bekommen. Irgendwie – Gott weiß, wie – hat Jason Bourne mit den Russen verhandelt, ihre gemeinsamen Zielvorstellungen zu verwirklichen.«

»Um Himmels willen, sprechen Sie englisch oder italienisch, aber mit Worten, die Sinn machen! Ich bin nicht gerade auf das Harvard City College gegangen, Eierkopf. Musste ich auch nicht, *capisce*?«

»Der Schakal hat gestern dieses Landgasthaus gestürmt. Er ist derjenige, der Jason Bourne jagt, der wiederum so dumm war, nach Paris zu kommen und die Sowjets zu überreden, mit ihm zusammenzuarbeiten. Das hier ist Paris, und Carlos wird gewinnen. Er wird Bourne töten und Ihre anderen Zielpersonen, und er wird die Russen auslachen. Dann wird er bei den Geheimdiensten aller Regierungen verkünden, dass er gewonnen hat, dass er der *padrone* ist, der *maèstro.* Sie in Amerika haben nie die ganze Geschichte erfahren, nur einzelne Teile, denn Ihr Interesse an Europa hört an der Geldgrenze auf. Aber wir haben es durchlebt, es fasziniert beobachtet, und jetzt sind wir wie hypnotisiert. Zwei alternde Meisterattentäter, besessen von Hass, die sich gegenseitig die Kehle durchschneiden wollen.«

»He, langsam, Eierkopf!«, rief DeFazio. »Dieser Dreckskerl Bourne ist ein Betrüger, eine Imitation. Er war niemals ein Vollstrecker.«

»Da täuschen Sie sich, Signore«, sagte die Gräfin. »Er hat die Arena vielleicht nicht mit einer Waffe betreten, aber sie wurde zu seinem Lieblingsinstrument. Fragen Sie den Schakal.«

»Scheiß auf den Schakal!«, rief DeFazio und stand von seinem Stuhl auf.

»Lou!«

»Halt's Maul, Mario! Dieser Bourne gehört mir, uns! Wir liefern die Leichen ab, wir machen die Fotos, wie ich, wie wir über ihnen stehen und sie ein Dutzend Eispickel in ihren Körpern haben, die Köpfe an den Haaren hochgezogen, damit niemand sagen kann, wir wären es nicht gewesen!«

»Das ist Wahnsinn«, sagte der Mafiagraf leise. »Und, bitte, mäßigen Sie Ihre Lautstärke.«

»Dann regen Sie mich nicht auf …«

»Er versucht, die Lage zu erklären, Lou«, sagte DeFazios Verwandter, der Killer. »Und ich möchte hören, was der Gentleman zu sagen hat, denn es könnte für meine Arbeit von ganz entscheidender Bedeutung sein. Setz dich, Cousin.« Louis tat, wie ihm geheißen. »Bitte fahren Sie fort, Graf.«

»Danke, Mario. Sie haben doch nichts dagegen, dass ich Sie Mario nenne.«

»Ganz und gar nicht, Sir.«

»Vielleicht sollten Sie einmal Rom besuchen …«

»Vielleicht sollten wir auf Paris zurückkommen«, hustete der *capo supremo* erneut.

»Also gut«, willigte der Römer ein und teilte seine Aufmerksamkeit jetzt zwischen DeFazio und dessen Cousin auf, bevorzugte jedoch den letzteren. »Sie könnten alle drei Zielpersonen mit einem Gewehr ausschalten, aber Sie würden nicht in die Nähe der Leichen kommen. Die Sowjets werden überall sein, und wenn die sehen, wie Sie beide am Ort des Mordes erscheinen, werden sie das Feuer eröffnen, da sie annehmen werden, dass Sie vom Schakal kommen.«

»Dann müssen wir uns ein Manöver ausdenken, mit dem wir die Zielpersonen isolieren können«, sagte Mario, die Ellbogen auf dem Tisch, die intelligenten Augen auf den Grafen gerichtet. »Vielleicht ein Notfall in den frühen Morgenstunden. Ein Feuer in ihrer Unterkunft vielleicht, was es notwendig macht, dass sie rauskommen. Das hab ich schon mal gemacht. In dem Durcheinander von Feuerwehrwagen und Polizeisirenen und der allgemeinen Panik könnte man sie wegzerren und den Auftrag erledigen.«

»Das ist eine wunderbare Strategie, Mario, aber da sind immer noch die sowjetischen Wachen.«

»Die machen wir nieder!«, rief DeFazio.

»Sie sind nur zu zweit«, sagte der Diplomat, »und da sind mindestens drei in Barbizon, ganz zu schweigen von dem Hotel in Paris, wo der Krüppel und der Doktor wohnen.«

»Also schlagen wir die Massen aus dem Feld.« Der Capo fuhr mit der Rückseite seiner Hand über den Schweiß, der sich auf seiner Stirn gesammelt hatte. »Wir nehmen uns zuerst dieses Barbizon vor, okay?«

»Mit nur zwei Männern?«, fragte die Gräfin, die geschminkten Augen vor Überraschung weit aufgerissen.

»Sie haben doch Männer!«, rief DeFazio aus. »Wir nehmen ein paar von denen ... Ich zahle zusätzlich.«

Der Graf schüttelte langsam den Kopf und sagte: »Gegen den Schakal werden wir nicht in den Krieg ziehen. Das sind meine Anweisungen.«

»Schwule Scheißer!«

»Ein interessanter Kommentar aus Ihrem Munde«, bemerkte die Gräfin, ein schmales, beleidigendes Lächeln auf den Lippen.

»Vielleicht sind unsere Dons nicht so großzügig wie Ihre«,

fuhr der Diplomat fort. »Doch wir sind bereit, bis zu einem bestimmten Punkt zu kooperieren, aber nicht weiter.«

»Sie werden nie wieder eine Lieferung nach New York schicken oder Philly oder Chicago!«

»Lassen wir doch unsere Vorgesetzten diese Themen ausdiskutieren, ja?«

Unerwartet klopfte es an der Tür, vier Schläge hintereinander, hart und aufdringlich.

»Avanti«, rief der Graf, langte sofort unter seine Jacke und riss eine Automatik aus seinem Gürtel. Er senkte sie unter den Überhang der roten Tischdecke und lächelte, als der Eigentümer des Tetrazzini's eintrat.

»Emergenza«, sagte der maßlos übergewichtige Mann, ging eilig zu dem gutgekleideten Mafioso und reichte ihm eine Nachricht.

»Grazie.«

»Prego«, erwiderte der Manager, ging zur Tür zurück und ging so schnell hinaus, wie er gekommen war.

»Vielleicht lächeln die furchtsamen Götter Siziliens doch noch auf Sie herab«, sagte der Graf beim Lesen. »Diese Mitteilung ist von dem Mann, der Ihren Zielpersonen folgt. Sie sind außerhalb von Paris, und sie sind allein, und aus Gründen, die ich mir nicht erklären kann, haben sie keine Wachen bei sich. Sie sind ohne Schutz.«

»Wo?«, rief DeFazio und sprang auf.

Ohne zu antworten, griff der Diplomat ruhig nach seinem goldenen Feuerzeug, zündete damit das kleine Stück Papier an, ließ es im Aschenbecher verbrennen. Mario sprang von seinem Stuhl auf. Der Mann aus Rom ließ das Feuerzeug auf den Tisch fallen und nahm die Waffe von seinem Schoss.

»Zuerst lassen Sie uns über das Honorar sprechen«, sagte er, während sich die Mitteilung zu glühender, schwarzer Asche aufrollte. »Unsere Dons in Palermo sind bestimmt nicht so großzügig wie Ihre. Bitte sprechen Sie schnell, denn jede Minute zählt.«

»Beschissener *motherfucker.*«

»Meine ödipalen Probleme sind nicht Ihre Sache. Wie viel, Signor DeFazio?«

»Ich gehe bis an die Grenze«, erwiderte DeFazio, ließ sich auf den Stuhl herab und starrte die verkohlten Überreste der Information an.

»Dreihunderttausend, amerikanische. Das ist alles.«

»Das ist nichts als Scheiße«, sagte die Gräfin. »Versuchen Sie es noch mal. Sekunden werden zu Minuten, und die können Sie sich nicht leisten.«

»Schon gut, schon gut! Verdoppeln Sie es!«

»Verdreifachen, plus Spesen«, fügte die Frau hinzu.

»Scheiße, was soll das wohl sein?«

»Ihr Cousin Mario hat Recht«, sagte der Diplomat. »Bitte achten Sie vor meiner Frau auf Ihre Worte.«

»Heilige Scheiße ...«

»Ich habe Sie gewarnt, Signore. Die Spesen sind eine zusätzliche Viertelmillion, amerikanische.«

»Was? Sind Sie verrückt?«

»Nein, Sie sind vulgär. Die Gesamtsumme beträgt eine Million einhundertfünfzigtausend Dollar, zu zahlen nach den Anweisungen unserer Kuriere in New York ... Falls nicht, wird man Sie in – wie war das gleich? – Brooklyn Heights sehr vermissen, Signor DeFazio.«

»Wo sind die Zielpersonen?«, sagte der geschlagene New Yorker Mafioso, dem die Niederlage Schmerzen bereitete.

»Auf einer kleinen Landebahn in Pontcarré, etwa fünfundvierzig Minuten von Paris. Sie warten auf ein Flugzeug, das wegen schlechten Wetters in Poitiers landen musste. Es kann frühestens in gut einer Stunde ankommen.«

»Haben Sie die Ausrüstung mitgebracht, die wir angefordert haben?«, fragte Mario eilig.

»Ist alles da«, antwortete die Gräfin und deutete auf den großen, schwarzen Lederkoffer auf einem Stuhl an der Wand.

»Einen Wagen, einen *schnellen* Wagen!«, rief DeFazio, als sein Vollstrecker den Koffer an sich nahm.

»Draußen«, erwiderte der Graf. »Der Fahrer weiß, wohin er Sie bringen soll.«

»Komm, *cugino*. Heute Abend kassieren wir, und du kannst eine alte Rechnung begleichen.«

Abgesehen von einem einzelnen Angestellten hinter dem Counter des kleinen Ein-Raum-Terminals und einem Fluglotsen, den man engagiert hatte, um Überstunden im Tower zu machen, war der Privatflugplatz von Pontcarré menschenleer. Alex Conklin und Mo Panov blieben diskret zurück, als Bourne Marie zum Flugsteig hinausführte, der hinter einem hüfthohen Metallzaun an die Landebahn grenzte. Zwei Reihen gelber Bodenscheinwerfer zeigten dem Flugzeug aus Poitiers die lange Rollbahn. Sie waren erst vor kurzem eingeschaltet worden.

»Jetzt dauert es nicht mehr lange«, sagte Jason.

»Diese ganze verfluchte Sache ist absolut blödsinnig«, entgegnete Webbs Frau. »Alles.«

»Es gibt für dich keinen Grund zu bleiben und viele Gründe zu fliegen. Es wäre dumm, wenn du hier allein in Paris sein würdest. Alex hat Recht. Wenn Carlos' Leute dich finden, würden sie dich als Geisel nehmen, warum willst du das riskieren?«

»Weil ich in der Lage bin, unsichtbar zu bleiben, und ich nicht zehntausend Meilen von dir entfernt sein möchte. Sie werden mir vergeben, wenn ich mir Sorgen um Sie mache, Mr. Bourne. Und an Sie denke.«

Jason sah sie im Schatten an, dankbar für die Dunkelheit. Sie konnte seine Augen nicht deutlich sehen.

»Dann sei vernünftig und benutze deinen Kopf«, sagte er kalt und fühlte sich plötzlich so alt, zu alt, um seine Gefühle so zu unterdrücken. »Wir wissen, dass Carlos in Moskau ist, und Krupkin ist ihm auf den Fersen. Dimitrij fliegt uns am Morgen dorthin, und wir werden unter dem Schutz des KGB in der am besten überwachten Stadt der Welt sein. Was mehr können wir uns wünschen?«

»Vor dreizehn Jahren standest du unter dem Schutz der Regierung der Vereinigten Staaten, in einem kleinen Block auf der East Side von New York, und es hat nicht viel genützt.«

»Da besteht ein großer Unterschied. Damals wusste der Schakal genau, wohin ich ging und wann ich dort sein würde. Im Moment hat er keine Ahnung, dass wir überhaupt wissen, wo er ist. Er hat andere Probleme, große für ihn, und er glaubt, wir sind hier in Paris – er hat seine Leute angewiesen, weiter nach uns zu suchen.«

»Was werdet ihr in Moskau tun?«

»Das werden wir erst wissen, wenn wir da sind, aber was es auch sein wird: Es ist besser als hier in Paris. Krupkin ist fleißig gewesen. Jeder ranghohe Offizier am Dserschinskij-Platz, der französisch spricht, steht unter Beobachtung. Er hat gesagt, das Französisch hätte die Möglichkeiten eingeschränkt und dass sich irgendwas ergeben wird … Und dann habe ich überhaupt keine Zeit, mir Sorgen um dich zu machen, weil du immer noch hier bist.«

»Das ist das Netteste, was du in den vergangenen sechsunddreißig Stunden gesagt hast.«

»Du solltest bei den Kindern sein, und das weißt du. Du wirst außer Reichweite und in Sicherheit sein … und die Kinder brauchen dich. Mrs. Cooper ist eine fantastische Frau, aber sie ist nicht ihre Mutter. Abgesehen davon, hat dein Bruder Jamie wahrscheinlich inzwischen beigebracht, kubanische Zigarren zu rauchen und Monopoly mit echtem Geld zu spielen.«

Marie sah zu ihrem Mann auf, ein leises Lächeln in der Dunkelheit und auch in ihrer Stimme. »Danke.«

»Wahrscheinlich ist es so – mit deinem Bruder, meine ich. Wenn es gutaussehende Frauen im Personal gibt, ist es sehr wohl möglich, dass unser Sohn bereits seine Jungfräulichkeit verloren hat.«

»David!«

Bourne war still. Marie lachte kurz und leise, dann fuhr sie fort: »Ich nehme an, ich kann wirklich nicht mit dir streiten.«

»Und das würden Sie tun, wenn meine Argumente nicht stimmen würden, Dr. St. Jacques. Das ist etwas, was ich in den vergangenen dreizehn Jahren gelernt habe.«

»Trotzdem erhebe ich Einspruch gegen diesen verrückten Flug zurück nach Washington! Von hier nach Marseille, dann nach London, *dann* auf einen Flug nach Dulles. Es wäre so viel einfacher, ein Flugzeug von Orly in die Staaten zu nehmen.«

»Es ist Peter Hollands Idee. Er selbst wird dich abholen, dann frag ihn danach. Er sagt am Telefon nie besonders viel.

Ich schätze, er will nichts mit den französischen Behörden zu tun haben, weil er eine undichte Stelle zu Carlos' Leuten befürchtet. Eine einzelne Frau mit einem gewöhnlichen Namen auf gut gebuchten Flügen ist wahrscheinlich am besten.«

»Ich werde mehr Zeit damit zubringen, auf Flughäfen herumzusitzen, als durch die Luft zu fliegen.«

»Wahrscheinlich. Also verhüll deine hübschen Beine und trag eine Bibel bei dir.«

»Das ist lieb«, sagte Marie und berührte sein Gesicht. »Plötzlich hör ich dich wieder, David.«

»Was?«

»Nichts … Tu mir einen Gefallen, ja?«

»Welchen?«, fragte Jason mit abweisender, monotoner Stimme.

»Bring David wieder zu mir zurück.«

»Lass uns sehen, wie weit das Flugzeug ist«, sagte Bourne, die Stimme tonlos und abrupt, als er ihren Ellbogen berührte und sie wieder nach drinnen führte. Ich werde älter, und ich kann nicht länger sein, was ich nicht bin. Das Chamäleon entgleitet mir, die Fantasie ist nicht mehr da, wie es einmal war. Aber ich kann nicht aufhören! Nicht jetzt! Geh weg von mir, David Webb!

Kaum hatten sie den kleinen Terminal wieder betreten, als das Telefon auf dem Tresen zu klingeln begann. Der einzige Angestellte nahm ab.

»Oui?« Er hörte nicht länger als fünf Sekunden lang zu. *»Merci«*, sagte er und sprach die vier interessierten Umstehenden auf französisch an. »Das war der Tower. Die Maschine von Poitiers wird in etwa vier Minuten am Boden sein. Der Pilot wünscht, dass Sie bereit sind, Madame, da er noch vor Eintreffen der Schlechtwetterfront weiterfliegen möchte.«

»Das würde auch ich gern«, stimmte Marie zu und eilte zu Alex Conklin und Mo Panov. Die Abschiedsgrüße waren kurz, die Umarmungen fest, die Worte herzlich. Bourne führte seine Frau wieder nach draußen. »Mir ist gerade eingefallen – wo sind Krupkins Wachen?«, fragte sie, als Jason das Tor aufklinkte und sie zur beleuchteten Landebahn gingen.

»Wir wollten sie hier nicht«, antwortete er. »Die Verbindung zu den Sowjets wurde in der Montaigne gemacht, also müssen wir davon ausgehen, dass die Botschaft beobachtet wird. Keine Wachen, die zu ihren Wagen laufen, somit keine Bewegung unsererseits, die Carlos' Leute melden könnten.«

»Ich verstehe.« Das Geräusch eines kleinen näher kommenden Jets war zu hören, dann kreiste das Flugzeug einmal über dem Flugfeld und landete auf der hundertfünfzig Meter langen Rollbahn. »Ich liebe dich so sehr, David«, sagte Marie und erhob dabei ihre Stimme, um sich gegen das Brüllen der Maschine durchzusetzen, die in ihre Richtung rollte.

»Er liebt dich so sehr«, sagte Bourne, und die Bilder stießen in seinem Kopf aneinander. »Ich liebe dich so sehr.«

Der Jet kam zwischen den Reihen gelber Scheinwerfer in Sicht, eine weiße, patronenförmige Maschine mit kurzen Deltaflügeln, die wie bei einem Pfeil am Rumpf saßen und ihr das Aussehen eines wütenden, fliegenden Insekts verliehen. Der Pilot schwang das Flugzeug im Kreis herum und brachte es kreischend zum Stehen, als die automatische Tür auf- und hochsprang und Metallstufen auf den Boden herunterklappten. Jason und Marie liefen zum Einstieg der Maschine. Es geschah mit der plötzlichen Wucht einer mörderischen Windbö, sofort unaufhaltsam, umfassend, wie die wirbelnden Winde des Todes! Schüsse! Maschinenpistolen – zwei. Eine in der Nähe, eine weiter entfernt, zerschlugen Scheiben, zerfetzten Holz, ein stechender Schmerzensschrei kam aus dem Terminal und zeugte von einem schweren, lebensgefährlichen Treffer.

Mit beiden Händen packte Bourne Marie an der Taille, hob sie an und trieb sie in das Flugzeug, während er dem Piloten zuschrie: »Mach die Tür zu und hau ab!«

»Mon Dieu!«, rief der Mann aus dem offenen Cockpit heraus. »Beeilung!«, brüllte er, schickte Jason von der Klapptür und den Metallstufen weg und ließ die Maschinen aufheulen, woraufhin das Flugzeug mit einem Ruck vorwärtssprang. Jason warf sich zu Boden und sah nach oben. Maries Gesicht war gegen das Fenster gepresst. Sie schrie hysterisch. Das Flugzeug donnerte die Rollbahn hinunter. Sie war gerettet.

Bourne war es nicht. Er war im gelben Licht der Scheinwerfer gefangen, die glühenden Reihen ein Rundgemälde aus gelblichem Orange. Egal, wo er stand oder kniete oder hockte, seine Silhouette war zu sehen. Also zog er die Automatic aus dem Gürtel, die Waffe, erinnerte er sich, die ihm Bernardine gegeben hatte, und begann wie eine Schlange über den Asphalt zum Gras außerhalb des umzäunten Flugsteigareals zu kriechen.

Wieder begann die Schießerei, aber jetzt waren es drei vereinzelte Schüsse aus dem Inneren des Terminals, in dem das Licht gelöscht worden war. Sie mussten aus Conklins Waffe gekommen sein oder vielleicht aus der des Angestellten, wenn er eine Waffe hatte. Panov hatte keine. Aber wer war getroffen worden? … Keine Zeit! Eine ohrenbetäubende Salve brach aus der nächstgelegenen Maschinenpistole hervor. Sie kam gleichmäßig, anhaltend und massiv, und sie fegte über die Seitenwand und den Flugsteig des kleinen Gebäudes hinweg.

Dann nahm die zweite automatische Waffe das Feuer auf. Vom Klang her befand sich der Schütze hinter dem Terminal. Nur Augenblicke später hörte man zwei einzelne Schüsse, der letzte davon begleitet von einem durchdringenden Schrei … wiederum auf der anderen Seite des Gebäudes.

»Ich bin getroffen!« Die Stimme kam von einem Mann, der große Schmerzen haben musste … auf der anderen Seite des Gebäudes. Die Maschinenpistole! Jason erhob sich im Gras in eine niedrige Hocke und starrte in die Dunkelheit. Er hob seine Automatic und feuerte in die sich vor ihm bewegende Masse, kam auf die Beine und rannte über den Flugsteig, drehte sich und drückte seinen Abzug, bis er keine Kugel mehr hatte und auf der Ostseite des Gebäudes außer Sicht war. Vorsichtig kroch er zu dem hüfthohen Zaun, der vor dem kleinen Terminal verlief. Der grauweiße Kies auf dem Parkplatz bot einen erfreulichen Anblick. Er konnte die Umrisse eines Mannes erkennen, der sich auf den Steinen krümmte. Die Gestalt hielt eine Waffe in Händen, dann warf sie sie auf den Boden und erhob sich in eine halb sitzende Stellung.

»Cugino!«, schrie er. »Hilf mir!« Die Antwort war ein wei-

terer Feuerstoß von der Westseite des Gebäudes, diagonal zur Rechten des verwundeten Mannes. »Gütiger Gott!«, kreischte er. »Mich hat's übel erwischt!« Wieder eine Salve aus der Maschinenpistole, diesmal mit gleichzeitig zerberstendem Glas. Der Killer auf der Westseite des Gebäudes hatte die Scheiben zertrümmert und schoss drinnen alles in Stücke.

Bourne ließ die nutzlose Automatic fallen und griff nach dem oberen Rand des Zaunes, schwang sich darüber hinweg und landete auf seinem heftig schmerzenden linken Bein. Was ist mit mir passiert? Warum habe ich Schmerzen? Er humpelte zur holzumrahmten Ecke des Gebäudes und schob sein Gesicht zur offenen Fläche dahinter. Der Mann auf dem Kies fiel nach hinten, unfähig, sich auf seiner Maschinenpistole abzustützen. Jason tastete den Boden ab, fand einen großen Stein und warf ihn mit aller Kraft hinter den verwundeten Mann. Er schlug krachend auf, sprang auf den Kies und klang dabei einen Moment lang wie das Geräusch sich nähernder Schritte. Der Killer erhob sich im Krampf und ließ seinen Körper nach hinten herumfahren, packte seine Waffe, die ihm bei seinem Manöver aus der Hand zu gleiten drohte.

Jetzt! Bourne rannte über die Steine des Parkplatzes, machte einen Satz und warf sich auf den Mann mit der Waffe. Er riss sie dem Killer aus der Hand und rammte ihm den Schaft gegen den Schädel. Der kleine, schlanke Mann erschlaffte. Und plötzlich gab es erneut ein Crescendo von Schüssen von der westlichen Außenseite des Terminals, wie zuvor begleitet von berstendem Glas. Der erste und nähere Killer grenzte seine Ziele ein. Ich muss ihn aufhalten! dachte Jason atemlos, jeder Muskel in seinem Körper schmerzerfüllt. Wo war der Mann von gestern? Wo war Delta one? Das Chamäleon von Treadstone Seventy-One. Wo war dieser Mann?

Bourne packte die MAC-10-Maschinenpistole der bewusstlosen Gestalt am Boden und rannte zur Seitentür des Terminals.

»Alex!«, brüllte er. »Lass mich rein! Ich hab seine Waffe!« Die Tür sprang krachend auf.

»Mein Gott, du lebst!«, rief Conklin in der Dunkelheit der Schatten, als Jason hineinstürmte. »Mo ist in bösem Zustand –

er ist an der Brust getroffen. Der Angestellte ist tot, und wir können den Tower draußen auf dem Rollfeld nicht erreichen. Sie müssen ihn sich als Erstes vorgenommen haben.« Alex knallte die Tür wieder zu. »Runter auf den Boden!« Ein Feuerstoß beharkte die Wände. Bourne kam auf die Knie und feuerte zurück, dann warf er sich neben Conklin zu Boden.

»Was ist passiert?«, rief Jason mit angespannter Stimme. Schweiß tropfte ihm über das Gesicht und brannte in seinen Augen.

»Der Schakal.«

»Wie hat er das gemacht?«

»Er hat uns alle zum Narren gehalten. Dich, mich, Krupkin und die Lavier – am allerschlimmsten mich. Er hat die Nachricht ausgegeben, er sei weg, ohne Erklärung, obwohl du hier in Paris bist, nur, dass er eine Zeit lang weg sei. Wir haben gedacht, unsere Falle hätte funktioniert, alles deutete auf Moskau … Aber er hat sie nur benutzt. O mein Gott, hat er uns reingelegt! Ich hätte es besser wissen müssen, ich hätte es durchschauen müssen! Es war zu sauber … Es tut mir Leid, David. O Gott, es tut mir Leid!«

»Das ist er da draußen, stimmt's? Er will den Job für sich allein, alles andere ist ihm egal.«

Plötzlich wurde eine Taschenlampe mit blendendem Lichtstrahl durch eine zerschlagene Scheibe geworfen. Sofort hob Bourne die MAC-10, fegte die schimmernde Metallröhre beiseite und löschte das Licht. Der Schaden war jedoch nicht wiedergutzumachen. Man hatte sie gesehen.

»Hier rüber!«, schrie Alex, packte Jason und tauchte hinter dem Tresen unter, als sich ein mörderischer Kugelhagel von einer nebelhaften Silhouette am Fenster löste. Es hörte auf. Man hörte einen Bolzen schlagen.

»Er muss nachladen!«, flüsterte Bourne in der Feuerpause. »Bleib hier!« Jason stand auf und rannte zu den Türen des Flugsteigs, brach hindurch, die Waffe in der rechten Hand, sein Körper vornübergebeugt, gespannt, bereit zu töten – falls die Jahre es erlaubten. Sie *mussten* es erlauben!

Er kroch durch das Tor, das er für Marie geöffnet hatte, rollte nach rechts über den Boden und kämpfte sich auf allen vieren den Zaun entlang. Er war Delta, aus Saigons Medusa … Er konnte es schaffen! Hier gab es keinen schützenden Dschungel, aber es gab etwas, das er verwenden konnte, was Delta nutzen konnte – die Dunkelheit, die unterbrochenen Schattenblöcke der zahllosen Wolken, die das Mondlicht verdeckten. Nutze alles! Das haben sie dir doch beigebracht … vor so vielen Jahren … Vergiss die Zeit! Tu es! Das Tier, das nur ein paar Meter von dir entfernt ist, will deinen Tod … den Tod deiner Frau, den Tod deiner Kinder. Den Tod!

Es war die Schnelligkeit, die aus purer Wut entsteht, die ihn vorwärts trieb, von der er besessen war, und er wusste, dass er, wenn er gewinnen wollte, schnell gewinnen musste, mit all der Schnelligkeit, die er zur Verfügung hatte. Eilig kroch er den Zaun entlang, der die Rollbahn umgab, vorbei an der Ecke des Terminals, bereit für den Augenblick, entdeckt zu werden. Die tödliche Maschinenpistole war immer noch in seiner Hand, sein Finger am Abzug. Er sah einen Haufen wildgewachsener Büsche vor zwei dicken Bäumen, nicht weiter als zehn Meter entfernt. Wenn er die erreichen konnte, war der Vorteil auf seiner Seite.

Er erreichte die Büsche. Und in diesem Moment hörte er ein gewaltiges Bersten von Glas, gefolgt von einem weiteren Feuerstoß – diesmal so anhaltend, dass das Magazin auf einen Schlag leer sein musste. Er war nicht gesehen worden. Die Gestalt am Fenster war zurückgetreten, um nachzuladen, die ganze Konzentration auf diese Aufgabe gerichtet, nicht auf die Möglichkeit einer Flucht. Auch Carlos wird alt und verliert seine Finesse, dachte Jason Bourne. Wo war das innere Aufflammen, das zu einer solchen Operation gehörte? Wo waren die wachsamen, umherwandernden Augen, die Waffen in völliger Dunkelheit nachluden?

Dunkelheit. Eine Wolkendecke verbarg den gelben Schein des Mondes. Da war die Dunkelheit. Er schob sich über den Zaun und versteckte sich hinter den Büschen, dann rannte er zu dem ersten der beiden Bäume, hinter dem er aufrecht stehen, die Szenerie überblicken und seine Möglichkeiten bedenken konnte.

Irgendetwas stimmte nicht. Er bemerkte eine Primitivität, die er nicht mit dem Schakal in Verbindung bringen konnte. Der Attentäter hatte den Terminal isoliert, aber es fehlten die feineren Aspekte in seinem mörderischen Verhalten. Es fehlte die Raffinesse, stattdessen gab es nichts als brutale Gewalt.

Die Gestalt am zerschlagenen Fenster ließ sich rückwärts gegen die Hauswand fallen und suchte noch immer ein neues Magazin in ihrer Tasche. Jason rannte aus dem Schutz der Bäume hervor, die MAC-10 auf Dauerfeuer, ließ den Dreck vor dem Killer explodieren, dann kreisten die Kugeln seinen Körper ein.

»Das war's!«, rief er, als er sich dem Attentäter näherte. »Wenn ich nur einmal den Finger krumm mache, bist du tot, Carlos – falls du der Schakal bist!«

Der Mann neben dem zerschlagenen Fenster warf seine Waffe zu Boden. »Ich bin es nicht, Mr. Bourne«, sagte der Vollstrecker aus Larchmont im Staate New York. »Wir haben uns schon getroffen, aber ich bin nicht der Mann, für den Sie mich halten.«

»Runter auf den Boden, du Scheißkerl!« Der Killer tat es, als Jason sich ihm näherte. »Spreiz die Beine und Arme!« Der Befehl wurde befolgt. »Heb deinen Kopf!«

Der Mann tat es, und Bourne starrte in das Gesicht, das vom fernen Schein der gelben Lichter auf der Rollbahn nur schwach beleuchtet wurde.

»Sehen Sie jetzt?«, sagte Mario. »Ich bin nicht der, für den Sie mich halten.«

»Mein Gott«, flüsterte Jason, seine Ungläubigkeit nur allzu offensichtlich. »Du warst an der Auffahrt in Manassas. Du hast versucht, Kaktus zu töten und dann mich!«

»Ein Auftrag, Mr. Bourne, nichts weiter.«

»Was ist mit dem Tower? Dem Fluglotsen im Tower!«

»Ich töte nicht wahllos. Als das Flugzeug von Poitiers die Landebestätigung hatte, habe ich ihm gesagt, er soll sich davonmachen … Verzeihen Sie, aber Ihre Frau war auch auf der Liste. Zum Glück war das jenseits meiner Möglichkeiten. Schließlich ist sie eine Mutter.«

»Wer, zum Teufel, *bist* du?«

»Ich habe es Ihnen gerade gesagt. Ich bin für diesen Job engagiert worden.«

»Ich habe schon Bessere gesehen.«

»Vielleicht spiel ich nicht in Ihrer Liga, aber ich leiste verlässliche Arbeit für die Organisation.«

»Himmel, du bist Medusa!«

»Den Namen hab ich schon gehört, aber das ist alles, was ich Ihnen sagen kann … Lassen Sie mich eine Sache klarstellen, Mr. Bourne. Ich werde meine Frau nicht als Witwe zurücklassen oder meine Kinder als Waisen, nur für diesen Auftrag. Sie bedeuten mir zu viel.«

»Du wirst hundertfünfzig Jahre im Gefängnis absitzen, und das auch nur, wenn du in einem Staat angeklagt wirst, der die Todesstrafe abgeschafft hat.«

»Nicht nach allem, was ich weiß, Mr. Bourne. Man wird sich um meine Familie und mich sehr wohl kümmern – ein neuer Name, vielleicht eine hübsche Farm in Wyoming. Sehen Sie, ich wusste, dass dieser Augenblick mal kommen würde.«

»Weißt du, was passiert ist, du Scheißer? Ein Freund von mir ist da drinnen schwer angeschossen worden! Du hast es getan!«

»Dann ein Waffenstillstand?«, sagte Mario.

»Was meinst du damit, verflucht?«

»Eine halbe Meile von hier habe ich einen schnellen Wagen.« Der Killer aus Larchmont deutete auf ein rechteckiges Instrument in seinem Gürtel. »Er kann in weniger als einer Minute hier sein. Ich bin sicher, der Fahrer kennt das nächstgelegene Krankenhaus.«

»Tu es!«

»Schon passiert, Mr. Bourne«, sagte Mario und drückte einen Knopf.

Morris Panov war in den Operationssaal gefahren worden. Louis DeFazio lag immer noch auf einer Bahre, nachdem man festgestellt hatte, dass seine Verletzungen leichterer Natur waren. Und nach Rücksprache zwischen Washington und dem Quai d'Orsay befand sich der Verbrecher, den man nur als Mario kannte, im Gewahrsam der amerikanischen Botschaft in Paris.

Ein Doktor in weißem Kittel kam in den Warteraum des Krankenhauses, und Conklin und Bourne standen ängstlich auf.

»Ich möchte nicht so tun, als wäre ich der Bote einer frohen Kunde«, sagte der Arzt auf französisch, »denn das wäre sicher so nicht richtig. Beide Lungen Ihres Freundes sind durchlöchert, ebenso die Herzwand. Seine Überlebenschancen stehen im besten Fall vierzig zu sechzig – leider gegen ihn. Aber er ist ein Mann mit einem starken Willen, der leben möchte. Manchmal bedeutet das mehr als alle medizinischen Schwarzmalereien. Was kann ich Ihnen sonst noch sagen?«

»Danke, Doktor.« Jason wandte sich ab.

»Ich müsste mal ein Telefon benutzen«, sagte Alex zu dem Chirurgen. »Ich sollte es von der Botschaft aus tun, aber es bleibt beim besten Willen keine Zeit. Gibt es irgendeine Garantie dafür, dass hier niemand mithört?«

»Ich könnte mir vorstellen, dass Sie hier jede Garantie dafür haben«, erwiderte der Arzt. »Wir wüssten gar nicht, wie wir das machen sollten. Nehmen Sie mein Büro, bitte.«

»Peter?«

»Alex!«, rief Holland. »Alles in Ordnung? Ist Marie abgeflogen?«

»Um deine erste Frage zu beantworten, nein, es ist nicht alles in Ordnung. Und was Marie betrifft, kannst du davon ausgehen, einen panischen Anruf von ihr zu bekommen, sobald sie Marseille erreicht hat.«

»Was?«

»Sag ihr, dass wir okay sind, dass David nicht verletzt ist …«

»Wovon redest du?«, unterbrach ihn der Chef der CIA.

»Wir sind in einen Hinterhalt geraten, als wir auf das Flugzeug aus Poitiers warteten. Leider muss ich sagen, dass Mo Panov in einem sehr schlechten Zustand ist, so schlecht, dass ich im Augenblick gar nicht daran denken mag. Wir sind in einem Krankenhaus, und der Doktor klingt nicht gerade ermutigend.«

»Mein Gott, Alex, das tut mir Leid.«

»Mo ist auf seine Art ein Kämpfer. Ich setze immer noch auf ihn. Übrigens, erzähl Marie nichts davon. Sie denkt zu viel.«

»Natürlich nicht. Gibt es irgendetwas, was ich tun kann?«

»Ja, gibt es, Peter. Du kannst mir sagen, warum Medusa hier in Paris ist.«

»In Paris? Das passt nicht mit dem zusammen, was ich weiß, und ich weiß eine ganze Menge.«

»Unsere Identifikation ist positiv. Die beiden Killer, die vor einer Stunde auf uns geschossen haben, wurden von Medusa hergeschickt. Wir haben sogar so was ähnliches wie ein Geständnis.«

»Ich verstehe nicht«, protestierte Holland. »Paris ist uns nie in den Sinn gekommen. Es gibt da keine Verbindung in unserem Szenario.«

»Sicher gibt es eine«, widersprach Conklin. »Du hast es selbst gesagt, als du von dieser Art Selbstläufereffekt gesprochen hast, der Prophezeiung, die sich selbst erfüllt, weißt du noch? Medusa tut sich mit dem Schakal zusammen, das Zielobjekt: Jason Bourne.«

»Das ist der Punkt, Alex: Das war nur eine Theorie – eine falsche.«

»Offensichtlich nicht.«

»Doch, doch – nach allem, was wir wissen. So weit es uns betrifft, ist Medusa jetzt in Moskau.«

»Moskau?« Conklin ließ beinahe den Hörer auf den Schreibtisch des Doktors fallen.

»Genau. Wir haben uns auf Ogilvies Anwaltskanzlei in New York konzentriert und alles angezapft, was man anzapfen konnte. Irgendwie – wir wissen nicht, wie – hat Ogilvie einen Tipp bekommen und sich aus dem Staub gemacht. Er hat eine Aeroflot nach Moskau genommen, und der Rest seiner Familie hat sich nach Marrakesch aufgemacht.«

»Ogilvie …?« Alex war kaum noch zu hören. Er hatte die Stirn in Falten gelegt, und seine Erinnerung blätterte all die Jahre zurück. »Aus Saigon? Ein Rechtsoffizier aus Saigon?«

»Genau. Wir sind überzeugt davon, dass er Medusa leitet.«

»Und ihr habt mir diese Information vorenthalten?«

»Nur den Namen der Kanzlei. Ich habe dir doch gesagt, wir haben unsere Prioritäten, und du hast deine. Für uns kam Medusa zuerst.«

»Du billiger Blender!«, explodierte Conklin. »Ich kenne Ogilvie, genauer gesagt, ich kannte ihn. Ich will dir sagen, wie sie ihn in Saigon genannt haben: den eiskalten Ogilvie, einen aalglatten Rechtsarsch. Mit ein paar Vorladungen und Nachforschungen hätte ich dir sagen können, wo einige von seinen Anwaltsskeletten begraben liegen! Du hast es versaut! Du hättest ihn rankriegen können! Bei ein paar Morden hat er die Armeegerichte geschmiert, und leider gibt es keine Gesetzesvorschriften für diese Art Verbrechen, weder zivil noch militärisch. Himmel, warum hast du es mir nicht gesagt?«

»Um ganz ehrlich zu sein, Alex: Du hast mich nicht gefragt. Du bist einfach davon ausgegangen – mit Recht –, dass ich es dir nicht sagen würde.«

»Also gut, gut, es ist passiert, zum Teufel damit. Morgen oder übermorgen hast du die beiden Medusa-Typen, dann kannst du sie bearbeiten. Sie wollen beide nichts als ihren Arsch retten – der Capo ist ein Schleimer, und sein Scharfschütze betet ständig für seine Familie, und das hat nichts mit der Organisation zu tun.«

»Was habt ihr vor?«, drängte Holland.

»Wir sind auf dem Weg nach Moskau.«

»Hinter Ogilvie her?«

»Nein, dem Schakal. Aber wenn ich Bryce sehe, werde ich ihm deine Grüße übermitteln.«

35.

Buckingham Pritchard saß neben seinem uniformierten Onkel Cyril Sylvester Pritchard, dem stellvertretenden Direktor der Einwanderungsbehörde, im Büro von Sir Henry Sykes im Regierungssitz von Montserrat. Neben ihnen, zur Rechten des Stellvertreters, saß ihr Anwalt, der beste ortsansässige Rechtsanwalt, den Sykes hatte überreden können, die Pritchards in der Angelegenheit zu beraten, in der die Krone gegen sie Anklage wegen Unterstützung einer terroristischen Vereinigung erhoben hatte. Sir Henry saß hinter seinem Schreibtisch und betrachtete leicht schockiert den Anwalt, einen gewissen Jonathan Lemuel, der seinen Kopf und seinen Blick zur Decke hob, nicht, um in den Genuss des tropischen Ventilators zu kommen, der die feuchte Luft bewegte, sondern um seinen Zweifel zum Ausdruck zu bringen. Lemuel war ein in Cambridge ausgebildeter Jurist, ein einmaliger Stipendiat aus den Kolonien, der sein Geld vor Jahren in London verdient hatte und im Herbst seines Lebens auf seine Heimatinsel Montserrat zurückgekehrt war, um dort die Früchte seiner Arbeit zu genießen. Tatsächlich hatte Sir Henry seinen im Ruhestand lebenden schwarzen Freund dazu überredet, ein paar Dummköpfen zu helfen, die sich in eine ernste internationale Angelegenheit hatten verwickeln lassen.

Der Grund für Sir Henrys Schock und Jonathan Lemuels Zweifel und seine Wut war durch folgenden Wortwechsel zwischen Sykes und dem stellvertretenden Direktor der Einwanderungsbehörde aufgekommen.

»Mr. Pritchard, es wurde nachgewiesen, dass Ihr Neffe ein Telefongespräch zwischen John St. Jacques und seinem Schwager, dem Amerikaner Mr. David Webb, belauscht hat. Weiterhin gibt Ihr Neffe Buckingham Pritchard freimütig, ja sogar enthusiastisch zu, Sie mit gewissen Informationen, die

Inhalt dieses Gespräches waren, angerufen zu haben und dass Sie Ihrerseits begeistert erklärt hätten, Sie müssten sofort Paris anrufen. Ist das wahr?«

»Es ist *absolut* wahr, Sir Henry.«

»Wen haben Sie in Paris angerufen? Wie ist die Telefonnummer?«

»Bei allem Respekt, Sir, ich habe Geheimhaltung geschworen.«

Bei dieser knappen und vollkommen unerwarteten Erwiderung hatte Jonathan Lemuel seinen erstaunten Blick zur Decke gelenkt.

Sykes fand seine Fassung wieder und beendete die kurze Pause. »*Was* war das, Mr. Pritchard?«

»Mein Neffe und ich sind Teil einer internationalen Organisation, der die größten Führer unserer Welt angehören, und wir haben Geheimhaltung geschworen.«

»Gütiger Gott, er glaubt es«, brummte Sir Henry.

»Um Himmels willen«, sagte Lemuel und senkte seinen Kopf. »Unser Telefondienst hier ist nicht der ausgereifteste, aber innerhalb von einem Tag kann man die Nummer herausfinden. Warum geben Sie sie Sir Henry nicht jetzt? Er muss sie offensichtlich schnell wissen, wem schadet es also?«

»Den Schaden, Sir, haben unsere Vorgesetzten in der Organisation. Das wurde mir persönlich und ausdrücklich deutlich gemacht.«

»Wie ist der Name dieser internationalen Organisation?«

»Ich weiß nicht, Sir Henry. Das ist Teil der Vertraulichkeit, verstehen Sie das nicht?«

»Ich fürchte, Sie sind derjenige, der nicht versteht, Mr. Pritchard«, sagte Sykes, die Stimme schroff, seine Wut unverhohlen.

»O doch, das tu ich sehr wohl, Sir Henry, und ich werde es Ihnen beweisen!«, unterbrach der stellvertretende Direktor und sah die Männer an, als wollte er sowohl den skeptischen Sykes und den erstaunten Anwalt als auch seinen ihn bewundernden Neffen ins Vertrauen ziehen. »Eine ziemliche Geldsumme wurde von einer privaten Bank in der Schweiz direkt auf mein Konto hier in Montserrat überwiesen. Die Anweisungen waren deutlich. Die Summe sollte im Zuge der Aufträge, die man an mich delegiert hat, frei verwendet werden … Transport, Unterhaltung, Unterkunft – man hat mir gesagt, ich hätte absolute Verfügungsfreiheit, aber natürlich führe ich eine Aufstellung aller Ausgaben, wie ich es auch als zweithöchster Offizier der Einwanderungsbehörde mache … Wer, außer ungeheuer hochstehenden Leuten, würde derart großes Vertrauen in einen Mann setzen, den er nur durch seinen beneidenswerten Ruf und seine Stellung kennt?«

Henry Sykes und Jonathan Lemuel sahen einander erneut an. Erstaunen vereinte sich nun mit völligem Unglauben. Sir Henry beugte sich über den Tisch.

»Abgesehen von dieser – sagen wir – gründlichen Beobachtung von John St. Jacques, die offenbar die Dienste Ihres Neffen in Anspruch nahm, haben Sie noch andere Aufträge bekommen?«

»Ehrlich gesagt, nicht, Sir, aber ich bin sicher, dass, sobald die Führer sehen, wie zügig ich reagiert habe, andere folgen werden.«

Lemuel hob seine Hand leise ein paar Zentimeter von seiner Lehne, um den rotgesichtigen Sykes zurückzuhalten.

»Sagen Sie mal«, sagte er schnell. »Diese große Geldsumme, die aus der Schweiz geschickt wurde, wie groß war die? Die Menge macht rechtlich keinen Unterschied, und Sir Henry kann nach dem Gesetz der Krone jederzeit selbst bei Ihrer Bank nachfragen, also sagen Sie es uns bitte.«

»Dreihundert Pfund!«, erwiderte der ältere Pritchard voller Stolz über seinen Wert.

»Dreihundert …?« Die Worte des Anwalts erstarben.

»Nicht gerade überwältigend, was?«, murmelte Sir Henry und lehnte sich zurück.

»Ungefähr«, fuhr Lemuel fort, »wie hoch waren Ihre Ausgaben?«

»Nicht ungefähr, sondern präzise«, beteuerte der stellvertretende Direktor der Einwanderungsbehörde und holte ein kleines Notizbuch aus der Brusttasche seiner Uniform. »Mein brillanter Onkel ist immer präzise«, bemerkte Buckingham Pritchard.

»Danke, Neffe.«

»Wie viel?«, beharrte der Anwalt.

»Präzise sechsundzwanzig Pfund und fünf englische Shilling oder den Gegenwert von hundertzweiunddreißig East Caribbean Dollar, die ECs zum letzten Wechselkurs auf die nächste doppelte Nullstelle abgerundet – in diesem Fall habe ich vierundsiebzig Cents weggelassen, somit verbucht.«

»Erstaunlich«, murmelte Sykes wie betäubt.

»Ich habe gewissenhaft jede Quittung aufbewahrt«, fuhr der stellvertretende Direktor fort und nahm beim Lesen Geschwindigkeit auf. »Sie sind in meiner Wohnung an der Old Bay Street in einer Stahlkassette verschlossen und umfassen Folgendes: eine Gesamtsumme von sieben Dollar und achtzehn Cents für Ortsgespräche nach Tranquility, da ich mein Bürotelefon nicht benutzen wollte, dreiundzwanzig Dollar und achtzehn Cents für das Ferngespräch nach Paris … ein Abendessen für mich und meinen Neffen im Vue Point, natürlich ein Geschäftsessen …«

»Das genügt«, unterbrach Jonathan Lemuel und betupfte sich mit einem Taschentuch die Stirn, obwohl der tropische Ventilator für den Raum vollkommen ausreichte. »Ich bin darauf vorbereitet, zu gegebenem Zeitpunkt alles vorzulegen …«

»Ich sagte, das genügt.«

»Sie sollten wissen, dass ich einen Taxifahrer zurückgewiesen habe, als er anbot, den Preis auf einer Quittung heraufzusetzen, und ihn in meiner offiziellen Position dafür gerügt habe.«

»Genug!«, donnerte Sykes mit hervortretenden Adern an seinem Hals. »Sie beide sind Trottel allererster Ordnung! In John St. Jacques einen Verbrecher gleich welcher Art zu sehen ist lachhaft!«

»Sir Henry«, unterbrach der jüngere Pritchard. »Ich habe selbst gesehen, was im Tranquility Inn vorgegangen ist! Es war schrecklich. Särge am Anleger, die Kapelle in die Luft gesprengt, Regierungsboote um die ganze friedliche Insel herum – Schüsse, Sir! Es wird Monate dauern, bis wir wieder voll funktionsfähig sind.«

»Genau!«, brüllte Sykes. »Und glauben Sie, St. Jacques würde willentlich seinen eigenen Besitz zerstören, sein eigenes Geschäft?«

»Es sind schon seltsamere Dinge in der Welt der Kriminalität geschehen, Sir Henry«, sagte Cyril Sylvester Pritchard wissend. »In meiner offiziellen Eigenschaft habe ich schon viele, viele Geschichten gehört. Die Vorgänge, die mein Neffe beschrieben hat, nennt man Ablenkungstaktiken zur Herstellung der falschen Vorstellung, dass die Schurken die Opfer sind. Das hat man mir alles gründlich erklärt.«

»Oh, das hat man, ja?«, rief der ehemalige Brigadier der britischen Armee. »Nun, lassen Sie mich Ihnen etwas anderes erklären, ja? Sie sind von einem internationalen Terroristen, der auf der ganzen Welt gesucht wird, für dumm verkauft worden! Kennen Sie die allgemein üblichen Strafen für die Hilfe und Unterstützung solcher Mörder? Ich sage es Ihnen deutlich, für den Fall, dass es Ihrer Aufmerksamkeit entgangen sein sollte: Es ist der Tod durch ein Erschießungskommando oder, weniger nachsichtig, das Erhängen in aller Öffentlichkeit! Also, wie ist diese gottverdammte Nummer in Paris?«

»Unter diesen Umständen«, sagte der stellvertretende Direktor der Einwanderungsbehörde und nahm alles, was von seiner Würde übrig war, zusammen, ungeachtet der Tatsache, dass sich sein Neffe in seinen linken Arm gekrallt hatte und seine Hand zitterte, als er nach seinem Notizbuch griff, »schreibe ich sie für Sie auf ... Man fragt nach einem schwarzen Vogel. Auf französisch, Sir Henry. Ich spreche ein paar Worte, Sir Henry. Auf französisch, Sir Henry.«

John St. Jacques ging in die Bibliothek des neuen, gesicherten Hauses, einem Anwesen an der Chesapeake Bay, wohin ihn eine bewaffnete Wache, die leger als Wochenendgast mit weißen Hosen und einem riesigen, weiten Jackett bekleidet war, gerufen hatte. Der Wächter, ein muskulöser, mittelgroßer Mann mit scharf geschnittenen spanischen Zügen, stand im Türrahmen. Er deutete auf das Telefon auf dem großen Schreibtisch aus Kirschbaumholz.

»Für Sie, Mr. Jones. Es ist der Direktor.«

»Danke, Hector«, sagte Johnny und hielt kurz inne. »Ist dieses Mr.-Jones-Zeug wirklich nötig?«

»Genauso wie Hector. Mein richtiger Name ist Roger … oder Daniel. Ganz egal.«

»Kapiert.« St. Jacques ging zum Schreibtisch hinüber und nahm den Hörer auf. »Holland?«

»Die Nummer, die Ihr Freund Sykes hat, ist ein Blindgänger, aber nützlich.«

»Was meinen Sie damit?«

»Es ist die Nummer von einem Café am Ufer der Seine. Die übliche Prozedur ist, nach einem schwarzen Vogel zu fragen – *un oiseau noir* – und jemand ruft ihn aus. Wenn der schwarze Vogel da ist, wird der Kontakt hergestellt. Wenn nicht, versucht man es wieder.«

»Warum ist das nützlich?«

»Wir werden es wieder versuchen, und wieder und wieder, mit einem Mann, der dabei sitzt.«

»Was passiert sonst noch?«

»Da kann ich Ihnen nur beschränkt Antwort geben.«

»Verdammt noch mal!«

»Marie kann Sie aufklären …«

»Marie?«

»Sie ist auf dem Heimweg. Sie ist höllisch wütend, aber außerdem ist sie eine erleichterte Frau und Mutter.«

»Warum ist sie wütend?«

»Ich habe sie auf einige Umwege geschickt.«

»Warum?«, unterbrach ihn der Bruder. »Schicken Sie ihr ein gottverdammtes Flugzeug! Sie ist für Sie wertvoller gewesen als sonst irgendjemand in Ihrem dummdreisten Kongress oder in Ihren verdrehten Behörden, und allen schicken Sie Flugzeuge. Ich mache keine Witze, Holland!«

»Ich schicke diese Flugzeuge nicht«, erwiderte der Direktor bestimmt. »Das machen andere. Wenn ich welche schicke, gibt es zu viele Fragen und zu große Neugier auf fremdem Boden, und das ist alles, was ich dazu sagen werde. Ihre Sicherheit ist wichtiger als ihre Bequemlichkeit.«

»Darauf können wir uns einigen.«

Der Direktor legte eine Pause ein. Seine Verärgerung war

offensichtlich. »Wissen Sie was? Sie sind nicht gerade ein besonders freundlicher Bursche, oder?«

»Meine Schwester hat sich mit mir abgefunden, was Ihre Ansicht wettmacht. Warum ist sie erleichtert, als Frau und Mutter haben Sie glaube ich – gesagt?«

Wieder legte Holland eine Pause ein, diesmal nicht verärgert, sondern auf der Suche nach Worten. »Es hat einen unangenehmen Zwischenfall gegeben, den niemand von uns voraussehen oder erahnen konnte.«

»Oh, ich höre diese berühmten, beschissenen Worte des amerikanischen Establishments!«, brüllte St. Jacques. »Was haben Sie diesmal verpasst? Einen Lastwagen voller US-Raketen für die Agenten des Ayatollah in Paris? Was ist passiert?«

Zum dritten Mal nahm sich Peter Holland Zeit mit der Antwort, wenn auch sein Atmen zu hören war. »Wissen Sie, junger Mann, ich könnte ohne weiteres den Hörer auflegen und darüber hinweggehen, dass es Sie gibt, was für meinen Blutdruck von einigem Vorteil wäre.«

»Passen Sie auf, das ist meine Schwester da draußen, und ein Kerl, mit dem sie verheiratet ist und den ich ziemlich fantastisch finde. Vor fünf Jahren habt ihr Scheißkerle – ich wiederhole, *ihr Scheißkerle* – die beiden drüben in Hongkong um ein Haar getötet. Ich kenne nicht alle Fakten, weil sie zu zurückhaltend oder zu dumm sind, um darüber zu sprechen, aber ich weiß genug, um zu wissen, dass ich Ihnen niemals trauen würde!«

»Versteh ich«, sagte Holland gedämpft. »Nicht, dass es einen Unterschied machen würde, aber ich war damals nicht hier.«

»Es macht keinen Unterschied. Es ist Ihr System. Sie hätten dasselbe getan.«

»Wenn ich die Umstände gekannt hätte, vielleicht. Genau wie Sie, wenn Sie sie gekannt hätten. Aber auch das macht keinen Unterschied. Das gehört der Geschichte an.«

»Und jetzt ist jetzt«, unterbrach St. Jacques. »Was ist in Paris passiert, dieser ›unangenehme Zwischenfall‹?«

»Nach Conklin zu urteilen gab es auf einem privaten Flugplatz in Pontcarré einen Hinterhalt. Er schlug fehl. Ihr Schwager wurde nicht verletzt und auch Alex nicht. Das ist alles, was ich Ihnen sagen kann.«

»Das ist alles, was ich hören will.«

»Ich habe gerade eben erst mit Marie gesprochen. Sie ist in Marseille und wird morgen am späten Abend hier sein. Ich werde sie selbst abholen, und man wird uns nach Chesapeake rausfahren.«

»Was ist mit David?«

»Wem?«

»Meinem Schwager?«

»Oh … ja, natürlich. Er ist auf dem Weg nach Moskau.«

»Was?«

Die Düsenmaschine der Aeroflot bog von der Landebahn des Moskauer Scheremetjewo-Flughafens ab. Der Pilot ließ sie auf der angrenzenden Bahn ausrollen, dann stoppte er eine Viertelmeile vor dem Terminal, woraufhin auf russisch und Französisch eine Durchsage gemacht wurde.

»Es wird eine fünf- bis siebenminütige Verspätung geben, bis Sie von Bord gehen können. Bitte bleiben Sie auf Ihren Plätzen.«

Es gab keine Erklärung zu dieser Information, und die Passagiere auf diesem Flug von Paris, die keine Sowjetbürger waren, wandten sich wieder ihrem Lesestoff zu, in der Annahme, dass die Verspätung von einem Rückstau herrührte, den eine abfliegende Maschine hervorgerufen hatte. Allerdings wussten es diejenigen, die gerade in ihrer Heimat gelandet waren, und die, die mit den sowjetischen Ankunftsprozeduren vertraut waren, besser. Der mit Vorhängen abgetrennte Vorderteil des riesigen Iljuschin-Jets, ein kleines Abteil, das für besondere, unbemerkte Passagiere reserviert war, würde sich leeren, wenn auch nicht ganz, so doch zum Teil. Es war üblich, eine erhöhte Plattform mit einer geschützten Eisentreppe vor die vordere Eingangsluke zu rollen. Ein paar hundert Meter entfernt stand immer eine Regierungslimousine, und während die Rücken dieser speziellen, von Bord gegangenen Passagiere auf dem Weg zu ihren Fahrzeugen kurz zu sehen waren, liefen Flugbegleiter durch die Maschine, um sicherzustellen, dass keine Kameras zu sehen waren. Das waren sie nie. Diese Reisenden standen im Schutz des KGB, und aus Gründen, die nur das Komitet kannte, sollten sie am Internationalen Flughafen von Scheremetjewo nicht überprüft werden.

Alex Conklin hinkte von der geschützten Rolltreppe, gefolgt von Bourne, der die beiden übergroßen Reisetaschen trug, die ihnen als Handgepäck dienten. Dimitrij Krupkin kam aus der Limousine hervor und eilte auf sie zu, als man die Treppe von der Maschine wegrollte und der Lärm der riesenhaften Turbinen lauter wurde.

»Wie geht es eurem Freund, dem Doktor?«, rief der sowjetische Geheimdienstoffizier mit lauter Stimme, um das Brüllen zu übertönen.

»Er hält sich!«, schrie Alex. »Vielleicht schafft er es nicht, aber er kämpft höllisch dagegen an!«

»Es ist dein Fehler, Aleksej!« Der Jet rollte davon, und Krupkins Stimme wurde entsprechend leiser. »Du hättest Sergej in der Botschaft anrufen sollen. Seine Einheit war darauf vorbereitet, euch zu eskortieren, wohin immer ihr wolltet.«

»Ehrlich gesagt, haben wir gedacht, wir würden eine Warnung ausgeben, wenn wir es täten.«

»Lieber eine Warnung, die etwas verhindert, als einen Anschlag zu provozieren!«, konterte der Russe. »Carlos' Leute hätten niemals gewagt, euch unter unserem Schutz anzugreifen.«

»Es war nicht der Schakal«, sagte Conklin ruhig.

»Natürlich war er es nicht – er ist hier. Es waren seine Leute.«

»Nicht seine Leute und auch nicht seine Befehle.«

»Was redest du da?«

»Darauf kommen wir später. Lass uns hier verschwinden.«

»Warte.« Krupkin hob seine Augenbrauen. »Zuerst müssen wir reden, das heißt, zuerst einmal willkommen bei Mütterchen Russland. Zweitens wäre ich dir sehr dankbar, wenn du davon Abstand nehmen würdest, mit Leuten, die du möglicherweise kennen lernen wirst, gewisse Aspekte meines Lebensstils im Dienste meiner Regierung im feindlichen, kriegstreiberischen Westen zu besprechen.«

»Weißt du, Kruppie, eines Tages werden sie dich erwischen.«

»Niemals. Sie verehren mich, weil ich das Komitet mit mehr nützlichem Geschwätz über die oberen Ränge der zügellosen, so genannten freien Welt versorge als irgendein anderer Offizier auf einem ausländischen Posten. Außerdem unterhalte ich meine Vorgesetzten in ebenjener zügellosen Welt weit besser als irgendein anderer Offizier irgendwo. Wenn wir den Schakal hier in Moskau in die Enge treiben, wird man mich zweifellos zum Mitglied des Politbüros machen. Heldenstatus.«

»Und dann kannst du endlich richtig loslegen.«

»Warum nicht? Das tun sie alle.«

»Wenn es keine Umstände macht«, unterbrach Bourne schroff und stellte die beiden Reisetaschen ab. »Was ist passiert? Haben Sie irgendeinen Fortschritt am Dserschinskij-Platz gemacht?«

»Der Fortschritt ist für weniger als dreißig Stunden nicht eben unbedeutend. Wir haben Carlos' Maulwurf auf dreizehn Möglichkeiten zusammengestrichen, von denen alle fließendes Französisch sprechen. Sie stehen unter ständiger Beobachtung, menschlich und elektronisch. Wir wissen zu jeder Minute genau, wo sie sind, ebenso, wen sie treffen und mit wem sie telefonieren … Ich arbeite mit zwei hochrangigen Kommissaren zusammen, von denen keiner auch nur im Ansatz Französisch spricht – sie können nicht mal richtig Russisch, aber so ist das nun mal. Der Punkt ist, dass sie pannensicher und einsatzfreudig sind. Sie sind sehr kooperativ dabei gewesen, die Beschattung aufzustellen.«

»Eure Beschattung ist saumäßig, und das weißt du«, sagte Alex. »Eure Leute fallen ständig über irgendwelche Schüsseln auf irgendwelchen Damentoiletten, wenn sie jemanden verfolgen.«

»Diesmal nicht, denn ich habe sie selbst ausgesucht«, beharrte Krupkin. »Vier von unseren Leuten, alle in Nowgorod ausgebildet, es sind Überläufer aus Großbritannien, Amerika, Frankreich und Südafrika – allesamt mit Geheimdiensterfahrung, die ihre Datschas verlieren könnten, wenn sie es versauen, wie ihr Westler sagt. Ich würde wirklich gern ins Präsidium berufen werden, oder gar ins Zentralkomitee. Vielleicht würden sie mich dann nach Washington oder New York schicken.«

»Wo du richtig zulangen könntest«, sagte Conklin.

»Du bist böse, Aleksej, sehr, sehr böse. Trotzdem, erinnere mich nach ein bis sechs Wodkas daran, dir von ein paar Immobilien zu erzählen, die einer unserer Leute vor zwei Jahren oben in Virginia gekauft hat. Für ein Butterbrot. Jetzt will irgendwer den zehnfachen Preis dafür zahlen! Komm, der Wagen.«

»Ich kann das alles kaum glauben«, sagte Bourne.

»Willkommen in der realen Welt der High-Tech-Intelligenz«, erklärte Conklin leise lachend.

»Aber wir werden dieses Gespräch verschieben«, fuhr Krupkin fort, als sie zur Limousine gingen, »solange wir in einem offiziellen Wagen sitzen, nicht wahr, meine Herren? Übrigens habt ihr eine Zwei-Zimmer-Suite im Metropol am Marx Prospekt. Es ist bequem, und ich habe persönlich sämtliche Abhöranlagen abstellen lassen.«

»Ich kann verstehen, warum, aber wie hast du es schafft?«

»Verlegenheit ist, wie du wohl weißt, der größte Feind des Komitet. Ich habe der internen Sicherheitsabteilung erklärt, dass das, was man vielleicht aufnehmen würde, die falschen Leute in größte Verlegenheit bringen könnte, die dann zweifellos diejenigen, die diese Bänder abgehört haben, nach Kamtschatka versetzen würden.« Sie erreichten den Wagen, die linke Hintertür wurde von einem Fahrer in einem dunkelbraunen Geschäftsanzug geöffnet, der mit dem, den Sergej in Paris getragen hatte, nahezu identisch war. »Der Stoff ist der gleiche«, sagte Krupkin, als ihm die Reaktion seiner Begleiter darauf auffiel, »allerdings nicht die Schneiderei. Ich habe darauf bestanden, dass Sergej sich seinen im Faubourg aufbessern ließ.«

Das Hotel Metropol war ein renoviertes, vorrevolutionäres

Bauwerk im reichverzierten Architekturstil, den der Zar bevorzugte, nachdem er Wien und Paris besucht hatte: die Decken hoch, der Marmor verschwenderisch und die vereinzelten Wandteppiche unbezahlbar. Die kunstvoll gearbeitete Lobby strahlte einen gewissen Trotz aus, der sich gegen eine Regierung richtete, die erlaubte, dass so viele schäbige Bürger in die Räumlichkeiten eindrangen. Die glitzernden, filigranen Kronleuchter schienen verächtlich auf die unwürdigen Passanten herabzusehen. Diese Eindrücke galten allerdings nicht für Dimitrij Krupkin, dessen baronengleiche Gestalt in einer solchen Umgebung sehr wohl heimisch war.

»Genosse!«, rief der Geschäftsführer gedämpft, als der KGB-Offizier seine Gäste zu den Fahrstühlen geleitete. »Da ist eine dringende Nachricht für Sie.« Er kam eilig zu Dimitrij gelaufen und steckte Krupkin einen zusammengefalteten Zettel in die Hand. »Man sagte mir, ich solle sie Ihnen persönlich geben.«

»Das haben Sie getan, und ich danke Ihnen dafür.« Dimitrij beobachtete, wie der Mann fortging, dann öffnete er das Papier. »Ich muss sofort Dserschinskij anrufen. Das ist der Nebenapparat meines zweiten Kommissars. Kommt, beeilen wir uns.«

Wie die Lobby gehörte auch die Suite einer anderen Zeit an, einer anderen Ära, tatsächlich einem anderen Land, nur verschandelt durch die verblichenen Stoffe und die mangelhafte Restauration des alten Stucks. Die Türen der beiden Schlafzimmer lagen einander gegenüber, der Raum dazwischen war ein Wohnzimmer, komplett mit einer verkupferten Bar und mehreren Flaschen Spirituosen, wie sie auf Moskauer Borden selten zu finden waren.

»Bedient euch«, sagte Krupkin und ging zu einem Telefon, das auf einem nachgemachten antiken Schreibtisch stand, der eine Mischung aus Queen Anne und spätem Louis zu sein schien. »Oh, das habe ich ganz vergessen, Aleksej. Ich bestelle dir etwas Tee oder etwas Mineralwasser …«

»Vergiss es«, sagte Conklin, nahm seine Reisetasche und ging in das linke Schlafzimmer. »Ich muss erst mal ins Bad. Dieses Flugzeug war mehr als dreckig.«

»Ich nehme aber an, der Flugpreis war annehmbar«, erwiderte Krupkin mit lauter Stimme und wählte. »Übrigens wirst du, Undankbarer, deine Waffen in euren Nachttischen finden. Graz Burja, Kaliber 38 ... Kommen Sie, Mr. Bourne«, fügte er hinzu. »Sie sind nicht abstinent, und es war eine lange Reise ... Das hier könnte ein längeres Gespräch werden.«

»Ich glaube, ich kann einen Schluck brauchen«, sagte Jason und ließ seine Reisetasche neben die Tür zum anderen Schlafzimmer fallen. Er ging zur Bar hinüber, wählte eine vertraute Flasche und schenkte sich ein, während Krupkin Russisch zu sprechen begann. Dann trat er zu einem Paar hoher Kathedralenfenster, von denen aus man den Marx Prospekt überblicken konnte.

Krupkin schüttelte müde und verwirrt den Kopf, als er den Hörer auflegte. Die Bewegung ließ Jason sich zu dem Russen umwenden. »Mein zweiter Kommissar war diesmal gar nicht so gesprächig wie sonst. Eile und Anweisungen gingen vor.«

»Was meinen Sie?«

»Wir müssen sofort gehen.« Krupkin rief: »Aleksej, komm raus! Schnell! ... Ich habe versucht, ihm zu sagen, dass Sie gerade erst angekommen sind«, fuhr der KGB-Mann fort und wandte sich Jason zu, »aber davon wollte er nichts hören. Ich bin sogar so weit gegangen, ihm zu erklären, dass einer von Ihnen gerade unter der Dusche steht, und sein einziger Kommentar lautete: ›Sagen Sie ihm, er soll da rauskommen und sich anziehen.‹« Conklin hinkte mit aufgeknöpftem Hemd durch die Tür und trocknete sich mit einem Handtuch das nasse Gesicht. »Tut mir Leid, Aleksej. Wir müssen gehen.«

»Wohin? Wir sind gerade angekommen.«

»Wir haben eine Wohnung am Sadowaja bereitgestellt – das ist Moskaus *grand boulevard*, Mr. Bourne. Es sind nicht die Champs-Elysées, aber immerhin. Die Zaren wussten, wie man baut.«

»Und was ist da?«, drängte Conklin.

»Kommissar Nummer eins«, erwiderte Krupkin. »Wir werden die Wohnung als unser, sagen wir, Hauptquartier benutzen. Ein kleines und einigermaßen erfreuliches Nebengebäude vom Dserschinskij-Platz – nur weiß niemand außer uns fünf davon. Irgendetwas ist rausgekommen, und wir müssen sofort hinfahren.«

»Das ist Grund genug«, sagte Jason und stellte seinen Drink auf die kupferne Bar.

»Trink aus«, sagte Alex und lief unbeholfen ins Schlafzimmer zurück. »Ich muss mir die Seife aus den Augen waschen und meinen verfluchten Stiefel wieder zuschnüren.«

Bourne nahm das Glas erneut in die Hand, und seine Augen wanderten zu dem Russen, der Conklin hinterher sah, die Stirn in Falten, seine Miene seltsam traurig.

»Sie haben ihn gekannt, bevor er seinen Fuß verloren hat, nicht?«, fragte Jason leise.

»O ja, Mr. Bourne. Wir kennen uns seit fünfundzwanzig, sechsundzwanzig Jahren. Istanbul, Athen, Rom … Amsterdam. Er war ein bemerkenswerter Gegenspieler. Natürlich waren wir damals jung, schlank und schnell und ungeheuer von uns eingenommen, verzweifelt darum bemüht, den Bildern zu entsprechen, die wir von uns hatten. Das alles ist lange her. Wir waren beide gut, wissen Sie. Er war eigentlich besser als ich, aber erzählen Sie ihm nie, dass ich das gesagt habe. Er hatte immer das größere Bild, die ganze verfluchte Situation im Blick. Das war natürlich der Russe in ihm.«

»Warum benutzen Sie das Wort Gegenspieler?«, fragte Jason. »Es klingt so, als hätten Sie ein Spiel gespielt. War er nicht Ihr Feind?« Krupkins großer Kopf fuhr zu Bourne herum, die Augen wie Glas, ganz und gar nicht warm.

»Natürlich war er mein Feind, Mr. Bourne, und um das Bild für Sie klarzustellen: Er ist *immer noch* mein Feind. Ich bitte Sie, verstehen Sie meine Maßlosigkeit nicht als etwas, was sie nicht ist. Die Schwächen eines Menschen mögen Einfluss auf seine Pflichttreue nehmen, aber sie nehmen ihm nicht die Kraft. Vielleicht teile ich nicht die Annehmlichkeiten des römischen Glaubens, für meine Sünden büßen zu können, um dann trotz meines Glaubens weiterzumachen und wieder zu sündigen, ich glaube *wirklich* … Meine Großväter und Großmütter wurden *gehängt,* Sir, weil sie von einem Hof der Romanows Hühner gestohlen hatten. Nur wenige meiner Vorfahren haben jemals das Privileg auch nur der grundlegendsten Schulbildung genossen, geschweige denn eine Erziehung. Die sowjetische Revolution von Marx und Lenin hat erst den Anfang der Dinge möglich gemacht. Tausende von Fehlern wurden gemacht, aber ein Anfang war gemacht. Ich selbst bin sowohl Beweis als auch Gegenbeweis dafür.«

»Ich bin nicht sicher, ob ich das verstehe.«

»Weil Sie und Ihre geistesschwachen Intellektuellen niemals verstanden haben, was wir von Anfang an begriffen haben. ›Das Kapital‹, Mr. Bourne, stellt sich Schritte zu einer gerechten Gesellschaft vor, wirtschaftlich und politisch, aber es hat niemals wirklich *festgelegt*, welche Form die Regierung in der Praxis schließlich haben sollte. Nur, dass es nicht so sein konnte, wie es war.«

»Auf diesem Gebiet bin ich kein Gelehrter.«

»Das muss man auch nicht sein. In hundert Jahren sind Sie vielleicht Sozialisten, und wir mit etwas Glück Kapitalisten, *da*?«

»Sagen Sie mir etwas«, sagte Jason, als er, ebenso wie Krupkin, hörte, dass die Wasserhähne in Conklins Zimmer abgedreht wurden. »Könnten Sie Alex töten – Aleksej?«

»So sicher, wie er mich töten könnte. Mit großem Bedauern – falls die Situation es nötig machen würde. Wir sind Profis. Davon gehen wir aus, wenn oft auch nur zögernd.«

»Ich kann Sie beide nicht verstehen.«

»Versuchen Sie es nicht, Mr. Bourne, so weit sind Sie noch nicht. Sie sind nahe dran, aber Sie sind noch nicht da.«

»Würden Sie das bitte erklären?«

»Sie sind auf dem Scheitelpunkt, Jason – darf ich Sie Jason nennen?«

»Bitte.«

»Sie sind fünfzig, mehr oder weniger, korrekt?«

»Korrekt. Ich werde in ein paar Monaten einundfünfzig. Und?«

»Aleksej und ich sind in den Sechzigern. Haben Sie eine Vorstellung davon, was für ein Sprung das ist?«

»Wie könnte ich?«

»Lassen Sie es mich Ihnen erklären. Sie sehen sich immer noch als jüngeren Mann, den postadoleszenten Mann, und in vielerlei Hinsicht haben Sie Recht. Die motorische Kontrolle ist da, der Wille ist da, Sie sind immer noch Herr über Ihren Körper. Dann plötzlich, und so stark der Wille und der Körper auch geblieben sein mögen, beginnt der Verstand langsam und heimtückisch die Notwendigkeit abzulehnen, unmittelbar eine Entscheidung zu treffen. Einfach gesagt, es ist uns mehr egal. Sind wir dazu verdammt, oder kann man uns gratulieren, dass wir überlebt haben?«

»Ich glaube, Sie haben gerade gesagt, dass Sie Alex nicht töten könnten.«

»Verlassen Sie sich nicht darauf, Jason Bourne oder David, wer Sie auch sein mögen.«

Conklin kam deutlich hinkend durch die Tür und zuckte vor Schmerz. »Gehen wir«, sagte er.

»Hast du ihn wieder falsch geschnürt?«, fragte Jason. »Soll ich …«

»Vergiss es«, sagte Alex ärgerlich. »Man muss ein Schlangenmensch sein, um das gottverdammte Ding richtig festzumachen.«

Bourne verstand. Er vergaß jeden weiteren Versuch von seiner Seite, die Prothese zu richten. Wieder sah Krupkin Alex mit dieser seltsamen Mischung aus Trauer und Neugier an, dann sprach er schnell. »Der Wagen parkt ein Stück die Straße rauf in der Swerdlowsk. Da fällt er weniger auf. Ich lasse ihn holen.«

»Danke«, sagte Conklin.

Die ausschweifende Wohnung an der viel befahrenen Sadowaja war eine unter vielen in einem alten, steinernen Gebäude, das wie das Metropol die großartigen architektonischen Exzesse des alten russischen Kaiserreiches widerspiegelte. Die Wohnungen wurden hauptsächlich für Besuche von Würdenträgern genutzt – und abgehört –, und die Zimmermädchen, Portiers und Hausmeister wurden regelmäßig vom KGB befragt, wenn sie nicht ohnehin direkt beim Komitet angestellt waren. Die Wände waren mit rotem Velours bedeckt, die robusten Möbel erinnerten an das *ancien règime*. Allerdings stand zur Rechten des gewaltigen, verzierten Kamins ein Gegenstand, der sich aus all dem heraushob wie der Albtraum eines Inneneinrichters: eine große Fernsehtruhe mit Bandmaschine in allen gängigen Videosystemen.

Der zweite Widerspruch zur Einrichtung war ein kräftig gebauter Mann in einer verknitterten Uniform, die am Kragen geöffnet und voller Flecke von Überresten kürzlich eingenommener Mahlzeiten war. Sein grobes Gesicht war rund, sein gräuliches Haar bis kurz auf den Schädel geschoren, und ein fehlender Zahn, umgeben von verfärbten Kollegen, deutete auf eine Aversion gegen Zahnärzte hin. Es war das Gesicht eines Bauern, die schmalen, ständig blinzelnden Augen zeugten von ländlicher Intelligenz. Es war Krupkins Kommissar Nummer eins.

»Mein Englisch ist nicht gut«, verkündete der uniformierte Mann und nickte seinen Besuchern zu, »aber ich gut verstehen. Außer ich habe für Sie keinen Namen, keinen offiziellen Rang. Nennen Sie mich Colonel, ja? Es ist unter meinem Rang, aber alle Amerikaner glauben, alle Sowjets im Komitet sind Colonel, *da*? Okay?«

»Ich spreche Russisch«, erwiderte Alex. »Wenn es für Sie leichter ist, übersetze ich für meinen Kollegen.«

»Ha!«, röhrte der Colonel und lachte. »Krupkin kann Sie also nicht für dumm verkaufen, ja?«

»Nein, er kann mich nicht für dumm verkaufen, nein.«

»Ist gut. Er spricht schnell, *da*? Sogar auf russisch kommen seine Worte wie verirrte Kugeln.«

»Auf französisch genauso, Colonel.«

»Da wir gerade davon reden«, unterbrach Dimitrij. »Können wir vielleicht zur Sache kommen, Genosse? Unser Mitstreiter am Dserschinskij sagte, wir sollten sofort herkommen.«

»Sofort.« Der KGB-Mann nahm eine Fernbedienung und wandte sich den anderen zu. »Ich werde englisch sprechen, ist gute Übung … Kommen Sie. Es ist alles auf einer Kassette. Material, das Männer und Frauen aufgenommen haben, die Krupkin ausgesucht hat, unseren Leuten zu folgen, die das Französische sprechen.«

»Leute, die nicht bereits auf Seiten des Schakals stehen konnten«, stellte Krupkin klar.

»Sehen Sie!«, beharrte der Bauern-Colonel und drückte auf einen Knopf der Fernbedienung.

Der Bildschirm füllte sich mit Leben, die Anfangsbilder roh und zusammenhanglos. Die meisten schienen freihändig per Videokamera aus fahrenden Autos heraus aufgenommen worden zu sein. Eine Szene nach der anderen zeigte bestimmte Männer, die durch die Moskauer Straßen liefen oder in offizielle Fahrzeuge einstiegen, durch die Stadt und in mehreren Fällen außerhalb der Stadt über Landstraßen fuhren oder gefahren wurden. In jedem Fall trafen sich die Objekte mit anderen Männern und Frauen, wobei per Zoomobjektiv in aller Regel kurz die Gesichter herausgehoben wurden. Eine ganze Anzahl von Aufnahmen war innerhalb von Gebäuden gemacht worden, die Szenen trübe und dunkel – das Ergebnis von ungenügendem Licht und ungeschickt gehaltenen, versteckten Kameras.

»Die da ist teure Hure!«, lachte der Colonel, als ein Mann in den späten Sechzigern von einer sehr viel jüngeren Frau in einen Fahrstuhl begleitet wurde. »Das ist das Hotel Soltschenij an der Warscharskoje. Ich werde persönlich die Rechnungsbelege des Generals prüfen und einen loyalen Verbündeten finden, *da*?«

Das zusammenhanglose, wahllos geschnittene Band lief weiter, während Krupkin und die beiden Amerikaner der scheinbar end- und zwecklosen Aufzeichnung müde wurden. Dann sah man plötzlich die Außenaufnahme einer riesigen Kathedrale, Menschenmassen auf dem Pflaster, das Licht deutete auf den frühen Abend hin.

»Die Kathedrale des Heiligen Basilikus auf dem Roten Platz«, sagte Krupkin. »Ist jetzt ein Museum, und ein sehr gutes, aber hin und wieder hält ein Zelot, gewöhnlich ein Ausländer, einen kleinen Gottesdienst ab. Niemand hindert ihn daran, was die Zeloten natürlich gerne hätten.«

Der Bildschirm wurde wieder trübe, der zitternde Brennpunkt schwang kurz und heftig herum. Die Kamera war jetzt in der Kathedrale, und der Agent, der sie bediente, wurde in der Menschenmenge angerempelt. Dann wurde das Bild ruhig, vielleicht lehnte er sich gegen eine Säule. Das Bild zeigte einen älteren Mann, das Haar weiß, im Kontrast zu dem leichten, schwarzen Regenmantel, den er trug. Er lief einen Seitengang hinunter und betrachtete gedankenverloren eine Reihe von Ikonen und die majestätischen Buntglasfenster.

»Rodtschenko«, sagte der Bauern-Colonel mit kehliger Stimme.

Der Mann auf dem Bildschirm ging auf etwas zu, das wie eine große, steinerne Ecke der Kathedrale aussah, in der zwei dicke Kerzen auf Podesten sich bewegende Schatten an die Wände warfen. Die Videokamera bewegte sich ruckend aufwärts. Der Kameramann war auf irgendetwas gestiegen. Plötzlich wurde das Bild detaillierter, die Gestalten größer, der Bildausschnitt fuhr näher heran, schob sich durch die Massen von Touristen. Das weißhaarige Objekt trat auf einen anderen Mann zu, einen Mann in priesterlicher Robe – kahl, dünn, mit düsterer Miene.

»Das ist er!«, rief Bourne. »Das ist *Carlos*!«

Dann erschien ein dritter Mann auf dem Bildschirm, gesellte sich zu den beiden anderen, und Conklin schnappte nach Luft.

»Himmel!«, brüllte er, während alle Augen auf den Fernseher gerichtet waren. »Halten Sie an!« Der KGB-Offizier kam dem Wunsch mit seiner Fernbedienung sofort nach, das Bild blieb stehen, zitternd, aber konstant. »Der andere! Erkennst du ihn, David?«

»Ich kenne ihn, weiß aber nicht, wer er ist«, erwiderte Bourne mit leiser Stimme, während Bilder, die Jahre zurückreichten, seine innere Leinwand ausfüllten. Es gab Explosionen, weißes, blendendes Licht mit verschwommenen Gestalten, die durch einen Dschungel rannten … und dann ein Mann, ein Orientale, der wiederholt angeschossen worden war und schrie, als er von einer Maschinenpistole an den Stamm eines großen Baumes genagelt wurde. Die Nebel der Verwirrung schwollen an, lösten sich und gaben den Blick frei in einen barackenähnlichen Raum mit Soldaten, die hinter einem langen Tisch saßen, ein hölzerner Stuhl zu ihrer Rechten, darauf ein Mann, zappelnd, nervös. Und ohne Vorwarnung erkannte Jason diesen Mann plötzlich – er war es selbst! Sein jüngeres, viel jüngeres Ich, und da war noch eine andere Gestalt, in Uniform, die wie ein gefangenes Frettchen vor dem Stuhl auf und ab lief und wütend den Mann beschimpfte, den man Delta one nannte …

Bourne rang nach Atem, die Augen am Bildschirm festgesogen, als er merkte, dass er da die ältere Version dieser wütenden Gestalt anstarrte.

»Ein Gerichtszimmer in einem Basiscamp nördlich von Saigon«, flüsterte er.

»Das ist Ogilvie«, sagte Conklin mit kalter und hohler Stimme. »Bryce Ogilvie … Mein Gott, sie haben Verbindung. Medusa hat den Schakal gefunden!«

36.

»Es war eine Gerichtsverhandlung, richtig, Alex?«, sagte Bourne bestürzt, die Worte schwankend, zögernd. »Eine Militärgerichtsverhandlung.«

»Ja, das war es«, stimmte Conklin zu. »Aber es war nicht deine Verhandlung, du warst nicht angeklagt.«

»War ich nicht?«

»Nein. Du warst doch derjenige, der die Anklagen aufgebracht hatte, damals eine Seltenheit für jemanden aus eurer Gruppe. Eine Reihe von Armeeleuten hatte versucht, dich aufzuhalten, aber ohne Erfolg. Lass uns später darüber reden.«

»Ich will aber jetzt darüber sprechen«, sagte Jason entschlossen. »Dieser Mann ist beim Schakal, direkt vor unseren Augen. Ich will wissen, wer er ist und was er ist und warum er in Moskau ist – mit dem Schakal.«

»Später …«

»Jetzt. Dein Freund Krupkin hilft uns, was bedeutet, er hilft Marie und mir, und ich bin ihm für seine Hilfe dankbar. Der Colonel hier ist auch auf unserer Seite, sonst würden wir in diesem Moment nicht sehen, was wir sehen. Ich will wissen, was zwischen diesem Mann und mir passiert ist, und Langleys gesamte Sicherheitsmaßnahmen können meinetwegen zum Teufel gehen. Je mehr ich über ihn weiß – jetzt weiß –, umso besser weiß ich, wonach ich fragen muss, was ich zu erwarten habe.« Bourne wandte sich plötzlich den Sowjets zu. »Zu Ihrer Information: Es gibt eine Zeit in meinem Leben, an die ich mich nicht mehr vollständig erinnern kann. Das muss Ihnen genügen. Weiter, Alex.«

»Ich habe Schwierigkeiten, mich an letzte Nacht zu erinnern«, sagte der Colonel.

»Sag ihm, was er wissen will, Aleksej. Es kann keinen Einfluß auf unsere Interessen haben. Das Kapitel Saigon ist abgeschlossen, genau wie Kabul.«

»Also gut.« Conklin ließ sich in einen Sessel sinken und massierte sich den linken Unterschenkel. Er bemühte sich, gleichgültig zu klingen, aber der Versuch wollte nicht recht gelingen. »Im Dezember 1970 wurde einer deiner Männer auf einer Patrouille getötet. Man bezeichnete es als einen ›Unfall im eigenen Feuer‹, aber du wusstest es besser. Du wusstest, dass er von irgendwelchen beschissenen Experten aus dem Hauptquartier ›markiert‹ worden war. Sie haben es ihm gegeben. Er war Kambodschaner und bestimmt kein Heiliger, er kannte sämtliche Schmuggelwege, daher war er deine Spitze.«

»Nur Bilder«, unterbrach Bourne. »Alles, was ich habe, sind Bruchstücke. Ich sehe, aber ich kann mich nicht erinnern.«

»Die Fakten sind nicht mehr wichtig. Sie sind zusammen mit mehreren Tausend anderer fragwürdiger Vorfälle begraben. Offensichtlich ist damals ein Riesen-Drogendeal im Dreieck danebengegangen, und dein Kundschafter wurde dafür verantwortlich gemacht, also haben ein paar hohe Tiere in Saigon gedacht, ihre schlitzäugigen Schmuggler sollten eine Lektion bekommen. Sie sind in euer Gebiet geflogen, haben sich in die Büsche geschlagen und ihn erledigt, als wären sie die Vorhut für eine Einheit Vietcong. Aber du hast sie von einer erhöhten Stelle aus gesehen und bist vollkommen ausgerastet. Du bist ihnen bis zum Landeplatz des Hubschraubers gefolgt und hast ihnen die Wahl gelassen: einzusteigen – dann wolltest du die Maschine stürmen und keine Überlebenden zurücklassen – oder mit dir zum Basiscamp zurückzukommen. Sie sind vor den Waffen deiner Leute mit zurückgekommen, und du hast den Führungsstab gezwungen, deine mehrfachen Mordanklagen zu akzeptieren. Da ist der eiskalte Ogilvie aufgetaucht, um nach seinen Jungs aus Saigon zu suchen.«

»Dann ist irgendwas passiert, oder? Irgendwas Verrücktes. Alles war durcheinander, verworren.«

»Das war es allerdings. Bryce hat dich in den Zeugenstand gerufen und wie einen Wahnsinrügen aussehen lassen, einen widerspenstigen, pathologischen Lügner und Mörder, der, wenn nicht Krieg gewesen wäre und man seine Sachkenntnis gebraucht hätte, in einem Hochsicherheitsgefängnis sitzen würde. Er hat dich mit den übelsten Schimpfworten belegt und verlangt, dass du deinen wahren Namen preisgibst. Was du nicht wolltest, nicht konntest, weil sie die Familie deiner ersten Frau in Kambodscha abgeschlachtet hätten. Er hat versucht, dir aus deinen Worten einen Strick zu drehen, und als ihm das nicht so recht gelang, hat er dem Militärgericht damit gedroht, das ganze beschissene Bataillon bloßzustellen, was man auch nicht zulassen konnte ... Ogilvies Gangster sind davongekommen, und nach der Verhandlung musstest du eingesperrt werden, bis Ogilvie wieder auf dem Flug nach Saigon war.«

»Sein Name war Kwan Soo«, sagte Bourne wie in Trance, und sein Kopf bewegte sich vor und zurück, als wehrte er einen Albtraum ab. »Er war ein Kind, vielleicht sechzehn oder siebzehn, der das Drogengeld in drei Dörfer zurückschickte, damit sie nicht verhungerten. O Scheiße ...«

»Das konntest du in der Verhandlung nicht sagen, und du wusstest es. Du musstest deine Zunge im Zaum halten und dir Ogilvies bösartige Schweinerei anhören. Ich war da und habe dich beobachtet, und ich habe noch nie einen Mann gesehen, der seinen Hass derartig unter Kontrolle hatte.«

»So hab ich es gar nicht in Erinnerung – so weit ich mich erinnere. Ein bisschen davon kommt wieder, nicht viel, aber ein bisschen.«

»Während der Verhandlung hast du dich den Notwendigkeiten deiner direkten Umgebung angepasst, wie ein Chamäleon, könnte man sagen.« Ihre Blicke trafen sich, und Jason wandte sich wieder dem Fernseher zu.

»Und da ist er nun mit Carlos. Es ist eine kleine, dreckige Welt, nicht? Weiß er, dass ich Jason Bourne bin?«

»Wie sollte er?«, fragte Conklin und erhob sich aus seinem Sessel. »Damals gab es keinen Jason Bourne. Es gab nicht mal einen David, nur einen Guerillero, den sie Delta one nannten.«

»Ich vergess es immer wieder.« Jason deutete auf den Bildschirm. »Warum ist er in Moskau? Warum hast du gesagt, Medusa hätte den Schakal gefunden? Warum?«

»Weil er die Anwaltskanzlei in New York ist.«

»Was?« Bournes Kopf fuhr zu Conklin herum. »Er ist die …«

»Der Vorstandsvorsitzende«, vervollständigte Alex, indem er unterbrach. »Die Agency hat sich an ihn herangearbeitet, und er ist abgehauen. Vor zwei Tagen.«

»Warum hast du mir das nicht erzählt?«, rief Jason wütend.

»Weil ich keinen Augenblick lang gedacht habe, dass wir hier stehen und dieses Bild im Fernseher anstarren würden. Ich kann es immer noch nicht verstehen, aber ich kann es auch nicht leugnen. Außerdem habe ich keinen Grund gesehen, einen Namen aufzubringen, an den du dich vielleicht oder vielleicht auch nicht erinnern könntest, einen persönlich äußerst beunruhigenden Vorfall. Warum sollte ich eine unnötige Komplikation provozieren. Wir haben genug Stress.«

»Also gut, Aleksej!«, sagte ein erregter Krupkin und trat vor. »Ich habe Worte und Namen gehört, die auch für mich gewisse unangenehme Erinnerungen bedeuten, unter diesen Umständen, und ich glaube, es obliegt mir jetzt, ein oder zwei Fragen zu stellen, besonders eine: Wer ist dieser Ogilvie, der euch so beschäftigt? Ihr habt uns erzählt, wer er in Saigon war, aber wer ist er jetzt?«

»Schön«, sagte Conklin. »Er ist ein New Yorker Anwalt, der einer Organisation vorsteht, die sich in ganz Europa und dem Mittelmeerraum ausgebreitet hat. Ursprünglich haben sie, nachdem sie in Washington die richtigen Knöpfe gedrückt hatten, durch Erpressung und erzwungene Ausverkäufe Firmen übernommen. Sie haben Märkte aufgekauft und Preise diktiert, und zu allem Überfluss sind sie in das Spiel mit dem Tod eingestiegen, indem sie einige der besten Profis im Geschäft engagierten. Es gibt gewichtige Beweise dafür, dass sie die Kontrakte für die Ermordung verschiedener Beamter der Regierung oder des Militärs ausgestellt haben, von denen das jüngste Beispiel – mit dem du zweifellos vertraut bist – General Teagarten ist, oberster Befehlshaber der NATO.«

»Unglaublich!«, flüsterte Krupkin.

»Oh, sie sind sehr kreativ, und Ogilvie ist der erfindungsreichste von allen. Er ist die Superspinne, und er hat ein höllisches Netz bis in jede Großstadt in Europa gezogen. Zu seinem Pech und dank meines Freundes hier hat er sich dann aber wie eine Fliege in seinem eigenen Netz verfangen. Allerdings hat er in letzter Minute einen Tipp bekommen und ist vorgestern entkommen … Und ich habe nicht die leiseste Ahnung, warum er nach Moskau gekommen ist.«

»Das kann ich dir vielleicht beantworten«, sagte Krupkin, warf einen Blick auf den Colonel und nickte, als wollte er sagen: Ist in Ordnung. »Ich weiß nichts, absolut nichts, über diesen Mord, von dem du sprichst – um die Wahrheit zu sagen, über irgendeinen Mord. Allerdings könnte es sein, dass du ein amerikanisches Unternehmen beschreibst, das seit Jahren in unserem Interesse arbeitet und uns mit wichtigen Dingen beliefert.«

»Womit? Wie?«, fragte Alex.

»Sowohl mit allen Arten ausfuhrbeschränkter amerikanischer Technologie als auch mit Waffen, Kriegsmaterial, Ersatzteilen für Flugzeuge und Waffensysteme – bei mehreren Gelegenheiten über verschiedene Blockstaaten sogar mit Flugzeugen und Waffensystemen selbst. Ich sage dir das, weil ich weiß, dass du weißt, dass ich vehement abstreiten würde, es jemals gesagt zu haben.«

»Verstanden«, nickte Conklin. »Wie heißt das Unternehmen?«

»Es gibt keinen einzelnen Namen. Stattdessen gibt es fünfzig oder sechzig Finnen, die offensichtlich unter einem Hut stecken, aber mit so vielen verschiedenen Namen und Hintergründen, dass es unmöglich ist, die spezifischen Verbindungen zu ermitteln.«

»Es hat einen Namen, und Ogilvie leitet es«, sagte Alex.

»Das ist mir auch schon in den Sinn gekommen«, sagte Krupkin, die Augen plötzlich kalt wie Glas, die Miene unnachgiebig. »Was dich allerdings an deinem amerikanischen Anwalt so zu verwirren scheint, wird – das kann ich dir versichern – von unseren eigenen Sorgen weit übertroffen.«

Dimitrij wandte sich dem Fernseher und dem zitternden Standbild zu, die Augen voller Wut. »Der sowjetische Geheimdienstoffizier auf diesem Bildschirm ist General Rodtschenko, zweiter Befehlshaber des KGB und enger Berater des Vorsitzenden des Ministerrats der Sowjetunion. Vieles wird im Namen der russischen Interessen und ohne Wissen des Vorsitzenden getan, aber in diesen Zeiten *nicht* auf den Gebieten, die du beschreibst. Mein Gott, der oberste Befehlshaber der NATO! Und niemals, *niemals* mithilfe der Dienste von Carlos, dem Schakal! Das sind nichts weniger als gefährliche und beängstigende Katastrophen.«

»Hast du irgendwelche Vorschläge, was tun?«, fragte Conklin.

»Dumme Frage«, antwortete der Colonel barsch. »Festnahme, dann Lubjanka ... dann Stille.«

»Es gibt ein Problem bei dieser Lösung«, sagte Alex. »Die CIA weiß, dass Ogilvie in Moskau ist.«

»Und wo ist da das Problem? Wir entledigen uns beide einer schädlichen Person und ihrer Verbrechen und machen weiter, wie gehabt.«

»Es mag dir vielleicht seltsam vorkommen, aber das Problem liegt nicht einfach bei der schädlichen Person und ihren Verbrechen, selbst so weit es die Sowjetunion betrifft. Es liegt bei der Vertuschung, so weit es Washington betrifft.«

Der Komitet-Offizier sah Krupkin an und sagte auf russisch: »Was ist das, wovon er redet?«

»Das ist für uns schwer zu verstehen«, antwortete Dimitrij in seiner Muttersprache. »Trotzdem, für sie ist es ein Problem. Ich will versuchen, es zu erklären.«

»Was sagt er?«, fragte Bourne ärgerlich.

»Ich glaube, er will eine Lektion in Staatsbürgerkunde erteilen, die amerikanische Version.«

»Solche Lektionen stoßen in Washington meist auf taube Ohren«, unterbrach Krupkin auf englisch, dann nahm er wieder das Russische auf und sprach den KGB-Mann an. »Sehen Sie, Genosse, niemand in Amerika würde uns vorwerfen, dass wir uns Ogilvies kriminelle Aktivitäten zunutze gemacht haben. Sie haben ein Sprichwort, das sie so oft wiederholen, dass es Meere von Schuld bedecken könnte: ›Einem geschenkten Gaul sieht man nicht ins Maul.‹«

»Was hat ein Pferdemaul mit Geschenken zu tun? Von seinem Schwanzende kommt Dünger auf die Höfe. Von seinem Maul nur Speichel.«

»Es verliert etwas in der Übersetzung … Trotzdem, dieser Anwalt, Ogilvie, hatte offensichtlich sehr viele Regierungsverbindungen, Beamte, die für große Geldsummen über seine fragwürdigen Praktiken hinweggesehen haben, Praktiken, die Millionen und Abermillionen Dollar erforderlich machten. Gesetze wurden umgangen, Menschen getötet, Lügen als Wahrheit angenommen. Im Wesentlichen ging es um Korruption, und wie wir wissen, sind die Amerikaner von der Korruption wie besessen. Sie verstehen jede weitergehende Gefälligkeit als potenziell korrupt, und es gibt nichts, was ältere, etwas umsichtigere Leute dagegen tun könnten. Sie hängen ihre besudelten Laken heraus, damit alle Welt sie wie eine Ehrenmedaille betrachten kann.«

»Weil es das auch ist«, unterbrach ihn Alex auf englisch. »Das ist etwas, was ihr hier einfach nicht versteht, weil ihr jede Gefälligkeit, die ihr macht, jedes Verbrechen, das ihr begeht, jeden Mund, den ihr mit einem Eimer voll Rosen schließt, zu vertuschen sucht … Aber genug damit. Ich sage dir nur, dass Ogilvie zurückgeschickt und die Konten geklärt werden müssen, das ist in diesem Fall die ›weitergehende Gefälligkeit‹, die ihr tun müsst.«

»Ich bin sicher, wir werden es uns durch den Kopf gehen lassen.«

»Das genügt nicht«, sagte Conklin. »Lass es mich so sagen, ohne über Verantwortlichkeiten reden zu wollen: Über dieses Unternehmen ist einfach zu viel bekannt – oder wird es in einigen Tagen sein –, inklusive der Verbindung zu Teagartens Tod, als dass ihr ihn hierbehalten könntet. Nicht nur Washington, sondern auch die gesamte Europäische Gemeinschaft würde euch unter Druck setzen. Wenn wir von Verlegenheiten sprechen, ist das hier ein Paradestück, ganz zu schweigen von den Auswirkungen auf den Handel oder eure Importe und Exporte …«

»Du hast gesagt, was du sagen wolltest, Aleksej«, unterbrach ihn Krupkin. »Angenommen, diese Gefälligkeit kann gewährt werden, wird dann auch deutlich, dass Moskau euch volle Unterstützung dabei geboten hat, diesen amerikanischen Kriminellen der amerikanischen Justiz zuzuführen?«

»Wir könnten es ganz offensichtlich gar nicht ohne euch machen. Als der hier vor Ort leitende Außendienstoffizier werde ich das vor den beiden Geheimdienstkomitees im Kongress beschwören, wenn es sein muss.«

»Und dass wir nichts, absolut *nichts* mit den Ermordungen zu tun haben, die du erwähnt hast, besonders nicht mit dem Attentat auf den obersten Befehlshaber der NATO.«

»Absolut klar. Das ist schließlich einer der Hauptgründe für eure Hilfe. Eure Regierung war von dem Attentat entsetzt.«

Krupkin sah Alex fest an, seine Stimme tiefer, aber kräftiger. Er drehte sich langsam um, die Augen kurz auf den Bildschirm gerichtet, dann zurück zu Conklin. »General Rodtschenko?«, sagte er. »Was sollen wir mit General Rodtschenko machen?«

»Was ihr mit General Rodtschenko macht, ist eure Sache«, entgegnete Alex ruhig. »Weder Bourne noch ich haben jemals seinen Namen gehört.«

»Da«, sagte Krupkin und nickte wieder langsam. »Und was ihr mit dem Schakal auf sowjetischem Territorium macht, ist eure Sache, Aleksej. Sei allerdings versichert, dass wir euch jede Unterstützung zukommen lassen.«

»Wo fangen wir an?«, fragte Jason ungeduldig.

»Von vorn.« Dimitrij sah zu dem KGB-Kommissar hinüber. »Genosse, haben Sie verstanden, was wir gesagt haben?«

»Genug, Krupkin«, erwiderte der stämmige Bauern-Colonel und ging zu einem Telefon, das an der Wand auf einem Marmortisch mit Einlegearbeiten stand. Er nahm den Hörer ab und wählte. Sein Anruf wurde gleich beantwortet.

»Ich bin es«, sagte der Kommissar auf russisch. »Der dritte Mann auf Band sieben mit Rodtschenko und dem Priester, der Mann, den New York als den Amerikaner Ogilvie identifiziert hat. Von jetzt an ist er unter Beobachtung zu halten und darf Moskau nicht verlassen.« Plötzlich hob der Colonel seine Augenbrauen, sein Gesicht wurde rot. »*Dieser* Befehl wird widerrufen! Er untersteht nicht länger der Verantwortung des diplomatischen Bereichs, er ist einzig und allein Eigentum des KGB ... Ein *Grund*? Benutzen Sie Ihren Schädel, Kartoffelkopf! Erzählen Sie ihnen, wir sind davon überzeugt, dass er ein amerikanischer Doppelagent ist, den diese Dummköpfe nicht enttarnt haben. Und dann der übliche Mist: Beherbergen von Staatsfeinden auf russischem Territorium ... was sie normalerweise dafür kriegen würden, und dass ihre herausgehobenen Positionen somit ein weiteres Mal vom Komitet geschützt werden – solche Sachen. Außerdem könnten Sie erwähnen, dass sie einem geschenkten Gaul nicht ins Maul sehen sollen ... Das werden sie schon verstehen in ihren eng sitzenden Anzügen. Alarmieren Sie die Flughäfen.« Der Kommissar legte auf.

»Er hat es geschafft«, sagte Conklin, an Bourne gewandt. »Ogilvie bleibt in Moskau.«

»Ogilvie ist mir scheißegal!«, explodierte Jason mit angespannter Stimme. Sein Unterkiefer zitterte. »Ich bin wegen Carlos hier!«

»Der Priester?«, fragte der Colonel und ging vom Tisch weg.

»Genau den meine ich.«

»Ist einfach. Wir legen General Rodtschenko an eine sehr lange Leine, die er nicht sehen und nicht fühlen kann. Sie werden am anderen Ende sein. Er wird seinen Schakal-Priester wieder treffen.«

»Das ist alles, was ich will«, sagte Jason Bourne.

General Grigorij Rodtschenko saß an einem Fenstertisch im Restaurant Lastotschka bei der Krimskij-Brücke, seinem Lieblingsplatz für mitternächtliche Mahlzeiten. Die Lichter auf der Brücke und den langsam dahinziehenden Schiffen entspannten das Auge und waren gut für den Stoffwechsel. Er brauchte diese beruhigende Atmosphäre, denn die vergangenen zwei Tage waren sehr beunruhigend gewesen. Hatte er Recht oder Unrecht gehabt? Hatten ihn seine Instinkte getrogen oder nicht? Er konnte es im Augenblick noch nicht wissen, aber genau diese Instinkte hatten ihn in die Lage versetzt, als Jugendlicher den wahnsinnigen Stalin zu überleben, im mittleren Alter den polternden Chruschtschow und einige Jahre später den unfähigen Breschnew. Jetzt, unter Gorbatschow, gab es ein neues Russland, eine neue Sowjetunion, und sein hohes Alter hieß es willkommen. Vielleicht würde die Lage etwas entspannter werden, und seit langer Zeit bestehende Feindseligkeiten hinter einem ehemals feindseligen Horizont untergehen. Dennoch, Horizonte blieben immer Horizonte, weit entfernt, farbig oder düster, aber immer weit entfernt, flach und unerreichbar.

Er war ein Überlebender, darüber war sich Rodtschenko im Klaren, und Überlebende umgeben sich mit Schutzmechanismen, wo immer sie können. Außerdem schmeicheln sie sich ein, wo immer es ihnen nützlich sein könnte. Also hatte Rodtschenko eifrig daran gearbeitet, Vertrauter und Berater des Vorsitzenden zu werden. Er war ein Experte darin, Informationen für das Komitet zu sammeln. Er war die erste Verbindung zu dem amerikanischen Unternehmen, das nur ihm allein als Medusa bekannt war und durch das ungeheure Lieferungen nach Russland und in die Blockstaaten gelangt waren. Auf der anderen Seite hatte er Kontakt zum Monseigneur in Paris, Carlos, dem Schakal, dem er Aufträge, die auf die Sowjetunion deuteten, entweder ausgeredet oder ihn sonstwie davon abgebracht hatte. Er war der Bürokrat par excellence gewesen, der hinter den Bauten der internationalen Bühnen arbeitete, weder Applaus noch Berühmtheit suchte, nur sein Überleben. Warum hatte er dann getan, was er getan hatte? War es nur Furcht und eine Ahnung, dass ein Fluch auf ihm lag? Nein, es war die logische Folge der Ereignisse, die aus den Bedürfnissen seines Landes und vor allem der absoluten Notwendigkeit erwuchs, dass sich Moskau sowohl von Medusa als auch dem Schakal trennte.

Nach dem Generalkonsul in New York zu urteilen, war Bryce Ogilvie in Amerika am Ende. Der Vorschlag des Konsuls bestand darin, ihm irgendwo ein Asyl zu besorgen und als Gegenleistung seine zahllosen Vermögenswerte Stück für Stück zu übernehmen. Was den Generalkonsul in New York beunruhigte, waren nicht Ogilvies finanzielle Manipulationen, die bereits mehr Gesetze gebrochen hatten, als es auf dieser Welt Gerichte gab, sie zu verfolgen, sondern eher die Morde, die, so weit es der Konsul ausmachen konnte, ebenfalls zahlreich waren und Attentate an hohen US-Regierungsbeamten einschlossen – und, wenn er sich nicht sehr täuschte, die Ermordung des obersten Befehlshabers der NATO. Dazu kam New Yorks Überzeugung, dass Ogilvie, um eine Reihe seiner Firmen vor der Konfiszierung zu retten, wahrscheinlich noch etliche zusätzliche Morde in Europa bestellt hatte – Morde an herausgehobenen Persönlichkeiten, mächtigen Angestellten in verschiedenen Firmen, die die komplexen, internationalen Verbindungen durchschauten, die zu einer großen Anwaltskanzlei und dem unausgesprochenen Namen Medusa zurückzuführen waren. Sollten diese vereinbarten Morde stattfinden, während Ogilvie in Moskau war, dann würden Fragen aufkommen, die Moskau nicht würde tolerieren können. Daher musste er so schnell wie möglich wieder raus aus der Sowjetunion, aber solch eine Empfehlung war schneller ausgesprochen als eingelöst.

Plötzlich, überlegte Rodtschenko, war dieser paranoide Monseigneur aus Paris auf der Bühne erschienen. Es war unumgänglich, dass sie sich sofort trafen! Carlos hatte seine Forderungen über die öffentliche Telefonverbindung förmlich geschrien, aber vorher mussten erst alle Sicherheitsvorkehrungen getroffen werden. Der Schakal verlangte wie immer einen öffentlichen Ort, mit Menschenmengen und zahlreichen verfügbaren Ausgängen, über dem er wie ein Falke kreisen konnte, ohne sich zu zeigen, bis seine professionellen Augen zufriedengestellt waren. Zwei Anrufe später, von zwei verschiedenen Orten aus, war das Rendezvous verabredet. Die Kathedrale des heiligen Basilius auf dem Roten Platz, zurzeit des spätnachmittäglichen Touristenansturms. In einer verdunkelten Ecke zur Rechten des Altars, wo es durch die verhängten Gänge zur Sakristei Wege nach draußen gab. Abgemacht!

Dann hatte Grigorij Rodtschenko während dieses dritten Telefongesprächs eine Idee gehabt wie ein Donnerschlag über dem Schwarzen Meer, auf so dramatische Weise kühn und dennoch so offensichtlich und einfach, dass ihm für einen Augenblick der Atem gestockt hatte. Es war die Lösung, die die sowjetische Regierung vollkommen von jeder Verwicklung oder Komplizenschaft mit dem Schakal oder Medusa und Ogilvie distanzieren würde, sollte eine solche Distanz in den Augen der zivilisierten Welt nötig werden: Man musste den Schakal und Ogilvie, die einander nicht kannten, zusammenbringen, wenn auch nur für einen Moment, immerhin aber lange genug, um fotografische Beweise dafür zu bekommen, dass sie miteinander zu tun hatten. Das war alles, was man brauchte.

Gestern Nachmittag hatte er um ein kurzes Routinetreffen mit Ogilvie gebeten. Während der ausgesprochen unschuldigen und sehr freundlichen Konferenz hatte Rodtschenko auf sein Stichwort gewartet – das ihn, entsprechend all seiner Nachforschungen, ans Ziel bringen würde.

»Sie verbringen Ihre Sommer in Cape Cod, *da*?«, hatte der General gesagt.

»Ich hauptsächlich nur an den Wochenenden. Meine Frau und die Kinder sind die Saison über da.«

»Als ich in Washington stationiert war, hatte ich in Cape Cod zwei großartige amerikanische Freunde. Ich habe mehrere wundervolle, wie sie sagen, Wochenenden mit ihnen verbracht. Vielleicht kennen Sie sie … die Frosts, Hardleigh und Carol Frost?«

»Natürlich. Er ist Anwalt wie ich, spezialisiert auf Seerecht.«

»Eine sehr attraktive Lady, Mrs. Frost.«

»Sehr.«

»*Da*. Haben Sie jemals versucht, ihren Mann für Ihre Kanzlei anzuwerben?«

»Nein. Er hat seine eigene. Frost, Goldfarb & O'Shaunessy.«

»Es kommt mir fast so vor, als würde ich Sie kennen, Mr. Ogilvie, wenn auch nur durch gemeinsame Freunde.«

»Schade, dass wir uns nie am Cape getroffen haben.«

»Nun, vielleicht kann ich Sie dennoch angesichts unserer gemeinsamen Freunde – um einen Gefallen bitten, weit weniger groß als die Annehmlichkeiten, die meine Regierung Ihnen, so weit ich weiß, bereitwillig zukommen lässt.«

»Man hat mir zu verstehen gegeben, dass die Annehmlichkeiten auf Gegenseitigkeit beruhen«, sagte Ogilvie.

»Ahh, von solchen diplomatischen Angelegenheiten weiß ich nichts, aber es ist vorstellbar, dass ich in Ihrem Sinne intervenieren könnte, wenn Sie mit uns zusammenarbeiten würden – mit meiner kleinen, wenn auch nicht unbedeutenden Abteilung.«

»Worum geht es?«

»Es gibt einen Priester, einen sozial desorientierten, militanten Priester, der behauptet, ein marxistischer Agitator, bei Gericht in New York City eine Berühmtheit zu sein. Er ist erst vor einigen Stunden hier eingetroffen und verlangt möglichst bald ein heimliches Treffen. Es gibt einfach keine Zeit, seine Behauptungen zu verifizieren, aber er besteht darauf, eine Vorgeschichte von ›Verfolgungen‹ durch die Gerichte in New York, inklusive Fotos etcetera, in den Zeitungen zu haben. Vielleicht würden Sie ihn wiedererkennen.«

»Das könnte ich wahrscheinlich – wenn er derjenige ist, der er zu sein vorgibt.«

»*Da!* Und auf die eine oder andere Weise werden wir sicher verlauten lassen, wie Sie mit uns zusammengearbeitet haben.«

Es war arrangiert worden. Ogilvie sollte in der Menge in der Kathedrale des heiligen Basilius in der Nähe des Treffpunktes sein. Wenn er sah, dass Rodtschenko zu einem Priester zur Rechten des Altars ging, sollte er den KGB-General zufällig treffen – als wäre er überrascht. Ihre Begrüßung sollte knapp, ja geradezu unhöflich sein, so eilig und beiläufig, dass sie bedeutungslos erschien, die Art von Zusammentreffen, die zivilisierte, aber feindliche Bekannte nicht vermeiden können, wenn sie sich an einem öffentlichen Ort über den Weg laufen. Unmittelbare Nähe war nötig, da das Licht dort so trübe und derart voller Schatten sein würde, dass der Anwalt sonst wahrscheinlich keinen ordentlichen Blick auf den Priester würde werfen können. Ogilvie war mit der Gewandtheit eines perfekten Strafverteidigers aufgetreten, der den Zeugen der Anklage mit einer unzulässigen Frage in eine Falle lockt und dann ruft: »Ich ziehe die Frage zurück«, und den Staatsanwalt sprachlos dastehen lässt.

Der Schakal hatte sich sofort wütend abgewandt, aber erst nachdem eine korpulente, ältere Frau mit einer Minikamera im Griff ihrer Handtasche eine Reihe von Fotos mit einem Ultra-High-Speed-Film gemacht hatte. Dieser Beweis lag jetzt im Tresorraum von Rodtschenkos Büro.

Die Akte war betitelt mit: ›Beschattung des Amerikaners B. Ogilvie‹.

Auf der Seite unter dem Foto, das den Attentäter und den amerikanischen Anwalt zusammen zeigte, stand folgendes: »Objekt mit bisher nicht identifiziertem Kontakt bei geheimem Treffen in Kathedrale des heiligen Basilius. Treffen dauerte elf Minuten und zweiunddreißig Sekunden. Fotos zur möglichen Verifikation nach Paris geschickt. Es wird angenommen, dass es sich bei dem nicht identifizierten Kontakt um Carlos, den Schakal, handelt.«

Selbstverständlich arbeitete Paris an einer Erwiderung, die mehrere Fotomontagen vom Deuxième Bureau und der Sûreté enthielt. Die Antwort: »Bestätigt. Definitiv der Schakal.«

Wie schockierend! Auf sowjetischem Boden!

Dagegen hatte sich der Attentäter als weniger entgegenkommend erwiesen. Nach der kurzen, unangenehmen Konfrontation mit dem Amerikaner hatte Carlos seine eiskalte Befragung wiederaufgenommen, sein wildes, brennendes Ich nah unter der gefrorenen Oberfläche.

»Sie sind Ihnen auf der Spur!«, sagte der Schakal.

»Wer?«

»Das Komitet.«

»Ich *bin* das Komitet!«

»Vielleicht täuschen Sie sich.«

»Im KGB geschieht nichts ohne mein Wissen. Woher haben Sie diese Information?«

»Paris. Krupkin.«

»Krupkin würde alles tun, was ihm nützt, das Verbreiten von Fehlinformationen eingeschlossen, selbst was mich betrifft. Er ist ein Rätsel – im einen Moment ein tüchtiger, mehrsprachiger Geheimdienstoffizier, im nächsten ein schwatzhafter Clown in französischen Federn und immer wieder Zuhälter für reisende Minister. Man kann ihn nicht ernst nehmen, nicht, wenn es ernste Angelegenheiten betrifft.«

»Ich hoffe, Sie haben Recht. Ich rufe Sie morgen an, am späten Abend. Sind Sie da zu Haus?«

»Nicht für einen Anruf von Ihnen. Ich werde im Lastotschka essen, allein, ein spätes Abendbrot. Was wollen Sie morgen tun?«

»Sichergehen, dass Sie Recht haben.« Der Schakal war in der Menge der Kathedrale verschwunden.

Das war vor mehr als vierundzwanzig Stunden gewesen, und Rodtschenko hatte nichts gehört, was den Zeitplan durcheinander gebracht hätte. Vielleicht war der Psychopath nach Paris zurückgekehrt, irgendwie überzeugt davon, dass sein paranoider Verdacht grundlos war, sein Drang, in Bewegung zu bleiben, zu hetzen, durch ganz Europa zu fliegen ... Wer konnte es wissen? Carlos war ein Rätsel. Ein Teil von ihm war ein geistig zurückgebliebener Sadist, ein Muster der düstersten Methoden der Grausamkeit und des Tötens, und dennoch offenbarte ein anderer Teil einen kranken, verdrehten Romantiker, einen hirngeschädigten Jugendlichen, der einem unerreichbaren Traum hinterher lief. Konnte ihn jemand verstehen? Doch die Zeit nahte, in der eine Kugel in seinem Kopf dem Rätsel ein Ende machen würde.

Rodtschenko hob seine Hand, um dem Kellner zu winken. Er wollte Kaffee und Brandy bestellen, den milden französischen Brandy, der den wahren Helden der Revolution vorbehalten war. Statt des Kellners kam der Geschäftsführer des Lastotschka an den Tisch gelaufen und trug ein Telefon bei sich.

»Das ist ein dringender Anruf für Sie, General«, sagte der Mann in dem weiten schwarzen Anzug und hielt den Plastikstecker der Verlängerungsschnur, den man in die Steckdose in der Wand drücken musste.

»Danke.« Der Geschäftsführer ging, und Rodtschenko stellte die Verbindung her. »Ja?«

»Sie werden beschattet, wohin Sie auch gehen«, sagte die Stimme des Schakals.

»Von wem?«

»Ihren eigenen Leuten.«

»Ich glaube Ihnen nicht.«

»Ich habe es den ganzen Tag über beobachtet. Möchten Sie, dass ich Ihnen die Orte beschreibe, an denen Sie in den letzten dreißig Stunden gewesen sind? Angefangen mit den Drinks in einem Café an der Kalinin, einem Kiosk an der Arbat, im Slawjankij zu Mittag, einem Nachmittagsspaziergang über die …?«

»Hören Sie auf! Wo sind Sie?«

»Kommen Sie nach draußen vor das Lastotschka. Langsam und vorsichtig. Ich werde es Ihnen beweisen.« Die Leitung war tot.

Rodtschenko legte auf und winkte dem Kellner, um zu zahlen. Er ließ das Geld auf der Rechnung liegen, wünschte eine gute Nacht, ging durch das schwach beleuchtete Foyer zum Eingang und trat hinaus auf die Straße. Es war beinah 1.30 Uhr morgens, und abgesehen von ein paar Kämpfern, die zu viel Wodka getrunken hatten, war die Straße menschenleer Augenblicke später trat eine aufrechte Gestalt im Schein der Straßenlaterne rechts aus einer Ladenzeile hervor, vielleicht dreißig Meter von Rodtschenko entfernt. Es war der Schakal, wieder im schwarzen Umhang mit dem weißen Kragen. Er bedeutete dem General, ihn zu begleiten, während er langsam zu einem dunkelbraunen Wagen ging, der auf der anderen Seite der Straße geparkt war. Rodtschenko holte den Attentäter ein, der jetzt am Rinnstein hinter dem Wagen stand.

Plötzlich schaltete der Schakal eine Taschenlampe ein, deren kräftiger Strahl durch das offene Fenster des Wagens schoss. Der alte Soldat hörte einen Moment lang auf zu atmen, seine schwerlidrigen Augen überschauten die entsetzliche Szenerie, die vor ihm lag. Hinter dem Lenkrad lag ein KGB-Agent, über den Sitz gekrümmt, die Kehle durchschnitten, ein Strom von Blut durchtränkte seine Kleidung. Gleich hinter dem Fenster war der zweite Beamte, die Hand- und Fußgelenke mit Draht gefesselt, ein dickes Seil, um sein Gesicht gewickelt, erlaubte ihm nur ein röchelndes, keuchendes Husten. Er lebte, die Augen vor Entsetzen weit aufgerissen.

»Der Fahrer wurde in Nowgorod ausgebildet«, sagte der General ohne Kritik in seiner Stimme.

»Ich weiß«, erwiderte Carlos. »Ich habe seine Papiere. Die Ausbildung ist auch nicht mehr das, was sie mal war, Genosse.«

»Der andere ist Krupkins Verbindungsmann in Moskau. Der Sohn eines guten Freundes, so weit ich weiß.«

»Der gehört jetzt mir.«

»Was haben Sie vor?«, fragte Rodtschenko und starrte den Schakal an. »Einen Fehler korrigieren«, antwortete Carlos, als er seine Waffe mit dem aufgeschraubten Schalldämpfer hob und dem General drei Kugeln in den Hals schoss.

37.

Der nächtliche Himmel war finster, Sturmwolken wirbelten über Moskau, kollidierten, versprachen Regen, Blitz und Donner. Die braune Limousine fuhr eilig die Landstraße hinunter, raste an überwucherten Feldern vorbei, während der Fahrer sich manisch ans Lenkrad krallte und gelegentlich zu seinem gefesselten Gefangenen hinübersah, einem jungen Mann, mit hervortretenden, entsetzten Augen, der an seinen drahtverschnürten Händen und Füßen riss und dessen mit einem Seil umwickeltes Gesicht ihm furchtbare Schmerzen bereitete.

Auf dem Rücksitz lagen die Leichen von General Grigorij Rodtschenko und dem Nowgorod-Absolventen des KGB, der das Beschattungsteam des alten Soldaten geleitet hatte. Plötzlich, ohne den Wagen abzubremsen oder zuvor irgendeinen Hinweis auf sein Vorhaben zu geben, sah der Schakal, was er suchte, und bog mit einem Schwenk von der Straße ab. Reifen quietschten, die Limousine stürzte in ein Feld mit hohem Gras und kam Sekunden später zu einem ohrenbetäubend abrupten Halt, der die Toten im Fond gegen die Rückseiten der Vordersitze schlagen ließ. Carlos öffnete seine Tür und taumelte hinaus. Er zerrte die blutgetränkten Leichen aus ihrer gepolsterten Gruft und schleppte sie ins hohe Gras, wobei er den General teilweise auf dem Komitet-Offizier liegenließ und sich ihre Lebenssäfte mischten, bevor sie in den Boden sickerten.

Er ging zurück zum Wagen und zog den jungen KGB-Agenten mit einer Hand brutal vom Vordersitz, das Jagdmesser in der anderen.

»Wir haben eine Menge zu reden, du und ich«, sagte der Schakal auf russisch. »Und du wärst dumm, wenn du mir irgendetwas verschweigen würdest … Aber das wirst du auch nicht, du bist zu jung, zu weich.« Carlos stieß den Mann zu Boden, er zog seine Taschenlampe hervor und kniete neben seinem Gefangenen nieder, das Messer an den Augen des Agenten.

Die blutige, leblose Gestalt unter ihm hatte ihre letzten Worte gesprochen, und es waren Worte gewesen, die in den Ohren von Ilich Ramirez Sanchez wie Kesselpauken nachhallten. Jason Bourne war in Moskau! Es musste Bourne sein, denn der entsetzte jugendliche KGB-Mann hatte die Information in einem überströmenden, panischen Wortschwall von Sätzen und Halbsätzen herausgestoßen, um alles zu sagen, was möglicherweise sein Leben hätte retten können: »Genosse Krupkin – zwei Amerikaner, einer groß, der andere hinkt! Wir haben sie zum Hotel gebracht, dann zur Sadowaja für eine Besprechung.«

Krupkin und der verhasste Bourne hatten seine Leute in Paris umgedreht – in Paris, seinem zentralen Stützpunkt! – und hatten ihn nach Moskau verfolgt. Wie? Wer? … Doch das war egal. Jetzt zählte nur, dass das Chamäleon im Metropol war, die Verräter in Paris konnten warten. Im Metropol! Sein Feind aller Feinde war kaum eine Stunde weit entfernt in Moskau, verschlief zweifellos die Nacht, ohne eine Ahnung davon zu haben, dass er, Carlos, der Schakal, wusste, dass er da war. Der Attentäter spürte die Heiterkeit des Triumphes über Leben und Tod. Die Ärzte sagten, er würde sterben, aber Ärzte irrten sich so oft, wie sie Recht hatten, und in seinem Fall irrten sie! Der Tod von Jason Bourne würde sein Leben erneuern!

Allerdings musste er sich noch in Geduld fassen. Drei Uhr morgens war keine Zeit, um die man gesehen werden durfte, wenn man auf der Suche nach einem Mordopfer durch die Straßen oder Hotels von Moskau streifte, einer Stadt, die auch im Schutz der Dunkelheit ständiger Überwachung unterlag. Es war allgemein bekannt, dass das Nachtpersonal auf den Gängen der großen Hotels bewaffnet und sowohl wegen seiner Schießkunst als auch aufgrund seines Geschicks beim Service eingestellt worden war. Das Tageslicht brachte eine Erleichterung von den Sorgen der Nacht. Die geschäftige Aktivität der frühen Morgenstunden war die Zeit zuzuschlagen – und zuschlagen würde er.

Die nächtliche Stunde bot ihm jedoch Gelegenheit für einen anderen Schlag, zumindest für das Vorspiel dazu. Die Zeit war gekommen, seine Jünger in der sowjetischen Regierung zusammenzurufen und sie wissen zu lassen, dass der Monseigneur angekommen war, dass ihr persönlicher Messias hier war, um sie zu befreien. Vor seiner Abreise in Paris hatte er ihre Dossiers studiert, und die Dossiers hinter diesen Dossiers, alles scheinbar fade Blätter leeren Papiers in Aktenordnern, bis sie Infrarotlicht ausgesetzt wurden und die Hitzewellen die maschinengeschriebene Schrift hervorbrachten. Er hatte einen kleinen, verlassenen Laden in der Wawilowa als Treffpunkt gewählt. Er würde jeden einzelnen seiner Leute anrufen und anweisen, um 5.30 Uhr dort zu sein. Gegen 6.30 Uhr würde seine Aufgabe beendet sein, jeder Jünger mit der Information ausgestattet, die ihn oder sie in die höchsten Kreise der Moskauer Elite bringen würde. Es war eine weitere unsichtbare Armee, viel kleiner als die in Paris, aber ebenso wirkungsvoll und Carlos zugetan, dem unsichtbaren Monseigneur, der seinen Konvertiten das Leben unendlich viel bequemer gestaltete. Und gegen 7.30 Uhr würde der mächtige Schakal dann im Metropol zur Stelle sein, bereit für die ersten Schritte der erwachenden Gäste, die Zeit der hastenden Tabletts und Tische der Zimmerkellner und das hektische Durcheinander einer Halle voller Geschnatter, voll von Ängsten und Bürokratie. Er würde bereit sein, bereit für Jason Bourne.

Einer nach dem anderen und äußerst vorsichtig trafen die fünf Männer und drei Frauen im frühen Morgenlicht am heruntergekommenen Eingang des verlassenen Ladens in der Wawilowa ein. Ihre Vorsicht war verständlich. Es war ein Bezirk, den man meiden sollte, wenn auch nicht unbedingt wegen der Gefährlichkeit der Bewohner, denn die Moskauer Polizei war in solchen Gegenden gnadenlos streng, sondern wegen des Zustandes der Häuser, die gerade renoviert wurden – was allerdings mit dem Vorteil verbunden war, dass überall Elektrizität verfügbar war.

Carlos stand am gegenüberliegenden Ende des leeren Betonraumes, eine Lampe hinter sich auf dem Boden, die nur seine Umrisse zeigte, sein Gesicht aber im Schatten ließ. Er hatte sich außerdem mit dem hochgeschlagenen Kragen seines schwarzen Anzugs verhüllt. Rechts von ihm stand ein wackliger, niedriger Holztisch, auf dem Aktenordner ausgebreitet lagen, und zu seiner Linken lag hinter einem Stapel Zeitungen, für seine Jünger nicht zu sehen, ein abgesägtes AK-47-Sturmgewehr, Typ 56. Ein vierzigschüssiges Magazin war eingeschoben, ein zweites Magazin im Gürtel des Schakals. Der einzige Grund für diese Waffe lag in den normalen Gepflogenheiten seines Gewerbes. Er erwartete absolut keine Schwierigkeiten. Nur Bewunderung.

Er betrachtete sein Publikum und merkte, dass sich alle acht gegenseitig verstohlene Blicke zuwarfen. Niemand sprach. Die nasskalte Luft in dem schaurig beleuchteten, verlassenen Laden bebte vor bösen Ahnungen. Carlos wusste, dass er diese Furcht vertreiben musste, so schnell wie möglich, was der Grund war, aus dem er acht angeschlagene Stühle aus den verschiedenen verlassenen Räumen im hinteren Teil des Ladens geholt hatte. Sitzen entspannt. Das war eine Binsenweisheit. Allerdings wurde keiner der Stühle benutzt.

»Danke, dass Sie heute morgen hierhergekommen sind«, sagte der Schakal auf russisch. »Nehmen Sie sich bitte jeder einen Stuhl und setzen Sie sich. Unsere Unterhaltung wird nicht lange dauern, aber sie verlangt äußerste Aufmerksamkeit … Würde der Genosse neben dem Eingang die Tür bitte schließen. Wir sind vollständig.«

Die alte, schwere Tür wurde von einem steif gehenden Bürokraten mit einem Knarren geschlossen, während sich der Rest Stühle nahm, wobei jeder seinen oder ihren auf Abstand zu den anderen brachte. Carlos wartete, bis die scharrenden Geräusche von Holz auf Zement verstummten und alle saßen. Nach einem Moment der Stille begrüßte er dann seine Zuhörerschaft noch einmal förmlich wie ein geübter Redner. Er sah jede einzelne Person mit seinen durchdringenden dunklen Augen an, um ihm oder ihr zu vermitteln, besonders wichtig zu sein. Es gab kurze Gesten, meist weiblicher Natur, wenn diejenigen, die er ansah, im Gegenzug ihre Kleider glätteten. Die Kleidung, die sie trugen, war charakteristisch für obere Regierungsbeamte – trist und konservativ, aber gut gebügelt und makellos.

»Ich bin der Monseigneur aus Paris«, begann der Attentäter in der Priesterrobe. »Ich bin derjenige, der mehrere Jahre damit zugebracht hat, jeden einzelnen von Ihnen auszuwählen – mit Unterstützung von Genossen hier in Moskau und der Umgebung –, der Ihnen große Geldsummen geschickt und dafür darum gebeten hat, in aller Stille auf seine Ankunft zu warten und ihm die Loyalität zu erweisen, die er Ihnen gegenüber gezeigt hat … Auf Ihren Gesichtern sehe ich verschiedene Fragen, also lassen Sie mich einiges erläutern: Vor Jahren gehörte ich noch zur Elite von Nowgorod.« Es gab eine leise, dennoch hörbare Reaktion der ausgewählten acht. Der Mythos von Nowgorod war Realität, über die man zwar nur im Flüsterton sprach, die aber trotzdem ihre Wirkung nicht verfehlte. Mit mehrmaligem Kopfnicken quittierte Carlos die Reaktion auf seine Enthüllung und fuhr fort: »Die Jahre seitdem habe ich in vielen verschiedenen Ländern zugebracht und die Interessen der großartigen sowjetischen Revolution vertreten, ein Geheimkommissar mit wechselndem Geschäftsbereich, der zahlreiche Reisen zurück nach Moskau und ausgiebige Nachforschungen in den einzelnen Abteilungen nötig gemacht hat, in denen jeder einzelne von Ihnen eine verantwortliche Stellung einnimmt.« Wieder legte der Schakal eine Pause ein, dann wurde seine Stimme plötzlich scharf: »Verantwortliche Stellungen, aber ohne die Autorität, die Ihnen eigentlich zukäme. Ihre Fähigkeiten sind unterbewertet und unterbezahlt, denn über Ihnen gibt es fast nichts als nutzlosen Ballast.«

Die Reaktion der kleinen Gruppe war jetzt hörbarer und durchweg weniger verkrampft.

»Verglichen mit ähnlichen Abteilungen in den Regierungen unserer Gegner«, fuhr Carlos fort, »hinken wir hier in Moskau weit hinterher, wobei wir weit vorn sein sollten. Und das ist so, weil Ihre Talente von verwurzelten Amtsinhabern unterdrückt werden, die sich mehr um ihre Privilegien als um das Funktionieren ihrer Abteilungen kümmern!«

Die Reaktion war unmittelbar, beinah elektrisch, als die drei Frauen offen, wenn auch leise, applaudierten.

»Aus diesem Grunde habe ich Sie zusammen mit den mir verbundenen Genossen hier in Moskau ausgewählt und Ihnen Geldmittel zukommen lassen – vollkommen zu Ihrer freien Verfügung, denn das Geld, das Sie bekommen haben, ist der ungefähre Gegenwert der Privilegien, die Ihre Vorgesetzten genießen. Warum sollten Sie schlechter gestellt sein?«

Ein bejahendes Rumoren wogte durch die Zuhörer, die sich jetzt gegenseitig ansahen, die Blicke fest, die Köpfe entschlossen nickend. Dann begann der Schakal, die acht Ressorts seiner Jünger aufzuzählen, denen jeweils ein enthusiastisches Kopfnicken folgte. »Die Ministerien für Transport, Information, Finanzen, Import/Export, Justiz, militärische Versorgung, wissenschaftliche Forschung ... und nicht zuletzt, Terminplanung ... Das sind Ihre Domänen, aber man hat Sie von allen endgültigen Entscheidungen ausgeschlossen. Das ist nicht länger zu akzeptieren – Veränderungen müssen her!«

Die Zuhörer erhoben sich beinahe wie ein Mann, nicht länger Fremde, sondern Gefährten, zu einem Ziel vereint. Der Mann nahe der Tür ergriff das Wort: »Sie scheinen unsere Situation gut zu kennen, aber was kann sie ändern?«

»Das hier«, verkündete Carlos und tat eine dramatische Geste zu den Aktenordnern, die auf dem niedrigen Tisch ausgebreitet lagen. Langsam setzte sich die kleine Gruppe wieder hin, einzeln und in Paaren, die einander ansahen, wenn sie nicht die Ordner anstarrten. »Auf diesem Tisch liegen die heimlich gesammelten, vertraulichen Dossiers Ihrer Vorgesetzten – aus jeder der hier vertretenen Abteilungen. Sie enthalten Informationen, die Ihnen sofortige Beförderungen garantieren und in mehreren Fällen Ihren Aufstieg in diese leitenden Büros. Ihre Vorgesetzten werden machtlos sein, denn diese Akten sind Messer an ihren Kehlen – eine Veröffentlichung würde zu Ungnade und Hinrichtung führen.«

»Monseigneur?« Eine Frau Ende Vierzig in einem ordentlichen blauen Kleid stand vorsichtig auf. Ihr graublondes Haar war zu einem festen Knoten gebunden. Sie berührte ihn kurz, befangen, als sie sprach. »Ich werte tagtäglich Personalakten aus ... und entdecke regelmäßig Irrtümer ... Wie können Sie sicher sein, dass diese Dossiers exakt sind? Durch fehlerhafte Angaben könnten wir in extrem gefährliche Situationen geraten, ist das nicht so?«

»Dass Sie sie überhaupt anzweifeln, ist ein Affront, Madame«, erwiderte der Schakal kalt. »Sie kennen meine Bedeutung. Ich bin über Ihre individuellen Situationen und die Unfähigkeit Ihrer Vorgesetzten aufs Genaueste unterrichtet. Und vergessen Sie nicht die großen Ausgaben und Risiken für mich und meine Verbündeten hier in Moskau, die wir auf uns genommen haben, um Ihnen das Leben komfortabler zu gestalten.«

»Wenn ich für mich selbst sprechen darf«, unterbrach ein hagerer Mann mit Brille und einem braunen Straßenanzug. »Ich weiß das Geld zu würdigen – ich habe meine eigenen Mittel in unseren gemeinsamen Fonds einfließen lassen und erwarte dafür eine angemessene Gegenleistung –, aber hat das eine etwas mit dem anderen zu tun? Ich bin beim Finanzministerium und spreche mich frei von jeder Mittäterschaft.«

»Was auch immer das bedeuten mag, Buchhalter, Sie drücken sich in etwa so klar aus wie Ihr lahmgelegtes Ministerium«, unterbrach ein korpulenter Mann in schwarzem Anzug, der für seinen Umfang zu klein war. »Im Übrigen lassen Sie Zweifel daran aufkommen, ob Sie überhaupt fähig sind, eine angemessene Gegenleistung zu erkennen! Ich bin in der militärischen Versorgung, und Sie hauen uns ständig übers Ohr.«

»Wie Sie es auch *ständig* mit der Forschung tun!«, rief ein kleiner, verschrobener, professorenhafter Mann. Die Unregelmäßigkeiten seines gestutzten Bartes waren trotz der dicken Brillengläser auf seiner Nase – zweifellos auf seine schwache Augenkraft zurückzuführen. »Gegenleistungen, in Ordnung! Und wie wäre es mit vernünftigen Zuteilungen?«

»Mehr als genug für Ihre Grundschulwissenschaftler. Unser Geld bringt weit mehr, wenn wir uns damit im Westen versorgen!«

»Hören Sie auf!«, rief der Schakal und hob seine Arme wie ein Messias. »Wir sind nicht hier, um derartige Konflikte zwischen den unterschiedlichen Bereichen auszutragen. Ihr Aufstieg zur neuen Elite wird diese Probleme zweifellos lösen. Gemeinsam werden wir eine neue, gereinigte Ordnung unserer Revolution aufbauen! Die Zeit der Selbstgefälligkeit ist vorbei.«

»Es ist ein aufregendes Konzept«, sagte eine zweite Frau, eine Dame Anfang Dreißig in einem teuren plissierten Rock, deren gedrungene Gesichtszüge offensichtlich von den anderen als die einer bekannten Nachrichtensprecherin aus dem Fernsehen erkannt wurden. »Könnten wir dennoch wieder auf die Exaktheit der Dossiers zurückkommen?«

»Das ist geklärt«, sagte der dunkeläugige Carlos und sah jeden einzelnen der Reihe nach durchdringend an. »Wie sonst auch sollte ich das alles *über Sie* wissen?«

»Ich zweifle nicht an Ihren Worten«, fuhr die Nachrichtensprecherin fort, »aber als Journalistin muss ich immer nach einer zweiten Verifikationsquelle suchen, es sei denn, das Ministerium gibt andere Anweisungen. Da Sie nun aber nicht im Informationsministerium sitzen und in dem Wissen, dass alles, was Sie uns sagen, vertraulich bleiben wird: Können Sie uns eine zweite Quelle nennen?«

»Muss ich mich von manipulierten Journalisten hetzen lassen, wenn ich die *Wahrheit* sage?« Carlos schnappte wutentbrannt nach Luft. »Was ich Ihnen gesagt habe, ist die Wahrheit, und Sie wissen es.«

»Das waren die Verbrechen Stalins auch, und für dreißig Jahre wurden sie zusammen mit zwanzig Millionen Leichen begraben.«

»Sie wollen Beweise, Frau Journalistin? Ich gebe Ihnen Beweise. Ich habe die Augen und Ohren der Führer des KGB – namentlich des Generals Grigorij Rodtschenko. Ich sehe mit seinen Augen und höre mit seinen Ohren, und wenn Sie daran interessiert sind, die raue Wahrheit zu kennen: Er ist mir verpflichtet! Genau wie Sie!« Ein Rascheln ging durch das

Publikum, ein kollektives Zögern, eine Welle von leisem Räuspern. Wieder sprach die Nachrichtenjournalistin, diesmal sanft, die großen, braunen Augen waren auf den Mann in der Priesterrobe gerichtet.

»Sie mögen sein, was Sie sagen«, begann sie. »Aber Sie scheinen kein Radio zu hören. Vor etwa einer Stunde meldete Radio Moskau, dass General Rodtschenko heute morgen von ausländischen Kriminellen erschossen wurde … Es wurde außerdem gemeldet, dass alle hohen Offiziere des Komitet zu einer Dringlichkeitssitzung zusammenkommen werden, um die Umstände des Mordes am General näher zu besprechen. Die Einschätzungen gehen dahin, dass es außergewöhnliche Gründe dafür gegeben haben muss, dass ein Mann wie General Rodtschenko von ausländischen Kriminellen in eine Falle gelockt wurde.«

»Sie werden seine Akten zerfetzen«, fügte der vorsichtige Bürokrat hinzu und hob sich steif auf die Füße. »Sie werden alles unter das KGB-Mikroskop legen und nach diesen ›außergewöhnlichen Gründen‹ suchen.« Der Beamte sah den Killer im Priestergewand an. »Vielleicht wird man auch Sie finden. Und Ihre Dossiers.«

»Nein«, sagte der Schakal, dem der Schweiß auf die Stirn getreten war. »Nein! Das ist unmöglich, ich habe die einzigen Kopien dieser Dossiers – es gibt keine anderen!«

»Wenn Sie das glauben, Priester«, sagte der korpulente Mann vom Ministerium für militärische Versorgung, »dann kennen Sie das Komitet nicht.«

»Es kennen?«, rief Carlos, ein Zittern in der linken Hand. »Ich besitze seine Seele! Vor mir gibt es keine Geheimnisse, denn ich bin der Verwalter seiner Geheimnisse! Ich besitze Bände über die Regierungen überall, über die Führer, ihre Generäle, ihre höchsten Beamten – ich habe Ouellen auf der ganzen Welt!«

»Rodtschenko haben Sie nicht mehr«, fuhr der schwarzgekleidete Mann von der militärischen Versorgung fort, und auch er erhob sich von seinem Stuhl, »und wenn ich genauer darüber nachdenke … Es hat Sie im Grunde gar nicht überrascht.«

»*Was?*«

»Für die meisten von uns ist das Anstellen des Radios das Erste, was wir am Morgen tun. Es ist immer das Gleiche, doch ich nehme an, gerade darin liegt ein Trost. Die meisten von uns wussten von Rodtschenkos Tod … Nur Sie nicht, und als unsere verehrte Dame vom Fernsehen es Ihnen gesagt hat, da waren Sie weder erstaunt noch schockiert – nein. Sie waren nicht einmal überrascht.«

»Natürlich war ich das!«, rief der Schakal. »Was Sie nicht verstehen, ist meine Selbstkontrolle. Deshalb vertraut man mir, brauchen mich die Führer des Weltmarxismus!«

»Das klingt leicht abgestanden«, murmelte die graublonde Frau mittleren Alters, deren Sachgebiet die persönlichen Akten waren. Auch sie stand auf.

»Was sagen Sie da?« Carlos' Stimme war jetzt ein scharfes, missbilligendes Flüstern, das schnell an Intensität und Lautstärke zunahm. »Ich bin der Monseigneur von Paris. Ich habe Ihnen das Leben weit über Ihre trostlosen Erwartungen hinaus bequemer gestaltet, und jetzt stellen Sie mich infrage? Wie sollte ich die Dinge wissen, die ich weiß? Wie hätte ich meine Energie und meine Mittel in Sie investieren können, wenn ich nicht einer der Meistprivilegierten in Moskau wäre? Denken Sie daran, wer ich bin!«

»Aber genau das ist es: Wir wissen nicht, wer Sie sind«, sagte ein anderer Mann. Auch sein Anzug war ordentlich, dunkel und gut gebügelt, nur dass er besser geschnitten war, als würde sein Besitzer seinem Äußeren einige Aufmerksamkeit widmen. Auch sein Gesicht war anders. Er war blasser, seine Augen waren durchdringender, irgendwie aufmerksamer, und sie vermittelten den Eindruck, dass er seine Worte mit großer Sorgfalt abwägte.

»Abgesehen von dem klerikalen Titel, den Sie sich angeeignet haben, haben wir keinerlei Information zu Ihrer Identität, und Sie haben ganz offensichtlich nicht die Absicht, diese weiter zu enthüllen. Was das betrifft, was Sie wissen: Sie haben die offenkundigen Schwächen und die daraus folgenden Ungerechtigkeiten unseres Systems angesprochen, aber das ist überall das Gleiche. Sie hätten ebenso gut von völlig anderen Bereichen sprechen können – die Klagen wären die gleichen gewesen. Nichts Neues …«

»Wie können Sie es wagen?«, schrie Carlos, der Schakal, mit hervortretenden Venen an seinem Hals. »Wer sind Sie, dass Sie mir solche Dinge sagen dürfen? Ich bin der Monseigneur von Paris, ein wahrer Sohn der Revolution!«

»Und ich bin Gerichtsrat am Justizministerium, Genosse Monseigneur, und ein sehr viel jüngeres Produkt dieser Revolution. Vielleicht kenne ich die Obersten des KGB nicht, von denen Sie behaupten, es wären Ihre Lakaien, aber ich kenne die Strafen dafür, das Gesetz in die eigenen Hände zu nehmen und unseren Vorgesetzten persönlich – unter vier Augen – gegenüberzutreten, anstatt etwaige Unregelmäßigkeiten direkt dem entsprechenden Büro zu melden. Es sind Strafen, denen ich mich lieber nicht gegenübersehen möchte, ohne weit gründlicheres Beweismaterial als obskure Dossiers aus unbekannten Quellen, möglicherweise erfunden von unzufriedenen Beamten noch unterhalb unseres Ranges … Ehrlich gesagt, möchte ich sie gar nicht sehen, um so einer möglichen Kompromittierung aus dem Wege zu gehen, die meiner Stellung schaden könnte.«

»Sie sind nichts als ein unbedeutender Anwalt!«, brüllte Carlos und ballte wiederholt seine Hände zu Fäusten, die Augen blutunterlaufen. »Sie sind allesamt Rechtsverdreher! Sie sind eingeschworene Verbündete im herrschenden Wind der Bequemlichkeit!«

»Hübsch gesagt«, antwortete der Anwalt vom Justizministerium lächelnd, »nur, dass dieser Satz ursprünglich von einem Engländer namens Blackstone stammt, Genosse.«

»Ich werde Ihre unerträgliche Anmaßung nicht weiter hinnehmen!«

»Das müssen Sie auch nicht, Genosse *Priester,* denn ich habe die Absicht zu gehen, und mein juristischer Rat an alle hier im Raum ist, das Gleiche zu tun.«

»Sie wagen es?«

»Mit Sicherheit«, entgegnete der sowjetische Anwalt und gönnte sich einen amüsierten Augenblick, indem er in die Runde sah und lächelte. »Sonst würde ich mich vielleicht selbst anklagen müssen, und ich bin viel zu gut in meinem Job.«

»Das Geld!«, kreischte der Schakal. »Ich habe Ihnen allen Tausende geschickt!«

»Wo ist das festgehalten?«, fragte der Anwalt mit unschuldiger Miene. »Sie selbst haben sicher gestellt, dass es nicht nachzuvollziehen ist. Papiertüten in Briefschlitzen oder Büroschubladen mit der Anweisung, sie zu verbrennen. Wer von unseren Bürgern würde zugeben, sie dort zurückgelassen zu haben? Da winkt einem Lubjanka … Auf Wiedersehen, Genosse Monseigneur«, sagte der Anwalt des Justizministeriums, schob seinen Stuhl zurück und ging zur Tür.

Einer nach dem anderen der versammelten Gruppe folgte dem Anwalt, so wie sie gekommen waren, und jeder Einzelne drehte sich zu dem seltsamen Mann um, der ihr langweiliges Leben für kurze Zeit auf so bizarre Weise unterbrochen hatte, und jeder wusste instinktiv, dass er auf seinem Weg nichts als Ungnade und Gewalt finden würde. Den Tod.

Dennoch war keiner von ihnen vorbereitet auf das, was nun folgen sollte. Der Schakal drehte plötzlich durch. Innere Blitze elektrifizierten seinen Wahn. In seinen dunklen Augen brannte ein wildes Feuer das nur durch befreiende Gewalt gelöscht werden konnte – schonungslose, brutale, wütende Rache für all die Ungerechtigkeiten, die seinen reinen Absichten, die Ungläubigen zu töten, da angetan wurden! Der Schakal wischte die Dossiers vom Tisch und taumelte zum Stapel mit den Zeitungen. Er riss die tödliche Waffe hinter dem Papier hervor und brüllte: »Stopp! Alle!« Niemand kam seiner Aufforderung nach, und die psychopathische Energie des Killers bestimmte den Augenblick. Carlos drückte wiederholt den Abzug, und die Männer und Frauen starben. Inmitten der Schreie zerschmetterter Opfer rannte der Attentäter nach draußen, sprang über die Leichen, sein Sturmgewehr auf Dauerfeuer mähte die Gestalten auf der Straße um, stieß Flüche aus, verdammte die Ungläubigen in eine Hölle, die nur er sich vorstellen konnte.

»Verräter! Dreck! Abfall!«, schrie der Wahnsinnige und rannte zu dem Wagen, den er sich vom Komitet und seiner unfähigen Beschattungseinheit angeeignet hatte. Der Morgen hatte begonnen.

Das Telefon des Metropol klingelte nicht, es brach aus. Verwirrt öffnete Alex Conklin die Augen, schüttelte sofort den Schlaf aus seinem Kopf und griff nach dem schrillen Gerät auf seinem Nachttisch.

»Ja?«, verkündete er und fragte sich kurz, ob er den Hörer auch richtigherum hielt.

»Aleksej, bleib, wo du bist! Lass niemanden ins Zimmer und halt deine Waffen bereit!«

»Krupkin? … Wovon redest du?«

»In Moskau ist ein tollwütiger Hund los.«

»Carlos?«

»Er ist vollkommen verrückt geworden. Er hat Rodtschenko getötet und auch die beiden Männer abgeschlachtet, die ihm gefolgt sind. Ein Bauer hat ihre Leichen gegen vier Uhr heute Morgen gefunden … Anscheinend haben ihn seine bellenden Hunde geweckt, der Wind hat den Blutgeruch zu ihnen hinübergeweht, nehme ich an.«

»Mein Gott, er ist durchgedreht … Aber warum glaubst du …?«

»Einer unserer Agenten wurde gefoltert, bevor Carlos ihn getötet hat«, unterbrach der KGB-Offizier, der die Frage erwartet hatte. »Er war unser Fahrer vom Flughafen, einer meiner Protegés und der Sohn eines Kameraden, mit dem ich mir auf der Universität ein Zimmer geteilt habe. Ein netter, junger Kerl aus einer klugen Familie, aber nicht für das ausgebildet, was er durchmachen musste.«

»Du willst sagen, dass du glaubst, er könnte Carlos von uns erzählt haben. Richtig?«

»Ja … Aber es gibt noch mehr. Vor ungefähr einer Stunde wurden an der Wawilowa acht Leute von einer Maschinenpistole niedergemäht. Abgeschlachtet. Es war ein Massaker. Eine der Sterbenden, eine Frau aus dem Informationsministerium, eine Direktorin zweiter Klasse und Fernsehjournalistin, war aber nicht gleich tot und sagte, der Killer sei ein Priester aus Paris, der sich selbst ›Monseigneur‹ nenne.«

»Mein Gott!«, explodierte Conklin, warf seine Beine über die Bettkante und starrte abwesend auf den fleischigen Stumpf, an dem einmal ein Fuß gewesen war. »Das war sein Kader.«

»So sagt man, Vergangenheitsform«, sagte Krupkin. »Wie du dich erinnerst, habe ich dir gesagt, solche Rekruten lassen ihn beim ersten Anzeichen von Gefahr im Stich.«

»Ich werde Jason holen …«

»Aleksej, hör mir zu!«

»Was?« Conklin klemmte sich das Telefon unters Kinn, als er nach dem ausgehöhlten Prothesenstiefel griff.

»Wir haben eine taktische Angriffseinheit gebildet, Männer und Frauen in Zivilkleidung – sie bekommen gerade ihre Anweisungen und werden in Kürze bei euch sein.«

»Sehr gut.«

»Wir haben das Hotelpersonal oder die Polizei nicht alarmiert.«

»Ihr wärt Idioten, wenn ihr das tun würdet«, ging Alex dazwischen. »Wir stellen uns darauf ein, den Scheißkerl hier zu schnappen! Was unmöglich wäre, wenn herumstreunende Uniformen oder hysterische Angestellte zu sehen wären. Der Schakal hat seine Augen überall.«

»Tut, was ich sage«, befahl der Russe. »Lasst niemanden rein, bleibt von den Fenstern weg und trefft alle Sicherheitsvorkehrungen.«

»Natürlich … Was meinst du damit, die Fenster? Er wird Zeit brauchen rauszufinden, wo wir sind … um die Zimmermädchen und die Kellner auszufragen.«

»Vergib mir, alter Freund«, unterbrach Krupkin, »aber ein engelsgleicher Priester, der sich an der Rezeption nach zwei Amerikanern erkundigt, einem mit einem auffällig lahmen Bein, im frühmorgendlichen Durcheinander in der Halle?«

»Guter Gedanke, auch wenn du paranoid bist.«

»Ihr wohnt in einem der oberen Stockwerke, und direkt gegenüber ist das Dach eines Bürogebäudes.«

»Du denkst außerdem ziemlich schnell.«

»Mit Sicherheit schneller als dieser Dummkopf vom Dserschinskij. Ich hätte dich schon längst angerufen, aber mein

Kommissar Kartoschki da drüben hat mich erst vor zwei Minuten angerufen.«

»Ich werde Bourne wecken.«

»Seid vorsichtig!«

Conklin hörte die abschließende Warnung des Russen bereits nicht mehr. Er legte den Hörer auf und zog seinen Stiefel an, wobei er sich die Velcro-Riemen lose um seinen Unterschenkel legte. Dann öffnete er die Schublade des Nachtschränkchens und nahm die Graz-Burja-Automatic heraus, eine speziell entwickelte KGB-Waffe mit drei Munitionsmagazinen. Die Graz war, wie allgemein bekannt, insofern einzigartig, als sie die einzige automatische Waffe war, auf die ein Schalldämpfer passte. Das zylindrische Gerät war nach vorn in die Schublade gerollt. Er nahm es heraus und drehte es auf den kurzen Lauf. Schwankend stieg er in seine Hosen, schob sich die Waffe in den Gürtel und ging zur Tür hinüber. Er öffnete sie, hinkte hinaus und fand Jason vollständig angezogen am Fenster des verzierten viktorianischen Wohnzimmers vor.

»Das muss Krupkin gewesen sein«, sagte Bourne.

»War er. Geh vom Fenster weg.«

»Carlos?« Bourne trat sofort zurück und drehte sich zu Alex um. »Er weiß, dass wir in Moskau sind?«, fragte er, um noch hinzuzufügen: »Er weiß, *wo* wir sind?«

»Es ist sehr wahrscheinlich, dass die Antwort auf beide Fragen ›ja‹ lautet.« In knappen Statements gab Conklin Krupkins Informationen weiter.

»Sagt dir das alles was?«, fragte Alex, als er fertig war.

»Er ist hochgegangen«, antwortete Jason leise. »Es musste passieren. Die Zeitbombe in seinem Kopf ist schließlich losgegangen.«

»Das glaube ich auch. Sein Moskauer Kader hat sich als leere Hoffnung erwiesen. Wahrscheinlich hat man ihm gesagt, er solle in den Wind schießen, und er ist explodiert.«

»Eine schreckliche Geschichte«, sagte Bourne. »Ihm ist genau das passiert, was er mir immer gewünscht hat – der Sprung ist weit aufgerissen.«

»Kruppie hat es bereits gesagt«, fügte Conklin hinzu. »Er

hat einen psychopathischen Todesdrang, und wenn er jetzt weiß, dass du hier bist – und wir gehen davon aus, dass er es weiß –, wird sich seine Besessenheit noch steigern, dein Tod ersetzt seinen – verspricht ihm vielleicht eine Art symbolischen Triumph.«

»Du hast zu viel mit Panov geredet … Ich frage mich, wie es Mo geht.«

»Ich habe heute Morgen um drei das Krankenhaus angerufen – fünf Uhr Pariser Zeit. Er wird möglicherweise seinen linken Arm nicht mehr bewegen können und eine teilweise Lähmung seines linken Beins davontragen, aber sie glauben jetzt, dass er durchkommt.«

»Arme und Beine! Was ist mit seinem *Kopf*?«

»Der ist offensichtlich intakt. Die Stationsschwester hat gesagt, dass er ein furchtbarer Patient ist.«

»Gott sei Dank!« Bourne bemerkte die Waffe in Alex' Gürtel. »Das ist ein bisschen offensichtlich, oder?«

»Für wen?«

»Den Zimmerservice«, erwiderte Jason. »Ich hab was von dem Haferschleim bestellt und eine große Kanne Kaffee.«

»Keine Chance. Krupkin sagt, wir lassen niemanden rein, und ich habe ihm mein Wort gegeben.«

»Das ist blinde Paranoia …«

»Beinahe meine eigenen Worte, aber das hier ist sein Revier, nicht unseres. Genau wie die Fenster.«

»Einen Moment!«, rief Bourne aus. »Angenommen, er hat Recht?«

»Unwahrscheinlich, aber möglich, es sei denn, dass …« Conklin konnte seine Aussage nicht zu Ende bringen. Jason langte unter den rechten, hinteren Schlag seiner Jacke, riss seine Graz Burja hervor und ging zur Flurtür der Suite.

»Was soll das?«

»Wahrscheinlich schenke ich deinem Freund Kruppie mehr Vertrauen, als er verdient, aber es ist einen Versuch wert … Geh da rüber«, befahl Bourne und deutete auf die gegenüberliegende, linke Ecke des Raumes. »Ich lass die Tür offen, und wenn der Kellner kommt, sag ihm, er soll reinkommen – auf russisch.«

»Und du?«

»Am Ende vom Gang ist eine Eismaschine. Sie funktioniert nicht und steht zusammen mit einem Pepsi-Automaten in einer Nische, der ebenfalls außer Betrieb ist. Ich werde mich da irgendwie mit reinzwängen.«

»Gott segne die Kapitalisten, egal, wie fehlgeleitet. Mach schon!«

Der Mann von Medusa, der früher einmal als Delta one bekannt gewesen war, entriegelte die Tür, öffnete sie, warf einen Blick in den Korridor und lief eilig hinaus. Er eilte den Gang hinunter zu dem ausgeschnittenen Alkoven, der die beiden Automaten beherbergte und hockte sich neben die rechte innere Wand. Er wartete, Schmerzen in den Knien und Beinen – Schmerzen spürte er überhaupt erst seit wenigen Jahren –, und dann hörte er das Geräusch heranrollender Räder. Es wurde lauter und lauter, als der mit einem Tischtuch bedeckte Karren vorüber und weiter zur Tür ihrer Suite fuhr. Er betrachtete den Kellner. Es war ein junger Mann in den Zwanzigern, blond, von kurzer Statur und mit der Haltung eines unterwürfigen Dieners. Vorsichtig klopfte er an die Tür. Kein Carlos, dachte Bourne und erhob sich. Er konnte Conklins gedämpfte Stimme hören, die den Kellner hereinrief, und als der junge Mann die Tür öffnete und den Tisch hineinrollte, schob Jason seine Waffe ruhig in den Gürtel. Er beugte sich vor und massierte seinen rechten Unterschenkel.

Es geschah mit der Wucht einer einzelnen, heftigen Welle gegen eine Felswand. Eine schwarze Gestalt glitt aus einer unsichtbaren Nische im Korridor und rannte an den Maschinen vorbei. Bourne wirbelte herum. Es war Carlos, der Schakal!

38.

Irrsinn! Mit aller Kraft rammte Carlos seine rechte Schulter in den blonden Kellner, stieß den jungen Mann über den Flur und ließ den Serviertisch krachend umkippen. Teller und Speisen spritzten gegen die Wände und den Teppichboden. Der Kellner machte einen Satz nach links, wirbelte in der Luft herum und riss dabei völlig unerwartet eine Waffe aus seinem Gürtel. Und doch, der Schakal ahnte oder sah die Bewegung aus dem Augenwinkel heraus. Er fuhr herum, die automatische Waffe auf Dauerfeuer, und nagelte den blonden Russen brutal an die Wand, Kugeln durchlöcherten Kopf und Torso des Kellners. In diesem entsetzlichen Augenblick verfing sich das vergrößerte Visier auf dem Lauf von Bournes Graz Burja im Bund seiner Hose. Mit einem Ruck zerriss er den Stoff, als Carlos den Kopf hob und sich ihre Blicke trafen, Zorn und Triumph in den Augen des Attentäters.

Jason riss die Waffe los und schnellte gegen die Wand des kleinen Alkovens, als die Salve des Schakals die grelle Verkleidung des Getränkeautomaten auseinander sprengte und sich in die dicken Plastikschichten bohrte, die an der Vorderseite der defekten Eismaschine angebracht waren. Er hechtete über die offene Fläche, die Graz Burja im Anschlag, und feuerte so schnell, wie er abdrücken konnte. Gleichzeitig hörte man andere Schüsse, nicht die einer Maschinenpistole. Alex feuerte aus dem Inneren der Suite heraus! Sie hatten Carlos im Kreuzfeuer! Es war möglich – das Grauen konnte in einem Hotelflur in Moskau enden! Lass es geschehen, *lass es geschehen!*

Der Schakal brüllte. Es war das trotzige Kreischen von jemandem, der getroffen war. Bourne hechtete zurück über die offene Fläche, drehte sich wieder zur Wand hin und war für einen Augenblick von den Geräuschen einer plötzlich wieder funktionierenden Eismaschine abgelenkt. Er hockte sich hin, schob sein Gesicht zentimeterweise vor, als der mörderische Wahnsinn auf dem Gang zu einem fieberhaften Nahkampf wurde. Wie ein aufgebrachtes, eingesperrtes Tier drehte sich der verwundete Carlos um sich selbst, und ununterbrochen explodierten Feuerstöße aus seiner Waffe, als wollte er unsichtbare Wände zerschießen, die immer näher auf ihn zukamen. Zwei stechende, hysterische Schreie kamen vom anderen Ende des Ganges, einer weiblich, einer männlich. Ein Pärchen war im panischen Hagel verirrter Kugeln verwundet oder getötet worden.

»Runter!« Conklins Befehl von der anderen Seite des Korridors kam unvermittelt. »Deckung! An die Scheißwand!« Bourne tat, was man ihm befahl, wobei er nur verstand, dass der Befehl bedeutete, er solle sich so klein wie möglich in eine Ecke drücken und seinen Kopf, so gut es ging, schützen. Die Ecke! Er machte einen Satz, als die erste Explosion die Wände erschütterte – irgendwo – und dann eine zweite, diesmal viel näher, weit donnernder, im Korridor selbst. Granaten!

Rauch mischte sich mit herabfallendem Putz und Glasscherben. Schüsse. Neun, einer nach dem anderen – eine Graz Burja … Alex! Jason sprang aus der Ecke der Nische hervor und auf die freie Fläche zu. Conklin stand an der Tür ihrer Suite vor dem umgeworfenen Serviertisch. Er zog sein leeres Magazin heraus und durchsuchte wutentbrannt seine Hosentaschen. »Ich hab keins mehr!«, rief er und meinte die Zusatzmagazine, mit denen Krupkin sie versorgt hatte. »Er ist um die Ecke in den anderen Korridor gelaufen, und ich habe keine gottverdammten Patronen mehr!«

»Aber ich«, sagte Jason, nahm sein leeres Magazin heraus und schob ein neues hinein. »Geh wieder rein und ruf in der Halle an. Sag ihnen, sie sollen sie räumen.«

»Krupkin hat gesagt …«

»Mir ist vollkommen egal, was er gesagt hat! Sag ihnen, sie sollen die Fahrstühle schließen, alle vorhandenen Treppen verbarrikadieren und, verflucht noch mal, von diesem Stockwerk wegbleiben.«

»Verstehe …«

»*Tu* es!« Bourne rannte den Korridor hinunter und zuckte zusammen, als er dem Pärchen näher kam, das auf dem Teppich lag. Beide bewegten sich stöhnend. Ihre Kleidung war voller Blut, aber sie bewegten sich! Er drehte sich zu Alex um, der um den Serviertisch herumhinkte. »Hol Hilfe!«, befahl er und deutete auf eine Tür am Ende des Ganges. »Sie leben! Nimm den Ausgang da hinten, und nur *den*!«

Die Jagd begann. Wo war er? Es gab eine weitere Ausgangstür am anderen Ende des langen Korridors, den Jason betreten hatte, und dazu vielleicht fünfzehn bis achtzehn Gästezimmer entlang des Ganges. Carlos war kein Dummkopf, und ein verwundeter Carlos würde sämtliche Taktiken anwenden, die er sich in seinem langen Killerleben angeeignet hatte – bis er den Mord geschafft hatte, den er mehr wollte als sein eigenes Leben … Bourne erkannte plötzlich, wie genau seine Analyse war, denn er schrieb sich selbst. Was hatte der alte Fontaine auf Tranquility Island in diesem abgelegenen Raum gesagt, von dem aus sie die Prozession der Priester beobachtet hatten, wohl wissend, dass der Schakal einen von ihnen gekauft hatte? »Zwei alternde Löwen jagen einander und kümmern sich nicht darum, wer im Kreuzfeuer getötet wird« – so oder ähnlich waren Fontaines Worte gewesen, ein Mann, der sein Leben für einen anderen geopfert hatte, den er kaum kannte, weil sein eigenes Leben vorbei war, nachdem die Frau, die er liebte, gestorben war. Als Jason langsam und vorsichtig den Flur zur ersten Tür auf der linken Seite hinunterging, fragte er sich, ob er auch so gehandelt hätte. Er wollte unbedingt leben, mit Marie und den Kindern, aber wenn sie tot wäre, wenn sie tot wären … was wäre das Leben dann noch wert?

Keine Zeit für solche Gedanken, David Webb! Ich hab keine Verwendung für dich, du Schwächling! Lass mich in Ruhe! Ich muss einen Raubvogel aufscheuchen, den ich schon seit dreizehn Jahren jage. Seine Klauen sind scharf wie Rasierklingen, und er hat schon zu oft getötet, und jetzt will er mich – dich. Lass mich in Ruhe!

Blut. Auf dem düsteren, dunkelbraunen Teppich glänzten

im trüben Licht feuchte Tropfen. Bourne hockte sich hin und betastete sie. Ohne Unterbrechung führten sie an der ersten Tür vorbei, dann an der zweiten … dann kreuzten sie den Flur, jetzt mit verändertem Muster, nicht mehr gleichmäßig, als wäre die Wunde lokalisiert, die Blutung zum Teil gestillt. Die Spur führte auch an der sechsten Tür auf der rechten Seite vorbei und an der siebten … Dann hörten die schimmernden roten Tropfen plötzlich auf. Nein, nicht ganz. Ein Tröpfeln führte nach links, kaum zu sehen, und wieder quer über den Flur. Da! Ein schwacher roter Fleck direkt über dem Griff an der achten Tür links nicht mehr als sechs Meter vom Treppeneingang des Korridors entfernt. Carlos musste hinter dieser Tür sein und hielt da drinnen womöglich jemanden als Geisel fest.

Präzision war jetzt alles, jede Bewegung, jedes Geräusch … Bourne atmete gleichmäßig durch, während er sich dazu zwang, seine verspannte Muskulatur zu lockern. Leise lief er den Gang hinunter. Er kam an eine Stelle, die etwa dreißig Schritte von der achten Tür links entfernt war, und drehte sich um, denn plötzlich nahm er den Chor unterdrückter, gelegentlicher Schluchzer und Schreie wahr, die aus den verschlossenen Eingängen des Hotelkorridors drangen. Befehle waren gegeben worden; in eine Sprache gebettet, die weitab von Krupkins Vorstellungen lag: »Bleiben Sie bitte in Ihren Zimmern. Lassen Sie niemanden herein. Unsere Leute ermitteln.« Es hieß immer ›unsere Leute‹, niemals ›die Polizei‹, niemals ›die Behörden‹. Bei solchen Bezeichnungen kam Panik auf. Und Panik war genau das, was Delta one im Sinn hatte.

Er hob seine Graz Burja, zielte auf einen der verzierten Kronleuchter, feuerte zweimal und schrie gleichzeitig voller Wut, während die ohrenbetäubenden Explosionen das zersprungene Glas begleiteten, das von der Decke rieselte. »Da läuft er! Ein schwarzer Anzug!« Trampelnd und mit lauten, übertriebenen Schritten rannte Bourne den Korridor zur achten Tür auf der Linken hinunter, dann an der Tür vorbei, und noch einmal rief er: »Der Ausgang … der Ausgang!« Abrupt blieb er stehen, feuerte einen weiteren Schuss in einen der Kronleuchter, um so das Fehlen der trampelnden Füße zu überdecken. Dann drehte er sich um, warf seinen Rücken gegen die der achten Tür gegenüberliegende Wand, stieß sich ab und schleuderte seinen Körper mit derartiger Gewalt gegen die Tür, dass sie durchbrach und aus den Angeln krachte. Mit erhobener Waffe ließ er sich auf den Boden fallen, bereit, sofort zu schießen.

Er hatte einen Fehler gemacht. Er wusste es sofort, eine endgültige Falle war in Vorbereitung! Er hörte, wie irgendwo draußen eine andere Tür geöffnet wurde – entweder hörte er es oder wusste es instinktiv! Wütend rollte er zur Seite, wieder und immer wieder, seine Beine krachten in eine Bodenlampe, stießen sie zur Tür, seine panischen, blitzschnellen Augen sahen flüchtig ein älteres Paar, das sich in der gegenüberliegenden Ecke aneinander festhielt.

Die mit einem weißen Talar bekleidete Gestalt platzte ins Zimmer, die Automatic spuckte wahllos, das Stakkato der Schüsse war ohrenbetäubend. Bourne feuerte immer wieder in die weiße Masse hinein, während er an die linke Wand sprang und wusste, dass er – wenn auch nur für den Bruchteil einer Sekunde – rechts im toten Winkel des Killers war. Aber dieser Bruchteil genügte!

Der Schakal war an der Schulter getroffen, seiner rechten Schulter! Die Waffe sprang ihm buchstäblich aus der Hand, als er den Unterarm hochriss, und seine Finger entkrümmten sich mit spastischen Bewegungen unter der Wucht des Einschlags der Graz Burja. Ohne seine Bewegung abzustoppen, schwang der Schakal herum, die blutige weiße Robe öffnete sich, blähte sich wie ein Segel, als er mit der linken Hand nach der tiefen Fleischwunde griff und Jason wütend die Bodenlampe ins Gesicht trat.

Bourne feuerte erneut, halb geblendet vom fliegenden Schirm der schweren Lampe, seine Waffe abgelenkt vom dicken Lampenfuß. Der Schuss spielte verrückt. Jetzt hielt er seine Hand ruhig und drückte noch einmal ab, doch hörte er nur die grässliche Endgültigkeit eines scharfen, metallischen Klickens – sein Magazin war leer! Er kämpfte sich in die Hocke und hechtete nach der plumpen, hässlichen Automatic, als Carlos in seiner weißen Robe durch den zerschlagenen Türrahmen in den Korridor rannte. Jason wollte aufspringen, aber sein Knie versagte ihm den Dienst. Er brach unter seinem eigenen Gewicht zusammen. O Himmel! Er kroch zum Rand des Bettes und schwang sich dann über die abgezogenen Laken zum Telefon. Es war kaputt, der Schakal hatte es zerschossen!

Ein Geräusch! Laut und abrupt. Der Notriegel am Treppeneingang des Korridors war aufgeknallt worden, die schwere Eisentür krachte in die Betonwand des Treppenabsatzes. Der Schakal rannte die Stufen zur Halle hinunter. Falls die Rezeption auf Conklin gehört hatte, saß er damit in der Falle!

Bourne sah das ältere Ehepaar in der Ecke an, betroffen von der Tatsache, dass der alte Mann seine Frau mit seinem eigenen Körper schützte. »Alles in Ordnung«, sagte er und versuchte, sie zu beruhigen, indem er leiser sprach. »Ich weiß, dass Sie mich wahrscheinlich nicht verstehen, ich spreche Ihre Sprache nicht, aber Sie sind jetzt in Sicherheit.«

»Wir sprechen auch kein Russisch«, gab der Mann, ein Engländer, zu und reckte seinen Hals, während Jason aufzustehen versuchte. »Vor dreißig Jahren hätte ich an dieser Tür gestanden! Achte Armee mit Monty, wissen Sie. Einfach grandios in El Alamein. Um es zu umschreiben, man wird eben älter, wie man so sagt.«

»Das möchte ich lieber nicht hören, General …«

»Nein, nein, nur ein Brigadier …«

»Okay!« Bourne kroch über das Bett, testete sein Knie. Was es auch war, es war wieder eingeschnappt. »Ich muss ein Telefon finden!«

»Ehrlich gesagt, was mich am meisten aufgeregt hat, war diese gottverdammte Robe!«, fuhr der Veteran von El Alamein fort. »Schändlich, möchte ich sagen.«

»Wovon reden Sie?«

»Die weiße Robe, Freund! Die muss von Binky gewesen sein – das ist das Paar gegenüber, mit dem wir reisen –, er muss sie in diesem wundervollen Beau Rivage in Lausanne geklaut haben. Ist schon schlimm genug, aber sie auch noch diesem Schwein zu geben ist unverzeihlich!«

Sekunden später hatte Jason die Waffe des Schakals gepackt, war in das Zimmer gegenüber gestürmt und wusste sofort, dass ›Binky‹ mehr Bewunderung verdiente, als der Brigadier ihm zollte. Er lag am Boden und blutete aus Stichwunden an Bauch und Hals.

»Ich kann niemanden erreichen!«, kreischte die Frau mit dem dünner werdenden Haar. Sie lag auf den Knien über dem Opfer und weinte hysterisch. »Er hat gekämpft wie ein Wahnsinniger, irgendwie wusste er, dass der Priester nicht schießen würde!«

»Drücken Sie die Wunden zusammen, so gut Sie können«, schrie Bourne, als er zum Telefon hinübersah. Es war intakt! Er lief darauf zu, und anstatt die Rezeption oder die Vermittlung anzurufen, wählte er die Nummer seiner Suite.

»Krupkin?«, brüllte Alex.

»Nein, ich! *Erstens:* Carlos ist im Treppenhaus! *Zweitens:* Hier wurde ein Mann aufgeschlitzt, gleicher Gang, siebte Tür auf der rechten Seite! Schnell!«

»So schnell ich kann. Ich hab eine freie Leitung zum Büro.«

»Wo, zum Teufel, sind die Leute vom KGB?«

»Gerade angekommen. Krupkin hat erst vor ein paar Sekunden aus der Halle angerufen. Deswegen dachte ich, du wärst …«

»Ich geh zur Treppe!«

»Um Gottes willen, warum?«

»Weil er *mir* gehört!« Jason rannte zur Tür, die Waffe des Schakals im Anschlag. Er lief die Stufen hinunter und hörte plötzlich das Geräusch seiner eigenen Schuhe. Er blieb auf der siebten Stufe stehen und zog sie aus, dann seine knöchellangen Socken. Die kühle Oberfläche des Marmors erinnerte ihn irgendwie an den Dschungel, die Haut am kühlen, morgendlichen Unterholz – der Dschungel war Delta one immer ein Freund gewesen.

Stockwerk für Stockwerk stieg er nach unten, folgte den unübersehbaren Rinnsalen von Blut, die jetzt größer waren, nicht länger gestillt werden konnten, da die letzte Wunde zu schlimm war, um sie durch bloßen Druck zu schließen. Zweimal hatte der Schakal das Treppenhaus wieder verlassen wollen, im fünften Stock und dann wieder durch die Türen zum Korridor des dritten Stocks, nur um dunkelrote Schlieren zu hinterlassen, als er die Außenschlösser nicht ohne Sicherheitsschlüssel betätigen konnte.

Der zweite Stock, dann der erste, das war's! Carlos saß in der Falle! Irgendwo in den Schatten unter ihm wartete der Tod des Killers, der David für immer befreien würde! Leise holte Bourne ein Heftchen Streichhölzer aus seiner Tasche. Er kauerte an der Betonwand, riss ein einzelnes Streichholz heraus, legte schützend seine Hände darum und zündete das Heftchen an. Dann warf er es über das Geländer, die Waffe bereit, mit anhaltendem Kugelhagel gegen alles zu explodieren, was sich da unten bewegen würde.

Doch da war nichts – *absolut nichts!* Der Zementboden war leer, da war niemand! Unmöglich! Jason rannte die letzten Stufen hinunter und schlug an die Tür zur Halle.

»Tschto …?«, rief ein Russe von der anderen Seite. *»Kto tam?«*

»Ich bin Amerikaner! Ich arbeite mit dem KGB zusammen! Lassen Sie mich rein!«

»Tschto …«

»Ich verstehe«, rief eine andere Stimme. »Und bitte, Sie verstehen, dass viele Waffen auf Sie gerichtet sind, wenn ich die Tür öffne. Haben verstanden?«

»Verstanden!«, rief Bourne und dachte in letzter Sekunde daran, seine Waffe auf den Boden fallen zu lassen. Die Tür öffnete sich.

»Da!«, sagte der sowjetische Polizeioffizier und korrigierte sich gleich wieder, als er die Maschinenpistole zu Jasons Füßen sah. *»Njet!«*, schrie er.

»Ne sa tschto?«, sagte ein atemloser Krupkin und schob seinen stämmigen Körper nach vorn.

»Potschemu?«

»Komitet!«

»Prekrasno.« Der Polizist nickte unterwürfig, blieb aber stehen.

»Was machen Sie da?«, wollte Krupkin wissen. »Die Halle ist geräumt, und unser Überfallkommando ist in Stellung!«

»Er war hier!«, flüsterte Bourne, als sollte seine angespannte, leise Stimme seine undeutlichen Worte noch unverständlicher machen.

»Der Schakal?«, fragte Krupkin erstaunt.

»Er ist die Treppe runtergelaufen! Er konnte in keinem anderen Stockwerk raus. Alle Türen sind von innen verriegelt, sie lassen sich nur mit den Notriegeln öffnen.«

»*Skaschi*«, sagte der KGB-Beamte auf Russisch zur Hotelwache. »Ist in den letzten zehn Minuten jemand durch diese Tür gekommen, nachdem der Befehl ausgegeben wurde, sie zu versiegeln?«

»Nein!«, entgegnete die Wache. »Nur eine hysterische Frau in einem fleckigen Bademantel. Sie war in ihrer Panik im Badezimmer hingefallen und hatte sich geschnitten. Wir dachten, sie würde einen Herzanfall bekommen, so hat sie geschrien. Wir haben sie sofort in die Krankenstation gebracht.«

Krupkin wandte sich Jason zu und wechselte wieder ins Englische. »Nur eine Frau, die sich verletzt hat, ist hier durchgekommen, völlig panisch.«

»Eine Frau? Ist er sicher? Welche Farbe hatte ihr Haar?«

Dimitrij fragte die Wache. Mit der Antwort des Mannes sah er Bourne wieder an. »Er sagt, es war rötlich und ziemlich gelockt.«

»Rötlich?« Vor Jasons Augen entstand ein Bild, ein sehr unangenehmes. »Ein Haustelefon – nein, die Rezeption! Kommen Sie, ich brauche Ihre Hilfe.« Mit Krupkin im Schlepp lief der barfüßige Bourne durch die Halle zu einem Angestellten hinter der Rezeption. »Sprechen Sie Englisch?«

»Sicherlich meist gut, sogar viele Dialekte, Mister Sir.«

»Einen Zimmerplan für den zehnten Stock. *Schnell.*«

»Mister Sir?«

Krupkin übersetzte. Ein großes Notizbuch mit losen Blättern wurde auf den Tresen gelegt, die in Plastik gehüllten Seiten durchgeblättert, bis …

»Dieses Zimmer!«, sagte Jason, deutete auf ein Quadrat und bemühte sich, den ängstlichen Angestellten nicht zu beunruhigen. »Holen Sie es ans Telefon! Wenn die Leitung besetzt ist, werfen Sie sie raus.«

Wieder übersetzte Krupkin, und vor Bourne wurde ein Telefon gestellt. Er nahm den Hörer ab und sprach:

»Hier ist der Mann, der vor ein paar Minuten in Ihrem Zimmer war ...«

»O ja, natürlich, guter Mann. Vielen herzlichen Dank! Der Doktor ist hier und Binky ist ...«

»Ich muss etwas wissen, und ich muss es sofort wissen: Haben Sie Haarteile bei sich, oder Perücken?«

»Ich würde sagen, das ist ziemlich unverschämt ...«

»Lady, ich habe keine Zeit für Freundlichkeiten, ich muss es wissen! *Haben* Sie?«

»Nun, ja, das habe ich. Es ist eigentlich kein Geheimnis, alle meine Freunde wissen es, und sie verzeihen mir den Kunstgriff. Sehen Sie, ich habe Diabetes ... mein graues Haar ist schrecklich dünn.«

»Ist eine dieser Perücken rot?«

»Um die Wahrheit zu sagen, ja. Ich ...«

Bourne knallte den Hörer auf die Gabel. »Es war Carlos!«

»Kommen Sie mit mir!«, sagte Krupkin und lief durch die leere Halle zum Zimmerkomplex im hinteren Teil des Metropol. Sie erreichten die Tür zum Krankenzimmer und stürmten hinein.

Überall auf dem Untersuchungstisch und dem Boden verstreut lagen Rollen von zerrissenen, abgewickelten Mullbinden und Spulen mit Klebeband in verschiedenen Breiten, zerbrochene Spritzen und Antibiotika. Das alles nahmen die beiden Männer allerdings kaum wahr, denn ihre Blicke waren auf die Frau gerichtet, die ihren wahnsinnigen Patienten versorgt hatte. Die Krankenschwester des Metropol lag rückwärts über ihren Stuhl gekrümmt, die Kehle sauber durchschnitten, und über ihre makellose, weiße Uniform lief ein dünner Strom von Blut. *Irrsinn!*

Dimitrij Krupkin stand neben dem Wohnzimmertisch, während Alex Conklin auf der brokatgeschmückten Couch saß und sein fußloses Bein massierte. Bourne starrte auf den Marx Prospekt hinaus. Alex sah zu dem KGB-Offizier hinüber, ein dünnes Lächeln auf seinem ausgezehrten Gesicht, als auch Krupkin lächelte, den Blick auf Conklin gerichtet. Die beiden tauschten ein wortloses Eingeständnis aus: Sie waren würdige Gegner in einem endlosen, grundlegend nutzlosen Krieg, in dem nur Schlachten gewonnen, die wahren Konflikte aber niemals gelöst werden konnten.

»Dann habe ich also Ihr Versprechen, Genosse«, sagte Krupkin auf russisch, »und offen gesagt, ich werde Sie daran erinnern … Natürlich zeichne ich dieses Gespräch auf! Würden Sie es anders machen? … Gut! Wir verstehen … Ebenso gut, wie wir unsere gegenseitigen Verantwortlichkeiten anerkennen, also lassen Sie mich kurz rekapitulieren: Der Mann ist schwer verwundet, daher sind der städtische Taxibetrieb wie auch sämtliche Ärzte und alle Krankenhäuser im Moskauer Bezirk alarmiert. Die Beschreibung des gestohlenen Autos ist ausgegeben worden, und jedes Auftauchen von Mann oder Fahrzeug ist ausschließlich Ihnen zu melden. Die Strafe für das Nichtbeachten dieser Anweisung heißt Lubjanka, das muss klar sein … Gut! Wir haben ein gemeinsames Einverständnis, und ich erwarte, von Ihnen zu hören, sobald Sie irgendwelche Informationen haben, ja? … Beruhigen Sie sich, Genosse. Ich bin mir sehr wohl darüber im Klaren, dass Sie mein Vorgesetzter sind, aber schließlich ist das hier eine proletarische Gesellschaft, ja? Befolgen Sie einfach den Rat eines extrem erfahrenen Untergebenen. Einen schönen Tag … Nein, das ist keine Drohung, nur eine Phrase, die ich in Paris aufgeschnappt habe, amerikanischen Ursprungs, glaube ich.« Krupkin legte den Hörer auf und seufzte. »Ich fürchte, es gibt einiges, was man zugunsten unserer früheren gebildeten Aristokratie sagen könnte.«

»Sag das nicht zu laut«, bemerkte Conklin und nickte zum Telefon hinüber. »Ich schätze, es kommt nichts dabei raus.«

»Es ist übrigens etwas sehr Interessantes, auf makabre Weise äußerst Faszinierendes geschehen.«

»Womit du meinst, dass es Carlos betrifft, nehme ich an.«

»Niemanden sonst.« Krupkin schüttelte seinen Kopf, als Jason ihn vom Fenster her ansah. »Ich bin kurz in meinem Büro gewesen, um das Überfallkommando zu treffen, und auf meinem Schreibtisch lagen acht große braune Umschläge. Die

Polizei hat in der Wawilowa einige Unterlagen gefunden und wollte, ganz dem Brauch entsprechend, nichts damit zu tun haben.«

»Was war drin?«, fragte Alex. »Staatliche Geheimnisse, die das Politbüro als schwul entlarven?«

»Wahrscheinlich liegst du nicht weit daneben«, unterbrach Bourne. »Das war das Moskauer Kader des Schakals in der Wawilowa. Entweder hat er ihnen gezeigt, welche schmutzigen Geschichten er über sie in Händen hält, oder er hat ihnen die schmutzigen Geschichten über andere geben wollen.«

»In diesem Fall das letztere«, sagte Krupkin. »Eine Sammlung der unsinnigsten Behauptungen gegen die ranghöchsten Köpfe unserer wichtigsten Ministerien.«

»Er hat ganze Stahlkammern voll von diesem Schund. So kauft er sich in Kreise ein, in die er anders nicht einzudringen vermag.«

»Dann drücke ich mich falsch aus«, fuhr der KGB-Offizier fort. »Wenn ich ›unsinnig‹ sage, meine ich genau das: unglaublich, irrsinnig.«

»Er trifft damit aber fast immer ins Ziel.«

»Der Großteil der Informationen ist irgendwelches Zeug aus Revolverblättern der untersten Kategorie, nichts Ungewöhnliches, und neben diesem Unsinn finden sich völlige Verzerrungen von Zeiten, Orten, Funktionen und sogar Identitäten. Zum Beispiel ist das Transportministerium gar nicht da, wo ein bestimmtes Dossier sagt, sondern einen Block weiter, und ein gewisser Genosse ›Direktor‹ ist nicht mit der genannten Dame verheiratet, sondern mit jemand anderem – die erwähnte Frau ist ihre Tochter, und die lebt nicht in Moskau, sondern auf Kuba, schon seit sechs Jahren. Außerdem ist der Mann, der als Chef von Radio Moskau geführt wird und dem man außer Geschlechtsverkehr mit Hunden so ziemlich alles vorwirft, vor elf Monaten gestorben und war als heimlicher orthodoxer Katholik bekannt, der als Priester weit glücklicher gewesen ware … Allein diese Fehler habe ich in wenigen Minuten entdeckt, und ich bin sicher, es gibt Dutzende mehr …«

»Du willst damit sagen, Carlos ist reingelegt worden?«,

fragte Conklin. »Alles ist so auffällig – wenn auch mit Sorgfalt zusammengestellt –, dass man vor Gericht darüber lachen würde. Derjenige, der ihm diese melodramatischen Exposes gegeben hat, wollte die Gegenbeweise gleich mitliefern.«

»Rodtschenko?«, fragte Bourne.

»Mir fällt kein anderer ein. Grigorij – ich sage Grigorij, auch wenn ich ihn immer den ›General‹ genannt habe – war ein vollendeter Stratege und dazu ein zutiefst überzeugter Marxist. Kontrolle war sein Schlagwort, schon fast eine Sucht, und wenn er den berüchtigten Schakal im Interesse seines Vaterlandes unter Kontrolle halten konnte … was für eine Genugtuung für den alten Mann. Dennoch hat ihn der Schakal getötet.«

Das Telefon klingelte, Krupkins Hand fuhr nach unten und nahm ab. *»Da?«* Er wechselte ins Russische und bedeutete Conklin, während er sprach, sich fertig zu machen. »Jetzt hören Sie mir genau zu, Genosse. Die Polizei darf keine Maßnahmen treffen – vor allem sollen sie außer Sicht bleiben. Setzen Sie eins von unseren Zivilfahrzeugen ein, das den Streifenwagen ablösen soll. Drücke ich mich klar aus? … Gut. Wir gehen auf Frequenz Muräne.«

»Haben wir ihn?«, fragte Bourne und trat vom Fenster weg, als Dimitrij den Hörer auf die Gabel knallte.

»Sein Wagen wurde auf der Nemtschinowak in Richtung Odintsowo gesehen.«

»Das sagt mir überhaupt nichts. Was ist in Odintsowo oder wie es heißt?«

»Ich weiß es nicht genau, aber ich nehme an, er weiß es. Denken Sie daran, dass er Moskau und Umgebung genau kennt. Man könnte Odintsowo als Industrievorstadt bezeichnen, fünfunddreißig Minuten von der Innenstadt entfernt …«

Alex kämpfte mit den Velcro-Riemen an seinem Stiefel. »Lass mich das machen«, sagte Jason, und der Ton seiner Stimme erlaubte keinen Widerspruch. »Warum benutzt Carlos immer noch den Wagen vom Dserschinskij?«, fuhr er, an Krupkin gewandt, fort. »Es sieht ihm nicht ähnlich, ein solches Risiko einzugehen.«

»Er hat keine Wahl. Er weiß, dass sämtliche Moskauer Taxis stille Helfer des Staates sind, und schließlich ist er schwer verwundet und inzwischen wohl auch ohne Waffe. Er ist nicht in der Lage, einen Fahrer zu bedrohen oder ein Auto zu stehlen … Außerdem war die Nemtschinowak schnell zu erreichen. Dass der Wagen überhaupt gesehen wurde, ist purer Zufall.«

»Lasst uns gehen!«, rief Conklin, unangenehm berührt von Jasons Aufmerksamkeit und seiner eigenen Gebrechlichkeit. Er stand auf, schwankte, stieß Krupkins Hand wütend zurück und ging zur Tür. »Wir können im Wagen reden. Wir vergeuden Zeit.«

»Muräne, bitte kommen«, sagte Krupkin auf russisch, das Mikrofon an den Lippen, seine Hand am Frequenzschalter des Funkgeräts. »Muräne, antworten Sie, wenn Sie mich hören.«

»Was redet er?«, fragte Bourne auf dem Rücksitz neben Alex.

»Er versucht, Kontakt zur zivilen KGB-Patrouille zu bekommen, die Carlos auf den Fersen ist. Er schaltet von einer UKW-Frequenz auf die andere. Bei uns heißt es *Moray Code*.«

»Was?«

»Das ist ein Aal, Jason«, erwiderte Krupkin mit einem Blick nach hinten. »Aus der Familie der *Muraenidae* mit porenähnlichen Kiemen und der Fähigkeit, in große Tiefen hinabzutauchen.«

»Danke, Peter Lorre«, sagte Bourne.

»Sehr gut«, lachte der KGB-Mann. »Aber Sie müssen zugeben, dass die Bezeichnung ausgesprochen anschaulich ist. Nur sehr wenige Funkgeräte taugen dazu.«

»Wann haben Sie es uns geklaut?«

»Oh, Ihnen nicht, Ihnen ganz und gar nicht. Den Briten, um die Wahrheit zu sagen. Wie üblich hält sich London in diesen Dingen zwar äußerst bedeckt, aber die Engländer sind Ihnen und den Japanern in manchen Bereichen weit voraus. Es ist das verdammte MI-Six. Sie dinieren in ihren Clubs in Knightsbridge, rauchen ihre abscheulichen Pfeifen, spielen die Unschuldigen und schicken uns Überläufer, die am Old Vic ausgebildet wurden.«

»Auch die haben ihre Lücken«, sagte Conklin verteidigend.

»Eher in allen möglichen aufgebauschten Enthüllungen als in der Realität, Aleksej. Du bist zu lange weg gewesen. Sie werden mit peinlichen Situationen in der Öffentlichkeit weit besser fertig als wir … Da müssen wir noch dazulernen. Wir begraben unsere ›Lücken‹, wie du sie nennst. Wir bemühen uns zu sehr um ein Ansehen, das uns nur allzu oft entzogen wird. Und dann, nehme ich an, sind wir, historisch gesehen, vergleichsweise jung.« Krupkin wechselte wieder ins Russische zurück: »Muräne, bitte kommen! Ich komme ans Ende des Spektrums. Wo sind Sie, Muräne?«

»Bleiben Sie da, Genosse!«, kam die metallische Stimme über den Lautsprecher. »Wir haben Kontakt. Können Sie mich hören?«

»Sie klingen wie ein Kastrat, aber ich kann Sie hören.«

»Das muss Genosse Krupkin sein …«

»Haben Sie den Papst erwartet? Wer ist da?«

»Orlow.«

»Gut! Sie wissen, was Sie tun.«

»Ich hoffe, Sie auch, Dimitrij.«

»Warum sagen Sie das?«

»Ihr unerträglicher Befehl, nichts zu tun … Wir sind zwei Kilometer von dem Gebäude entfernt, ich bin über eine Wiese auf einen kleinen Hügel gefahren, und wir haben Sichtkontakt zu dem Fahrzeug. Es parkt auf dem Gelände, und der Verdächtige ist drinnen.«

»Welches Gebäude? Welcher Hügel?«

»Das Kubinka-Arsenal.«

Als er das hörte, schoss Conklin auf seinem Sitz nach vorn. »O mein Gott!«, rief er.

»Was ist?«, fragte Bourne.

»Er ist in einem Arsenal.« Alex sah den fragenden, verwirrten Ausdruck auf Jasons Gesicht. »Hier drüben sind Arsenale verdammt viel mehr als abgeschlossene Paradeplätze für Legionäre und Reservisten. Es sind echte Ausbildungsstätten und Waffenlager.«

»Er war also nicht auf dem Weg nach Odintsowo«, unterbrach Krupkin. »Das Arsenal liegt weiter südlich am Stadtrand, vier oder fünf Kilometer. Er ist schon da gewesen.«

»Solche Lager müssen doch strengen Sicherheitskontrollen unterliegen«, sagte Bourne. »Er kann doch da nicht einfach reinspazieren.«

»Das ist er schon«, korrigierte der KGB-Offizier.

»Ich meine, in Sperrgebiete, wie Lagerräume voller Waffen.«

»Das ist es, was mir Sorgen macht«, fuhr Krupkin fort. »Wenn er schon mal da war – und das war er offensichtlich –, was weiß er über die Anlage? *Wen kennt* er *da?*«

»Schaffen Sie eine Funkverbindung, rufen Sie den Laden, und lassen Sie ihn aufhalten«, beharrte Jason.

»Angenommen, ich erreiche den Falschen, oder angenommen, er hat sich schon bewaffnet, und wir bringen ihn erneut zum Durchdrehen? Mit einem Anruf, einer einzelnen Konfrontation oder auch nur dem Auftauchen eines fremden Wagens könnte es zu einem großen Abschlachten von mehreren Dutzend Männern und Frauen kommen. Wir haben gesehen, wie er sich im Metropol verhalten hat und an der Wawilowa. Er ist vollkommen wahnsinnig.«

»Dimitrij«, kam die metallische sowjetische Stimme über das Funkgerät. »Irgendwas geht da vor sich, der Mann ist gerade mit einem Sack aus einer Seitentür gekommen und geht zu seinem Wagen ... Genosse, ich bin nicht sicher, ob es derselbe Mann ist. Wahrscheinlich ist er es, aber etwas an ihm hat sich verändert.«

»Was meinen Sie? Die Kleidung?«

»Nein, er trägt einen dunklen Anzug, und sein rechter Arm liegt in einer dunklen Schlinge ... Aber er bewegt sich schneller als vorher, sein Schritt ist fester, seine Haltung aufrecht.«

»Sie wollen sagen, dass er nicht verwundet zu sein scheint?«

»Ich glaube, das will ich damit sagen, ja.«

»Es könnte sein, dass er uns was vorspielt«, sagte Conklin. »Es könnte sein, dass der Scheißkerl seine letzte Kraft zusammennimmt und uns davon überzeugen will, dass er für einen Marathon bereit ist.«

»Aber aus welchem Grund, Aleksej? Wozu?«

»Ich weiß nicht, aber wenn dein Mann in diesem Wagen ihn sehen kann, kann er möglicherweise den Wagen sehen und hat es deshalb nur verdammt eilig.«

»Was geht da vor sich?«, fragte Bourne böse.

»Irgendjemand ist mit einem Sack voller Überraschungen aus dem Gebäude gekommen und geht zurück zum Wagen«, sagte Conklin auf englisch.

»Haltet ihn auf!«

»Wir sind nicht sicher, ob es der Schakal ist«, unterbrach Krupkin. »Die Kleidung ist die gleiche, die Armschlinge, aber es gibt physische Unterschiede …«

»Dann will er, dass wir glauben, er wäre es *nicht!*«, sagte Jason.

»*Tschto?* … Was?«

»Er versetzt sich in unsere Lage, denkt, was wir denken, und so ist er uns einen Schritt voraus. Wann sind wir da?«

»So, wie mein unverschämt rücksichtsloser Genosse fährt, würde ich sagen, in drei oder vier Minuten.«

»Krupkin!« Die Stimme platzte aus dem Lautsprecher hervor. »Vier weitere Leute sind rausgekommen, drei Männer und eine Frau. Sie laufen zum Wagen!«

»Was hat er gesagt?«, fragte Bourne. Alex übersetzte, und Jason runzelte die Stirn. »Geiseln?«, sagte er leise wie zu sich selbst. »Jetzt hat er es versaut!« Delta one beugte sich vor und berührte Krupkin an der Schulter. »Sagen Sie Ihrem Mann, er soll da verschwinden, sobald der Wagen abfährt und er weiß, wohin er fährt. Sagen Sie ihm, er soll sich auffällig verhalten, so laut hupen, wie er kann, wenn er am Arsenal vorbeifährt, was er auf die eine oder andere Weise muss.«

»Würde es Ihnen etwas ausmachen«, explodierte Krupkin, »mir zu erzählen, warum ich so einen Befehl ausgeben sollte?«

»Weil Ihr Kollege Recht hatte, und ich Unrecht. Der Mann mit der Armschlinge ist nicht Carlos. Der Schakal ist drinnen und wartet darauf, dass die Kavallerie am Fort vorbeireitet, damit er mit einem anderen Wagen flüchten kann …«

»Im Namen unseres verehrten Karl Marx, bitte erklären Sie, wie Sie zu diesem Schluss gekommen sind!«

»Ganz einfach. Er hat einen Fehler gemacht ... Selbst wenn Sie es könnten, Sie würden diesen Wagen nicht auf offener Straße unter Feuer nehmen, oder?«

»Stimmt. Da drin sitzen vier andere Leute, zweifellos sowjetische Bürger, die gezwungen werden, als etwas anderes zu erscheinen.«

»Geiseln?«

»Ja, natürlich.«

»Und wann haben Sie das letzte Mal von Leuten gehört, die sich freiwillig in eine Situation begeben haben, in der sie zu Geiseln *werden* konnten? Selbst wenn sie von der Tür aus mit einer Waffe bedroht wurden, hätten einer oder zwei, wenn nicht alle, versucht, hinter andere Wagen zu laufen, um in Deckung zu gehen.«

»Mein Wort ...«

»Aber in einer Sache hatten Sie Recht. Carlos hatte Kontakt innerhalb des Arsenals – der Mann mit der Schlinge. Vielleicht ist er nur ein unschuldiger Russe mit einem Bruder oder einer Schwester in Paris, aber er gehört dem Schakal.«

»Dimitrij!«, rief die metallische Stimme auf russisch. »Der Wagen rast davon.«

Krupkin drückte den Knopf an seinem Mikrofon und gab seine Anweisungen. Im Wesentlichen sollten sie dem Auto folgen, wenn nötig, bis an die finnische Grenze, es aber ohne Gewalt übernehmen und, wenn nötig, die Polizei rufen. Der letzte Befehl war, am Arsenal vorbeizufahren und mehrmals zu hupen.

Im russischen Jargon fragte der Agent namens Orlow: »Wozu der Scheiß?«

»Weil ich eine Eingebung vom Nikolaus hatte! *Tun* Sie es!«

»Ihnen geht's nicht gut, Dimitrij.«

»Wollen Sie einen erstklassigen Dienstbericht oder einen, der Sie nach sonstwo schickt?«

»Bin schon auf dem Weg, Genosse.«

Krupkin hängte das Mikrofon zurück in die Halterung am Armaturenbrett. »Alles geht seinen Gang«, sagte er zögernd.

»Wenn ich entweder mit einem wahnsinnigen Attentäter oder einem verdrehten Irren untergehen soll, der einen gewissen Anstand zeigt, nehme ich an, ist es das beste, letzteren zu wählen. Entgegen den erleuchtetsten Ungläubigen mag es am Ende doch einen Gott geben ... Hättest du Interesse, ein Haus am Genfer See zu kaufen, Aleksej?«

»Ich vielleicht«, antwortete Bourne. »Wenn ich diesen Tag überlebe und tue, was ich tun muss, nennen Sie mir einen Preis.«

»He, David«, mischte sich Conklin dazwischen. »Marie hat das Geld verdient, nicht du.«

»Sie wird auf mich hören. Auf ihn.«

»Was jetzt, wer immer Sie sind?«, fragte Krupkin.

»Geben Sie mir aus Ihrem Kofferraum alle Waffen, die Sie haben, und lassen Sie mich kurz vor dem Arsenal unbemerkt raus. Geben Sie mir zwei Minuten, um in Stellung zu gehen, dann biegen Sie auf den Parkplatz ein und entdecken offensichtlich, sehr offensichtlich, dass der Wagen weg ist, und hauen schnell ab, mit heulendem Motor.«

»Und lassen dich allein?«, rief Alex.

»Das ist die einzige Möglichkeit für mich, ihn zu erwischen.«

»Wahnsinn!«, stieß Krupkin mit mahlendem Unterkiefer aus.

»Nein, Kruppie, Realität«, sagte Jason Bourne schlicht und einfach. »Wie schon ganz zu Anfang. Einer gegen einen, das ist die einzige Möglichkeit.«

»Das sind die Worte eines Oberschülers!«, polterte der Russe und schlug mit der Hand gegen die Rückseite des Sitzes. »Und was noch schlimmer ist: Es ist eine lächerliche Strategie. Wenn Sie Recht haben, kann ich das Arsenal von tausend Soldaten umstellen lassen!«

»Was genau das wäre, was er will – was auch ich wollen würde, wenn ich Carlos wäre. Verstehen Sie denn nicht? Er könnte im Durcheinander entkommen, in der Masse der Leute – so was wäre für keinen von uns beiden ein Problem, das haben wir schon zu oft gemacht. Menschenmengen und Angst sind ein Schutz. Ein Messer in eine Uniform, die Uniform gehört uns. Wirf eine Granate in die Truppe, und nach der Explosion sind wir eines der schwankenden Opfer. Das ist ein Kinderspiel …«

»Und was glaubst du, kannst du alleine ausrichten, *Batman*?«, fragte Conklin, während er wütend sein nutzloses Bein massierte.

»Den Killer jagen, der mich töten will, und ich werde ihn erwischen.«

»Scheiße, du bist größenwahnsinnig!«

»Du hast absolut Recht. Das ist die einzige Möglichkeit in diesem Spiel, der einzige Vorteil, den man haben kann.«

»*Wahnsinn!«*, schrie Krupkin.

»Auch die gesamte russische Armee könnte mein Überleben nicht sichern – sonst würde ich danach schreien. Aber sie könnte es nicht. Es gibt nur diese eine Möglichkeit … Stoppen Sie den Wagen, und lassen Sie mich die Waffen wählen.«

39.

Die dunkelgrüne KGB-Limousine nahm die letzte Kurve der abfallenden Straße, die sich durch die Landschaft schnitt. Das Gefälle war gleichmäßig. Dahinter wurde das Land flach und sommergrün, mit Feldern voll von wildwachsendem Gras, das bis an die Zufahrt des klotzigen, braunen Gebäudes des Kubinka-Arsenals reichte. Das Arsenal war eine riesige, kastenförmige Störung der ländlichen Szenerie, ein hässlicher, von Menschenhand erbauter Eindringling aus schwerem, braunem Holz, mit mickrigen Fenstern, drei Stockwerke hoch und etwa achttausend Quadratmeter groß. Wie der Bau selbst war auch der Eingang groß, quadratisch und schmucklos, abgesehen von den schwerfälligen Reliefs über der Tür, die drei sowjetische Soldaten auf ihrem Weg in die tödlichen Stürme einer Schlacht zeigten, die Gewehre im Anschlag, bereit, dem Gegner die Köpfe wegzuschießen.

Bewaffnet mit einer russischen AK-47 und fünf dreißigschüssigen Standardmagazinen, sprang Bourne aus der abgewandten Seite des leisen, im Leerlauf dahinrollenden Regierungswagens und nutzte die Masse des Fahrzeugs, um sich im Gras auf der anderen Straßenseite gegenüber des Eingangs zu verstecken. Der riesige, unbefestigte Parkplatz des Arsenals lag rechts vom Gebäude, eine einzelne Reihe ungepflegter Büsche umrandete den vorderen Rasen, in dessen Mitte ein hoher, weißer Mast stand, an dem die sowjetische Flagge schlaff in der stillen Morgenluft hing. Jason rannte über die Straße und hockte sich mit gebücktem Körper neben die Hecke. Es blieben ihm nur Augenblicke, durch die Büsche zu sehen und sich ein Bild der Sicherheitsmaßnahmen im Arsenal zu machen. Rechts neben dem Eingang, ähnlich der Abendkasse eines Theaters, gab es eine Glasscheibe. Dahinter saß eine uniformierte Wache und las in einer Illustrierten.

Neben ihr, schlechter zu sehen, aber dennoch deutlich genug, saß ein anderer Mann, den Kopf auf den Tisch gelegt, und schlief. In diesem Moment traten zwei weitere Soldaten aus dem riesigen Doppeltor hervor, beide lässig, unbeteiligt, von denen einer auf seine Uhr sah und der andere sich eine Zigarette ansteckte.

Das also waren Kubinkas Sicherheitsmaßnahmen. Weder erwartete man einen plötzlichen Überfall, noch hatte einer stattgefunden, zumindest keiner, der bei der Eingangswache Alarm ausgelöst hatte. Es war unheimlich, unnatürlich, unerwartet. Der Schakal befand sich innerhalb dieser militärischen Anlage, und dennoch gab es keinerlei Anzeichen dafür, dass er dort eingedrungen war, keinen Hinweis darauf, dass er irgendwo innerhalb dieses Komplexes mindestens fünf Leute in seine Hand gebracht hatte – einen Mann, der ihn darstellte, drei andere Männer und eine Frau.

Der Parkplatz selbst? Er hatte das Gespräch zwischen Alex, Krupkin und der Stimme aus dem Funkgerät nicht verstanden, aber jetzt war ihm klar, dass sie, als sie von Leuten gesprochen hatten, die herauskamen und zu dem gestohlenen Wagen liefen, *nicht* den Vordereingang gemeint hatten. Es musste noch einen Ausgang am Parkplatz geben! Herrgott noch mal, ihm blieben nur Sekunden, bevor der Fahrer des KGB-Wagens den Motor anließ und auf den riesigen Parkplatz gedonnert kam, ihn umkreisen und wieder hinausrasen würde und beide Aktionen die Ankunft des Regierungsfahrzeugs und seine eilige, panikartige Abfahrt verkündeten. Wenn Carlos einen Fluchtversuch wagen wollte, dann würde dies der Moment sein! Jeder Augenblick, den er zwischen sich und das Arsenal brachte, würde es schwieriger machen, seine Spur aufzunehmen. Und er Delta one, die leistungsfähige Mordmaschine, war an der falschen Stelle! Es war ein kleines, dummes Missverständnis! Drei oder vier zusätzlich übersetzte Worte und ein weniger arroganter eindringlicherer Zuhörer hätten den Irrtum vermieden. Es waren immer die kleinen Dinge, die scheinbar unbedeutenden, die graue Operationen zu schwarzen verpfuschten. Gottverflucht!

Aus hundertfünfzig Metern Entfernung donnerte plötzlich

die KGB-Limousine heran, schleuderte auf den Parkplatz, wirbelte Wolken von trockenem Staub auf, wobei ihre rotierenden Reifen kleine Steine in alle Richtungen sprühten. Er hatte keine Zeit nachzudenken, nur Zeit zu handeln. Bourne hielt die AK-47 gegen sein rechtes Bein und verbarg sie, so gut es ging, als er sich erhob und die rechte Hand über die Oberseite der niedrigen Hecke fahren ließ – ein Gärtner vielleicht, der sich einen bevorstehenden Auftrag ansah, oder ein träger Spaziergänger, der ziellos die Büsche am Straßenrand berührte, nichts auch nur im entferntesten Bedrohliches. Für den zufälligen Beobachter mochte er diese Straße schon seit einigen Minuten hinuntergelaufen sein, ohne dass man ihn bemerkt hatte.

Er warf einen Blick zum Eingang des Arsenals hinüber. Die beiden Soldaten lachten leise, der Mann ohne Zigarette sah wieder auf seine Uhr. Dann kam das Objekt ihrer kleinen Verschwörung links aus einer Eingangstür, ein attraktives, dunkelhaariges Mädchen, kaum zwanzig. Sie legte zum Scherz beide Hände über die Ohren, schnitt ein groteskes Gesicht, ging eilig zu dem sosehr an der Zeit interessierten Mann in Uniform und küsste ihn auf die Lippen. Die drei hakten sich unter, die Frau in der Mitte, und gingen nach rechts, fort vom Eingang.

Ein Krachen! Metall schlug auf Metall, Glas zerschmetterte Glas. Das laute, scharfe Geräusch kam vom weit entfernten Parkplatz. Irgendetwas war dem Komitet-Wagen mit Alex und Krupkin zugestoßen. Der junge Fahrer vom Überfallkommando musste auf dem trockenen Staub des Platzes in ein anderes Fahrzeug geschleudert sein. Mit diesem Geräusch als Vorwand, ging Jason die Straße hinunter, Conklins Bild kam ihm sofort in den Sinn, und er mimte ein Hinken, damit seine Waffe möglichst wenig zu sehen war. Er drehte seinen Kopf in der Erwartung, die beiden Soldaten und die Frau die Straße des Arsenals hinunter zum Unfall laufen zu sehen, aber er sah nur, wie die drei in die andere Richtung liefen und sich jeder Verwicklung in die Sache entzogen. Offensichtlich wurden wertvolle Pausen im militärischen Tagesplan eifersüchtig verteidigt.

Bourne hörte auf zu hinken, brach durch die Hecke und rannte zu dem Betonweg, der sich bis zur Ecke des riesigen Gebäudes erstreckte, nahm Geschwindigkeit auf, atmete schwer und mit steigender Frequenz. Seine Waffe war jetzt offen zu sehen. Er kam an das Ende des Weges, seine Brust hob und senkte sich, die Adern an seinem Hals schienen bereit zu platzen, während ihm der Schweiß herunterlief, seinen Kragen und sein Hemd durchnässte. Keuchend legte er die AK-47 an, den Rücken gegen die Mauer des Gebäudes gepresst, dann wirbelte er um die Ecke auf den Parkplatz, verblüfft vom Anblick, der sich ihm bot. Seine trampelnden Füße hatten in Verbindung mit der Angst, die das Blut in seinen Schläfen hatte hämmern lassen, jedes Geräusch überdeckt. Er wusste, dass das, was er da sah, was Übelkeit in ihm aufsteigen ließ, das Ergebnis mehrerer Schüsse aus einer mit einem Schalldämpfer versehenen Waffe sein musste. Delta one verstand. Er hatte so etwas schon vor vielen Jahren gesehen. Es gab Umstände, unter denen Morde leise geschehen mussten …

Der junge KGB-Fahrer lag neben dem Kofferraum der dunkelgrünen Limousine am Boden. Die Wunden an seinem Kopf zeigten deutlich, dass er tot war. Der Wagen war in die Seite eines Busses von der Sorte geprallt, mit denen man Arbeiter zu ihren Arbeitsplätzen und wieder zurück beförderte. Wie oder warum der Unfall geschehen war, konnte Bourne nicht verstehen. Ebenso wenig wusste er, ob Alex und Krupkin überlebt hatten. Die Scheiben des Wagens waren mehrfach durchschossen, und drinnen gab es kein Zeichen von Leben, beides Umstände, die das Schlimmste befürchten ließen – wenn auch nicht mit abschließender Gewissheit. Allerdings verstand das Chamäleon, dass es das, was es da sah, nicht an sich herankommen lassen durfte – Gefühle kamen nicht infrage! *Nicht jetzt!*

Denk nach! Was tun? Wie vorgehen?

Krupkin hatte gesagt, im Arsenal arbeiteten ›mehrere Dutzend Männer und Frauen‹. Es war unmöglich! Ein Unfall war passiert, dessen ungeheures Krachen mehr als hundert Meter weit zu hören gewesen war – weit über die Länge eines Fußballfeldes hinaus –, und ein Mann war am Unfallort erschossen worden, sein lebloser Körper verblutete im Staub, aber niemand, *niemand* war erschienen. Mit Ausnahme von Carlos und fünf unbekannten Leuten schien das ganze Arsenal ein Raum wie ein Vakuum. Das machte alles keinen Sinn!

Und dann hörte er tief aus dem Innern des Gebäudes, gedämpft, aber deutlich, Klänge von Musik. Militärische Musik, hauptsächlich Trommeln und Trompeten schwollen zu Crescendos an, von denen sich Bourne nur vorstellen konnte, dass sie innerhalb der hallenden Wände des riesigen Baus ohrenbetäubend sein mussten. Das Bild der jungen Frau, die aus dem Vordereingang gekommen war, kehrte zurück. Sie hatte im Scherz ihre Hände an die Ohren gelegt und eine Grimasse geschnitten, und Jason hatte nicht verstanden. Jetzt tat er es. Sie war aus dem inneren Bereitstellungsraum des Arsenals gekommen, in dem der Lautstärkepegel der Musik überwältigend sein musste. Im Kubinka gab es eine Feierlichkeit, eine passabel besuchte Veranstaltung, was den Überfluss an Autos auf dem ausgedehnten Parkplatz erklärte. Insgesamt standen vielleicht zwanzig Wagen – für die Sowjetunion tatsächlich ein Überfluss – im Halbkreis auf dem Platz geparkt, darunter kleine Transporter und Busse. Die Aktivitäten drinnen waren dem Schakal sowohl Ablenkungsmanöver als auch Schutz. Er wusste, wie man beides zu seinem Vorteil einsetzte. Das wusste auch sein Feind. Schachmatt!

Warum kam Carlos nicht heraus? Warum *war* er nicht herausgekommen? Worauf wartete er? Die Umstände waren optimal. Sie konnten nicht besser sein. Hatten ihn seine Wunden so langsam werden lassen, dass er den Vorteil verlor, den er sich geschaffen hatte? Das war möglich, aber nicht wahrscheinlich. Nachdem er schon so weit gekommen war, würde er neue, ungeheure Energien mobilisieren. Er hatte es in sich, weiter zu gehen, viel weiter. Warum also war er noch drinnen? Die nicht umkehrbare Logik, die Überlebenslogik des Killers, verlangte, dass der Schakal sich so schnell wie möglich aus dem Staub machte. Es war seine einzige Chance! Warum war er dann noch drinnen? Warum war sein Fluchtwagen nicht vom Gelände verschwunden und raste mit ihm in die Freiheit?

Wieder hatte Jason den Rücken gegen die Mauer gelehnt, machte einen Schritt nach links und beobachtete alles, was er sehen konnte, genau. Wie die meisten Arsenale überall auf der Welt hatte auch Kubinka keine Fenster im Erdgeschoss, zumindest nicht auf den ersten fünf Metern vom Boden. Er nahm an, dass es daran lag, dass gelegentlich wild galoppierende Pferde und Glas nicht zusammenpassten. Dort, wo er den ersten Stock vermutete, war ein Fensterrahmen zu sehen, nah genug am ermordeten Fahrer, um für eine schallgedämpfte Hochleistungswaffe die größtmögliche Genauigkeit zu sichern. Ein anderer Rahmen auf Bodenhöhe besaß einen herausragenden Griff. Es war der Hintereingang, den niemand erwähnt hatte.

Die kleinen Dinge, die unwichtigen Dinge! Gottverdammt!

Die Musik im Inneren schwoll wieder an, aber jetzt war das Anschwellen anders, die Trommeln lauter, die Trompeten getragener, durchdringender. Es war das unverkennbare Ende eines symphonischen Marsches, leidenschaftlichste Militärmusik … Das war es! Das Ende der Veranstaltung im Inneren stand bevor, und der Schakal würde die herauskommende Menge als Schutz für seine Flucht benutzen: Er würde sich unter sie mischen, und wenn sich auf dem Parkplatz beim Anblick des toten Mannes und der zerschossenen Limousine Panik ausbreitete, würde er verschwinden – mit wem und mit welchem Fahrzeug, es würde Stunden dauern, bis man es würde feststellen können.

Bourne musste hinein. Er musste ihn aufhalten, ihn fassen! Krupkin hatte sich Sorgen um das Leben ›mehrerer Dutzend Männer und Frauen‹ gemacht – und er hatte keine Ahnung, dass es in Wahrheit womöglich mehrere Hundert waren! Carlos würde alles tun, um eine Massenhysterie hervorzurufen, in der er entkommen konnte. Leben bedeuteten ihm nichts. Falls weitere Morde nötig wurden, um sein eigenes zu retten. Delta one ließ alle Vorsicht außer Acht, rannte zur Tür, hielt seine AK-47 seitlich unterm Arm, die Sicherung gelöst, den Zeigefinger am Abzug. Er packte den Türgriff und drehte ihn – er wollte sich nicht bewegen lassen. Er feuerte mit seiner Waffe in die Metallplatte um das Schloss herum, dann eine zweite Salve in den sie umgebenden Rahmen, und als er nach dem qualmenden Griff langte, schien die Welt durchdrehen zu wollen!

Aus der Reihe der geparkten Fahrzeuge schoss plötzlich ein schwerer Lastwagen hervor, kam direkt auf ihn zu und beschleunigte wie wild. Gleichzeitig brachen immer wieder Feuerstöße aus einer automatischen Waffe hervor, deren Kugeln rechts neben ihm ins Holz schlugen. Er machte einen Satz nach links, rollte über den Boden, Staub und Schmutz in seinen Augen, als er immer weiterrollte, sein Körper eine Röhre, die davonwirbelte.

Und dann geschah es! Eine ungeheure Explosion zerfetzte die Tür und riss gleichzeitig ein großes Stück aus der Wand darüber heraus, und durch den schwarzen Rauch und die herabfallenden Trümmer konnte Jason eine Gestalt erkennen, die unbeholfen zu den Autos hinübertaumelte. Der Killer entkam am Ende doch noch. Aber Delta one lebte! Und der Grund dafür war offensichtlich: Der Schakal hatte einen Fehler gemacht. Nicht in der Art Falle, die er ihm gestellt hatte, sie war außergewöhnlich. Carlos wusste, dass sein Feind mit Krupkin und dem KGB zusammenarbeitete, und daher *war* er nach draußen gegangen und hatte auf ihn gewartet. Sein Fehler hatte in der Platzierung des Sprengstoffs bestanden. Er hatte die Bombe – oder die Bomben – oben auf dem Motor des Lastwagens verdrahtet, nicht *darunter.* Sprengstoffe suchen sich den Weg des geringsten Widerstands. Die relativ dünne Haube eines Fahrzeugs ist weit weniger solide als das Eisen darunter. Die Bombe war hochgegangen, im wahrsten Sinne des Wortes, und hatte so keine todbringenden Metallteile in Bodenhöhe hinter Jason herschicken können.

Bourne kämpfte sich auf die Beine und stolperte zur Komitet-Limousine hinüber, denn eine schreckliche Angst baute sich in ihm auf. Er sah durch die zerschossenen Scheiben, und sein Blick blieb am Vordersitz hängen, wo eine fleischige Hand erhoben wurde. Er riss die Tür auf und sah Krupkin, dessen großer Körper zwischen Sitz und Armaturenbrett eingeklemmt war, die rechte Schulter halb weggerissen, durch den Stoff seiner Jacke hindurch sah man heftig blutendes Fleisch.

»Wir sind verletzt«, sagte der KGB-Offizier schwach, aber ruhig. »Aleksej ein bisschen mehr als ich, also kümmern Sie sich erst um ihn, wenn Sie so nett wären.«

»Die Leute werden gleich aus dem Arsenal kommen …«

»Hier!«, unterbrach ihn Krupkin, griff unter Schmerzen in seine Tasche und holte einen Plastikausweis hervor. »Gehen Sie zu dem diensthabenden Idioten und bringen Sie ihn her. Wir brauchen einen Arzt. Für Aleksej, Sie verdammter Dummkopf. Beeilen Sie sich!«

Die beiden verwundeten Männer lagen nebeneinander auf Untersuchungstischen im Krankenrevier des Arsenals, während Bourne auf der anderen Seite des Raumes stand, an der Wand lehnte und zusah, aber nicht verstand, was gesagt wurde. Drei Ärzte waren per Hubschrauber vom Dach des Volkskrankenhauses am Serowa Prospekt hergebracht worden, zwei Chirurgen und ein Anästhesist, von denen sich der Letztere allerdings als überflüssig erwies. Schwere, tiefere Eingriffe waren nicht nötig. Lokale Betäubungen reichten für das Reinigen und Vernähen vollkommen aus, gefolgt von großzügigen Antibiotika-Injektionen. Die Fremdkörper hätten ihre Körper durchschlagen, erklärte der Chefarzt.

»Ich nehme an, Sie meinen Kugeln, wenn Sie so ehrfürchtig von Fremdkörpern sprechen«, sagte Krupkin.

»Er meint Kugeln«, bestätigte Alex heiser auf russisch. Conklin war wegen seines bandagierten Halses unfähig, den Kopf zu bewegen. Breite Klebestreifen reichten sein Schlüsselbein und die obere rechte Schulter hinunter.

»Sie haben beide Glück gehabt«, sagte der Chirurg, »besonders Sie, unser amerikanischer Patient, für den wir vertrauliche medizinische Berichte verfassen müssen. Übrigens, geben Sie unseren Leuten den Namen und die Adresse Ihres Arztes in den Vereinigten Staaten. Sie werden noch einige Wochen Aufmerksamkeit brauchen.«

»Im Moment ist er in einem Krankenhaus in Paris.«

»Wie bitte?«

»Na ja, wenn irgendwas mit mir nicht stimmt, erzähle ich es ihm, und er schickt mich zu einem Arzt, den er für gut hält.«

»Ich wiederhole, Sie haben sehr viel Glück gehabt.«

»Ich war sehr schnell, Doktor, genau wie Ihr Genosse. Wir haben den Scheißkerl in unsere Richtung laufen sehen, also haben wir die Türen verriegelt, sind in Bewegung geblieben und haben auf ihn geschossen, als er versucht hat, nahe genug ranzukommen, um uns wegzupusten, was er verdammt noch mal beinahe geschafft hat ... Um den Fahrer tut es mir Leid. Er war ein mutiger, junger Mann.«

»Er war auch ein wütender, junger Mann, Aleksej«, unterbrach Krupkin vom anderen Tisch. »Diese ersten Schüsse aus dem Eingang haben ihn in den Bus geschickt.«

Die Tür des Krankenreviers schlug auf, was heißen soll, dass sie weniger geöffnet als vielmehr gestürmt wurde. Herein kam der erlauchte KGB-Kommissar aus der Wohnung in der Slawjankij. Der grobgesichtige Komitet-Offizier in seiner ungepflegten Uniform benutzte die groben Worte, die seinem Äußeren gerecht wurden.

»Sie«, sagte er zum Arzt. »Ich habe draußen mit Ihren Begleitern gesprochen. Sie sind hier fertig, sagen die.«

»Nicht ganz, Genosse. Es gibt noch ein paar kleinere Dinge zu tun wie therapeutische ...«

»Später«, unterbrach der Kommissar. »Wir sprechen privat. Allein.«

»Das Komitet spricht?«, fragte der Chirurg mit geringer, aber merklicher Unzufriedenheit.

»Es spricht.«

»Manchmal zu oft.«

»Was?«

»Sie haben mich gehört«, erwiderte der Doktor und ging zum Ausgang. Der KGB-Mann zuckte mit den Schultern und wartete darauf, dass sich die Tür hinter ihm schloss. Dann ging er zum Fuß der beiden Untersuchungstische, die blinzelnden, fleischigen Augen schossen zwischen den beiden verwundeten Männern hin und her. Schließlich stieß er ein einzelnes Wort aus: *»Nowgorod!«*

»Was?«

»*Was ...?*« Die Reaktionen kamen gleichzeitig. Selbst Bourne stieß sich von der Wand ab.

»Sie«, fügte er hinzu und wechselte in sein begrenztes Englisch. »Verstehen, was ich sage?«

»Wenn Sie das gesagt haben, von dem ich glaube, dass Sie es gesagt haben, dann ja, aber nur den Namen.«

»Ich erkläre gut genug. Wir verhören die neun Männer sowie Frauen, die er in Waffenlager eingesperrt. Er tötet zwei Wachen, die ihn nicht aufhalten, okay? Er nimmt Automobilschlüssel von vier Männern, benutzt aber kein Automobil, okay?«

»Ich habe gesehen, wie er zu den Wagen gegangen ist.«

»Welches? Drei andere Leute in Kubinka erschossen, Automobilpapiere weg. Welches?«

»Du meine Güte, fragen Sie Ihr Verkehrsamt, oder wie das bei Ihnen heißt.«

»Braucht Zeit. Außerdem in Moskau Automobile unter verschiedene Namen, verschiedene Nummernschilder – Leningrad, Smolensk, wer weiß –, alle, damit man nicht findet Brecher von Automobilgesetz.«

»Wovon redet er?«, rief Jason.

»Fahrzeugbesitz wird vom Staat geregelt«, erklärte Krupkin schwach. »Jede große Stadt hat ihre eigene Registrierung und weigert sich schon mal, mit irgendeinem anderen Zentrum zusammenzuarbeiten.«

»Warum?«

»Registrierung unter verschiedenen Familiennamen – sogar Namen, die nicht aus der Familie sind. Es steht nur eine begrenzte Anzahl von Fahrzeugen zum Verkauf.«

»Und?«

»Bestechungen sind an der Tagesordnung. Niemand in Leningrad möchte, dass ein Bürokrat aus Moskau mit dem Finger auf ihn zeigt. Man wird Ihnen erklären, dass es mehrere Tage dauern könnte, um herauszufinden, welchen Wagen der Schakal fährt.«

»Das ist *verrückt!*«

»Das haben Sie gesagt, Mr. Bourne, nicht ich. Ich bin

ein aufrechter Bürger der Sowjetunion, bitte denken Sie daran.«

»Aber was hat das alles mit Nowgorod zu tun?«

»Nowgorod. Tschto eto snatschit?«, sagte Krupkin zu dem KGB-Beamten. In schnellem, abgehacktem Russisch gab der Bauern-Colonel seinem Kollegen aus Paris die relevanten Informationen. Krupkin drehte seinen Kopf und übersetzte ins Englische.

»Versuchen Sie, das zu fassen, Jason«, sagte er mit immer wieder schwächer werdender Stimme, da ihm das Atmen Schwierigkeiten bereitete. »Offensichtlich gibt es eine Galerie mit einem Rundgang über der Halle des Arsenals. Die hat er benutzt, hat Sie durch ein Fenster auf der Straße bei den Hecken gesehen, kam wieder in den Waffenraum gelaufen und hat geschrien wie der Wahnsinnige, der er ja ist. Er hat seine gefesselten Geiseln angeschrien, dass Sie *ihm* gehören und dass Sie schon tot sind … und dass es da nur noch eine Sache gebe, die er zu Ende bringen müsse.«

»Nowgorod«, unterbrach Conklin flüsternd, sein Kopf unbeweglich, den Blick starr an die Decke geheftet.

»Exakt«, sagte Krupkin, der jetzt zu Alex hinübersah. »Er geht zurück an den Ort seiner Geburt … wo Ilich Ramirez Sanchez zu Carlos, dem Schakal, wurde. Weil man ihn enterbt hatte, zur Hinrichtung als Wahnsinnigen freigegeben. Er hat allen seine Waffe an den Hals gehalten, wollte die besten Straßenverbindungen nach Nowgorod wissen und hat gedroht, jeden zu töten, der ihm eine falsche Antwort gibt.«

»Straßen?«, schob Jason ein.

»Er weiß, dass er nur mit dem Wagen hinkommen kann – ist etwa eine Tagesfahrt. Die Eisenbahnen, die Flughäfen – selbst die kleinen Landebahnen – werden alle überwacht, das weiß er.«

»Was will er in Nowgorod?«, fragte Jason schnell. »Du lieber Gott im Himmel – was es natürlich beides nicht gibt –, wer weiß das schon? Er wird die Absicht haben, seine Spuren zu hinterlassen, zweifellos ein höchst zerstörerisches Denkmal seiner selbst, als Antwort auf diejenigen, von denen er glaubt, sie hätten ihn vor dreißig Jahren oder mehr verraten, ebenso wie die acht, die ihm heute morgen in der Wawilowa zum Opfer gefallen sind … Er hat die Papiere von unserem Agenten an sich genommen, der in Nowgorod ausgebildet worden ist, und er glaubt, die helfen ihm hinein. Das werden sie aber nicht: Wir werden ihn aufhalten.«

»Versuchen Sie es gar nicht erst«, sagte Bourne. »Vielleicht benutzt er sie, vielleicht auch nicht, je nachdem, was er sieht, was er ahnt. Er braucht sie genauso wenig wie ich, um da reinzukommen, und wenn er glaubt, dass etwas faul ist, und das wird er, werden eine ganze Reihe guter Männer sterben, und er wird trotzdem reinkommen.«

»Worauf wollen Sie hinaus?«, fragte Krupkin müde und betrachtete Bourne, den Amerikaner mit wechselnden Identitäten und offensichtlich widersprüchlichen Lebensstilen.

»Bringen Sie mich vor ihm rein, mit einer detaillierten Karte der ganzen Anlage und irgendeinem Dokument, das mir überall freien Zugang verschafft.«

»Sie haben den Verstand verloren!«, heulte Dimitrij. »Ein nicht übergelaufener Amerikaner, ein Attentäter, der von jedem NATO-Land in Europa gesucht wird, in Nowgorod?«

»Njet, njet, njet!«, brüllte der Kommissar vom Komitet. »Ich verstehe gut, okay? Sie sind Irrer, okay?«

»Wollen Sie den Schakal?«

»Natürlich, aber es gibt Grenzen für den Preis.«

»Ich habe nicht das geringste Interesse an Nowgorod oder irgendeiner der Anlagen – das sollten Sie inzwischen wissen. *Ihre* kleinen, infiltrierenden Operationen und *unsere* kleinen, infiltrierenden Operationen können immer weiter und weitergehen, ohne dass es irgendeinen Unterschied macht, weil nichts davon auf lange Sicht irgendetwas bedeutet. Das ist nichts als ein Spiel für Erwachsene. Entweder leben wir auf Dauer auf diesem Planeten zusammen, oder es wird keinen Planeten mehr geben … Meine einzige Sorge ist Carlos. Ich will, dass er tot ist, damit *ich* weiterleben kann.«

»Natürlich stimme ich persönlich mit dem überein, was Sie sagen, wenn auch diese Erwachsenen-Spiele einige von uns einigermaßen in Würde ernähren. Dennoch gibt es keine

Möglichkeit, meine starrköpfigen Vorgesetzten zu überreden, angefangen bei dem, der über mir steht.«

»Also gut«, sagte Conklin von seinem Tisch, die Augen immer noch an die Decke gerichtet. »Also gut, wenn es nicht anders geht: Wir machen einen Deal. Ihr bringt ihn nach Nowgorod, und dafür könnt Ihr Ogilvie behalten.«

»Wir haben ihn schon, Aleksej.«

»Nicht so ganz. Washington weiß, dass er hier ist.«

»Und das heißt?«

»Und das heißt, ich könnte sagen, dass ihr ihn verloren habt, und sie würden mir glauben. Sie würden mein Wort dafür nehmen, dass er euch aus dem Nest geflogen ist und ihr höllisch wütend seid, ihn aber nicht zu euch zurückholen könnt. Er operiert von unbekannten und nicht erreichbaren Orten aus, und zwar offensichtlich unter dem unumschränkten Schutz eines Staates der Vereinten Nationen. Als reine Vermutung würde ich mal annehmen, dass ihr ihn so überhaupt erst hierhergeholt habt.«

»Du bist mir ein Rätsel, mein guter, alter Feind. Aus welchem Grund sollte ich deinen Vorschlag überdenken?«

»Keine peinliche Situation vor der Welt, keine Vorwürfe, einem Amerikaner Zuflucht zu gewähren, der internationaler Verbrechen beschuldigt wird ... Ihr gewinnt den Einsatz in Europa. Ihr übernehmt die Operation Medusa ohne Komplikationen – in der Person eines gewissen Dimitrij Krupkin, eines erprobten Mannes von Welt. Wer könnte das Unternehmen besser leiten? ... Der neueste Held der Sowjetunion, Mitglied des inneren Wirtschaftsrates des Präsidiums. Vergiss das mickrige Haus in Genf, Kruppie, wie wär's mit einem Anwesen am Schwarzen Meer?«

»Das ist ein höchst intelligentes und attraktives Angebot, das muss ich zugeben. Ich kenne zwei oder drei Männer aus dem Zentralkomitee, die ich innerhalb weniger Minuten erreichen kann, vertraulich natürlich.«

»Njet, njet!«, rief der KGB-Kommissar und schlug mit der Faust auf Dimitrijs Tisch. »Ich verstehe zwar nur etwas, weil Sie reden sehr schnell. Ist aber alles Irrsinn!«

»O du meine Güte, halten Sie den Mund!«, polterte Krupkin. »Wir sprechen über Dinge, die weit über Ihren Horizont gehen!«

»*Tschto?*« Wie ein kleines Kind, das von einem Erwachsenen gemaßregelt wurde, war der Komitet-Offizier, die geschwollenen Augen weit aufgerissen, von dem unverständlichen Verweis seines Untergebenen sowohl verblüfft als auch eingeschüchtert.

»Gib meinem Freund eine Chance, Kruppie«, sagte Alex. »Er ist der Beste, den es gibt, und er könnte euch den Schakal bringen.«

»Er könnte auch den Tod finden, Alexej.«

»Er hat das schon erlebt. Ich glaube an ihn.«

»Glaube«, flüsterte Krupkin, auch sein Blick war jetzt an die Decke geheftet. »Was für ein Luxus … Also gut, es wird ein Geheimbefehl ergehen, sein Ursprung darf natürlich nicht zurückzuverfolgen sein. Sie werden in ein Ihnen bekanntes Umfeld geschickt, das amerikanische Lager. Es ist zudem das am wenigsten bekannte.«

»Wie schnell kann ich da sein?«, fragte Bourne. »Es gibt eine Menge Sachen vorzubereiten.«

»Wir haben einen Flughafen in Wnukowo unter unserer Kontrolle, nicht weiter als eine Stunde entfernt. Aber erst muss ich die Arrangements treffen. Geben Sie mir ein Telefon … *Sie*, mein trotteliger Kommissar! Ich will von Ihnen nichts mehr hören! Eine *telefone!*« Der ehemals mächtige, jetzt untergebene Vorgesetzte, der eigentlich nur Worte wie ›Präsidium‹ und ›Zentralkomitee‹ verstanden hatte, kam voller Eifer in Bewegung und brachte einen Apparat an Krupkins Tisch.

»Noch eine Sache«, sagte Bourne. »Lassen Sie Tass eine Eil-Meldung herausgeben, dass der Attentäter, den man unter dem Namen Jason Bourne kennt, in Moskau seinen Verletzungen erlegen ist. Umreißen Sie die Einzelheiten nur grob, aber schaffen Sie eine Parallele zu dem, was heute Morgen hier passiert ist. Und sorgen Sie dafür, dass es in allen Medien erscheint.«

»Das ist nicht schwer. Tass ist ein gehorsames Instrument unseres Staates.«

»Ich bin noch nicht fertig«, fuhr Jason fort. »Ich möchte,

dass Sie in diese grob umrissenen Einzelheiten einfügen, dass sich unter den persönlichen Dingen, die man bei Bourne gefunden hat, eine Straßenkarte von Brüssel und Umgebung fand. Die Stadt Anderlecht war rot eingekreist. – das muss dabei auftauchen.«

»Die Ermordung des obersten Kommandeurs der NATO – sehr gut, sehr überzeugend. Allerdings, Mr. Bourne oder Webb oder wie Ihr Name auch sein mag, Sie sollten wissen, dass sich diese Geschichte auf der ganzen Welt wie eine gewaltige Flutwelle ausbreiten wird.«

»Das weiß ich.«

»Sind Sie darauf vorbereitet?«

»Ja, das bin ich.«

»Was ist mit Ihrer Frau? Meinen Sie nicht, Sie sollten sie erst anrufen, bevor die zivilisierte Welt erfährt, dass Jason Bourne tot ist?«

»Nein. Ich will auch nicht das kleinste Risiko eingehen.«

»Gütiger Gott!«, explodierte Alex hustend. »Das ist Marie, von der du redest. Sie wird zusammenbrechen!«

»Das ist ein Risiko, das ich eingehe«, sagte Delta kalt.

»Scheißkerl!«

»Das trifft es«, stimmte das Chamäleon zu.

John St. Jacques trat mit Tränen in den Augen in den hellen, sonnigen Raum des Hauses von Maryland. In der Hand hielt er eine Seite von einem Computerausdruck. Seine Schwester saß auf dem Boden vor der Couch und spielte mit dem ausgelassenen Jamie, nachdem sie Baby Alison wieder nach oben in die Wiege gebracht hatte. Sie sah müde und abgespannt aus, das Gesicht blass, mit dunklen Rändern unter den Augen. Sie war noch vollkommen erschöpft von der Anspannung des idiotisch umständlichen Flugs von Paris nach Washington. Obwohl sie gestern erst spätabends angekommen war, wollte sie in aller Frühe mit den Kindern aufstehen. Ihr Bruder hätte Jahre seines Lebens geopfert, wenn er nicht hätte tun müssen, was in diesem Moment getan werden musste. Aber es gab keine Alternative. Er musste bei ihr sein, wenn sie es erfuhr.

»Jamie«, sagte St. Jacques sanft. »Geh und such Mrs. Cooper, ja? Ich glaube, sie ist in der Küche.«

»Warum, Onkel John?«

»Ich möchte ein paar Minuten mit deiner Mutter sprechen.«

»Johnny, bitte«, protestierte Marie.

»Es muss sein.«

»Was ...?«

Das Kind ging, und wie es bei Kindern so oft der Fall ist, ahnte es etwas Ernstes, etwas, das über seinen Verstand hinausging.

Marie stand auf, Tränen liefen ihr über die Wangen. Die furchtbare Botschaft war übermittelt. »Nein ...!«, flüsterte sie, und ihr bleiches Gesicht wurde noch blasser. »Lieber Gott, *nein*«, weinte sie. Ihre Hände zitterten, dann ihre Schultern. »Nein ... *nein!*«, brüllte sie.

»Er ist tot, Marie. Ich wollte, dass du es von mir hörst, nicht aus dem Radio oder einem Fernseher. Ich wollte bei dir sein.«

»Das stimmt nicht, *stimmt nicht!*«, schrie Marie, lief zu ihm und verkrallte sich in sein Hemd. »Er steht unter Schutz! ... Er hat mir versprochen, dass er unter Schutz steht!«

»Das hier ist gerade aus Langley gekommen«, sagte ihr Bruder und hielt die Seite von dem Computerausdruck hoch. »Holland hat mich vor ein paar Minuten angerufen und gesagt, dass es auf dem Weg hierher wäre. Er wusste, dass du es sehen musst. Es wurde gestern Nacht von Radio Moskau aufgefangen und wird in allen Sendungen und Morgenzeitungen sein.«

»Gib es mir!«, rief sie trotzig. Er tat es und hielt sie sanft an den Schultern, bereit, sie in die Arme zu nehmen und ihr allen Trost zu geben, den er geben konnte. Sie las die Kopie schnell, dann schüttelte sie seine Hände von sich, legte die Stirn in Falten, ging zur Couch zurück und setzte sich. Sie war absolut konzentriert. Sie legte das Blatt auf den Kaffeetisch und untersuchte es, als wäre es ein archäologischer Fund, eine Schriftrolle vielleicht.

»Er ist tot, Marie. Ich weiß nicht, was ich sagen soll ... Du weißt, wie ich zu ihm gestanden habe.«

»Ja, ich weiß, Johnny.« Und dann, zu St. Jacques' Erstaunen, sah seine Schwester zu ihm auf, und auf ihren Lippen formte sich ein schmales, mattes Lächeln. »Aber es ist ein bisschen früh für Tränen, John. Er lebt. Jason Bourne lebt und macht wieder seine Mätzchen, und das bedeutet, dass auch David lebt.«

Mein Gott, sie kann es nicht akzeptieren, dachte der Bruder, ging zur Couch hinüber, kniete sich neben dem Kaffeetisch vor Marie hin und nahm ihre Hände. »Marie, Liebes. Ich glaube, du verstehst nicht. Ich werde alles tun, was in meiner Macht steht, um dir zu helfen, aber du musst verstehen.«

»Du bist wirklich süß, aber du hast das hier nicht genau gelesen, wirklich genau. Die heftige Wirkung der Meldung lenkt von dem darunterstehenden Text ab. In der Wirtschaft nennen wir das Vernebelung.«

»Was?« St. Jacques ließ ihre Hände los. »Wovon redest du?«

Marie nahm das Kommunique und überflog es. »Nach mehreren, sogar widersprüchlichen Darstellungen von dem, was passiert ist«, sagte sie, »nach Beschreibungen der Leute, die in diesem Arsenal, oder was es auch sein mag, dabei waren, findet sich Folgendes im letzten Absatz versteckt: ›Unter den persönlichen Dingen, die man bei der Leiche des ermordeten Attentäters sicherstellte, befand sich eine Karte von Brüssel und Umgebung, wobei die Stadt Anderlecht rot eingekreist war.‹ Dann geht es weiter und zieht die offensichtliche Verbindung zu Teagartens Ermordung. Das ist getürkt, Johnny, aus zwei Gründen … Erstens würde David niemals so eine Karte bei sich tragen. Zweitens und weit aufschlussreicher scheint mir die Tatsache, dass es unglaubwürdig genug ist, wenn die sowjetischen Medien der Geschichte solche Bedeutung beimessen, aber dass sie die Ermordung von General Teagarten einbeziehen, ist einfach zu viel.«

»Was meinst du? Warum?«

»Weil der angebliche Attentäter *in* Russland war und Moskau keine erkennbare Verbindung zu dem Mord an einem NATO-Kommandeur möchte … Nein, Johnny, irgendjemand hat die Regeln zu seinen Gunsten verändert und Tass überredet, die Story zu bringen, und ich nehme an, dass da Köpfe rollen werden. Ich weiß nicht, wo Jason Bourne ist, aber ich weiß, er ist nicht tot. David hat dafür gesorgt, dass ich es weiß.«

Peter Holland nahm den Hörer ab und drückte die Knöpfe seiner Konsole, um Charlie Cassets Privatnummer zu erreichen.

»Ja?«

»Charlie, hier ist Peter.«

»Ich bin froh, das zu hören.«

»Warum?«

»Weil alles, was sonst durch dieses Telefon kommt, Ärger und Verwirrung bringt. Ich habe gerade mit unserer Quelle am Dserschinskij-Platz gesprochen, und er hat mir gesagt, der KGB will Blut sehen.«

»Die Tass-Meldung über Bourne?«

»Genau. Tass und Radio Moskau sind davon ausgegangen, dass die Geschichte offiziell gebilligt war, weil sie ihnen vom Informationsministerium mit den entsprechenden Kodes für die sofortige Veröffentlichung übermittelt wurde. Als die Scheiße dann zu stinken anfing, wollte es niemand zugeben, und wer die Kodes programmiert hat, ist nicht mehr nachzuvollziehen.«

»Was hältst du davon?«

»Ich bin nicht sicher. Aber nach allem, was ich über Dimitrij Krupkin erfahren habe, könnte das sein Stil sein. Er arbeitet mit Alex, und wenn das nicht aus Conklins Lehrbuch ist, dann kenne ich den heiligen Alex nicht. Und ich kenne ihn.«

»Das passt zu dem, was Marie glaubt.«

»Marie?«

»Bournes Frau. Ich habe gerade mit ihr gesprochen, und ihre Argumentation ist ziemlich gut. Sie sagt, der Bericht aus Moskau ist getürkt. Ihr Mann lebt.«

»Das glaube ich auch. Hast du mich deswegen angerufen?«

»Nein«, antwortete der Direktor und holte tief Luft. »Ich möchte etwas zu deinem Ärger und deiner Verwirrung beitragen.«

»Ich bin nicht gerade beruhigt, das zu hören. Was ist?«

»Die Pariser Telefonnummer, die Verbindung zum Schakal, die wir von Henry Sykes in Montserrat bekommen haben, und die zu einem Café in Paris gehört.«

»Wo jemand den Ruf nach einem schwarzen Vogel beantworten sollte. Ich erinnere mich.«

»Jemand hat es getan, und wir sind ihm gefolgt. Das wird dir gar nicht gefallen …«

»Alex Conklin ist dabei, sich den Preis für das Arschloch des Jahres zu verdienen. Er hat uns mit Sykes in Verbindung gebracht, oder?«

»Ja.«

»Erzähl.«

»Die Nachricht wurde im Haus des Direktors vom Deuxième Bureau abgegeben.«

»Mein Gott! Das lassen wir besser den SED-Zweig im französischen Geheimdienst wissen, aber mit geheimer Zeitabfolge.«

»Ich lasse niemanden irgendwas über irgendjemanden wissen, bis wir nicht von Conklin gehört haben. Das sind wir ihm schuldig, finde ich.«

»Was, zum Teufel, machen die da?«, rief der frustrierte Casset durchs Telefon. »Falsche Todesmeldungen auszugeben – von Moskau, immerhin! Wozu?«

»Jason Bourne ist auf die Jagd gegangen«, sagte Peter Holland. »Und wenn die Jagd vorbei ist – falls sie jemals vorbei ist und falls die Tötung gelingt –, wird er aus dem Wald verschwinden müssen, bevor sich jemand über ihn hermacht … Ich will, dass jeder Stützpunkt und Horchposten an der Grenze zur Sowjetunion in voller Alarmbereitschaft ist. Kodename: Attentäter. Holt ihn zurück.«

40.

Nowgorod. Zu sagen, es wäre unglaublich, hieße, das Vorhandensein einer Glaubwürdigkeit anzuerkennen, und das allein schien schier unmöglich. Es war die endgültige Fantasie, die optischen Illusionen scheinbar realer als die Realität, die Trugbilder zum Berühren, Fühlen, Benutzen, zum Betreten und Verlassen. Es war ein Gesamtkunstwerk, das man aus den immensen Wäldern entlang des Wolchow herausgeschnitten hatte. Von dem Augenblick an, als Bourne aus dem tiefen Unterwasser-Tunnel mit seinen Wachen, Toren und zahllosen Kameras heraufkam, war er einem Schock nahe und dennoch in der Lage, weiterzugehen, zu beobachten, aufzunehmen, zu denken.

Das amerikanische Lager war, wahrscheinlich wie die der anderen Länder, in Sektionen eingeteilt, die man in Zonen von acht- bis sechzehntausend Quadratmeter gebaut hatte und die deutlich voneinander getrennt waren. Eine Zone, direkt am Ufer des Flusses errichtet, mochte der Kern eines Dorfes an der Küste von Maine sein, ein anderes, weiter im Inland, eine kleine Südstaatenstadt, wieder eine andere die geschäftige Straße in der City einer Metropole. Jede war vollkommen ›authentisch‹, mit dem dazu passenden Verkehr, der Polizei, Kleidung, den Geschäften, Lebensmittelläden und Drugstores, Tankstellen und falschen Häuserfronten, von denen viele zwei Stockwerke hoch und so stimmig waren, dass sie amerikanische Beschläge an Türen und Fenstern hatten. So wichtig wie die physischen Erscheinungsformen war offensichtlich die Sprache – nicht nur die fließende Verwendung des Englischen, sondern die Meisterschaft in linguistischen Eigenarten, die Dialekte, die für die spezifischen Orte charakteristisch waren. Als Jason von einer Sektion in die andere wanderte, hörte er überall um sich herum die kennzeichnenden Klänge. Vom neuenglischen Down Fast mit seinem *›eeahh‹* bis zum schleppenden texanischen Tonfall mit seinem vertrauten *›you all‹*, vom leichten Näseln im mittleren Westen bis zur lauten Schroffheit der großen Städte im Osten mit dem unvermeidlichen *›Know what I mean?‹*, am Ende unverbindlicher Sätze oder Aussagen. Es war alles unglaublich.

Er war auf dem Flug von Wnukowo von einem älteren Nowgorod-Absolventen eingewiesen worden, den Krupkin eilig aus seiner Moskauer Wohnung herbeizitiert hatte.

Der kleine, kahle Mann war nicht nur in seinen Anweisungen wortreich, sondern auf seine eigene Art faszinierend. Wenn irgendjemand Jason jemals erzählt hätte, er würde von einem sowjetischen Spionageagenten in alle Einzelheiten Nowgorods eingewiesen werden, dessen Englisch derart mit dem Akzent des tiefen Südens versetzt wäre, dass er volltönend mit dem Öl der Magnolien aus seinem Mund floss, dann hätte er diese Informationen für völlig grotesk, ja verrückt gehalten.

»*Good Lawd,* ich vermiss diese Barbecues, besonders die *ribs.* Wissen Sie, wer die am besten gegrillt hat? Der schwarze Knabe, den ich für meinen besten Freund gehalten habe, bis er mich entfernt hat. *Can you imagine?* Ich dachte, er wär einer von diesen Radikalen, dann stellte sich raus, dass er aus Dartmouth war und fürs FBI gearbeitet hat. Ein Anwalt, immerhin … *Hell,* der Austausch fand bei Aeroflot in New York statt, und wir schreiben uns immer noch.«

»Kindische Spiele«, hatte Bourne vor sich hin gemurmelt.

»Spiele? … O ja, er war ein echt guter Trainer.«

»Trainer?«

»Na klar. Ein paar von uns haben in East Point eine Little League gegründet. Das ist gleich draußen vor Atlanta.«

Unglaublich.

»Könnten wir uns bitte auf Nowgorod konzentrieren?«

»Sicher, sicher. Dimitrij hat es Ihnen vielleicht erzählt, ich habe mich halb zur Ruhe gesetzt, aber meine Pension macht es nötig, dass ich fünf Tage im Monat als Trainer arbeite, wie Sie sagen würden.«

»Ich habe nicht verstanden, was er damit meinte.«

»Ich werd's Ihnen erklären.« Der seltsame Mann, dessen Stimme aus der alten Konföderation stammte, war gründlich.

Jedes Lager in Nowgorod war in drei Personenklassen aufgeteilt: die Trainer, die Kandidaten und den Operationsbereich. Die letzte Kategorie schloss die KGB-Angestellten, die Wachen und die Wartung ein. Die praktische Durchführung der Abläufe in Nowgorod war einfach strukturiert. Der Stab eines Lagers bildete die täglichen Trainingspläne jeder Sektion, und die Trainer, sowohl ständige als auch Teilzeitkräfte, meist Pensionäre, überwachten sämtliche Einzel- und Gruppenaktivitäten, während die Kandidaten sie ausführten, wobei sie ausschließlich die Sprache des Lagers und die sektionsspezifischen Dialekte verwendeten. Russen waren nicht zugelassen. Die Vorschrift wurde regelmäßig von den Trainern getestet, die unvermittelt Befehle oder Beleidigungen in der Heimatsprache bellten, die die Kandidaten nicht verstehen durften.

»Wenn Sie ›Aufträge‹ sagen«, hatte Bourne gefragt, »was meinen Sie damit?«

»Situationen, mein Freund. So ziemlich alles, was Ihnen einfällt. Wie Mittag- oder Abendessen bestellen oder Sachen kaufen oder den Tank von Ihrem Wagen nachfüllen, wenn Sie eine bestimmte Art von Benzin wollen … verbleit oder unverbleit und so weiter – alles Sachen, von denen wir hier nichts wissen. Dann sind da natürlich noch die dramatischeren, oft unvorhergesehenen Ereignisse, um die Reaktionen der Kandidaten zu testen. Sagen wir, ein Autounfall, der ein Gespräch mit der amerikanischen Polizei nötig macht, bei dem die entsprechenden Versicherungsformulare ausgefüllt werden müssen – man kann sich verraten, wenn man zu wenig darüber weiß.«

Die kleinen Dinge, die unwichtigen Dinge – die waren lebenswichtig. Eine Hintertür im Arsenal von Kubinka. »Was noch?«

»So viele inkonsequente Dinge, die man vielleicht nicht für wichtig halten mag, die es aber sein können, sagen wir, nachts auf einer Straße in der Stadt überfallen zu werden … Was sollte man tun? Was sollte man nicht tun? Denken Sie daran, viele unserer Kandidaten, die jüngeren alle, sind in Selbstverteidigung ausgebildet, aber je nach den Umständen könnte es wenig ratsam sein, diese Fähigkeiten zu nutzen. Fragen nach der Herkunft könnten gestellt werden. Diskretion, immer Diskretion … Als erfahrener Teilzeit-Trainer hab ich natürlich immer die fantasievolleren Situationen vorgezogen, die wir einflechten dürfen, wann wir wollen, solange sie in die Richtlinien des Eindringens in die Umgebung passen.«

»Was bedeutet das?«

»Immer lernen, aber niemals zeigen, dass man lernt. Eine meiner Lieblingsaktionen ist es zum Beispiel, auf mehrere Kandidaten, sagen wir, in einer Bar in der Nähe von einem militärischen Testgebiet, zuzugehen. Ich gebe vor, ein verärgerter Arbeiter der Regierung zu sein oder vielleicht ein betrunkener Lieferant des Verteidigungsministeriums – offensichtlich jemand mit Zugang zu Informationen –, und ich fange an, vertrauliches Material von erkennbarem Wert auszuteilen.«

»Nur aus Neugier«, hatte Bourne unterbrochen. »Wie sollen die Kandidaten unter diesen Umständen reagieren?«

»Gut zuhören und bereit sein, jeden herausragenden Fakt aufzuschreiben, während sie vorgeben, absolut kein Interesse daran zu haben, und solche Bemerkungen fallen lassen wie« – hier wurde der Südstaatenakzent des Nowgorod-Absolventen zu einem derart ruppigen Dialekt, dass die Magnolien durch Maische ersetzt wurden – »›Der Scheiß interessiert doch keine Sau‹, und: ›Gibt's da drüben echt so geile Nutten?‹, oder: ›Versteh kein Wort, wovon du redest, Arschloch – ich weiß nur, dass du mir langsam auf die Eier gehst!‹ … solche Sachen.«

»Und dann?«

»Später wird jeder einzelne Mann aufgerufen und soll aufschreiben, was er erfahren hat; jeden einzelnen, herausragenden Fakt.«

»Was ist mit dem Weitergeben der Information? Gibt es dafür auch irgendwelche Ausbildungsverfahren?«

Jasons sowjetischer Ausbilder hatte ihn vom Nachbarsitz

des kleinen Flugzeugs einige Augenblicke lang schweigend angestarrt. »Tut mir Leid, dass Sie die Frage stellen mussten«, sagte er langsam. »Das werde ich melden müssen.«

»Ich musste sie nicht stellen, ich war einfach nur neugierig. Vergessen Sie, dass ich das gefragt habe.«

»Das kann ich nicht. Das werde ich nicht.«

»Vertrauen Sie Krupkin.«

»Natürlich tu ich das. Er ist brillant, ein vielsprachiges Phänomen. Ein wahrer Held des Komitet.«

Du weißt nicht mal die Hälfte, dachte Bourne, aber er sagte, und das sogar mit einem Hauch von Ehrfurcht: »Dann melden Sie es nur ihm. Er wird Ihnen sagen, dass es bloße Neugier war. Ich bin meiner Regierung absolut nichts schuldig, allerdings steht sie in meiner Schuld.«

»Also gut … Da wir gerade von Ihnen reden, lassen Sie uns zu Ihnen kommen. Mit Dimitrijs Vollmacht habe ich Vereinbarungen für Ihren Besuch in Nowgorod getroffen, bitte nennen Sie mir nicht Ihr Zielobjekt. Das fällt genauso wenig in meinen Zuständigkeitsbereich wie die Frage, die Sie mir gerade gestellt haben, in Ihren.«

»Verstanden. Die Vereinbarungen?«

»Sie werden auf eine Weise Kontakt zu einem jungen Trainer namens Benjamin aufnehmen, die ich Ihnen gleich erkläre. Ich werde Ihnen ein bisschen zu Benjamin sagen, damit Sie seine Einstellung verstehen. Seine Eltern waren fast zwanzig Jahre lang Komitet-Offiziere am Konsulat in Los Angeles. Er hat eine vorwiegend amerikanische Erziehung genossen, war dann auf der Uni in L.A. Bis er und sein Vater vor vier Jahren in aller Eile nach Moskau zurückberufen wurden.«

»Er und sein Vater?«

»Ja. Seine Mutter wurde bei einer Überraschungsaktion des FBI im Marinestützpunkt in San Diego gefasst. Sie muss noch drei Jahre absitzen. Es gibt keinen Gnadenerlass und keinen Austausch für eine russische Mama.«

»He, warten Sie. Dann kann es nicht nur unsere Schuld sein.«

»Das habe ich auch nicht gesagt. Ich gebe nur die Fakten wieder.«

»Verstanden. Ich werde mit Benjamin in Kontakt treten.«

»Er ist der einzige, der weiß, wer Sie sind – nicht namentlich natürlich, Sie werden den Namen Archie benutzen, und er wird Sie mit den nötigen Genehmigungen ausstatten, zum Beispiel, um von einem Lager ins nächste überzuwechseln.«

»Papiere?«

»Er wird es Ihnen erklären. Er wird außerdem auf Sie aufpassen, immer bei Ihnen bleiben, und ehrlich gesagt, er steht mit dem Genossen Krupkin in Kontakt und weiß weit mehr über Sie als ich – was genau das ist, was dieser pensionierte Cräcker aus Georgia möchte ... Weidmannsheil, alter Skunk, wenn Sie auf der Jagd sind. Und fallen Sie nicht über die Holzindianer her.«

Bourne folgte den Schildern – alles auf englisch – nach ›Rockledge, Florida‹, fünfzehn Meilen südwestlich der NASA in Cape Canaveral. Er sollte Benjamin in einer Kantine bei Woolworth treffen und nach einem Mann Mitte zwanzig in einem rotkarierten Hemd mit einer Budweiser-Baseballkappe auf dem Hocker neben sich suchen. Es war die abgemachte Zeit, innerhalb der zulässigen Zeitspanne: 3.35 Uhr nachmittags.

Er sah ihn. Der blonde, in Kalifornien aufgewachsene Russe saß am gegenüberliegenden Ende des Tresens, die Baseballkappe auf dem Hocker links neben sich. Ein halbes Dutzend Männer und Frauen saßen in einer Reihe, redeten miteinander und nahmen Soft Drinks und Snacks zu sich. Jason näherte sich dem leeren Sitz, sah auf die Kappe hinab und sagte höflich: »Ist hier besetzt?«

»Ich warte auf jemanden«, erwiderte der junge KGB-Trainer mit ausdrucksloser Stimme, als seine grauen Augen Bourne ins Gesicht sahen.

»Ich such mir einen anderen Platz.«

»Sie wird wohl in den nächsten fünf Minuten nicht wiederkommen.«

»Verdammt, ich will nur schnell eine Vanilla-Coke. Bis dahin bin ich hier verschwunden ...«

»Setzen Sie sich«, sagte Benjamin, nahm die Kappe und

setzte sie sich lässig auf den Kopf. Ein kaugummikauender Tresenmann kam vorbei, und Jason bestellte. Sein Drink kam, und der Komitet-Trainer sprach leise weiter, die Augen jetzt auf den Schaum seines Milchshakes gerichtet, den er durch einen Strohhalm sog. »Sie sind also Archie – wie im Comic.«

»Und Sie sind Benjamin. Schön, Sie kennenzulernen.«

»Wir werden beide rausfinden, ob das so ist, oder?«

»Haben wir ein Problem?«

»Ich möchte, dass die Grundregeln klar sind, damit wir keins bekommen«, sagte der Russe von der Westküste. »Ich kann es nicht gutheißen, dass man Sie hier reingelassen hat. Ungeachtet meiner früheren Adresse und wie ich mich vielleicht anhören mag, hab ich für Amerikaner nicht viel übrig.«

»Hören Sie zu, Ben«, unterbrach ihn Bourne und zwang den Trainer mit seinem Blick, ihn anzusehen. »Wenn ich es recht bedenke, kann ich es auch nicht gutheißen, dass Ihre Mutter noch im Gefängnis ist, aber ich habe sie nicht dahingebracht.«

»Wir lassen die Dissidenten frei und die Juden, aber Sie bestehen darauf, eine fünfzigjährige Frau festzuhalten, die im besten Fall ein einfacher Kurier war!«, flüsterte der Russe und stieß dabei die Worte einzeln hervor.

»Ich kenne die Umstände nicht, und ich würde Moskau nicht gerade als die Gnadenhauptstadt der Welt bezeichnen, aber wenn Sie mir helfen können – *wirklich* helfen –, dann kann ich vielleicht Ihrer Mutter helfen.«

»Gottverflucht beschissene Versprechen. Was, zum Teufel, können *Sie* tun?«

»Um zu wiederholen, was ich vor einer Stunde einem kahlköpfigen Freund von Ihnen im Flugzeug gesagt habe: Ich bin meiner Regierung nichts schuldig, aber sie steht ganz sicher in meiner Schuld. Helfen Sie mir, Benjamin.«

»Das werde ich, weil man es mir befohlen hat, nicht wegen Ihrer Hochstapelei. Aber wenn Sie versuchen, Dinge rauszufinden, die nichts mit Ihren Absichten hier zu tun haben, kommen Sie nicht wieder raus. Klar?«

»Das ist nicht nur klar, es ist auch unwichtig und unnötig.

Über meine normale Verwunderung und Neugier hinaus, die ich, so gut es geht, unterdrücken werde, habe ich nicht das geringste Interesse an Nowgorod. Im Grunde führt das alles doch sowieso nirgendwohin ... Obwohl, ich garantiere Ihnen, die ganze Anlage schlägt Disneyland um Längen.«

Benjamins unfreiwilliges Lachen durch den Strohhalm ließ den Schaum auf seinem Milchshake anschwellen und platzen. »Sind Sie in Anaheim gewesen?«, fragte er.

»Ich konnte es mir nie leisten.«

»Wir hatten Diplomatenpässe.«

»Mein Gott, Sie sind am Ende ja doch ein Mensch. Kommen Sie, wir gehen ein Stück und reden Fraktur.«

Sie gingen über eine Miniaturbrücke nach ›New London, Connecticut‹, der Heimat des amerikanischen U-Boot-Baus, und schlenderten zum Wolchow hinunter, zur Sektion, aus der man einen Hochsicherheitsmarinestützpunkt gemacht hat – wiederum alles als realistische Miniaturausgabe. Hohe Zäune und bewaffnete Wachen der US-Marines waren an den Toren postiert und patrouillierten über das Gelände vor den Slipanlagen aus Beton, die gewaltige Attrappen der Zuchthengste aus der amerikanischen nuklearen U-Boot-Flotte enthielten.

»Wir haben alle Stützpunkte, alle Zeitpläne, jedes Gerät und jeden verkleinerten Zentimeter von den Piers«, sagte Benjamin. »Und trotzdem müssen wir die Sicherheitsmaßnahmen durchbrechen. Ist das nicht verrückt?«

»Keine Sekunde. Wir sind ziemlich gut.«

»Ja, aber wir sind besser. Abgesehen von kleineren Nestern der Unzufriedenheit, glauben wir.«

»Was?«

»Trotz der ganzen Scheiße, die Sie erzählen, war das weiße Amerika niemals in der Sklaverei. Aber wir.«

»Das ist nicht nur längst vergangene Geschichte, junger Mann, sondern auch ziemlich selektiv, oder?«

»Sie hören sich an wie ein Professor.«

»Angenommen, ich wäre einer?«

»Dann würde ich mit Ihnen streiten.«

»Nur wenn Sie in einer ausreichend liberal gesinnten Umgebung wären, die Ihnen erlaubt, mit der Obrigkeit zu streiten.«

»Ach, kommen Sie, hören Sie auf mit der Scheiße, Mann!«

»Die Platitüde mit der akademischen Freiheit ist Geschichte. Sehen Sie sich unsere Unigelände an. Wir haben Rock-Musik und Blue Jeans und mehr Gras als Papier, in das man es rollen könnte.«

»Das ist Fortschritt?«

»Würden Sie sagen, es ist ein Anfang?«

»Ich werde darüber nachdenken müssen.«

»Können Sie meiner Mutter wirklich helfen?«

»Können *Sie* mir wirklich helfen?«

»Versuchen wir's ... Okay, dieser Carlos, der Schakal. Ich habe von ihm gehört, aber er ist in meinem Wortschatz nicht besonders groß vertreten. Krupkin sagt, er wäre eine ziemlich üble Nummer.«

»Da macht sich Kalifornien bemerkbar.«

»Es kommt immer wieder durch. Vergessen Sie es. Ich bin, wo ich sein will, und denke keinen Augenblick daran, es zu ändern.«

»Das würde ich auch nicht wagen.«

»Was?«

»Sie werden es immer abstreiten ...«

»Shakespeare hat's irgendwie besser formuliert. Mein Nebenfach an der Uni in Los Angeles war englische Literatur.«

»Was war Ihr Hauptfach?«

»Amerikanische Geschichte. Noch was, Opa?«

»Danke, Enkel.«

»Dieser Schakal«, sagte Benjamin und lehnte sich gegen den Zaun von New London, als mehrere Wachen angelaufen kamen. »Nein, nein!«, schrie er. »Ich meine, entschuldigen Sie. Ich bin Trainer! ... O *Scheiße!*«

»Wird man Sie melden?«, fragte Jason, als sie sich eilig davonmachten.

»Nein, die sind viel zu dämlich. Sie sind Wartungspersonal in Uniform. Sie laufen ihre Posten ab, aber sie wissen nicht so richtig, was hier überhaupt vor sich geht. Nur wen und was sie aufhalten müssen.«

»Pawlowsche Hunde?«

»Wer könnte es besser? Tiere denken nicht vernünftig. Sie springen einem an die Kehle.«

»Was uns wieder auf den Schakal bringt«, sagte Bourne.

»Versteh ich nicht.«

»Das müssen Sie auch nicht, es ist symbolisch. Wie könnte er hier reinkommen?«

»Könnte er nicht. Jede Wache in jedem Tunnel an der vorderen Linie hat den Namen und die Seriennummern der Nowgorod-Papiere von dem Agenten, den er in Moskau getötet hat. Wenn er auftaucht, halten sie ihn an und erschießen ihn.«

»Ich habe Krupkin gesagt, dass das einfach nicht passieren darf.«

»Meine Güte, warum nicht?«

»Weil er es nicht *sein* wird und Menschenleben draufgehen könnten. Er wird andere reinschicken, vielleicht zwei oder drei oder vier in verschiedene Lager, wird es immer wieder testen, Verwirrung stiften, bis er einen Weg findet, durchzukommen.«

»Sind Sie übergeschnappt. Und was passiert mit den Männern, die er reinschickt?«

»Das ist ihm egal. Wenn sie erschossen werden, sieht er zu und lernt dabei.«

»Sie sind wirklich verrückt. Wo sollte er solche Leute finden?«

»Überall, wo es Leute gibt, die glauben, dass sie in wenigen Minuten einen Monatsverdienst machen können. Er könnte jeden davon als ›Routine-Sicherheitsprüfung‹ einsetzen – denken Sie daran: Er hat Papiere, die beweisen, dass er von offizieller Stelle kommt. In Verbindung mit Geld sind die Leute von solchen Dokumenten beeindruckt und nicht besonders skeptisch.«

»Und am ersten Tor verliert er die Papiere.«

»Ganz und gar nicht. Er fährt mehr als fünfhundert Meilen durch ein Dutzend Orte und Städte. Er könnte sich mit Leichtigkeit überall Kopien besorgen.« Bourne hörte auf und sah den amerikanischen Russen an. »Sie reden von Details, Ben, und ich gebe Ihnen mein Wort: Die zählen nicht. Carlos kommt hierher, um seine Spuren zu hinterlassen, und wir haben einen Vorteil, der all seine Kenntnisse zunichte macht. Falls Krupkin in der Lage war, die Meldung richtig rauszubringen, glaubt der Schakal, dass ich tot bin.«

»Die ganze Welt glaubt, dass Sie tot sind ... Ja, Krupkin hat es mir erzählt. Es wäre dumm gewesen, es nicht zu tun. Hier drinnen sind Sie ein Rekrut namens Archie, aber ich weiß, wer Sie sind, Bourne. Auch wenn ich vorher noch nie von Ihnen gehört habe, jetzt habe ich es mit Sicherheit. Radio Moskau redet seit Stunden von nichts anderem.«

»Dann können wir davon ausgehen, dass auch Carlos die Nachricht gehört hat.«

»Keine Frage. Jedes Fahrzeug in Russland ist mit einem Radio ausgerüstet. Das ist Standard. Übrigens für den Fall eines amerikanischen Angriffs.«

»Gutes Marketing.«

»Haben Sie Teagarten in Brüssel wirklich ermordet?«

»Das ist nicht Ihre Sache ...«

»Tabu. Okay. Worauf wollen Sie hinaus?«

»Krupkin hätte es mir überlassen sollen.«

»Was überlassen?«

»Das Eindringen des Schakals.«

»Wovon reden Sie?«

»Benutzen Sie Krupkin, wenn nötig, aber geben Sie Nachricht an jeden Tunnel, jeden Eingang von Nowgorod, alle reinzulassen, die diese Papiere vorweisen. Ich nehme an, drei oder vier, vielleicht fünf. Sie sollen sie beobachten, aber sie sollen jeden reinlassen.«

»Sie haben sich gerade ein Zimmer mit dicken Gummiwänden verdient. Man sollte Sie einweisen, Archie.«

»Nein, absolut nicht. Ich habe gesagt, dass jeder beschattet werden soll, dass die Wachen ständigen Kontakt mit uns hier im Lager halten.«

»Und?«

»Einer von diesen Männern wird innerhalb weniger Minuten verschwinden. Niemand wird wissen, wo er ist oder wohin er gegangen ist. Dieser Mann wird Carlos sein.«

»Und?«

»Er wird überzeugt sein, dass er unverwundbar ist, dass ihm freisteht, zu tun, was er will, weil er glaubt, ich bin tot. Das befreit ihn.«

»Warum?«

»Weil er weiß und ich weiß, dass nur wir uns gewachsen sind, egal, ob im Dschungel, in der Stadt oder in einer Mischung aus beidem. Das macht der Hass mit einem, Benjamin. Oder die Verzweiflung.«

»Das ist ziemlich gefühlsbetont, oder? Und abstrakt.«

»Keineswegs«, antwortete Jason. »Ich muss so denken, wie er denkt, dafür bin ich vor Jahren ausgebildet worden … Lassen Sie uns die Alternativen untersuchen. Wie weit zieht sich Nowgorod den Wolchow hinauf? Dreißig, vierzig Kilometer?«

»Siebenundvierzig, um genau zu sein, und jeder Meter davon ist unüberwindbar. Es gibt Magnesiumröhren, die das Wasser durchkreuzen, über und unter der Oberfläche, um einen freien Durchfluss der Lebewesen zu ermöglichen und trotzdem Alarm auslösen zu können. Am Ostufer gibt es zusammenhängende Bodengitter, die auf Gewicht reagieren. Alles über fünfundvierzig Kilo setzt Sirenen und Fernsehmonitore in Gang, Scheinwerfer richten sich auf jeden Eindringling, der schwerer ist. Und selbst wenn ein Vierundvierzig-Kilo-Wundermann den Zaun erreichen könnte, würden ihn die Elektroschocks bei der ersten Berührung bewusstlos werden lassen, das gilt auch für die Magnesiumröhren im Fluss. Natürlich halten umfallende Bäume oder treibende Äste oder schwerere Tiere unsere Sicherheitskräfte in Bewegung. Gute Übung, nehme ich an.«

»Dann bleiben nur die Tunnel«, sagte Bourne. »Ist das richtig?«

»Sie sind durch einen gekommen. Was könnte ich Ihnen erzählen, was Sie nicht schon gesehen haben? Abgesehen davon, dass die Eisentore bei der geringsten Unregelmäßigkeit buchstäblich herunterkrachen und im Notfall sämtliche Tunnel geflutet werden können.«

»Was Carlos alles weiß. Er wurde hier ausgebildet.«

»Das ist viele Jahre her, hat Krupkin mir gesagt.«

»Viele Jahre«, stimmte Jason zu. »Ich frage mich, wie viel sich verändert hat.«

»Technologisch könnte man wahrscheinlich ein paar Bände füllen, besonders, was Kommunikation und Sicherheit betrifft, aber nicht die Grundlagen. Nicht die Tunnel oder die Meilen von Gittern im und über dem Wasser. Die sind für zwei Jahrhunderte gebaut. Was die Lager betrifft, da gibt es immer kleinere Angleichungen, aber ich glaube nicht, dass sie die Straßen oder die Gebäude aufreißen würden. Es wäre einfacher, ein Dutzend Städte zu verlegen.«

»Wie die Veränderungen also auch aussehen mögen, sie sind im Grunde interner Natur.« Sie erreichten eine Miniaturkreuzung, an der ein streitlustiger Fahrer eines Chevrolet aus den frühen Siebzigern von einem ebenso unangenehmen Polizisten einen Strafzettel wegen der Verletzung von Verkehrsbestimmungen bekam.

»Was soll denn das?«, fragte Bourne.

»Die Absicht der Aufgabe ist es, dem, der den Wagen fährt, einen gewissen Grad an Streitsucht einzuimpfen. In Amerika würde man regelmäßig – und oft lauthals – mit einem Polizeibeamten streiten. Das ist hier nicht der Fall.«

»Wie das Infragestellen der Obrigkeit, wenn ein Student seinem Professor widerspricht? Ich glaube, das ist hier auch nicht besonders verbreitet.«

»Das ist ebenfalls vollkommen anders.«

»Ich bin froh, dass Sie das so sehen.« Jason hörte ein entferntes Summen und sah zum Himmel hinauf. Ein leichtes, einmotoriges Wasserflugzeug flog Richtung Süden und folgte dem Wolchow.

»Mein Gott, aus der Luft«, sagte er wie zu sich selbst.

»Vergessen Sie es«, konterte Benjamin. »Das haben wir im Griff … Wieder die Technik. Erstens gibt es, abgesehen von bewachten Hubschrauberplätzen, keine Landebahnen, und zweitens werden wir durch Radar abgeschirmt. Wenn ein nicht identifiziertes Flugzeug bis auf dreißig Meilen herankommt, wird der Luftstützpunkt in Belopol alarmiert, und es wird abgeschossen.« Auf der anderen Straßenseite hatte sich eine kleine Menge versammelt, die den unangenehmen Polizisten und den streitenden Fahrer beobachtete, der mit der Hand auf das Dach des Chevrolet geschlagen hatte, wozu die Menge ihn anfeuerte.

»Amerikaner können sehr unklug sein«, murmelte der junge Trainer, dem die Verlegenheit ins Gesicht geschrieben stand.

»Zumindest stellt sich jemand vor, dass Amerikaner so sein können«, sagte Bourne lächelnd.

»Gehen wir«, sagte Benjamin und machte sich auf den Weg. »Ich habe persönlich darauf hingewiesen, dass die Aufgabe nicht besonders realistisch ist, aber man hat mir erklärt, wichtig wäre das Einimpfen der Haltung.«

»Wie einem Studenten zu erklären, dass er mit einem Professor tatsächlich streiten kann, oder einem Bürger, dass er ein Mitglied des Politbüros öffentlich kritisieren kann? Das sind doch seltsame Haltungen, oder?«

»Schießen Sie in den Wind, Archie.«

»Nur die Ruhe, kleiner Lenin«, sagte Jason, der neben dem Trainer ging. »Ich möchte mir die Karten ansehen.«

»Ist schon arrangiert. Ebenso die anderen Grundregeln.«

Sie saßen in einem Konferenzraum im Stabshauptquartier, der große, rechteckige Tisch voller Karten des gesamten Komplexes von Nowgorod. Bourne konnte nicht anders. Selbst nach fast vier Stunden Konzentration schüttelte er regelmäßig erstaunt den Kopf. Die Reihe der streng geheimen Trainingslager entlang des Wolchow war ausschweifender und verzweigter, als er es für möglich gehalten hatte. Benjamins Bemerkung, es wäre ›einfacher, ein Dutzend Städte zu verlagern‹, als Nowgorod drastisch zu verändern, war die simple Wiedergabe einer Tatsache, keine besondere Übertreibung. Im Maßstab verkleinerte Nachbauten von Orten und Städten, Ufern und Flughäfen, militärischen und wissenschaftlichen Anlagen vom Mittelmeer bis zum Atlantik, nördlich bis an die Ostsee und zum Bottnischen Meerbusen, fanden sich in seinen Grenzen, alles zusätzlich zur amerikanischen Zone. Trotz der

Masse an Details machten es Andeutungen und Verkleinerungen möglich, alles innerhalb von knapp dreißig Meilen Uferwildnis unterzubringen, bei einer Tiefe von drei bis fünf Meilen landeinwärts.

»Ägypten, Israel, Italien«, begann Jason, umkreiste den Tisch und starrte auf die Karten. »Griechenland, Portugal, Spanien, Frankreich, Großbritannien ...« Er umrundete die Ecke, als Benjamin ihn unterbrach und sich müde in seinem Sessel zurücklehnte: »Deutschland, die Niederlande und die skandinavischen Länder. Wie ich schon erklärt habe, beinhalten die meisten Lager zwei verschiedene und voneinander getrennte Länder, gewöhnlich solche mit gemeinsamen Grenzen, kulturellen Gemeinsamkeiten; oder einfach nur, um Platz zu sparen. Im Grunde gibt es neun Hauptlager, die alle wichtigen Nationen repräsentieren – wichtig entsprechend unserer Interessen –, daher die neun Tunnel, ungefähr sieben Kilometer auseinander, wobei sie bei diesem hier anfangen und dann den Fluss hinauf in Richtung Norden weitergehen.«

»Dann gehört der nächste Tunnel neben unserem zu Großbritannien, richtig?«

»Ja, gefolgt von Frankreich, dann Spanien, das Portugal mit einschließt, dann übers Mittelmeer, Ägypten zusammen mit Israel ...«

»Das ist klar«, unterbrach Jason, setzte sich ans Ende des Tisches und faltete nachdenklich die Hände. »Haben Sie die Nachricht an die vordere Linie weitergegeben, dass sie jeden mit diesen Papieren von Carlos reinlassen sollen, egal, wie er aussieht?«

»Nein.«

»*Was?*« Bourne ließ seinen Kopf zu dem jungen Trainer herumfahren.

»Das habe ich den Genossen Krupkin machen lassen. Er liegt im Moskauer Krankenhaus, also können Sie ihn hier nicht wegen Trainingsübermüdung einsperren.«

»Wie kann ich in ein anderes Lager überwechseln? Schnell, wenn nötig.«

»Dann sind Sie bereit für den Rest der Grundregeln?«

»Ich bin bereit. Diese Karten können mir nicht mehr sagen.«

»Okay.«

Benjamin griff in seine Tasche und zog ein kleines, schwarzes Ding von der Größe einer Kreditkarte, wenn auch etwas dicker, hervor. Er warf es Jason zu, der es auffing und betrachtete.

»Das ist Ihr Ausweis«, fuhr der Russe fort. »Nur der leitende Stab hat solche, und wenn einer davon verlorengeht oder verlegt wird, wenn auch nur für ein paar Minuten, wird das sofort gemeldet.«

»Da ist nichts zum Identifizieren drauf, überhaupt keine Schrift oder Kennzeichnung.«

»Ist alles drin, computerisiert und kodifiziert. Jeder Lagerkontrollpunkt hat ein Abfertigungsschloss. Sie schieben den Ausweis rein, und die Sperren heben sich, lassen Sie rein und zeigen den Wachen, dass Sie vom Hauptquartier ermächtigt sind. Und registriert.«

»Verdammt clever, diese rückständigen Marxisten.«

»Es gab die gleichen kleinen Dinger in fast jedem Hotelzimmer in Los Angeles, und das war vor vier Jahren … Und jetzt zum Rest.«

»Die Grundregeln?«

»Krupkin nennt sie Schutzmaßnahmen, für uns wie für Sie. Ehrlich gesagt, glaubt er nicht, dass Sie hier lebend wieder rauskommen, und wenn nicht, sollen Sie tiefgefroren werden …«

»Wie nett und realistisch.«

»Er mag Sie, Bourne … Archie.«

»Weiter.«

»Was den leitenden Stab betrifft, gehören Sie zum Geheimpersonal des Generalinspekteurs in Moskau, ein amerikanischer Spezialist, der hergeschickt wurde, um Nowgorod auf undichte Stellen zum Westen hin zu untersuchen. Man wird Ihnen alles geben, was Sie brauchen, inklusive Waffen, aber niemand darf mit Ihnen sprechen, es sei denn, Sie sprechen ihn an. Wegen meines eigenen Hintergrunds bin ich Ihr Verbindungsmann; alles, was Sie wollen, geben Sie durch mich weiter.«

»Ich bin Ihnen dankbar.«

»Warten Sie's ab«, sagte Benjamin. »Ohne mich werden Sie nirgendwohin gehen.«

»Das ist inakzeptabel.«

»Aber so ist es.«

»Nein, ist es nicht.«

»Warum nicht?«

»Weil ich mich nicht behindern lasse ... Und wenn ich hier rauskomme, möchte ich, dass die Mutter eines gewissen Benjamin ihn gesund und munter wiederbekommt und dass sie auf dem Weg nach Moskau ist.«

Der junge Russe starrte Bourne an, Stärke mischte sich mit nicht eben wenig Schmerz in seinen Augen. »Sie glauben wirklich, Sie können meinem Vater und mir helfen?«

»Ich *weiß,* dass ich es kann ... also helfen Sie *mir.* Spielen Sie nach meinen Regeln, Benjamin.«

»Sie sind ein seltsamer Mann.«

»Ich bin ein hungriger Mann. Können wir hier etwas zu essen bekommen? Und vielleicht ein paar Bandagen? Ich bin vor einiger Zeit getroffen worden, und nach dem heutigen Tag lassen mein Hals und meine Schultern es mich spüren.« Jason zog seine Jacke aus. Sein Hemd war blutgetränkt.

»Gütiger Gott! Ich werde einen Arzt rufen ...«

»Nein, werden Sie nicht. Nur einen Sanitäter, das ist alles ... Meine Regeln, Ben.«

»Okay, Archie. Wir wohnen in der Suite des Besichtigungskommissars. Es ist der oberste Stock. Wir haben einen Zimmerservice, und ich werde in der Krankenstation wegen einer Schwester anrufen.«

»Ich hab zwar gesagt, ich fühl mich hungrig und unwohl, aber das sind nicht meine wirklichen Sorgen.«

»Keine Sorge«, sagte der sowjetische Kalifornier. »Wenn irgendwo irgendwas Ungewöhnliches passiert, wird man es uns melden.«

Es passierte genau um 00.02 Uhr, direkt nach dem allgemeinen Wachwechsel in der tiefsten Dunkelheit der Nacht.

Das Telefon in der Kommissarssuite schrillte und trieb Benjamin von der Couch. Er rannte durchs Zimmer zu dem beharrlich rasselnden Gerät und riss den Hörer von der Gabel.

»Ja? … *Gde? Kogaa? Tschto eto snatschit? … Da!*«

Er knallte den Hörer aufs Telefon und wandte sich Bourne am Esstisch zu, auf dem die Karten von Nowgorod die Teller vom Zimmerservice ersetzt hatten.

»Es ist *unglaublich.* Am spanischen Tunnel auf der anderen Flussseite sind zwei Wachen tot aufgefunden worden, und auf dieser Seite wurde der wachhabende Offizier fünfzig Meter von seinem Posten entfernt entdeckt, mit zwei Kugeln im Hals. Sie haben die Videobänder durchgesehen, und alles, was man sehen konnte, war ein nicht identifizierter Mann, der mit einer Sporttasche durchging! In der Uniform einer Wache!«

»Da war noch etwas anderes, oder?«, fragte Delta kalt.

»Ja, und Sie könnten Recht haben. Ein toter Landarbeiter, der ein zerrissenes Papier in seiner Hand festkrallte. Er lag zwischen den beiden ermordeten Wachmännern, einer davon bis auf die Unterhosen und Schuhe ausgezogen … Wie hat er das *gemacht?*«

»Er hat den Guten gespielt, ich kann es mir nicht anders vorstellen«, überlegte Bourne, stand eilig auf und stürzte sich auf die Karte des spanischen Lagers. »Er muss seinen bezahlten Hochstapler mit der schlechten Ausweisattrappe reingeschickt haben, dann selbst reingelaufen sein, wobei der verwundete Komitet-Offizier den Betrug im letzten Moment entdeckt und die fremde Sprache gesprochen hat, die sein Hochstapler nicht sprechen und nicht verstehen konnte … Ich habe es Ihnen gesagt, Ben. Sondieren, testen, Verwirrung stiften und sich einen Weg nach drinnen suchen. Eine Uniform zu stehlen ist üblich, und im Durcheinander hat es ihn durch den Tunnel gebracht.«

»Aber jeder, der diese Papiere benutzte, sollte beobachtet, beschattet werden. Das waren Ihre Anweisungen, und Krupkin hat die Meldung an die vordere Linie durchgegeben!«

»Kubinka«, sagte Jason nachdenklich, während er die Karte studierte.

»Das Arsenal? Das in den Nachrichtenmeldungen aus Moskau erwähnt wurde?«

»Genau. Wie in Kubinka hat Carlos auch hier jemanden. Irgendjemanden mit so viel Autorität, einem entbehrlichen Wachoffizier zu befehlen, jeden, der in den Tunnel eindringt, zu ihm zu bringen, bevor der Alarm ausgelöst und das Hauptquartier alarmiert wird.«

»Das ist möglich«, stimmte der junge Trainer hastig und entschlossen zu. »Das Hauptquartier mit einem falschen Alarm zu belästigen kann sehr peinlich sein, und wie Sie schon sagten, muss es ein ziemliches Durcheinander gegeben haben.«

»In Paris«, sagte Bourne, »hat man mir gesagt, die Verlegenheit wäre der größte Feind des KGB. Stimmt das?«

»Auf einer Skala von eins bis zehn mindestens acht«, entgegnete Benjamin. »Aber wen sollte er hier drinnen haben, wen *könnte* er haben? Er ist seit dreißig Jahren nicht hier gewesen!«

»Wenn wir zwei Stunden Zeit hätten und ein paar Computer mit den Daten aller Leute in Nowgorod programmieren könnten, wären wir vielleicht in der Lage, mehrere hundert Namen einzugeben und würden Möglichkeiten finden, aber wir haben keine Stunden Zeit. Wir haben nicht mal Minuten! Außerdem, wie ich den Schakal kenne, macht es keinen Unterschied.«

»Ich glaube, es macht allerdings einen verdammten Unterschied!«, rief der amerikanisierte Russe. »Es gibt hier einen Verräter, und wir sollten wissen, wer es ist.«

»Ich schätze, Sie werden es schon bald genug herausfinden … *Einzelheiten,* Ben. Die Sache ist, er ist *hier!* Gehen wir, und wenn wir nach draußen kommen, halten wir irgendwo an, und Sie besorgen mir, was ich brauche.«

»Okay.«

»Alles, was ich brauche.«

»Dazu bin ich ermächtigt.«

»Und dann verschwinden Sie. Ich weiß, wovon ich rede.«

»Keine Chance, Jose!«

»Kalifornien kommt wieder durch?«

»Sie haben mich gehört.«

»Dann wird die Mutter des kleinen Benjamin vielleicht eine Leiche als Sohn haben, wenn sie nach Moskau zurückkommt. Verschwinden wir von hier.«

41.

Ilich Ramirez Sanchez schnippte im Schatten zweimal mit den Fingern, als er die kurzen Stufen des miniaturisierten Eingangs zu einer kleinen Kirche am Paseo del Prado in ›Madrid‹ erklomm, die Sporttasche in der linken Hand. Hinter einer geriffelten Säulenattrappe trat eine Gestalt hervor, ein stämmiger Mann, etwa Anfang Sechzig. Er trug die Uniform eines spanischen Armeeoffiziers, ein Generalleutnant mit drei Reihen Ordensbändern an seinem Waffenrock. Er hatte einen Lederkoffer in der Hand. Er hob ihn leicht an und sprach spanisch, wie es für diesen Teil Nowgorods normal war.

»Komm in die Sakristei. Da kannst du dich umziehen. Dieses Jackett passt dir nicht. Es ist eine Einladung für jeden Scharfschützen.«

»Es tut gut, wieder unsere Sprache zu sprechen«, sagte Carlos, als er dem Mann in die winzige Kirche folgte und sich steif umdrehte, um die schwere Tür zu schließen. »Ich stehe in deiner Schuld, Enrique«, fügte er hinzu und warf einen Blick in die Runde auf leere Reihen von Betstühlen und die warmen Lichter, die den Altar umspielten und das goldene Kruzifix leuchten ließen.

»Du stehst schon seit dreißig Jahren in meiner Schuld, Ramirez, und wie oft ist es schon zu meinem Nutzen gewesen?«, lachte der Soldat leise, als sie zum rechten Seitenschiff hinüber und dann zur Sakristei gingen.

»Vielleicht hast du zu dem, was von deiner Familie in Baracoa übrig ist, den Kontakt verloren. Fidels eigene Brüder und Schwestern leben nicht halb so gut.«

»Das tut auch der verrückte Fidel nicht, aber es ist ihm egal. Man sagt, er badet jetzt öfter, und ich nehme an, das ist ein Fortschritt. Aber du sprichst von meiner Familie in Baracoa.

Was ist mit *mir,* mein gepriesener, internationaler Attentäter? Keine Yachten, keine Rennpferde, schäm dich! Hätte ich dich nicht gewarnt, wärst du vor dreiunddreißig Jahren in eben diesem Lager hingerichtet worden. Wenn ich darüber nachdenke, dann kamst du genau aus dieser idiotischen Puppenstubenkirche, als dir die Flucht gelang – als Priester verkleidet, da ein Priester die Russen immer irgendwie verstört.«

»Hast du irgendetwas entbehren müssen, als ich mich erst einmal etabliert hatte?« Sie betraten einen kleinen, getäfelten Raum, in dem vermeintliche Prälaten die Sakramente vorbereiteten. »Habe ich dir jemals etwas abgeschlagen?«, fügte Carlos hinzu und stellte die Sporttasche auf den Boden.

»Ich habe natürlich nur einen Scherz gemacht«, wandte Enrique ein, lächelte gutmütig und sah den Schakal an. »Wo ist dein gesunder Humor geblieben, mein berüchtigter alter Freund?«

»Mir gehen andere Dinge durch den Kopf.«

»Dessen bin ich mir sicher, und um die Wahrheit zu sagen: Du warst immer sehr großzügig, was meine Familie auf Kuba betraf, und ich danke dir dafür. Mein Vater und meine Mutter haben ihr Leben in Frieden und Behaglichkeit beschlossen. Natürlich waren sie erstaunt, aber so viel besser gestellt als alle, die sie kannten … Es war alles so verrückt: Revolutionäre, die von ihren eigenen revolutionären Führern hinausgeworfen wurden.«

»Du warst eine Bedrohung für Castro, genau wie Che. Es ist passiert.«

»Eine Menge Dinge sind passiert«, stimmte Enrique zu und betrachtete Carlos. »Du bist älter geworden, Ramirez. Wo ist das volle, dunkle Haar, und wo ist das gutaussehende, ausdrucksvolle Gesicht mit den klaren Augen?«

»Davon wollen wir nicht reden.«

»Also gut. Ich werde fett, du wirst dünn. Das sagt mir etwas. Wie schlimm bist du verwundet?«

»Für das, was ich vorhabe – was ich tun muss –, funktioniere ich noch gut genug.«

»Ramirez, was gibt es denn noch zu tun?«, fragte der kostümierte Soldat plötzlich. »*Er ist tot!* Moskau rühmt sich im

Radio seines Todes, aber als du mich angerufen hast, wusste ich, dass der Ruhm dir gebührt. Jason Bourne ist tot! Dein Feind ist von dieser Welt verschwunden. Es geht dir nicht gut. Fahr wieder nach Paris zurück und kurier dich aus. Ich bring dich auf dem gleichen Weg wieder hinaus, auf dem du hereingekommen bist. Wir gehen nach ›Frankreich‹, und ich mache den Weg frei. Du wirst ein Kurier vom Kommandanten in ›Spanien‹ und ›Portugal‹ sein, der eine vertrauliche Botschaft zum Dserschinskij-Platz schickt. Es wird andauernd gemacht. Hier traut niemand irgendjemandem, besonders nicht seinen eigenen Wächtern. Du musst nicht einmal das Risiko eingehen, auch nur eine einzige Wache zu töten.«

»Nein! Eine Lektion muss erteilt werden.«

»Dann lass es mich anders ausdrücken. Als du über deine Notfallkodes angerufen hast, habe ich getan, was du verlangt hast, denn im Großen und Ganzen hast du deine dreiunddreißig Jahre alten Verpflichtungen mir gegenüber erfüllt. Aber jetzt ist ein weiteres Risiko – Risiken, um genau zu sein – aufgetaucht, und ich bin nicht sicher, ob ich sie eingehen kann.«

»So redest du mit *mir?*«, bellte der Schakal, als er die Jacke des toten Wachmannes auszog. Die sauberen, weißen Bandagen waren stramm gespannt und hielten seine rechte Schulter stabil. Verräterisches Blut war nicht zu sehen.

»Hör mit der Theatralik auf«, sagte Enrique sanft. »Wir kennen uns nun schon so lange. Ich spreche mit einem jungen Revolutionär, dem ich mit einem großartigen Athleten namens Santos von Kuba gefolgt bin … Übrigens, wie geht es ihm? Er war die eigentliche Bedrohung für Fidel.«

»Es geht ihm gut«, antwortete Carlos mit tonloser Stimme. »Das Le Cœur du Soldat wird allerdings umziehen müssen.«

»Kümmert er sich immer noch um seine Gärten, seine englischen Gärten?«

»Ja, tut er.«

»Er hätte Landschaftsgärtner werden sollen oder Florist, glaube ich. Und ich hätte ein wunderbarer Agraringenieur werden können, ein Agronom, wie man so sagt. So haben Santos und ich uns kennen gelernt, weißt du … Und dann kam die Politik mit ihrer Melodramatik und hat unser Leben verändert, nicht wahr?«

»Politisches Engagement hat es verändert. Die Faschisten haben es verändert.«

»Und jetzt wollen wir wie die Faschisten sein, und sie wollen das übernehmen, was an uns Kommunisten gar nicht so schlecht ist, und dann ein bisschen Geld austeilen – was nicht wirklich funktionieren wird, aber es ist eine angenehme Überlegung.«

»Was hat das mit mir zu tun, deinem Monseigneur?«

»Stinkende Scheiße, Ramirez. Wie du vielleicht weißt oder auch nicht, ist meine Frau vor ein paar Jahren gestorben, und ich habe drei Kinder auf der Universität in Moskau. Ohne meine Stellung wären sie nicht dort, und ich will, dass sie da auch bleiben. Sie werden Wissenschaftler, Ärzte ... Siehst du, das sind die Risiken, von denen ich spreche. Ich habe mich bis zu diesem Augenblick im Verborgenen gehalten, und du hast dir diesen Augenblick verdient – aber jetzt vielleicht nicht mehr. In ein paar Monaten werde ich in den Ruhestand gehen, und in Anerkennung meiner Dienstjahre in Südeuropa und dem Mittelmeer wird man mir eine wunderschöne Datscha am Schwarzen Meer zuteilen, wo mich meine Kinder besuchen können. Ich werde das Leben, das ich vor mir habe, nicht unnötig aufs Spiel setzen. Also drück dich präzise aus, Ramirez, und ich werde dir sagen, ob du allein bist oder nicht, ob du auf mich rechnen kannst ... Ich wiederhole, dein Eindringen hier kann nicht bis zu mir zurückverfolgt werden, und wie gesagt, du hast es dir verdient, aber weiter bin ich möglicherweise nicht bereit zu gehen.«

»Ich verstehe«, sagte Carlos und ging zu dem Koffer, den Enrique auf dem Tisch der Sakristei abgestellt hatte.

»Ich hoffe, du akzeptierst es, und mehr noch, ich hoffe, du kannst es nachempfinden. In all den Jahren bist du auf eine Art und Weise gut zu meiner Familie gewesen, wie ich es nie sein konnte, aber andererseits habe ich dir so gut gedient, wie ich konnte. Ich habe dich zu Rodtschenko geführt, habe dir Namen aus Ministerien genannt, in denen es reichlich Gerüchte gab, Gerüchte, die Rodtschenko selbst für dich untersucht hat. Also, mein alter, revolutionärer Genosse, ich bin im Dienste deiner Sache auch nicht untätig gewesen. Allerdings stehen die Dinge jetzt anders. Wir sind keine jungen Unruhestifter mehr, auf der Suche nach Idealen, denn wir haben den Appetit auf Ideale verloren – du natürlich lange vor mir.«

»Mein Ideal bleibt das Gleiche«, unterbrach der Schakal scharf. »Für mich und alle, die mir dienen.«

»Ich habe dir gedient …«

»Das hast du deutlich gemacht, ebenso wie meine Großzügigkeit dir und den Deinen gegenüber. Und jetzt, wo ich hier bin, fragst du dich, ob ich weiteren Beistand verdient habe, das ist es doch, oder?«

»Ich muss mich schützen. *Warum* bist du hier?«

»Ich habe es dir gesagt. Um eine Lektion zu erteilen, um eine Botschaft zu hinterlassen.«

»Das ist ein und dasselbe?«

»Ja.« Carlos öffnete den Koffer. Er enthielt ein grobes Hemd, eine portugiesische Fischermütze mit der entsprechenden, von einem Strick zusammengehaltenen Hose und einen Seesack mit Trageriemen. »Warum das?«, fragte der Schakal.

»Die sind weit, und ich habe dich seit Jahren nicht gesehen, nicht seit Malaga in den frühen Siebzigern, glaube ich. Ich hätte dir nicht einfach Sachen nähen lassen können, und ich bin froh, dass ich es nicht versucht habe. Du bist nicht so, wie ich dich in Erinnerung hatte, Ramirez.«

»Du bist auch nicht viel kräftiger als in meiner Erinnerung«, konterte der Attentäter. »Ein bisschen dicker am Bauch vielleicht, aber wir haben immer noch die gleiche Größe, den gleichen Körperbau.«

»Ja? Und was bedeutet das?«

»Augenblick noch … Hat sich viel verändert, seitdem wir zusammen hier waren?«

»Ständig. Fotos treffen ein, und einen Tag später kommen die Bautrupps. Der Prado hier in ›Madrid‹ hat neue Läden, neue Schilder, sogar ein paar neue Abwasserkanäle, weil sie auch im echten Madrid gerade ausgewechselt werden. Genauso sind ›Lissabon‹ und die Piers entlang der Bucht und dem Tejo verändert worden, um den Neuerungen zu entsprechen. Wir sind immer noch authentisch. Die Kandidaten, die ihre Ausbildung abschließen, sind buchstäblich da zu Hause, wohin sie geschickt werden. Manchmal finde ich, das geht alles zu weit, und dann erinnere ich mich an meinen ersten Auftrag im Militärstützpunkt in Barcelona und daran, wie vertraut mir alles war. Ich konnte mich gleich an die Arbeit machen, denn die psychologische Orientierung hatte schon stattgefunden. Es gab keine großen Überraschungen.«

»Du beschreibst Äußerlichkeiten«, unterbrach ihn Carlos.

»Natürlich, was sonst?«

»Bleibendere Gebäude, die nicht so sichtbar sind, nicht so deutlich in Erscheinung treten.«

»Wie zum Beispiel?«

»Lagerhäuser, Treibstoffdepots, die nicht Teil der nachgebauten Szenerie sind. Sind die noch da, wo sie waren?«

»Im Großen und Ganzen, ja. Mit Sicherheit die wichtigsten Lagerhäuser und Treibstoffdepots mit ihren unterirdischen Tanks. Die meisten sind immer noch westlich vom ›San Roque‹-Distrikt, am ›Gibraltar‹-Zugang.«

»Und was ist mit dem Wechsel von einem Lager ins andere?«

»Na, das hat sich verändert.« Enrique zog ein kleines, flaches Ding aus der Tasche seines Waffenrocks. »Jede Grenzübergangsstelle besitzt einen computerisierten Öffnungsmechanismus, der den Zugang erlaubt, wenn das hier eingeführt wird.«

»Es werden keine Fragen gestellt?«

»Nur in Nowgorods Hauptquartier, wenn es Fragen gibt.«

»Das verstehe ich nicht.«

»Wenn eins von diesen Dingern gestohlen wird oder verloren geht, wird das sofort gemeldet und die internen Kodes werden aufgehoben.«

»Ich verstehe.«

»*Ich* aber nicht! Wozu diese Fragen? *Warum bist du hier?* Was ist diese Lektion, diese Botschaft?«

»Der ›San Roque‹-Distrikt …«, sagte Carlos, als erinnere er

sich daran. »Das ist ungefähr drei oder vier Kilometer südlich vom Tunnel, oder? Ein kleines Dorf am Fluss, nicht?«

»Ja.«

»Und das nächste Lager ist ›Frankreich‹ und dann ›England‹ und schließlich das größte, die ›Vereinigten Staaten‹. Ja, das ist mir alles klar. Ich erinnere mich wieder.« Der Schakal wandte sich ab, seine rechte Hand verschwand unbeholfen unter seiner Hose.

»*Mir* ist aber nichts klar«, sagte Enrique mit leiser, drohender Stimme. »Und das muss es. Antworte mir, Ramirez. Warum bist du hier?«

»Wie kannst du es wagen, mich so zu verhören?«, fuhr Carlos fort, sein Rücken dem alten Gefährten zugewandt. »Wie kann es *überhaupt* irgendeiner von euch wagen, den Monseigneur von Paris zu verhören?«

»Hör gut zu, Priester Pappkopf. Du antwortest mir, oder ich gehe, und du bist innerhalb von Minuten ein toter Monseigneur!«

»Also gut, Enrique«, antwortete Ilich Ramirez Sanchez, ohne sich umzudrehen. »Meine Botschaft wird triumphal deutlich sein und die Fundamente des Kreml erschüttern. Carlos, der Schakal, hat nicht nur den schwächlichen Heuchler Jason Bourne auf sowjetischem Boden getötet, er hinterlässt auch eine Mahnung an ganz Russland, dass das Komitet einen gewaltigen Fehler begangen hat, als es meine außergewöhnlichen Talente nicht nutzen wollte.«

»Na, na«, sagte Enrique und lachte leise, als würde er einem keineswegs außergewöhnlichen Mann seinen Willen lassen. »Noch mehr Melodramatik, Ramirez? Und wie willst du diese Mahnung, die *Botschaft*, dieses entscheidende Statement übermitteln?«

»Ganz einfach«, entgegnete der Schakal, drehte sich um, eine Waffe in der Hand, den Schalldämpfer aufgeschraubt. »Wir werden die Plätze tauschen.«

»Was?«

»Ich werde Nowgorod niederbrennen.« Carlos feuerte einen einzigen Schuss in Enriques Hals. Er wollte, dass so wenig Blut wie möglich auf den Waffenrock tropfte.

In seinem Kampfanzug, mit den Abzeichen eines Majors der Armee auf den Schultern seiner Jacke, beteiligte sich Bourne an den Patrouillen des Militärpersonals, das nachts kreuz und quer durch das amerikanische Lager streifte. Sie waren nicht viele, vielleicht dreißig Männer, die die ganze Fläche von dreizehn Quadratkilometern abdeckten, wie Benjamin gesagt hatte. In den ›städtischen‹ Gegenden waren sie gewöhnlich zu Fuß unterwegs, paarweise. In ›ländlichen‹ Gegenden fuhren sie Militärfahrzeuge. Der junge Trainer hatte einen Jeep angefordert.

Von der Kommissarssuite im US-Hauptquartier waren sie zu einem militärischen Lagerhaus westlich des Flusses gebracht worden, wo Benjamins Papiere ihnen Einlass und einen Jeep verschafft hatten. Drinnen beobachteten die erstaunten Wachen, wie der stille Bourne mit einem Kampfanzug, einem Karabiner mit Bajonett, einer 45er Automatic und fünf Magazinen echter Munition ausgestattet wurde. Letzteres bekam er erst nach einem Bestätigungsanruf bei Krupkins unwissenden Untergebenen im Moskauer Hauptquartier. Als sie wieder draußen waren beschwerte sich Jason: »Was ist mit den Magnesiumfackeln und mindestens drei oder vier Granaten? Sie haben zugesagt, mir alles zu besorgen, was ich brauche, nicht nur die Hälfte!«

»Sie kommen«, antwortete Benjamin und raste vom Parkplatz des Lagerhauses. »Die Fackeln sind drüben beim Fahrzeugdepot, und die Granaten sind nicht Teil der normalen Ausrüstung. Sie liegen in Stahlkammern unten am Tunnel, an allen Tunneln, bei den Notfallwaffen.« Der junge Trainer warf Bourne einen Blick zu, einen Hauch von Humor auf seinem Gesicht, als das Licht der Scheinwerfer über den offenen Jeep huschte. »Höchstwahrscheinlich in der Annahme eines NATO-Überfalls.«

»Das ist dumm. Wir würden aus der Luft kommen.«

»Nicht bei einem Luftstützpunkt, der nur neunzig Sekunden Flugzeit entfernt ist.«

»Ich will diese Granaten haben. Wird es Schwierigkeiten geben, sie zu bekommen?«

»Nicht wenn Krupkin weiter gute Arbeit geleistet hat.« Das

hatte er. Vier russische Armeehandgranaten wurden abgezählt und von Benjamin gegengezeichnet. »Wohin?«, fragte er, als der Soldat in der amerikanischen Uniform zum Wachlokal aus Beton zurückkehrte.

»Das sind nicht gerade die üblichen amerikanischen Ausgaben«, sagte Jason, als er die Granaten sorgfältig eine nach der anderen in den Taschen seiner Jacke verstaute.

»Sie sind auch nicht zum Training gedacht. Die Lager sind nicht militärisch orientiert, sondern hauptsächlich zivil. Wenn diese Dinger benutzt werden, dann nur zu allgemeinen Schulungszwecken ... Wohin fahren wir jetzt?«

»Rufen Sie zuerst das Hauptquartier. Fragen Sie nach, ob an irgendeinem der Grenzpunkte etwas passiert ist.«

»Mein Beeper hätte sich gerührt ...«

»Ich traue den Beepern nicht, ich ziehe Worte vor«, unterbrach Jason. »Gehen Sie ans Funkgerät.«

Benjamin tat es, wechselte in die russische Sprache und benutzte die Kodes, die nur dem leitenden Stab zugeteilt waren. Eine knappe russische Antwort kam aus dem Lautsprecher, der junge Trainer legte das Mikrofon zurück und drehte sich Bourne zu. »Keine Aktivitäten«, sagte er. »Nur ein paar Treibstofflieferungen zwischen den Lagern.«

»Was ist das?«

»Hauptsächlich Benzinzuteilungen. Einige Lager haben größere Tanks als andere, also verlangt die Logistik Routineumlagen, bis die Hauptlieferungen flussabwärts verschifft werden.«

»Sie verteilen nachts?«

»Das ist günstiger, als wenn die Lastwagen tagsüber durch die Straßen führen. Denken Sie daran, hier ist alles verkleinert. Wir sind eben durch Seitenstraßen gefahren, aber es gibt an den zentralen Stellen eine ganze Instandhaltungsarmee, die die Läden und Büros und Restaurants saubermacht, um sie für die Aufgaben des nächsten Tages vorzubereiten. Große Lastwagen wären da keine Hilfe.«

»Mein Gott, es ist Disneyland ... Also gut, fahren Sie an die ›spanische‹ Grenze, Pedro.«

»Um dorthin zu kommen, müssen wir durch ›England‹

und ›Frankreich‹. Ich glaube nicht, dass es viel ausmacht, aber ich spreche kein Französisch. Oder Spanisch. Sie?«

»Französisch fließend. Spanisch annehmbar. Noch was?«

»Vielleicht sollten *Sie* lieber fahren.«

Der Schakal bremste den riesenhaften Tanklastwagen an der ›westdeutschen‹ Grenze. So weit wollte er fahren. Die übrigen, die nördlicheren Gegenden mit ›Skandinavien‹ und den ›Niederlanden‹, waren die unwichtigeren Satelliten. Die Auswirkungen ihrer Zerstörung würden mit denen der unteren Lager nicht zu vergleichen sein, und der Zeitfaktor verschonte sie. Jetzt war Timing alles, und ›Westdeutschland‹ sollte die massenhaften Großbrände auslösen. Er zog das grobe portugiesische Hemd zurecht, das den Waffenrock eines spanischen Generals verdeckte, und als die Wache aus dem Wachlokal kam, sprach Carlos russisch, wobei er die gleichen Worte wie an allen anderen Übergängen benutzte.

»Verlangen Sie nicht von mir, die alberne Sprache zu sprechen, die Sie hier benutzen. Ich liefere das Benzin, ich verschwende meine Zeit nicht in Klassenzimmern! Hier ist mein Schlüssel.«

»Ich sprech die Sprache selbst kaum, Genosse«, sagte der Wachmann und lachte, als er das kleine, flache, kartenähnliche Ding entgegennahm und in die computerisierte Maschine steckte. Die schwere Eisenschranke hob sich in vertikale Stellung. Der Wachmann gab den Schlüssel zurück, und der Schakal fuhr eilig durch ein miniaturisiertes ›West-Berlin‹.

Er raste durch den engen Nachbau des Kurfürstendamms zur Budapester Straße, wo er abbremste und den Tank öffnete. Das Benzin floss auf die Straße. Dann langte er in den offenen Beutel auf dem Sitz neben sich, riss die kleinen, getimten Sprengsätze hervor und schleuderte sie, wie er es bereits in allen südlichen Lagern an der Grenze zu ›Frankreich‹ getan hatte, durch die heruntergedrehten Fenster auf beiden Seiten des Lastwagens in die Fundamente der Gebäude, die er für am leichtesten entzündbar hielt. Er raste in den Sektor ›München‹, dann nach ›Bremerhaven‹ am Fluss und schließlich nach ›Bonn‹ und den verkleinerten Versionen der

Botschaften in ›Bad Godesberg‹, tränkte die Straßen und verteilte Sprengsätze. Er sah auf seine Uhr. Es war mittlerweile an der Zeit zurückzufahren. Ihm blieben gerade noch fünfzehn Minuten, bis die ersten Detonationen in ›Westdeutschland‹ stattfinden würden gefolgt von den Explosionen in ›Italien-Griechenland‹, ›Israel-Ägypten‹ und ›Spanien-Portugal‹, jeweils acht Minuten auseinander, um größtmögliches Chaos zu verbreiten.

Es gab für die Feuerwehr keine Möglichkeit, die flammenden Straßen und Gebäude in den verschiedenen Sektoren ihrer Lager nördlich von ›Frankreich‹ zu retten. Man würde Löschzüge aus den angrenzenden Lagern ordern, die dann zurückgerufen werden mussten, wenn die Feuer in ihren eigenen Lagern ausbrachen. Es war die einfache Formel kosmischer Konfusion, wobei der Kosmos das falsche Universum von Nowgorod war. Die Grenztore würden geöffnet werden, hektischer Verkehr ungehindert durchfahren können, und um die Verwüstung vollkommen zu machen, musste das Genie, das Ilich Ramirez Sanchez hieß – durch die Irrtümer des gleichen Nowgorod als Carlos, der Schakal, in die Welt des Terrors gebracht –, in ›Paris‹ sein, nicht in *seinem* Paris, sondern im verhassten ›Paris‹ von Nowgorod, und er würde es bis auf die Grundmauern niederbrennen, wie es sich die Wahnsinnigen des Dritten Reiches niemals hatten träumen lassen. Dann würde ›England‹ folgen und schließlich, endlich, das größte Lager im verachteten, isolierten, illusionsreichen Nowgorod, wo er seine triumphierende Botschaft hinterlassen würde – die ›Vereinigten Staaten von Amerika‹, Züchter des abtrünnigen Attentäters Jason Bourne. Das Statement würde so rein und so klar sein wie Alpenwasser, das das Blut eines zerstörten, falschen Universums fortwusch.

›Ich allein habe das getan. Meine Feinde sind tot, und ich lebe.‹

Carlos sah in seine Sporttasche. Was blieb, waren die tödlichsten Mordwerkzeuge, die er im Arsenal von Kubinka gefunden hatte. Vier geschichtete Reihen von verpackten, hitzesuchenden Raketen, insgesamt zwanzig, jede davon in der Lage, das komplette Fundament des Washington Monuments in die Luft zu sprengen. Wenn sie erst einmal gezündet und losgelassen waren, würde jede von ihnen das Feuer suchen und ihre Arbeit tun. Befriedigt schloss der Schakal den Benzinstutzen, wendete und raste zur Grenze zurück.

Der schläfrige Techniker im Hauptquartier zwinkerte mit seinen Augen und starrte auf die grünen Buchstaben auf dem Bildschirm vor sich. Was er las, ergab eigentlich keinen Sinn, aber die Genehmigungen blieben unangefochten. Zum fünften Male hatte der Kommandant des ›spanischen‹ Lagers die nördliche Grenze nach ›Deutschland‹ in beiden Richtungen überquert und fuhr jetzt wieder zurück nach ›Frankreich‹. Zweimal hatte der Techniker, als die Kodes übermittelt worden waren und in Übereinstimmung mit der in Kraft gesetzten, höchsten Alarmstufe gestanden hatten, die Grenzkontrollen von ›Israel‹ und ›Italien‹ angerufen, und man hatte ihm gesagt, es sei nur ein Tanklastwagen durchgefahren. Das war die Information, die er dem für den Kode zugelassenen Trainer Benjamin gegeben hatte, aber jetzt wunderte er sich. Warum sollte ein so hochrangiger Beamter einen Tanklastzug fahren? … Andererseits, warum nicht? In Nowgorod war Korruption an der Tagesordnung, und vielleicht suchte der Kommandant nach korrupten Machenschaften oder kassierte bei Nacht seinen Anteil. Dennoch, da keine Meldung über eine verlorene oder gestohlene Karte vorlag und die Computer keinen Einspruch erhoben, war es besser, sich nicht um die Sache zu kümmern. Man wusste nie, wer sein nächster Vorgesetzter sein konnte.

»*Faites vite s'il vous plaît!*«, sagte Bourne zu der Wache am Grenzübergang, als er dem Mann seine Karte gab.

»*Da … oui*«, erwiderte der Wachmann und ging eilig zur Maschine, um die Genehmigung einzuholen, als ein gewaltiger Tanklastwagen in der anderen Richtung auf dem Weg nach ›England‹ durchfuhr.

»Bestehen Sie nicht zu sehr auf dem Französisch«, sagte Benjamin auf dem Vordersitz neben Jason. »Diese Jungs geben sich größte Mühe, aber sie sind keine Linguisten.«

»*Cal-if-fornia … here I come*«, sang Bourne leise. »Sind Sie sicher, dass Sie und Ihr Vater nicht zu Ihrer Mutter nach L.A. wollen?«

»Halten Sie den Mund!«

Der Wachmann kam zurück, salutierte, und die Eisenschranke wurde angehoben. Jason gab Gas, und nur Augenblicke später sah er einen in Flutlicht gehüllten, dreistöckigen Nachbau des Eiffelturms. Weiter entfernt gab es rechts einen Miniatur-Champs-Elysées mit einer hölzernen Reproduktion des Arc de Triomphe, hoch genug, um unverkennbar zu sein. Nachdenklich wanderten Bournes Gedanken zurück zu diesen unruhigen, schrecklichen Stunden, als er und Marie durch Paris gelaufen waren und verzweifelt versucht hatten, einander zu finden … Marie, o Gott, Marie! Ich möchte zurückkommen. Ich möchte wieder David sein. Er und ich, wir sind so viel älter geworden. Er macht mir keine Angst, und ich ärgere ihn nicht mehr … Wer? Wen von uns?

»Warten Sie«, sagte Benjamin und berührte Jasons Arm. »Langsam.«

»Was ist?«

»Stopp«, rief der junge Trainer. »Fahren Sie rechts ran und machen Sie den Motor aus.«

»Was ist los mit Ihnen?«

»Ich bin nicht sicher.« Benjamin hielt seinen Kopf in den Nacken gelegt, seine Augen in den klaren Nachthimmel und auf das schimmernde Leuchten der Sterne gerichtet. »Keine Wolken«, sagte er geheimnisvoll. »Keine Stürme.«

»Es regnet auch nicht. Na und? Ich möchte zum spanischen Lager!«

»Da ist es wieder …«

»Wovon, zum Teufel, reden Sie?« Und dann hörte es auch Bourne … weit weg, das Geräusch von fernem Donner, aber die Nacht war klar! Wieder geschah es und wieder und wieder, ein tiefes Grollen nach dem anderen.

»Da!«, rief der junge Russe aus Los Angeles, stand im Jeep auf und deutete nach Norden. »Was ist das?«

»Das ist Feuer, junger Mann«, antwortete Jason zögernd, während er selbst aufstand und das pulsierende, gelbe Glühen anstarrte, das den Himmel in der Ferne erhellte. »Und ich würde sagen, das ist das spanische Lager. Da wurde er ursprünglich ausgebildet, und deshalb ist er zurückgekommen – um den Laden in die Luft zu sprengen! Das ist seine Rache! ... Gehen Sie runter, wir müssen hin!«

»Nein, Sie irren sich«, unterbrach Benjamin und ließ sich eilig auf den Sitz fallen, während Bourne den Motor startete und den Jeep ruckartig anfahren ließ. »›Spanien‹ ist nicht mehr als fünf oder sechs Meilen von hier. Dieses Feuer ist viel weiter weg.«

»Zeigen Sie mir einfach nur den schnellsten Weg«, sagte Jason und trat das Gaspedal bis auf den Boden durch.

Unter den umherwandernden Blicken des Trainers, die von plötzlichen Ausrufen wie »Hier abbiegen!«, und »Nach rechts!«, und »Die Straße runter!«, begleitet wurden, rasten sie durch Paris und in angrenzende Sektoren mit den Namen ›Marseille‹, ›Montpellier‹, ›Le Havre‹, ›Straßbourg‹ und viele andere, umrundeten Marktplätze, fuhren an malerischen Straßen und miniaturisierten Wohnblocks vorbei, bis sie schließlich in Sichtweite der ›spanischen‹ Grenze kamen. Je näher sie kamen, desto lauter wurden die Donnerschläge in der Ferne, desto heller war der gelbe Nachthimmel. Die Wachen an der Grenze waren wütend mit ihren Telefonen und Handfunkgeräten beschäftigt. Die zweitönige Sirene mischte sich zwischen das Rufen und Schreien, während Polizei- und Feuerwehrwagen scheinbar aus dem Nichts auftauchten, auf dem Weg zur Grenze durch die Straßen von ›Madrid‹ rasten.

»Was ist los?«, schrie Benjamin, sprang von dem Jeep herunter und ließ jede Verstellung fallen, indem er russisch sprach. »Ich gehöre zum leitenden Stab!«, fügte er hinzu und schob die Karte in die Anlage, sodass die Schranke hochschnellte. »Sagen Sie es mir!«

»*Wahnsinn, Genosse!*«, rief ein Offizier aus dem Fenster des Wachlokals. »Unglaublich ... Es ist, als würde die ganze Welt verrückt spielen! Erst ›Deutschland‹, überall gibt es Explosionen und Feuer in den Straßen, und Gebäude gehen in Flammen auf. Der Erdboden zittert, und man sagt uns, es ist eine Art Erdbeben. Dann passiert es in ›Italien‹, ›Rom‹ brennt wie eine Fackel, und im ›griechischen‹ Sektor sind ›Athen‹ und der Hafen von ›Piräus‹ voller Brände, und immer noch gehen die Explosionen weiter, alles steht in Flammen!«

»Was sagt das Hauptquartier?«

»Die wissen nicht, *was* sie sagen sollen! Der Unsinn mit dem Erdbeben war genau das: Unsinn. Alle sind in Panik, geben Befehle aus und nehmen sie dann wieder zurück.« Ein weiteres Wandtelefon klingelte im Wachlokal. Der Wachhabende nahm ab und hörte zu, dann schrie er plötzlich so laut, wie seine Lungen es erlaubten. »Irrsinn, das ist kompletter *Irrsinn!* Sind Sie sicher?«

»Was ist?«, brüllte Benjamin und rannte zum Fenster.

»›Ägypten‹!«, schrie er, sein Ohr an den Hörer gepresst. »›Israel‹! … ›Kairo‹ und ›Tel Aviv‹ – überall Feuer, überall Bomben! Niemand wird mit der Verwüstung fertig. Die Lastwagen krachen in den engen Straßen aufeinander. Die Hydranten sind gesprengt. Im Rinnstein fließt Wasser, aber die Straßen brennen … Und irgendein Idiot war in der Leitung und hat gefragt, ob wir die ›Rauchen verboten‹-Schilder ordnungsgemäß aufgehängt haben, während die Holzhäuser auf dem besten Weg sind, in Schutt und Asche gelegt zu werden! Idioten. Das sind alles Idioten!«

»Kommen Sie zurück!«, schrie Bourne, nachdem er den Jeep durch die Absperrung gebracht hatte. »Er ist irgendwo hier drinnen! Sie fahren, und ich werde …« Jasons Worte wurden von einer ohrenbetäubenden Explosion mitten auf dem Paseo des Prado abgeschnitten. Es war eine enorme Detonation, Gerümpel und Steine flogen in hohem Bogen in den flammenden Himmel hinauf. Und dann, als wäre der Paseo selbst eine lebendige, pulsierende Feuerwand, rollten Flammen voran, bogen nach links ab, aus der Stadt heraus und auf die Straße, die die Zufahrt zum Grenzposten war.

»Sehen Sie!«, rief Bourne, langte aus dem Jeep heraus und kratzte mit den Fingern über die kieselige Oberfläche unter sich. Er führte seine Finger ans Gesicht, an seine Nase. »Mein Gott«, brüllte er. »Die ganze verfluchte Straße ist voller Benzin!« Dreißig Meter vor dem Jeep gab es eine Feuerexplosion, die Steine und Dreck in den Metallgrill knallen ließ und die Flammen mit wachsender Geschwindigkeit vorantrieb.

»Plastik!«, sagte Jason zu sich selbst, dann schrie er Benjamin an, der zum Jeep rannte: »Zurück! Bringen Sie alle hier raus! Der Scheißkerl hat den Laden mit Plastikbomben eingekreist! Runter zum Fluss!«

»Ich komme mit Ihnen!«, rief der junge Russe und packte den Rand der Tür.

»Tut mir Leid, Junior«, rief Bourne, ließ den Motor aufheulen, schleuderte mit dem Wagen in das offene Grenztor zurück und schickte Benjamin auf den Schotter. »Das hier ist was für Erwachsene.«

»Was machen Sie denn?«, schrie Benjamin, und seine Stimme wurde leiser, als der Jeep über die Grenze jagte.

»Der Tankwagen, dieser gottverfluchte Tankwagen!«, flüsterte Jason, während er nach Straßbourg in ›Frankreich‹ raste.

Es geschah in ›Paris‹ – wo sonst als in Paris! Das riesige Duplikat des Eiffelturms ging mit einer derartigen Wucht in die Luft, dass die Erde bebte. Raketen? Lenkraketen? Der Schakal hatte Lenkraketen aus dem Arsenal von Kubinka gestohlen! Sekunden später begannen weit hinter ihm die Explosionen, und wieder gingen neue Straßen in Flammen auf. Überall. Ganz ›Frankreich‹ wurde auf eine Weise zerstört, die sich der Wahnsinnige Adolf Hitler nur in seinen verdrehtesten Träumen hätte vorstellen können. Männer und Frauen liefen in Panik durch die Gassen und Straßen, schrien, stürzten, beteten zu Göttern, denen ihre Führer abgeschworen hatten.

England! Er musste nach ›England‹ kommen und dann schließlich nach ›Amerika‹, denn all seine Instinkte sagten ihm, dass dort das Ende kommen würde – auf die eine oder andere Art. Er musste den Lastwagen finden, den der Schakal fuhr, und beide zerstören. Er konnte es schaffen – *er konnte es schaffen!* Carlos glaubte, er sei tot, und das war der Schlüssel, denn der Schakal musste tun, was er tun musste, was er, Jason Bourne, tun würde, wenn er Carlos wäre. Wenn die Katastrophe, die er entfacht hatte, auf ihrem Höhepunkt war, würde der Schakal den Tanker zurücklassen und seine Flucht antreten, nach Paris, dem wahren Paris, wo seine Armee der alten Männer den Triumph ihres Monseigneur über die allgegenwärtigen, ungläubigen Sowjets verbreiten würde. Es musste irgendwo in der Nähe des Tunnels sein. Das stand fest.

Die Jagd durch ›London‹, ›Coventry‹ und ›Portsmouth‹ ließ sich nur mit einem Nachrichtenfilm aus dem Zweiten Weltkrieg vergleichen, der das Blutbad zeigte, das die Luftwaffe in Großbritannien angerichtet hatte, erst mit dem kreischenden, dann mit dem stillen Terror der V-2- und V-5-Raketen. Aber die Bewohner Nowgorods waren keine Briten, der Gleichmut wich einer Massenhysterie, einziges Interesse eines jeden war das eigene Überleben. Als die eindrucksvollen Reproduktionen des Big Ben und der Houses of Parliament brennend zusammenbrachen und die Flugzeugfabriken von ›Coventry‹ nur noch ein Flammenmeer waren, strömten die Straßen über von schreienden, entsetzten Massen, die zum Wolchow und den Schiffswerften von ›Portsmouth‹ hinunterliefen. Dort warfen sich Unzählige von den verkleinerten Piers und Slipanlagen ins reißende Wasser, wo sie sich in den Magnesiumgittern verfingen, wo scharfe, gezackte Stromblitze glühend durch die Luft fuhren und bewegungslose Körper zu den nächsten Metallgittern über und unterhalb der aufgewühlten Wasseroberfläche schwemmten. Wie gelähmt standen die Menschen in Gruppen und drehten sich panisch um, erkämpften sich den Weg zurück. Die Wachen hatten ihre Posten verlassen, und das Chaos beherrschte die Nacht.

Bourne schaltete das Suchlicht des Jeeps ein, fuhr mit plötzlichen Sprints Gassen und weniger volle Straßen hinunter, nach Süden, immer nach Süden. Er schnappte sich eine Fackel vom Boden des Wagens, zog die Zündleine und schleuderte den sprühenden, zischenden, blendenden Feuerstock in die Hände und Gesichter der hysterischen Versprengten, die an Bord zu klettern versuchten. Der Anblick der unaufhörlich pulsierenden Flamme so nah vor ihren Augen genügte. Jeder schrie und wich zurück und glaubte zweifellos, dass ein weiterer Sprengsatz in seiner oder ihrer unmittelbaren Umgebung detoniert war.

Eine Schotterstraße! Das Tor zum amerikanischen Lager war weniger als hundert Meter entfernt … Eine Schotterstraße? Benzingetränkt! Die Plastikbomben hatten nicht gezündet – aber in wenigen Augenblicken würden sie es tun, eine Feuerwand aufbauen, den Jeep und seinen Fahrer umschlingen! Mit durchgetretenem Gaspedal raste Jason zum Tor. Es war verlassen, und die Eisenschranke war unten! Er stieg auf die Bremsen, kam schlingernd zum Stehen, hoffte abseits jeder vernünftigen Hoffnung, dass keine Funken aufstiegen und den Schotter entzünden würden.

Er legte die sprühende Fackel auf den Metallboden, nahm hastig zwei Granaten aus seiner Tasche, Granaten, von denen er sich nur widerwillig trennte, zog die Stifte und schleuderte sie zum Tor. Die gewaltige Explosion sprengte die Barrikaden beiseite und entzündete im gleichen Augenblick die Straße, sofort schlugen die Flammen hoch, umfassten ihn! Er hatte keine Wahl, er warf die heiße Fackel weg und raste durch den Feuertunnel in Nowgorods letztes und größtes Lager. In diesem Moment explodierte das Wachlokal an der ›englischen‹ Grenze. Glas, Stein und Metallteile schossen hervor und waren überall in die Luft.

Er war auf dem Weg zum Eingang nach ›Spanien‹ derart von Angst erfüllt gewesen, dass er sich kaum an die winzigen Repliken der ›amerikanischen‹ Städte und Dörfer erinnerte und noch viel weniger an die schnellsten Wege, die zum Tunnel führten. Er war nur den scharfen Kommandos des jungen Benjamin gefolgt, aber er erinnerte sich daran, dass der in Kalifornien aufgewachsene Trainer von der ›Küstenstraße‹ gesprochen hatte – ›wie die Route One, Mann, rauf nach Carmel‹! Es war natürlich die Straße, die dem Wolchow am nächsten lag.

Der Wahnsinn hatte ›Amerika‹ erreicht. Polizeiwagen mit heulenden Sirenen jagten durch die Straßen, Männer riefen in Funkgeräte hinein, während Leute in verschiedenen Stadien der Be- und Entkleidung aus Häusern und Läden gerannt kamen, schrien von einem schrecklichen Erdbeben, das diesen Teil des Wolchow erschüttert habe, eines, das sogar noch schlimmer sei als die Katastrophe in Armenien. Selbst bei dem sichersten Wissen um eine verheerende Infiltration konnten die Führer von Nowgorod die Wahrheit nicht zugeben. Es war, als wäre alle Geologie vergessen, wären ihre Entdeckungen gegenstandslos. Doch wer stellt in der Panik des Überlebenskampfes schon die Obrigkeit infrage? Jeder in ›Amerika‹ wurde instruiert, auf etwas vorbereitet, worauf, wusste niemand.

Knapp zehn Minuten später, nach der Zerstörung des größten Teils vom kleinen ›Großbritannien‹, fanden sie es heraus. Bourne erreichte die zusammengedrängten, verkleinerten Umrisse von ›Washington D.C.‹, als der Großbrand einsetzte. Als Erstes stürzte das hölzerne Duplikat des kuppelförmigen Kapitols in die Flammen, wobei das Geräusch seiner Detonation nur um Millisekunden verzögert zu hören war. Es flog in den gelblichen Himmel, und Augenblicke später – *nur Augenblicke* – brach das Washington Monument, das in der Mitte des Rasens in seinem Park stand, mit einem entfernten Krachen zusammen, als wäre sein falsches Fundament von einer donnernden Planierraupe weggeschaufelt worden. Sekunden danach stürzten die künstlichen Aufbauten, die das Weiße Haus darstellten, brennend in sich zusammen. Die Explosionen betäubten die Ohren wie die Augen, denn die Pennsylvania Avenue war vom Feuer überflutet.

Bourne wusste, wo er jetzt war. Der Tunnel lag zwischen ›Washington‹ und ›New London, Connecticut‹! Das war nicht mehr als fünf Minuten entfernt! Er fuhr den Jeep zu der Straße hinunter, die parallel zum Fluss verlief, und wieder waren da erschreckte, hysterische Massen. Die Polizei rief mit Lautsprechern, zuerst auf englisch, dann auf russisch, und erklärte die entsetzlichen Folgen, falls jemand übers Wasser zu schwimmen versuchte, die Suchscheinwerfer schwangen vor und zurück, zeigten die treibenden Leichen von denen, die es in den nördlichen Lagern versucht hatten.

»Der Tunnel, der Tunnel! Macht den Tunnel auf!«

Die Schreie der aufgebrachten Menge wurden zu einem Sprechchor, den man physisch nicht ignorieren konnte. Bald würden sie die unterirdische Verbindung angreifen. Jason sprang aus dem umlagerten Jeep, stopfte die drei noch übrigen Fackeln in die Tasche und bahnte sich einen Weg durch die schiebenden und stoßenden Körper, arbeitete wütend, oft ergebnislos, mit Armen und Schultern. Es gab keine andere Möglichkeit. Er zog eine Fackel hervor und riss den Zünder aus seiner Vertiefung. Die sprühende Flamme tat ihre Wirkung. Hitze und Feuer waren Katalysatoren. Er rannte durch die Menge, trommelte auf jeden ein, der vor ihm war, schob die blendende, sprühende Fackel in entsetzte Gesichter, bis er vorn angekommen war und einem Spalier von Wachen in Uniformen der United States Army gegenüberstand. Es war verrückt, wahnwitzig! Die ganze Welt war übergeschnappt!

Nein! Da! Auf dem abgezäunten Parkplatz stand der Tanklaster! Er durchbrach das Spalier der Wachen, hielt seinen computerisierten Ausweis hoch und rannte zu dem Soldaten mit den hochrangigsten Abzeichen an seiner Uniform, einem Colonel mit einer AK-47 am Schultergurt, der so panisch war, wie Jason es seit Saigon bei keinem hochrangigen Offizier mehr erlebt hatte.

»Meine Identifikation ist der Name Archie, und meinetwegen können Sie ihn gleich überprüfen. Selbst jetzt weigere ich mich, unsere Sprache zu sprechen, nur Englisch! Haben Sie das verstanden? Disziplin ist Disziplin!«

»*Kogda?*«, schrie der Offizier, zweifelte einen Moment lang, dann kehrte er mit einem entsetzlichen Bostoner Akzent zum Englischen zurück. »Natürlich kennen wir Sie«, rief er. »Aber was kann ich tun? Das hier ist ein unkontrollierbarer Aufruhr!«

»Ist in der letzten, sagen wir, halben Stunde irgendjemand durch diesen Tunnel gekommen?«

»Niemand, absolut niemand! Unsere Befehle heißen, den Tunnel um jeden Preis geschlossen zu halten!«

»Gut … Gehen Sie an die Lautsprecher und zerstreuen Sie die Menge. Sagen Sie ihnen, die Krise ist vorbei und somit auch die Gefahr.«

»Wie kann ich das? Feuer überall, Explosionen überall!«

»Die werden bald aufhören.«

»Woher wissen Sie das?«

»Ich weiß es! Tun Sie, was ich sage!«

»Tun Sie, was er sagt!«, brüllte eine Stimme hinter Bourne. Es war Benjamin, sein Gesicht und Hemd waren schweißüberströmt. »Und ich hoffe höllisch, Archie, dass Sie wissen, wovon Sie reden!«

»Wo kommen *Sie* denn her?«

»Woher, wissen Sie. Wie, ist eine andere Frage. Versuchen Sie mal, dem Hauptquartier so zu drohen, dass ein apoplektischer Krupkin von einem Krankenhausbett in Moskau aus einen Helikopter anfordern kann.«

»›Apoplektisch‹ – nicht schlecht für einen Russen ...«

»Wer gibt mir solche Befehle?«, schrie der Wachoffizier. »Sie sind nur ein junger Mann!«

»Überprüfen Sie mich, Freundchen, aber tun Sie es schnell«, antwortete Benjamin und hielt ihm seine Karte hin. »Sonst werde ich Sie, glaube ich, sonstwohin versetzen lassen. Irgend 'ne hübsche Gegend ohne Privattoiletten ... Bewegung, Sie *Arsch!*«

»Cal-if-fornia, here I ...«

»Halten Sie den Mund!«

»Er ist hier! Da ist der Tanker. Da drüben.« Jason deutete auf das riesige Fahrzeug, das die verstreuten Autos und Transporter auf dem eingezäunten Parkplatz zwergenhaft aussehen ließ.

»Ein Tanklaster? Wie haben Sie das rausgefunden?«, fragte der erstaunte Benjamin.

»Dieser Tanker muss knapp fünfzigtausend Liter fassen. In Verbindung mit den Plastikbomben, wenn sie strategisch angebracht sind, reicht das für die Straßen und die falschen Bauten aus altem, trockenem Holz.«

»Sluschajte!«, plärrten die zahllosen Lautsprecher um den Tunnel und zogen die Aufmerksamkeit auf sich, als die Explosionen tatsächlich nachzulassen begannen. Der Colonel stieg auf das Dach des niedrigen Betonhäuschens, ein Mikrofon in der Hand, seine Gestalt umrissen vom harten Strahl der kräftigen Suchscheinwerfer.

»Das Erdbeben ist vorbei«, rief er auf russisch, »und auch wenn der Schaden beträchtlich ist und die Feuer die ganze Nacht über brennen werden, die Krise ist überstanden! ...

Bleiben Sie am Ufer des Flusses, und unsere Genossen aus den Wartungstrupps werden ihr Bestes tun, um für das Nötigste zu sorgen … Das sind die Befehle von unseren Vorgesetzten, Genossen. Geben Sie uns keinen Grund, Gewalt anzuwenden, ich bitte Sie darum!«

»Welches Erdbeben?«, rief ein Mann in den vorderen Reihen der panischen Menschenmenge. »Sie sagen, es ist ein Erdbeben, aber Sie haben Ihr Hirn in der Hose! Ich habe ein Erdbeben erlebt, und das hier ist *kein* Erdbeben. Das ist ein bewaffneter Angriff!«

»Ja, ja, ein Angriff!«

»Wir werden angegriffen!«

»Invasion! Das ist eine Invasion!«

»Öffnen Sie den Tunnel und lassen Sie uns raus, oder wir werden Sie niederschießen müssen! Öffnen Sie den Tunnel!«

Der Sprachchor der Protestierenden wuchs überall in der verzweifelten Menge, aber die Soldaten wichen keinen Schritt zurück, die Bajonette auf die Gewehre gepflanzt. Der Colonel fuhr mit verzerrter Miene fort, seine Stimme fast so hysterisch wie die rasende Menge.

»Hören Sie auf mich!«, schrie er. »Ich sage Ihnen, was man mir gesagt hat: dass es ein Erdbeben ist, und ich *weiß*, dass es wahr ist, und ich werde Ihnen auch sagen, *woher* ich weiß, dass es wahr ist! Haben Sie einen einzigen Schuss gehört? Nur einen einzigen Schuss! Nein, das haben Sie nicht! … Hier gibt es, wie in allen Lagern und jedem Sektor, Polizei und Soldaten und Trainer, die Waffen tragen. Ihre Befehle lauten, mit aller Macht jede unbefugte Gewaltanwendung einzudämmen, ganz zu schweigen von bewaffneten Invasoren! Trotzdem ist nirgendwo auch nur ein Schuss gefallen …«

»Was schreit er da?«, fragte Bourne, zu Benjamin gewandt.

»Er versucht, sie zu überzeugen, dass es ein Erdbeben ist – oder war. Sie glauben ihm nicht. Sie glauben, es ist eine Invasion. Er sagt, das kann nicht sein, weil keine Schüsse gefallen sind.«

»Schüsse?«

»Niemand schießt auf irgendjemanden, und das würden

sie mit Sicherheit tun, wenn es ein bewaffneter Angriff wäre. Keine Schüsse, kein Angriff.«

»*Schüsse ...?*« Plötzlich packte Bourne den jungen Russen und drehte ihn um. »Sagen Sie ihm, er soll aufhören! Um Gottes willen, halten Sie ihn auf!«

»Was?«

»Er gibt dem Schakal die Eröffnung, die er haben will, die er braucht!«

»Wovon reden Sie?«

»*Njet!*«, kreischte eine Frau, brach aus der Menge hervor und schrie den Offizier inmitten der Scheinwerferkegel an. »Die Explosionen sind Bomben! Sie kommen von oben, aus Bombern!«

»Das ist völlig verrückt«, rief der Colonel auf russisch. »Wenn es ein Luftangriff wäre, dann wäre der Himmel voll von unseren Kampfflugzeugen aus Belopol! ... Die Explosionen kommen aus der Erde, die Feuer aus der Erde, von den Gasen unten ...« Das waren die letzten Worte, die der sowjetische Offizier jemals sagen sollte.

Eine abgehackte Salve von Schüssen aus einer automatischen Waffe platzte aus den Schatten des Parkplatzes am Tunnel hervor und warf den Russen zu Boden. Sein durchlöcherter Körper brach zusammen und fiel vom Dach des Wachlokals. Die ohnehin rasende Menge drehte durch. Der Rang uniformierter ›amerikanischer‹ Soldaten verfiel, und wenn zuvor schon das Chaos regiert hatte, dann herrschte jetzt der nihilistische Pöbel. Der enge, umzäunte Eingang des Tunnels wurde gestürmt, Gestalten rannten ineinander, schlugen aufeinander ein, kletterten übereinander, hetzten in Massen zur Öffnung des Unterwassereingangs. Jason zog seinen jungen Trainer zur Seite, ohne den Blick vom Parkplatz zu wenden, der völlig im Dunkel lag.

»Können Sie die Tunnelmaschinerie bedienen?«, rief er.

»Ja! Das kann jeder aus dem leitenden Stab! Gehört zu dem Job!«

»Die Eisentore, von denen Sie gesprochen haben?«

»Natürlich.«

»Wo ist der Mechanismus?«

»In der Wachstube.«

»Gehen Sie rein!«, schrie Bourne, nahm eine Fackel aus seiner Feldjacke und gab sie Benjamin. »Ich hab noch zwei und zwei Granaten … Wenn Sie sehen, dass eine von meinen Fackeln über der Menge aufgeht, lassen Sie die Tore auf dieser Seite herunter, und zwar nur auf dieser Seite, verstanden?«

»Wozu?«

»Meine Regeln, Ben! Tun Sie es! Dann zünden Sie diese Fackel an und werfen Sie aus dem Fenster, damit ich weiß, dass das Gitter unten ist.«

»Was dann?«

»Etwas, das Sie vielleicht nicht tun wollen, aber tun *müssen* … Nehmen Sie die Siebenundvierziger des toten Colonels und drängen Sie die Menge, *schießen* Sie sie in die Straße zurück. Schnelles Feuer in den Boden vor ihnen oder über sie hinweg, tun Sie, was Sie tun müssen, auch wenn es bedeutet, dass Sie vielleicht ein paar von ihnen verwunden. Es muss um jeden Preis geschehen. Ich muss ihn finden, ihn isolieren, vor allem von allen anderen fernhalten, die versuchen rauszukommen.«

»Sie sind ein gottverdammter Irrer!«, unterbrach ihn Benjamin mit hervortretenden Adern an den Schläfen.

»In diesem Augenblick bin ich der vernünftigste Mensch, den Sie jemals kennen gelernt haben«, ging Bourne schroff dazwischen, während die panischen Bewohner von Nowgorod an ihnen vorbeihasteten. »Es gibt keinen zurechnungsfähigen General in der sowjetischen Armee, der Armee, die Stalingrad zurückerobert hat, der mir nicht zustimmen würde … Wir müssen ein paar Verluste in Kauf nehmen, nur so ist die große Katastrophe zu verhindern!«

»Sie verlangen zu viel! Diese Leute sind meine Genossen, meine Freunde. Es sind Russen. Würden Sie in eine Menge von Amerikanern feuern? Ein Zittern mit den Händen, zwei Zentimeter, fünf Zentimeter mit einer Siebenundvierziger, und ich könnte ein halbes Dutzend Menschen verstümmeln oder gar töten! Das Risiko ist zu groß!«

»Sie haben keine Wahl. Wenn der Schakal an mir vorbeigekommen ist – und ich werde es wissen, wenn es so weit ist –, dann werde ich eine Granate da reinwerfen und wahrscheinlich zwanzig von ihnen töten.«

»Sie Wahnsinniger!«

»Glauben Sie es ruhig, Ben. Ich kann es mir nicht länger leisten, dass Carlos lebt – die Welt kann es sich nicht leisten. Bewegung!«

Benjamin spuckte Bourne ins Gesicht, dann drehte er sich jedoch um und kämpfte sich den Weg zum Wachlokal und der Leiche des Colonels frei. Mechanisch wischte sich Jason mit dem Handrücken übers Gesicht, seine Konzentration ausschließlich auf den eingezäunten Parkplatz gerichtet. Seine Augen schossen von einem Schatten zum anderen und versuchten, den Ursprung der Schüsse einzukreisen, wenn er auch wusste, dass es unmöglich war. Der Schakal hatte seine Position inzwischen verändert. Jason zählte die Fahrzeuge neben dem Tanklastwagen. Neun waren am Zaun geparkt, zwei Kombis, vier Limousinen und drei Kleinbusse, allesamt in Amerika hergestellt, zumindest aber sahen Sie so aus. Carlos hatte sich hinter einem davon oder auch hinter dem Tanklastwagen versteckt, wobei letzteres eher unwahrscheinlich war, da er am weitesten vom offenen Tor im Zaun entfernt stand, das Zugang zum Wachlokal und somit zum Tunnel gewährte.

Jason hockte sich hin und kroch vorwärts. Er erreichte den hüfthohen Zaun, hinter ihm ein unaufhörliches, ohrenbetäubendes Pandämonium. Jeder Muskel und jedes Gelenk in seinen Armen und Beinen hämmerte vor Schmerz, überall bildeten sich Krämpfe! Denk nicht daran, nimm sie nicht wahr. Jason Bourne weiß, was zu tun ist. Vertrau ihm!

Aaaaah! Er warf seinen Körper über den Zaun. Der Griff seines Bajonetts bohrte sich ihm in die Nieren. Es gibt keinen Schmerz! Verschwinde, David … Hör auf Jason!

Die Suchscheinwerfer – jemand hatte irgendeinen Knopf gedrückt, und sie spielten verrückt, drehten sich im Kreis, abrupt, blendend, außer Kontrolle. Wohin würde Carlos gehen? Wo konnte er sich verstecken? Die Lichtstrahlen durchbohrten alles! Dann jagten zwei Polizeiwagen mit heulenden Sirenen durch eine Öffnung, die er von der anderen Seite des eingezäunten Geländes nicht hatte sehen können. Aus den Türen sprangen uniformierte Männer, und im Gegensatz zu allem, was er erwartet hatte, kämpften sie sich zum Rande des Zaunes hinter den Limousinen und Transportern vor, und einer nach dem anderen stürmte von einem Wagen zum nächsten bis zum offenen Tor, das zum Wachlokal und zum Tunnel führte.

Die Welt schien zu zerbersten, die Zeit außer Kontrolle zu geraten, Menschen änderten ihre Natur. Die letzten vier Flüchtenden aus dem zweiten Wagen waren plötzlich drei, und nur Augenblicke später tauchte auch der vierte wieder auf, aber es war nicht derselbe! Die Uniform war nicht dieselbe! Sie hatte orangefarbene und rote Flecken, und die Schirmmütze war mit goldenen Streifen versehen, der Schirm selbst zu hervorstehend für die amerikanische Armee. Was war das? ... Und plötzlich verstand Bourne. Bruchstücke seiner Erinnerung schraubten sich Jahre zurück nach Madrid, als er den Verträgen des Schakals mit den Falangisten nachgespürt hatte. Es war eine spanische Uniform! Das war es! Carlos hatte Nowgorod über das spanische Lager infiltriert, und da sein Russisch fließend war, benutzte er für seine Flucht die hochrangige Uniform. Jason sprang mit gezogener Automatic auf und rannte über den Schotter des Platzes. Seine Linke griff in der Tasche seiner Feldjacke nach der vorletzten Fackel. Er riss am Zünder und schleuderte den flammenden Stab über die Autos hinweg. Benjamin würde sie vom Wachlokal aus nicht sehen und so auch nicht fälschlicherweise für das Signal halten können. Das Signal würde in Kürze kommen – in Sekunden vielleicht –, aber im Moment war es noch zu früh.

»*Eto srotschno!*«, brüllte einer der flüchtenden Männer, fuhr herum und geriet beim Anblick der zischenden, blendenden Fackel in Panik. Ein anderer lief an dreien seiner Begleiter vorbei und rannte zu einem offenen Stück Zaun. Während die Suchscheinwerfer weiter wie wahnsinnig herumwirbelten, zählte Bourne sieben Gestalten, die sich eine nach der anderen vom letzten Wagen abstießen und die Öffnung passierten, hinter der sie sich der aufgeregten Menge am Eingang des

Tunnels anschlossen. Der achte Mann tauchte nicht auf. Die hochrangige spanische Uniform war nirgends zu sehen. Der Schakal saß in der Falle!

Jetzt! Jason holte seine letzte Fackel hervor, riss am Zünder und warf sie mit aller Kraft über den Strom vorbeihetzender Männer und Frauen hinweg zum Wachlokal. Tu es, Ben! schrie es in seinem Inneren, als er die vorletzte Granate aus der Tasche seiner Feldjacke zog. *Tu es jetzt!* Wie zur Antwort auf sein fieberhaftes Flehen kam ein donnerndes Krachen vom Tunnel, immer wieder hysterische Proteste, unterbrochen von Schreien und Kreischen und wehklagendem Chaos. Zwei schnelle, ohrenbetäubende Salven aus einer automatischen Waffe gingen unverständlichen Kommandos voraus, die über die Lautsprecher und auf russisch ausgegeben wurden … Noch eine Salve und die gleiche Stimme, lauter, noch bestimmender, und die Menge wurde für einen Moment lang deutlich leiser, um plötzlich wieder mit voller Lautstärke zu schreien. Bourne sah hinüber, erstaunt, durch die sich drehenden Scheinwerfer hindurch jetzt Benjamin auf dem Betondach des Wachlokals stehen zu sehen. Der junge Trainer schrie ins Mikrofon, ermahnte die Menge, seinen Anweisungen zu folgen, wie sie auch sein mochten … Und was es auch war, sie wurden befolgt! Die Masse begann erst langsam, dann immer schneller die Richtung zu wechseln, dann rannte sie wie ein Mann zurück auf die Straße! Bejamin zündete seine Fackel an, winkte damit und deutete nach Norden. Er schickte Jason sein Signal. Er hatte nicht nur den Tunnel geschlossen, sondern auch die Menge zerstreut, ohne jemanden mit der AK-47 zu treffen. Es hatte eine bessere Möglichkeit gegeben.

Bourne ließ sich zu Boden fallen, seine Augen suchten die Unterseiten der Kleintransporter ab, und die sprühenden Flammen dahinter beleuchteten die freie Fläche … Ein Paar Beine – in Stiefeln! Hinter dem dritten Auto links, nicht weiter als zwanzig Meter von der Öffnung im Zaun entfernt. Carlos gehörte ihm! Das Ende war endlich in Sicht! *Tu, was du tun musst, und tu es schnell!* Er ließ seine Waffe auf den Schotter fallen, nahm die Granate mit der rechten Hand, zog den Stift, packte die 45er mit der Linken, sprang auf und rannte vorwärts. Knapp zehn Meter vor dem Wagen warf er sich wieder auf den Schotter, drehte sich zur Seite und warf die Granate unter das Auto – und erst im letzten Augenblick, als die Bombe seine Hand schon verlassen hatte, wurde ihm klar, dass er einen furchtbaren Fehler gemacht hatte! Die Beine hinter dem Wagen bewegten sich nicht, die Stiefeln blieben stehen, denn sie waren nur das: Stiefel! Er hechtete nach rechts, rollte wutentbrannt über die scharfen Steine, schützte sein Gesicht, rollte seinen Körper so klein zusammen, wie er konnte. Die Explosion war ohrenbetäubend, die tödlichen Splitter verbanden sich mit dem Licht der Scheinwerfer im Nachthimmel, Metall- und Glasstücke stachen in Jasons Rücken und Beine. Bewegung, *Bewegung!* schrie die Stimme in seinem Kopf, als er im Rauch und Feuer des brennenden Autos auf die Knie kam, dann auf die Füße. Kaum stand er, platzte überall um ihn herum der Schotter auf. Im wilden Zickzack lief er in den Schutz des nächsten Fahrzeugs. Er war zweimal getroffen, an der Schulter und am Oberschenkel! Er fuhr in genau dem Augenblick an der Außenwand des Transporters herum, als die große Windschutzscheibe weggesprengt wurde.

»Du bist mir nicht gewachsen, Jason Bourne!«, schrie Carlos, der Schakal, und seine Waffe spuckte Dauerfeuer. »Das warst du nie! Du bist ein Versager, ein Betrüger!«

»Gut möglich«, brüllte Bourne. »Dann komm und hol mich!« Er lief zur Fahrertür, riss sie auf und rannte zurück zum hinteren Ende des Wagens, wo er sich hinhockte, das Gesicht ans Blech gepresst, den 45er Colt direkt neben seiner Wange angewinkelt. Mit einem letzten Zischen brannte die Fackel hinter dem Zaun aus, und der Schakal beendete sein Dauerfeuer. Bourne verstand. Carlos sah die offene Tür, unsicher, unentschlossen … nur noch Sekunden. Metall gegen Metall. Ein Kolben wurde gegen die Tür gerammt und schlug sie zu. *Jetzt!*

Jason wirbelte um die Ecke des Transporters, seine Waffe explodierte, feuerte in die spanische Uniform, schoss dem Schakal die Waffe aus den Händen. Eins, zwei, drei! Die Patronenhülsen flogen durch die Luft – und dann hörten sie auf!

Sie hörten auf! Die Explosionen wurden von einem ekelerregenden, blockierten Klicken ersetzt, als eine Patrone in der Kammer steckenblieb. Carlos hechtete zu Boden, um seine Waffe wiederzubekommen, der linke Arm hing schlaff herunter und blutete, aber seine rechte Hand war noch voll funktionstüchtig.

Bourne riss das Bajonett aus seiner Scheide, machte einen Satz nach vorn und hieb mit der Klinge auf Carlos' Unterarm ein. Er kam zu spät! Carlos hielt seine Waffe bereits in der Hand! Jason sprang auf, seine linke Hand umfasste den heißen Lauf – *halt fest, halt ihn fest! Du darfst ihn nicht loslassen! Dreh ihn! Im Uhrzeigersinn! Nimm das Bajonett, nein, nicht! Lass es fallen! Nimm beide Hände!* Die widersprüchlichen Kommandos prallten in seinem Kopf aneinander. Irrsinn! Er hatte keine Luft mehr, keine Kraft. Seine Augen konnten sich auf nichts konzentrieren ... die Schulter. Wie Bourne selbst war der Schakal an der rechten Schulter verletzt!

Halt fest! Geh ihm an die Schulter, aber halt fest! Mit einem letzten, keuchenden Aufbäumen schoss Bourne nach oben und ließ Carlos in die Außenwand des Transporters krachen. Der Schakal schrie auf, ließ die Waffe fallen, dann trat er sie unter den Wagen.

Zuerst wusste Jason nicht, woher der Schlag kam. Er wusste nur, dass sich die linke Seite seines Schädels plötzlich in zwei Teile zu spalten schien. Dann merkte er, dass er der Urheber war. Er war auf dem blutverschmierten Schotter ausgerutscht und in den metallenen Kühlergrill des Transporters geknallt. Es war nicht von Bedeutung – *nichts* war von Bedeutung!

Carlos, der Schakal, rannte davon! Im wilden Durcheinander, das überall herrschte, gab es hundert Möglichkeiten, auf die er aus Nowgorod verschwinden konnte. Alles war umsonst gewesen!

Aber seine letzte Granate hatte er noch. Warum nicht? Bourne holte sie hervor, zog den Stift heraus und warf sie über den Transporter in die Mitte des Parkplatzes. Die Explosion erfolgte, und Jason stand auf. Vielleicht würde die Granate Benjamin etwas sagen, ihn warnen, seine Aufmerksamkeit auf diese Gegend gerichtet zu halten. Stolpernd und kaum in der Lage zu gehen, schleppte sich Jason zur Öffnung im Zaun, die zum Wachlokal und dem Tunnel führte.

O Gott, Marie, ich habe versagt! Es tut mir so Leid! Alles war umsonst! Und als würde sich ganz Nowgorod einen letzten Scherz auf seine Kosten erlauben, sah er, dass jemand die Eisentore zum Tunnel geöffnet und damit dem Schakal den Weg in die Freiheit verschafft hatte.

»Archie …?« Benjamins erstaunte Stimme schwebte über den Geräuschen des Flusses, gefolgt vom Bild des jungen Russen, der aus dem Wachlokal gelaufen kam. »Allmächtiger Gott, ich dachte, Sie sind tot!«

»Sie haben also die Tore geöffnet und meinem Henker die Freiheit geschenkt«, rief Jason schwach. »Warum haben Sie ihm keine Limousine geschickt?«

»Ich schlage vor, Sie sehen noch einmal hin, Professor«, erwiderte Benjamin atemlos, als er vor Bourne stehen blieb und Jasons lädiertes Gesicht und seine blutbefleckte Kleidung sah. »Das Alter hat Ihre Sehkraft geschwächt.«

»Was?«

»Sie wollen Tore, dann bekommen Sie Tore.« Der Trainer rief auf russisch einen Befehl zum Wachlokal hinüber. Sekunden später senkten sich die riesigen Eisentore und verdeckten den Eingang des Tunnels. Aber irgendetwas war merkwürdig. Bourne hatte die heruntergelassenen Tore noch nicht richtig gesehen, und sie waren absolut nicht so, wie er sie sich vorgestellt hatte. Sie schienen … irgendwie angeschwollen zu sein, verzerrt.

»Glas«, sagte Benjamin.

»Glas? « fragte der verwunderte Bourne.

»An beiden Enden des Tunnels, zwölf Zentimeter dicke Glaswände, verschlossen und versiegelt.«

»Wovon reden Sie?«

Es war nicht nötig, dass der junge Russe es ihm erklärte. Plötzlich schlug eine Reihe von gigantischen Wellen gegen die Wände eines riesenhaften Aquariums. Der Tunnel füllte sich mit dem Wasser des Wolchow. Dann, im Ungestüm der wachsenden, strudelnden, flüssigen Masse, gab es ein Objekt … ein Ding, eine Form, einen Körper! Bourne starrte schockiert, die Augen quollen hervor, sein Mund stand offen, bewegungslos, unfähig, den Schrei auszustoßen, der in ihm war, er sammelte alle Kraft, die er noch hatte, lief unsicher, fiel zweimal auf die Knie, wurde aber mit jedem Schritt schneller und rannte zu der massiven Glaswand, die den Eingang dahinter verschloss. Atemlos, mit keuchender Brust, legte er seine Hände auf die Glaswand, lehnte sich dagegen und wurde Zeuge der makabren Szene, die sich nur wenige Zentimeter vor ihm abspielte. Sein grotesk uniformierter Gegner, Carlos, der Schakal, schlug immer wieder gegen die Stahlrohre des Tores, die dunklen Züge verzerrten sich hasserfüllt, seine Augen zwei Glaskugeln, die den Tod verschmähten, als er von ihnen Besitz ergriff.

Jason Bournes kalte Augen erfasste Zufriedenheit, sein Mund war gespannt, unbeweglich, das Gesicht eines Killers, ein Killer unter Killern, der gewonnen hatte. Für einen kurzen Moment jedoch zeigten sich die sanfteren Augen von David Webb, formte sich das Gesicht eines Mannes, dem die Last eines Lebens, das er verachtete, genommen worden war.

»Er ist tot, Archie«, bemerkte Benjamin an Jasons Seite. »Er kann nicht mehr zurückkommen.«

»Sie haben den Tunnel geflutet«, sagte Bourne nur. »Woher haben Sie gewusst, dass er es war?«

»Sie hatten keine Maschinenpistole, aber er. Offen gesagt, dachte ich, Krupkins Prophezeiung hätte sich bestätigt. Sie wären tot, und der Mann, der Sie getötet hätte, nähme den schnellsten Fluchtweg. Das war's, und die Uniform bestätigte es. Plötzlich ergab alles einen Sinn, auch das mit dem spanischen Lager.«

»Wie haben Sie die Menge verjagt?«

»Ich habe ihnen gesagt, da sind Boote, die sie über den Fluss bringen, etwa zwei Meilen von hier … Da wir gerade von Krupkin sprechen, ich muss Sie hier rausbringen. Jetzt. Kommen Sie, der Hubschrauberlandeplatz ist eine halbe Meile entfernt. Wir nehmen den Jeep. Beeilen Sie sich, um Gottes willen!«

»Krupkins Anweisungen?«

»Keuchend vom Krankenhausbett, so wütend wie schockiert.«

»Was meinen Sie?«

»Okay, warum sollen Sie es nicht erfahren: Irgendjemand aus den feineren Kreisen, Krupkin weiß nicht, wer, hat den Befehl ausgegeben, dass Sie das Lager unter keinen Umständen verlassen dürfen. Ehrlich gesagt, war es undenkbar, dass das ganze gottverdammte Nowgorod in Flammen aufgehen würde, und das ist unser Schutz.«

»*Unser?*«

»Ich bin nicht Ihr Henker, irgendjemand anderes ist es. Der Befehl ist nie bei mir angekommen, und in diesem Chaos wird er es auch nicht.«

»Warten Sie einen Moment! Wohin bringt mich der Hubschrauber?«

»Drücken Sie sich selbst die Daumen und hoffen Sie, dass Krupkin und Ihr amerikanischer Freund wissen, was sie tun. Der Helikopter bringt Sie nach Jelsk, und von da kommen Sie mit einem Flugzeug über die polnische Grenze, wo ein undankbarer Satellit offenbar einen Horchposten der CIA erlaubt hat.«

»Dann bin ich aber immer noch im direkten Einflussbereich der Sowjetunion.«

»Es wurde angedeutet, dass Ihre Leute auf Sie vorbereitet sind. Viel Glück.«

»Ben«, sagte Jason und sah den jungen Mann an. »Warum tun Sie das? Sie verweigern einen direkten Befehl …«

»Ich habe keinen Befehl bekommen!«, ging der Russe dazwischen. »Und selbst wenn, bin ich kein gedankenloser Roboter. Sie hatten eine Abmachung, und Sie haben Ihren Teil erfüllt. Außerdem, wenn es für meine Mutter eine Chance gibt …«

»Es gibt mehr als nur eine Chance«, unterbrach ihn Bourne. »Kommen Sie, gehen wir! Wir vergeuden Zeit. Jelsk ist für Sie nur der Anfang. Sie haben eine lange und gefährliche Reise vor sich, Archie.«

42.

Sonnenuntergang, und die entlegenen Inseln wurden dunkler, wandelten sich zu dunkelgrünen Flecken, umgeben von blau schimmerndem Meer und nicht enden wollender Gischt an den Korallenriffen vor den Küsten. Alles war in das durchscheinende Orange des karibischen Horizonts getaucht. Auf Tranquility Island wurden nacheinander die Lichter der letzten vier Villen über dem Strand eingeschaltet, und man konnte Gestalten sehen, die zumeist langsam zwischen den Zimmern hin und her und auf die Balkons hinausgingen, wo sich der Schein der untergehenden Sonne über die Terrassen legte. Eine milde Brise trug den Duft von Hibiskus und Poinciana über das tropische Laub herüber, während sich ein einsames Fischerboot mit seinem spätnachmittäglichen Fang für die Küche des Inn durch die Riffe schlängelte.

Brendan Patrick Pierre Prefontaine trug sein Glas Perrier auf den Balkon von Villa siebzehn hinaus, wo Johnny St. Jacques am Geländer stand und einen Rum mit Tonic schlürfte.

»Was glauben Sie, wie lange es dauern wird, bis Sie wieder öffnen können?«, fragte der ehemalige Richter am Bostoner Gericht und setzte sich an einen weißen, schmiedeeisernen Tisch.

»Der bauliche Schaden ist eine Sache von Wochen«, erwiderte der Besitzer des Tranquility, »aber der Schrecken der Geschehnisse wird noch viel länger nachwirken.«

»Wie lange, glauben Sie?«

»Ich werde vier bis fünf Monate warten, bevor ich die ersten Broschüren verschicke, auch wenn es dann für die Saisonbuchungen bereits zu spät ist, aber Marie stimmt mir zu. Es früher anzugehen, wäre nicht nur geschmacklos, sondern würde das alles auch nur noch einmal neu aufrühren: ›Terroristen, Drogenschmuggler, korrupte Inselregierung …‹, das brauchen wir nicht, und wir verdienen es nicht.«

»Nun, wie ich schon sagte, ich kann meinen Teil bezahlen«, sagte Prefontaine. »Vielleicht nicht die oberste Kategorie Ihrer Hochsaisonpreise, guter Mann, aber sicherlich genug, um die Kosten für eine Villa abzudecken, und noch ein bisschen für die Küchenkasse.«

»Ich habe Ihnen doch bereits gesagt: Vergessen Sie es. Ich schulde Ihnen mehr, als ich jemals zurückzahlen könnte. Bleiben Sie, solange Sie wollen.« St. Jacques drehte sich vom Geländer weg, die Augen auf das Fischerboot gerichtet, und setzte sich Prefontaine gegenüber. »Ich mache mir Sorgen um die Leute da unten, in den Booten und am Strand. Früher hatte ich drei oder vier Boote, die Fisch hereinbrachten. Jetzt habe ich nur noch einen, der für uns fährt, und die Angestellten bekommen im Moment alle nur noch ihren halben Lohn.«

»Also brauchen Sie mein Geld.«

»Kommen Sie schon, Richter, welches Geld? Ich will ja nicht aufdringlich erscheinen, aber Washington hat mir einen ziemlich genauen Überblick gegeben. Sie leben seit Jahren auf der Straße.«

»Ah, ja, Washington«, nickte Prefontaine und hob sein Glas zum Orange und Azur des Himmels. »Wie gewöhnlich schreitet es der Realität hinterher – besonders, wenn es dabei unter anderem um die eigenen dunklen Kapitel geht.«

»Wovon reden Sie?«

»Randolph Gates, von dem rede ich.«

»Dieser Scheißkerl aus Boston? Der den Schakal auf Davids Fährte geführt hat?«

»Der auf rührende Weise geläuterte Randolph Gates, Johnny. Geläutert in jeder Hinsicht, außer der finanziellen Wiedergutmachung, wenn ich das hinzufügen darf … Dennoch zweifellos mit dem Verstand und dem Bewusstsein, das ich vor Jahren in Harvard gekannt habe. Nicht der Hellste, nicht der Beste, aber mit den nüchternen und rhetorischen Fähigkeiten, die einen sprühenden Geist vortäuschen, den es niemals gab.«

»Wovon reden Sie jetzt?«

»Ich hab ihn gerade in seinem Rehabilitationszentrurn in Minnesota oder Michigan besucht – ich kann mich nicht genau erinnern, denn ich bin erster Klasse geflogen, und auf Wunsch wurden Drinks gereicht. Egal, wir haben uns getroffen, und unser Arrangement kam zu einem Abschluss. Er wechselt die Seiten, Johnny. Er will jetzt für die *Menschen* kämpfen, rechtlich gesehen, und nicht mehr für diese *Mischkonzerne,* die auf dem Papier kaufen und verkaufen. Er hat mir gesagt, er will sich über die Plünderer und Fusionierungsbroker hermachen, die Milliarden verdienen und Tausende und Abertausende um ihre Jobs bringen.«

»Wie kann er das?«

»Weil er es selbst gemacht hat, er kennt alle Tricks und ist bereit, seine beachtlichen Talente diesem Ziel zu widmen.«

»Warum sollte er das tun?«

»Weil er Edith zurückbekommen hat.«

»Wer in Gottes Namen ist Edith?«

»Seine Frau ... Eigentlich liebe ich sie immer noch, liebe sie, seit ich sie zum ersten Mal gesehen habe. Aber damals folgte ein berühmter Anwalt mit einer Frau und einem Kind solchen Sehnsüchten nicht, egal, wie widerwärtig die beiden auch zu ihm sein mochten. Randy, der Große, hat sie nie verdient. Vielleicht macht er jetzt all die verlorenen Jahre wieder gut.«

»Das ist sehr interessant, aber was hat das mit Ihrem Arrangement zu tun?«

»Habe ich erwähnt, dass Sir Randolph of Gates während dieser verlorenen, aber produktiven Jahre große Geldsummen verdient hat?«

»Mehrmals. Und?«

»Nun, in Anerkennung meiner Dienste, die zweifellos zur Beseitigung einer lebensbedrohlichen Situation beigetragen haben, in der er sich befand, ebenjener besagten, von Paris ausgehenden Bedrohung, erkannte er deutlich die Angemessenheit eines Ausgleichs. Besonders unter Berücksichtigung des Wissens, über das ich verfüge ... Ich denke, er wird sich nach einigem Blutvergießen bei Rechtsschlachten um einen Richterstuhl bemühen. Weit größer als meiner, glaube ich.«

»Und?«

»Und wenn ich meine Meinung für mich behalte, aus Boston verschwinde und mich im Hinblick auf eine allzu lose Zunge vom Saufen fern halte, wird mir seine Bank für den Rest meines Lebens fünfzigtausend Dollar im Jahr überweisen.«

»Gütiger Gott!«

»Das habe ich mir auch gesagt, als er zugestimmt hatte. Ich bin sogar zum ersten Mal seit wer weiß wie vielen Jahren zur Messe gegangen.«

»Trotzdem, Sie werden nicht mehr nach Hause fahren können.«

»Nach Hause?« Prefontaine lachte leise. »War es das wirklich? Vielleicht habe ich ja ein anderes Zuhause gefunden. Durch einen Gentleman namens Peter Holland von der CIA wurde ich Ihrem Freund Sir Henry Sykes drüben in Montserrat vorgestellt, der mich wiederum einem pensionierten Londoner Anwalt namens Jonathan Lemuel vorgestellt hat, der ursprünglich ein geborener Insulaner ist. Wir werden beide nicht jünger, aber keiner von uns ist bereit, deswegen schon die Koffer zu packen. Möglicherweise eröffnen wir eine Consulting-Firma, Spezialisten für amerikanisches und britisches Recht, was Export- und Importlizenzen betrifft. Natürlich werden wir noch etwas büffeln müssen, aber wir können es schaffen. Ich gehe davon aus, dass ich einige Jahre hier sein werde.« St. Jacques erhob sich vom Tisch, um seinen Drink nachzufüllen. Seine Augen ruhten misstrauisch auf dem ehemaligen, amtsenthobenen Richter.

Morris Panov trat vorsichtig aus seinem Schlafzimmer und ging hinüber ins Wohnzimmer von Villa achtzehn, wo Alex Conklin in einem Rollstuhl saß. Die Bandagen über der Brust des Psychiaters waren durch den dünnen Stoff seines weißen Guayabera-Hemdes zu sehen. Sie reichten seinen entblößten linken Arm bis zum Ellbogen hinunter. »Verdammt noch mal, ich habe fast zwanzig Minuten gebraucht, um dieses nutzlose Anhängsel durch den Ärmel zu schieben!«, beschwerte er sich wütend, aber ohne Selbstmitleid.

»Du hättest mich anrufen sollen«, sagte Alex und drehte

sich im Rollstuhl um, weg vom Telefon. »Ich komme mit diesem Ding verflucht gut zurecht. Natürlich habe ich seit meinem Quasimodofuß schon einige Jahre Erfahrung.«

»Danke, aber ich ziehe es vor, mich selbst anzuziehen – wie ich auch annehme, dass du ohne fremde Hilfe gehen wolltest, als sie dir deine Prothese angepasst hatten.«

»Das ist die erste Lektion, Doktor. Ich nehme an, in deinen schlauen Büchern gibt es da was darüber.«

»Gibt es. Man nennt es unsinnige oder, wenn du willst, halsstarrige Dummheit.«

»Nein, ist es nicht«, konterte der pensionierte Geheimdienstoffizier, und sein Blick traf sich mit Panovs, als sich der Psychiater langsam in einen Sessel herunterließ.

»Nein ... ist es nicht«, stimmte Mo zu und erwiderte Conklins Blick. »Die erste Lektion ist Unabhängigkeit. Schaffe dir so viel, wie du ertragen kannst, und bemüh dich um immer mehr.«

»Es gibt auch eine gute Seite«, sagte Alex, lächelte und rückte den Verband um seinen Hals zurecht. »Es wird leichter, nicht schwerer. Man lernt jeden Tag neue Tricks. Es ist überraschend, was sich unsere kleinen grauen Zellen so alles auszudenken vermögen.«

»Was du nicht sagst. Das Gebiet muss ich eines Tages mal erforschen ... Ich habe gehört, dass du telefoniert hast. Wer war es?«

»Holland. Die Drähte zwischen Moskau und Washington haben auf allen Kanälen geglüht, weil man dachte, es gebe eine undichte Stelle.«

»Medusa?«

»Du hast diesen Namen nie gehört, ich habe diesen Namen nie gehört, und auch niemand, den wir kennen, hat ihn je gehört. Es hat schon genug Scherben gegeben – ganz zu schweigen von den paar Eimern voll Blut –, um den Geisteszustand der regierungsamtlichen Kontrollinstitutionen anzuzweifeln – von uns und denen drüben –, die offensichtlich blind oder ganz einfach dumm waren.«

»Wie wäre es mit ganz einfach schuldig?«, fragte Panov.

»Zu wenige Schuldige, die wirklich ganz oben gesessen haben – das zumindest ist das Urteil von Langley und vom Dserschinskij-Platz. Und die Chef-Nadelstreifler beim Außenministerium im Ministerrat des Kreml stimmen dem zu. Niemandem sei mit der Verfolgung und Entlarvung des ganzen Ausmaßes von Amtsvergehen gedient – wie gefällt dir das: Amtsvergehen? Mord, Totschlag, Kidnapping, Erpressung und Korruption im großen Stil werden auf beiden Seiten des Atlantik jetzt als Amtsvergehen eingestuft! Sie sagen, es ist besser, wir retten leise und zügig so viel wie möglich.«

»Das ist obszön.«

»Das ist die Realität, Doktor. Sie werden gerade Zeuge einer der größten Vertuschungsaktionen der modernen Geschichte. Und die wahre Obszönität ist, dass sie wahrscheinlich Recht haben. Wenn man Medusa völlig entlarven würde – und sie wäre völlig entlarvt, wenn man erst damit anfangen würde –, müsste man alle, die irgendwie in die Sache verstrickt sind, in rechtschaffener Entrüstung rauswerfen – viele von ihnen nur belastet durch Beihilfe. Solche Dinge produzieren Leerstellen in hohen Positionen, und jetzt ist keine Zeit für irgendwelche Leerstellen. Lieber die Teufel, die man kennt, als die, die dann kommen und die man nicht kennt.«

»Was wird also passieren?«

»Ein Kompromiss«, sagte Conklin ernst. »Die Bandbreite von Medusa ist geographisch und strukturell so weit gespannt, dass es fast unmöglich ist, sie zu entwirren. Moskau schickt Ogilvie mit einem Team von Finanzanalytikern zu uns zurück, und zusammen mit unseren eigenen Leuten werden sie die Demontage beginnen. Eventuell sieht Holland einen stillen, unangemeldeten Mini-Wirtschaftsgipfel voraus, auf dem die verschiedenen Finanzminister der NATO und der Ostblockstaaten zusammentreffen. Überall, wo Medusas Aktivposten sich selbst tragen und von ihren individuellen Wirtschaftssystemen absorbiert werden können, wird dies in zurückhaltender Form von allen Beteiligten akzeptiert. Der Punkt dabei ist, eine Panik durch massenhafte Fabrikschließungen und Zusammenbrüche großer Handelsfirmen zu vermeiden.«

»Und somit ist Medusa begraben«, erklärte Panov. »Wieder

gehört sie der Geschichte an, ungeschrieben und unbestätigt, so wie es von Anfang an war … Was ist mit Männern wie Burton bei der NATO, Atkinson in London?«

»Nur Kuriere und Strohmänner. Sie scheiden aus gesundheitlichen Gründen aus, und glaube mir, sie verstehen es.«

Panov zuckte zusammen, als er seinen leidenden, verwundeten Körper im Sessel zurechtrückte. »Es kann wohl kaum einer seine Verbrechen wiedergutmachen, aber der Schakal hat uns tatsächlich einen Dienst erwiesen, oder? Wenn ihr ihn nicht gejagt hättet, dann wärt ihr nie auf Medusa gestoßen.«

»Die Zufälligkeit des Bösen, Mo«, sagte Conklin. »Ich habe nicht die Absicht, ihn posthum für einen Orden vorzuschlagen.«

»Ich würde sagen, es ist mehr als ein Zufall«, unterbrach Panov und schüttelte den Kopf. »In der Analyse hatte David Recht. Ob erzwungen oder freiwillig, es gab tatsächlich eine Verbindung. Jemand von Medusa hat einen oder mehrere Killer unter dem Namen Jason Bourne eine im Blickpunkt stehende Zielperson auf dem Hinterhof des Schakals ermorden lassen. Dieser jemand wusste, was er tat.«

»Du meinst natürlich Teagarten.«

»Ja. Da Bourne auf Medusas Todesliste stand, musste unser pathetischer Überläufer DeSole ihnen vom Unternehmen Treadstone erzählen, vielleicht nicht namentlich, aber das Wesentliche. Als sie erfahren haben, dass Jason – David – in Paris war, haben sie das Originalszenario genutzt: Bourne gegen den Schakal. So wie Teagarten ermordet wurde, haben sie sehr richtig angenommen, dass sie den tödlichsten Partner, den sie finden konnten, rekrutiert hatten, um David zu jagen und zu töten.«

»Das wissen wir. Und?«

»Verstehst du nicht, Alex? Wenn man darüber nachdenkt, dann war Brüssel der Anfang vom Ende, und am Ende hat David die falsche Anschuldigung benutzt, um Marie zu sagen, dass er noch am Leben ist, um Peter Holland zu sagen, dass er noch am Leben ist. Die Karte mit dem rot eingekreisten Anderlecht.«

»Er hat damit Hoffnung vermittelt, das war alles. Hoffnung ist nicht gerade etwas, wozu ich viel Vertrauen habe, Mo.«

»Er hat mehr getan, als nur Hoffnung zu vermitteln: Diese Nachricht hat Holland dazu gebracht, jeden Stützpunkt in Europa anzuweisen, Jason Bourne, den Attentäter, zu erwarten und jedes Mittel anzuwenden, um ihn hierher zurückzubringen.«

»Es hat funktioniert. Manchmal ist das leider nicht so.«

»Es hat funktioniert, weil ein Mann mit dem Namen Jason Bourne vor einigen Wochen wusste, dass es, wenn er Carlos fassen wollte, eine Verkettung zwischen ihm und dem Schakal geben musste, eine lang vergessene Verbindung, die an die Oberfläche gebracht werden musste.«

»Auf höllisch umständliche Weise«, gab Conklin zu. »Wir haben unsere Fühler ausgestreckt, das war alles. Möglichkeiten, Wahrscheinlichkeiten, Abstraktionen – das war alles, womit wir arbeiten konnten.«

»Abstraktionen?«, fragte Panov vorsichtig. »Das ist so ein passiver Ausdruck. Hast du eine Vorstellung davon, was für Donnerschläge Abstraktionen im Kopf verursachen?«

»Ich weiß nicht mal, wovon du redest.«

»Diese grauen Zellen, Alex. Sie spielen verrückt, wirbeln herum wie unendlich kleine Pingpongbälle und versuchen, winzige Tunnel zu finden, durch die sie schießen können, angezogen von ihrem eigenen, ihnen innewohnenden Zwang.«

»Da komme ich nicht mehr mit.«

»Du hast es selbst gesagt, die Zufälligkeit des Bösen. Aber ich schlage einen anderen Ausdruck vor: den Magnetismus des Bösen. Den habt ihr, David und du, geschaffen, und innerhalb dieses magnetischen Feldes war Medusa.«

Conklin fuhr in seinem Stuhl herum und rollte in Richtung des vergehenden, orangefarbenen Leuchtens am Horizont jenseits der entlegenen dunkelgrünen Inseln von Montserrat. »Ich wünschte, es wäre alles so einfach, wie du sagst, Mo«, sagte er. »Ich fürchte allerdings, dass es das nicht ist.«

»Du wirst dich klarer ausdrücken müssen.«

»Krupkin ist ein toter Mann.«

»*Was?*«

»Ich betrauere ihn als einen Freund und einen höllischen Feind. Er hat uns alles ermöglicht, und als alles vorbei war, hat er getan, was richtig war, nicht, was befohlen war. Er hat David das Leben gerettet, und jetzt bezahlt er dafür.«

»Was ist mit ihm?«

»Nach dem, was Holland sagt, ist er vor fünf Tagen aus dem Moskauer Krankenhaus verschwunden, er hat einfach seine Sachen genommen und ist gegangen. Niemand weiß, wie er es gemacht hat oder wohin er gegangen ist, aber eine Stunde, nachdem er weg war, kam der KGB, um ihn zu verhaften und nach Lubjanka zu bringen.«

»Dann haben sie ihn nicht gefasst …«

»Sie werden es. Wenn der Kreml schwarzen Alarm auslöst, wird jede Straße, jeder Zug, Bahnhof, Flughafen und Grenzübergang gleichsam unter ein Mikroskop gelegt. Der Druck ist unglaublich: Wer ihn rauslässt, verbringt zehn Jahre in einem Gulag. Es ist nur eine Frage der Zeit.«

Man hörte ein Klopfen an der Tür, und Panov rief: »Es ist offen! Herein!«

Der tadellos gekleidete stellvertretende Manager Mr. Pritchard schob einen Serviertisch herein. Er lächelte breit und verkündete sowohl seine Anwesenheit als auch seinen Auftrag. »Buckingham Pritchard zu Ihren Diensten, Gentlemen. Ich bringe für Ihre kollegiale Zusammenkunft vor dem Abendessen ein paar Delikatessen aus dem Meer, um die ich mich an der Seite des Kochs persönlich gekümmert habe, der dafür bekannt ist, dass er zu Fehlern neigt, wenn ihm die Anleitung durch Experten fehlt, die ich ihm nur allzu gern habe zukommen lassen.«

»Kollegial?«, sagte er. »Ich bin vor fast fünfunddreißig Jahren vom College abgegangen.«

»Offensichtlich hat es nichts genützt, was die Nuancen des Englischen betrifft«, murmelte Morris Panov vernehmlich. »Sagen Sie, Mr. Pritchard, ist Ihnen nicht furchtbar heiß in diesen Sachen? Ich würde schwitzen wie ein Schwein.«

»Keine Nuancen, nur ein Klischee«, brummte Conklin.

»Ich transpiriere nicht, Sir«, erwiderte der stellvertretende Manager. »Ich verwette meine Pension darauf, dass Sie transpiriert haben, als Mr. St. Jacques aus Washington zurückgekommen ist«, erklärte Alex. »Allmächtiger Gott, Johnny ein *Terrorist!*«

»Der Vorfall ist vergessen, Sir«, sagte Pritchard. »Mr. St. Jacques und Sir Henry haben eingesehen, dass mein brillanter Onkel und ich nur die Interessen der Kinder in unseren Herzen trugen.«

»Clever, sehr clever«, bemerkte Conklin.

»Ich richte die Kanapees an, Gentlemen, und sehe nach dem Eis. Die anderen Herrschaften müssten jeden Moment hier sein.«

»Das ist sehr freundlich von Ihnen«, sagte Panov.

David Webb lehnte am Bogengang zum Balkon und betrachtete seine Frau, die ihrem Sohn die letzten Seiten einer Kindergeschichte vorlas. Die außergewöhnliche Mrs. Cooper döste in einem Sessel, und ihr großartiger schwarzer Kopf nickte über ihrer fülligen Brust, als erwarte sie jeden Augenblick, Geräusche von Baby Alison hinter der halb geschlossenen Tür zu hören. Die Betonungen in Maries leiser Stimme passten zu den Worten der Geschichte, was Jamies große Augen und sein staunender Mund bestätigten. Hätte sie nicht so einen analytischen Verstand, für den Zahlen Musik sind, wäre sie vielleicht Schauspielerin geworden, dachte David.

»Du kannst mir morgen was vorlesen, Daddy!« Die Geschichte war vorbei, und sein Sohn sprang von der Couch.

»Das hatte ich eigentlich heute Abend tun wollen«, sagte Webb und stieß sich vom Bogengang ab.

»Du riechst irgendwie immer noch«, sagte der Junge mit fragender Miene.

»Dein Vater riecht nicht, Jamie«, erklärte Marie lächelnd. »Ich habe es dir gesagt. Es ist die Medizin, die der Doktor ihm gegeben hat.«

»Er riecht trotzdem. Und im Übrigen ist es noch zu früh, um ins Bett zu gehen, Mommy! Ich könnte Alison aufwecken, und dann fängt sie wieder an zu weinen.«

»Ich weiß, Süßer, aber Daddy und ich müssen jetzt all deine neuen Onkel treffen ...«

»Und meinen neuen Großvater!«, rief das Kind überschwenglich. »Opa Brendan hat gesagt, er will mir verraten, wie ich später mal Richter werden kann.«

»Gott steh dem Jungen bei«, schob Mrs. Cooper dazwischen. »Dieser Mann kleidet sich wie ein Pfau auf Brautschau.«

»Du darfst noch ein wenig fernsehen«, ging Marie eilig darüber hinweg. »Aber nur eine halbe Stunde …«

»Ooooch!«

»Also gut, etwas länger, aber Mrs. Cooper sucht das Programm aus.«

»Danke, Mommy!«, rief das Kind und rannte ins Schlafzimmer seiner Eltern, während sich Mrs. Cooper aus ihrem Sessel erhob und ihm folgte.

Marie ging zu David hinüber.

»Du hast Schmerzen, nicht wahr?«

»Ich hasse es, den Mythos der unanfechtbaren Wahrnehmung einer großen Lady zu zerstreuen, aber sie hat Unrecht.«

»Warum musst du ein Dutzend Worte benutzen, wenn eins genügen würde?«

»Wir Akademiker nehmen niemals den direkten Weg, da er uns keine Seitenwege lässt, falls wir uns geirrt haben.«

David Webb nahm seine Frau in die Arme und küsste sie, ihre Lippen schmiegten sich aneinander.

»Du bist schon viel entspannter, ich kann dich spüren. Jason Bourne verlässt dich wieder, oder?«

»Mehr oder weniger. Während du bei Alison warst, hat mich Ed McAllister von der National Security Agency angerufen. Benjamins Mutter ist auf dem Rückweg nach Moskau.«

»Das ist wundervoll, David!«

»Mac und ich haben gelacht, und als wir das taten, dachte ich, dass ich noch nie gehört habe, wie McAllister lacht. Das war nett.«

»Ihm standen die Schuldgefühle ins Gesicht geschrieben – nein, überall. Er hat uns beide nach Hongkong geschickt, und das hat er sich niemals vergeben können. Jetzt bist du wieder da und lebst und bist frei. Ich weiß nicht, ob ich ihm jemals vergeben kann, aber wenigstens lege ich nicht mehr auf, wenn er anruft.«

»Das wird ihm gefallen. Um ehrlich zu sein, hab ich ihm gesagt, er soll anrufen. Ich hab gesagt, es könnte sein, dass du ihn eines Tages zum Abendessen einlädst.«

»So weit würde ich niemals gehen.«

»Und Benjamins Mutter? Dieser Junge hat mir das Leben gerettet.«

»Vielleicht einen schnellen Brunch.«

»Nimm deine Finger weg, Frau. In fünfzehn Sekunden werde ich Jamie und Mrs. Cooper aus unserem Schlafzimmer werfen und meine ehelichen Ansprüche einklagen.«

»Verlockend, Attila, aber ich glaube, Johnny zählt auf uns. Zwei reizbare Männer und ein übermäßig fantasiereicher amtsenthobener Richter sind mehr, als ein Ranch Boy aus Ontario bändigen kann.«

»Ich liebe sie alle.«

»Ich auch. Lass uns gehen.«

Die karibische Sonne war untergegangen. Die letzten Fetzen Orange konnten den Horizont im Westen kaum noch erhellen. Die Lichter der in Glas gefassten Kerzen waren ruhig, spitz, und ihr Glanz legte warmes Licht und behagliche Schatten um den terrassenartigen Balkon von Villa achtzehn. Auch das Gespräch war warm und behaglich gewesen – Überlebende, die ihre Befreiung aus einem Albtraum genossen.

»Ich habe Handy Randy überschwänglich erklärt, dass die starren Doktrinen infrage gestellt werden müssen, weil sich mit der Zeit die Wahrnehmungen ändern«, erläuterte Prefontaine. »Veränderungen lassen sich nicht aufhalten.«

»Das ist so offensichtlich, dass ich mir nicht vorstellen kann, wie irgendjemand es bestreiten könnte«, sagte Alex.

»Oh, Randy hat es sich immer zunutze gemacht, hat Geschworene mit seiner Belesenheit verwirrt und Kollegen mit Bestimmungen über Bestimmungen durcheinander gebracht.«

»Schall und Rauch«, lachte Marie. »In der Wirtschaft ist es

genauso. Erinnerst du dich, Johnny, wie oft ich es dir schon erzählt habe?«

»Ich verstehe kein Wort. Immer noch nicht.«

»Kein Schall und kein Rauch, was die Medizin betrifft«, sagte Panov. »Zumindest nicht da, wo die Laboratorien überwacht werden und die Pharmajungs mit dem Geld nicht zugelassen sind.«

»In vielerlei Hinsicht ist es der absichtlich unklare Kern unserer Verfassung«, fuhr der ehemalige Richter fort. »Es ist, als hätten die Gründer Nostradamus gelesen, wollten aber ihre Leichtfertigkeit nicht zugeben, oder vielleicht haben sie die Zeichnungen von da Vinci studiert, der schon die Flugzeuge vorhergesehen hat. Sie haben verstanden, dass sie die Zukunft nicht verhindern konnten, weil sie keine Ahnung hatten, was diese bringen oder was die Gesellschaft an zukünftigen Freiheiten verlangen würde. Sie haben großartige Freiräume gelassen.«

»Als solche vom großartigen Randolph Gates allerdings nicht akzeptiert, wenn mich mein Erinnerungsvermögen nicht täuscht«, sagte Conklin.

»Oh, er wird sich schnell ändern«, unterbrach Prefontaine kichernd. »Er war schon immer ein eingeschworener Gefährte des Windes, und er ist klug genug, seine Segel zu drehen.«

»Ich frage mich die ganze Zeit, was aus der Frau in der Raststätte geworden ist, die mit diesem Bronk verheiratet war«, sagte Mo Panov.

»Versuch dir ein kleines Haus und einen weißen Lattenzaun vorzustellen«, meinte Alex. »So ist es einfacher.«

»Welche Frau?«, fragte St. Jacques.

»Rühr nicht daran, Johnny, ich möchte es lieber gar nicht wissen.«

»Oder dieser Scheißkerl von einem Militärarzt, der mich voll Amytal gepumpt hat!«, sagte Panov mit Nachdruck.

»Er leitet eine Klinik in Leavenworth«, erwiderte Conklin. »Und Krupkin. Der verrückte, alte Kruppie mit all seiner Eleganz. Wir sind ihm was schuldig, aber wir können ihm nicht helfen.«

Es folgte ein Moment der Stille, in dem jeder an jemand dachte, der sich selbstlos einem monolithischen System entgegengestellt hatte, das David Webbs Tod verlangte, der am Geländer stand und auf die dunkle See hinausstarrte. Es würde einige Zeit dauern, das wusste er. Jason Bourne musste verschwinden. Er musste ihn verlassen. Wann? *Nicht jetzt!* Aus dem frühen Abend heraus begann der Wahnsinn von neuem! Das Brüllen mehrerer Motoren zerbrach die Stille aus dem Himmel herab, wie sich nähernde, scharfe Donnerschläge. Drei Militärhubschrauber stießen zu den Docks von Tranquility hinab, und Feuerstöße fraßen die Küstenlinie auf, als ein mächtiges Speedboat vom Riff her zum Strand vorstieß.

St. Jacques war an der Gegensprechanlage.

»Strandalarm!«, schrie er. »Schnappt euch eure Waffen!«

»Mein Gott, der Schakal ist tot!«, donnerte Conklin.

»Seine gottverfluchten Jünger nicht!«, rief Jason Bourne – keine Spur mehr von David Webb –, als er Marie zu Boden stieß und eine Waffe aus seinem Gürtel zog, von der seine Frau nichts wusste. »Man hat ihnen gesagt, dass wir hier sind!«

»Es ist unglaublich!«

»Das *ist* Carlos!«, entgegnete Jason und rannte zum Geländer des Balkons. »Er besitzt sie! Sie gehören ihm, ein Leben lang!«

»Scheiße!«, brüllte Alex, als er seinen Stuhl wutentbrannt vorwärts rollte und Panov vom Tisch mit den brennenden Kerzen wegstieß.

Plötzlich ließ ein Lautsprecher vom führenden Hubschrauber ein ohrenbetäubend lautes, statisches Knistern hören, worauf Worte des Piloten folgten. »Sie haben gesehen, was wir mit dem Strand gemacht haben! Wir schneiden Sie in zwei Teile, wenn Sie nicht Ihren Motor abstellen! … So ist es besser. Treiben Sie an den Strand – treiben, nicht mit dem Motor, und kommen Sie beide nach oben, die Hände am Schandeck, nach vorn gebeugt! *Sofort!*«

Die Suchscheinwerfer der beiden Hubschrauber konzentrierten sich auf das Boot, während die führende Maschine am Strand landete, wo die Rotoren den Sand aufwirbelten. Vier Männer sprangen heraus, die Waffen auf das herantreibende Speedboat gerichtet, während die Bewohner von Villa achtzehn am Geländer standen und erstaunt auf die unglaubliche Szenerie unter sich hinabstarrten.

»Pritchard!«, schrie St. Jacques. »Bringen Sie mir ein Fernglas!«

»Ich habe es bereits hier, Mr. St. Jacques.« Der stellvertretende Manager eilte mit dem Glas hinaus und reichte es seinem Arbeitgeber. »Ich habe extra die Linsen gereinigt, Sir!«

»Was siehst du?«, fragte Bourne scharf.

»Ich weiß nicht. Zwei Männer.«

»Tolle Armee!«, sagte Conklin.

»Gib es mir«, befahl Jason und entriss seinem Schwager das Fernglas. »Was ist, David?«, rief Marie, als sie den Schock auf dem Gesicht ihres Mannes sah.

»Es ist Krupkin«, sagte er.

Dimitrij Krupkin saß mit blassem Gesicht an dem weißen, schmiedeeisernen Tisch und weigerte sich, mit irgendjemandem zu sprechen, bevor er nicht seinen dritten Brandy geleert hatte. Wie Panov, Conklin und David Webb war auch er ein verletzter Mann, ein verwundeter Mann, ein Mann mit erheblichen Schmerzen, der wie die anderen aber nicht näher darauf eingehen wollte, weil das, was vor ihm lag, so unendlich viel besser war als das, was er hinter sich gelassen hatte. Er hatte sich seinen Bart abrasiert, und seine bewusst minderwertige Kleidung schien ihn jedesmal zu stören, wenn er an sich herabsah. Seine ersten Worte waren an den alten Brendan Prefontaine gerichtet, da er den fein gestreiften, pfirsichfarbenen Guayabera über den königsblauen Hosen des ehemaligen Richters schätzte. »Ich mag diesen Aufzug«, sagte er bewundernd. »Sehr tropisch und geschmacklich gut dem Klima angepasst.«

»Danke.«

Man stellte sich vor, und als die Begrüßungen vorbei waren, wurde der Russe mit Fragen geradezu überschüttet. Wie ein Papst von seinem Balkon am Petersplatz hob er beide

Hände und sprach: »Ich werde Sie nicht mit den langweiligen Details meines Fluges aus Mütterchen Russland langweilen oder belästigen, nur dass mich die Preise bestürzen, die man mittlerweile zu zahlen hat, will man unorthodox reisen. Die scheußliche Unterbringung, die ich für die exorbitante Geldsumme auf mich zu nehmen gezwungen war, werde ich niemals vergessen … Dabei lassen Sie mich Gott für die Crédit Suisse und diese wunderbaren grünen Coupons danken, die sie ausgeben.«

»Erzählen Sie uns einfach, was passiert ist«, sagte Marie.

»Sie, verehrte Dame, sind sogar noch schöner, als ich Sie mir vorgestellt hatte. Hätten wir uns in Paris getroffen, hätte ich Sie Ihrem Mann, diesem zerlumpten Gassenjungen aus einem Dickens-Roman, schleunigst entrissen. Mein Gott, sehen Sie sich Ihre Haare an – prächtig.«

»Jetzt erzählen Sie uns endlich, was passiert ist«, sagte Mo Panov.

»Was passiert ist? Sie haben mich durchschaut, das ist passiert! Sie haben mein wunderhübsches Haus in Genf konfisziert! Es gehört jetzt zur sowjetischen Botschaft. Der Verlust bricht mir das Herz!«

»Sie waren in Moskau im Krankenhaus«, sagte Webb, »und haben herausgefunden, dass jemand etwas für mich vorgesehen hatte – um genau zu sein: meine Hinrichtung. Dann haben Sie Benjamin befohlen, mich aus Nowgorod rauszubringen.«

»Ich habe meine Quellen, Jason, und auch auf hohen Posten werden Fehler gemacht. Ich werde niemanden bezichtigen, indem ich Namen nenne. Es war einfach falsch. Wenn Nürnberg uns nichts anderes gelehrt hat, dann doch, dass man unmoralische Befehle nicht ausführen darf. Wir in Russland haben viel gelitten, weit mehr als irgendjemand in Amerika im letzten Krieg. Einige von uns erinnern sich daran, und wir werden diesem Feind nicht nacheifern.«

»Gut gesagt«, bemerkte Prefontaine und hob sein Glas Perrier auf den Russen. »Letztlich sind wir alle Teil derselben denkenden, menschlichen Spezies, oder?«

»Na ja«, hustete Krupkin und stürzte seinen vierten Brandy. »Jenseits dieser äußerst reizvollen, wenn auch etwas abgegriffenen Beobachtung gibt es Unterschiede in den Verpflichtungen, Richter. Obwohl zum Beispiel mein Haus am Genfer See nicht mehr mir gehört, bleiben mir ohne Frage meine Konten auf den Cayman-Inseln. Übrigens, wie weit sind diese Inseln von hier entfernt?«

»Knapp zwölfhundert Meilen westlich«, entgegnete St. Jacques. »Eine Maschine von Antigua aus bringt Sie in etwas über drei Stunden hin.«

»Das habe ich mir gedacht«, sagte Krupkin. »Als wir in Moskau im Krankenhaus lagen, hat Alex immer wieder von Tranquility Island und Montserrat gesprochen, deshalb habe ich in der Krankenhausbücherei auf der Karte nachgesehen. Es scheint alles auf einem Kurs zu liegen ... Übrigens, der Mann mit dem Boot, man wird doch nicht allzu hart mit ihm umspringen, oder? Meine schändlich teuren Ersatzpapiere sind unbedingt in Ordnung.«

»Sein Vergehen bestand in seinem Auftreten, nicht darin, dass er Sie hergebracht hat«, antwortete St. Jacques.

»Ich war in Eile, das kommt davon, wenn man um sein Leben rennt.«

»Ich habe dem Gouverneur bereits erklärt, dass Sie ein alter Freund meines Schwagers sind.«

»Gut. Sehr gut.«

»Was wollen Sie jetzt tun, Dimitrij?«, fragte Marie.

»Ich fürchte, meine Möglichkeiten sind begrenzt. Unser russischer Bär hat nicht nur mehr Klauen als ein Tausendfüßler Beine, er ist außerdem mit einem weltweiten, computerisierten Nachrichtennetz ausgestattet. Ich werde eine ganze Zeit im Verborgenen bleiben und mir eine neue Existenz aufbauen müssen. Von Geburt an natürlich.« Krupkin wandte sich dem Besitzer des Tranquility Inn zu. »Wäre es wohl möglich, eines dieser hübschen Landhäuschen zu mieten, Mr. St. Jacques?«

»Nach allem, was Sie für David und meine Schwester getan haben, brauchen Sie kein zweites Mal darüber nachzudenken. Dieses Haus ist Ihr Haus, Mr. Krupkin. Alles, was Sie wollen.«

»Wie liebenswürdig. Zuerst muss ich natürlich eine Reise auf die Cayman-Inseln machen, wo es, wie man mir gesagt hat, ausgezeichnete Schneider gibt. Dann vielleicht eine praktische kleine Yacht und ein bescheidenes Chartergeschäft, mit dem man vorgeben kann, es von Tierra del Fuego oder den Malediven geholt zu haben, irgendeinem gottverlassenen Ort, an dem einem ein bisschen Geld eine neue Identität und eine höchst glaubhafte, wenn auch undurchsichtige Vergangenheit verschaffen kann. Wenn das alles einmal in Bewegung ist, dann gibt es einen Arzt in Buenos Aires, der mit Fingerabdrücken Wunder vollbringt, ziemlich schmerzlos, wie man mir sagte, und dann ein paar kleinere kosmetische Operationen – Rio hat die besten Möglichkeiten, wissen Sie, weit besser als New York –, gerade genug, um das Profil zu ändern und die Jahre vielleicht ein wenig zurückzudrehen ... Die letzten fünf Tage und Nächte hatte ich nichts anderes zu tun, als nachzudenken und zu planen, da ich Sie, Mrs. Webb, noch nicht kannte.«

»Das haben Sie allerdings getan«, stimmte Davids Frau beeindruckt zu. »Und bitte nennen Sie mich Marie.«

»Ah, die entzückende Marie!«

»Was ist mit deinen entzückenden Plänen?«, fragte Conklin gezielt. »Wie lange wird es dauern, sie auszuführen?«

»Ausgerechnet du musst diese Frage stellen?« Krupkins Augen sahen ihn ungläubig an.

»Ich denke, das sollte ich«, erwiderte Alex.

»*Du*, der du zum Aufbau des größten Darstellers beigetragen hast, den die Welt des Terrorismus jemals gesehen hat? Des unvergleichlichen Jason Bourne?«

»Wie lange, Kruppie?«

»Um Himmels willen, Mann, du hast einen Rekruten für einen Auftrag ausgebildet, eine einzige Mission, ich verändere ein Leben.«

»Wie lange?«

»Sag du es mir, Alex. Wir sprechen von meinem Leben, und so wertlos es auch sein mag, es ist immer noch mein Leben ...«

»Er bleibt, solange er will«, unterbrach ihn David Webb,

und die unsichtbare Gestalt von Jason Bourne blickte über seine verletzte Schulter.

»Zwei Jahre, um es gut, drei Jahre, um es besser zu machen«, sagte Dimitrij Krupkin.

»Die sollen Sie haben«, sagte Marie.

»Pritchard«, sagte St. Jacques mit abgewandtem Kopf. »Machen Sie mir bitte einen Drink.«

Epilog

Sie gingen im Mondlicht über den Strand und berührten sich immer wieder, doch die Verlegenheit über ihre Intimität drängte sich zwischen sie, als hätte diese Welt sie noch nicht aus ihrem schrecklichen Einfluss entlassen, sondern versuchte unvermindert, sie zu verschlingen.

»Du hattest eine Waffe«, sagte Marie leise. »Ich hasse Waffen.«

»Ich auch, und ich bin nicht mal sicher, ob ich wusste, dass ich sie bei mir hatte. Sie war einfach da.«

»Ein Reflex? Zwang?«

»Beides, nehme ich an. Immerhin habe ich sie nicht benutzt.«

»Aber du wolltest es, stimmt's?«

»Auch da bin ich mir nicht sicher. Wenn man dich und die Kinder bedrohte, würde ich natürlich schießen, aber ich glaube, ich würde sie nicht mehr wahllos gebrauchen.«

»Bist du sicher, David? Würdest du eine Waffe in die Hand nehmen und auf einen Schatten schießen, weil wir in Gefahr sein könnten?«

»Nein, nicht auf einen Schatten, den ich nicht erkennen kann.«

Schritte. Im Sand! Wellen rauschten über die unverkennbare Störung eines Menschen, Unterbrechungen im Fluss des natürlichen Rhythmus – Geräusche, die Jason Bourne von hundert Stränden her kannte! Er fuhr herum, riss Marie mit Gewalt um, stieß sie aus der Schusslinie und ging selbst in die Hocke, die Waffe in der Hand.

»Bitte, lass mich leben, David«, sagte Morris Panov, und der Schein seiner Taschenlampe erhellte den Strand um sie herum. »Es würde einfach keinen Sinn machen.«

»Gott, Mo!«, schrie Webb. »Was tust du?«

»Ich versuche, euch zu finden, das ist alles … Würdest du Marie bitte helfen?«

Webb half seiner Frau auf die Beine, beide geblendet von der Taschenlampe.

»Mein Gott!«, schrie Jason Bourne und hob seine Waffe. »Du hast über jeden Schritt Bescheid gewusst, den ich gemacht habe!«

»Wenn du das glaubst«, brüllte der Psychiater und warf seine Taschenlampe zu Boden, »schieß mich nieder, auf der Stelle!«

»Ich weiß es nicht, Mo. Ich weiß überhaupt nichts mehr …!« Vor Schmerz fiel Davids Kopf zurück.

»Dann heul dir die Augen aus dem Kopf! Heul, wie du noch nie geheult hast! Jason Bourne ist tot, eingeäschert in Moskau, und dabei bleibt es! Entweder akzeptierst du das, oder ich will verflucht noch mal nichts mehr mit dir zu tun haben! Hast du das kapiert, du überhebliche, brillante *Erfindung*! Du hast es *getan*, und es ist *vorbei*!« Webb fiel auf die Knie, Tränen stiegen ihm ihn die Augen. Zitternd versuchte er, das Schluchzen zu unterdrücken.

»Wir werden es schaffen, Mo«, sagte Marie, kniete sich neben ihren Mann und hielt ihn fest.

»Das weiß ich«, erwiderte Panov. »Zwei Leben in einem Kopf. Keiner von uns weiß, wie das ist. Aber jetzt ist es vorbei. Es ist wirklich vorbei.«

Robert Ludlum
Eric van Lustbader
Die Jason Bourne Serie

› Bonusmaterial

© William C. Minarich

HEYNE ‹

Die Serie

Jason Bourne arbeitete früher als Auftragskiller für die CIA. Nach einem Gedächtnisverlust will er unter seinem bürgerlichen Namen David Webb ein ruhiges Leben führen. Doch seine gewalttätige Vergangenheit holt ihn immer wieder ein.

Die Autoren

Robert Ludlum wird am 25. Mai 1927 in New York City geboren. Mit 14 Jahren verläßt er sein Elternhaus, um zur Bühne zu gehen. Nachdem er von seiner Mutter nach Hause zurückgeholt wird, schafft er drei Jahre später den Absprung und geht zunächst zum Militär. Nach Ende des Zweiten Weltkriegs beginnt er eine Karriere als Schauspieler. Trotz seines Erfolges am Theater und im Fernsehen und auch als Produzent, beschließt er mit vierzig, diese Karriere an den Nagel zu hängen, und studiert Kunstgeschichte. Seine »vierte« Karriere als Schriftsteller beginnt 1971 mit seinem ersten Buch *Das Scarlatti-Erbe*, welches auf Anhieb Platz 1 der Bestsellerlisten erreicht. Zahlreiche weitere Bestseller folgen. Seine Bücher werden in mehr als 30 Sprachen übersetzt, in mehr als 40 Ländern veröffentlicht und erreichen eine Auflage von über 200 Millionen Exemplaren. *Die Bourne Identität* (1980) markiert schließlich die Geburtsstunde seines legendärsten Helden: David Webb, alias Jason Bourne. Robert Ludlum starb am 12. März 2001. Seitdem wird die Serie vom internationalen Bestsellerautor Eric van Lustbader im Geiste ihres Schöpfers fortgeführt.

Die Filme

Agent ohne Namen (1988) mit Richard Chamberlain
Die Bourne Identität (2002) mit Matt Damon
Die Bourne Verschwörung (2004) mit Matt Damon
Das Bourne Ultimatum (2007) mit Matt Damon
Das Bourne Vermächtnis (2012) mit Jeremy Renner
Jason Bourne (2016) mit Matt Damon

1. Die Bourne Identität *(The Bourne Identity, 1980)*

Stell dir vor, du weißt nicht mehr, wer du bist, und das Erste, was du über dich herausfindest, ist, dass du ziemlich gut schießen kannst. Jason Bourne ist ein Mensch ohne Vergangenheit und ohne Zukunft – gejagt von mächtigen Feinden; geliebt von einer schönen Frau, die nicht glauben kann, dass er wirklich das ist, was sich langsam herauskristallisiert: ein Auftragskiller.

Die Geburtsstunde eines legendären Actionhelden: Jason Bourne!

2. Das Bourne Imperium *(The Bourne Supremacy, 1986)*

Im Hinterzimmer eines Hongkonger Nachtlokals werden fünf Leichen gefunden. Einer der Ermordeten ist der Vizepräsident der Volksrepublik China. Alle Spuren deuten auf Jason Bourne. Nur wenige wissen: Ein Unbekannter missbraucht Jason Bournes Identität. Und so stürzt sich der wahre Jason Bourne erneut in eine Welt der Gewalt und des Verbrechens, eine Welt, der er für immer zu entkommen hoffte.

»Schwindelerregend, nervenzerfetzend, rätselhaft, bedrohlich, kurz: ludlumesque.« *Publishers Weekly*

3. Das Bourne Ultimatum *(The Bourne Ultimatum, 1990)*

David Webb hatte geglaubt, Jason Bourne für immer entkommen zu sein. Doch nun holt ihn die Vergangenheit ein. Der Schakal, sein alter Todfeind, ist ihm und seiner Familie auf den Fersen, doch Webb weigert sich zu fliehen. In der verhassten Identität des Profikillers Jason Bourne stellt er sich dem Kampf und ist bald einer Verschwörung internationalen Ausmaßes auf der Spur.

»Ludlum packt mehr Action in seine Thriller als fünf seiner Kollegen zusammen.« *The New York Times*

4. Das Bourne Vermächtnis *(The Bourne Legacy, 2004)*

David Webb lebt zurückgezogen in der Nähe von Washington und lehrt als Professor an der Universität von Georgetown. Nichts erinnert mehr an die Gefahren seines früheren Lebens als Profikiller der CIA. Doch die Vergangenheit holt ihn ein, als er plötzlich selbst ins Visier eines Killers gerät. Webb wird wieder zu dem Mann, der er nie sein wollte: Jason Bourne.

»Ludlum beherrscht unangefochten das Feld des klassischen Polit- und Agenten-Thrillers.« *Chicago Tribune*

5. Der Bourne Betrug *(The Bourne Betrayal, 2007)*

Jason Bourne kommt nicht zur Ruhe. Als er erfährt, dass sein Freund, der CIA-Agent Martin Lindros, in Äthiopien vermisst wird, zögert Bourne nicht lange und macht sich sofort auf den Weg nach Afrika, um Lindros zu suchen. Doch kaum angekommen, entgeht er nur knapp einem Attentat. Ist Lindros wirklich der, der er vorgibt zu sein?

»Die explosive Fortsetzung einer unerreichten Traditionsserie.«
Bookreporter.com

6. **Das Bourne Attentat** *(The Bourne Sanction, 2008)*

Als Jason Bourne Informationen über einen drohenden Terroranschlag auf amerikanischem Boden zugespielt werden, begibt er sich sofort auf die gefährliche Jagd nach den Killern. Doch zu spät erkennt er, wer der eigentliche Drahtzieher des Attentats ist. Bourne gerät selbst ins Visier der Terroristen. Ein tödlicher Wettlauf beginnt.

»Ein Spionage-Thriller, der selbst den erfahrensten Lesern bis zum Ende Rätsel aufgibt. Rasantes Tempo, jede Menge Action – ein Muss!« *Booklist*

7. Die Bourne Intrige *(The Bourne Deception, 2009)*

Nach einem mörderischen Zweikampf mit dem russischen Killer Leonid Arkadin taucht Jason Bourne schwer verletzt auf Bali unter. Er täuscht seinen Tod vor und nimmt eine neue Identität an. Im Geheimen plant er die finale Hetzjagd auf den Killer. Doch Arkadin hat Bournes Manöver längst durchschaut. Ein teuflisches Katz-und-Maus-Spiel nimmt seinen Lauf.

»Der größte Thriller-Autor aller Zeiten.« *The New Yorker*

8. Das Bourne Duell *(The Bourne Objective, 2010)*

Jason Bourne ist auf Bali untergetaucht, wo er in den Besitz eines mysteriösen Rings gelangt. Die Inschrift des Rings verweist auf eine im Geheimen operierende Organisation. Bournes Weg führt nach Marokko, wo er das Machtzentrum der Gruppe vermutet. Hier trifft er auf seinen Todfeind Leonid Arkadin, und ein unerbittlicher Kampf entbrennt. Doch scheinen beide in eine tödliche Falle getappt zu sein.

»Genau das Richtige für Thriller-Fans, die Verschwörungen, Adrenalinrausch und weltumspannende Abenteuer lieben.«
Library Journal

9. Der Bourne Befehl *(The Bourne Dominion, 2011)*

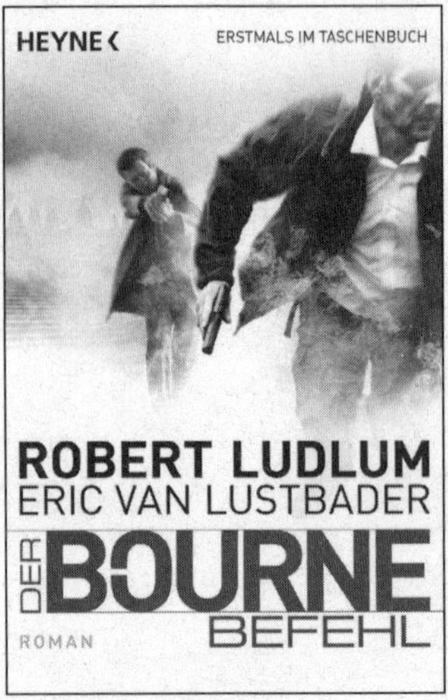

Eine mächtige internationale Organisation schickt sich an, der amerikanischen Wirtschaft einen vernichtenden Schlag zu versetzen. Doch zuvor muss der Mann beseitigt werden, der ihr als Einziger gefährlich werden kann: Jason Bourne. Ausgerechnet Bournes russischer Freund Boris Karpow wird auf den amerikanischen Top-Agenten angesetzt. Findet Karpow einen Weg aus der tödlichen Zwickmühle?

»Fans der Bourne-Filme werden dieses Buch verschlingen.«
Booklist

10. Der Bourne Verrat *(The Bourne Imperative, 2012)*

Vor der schwedischen Küste zieht Jason Bourne einen Bewusstlosen aus dem Meer. Als der Mann zu sich kommt, fehlt ihm jede Erinnerung an sein bisheriges Leben – eine unheimliche Parallele zu Bournes eigenem Schicksal. Die Lösung scheint in einem geheimen Mossad-Lager im Libanon zu liegen, in das sich Bourne Wochen zuvor geflüchtet hatte. Was geht dort vor sich? In letzter Minute erkennt Bourne einen zerstörerischen Plan, der nicht nur sein Leben, sondern die Sicherheit der Welt bedrohen könnte.

»Rasant, actiongeladen und voller unvorhersehbarer Wendungen.« *The Daily Reporter*

11. Die Bourne Vergeltung *(The Bourne Retribution, 2013)*

Jason Bourne ist am Boden zerstört, als seine Gefährtin, die Mossad-Agentin Rebekka, bei einem gemeinsamen Einsatz in Mexiko getötet wird. So nimmt er den Auftrag an, für den ihn der Chef des israelischen Geheimdienstes gewinnen will: den chinesischen Minister Ouyang Jidan auszuschalten, der nicht nur für Rebekkas Tod verantwortlich ist, sondern mit seinen dunklen Plänen eine Bedrohung für die gesamte westliche Welt darstellt.

»Beginnen Sie nie mit der Lektüre eines Ludlum-Thrillers, wenn Sie am nächsten Tag arbeiten müssen.« *Chicago Sun-Times*

12. Die Bourne Herrschaft *(The Bourne Ascendancy, 2014)*

Ein politischer Gipfel in Doha wird von einer Gruppe Schwerbewaffneter überfallen. Jason Bourne ist als Doppelgänger eines syrischen Ministers mittendrin und gerät in die Gewalt des berüchtigten Terroristen El Ghadan. Wie sich zeigt, hat der Terrorchef auch Bournes enge Freundin Soraya Moore und deren kleine Tochter entführt. Sein grausames Ultimatum: Binnen einer Woche soll Bourne den Präsidenten der USA töten. Gelingt es ihm nicht, werden Mutter und Kind sterben. Die Uhr tickt …

»Es bleibt dabei: Ludlum ist der perfekte Thriller-Autor.«
Newsweek

Weitere Bände in Vorbereitung.
Mehr Informationen unter heyne.de/ludlum